中国歷代名著全譯叢書

宋诗精华录全译

（修订版）

陈　衍　选编　沙灵娜　陈振寰　译注

上

贵州出版集团
贵州人民出版社

中国历代名著全译丛书

编 委 会

（以姓氏笔画为序）

王运熙　　余冠英　　张　克(常务)
罗尔纲　　程千帆　　缪　钺

再版说明

　　出版的境界是：为饥作浆，为旱作润，为冥作光，为往圣继绝学。《中国历代名著全译丛书》担当这一历史的重托，挟着春风走到了学人和国学爱好者的面前。

　　书似青山常乱叠，眼光如炬淘金来。《中国历代名著全译丛书》自上个世纪九十年代推出，即以权威、精到、普及的面貌风靡整个书界。本套丛书曾获中宣部精神文明建设五个一工程奖及中华人民共和国出版规划重点项目。但多年断档，令人怀恋。上个世纪九十年代的名著全译，多以三五本的规模推出，而今天的《中国历代名著全译丛书》，出手尽显大家气度，一次集中推出五十种，满足眼睛与心灵的饕餮。

　　中华民族有数千年的文明历史，产生了辉煌灿烂的古代文化。浩如烟海的历代名著，就是中国古代文化遗产的重要组成部分。这些文字不仅记录了中国古代各个方面的历史与人文，物质与精神，成为后来人的精神家园，而且对中华民族的成长提供了丰富的营养，对中华民族的形成和发展产生了巨大的凝聚力和感召力。

　　但古人留下的典籍，由于时代的变异，语言的古奥，当下人已难识其庐山真面目。且以往坊间的不少古籍今译的读物，大都难尽人意：

　　——选译本。如《国语选译》《诗经选译》等。了解中国古代文学批评史的人知道，"选"是一种评论的方式。鲁迅先生曾指出，如果对陶渊明只选"采菊东篱下，悠然见南山"，而不选"刑天舞干戚，猛志固常在"这类"金刚怒目"式的作品，那就很难使读者对陶渊明的"全人"有完整的认识，若"再加抑扬"，就"更离真实"了。所以说选译本的缺陷是显而易见的。

　　——白话本。如《白话史记》《白话搜神记》之类。这类今译本有的置原文于不顾，随意增删敷衍，从严格意义上已不是原书；有的译文尚称严谨，但无原文对照核查，欲引用古人文句还要另觅原书，难称人意。

——单译本。这类书最多,译文之外附有原文、注释,其中也不乏质量较高者。遗憾的是见木不见林,缺乏学术系统性,读者买到一本算一本,对中华民族传统文化的了解很难达到全面。

本丛书在策划之初就考虑到避免以上各种译本之不足,本着推陈出新、汇聚英华、弘扬传统、振兴华夏之宗旨,化艰深为浅显,融译注为一炉,俾使社会各界广大读者了解我国古代各名著之完整原貌,有利于当下人文精神建设,又利于中外文化之交流译介,乃延聘海内学界通人,精选史有定评之夏商迄晚清经史子集四部,以全注全译形式重新装帧、重新校勘整理出版。所选各书前言对该名著之时代、作者、内容、成就、文献版本皆有详赡说明,各篇各卷前有简明扼要的题解,原文选用业经整理的善本,注释采用学术界公认的成果,译文强调忠实原文、通达流畅。

书行天下,道亦随之,既有品味,又有普及,为大家营造出一片文化底蕴深厚、知识境界广博、思想空间深邃的精神沃土,是《中国历代名著全译丛书》的孜孜追求。此次修订是在前辈学人呕心沥血的基础上,重新进行认真的审读和勘校,是在"国学热"基础上的一次新的提升,在强调通俗性的同时,亦重视学术性与资料性。今日重现书界,必将旋起一种新的阅读风暴。

我们相信,这套丛书的问世,对传播中华民族优秀的传统文化,提升我们国家的软实力,形成当代的人文精神有着重要意义,在现代化人文化的进程中对开启今人智慧、滋养今人心灵都有着不可估量的意义。

经典不腐更不朽,它是源远流长的活水,天光云影,亘古永在。

贵州人民出版社
2008 年 9 月

目录

前言 1

卷 一

帝㬎 一首
　在燕京作 1
徐铉 一首
　送王四十五归东都 2
钱惟演 一首
　对竹思鹤 4
杨徽之 一首
　寒食寄郑起侍郎 5
郑文宝 一首
　阙题 6
李昉 一首
　禁林春直 8
寇准 一首
　春日登楼怀归 9

晏殊　二首
　　示张寺丞王校勘 …………………………………… 11
　　寓意 ………………………………………………… 13
王禹偁　三首
　　暴富送孙何入史馆 …………………………………… 14
　　寄砀山主簿朱九龄 …………………………………… 16
　　村行 ………………………………………………… 18
魏野　三首
　　书友人屋壁 …………………………………………… 19
　　登原州城呈张贵从事 ………………………………… 21
　　送王希赴任衢州判官 ………………………………… 22
林逋　三首
　　梅花二首 ……………………………………………… 23
　　自作寿堂因书一绝以志之 …………………………… 26
杨朴　一首
　　莎衣 ………………………………………………… 27
范仲淹　一首
　　野色 ………………………………………………… 29
韩琦　三首
　　九日水阁 ……………………………………………… 31
　　北塘避暑 ……………………………………………… 33
　　发白有感 ……………………………………………… 34
蔡襄　二首
　　上元应制 ……………………………………………… 35
　　梦中作 ………………………………………………… 37
张咏　二首
　　新市驿别郭同年 ……………………………………… 38
　　晚泊长台驿 …………………………………………… 39
赵抃　三首
　　次韵孔宪蓬莱阁 ……………………………………… 40
　　和宿峡石寺下 ………………………………………… 42
　　答赣县钱颢著作移花 ………………………………… 44

程师孟　一首
　　游玉尺山寺 ……………………………………… 45
曾公亮　一首
　　宿甘露僧舍 ……………………………………… 46
张先　一首
　　题西溪无相院 …………………………………… 47
司马池　一首
　　行色 ……………………………………………… 49
吕夷简　一首
　　天花寺 …………………………………………… 50
石延年　一首
　　金乡张氏园亭 …………………………………… 51
穆修　三首
　　鲁从事清晖阁 …………………………………… 53
　　贵侯园 …………………………………………… 55
　　独游 ……………………………………………… 56
欧阳修　十首
　　礼部贡院阅进士试 ……………………………… 57
　　梦中作 …………………………………………… 59
　　沧浪亭 …………………………………………… 60
　　丰乐亭小饮 ……………………………………… 64
　　戏答元珍 ………………………………………… 65
　　丰乐亭游春 ……………………………………… 67
　　怀嵩楼新开南轩与郡僚小饮 …………………… 68
　　别滁 ……………………………………………… 69
　　招许主客 ………………………………………… 70
　　宿云梦馆 ………………………………………… 72
苏舜钦　六首
　　哭曼卿 …………………………………………… 73
　　中秋夜吴江亭上对月怀前宰张子野及寄君谟蔡大 … 75
　　静胜堂夏日呈王尉 ……………………………… 77
　　过苏州 …………………………………………… 78

和淮上遇便风 …… 79
淮中晚泊犊头 …… 80

梅尧臣　二十四首

和才叔岸旁庙 …… 81
范饶州坐中客语食河豚鱼 …… 83
送何遁山人归蜀 …… 86
醉中留别永叔、子履 …… 87
送潘供奉承勋 …… 90
寄题徐都官新居假山 …… 92
悼亡三首 …… 93
书哀 …… 97
四月二十七日与王正仲饮 …… 98
月下怀裴如晦、宋中道 …… 100
东城送运判马察院 …… 102
许生南归 …… 105
吴冲卿出古饮鼎 …… 107
寄滁州欧阳永叔 …… 109
对雪忆往岁钱塘西湖访林逋（三首其一） …… 113
小村 …… 114
梦后寄欧阳永叔 …… 115
戊子三月二十一日殇小女称称（三首录二） …… 117
东溪 …… 119
览显忠上人诗 …… 120
缺月 …… 122

宋祁　二首

落花 …… 123
九日置酒 …… 125

文彦博　四首

登平嵩阁右嵩亭作 …… 126
雪中枢密蔡谏议借示范宽雪景图 …… 127
招仲通司封府园避暑 …… 129
清明后同秦帅端明会饮李氏园池 …… 130

黄庶　五首
　　探春 ……………………………………………………… 131
　　望春偶书 ………………………………………………… 132
　　饮张承制园亭 …………………………………………… 133
　　怪石 ……………………………………………………… 134
　　元伯示清水泊之什因和酬 ……………………………… 135

司马光　十三首
　　和邵尧夫安乐窝中职事吟 ……………………………… 137
　　和君贶题潞公东庄 ……………………………………… 139
　　闲居（故人通贵绝相过）………………………………… 140
　　野轩 ……………………………………………………… 141
　　闲居（闲居虽懒放）……………………………………… 142
　　别长安 …………………………………………………… 143
　　暮春同刘伯寿、史诚之饮宋叔达园 …………………… 144
　　久雨效乐天体 …………………………………………… 145
　　南园饮罢，留宿诘朝，呈鲜于子骏、范尧夫彝叟兄弟 … 146
　　和邵尧夫年老逢春 ……………………………………… 148
　　华严真师以诗见贶，聊成二章纪其趣尚（二首）……… 149
　　客中初夏 ………………………………………………… 151
　　句（三条）………………………………………………… 152

刘敞　二首
　　短槐 ……………………………………………………… 153
　　微雨登城 ………………………………………………… 154

杨杰　二首
　　勿去草 …………………………………………………… 155
　　和穆父待制竹堂 ………………………………………… 157

石介　一首
　　乙亥冬……因作百八十二言相勉 ……………………… 159

韩维　二首
　　答师厚夜归客舍见诒 …………………………………… 162
　　酴醾 ……………………………………………………… 163

邵雍 二首
  安乐窝 ·· 164
  插花吟 ·· 165
  句(一条) ·· 167

蔡确 一首
  夏日登车盖亭 ·· 167

杜常 一首
  题华清宫 ·· 169

王令 三首
  原蝗 ·· 170
  暑旱苦热 ·· 174
  春游 ·· 175

卷 二

王安石 三十四首
  元丰行示德逢 ·· 177
  后元丰行 ·· 180
  纯甫出惠崇画要予作诗 ···································· 182
  寄吴氏女子 ·· 185
  明妃曲(二首其一) ·· 189
  明妃曲(二首其二) ·· 191
  书任村马铺 ·· 193
  葛蕴作《巫山高》,爱其飘逸,因亦作两篇 ···················· 195
  哭梅圣俞 ·· 197
  半山春晚即事 ·· 201
  定林 ·· 202
  壬辰寒食 ·· 203
  送程公辟得谢归姑苏 ······································ 204
  思王逢原(三首其二) ······································ 206
  寄阙下诸父兄兼示平甫兄弟 ································ 208
  歌元丰(五首其五) ·· 209

谢安墩(二首其一) …………………………………… 210
山陂 …………………………………………………… 211
北陂杏花 ……………………………………………… 212
北山 …………………………………………………… 213
勘会贺兰溪主 ………………………………………… 214
书湖阴先生壁 ………………………………………… 215
示公佐 ………………………………………………… 216
金陵即事三首(录二) ………………………………… 217
乌塘 …………………………………………………… 219
午枕 …………………………………………………… 220
钟山即事 ……………………………………………… 221
送和甫至龙安,微雨,因寄吴氏女子 ………………… 222
夜直 …………………………………………………… 223
越人以幕养花,因游其下 ……………………………… 224
鄞县西亭 ……………………………………………… 225
题西太一宫壁二首 …………………………………… 226

苏轼 八十八首

往富阳新城,李节推先行三日,留风水洞见待 ……… 228
新城道中二首 ………………………………………… 232
过江夜行武昌山闻黄州鼓角 ………………………… 235
泛颍 …………………………………………………… 237
慈湖夹阻风 …………………………………………… 240
澄迈驿通潮阁 ………………………………………… 241
王维吴道子画 ………………………………………… 242
真兴寺阁 ……………………………………………… 246
石苍舒醉墨堂 ………………………………………… 248
傅尧俞济源草堂 ……………………………………… 251
越州张中舍寿乐堂 …………………………………… 252
和鲜于子骏《郓州新堂月夜》二首 …………………… 255
南堂(五首) …………………………………………… 258
游金山寺 ……………………………………………… 263
雨中游天竺灵感观音院 ……………………………… 266

与毛令方尉游西菩提寺二首	267
少年时尝过一村院,见壁上有诗……故作一绝	270
雪后到乾明寺遂宿	271
泗州僧伽塔	273
寒食雨两首	275
守岁	279
除夜野宿常州城外二首	280
金山梦中作	283
九月二十日微雪,怀子由弟(二首录一)	284
暴雨初晴楼上晚景	286
有美堂暴雨	287
雪后书北台壁二首	289
聚星堂雪(并序)	292
江上值雪,效欧阳体……次子由韵	295
大风留金山两日	298
题西林壁	300
百步洪二首(并序录一)	301
夜泛西湖	305
轼在颍州与赵德麟同治西湖……次韵	306
舟中夜起	309
六月二十七日望湖楼醉书五绝(录二)	311
望海楼晚景五绝(录一)	313
九日黄楼作	314
孙莘老求墨妙亭诗	316
待月台	319
溪光亭	320
笮篙谷	321
寒芦港	322
南园	323
东栏梨花	324
司马君实独乐园	325
饮湖上初晴后雨	328

月夜与客饮酒杏花下 ………………………………………… 329

书丹元子所示《李太白真》 ……………………………… 330

於潜僧绿筠轩 …………………………………………………… 333

陌上花三首(并引录一) ………………………………… 334

海棠 ……………………………………………………………… 335

赠孙莘老 ………………………………………………………… 337

辛丑十一月十九日…马上赋诗一篇寄之 ……………… 338

和子由渑池怀旧 ……………………………………………… 340

捕蝗至浮云岭,山行疲苦,有怀子由弟二首(录一) … 341

子由将赴南都…且以慰子由(录一) ………………… 343

六年正月二十日复出东门,仍用前韵 ………………… 344

西太一见王荆公旧诗,偶次其韵 ……………………… 346

腊日游孤山访惠勤、惠思二僧 ………………………… 347

九日,寻臻阇黎,遂泛小舟至勤师院 …………………… 350

文与可有诗见寄…次韵答之 …………………………… 351

次韵子由使契丹至涿州见寄四首 ……………………… 353

送安惇秀才失解西归 ………………………………………… 357

送子由使契丹 ………………………………………………… 359

和子由踏青 …………………………………………………… 360

自金山放船至焦山 ………………………………………… 362

病中游祖塔院 ………………………………………………… 364

惠崇春江晚景(二首录一) ……………………………… 365

八月十五日看潮五绝(录三) …………………………… 367

东坡一绝 ………………………………………………………… 370

初到黄州 ………………………………………………………… 371

正月二十日,往岐亭,郡人潘、古、郭三人送余于女王城
　　东禅庄院 …………………………………………………… 372

书林逋诗后 …………………………………………………… 374

予以事系御史台狱…故作二诗授狱卒梁成以遗子由 … 376

东坡摘句图(十条) ………………………………………… 380

苏辙　二首

与兄子瞻会宿二首 ………………………………………… 385

黄庭坚　三十九首

- 古诗二首上苏子瞻 …………………………………… 388
- 醇道得蛤蜊…不敢送 ………………………………… 392
- 王稚川既得官都下…湖南歌也 ……………………… 393
- 宿旧彭泽怀陶令 ……………………………………… 395
- 秋思和子由 …………………………………………… 397
- 送王郎 ………………………………………………… 398
- 次韵刘景文登邺王台见思（五首录一） …………… 401
- 次韵吴宣义三径怀友 ………………………………… 402
- 寄黄几复 ……………………………………………… 404
- 送舅氏野夫之宣城二首 ……………………………… 406
- 次韵子瞻武昌西山 …………………………………… 409
- 子瞻诗句妙一世…即此韵 …………………………… 413
- 题郑防画夹五首（录一） …………………………… 416
- 题伯时画严子陵钓滩 ………………………………… 417
- 题伯时画松下渊明 …………………………………… 418
- 次韵子瞻以红带寄王宣义 …………………………… 420
- 题竹石牧牛并引 ……………………………………… 422
- 送少章从翰林苏公余杭 ……………………………… 423
- 梦李白诵竹枝词三叠 ………………………………… 425
- 题苏若兰回文锦诗图 ………………………………… 426
- 病起荆江亭即事十首（录二） ……………………… 427
- 次韵中玉水仙花二首 ………………………………… 429
- 王充道送水仙花五十枝，欣然会心，为之作咏 …… 431
- 戏赠米元章二首 ……………………………………… 433
- 雨中登岳阳楼望君山二首 …………………………… 435
- 题胡逸老致虚庵 ……………………………………… 437
- 武昌松风阁 …………………………………………… 438
- 次韵文潜 ……………………………………………… 441
- 鄂州南楼书事四首（录一） ………………………… 444
- 寄贺方回 ……………………………………………… 445
- 书摩崖碑后 …………………………………………… 447

郭明甫作西斋于颖尾,请予赋诗二首(录一) …… 451
　　山谷摘句图(十四条) …… 452

陈师道　二十六首
　　妾薄命二首 …… 459
　　赠二苏公 …… 463
　　九日寄秦觏 …… 467
　　绝句四首(录一) …… 469
　　谢赵使君送乌薪 …… 470
　　放歌行二首 …… 471
　　九日无酒书呈漕使韩伯修大夫 …… 474
　　赠欧阳叔弼 …… 475
　　即事 …… 476
　　绝句 …… 477
　　答晁以道 …… 478
　　别黄徐州 …… 480
　　赠寇国宝三首(录一) …… 482
　　舟中二首(录一) …… 482
　　东山谒外大父墓 …… 484
　　次韵晁无斁冬夜见寄 …… 485
　　和范教授同游桓山 …… 487
　　春怀示邻里 …… 488
　　和寇十一晚登白门 …… 489
　　谢赵生惠芍药三绝句(录一) …… 491
　　和李使君九日登戏马台 …… 492
　　次韵夏日 …… 493
　　寄晁无斁 …… 495
　　春兴 …… 496

秦观　六首
　　泗州东城晚望 …… 497
　　春日五首(录一) …… 498
　　秋日三首(录一) …… 499
　　春日偶题呈钱尚书 …… 500

再遣朝华 …… 501
　　赠女冠畅师 …… 502
晁冲之　三首
　　留别江子之 …… 504
　　戏留次膺三十三弟颂之 …… 506
　　夜行 …… 507
晁补之　四首
　　赠文潜甥杨克一学文与可画竹求诗 …… 507
　　题庐山 …… 510
　　遇赦北归 …… 511
　　贵溪在信州城南，其水西流七百里入江 …… 512
张耒　九首
　　出山 …… 514
　　夏日三首（录一） …… 516
　　二十三日即事 …… 517
　　发安化回望黄州山 …… 519
　　赴官寿安泛汴 …… 520
　　自上元后闲作五首（录二） …… 521
　　怀金陵三首（录二） …… 523
　　句（二条） …… 526
文同　三首
　　寄宇文公南自文州曲水令弃官 …… 527
　　北斋雨后 …… 528
　　此君庵 …… 530
米芾　一首
　　垂虹亭 …… 531
邹浩　一首
　　咏路 …… 532
贺铸　二首
　　留别田昼 …… 534
　　病后登快哉亭 …… 536

孔武仲　三首
　　久长驿书事 …… 538
　　舍轿马而步 …… 539
　　瓜步阻风 …… 542

孔平仲　六首
　　代小子广孙寄翁翁 …… 544
　　西轩 …… 547
　　和经父寄张绩 …… 548
　　登贺园高亭 …… 550
　　昼眠呈梦锡 …… 551
　　集于昌龄之舍 …… 552

李觏　一首
　　灵源洞 …… 553

韩驹　四首
　　赠赵伯鱼 …… 554
　　题湖南清绝图 …… 557
　　上泰州使君陈莹中 …… 558
　　登赤壁矶 …… 560

徐积　二首
　　赠黄鲁直 …… 561
　　哭张六并序 …… 562

卷　三

陈与义　二十一首
　　和张矩臣水墨梅五绝（录四） …… 564
　　寄若拙弟兼呈二十家叔 …… 569
　　次韵乐文卿北园 …… 571
　　春日二首 …… 572
　　夏日集葆真池上…赋诗得"静"字 …… 574
　　试院书怀 …… 577
　　清明 …… 578

再登岳阳楼感赋诗 …… 580
　　春寒 …… 581
　　寻诗两绝句 …… 582
　　除夜次大光韵,大光是夕婚 …… 584
　　除夜不寐,饮酒一杯,明日示大光 …… 585
　　将至杉木铺望野人居 …… 585
　　谢主人 …… 586
　　观雨 …… 588
　　怀天经智老因访 …… 589
曾几　五首
　　三衢道中 …… 591
　　题访戴图 …… 592
　　茶山 …… 593
　　壬戌岁除作,明朝六十岁矣 …… 594
　　发宜兴 …… 596
楼玥　四首
　　题孟东野听琴图因次其韵 …… 597
　　求仲抑招游山归途遇雨 …… 600
　　石门洞 …… 603
　　大龙湫 …… 605
　　句(一条) …… 608
岳飞　一首
　　池州翠微亭 …… 608
谢芝　一首
　　夏日游南湖 …… 609
李唐　一首
　　题画 …… 610
刘一止　三首
　　小斋即事(二首录一) …… 611
　　拱州道中 …… 613
　　冥冥寒食雨 …… 614
葛立方　一首

避地伤春 ………………………………………… 615
王琮　一首
　　　题多景楼 …………………………………………… 616
王铚　一首
　　　春近 ………………………………………………… 617
郭祥正　四首
　　　春日独酌十首(录二) ……………………………… 618
　　　怀友 ………………………………………………… 620
　　　徐州黄楼歌寄苏子瞻 ……………………………… 622
　　　句(二条) …………………………………………… 626
饶节　三首
　　　偶成 ………………………………………………… 627
　　　眠石 ………………………………………………… 628
　　　晚起 ………………………………………………… 628
　　　句(一条) …………………………………………… 629
孙觌　一首
　　　焦山吸江亭 ………………………………………… 630
　　　句(一条) …………………………………………… 631
王庭珪
　　　送胡邦衡之新州贬所 ……………………………… 632
张纲　一首
　　　次韵李道士观南山(三首录一) …………………… 633
江端友　一首
　　　韩碑 ………………………………………………… 634
寇国宝　一首
　　　题阊门外小寺壁 …………………………………… 636
石悉　一首
　　　绝句 ………………………………………………… 637
吕希哲　一首
　　　绝句 ………………………………………………… 638
叶适　一首
　　　余泛舟不能具舫，创为隆篷加牖户焉 …………… 639

王炎　二首
　　双溪种花二首 …………………………………… 640
唐庚　三首
　　张求 ……………………………………………… 641
　　白鹭 ……………………………………………… 644
　　醉眠 ……………………………………………… 645
刘子翚　一首
　　刘兼道猎 ………………………………………… 646
范成大　十二首
　　晚潮 ……………………………………………… 648
　　与正夫、朋元游陈侍御园 ……………………… 649
　　龙津桥 …………………………………………… 650
　　画工季友直为余作冰天、桂海二图…戏题 …… 651
　　乙未元日用前韵书怀，今年五十矣 …………… 653
　　判命坡 …………………………………………… 655
　　望乡台 …………………………………………… 657
　　鄂州南楼 ………………………………………… 658
　　春晚 ……………………………………………… 659
　　四时田园杂兴六十首（录二首） ……………… 661
　　夏日田园杂兴十二绝（录一绝） ……………… 663
朱熹　十一首
　　观书有感二首 …………………………………… 664
　　鹅湖寺和陆子寿 ………………………………… 666
　　崇寿客舍夜闻子规得三绝句，写呈平父兄，烦为转寄
　　　彦集兄及两县间诸亲友 ……………………… 668
　　淳熙甲辰仲春精舍闲居，戏作《武夷棹歌》十首呈诸
　　　同游，相与一笑（录五） …………………… 671
周必大　五首
　　行舟忆永和兄弟 ………………………………… 674
　　己丑二月七日雨中读《汉元帝纪》，效乐天体 … 676
　　入直召对选德殿，赐茶而退 …………………… 679
　　过邬子湖 ………………………………………… 681

腊旦大雪,运使何同叔送羊羔酒,拙诗为谢 …………… 682

尤袤　三首
　　送吴待制守襄阳 ……………………………… 683
　　题米元晖潇湘图二首 ………………………… 685

萧德藻　四首
　　古梅二首 ……………………………………… 687
　　次韵傅惟肖 …………………………………… 689
　　登岳阳楼 ……………………………………… 690
　　句(四条) ……………………………………… 692

陈傅良　五首
　　止斋曲廊初成 ………………………………… 693
　　用前韵招蕃叟弟二首 ………………………… 696
　　寄陈同甫 ……………………………………… 699
　　送卢郎中国华赴闽宪 ………………………… 701

杨万里　五十五首
　　题湘中馆二首(录一首) ……………………… 702
　　癸未上元后,永州夜饮赵敦礼竹亭,闻蛙醉吟 …… 704
　　过百家渡四绝句(录一) ……………………… 706
　　和仲良春晚即事五首(录三) ………………… 707
　　三月三日雨作遣闷绝句(录一首) …………… 710
　　贺澹庵先生胡侍郎新居落成二首(录一) …… 711
　　都下无忧馆小楼春尽旅怀二首 ……………… 713
　　彦通叔祖约游云水寺二首(录一) …………… 715
　　闲居初夏午睡起二绝句(录一首) …………… 715
　　次日醉归 ……………………………………… 717
　　送周仲觉访来又别 …………………………… 719
　　夏夜追凉 ……………………………………… 720
　　有叹 …………………………………………… 721
　　听雨 …………………………………………… 722
　　丁酉四月一日之官毗陵,舟行阻风,
　　　宿稠陂江口(二首其一) …………………… 723
　　过招贤渡 ……………………………………… 724

新柳	725
寒食雨作	726
池亭	727
春草二首	728
竹阴小憩	729
五更过无锡县寄怀范参政、尤侍郎	730
晚风二首	731
初入淮河四绝句	733
晓过丹阳县二首	737
泊平江百花洲	738
题沈子寿《旁观录》	739
宿池州齐山寺,即杜牧之九日登高处	740
池口移舟入江,再泊十里头、潘家湾,阻风不止	742
舟中排闷	744
八月十三日望月	746
早春	747
进退格寄张功父、姜尧章	748
舟过黄田谒龙母护应庙	750
舟过谢潭(三首之三)	751
春晴怀故园海棠二首	752
峡山寺竹枝词五首(选二)	754
过五里径	756
明发房溪(二首其二)	757
题太和主簿赵昌父思隐堂	758
二月一日晓渡太和江(三首其二)	759
题钟家村石崖	760
暮泊鼠山,闻明朝有石塘之险	761
送乡僧德璘监寺缘化结夏归天童山	762

陆游　五十三首

寄酬曾学士。学宛陵先生体…辄奉怀	763
新夏感事	767
东阳道中	768

望江道中	769
自咏示客	771
上巳临川道中	772
晚泊	775
黄州	776
蟠龙瀑布	778
岳池农家	780
闻杜鹃戏作	781
寓驿舍	782
宴西楼	784
花时遍游诸家园六首	786
月下醉题	791
江楼醉中作	793
南定楼遇急雨	795
渔翁	796
闻雁	797
登拟岘台	798
临安春雨初霁	800
饮张功父园戏题扇上	801
闻傅氏庄紫笑花开，急棹小舟观之	802
寄题朱元晦武夷精舍（录一首）	803
到严十五晦朔，郡酿不佳…殊悒悒也	804
山园	806
秋晚思梁益旧游（二首）	807
晚眺	809
赠刘改之秀才	810
久不得张汉州书	812
书室明暖，终日婆娑其间，倦则扶杖至小园。戏作长句	813
春晚怀山南	815
幽居初夏	816
六月二十四日…忘数字而已	817
闲居自述	819

睡起至园中 ………………………………………… 820
陈阜卿先生为两浙转运司考试官…作长句以识其事，
　　不知衰涕之集也 ……………………………… 822
剑门道中遇微雨 …………………………………… 824
禹迹寺南有沈氏小园…读之怅然 ………………… 826
沈园二首 …………………………………………… 828
湖水愈缩，戏作 …………………………………… 830
梅花绝句 …………………………………………… 831
先少师宣和初有赠晁公以道诗…泣而足之 ……… 832
恩封渭南伯……戏作长句 ………………………… 834
小舟游近村，舍舟步归 …………………………… 836
示儿 ………………………………………………… 837
剑南摘句图（九条）……………………………… 838

黄公度　四首
悲秋 ………………………………………………… 842
暮春宴东园，方良翰喜有诗，入夏追和 ………… 844
道间即事 …………………………………………… 845
西郊步武地…枕上得小诗资宋永兄一噱。因呈昔游兄弟，
　　速寻旧盟，勿为天公所玩 ………………… 847
句（四条）………………………………………… 848

卷　四

戴复古　十一首
梦中亦役役 ………………………………………… 851
大热五首（录一首）……………………………… 853
次韵谢敬之题南康县刘清老园 …………………… 854
寄韩仲止 …………………………………………… 855
题张金判园林 ……………………………………… 857
哭赵紫芝 …………………………………………… 858
渝江绿阴亭九日燕集 ……………………………… 859
湖南见真师 ………………………………………… 860

江阴浮远堂 …………………………………… 862
　　戏题诗稿 ……………………………………… 863
　　袁州化成岩李卫公谪居之地 ………………… 864
　　句(四条) ……………………………………… 866
姜夔　七首
　　送《朝天续集》归诚斋,时在金陵 …………… 868
　　除夜自石湖归苕溪(十首其七) ……………… 870
　　姑苏怀古 ……………………………………… 872
　　湖上寓居杂咏 ………………………………… 873
　　平甫见招不欲往(二首其一) ………………… 874
　　登乌石寺 ……………………………………… 875
　　过垂虹 ………………………………………… 876
叶绍翁　三首
　　登谢屐亭赠谢行之 …………………………… 878
　　游园不值 ……………………………………… 881
　　九日呈真直院 ………………………………… 883
葛天民　三首
　　仲春 …………………………………………… 884
　　迎燕 …………………………………………… 885
　　江上 …………………………………………… 886
　　句(三条) ……………………………………… 886
刘过　一首
　　喜雨呈吴察按 ………………………………… 888
敖陶孙　五首
　　洗竹简诸公同赋 ……………………………… 889
　　用韵谢竹主人陈元仰 ………………………… 891
　　竹间新辟一地,可坐十客,用前韵刻竹上 …… 893
　　四月二十三日始设酒禁,试东坡羹一杯…食已得
　　　三诗(录一) ………………………………… 895
　　上闽帅范石湖五首(录一) …………………… 897
严羽　二首
　　访益上人兰若 ………………………………… 898

目录　◇　21

和上官伟长芜城晚眺 …… 899
严粲　一首
　　骑牛图 …… 901
　　句(二条) …… 902
赵师秀　四首
　　雁荡宝冠寺 …… 903
　　薛氏瓜庐 …… 904
　　数日 …… 905
　　约客 …… 906
翁卷　五首
　　寄永州徐三掾曹 …… 907
　　陈西老母氏挽词 …… 909
　　哭徐山民 …… 910
　　山雨 …… 911
　　乡村四月 …… 912
　　句(三条) …… 912
徐玑　二首
　　泊舟呈灵晖 …… 914
　　赠徐照 …… 915
　　句(一条) …… 916
徐照　三首
　　莫愁曲 …… 917
　　柳叶词 …… 918
　　分题得渔村晚照 …… 919
刘克庄　二十七首
　　北山作 …… 920
　　夜过瑞香庵作 …… 922
　　哭薛子舒二首 …… 923
　　答友生 …… 925
　　冶城 …… 926
　　西山 …… 928
　　归至武阳渡作 …… 929

出郭 ································· 930
　　再赠钱道人 ························· 931
　　方寺丞新第二首 ····················· 932
　　岁晚书事十首(录四) ················· 934
　　燕 ··································· 938
　　七月九日 ····························· 939
　　少日 ································· 940
　　示同志 ······························· 941
　　郊行 ································· 943
　　见方云台题壁 ························· 944
　　记梦 ································· 945
　　为圃 ································· 946
　　病后访梅九绝(录三首) ··············· 947
　　句(七条) ····························· 951
林希逸　一首
　　溪上谣 ······························· 954
陈鉴之　一首
　　京口江阁和友人韵 ····················· 956
赵希樒　一首
　　次萧冰崖梅花韵 ······················· 957
武衍　一首
　　宫词 ································· 959
方岳　一首
　　观渔 ································· 960
　　句(十条) ····························· 962
罗与之　一首
　　看叶 ································· 967
毛珝　一首
　　甲午江行 ····························· 968
罗公升　二首
　　戍妇 ································· 970
　　和宫怨 ······························· 971

岳珂 一首
　　观芙蓉有感 …………………………………… 972
叶茵 一首
　　机女叹 …………………………………………… 973
危稹 一首
　　送刘帅归蜀 ……………………………………… 974
戴昺 一首
　　夏曼卿作新楼，扁曰："潇湘片景"，来求拙画且索诗 …… 976
汪莘 一首
　　湖上早秋偶兴 …………………………………… 977
乐雷发 二首
　　送丁少卿自桂帅移镇西蜀 ……………………… 978
　　夏日偶书 ………………………………………… 980
郑震 一首
　　荆江口望见君山 ………………………………… 981
程俱 一首
　　望九华 …………………………………………… 982
文天祥 二首
　　晓起 ……………………………………………… 985
　　夜坐 ……………………………………………… 987
谢翱 六首
　　效孟郊体二首 …………………………………… 989
　　过杭州故宫二首 ………………………………… 992
　　重过二首 ………………………………………… 995
　　句（四条）………………………………………… 997
林景熙 六首
　　山窗新糊，有故朝封事稿，阅之有感 …………… 999
　　答陈景贤 ………………………………………… 1000
　　题陆放翁诗卷后 ………………………………… 1001
　　梦中作四首（录三首）…………………………… 1005
真山民 一首
　　山亭避暑 ………………………………………… 1008

句(一条) …………………………………… 1009
郑思肖　一首
　　　画兰 ……………………………………… 1010
徐氏　一首
　　　口占答宋太祖 …………………………… 1011
李清照　一首
　　　上枢密韩公、工部尚书胡公 …………… 1012
　　　句(二条) …………………………………… 1022
汪元量　二首
　　　醉歌(录二) ………………………………… 1023
　　　句(一条) …………………………………… 1025
僧道潜　五首
　　　绝句 ……………………………………… 1026
　　　临平道中 ………………………………… 1027
　　　江上秋夜 ………………………………… 1028
　　　维王府园与王元规承事同赋二首 ……… 1029
　　　句(三条) …………………………………… 1031
惠洪　三首
　　　题李愬画像 ……………………………… 1032
　　　瑜上人自灵石来,求鸣玉轩诗。会予断作语,复决堤,
　　　　作一首 ………………………………… 1036
　　　次韵天锡提举 …………………………… 1039
　　　句(七条) …………………………………… 1041
僧道璨　一首
　　　和吴山泉万竹亭 ………………………… 1044
　　　句(一条) …………………………………… 1045
附　录
　　　《宋诗精华录》序 ………………………… 1046
　　　《宋诗精华录》卷一按语 ………………… 1047

前　言

　　《宋诗精华录》是清末民初的著名诗人、学者陈衍选编的宋诗选集,1937年由上海商务印书馆排印出版,六十年来,在中国诗界、学界都产生了相当的影响。

　　跟唐代一样,宋代也是中国古代文化的黄金时代,文学、艺术、哲学、史学、科学都有着突出的业绩。其中文学园地更呈现着百花齐放的盛况——词、文、诗、小说、戏曲、文论都成绩斐然,尤以词与文的成就最为突出。

　　词从本质上说,其实就是诗的一体,然而词在宋代的突出表现却掩盖了题材与存世数量远超过它的一般诗歌的光芒,使人们一提到"宋"便想到"词",以至称词为有宋"一代之文学"(王国维),而很少把视线投向宋诗。

　　宋词固然是"后世难以继焉者"(王国维),其实宋诗的成绩也是不小的。

　　中国诗歌有广义的和狭义的理解,广义地说,从《诗》《骚》到词、曲都是诗,狭义地说诗指的只是"四"、"五"、"七"、"杂"言的古近体诗。中国狭义诗歌的历史有两个高峰期:汉末至两晋,盛唐至两宋,前者是乐诗的极至,后者是徒诗的顶巅。

　　虽然从总体上看,宋诗没有唐诗那样众星璀璨、生机盎然,但必须承认无论在题材内容和艺术手法的开拓上,宋诗都尽了自己的努力,显示了自己的特色,古近体诗的艺术张力至宋才庶几挖尽,南宋以后诗便真的步入老境,再难有回春之力了。宋诗是唐诗的继续和发展,在当代这已经成为多数学者的共识,然而在几十年前扬唐抑宋还是普遍的现象。扬唐抑宋由来久远,南宋张戒(《岁寒堂诗话》)、严羽(《沧浪诗话》)已开其端,至明前后七子达于顶点,他们主张"文必秦汉,诗必盛唐",叫人"勿读唐以后书",以至于当时人竟有"苟称其人之诗为宋诗,则无异于唾骂"的说法。清代以后,诗界虽逐渐认识到"宋人之长",宗宋诗者也日多,然而多数人仍持着"一切好诗已被唐人作完,宋诗不足观也"的看法,而较少阅读宋诗。

扬唐抑宋的人,对宋诗的批评主要有两方面:一是瞧不起宋人学唐诗又不像唐诗;二是说宋诗爱发议论,爱讲道理,爱掉书袋;说唐人是以情为诗,宋人则以文为诗,宋人多数不懂诗是要用形象思维的,所以味同嚼蜡。宋代诗人确乎很重视学习唐人诗法,不少人还以此相标榜,就像抑宋的明人标榜非唐诗不读、非唐人不学一样。后人学习前人的经验是很正常的,问题是怎么学?江西派末流学唐诗是不成功的例子,而大骂宋诗的明代人学习唐诗"维肖而不维妙"(钱钟书语)是更不成功的例子。至于宋之黄、陈、杨、陆等大家学唐诗又不像唐诗,借钱钟书先生的话说:"这一点不像之处恰恰就是宋诗的创造性和价值所在。"如果多读些宋诗,便会发现这不像之处并不止"一点儿",有些人还很有些"个性"和"新意"呢!以文为诗,用诗来发议论、讲道理,宋人诗中是多了一些,但这一不是宋人的创造,而是古已有之;二只要用得好未尝不可,这或许正是宋诗个性的一个方面!三只要多读些宋诗偏见自会减少,因为"宋人不论大家、名家、小家,好诗都是以诗为诗,重抒情,重意境,并不依赖议论"的(钱仲联)。说宋人多数不懂得诗是要用形象思维的,这肯定是一种感情用事的偏激之论。只要是诗而不是政论、哲论之类,总是要用形象思维的,总是蕴含着诗人的感情的。历来被举为以文为诗、以诗发论典型的诗篇像梅尧臣的《陶者》、苏轼的《题西林壁》,以至于朱夫子的《观书有感》,也还是有形有情,与纯用逻辑思维推理演绎者不同的吧?

宋诗的价值是到清代才逐渐被重视起来的。清初吴之振、吕留良、吴自牧编印了《宋诗钞》以示"宋人之长",其后查慎行、厉鹗、王士祯都崇尚宋诗,程恩泽、何绍基、郑珍等人更以"宗宋派"相标榜。同治、光绪两朝出现了一批崇宋的"同光体"诗人,陈衍便是其中的主将,代表人物还有陈三立、郑孝胥等。

陈衍(公元1856—1937年)字叔伊,号石遗,福建侯官(今福州市)人。光绪八年(公元1882年)举人。他曾提倡维新,当过洋务派首领张之洞的官报局总编纂,后来又当过学部主事、京师大学堂教习。民国后在厦门大学等校任教,最后寓居苏州任无锡国学专修学校教授。陈衍是"同光体"的权威理论家,他把唐、宋诗视为诗史上的一个整体阶段,提出了著名的"三元"说:"余谓诗莫盛于三元,上元开元,中元元和,下元元祐也。"他既看到了宋诗对唐诗的继承,又看到了宋诗能"力破余地",具有自己的特点。这些看法都极有见地的,对历史上和现实中尊唐抑宋的偏见,具有很强的冲击力量。《宋诗精华录》就是为了体现他对宋诗的评价而选编的。

《宋诗精华录》共选宋129家诗685首,另附100条摘句,分列四卷之中。四卷之分"亦略如唐诗,分初、盛、中、晚"。他说:"天道无数十年不变,凡事随之。盛极而衰,衰极而渐盛,往往然也。今略区元丰、元祐以前为初宋;由二元尽北宋为盛宋,王(安石)、苏(轼)、黄(庭坚)、陈(师道)、秦(观)、晁(补之)、张(耒)具在焉,唐之李(白)、杜(甫)、岑(参)、高(适)、龙标(王昌龄)、右丞(王维)也;南渡、茶山(曾几)、简斋(陈与义)、尤(袤)、萧(德藻)、范(成大)、陆(游)、杨(万里)为中宋,唐之韩(愈)、柳(宗元)、白(居易)也;四灵(徐玑、徐照、翁卷、赵师秀)以后为晚宋,谢皋羽(翱)、郑所南(思肖)辈,则如唐之有韩偓、司空图焉。"(第一卷所加总案)四宋之分,虽学自四唐,但大体上是符合宋诗发展的实际的。其中,初宋39人117首、盛宋18人234首(占34%)、中宋32人212首(占31%)、晚宋40人122首。选诗十首以上者仅13人(梅尧臣24、司马光11、王安石34、苏轼88、黄庭坚39、陈师道26、陈与义21、范成大12、朱熹11、杨万里55、陆游54、戴复古11、刘克庄27),而所选诗达415首,占全书60%强,除少数因个人好恶略有加减外,真可谓轻重得所。另外,从他所选录的作品看,多数是比较好的,是能够代表所属作家的思想、风格的,也符合他所强调的诗要"性情"与"学力"相结合,要"有真实怀抱、真实道理、真实本领"的原则。

陈衍对所选录的诗都加了圈点,其中部分诗还写了评语,这些圈点和评语时有画龙点睛之妙。然而鉴于我们这部书的性质和读者对象——我们主要是借《精华录》向一般读者介绍宋诗而不是,至少不主要是为了介绍陈衍的诗学理论和他对宋诗的评析——同时也考虑到印刷的困难,我们略去了所有的圈点,评语也只是有选择地采用到我们的赏析(题解)之中。

陈衍此书当然也有一些缺点。例如他之选诗内容上偏重于感怀、闲适、山水、隐逸之类个人感情的抒发,对有关国家民族、人民生计的重大主题注意不够;形式上又偏重遣词造句、声律属对等艺术技巧,因而不少众所熟知的名篇、代表作未被收录,相反,个别平庸浅薄的作品却收录在编。再比如,他之选诗主要是为了授课,手边材料有限,所据主要是《宋诗纪事》《宋诗钞》之类总集,因而无论诗人、诗作的排序①,还是文字的校勘都有一些粗漏不当之处,某些重要作品的遗漏,或许也与资料的限制有关。我们现在的条件要比陈衍当时好多了,《全宋诗》已出版35卷,南渡以前作品尽在手边,两宋大家别集校订过的新版本也多已出版,使我们得以一一校对善本,给我们的工作带来了很大方便。

这本《宋诗精华录全译》是《中国历代名著全译丛书》中的一种,体例上一仍旧贯,分作者简介(在每人第一首诗的诗题下)、题解、原诗、注释、今译几部分,题解、注释的原则也一如《唐诗三百首全译》《宋词三百首全译》,不赘述。需要提到的是陈衍摘选的100条摘句,体例不一,大半不注出处,我们则不但一一注出篇名,同时全引原诗,供读者参考,以免断章取义之弊。

本书第一、第二两卷及第四卷前大半的注译者为沙灵娜,第三卷及第四卷后小半的注释者为陈振寰。我们都不是专门研究宋诗的,所见有限,学力不足,注、译、解析都难免有疏漏、错误之处,切望读者和专家们指正。

1998. 12.

---

① 帝王最前、妇女僧道殿后的排次全仿旧选本体例,不属于我们所说的"排次不当"。

卷 一

在燕京作

帝㬎

【作者简介】

帝㬎(公元1271—1323年),即宋恭帝赵㬎,度宗子,度宗咸淳九年(公元1273年)封嘉国公,时元兵已破湘、鄂。次年,度宗死,即位,年仅四岁。理宗后即太皇太后谢氏临朝听政。恭帝德祐二年(公元1276年)正月,元相伯颜率兵驻于临安城外皋亭山,南宋奉表降元。三月,亡宋三宫被执离杭赴大都,帝㬎降封为瀛国公。元至元二十五年(公元1288年),奉命往吐蕃学佛法,僧号木波(一说当为本波)讲师。长期居住于西藏萨迦大寺(在今日喀则市西南萨迦县),曾任总持,更名合尊法宝,从事佛经翻译,有《因明入正理论》《百法明门论》等译作传世。元英宗至治三年(公元1323年),被赐死于河西。

【题解】

孔凡礼辑校《增订湖山类稿》附录云,元陶宗仪《辍耕录》首载此诗称:"此宋幼主在京都所作也。"王尧引《山庵杂录》云:"瀛国公为僧后,至英宗朝,适兴吟诗,云:'寄语……'谍者以其意在讽动江南人心,闻之于上,收斩之。"明瞿佑《归田诗话》及田汝成《西湖游览志余》皆谓此诗系送汪元量南归之作。然孔凡礼谓后说不足据,并说所谓"适兴吟诗",乃吟其旧作。按汪元量南归时,赵㬎已往吐蕃,不可能赠诗送行。汪元量《瀛国公入西域为僧号木波讲师》诗有"生前从此别,生后不相闻"之句,可证。本诗前二句化用王维《杂诗》三首其二诗意,写出对故国山川风物的深深眷念。后二句对身为降王客居燕地不得返回故乡的悲剧命运,寄无限哀感。陶宗仪评曰:"始终二十字,含蓄无限凄戚意思,读之而不兴感者几希!"这首小诗竟招致杀身惨祸,更令人叹惋不已。

【原诗】
　　寄语林和靖,梅花几度开①?黄金台下客②,应是不归来!

注释

　　①王维《杂诗》三首其二:"君自故乡来,应知故乡事。来日绮窗前,寒梅著花未?"此处化用其意。林和靖,北宋初诗人兼隐士林逋,赐谥和靖先生。隐于西湖孤山,种梅养鹤,人称"梅妻鹤子"。有《山园小梅》诗二首最负盛名。此处暗指宋亡不仕新朝隐于江南的南宋旧臣,并以梅代指故国风物。
　　②黄金台下客:作者自指。黄金台:又名金台、燕台,故址在今河北易县东南。相传战国燕昭王筑台于此,置千金于台上,招延天下贤士,故名。此处借指元大都(今北京)。

【今译】
　　想要问一问西湖岸边的隐士,
　　自我离别后曾开过几度梅花?
　　我这黄金台下的异乡之客,
　　怕是再也不能够返回故家。

送王四十五归东都

徐　铉

【作者简介】
　　徐铉(公元916—991年),字鼎臣,广陵(今江苏扬州)人。早年仕于南唐,官至吏部尚书。后随李煜归宋,官至散骑常侍,世称徐骑省。淳化二年(公元991年)贬为静难军行军司马,死于贬所。在南唐时,文章与韩熙载齐名,并称"韩徐"。又精通文字学,长于书法。诗风平易清丽,多于浅切清淡中寄寓落寞怅惘之情。有《骑省集》。

【题解】

　　这是一首送别友人归扬州(南唐东都)的诗篇。首联点明时代特点,正值宋太祖进行统一全国的战争之际,烽烟四起,家国难保,别绪离愁的内涵因之更其深广,"泪易垂"即为自然而然之事。颔联一方面赞美友人恪尽孝道,一方面仍抒离愁别恨。颈联则转致宽慰之词,以见大丈夫胸襟。尾联笔意新奇,特别拈出赠别之柳是向南之枝,亦即瞩望对方勿忘故友,勿忘京国,寓意深永。全诗情真意挚,于平易中见深切。

【原诗】

　　海内兵方起①,离筵泪易垂。怜君负米去②,惜此落花时。想忆看来信③,相宽指后期。殷勤手中柳,此是向南枝。

【注释】

　　①海内句:公元960年赵匡胤夺取后周政权建立宋王朝后,先后用兵攻破荆南、后蜀、南汉等,南唐亦已朝不虑夕。
　　②负米:《孔子家语·致思》:"子路见孔子曰:'由也,事二亲之时,常食藜藿之实,为亲负米百里之外。'"后以"负米"作为孝养父母的故实。
　　③看来信:原作"望来信",据别本改。

【今译】

　　四海布满战尘兵戈正起,
　　在这令人感伤的离别宴会上,
　　更加容易清泪淋漓。
　　我敬爱你不顾辛劳去侍奉双亲,
　　还要叹息落花时节送你北去。
　　想念时只有看看寄来的书信,
　　可以宽慰的是毕竟会有重逢日期。

我殷切地将这向南的柳枝赠你,
愿你把南边的故友和京国思忆。

对竹思鹤

钱惟演

【作者简介】

钱惟演(公元977—1034年),字希圣,临安(今浙江杭州)人,吴越王钱俶次子。随父归宋,历官至枢密使。人品不足称,善趋炎附势,为朝士所鄙。然好读书,藏书可比秘府。又喜招徕名士,奖掖后进,如欧阳修、梅尧臣等均受其推重。诗歌宗法李商隐,为"西昆体"代表作家之一,辞采华丽,属对精工。《西昆酬唱集》辑其近体诗54首。其他著述今存《家王故事》《金坡遗事》。

【题解】

《宋诗纪事》本篇题为"留守西洛日作",系仁宗天圣、明道年间外放时所写。诗人站在洛水之滨,对一片映水瘦竹,时当露冷风清的秋夜,这一派萧然世外的景象真令人忘俗。句中两个"宜"字用得最为精切,见出时令、环境与物象的极度和谐。于是诗人更生想象:若有亭亭仙鹤立于萧萧竹旁,当为人间第一流清雅之境。诗中"仙骥"实系自况之辞。此诗写得孤绝、清绝、雅绝。陈衍评曰:"有身份,是第一流人语。"可惜诗人一生行止、品格实不能与之相配。金元好问《论诗》评潘岳云"千古高情《闲情赋》,争信安仁(潘岳字)拜路尘",正可移来评论钱惟演此篇的诗品及其人品。

【原诗】

瘦玉萧萧伊水头①,风宜清夜露宜秋。更教仙骥旁边立②,尽是人间第一流。

注释

①瘦玉:细竹的美称。萧萧:竦立貌。伊水:水名,即伊河,出河南卢氏县东

南,东北流经嵩县、伊川、洛阳,至偃师,入洛河。

②仙骥:《相鹤经》称鹤为"羽族之宗长,仙人之骐骥"。神话传说中仙人多骑鹤,故称。

【今译】
　　萧萧瘦竹映在伊水之滨,
　　跟露冷风清的秋夜多么相称。
　　假如旁边再有孤高的仙鹤伫立,
　　那全是人间第一流物象情景。

寒食寄郑起侍郎[①]

杨徽之

【作者简介】
　　杨徽之(公元921—1000年),字仲猷,浦城(今属福建)人。后周显德二年(公元955年)进士。入宋,历官天兴、峨眉令,复知全州。太宗太平兴国初,进侍御史。真宗时历官至翰林侍读学士。《全宋诗》存其诗9首。

【题解】
　　这首寄赠友人的篇章,作于入宋后与友人郑起均被贬为地方官时期。首联描写诗人清明时节出郊寻春,满目虽见家家插柳应节,山城仍是一派寂寞冷落光景。颔联更以极其疏淡的笔墨,绘出种种凄清的风物,诗人政治失意的凄黯心境即由此隐然透露。"天寒"两句表达薄酒难以消愁,登高望远只是徒增忧闷的苦况。篇末直叙与故乡、挚友疏隔,离情别绪无谁告语之愁。全诗辞情哀惋,自然流丽。

【原诗】
　　清明时节出郊原,寂寂山城柳映门[②]。水隔淡烟修竹寺,路经疏雨落花村。天寒酒薄难成醉[③],地迥楼高易断魂[④]。回首故山千里外,别离心绪向谁言?

注释

①寒食:节令名,在冬至后一百零五日,相传春秋时晋文公烧山逼介之推出山做官,之推抱木焚死。为纪念他,定于此日禁烟火,只食冷食,后相沿成习。寒食后一日(或说二日)即清明。郑起字孟隆,五代后周时与杨徽之同受宰相范质赏识,擢任台省之职。郑起累官至殿中侍御史。宋太祖乾德初,二人分别贬为地方官。

②柳映门:孟元老《东京梦华录》卷七载,寒食时节,家家户户"面造枣䭅飞燕,柳条串之,插于门楣"。

③酒薄难成醉:庾信《哀江南赋序》"鲁酒无忘忧之用",因其薄。李白《沙丘城下寄杜甫》诗"鲁酒不可醉"。此处化用以上句意。

④迥:高远。断魂:谓伤心已极。

【今译】

清明时节我独自走出郊野,
寂寞山城家家门户绿柳隐映。
隔水淡淡烟霭中,
看得见佛寺修竹成荫,
一路上细雨萧疏,
经过的村庄落花阵阵。
天气寒冷,菲薄的淡酒,
不能让我在一醉中沉浸。
登上高楼只见天高地迥,
我思乡念友更容易极度伤心。
回望故家远在千里以外,
满怀离情别绪又去讲给谁听?

阙　题

郑文宝

【作者简介】

郑文宝(公元953—1013年),字仲贤,一字伯玉,宁化(今属福建)人,仕南唐至校书郎。入宋,太宗太平兴国八年(公元983年)进士,历官至陕西转运使、兵部员外郎。真宗咸平中召掌京南榷货。善篆书，工琴，以诗闻名。风格清丽，多有警句传诵人口，为欧阳修、司马光所称赏。文集已佚，《全宋诗》录其诗16首。

【题解】
　　本诗一题作《柳枝词》。首句绘出一幅系舟杨柳岸的春江送别图。第二句"直到行人酒半酣"，含无限朋友情浓，彼此依依难舍之意，并表示唯以醉饮求得排遣。言简意永。三四句不说人有情而怨别，却怪画船无情，一则表明居者相留不住，二则表明行者欲留不能的无奈，且将抽象的离恨化作有形体、有重量的东西，使人分外感觉离恨的深重，意象极为新奇。全诗语言优美，富于诗情画意，为后来许多词曲家所仿效。如苏轼《虞美人》词云"汴水无情自东流，只载一船离恨、向西州"；周邦彦《尉迟杯》词云"无情画舸，都不管烟波前浦，等行人醉拥重衾，载得离恨归去"。李清照《武陵春》词、董解元《西厢记诸宫调》及王实甫《西厢记》中的曲词，均受到此诗影响。

【原诗】
　　亭亭画舸系春潭①，直到行人酒半酣。不管烟波与风雨，载将离恨过江南。

【注释】
　　①亭亭：耸立貌。画舸(gě)：画船。舸，大船，此泛指船。春潭：一作"寒潭"。

【今译】
　　高高的画船，
　　系在春水边杨柳岸。
　　珍重这分别时光我殷勤劝酒，
　　直到友人已喝得半酣。
　　画船径自去了，
　　不管烟波迷茫，也不管风雨凄然。
　　满载着一船离恨，
　　前往遥远的江南。

禁林春直①

李　昉

【作者简介】

李昉(公元925—996年),字明远,深州饶阳(今属河北)人。后汉乾祐中进士。仕后周,为翰林学士。入宋,累官至同中书门下平章事。曾参加编撰《旧五代史》,并主编《太平御览》《太平广记》《文苑英华》等。文集已佚,诗今存《二李唱和集》。

【题解】

本篇描写诗人作为太平宰相,在翰林院值班时所见春日熙熙、莺歌燕舞的融和景色。由此一院宁静和平的物象,引出对于"八方无事"的盛世的赞颂。即小见大,笔致清丽,歌咏承平光景而不落颂圣的俗套。方回因而评曰:"合是宋朝善言太平第一人。"唯篇末自谦之辞似有蛇足之嫌,也给人一种言非由衷的感觉。

【原诗】

疏帘摇曳日辉辉,直阁深严半掩扉②。一院有花春昼永③,八方无事诏书稀④。树头百啭莺莺语,梁上新来燕燕飞⑤。岂合此身居此地?妨贤尸禄自知非⑥。

注释

①禁林:同"禁苑",本指帝王园囿,此处指宫廷。直,同"值",值班。
②深严:极其庄严。《宋史·窦仪传》:"太祖谓宰相曰:'深严之地当得宿儒处之。'"
③永:长。
④八方:四方(东、南、西、北)和四隅(东南、东北、西南、西北),此指国内。诏书:皇帝的文告。
⑤树头二句:杜牧《为人题赠》诗:"绿树莺莺语,平江燕燕飞。"此化用其句。
⑥尸禄:犹言尸位素餐,空受俸禄而不治事。语出汉刘向《说苑·尊贤》:"诚使周公骄而且吝,则天下贤士至者寡矣。苟有至者,则必贪而尸禄者也。"

【今译】
　　疏疏的竹帘在轻风中摇曳，
　　太阳灿烂辉煌。
　　我当值的楼阁多么庄严，
　　阁门一半儿开开，一半儿掩上。
　　看繁花开满庭院，
　　春天的白昼分外悠长。
　　海内处处都平定安泰，
　　君王诏书很少传达四方。
　　树梢上黄莺婉啭地歌唱，
　　新来的燕子在梁间欢乐飞翔。
　　难道我真配待在这枢要地方？
　　我深知自己白白享受着俸禄，
　　妨碍了真正的贤才来作国家栋梁。

春日登楼怀归

寇　准

【作者简介】

　　寇准（公元961—1023年），字平仲，华州下邽（今陕西渭南）人。太宗太平兴国五年（公元980年）进士。真宗时官至宰相。辽军大举侵宋，力劝真宗渡河亲征，稳定了国势。不久被排挤罢相。晚年再度起用，封莱国公。后又遭陷害远贬，死于广西雷州。他与宋初山林诗人潘阆、魏野等为诗友，诗宗晚唐，精巧淡远。同时代人范雍为其诗集作序，说他平昔酷爱王维、韦应物诗，深受二人影响。七言绝句意新语工，最富音乐味。有《寇忠愍公诗集》。

【题解】

　　司马光《温公续诗话》云："寇莱公诗，才思融远。年十九进士及第，初知巴东县，有诗云'野水无人渡，孤舟尽日横'……为人脍炙"，可知此篇为早期作品，抒写了诗人在巴东作县令时深切的怀乡之情。

诗中描绘了登楼所见平川辽远,野水孤寂、渡船自横,荒村唯见断霭生出的寥落景象。只"古寺语流莺"句,点明题中所言"春日",而莺声仅从古寺隐隐传来,主色调仍是黯淡的,可以见出诗人心境的寂寞。由此进一步申诉故乡遥远、欲归不能的无限怅惘。全诗辞情清远苍凉。

【原诗】

高楼聊引望①,杳杳一川平②。野水无人渡,孤舟尽日横③。荒村生断霭④,古寺语流莺。旧业遥清渭⑤,沉思忽自惊。

注释

①引望:引领而望,伸颈远望。
②杳杳:深远貌。川:指平川、平野。
③野水二句:化自韦应物《滁州西涧》诗:"野渡无人舟自横"句。
④断霭:孤云、孤雾。霭:云气。
⑤旧业:故乡的田园家业。遥:一本作"通"。清渭:指渭河,黄河主要支流之一,源出甘肃渭源县西北鸟鼠山,东南流至清水县,入陕西省境,横贯渭河平原,东流至潼关,入黄河。黄河在陕西境内的渭、泾两条主要支流,渭清、泾浊,故称"清渭"。此借指诗人家乡渭南。

【今译】

独自登上高楼,
且把我的故乡遥望,
只看见一川平野,
深远而宽广。
寂寞的野水没有渡河的人,
摆渡的孤舟整天闲横在岸旁。
荒凉的村落中,
一片孤雾在空中游移彷徨。
从古老的寺院里,
传过来几声黄莺歌唱。
家园远在清清的渭水那边,
我深深怀想不由得满心怅惘。

示张寺丞王校勘^①

晏 殊

【作者简介】

晏殊(公元911—1055年),字同叔,抚州临川(今江西抚州)人。十四岁以神童召试,赐同进士出身。仁宗时官至同中书门下平章事兼枢密使。欧阳修《六一诗话》赞其"以文章擅天下,尤善为诗,而多称引后进,一时名士往往出其门"。词为宋初一大名家。诗风主要受李商隐影响,但比"西昆体"格调清婉明丽。词有《珠玉集》。诗文集久佚。《全宋诗》辑其诗三卷。

【题解】

本篇一题作《假中示判官张寺丞王校勘》,是写给幕下诗友张亢、王琪二人的。前四句点出上巳清明假期中,诗人在小园幽径独自徘徊,有感于风雨不定、时序更迭,为爱惜春光频频饮酒的情状。"无可奈何"一联,写出了诗人对美好事物难以挽留的无可如何的悲哀,深含哲理意味。此联原系作者《浣溪沙》词中的名句,他自己特别爱赏其自然工巧,又搬用到本诗中,却不如在词中那样给人突出的、生新的印象。尾联回应题目,将笔触由诗人内心转到赠诗的对象身上,以汉梁孝王的座上客比喻张王二人,称赞他们才情富赡,鼓励并期待他们写出更加出色的诗篇,显示了诗人作为文坛领袖的阔大胸襟,以及堂堂宰相的泱泱气度。全诗主旋律虽系感春,殊觉哀而不伤。尾联的诗意突转,给人出乎意外而又尽在意中的感觉,且一扫前六句愁闷之气,使人心情为之一爽。

【原诗】

元巳清明假未开^②,小园幽径独徘徊。春寒不定斑斑雨^③,宿醉难禁滟滟杯^④。无可奈何花落去,似曾相识燕归来。游梁赋客多风味^⑤,莫惜青钱万选才^⑥。

注释

①张寺丞:张亢。张曾任太常寺丞。太常寺,掌宗庙祭祀之事。寺丞为主官的副职。王校勘:王琪。王曾任崇文院校勘,掌图书著作之事。

②元巳:农历三月第一个巳日,也称上巳,后专指三月初三日。假未开:谓假期未结束。开:销。

③斑斑:斑点众多貌。此指雨点浓密。

④滟滟:本指水光,此指酒在杯中闪闪发光。

⑤游梁赋客:汉梁孝王雅爱文学,筑梁园,当时著名文学家如司马相如、枚乘之辈皆为其座上客。此处借指张亢、王琪,而以梁孝王暗指作者本人。

⑥青钱万选才:比喻文才超众,如青铜钱,万选万中。《新唐书·张荐传》:"员外郎员半千数为公卿称'鷟(张鷟)文辞犹青铜钱,万选万中',时号鷟青钱学士。"此赞誉张王二人文才出众。

【今译】

上巳清明的假期还没有结束,
我独自徘徊在小园幽径。
春天里寒暖不定,
忽地又飘下密雨一阵。
带着昨晚未醒的酒意,
爱惜春景禁不住再将清酒满饮。
人生最叫人无可奈何的是,
美丽鲜花随年光片片凋零,
那似曾相识的燕子,
倒又飞回这旧时巢居的屋梁顶。
你们,漫游梁园的出色文士,
多么富于风采诗情,
不要吝惜那青钱万选的超群才华,
请将新丽的诗篇哦吟。

寓 意①

晏 殊

【题解】

　　本诗表达相思之情。前四句以飘忽的形象表明伊人远去,无迹可寻,空余清美寂寞庭院的苦况。五六句写主人公独自中酒、寒食时节更添萧索的情怀。末二句写出山长水远、欲寄音信却无由寄达的怅惘,极烟水迷离之致。诗中"梨花院落溶溶月,杨柳池塘淡淡风"一联为写景名句,以气象、意境取胜。

【原诗】

　　油壁香车不再逢①,峡云无迹任西东②。梨花院落溶溶月③,杨柳池塘淡淡风。几日寂寥伤酒后④,一番萧索禁烟中⑤。鱼书欲寄何由达⑥?水远山长处处同。

【注释】

　　①油壁香车:指女子所乘华丽车马。车壁以油涂饰,故称油壁车。南朝民歌《苏小小歌》:"妾乘油壁车,郎骑青骢马。"
　　②峡云:用宋玉《高唐赋序》所载神女典故。序中记楚顷襄王游云梦,梦与巫山神女相会。神女称:"妾在巫山之阳,且为朝云,暮为行雨,朝朝暮暮,阳台之下。"此处峡云即喻所恋女子。
　　③溶溶:流动的样子。
　　④伤酒:犹言"中酒",饮酒过量而不适。
　　⑤禁烟:指寒食时令。
　　⑥鱼书:即书信。古乐府《饮马长城窟》:"客从远方来,遗我双鲤鱼。呼儿烹鲤鱼,中有尺素书。"

【今译】

　　乘坐华丽车马的她,
　　竟然不能够再度相逢,
　　像巫山的朝云东飘西荡,

我难以找到她的行踪。
开满雪白梨花的空寂院落,
只看见月光冉冉流动,
掩映碧绿杨柳的静静池塘,
吹着一阵阵淡淡清风。
多少天落寞里我喝了过量的酒,
更添萧索在这禁烟寒食中。
我想寄递书信却又能寄往哪里?
水远山长一片迷茫处处都相同。

暴富送孙何入史馆①

王禹偁

【作者简介】

　　王禹偁(公元954—1001年)字元之,济州钜野(今山东巨野)人,出身农家。太宗太平兴国八年(公元983年)进士。历官左司谏、翰林学士、知制诰。为官清正,直言敢谏。一生三次遭到贬谪,作《三黜赋》表明"屈于身兮不屈其道"的坚毅心志。因曾任黄州知州,世称"王黄州"。以诗文著称,诗歌成就尤为突出。诗学杜甫、白居易,自谓"本与乐天为后进,敢期子美是前身",多有反映民生疾苦的篇章,内容平实,风格简古。一些抒情写景短诗则清丽蕴藉,情韵悠长。其诗实开北宋诗歌革新之先声。有《小畜集》《小畜外集》。

【题解】

　　《宋史·孙何列传》云:"何十岁识音韵,十五能属文,笃学嗜古,为文必本经义,在贡籍中甚有声。与丁谓齐名友善,时辈号为'孙丁'。王禹偁尤推重之。"太宗淳化三年(公元992年)举进士第一。后被召入直史馆。本诗化用孟郊诗意,为孙何得入史馆饱览典籍而欣喜,称其是"孙贫今暴富",可见作者看重的不是功名利禄而是学问的积累,显示了他胸襟的高尚磊落。后苏轼有《答程全父推官书》之五,云:"儿子比抄得《唐书》一部,又借得《前汉》欲抄,若了此二书,便是穷儿暴富也。"与此诗主旨相近似。本诗情调欢悦,语言古朴,有议论化倾向,艺术上并不出色,贵在情真意挚。

【原诗】

　　孟郊尝贫苦,忽吟不贫句。为喜玉川子,书船归洛浦②。乃知君子心,所乐在稽古③。汉公得高科④,不足惟坟素⑤。二年佐棠阴⑥,眼黑怕文簿⑦。跃身入三馆⑧,烂目阅四库⑨。孟贫昔不贫,孙贫今暴富。暴富亦须防,文高被人妒。

【注释】

　　①暴富:指孙何由地方官召入史馆,从此可饱览国家藏书,大开眼界,骤增知识,如穷儿忽然发财。孙何(公元961—1004年),字汉公,蔡州汝阳(今河南汝南)人。少时以诗文知名,受王禹偁推重。历官至知制诰。

　　②孟郊四句:尝贫苦,一作"常贫苦"。孟郊有《忽不贫喜卢仝书船归洛》诗,云:"贫孟忽不贫,请问孟何如? 卢仝归洛船,崔嵬但载书……"此化用其意,以孟郊自喻,以卢仝喻孙何。孟郊:中唐诗人,终生困顿,诗多穷苦之辞。玉川子:中唐诗人卢仝号。洛浦:洛水之滨,指洛阳。

　　③稽古:研习古事。

　　④汉公句:孙何(字汉公)于太宗淳化三年(公元922年)中进士第一。高科:科第高名。

　　⑤坟素:古籍的素养。坟:坟典,三坟五典,后转为古书的通称。

　　⑥佐棠阴:指孙何佐理地方政治。棠阴:传说周召公奭巡行南国,在棠树下听讼断案,后人思之,不忍伐其树。后因以"棠阴"喻惠政。

　　⑦文簿:公文、簿书。

　　⑧三馆:宋承唐制,以史馆、昭文馆、集贤院为三馆,掌修史、藏书、校书。此偏指史馆。

　　⑨烂目:睁亮眼睛。烂:光明。四库:本指宫廷收藏图书的地方。《新唐书·艺文志》:"两都各聚书四部,以甲、乙、丙、丁为次,列经、史、子、集四库。"此处指史馆藏书。

【今译】

　　孟郊曾经十分贫苦,
　　忽然吟诗说不再贫苦;

是因为欣喜诗友卢仝,
载满一船书籍返回洛浦。
我于是懂得君子心性,
感到快乐的是钻研古书。
汉公得中了科第高名,
只是还欠缺古籍基础。
两年来佐理地方政治,
双眼发黑怕再审阅公文书簿。
现在腾身进入史馆,
将睁亮眼睛饱读四库藏书。
我如孟郊一样生活困窘,
精神却从来不觉贫苦。
孙何以前精神不够丰足,
而今一旦如穷人暴富,
学问富赡也还需要提防,
文才高超恐被他人忌妒。

寄砀山主簿朱九龄[①]

王禹偁

【题解】

本篇大概是诗人中进士后,初授成武县(今属山东)主簿时寄给同榜进士、砀山(今属安徽)主簿朱九龄的。首联描述了当年在京师群贤毕至、同登科第、恍临仙境的盛况,并特别点出朱氏最为年少。颔联写出金榜题名春风得意之际,进士们脱下白色襕衫,以期交上好运,更换有色官服,并纷纷以红纸名片去和红粉佳人结识的风流行径。颈联进一步渲染了他们在歌楼妓馆、柳陌花衢欢宴流连的情状,笔墨艳丽,风调旖旎。尾联忽作突转,由往昔神仙般的生活片断,跌落到而今与朱氏均为异县小吏,折腰于尘埃的凄伤境况,而共同追想昔日风光,只如人间天上,对比极为鲜明强烈,宦情的落寞昭然若见。陈衍评:"此诗全似白乐天,又是《唐摭言》中材料",因诗中所记场景、风习,具有一定的史料价值。

【原诗】

　　忽思蓬岛会群仙②,二百同年最少年③。利市襕衫抛白纻④,风流名纸写红笺⑤。歌楼夜宴停银烛⑥,柳巷春泥污锦韀⑦。今日折腰尘土里⑧,共君追想好凄然。

注释

　　①主簿:县令属官,掌户租、狱讼诸事。朱九龄:王禹偁同榜进士,生平不详。

　　②忽思:别本一作"闲思"。蓬岛:即蓬莱、蓬壶,传说中海上三神山之一,此借指京都。

　　③二百句:王禹偁《送朱九龄》诗云:"之子有俊才,弱冠中正鹄",可见朱中进士时才二十岁左右。同年,同榜进士。

　　④利市:吉利,好运气。襕衫:《宋史·舆服志五》:"襕衫,以白细布为之,圆领大袖,下施横襕为裳,腰间有辟积。进士及国子生、州县生服之。"抛白纻(zhù):指脱下庶人所穿白色细麻布襕衫,等待更换有色官服的好运。

　　⑤风流句:指新进士以红笺所写的名纸(犹名片)去结交妓女。《开元天宝遗事》云:"长安有平康坊,妓女所居之地……每年新进士以红笺名纸游谒其中,时人谓此坊为'风流薮泽'。"

　　⑥停:放置,此处引申为点燃。唐朱庆馀《闺意献张水部》诗:"洞房昨夜停红烛。"

　　⑦柳巷:指妓女所居之地。锦韀(jiān):锦绣的马鞍韀。韀,衬托马鞍的坐垫。

　　⑧折腰:谓折腰吏,地方低级官员。典出晋陶潜,潜为彭泽令,督邮将至,吏告当束带迎谒,叹曰:"吾不能为五斗米折腰",遂弃官归去。见《晋书·陶潜传》。

【今译】

　　猛然思忆当年在仙境般的京华,
　　相会的众多文士都风度翩翩,
　　两百个同榜进士中,
　　唯有你最是少年。
　　为求吉利早早换上有色官服,
　　我们扔掉了所穿的白色衣衫,

去和风流佳人结交,
送上写着名字的红色纸笺,
歌楼中深夜里还在欢乐饮宴,
把银烛高高点燃。
花街柳巷里春天的湿泥,
弄脏了我们锦绣的马鞍鞯。
又怎能料到如今做着小吏,
为五斗米折腰在尘埃之间,
与君一同追想当初的快乐时光,
令人心中感到万分凄然。

村　行

王禹偁

【题解】

　　太宗淳化二年(公元911年),王禹偁因论妖尼道安诬害徐铉罪,触怒了权要,被贬为商州(今陕西商县)团练副使。此诗于次年秋在商州作。前六句写出,虽在贬斥生涯中,诗人仍能保持怡然自乐的心境,尽情欣赏、领略秋日山村的美好风光。"万壑有声"一联最为精警,上句描声,下句绘色:山谷中秋声盈耳,金色夕阳下秋山寂然兀立,一闹一静的山景的描绘,融合着诗人的爱赏之情。尾联抒发诗人因见眼前美景而油然生出的怀乡深情,隐含横遭贬逐的淡淡愁思,使全诗主旨得以深化。整首诗摒弃藻饰,情韵天成。

【原诗】

　　马穿山径菊初黄,信马悠悠野兴长。万壑有声含晚籁①,数峰无语立斜阳。棠梨叶落胭脂色②,荞麦花开白雪香。何事吟余忽惆怅?村桥原树似吾乡③。

注释

　　①籁(lài):原指从空穴中发出之声,亦泛指声音,此处指秋声。

②棠梨:即杜梨,落叶乔木。一名甘棠,俗称野梨,树似梨而小,果实可食。
③原:平原。

【今译】
　　骑着马穿越山间道路,
　　黄菊花刚刚开放,
　　任随马儿自在地闲步,
　　我野游的兴味悠长。
　　傍晚时听处处山谷,
　　奏响了秋天的乐章。
　　见几座峰峦兀然矗立,
　　默默无语对着夕阳。
　　棠梨树叶片片飘落,
　　点点胭脂印在地上,
　　田野里荞麦花开,
　　如茫茫白雪散发清香。
　　吟咏过新的诗篇,
　　为什么心中忽地惆怅?
　　那村边小桥平原高树,
　　多像是我可爱的家乡!

书友人屋壁

魏　野

【作者简介】
　　魏野(公元960—1019年),字仲先,号草堂居士。原为蜀地人,后迁居陕州(今河南陕县)。终生不仕,真宗西行汾水时曾召见他,他回避不见。死后追赠著作郎。当时显宦名流如寇准、王旦等多与之往来酬唱。诗效法晚唐姚合、贾岛,但风格平朴闲远,无苦涩之弊,为著名的山林诗人。生前诗名在林逋之上。有《钜鹿东观集》。

【题解】

诗人一生不求仕进,避官场唯恐不及,自筑草堂于陕州东郊,常在林泉间弹琴赋诗,他所交往的,也多为幽人隐士。此诗别题作《书逸人俞太中屋壁》。诗人赞誉了与之同道的友人轻视利禄而隐居林泉的生活态度。又以极其生动的笔墨,描绘了一幅"洗砚鱼吞墨,烹茶鹤避烟"的隐者生活小景,如不食人间烟火人语。同时写出友人任随自然、不知老之将至的恬淡心境。而对给予他们这种生活的"圣代"厚恩,表示了较有分寸的感激。尾联显示诗人特别闲静、不同流俗的孤高品性。此诗虽系为友人而作,其实本为夫子自道,字里行间颇露得意之色。陈衍评此诗:"三四不落小方,第六句是高人语。"

【原诗】

达人轻禄位①,居处傍林泉。洗砚鱼吞墨,烹茶鹤避烟。闲惟歌圣代②,老不恨流年。静想闲来者,还应我最偏③。

注释

①达人:通达知命的人。
②圣代:封建时代称当代为圣代。
③偏:指心境僻远,不慕荣利。魏闲为父辑《钜鹿东观集》,序言称魏野"秉心孤高,植性冲淡,视浮荣如脱屣,轻宠利如鸿毛"。

【今译】

通达事理明哲的人,
从来就轻视利禄和贵显,
一心只想居住在
远离尘嚣的山林和泉边。
你写完诗去池中涮洗笔砚,
水中鱼游过来吞食着墨点,
你燃起木柴烹煮清茶,
白鹤就走开躲避灰烟。
能享受这样的清静悠闲,
只有歌颂圣朝给予的恩典。

你恬然自适一任岁华老去,
并不遗憾虚度了似水流年。
你静静想想闲来相访的人,
是不是数我心境最最僻远。

登原州城呈张贵从事①

魏　野

【题解】

　　本诗抒写羁旅客愁。首联以问句呼起,点明忧愁因独上边城城楼望远,但见满目荒寒引起。颔联渲染原州冷落萧条的景象,"地寒西去更无州"句,极言身于无尽头的孤寂之感,使人惊心动魄。颈联由听觉感受和视觉感受,衬托出诗人心境的悲凉。尾联总束全篇,写出友人为异乡贫官而自身为客,离恨均难收拾的情状。全诗写景高远开阔,情调苍凉凄楚,与其大多数诗作的闲淡风格殊不相同。

【原诗】

　　异乡何处最牵愁?独上边城楼上楼。日暮北来惟有雁②,地寒西去更无州。数声塞角高还咽③,一派泾河冻不流④。君作贫官我为客,此中离恨共难收。

【注释】

　　①原州:辖今甘东宁南交界处,州治临泾(今甘肃镇原)。张贵:别本一作张贲。从事:州郡长官的佐吏。
　　②日暮句:唐岑参《首秋轮台》诗:"秋来唯有雁",此化用其意。
　　③塞角:边塞上报时的号角。
　　④泾河:即泾水,北源出甘肃平凉,南源出甘肃华亭,东南流入渭水。

【今译】

　　处身在异乡,
　　什么地方最能引发忧愁?

那就是独自望远,
登上这边城的城楼。
暮色渐渐降临,
昏黄中只见北来雁飞向南走,
地域荒凉寒冷,
往西去更没有郡州。
听几声塞上号角,
时而高越时而低咽响在楼头,
一条辽远的泾河,
冻成冰再不能东流。
你作异乡贫穷的小官,
我在异乡客居滞留,
此中的离愁别恨,
一样都悠长难收。

送王希赴任衢州判官①

魏　野

【题解】

　　此篇为送别诗。诗中描绘了想象中友人所行之处秋江红莲的情景,对他一路上能饱览山光水色表示羡慕。诗人曾写诗劝王旦、寇准辞官归隐,此篇本为送友赴任诗,但既没有祝愿之辞,也不作惜别之语,见出他胸襟的淡泊。

【原诗】

　　秋江四十有余程②,称作红莲汛去清③。从阙到州堪羡处④,船中坐卧看山行。

【注释】

　　①王希:作者友人,生平未详。衢州:在今浙江省西部,因州西有三衢山而名。判官:州郡长官的僚属,佐理政事。

②四十有余程:指行程需四十天以上。
③称:通"趁"。红莲汛:即指秋汛。汛,涨水期。
④阙:宫阙,借指京都。

【今译】
　　你将在秋江上,
　　走过四十多天的路程,
　　趁着红莲花汛的时节,
　　离开此地江水正清。
　　你从京都去往衢州,
　　我怀着羡慕的心情,
　　想象你在船中无论坐卧,
　　都饱览山青水秀的美景。

梅花二首

林　逋

【作者简介】
　　林逋(公元967—1028年),字君复,钱塘(今浙江杭州)人。终生不仕,卒谥和靖先生。早岁漫游江淮一带,后隐于杭州西湖孤山,种梅养鹤,称"梅妻鹤子",二十年足迹不及城市,但声名远扬,常有士大夫、文人往谒。朝廷曾赐其粟帛,并"诏长吏岁时劳问"。与范仲淹、梅尧臣等有诗歌唱和。生前诗名不如魏野,身后享誉则远在魏野之上。诗风清远闲淡,多表现幽居生活情趣和西湖优美风光。有《林和靖诗集》。

其　一

【题解】
　　这首诗别本题作《山园小梅》,系传世名篇。苏轼《书林逋诗后》说:"先生可是绝俗人,神清骨冷无由俗。"这首咏梅诗正是诗人人格的写照,那在"众芳摇落"之后,独自盛开在小园的梅花孤高绝世又清美绝伦。"疏影"、"暗香"一联向来被誉为"警绝",诗人不从梅花本体着笔,而由虚笔——水中倒影,来描绘它疏落横斜的花枝以及浮动于黄昏月下空气之中缥缈的香气,把梅花的姿态、神韵和衬托它的清池、月色融为一体,构成一幅清美而朦胧的画面,使人恍临仙境,以至此二句传为千古绝唱,"疏影"、"暗香"也成了梅花的代名词。"霜禽"二句再想象白鹤、粉蝶对梅的极度喜爱,渲染梅的美丽,并显示诗人所居环境的幽雅绝俗。尾联归结到诗人自身清高的生活情趣。诗中所绘梅的骨秀神清,深含作者的精神底蕴。但就艺术造诣论,后半篇显得比较单弱,比较一般。

【原诗】

众芳摇落独暄妍①,占尽风情向小园②。疏影横斜水清浅,暗香浮动月黄昏③。霜禽欲下先偷眼④,粉蝶如知合断魂⑤。幸有微吟可相狎⑥,不须檀板共金尊⑦。

注释

①众芳:指百花。摇落:草木凋零,宋玉《九辩》:"萧瑟兮草木摇落而变衰。"暄(xuān)妍:天气晴和,景物鲜媚,此处指梅花开得茂盛鲜丽。

②占尽:原本作"占断",据别本改。风情:风采、丰姿、神态。

③疏影二句:五代南唐江为残句:"竹影横斜水清浅,桂香浮动月黄昏",此化用其句。

④霜禽:指白鹤、白鸟。偷眼:偷看。

⑤粉蝶如知:梅花开在冬春之交,尚无蝴蝶,故云"如知"。蝴蝶身上有粉,故称"粉蝶"。合:揣测之辞,恐怕。断魂:销魂神往。

⑥微吟:指吟诗。狎:亲近。

⑦檀板:檀木所制拍板,奏乐或唱歌时用以打拍子。金尊:酒杯的美称,此处指宴饮。

【今译】

百花早已都凋零,
只有梅花独自盛开分外明妍,
占尽了人间风采,

她向着我小小林园。
那疏落的花枝横斜,
倒映在清浅的池水间,
那幽雅的芳香,
在黄昏月上的夜空飘浮蔓延。
白鹤刚要从半天飞下,
禁不住先把她偷看几眼,
粉蝶如知花开消息,
定会深情神往在此间留连。
幸喜我能够低吟诗句去跟她亲近,
完全不需要热闹的歌席酒宴。

其 二

【题解】

本篇仍是咏梅,首联直写诗人对梅花的特殊偏爱。颔联描写雪后园林梅树半开,红白二色相映生辉,并暗示梅傲霜斗雪的坚强品格,并写出诗人在"水边篱落"忽见梅枝横出的惊喜之情。颈联先用欲扬故抑的手法,说红梅之色看似俗艳,再作一转折说造物主赋予她幽香资质,使之有别于凡品。尾联更出新意,借大角曲有《大梅花》《小梅花》等曲调的故实,赞赏胡人高尚的审美趣味。

【原诗】

吟怀长恨负芳时[1],为见梅花辄入诗[2]。雪后园林才半树[3],水边篱落忽横枝[4]。人怜红艳多应俗,天与清香似有私。堪笑胡雏亦风味[5],解将声调角中吹[6]。

注释

① 吟怀:犹言诗情。
② 辄(zhé):每,总是。
③ 雪后句:唐齐己《早梅》诗句"前村深雪里,昨夜一枝开",此化用其意。
④ 篱落:即篱笆。

⑤胡雏:即指胡儿、胡人,对北方边地及西域各民族的称呼。亦风味:也多有情味。

⑥唐大角曲有《大梅花》《小梅花》等。

【今译】

虽然满怀诗情,
总遗憾辜负了芳菲佳时,
每每一看见梅花,
立刻就写进我的诗。
雪后园林里才开了半树,
忽见水边竹篱横出来一枝。
人们会怜念梅色绯红,
怕也跟凡花俗艳相似,
但是老天爷赋与她清雅芳香,
似乎独对她特别偏私。
真要笑胡儿竟也有高尚情味,
懂得在角曲中谱写梅花幽姿。

自作寿堂因书一绝以志之①

林　逋

【题解】

本篇别本题作《书寿堂壁》。诗中从诗人生前结庐于湖山之间,说到死后也将独对坟前萧疏修竹,见出他生前身后惟钟情于林泉的真隐士风貌。司马相如死后留下遗稿,言封禅,颂帝德,可见其不忘媚上,不忘荣名。本诗反用其事,表明诗人始终坚持隐道,一生不作谄谀文字的清高品行,且因此自喜自豪。苏轼《书林逋诗后》赞美诗人:"生平高节已难继,将死微言犹可录。自言不作《封禅书》,更肯悲吟《白头曲》?"对他清逸绝世的高标和不肯邀宠求荣的凛然风骨,表示了由衷的景仰。

【原诗】

　　湖上青山对结庐②,坟前修竹亦萧疏③。茂陵他日求遗稿,犹喜曾无封禅书④。

注释

　　①寿堂:生前预造的墓室。
　　②结庐:筑室。晋陶潜《饮酒》诗:"结庐在人境,而无车马喧。"
　　③坟前:别本一作"坟头"。修:长。萧疏:稀疏。
　　④茂陵二句:《史记·司马相如列传》:"相如既疾免,家居茂陵。天子曰:'司马相如疾甚,可往从悉取其书;若不然,后失之矣。'使所忠往,而相如已死,家无书。问其妻,对曰:'……长卿未死时,为一卷书,曰有使者来求书,奏之。无他书。'其遗札书言封禅事。"此处反用其事。茂陵:陕西兴平县地,武帝死后葬于其地。司马相如曾居于此。此借指诗人所居之地。封禅(shàn):帝王祭天地的大典。在泰山上筑土为坛祭天,报天之功,称封;在泰山下梁父山上辟场祭地,报地之功,称禅。

【今译】

　　西湖畔对着远处青山,
　　我营造了幽居的屋庐,
　　身后安息的坟堂,
　　前面也还有疏疏长竹。
　　将来如有人搜求遗文,
　　来到我居住之处,
　　我感觉欣喜的是
　　从不曾写过歌功颂德的《封禅书》。

莎　衣①

杨　朴

【作者简介】

　　杨朴,生卒年不详,字契玄(一作先),郑州东里(今河南新乡)人。少与毕士安同学,后归隐。太宗、真宗时尝以布衣召,皆辞。《直斋书录解题》著录《杨东里聘君集》一卷,《宋史·艺文志》著录《杨朴诗》一卷,皆佚。《全宋诗》录其诗六首。

【题解】

　　杨朴淡泊名利,终生不仕,他的同学毕士安向太宗推荐他,他赋《莎衣》辞归。因"此诗对御所赋,天下传诵"(方回《瀛奎律髓》)。本篇借咏莎(蓑)衣,描写了诗人狂放不羁、清逸超群的个性与垂钓江湖、吟诗耽酒的隐居生活的极度融合、协调。篇中"蒹葭影里和衣卧,菡萏香中带雨披"两句,出色地绘出诗人神仙一样的生活环境及其风神标格,画面极美。尾联仍借对莎衣的珍重,婉言地谢绝了朝廷赐与的富贵爵禄。全诗立意新异,语言清丽。陈衍评:"第三联,晚唐人除陆鲁望(龟蒙)、张志和,无能及者。"

【原诗】

　　软绿柔蓝著胜衣②,倚船吟钓正相宜。蒹葭影里和烟卧③,菡萏香中带雨披④。狂脱酒家春醉后,乱堆渔舍晚晴时。直饶紫绶金章贵⑤,未肯轻轻博换伊⑥。

注释

　　①莎衣:即蓑衣,以蓑草编织成的御雨衣披。作者原作杨璞,他本均作杨朴,据以改。
　　②著:穿著。衣,指一般的衣服。
　　③蒹葭(jiān jiā):芦苇。《诗·秦风·蒹葭》:"蒹葭苍苍。"
　　④菡萏(hàn dàn):荷花的别称。《诗·陈风·泽陂》:"彼泽之陂,有蒲菡萏。"
　　⑤直饶:犹纵使,即使。唐李咸用《依韵修睦上人山居》诗:"兼济直饶同巨楫,自由何似学孤云。"紫绶(shòu)金章:紫色的绶带和黄金印章,代指高等的官爵。绶:系印环的丝带。
　　⑥博换:换取。伊:第三人称,指莎衣,亦即指隐居生活。

【今译】

　　无论穿著什么样的衣裳,
　　都比不上柔软绿草织成的蓑衣,

它跟斜倚篷船吟诗垂钓的生活,
实在是最最相宜。
夏日在清凉的芦苇影中,
和衣睡在迷离的暮烟里,
又在幽雅的荷花香气中,
绵绵细雨下披着我的蓑衣。
春天在酒家痛饮,
狂醉后才将蓑衣脱下去,
当黄昏雨过天晴,
就把它随便堆放在渔舍里。
尽管紫色绶带黄金印章极其尊贵,
我也不肯轻易拿蓑衣去换取!

野 色

范仲淹

【作者简介】

范仲淹(公元989—1052年),字希文,苏州吴县(今江苏苏州)人。真宗大中祥符八年(公元1015年)进士。仁宗宝元三年(公元1040年)与韩琦同任陕西经略安抚招讨副使,兼知延州,负责防御西夏重责,二人齐名,号为"韩范"。西夏人称其"胸中自有数万甲兵"。庆历三年(公元1043年)任参知政事,与富弼、欧阳修等改革弊政推行新政,为夏竦等所中伤,罢政,出为陕西四路宣抚使。一生忠正清廉。卒谥文正。工诗善文,诗文词均有名篇传世。有《范文正公集》。

【题解】

前六句以虚笔描写了在郊野弥漫、密密笼罩着楼台的摇漾的春气,它神秘而美妙,无以名之,诗人因而以"非烟非雾"来形容。这宁静的、半透明的、与天地连成一体的春气,似乎凝固着,但偶尔飞来的白鸟忽地将它"点破",在夕阳的辉映下,又渐渐散开,画面也活动起来。"肯随"两句绘出游走不息的春气,显示了春天顽强的生命力。尾联用山简故事,抒写诗人陶醉于"野色"的愉悦心境。全诗以颔联最为精彩,吴子良借梅尧臣语,评曰"状难写之景如在目前"(《林下偶谈》)。

【原诗】

　　非烟亦非雾,幂幂映楼台②。白鸟忽点破,斜阳还照开。肯随芳草歇③? 疑逐远帆来。谁会山公意,登高醉始回④。

注释

　　①野色:原野或郊野的景色。白居易《冀城北原作》诗:"野色何苍莽。"
　　②幂(mì)幂:深浓貌。
　　③肯:岂肯。
　　④谁会二句:晋山简镇守襄阳时,常去名园习家池饮酒游赏,大醉而归,此用以自喻。谁会,别本一作"谁谓"。会,理解。

【今译】

　　不是烟岚也不是云雾,
　　密密地笼罩着楼阁亭台。
　　一只白鸟飞来,
　　忽然点破这连天接地的春霭,
　　金色斜阳的照耀下,
　　它似乎在浮动散开。
　　昏黄中芳草已经消歇,
　　野色却不肯随之隐埋,
　　它仿佛跟着远处航帆,
　　又渐渐地走近前来。
　　有谁能理解我像山简公一样
　　欣赏自然景色的心怀?
　　我登高纵情眺望这秀野春色,
　　酣然酒醉才兴尽归来。

九日水阁[1]

韩 琦

【作者简介】

韩琦(公元1008—1075年),字稚圭,自号赣叟。相州安阳(今河南安阳)人。仁宗天圣五年(公元1027年)进士。累迁右司谏。仁宗宝元三年(公元1040年)与范仲淹同为陕西经略安抚副使,指挥防御西夏战事。久在军中,功绩卓著。后又与范同时被召入朝,任枢密副使,为新政主持人之一。嘉祐三年(公元1058年)拜相,英宗朝封魏国公。神宗朝坚辞相位,出为地方官。卒赠尚书令,谥忠献。徽宗时追赠魏郡王。有《安阳集》。

【题解】

细玩诗意,此篇当为晚年罢相后所作。诗中描写了重阳佳节在水阁延请宾客的情形。首联表明尽管池馆台榭一片荒败,诗人延客的情谊则十分殷勤。"虽惭老圃秋容淡,且看黄花晚节香"一联最富内涵,它一方面绘时令风光,一方面借秋景秋色譬喻主人公淡泊宁静、晚节弥坚的品格。诗人为北宋名臣,一生立朝刚正不阿,沛然之气流于诗句。后半篇描述饮宴之乐,并表示自己酒量虽衰,诗情却不减当年的豪情逸兴。全诗意境开阔,格调健朗。

【原诗】

池馆隳摧古榭荒[2],此延嘉客会重阳[3]。虽惭老圃秋容淡[4],且看黄花晚节香[5]。酒味已醇新过熟[6],蟹螯先实不须霜[7]。年来饮兴衰难强[8],漫有高吟力尚狂[9]。

注释

①九日:农历九月九日重阳节。《艺文类聚》四引《续晋阳秋》:"世人每至九日,登山饮菊酒。"六朝以来诗题为九日者,一般都指重阳节日。水阁:建于水上的台阁。

②隳(huī)摧:犹坍塌。唐李中《经古寺》诗:"殿宇半隳摧。"榭(xiè):在台上盖的高屋。

③延:接待。

④老圃:原指老菜农、老园丁。《论语·子路》:"(樊迟)请学为圃,(孔)子曰:'吾不如老圃。'"此处既指诗人古旧的园圃,又用以自指。秋容淡:亦意含双关,兼指秋光与诗人老年容色。

⑤晚节香:意含双关,兼指菊花与诗人自身。宋龚昱编《乐庵语录》三:"韩魏公(琦)尝言初节易保晚节难,《在北门九日燕(宴)诸曹》诗有曰:'莫羞老圃秋容淡,要看寒花晚节香。'"

⑥新过熟:谓新酿的酒已很熟。熟,一本作"热"。

⑦蟹螯(áo):本指蟹的第一对足,此处代指蟹。实:指蟹肉已长满。蟹螯:别本一作"蟹黄"。

⑧强(qiǎng):勉力,勉强。

⑨漫:空。高吟:指吟诗。

【今译】

　　池畔的堂馆已经坍塌,
　　古老的台阁一片荒凉,
　　我在此地殷勤接待嘉客,
　　共同度过这美好重阳。
　　虽然惭愧古旧的园圃秋色疏淡,
　　就像我老去的面容一样,
　　但请看一看晚年的气节,
　　正如盛开的黄菊散放清香。
　　新酿的美酒已经很熟,
　　味道醇厚而又芬芳。
　　螃蟹早就长得肥嫩,
　　不必再等秋日的寒霜。
　　近年来豪饮的兴致衰败难以勉强,
　　只有高吟诗歌的才力还十分健旺。

北塘避暑

韩 琦

【题解】

　　首联描写在林塘消夏,荡涤了暑热烦闷,胸襟旷然如超脱于尘世之外的感受。颔联化用李白《襄阳歌》句意,感谢无价清风慷慨的赐与,且以悠闲度日作为最大的快乐,显示诗人心怀的淡泊。陈衍评此二句"笔力恣肆"。颈联写俯仰所见眼前景物,一为近景,一为远景,深含恬然自足、任随自然的人生哲理。尾联别出心裁,以"万柄莲香一枕山"作为清心澄怀的醒酒之物,见出诗人潇洒出尘的风致。此篇亦当为其晚年作品。

【原诗】

　　尽室林塘涤暑烦①,旷然如不在尘寰②。谁人敢议清风价③?无乐能过白日闲。水鸟得鱼长自足,岭云含雨只空还。酒阑何物醒梦魂④?万柄莲香一枕山。

【注释】

①尽室:全家,犹言一家子。
②旷然:开朗貌。尘寰:人世间。唐权德舆《送李城门罢官归嵩阳》诗:"归去尘寰外。"
③谁人句:李白《襄阳歌》:"清风朗月不用一钱买",此化用其意。
④阑:残、尽

【今译】

　　一家人来到林中塘边,
　　洗尽了暑日的燥热烦念,
　　胸怀豁然开朗,
　　就像不是生活在尘世间。
　　谁敢估量这可爱清风的价值?

没有任何快乐能胜过长日悠闲。
水鸟捉到鱼儿总是心满意足,
岭上云片满含雨意又空自飞还。
酒醉后有什么能醒我心魂?
塘里万枝香莲,枕上几座青山。

发白有感

韩 琦

【题解】

神宗初,韩琦再次经略陕西,不久请归相州,本诗应写于判相州时期。诗中以平易的语言写出流年虚度功业不成的惆怅和自惊白发丛生的情状。其间隐含着对于朝廷的失望和不满。

【原诗】

区区边朔有何成[①]?三失流年只自惊[②]。无一事来头尚白,白人头处岂堪行[③]?

【注释】

①区区:谓奔走尽力。区,通"驱"。《汉书·窦田灌韩传论》:"凶德参会,待时而发,藉福区区其间,恶能救斯败哉?"边朔:北方边地。
②流年:光阴,年华,因其易逝如流水,故称。
③白人头处:暗指朝中。原本作"白头人处",据别本改。

【今译】

奔走驰驱在北方边境,
一点也没有做出成绩,
白白地又虚度三年光阴,
想起来不由得心魂惊悸。
闲居无事竟这样白了头发,
令人白头的朝中哪还能去?

上元应制[1]

蔡　襄

【作者简介】

蔡襄（公元1012—1067年），字君谟，兴化军仙游（今属福建）人。仁宗天圣八年（公元1030年）进士。庆历三年（公元1043年）知谏院，支持庆历新政。次年，出知福州，改福建路转运使。皇祐四年（公元1052年）召回，历知制诰、知开封府等，又出知福、泉二州。嘉祐五年（公元1060年），入为翰林学士。英宗朝迁三司使，再度出知福州。卒谥忠惠。为官有能名。景祐间，范仲淹忠直遭谤，余靖、尹洙为之救辩皆被贬，谏官高若讷附和权要，欧阳修贻书责之，亦被贬，蔡襄为作《四贤一不肖》诗传布四方。在福建时，多有惠政。主持建造的万安桥，横跨泉州湾，全长360丈，在我国桥梁史上有重要地位。工书法，为北宋四大书家之一。诗文清妙。著有《茶录》《蔡忠惠集》等。

【题解】

本篇当作于仁宗末年。《全宋诗》题为《上元进诗》，有序。诗文字稍有不同。诗中描写了京都元宵佳节灯火如山的盛况，以及君王临幸与民同乐，"天上清光"跟"人间和气"交相融合的良辰美景，歌颂了仁宗朝的太平之象。仁宗在位四十三年，较为贤明，社会也较为安定繁盛，此篇所写倒还不是粉饰太平的虚誉。但就诗的内容、艺术来看，较为平凡，无甚出色。蔡襄虽不失为北宋名臣之一，但也颇有阿上之嫌，任福建地方官时，曾出意造密云小龙团茶为贡品，富弼为之叹曰："此仆妾爱其主之事耳，不意君谟亦复如此！"欧阳修叹曰："君谟，士人也，何至作此事！"苏轼更尖锐地批评道："吾君所乏岂此物？致养口体何陋耶！"（《荔支叹》）由以上事实看，诗人作本篇颂圣也就不足为怪了。

【原诗】

高列千峰宝炬森[2]，端门方喜翠华临[3]。宸游不为三元夜[4]，乐事还同万众心。天上清光留此夕,人间和气阁春阴⑤。要知尽庆华封祝⑥,四十余年惠爱深⑦。

注释

①上元:农历正月十五元宵节。应制:应皇帝命而作的诗文。

②千峰:指灯山。孟元老《东京梦华录》:"正月十五日元宵……开封府绞缚山棚,立木正对宣德楼"为灯山,"山启上皆画神仙故事"。宝炬:犹言宝灯、宝烛。森:众盛貌。

③端门:宫殿南面正门。翠华:用翠羽饰于旗竿顶上的旗,为皇帝仪仗,此处代指君王。

④宸(chén)游:帝王的巡游。三元:唐人称农历正月、七月、十月的十五日为上元、中元、下元,合称三元,此处偏指正月十五上元。

⑤和气:指导致吉利的祥瑞之气。阁:停,止。

⑥华封祝:即华封三祝,华封人祝帝尧长寿、富有和多男,后人因称华封三祝。此处偏指祝君王长寿。

⑦四十句:仁宗在位共四十三年,多有惠政。惠爱,恩惠慈爱,此指对民众的惠爱。

【今译】

宫外千座灯山高高耸立,
无数宝烛点燃,到处彻亮通明。
令人特别欣喜的是,
君王的车驾来到了端门。
主人巡游并不为观赏元宵美景,
所乐的是能与万民同心。
天上团团明月,
留住清光专为把今夜辉映,
人间一派祥和之气,
赶走了初春常有的轻阴。
要知为什么普天共祝君王长寿,
只因四十多年对百姓惠爱至深。

梦中作

蔡　襄

【题解】

　　这首诗有人认为有政治托意,却因写作时地不明,难以指实。前两句描绘了一幅奇丽景象,一方面是乌云含雨,一方面是红日映山,不知是阴是晴,一派梦语。后两句借怀念嵩山古时的神仙、隐者,表明如今世上追名逐利人多,超然尘外的人少,独有自己与古人遥隔千载、万里而心相知契。陈衍评曰:"此诗虽不及欧公梦中之作,然已有神助矣",未免稍嫌溢美。本诗于蔡襄集中,并不算是头等作品。

【原诗】

　　天际乌云含雨重,楼前红日照山明。嵩阳居士今何在①?青眼看人万里情②。

注释

　　①嵩(sōng)阳居士:汉刘向《列仙传》:"王子乔,(周灵王)太子晋也。好吹笙作凤鸣。游伊洛间,道士浮丘公接上嵩高山。"此处泛指古时神仙隐士。嵩,嵩山,在今河南登封县北。阳,山之南称阳。

　　②青眼:晋阮籍不拘礼教,能为青白眼。见礼俗之士,以白眼对之。嵇康携酒挟琴来访,籍大喜,乃对以青眼(见《世说新语·简傲》与《晋书·阮籍传》)。后因谓对人重视、喜爱曰青眼。

【今译】

　　天边那团团乌云,
　　饱含着浓浓的雨意,
　　楼前一轮红日,
　　把青山照得多么明丽。
　　古时嵩山的隐者,
　　如今却在哪里?

看重我和他心志相契,
万里以外向我传达情谊。

新市驿别郭同年[①]

张 咏

【作者简介】

张咏(公元946—1015年),字复之,自号乖崖,谓"乖"则违众,"崖"不利物。濮州鄄城(今属山东)人。太宗太平兴国五年(公元980年)进士。历官枢密直学士,出为益州知州。真宗朝,官至礼部尚书。因三上章请诛"竭生民膏血,奉无用之土木"、"启上侈心"的丁谓、王钦若,出为陈州知州。所到之地皆有政绩。卒谥忠定。善诗,集中多有同情民生疾苦之作。胡仔称其诗:"句清词古,与(孟)郊、(贾)岛相先后。"(《苕溪渔隐丛话》)有《张乖崖集》。

【题解】

诗题标明是在新市驿亭留别同榜进士郭某而作。首二句写出在驿亭门外与友人话别依依难舍,别酒饮毕扬鞭离去时泪下沾衣的情景,见出二人情谊之深。王勃《送杜少府之任蜀川》诗云"无为在歧路,儿女共沾巾",高适《别韦参军》诗云"丈夫不作儿女别,临歧涕泪沾衣巾",此诗则反用其意,表达"黯然消魂者,惟别而已矣"(江淹《别赋》)的深切感受,故三四句仍不作旷达语,而是进一步渲染临别所以频频回首,是因为此一去关山重叠与故友疏隔,离情别绪将无限深长。陈衍评末句:"眼前语说得担斤两。"

【原诗】

驿亭门外叙分携[②],酒尽扬鞭泪湿衣。莫讶临歧再回首[③],江山重叠故人稀[④]。

注释

①新市:地名,在今湖北京山县东北,张曾为荆湖北路转运使。驿亭:古代驿

站有亭,为行旅休息之所,常为送别之所。白居易《蓝桥驿见元九》诗:"每别驿亭先下马。"郭同年:与张咏同榜的郭姓人士,生平不详。

②分携:离别,意同"分手"、"分袂"。

③临歧:谓分道惜别。再:二次。

④江山句:王维《送元二使安西》诗:"西出阳关无故人",此化用其意。

【今译】

我俩在驿亭门外,

细叙惜别之情,

喝完了离别酒,

扬起马鞭不由得泪湿衣襟。

别惊讶我临别的时候,

频频回头再三地沉吟,

此一去就只见水重山叠,

故友的踪影却难以找寻。

晚泊长台驿①

张　咏

【题解】

本诗主要抒发泊船于长台驿的感想。首句点明泊船时地,次句暗用《南史·谢弘微传》所载其玄孙谢灜事,隐寓诗人因犯颜直谏几度出为地方官的遭遇,并表明如今只沉于酒乡,不愿再行进谏的慵倦心情。三、四句笔锋陡转,申述诗人顾瞻京阙仍思报国,不愿退隐山林的积极用世之心,与前面所言很是矛盾,真切地显示了诗人内心一时泛起的波澜。陈衍评末二句"翻用《北山移文》,婉挚"。因为诗人为布衣时便有隐志,曾对隐士陈抟说"欲分华山一半住"(《青箱杂记》),显达后曾作《忆(傅)霖》诗云:"此生终不羡轻肥",《西清诗话》又曾自言"事君者廉不言贫,勤不言苦,忠不言己效,公不言己能"(《宋史》本传),可见其高尚节操,本诗后二句为由衷之言。

【原诗】

驿亭斜掩楚城东②,满引浓醪劝谏慵③。自恋明时休未得④,好山非是不相容⑤。

注释

①长台驿:在今河南信阳郊外,有长台古渡。
②楚城:信阳为春秋时楚地,故云。
③满引句:《南史·谢弘微传》载其玄孙瀹刚正好直言,权臣惮之。其兄朏尝指其口曰:"此中唯宜饮酒。"此处化用其意。满引:犹引满,注酒满杯。醪(láo):浊酒。
④明时:圣明的时代,盛世。休:指辞官归隐。
⑤好山句:南朝孔稚圭《北山移文》借山灵之口讽刺借隐居沽名钓誉的假隐士周颙,贪图富贵弃山林而趋朝市的丑行。此处翻用其意。

【今译】

暮色中长台驿亭掩隐在
古楚城东面的渡头边,
我一味将杯中浊酒斟满,
真懒怠再向朝廷进谏忠言。
但我仍然眷恋这圣明的朝代,
还不想就此退隐去到林泉之间。
倒并不是山神不肯将我接纳,
他完全知道我淡泊名利的心念。

次韵孔宪蓬莱阁①

赵 抃

【作者简介】

赵抃(biàn)(公元1008—1084年),字阅道,一作悦道,号知非子。衢州西安(今浙江衢县)人。仁宗景祐元年(公元1034年)进士。官殿中侍御史时,弹劾不避权倖,声名凛然,京师号为"铁面御史"。历官睦州、成都知州等。神宗时,擢为参知政事。因与王安石政见不合,恳乞去位,出知杭州、青州、成都、越州等。以太子少保致仕。卒赠太子少师,谥清献。为人长厚清修,平生不治赀业,不畜声伎,极有政绩,韩琦称其"真世人标表"。能诗,有《清献集》。

【题解】

  本篇为和作,有人说系和孔延之所作,孔于神宗熙宁四年(公元1071年)任越州(今浙江绍兴)知州,《全宋诗》今存其诗二首,另断句一则咏钱塘江潮,作于杭州,他作已不可考。此诗看来并非和孔延之所作。宋时蓬莱阁有两处,一在越州镜湖之滨的龙山(一作卧龙山),并不临海;一在山东蓬莱县北丹崖山上,下临海岸,宋人多有题咏。从本诗"天地涵容百川入,晨昏浮动两潮来"二句看,当系咏海。诗人另一首《酬孔宪将还》诗有"许陪观海不知谁"句,自注"(孔宪)所处登、莱州,皆枕海上",尾联还云:"感君按辔澄清外,遗我琼瑶两首诗。"可证此诗正为"孔宪"莱州咏海诗的和作。本诗首联描写了蓬莱阁地形的高迥,以及水阁凌空,足当千里快哉风的雄健气势。颔联以濡染大笔绘出大海涵容天地、收纳百川的壮阔怀抱和早潮晚汐变幻的动荡景象,陈衍盛赞此联比孟浩然"气蒸云梦泽,波撼岳阳城"(《临洞庭湖赠张丞相》)二语更高明,还说与杜甫"吴楚东南坼,乾坤日夜浮"(《登岳阳楼》)一联,亦难较高下。颈联笔锋勾转,使人顿悟前四句所写系想象对方所见画面,并点出遥思对方在蓬莱阁放眼千里,胸襟愈觉开阔的情景,自然地接入尾联诗人曾在杭州观钱塘江潮的往事,笔墨省净,引人遐想。全诗语言遒劲,画面壮美,格调豪迈,确是一篇佳作。

【原诗】

  山巅危构傍蓬莱②,水阁风长此快哉③。天地涵容百川入,晨昏浮动两潮来④。遥思坐上游观远⑤,愈觉胸中度量开⑥。忆我去年曾望海⑦,杭州东向亦楼台⑧。

注释

  ①次韵:和人的诗并依原诗用韵的次序,叫次韵。宪:对侍御史的称呼,亦用于对人的尊称。蓬莱阁:参见【题解】。

  ②巅:山顶。危构:高的建筑,指蓬莱阁。危,高。蓬莱:此处指蓬莱县,亦可

解释为指蓬莱仙境。

③快哉风:指令人舒爽的风。宋玉《风赋》:"楚襄王游于兰台之宫……有风飒然而至,王乃披襟而当之曰:'快哉此风!'"

④两潮:指海潮的早潮及晚潮。

⑤游观:游历观览。

⑥度量:器量,胸襟。

⑦望海:此处实指望钱塘江潮。

⑧杭州句:原注"杭有望海楼"。

【今译】

　　靠近蓬莱的高高楼阁,
　　耸立在山顶上,
　　凌空的水阁四面来风,
　　千里长风令人心怀舒畅。
　　大海包容了高天厚地,
　　把千百条河川接纳进自己胸膛,
　　清晨和傍晚波翻浪涌,
　　每天两次潮落潮涨。
　　遥想你在蓬莱阁座上,
　　游乐观览,视野多么宽广,
　　因着那壮美的海景,
　　胸襟器量更加开张。
　　回想去年我也曾经望海,
　　在杭州东面的望海楼上。

和宿峡石寺下①

赵 抃

【题解】

　　这首和人之作出色地描绘了山寺景象。首句先写山寺位于淮河之岸,佛塔高入云天。接着以想象之笔点明此为山僧远离尘缘的清虚之地,透出一派缥缈仙气。后二句绘出晚来寺门紧闭绝无人迹、"惟放钟声入画船"的幽寂之象。着"惟放"二字,使整个画面显得十分神秘。末句系化用唐张继《夜泊枫桥》"夜半钟声到客船"诗意,陈衍评曰:"令张继见之,前贤岂能不畏后生!"

【原诗】

淮岸浮图半倚天②,山僧应已离尘缘③。松关暮锁无人迹④,惟放钟声入画船。

注释

①和:即指和韵,和他人诗词,仍用原韵。峡石寺:今河南陕县东南七十里有峡石镇,未详峡石寺是否位于此处。

②浮图:佛塔,梵语音译。《魏书·释老志》:"凡宫塔制度,犹依天竺旧状而重构之,从一级至三五七九,世人相承谓之浮图,或云佛图",亦作浮屠。

③尘缘:佛教认为色、声、香、味、触、法为六尘,是污染人心,使生嗜欲的根源。唐韦应物《春月观省属城始憩东西林精舍》诗:"佳士亦栖息,善身绝尘缘。"

④松关:指植满松树的寺门。关:门栓,代指门。

【今译】

淮河岸边的山寺佛塔,
高高地半插云天,
想那寺中僧侣六根清静,
都已远离尘世的凡心俗念。
松林中寺门紧闭,
闲人来往的踪影看不到半点,
只有关不住的佛钟,
一声声传进我画船之间。

答赣县钱颛著作移花①

赵 抃

【题解】

　　此为酬答之作,钱颛原诗今已不存。前两句赞美对方爱花情意之切,意思、词语皆平常。第三句由人及己,写到诗人至四川为官后,因当地特多海棠,故年年得见。末句"今日栏边似故人"写得最为精警,一方面写出见花如见爱花之友人的殷切情意,一方面又以不同流俗的海棠,来比喻友人的丰采、神韵,立意新鲜,亲切动人。

【原诗】

　　令尹怜花意思勤②,海棠多种郡园新③。自从两蜀年年见④,今日栏边似故人。

【注释】

　　①钱颛:作者友人,生卒年不详,字安道,无锡(今属江苏)人。仁宗庆历六年(公元1046年)进士,曾知赣县(今属江西)。著作:指著作郎。
　　②令尹:县官别名。怜:爱。勤:犹殷,深切。
　　③郡园:指郡县官府的庭园。
　　④自从句:赵抃久在四川为官,曾两任成都知州,有德政。两蜀:犹两川,指东川和西川。

【今译】

　　令尹你对芳花特别爱怜,
　　殷切之情显然可见。
　　种植了许多株海棠,
　　郡县的庭园景色多么新艳。
　　自从我来到两川之地,
　　年年都见海棠盛开。
　　而今他站立在栏槛旁边,

我就像看见了老朋友你丰采无限。

游玉尺山寺①

程师孟

【作者简介】

程师孟(公元1009—1086年),字公辟,吴(今江苏苏州)人。仁宗景祐元年(公元1034年)进士。曾判三司都磨勘司,出为江西转运使、福州知州。神宗朝官至给事中,判都水监。出知越州、青州。致仕。《全宋诗》录其诗40首,多登山临水之作。

【题解】

本篇当为诗人任福州知州时所作。诗中抒写独游玉尺山寺清悠闲逸的情思,以及因见石上野僧题诗,自愧无颜延之高明的诗才,写不出妙句,每登山临水唯心中暗自领会却无诗而回的情状,其实这不过是自谦之辞。陈衍评此诗曰"自然",实际上却有几分矫情。

【原诗】

永日清阴喜独来②,野僧题石作吟台③。无诗可比颜光禄④,每忆登监却自回。

注释

①玉尺山:山名,在福建建阳县西南二十里的玉枕山左侧。
②永日:长日。
③吟台:指吟诗的场所。
④颜光禄:南朝宋诗人颜延之(公元384—456年),刘宋文帝时官至金紫光禄大夫,后世因称其为颜光禄。诗与谢灵运齐名,并称"颜谢"。其诗注重藻饰典故,喜镂金错采。

【今译】

在长昼的悠闲中,

我喜欢独自来到这满是清荫的地方,
见僧侣随意作诗,
题写在一些石头上。
我自愧没有美妙诗篇,
能和才思富丽的颜光禄相仿,
想起每一次登山临水,
返回时总是诗情满怀却写不成章。

宿甘露僧舍①

曾公亮

【作者简介】

曾公亮(公元999—1078年),字仲明,晋江(今福建泉州)人。仁宗天圣二年(公元1024年)进士。累官至知制诰兼史馆修撰、翰林学士。嘉祐元年(公元1056年)为参知政事。五年,除枢密副使。六年,拜吏部侍郎,同中书门下平章事。神宗熙宁二年,进昭文馆大学士,累封鲁国公。后以太傅致仕。卒谥宣靖。诗文集已佚。《全宋诗》录其诗四首。

【题解】

前两句以夸张的手法从感觉和听觉两个方面,来描写诗人夜宿镇江北固山上的甘露寺的不平凡的感受,他似乎被云气所包围,如置身于千山之中,而寺外风摇松林如涛声澎湃,仿佛万壑秋声哀鸣。后二句描绘大江上波浪拍天如银山重叠,当诗人打开窗户观看江景,只见大江朝他奔涌而来直入窗中,令人惊心动魄。全诗绘景壮阔瑰奇,清新自然,使人如临其境。

【原诗】

枕中云气千峰近,床底松声万壑哀②。要看银山拍天浪③,开窗放入大江来。

注释

①甘露僧舍：甘露寺。在今江苏镇江北固山上，相传三国吴甘露年间（公元265年）建寺。唐李德裕加以扩建，僖宗乾符年间（公元874—879年）寺毁，宋真宗大中祥符年间（公元1008—1016年）始移建于北固山上。

②壑（hè）：山谷。

③银山：比喻波浪白而高大如山。唐张继《九日巴丘杨公台上宴集》诗："万叠银山寒浪起。"

【今译】

枕上云气缭绕，

就像置身在千峰近侧，

床底风摇松林，

万谷里秋声哀切。

想要观看江上波浪

拍浮青天如银山重叠，

我打开窗户，

让滔滔大江直涌进我的视野。

题西溪无相院①

张　先

【作者简介】

张先（公元990—1078年），字子野，乌程（今浙江湖州）人。仁宗天圣八年（公元1030年）进士。曾以秘书监知吴江县，后为嘉禾判官。皇祐二年（公元1050年）晏殊知永兴军，辟为通判。又曾以屯田员外郎知渝州。并曾任虢州知州。英宗治平元年（公元1064年）以尚书都官郎中致仕。此后常往来于杭州、吴兴之间，以垂钓和创作诗词自娱，并与当世名士如赵抃、蔡襄、苏轼等人登山临水，吟唱往还。词为一大名家，与柳永齐名。苏轼尝称其"诗笔老妙"，但为词名所掩。今仅存诗十九首，见录于《全宋诗》。另有《安陆词》，又名《张子野词》。

【题解】

　　本篇胡仔《苕溪渔隐丛话》题作《湖州西溪》,当系诗人致仕后居湖州时所写。诗中描绘了初秋雨后幽寂而清丽的溪上与佛寺景色,笔意极为明净。其中"浮萍破处见山影,小艇归时闻草声"一联最为人所称道,苏轼赞曰:"……若此之类,亦可追配古人,而世俗但称其歌词。"(魏庆之《诗人玉屑》卷十八引)此联上句尤为出色,能于小中见大、动中见静,摹写入微。张先词以善用"影"字而得"张三影"的佳名,"浮萍破处见山影"句,也不在其词中用"影"之下。整首诗意境浑融,清极丽极,句句堪诵。

【原诗】

　　积水涵虚上下清②,几家门静岸痕平。浮萍破处见山影,小艇归时闻草声③。入郭僧寻尘里去④,过桥人似鉴中行⑤。已凭暂雨添秋色,莫放修芦碍月生⑥。

注释

　　①西溪:水名,在今浙江湖州境内,流入太湖。无相院:佛寺名,在湖州西南黄於山,吴越钱氏所建。
　　②涵虚:水天一色,流水澄清的样子。孟浩然《临洞庭湖赠张丞相》诗:"八月湖水平,涵虚浑太清。"涵,包容。虚,天空。
　　③小艇:一本作"野艇"。草声:一本作"棹声"。
　　④入郭:指进城。郭:内城称城,外城称郭。尘里:佛家称人间为尘世,故云。
　　⑤鉴:镜。
　　⑥修芦:别本作"修林"。修,长。

【今译】

　　西溪积满碧水,
　　包容了天空,上下一片澄清,
　　几户人家门庭幽静,
　　溪水与边岸齐平。
　　浮萍时而飘动,
　　缝隙间可看见青山倒影,

小舟缓缓归来,
能听得水草摇摆细微的声音。
进城的僧侣走向喧嚣的红尘,
过桥人如在明镜中徐行。
一阵短雨刚增添几分秋色,
可别让茂密的芦苇妨碍了明月东升。

行　色[①]

司马池

【作者简介】

　　司马池(公元980—1041年),字和中,司马光之父。陕州夏县(今属山西)人。真宗景德二年(公元1005年)进士,授永宁主簿。兼侍御史知杂事,更三司副使。历知河中府、同州、杭州、晋州。诗仅存此一首。

【题解】

　　司马光《温公续诗话》载:"先公监安丰(今安徽寿县)酒税,尝有《行色》诗云:'冷于陂水……'岂非状难写之景也!"意甚赞之。本诗将行役之人的羁愁客思,种种难以描摹的心境,用"冷于陂水淡于秋"的凄寒景象作一总体概括,化虚为实,将无可名状的行色写得如感如见。诗中又以行程的无穷无尽——陆路才穷又接水路的情状,显露行人对行役的厌倦,其中暗含仕途不甚得意的愁怨之情。后二句抒羁旅之感而借曲折笔法表现,真可谓丹青难画。

【原诗】

　　冷于陂水淡于秋[②],远陌初穷见渡头[③]。赖是丹青不能画[④],画成应遣一生愁[⑤]。

【注释】

　　①行色:行旅出发前后的情状、气派。《庄子·盗跖》:"车马有行色,得微

(非)往见趼耶?"此处指行旅之人的心境。

②陂(bēi):池塘。于:犹"如"、"似"。

③陌:道路。穷:尽。见:别本作"到"。

④赖是:幸亏是。丹青:原指丹砂和青䨼两种可制颜料的矿石,此处泛指绘画用的颜色。此句别本作"赖是丹青无画处"。

⑤遣:教,让。别本"遣"一作"是"。

【今译】

　　行人心境比池塘水还更清冷,
　　凄楚寒淡如同凉秋,
　　旅程无穷无尽,
　　才走完遥远的陆路又见到渡头。
　　幸亏用颜料来描画,
　　画不出内心种种感受,
　　若是真能画成图像,
　　怕要让人一生都充满忧愁。

天花寺①

吕夷简

【作者简介】

　　吕夷简(公元979—1044年),字坦夫,寿州(今安徽凤台)人,一说先世居河东,徙居开封(今属河南)。真宗咸平三年(公元1000年)进士。真宗朝历任地方官,累擢刑部侍郎,权知开封府。仁宗即位,拜参知政事,曾三度入相,封申国公、许国公。执政时曾大力排挤忠良之臣孔道辅、范仲淹等。后孙沔、蔡襄、欧阳修等劾其为相二十年,专事姑息,大坏纪纲,以太尉致仕。卒谥文靖。诗文集已佚,《全宋诗》录其诗十一首。

【题解】

　　此诗咏镜湖之滨的天花寺,着重描绘环境的幽寂宁静。"不用闭门防俗客,爱闲能有几人来"二句,暗示诗人自己超然尘外、不同流俗的心怀和情致。他另一首《咏天宁院》诗有云:"眼界清虚心不息,浮生能有几人闲",用意亦复相同。其实诗人一生官高爵显,从不是淡泊名利之人,诗中所言真有故作姿态之嫌。

【原诗】

贺家湖上天花寺②,一一轩窗向水开③。不用闭门防俗客④,爱闲能有几人来?

【注释】

①天花寺:又名天华寺,南宋时寺址已在会稽东关(今浙江绍兴东关)。陆游《老学庵笔记》谓与吕诗"殊不合,岂陵谷之变遽如此乎?或谓寺本在湖中,后徙于此。"

②贺家湖:即镜湖,亦称鉴湖,在今浙江绍兴市南。唐开元中,著名诗人贺知章还乡里为道士,"求周宫湖数顷为放生池,有诏赐镜湖剡川一曲"(《新唐书·隐逸传》)。

③轩窗:窗户。孟浩然《同王九题就师山房》诗:"轩窗避炎暑"。

④俗客:指尘世间人,与僧侣、方外之人对举。

【今译】

贺家湖上的天花寺,
一扇扇窗户临水敞开。
用不着关起寺门,
去阻挡尘世的俗人前来,
几个人会爱赏这儿幽静的景致,
像我一样有淡泊心怀?

金乡张氏园亭①

石延年

【作者简介】

石延年(公元994—1041年),字曼卿,一字安仁。先世幽州(治所在今北京)人,后徙于宋城(今河南商丘)。累举进士不中。真宗选三举进士不中者授三班奉职。仁宗时以右班殿直改任太常寺太祝,知金乡县,通判乾宁军、永静军。入为大理评事、直集贤院。因事出为海州通判,官终秘阁校理、太子中允。《宋史》本传称其"为文劲健,于诗最工而善书"。诗歌称豪一时。有《石曼卿集》。

【题解】

仁宗天圣四年(公元1026年)诗人知济州金乡县(今属山东),本诗作于任上。宋庄季裕《鸡肋集》说"诗为此邑人作者,如《题张氏园亭》诗",并称其"乐意相关禽对语,生香不断树交花","尤为佳句"。本诗先从大处着墨,赞美张氏园亭亭馆连城,构筑之宏丽及其幽情雅趣可与晋代谢安相比,次写园中四时景色之绚烂多彩。在以上概述之后,诗人再将镜头拉近,展示了一幅窗外竹林繁茂、园外连接瓜地的景观,其中用了《史记》渭川封侯竹和邵平东陵瓜两个典故,既显示张氏的富有,又揄扬其清高不随俗。五六句写得最为生动,所绘枝头禽鸟相向欢鸣、树上繁花相续芳香四散的情景,为园主人及宾客尽情游赏、宴饮,营造了充满生机的欢乐氛围。刘克庄《后村诗话》说此二句"为伊洛中人所称"。陈衍认为此二句能在白居易"'绿杨宜作两家春'外,辟出境界"。这两句确实达到了融情入景、情景交会的境界。篇末即由此自然接入宾主"纵游会约无留意"的欢乐。诗人并设想在园林、美酒中陶然而醉、留连忘返直待"参横月落斜"的情形,见出主人的殷切情意。全诗辞情明快,风格爽利。

【原诗】

亭馆连城敌谢家②,四时园色斗明霞。窗迎西渭封侯竹③,地接东陵隐士瓜④。乐意相关禽对语⑤,生香不断树交花。纵游会约无留意,醉待参横月落斜⑥。

注释

①金乡:济州金乡,今属山东。张氏:名号、生平未详。
②谢家:指谢安,《晋书·谢安传》载其:"性好音乐……又于土山营墅,楼馆竹林甚盛,每携中外子侄往来游集,肴馔亦屡费百金……"

③西渭封侯竹:《史记·货殖列传》:"渭川千亩竹,此其人与千户侯等。"此用其典。

④东陵隐士瓜:《史记·萧相国世家》载,秦东陵侯邵平,秦亡不仕,隐于长安东,种瓜为生,瓜味甜美,世称东陵瓜。此用其典。

⑤相关:相向关关而鸣,关,关关,鸟鸣声。《诗·周南·关雎》:"关关雎鸠,在河之洲。"

⑥参(shēn)横:参星已落,表示夜深。曹植《善哉行》:"月没参横,北斗阑干。"参,参星。

【今译】

你连城的宏丽亭馆,
比得上风雅的谢安之家,
园内四时景色全都绚烂,
能斗过天空多彩的云霞。
窗迎号称西渭封侯的大片翠竹,
地接东陵隐士曾种的甜瓜。
快乐的小鸟关关地相对欢语,
飘香不断是那树头依次开放的繁花。
我们纵情聚会游赏不留意一切俗务,
酣然醉饮直等到参星横斜明月西下。

鲁从事清晖阁①

穆 修

【作者简介】

穆修(公元979—1032年),字伯长。郓州(今属山东)人,后居蔡州(今属河南)。真宗大中祥符二年(公元1009年)进士。曾任泰州司理参军,后为颍州文学参军。世称"穆参军"。推尊并倡导韩、柳古文,但目的主要在于"崇道",对文学本身的性能重视不够。又曾师事陈抟受教易学,为宋理学的先导。亦长于吟咏,诗歌较其古文清新得多。有《河南穆公集》。

【题解】

　　此诗咏友人新建楼阁而作。首联直书其事,写主人公于溪边新造楼阁,句中称其"庾郎",以赞其风流儒雅。"水石精神出,江山气色来"一联写得很有气势,见出楼阁甫成,登高览远,万物为之气象一新的情景,令人神往。颈联绘出烟霭迷离中所见动景,视野广阔,突出表现了楼阁之高迥。尾联写主人公公事完毕倚栏吟咏的清兴。全诗清新自然,颇有情致。

【原诗】

　　庾郎真好事②,溪阁斩新开③。水石精神出,江山气色来。疏烟分鹭立,远霭见帆回。公退资清兴④,闲吟倚栏裁⑤。

注释

　　①鲁从事:作者友人,生平不详。从事:官名,知州的佐吏如别驾、主簿等。清晖阁:故址在江州(今江西九江)。刘禹锡《登清晖阁诗》自注:"在江州。"
　　②庾郎:指北周诗人庾信,后借指多愁善感的诗人。此处借指鲁从事。
　　③斩新:犹崭新。极新。
　　④公退:谓办公之余。资:助。清兴:清雅的情兴。
　　⑤裁:指斟酌、剪裁诗句。

【今译】

　　你像多才的庾郎,
　　特别爱好风雅和清赏,
　　刚刚建造了一座楼阁,
　　崭新地向着溪山开敞。
　　登上高处四下眺望,
　　水石佳秀的神采立即展放,
　　江山挟带来气象风光,
　　一片苍苍莽莽。
　　疏疏烟雾里见白鹭行行分立,
　　淡淡云气中看远帆点点归航。
　　公事之余楼阁将助你清兴,

想象你会常常依栏吟咏斟酌诗章。

贵侯园①

穆 修

【题解】

这首题为"贵侯园"的诗以议论为主,写出达官贵人机关算尽,忙于人事纷争,忙于邀名夺利,虽拥有美丽的花园,却没有闲暇去游赏,而只能看看仆妾们采来插在瓶中的折枝花。这里隐含对他们的深刻讽刺,并对他们投以居高临下式的怜悯。诗中"任客闲游到日斜"句,是诗人淡泊名利、清高自赏的表露。本诗以平常的语言说出不平常的道理,真是喻世名言。

【原诗】

名园虽自属侯家②,任客闲游到日斜③。富贵位高无暇出,主人空看折枝花④。

【注释】

①贵侯园:指某达官贵人的花园。在汴京(河南开封)城南。
②名园,著名的园囿。
③客:此处作者自指。
④折枝花:指采下的花枝。

【今译】

这座著名的园林,
虽然属于达官贵人之家,
却任随我这闲游的客人,
竭尽雅兴直游到夕阳西下。
主人官高富贵忙碌非凡,
到自家园里游赏都没有闲暇,
只能看一看采来插在瓶中

已失去盎然生意的折枝花。

独 游

穆 修

【题解】

　　这首诗前二句纪游,描写诗人独自一人手扶藜杖,到曲水幽林的佳胜之处去寻春游乐,携酒进入乱花深处,花气酒香浑成一片,令人陶然欲醉的情景。后二句写达官贵人们不懂得真正领略春光、领略大自然的妙趣,他们出游时仆从如云、笙歌相随,完全失去寻芳探幽的意义,不过是炫耀富贵罢了。诗人以高官之俗对比自身之雅,颇为自得,后二句语意过于直露,略欠余韵。

【原诗】

　　水曲林幽独杖藜①,郫筒香入乱花携②。轻肥不得寻春意③,动要笙歌逐马蹄④。

注释

①藜(lí):指藜杖,用藜的老茎制成的手杖。
②郫(pí)筒句:为"携郫筒香入乱花"的倒文。郫筒,酒名,郫(今属四川)人截大竹长二尺以上,留一节为底,刻其外为花纹,漆成朱或黑色,或不漆,用以盛酒。相传晋山涛为郫令,用竹管酿酒,兼旬开方,香闻百步。
③轻肥:轻车肥马,语出《论语·雍也》:"(公西)赤之适齐也,乘肥马,衣轻裘。"此处代指乘肥马,衣轻裘的达官贵人。
④动:动不动,动辄。

【今译】

　　我独自手持藜杖,
　　来到溪水迂曲青林幽静的地方,
　　带着竹筒酒深入乱花丛里,
　　四周满都是花气和酒香。

乘肥车穿轻裘的贵官们,
并不能真正领会寻春的雅赏,
他们一出行动不动就要
奴仆簇拥笙歌喧嚷。

礼部贡院阅进士试①

欧阳修

【作者简介】

欧阳修(公元 1007—1072 年),字永叔,号醉翁,晚年又号六一居士,庐陵(今江西吉安)人。仁宗天圣八年(公元 1030 年)进士,曾任西京留守推官,馆阁校勘。正直敢言,景祐三年(公元 1036 年),因范仲淹事痛责谏官高若讷,贬为夷陵令。庆历三年(公元 1043 年)官至知制诰,次年为河北都转运使。庆历新政失败后,为范仲淹、韩琦等申辩,贬知滁州,徙扬州、颍州。后累迁至枢密副使、参知政事。神宗时因与王安石政见不合,徙青州、蔡州。以太子少师致仕。卒谥文忠。欧阳修是北宋诗文革新的领袖,一代文宗,散文名列唐宋八大家,又是其中影响较大的一位。诗歌力矫"西昆体"流弊,清新俊爽,苏轼称其"诗赋似李白"。长篇古诗亦颇受韩愈影响。词也是一大名家,与晏殊并称"晏欧"。又是著名的史学家,与宋祁同修《新唐书》,独力完成《新五代史》。其它尚有笔记、诗话等著述。有《欧阳文忠公集》。

【题解】

欧阳修《归田录》云:"(仁宗)嘉祐二年(公元 1057 年),余与端明(殿学士)韩子华、翰长(翰林学士)王禹玉、侍读(学士)范景仁、龙图(阁学士)梅公仪,同知礼部贡举,辟梅圣俞(尧臣字)为小试官。凡锁院五十日,六人相与唱和,为古律歌诗一百七十余篇,集为三卷。"本诗即作于此时。这次考试对于宋代文风的革新有着极其重要的意义。叶梦得《石林燕语》云"至和嘉祐间,场屋举子为文奇涩,读或不能成句。欧公力欲革其弊,既知贡举,凡文涉雕刻者,皆黜之。……及放榜,平日有声如刘辉辈皆不与选,士论颇汹汹",群聚嘲骂,甚至在街上拦住欧阳修的马头哄闹,而欧公不为所动,终于使"场屋之习,从是遂变"。(《宋史》本传)此次考试,苏轼、苏辙兄弟同时中进士,曾巩亦在榜中,可谓一时胜举。欧阳修一生最喜奖拔才士,本诗写出他主持礼部考试时,见到考场中英才济济,考试场面寂静、肃穆而充满生气,他为朝廷得添新人而由衷地感到喜悦。尾联为自谦之辞。叶梦得认为六位考官的唱酬诗,以本篇"无哗战士衔枚勇,下笔春蚕食叶声"二句"最为警策"。

【原诗】

紫殿焚香暖吹轻②,广庭清晓席群英③。无哗战士衔枚勇④,下笔春蚕食叶声。乡里献贤先德行⑤,朝廷列爵待公卿⑥。自惭衰病心神耗⑦,赖有群公识鉴精⑧。

【注释】

①诗题别本作《礼部贡院阅进士就试》。礼部:官署名,为六部之一,掌礼乐、祭祀、封建、宴乐及学校贡举的政令。贡院:科举时代考试贡士之所。
②紫殿:指京都贡院。一作"紫案"。暖吹:暖风,指春风。
③席:犹言列坐。
④衔枚:古代军旅、田役时,令口中横衔状如短筷的"枚",以禁喧哗。此处比喻人人肃静。
⑤乡里:犹言"郡县"。先德行:以德行为先。
⑥列爵:分颁爵位。《尚书·武成》:"列爵惟五",指公、侯、伯、子、男五等,此处代指官职。公卿:指执政大臣。
⑦耗:无,尽。
⑧群公:指同时主持考试者如范、王、梅等人。识鉴:能赏识人才、辨别是非。识鉴,一作"鉴裁",又作"择鉴"。

【今译】

贡院里香烟缭绕,
春天的和风又暖又轻,
宽阔的庭中一清早
就坐满了各地来应试的精英。
举子们紧张肃穆地战斗,

如同衔枚疾走的士兵,
只听见笔在纸上沙沙作响,
仿佛是春蚕嚼食桑叶的声音。
郡县里向京都献上贤才,
首先重视的是品德操行,
朝廷中分等授予官职,
依赖着执政大臣。
我感到惭愧的是
身体衰病心神已尽,
选拔超群的英才,
全仗诸位来识别辨明。

梦中作

欧阳修

【题解】

　　本诗描绘了梦中所见、所感的四种情境。先写夜凉如水,听得一片笛声,千山唯映一轮冷月的凄清而迥远之境。次写道路迷离,百种鲜花撩人前行的瑰奇之境。再用王质观棋烂柯典故,喻世事沧桑之慨。末写沉醉中仍不能排遣的思乡深情。全诗一句一境,似各不关联,奇妙地反映了诗人潜意识中对生活的向往与思考,希望与失落。陈衍评曰:"此诗当真是梦中作,如有神助。"

【原诗】

　　夜凉吹笛千山月,路暗迷人百种花。棋罢不知人换世①,酒阑无奈客思家②。

注释

　　①棋罢句:用王质典故。《述异记》载,晋人王质入山砍柴,见二童子下棋,他在旁观看至终,发觉手中斧柄已烂。下山回到家中,才知已过百年,同辈之人都已死尽。

②酒阑:行酒结束时,喝完酒。阑:尽,残。客,诗人自指。

【今译】
夜凉如水听一片笛声悠扬,
千山映照着清冷月华。
道路幽暗迷离,
四周有迷人的百种鲜花。
看完了他人的棋局,
并不知世事已天翻地覆地变化。
酒虽然喝到沉醉,
仍禁不住我无限思念故家。

沧浪亭①

欧阳修

【题解】

　　作者的诗友苏舜钦(杜衍婿)仁宗庆历间曾为集贤校理、监进奏院。时杜衍、富弼、范仲淹执政,主持政治革新,"多引用一时闻人,欲更张庶事。御史中丞王拱辰等不便其所为,会进奏院祠神,舜钦与右班殿直刘巽辄用鬻故纸公钱召妓乐,间多会宾客……"(《宋史·苏舜钦传》)于是王拱辰进行弹劾,想借此动摇杜衍等人的地位。苏坐自盗罪被除名,与会者十余名士皆得罪被逐。苏长期放废,寓居苏州,买故园废地,筑沧浪亭,徜徉其间。并写有《沧浪亭记》一文,详记其事。欧阳修此诗作于庆历七年(公元1047年),诗人依据《沧浪亭记》,在想象中描绘了沧浪亭四周高古葱翠的气象,春朝夏日,清风白月之夜的幽雅景致,以及自己对其地的向往之情。并对"壮士憔悴"——友人放废的不幸遭遇给以深切同情,且为他能得山水佳地逍遥度日感到庆幸。篇末寓有对友人的安慰及对其未来命运的祝祷,对其诗文的褒美。全诗铺叙自然,语言流畅。但正如陈衍所评:"未免辞费"。然其中亦自有流传佳句,如"风高月白最宜夜,一片莹净铺琼田","清风明月本无价,可惜只卖四万钱"等。

【原诗】

　　子美寄我沧浪吟②,邀我共作沧浪篇③。沧浪有景不可到,使我东望心悠然④。荒湾野水气象古,高林翠阜相回环⑤。新篁抽笋添夏景⑥,老柄乱发争春妍⑦。水禽闲暇事高格,山鸟日夕相啾喧⑧。不知此地几兴废?仰视乔木皆苍烟⑨。堪嗟人迹到不远,虽有来路曾无缘⑩。穷奇极怪谁似子⑪?搜索幽隐探神仙⑫。初寻一径入蒙密,豁目异境无穷边⑬。风高月白最宜夜,一片莹净铺琼田⑭。清光不辨水与月,但见空碧涵漪涟⑮。清风明月本无价⑯,可惜只卖四万钱⑰!又疑此境天乞与⑱,壮士憔悴天应怜。鸱夷古亦有独往⑲,江湖波涛渺翻天。崎岖世路欲脱去,反以身试蛟龙渊⑳。岂如扁舟任飘兀㉑,红蘤渌浪摇醉眠㉒。丈夫身在岂长弃㉓?新诗美酒聊穷年㉔。虽然不许俗客到㉕,莫惜佳句人间传。

注释

　　①题一作《寄题子美沧浪亭》。沧浪亭:原为五代吴越广陵王钱元璙的花园,宋苏舜钦放废后寓居苏州,购其地,筑沧浪亭。南宋时归韩世忠。

　　②子美:苏舜钦字。沧浪吟:指苏舜钦《沧浪亭记》及《沧浪亭》诗。

　　③共作:原校,一作"共赋"。

　　④心悠然:谓心遥向往之。

　　⑤荒湾二句:苏舜钦《沧浪亭记》:"……一日过郡学,东顾草树郁然,崇阜广水,不类乎城中。并水得微径于杂花修竹之间。东趋数百步,有弃地,纵广合五六十寻,三向皆水也。杠之南,其地益阔,旁无民居,左右皆林木相亏蔽,……坳隆胜势,遗意尚存。"阜,小山。

　　⑥篁(huáng):竹的通称。

　　⑦柄(niè):树木经砍伐后重新生长的枝条,同"櫱"、"蘗"。

　　⑧日夕:原作"月夕",一作"日夕"。啾(jiū)喧:形容鸟鸣声琐细而热闹。

　　⑨不知二句:因沧浪亭原为吴越广陵王故园,苏舜钦购前早已荒败,诗人故发历史沧桑之慨。乔木,孟子见齐宣王曰:"所谓故国者,非谓有乔木之谓也,有世臣之谓也。"但故国(有历史的旧国)乔木在古诗文中仍联系而用。此处亦暗用其意。乔木,久经年代的高大树木。

　　⑩堪嗟二句:谓一般的俗子无缘寻找到苏氏所找到的山水佳胜之地。

　　⑪穷奇极怪:谓穷尽幽奇怪异之景。

　　⑫探神仙:谓探访神仙所居之地。

　　⑬初寻二句:参见注⑤。蒙密,草木繁密。豁目,眼界豁然开阔。

⑭风高二句：苏舜钦《沧浪亭记》："……前竹后水，水之阳又竹，无穷极。澄川翠干，光影会合于轩户之间，尤与风月为相宜。"此用其意。琼田，形容月光照映的水面。
⑮原校：一本在此后尚有"姑苏台边人响绝，夜深往往闻鸣船"二句。空碧：指碧天。涵：包容。漪(yī)涟：微波。
⑯清风句：李白《襄阳歌》曰"清风朗月不用一钱买"，此处反用其意。
⑰可惜句：苏舜钦《沧浪亭记》说钱氏故园之地以四万钱购得。
⑱此境：原校，一作"此景"。天乞与：谓天赐与苏氏。
⑲鸱(chī)夷句：用范蠡事。春秋越国大夫范蠡佐越王灭吴，知勾践为人不可共安乐，因浮海出齐，变姓名，自谓鸱夷子皮。(见《史记·越王勾践世家》)。
⑳蛟龙渊：指大海。谓范蠡浮于蛟龙出没、波涛险恶的大海。
㉑岂如句：苏舜钦《沧浪亭记》："予时榜小舟，幅巾以往，至则洒然忘其归。箕而浩歌，踞而仰啸，野老不至，鱼鸟共乐。"句意即指苏氏潇洒出尘的清雅生活。岂如：原校，一作"岂知"。飘兀(wù)：犹飘忽。兀，动摇。
㉒红蕖(qú)：红莲。蕖，芙蕖，荷花的别名。渌(lù)浪：清波。
㉓长弃：指长期放废不被进用。
㉔新诗美酒：原校：一作"诗新酒美"。聊穷年：聊以尽年。
㉕俗客：凡俗的客人，作者自谦的称谓。

【今译】
　　子美寄给我咏唱沧浪亭的诗文，
　　邀我一同写作沧浪亭诗篇。
　　沧浪亭美景不可能亲眼去看，
　　使我东望时心中向往遥遥思念。
　　想那荒落曲折的河岸，
　　一湾野水气象古老悠远，
　　高大的林木苍翠的山冈，
　　在沧浪亭四周回环。
　　新竹抽笋增添了夏日景致，
　　老树枝条乱长，争斗春天的鲜妍。
　　水禽三三两两闲暇地逗留，
　　仰慕着主人情趣格调高搴，
　　山中小鸟无论早晨还是夜晚，

啼鸣细碎一片声喧。
不知道此地经过了几番兴废，
抬头只见古老的大树织成一片苍烟。
真该叹息俗人的足迹到不了此间，
虽有道路可通却寻访无缘。
谁能像你这样穷尽了
山水的瑰异奇险？
一直搜索到幽深隐秘之处，
探求的地方居住着神仙。
最初找到的那条小路
深隐在繁密的草木之间，
小路尽处眼界忽然开阔，
突现的境地神奇无边。
风高月白的良夜，
清幽的佳景最令人留恋，
晶莹的月光铺在水面，
仿佛是一片白玉田。
分不出清清的是水光还是月色，
只看见碧空与绿波连成一片。
清风明月本没有价目，
可惜卖给你才只四万铜钱。
我又觉得这山水佳境是老天爷特别赐与，
壮士失意老天理当爱怜。
古代的鸱夷子曾独自去往江海，
也不管江湖上波涛浩渺翻天。
一心想脱离崎岖的世间道路，
宁愿只身去到蛟龙腾跃的深渊。
哪儿比得上你驾起一叶扁舟，
飘忽来往于沧浪亭边，
水中红的莲花绿的水波，
轻摇着你酣然醉眠。
大丈夫只要活在世间，

怎么会长期被弃置不管？
姑且吟咏新诗畅饮美酒，
逍遥地度过眼前流年。
虽然那清幽的沧浪亭，
不让我这俗客亲眼得见，
还望你切莫吝惜笔墨，
一定时时寄来佳句好向人间流传。

丰乐亭小饮①

欧阳修

【题解】

　　仁宗庆历五年(公元1045年)，范仲淹、富弼、杜衍等人主持的政治革新失败被贬，欧阳修上疏为之申辩，贬为滁州(今属安徽)知州。次年，修"丰乐亭"。其《丰乐亭记》云："修既治滁之明年，夏，始饮滁水而甘，问诸滁人，得于州南百步之近。其上丰山耸然而特立，下则幽谷窈然而深蔽，中有清泉滃然而仰出。俯视左右，顾而乐之。于是疏泉凿石，辟地以为亭，而与滁人往游其间。"此诗作于庆历七年(公元1047年)春。本篇描写造物无私，僻远山城中亦自有山桃溪杏趁时而开的大好春光。并从太守眼中见出装扮村野的游女与春花争艳的欢乐情景，由此发出人生当及时行乐的慨叹。但是，在对丰乐亭春景的描绘中，在主人公故作旷达的语气中，我们不难领会到诗人被贬来山城内心深处那拂之不去的愁闷。

【原诗】

　　造物无情不择物②，春色亦到深山中。山桃溪杏少意思③，自趁时节开春风。看花游女不知丑，古妆野态争花红。人生行乐当勉强④，有酒莫负琉璃钟⑤。主人勿笑花与女，嗟尔自是花前翁⑥。

【注释】

　　①丰乐亭：欧阳修于庆历六年(公元1046年)知滁州时所建，参见【题解】。

②造物:创造万物的主宰者。
③少意思:一作"有谁顾"。
④当:原作"在",一作"当"。勉强:犹"勉力"。
⑤琉璃(liú lí)钟:犹言"水晶杯",酒杯的美称。琉璃,天然的各种有光宝石、水晶之类。
⑥嗟:叹息。尔:你,此诗人自指。

【今译】
　　造物主没有偏私的感情,
　　施恩于万物并不进行筛选,
　　春色因此也来到这
　　僻远的深山之间。
　　山中桃花与溪边红杏,
　　本缺少情韵悠远,
　　也各自趁着美好时节,
　　开放在春风面前。
　　看花的山中游女,
　　不懂得什么是审美观念,
　　古朴的装束村野的姿态,
　　一心要和红花争奇斗艳。
　　人生本应当尽量及时行乐,
　　不要辜负水晶杯中美酒滟滟。
　　主人公请不要哂笑山花和村女,
　　可叹你已是花前老翁年迈衰残。

戏答元珍①

欧阳修

【题解】
　　仁宗景祐三年(公元1036年),欧阳修因作书为痛责高若讷附和权贵、不为忠而被贬的范仲淹辩诬,降职为峡州夷陵(今湖北宜昌)县令。此诗为次年春在夷陵所作。首联表面上似是直写眼前事物,却暗寓王之涣《凉州词》"羌笛何须怨杨柳,春风不度玉门关"诗句中对朝廷所表示的怨望之情。诗人对此二句颇为自得,曾向人说:"若无下句,则上句不见佳处,并读之,便觉精神顿出。"(胡仔《苕溪渔隐丛话》引《西清诗话》)其实我们觉得"残雪压枝犹有桔,冻雷惊笋欲抽芽"一联更为精警,它以锤炼的语言,表现了时序交迭变换时生动的物象。后苏轼《赠刘景文》诗"荷尽已无擎雨盖,桔残犹有傲霜枝"二句,受到此联影响,内蕴则不如多矣。五、六两联写思乡之情与时序之慨,且作自我宽慰之辞,见出其坚毅执着的人生态度。全诗联联紧扣,意脉绵密,以不怨之怨反映出作者远贬山城的凄寂心情,隐含对现实政治的谴责。

【原诗】

　　春风疑不到天涯②,二月山城未见花。残雪压枝犹有桔,冻雷惊笋欲抽芽③。夜闻归雁生乡思,病入新年感物华④。曾是洛阳花下客⑤,野芳虽晚不须嗟。

【注释】

　　①元珍:丁宝臣,字元珍,有文名,时为峡州军事判官,与欧阳修友善。
　　②春风句:为"疑春风不到天涯"的倒文。
　　③冻雷:犹言寒雷。
　　④夜闻二句:一作"鸟声渐变知芳节,人意无聊感物华"。归雁:原作"啼雁"。物华:自然景色。
　　⑤曾是句:仁宗天圣八年(公元1030年)至景祐元年(公元1034年)欧阳修曾任西京(洛阳)留守推官,故云。洛阳以花(尤以牡丹)著称。作者《洛阳牡丹记·风俗记》云:"洛阳之俗,大抵好花。春时,城中无(论)贵贱皆插花,虽负担者亦然。花开时,士庶竞为游遨。"

【今译】

　　我疑心和暖的春风
　　怕是吹不到这遥远的天之涯,
　　芳春二月时山城里
　　却还没看见开花。

去冬的残雪压在树梢,
但仍有未曾凋落的桔实留在枝桠,
寒雷忽地一声震响,
惊得竹笋连忙从地底生出新芽。
夜晚听北归的鸿雁声声啼鸣,
引发我情思无限遥念故家,
疾病中新年替代了旧岁,
不由得感慨自然景物的迅速变化。
我曾经是欣赏洛阳名花的故客,
如今山野春色虽晚,也不必去叹他。

丰乐亭游春

欧阳修

【题解】

《丰乐亭游春》共三首,此为第一首。作于仁宗庆历七年(公元1047年)。全诗一扫通常的伤春气息,而描写了欢乐的暮春景色,以及诗人沉浸在山光树色、鸟歌花舞之中,陶然醉饮的情形。末句"酒醒春已归",极言春光的短暂,深含惜春之意。全篇语言飞动,节律明快。

【原诗】

绿树交加山鸟啼①,晴风荡漾落花飞②。鸟啼花舞太守醉③,明日酒醒春已归④。

注释

①交加:相集,错杂。一作"新阴"。山鸟啼:一作"野鸟啼"。
②此句一作"晚晴斜日杂花飞"。
③太守:唐宋时知州相当于汉州郡太守,作者时知滁州,故称。
④明日:一作"明月"。春已归:一作"春色归"。

【今译】

绿树错杂交集山鸟欢乐鸣啼,

晴风荡漾,落花在风中纷飞。
鸟歌花又舞,太守我陶然酣醉,
明天酒醒时,春光怕是早已归。

怀嵩楼新开南轩与郡僚小饮[①]

欧阳修

【题解】

　　本诗作于仁宗庆历七年(公元 1047 年)。唐代名相李德裕曾任滁州刺史,建造了"怀嵩楼",表示对嵩洛的怀念。欧阳修早年任西京留守推官,常与梅尧臣、尹洙等遨游伊阙、嵩山。贬来滁州后,仍然时常怀念嵩洛。他登上"怀嵩楼"与众郡僚小饮,作此诗抒怀。诗中首先追怀政绩斐然却因党争被徙滁州的李德裕,自己的遭遇与之正有相似之处,但诗人却一笔撇开,不再进一步阐发感慨,而突出描写眼前霜林木落、众山争出的飒爽之景,以及野菊花开酒兴正浓的逸怀。西风中听画角声哀,诗人却豪迈地解开衣带,并在夕阳下观赏苍劲的青松。且与在座之客相约,待到冬雪磷峋,再来共赏仙境般的玉山。显示出诗人的胸襟极为豁达,精神极其健旺,足见其百折不挠的坚强意志。

【原诗】

　　绕郭云烟匼几重[②]?昔人曾此感怀嵩[③]。霜林落后山争出,野菊开时酒正浓。解带西风飘画角[④],倚栏斜日照青松。会须乘醉携佳客[⑤],踏雪来看群玉峰[⑥]。

注释

　　①唐文宗开成元年(公元 836 年),李德裕由袁州长史徙为滁州刺史,建"怀嵩楼",并写有《怀嵩楼记》一文。嵩(sōng):中岳嵩山,五岳之一,在河南登封县北,洛阳东南。轩:窗。
　　②绕郭云烟:一作"绕阁烟云"。郭:内城称城,外城称郭。匼(zā):环绕一周叫一匼。
　　③昔人:指李德裕。嵩:兼指嵩山与洛阳,因洛阳又称嵩京,李曾分司东都

(洛阳)。

④画角:彩绘的号角,用以报时。

⑤会须:犹该当,此处带有期望之意。

⑥群玉峰:群玉山,神话传说中的仙山。此处借指白雪覆盖的山峰。

【今译】

环绕城郭的浓浓云烟,
迷迷朦朦不知有多少重,
唐时的名相曾经在此地
怀念嵩洛感慨无穷。
秋霜下树林里木叶凋尽,
众山争相显露各自面容,
野菊开放的美好时令,
我们畅饮醇酒逸兴正浓。
西风中飘来画角清哀的声音,
我解开衣带胸怀更加豪雄,
斜倚着楼上高栏
观赏夕阳照在苍翠的青松。
我将要乘着醉意带领佳客,
冬雪皑皑时再踏上如玉的群峰。

别 滁①

欧阳修

【题解】

本诗作于仁宗庆历八年(公元1048年),诗人此年徙为扬州知州,告别他生活了将近三年的滁州,内心的感受是复杂微妙的,量移扬州固然是值得欣喜的事,但同时又难以割舍与僚友及当地百姓的感情,整首诗在轻快的笔意中含淡淡愁思。前二句以绚丽的春光衬托热烈的送别场面。后二句字面上虽如陈衍所评"直是乐天",但内里实在蕴含着惜别的深情,只是故作旷达自慰且慰人罢了。正由于所抒感情的多重性,所以耐人寻味。

【原诗】

花光浓烂柳轻明②,酌酒花前送我行。我亦且如常日醉③,莫教弦管作离声④。

注释

①别滁:告别滁州。仁宗庆历八年(公元1048年)闰正月朝廷下达令欧阳修徙知扬州的诏命。
②轻明:一本作"轻盈"。
③且:一作"只"。
④离声:指别离歌曲。

【今译】

花光多么绚烂浓郁,
绿柳丝丝轻柔鲜明,
人们在花前安排酒宴,
热情地为我送行。
我只不过是像平日一样
和大家一同相聚畅饮,
请不要让管弦奏出
令人感伤的离别哀音。

招许主客①

欧阳修

【题解】

此篇于仁宗庆历八年(公元1048年)在扬州知州任上作。这首诗写得十分别致,篇首先设问:"欲将何物招嘉客?"引起悬念,接下去铺叙了一系列物象:秋天无限的新凉,照进百亩广庭的明月清光,楼头将圆的月,瓮中已香的酒,这一切便不仅是招待嘉客的好东西,更是给大家准备的好诗料。篇末赞誉座中诗友梅尧臣将会是诗中魁首。全诗以活泼诙谐的语言,表现了主人公清极、雅极的生活情趣,读之令人忘俗。

【原诗】

欲将何物招嘉客?惟有新秋一味凉。更扫广庭宽百亩②,少容明月放清光③。楼头破鉴看将满④,瓮面浮蛆拨已香⑤。仍约多为诗准备⑥,共防梅老敌难当⑦。

【注释】

①许主客:作者友人,生平未详。主客:官名,隋唐以后在礼部都设有主客司,置主客郎中及员外郎,负责各藩属国朝聘、接待给赐等事。
②更扫:一作"静扫"。宽百亩:一作"开百亩"。
③少:稍。放清光:一作"吐清光"。
④破鉴:破镜,形容未满的月。李白《古朗月行》:"小时不识月,呼作白玉盘。又疑瑶台镜,飞上青云端。"
⑤浮蛆(qū):犹言浮蚁,形容酒面浮滓。
⑥仍约:一作"更约"。仍,犹"更"。多为诗准备:犹言"多准备为诗"。
⑦梅老:指作者好友诗人梅尧臣,详见后梅尧臣小传。敌难当:难以抵敌。

【今译】

我用什么来招待嘉客?
只有新秋的无限清凉。
再把百亩宽的庭院打扫干净,
好稍稍容纳明月洒下的清光。
照在楼头破镜样的半月,
眼看就要变得围圆明亮,
酒瓮面上浮着细渣,
拨动一下已发出浓郁芳香。
还要跟诸位相约多准备诗篇,
须共同留意梅老先生的诗才难以抵挡。

宿云馆[①]

欧阳修

【题解】

本诗当系仁宗景祐三年(公元1036年)诗人痛斥高若讷后被指为范仲淹"朋党",贬作夷陵(今湖北宜昌)令时,途经湖北安陆(古云梦地区),独宿客馆思亲之作。诗中描写北雁南飞岁已将暮,鸿雁传递了与家人相互间的音讯,信中所诉梦绕魂萦的思情与梦中飞归乡里的情事孰浓孰淡,梦耶非耶,竟难以分别。"井桐叶落荷池尽"的夜雨景象居然无所闻见,足见归梦之香甜,正所谓"梦里不知身是客,一晌贪欢"。实暗寓羁旅苦况,使人可想见其梦醒后的难堪之情。末句化用李商隐《夜雨寄北》句意,隐含对亲人的思念与盼望。诗歌语言清丽而凄婉。

【原诗】

北雁来时岁欲暮,私书归梦杳难分[②]。井桐叶落荷池尽,一夜西窗雨不闻[③]!

注释

①云梦馆:似指古云梦地区某客馆。云梦,古云梦泽地域相当广大,大致包括今湖南益阳县湘阴县以北,湖北江陵县安陆县以南、武汉以西地区。此处可能指云梦县,即湖北安陆。

②私书:指家书。杳:隐约貌。

③一夜句:李商隐《夜雨寄北》诗:"何当共剪西窗烛,却话巴山夜雨时。"此化用其意。

【今译】

鸿雁从北方飞来时,
又到了一年岁月的黄昏,
家书中诉说的思亲深情,

和梦里怀归的神魂隐约难分。
井台边梧桐叶都飘落,
池塘的荷花也已凋尽,
我沉浸在黑甜的归梦中,
西窗外一夜雨声竟充耳未闻!

哭曼卿^①

苏舜钦

【作者简介】

苏舜钦(公元1008—1049年),字子美,原籍梓州铜山(今四川中江东南),自曾祖起移家开封(今属河南)。仁宗景祐二年(公元1035年)进士。历任蒙城、长垣县令。入为集贤校理、监进奏院。时杜衍、富弼、范仲淹执政,锐意推行"庆历新政",改革弊政。遭到王拱辰等人反对。苏为杜衍婿,某次,进奏院祠神,以出售废纸公钱宴会,为王氏所劾,以监守自盗罪削职为民,闲居苏州。后复为湖州长史。苏为诗文革新的主将之一,作古歌诗杂文先于欧阳修,"为于举世不为之时","始终自守,不牵世俗趋舍,可谓特立之士也。"(欧阳修《苏氏文集序》)诗与梅尧臣齐名,时称"苏梅"。风格超迈横绝,苍古雄放。有《苏学士文集》。

【题解】

这首诗为哀悼、缅怀作者诗友石延年而作。石延年(字曼卿)卒于仁宗庆历元年(公元1041年),本篇即写于当年。诗中追忆去年春天和诗友曼卿相会、欢乐无涯的情景,以及相互之间"忘形到尔汝"的亲密情谊。然后用大量篇幅描写友人忽已长逝,自己唯能痛哭致奠的情景。并以春日芳菲又一度更新的欢景,反衬知友容颜不复重睹的哀情。且叙述送葬归来悲不能食,知友遗墨犹挂壁间,更引发生死阻隔的哀痛而向风洒泪的情形。诗中充满对人生无常的深深慨叹。语言平易自然,艺术上无特别出色处,唯以抒情真挚感染人。

【原诗】

去年春雨开百花,与君相会欢无涯。高歌长吟插花醉②,醉倒不去眠君家。今年恸哭来致奠③,忍欲出送攀魂车④。春辉照眼一如昨,花已破颣兰生芽⑤。唯君颜色不复见,精魂飘忽随朝霞⑥。归来悲痛不能食,壁上遗墨如栖鸦⑦。呜呼死生遂相隔,使我双泪风中斜⑧。

【注释】

①曼卿:作者友人诗人石延年字曼卿,生平详见前石延年诗附小传。
②高歌句:陈衍说此句"的是曼卿酒酣精神(详欧阳公文中)"。
③恸(tòng)哭:痛哭。奠:设酒食以祭。
④忍:怎忍,不忍。攀魂车:指牵攀自己灵魂的友人灵车。
⑤破颣(lèi):犹破蕾。颣,丝上的结,比喻花蕾。一本作"破蕾"。
⑥精魂:精神魂魄。
⑦壁上句:潘岳《悼亡诗》三首其一:"望庐思其人,入室想所历。帏屏无仿佛,翰墨有余迹。流芳未及歇,遗挂犹在壁。"此化用其意。
⑧呜呼:叹词,此处表悲痛。

【今译】

去年春风中百花盛开,
和你相会欢乐无涯。
你高声歌唱长吟诗篇,
插花酣饮何其豪雅!
我畅饮美酒喝得沉醉,
不离去随意在你家住下。
谁知道今年竟然痛哭着
为祭奠你来到了你家,
怎能忍心送出那牵攀我心魂
载着你长别的车马。
春日耀眼的光辉一如往昔,
花已破蕾兰草长出了嫩芽。
只是再也看不见
你亲切面容的光华,
你飘忽的精神魂魄,

悠悠远去跟随着朝霞。
归来后我心中满是悲伤,
什么饮食也吞咽不下,
见墙壁上你遗留的墨迹,
如同栖息着的点点乌鸦。
哀痛啊!就此同你生死永隔,
使我伤心泪水在斜风中不断落下。

中秋夜吴江亭上对月怀前宰张子野及寄君谟蔡大①

苏舜钦

【题解】

本篇抒写望月怀友之情,正如陈衍所评:"望月怀人语,数见不鲜矣。此作颇能避熟就生,写月光澈骨,种种异乎寻常。如自责得陇望蜀,尤其透过一层处。"诗中描写人间天上共惜中秋,晴空万里与江上万顷碧色上下相照,一片澄澈空明,天上月、水中影如双璧浮游,整个宇宙透明得连自己的筋脉都缕缕可数,鱼龙亦无所逃避,诗人直疑是乘槎于天河直触斗牛。这种种描写确实清新绝俗,显出诗人胸无点尘的高洁情怀。由无限胜景生出无人共赏因而深深怀友的感情,也觉语自肺腑,自然而然。

【原诗】

独坐对月心悠悠②,故人不见使我愁。古今共传惜今夕,况在松江亭上头。可怜节物会人意③,十日阴雨此夜收。不惟人间惜此月④,天亦有意于中秋。长空无瑕露表里⑤,拂拂渐上寒光流⑥。江平万顷正碧色,上下清澈双璧浮⑦。自视直欲见筋脉,无所逃避鱼龙忧。不疑身世在地上,只恐槎去触斗牛⑧。景清境胜反不足,叹息此际无交游⑨。心魂冷烈晓不寝,勉为笔此传中州⑩。

注释

①吴江亭:一称"松江亭"。在吴江县东吴淞江口。吴淞江别称吴江,为太湖最大的支流。前宰张子野:张先(字子野)曾任吴江县令,故称"前宰"。君谟蔡大:诗人、书法家蔡襄字君谟,排行老大,故称。二人均为作者诗友,详见前二人诗附小传。

②悠悠:深思,忧思。

③节物:应时节的景物。会:领会,理解。

④惜此月:别本一作"重此月"。

⑤瑕(xiá):玉的斑点,此处借指微云。

⑥拂拂:风吹动貌,此喻月冉冉上升貌。

⑦璧(bì):平圆形中心有孔的玉器,此喻月圆如璧。

⑧只恐句:晋张华《博物志》:"旧说云:天河与海通,近世有人居海渚者,年年八月,有浮槎来去,不失期。人有奇志,立飞阁于槎上,多赍粮,乘槎而去。至一处,有城郭状,屋舍甚严,遥望宫中多织妇,见一丈夫牵牛渚次饮之。此人问此是何处,答曰:'君还至蜀郡问严君平则知之。'"牵牛人则为牵牛星。此用其典。楂(chá),通"槎"。斗牛,二十八宿中的斗宿和牛宿。

⑨交游:往来的朋友。

⑩笔此:犹言作此、写此。传:犹"寄"。中州:古豫州地处九州中间,称中州。今河南为古豫州地,故相沿亦称河南为中州。此处指北宋京都。

【今译】

独坐江边仰望明月满怀深思,
看不见老朋友令我心中忧愁。
从古至今代代相传共惜今夜时光,
何况又置身在美丽的松江亭上头。
可爱的应时景物善解人意,
十天连绵阴雨今晚忽地全收。
不光人间爱惜此夜明月,
上天也特别偏向于中秋。
长空没有一丝微云表里尽露,
明月冉冉升起寒光四散分流。
江面平静正见万顷碧色,
水天清澈一双璧月上下浮游。

在这透明世界,自视筋骨脉络条缕可见,
鱼龙也因无处藏身全都发愁。
我并不怀疑自己是生活在地上,
却又怕乘着浮舟就会触到天上斗牛。
景色清绝环境优雅反觉美中不足,
叹息此时没有好友一同遨游。
心魂被清光浸得冰冷我到晓难眠,
努力写成此诗寄往友人所在的中州。

静胜堂夏日呈王尉①

苏舜钦

【题解】

此诗当系早岁任县令时所作。诗中先描写夏日公务稀少,闲卧吟诗令人生出陶然忘机的尘外之想。"窗静蜂迷出,帘疏燕误飞"二句,极写夏日的寂静与炎热使蜂燕欲昏的景象,生动细腻。后四句写诗人想到公事完毕后的爽快,而更令人神往的是与友人"王尉"共赏白云外苍翠的山色。

【原诗】

虚堂吏事稀②,吟卧欲忘机③。窗静蜂迷出,帘疏燕误飞④。烦心倾晚簟⑤,倦体快风衣⑥。更想霜云外⑦,同君看翠微⑧。

注释

①静胜堂:当为官衙内堂名,具址不详。王尉:指王姓的县尉。尉,官名,北宋太祖建隆三年(公元962年),每县置尉一员,在主簿之下,俸赐同。仁宗至和二年(公元1055年),凡县不置簿,则尉兼之。(见《宋史·职官》七)
②吏事:犹言公务。
③忘机:忘却计较或巧诈之心,指自甘恬淡与世无争。
④帘疏:一本作"帘轻"。
⑤簟(diàn):竹席。
⑥倦体句:为"风衣快倦体"的倒文。风衣,指轻薄浴风的便衣。

⑦霜云:白云。霜,比喻白。
⑧翠微:轻淡青葱的山色。

【今译】
　　清寂的公堂事务稀少,
　　闲卧吟咏,功名俗念已不放心上。
　　窗扉幽静蜜蜂儿迷失了来路,
　　帷帘疏落小燕子误飞进厅堂。
　　烦躁的心怀向往着夜晚清凉的竹席,
　　浴风的便衣可以使慵倦的身躯舒爽。
　　最令我神往的是在那白云以外,
　　和你把青葱的山色一同观赏。

过苏州

苏舜钦

【题解】
　　此诗作于何年难以确证,有人说系晚年复起为湖州长史时期,途经苏州所作,似乎可通。诗中盛赞苏州山明水秀、风物清雅的美景,又写出诗人怀无限眷恋、不忍离开此地的心情,并于羁旅穷愁的抒发中,见其放旷闲逸、一任自然的豁达胸襟。语言平易自然。

【原诗】
　　东出盘门刮眼明①,萧萧疏雨更阴晴②。绿杨白鹭俱自得,近水远山皆有情。万物盛衰天意在③,一身羁苦俗人轻④。无穷好景无缘住⑤,旅棹区区暮亦行⑥。

注释
　　①盘门:苏州城西南门。初名蟠门,后因此地水陆萦回曲折,改称盘门。刮眼明:谓看得真切。唐韩愈《过襄城》诗:"郾城辞罢过襄城,颍水嵩山刮眼明。"
　　②更(gēng):改换。

③天意在:"在天意"的倒文。
④俗人轻:为俗人所轻。
⑤无穷:别本一作"无情"。
⑥旅棹(zhào):客船。区区:匆忙。区,通"驱"。

【今译】
　　东出盘门景物看得格外分明,
　　落一阵萧萧细雨改换了阴晴。
　　绿杨依依白鹭点点,
　　全都各自怡乐欢欣,
　　近处的水远处的山,
　　一处处隐含着深情。
　　世间万物有盛有衰,
　　凭仗上天旨意施行,
　　叹息我尝尽羁旅愁苦,
　　却被凡夫俗子们看轻。
　　这无穷美景可惜无缘留住,
　　客船黄昏时竟还匆匆远行。

和淮上遇便风①

苏舜钦

【题解】
　　本篇为和人之作。前二句以雄健的笔力描绘了清淮浩荡、流向天边的高远景象,以及万里长风吹送归舟的畅快心情,且暗用宗悫语,自抒壮阔怀抱。第三句笔锋转而描写想象之境,显示诗人不愿身陷浊世、不愿同流合污的高洁心志。末句极言对自由天地的无限向往。全诗气势豪迈,表现了诗人奔放不羁的个性及其高情远志。耐人吟味。

【原诗】
　　浩荡清淮天共流②,长风万里送归舟③。应愁晚泊喧卑地④,吹入沧溟始自由⑤!

【注释】

①便风:顺风。
②清淮:淮水(河)清澈,故称。
③长风句:《宋书·宗悫(què)传》载,宗悫少年时,叔父问其志向,答曰:"愿乘长风,破万里浪。"此暗用其意。长风,远风。
④喧卑地:喧闹低湿之地。
⑤沧溟:指大海。

【今译】

清澈的淮水浩浩荡荡,
好像与天河汇合同流,
远风打从万里吹来,
吹送着我小小的归舟。
黄昏时假如泊舟在
喧闹低湿的地方,将令我忧愁。
愿长风把我的行舟吹进辽阔的大海,
在那儿我才能领受真正的自由!

淮中晚泊犊头①

苏舜钦

【题解】

仁宗庆历四年(公元1044年)秋冬之际,诗人被政敌所构陷,削职为民,逐出京都。他由水路南行,于次年四月抵达苏州。本诗是其旅途中泊舟淮上的犊头镇时所作。首二句在春天沉沉的暗绿的背景上,突出描绘了耀眼而幽独的花树,富有象征意义,这孤寂而明丽的花,正是耿介傲岸、兀立于险恶政治环境的诗人的自我写照。后二句,在泊舟古祠,在满川风雨中独看涨潮的即景描写中,寄寓了诗人对官场风雨不定、阴晴难测、"等闲平地起波澜"的状况,像旁观者一样镇定自若、处之夷然的心态,而在平和心境的暗示中,又显露了内心深处的愤激不平。全诗色彩明暗、景物动静对照强烈,抒情气氛极其浓郁,感情借景物言之,尤觉含蕴悠远。这是一首传世名作,极得时人及后人称赏。本诗深受唐韦应物《滁州西涧》一诗影响,气势与内涵则过之。

【原诗】
　　春阴垂野草青青,时有幽花一树明②。晚泊孤舟古祠下,满川风雨看潮生③。

【注释】
　　①淮中:指淮河旅途中。犊(dú)头:犊头镇,在古楚州淮阴县(今属江苏)。
　　②幽花:幽雅、幽独的花。
　　③川:指平川、平野。

【今译】
　　春天暗绿的树阴覆盖了平野,
　　春草无边,一片深青,
　　不时可以看见在僻静的地方,
　　有一棵幽雅的花树分外鲜明。
　　黄昏中古老祠庙下,
　　系着我孤舟的缆绳,
　　在满川急风暴雨里,
　　我观看那晚潮汹涌而生。

和才叔岸旁庙①

梅尧臣

【作者简介】
　　梅尧臣(公元1002—1060年),字圣俞,行二,又称梅二十五。宣城(今安徽宣州)人。宣城古名宛陵,故世称宛陵先生。父梅让务农,叔梅询进士及第,历官至翰林侍读学士,梅尧臣因以"门荫"补太庙斋郎。历桐城、河南、河阳三县主簿,及建德、襄城知县等职。仁宗皇祐三年(公元1051年)赐同进士出身,为国子直讲,累迁至尚书都部员外郎。任河阳主簿时,受到钱惟演赏识,为之延誉,又受到欧阳修、尹洙等人推重,并与欧成为莫逆之交。梅是北宋诗文革新的主将之一,与欧阳修、苏舜钦齐名,并称"梅欧"或"苏梅"。《宋诗钞·宛陵诗钞》引龚啸语称其"去浮靡之习于(西)昆体极弊之际,存古淡之道于诸大家未起之先"。多有反映时事和民生疾苦的篇章。诗风平淡含蓄。艺术上提出"状难写之景如在目前,含不尽之意见于言外"的著名主张。诗间有雄奇险怪之作。不少诗作过于古硬质朴,较少文采,亦多议论化、散文化倾性,平淡有余而情韵不足。《宋史》本传称其"善谈笑,与物无忤,谈嘲刺讥托于诗,晚益工。有人得西南夷布弓衣,其织文乃尧臣诗也,名重于时如此。"他对宋诗的发展有重要影响。有《宛陵先生集》。

【题解】

本诗作于仁宗景祐元年(公元1034年),赴开封应进士试不第,以德兴县令知建德县时。这是一首和人咏古庙的篇章。诗人先从外景写起,以枝条乱垂的老树,来衬托野水荒祠的冷寂。再深入描绘祠内的败落之象:土木偶人雨淋破损,扑倒在地,古旧的屋宇为狂风吹折,却有野鸟自在地栖息在满是尘埃的神座上,而座前,竟还留有渔人祀神求福献酒的竹杯。诗人见此情景,不由得哀神灵的虚妄与民风的朴陋,于是借《楚辞》发之。此诗不仅如陈衍所评"写破庙如画",极其传神,且寄寓了深沉的哲学理念,辞古而意新,有醒世之效。

【原诗】

　　树老垂缨乱②,祠荒向水开。偶人经雨踣③,古屋为风摧④。野鸟栖尘坐⑤,渔郎奠竹杯⑥。欲传《山鬼》曲⑦,无奈《楚辞》哀⑧。

注释

①才叔:未详。一说指石苍舒,字才叔,雍(今陕西凤翔)人。
②缨(yīng):原指丝、线等做成的穗状饰物,此处形容下垂的枝条。
③偶人:指土木刻绘塑造的神像。踣(bó):僵扑。

④摧：毁坏。
⑤坐：通"座",指神座。
⑥奠：设酒食以祭。
⑦山鬼：屈原《楚辞·九歌》篇名,祀一山中女神,因其非正神,故称"山鬼"。此处借指荒庙所供之神。
⑧楚辞哀：屈原所作《楚辞》大多情调哀怨凄婉,故云。

【今译】
　　苍老的大树胡乱地垂着枝条,
　　荒凉的庙门向寂寞的河岸开启。
　　泥塑木雕的神像被雨淋坏,
　　一尊尊跌倒在地。
　　古旧的屋宇经不住狂风摧折,
　　早已变得破败荒废。
　　野鸟飞进来,大模大样地
　　在满是尘埃的神座上栖息。
　　神座前竟还留有盛酒的竹杯,
　　那是渔人求福时进献的祭礼。
　　我想唱一首山鬼之歌,
　　哀惋的《楚辞》曲调会使我满怀愁意。

范饶州坐中客语食河豚鱼①

梅尧臣

【题解】
　　仁宗宝元元年（公元 1038 年）诗人知建德任满,时范仲淹知饶州（治所在今江西波阳）,此诗作于饶州一次宴会上。欧阳修《六一诗话》载："梅圣俞尝于范希文席上赋《河豚鱼》诗云:'春洲生荻芽,春岸飞杨花。河豚当是时,贵不数鱼虾。'河豚常出于春暮,群游水上,食絮而肥。南人多与荻芽为羹,云最美。故知诗者谓只破题两句,已道尽河豚好处。圣俞平生苦于吟咏,以闲远古淡为意,故其构思极艰。此诗作于尊俎之间,笔力雄赡,顷刻而成,遂为绝唱。"从以上介绍可知本篇为妙手偶得之作。诗中就南方人"拚死吃河豚"这一生活习俗,极言河豚毒人之深,且又征引韩、柳典实,从正反两方面反复议论,最后归结为"甚美恶亦称,此言诚可嘉"的箴戒之义。全诗诚如陈衍所评,只首四句绝佳,"余皆辞费"。然议论风发屈其座人,亦可想见其挥毫时的雄迈气势。

【原诗】

春洲生荻芽②,春岸飞杨花。河豚当是时,贵不数鱼虾。其状已可怪,其毒亦莫加。忿腹若封豕③,怒目犹吴蛙④,庖煎苟失所⑤,入喉为镆铘⑥。若此丧躯体,何须资齿牙⑦?持问南方人,党护复矜夸⑧。皆言美无度,谁谓死如麻⑨?吾语不能屈,自思空咄嗟⑩,退之来潮阳,始惮飧笼蛇⑪。子厚居柳州,而甘食虾蟆⑫。二物虽可憎,性命无舛差⑬。斯味曾不比⑭,中藏祸无涯。甚美恶亦称,此言诚可嘉。

注释

①范饶州:范仲淹。范氏于仁宗景祐三年(公元1036年),针对时弊上《百官图》,指摘吕夷简用人唯亲,被诬为朋党,贬知饶州,因称范饶州。河豚(tún):鱼名,古称为鲑,又名鲐、鲑,亦称河鲀。四五月间产卵,在此时期卵巢及肝脏有剧毒,误食可以致命。

②荻(dí)芽:芦笋。

③忿腹:犹言怒腹,河豚腹大,故云。封豕(shǐ):大猪。

④犹:像。吴蛙:指南方大蛙,如牛蛙之类。

⑤庖(páo)煎:烹调。失所:指不得法、不合时宜。

⑥镆铘(mò yé):即莫邪,剑、戟之属,常指利剑。一说因春秋吴国莫邪善铸剑,故称。

⑦资:依仗。

⑧党护:偏袒,袒护。矜(jīn)夸:骄傲自大。

⑨死如麻:形容死亡极多。

⑩吾语:一作"我语"。不能屈:谓不能使人屈。

⑪咄(duō)嗟:叹息。

⑫退之二句:唐韩愈(字退之)因谏迎佛骨事,被贬为潮州刺史,其《初南食贻元十八协律》诗云:"唯蛇旧所识,实惮口眼狞。开笼听其去,郁屈尚不平。"惮

(dàn),惧怕。飧(sūn),夕食,此处泛指食;一作"餐"。

⑬子厚二句:唐柳宗元(字子厚)贬为柳州刺史时,韩愈《答柳柳州食虾蟆》诗云:"我初不下喉,近亦能稍稍,常惧染蛮夷,失平生好乐。而君复何为,甘食比豢豹。"柳宗元原诗今已不存。

⑭舛(chuǎn)差:犹"舛误",谬误,错失,此指失误。

⑮斯味:指河豚。

⑯甚美句:《左传·昭公二十八年》:"甚美必有甚恶",此用其意。

【今译】

春天的洲渚刚刚长出芦芽,
春天的河岸漫天飞舞杨花。
这时候河豚最最肥美,
价格昂贵远胜过鱼虾。
它的形状丑陋古怪,
它的毒性更是无以复加。
鼓鼓的肚子就像大猪,
双眼凸出好比南方的牛蛙。
假如烹调不得法,
吃进去就会变成利剑把人刺杀。
人们会因此丧失生命,
哪还用河豚长一口咬人的毒牙。
向南方人询问拚死吃河豚的事由,
他们加以袒护还为此骄傲自夸。
都说河豚鲜美得无与伦比,
谁听说过因为吃它而人死如麻?
我的话不能说服在座的人,
仔细思量空自叹息无话。
韩退之被贬来到潮阳,
开始时见笼中的长蛇心中害怕。
柳子厚谪居柳州,
渐渐能甘甜地吃着虾蟆。
这两种东西虽然面目可憎,

并不把人的性命害杀。
河豚味道虽美却不能与之相比,
因为其中隐藏的灾祸无边无涯。
古人说太美的东西必有很恶的因素,
这真是可以作为箴戒的好话。

送何遁山人归蜀[1]

梅尧臣

【题解】

　　这是一首送隐者归乡的诗。一个春日,作者送友人归蜀,诗人先以想象之笔,写出友人的孩子们倚门候望父亲归家的情景。"远壑杜鹃响,前山蜀客归"一联,为"寻常语,用之送归蜀者,独觉自然稳切"(陈衍评语),因杜鹃本为蜀地产物,其鸣声类似"不如归去!"方远山杜鹃啼鸣之际,何遁已返回乡里,此情此景,意味深长。后四句写友人归乡的时间与日常生活情景,且点明友人本为超然尘外的隐士,终日优游,临水照影,人与水一样清澈明净,更见淡泊宁静之致。

【原诗】

　　春风入树绿,童稚望柴扉[2]。远壑杜鹃响[3],前山蜀客归。到家逢社燕[4],下马浣征衣[5]。终日自临水,应知已息机[6]。

注释

　　[1]何遁:作者友人,生平未详。山人:山居者,多指隐士。
　　[2]童稚:小孩子。柴扉(fēi):柴门,泛指简陋的房屋。
　　[3]壑(hè):山谷。杜鹃:鸟名。传说为古蜀帝杜宇魂魄所化,啼声凄切,如曰:"不如归去!"
　　[4]社燕:指春社时飞来的燕子。社:指社日,古代祀社神之日。汉以后,一般以立春后第五个戊日为春社,立秋后第五个戊日为秋社。
　　[5]浣(huàn):洗涤。征衣:旅外远人所穿的衣服。
　　[6]息机:摆脱世务,停止活动。

【今译】

　　春风吹绿了树木,
　　孩子们盼待你守候在柴门。
　　远处山谷杜鹃声声啼鸣,
　　前山已归来了你这出行的人。
　　到家正是燕子飞回的春社,
　　下了马立即洗净旅衣的征尘。
　　终日徜徉你临水照影,
　　摆脱一切世务,心境水一般澄静。

醉中留别永叔、子履①

梅尧臣

【题解】

　　本诗作于仁宗庆历元年(公元1041年)。作者于宝元、嘉祐中,曾上书言兵,希望亲临边塞,抗击西夏,却未受到重视。庆历元年在开封受命被派往江南监湖州盐税,这与他报国立功的宏愿大相径庭,因作此诗抒写与挚友离别之情,且抒胸中愤懑不平的感情。诗中细致地描述了自己去往欧阳修官舍辞行,对方殷勤置酒席款待,朋友们从夜到明尽情畅饮、论辩戏谑的情景。对自己"论兵究弊又何益,万口不谓儒者知"的政治遭遇,借酒酣耳热之际发泄一通,此为本诗主旨。诗中又对派往江南一事极表不满,借班固评屈原语及张翰辞官南归事,聊以自我解嘲,故示旷达,实则暗寓悲慨。篇末以豪迈之情作离别之语。全诗将政治上的失意和离别京都、离别挚友的感伤,以及大丈夫洒落的襟怀,种种复杂的心境,表现得淋漓尽致。

【原诗】

　　新霜未落汴水浅②,轻舸唯恐东下迟③。绕城假得老病马④,一步一跛令人疲⑤。到君官舍欲取别⑥,君惜我去频增嘻⑦。便步髯奴呼子履⑧,又令开席罗酒卮⑨。逡巡陈子果亦至⑩,共坐小室聊伸眉⑪。烹鸡炰兔下箸美⑫,盘实饤饾栗与梨⑬。萧萧细雨作寒色,餍餍尽醉安可辞⑭?门前有客莫许报,我方剧饮冠帻攲⑮。文章或论到渊奥⑯,轻重曾不遗毫厘⑰。间以辨谑每绝倒⑱,岂顾明日无晨炊⑲。六街禁夜犹未去⑳,童仆窃讶吾侪痴㉑。谈兵究弊又何益㉒?万口不谓儒者知㉓。酒酣耳热试发泄,二子尚乃惊我为㉔。露才扬己古来恶㉕,卷舌噤口南方驰㉖。江湖秋老鳜鲈熟㉗,归奉甘旨诚其宜㉘。但愿音尘寄鸟翼㉙,慎勿却效儿女悲㉚。

注释

①永叔:欧阳修,字永叔,作者挚友。子履:陆经,字子履,越州(今浙江绍兴)人,其母再嫁陈见素,冒姓陈。后见素卒,仍复姓陆。庆历元年(公元104年)为集贤校理。

②汴水:即汴河。由河南流经安徽入淮河。为唐宋漕运的重要河道。

③舸(gě):大船,此处泛指船。

④假:犹"借"。

⑤跛(bǒ):瘸。

⑥官舍:此时欧阳修为馆阁校勘。取别:告别。

⑦嘻:叹息。

⑧便步:按日常习惯行走的步调,区别于正步。髯(rán)奴:指老仆。髯,古称多须者为髯。

⑨卮(zhī):酒器,此泛指酒杯。

⑩逡(qūn)巡:不一会。陈子:指陆经,参见注①。

⑪伸眉:谓解脱愁苦。

⑫箸(zhù):筷子。

⑬饤饾(dìng dòu):堆积。

⑭餍(yàn)餍:饱。别本作"厌厌"。

⑮剧饮:痛饮。帻(zé):包头巾。攲(qī):倾斜。

⑯渊奥:深刻奥妙。

⑰毫厘:十丝为毫,十毫为厘,比喻微小。

⑱辨:通"辩"。谑(xuè):开玩笑。绝倒:俯仰大笑。

⑲晨炊:早饭。

⑳六街:唐代长安城中有左右六条大街,北宋汴京也有六街。禁夜:禁示夜行。

㉑吾侪(chái):我辈。侪,辈,类。

㉒弊:指朝政弊端。

㉓儒者:指文士。
㉔尚乃:也还。
㉕露才句:汉班固《离骚序》云:"今若屈原,露才扬己,竞乎危国群小之间,以离谗贼。"〔南朝·梁〕刘勰《文心雕龙·辨骚》:"班固以为露才扬己,忿怼沉江。"此用其事。露才扬己:显露才能,表现自己。
㉖卷舌噤(jìn)口:闭口不言,表示不再对朝政发表议论意见。噤,闭。南方驰:指被派作监湖州盐税事。
㉗江湖句:用张翰事。《晋书·张翰传》:"翰因见秋风起,乃思吴中菰菜、莼羹、鲈鱼脍,曰'人生贵得适志,何能羁宦数千里,以要名爵乎!'遂命驾而归。"鳜(guì),淡水鱼名,亦称石桂鱼,体侧偏,口大鳞细,黄绿色,有黑色斑点,肉味鲜美。鲈(lú),淡水鱼名,体侧偏,巨口、细鳞,头大,背苍腹白,古名银鲈、玉花鲈,以松江所产最为肥美。熟:谓长大成熟。
㉘奉:接受。甘旨:美味。
㉙寄鸟翼:古有鸿雁传书之说,故云。
㉚慎勿句:唐高适《别韦参军》诗:"丈夫不作儿女别,临歧涕泪沾衣巾。"此用其意。慎勿,切勿。慎,千万。

【今译】
　　秋霜还没降下,汴河水很浅,
　　只怕东下的轻舟不能走得迅疾。
　　绕满都城借来匹又老又病的马,
　　一步一瘸令我体倦神疲。
　　到你的官舍想和你告别,
　　你惋惜我将要离去频频地叹息。
　　老仆迈着随意的步子去请子履,
　　你又让人罗列杯盘安排酒席。
　　不一会儿陆先生果然也来到此地,
　　聚坐在小屋谈话聊以排遣愁意。
　　烹制的鸡兔味道鲜美,
　　果盘中满满地堆放着栗和梨。
　　细雨萧萧天色生寒,
　　尽情醉饱哪有推辞的道理。
　　门前如有客至不许通报,

我正痛饮,帽子头巾歪得已不整齐。
有时谈论文章到深入玄妙处,
轻和重不曾遗漏一毫半厘。
其间论辩夹杂戏谑常叫人笑倒,
哪儿还顾得没有明天早餐的粮米。
直到京城六街宵禁,还没有散去,
书童仆人悄悄惊讶着我们的痴迷。
谈论军事研究时弊又有什么补益?
众人都不认为读书人懂得这些大道理。
酒酣耳热试着发泄胸中郁愤,
连两位朋友都因我的行为而诧异。
显露才能表现自己从古就为人所恶,
我只有卷舌闭口奔到南方去。
江湖上秋色深鳜鱼鲈鱼正肥,
归去大吃美味倒很合时宜。
但愿你们常常寄来音信,
千万不要学小儿女离别时悲悲凄凄。

送潘供奉承勋[①]

梅尧臣

【题解】

本诗作于仁宗庆历三年(公元 1043 年)监湖州盐税任期中,是一首赠别诗,所赠对象当系一年轻人。诗人一生好谈兵,曾注《孙子》十三篇,还曾向朝廷请求亲临边塞杀敌立功,宏愿未遂却被派往湖州管盐税,怏怏不得志。他便把扫荡边尘的希望寄托在他送别的这位青年身上,鼓励他不应仅依靠祖上的功劳,而应自立自强"踊跃发奇策",获得好的声誉。篇末故作反语,以激励对方。全诗语重心长,不作一般客套语,铮铮有金石之声。艺术上则未见出色。

【原诗】

　　与君迹熟情已亲②,欲将行迈聊感人③。举酒不能效时俗④,半醉苦语资立身⑤。长大实好带刀剑,何不往助清边尘⑥。门戟虽高岂自有⑦,当思乃祖为功臣。所宜踊跃发奇策,嘉名定体庶得真⑧。傥以斯言作狂说⑨,乘肥食脆任青春⑩。

注释

①潘供奉承勋:潘承勋,生平未详。供奉,内廷官职名称。
②迹熟:形迹相熟,指交往多。
③行迈:行。《诗·王风·黍离》:"行迈靡靡,中心摇摇"。《传》:"迈,行也。"
④效时俗:谓效时俗临别作一般吉祥祝福语。
⑤半醉:原本作"半辞",据别本改。资:助。
⑥何:原本作"曷",据别本改。
⑦门戟(jǐ):宫庙、官府以及显贵之家所列之戟,以为仪仗,此处泛指家世显贵。
⑧定体:支配躯体。《国语·周语下》:"夫君子目以定体,足以从之,是以观其容而知其心矣。"庶(shù),差不多。真,指人生真谛。
⑨傥(tǎng):通"倘"。斯言:原本作"此言",据别本改。
⑩乘肥食脆:乘肥马食美味,谓纵情享乐。

【今译】

　　和你交往多感情已很亲近,
　　你将远行我想用言语来打动人。
　　我不能仿效时俗举起酒杯,
　　说一些吉祥话为你送行。
　　喝得半醉语重心长苦言劝谏,
　　鼓励你早早去扬名立身。
　　你身材魁梧喜欢舞弄刀剑,
　　何不去往边地为国家净扫敌尘?
　　门第显贵并非由于你的本领,
　　要想想你祖上原是朝中功臣。
　　你应当奋勇直前献上奇策,

用好的声誉来支配行动,
差不多就懂得了真正的人生。
如果认为我这番话是狂怪言语,
只管去乘肥马食美味,
随便地抛掷你的青春。

寄题徐都官新居假山①

梅尧臣

【题解】

本诗作于仁宗庆历三年(公元1043年)。诗人赞美徐都官新居以太湖石建造的假山,得真山的气势神韵。而通往山顶的小径长满青苔与树梢齐平,显得十分苍古,山下且有河流自墙角引入,见出园林建构巧妙,尽得自然之趣,写来真有尺幅千里之象。诗中又借西汉隐士郑子真身居谷口而名动的典故,赞美主人公的雅韵高德。"只欠林间落狖鼯"句,则作一转折,翻进一层表现诗人的审美趣味,说明人造之景巧夺天工,毕竟比不上万象皆备的大自然,点明所咏乃是假山。篇末写出希望主人公能与民同乐的心意,显示了诗人博大的胸怀。全诗笔力雄劲,格调明快。

【原诗】

太湖万穴古山骨②,共结峰岚势不孤③。苔径三层平木末④,河流一道接墙隅⑤。已知谷口多花药⑥,只欠林间落狖鼯⑦。谁侍巾鞲此游乐?里中遗老肯相呼⑧?

注释

①徐都官:所指未详。夏敬观谓"疑即建德徐元兴,集中屡见"。都官,本为官署名,属刑部,北宋前期,设判都官事一员,以无职事朝官充任,无职掌。此指徐氏为判都官事。

②太湖万穴:指太湖石,园林中叠假山所用之石多采自太湖,其石因风浪冲激,多坳坎、孔窍。古山骨:指石。化用韩愈《石鼎联句》:"巧匠斫山骨"句意。

③岚(lán):山中雾气。
④木末:树梢,屈原《九歌·湘君》:"搴芙蓉于木末。"
⑤隅(yú):角落。
⑥已知句:暗用郑子真事。西汉人郑朴字子真,修道守默,成帝时大将军王凤礼聘之,不受。家于谷口,有盛名,世号谷口子真。此处借以赞美徐都官。药,指药草。
⑦狖(yàn):长尾猿。此泛指猿猴。鼯(wú):鼠名,俗称飞鼠,别名夷由。形似蝙蝠,因其前后肢之间有飞膜,能在树林中滑翔,古人误以为鸟类。
⑧谁侍二句:杜甫《客至》诗云:"肯与邻翁相对饮,隔篱呼取尽余杯。"此化用其意。巾鞲(gōu):代指徐都官。巾,冠的一种,以葛或缣制成,形如帧,横著额上。鞲,革制袖套。肯,可肯。遗老,年老历练的人,此泛指老者。

【今译】
　　你把千孔万窍的太湖石,
　　用来作古山的骨髓,
　　叠成连绵不断的山峰,
　　云雾缭绕,气势雄伟。
　　满是青苔的三层小径通往山顶,
　　与树梢齐平而又曲折萦回。
　　上下有一条潺湲的河流,
　　是墙角外引进的活水。
　　你像郑子真一样居住在谷口,
　　四周种植了各色鲜花和药类。
　　就只差山林间跳下猿猴和飞鼠,
　　不然真可以跟大自然媲美。
　　谁陪侍你在这园中尽情游乐,
　　可肯召唤乡里的老者相伴相随?

悼亡三首

梅尧臣

【题解】
　　梅尧臣与夫人谢氏于仁宗天圣六年(公元1026年)结婚,庆历四年(公元1044年),谢氏亡故,此三首即作于妻亡当年。《悼亡诗》创自西晋潘安,但正如陈衍所评:"潘安仁诗,以《悼亡三首》为最,然除'望庐'('望庐思其人,入室想所历')二句,'流芳'('流芳未及歇,遗挂犹在壁')二句,'长簟'('展转眄枕席,长簟竟床空')二句外,无沉痛语。盖熏心富贵,朝命刻不去怀……"后中唐时元稹悼其亡妻韦蕙丛的三首《遣悲怀》极负盛名,诗中所记日常生活情景,与所抒生离死别之恨,多有动人之处。但如"今日俸钱过十万,与君营奠复营斋"之句,则透出一股自夸富贵的庸俗气。梅尧臣这一组《悼亡》诗,直抒生死契阔痛彻心肺的哀伤之情,长歌当哭,感人至深。第一首叙述与谢氏结婚十七年,日日相看不足,妻子一旦撒手而去,令其鬓发顿白、痛不欲生,恨不早日从之于地下以践同穴之愿。第二首描写妻子死后,自己神志恍惚,逢人还须勉强应酬,归来则孑然一身,形影相吊,无人可与共语。飞入冷窗的孤萤,半夜哀鸣的断雁,更增其心境悲苦。第三首痛惜美而贤的妻子不得永寿,古人说"天道无亲,常与善人",所谓天理又安在哉?不禁要斥问苍天为何竟肯使"愚者寿",而使他那珍贵如连城宝的爱妻"沉埋向九泉"。呼天抢地的悲痛之情如同闻见。三首诗语言质直,以情真意切动人心弦。

其 一

【原诗】

　　结发为夫妇,于今十七年①。相看犹不足,何况是长捐②?我鬓已多白,此身宁久全③?终当与同穴④,未死泪涟涟⑤。

注释

　　①结发二句:欧阳修《梅圣俞墓志铭》引梅尧臣语说谢氏"年二十以归吾,凡十七年而卒"。结发:谓成婚之夕,男左女右共髻束发。曹植《种葛篇》:"与君初婚时,结发恩义深。"
　　②长捐:犹言"长逝",喻人去世。捐:弃,此指弃世。
　　③宁:岂。
　　④同穴:夫妇死后同葬一个墓穴。《诗·王风·大车》:"谷则异室,死则同穴。"

⑤涟(lián)涟:泪落不断貌。

【今译】
　　和你结发成为恩爱夫妻,
　　至今还只有短短十七年。
　　天天相看仍感到心意不足,
　　何况如今你竟离开我长眠。
　　我的鬓发差不多都已变白,
　　这身躯又哪能久留在人间。
　　总会去跟你同葬一个墓穴,
　　没死时就不免要涕泪涟涟。

其　二

【原诗】
　　每出身如梦①,逢人强意多②。归来仍寂寞,欲语向谁何③?窗冷孤萤入,长宵一雁过。世间无最苦④,精爽此消磨⑤。

【注释】
　　①每出句:司马迁《报任少卿书》:"居则忽忽若有所亡,出则不知所如往。"此用其意。
　　②强(qiǎng)意:谓强自镇定、勉颜应酬。
　　③谁何:谁人,哪个。
　　④无最苦:"无如此最苦"的略语。
　　⑤精爽:犹精神。

【今译】
　　走出门去总觉得恍恍惚惚,
　　此身就像是在梦里,
　　遇到熟人谈话应酬,
　　多半是忍住悲痛勉强自己。
　　回到家中仍然只有一片寂寞,

心中情愫又能向谁告语!
冷落窗扉飞进闪闪的孤萤,
漫漫长夜听一只鸿雁哀鸣着远去。
世间再没有什么比失去亲人更苦,
我的精神全都因此消磨、萎靡。

其 三

【原诗】

从来有修短①,岂敢问苍天?见尽人间妇,无如美且贤②。譬令愚者寿③,何不假其年④?忍此连城宝⑤,沉埋向九泉⑥!

注释

①修短:长短,此处指寿命长短。修,长。
②无如句:为"无如我妻美且贤"的省略语。
③寿:长寿。
④假:给与。
⑤连城宝:价值连城的珍宝。《史记·蔺相如传》:"赵惠文王时,得楚和氏璧。秦昭王闻之,使人遗赵王书,愿以十五城请易璧。""价值连城"语出自此典,形容极其珍贵。
⑥九泉:地下深处,常指人死后埋葬地。

【今译】

人的生命自来就有长有短,
怎么敢因此去责问苍天?
世间的妇人见过千千万万
没有谁像我爱妻美而且贤。
假令上天肯于让蠢人长寿,
为什么偏偏不让她多活些年?
竟忍心让这价值连城的珍宝,
永远深深地沉埋在九泉!

书 哀

梅尧臣

【题解】

庆历四年(公元1044年),梅尧臣解湖州盐税任回宣城,不久即赴开封,舟行途中,爱妻谢氏不幸病故。舟次符离(今属安徽)时,次子十十(乳名)也相继死去。这接踵而至的奇祸,使诗人哀伤欲绝,写下此诗直述其事,直抒其情。"两眼虽未枯,片心将欲死"二句,将他连丧亲人、心已痛死的深沉悲哀表现得极其真切。诗中以雨落入地,掘地可见水,珠沉入海,赴海可见珠,来对比人死不可复生这无可补救、无以挽回的惨痛事实。篇末写捶胸顿足又有何用,揽镜自照,只见面容枯槁、瘦削如鬼的形状。全诗于平铺直叙中见深挚沉痛之情。

【原诗】

天既丧我妻,又复丧我子。两眼虽未枯①,片心将欲死②。雨落入地中,珠沉入海底。赴海可见珠,掘地可见水。唯人归泉下,万古知已矣③。拊膺当问谁④?憔悴鉴中鬼!

注释

①两眼句:杜甫《新安吏》诗:"莫自使眼枯,收汝泪纵横。眼枯即见骨,天地终无情!"此化用其意。
②片心句:《庄子·田子方》云:"夫哀莫大于心死。"此用其意。
③已矣:完了。
④拊(fǔ)膺(yīng):捶胸,表示哀痛。

【今译】

老天爷已经夺走我的爱妻,
又夺走了我的儿子。
两眼虽然还没有哭干,
可悲的是我心已经枯死。

雨滴掉下来落进土地，
珍珠被沉没埋在海底。
但是到海里就能找回珍珠，
想寻找落下的雨也可以掘地。
只有人死去葬在九泉，
从古以来就知道再没有希冀。
我悲痛地捶着胸膛又去向谁发问，
只看见镜中憔悴得鬼一样的自己。

四月二十七日与王正仲饮①

梅尧臣

【题解】

仁宗皇祐三年(公元1051年)，诗人父丧服除，二月离宣城，舟行赴汴京，抵京已五月，本诗写于途中。诗人早年为河阳主簿时，"钱惟演留守西京，特嗟赏之，为忘年交，引与酬唱，一府尽倾。欧阳修与为诗友，自以为不及。"(《宋史》本传)又与尹洙友善，曾一同登山临水，饮酒赋诗，过过一段豪迈、放诞的生活。"而贤士大夫多从之游，时载酒过门。"(同上书)后来诗人游宦四方，政治上颇不得志，且遭到丧妻失子的大灾难。旧友如钱惟演、尹洙等则早已谢世，心情极其凄黯。本诗篇首篇末写途遇王正仲的欣慰之情，而以大量篇幅追怀昔日欢乐，并对人生难料、世事沧桑寄无限感慨。全诗将复杂的心境表露无遗。

【原诗】

我来自楚君自吴②，相遇泛波衔舳舻③。时时举酒共笑乐，莫问罂盎有与无④。醉忆曩同吾永叔⑤，倒冠落佩来西都⑥。是时豪快不顾俗⑦，留守赠榼少尹俱⑧。高吟持去拥鼻学⑨，雅阕付唱纤腰姝⑩。山东腐儒漫侧目⑪，洛下才子争归趋⑫。自兹离散二十载，不复更有一日娱。如今旧友已无几⑬，岁晚得子欣为徒⑭。

【注释】

①王正仲:名王存,圣俞妻谢氏的外甥。
②楚、吴:泛指江南。
③舳舻(zhú lú):舳,船后舵;舻,船头,泛指船只。《汉书·武帝纪》:"自浔阳浮江……舳舻千里。"
④罌(yīng):盛流质的陶制容器,大肚小口。盎(àng):一种大腹敛口之盆。此处罌盎泛指盛酒器具,引申为内盛之酒。
⑤曩(nǎng):往昔,从前。永叔:欧阳修字。
⑥倒冠落佩:倒戴帽子遗落所佩饰物,形容豪放不拘礼节的样子。佩:古代结于衣带上的饰物,如珠玉、容刀、帨巾等。西都:北宋西都为洛阳。
⑦俗:时俗、流俗。
⑧留守:指钱惟演,曾任西京留守。赠榼(kē):犹言"赠酒",指设宴款待。榼:古代盛酒或贮水的器具。少尹:犹言"小尹",指尹洙。
⑨拥鼻:《世说新语·雅量》:"方作洛生咏。"注引宋明帝《文章志》:"(谢)安能作洛下书生咏,而少有鼻疾,语音浊。后名流多效其咏弗能及,手掩鼻而吟焉。"此用其典。
⑩雅阕(què)句:为"雅阕付纤腰姝唱"的倒文。雅阕,雅词。阕,乐曲一首为一阕。纤腰:细腰。姝(shū),美丽的女郎,此指歌女。
⑪山东句:山东为孔孟之乡,儒家的发源地。李白游山东时,腐儒嘲笑他不识穷通之理,李白作《嘲鲁儒》诗,云:"鲁叟谈五经,白发死章句。问以经济策,茫如坠烟雾。……君非叔孙通,与我本殊伦。……"此处暗用其意。腐儒,指迂腐无用的儒生。漫,空。侧目,嫉视,形容怒恨。
⑫洛下:指洛阳。
⑬如今句:参见【题解】。
⑭岁晚:指年纪老大。徒:同伴。

【今译】

我来自楚地你来自吴门,
巧遇在水上,船只相并。
我们时时在一起饮酒欢笑,
也不管瓮中酒是否喝尽。
酣醉中追忆起从前和欧阳永叔,
倒戴帽子散落佩饰来到西京。
那时候一味地快意豪纵,

全不把时俗放置在心。
留守钱惟演殷勤款待,
在座的还有年轻的小尹。
作好的诗拿去给后生们效法,
写成的歌交付细腰的美女唱吟。
山东迂腐的儒生对我们不满,
一个个空自斜着眼睛。
洛阳多才的士人,
却争相来到我们的门庭。
自从离散已过了二十年光阴,
再没有一天曾有过往昔的欢欣。
如今旧日友人已不剩几个,
年纪老大能和你相伴感到分外高兴。

月下怀裴如晦、宋中道①

梅尧臣

【题解】

仁宗皇祐三年(公元1051年)五月,诗人由宣城来到汴京,本诗写于当年秋天。此时的诗人已饱经忧患,对政治和整个人生感到深深的失望。所以这首怀人诗,在秋月之夜冷寂景象的描写中,特别绘出卧于中庭的老马,以及马厩中相背而睡的倦仆,以此衬托主人公慵倦与凄冷的心境,诗的后半化用李白《月下独酌》诗意,且"翻进两层"(陈衍语),含义甚深。一则表明世罕知己,唯月和影与己相伴,彼此无嫌猜,可以见出世道人心的险恶。二则由月及人,以裴、宋喻月、影,显示相互间非同寻常的交谊,点明怀人主旨。诗中倦仆"相背肖两己"的形容,极为新奇生动,合于诗人"状难写之景如在目前"的艺术主张。

【原诗】

九陌无人行②,寒月净如水。洗然天宇空③,玉井东南起④。我马卧我庭,帖帖垂颈耳⑤。霜花满黑鬣,安欲致千里⑥?我仆寝我厩⑦,相背肖两己⁸。夜深忽惊魇⁹,呼若中流矢⑩。是时兴我怀,顾影行月底。唯影与月光,举止无猜毁。吾交有裴宋,心意月影比⑪。寻常同语默⑫,肯问世俗子⑬!

注释

①裴如晦:裴煜字如晦,临川(今属江西)人。仁宗庆历六年(公元1046年)进士。历官至翰林学士。宋中道:赵州平棘(今河北赵县)人,参政宋绶之子。二人皆为梅尧臣好友。

②九陌:汉长安城中有八街、九陌(见《三辅黄图》)。后泛指京都大道,唐骆宾王《帝京篇》:"三条九陌丽城隈,万户千门平旦开。"

③洗(xiǎn)然:清晰貌。

④玉井:星官名。《后汉书·郎颉传》李贤注云:"参星下四小星为玉井。"因其形如井,故名。

⑤帖帖:安静貌。

⑥霜花二句:曹操《步出夏门行》:"老骥伏枥,志在千里。"此反用其意。霜花,形容马毛花白,言其老。一说"霜花"形容洒在马身的月光,亦可通。鬣(liè),兽类颈领上的毛。

⑦厩(jiù):马棚。

⑧相背句:形容二人相背而睡如古代礼服上绣的黑青相间如亞形的花纹。肖,像。两己:《尚书·益稷》疏云:"黻(fú)为两己相背,谓刺绣为两己字相背也。"

⑨魇(yǎn):梦中惊骇,恶梦。

⑩流矢:冷箭。

⑪顾影以下五句:李白《月下独酌》四首其一云:"花间一壶酒,独酌无相亲。举杯邀明月,对影成三人。月既不解饮,影徒随我身。暂伴月将影,行乐须及春。我歌月徘徊,我舞影凌乱。醒时同交欢,醉后各分散。永结无情游,相期邈云汉。"此化用其意。猜毁:猜忌毁谤。

⑫寻常:犹言"平常"。同语默:谓志同道合,投契无间。语默:谓说话或沉默。语本《易·系辞上》:"君子之道,或出或处,或默或语。"

⑬肯:岂肯。

【今译】

京都大道没有人行走,
一轮秋月水一样澄净。

晴朗的天宇分外空阔,
东南方闪现出玉井四星。
我的马躺卧在中庭,
安宁地垂着双耳和头颈。
月光如霜花洒上它的黑毛,
衰老的马儿哪还能赴千里之行。
我的仆人疲倦地睡在马棚,
背靠背就像礼服上两个己字的花纹。
夜色深沉忽然有人在恶梦中惊骇,
如中了冷箭般发出呼喊声。
这情景引起我满怀思绪,
在月下徘徊我看着自己的身影。
只有我的身影和天上月亮,
没有猜疑毁谤,无论是动还是静。
我跟裴宋二君交谊深厚,
情投意合仿佛月亮和我的身影。
平常不管谈话沉默都同心同德,
哪儿肯去顾念世间的俗人!

东城送运判马察院①

梅尧臣

【题解】

　　仁宗皇祐四年(公元 1052 年),诗人在汴京监永济仓,此诗为寒食前送别友人时作。江南一带连年苦旱,《宋史·仁宗纪》载,皇祐三年八月,汴河即已绝流,友人马遵也因此被困京都。次年春,气候有了转机,派去引黄河入汴的役夫也已完工,汴河即将通航。所以诗人先以欢欣的笔调描绘了芳菲春色和天气欲雨、河渠将满的喜人景象。诗的后半希望友人劝谏地方官吏怜念民生疾苦,不要加之以苛重的捐税,并说明只有民富国强,官吏们才可能有优游的条件这一真理。诗中虽表达了典衣沽酒、殷勤送别的深挚友情,主旨却不在抒情而在说理,娓娓娓道出诗人对国计民生的深深关注,对百姓的一片仁爱之心,真切感人。

【原诗】

东风骋巧如剪刀,先裁杨柳后杏桃②。圆尖作瓣得疏密③,颜色又染胭脂牢。黄鹂未鸣鸠欲雨④,深园静墅声嗷嗷⑤。役徒开汴前日放⑥,亦将决水归河槽。都人倾望若焦渴,寒食已近沟已淘。何当黄河与雨至?雨深一尺水一篙。都水御史亦即喜,日夜顺疾回轻舠。频年吴楚水苦旱,一稔未足生脂膏。吾愿取之勿求羡,穷鸟困兽易遁逃。我今出城勤送子,沽酒不惜典弊袍。数途必向睢阳去,太傅太尹皆英豪。试乞二公评我说,万分岂不益毫毛?国给民苏自有暇,东国乃可资游遨。

> 注释

①运判马察院:指诗人好友马遵,字仲涂,饶州乐平(今属江西)人,时以监察御史为江淮六路发运判官。后官至龙图阁学士。
②东风二句:唐贺知章《咏柳》诗:"不知细叶谁裁出?二月春风似剪刀。"此化用其意。
③得疏密:谓疏密适中,得疏密之致。
④鸠(jiū)欲雨:陆佃《埤雅·释鸟》:"鹁鸠灰色无绣顶,阴则屏逐其匹,晴则呼之。语曰:'天将雨,鸠逐妇'者是也。"鸠,指鹁鸠。
⑤墅(shù):农村的简陋房屋。嗷(áo)嗷:众声嘈杂。此指鹁鸠逐妇的喧闹声。
⑥开汴:指疏浚汴河河口和汴河上游。放,指放黄河水入汴。
⑦河槽:犹言河渠。
⑧倾望:仰望。焦渴:极度口渴。
⑨沟已淘:北宋京都每年疏浚沟渠,以防水潦成灾。见《宋史·河渠四·京畿沟渠》)。
⑩何当:犹合当、应当。黄流:谓黄河水。
⑪水一篙(gāo):形容水深。篙,撑船用的竹竿。
⑫都水御史:指马遵,因其以监察御史为漕运官,故称。
⑬轻舠(dāo):轻舟,快船。舠,刀形小船,此处泛指船只。
⑭吴楚:泛指江淮一带。频年:连年。水苦旱:一作"岁苦旱"。

⑮一稔(rěn):一次丰收。稔,谷物成熟。脂膏:喻百姓的财物。
⑯羡:丰饶。
⑰穷鸟困兽:比喻穷苦的百姓。遁(dùn)逃:指逃亡、流亡。
⑱沽(gū)酒句:杜甫《曲江》二首其二:"朝回日日典春衣,每日江头尽醉归",此化用其语。沽酒,买酒。典,典当。弊袍:破旧的长衣。
⑲数途:计算所行道路。睢阳:今河南商丘,宋时称南京应天府。
⑳太傅:指曾任宰相推行政治革新的杜衍,此时以太子太傅退居睢阳,即南京应天府。太尹:指欧阳修,当时任应天府知府兼南京留守。汉唐时京师地区行政长官称尹,故尊称欧公为"太尹"。太尹:一作"大尹"。
㉑万分句:《孟子·尽心上》:"杨子(杨朱)取为我,拔一毛利天下,不为也。"此反用其意。毫毛,一作"一毛"。
㉒国给:谓国家富强,资用不乏。民苏:谓人民得到苏生,能安居乐业。
㉓东园句:江淮两浙荆湖发运使许元在真州(治所在今江苏仪征)所筑,梅尧臣写有《真州东园》诗,殷切望其"不独利于己,愿书棠树篇"(周公有德政,百姓爱戴,作《甘棠》诗颂之)。又,诗人所作《许发运待制见过夜话》诗云:"许公运国储,岁入六百万。上莫究所来,下莫有剥怨。十年无纤乏,功利潜亦建。昨除侍从官,聊为磨世钝。……制财犹制兵,太甚则生乱。公譬淮阴侯,多多自益办。我今听其谈,夜去为扼腕。书之俟采诗,咨访不可缓。"此句也即规劝许元勿大事搜括民财,要使国强民富,方可优游东园。资,供给。游遨,遨游,游乐。

【今译】
春风卖弄剪刀一样的工巧,
先裁出绿柳后裁出杏和桃。
圆瓣的杏花尖瓣的桃花疏密有致,
染成了胭脂红,色彩鲜又牢。
黄莺还没开始啼唱,
鸠鸟追逐妻子正是下雨的征兆。
深深的园林和平常的农舍,
到处听得见鸠鸟齐声高叫。
役夫疏导汴水前天已打开河口,
就要把黄河水引进河渠沟槽。
京都百姓就像久渴的人盼望见水,
临近寒食,城中的沟渠早已挖好。
黄河水定当跟雨水一起来,

雨水会深一尺,河水深如一篙。
你这负责水运的官员将满心欢喜,
轻舟日夜顺流,江南迅疾去到。
江淮一带连年苦于干旱,
一次丰收也不可能积下财物多少。
我希望征收赋税不要过于贪求,
不然困顿的百姓会像鸟兽般四散奔逃。
如今我殷勤地到城外为你送行,
为买酒不惜典卖了我的旧袍。
计算路途你必然走过睢阳,
杜衍公欧阳公都是当世英豪。
请你让他们评论我这番话语,
是不是于国于民会有一丝一毫的功劳。
国家富强民众能够安居乐业,
官员们当然就有闲暇自在逍遥,
真州那风光佳丽的东园,
才能供给你们尽情地游遨。

许生南归①

梅尧臣

【题解】

　　此诗当系慰人落第而作。诗人以海商从众多的珍珠中进行筛选,往往会目迷五色分不清精粗为喻,说明主考官选中的人,不一定都尽善尽美,而许生虽然没有中选,却并不因此减少了真正的价值。诗人劝满腹珠玑的许生不要频频叹息,归家去大可借酒浇愁。诗人又借历史人物作譬,说明入仕做高官不在早晚,而在才德的深浅。诗中所用比喻十分生动精当,对后生的劝箴十分委婉恳切。

【原诗】

　　大盘小盘堆明珠,海估眩目迷精②粗。斗量入贡由掇拾③,未必一一疵颣无④。不贡亦自有光价,此等固知鱼目殊⑤。许生怀文颇所似⑥,暂抑安用频增呼⑦?倚门老母应日望,霜前稻熟春红稃⑧。归来烂炊多酿酒⑨,洗荡幽愤倾盆盂⑩。九卿有命不愁晚,朱邑当年一啬夫⑪。

注释

①许生:生平未详。
②海估(gǔ):海商,贩卖海产品的商人。估,通"贾",商人。眩(xuàn)目:眼花撩乱。
③斗量:形容数量多。入贡:进献给朝廷。掇(duó)拾:拾取。
④疵(cī):小病,引申为缺点,小毛病。颣(lèi):缺点毛病。《淮南子·说林》:"若珠之有颣,玉之有瑕。"
⑤此等句:化用"鱼目似珠"成语。南朝梁任昉《大司马记室笺》"惟此鱼目"注引《韩诗外传》:"白骨类象(牙),鱼目似珠",谓其以假乱真。
⑥许生句:谓其满腹文才如珠玑之珍。
⑦呼(huò):谓怒而发声。
⑧稃(fu):谷粒的壳,古籍多作"孚"。
⑨烂炊:烧熟。烂:熟。
⑩盆盂:器皿,此处泛指盛酒器。
⑪九卿二句:用朱邑事。汉时朱邑,舒(今属安徽)人,少为桐乡啬夫(乡官),廉平不苛。吏民爱敬之,举贤良。迁北海太守,治行第一。入为大司马。死后归葬桐乡,乡民共为冢立祠,岁时祭祀不绝。九卿,古时中央政府的九个高级官职。周以少师、少傅、少保、冢宰、司徒、宗伯、司马、司寇、司空为九卿。秦以奉常、郎中令、卫尉、太仆、廷卫、典客、宗正、治粟内史、少府为九卿。汉改奉常为太常、郎中令为光禄勋、典客为太鸿胪、治粟内史为大司农。此处泛指高级官员。一啬夫:一作"是啬夫"。啬夫,乡官。秦制,乡置啬夫,职掌听讼、收取赋税。汉、晋及南朝宋沿袭此制。

【今译】

小盘大盘堆满了明珠,
海商眼花撩乱分不清精和粗。
他收拾好一大批进贡给朝廷,
很难每颗都完美缺点全无。
没入贡的也自有光彩、价值,

明珠当然根本不能等同于鱼目。
许生满腹文才很像还没进贡的明珠,
暂时受到压抑,又何必频频发怒号呼?
老母亲天天倚门将你盼望,
霜降前庄稼熟正春稻谷。
归去后煮好稻米多多酿酒,
一杯杯痛饮能洗净胸中愤怒。
做不做高官自有命运安排,
才德厚就不必发愁迟暮。
汉朝大司农朱邑当年曾是乡间小吏,
只不过管管听讼收租。

吴冲卿出古饮鼎①

梅尧臣

【题解】

本诗先咏古饮鼎(当为斝),对它作一番细致的描绘,主旨则在咏赞主人吴充及其贤夫人的好古博雅:用古饮鼎盛酒宴客,加之以音乐助兴,极视听之娱,非流俗所能享用。

【原诗】

精铜作鼎土不蚀②,地下千年薛花幂③。腹空凤卵留藻文④,足立三刀刃微直⑤。左耳可执口可斟,其上两柱何对植⑥。从谁发掘归吴侯⑦?来助雅饮欢莫极。又荷君家主母贤⑧,翠羽胡琴令奏侧⑨。丝声不断玉筝繁⑩,绕树黄鹂鸣不得。我虽衰苶为之醉⑪,玩古乐今人未识。

注释

①吴冲卿:吴充(公元1021—1080年),字冲卿,建州浦城(今属福建)人。未冠,举仁宗宝元元年(公元1038年)进士高第。历官至同中书门下平章事。为王安石姻亲而政见与之不同,曾请召还司马光等人。神宗元丰三年(公元1080年)罢为观文殿大学士,西太一宫使。鼎:古代的一种烹饪器,常见的为三足两耳。此

诗所说"古饮鼎",从诗中描写的形状和用途来看,当为斝(jiǎ),一种温酒器,有三足、两柱、单耳。

②蚀:侵蚀,毁坏。

③藓(xiǎn):隐花植物的一种,无根,生于阴暗潮湿之地。幂(mì):原指遮盖食物的巾或用巾遮盖食物,引申为覆盖。

④凤卵:形容饮鼎(斝)腹形状如卵。留藻(zǎo)文:别本一作"腰藻文"。藻文,水草形的花纹,指斝上的镂刻。

⑤足立句:斝有三足,故云。

⑥对植:犹言对称。

⑦谁:何,指何处。吴侯:指吴充。侯,对人的尊称。

⑧荷(hè):蒙受。

⑨翠羽胡琴:用翠鸟羽毛装饰的胡琴。胡琴:古代泛指一切从域外传入的弦乐器,往往名同而器异。

⑩玉筝:筝的美称。筝:古弦乐器名,形如瑟,十三弦。晏几道《菩萨蛮》词:"哀筝一弄湘江曲,声声写尽湘波绿。纤指十三弦,细将幽恨传。"

⑪苶(mié):即"苶",俗多作"苶",疲倦貌。《庄子·齐物论》:"苶然疲役,而不知其所归。"醉:谓陶醉。

【今译】
　　精铜制成的古代酒器,
　　泥土没有将它腐蚀吞侵,
　　埋在地下已有千年,
　　藓花覆盖了密密一层。
　　腹中空空外形像是凤鸟蛋,
　　镂刻的水草花纹卷曲分明。
　　三只脚如同三把利刀,
　　稍稍直立是刀的尖顶。
　　左边有执手的单耳,口边可以斟酒,
　　上面的两根短柱多么对称。
　　不知从哪儿发掘出来归了吴先生,
　　来助饮酒的雅兴真是无比欢欣。
　　又蒙君家的女主人特别贤惠,
　　命人在一旁奏响饰有翠羽的胡琴。

琴弦声不断,筝声繁复动听,
黄鹂空自绕树,唱不出美妙声音。
我虽已衰老精神疲惫,
也因此陶然而醉发出歌吟,
赏玩古器享受友谊的快乐光景,
世间的俗人哪里能够知情!

寄滁州欧阳永叔

梅尧臣

【题解】

欧阳修于仁宗庆历五年(公元1045年)贬为滁州(治所在今安徽滁县)知州,至庆历八年(公元1048年)改任扬州知州。本篇为诗人劝勉欧公而作,写于庆历六年,其时诗人在许昌任签书忠武军节度判官。诗中先把欧公与唐代著名诗人韦应物相提并论。且盛赞欧公:"下笔犹高帆,十幅美满吹。一举一千里,只在顷刻时。"这美妙比喻,将欧公才思的敏捷和才情的浩荡形容殆尽。然后就此生发,勉励欧公尽其才力写作诗文,以达到惩时救世的目的,从而光照千古。诗人还着重劝勉欧公安于滁州生活"慎勿思北来",言外之意也就是望其坚持刚正的政治立场,而不要有丝毫妥协,用意十分深切。欧阳修《朋党论》所说:"君子以同道为朋"、"所守者道义,所行者忠义,所惜者名节。以之修身,则同道而相益,以之事国,则同心而其济。"本诗正可证明此理。全诗侃侃而谈,毫无顾忌与保留,于义理则为高论,从艺术方面推求则嫌其拙直,略欠情韵。

【原诗】

昔读韦公集①,固多滁州词②。烂熳写风土③,下上穷幽奇④。君今得此郡,名与前人驰⑤。君才比江海⑥,浩浩观无涯。下笔犹高帆,十幅美满吹。一举一千里,只在顷刻时。寻常行舟舻⑦,傍岸撑牵疲。有才苟如此,但恨不勇为⑧。仲尼著《春秋》⑨,贬骨尝苦笞⑩。后世各有史,善恶亦不遗。君能切体类⑪,镜照蟆与施⑫,直辞鬼胆惧⑬,微文奸魄悲⑭。不书儿女事,不作风月诗。唯存先王法⑮,好丑无使疑。安求一时誉,当期千载知。此外有甘脆,可以奉亲慈⑯。山蔬采笋蕨⑰,野膳猎麕麋⑱。鲈脍古来美⑲,枭炙今且推⑳。夏果亦琐细㉑,一一旧颇窥。圆尖剥水实㉒,青红摘林枝㉓。又是供宴乐,聊与子所宜。慎勿思北来㉔,我言非狂痴。洗虑当以净㉕,洗垢当以脂㉖。此言同饮食㉗,远寄入君脾。

注释

①韦公:指中唐诗人韦应物(公元737—约公元789年),京兆长安(今陕西西安)人。曾任三卫郎,吏部员外郎,滁州、江州刺史,左司郎中,官终苏州刺史,世称韦苏州。有《韦苏州集》十卷。以田园山水诗著称,"高雅闲淡,自成一家之体"(白居易《与元九书》)。后人论唐诗,往往以王(维)、孟(浩然)、韦(应物)、柳(宗元)并举。集中也颇有反映社会乱离、民生疾苦的篇章。

②固多句:谓韦应物滁州刺史任上所作之诗,多有流传名篇,如《滁州西涧》《寄李儋元锡》《寄全椒山中道士》等。

③烂熳:焕发,此指文采焕发。风土:风俗习惯和地理环境。

④穷幽奇:谓写尽幽深奇妙的自然景物。

⑤名与句:谓欧阳修与韦应物一样驰名海内。

⑥比:犹言"如"、"似"。

⑦寻常:指寻常人,一般人。行舟舻(lú):即行舟。舻:船。

⑧恨:遗憾。不勇为:谓欧公写作尚不够多。

⑨仲尼:孔子(公元前551—公元前479年),字仲尼,春秋鲁国陬(zōu)邑(今山东曲阜)人。儒家学派的创始人。春秋:编年体史书,相传孔子据鲁史修订而成,所记起鲁隐公元年,至鲁哀公十四年西狩获麟,凡十二公,二百四十二年。

⑩贬骨句:谓孔子所修《春秋》微言大义,一字寓褒贬,用意深刻。贬之则如入骨髓,如鞭痛打。笞(chī),用鞭、杖、竹板抽打。

⑪切(qì)体类:深入事物的体式、类别。

⑫镜照句:谓欧公所作诗文如镜照人,妍嫫毕现。嫫(mó):嫫母,古代传说中的丑女,黄帝时人。施:西施,春秋时越国美女。后常用作绝色美女的代称。

⑬直辞:刚直的言辞。

⑭微文:意含褒贬的文字。奸魄:指奸佞之人。

⑮先王法:犹言上古的礼法、法则。

⑯此外二句:《战国策·韩策》二:"(严)仲子固进,而聂政谢曰:'臣有老母,……可旦夕得甘脆以养亲。'"此化用其意。甘脆,美味的食物。亲慈,指母亲。

⑰蕨(jué):菜名,嫩叶可食。《诗·召南·草虫》:"陟彼南山,言采其蕨。"又名拳菜、紫蕨。

⑱野膳(shàn):犹言"野味"。膳,所食之物。麏(jūn):兽名,同"麇"。麋(mí):兽名,麋鹿,鹿类。

⑲鲈脍(kuài)句:用晋张翰事。张翰因见秋风起,思吴中莼羹、鲈鱼脍……因而弃官回乡。脍,细切为脍。

⑳枭(xiāo)炙(zhì):泛指野禽肉。枭,猛禽,昼潜夜出,俗称猫头鹰。通"鸮"。炙,烧烤的肉。推:推赏。

㉑琐细:谓种类繁多。

㉒水实:指菱藕之类。

㉓青红:指桃、杏、梨等水果。

㉔慎勿:切勿。北来:指返回京都。

㉕净:指佛教所用净水,能洗去尘俗之虑。

㉖垢(gòu):污秽。脂:油脂。

㉗同饮食:意谓和饮食一样重要、不可缺少。

【今译】

从前阅读韦应物先生的集子,
有许多在滁州写的诗句。
他以焕发的才力描绘当地风土,
上下求索,穷尽了自然界的幽深奇异。
你如今来主管这个州郡,
诗名正好跟韦先生并驾齐驱。
你的才情像江海一样浩淼,
广阔得望不到边极。
落笔宛如高升的航帆,
十幅帆又被顺风吹得满满涨起。
一开船就走一千里,
只不过是顷刻须臾。
哪儿像普通人行舟,
傍着河岸撑篙、牵缆费尽力气。
你的才情是那样高华绝世,
只遗憾写作还不十分努力。

仲尼写成《春秋》一书,
一字寓褒贬,宛若鞭打痛到骨髓里。
后世每个朝代都有史书,
善和恶毫无遗漏,一一载入典籍。
你能洞察事物,分辨体式类别,
就像明镜照出丑妇和美女。
刚直的言辞让鬼魅吓破了胆,
深寓褒贬的诗句使奸人悲伤战栗。
不去描写儿女的相思恋情,
不去创作风花雪月的诗句。
只须保存上古的礼法、准则,
好坏是非不容混同一体。
哪儿会求取一时的声誉,
应该期望千载以下的知己。
当地还有美味的食物,
可以奉养老母和亲戚。
山中采摘来竹笋、蕨菜,
想吃野味就把麋鹿猎取。
切细的鲈鱼自古就认为非常鲜美,
如今且把烧熟的山禽肉当成美味。
夏天的果实又是那样繁多,
每一种以前就很诱人食欲。
水中的菱藕之类有尖有圆,
枝头果子有青有红在那树林里。
这些东西足以提供宴饮的欢乐,
使你能够安心居住在此地。
切莫一心想北归返回京都,
我这番话并不是狂言痴语。
洗去尘俗的烦恼要用佛家的净水,
膏脂才能够洗尽污秽油腻。
我说的话就如饮食一样重要,
远远地寄上望你深深记在胸臆。

对雪忆往岁钱塘西湖访林逋①（三首其一）

梅尧臣

【题解】

诗人林逋隐于杭州西湖之滨的孤山，本诗追忆往昔前去寻访的过程。前两句平铺直叙，不见出色。第三句所绘"折竹压篱"的景象，从侧面表现了林逋所居之地人迹罕至的情形。末句"却穿松下到茅庐"，一则隐隐写出到达目的地的喜悦之情；一则以青松衬托高士"茅庐"的清雅绝俗。至于彼此会面后的情景则留下了悬念，本诗正如一首大曲的序曲或分幕戏剧的序幕。

【原诗】

昔乘野艇向湖上②，泊岸去寻高士初③。折竹压篱曾碍过，却穿松下到茅庐④。

【注释】

①林逋：宋初山林诗人，详见前林逋诗附作者小传。
②野艇：意谓随便的小船，以别于正式的客船。艇，轻便小船。
③高士：犹"高人"，超世俗之人，多指隐士。
④却穿：一作"却寻"。茅庐：草屋。

【今译】

回忆往昔驾一叶轻舟，
去向秀丽的西湖，
泊船在岸边再到山上
寻访隐居的高士林逋。
折断的竹枝压在篱笆，
阻碍了行走的道路。
于是就穿过青青的松林，
去到他居住的茅屋。

小 村

梅尧臣

【题解】

　　本篇以生动的诗笔,描绘了淮河之滨一个小小村落贫苦、破败的种种景象。其中"寒鸡得食自呼伴,老叟无衣犹抱孙"两句,勾勒了一幅人不如鸡的惨目伤心的图画,令人不忍闻见。而"野艇"两句极言生计的断绝,可以想象村人衣食无着的苦难。在史称隆宋的时代,民生竟如此凋散,难怪诗人要发出"谬入王民版籍论"的惊呼了,这对朝廷是绝大的讽刺,含义极其深刻。

【原诗】

　　淮阔洲多忽有村①,棘篱疏散漫为门②。寒鸡得食自呼伴③,老叟无衣犹抱孙④。野艇鸟翘唯断缆⑤,枯桑水啮只危根⑥。嗟哉生计一如此⑦,谬入王民版籍论⑧!

注释

①洲多:别本作"州多"。
②棘篱:荆棘编成的篱笆。疏败:松散破败。漫:随意。
③寒鸡:指秋冬时节的鸡。
④老叟(sǒu):老头儿。
⑤鸟翘:形容船只破败,船尾翘如鸟翼。缆(lǎn):系船的绳索。
⑥水啮(yǎo):谓被水浸蚀。危:倾危,倾侧欲倒状。
⑦嗟哉:可叹。一如此:谓一贫如此。
⑧谬(miù)入句:《诗·小雅·北山》:"普天之下,莫非王土;率土之滨,莫非王臣。"此处化用其意。谬,误。版籍,领土,疆域。

【今译】

　　宽阔的淮河多有洲渚,
　　忽然看见一个小小的渔村,
　　荆棘编织的篱笆已经松散破败,

随便地当成掩蔽的屋门。
冷风中瘦鸡偶尔找到食物,
仍呼唤伴侣满含着深情。
老头子身上没有寒衣,
怀中还紧抱着小孙孙。
破烂的小船像鸟翼般翘起,
唯见一条断了的缆绳,
枯老的桑树长年被水浸蚀,
只剩下倾斜欲倒的残根。
可叹啊!百姓的生计,
零落凋散到如此的情形。
这贫穷的地方误算作圣王的版图,
百姓们错当成圣王的子民!

梦后寄欧阳永叔

梅尧臣

【题解】

　　仁宗皇祐五年(公元1053年)秋,诗人丧母,解监永济仓官,扶柩归宣城守丧。此诗作于至和二年(公元1055年)丧期将满时。诗中先陈述自己离开朝廷职守,在故乡闲居日久的情形,暗寓对京都、对政治生涯的眷念。"五更千里梦,残月一城鸡"两句切题,写出梦中曾与千里之外的挚友相会,梦醒后却唯见残月、唯听晓鸡的惆怅之情,化用杜甫《梦李白》二首其一诗意,而深得含蓄之致,为全诗警策。五、六句写诗人由梦中前往京城与知友谈心,言犹在耳,醒后却一切归于消失的情形,深深了悟庄子人生如梦、齐彼此、齐物我、齐夭寿的人生哲理。转而想在有限的年光作出更多的业绩,于是希望已经显达的欧阳修,勿忘举荐自己,用意显豁而言辞婉曲,见出诗人积极用世的精神。当年秋天诗人服丧期满,离宣城,次年抵达汴京,即因欧公及赵概联名奏荐,任国子监直讲之职。

【原诗】

不趁常参久①,安眠向旧溪②。五更千里梦,残月一城鸡③。适往言犹是④,浮生理可齐⑤。山王今已贵⑥,肯听竹禽啼⑦?

注释

①趁:赴。常参:唐制,皇帝正衙日在前殿会见群臣称参。后来泛指定期入朝。王禹偁《对雪》诗:"五日每常参,三馆无公事。"梅尧臣服丧前曾任太常博士、监永济仓官,故得"常参"。

②旧溪:故乡。诗人故乡有东溪,即宛溪。

③五更二句:杜甫《梦李白》二首其一:"故人入我梦,明我长相忆。……落月满屋梁,犹疑照颜色。"此处化用其意。

④适往:即"往",指梦中前往京都。言犹是:犹"言犹在耳"。

⑤浮生:《庄子·刻意》:"其生若浮,其死若休。"认为人生在世,虚浮无定,故称浮生。理可齐:《庄子·齐物论》阐明其"忘彼是(此)、浑成毁,平尊隶(贱)、均物我,外形骸、遗生死"(苏舆语)的人生哲理。

⑥山、王:晋山涛、王戎。山涛(公元205—283年),河内怀县(今属河南)人,字巨源。好老庄,与嵇康、阮籍、王戎等作竹林之游,时称竹林七贤。三国魏时为赵国相,入晋为吏部郎、侍中、司徒等职。好举荐、品题人物。曾举荐嵇康。王戎(公元234—305年),琅玡(今属山东)人,入晋后任侍中、吏部尚书、司徒等职。此处以山、王比拟欧阳修,欧阳修时为翰林学士,故云"今已贵"。

⑦竹禽:诗人自喻,犹言"山野之人"。隐以竹林诸贤比拟自己与欧阳修等人。

【今译】

很久没有跟随朝班去谒见天子,
多时来安闲地居住在自己的故溪。
五更时做了一个短梦,
千里迢迢和你相见魂梦依稀,
醒来后只看见残月的清光,
只听见满城晓鸡鸣啼。
刚才远到京都去跟你谈心,
话语清晰地萦绕在耳际,
醒后的空虚使我深深领悟

浮生若梦、等同事物的哲理。
你如今已经富贵显达,
晋代的山涛、王戎差可比拟,
可还肯再听一听
我这竹林中野鸟满含期望的歌曲?

戊子三月二十一日殇小女称称①(三首录二)

梅尧臣

【题解】

仁宗庆历四年(公元1044年),诗人嫡妻谢氏病故,庆历六年(公元1046年)续娶,写有《新婚》诗。次年七月生女,有《宋中道快我生女》诗。庆历八年(公元1048年)三月二十一日幼女称称夭亡,尚在襁褓之中。诗人时年四十七岁,在汴京任国子博士,称称死去的当天,他写下了三首痛惜悲悼的诗篇。第一首以自诘的方式,对夺去他爱女生命的事实表示大惑不解。他试以蜂螫鸦噪的自然环境,来解释幼女夭折的缘由,但仍觉于理不合,便只有泣泪询问苍天了。第二首以含苞待放的花蕾,来比喻晶莹纯洁的女婴,花是美丽的,生命却是脆弱的。爱女稚嫩的生命,像花一样凋谢了,无情的苍天却不懂得亲人的痛苦。自己身为父亲,痛苦已深沉如此,"慈母眼中血,未干同两乳"二句,更翻进一层说,感情虽不激烈,却令人动魄惊心。

其 一

【原诗】

生汝父母喜,死汝父母伤。我行岂有亏②?汝命何不长?鸦雏春满巢,蜂子夏满房③。毒螫与恶噪④,所生遂飞扬⑤。理固不可诘⑥,泣泪问苍苍⑦。

注释

①戊子:仁宗庆历八年(公元1048年),岁在戊子。殇(shāng):未成年而死。

②行:品德操行。亏:损缺。

③夏:庆历八年闰正月,称称死于三月二十一日,时近夏令。

④螫(shì):毒虫刺人。《诗·周颂·小毖》:"莫予荓蜂,自求辛螫。"恶噪:指乌鸦不祥的聒噪。

⑤飞扬:夭亡的隐指。

⑥诘(jié):询问,责问。

⑦苍苍:指天。传为东汉蔡琰所作《胡笳十八拍》十六:"泣血仰头诉苍苍,生我兮独罹此殃。"

【今译】

生你时父母十分欢喜,
你死去父母悲痛异常。
我的行为品德难道有什么损缺?
为什么你的寿命竟然不长?
春天里乌鸦雏鸟生满窠巢,
夏日间蜜蜂幼子长满蜂房。
毒蜂的刺伤和乌鸦不祥的聒噪,
使我小小爱女的生命轻轻飞扬。
想来想去总是不能探明此中缘由,
只有哭泣着询问上苍!

其 二

【原诗】

蓓蕾树上花①,莹洁若婴女②。春风不长久,吹落便归土。娇爱命亦然③,苍天不知苦。慈母眼中血,未干同两乳。

【注释】

①蓓(bèi)蕾(lěi):花蕾,含苞未放的花。

②若:一作"昔"。婴女:犹言"女婴",此指称称。

③娇爱:指所爱娇女。亦然:指不长久。

【今译】
　　我那晶莹纯洁的幼女,
　　正像树头含苞未放的花蕾。
　　春风里花开竟不能长久,
　　一朝吹落就在泥土中沉睡。
　　我心爱的娇女生命也像花一样短促,
　　老天爷却不懂得失去亲人的伤悲。
　　可叹慈母眼中的血泪,
　　宛若她乳房里未干的汁水。

东　溪①

梅尧臣

【题解】
　　本诗作于仁宗至和二年(公元1055年)春。前二句化用王维《终南别业》诗句意,描写诗人在东溪观赏风景,任兴所之、流连忘返的情景。"野凫眠岸有闲意,老树着花无丑枝",为传诵名句,它表现出一种闲远平淡的美的意境,一种创意出新的审美情趣。同时寄寓了诗人淡泊名利的心境和老当益壮的心志。欧阳修《水谷夜行寄圣俞、子美》诗云:"梅翁事清切,石齿漱寒濑。……文词愈清新,心意虽老大。譬如妖韶女,老自有馀态。"本诗足以当之。后四句意境平常,陈衍评之曰"呆钝",但与前半相联系,意脉不断。全篇节奏舒徐,语言自然,又不失之轻滑。

【原诗】
　　行到东溪看水时,坐临孤屿发船迟②。野凫眠岸有闲意③,老树着花无丑枝。短短蒲茸齐似剪④,平平沙石净于筛。情虽不厌住不得⑤,薄暮归来车马疲。

【注释】
　　①东溪:即宛溪,在今安徽宣城县。源出宣城东南峰山,至城东北与句溪合,

宛、句二水,合称双溪。

②行到二句:王维《终南别业》诗:"行到水穷处,坐看云起时。"此处化用其意。孤屿(yǔ):犹孤岛。屿,左思《吴都赋》注曰:"屿,海中洲,上有山。"

③野凫(fú):野鸭。

④蒲茸:初生的蒲草。

⑤情虽句:柳宗元《至小丘西小石潭记》"以其境过清,不可久居",此用其意。

【今译】

我到东溪看水的时候,
总是面对孤岛久久独坐发船很迟。
野鸭在溪岸旁安睡,
多么闲静富有情致,
苍老的树上开满鲜花,
依然没有难看的花枝。
短短的初生蒲草整齐如剪,
平平沙石比筛过的更洁净细腻。
虽然我流连这清幽的景色,
却不能长久留在此地,
黄昏时回到城中,
喧闹声里只觉得马乏人疲。

览显忠上人诗①

梅尧臣

【题解】

仁宗时释显忠写了《南明山宝相寺十五题》并序,诗篇咏历代高僧对佛寺建筑的惨淡经营及佛寺周围的山水风景。其诗序云:"惜其东南之胜势,此亦一焉,而未见好事者与邕发,然欲其名之远,非歌咏不能伸之。暇日因历访其可尚,得境物,命为一十五题,杂击赋之。"梅尧臣此诗赞美显忠"寻迹数百载,历危千万层"尔后写下的诗歌,并将他比拟晋代高僧慧远。同时哂笑贾岛诗境界狭隘。

【原诗】

昔读远公传②,颇闻高行僧③。庐山将欲雪,瀑布结成冰。寻迹数百载,历危千万层④。师来笑贾岛⑤,只解咏嘉陵⑥。

注释

①显忠上人:释(和尚)显忠,号祖印禅师,生活于仁宗时代。为南岳下十一世,金山颖禅师法嗣,住越州石佛寺。上人,佛教称具备德智善行的人。后来作为对僧人的敬称。

②远公:慧远,东晋雁门楼烦人。俗姓贾。也称庐山慧远,师事名僧道安。后入庐山,居东林寺,与刘遗民、宗炳、慧永等十八人结白莲社。在山三十余年,净土宗推尊为初祖。此处借指释显忠。

③颇闻句:《高僧传》《庐山莲宗宝鉴》等书多载慧远及白莲社中诸僧事,故云。

④寻迹二句:指释显忠搜求自晋朝至唐末南明山几代僧人对宝相寺佛像、殿阁惨淡经营的史实,并跋山涉水,访求遗迹,均写入诗篇。

⑤师:对释显忠的尊称。贾岛:唐代诗人(公元779—843年),范阳人,字阆仙,一作浪仙。初为僧,法号无本。后还俗,屡试不第。官终普州司户参军。苦吟派诗人,诗风清奇苦僻,着重锻字炼句。

⑥咏嘉陵:今存贾岛集未见有咏嘉陵篇及句,恐已佚。嘉陵:当指嘉陵江,源出陕西凤县东北嘉陵谷。

【今译】

　　从前阅读高僧慧远的传记,
　　知道很多有关僧人高尚的德行。
　　如今冷寂的庐山就要下雪,
　　著名的瀑布将结成冰凌。
　　你搜寻数百年僧人修寺的史实,
　　晋代高僧的业绩你来继承,
　　你经历千难万险爬山涉水,
　　记录下周围的山水环境。
　　你诗中的境界清远开阔,
　　应当哂笑贾岛只知歌咏嘉陵。

缺 月

梅尧臣

【题解】

前两句描写一弯缺月照上屋角,由于夜色朦胧,于是产生了"西家狗吠东家疑"的情形,这里见出诗人体察、表现事物的生动细致。后二句以想象之笔描写夜色深沉,神灵鬼物出没、古老的草木丛无风而响的神秘景象。使全诗笼罩着森然可怖的气氛,情调不够健康。

【原诗】

缺月来照屋角时①,西家狗吠东家疑。夜深精灵鬼物动②,偰窣古莽无风吹③。

注释

①缺月:别本一作"映月"。
②精灵:神灵。鬼物动:别本一作"鬼初动"。
③偰(xiè)窣(sù):犹"窸(xī)窣",象声词,一种细碎的声音。莽:丛生的草木。

【今译】

一弯缺月照上屋角的时分,
西家狗叫东家疑心发生了什么情况。
夜色深沉精灵鬼怪开始活动,
古老的草木丛并无风吹却窸窣作响。

落 花

宋 祁

【作者简介】

宋祁(公元998—1062年),字子京,开封雍丘(今河南杞县)人,后徙安州安陆(今属湖北)。仁宗天圣二年(公元1024年),与兄庠同举进士,礼部奏名第一。章献太后认为弟不可先兄,乃擢庠为第一而置祁第十。时号"大小宋",或称"二宋"。累官国子监直讲、三司度支判官、知制诰、翰林学士、史馆修撰、工部尚书等。官终翰林学士承旨。卒谥景文。以诗文著称,多用奇字。文骈散兼擅,颇多诘屈聱牙之句,亦有博奥典雅的一面。诗歌多唱酬赠答之什,写景咏物诗风格清丽,常有寄托深意。词作不多,其《玉楼春》因有"红杏枝头春意闹"的名句,得"红杏枝头春意闹尚书"雅号。与欧阳修同撰《新唐书》,用功十余载。有《宋景文公集》。

【题解】

吴处厚《青箱杂记》载,夏竦任安州太守时,宋祁兄弟犹为布衣,受到礼遇,夏命二人作《落花》诗,大加赞赏,并预言日后均前程远大。赵令畤《侯鲭录》云:"宋莒公(庠)兄弟,少作《落花》诗,为时脍炙。"宋祁自言:"年二十四,以文投故相夏公,公奇之,以为必取甲科。"(《宋景文笔记》)可知本诗作于真宗天禧五年(公元1021年)。陈衍说"子京多侍儿,疑有伤逝意",误。首联破题,描写飞落的桃李花片,正如在幽闺自怜的女子,不胜其愁。颔联将花片随风飘舞、缠绵悱恻的情态,及其坠落在地,犹不改旧日芳姿的素性,表现得极为生动。其间用丽娟事,寄寓了诗人不忘恩遇之意。颈联一方面抒写惜花情意,同时写出花已坠地遗香仍留人间,以显示诗人报效朝廷"虽九死其犹未悔"的坚毅心志。篇末更写出鲜花无意于轻薄的蝴蝶,却甘愿为辛勤的蜜蜂付出芳心的高洁品格,富有象征意义,象征诗人经时济世的怀抱。诗中多化用前人成句、典故,但却自然浑化,无雕琢痕迹。

【原诗】

　　坠素翻红各自伤①,青楼烟雨忍相忘②?将飞更作回风舞③,已落犹成半面妆④。沧海客归珠进泪⑤,章台人去骨遗香⑥。可能无意传双蝶,尽付芳心与蜜房⑦。

注释

　　①素:指李花、梨花之类。红:指桃花、杏花之类。
　　②青楼:古时富贵之家的闺阁。曹植《美女篇》:"青楼临大路,高门结重关。"
　　③回风舞:《洞冥记》:"武帝所幸宫人名丽娟,于芝生殿唱《回风》之曲,庭中花皆翻落。"曹植《洛神赋》:"飘飘兮若流风之回雪。"李贺《残丝曲》:"落花起作回风舞。"此化用以上句意。
　　④半面妆:《南史·梁元帝徐妃传》:"妃(徐昭佩)以帝眇一目,每知帝将至,必为半面妆以俟,帝见则大怒而出。"
　　⑤沧海句:《博物志》:"南海外有鲛人,水居如鱼,不废织绩,其眼能泣珠。"李商隐《锦瑟》诗:"沧海月明珠有泪。"
　　⑥章台人去:用唐韩翃与柳氏事。韩有姬柳氏,貌美。安史乱起,二人离散。柳出家为尼以避乱。韩为平卢节度使侯希逸书记,使人寄柳诗,曰:"章台柳,章台柳,昔日青青今在否?纵使长条似旧垂,也应攀折他人手。"
　　⑦蜜房:指蜜蜂。

【今译】

　　坠落的李花翻飞的桃花,
　　各自怀着深深的悲伤,
　　怎能忘记霏微的烟雨中,
　　佳人在幽居的妆楼凝神结想。
　　花片飞离了故枝,
　　又在风中旋舞飘荡,
　　她依然保持着一半旧日芳容,
　　尽管已经凋落在地上。
　　客人从苍茫的海上归来,
　　颗颗珍珠还变作泪水汪汪。
　　花儿像章台的美人已经离去,
　　却遗留下透骨的芬芳。

她大概没有心思
对轻薄的蝴蝶倾诉衷肠，
甘愿将一片芳心，
向辛勤的蜜蜂全部献上。

九日置酒①

宋　祁

【题解】

　　宋祁晚年外放,历知寿、陈、许、亳、成德、定、益、郑等军州。但他却能以坦荡的胸襟、豁达的态度,来对待宦海的沉浮,本篇即体现了诗人积极乐观的精神面貌。诗人平生喜宾客,好游宴,尚奢华,此诗前半以欢快的笔调描写了当前重阳的良辰美景,设帐宴客、音乐大作的盛况,以及宴席上宾主相得,竞享欢乐的热闹场景。其间化用孟嘉落帽典故,显示了诗人一派洒落的风致。五、六句绘出雨后水天空明澄净的情景,也见出诗人的雅赏。末二句写出诗人鬓发虽白,却满怀着对生活的热爱,竟还有"满插茱萸望辟邪"的天真举动。全诗一扫通常重九诗多感慨时序、叹老嗟卑的萎靡之气,风格豪健爽朗。

【原诗】

　　秋晚佳晨重物华②,高台复帐驻鸣笳③。邀欢任落风前帽④,促饮争吹酒上花⑤。溪态澄明初毕雨,日痕清淡不成霞。白头太守真愚甚,满插茱萸望辟邪⑥。

注释

①九日:农历九月初九重阳节。置酒:安排酒宴。
②物华:自然景物。
③复帐:双重的帷帐。驻:驻留。鸣笳(jiā):泛指奏乐。笳,胡笳,古管乐器名,汉时流行于西域一带少数民族间,初卷芦叶吹之,与乐器相和,后以竹为之。
④邀欢:寻求欢乐。落风前帽:用孟嘉事。《晋书·孟嘉传》:"孟嘉为桓温参军,九月九日,温宴龙山,僚佐毕集。……有风至,吹嘉帽堕地,嘉不觉之,……温

命孙盛作文嘲嘉。"

⑤促饮：催人饮酒。酒上花：指菊花。南朝梁宗懔《荆楚岁时记》："九月九日，佩茱萸、食饵，饮菊花酒。"

⑥满插句：古俗于九月九日重阳节佩带茱(zhū)萸(yú)，以祛邪避灾。晋周处《风土记》："九月九日律中无射而数九，俗于此日……折茱萸房以插头，言辟恶气，而御初寒。"王维《九月九日忆山东兄弟》诗："遥知兄弟登高处，遍插茱萸少一人。"茱萸：植物名，有山茱萸、吴茱萸、食茱萸三种，生于川谷，其味香烈。辟，同"避"。

【今译】

我特别看重这晚秋九月九
美好早晨的风物清嘉，
命人在高台上张起双重帷幕，
让乐队奏响动听的琴瑟琵琶。
寻求欢畅任随帽子在风中掉落，
彼此劝酒争吹杯里的菊花。
雨后溪水的形态多么澄净空明，
初晴的淡淡日光不能映成彩霞。
我这白头太守真是过份痴愚，
指望避邪把茱萸插满了鬓发。

登平嵩阁右嵩亭作①

文彦博

【作者简介】

文彦博(公元1006—1097年)，字宽夫，汾州介休(今属山西)人。仁宗天圣五年(公元1027年)进士。历官殿中侍御史、转运副使、知州判府、枢密副使、平章军国事，拜太师，封潞国公。一生历仕仁、英、神、哲四朝，出将入相五十余年，为北宋名臣。谥忠烈。《渑水燕谈》载："元丰五年(公元1082年)，文潞公(77岁)留守西京，慕唐白乐天九老会，于是悉聚洛中大夫贤而老且逸者，韩公(富弼)置酒相乐，凡十二人。又命郑奂图形妙觉僧舍，各赋诗，时人呼之曰'洛阳耆英会'，为一时盛事。"有《文潞公集》。

【题解】

　　本诗以平实的语言咏嵩山的亭阁,并由视野中是一片绵延的山峦,写出对家乡的思念与热爱。大笔挥洒,气象雄阔。

【原诗】

　　不较平嵩与右嵩②,大都亭阁画穹崇③。太行太室当前后④,俱是家山入望中⑤。

注释

①平嵩阁、右嵩亭:均为嵩山上的建筑物。
②不较:不论。
③大都句:谓亭阁大都依照天宇的圆形来构筑。穹(qióng)崇,高貌,司马相如《长门赋》:"正殿块以造天兮,郁并起而穹崇。"此处指高天。
④太行:山名,绵延山西、河北、河南三界的大山脉。又名五行山、天母山、女娲山等。太室:即中岳嵩山,五岳之一,在今河南登封县北。东称太室,西称少室。
⑤家山:家乡。

【今译】

　　不论平嵩还是右嵩,
　　亭阁大都仿造穹苍的形状。
　　太行太室两山在我身前身后,
　　视野中全都望见自己的家乡。

雪中枢密蔡谏议借示范宽雪景图①

文彦博

【题解】

　　本篇为观画而作。诗人以生动的画笔,为范宽的雪景图作了一番描绘,使人如游画中,由此可以见出范宽山水画师法自然、笔补造化的特点。篇末写诗人将图画当作实景,想象延请宾客、拥炉对饮的快意场面,表现了极其幽雅的情致。

【原诗】

梁园深雪里②,更看范宽山。迥出关荆外③,如游嵩少间④。云愁万木老,渔罢一蓑还⑤。此景堪延客⑥,拥炉倾小蛮⑦。

注释

①枢密蔡谏议:当指著名书法家蔡襄,曾知谏院、任枢密院直学士,故称。一说指蔡挺,熙宁五年,挺任枢密副使。范宽:五代至北宋初著名山水画家,华原(今陕西耀县)人,名中正,字仲立,性情豁达,故人呼范宽。善画山水,初师李成、荆浩,既而叹曰:"师人不如师造化。"因迁居终南山、太华山地区,对景写生,自成一家。

②梁园:即"梁苑",园囿名,在今河南开封市东南,汉梁孝王(刘武)筑,为游赏与延宾之所。当时名士司马相如、枚乘、邹阳皆为座上客。又名兔园。此处指汴京名园。

③迥(jiǒng):远。关荆:指五代后梁画家关同、荆浩。擅长山水,为一时名家。长安关同(一作穜)师事荆浩,从其学画,造诣更高于荆。后世论画,多以荆关并称。梅尧臣《观邵不疑学士所藏名书古画》诗:"山水树石硬,荆关艺能至。"

④嵩少:即指嵩山。

⑤一蓑(suō):指蓑衣。

⑥延:请。

⑦小蛮:酒器名。白居易《春晚酒醒寻梦得》诗:"还携小蛮去,试觅老刘看。"自注:"小蛮,酒榼(kē)名也。"白居易《夜招晦叔》诗有"高调秦筝一两弄,小花蛮榼二三升。"小蛮即"小花蛮榼"的略称。名称可能由白居易舞姬小蛮而起。此处指酒。

【今译】

都城名园大雪天里,
又把范宽绘画的雪山展看。
他的造诣远在关同荆浩之上,
我仿佛亲身到画中的嵩山去游览。
见冬云愁惨万木凋零,

飞雪里渔人披一领蓑衣从江上回还。
对这好景致真该延请宾客,
大家围着火炉饮酒清谈。

招仲通司封府园避暑[①]

文彦博

【题解】

  唐代牛僧孺文宗开成初判东都(洛阳)尚书省事、东都留守,筑宅第于归仁里,"嘉木怪石,置之阶庭,馆宇清华,竹木幽邃。常与白居易吟咏其间……"(《旧唐书》牛僧孺本传)白居易诗中言其宅称"南庄",牛又在南溪别葺一室,专为款待白居易而用。文彦博据以上史事,自况为牛僧孺,而将仲通比作白居易,以显示待客的殷切情意和对仲通的重视。诗中还化用了陶渊明北窗下纳凉、曹氏父子罗致文人于邺下,和陈蕃为徐孺子特设一榻等典故,使诗人招仲通前来避暑这一寻常生活情事,具有了极为丰富深厚的文化内涵。

【原诗】

  骑山楼下水轩东,一室初开待白公[②]。虽是不在南涧上[③],都缘却有北窗风[④]。衔杯避暑称河朔[⑤],飞盖延宾在邺中[⑥]。解榻况逢徐孺子[⑦],馈浆茹饭与君同[⑧]。

注释

  ①仲通:姓名,生平未详。司封:官署名,属吏部。北宋前期,设判司封事一员,以无职事朝官充任,仅主定谥事。元丰改制,主管封爵、赠官,宗室诸亲和命妇奏荫、承袭等事,设司封郎中或员外郎。
  ②骑山二句:参见本诗【题解】。白居易《戏赠梦得兼呈思黯(僧孺字)》诗有云:"月终斋满谁开素?须拟奇章(僧孺袭封奇章公)置一筵。"《早春忆游思黯南庄因寄长句》有云:"南庄胜处心常忆,借问轩车早晚游?"《奉和思黯自题南庄见示兼呈梦得》有云:"谢家别墅最新奇,山展屏风花夹篱……抬头有酒莺呼客,水面无尘风洗池。除却吟诗两闲客,其中情状更谁知!"
  ③南涧:指牛僧孺南庄之溪堂。

④北窗风:用典,陶渊明《与子俨等疏》:"常言五六月中,北窗下卧,遇凉风暂至,自谓是羲皇上人。"

⑤称河朔:谓有北方气候之凉爽。河朔,泛指北方地带。

⑥飞盖句:用典。东汉建安(公元196—220年)前后,以王粲等七人为主的文人依附于曹操,与曹丕、曹植、蔡琰等人形成邺下文人集团。盖,车盖。邺,地名,今属河北,故城在今河北临漳县北。

⑦解榻句:用典。《后汉书·徐稚(字孺子)传》载,陈蕃为豫章(今江西南昌)太守时"不接宾客,惟稚来特设一榻,去则悬之。"徐孺子,此借指仲通。

⑧馈(kuì):食。浆:指酒水。茹:吃。

【今译】

在官府骑山的楼阁下,
在那水滨的厅堂之东,
我为你特地敞开一个房舍,
就如当年牛僧孺等待着白公。
虽然并不是在佳胜的南涧上,
清凉舒爽却都因为有了北窗好风。
饮酒避暑这儿可以比得上河朔,
飞车接待嘉客我像曹操在邺中。
况且解下床榻遇见你这样的贤士,
饮酒吃饭我都要与你相共。

清明后同秦帅端明会饮李氏园池①

文彦博

【题解】

本诗是神宗熙宁末(公元1073—1077年)与司马光同游洛阳的李氏园池时所作。诗中化用杜甫《曲江》二首其二"传语风光共流转,暂时相赏莫相违"及李白《襄阳歌》"清风朗月不用一钱买,玉山自倒(醉倒)非人推"等句意,抒写了诗人当暮春时节与知友放情欣赏风光,在花前尽兴醉饮的豪迈情致。诗中全无伤春滥调,词情明快,表现了诗人健康爽朗的胸襟。

【原诗】

洛浦林塘春暮时②,暂同游赏莫相违。风光不要人传语,一任花前尽醉归③。

注释

①秦帅端明:当指司马光。司马光于神宗熙宁三年(公元1070年)因跟王安石政见不合,出知永兴军(辖境相当今宁夏、甘肃、陕西等部分地区),故称秦帅。熙宁六年(公元1073年),司马光又以端明殿学士兼翰林侍读学士居洛阳,故称秦帅端明。文彦博集中多有与司马光唱酬赠答的诗篇。他为司马光所作挽词有"莫逆论交司马丈,君心知我我知君。同谋同道殊无间……"之句。

②洛浦:洛水之滨。汉张衡《思玄赋》:"载太华之玉女兮,召洛浦之宓妃。"

③暂同三句:化用杜甫及李白诗意,参见【题解】。

【今译】

洛水之滨的美丽林塘正当春暮,
让我们一同游赏莫把良辰违背。
不必传话给风光叫他暂且留住,
任随我们在花前醉饮兴尽而归。

探 春

黄 庶

【作者简介】

黄庶(公元1019—1058年),字亚夫(或作亚父),晚号青社。洪州分宁(今江西修水)人,庭坚父。仁宗庆历二年(公元1042年)进士。历一府三州,皆为从事。曾随宋祁幕许州,随晏殊再幕长安。皇祐三年(公元1051年)又改幕许州,受知于文彦博。后文徙知青州,辟为通判。至和中,摄知康州。原有《伐檀集》六卷,今存二卷。

【题解】

前二句以欢悦的笔调,写出诗人见到雪里梅开,为迎接春天要在梅树下尽情醉饮的心情。其间化用了南朝陈江总《梅花落》诗"腊月正月早惊春,众花未发梅花新。……满酌金卮催玉柱,落梅树下宜歌舞"等句意。后二句写出诗人由眼前雪里报春的梅开,想象到不久将更见万紫千红的芳菲之景,不由得由衷地咏赞造化之功的神奇美妙,虽化用前人诗句而又自出新意。

【原诗】

　　雪里犹能醉落梅,好营杯具待春来①。东风便试新刀尺,万叶千花一手裁②。

【注释】

　　①雪里二句:化用江总诗句,参见【题解】。又,古有《小梅花》琴曲,《梅花落》笛曲。营,犹"备"。杯具,指酒器。
　　②东风二句:化用贺知章《咏柳》诗"不知细叶谁裁出,二月春风似剪刀"句意。

【今译】

　　雪里梅花盛开,
　　落梅笛曲也令人心神畅快,
　　正该准备酒具尽情酣饮,
　　好迎接芳菲春光的到来。
　　东风在尝试新的刀尺,
　　将把万叶千花一手剪裁。

望春偶书

黄　庶

【题解】

　　本篇描写诗人信马悠悠去寻春,登上古原只见平野如绣,于是发为诗章的情景。诗人用"花应笑我将诗句,便当游人费万钱"的调侃语句,隐约地讽刺了那些只知歌舞相随、追欢买笑,而并不真正懂得欣赏自然美的庸俗的游人。字里行间,颇以自己的清雅而得意,语言平易,婉而多讽。

【原诗】
　　信马寻春上古原①,天工一幅绣平川②。花应笑我将诗句,便当游人费万钱③。

注释
　　①信马:谓骑着马随意漫步。
　　②天工:本指造物者,此指自然形成的工巧。
　　③费万钱:指歌舞酒宴追欢买笑。

【今译】
　　我骑着马悠然地漫游,
　　登上了古原去探寻春光。
　　造物者的创作真是美妙,
　　平川像绣出的图画一样。
　　春花怕是会嘲笑我,
　　只把为她写出的诗行,
　　当作那些歌舞宴饮的游客
　　破费了巨资的抵偿。

饮张承制园亭①

黄　庶

【题解】
　　此诗原本题作《和陪丞相听蜀僧琴》,而内容却与听琴完全无关。《全宋诗》据四库本改为《饮张承制园亭》,在本诗之前有一首七律题目是《和陪丞相听蜀僧琴》,诗题正好与本诗互相错植,《全宋诗》编者在诗题下注明:"原与后题互易,据四库本改"。此诗内容平常,诗中描写四月小园春光已尽,只有飞花落入酒杯。但由于园主人惜春与待客的深情厚意，使作为宾客的诗人仍感到春意浓郁。

【原诗】

　　小园岂是春来晚，四月花飞入酒杯。都为主人尤好事②，风光留住不教回。

【注释】

　　①张承制：名字、生平不详。承制，官名。承帝命制诏诰。
　　②好事：指留春与待客。

【今译】

　　小园并不是春天来得太晚，
　　四月里却有花片飞进酒杯。
　　都只为主人特别好事，
　　让春光长留琴曲不叫她辞归。

怪　石

黄　庶

【题解】

　　这首诗咏怪石，先以山精水怪和传说中的异兽作为比喻，营造了一种幽森的气氛。再写出诗人坐对怪石而产生的遐想，说这块怪石当是汉唐池馆中的旧物。由此引发对久远历史的缅怀与想象。陈衍评曰："落想不凡，突过卢仝、李贺。"

【原诗】

　　山鬼水怪著薜荔①，天禄辟邪眠莓苔②。钩帘坐对心语口，曾见汉唐池馆来③。

【注释】

　　①著：附着。薜（bì）荔：木本植物，又名木莲、木馒头，茎蔓生，花小，隐于花托

中,实形似莲房,攀援类植物。

②天禄:传说中的兽名。辟(bì)邪:古代传说中的一种神兽,似狮而带翼。莓苔:即指苔藓。

③汉唐池馆:汉代多以天禄、辟邪用为雕刻的装饰品。《后汉书·灵帝纪》"复修玉堂殿,铸……天禄、虾蟆。"李贤注:"今邓州南阳县北有宗资碑,旁有两石兽,镌其膊一曰天禄,一曰辟邪。"

【今译】

像山精水怪它生活在薜荔丛中,
像天禄辟邪它睡卧在苔藓之上,
我坐在挂有银钩的帘外
面对怪石不由得口里自语心中思量。
它一定经历过久远的年代,
栖身的池馆曾属于汉唐。

元伯示清水泊之什因和酬①

黄 庶

【题解】

此诗题为和友人咏清水泊而作,实际上重在自我抒情。诗中写出作者长久远离故乡,只有梦中得去游历的惆怅,并指出每当念及故乡情景,不由得视官职如仇敌,于是远慕张翰弃官归乡的雅志。诗中又写出因读友人"清水吟",陡然引起奔走仕途、浪掷年华的感慨与愁闷,以及想要归去作"山中侯",好尽情享受清风明月的愿望,且写出此志目前虽然未遂,但吟诵友人诗章亦能聊以忘忧的心情,由此可以想见友人诗篇令人神驰的感染力量。全诗透露了作者出仕与归隐深刻的矛盾,在清远意境的描绘中,织入了郁陶的忧思,出语自然。

【原诗】

十年不踏故溪上,有时梦去千里游。每思鱼行鉴中见②,青衫手版如仇雠③。秋风鲈肥美无价,莫怪张翰不可留④。前日诵君清水吟,胸中突起百尺愁。儿牵女婴走尘土⑤,百年一半如弃投⑥。清风明月无界畔⑦,白首愿作山中侯⑧。君诗写出渔者意,老景一片在目眸⑨。清泉钓舟未入手,聊可观诵忘吾忧。

注释

①元伯:作者友人,生平未详。清水泊:当指黄庶家乡的修水,即于延水,一名建昌江,源出江西修水县西之幕阜山,下游分入于赣江及鄱阳湖。什:篇什,此指诗篇。和酬:和诗酬答。

②鉴:镜,此形容水清如镜。

③青衫:唐制官八、九品服青色,泛指官职卑微。手版:即笏(hù),古代官吏上朝或谒见上司时所执,备记事用。仇雠(chóu):仇敌。雠,匹配、匹敌。

④秋风二句:用张翰事。《世说新语·识鉴》:"张季鹰(翰字)辟齐王东曹掾,在洛,见秋风起,因思吴中菰菜羹、鲈鱼脍,曰:'人生贵得适意尔,何能羁宦数千里以要名爵!'遂命驾便归。"

⑤婴:环绕、羁绊,此处犹言纠缠。尘土:指仕途。

⑥百年:一辈子。

⑦界畔:犹言"边际"。

⑧山中侯:指隐士。

⑨目眸(móu):指眼前。

【今译】

十年来足迹没踏过故乡的水滨,
有时睡梦中去作千里远行。
每当想起故乡水是那样澄清,
看鱼行水中如游在明镜,
这青色官服和手中执版,
不由得当作仇敌般憎恨。
秋风起鲈鱼肥此中的美难以估价,
难怪晋代的张翰不肯留在洛京。
前几天诵读你写的清水吟,
我胸中突然垒起了百尺愁城。
我拖儿带女奔走在污浊的仕途,
一生光阴已经一半儿白扔。

清风明月给人美的感受没有边际,
晚年我愿作山中侯隐居泉林。
你的诗写出了渔人的逸兴高致,
眼前展现出我美好的老年光景。
清泉和钓鱼船虽然还未得到,
读罢诗也让我将忧愁暂且忘个干净。

和邵尧夫安乐窝中职事吟①

司马光

【作者简介】

　　司马光(公元1019—1086年),字君实,号迂夫,晚号迂叟,陕州夏县(今属山西)人。家居涑水乡,世称涑水先生。仁宗景祐五年(公元1038年)进士。历官苏州、武成军签判、馆阁校勘、并州通判、开封府推官等。嘉祐六年(公元1061年)迁起居舍人同知谏院。神宗即位,诏为翰林学士。熙宁三年(公元1070年),因与王安石政见不合,出知永兴军,改判西京留司御史台。六年,以端明殿学士兼翰林侍读学士居洛阳,以十余年时间全力致志于历史巨著《资治通鉴》的编写。哲宗元祐元年(公元1086年),拜左仆射兼门下侍郎,主持国政。当政仅八个月,病卒。赠温国公,谥文正。有文集八十卷,杂著多种。存诗十四卷。诗多唱酬赠答、怀古纪游、写景咏物之作,时有佳篇妙句。其所作《续诗话》,品评诗歌,颇有见解。

【题解】

　　本诗是神宗朝作者居洛倾全力编撰《资治通鉴》期间所作,和邵雍(字尧夫)《安乐窝中吟》十三首中的第一首。诗中赞美了邵氏淡泊恬静的胸襟,同时亦寓有自许之意。作者又以欣赏的笔调,描写邵氏悠闲清雅的隐居生活之乐,诗末点出自己日以著书为事,忙碌于案牍之间,受到邵氏诗篇的感染,忙里偷闲偶一登楼,以享受大自然美丽的赐与。其间还翻用了自己的诗句,亦寓有对邵氏的期盼之情。

【原诗】

　　灵台无事日休休②,安乐由来不外求。细雨寒风宜独坐,暖天佳景即闲游③。松篁亦足开青眼④,桃李何妨插白头。我以著书为职业⑤,为君偷暇上高楼⑥。

注释

　　①邵尧夫:北宋著名理学家邵雍(公元1011—1077年),字尧夫,仁宗皇祐元年(公元1049年)定居洛阳,以教授生徒为业。司马光神宗朝居洛时与之相识,并成为莫逆之交,多唱酬赠答的诗篇。《安乐窝中职事吟》原题作《安乐窝中吟》,共十三首,司马光和其第一首,原诗有:"安乐窝中职分修,分修之外更何求",后人遂题为《安乐窝中职事吟》。安乐窝:仁宗嘉祐七年(公元1061年),西京留守王拱辰就洛阳天宫寺西天津桥南五代节度使安审琦故宅基建屋三十间,为雍新居,因名"安乐窝",自号安乐先生。职事:职事官,宋沿唐制,官员之有执掌者称职事官,此处为戏称。

　　②灵台:谓心,《庄子·庚桑楚》:"不可内(纳)于灵台。"《释文》:"郭(象)云:'心也。案,谓心有灵智能任持也。'"休休:安闲貌。《诗·唐风·蟋蟀》:"好乐无荒,良士休休。"毛传:"休休,乐道之心。"

　　③细雨二句:写邵雍日常游处之乐。邵雍《安乐窝中打乖吟》有"重寒盛暑多闭户,轻暖初凉时出街"之句,司马光和诗云"长掩柴扉避寒暑,只将花卉记冬春",又《和邵尧夫秋霁登石阁》诗自注云:先生冬夏俱不出。

　　④篁(huáng):竹的通称。青眼:用晋阮籍青白眼典故。《世说新语·简傲》注引《晋百官名》说阮籍不拘礼敬,能为青白眼。见礼俗之士,以白眼对之。嵇康赍酒挟琴来访,籍大悦,乃对以青眼。

　　⑤我以句:司马光居洛十五年,全力致志于《资治通鉴》的编撰,故云。

　　⑥为君句:邵雍《安乐窝中吟》十三首其一末二句"因思平地春言语,使我尝登百尺楼"自注:司马君实(司马光字)有诗云:"始知平地上,看不尽青春。"此句"上高楼"即为看春色。

【今译】

　　心灵宁静无事天天都一样悠闲,
　　安乐从来不必到身外去谋求。
　　细雨寒风的时日宜于独自静坐,
　　天气和暖景色佳丽就出外闲游。
　　松竹苍翠足以令人双眼愉悦,

艳美的桃李花又何妨插在白头。
我把著书当作自己的职业,
为了盼待你共赏春色我偷暇登上高楼。

和君贶题潞公东庄^①

司马光

【题解】

司马光因与王安石政见不合,自神宗熙宁四年(公元1071年)即退居洛阳。元丰五年(公元1082年)宰辅名臣文彦博(潞国公)、富弼(韩国公)等人,也因反对新法致仕居洛。文彦博远慕白居易九老会结社吟诗的雅事,集洛阳年德俱高的士大夫十三人为"耆英会",并建"耆英堂"绘像其间。司马光、王拱辰(字君贶)均为会中人。这首诗是和作,王拱辰原诗已佚。诗的前半写景,后半抒情。作者从大处落墨,把潞公的居第放在嵩山千重雪、伊浦一片天的壮阔背景中来写,由远及近,描绘了一个依山傍水的宁静庄园,令人神思超越尘俗。后半篇却笔锋突转,撇开隐居生活的进一步刻画而侃然阐发议论,说国之大厦须柱石支撑,文、富等人正是国之栋梁,作者又以渡河为喻,说明他们经邦济世的宏图必得倚仗君王方能实现。但可悲可叹的现实却是:潞公虽曾像萧何一样为君王的左右手,如今却被投闲置散,只能满足于庄园的宴游之乐,此中对神宗深含讽喻。诗中亦借他人酒杯浇自家块垒,表达了司马光被迫闲居的幽愤心情。全诗起伏跌宕,用意深远,写景抒情都很出色。

【原诗】

嵩峰远叠千重雪^②,伊浦低临一片天^③。百顷平皋连别馆^④,两行疏柳拂清泉。国须柱石扶丕构^⑤,人待楼船济巨川^⑥。萧相方如左右手^⑦,且于穷僻置闲田^⑧。

注释

①君贶(huàng):王拱辰(公元1012—1085年),旧名拱寿,仁宗赐今名,开封

咸平(今河南通许)人。仁宗天圣八年(公元1030年)进士。历官至翰林学士承旨兼侍读、三司使等。司马光与之有交谊,多寄赠唱和之作。潞公:文彦博封潞国公,详见前文彦博诗附小传。东庄:文彦博洛阳居第。《蒙斋笔谈》:"文潞公居第不甚宏大,晚得其旁隙地数亩为园,号'东田'。"

②嵩(sōng)峰:中岳嵩山,五岳之一,在河南登封县北。叠,原本作"迭",据别本改。

③伊:伊河、伊川,水名,出河南卢氏县东南,东北流经嵩县、伊川、洛阳,至偃师,入洛河。浦:水滨。

④平皋(gāo):水边平地。皋,水岸。别馆:别墅。

⑤丕(pī)构:犹言大厦。丕,大。

⑥楼船:有叠层的大船。济:渡。巨川:大河。

⑦萧相句:以萧何比喻文彦博。沛人萧何(?—公元前193年)佐刘邦(汉高祖)建立汉王朝,为第一功臣,汉律令典制,多其制定。左右手:比喻得力的助手,《史记·淮阴侯传》:"人有言上曰:'丞相(萧)何(逃)亡。'上(汉高祖)大怒,如失左右手。"

⑧且于句:《史记·萧相国世家》:"何置田必居穷处,为家不治垣屋。"此处借喻潞公置田建屋于荒僻之地。

【今译】

　　遥远的嵩山堆千重白雪,
　　低低的伊水映一片蓝天。
　　水滨百顷田地连接着别墅,
　　两行疏落的柳枝拂动清泉。
　　国之大厦正须柱石般的重臣支撑,
　　谁想渡过大河必得凭借高大楼船。
　　潞公像萧相国一样曾是左右臂膀,
　　如今却在荒僻的村野造屋买田。

闲　居

司马光

【题解】

　　此诗是作者退居洛阳时所作。前二句对世情看冷暖、人面逐高低的浇薄风气深致感慨。后二句借童仆的慵懒写出自己倦怠的心情,以及与世疏隔的落寞情怀。

【原诗】

　　故人通贵绝相过①,门外真堪置雀罗②。我已幽慵童更懒③,雨来春草一番多。

【注释】

　　①通贵:全都显贵。通,全部。绝,断。相过:来往、过从。
　　②门外句:用汲郑典,谓门庭冷落,来客绝少,至能张罗捕雀。《史记·汲郑传》太史公曰:"始翟公为廷尉,宾客阗门;及废,门外可设雀罗。"
　　③幽慵:沉静而慵倦。

【今译】

　　老朋友全都显贵,断绝了跟我来往,
　　门外冷落得真可以捕雀张罗。
　　我已沉静慵倦,童仆还更懒惰,
　　雨来时一任春草长得多多。

野　轩①

司马光

【题解】

　　本诗描写了作者居洛时古朴、单纯的田园生活之乐,以及隐士装束透出的林下风味。后二句连用两个农夫的典故,来表现作者在村野居室中的宁静心境。

【原诗】

　　黄鸡白酒田间乐,藜杖葛巾林下风②。若更食芹仍暴背③,野怀并在一轩中④。

【注释】

①野轩：村野中的居室。轩，堂之前沿，外周以廊，也指长廊或小室，此处泛指房屋。

②藜(lí)杖：用藜的老茎制成的手杖。葛巾：以葛布制成的头巾。林下风：谓隐士的风度。林下，指山林退隐之所。

③食芹暴(曝 pù)背：《列子·杨朱》："昔者宋国有田夫……自曝于日，……顾谓其妻曰：'负日之暄(暖)，人莫知者，以献吾君，将有重赏。'里之富室告之曰：'昔人有美戎菽、甘枲茎、芹萍子者，对乡豪称之。乡豪取而尝之，蜇于口，惨于腹，众哂而怨之，其人大惭。'"嵇康《与山巨源绝交书》："野人有快炙背而美芹子者……"仍，更。曝，晒。

④野怀：村居的心情、兴味。

【今译】

黄鸡白酒足以使田间生活快乐，
手持藜杖头戴葛巾萧然有隐士之风。
如果再学农夫吃芹菜又晒背，
村居的情味就都在我这野屋中。

闲 居

司马光

【题解】

本篇描写作者闲居洛阳的生活情景，全诗语言十分灵动，如"伐木添山色，穿渠擘水声"二句，"添"字和"擘"字用得很讲究，活画出经过作者整理后、更添秀美的山色和动听的水声。"经霜"两句则道出村居生活真切的体验和由此产生的愉悦心情。扫叶迎邻翁的描写，显示了作者隐居之所断绝车马行迹的幽静，以及作者待客的诚挚、热情。清美的语言从作者笔下自然流出，勾勒了一幅幅生动的村居图画。

【原诗】

闲居虽懒放，未得便无营①。伐木添山色，穿渠擘水声②。经霜收芋美，带雨接花成。前日邻翁至，柴门扫叶迎③。

【注释】

①营:经营。
②穿渠:犹言开渠。擘(bò):分。
③柴门句:杜甫《客至》诗:"花径不曾缘客扫,蓬门今始为君开。"此处化用其意。柴门:用柴作的门,言其简陋。

【今译】

闲居虽然慵懒而疏放,
但不能什么也不去经营。
砍伐枯朽的树木山色更添苍翠,
开凿清渠分来泉水淙淙的乐声。
经霜后收获的芋头味道甜美,
细雨中嫁接花木更容易功成,
前天邻家的老翁来到这里,
我扫除落叶打开柴门将他欢迎。

别长安①

司马光

【题解】

神宗熙宁三年(公元1070年),作者因与王安石政见不合,出知永兴军,怏怏不得志。不久,改判西京留守御史台。此诗为告别长安时所作。长安系汉唐故都,宋人诗词中常以之借喻宋都城,本诗字面上抒写对终南山色的留恋,实则表现了对北宋都城亦即朝廷的深深眷念,言近而指远。

【原诗】

暂来还复去,梦里到长安。可惜终南色②,临行子细看③。

【注释】

①长安:北宋时为永兴军治所。

②终南:终南山,秦岭山峰之一,在陕西西安市南,又称南山。
③子细:即"仔细"。

【今译】
　　短时间来到此地又要离去,
　　今后只有梦里能回到长安。
　　我多么留恋终南山青翠山色,
　　临行时再仔细地看上一看。

暮春同刘伯寿、史诚之饮宋叔达园①

司马光

【题解】
　　这首诗描写在宋道园林的宴饮。首二句以飞絮成团、青梅小小的眼前景物突现暮春风光,由此引出无限惜春情意,再进入宴饮的叙述。诗中绘出宋道园庭得自然山水之趣,而宴会上嫩蔬鲜果之美,衬托了宾主神仙中人的绝俗风采,诗中又抒发了对友情的珍视。末二句让仆人随意解下良马的鞍鞯,亦见出马主人解职后的自由不羁。

【原诗】
　　絮狂飞作团,梅小不多酸。共惜春余好,更穷今日欢②。清流入花底,翠岭出林端。嫩笋玉紫箸③,新樱珠照盘。邀迎喜客易,会合故人难。寄语门前仆,骅骝任解鞍④。

注释
　　①刘伯寿:刘几(公元1008—1088年)字伯寿,洛阳人。仁宗朝进士。曾任邠州通判、宁州知州。神宗时知保州,治状为河北第一,还为秘书监致仕,隐居嵩山玉华峰下,号玉华峰主。为文彦博组织的"耆英会"成员之一。史诚之:作者友人,生平未详。宋叔达:宋道(公元1014—1083年)字叔达,河南府(今河南洛阳)人。登进士第,为益州节度推官,迁原州通判。历官至开封府推官,知同州。与兄宋迪(字复古)均为著名画家。
　　②穷:尽。

③箸(zhù):同"筯",筷子。

④骅(huá)骝(liú)句:为"任解骅骝鞍"的倒文。骅骝,赤色骏马,亦名枣骝,此泛指良马。

【今译】
　　轻狂的柳絮在风中飞成一团团,
　　枝头青梅还小没有许多酸。
　　大家都爱惜这最后的美好春光,
　　更要在今天尽情地游宴同欢。
　　清清溪水流进了花丛,
　　青葱的山岭露出在树林上端。
　　竹笋鲜嫩像碧玉萦绕筷底,
　　新摘樱桃如颗颗红珠光照金盘。
　　邀请嘉宾宴饮固然容易,
　　会合老朋友聚首却是很难。
　　传语给门前的仆人:
　　且随意解下良马的雕鞍!

久雨效乐天体①

司马光

【题解】
　　白居易晚年退居洛阳,号醉吟先生,所作多闲适诗,或写身边琐事,或抒知足保和的道理和怡然自乐的心情,司马光此篇仿效其作。诗中写雨后新凉的喜悦,闲居生活的慵懒及自足自乐的心境。篇末以朝中大臣正忧国事,决然不能享此清悠作结。陈衍评曰:"显宦退居,措语得体。"其实篇末深寓"身在江湖之上,心存魏阙之下"的意味,正见其未能真正忘怀国事。

【原诗】
　　雨多虽可厌,气凉还可喜。欲语口慵开②,无眠身懒起。一榻有馀宽③,一饭有馀美。想彼庙堂人④,正应忧燮理⑤。

> 注释

①乐天体:指白居易式的通俗的闲适小诗。
②口慵开:别本作"言慵开"。
③榻(tà):狭长而低的坐卧用具。
④庙堂人:指朝中大臣。庙堂,宗庙明堂,此处指朝廷。
⑤燮(xiè)理:协调治理。《书·周官》:"立太师太傅太保,兹惟三公,论道经邦,燮理阴阳。"《传》:"此惟三公之任,佐王论道,以经纬国事,和理阴阳。"

【今译】

久雨不止虽然可厌,
天气清凉又还可喜。
想说话却倦于开口,
睡不着,身子懒怠爬起。
一张小榻容身已觉宽余,
一顿家常饭美味无比。
想起那些朝中大臣,
正在忧念国事忙于调协治理。

南园饮罢,留宿诘朝,呈鲜于子骏、范尧夫彝叟兄弟①

司马光

【题解】

　　此诗抒写居洛时留宿南园的感受。先写因园林偏僻,青草生遍,使人觉得春日已深,再写久雨初停,夜凉袭人,不由得感到衣单身寒。夜半酒醒,卧对满窗皓月,看万象俱寂,听群动皆息,此时的月下清景如同玉壶冰一般明洁,作者浸润其间,心灵也正一样地明洁,这是诗人借景喻怀。作者因与王安石政见不合,以致无法存身朝廷而最终闲居洛阳。他在《自题画像》诗中感慨说："居然不可市朝住,骨相天生林野人。"但他一直坚持自己的政见,不肯苟且迎合,以玉壶冰自况正见其高洁品格。此诗艺术上未见特别出色,以含蕴深婉启人深思。

【原诗】
园僻青春深,衣寒积雨阕②。中宵酒力散,卧对满窗月。旁观万象寂③,远听群动绝④。只疑玉壶冰⑤,未应比明洁⑥。

【注释】
①南园:洛阳某处园林。或说即司马光洛阳府第花园。诘(jié)朝:次晨。鲜于子骏;鲜于侁(shēn)(公元1019—1087年)字子骏,阆州(今四川阆中)人。仁宗景祐五年(公元1038年)进士,历官至集贤殿修撰。范尧夫(公元1027—1101年):范仲淹次子,仁宗皇祐元年(公元1049年)进士。哲宗朝曾拜相。彝叟:范仲淹第三子纯礼(公元1031—1106年)字,曾以龙图阁直学士知开封府,擢尚书右丞。

②阕:终,止。
③万象:指自然界的一切事物、景象。
④群动:各种动物,陶渊明《饮酒》诗:"日入群动息,归鸟趋林鸣。"
⑤玉壶冰:比喻晶莹、澄澈、高洁。鲍照《代白头吟》:"直如朱丝绳,清如玉壶冰。"王昌龄《芙蓉楼送辛渐》诗:"洛阳亲友如相问,一片冰心在玉壶。"
⑥未应:别本作"未足"。

【今译】
园林偏僻长满青草但觉春日深深,
多日积雨停歇后,寒气袭人衣裳。
半夜里酒力散尽我辗转不寐,
卧对满窗银色的月光。
近看四周景象一派沉寂,
远听各种动物也已悄无声响。
我真疑心玉壶中晶莹的清冰,
也不会比这景象更澄净明亮。

和邵尧夫年老逢春①

司马光

【题解】

　　邵雍写有《年老逢春》诗十三首,此和其第一首韵。邵雍的原诗固然也对年华流逝、时序更迭发出叹息,主旋律却是平和恬静的。司马光此篇则充满"美人迟暮"、"岁不我予"的怃然之慨,并写出闲居生活中百无聊赖的心境。只有末二句以盼望友人前来谈笑,辞情显得稍稍开朗。作者在《独步至洛滨》诗中虽表明:"紫衣金带尽脱去,便是林间一野夫",实际上被迫离开朝廷,他内心深处是很痛苦的,因而在这首普普通通的酬和诗中,也不由自主地流露出来。

【原诗】

　　年老逢春春莫咍②,朱颜不肯似春回。酒因多病无心醉,花不解愁随处开。荒径倦游从碧草③,空庭懒扫自苍苔④。相逢谈笑犹能在,坐待牵车陌上来⑤。

注释

　　①邵尧夫:邵雍,字尧夫,见前《和邵尧夫安乐窝中职事吟》注①。
　　②咍(hāi):嗤笑。
　　③从:任从、任随。
　　④懒扫:别本作"慵扫"。
　　⑤坐待句:谓等待邵雍乘车前来,司马光《邵尧夫许来石阁久待不至》诗云"林间高阁望已久,花外小车犹未来",《宋史》邵雍本传说他"出则乘小车,一人挽之,惟意所适。士大夫家识其车音,争相迎候"。

【今译】

　　年纪老大又逢春天,
　　春天呵,你不要嘲笑人已老年,
　　青春的容颜本不肯

像春天一样总是返回人间。
因为多病,我早都无心醉饮,
不解愁的花儿却随意开得鲜艳。
厌倦了漫游,任碧草长满荒芜的小径,
空寂庭院懒得清扫,由它青苔生遍。
只有和你相见谈笑能令我常觉欣慰,
我等待你乘车从大路来到我面前。

华严真师以诗见贶,聊成二章纪其趣尚①(二首)

司马光

【题解】

　　这首诗赞美了华严真师随缘自适的人生态度,说他只求一榻容身,而不管人间尘世多么宽广,也就是说他已彻底弃绝一切尘俗的欲念而专心向道。陈衍评曰:"不忮(zhì 嫉恨)不求,诗人之旨也,(《诗·邶风·雄雉》:'不忮不求,何用不臧(善)?')然推到世界,自是对释家言。"

其　一

【原诗】

　　知是随缘处处安②,一身温饱不为难。禅房窄小方容榻③,此外从他世界宽④。

注释

①华严真师:对僧人的尊称。华严:华严宗,佛教宗派名,又名法界宗、贤首宗。此宗以《华严经》为法典,出现于南朝陈、隋之际,与三论、天台、净土、法相等宗对峙。此处泛指佛教。真师:道家佛家对得道者的尊称。贶(huàng):赠。纪:同"记"。趣尚:志趣好尚。

②随缘:佛家语。外界事物皆自体感触,谓之缘;应其缘而动作,称随缘。
③禅房:僧人居住的地方。
④世界:指红尘俗世,相对佛家的清虚之地而言。

【今译】

　　你知足随缘到处心中安然,
　　求得自身温饱本来并不困难。
　　禅房窄小只能放下一张卧榻,
　　你别无所需心足意满,
　　任随红尘俗世有多么热闹,
　　也任随它有多广多宽。

其　二

【题解】

　　诗中描绘了华严真师华发青眸、炯炯有神的老者形象,且说明他之所以能长葆生命的青春,在于从未去游学游宦,也从没有案牍车马之劳顿,心中宁静无求,也就能自由自在一无拘碍。字里行间透露了作者羡慕和敬仰的感情。

【原诗】

　　素发青眸七十余①,未尝游学只安居②。旁无几杖身轻健③,应为心闲得自如④。

【注释】

　　①素发:白发,谓发白如素丝。青眸:犹"青瞳",形容眼睛黑白分明有神采。唐贯休《天台老僧》:"白发垂不剃,青眸笑更深。"
　　②游学:出外求学。
　　③几:几案,书案。
　　④自如:自由无碍。

【今译】

　　你七十多岁白发青瞳神采奕奕,

从未出外求学,只在佛寺安心居住。
旁边没有几案手杖,身体轻捷康健,
总因心中宁静无求才能这样自如。

客中初夏

司马光

【题解】

宋蔡正孙《诗林广记》后集卷十题此诗为《居洛初夏作》。诗中描写初夏雨霁的种种景象。"南山当户转分明"句真切地绘出雨后更加清晰的山容,且含有陶渊明《饮酒》诗"举头见南山"自然闲雅的意味。后二句借物言志:柳絮本性轻狂随风飞舞,为作者所鄙,这里隐约地表明作者绝不肯趋时附势的坚强意志。"惟有葵花向日倾"句化用杜甫诗句,含义更深。作者一贯以国家社稷为重,耿耿孤忠,日月可鉴,生性如此,难以改变。他在《初到洛中书怀》诗中说"所存旧业惟清白,不负明君有朴忠",正可作为此句的注脚。这首小诗借眼前景物吐露心曲,深得蕴藉之致。

【原诗】

四月清和雨乍晴,南山当户转分明。更无柳絮因风起①,惟有葵花向日倾②。

注释

①更无句:化用谢道韫诗句。《晋书·列女传》:"王凝之妻谢氏,字道韫,安西将军奕之女也。……俄而雪骤下,(谢)安曰:'何所拟也?'安兄子朗曰:'散盐空中差可拟。'道韫曰:'未若柳絮因风起。'安大悦。"

②惟有句:杜甫《自京赴奉先县咏怀五百字》:"葵藿倾太阳,物性固莫夺",此化用其意。

【今译】

四月里雨初晴天气温和清朗,

当门的南山变得更加葱翠明晰。
再也看不见随风飞舞的轻薄柳絮,
只有坚强的葵花向着太阳挺立!

句(三条)

司马光

一

松声工醒酒,泉味最便茶。

【注释】

此二句出自《和何济川汉州西湖杂咏》五律诗十七首第十首《清燕亭》,原诗云:"波澄荫群木,永日湛清华。碧篆静秋色,白蘋低晚花。松声工醒酒,泉味最便茶。外事付丞掾,无妨风景佳。"工:擅长,善于。便:适宜。

【今译】

松涛声独善于醒人酒意,
山泉水最适宜烹煮清茶。

二

登山置酒延邹湛,上马回鞭问葛强。

【注释】

此二句出自《奉和始平公忆东平》二首其一,原诗云:"相印东临汶水阳,两看春叶与秋霜。登山置酒延邹湛,上马回鞭问葛强。黐竹低垂寒滴翠,露荷相倚净交香。宵衣深念长城固,肯待从容傲醉乡。"延:请,招待。邹湛:字润甫,西晋新野(今属河南)人。少以文学知名,仕魏为太学博士,泰始间历征南从事中郎,深为羊祜所器重。此处借指文学之士。葛强:晋征南将军山简的部将,在襄阳常陪山简宴饮。《晋书·山涛传》附《山简传》载,山简镇襄阳,常在习家池上醉饮,"时有儿童歌曰:'山公出何许?往至高阳池。日夕倒载归,酩酊无所知。时时能骑马,倒著白接䍦。举鞭问葛强:何如并州儿?'(葛)强家在并州,(山)简爱将也。"此处借指门下宾客。

【今译】
　　登上山冈安排酒席，
　　延请文学之士像礼待邹湛一样，
　　跨马扬鞭回问门客，
　　主人风采像不像幽并儿葛强？

三

　　云低秦野阔，木落渭川长。

注释
　　此二句出自《重过华下》，原诗云："昔辞莲幕去，三十四炎凉。旧物三峰雪，新悲一镊霜。云低秦野阔，木落渭川长。欲问当时事，无人独叹伤。"秦：指今陕西一带。渭川：渭河，黄河主要支流之一，源出甘肃渭源县北鸟鼠山。

【今译】
　　白云低飞秦地平野愈显广阔，
　　木叶凋尽渭河水流更觉绵长。

短　槐

刘　敞

【作者简介】
　　刘敞（公元1019—1068年），字原父，或作原甫，新喻（今江西新余）人，号公是，与弟刘攽、子刘奉世称"三刘"。仁宗庆历六年（公元1046年）进士第二。累官至知制诰、翰林侍读学士等。英宗朝改集贤院学士，判南京御史台。《宋史》本传称其"学问渊博，自佛老、卜筮、天文、方药、山经、地志，皆究知大略"。精于《春秋》之学，善诗。与梅尧臣、欧阳修交谊很深，多有赠答唱和之篇，与王安石也有诗歌往还。有《公是集》《春秋权衡》等著作。

【题解】

　　陈衍评此诗为"自谦之词",诗中以低矮的槐树比喻自己才不称位、空妨贤路。后二句以僧人请人绘槐作画屏,暗喻受到朝廷重视的情况。刘敞历仕仁、英两朝,政绩卓著,以短槐自比,足见其谦逊美德。

【原诗】

　　蹒跚不称三公位①,偃蹇空妨数亩田②。只有僧人偏爱惜,倩人图画作春屏③。

注释

　　①蹒跚(pán shān):本谓跛行貌,此处形容槐树低矮姿态不美。三公位:周时朝廷前植三槐九棘,朝会时公卿大夫分别位于槐、棘下。后遂以三公称辅弼大臣。《周礼·称官·朝士》:"面三槐,三公之位焉。"
　　②偃蹇(yǎn jiǎn):屈曲貌。淮南小山《招隐士》:"桂树生兮山之幽,偃蹇连蜷枝相缭。"
　　③倩(qìng):请人代作某事。春屏:绘有春景的画屏。

【今译】

　　低矮的槐树配不上三公的地位,
　　枝干盘曲白白占据了几亩宽的中庭。
　　只有僧侣偏偏还将它爱惜,
　　请人绘成春景做一扇画屏。

微雨登城

刘　敞

【题解】

　　首句点题,把秋雨如丝似有若无、映衬寒空的景观描绘得十分真切。次句抒写登楼望远的闲逸情致。第三句将微雨中山色明暗相间、有深有浅、树木错落不齐、或高或低的清疏景色,用极其简炼的笔法勾勒出来。末句以赞美江南风景淡远如水墨画作结,引人遐想。其实全诗也正像一幅有声的水墨图,得画家三昧。

【原诗】
　　雨映寒空半有无,重楼闲上倚城隅①。浅深山色高低树,一片江南水墨图②。

注释
　　①重楼:层楼,高楼。城隅(yú):城角。隅,角落。
　　②水墨图:专用水墨而不施彩色的画,创自唐代王维。

【今译】
　　微雨如丝似有若无,
　　映衬得秋日寒空一片迷离,
　　我安闲地登上高楼,
　　为饱览景色斜倚城隅。
　　细雨中山色有明有暗深浅不同,
　　树丛错落或高或低,
　　这真是一幅江南水墨图画,
　　不着彩色而清淡美丽。

勿去草①

杨　杰

【作者简介】
　　杨杰,字次公,自号无为子,无为军(州治在今安徽无为)人。仁宗嘉祐四年(公元1059年)进士。历官太常博士、礼部员外郎、两浙提点刑狱。著有文集二十余卷,《乐记》五卷,已佚。《全宋诗》录其诗一卷。

【题解】
　　此诗借题发挥,抒写对世态人情的不满。诗中化用汲郑典故,对翻云覆雨的浇薄世风深表痛恨,并以人的无情和草的有情作一强烈对比。诗中又化用淮南小山《招隐士》及白居易《赋得古原草送别》诗句意,且对世人作出劝喻,点明"勿去草"的主旨,前后呼应。全诗"用意甚深厚"(陈衍评语),虽多议论,但以故为新,于平易处见奇,亦颇醒人耳目。

【原诗】

勿去草[2],草无恶[3],若比世俗俗浮薄[4]。君不见,长安公卿家,公卿盛时客如麻;公卿去后门无车[5],惟有芳草年年加[6]。又不见,千里万里江湖滨,触目凄凄无故人,惟有芳草随车轮[7]。一日还旧居,门前草先除。草于主人实无负,主人于草宜何如[8]?勿去草,草无恶,若比世俗俗浮薄。

注释

①《全宋诗》编者按:"此诗一作王安石诗。"
②去草:犹言"除草"。
③恶:罪过。
④世俗:世间通行的风俗习惯。
⑤君不见三句:用汲郑典,详见前司马光《闲居》注②。公卿:泛指达官贵人。
⑥加:犹言"生长"。
⑦又不见三句:淮南小山《招隐士》:"王孙游兮不归,春草生兮萋萋。"白居易《赋得古原草送别》:"离离原上草,一岁一枯荣。……远芳侵古道,晴翠接荒城。……"此处化用以上句意。凄凄:同"萋萋",茂盛貌。
⑧宜:应当。

【今译】

不要铲掉青草,
青草没有罪过,
用它来比世俗人情,
世俗更加显得浮薄。
难道你没有听说
长安达官贵人的居所,
主人得势时宾客盈门有如乱麻,

主人失势后门前再没车马经过,
唯有芳草年年依旧生长许多。
难道你没有看见
走在千里万里的江湖之滨,
满目是萋萋芳草却不见了故人,
唯有芳草多情地跟随着车轮。
有朝一日返回故居,
门前先把青草除去。
草对主人实在没有辜负,
主人对草又应当何如?
不要铲掉青草,
青草没有罪过,
用它来比世俗人情,
世俗更加显得浮薄。

和穆父待制竹堂①

杨 杰

【题解】

钱勰(xié),字穆父,哲宗朝曾任龙图阁待制,写有《竹堂》诗,原诗已佚,杨杰此篇为和作。诗中赞誉主人公继承了会稽王羲之家族爱竹的遗风,"傍竹为堂",并以青竹的君子之节比喻其高尚,把历史故事与眼前现实相勾连,引发人悠远的想象。诗中又写出竹林延客的清雅情趣,并借"莫夹桃花引蜂蝶",劝喻主人公不要理会那些夤缘攀附的势利小人。篇末用庄子典故,意含双关地称美竹子与其主人不同凡响的流品。

【原诗】

会稽风土竹相宜②,傍竹为堂趣尚奇。内史旧居经几代?此君高节似当时③。林无暑气客频到④,笋过邻墙僧不知。莫夹桃花引蜂蝶,实成须与凤凰期⑤。

> 注释

①穆父:钱勰(公元1034—1097年)字穆夫,行四,吴越王后裔,惟演从孙。历官中书舍人、龙图阁待制、翰林学士、知制诰兼侍读等。与苏轼交谊颇深。

②会稽:今浙江绍兴。

③内史二句:用东晋王羲之(公元303—361年)及其子王徽之事。王羲之世居会稽,官至右军将军、会稽内史。其子王徽之(字子猷)爱竹成僻,《世说新语·任诞》:"王子猷尝暂寄人空宅,便令种竹。或问:'暂住何烦尔?'王啸咏良久,直指竹曰:'何可一日无此君!'"内史旧居,借指钱勰家宅。

④林无:暗用竹林七贤故事。三国魏末,阮籍、嵇康、山涛、向秀、阮咸、王戎、刘伶相与友善,常宴集于竹林之下,时人号为竹林七贤。

⑤实成句:用庄子典故。《庄子·秋水》:"惠子相梁,庄子往见之。……曰:'南方有鸟,其名为鹓雏(凤凰)'……非梧桐不止,非练实(竹实)不食,非醴泉不饮。实:指竹实,竹子所结的实,状如小麦,又名竹米。

【今译】

绍兴的风土真与竹子相宜,
竹林边建堂你崇尚清奇的情致。
内史王羲之的旧居经历了多少朝代?
青竹的高风亮节依然一如当时。
林中没有暑气,雅客频频前来,
竹笋长过邻墙,僧侣却阒然不知。
不要夹种轻薄的桃花招蜂引蝶,
竹米成熟须等待凤凰来食。

乙亥冬①,富春先生以老儒醇师居我东斋②,济北张洞明远③、楚丘李缊仲渊,皆服道就义④,与介同执弟子之礼,北面受其业⑤,因作百八十二言相勉

石介

【作者简介】

石介(公元1005—1045年),字守道,一字公操,兖州奉符(今山东泰安东南)人。尝讲学于徂徕山下,学者称徂徕先生。仁宗天圣八年(公元1030年)进士。历郓州、南京推官,又曾代父为嘉州军事判官,后入为国子监直讲,擢直集贤院,不久通判濮州,未赴而卒。《宋史》本传称其"笃学有志尚,乐善疾恶,喜声名,遇事奋然敢为"。石介为宋代理学的先驱者之一,推崇韩愈,反对西昆派诗文,著《怪说》以攻之,然其重道轻文的倾向很明显。诗歌道学气也很重,艺术上多不足取。有《徂徕先生文集》。

【题解】

宋代理学的发轫者是孙复、石介等人。孙复举进士不第,退居泰山,石介师事之。本诗称赞孙复"道德如韩孟",并写出张洞、李缊与作者自己不同流俗的胸怀、见解,以及尊孙复为师,北面受业的情况。诗中还表现了他们宗经明道,以复兴儒学为己任并拟用之经世济时的主张和抱负。全诗写得气势磅礴,热情洋溢,但道学气过于浓重,缺少诗歌美的特质。后来石介、孙复担任国子监直讲,在他们的倡导下,形成了以言理为高,鄙薄辞章,重道轻文的写作倾向,形成一种食古不化、艰涩难读的"太学体",为不少有识之士所不满。可见本诗所宣称的主张以及他们后来的实践,是相当偏颇的。

【原诗】

凤凰飞来百鸟随⑥,神龙游处群鱼嬉。先生道德如韩孟⑦,四方学者争奔驰。济北张洞壮且勇,楚丘李缊少而奇。二子磊落颇惊俗⑧,泰山石介更过之⑨。三人堂堂负英气,胸中拳挛蟠蛟螭⑩。道可服兮身可屈⑪,北面受业尊为师。先生晨起坐堂上,口讽大易春秋辞⑫。洪音琅琅响齿牙⑬,鼓簧孔子与宓羲⑭,先生居前三子后,恂恂如在汾河湄⑮。续作六经岂必让⑯?焉无房杜廊庙资⑰。吁嗟斯文敝已久⑱,天生吾辈同扶持。二子勉旃吾不惰⑲,先生大用终有时⑳。当以斯文施天下,岂徒玩书心神疲。

注释

①乙亥:仁宗景祐二年,公元1035年。

②富春先生:东汉严光曾隐于富春山,在富春江垂钓,此借指孙复(公元992—1059年)隐于泰山。孙复字明复,晋州平阳(今山西临汾)人。举进士不第,退居泰山。治《春秋》,为时人推重,石介等师事之。庆历二年(公元1042年),以范仲淹、富弼荐,累官至国子监直讲、殿中丞。东齐:指泰山一带。

③济北:今山东长清县南。张洞:字明远,生平未详。石介《招张洞明远》诗云:"君言下第我西飞,执手都门泪满衣。万里得归头半白,经年相别道应肥。……暂到东山慰愁抱,春秋之学说深微。"可见他是一位不得志的儒士。洞:别本作"泂"。仁宗时另有一张洞,字仲通,祥符(今河南开封)人。

④楚丘:泛指江南。李缊:字仲渊,生平未详。石介《寄李缊仲渊》诗说他"三十青衫得一尉",又说"一日得罪系滁州"。另有《永伯仲渊在狱作九十二言伤之》诗。缊:原本作"温",据别本改。就义:归向仁义。《庄子·列御寇》:"故其就义若渴者,其去义若热。"

⑤北面受业:谓老师坐北朝南讲课,弟子听讲。

⑥凤凰句:俗话有"百鸟朝凤"之说。凤凰,传说中鸟名,此处比喻孙复。

⑦韩孟:韩愈、孟轲。唐韩愈提倡复兴儒学,并以孟轲的直接继承者自居。

⑧磊落:指人洒脱不拘,直率开朗。

⑨泰山:徂徕山在今山东泰安东南,为泰山支脉,故云。

⑩拳挛:郁结不舒。蟠(pán):盘伏、屈曲。蛟螭(chī):蛟龙。螭,传说中无角的龙。

⑪身可屈:谓屈身师事孙复。

⑫讽:讽诵。《大易》:易经,儒家六经之一。《春秋》:相传为孔子据鲁史修订的编年体史书。

⑬琅(láng)琅：清朗、响亮的声音。

⑭鼓簧：犹言"鼓吹"，宣扬。簧：乐器中有弹性的薄片。鼓簧，原本作"故横"，据别本改。宓(fú)羲：传说中古帝名，即"伏羲"，相传他始画八卦。此处代指卜筮之书，即《易》。

⑮恂(xún)恂句：用王通事。《新唐书·王绩传》："兄通，隋末大儒也，聚徒河、汾间，仿古作《六经》，又为《中说》，以拟《论语》。"孙复为临汾人，故以之比拟王通。恂恂：恭顺貌。《论语·乡党》："孔子于乡党，恂恂如也，似不能言者。"汾河：水名，黄河支流，源出山西宁武县管涔山。湄：水草交接处，指水滨。

⑯续作句：参见上注王通事。此处比喻孙复的经学著作。六经：指《诗》《书》《礼》《易》《乐》《春秋》六种儒家经典。让：谦虚。

⑰房杜：唐太宗时名相房玄龄与杜如晦，此处谓孙复有治国之才。廊庙：廊，殿四周的廊；庙，太庙。均为古代帝王和大臣用以议论政事的地方，后因称朝廷为廊庙。资：资质、才具。

⑱吁嗟(xū juē)：叹词，犹言"可叹啊"。斯文：《论语·子罕》："天之将丧斯文也，后死者不得与于斯文也！"文，本指礼乐制度，此处兼指孔孟韩愈之文。敝：败、坏。

⑲勉旃(zhān)：犹言"勉之"。勉，努力。旃，助词，相当于"之"。

⑳先生句：谓孙复将入朝为重臣。《宋史》孙复本传载："(石)介既为学官，语人曰：'孙先生非隐者也。'于是范仲淹、富弼皆言复有经术，宜在朝廷。除秘书省校书郎、国子监直讲。车驾幸太学，赐绯衣银鱼，召为迩英阁祗候说书。"

【今译】

凤凰飞来百鸟全都把它跟随，
神龙游的地方群鱼也来嬉戏。
先生道德高尚像孟轲韩愈一样，
四方学者争做弟子奔驰来到此地。
济北的张洞壮伟而武勇，
江南的李缊年少又奇逸。
二人爽朗豪迈很使俗士惊异，
泰山的石介更加洒脱不拘。
三人堂堂正正颇有英磊之气，
胸中郁结未舒仿佛蛟龙盘屈。
要奉行大道应该不惜躬身，
孙先生坐北朝南被我们尊为业师。

先生早晨起来端坐在堂上,
口里讽诵《大易》《春秋》的书辞。
洪亮的读书声在牙齿间回荡,
宣扬着孔子和伏羲的主张和要义。
先生在前面三个学生跟随在后,
恭敬如汾河边王通的弟子。
先生续作六经又何必谦虚,
难道您没有房杜般治国的才具资质?
可叹孔孟韩愈的学说久已败坏,
天生我辈共同来扶持。
两位同学勤奋努力,我也绝不懒惰,
先生总有一天会大有用于当世。
应该以儒家学说施行天下,
哪里只是玩弄学问白白耗费神思!

答师厚夜归客舍见诒[①]

韩 维

【作者简介】

韩维(公元1017—1098年),字持国,颍昌(今河南许昌)人。亿子,与韩绛、韩缜为兄弟。以父荫为官,父死后闭门不仕。仁宗时以欧阳修荐知太常礼院。英宗时曾任知制诰。神宗时迁翰林院,知开封府。因与王安石政见不合,出为地方官。哲宗朝召为门下侍郎,又出知邓州、汝州,以太子少傅致仕。后又曾定为元祐党人遭到贬谪。曾封南阳郡公,有《南阳集》。

【题解】

这首诗是和作,谢景初(字师厚)原诗已佚。细玩诗意,当是神宗熙宁间与王安石政见不合,出为州郡官时,或哲宗朝致仕后所写。诗中先写作者幽居时心向老庄之学,想要达到"忘言"的境界,其中暗含对现实的不满,以及世罕知音,无人可与言说之意。再写谢景初到来,二人谈得投机,讨论到精微之处连处身的客观世界和时间都忘记了,只听窗外秋风敲竹,不觉夜已深沉寂静。陈衍评此篇"精微处王孟所未及",虽不无溢美,但全诗表现某种人生体验确实非常入神,淡静而深沉。

【原诗】

幽居直欲学忘言②,忍对贤豪遂默然③。谈到精微夜寥閴④,秋风时下竹窗前。

注释

①师厚:谢景初(公元1020—1084年)字师厚,富阳(今属浙江)人,绛子。仁宗庆历六年(公元1046年)进士。官至司封郎中。诒(yí):赠与,通"贻"。

②学忘言:谓学老庄学说,《庄子·外物》:"言者所以在意,得意而忘言。"此处意含双关,还指不愿谈论国事、发表政见。

③忍:怎忍。

④精微:精细隐微。寥閴(liáo qù):空虚寂静。

【今译】

闭门幽居真想学到庄生的忘言,
面对贤豪的友人,又怎忍沉默把口缄。
我们谈到精细隐微的绝妙处,
竟不知夜色已深四下寂然。
唯听得阵阵秋风,
把翠竹轻轻地摇响在窗前。

酴 醾①

韩 维

【题解】

诗中写出作者对酴醾花的特殊喜爱,并写出春归花谢虽则遗憾,但酴醾酒的名称使人感到仿佛还有花的流芳余韵,令人心中仍觉慰藉。叶梦得《石林诗话》说:"韩持国虽刚果特立,风节凛然,而情致风流,绝出时辈。"于此诗可见一斑。

【原诗】

　　平生为爱此香浓,仰面常迎落架风②。每至春归有遗恨,典型犹在酒杯中③。

【注释】

　　①酴醾(tú mí):花名,以色似酴醾酒,故名。张邦基《墨庄漫录》:"酴醾花或作荼蘼,一名木香,有二品,一品花大而棘长条而紫心者为酴醾;一品花小而繁,小枝而檀心者为木香。"
　　②架:指酴醾花架。
　　③典型:指有代表意义的事物,此处指酴醾酒。酴醾酒即重酿酒。

【今译】

　　平生特别喜爱酴醾花香气浓浓,
　　常常仰着头迎接吹下花架的轻风。
　　每当春天归去心头总觉遗憾,
　　代表花名的酴醾却还留在杯中。

安乐窝①

邵　雍

【作者简介】

　　邵雍(公元1011—1077年),字尧夫,自号安乐先生、伊川翁等。祖籍范阳(今河北涿州),早年随父移居共城(今河南辉县)苏门山下,筑室苏门山百源上读书,学者称百源先生。尝漫游河、汾、淮、汉一带。又尝受学于共城令李之才。与周敦颐、程颐、程颢齐名,以治《易》、先天象数之学著称。仁宗皇祐元年(公元1049年)定居洛阳。富弼、司马光、吕公著等退居洛中,敬重邵雍,恒相从游。仁、神两朝两度被荐,皆称疾不赴。谥康节。有《皇极经世》《观物内外篇》等著作。有诗集

《伊川击壤集》。

【题解】

仁宗嘉祐七年(公元 1062 年),西京留守王拱辰为邵雍治园建屋,名安乐窝。邵雍以"安乐窝"命题,写了一系列诗篇,此是其中一首。这首诗以暮春光景作为衬托,描写作者慵懒而恬静的生活情形和一种迷离而美妙的心境。

【原诗】

半记不记梦觉后,似愁无愁情倦时。拥衾侧卧未欲起②,帘外落花撩乱飞。

注释

①安乐窝:详见前司马光《和邵尧夫安乐窝中职事吟》诗注①。
②衾(qīn):被子。

【今译】

觉来后梦里景象半记不记朦胧依稀,
情思倦怠时仿佛有愁又似并无愁意。
拥着被子侧卧在床还不想起身,
见帘外落花片片撩乱飞起。

插花吟

邵 雍

【题解】

北宋前期保持了相当长时期的承平局面,史称"隆宋"。在社会财富充裕的基础上,隐逸风气盛行,不少诗人如潘阆、林逋、魏野等,均以隐士身份获得了很高的声誉。邵雍终身未仕,是一位学者型的隐士。《宋史》本传说他:"旦则焚香燕坐,晡时酌酒三四中瓯,微醺即止,常不及醉也。兴至辄哦诗自咏。春秋时出游城中……"他之所以得以优游岁月,与所处的太平盛世密切相关,因此在这首诗中,他热情地赞颂了那一时代,他把芳菲的春景、闲适的生活和整个社会状况联系起来写,表达了内心极度的欢愉,毫无粉饰太平之嫌,而使人感到真实、健康、开朗。

【原诗】

　　头上花枝照酒卮①,酒卮中有好花枝。身经两世太平日②,眼见四朝全盛时③。况复筋骸粗康健④,那堪时节更芳菲?酒涵花影红光满⑤,争忍花前不醉归⑥?

注释

①卮(zhī):酒器,容量四升,此泛指酒杯。
②两世:一世为三十年,两世六十年。
③四朝:指太祖、太宗、真宗、仁宗四朝,或是指真宗、仁宗、英宗、神宗四朝。
④筋骸:筋骨,指身体。
⑤涵:包容,沉浸。
⑥争:犹"怎"。

【今译】

　　头上花枝光照酒杯,
　　酒杯中映着好花枝。
　　亲身经历两世太平日子,
　　双眼见到四朝全盛之时。
　　况且我的筋骨还很康健,
　　更遇上时节正这样芳菲?
　　美酒里涵容着婆娑花影,
　　一片红光从杯中流溢,
　　面对着大好春景,
　　怎么能不在花前醉饮然后归去!

句

邵 雍

闲为水竹云山主,静得风花雪月权。

注释

此二句出自《小车吟》,原诗如下:"自从三度绝韦编,不读书来十二年。大瞥子中消白日,小车儿上看青天。闲为水竹云山主,静得风花雪月权。俯仰之间无所愧,任他人谤是神仙。"

【今译】

生活闲逸,可作水竹云山的主人,
心境淡静,得掌风花雪月的权柄。

夏日登车盖亭

蔡 确

【作者简介】

蔡确(公元1037—1093年),字持正,泉州晋江(今福建泉州)人。仁宗嘉祐四年(公元1059年)进士。历官知制诰、御史中丞、参知政事、尚书右仆射兼中书侍郎、尚书左仆射兼门下侍郎。哲宗元祐初罢为观文殿学士,知陈、安、邓等州,累贬英州别驾、新州安置,卒。绍圣二年(公元1095年)赠太师,谥忠怀。入《宋史·奸臣传》。

【题解】

《宋史》本传说"确在安陆(今属湖北),尝游车盖亭,赋诗十章",吴处厚时知汉阳军,上其诗,指斥为谤讪宣仁太后,因被贬为英州别驾,安置新州。本篇为十首中的第四首。诗中描写作者被贬安州官冷身闲,得以放情山水的逸兴,并化用《楚辞·渔父》句意,隐约地表达了对现实的不满和对隐遁生活的向往,闲静的基调中含沉郁之致,委婉深切,耐人吟味。蔡确初附王安石,后又挤之,且屡兴冤狱以求升迁,人品固不足道,但因赋诗得罪被贬,终至死于贬所,亦深可叹息。

【原诗】

纸屏石枕竹方床,手倦抛书午梦长②。睡觉莞然成独笑③,数声渔笛在沧浪④。

注释

①车盖亭:在湖北安陆西北。
②书:蔡确《夏日登车盖亭》十首其一有"卧展柴桑处士诗"之句,或以为"书"即指陶渊明诗集。解为一般书史亦可。
③莞(wān)然成独笑:《楚辞·渔父》:"渔父莞尔(犹'莞然')而笑,鼓枻(桨)而去,乃歌曰:'沧浪之水清兮,可以濯吾缨;沧浪之水浊兮,可以濯吾足。'遂去,不复与(屈原)言。"王逸《楚辞章句》注云:"水清,喻世昭明,沐浴,升朝廷也;水浊,喻世昏暗,宜隐遁也。"莞然,微笑貌。
④沧浪:即汉水,为长江最大支流。《书·禹贡》:"嶓冢导漾(水),东流为汉(水),又东为沧浪之水。"汉水东南流经陕西南部、湖北西北部和中部。

【今译】

纸围屏风石作枕头,
卧在竹床多么清凉,
久举书卷手已疲累,
抛书一旁渐入悠长梦乡。
醒来后不觉独自微笑,
把世事细细思量,
忽听几声清亮的渔笛
回旋在沧浪水上。

题华清宫

杜 常

【作者简介】

杜常,字正甫,卫州(今河南卫辉)人,昭宪皇后族孙。《宋史》本传称其"折节学问,无戚里气习"。英宗治平二年(公元1065年)进士,调河阳司法参军事,富弼礼重之。历官河东转运判官、提点河北刑狱、兵部左司郎中、太常少卿、太仆太府卿等。徽宗时拜工部尚书,以龙图阁学士知河阳军,有政绩。诗仅存四首。

【题解】

《宋诗纪事》引《河上楮谈》云:"临潼骊山,华清宫温泉在焉。中有萃玉屏,皆宋元及今人诗刻。内杜常诗四篇,前题'权发遣秦、凤等路提点刑狱公事太常寺杜常',后跋云:'正甫大寺自河北移使秦、凤,元丰三年(公元1080年)九月二十七日过华清,有诗四首,词意高远,气格清古。……'"本诗为四首中的第一首。首句先记行程,次写"和月"来到华清宫天已将晓的情形。后二句看似描写眼前实景,内中却从虚处传神,对唐玄宗和杨玉环的爱情悲剧作一历史回顾,且寄予深深同情。词情极含蓄婉曲、富有韵味,无怪陈衍评曰:"直是唐音!"

【原诗】

东别家山十六程,晓来和月到华清②。朝元阁上西风急,都入长杨作雨声③!

注释

①华清宫:唐宫名,在陕西临潼骊山上,山有温泉,原称温泉宫,玄宗天宝六载大加扩建,更名华清宫。玄宗与杨贵妃冬夏常幸此宫以避寒暑。

②东别二句:别本作"行尽江南数十程,晓风残月入华清"。家山:家乡。十六程:言行程遥远,十六非实指。

③朝元阁二句:李商隐《华清宫》诗:"朝元阁迥羽衣新,首按昭阳第一人。"又

杜牧《华清宫》诗："行云不下朝元阁,一曲《霖铃》泪数行。"皆咏杨妃事,此处暗用以上句意。朝元阁:阁名,在陕西临潼骊山。唐王朝崇奉道教,玄宗天宝七载,传说玄元皇帝(老子)见于朝元阁,因改名"降圣阁"。长杨,汉行宫名,因宫有长杨树而名,故址在今陕西周至县东南。此处借指华清宫。

【今译】
　　在东方辞别自己的家乡,
　　走了一程又一程道路多么遥远,
　　在清晓的残月光里,
　　我来到了华清宫殿。
　　朝元阁上悄无人迹,
　　只有秋风急切地低咽。
　　秋风吹进当年欢乐的行宫,
　　都化作凄苦的寒雨点点。

原　蝗[①]

王　令

【作者简介】
　　王令(公元1032—1059年),字逢原,初字钟美,原籍元城(今河北大名)。幼年丧父,往依广陵为官的叔父,遂称广陵(今江苏扬州)人。少时尚意气,后折节读书,不求仕进,以教授生徒为生,往来于瓜洲、天长、高邮、润州、江阴一带。后投赠诗文给王安石,极受安石赏识,结成知交,为之延誉,遂以文学知名。诗深受韩愈、孟郊、卢仝等人的影响,气魄极雄伟,多反映民生疾苦的篇章。可惜英年早卒,未能充分发挥才情。有《广陵先生文集》。

【题解】
　　作者在另一首《梦蝗》诗中写道:"至和(仁宗年号)改元之一年(至和三年,公元1056年,改元为嘉祐),有蝗不知自何来。朝飞蔽天不见日,若以万布筛尘灰。暮行啮地赤千顷,积叠数尺交相埋。"以致造成"群农聚哭天,血滴地烂皮"的惨象。作者"发为疾蝗诗,愤扫百笔秃"。本诗即详尽地描写了蝗虫所以生长及如何危害农作物的种种情形,并由此细推物情天理,对天地生此能飞能跳的害人之虫,表示大惑不解。继而又用一系列比方,说明蝗灾的出现"在人不在天"。作者"忧国叹息",因而写下此篇用以警世的诗。此诗类似寓言诗,不仅仅是纪实,深层意义在于揭露并根除人世间一切不合理的的现象。全诗议论风发,格调雄健,艺术上则显得粗糙。

【原诗】

蝗生于野谁所为②?秋死一母遗百儿。埋藏地下不腐烂③,疑有鬼党相扶持④。寒禽冬饥啄地食,拾掇谷种无余遗⑤。吻惟掠卵不加破⑥,意似留与人为饥。去年冬温腊雪少,土脉不冻无冰澌⑦。春气蒸炊出地面⑧,戢戢密若在釜糜⑨。老农顽愚不识事,小不扑灭大莫追。遂令相聚成气势,来若大水无垠涯⑩。蓬蒿满眼幸无用⑪,尔纵嚼尽谁尔讥⑫。而何存留不咀嚼,反向禾黍加伤夷⑬。鸱鸦啄衔各取饱⑭,充实肠腹如撑支。儿童跳跃仰面笑,却爱其密嫌疏稀。吾思万物造作始,一一尽可天理推。四其行蹄翼不假⑮,上既载角齿乃亏⑯。夫何此独出群类?即使跳跃仍令飞。麒麟千载或一见⑰,仁足不忍踏草萎。凤凰偶出即为瑞,亦曰竹实梧桐栖⑱。彼何甚少此何众?况又口腹害不訾⑲。遂令思虑不可及,万目仰面号天私⑳。天公被诬莫自辩,惨惨白日阴无辉。而余昏狂不自度㉑,欲尽物理穷毫丝㉒。要祛众惑运独见㉓,中夜力为穷研思㉔。始知在人不在天,譬之蚤虱生裳衣㉕。扪搜拨捉要归尽㉖,是岂人者尚好之㉗!然而身常不绝种,岂此垢旧招致斯㉘。鱼枯生虫肉腐蠹㉙,理有常尔夫何疑㉚。谁为忧国太息者㉛?应喜我有《原蝗》诗。

注释

①原:推其根原。
②于:一本作"满"。
③腐烂:原本作"腐",据别本改,一作"朽腐"。
④扶持:原作"收持",一作"扶持"。
⑤拾掇(duō):拾取。

⑥吻:唇的两边,此指鸟嘴。卵:指蝗虫卵。
⑦冰澌(sī):本指水上融化的流冰,此处谓冻冰。
⑧春气:一作"春风"。
⑨戢(jí)戢:聚集貌。釜(fǔ):无脚的锅。糜:粥。
⑩垠(yín)涯:边际。
⑪蓬蒿:野草名。
⑫谁尔讥:"谁讥尔"的倒文。尔:你。
⑬伤夷:犹言"伤害"。夷:通"痍",创伤。
⑭鸱(chī):鸱鸮,即猫头鹰。
⑮假:给予。
⑯载角:一作"戴角"。
⑰麒麟:传说中仁兽名。
⑱凤凰二句:详见前杨杰《和穆父待制竹堂》诗注。瑞:吉祥的征兆。
⑲不訾(zǐ):不可计量。訾:通"赀",计量。
⑳号(háo):大声喊叫,哭。
㉑度(duó):量,思忖。
㉒物理:事物的常理。穷:寻根究源。毫丝:比喻极其细微。
㉓袪:除去。
㉔穷研思:原本作"穷所思",一作"穷研思"。穷:穷尽。
㉕蚤(zǎo):跳蚤。虱(shī):寄生于人畜身上吸血的小虫。
㉖扪(mén)搜拨捉:谓搜寻捕捉。拨捉,一本作"剔拨"。
㉗是:此,指蚤虱等害人虫。尚好:喜爱。
㉘岂复:原本作"岂此",一作"岂复"。垢(gòu):污秽、肮脏的东西。斯:此。
㉙蠹(dù):蛀虫。
㉚尔、夫:均为语助词。
㉛太息:叹息。

【今译】

蝗虫生于原野是谁所为?
秋天一只蝗虫死去把百个幼子留遗。
埋藏在地底下不会腐烂,
真怀疑有鬼物暗暗将它扶持。
寒鸟冬天饥饿,在地上啄食,
拾取谷粒不会有一点剩余。

鸟嘴掠过蝗虫卵但没把它弄破,
就好像特意留给人们为敌。
去年冬暖腊月里很少下雪,
土脉不冻冰也不曾结在水里。
春天暖气蒸腾蝗虫生出地面,
密密麻麻仿佛锅中的粥米。
老农愚昧不明事理,
虫小时不扑灭长大就无法追缉。
因此蝗虫便相聚成为气势,
来时有如大水泛滥无边无际。
满眼蓬蒿本没有用处,
即使被蝗虫吃尽也没关系。
为什么留着野草不吃,
反而把庄稼伤害无遗?
鸱鸦乌鸦啄食蝗虫吃一个饱,
肠胃被撑得满满胀起。
小孩儿抬头看见蝗虫又笑又跳,
喜欢它们密密匝匝惟恐过于疏稀。
我想世间万物创作之始,
每一种都能够推究天理。
四只蹄走路的不再给它翅膀,
头上生角就让它缺少牙齿。
为什么蝗虫单单不同于各类生物?
既让它跳跃又让它能飞?
麒麟也许千年才出现一次,
仁兽的脚都不忍把草踏得枯死。
凤凰偶尔出现就是吉祥的征兆,
也只不过吃着竹米在梧桐树上栖息。
为什么那些好的鸟兽极少,害人的蝗虫这么多?
况且它们吃掉的五谷无以数计。
于是想来想去弄不明白,
万民仰面哭叫着天公过分偏私。

天公被诬枉没法为自己辩白,
天容惨暗太阳光辉失去,
而我却昏昧狂妄不自思量,
想推究事情的原委直追入毫丝。
要除掉众人的疑惑运用我独特的见解,
半夜里努力思索用尽脑子,
才明白此事在人并不在天,
就如同跳蚤虱子会长在人衣。
搜寻捕捉一定要彻底干净,
跳蚤虱子哪儿是人们好之,
然而人身上常常难以绝种,
岂不是污垢把它们招来此地。
鱼干枯肉腐烂要生出蛀虫,
这本是常理没有什么可以怀疑。
哪个人忧伤国事为此叹息?
应当高兴我写了这篇《原蝗》诗句。

暑旱苦热

王 令

【题解】

　　王令是一个有远大抱负的诗人,怀着一腔"兼济天下"的热忱。在这首暑旱苦热的诗中,他代百姓责天呵地,以浪漫的手法把暑热形容得无以复加,并表明虽有昆仑蓬莱的清凉世界,但既不能携天下人同往,自己便不忍心独自前去。这里显示了作者博大的胸怀和后天下之乐而乐的高尚品格。刘克庄《后村诗话》称此诗"骨气老苍,识度高远"。

【原诗】

　　清风无力屠得热①,落日着翅飞上山②。人固已惧江海竭,天岂不惜河汉干③?昆仑之高有积雪④,蓬莱之远有遗寒⑤。不能手提天下往,何忍身去游其间!

【注释】

①屠:杀,此处犹言"灭"。
②落日句:谓太阳酷烈,不肯下山。
③河汉:天河、银河。
④昆仑:山名,在新疆西藏之间,西接帕米尔高原,东延入青海境内。层峰叠岭,势极高峻。古代有不少与之相关的神话传说。
⑤蓬莱:古代传说中的海上三神山之一。

【今译】

清风没有力量把暑热减灭,
太阳不肯落下长了翅膀飞上山。
人们当然惧怕江海会枯竭,
老天难道不可惜天河也被晒干?
高峻的昆仑山上堆积着冰雪,
遥远的蓬莱仙境常留有清寒。
不能够手提整个人间前往,
又怎么忍心独自漫游其间!

春　游

王　令

【题解】

王令诗以矫健豪迈、峻峭生硬为特点,这首小诗却是别调。诗中表现了作者细腻婉约的惜春情绪,以小儿女的"无情"反衬自己的多情,富有韵致。

【原诗】

春城儿女纵春游,醉倚层台笑上楼①。满眼落花多少意,若何无个解春愁②!

注释

①层台:高台。
②若何:如何。

【今译】

春天里城中的儿女纵情地春游,
微醉时斜倚高台欢笑地登上高楼。
满眼落花纷飞,让人生出多少惜春情意,
为什么没有一个人懂得春将归去的忧愁!

卷 二

元丰行示德逢[①]

王安石

【作者简介】

王安石(公元1021—1086年),字介甫,晚号半山,抚州临川(今属江西)人。仁宗庆历二年(公元1042年)进士。《宋史》本传称其年轻时便有"矫世变俗之志"。中进士后在江浙一带任地方官十余年,局部推行革新措施。他有不平凡的政治及文学才能,曾受到欧阳修、文彦博等著名大臣的奖誉、举荐。嘉祐三年(公元1058年)入为度支判官,上万言书极陈当前之务,主张变法。六年,为知制诰。英宗朝官至翰林学士。神宗熙宁二年(公元1069年)除参知政事,推行新法。次年,拜同中书门下平章事。七年,因新法迭遭攻击,辞相位,以观文殿学士知江宁府。八年,复相。九年,再辞,判江宁府。十年,退居江宁(今江苏南京)。元丰元年(公元1078年)封舒国公,后改封荆,世称王荆公。卒赠太傅。谥号文。王安石为大政治家、大经学家、大文学家。散文列唐宋八大家之一,文风峭刻,笔力雄健。诗歌成就更高,早年诗作多反映社会、现实问题。罢相退居后创作了大量写景诗,不少诗修辞巧妙,意境清新,有很高的艺术成就。虽不以词名家,亦有佳作传世。有《临川集》《唐百家诗选》《新经周礼义》(残)等。

【题解】

神宗元丰二年(公元1079年),王安石写了一组五首《歌元丰》诗,歌颂元丰初年社会安定、农业丰收、万民欢乐的种种景象。五首其三末二句说:"曾侍玉阶知帝力,曲中时有誉尧心。"这两句正可作为本诗的主题。本诗作于元丰四年(公元1081年),是写给金陵(今江苏南京)蒋山的邻居杨骥(字德逢)的。诗中先描绘了一幅赤日炎炎、土地龟烈的严重旱象和杨骥对浇灌田地的雨水的盼望。然后写到天公竟肯从人心愿,忽而雷电交加乌云翻滚,好雨及时降临,干枯的庄稼很快得到苏生的情景,同时生动地描写了杨骥的欢悦心情。诗的后段总束到连年丰收,当归功于天子。这里一方面夸示新法实施多年的富国效果,一方面含有对神宗的期望,望他不要轻易改变、废止新法。篇末反用孔子语,说明杨骥身逢盛明之世的幸运,并将元丰之世比作上古的唐尧圣代。王安石作此诗时虽已被迫退隐多年,却仍系念着朝廷政治。这首诗不是一般的颂圣,而在于证明新法的上合天意、下顺民情,寓意颇为深切。诗中用典虽多而能浑化自然,无生硬之弊。

【原诗】

四山翛翛映赤日②,田背坼如龟兆出③。湖阴先生坐草室④,看踏沟车望秋实⑤。雷蟠电掣云涛涛⑥,夜半载雨输亭皋⑦。旱禾秀发埋牛尻⑧,豆死更苏肥荚毛。倒持龙骨挂屋敖⑨,买酒浇客追前劳⑩。三年五谷贱如水,今年西成复如此⑪。元丰圣人与天通⑫,千秋万岁与此同。先生在野固不穷⑬,击壤至老歌元丰⑭。

注释

①元丰:神宗年号(公元1078—1085年)。德逢:杨骥,字德逢,号湖阴先生,是王安石退居金陵时期的邻居。
②翛(xiāo)翛:鸟羽破敝貌,此处形容草木枯萎。
③坼(chè):裂。龟兆:古人用龟甲占卜,灼龟甲所见的坼裂之纹称龟兆。此处暗用《左传·昭公五年》"龟兆告吉"之意。
④湖阴先生:参见注①。草室:犹言"茅屋"。
⑤沟车:沟,田间水道;车,指水车。秋实:指秋后的收成。
⑥雷蟠(pán):谓雷声轰鸣,充满天地。蟠:充满。电掣(chè):形容电光闪耀。

⑦输:犹言"输入",运进。亭皋:水边的平地。司马相如《上林赋》:"亭皋千里,靡不被筑。"此处指平野。亭,平。皋,水旁地。
⑧秀发:谓谷物生长茂盛。《诗·大雅·生民》:"实发实秀。"尻(kāo):臀部。
⑨龙骨:水车的别名。屋敖:"敖屋"的倒文。敖,粮仓,后作"廒"。
⑩浇客:犹"饮客"。
⑪西成:谓秋季收成。《书·尧典》:"寅饯纳日,平秩西成。"《传》:"秋,西方,万物成,平序其政助成物。"
⑫元丰圣人:指神宗皇帝。圣人,对帝王的尊称。《礼》"大传":"圣人南面而治天下。"
⑬先生句:《论语·卫灵公》载孔子在陈,绝粮,曰:"君子固穷(甘处贫困)。"此处反用其意。在野,与"在朝"相对,指不做官。
⑭击壤:相传尧时,有老人击壤而歌曰:"日出而作,日入而息,凿井而饮,耕田而食,帝力于我何有哉!"后成为歌颂盛世太平的典故。壤,一种木制戏具,长尺四,阔三寸,其形如履。

【今译】
　　四周山岭枯萎的草木映着火红的太阳,
　　田地干裂就像龟甲烧灼后现出吉兆。
　　湖阴先生坐在茅屋,
　　看渠道上踏水车盼着秋天收成好。
　　忽然间雷声轰鸣响彻天地,
　　电光闪耀、乌云翻滚如同浪涛,
　　半夜里云层载着密雨,
　　运送到广阔的原野和田间沟壕。
　　干旱的禾木很快就长得繁茂,
　　牛行田野臀部都被埋没难以寻找。
　　枯死的豆苗重又苏生,
　　长出肥肥的豆荚多多的豆毛。
　　湖阴先生把水车倒挂在粮仓,
　　买酒请客补偿先前的辛劳。
　　三年来五谷的价钱贱如白水,
　　今年的丰收景象依然如同往岁。
　　元丰皇帝的政令跟天意相通,

但愿千秋万岁与元丰相同。
先生您虽然在野却不贫穷,
到老都会击壤歌颂唐尧一样的元丰!

后元丰行

王安石

【题解】

本诗也写于元丰四年(公元1081年),可看作前一首诗的续篇。作者以极其轻快的笔调,描绘了风调雨顺、沃野千里、鱼笋肥美、物价低贱、民间歌舞鼓乐不辍、幼者嬉嬉、老者怡怡的种种欢乐景象,活画出一幅盛世的太平图卷。仍是突出歌颂元丰的主旨,表达他对新法坚信不疑的态度。这首诗也可算是王安石为自己所作的一篇翻案文章。《宋史》本传载:"(熙宁)七年(公元1074年)春,天下久旱,饥民流离,帝忧形于色,对朝嗟叹,欲尽罢法度之不善者。安石曰:'水旱常数,尧、汤所不免,此不足招圣虑,但当修人事以应之。'……监安上门郑侠上疏,绘所见流民扶老携幼困苦之状,为图以献,曰:'旱由安石所致。去安石,天必雨。'……"此年安石即被罢相。陈衍说这首诗"亦专言得雨事,不能忘情于因旱被攻击也"。

【原诗】

歌元丰,十日五日一雨风。麦行千里不见土,连山没云皆种黍。水秧绵绵复多稌①,龙骨长干挂梁梠②。鲥鱼出网蔽洲渚③,荻笋肥甘胜牛乳④。百钱可得酒斗许,虽非社日长闻鼓⑤。吴儿踏歌女起舞⑥,但道快乐无所苦。老翁堑水西南流,杨柳中间杙小舟⑦。乘兴欹眠过白下⑧,逢人欢笑得无愁。

注释

①稌(tú):稻。《诗·周颂·丰年》:"丰年多黍多稌。"一说专指粳稻,一说专指糯稻。

②梠(lǔ):屋檐。

③鲥(shí)鱼：一种名贵食用鱼，体形扁而长，腹部银白色，生活海中，五六月间入淡水产卵。以其进出有时，故名鲥。也作"鯦"。

④荻笋：即芦笋。

⑤社日：古代祀社神之日。汉以后有春秋两社，立春后第五个戊日为春社，立秋后第五个戊日为秋社，适当春分、秋分前后。

⑥踏歌：连手而歌，以足踏地为节奏。李白《赠汪伦》："李白乘舟将欲行，忽闻岸上踏歌声。"

⑦老翁二句：谓老翁乘小船在运河中向西南行去，运河杨柳夹岸，舟行柳中。堑(qiàn)，沟渠，这里指人工开凿的运河、护城河之类。杙(yì)，系船的小木桩。此字原本作"找"，《集韵》"找"为"划"之本字（《集韵·邦三·麻韵》"划、找，舟进竿谓之划，或从手"）。当依原本。

⑧攲(qī)眠：侧卧，或曰斜靠而眠。攲，倾斜。白下：白下城，东晋咸和三年，陶侃讨苏峻，筑白石垒，后因以为城。故城在今南京市北。唐武德九年，更金陵为白下，移治白下故城，故亦称南京为白下。此处指故白下城。

【今译】

我热情地歌颂元丰，
十天五天就有时雨好风。
千里之遥只见麦子不见黄土，
白云笼罩的重山叠岭都种满禾黍。
秧苗连绵其中有许多是香糯，
水车长挂屋檐没有了用处。
名贵的鲥鱼出网时盖没了江岸，
芦笋肥美清甜胜过牛乳。
一百个小钱就可以沽上好酒一斗，
虽不是社日却处处听到打鼓。
江南的小伙子踏着节拍唱歌，
姑娘们一个个翩翩起舞，
都说道生活十分快乐，
不再有什么痛苦。
老翁沿着运河向西南走，
在杨柳树间划着他的小舟，
乘兴侧卧悠然地经过白下城，

遇见人便欢悦地说笑无虑无愁。

纯甫出惠崇画要予作诗①

王安石

【题解】

这是一首题画诗。诗中先直白地写出作者对惠崇绘画技压群师的肯定评价,然后细致地描摹惠崇的秋江凫雁图带给作者身临其境的幻觉与唤起的美好回忆,由此生出对惠崇"异域山川能断取"、"洒落生绡变寒暑"的艺术魅力的景仰、赞叹。诗中并以前代的画僧巨然作为对照,从侧面证明本诗篇首的观点。且拈出与惠崇同时代的花鸟画家崔白精湛的技艺作一陪衬,对他们二人皆身怀绝艺却穷愁潦倒的命运深致痛惜。篇末又对并不真正懂得艺术,却一味附庸风雅、厚古薄今的豪贵之家给以隐微的讽刺,针砭了时弊。本诗在立意、谋篇等方面,深受杜甫《丹青引》[赠曹霸将军]诗的影响,也显示了作者对艺术及艺术家深刻的理解。清方东树盛赞此诗章法。又云:"通篇用全力,千锤百炼,无一字一笔懈,如挽万钧之弩。"(《昭昧詹言》)

【原诗】

画史纷纷何足数②,惠崇晚出吾最许③。旱云六月涨林莽④,移我翛然堕洲渚⑤。黄芦低摧雪翳土⑥,凫雁静立将俦侣⑦。往时所历今在眼,沙平水澹西江浦⑧。暮气沉舟暗鱼罟⑨,欹眠呕轧如鸣橹⑩。颇疑道人三昧力⑪,异域山川能断取⑫。方诸承水调幻药⑬,洒落生绡变寒暑⑭。金坡巨然山数堵⑮,粉墨空多真漫与⑯。濠梁崔白亦善画⑰,曾见桃花净初吐。酒酣弄笔起春风,便恐飘零作红雨⑱。流莺探枝婉欲语,蜜蜂采蕊随翅股⑲。一时二子皆绝艺,裘马穿羸久羁旅⑳。华堂岂惜万黄金㉑,苦道今人不如古。

【注释】

①纯甫:王安石幼弟,名安上,字纯甫。惠崇:宋初九诗僧之一,淮南(今江苏扬州)人,一作建阳(今属福建)人。工诗善画。《图画见闻志》称其"工画鹅雁鹭

鸳,尤工小景,善为寒江远渚,萧洒虚旷之象,人所难到也"。现有《秋浦双鸳图》《湖山春晓图卷》等传世。

②画史:善画的人。《庄子·田子方》:"宋元君将画图,众史皆至。"

③许:赞许、称道。

④旱云句:谓六月炎暑,见画中林木苍莽,如潮水涨起。

⑤翛(xiāo)然:迅疾貌。

⑥摧:折,垂。雪:形容芦花。翳(yì):遮蔽。

⑦凫(fú):野鸭。将:携带。俦(chóu)侣:伴侣。

⑧澹(dàn):恬静。西江浦:指作者家乡的水滨。一本作"江西浦"。

⑨罟(gǔ):鱼网。

⑩呕(ōu)轧:象声词,象摇橹声。如闻橹:一本作"如鸣橹"。

⑪道人:僧人。叶梦得《避暑录话》卷下:"晋、宋间佛学初行,其徒犹未有僧称,通曰道人。"此指惠崇。三昧:佛家语,梵文音译。意为"定"、"正定"等,即排除杂念,使心神平静。后用以指奥妙、诀窍。唐李肇《国史补》:"长沙僧怀素好草书,自言得草圣三昧。"

⑫异域句:《维摩诘所说经·不可思议品》:"又舍利弗,住不可思议解脱菩萨,断取三千大千世界,如陶家轮,著右掌中,掷过恒河沙世界之外。"此化用其意。断取,截割。

⑬方诸:古代在月下承露取水之器,远古用蛤壳,后来用铜铸。《周礼·秋官》:"以鉴取明水于月。"郑玄注:"鉴,镜属,取水者,世谓之方诸。"幻药:使人产生不同幻觉的药物。《楞严经》卷三:"诸大幻师求太阳精和幻药。"宋叶廷珪《海录碎事·百工·图画》:"太宗时,江南李主(煜)献画牛,昼则啮草在栏外,夜则归卧栏中。莫晓其理。僧赞曰:'此幻药所置。南海倭国有蚌泪,和色著物,昼隐夜见;沃焦山有石,磨色染物,夜见昼隐。'"

⑭生绡(xiāo):生丝织成的薄纱、薄绢。

⑮金坡:古时皇宫正殿称金銮殿,殿旁有坡称金銮坡,坡与翰林院相接,故以"金坡"借指翰林院。巨然:南唐僧,名画家,江宁(今江苏南京)人。南唐后主降宋,随至汴京,居开元寺。工画山水,以师法董源,并称"董巨",为五代北宋间南方山水画的主要流派。山数堵:《銮坡遗事》:"玉堂后北壁两堵董源画水,正北一壁吴僧巨然画山水,皆有远思,一时绝笔也。有二小壁画松,亦妙。"

⑯粉墨句:谓巨然画粉墨虽多,非惨淡经营之作。浑:只。漫与:随意对付。

⑰濠梁:地名,今安徽凤阳。濠梁,原作大梁,据别本改。崔白:字子西,工画花竹翎毛,与惠崇同时代。

⑱便恐句:化用李贺《将进酒》"桃花乱落如红雨"句意。

⑲采蕊:一本作"掇蕊"。

⑳二子:指惠宗、崔白。裘马穿羸(léi):为"裘穿马羸"的倒文。裘,皮袍子。穿,破。羸:瘦弱。

㉑华堂:指豪贵之家。

【今译】

　　古往今来画家多得难以数计,
　　晚近的惠崇我最最推许尊敬。
　　炎夏六月云气燥热,
　　见到他苍莽的林木图景,
　　就像潮水涨起,立刻把我带到
　　清凉的秋日水滨。
　　黄色的芦苇在风中低垂,
　　雪白的芦花把大地全都遮蔽,
　　野鸭和大雁静静地站立,
　　携同着它们亲爱的伴侣。
　　往日经历的情景仿佛就在眼前,
　　仿佛见到故乡的西江,
　　水波静沙岸平齐,
　　暮霭沉落,小舟渔网也变得暗淡,
　　侧卧着就听见摇橹声呀哝哝。
　　我真疑心这位画僧得到了什么奥妙,
　　能把异地的山川截取到图画里。
　　他像是在承接露水的方诸中调和仙药,
　　洒落上画绢幻化成秋景驱除了暑气。
　　翰林院墙壁上有几幅巨然画的山水,
　　粉墨虽多但缺少真情实趣。
　　濠梁人崔白也擅长绘画,
　　曾见他所画初开的桃花洁净美丽。
　　仿佛酒酣时他一动笔就顿起春风,
　　又怕这春风吹落桃花飘零如红雨。
　　画幅上流莺探出枝头婉然欲语,
　　蜜蜂采花,花粉沾满了双腿和翅翼。

惠崇与崔白驰名一时,
二人全都身怀绝艺,
可叹衣袍破旧坐骑瘦弱,
长久地飘泊羁旅。
豪贵不惜万金求取图画,
却不重视他们二人的技艺,
还硬说今人的画
不如古人的神奇。

寄吴氏女子①

王安石

【题解】

这是作者寄给长女的诗。全篇以诗代简,娓娓叙谈家常。诗中先点出女儿遭际的幸运,以及作者两个弟弟的情况,以证明女儿大可以无忧。再以大量笔墨描述自己罢相退居后,尽享山泉皋壤之乐、林木花草之美,恬静而安闲,进一步证明女儿"书每说涕零"的忧思实属多余,篇末并嘱孙儿可来游玩。点出所以写此诗是为了让女儿了解自己真正地"嘉此林坰"。全篇语气旷达,但言外之意、弦外之音却不无凄凉之感,正如陈衍所评:"此亦弃外后不得意之词。"

【原诗】

伯姬不见我②,乃今始七龄。家书无虚月,岂异常归宁③?汝夫缀卿官④,汝儿亦撎綎⑤。儿已受师学,出蓝而更清⑥。女复知女功⑦,婉嬺有典刑⑧。自吾舍汝东,中父继在廷⑨。小父数往来⑩,吉音汝每聆⑪。既嫁遂愿怀⑫,孰如汝所丁⑬?而吾与汝母,汤熨幸小停⑭。丘园禄一品⑮,吏卒给使令。膏粱以晚食,安步而车轩⑯。山泉皋壤间⑰,适志多所经。汝何思而忧⑱?书每说涕零。吾庐所封殖⑲,岁久愈华菁⑳。岂特茂松竹,梧楸亦冥冥㉑。芰荷美花实㉒,弥漫争沟泾㉓。诸孙肯来游,谁谓川无舲㉔?姑示汝我诗,知嘉此林坰㉕。末有拟寒山,觉汝耳目荧。因之授汝季,季也亦淑灵。

注释

①吴氏女子:王安石长女,嫁宰相吴充子安持,封长安县君,善诗。后因其子倬坐张怀素狱凌迟处死,被远窜太平州羁管。

②伯姬:犹言长女。伯:长兄称伯。姬,古代女子的美称。《吴越春秋·王僚使公子光传》:"于是庄王弃其秦姬越女,罢钟鼓之乐。"

③归宁:回家省亲。《诗·周南·葛覃》:"害澣害否,归宁父母。"陆机《思归赋》:"冀王事之暇豫,庶归宁之有时。"归宁本通指男女而言,后多指已嫁女子回至母家。

④汝夫句:王安石长女之婿吴安持,神宗熙宁七年(公元1074年)为太子中允。元丰八年(公元1085年)知滑州,旋知苏州。哲宗朝官至工部侍郎。缀(zhuì):连结,此指连任。卿官:此泛指朝廷命官。

⑤搢绖(jìn tíng):系佩玉于身,谓居官。这里指官宦之后,出身名门。绖,佩玉的丝绶。搢绖:一本作"搢绅"。

⑥出蓝句:荀子《劝学》:"青,取之于蓝,而青于蓝。冰,水为之,而寒于水。"多用以喻弟子胜过老师。蓝,蓝草,染青色之草。

⑦女功:女子的工作,如纺织、刺绣、缝纫等。

⑧婉嫕(yì):犹"婉嫕",柔顺貌。张华《女史箴》:"婉嫕淑慎,正位居室。"婉,和顺。嫕,淑善。婉嫕,一本作"婉嫕"。典刑:常规、旧法。

⑨中父句:谓吴氏女叔父安石次弟安礼仍在朝做官。王安礼(公元1035—1096年)字和甫,仁宗嘉祐间进士,神宗熙宁朝官至知制诰,元丰五年(公元1082年)拜尚书右丞,次年转左丞。有政声。与兄安石政见不一,苏轼作诗讽刺新法下御史狱,曾予营救。

⑩小父:指安石幼弟安上,字纯甫。

⑪吉音:好消息。聆(líng):听。

⑫遂:一本作"可",一本作"所"。

⑬孰:谁。丁:遭际。

⑭汤(tàng)熨(wèi):中医的一种医治方法,用热水熨贴患处以散寒止痛。

⑮丘园句:为调侃之语,言享受山丘林园无上之乐。一品,古代自三国魏以后,官分九品,最高者为一品。

⑯膏粱二句:《战国策·齐策》四:"蹰愿得归,晚食以当肉,安步以当车。"此用其意,表示甘于淡泊。膏粱,精美的食物。膏:肉之肥者,粱,食之精者。车軿(píng):即"軿车",有帷盖的车。此泛指车。车軿,一本作"辐軿"。

⑰皋壤:泽房洼地,《庄子·知北游》:"山林与?皋壤与?使我欣欣然而乐与?"

⑱汝何句:安石女曾寄诗云:"西风不入小窗纱,秋气应怜我忆家。极目江南

千里恨，依前和泪看黄花。"安石《次吴氏女子》诗答曰："孙陵西曲岸乌纱，知汝凄凉正忆家。人生岂能无聚散，亦逢佳节且吹花。"《再次前韵》曰："秋灯一点映笼纱，好读楞严莫念家。能了诸缘如梦幻，世间唯有妙莲花。"可证吴氏女子对娘家感情至深，忧念亦深。

⑲吾庐：犹言"我家"。封殖：栽培、种植。

⑳华：美。菁(jīng)：盛貌。

㉑梧：梧桐，落叶乔木。楸(qiū)：木名，木材可造船、制棋盘等器物。冥冥：幽暗浓密貌。

㉒芰(jì)：菱角，两角者为菱，四角者为芰。

㉓泾(jīng)：小河沟。

㉔川：泛指江河。舲(líng)：有窗的小船，此泛指船。

㉕林坰(jiōng)：林野、远郊。坰，郊野。《诗·鲁颂·駉》："駉駉牡马，在坰之野。""传"："坰，远野也。邑外曰郊，郊外曰野，野外曰林，林外曰坰。"

㉖末：似指本诗篇末。另，安石有《拟寒山拾得》诗二十首。此处也可能是指《再次前韵》（见注⑱）类似寒山佛家偈语之作。拟：模仿。寒山：唐诗僧，大历中隐居天台翠屏山。

㉗觉汝句：使你的耳目从迷惑中觉醒。荧：眩惑，通"营"、"营"。《庄子·人间世》："若唯无诏，王公必将乘人而斗其捷，而目将荧之，而色将平之，口将营之，容将形之，心且成之。"

㉘季：指安石次女，嫁蔡卞为妻。

㉙淑：善。

【今译】

　　大女儿你没有见到我们，
　　至今才不过七年光景。
　　每个月都有书信往还，
　　岂不是等同常回家省亲？
　　你丈夫连任朝廷官职，
　　儿子出身在仕宦门庭。
　　他已经从师受业完毕，
　　青出于蓝学问更加深精。
　　你女儿又很会做女工，
　　性情柔顺合乎古来的典型。
　　自从我离开你来到东南，

二叔叔依然效力在朝中。
小叔叔跟我时时来往,
好消息你也能常常闻听。
你出嫁以后一切都顺心如意,
谁能够有你这样的好命?
说到我自己和你母亲,
疾病幸而都已经减轻。
如今我做着山林里的一品官,
有小吏兵卒听候命令。
晚吃饭可当得珍羞美味,
安步走权充作乘车而行。
清雅幽静的山泉水滨,
正合乎心志,我要多多经营。
你为什么要忧念悲愁?
来信总说是涕泪不停。
咱们家种植的花草树木,
年深月久更显得华美苍青。
何止是松竹长年茂盛,
梧桐楸树也一样郁郁葱葱。
菱角芰荷花果都美极了,
争着把小河小沟充盈。
外孙们如果肯来这里玩耍,
谁说河川里没有游艇?
我姑且把这诗寄给你看,
好知道我多么喜欢这山林野径。
信后面还附有《拟寒山》诗。
读了它能让你耳目清莹。
请把我的意思转达给你的妹妹,
你妹妹也一样善良聪颖。

明妃曲①（二首其一）

王安石

【题解】

《明妃曲》二首作于仁宗嘉祐四年(公元1059年)。王昭君远嫁匈奴，埋骨域外，永不能返回故国的悲剧故事，历代文人多所题咏。王安石此二诗以立意新警、托旨高远传诵千古。二诗在当时即负盛誉，梅尧臣、欧阳修、司马光、刘敞等皆有和作，但没有一篇堪与安石原唱媲美。这第一首开头几句细致入神地刻划了昭君不忍离别汉宫的种种惆怅、悲伤的情态。以"低徊顾影无颜色，尚得君王不自持"的侧笔，表现了昭君绝世的美丽风姿。以下再简略地点出汉元帝的惊艳、痛悔和杀死画师的史实，然后作一顿宕，翻出"意态由来画不成，当时枉杀毛延寿"的独特看法，一方面讥刺汉帝依凭画像来辨识美丑的浅薄、昏昧，一方面表达了作者不同流俗的美学观点。"一去心知更不归"以下六句，着重写出昭君对故国故乡的无限眷念与热爱，以及家人的安慰之词，并拈出宠极一时的阿娇也落得幽居长门的不幸遭遇，揭示人生失意无论远近南北的事实，以见出君王的薄情寡恩。由此抒发了作者对"美人零落依草木，志士憔悴守蒿蓬"(《独山桃花》诗)的现实悲剧的普遍感慨，暗寓自身政治上郁郁不得志的幽愤之情。全诗转折甚多，跳跃颇大，叙事抒慨十分出色、动人。

【原诗】

　　明妃初出汉宫时，泪湿春风鬓角垂②。低徊顾影无颜色，尚得君王不自持③。归来却怪丹青手④，入眼平生几曾有⑤？意态由来画不成，当时枉杀毛延寿⑥。一去心知更不归，可怜着尽汉宫衣。寄声欲问塞南事⑦，只有年年鸿雁飞。家人万里传消息，好在毡城莫相忆⑧。君不见，咫尺长门闭阿娇⑨，人生失意无南北⑩！

注释

①明妃:王昭君。《后汉书·南匈奴传》:"昭君字嫱,南郡人也。初,元帝时,以良家子选入掖庭。时呼韩邪来朝,帝敕以宫女五人赐之。昭君入宫数岁,不得见御,积悲怨,乃请掖庭令求行。呼韩邪临辞大会,帝召五女以示之。昭君丰容靓饰,光明汉宫,顾景(影)裴回(徘徊),竦动左右。帝见大惊,意欲留之,而难于失信,遂与匈奴。生二子。"晋时避司马昭讳,改称明君,即明妃。

②泪湿句:形容容颜愁惨。春风,谓美丽容颜,语本杜甫《咏怀古迹》五首其三咏昭君:"画图省识春风面。"

③低徊二句:参见注①。

④丹青手:画师。

⑤几曾有:一本作"未曾有"。

⑥意态二句:《西京杂记》卷二:"元帝后宫既多,不得常见,乃使画工图形,案图召幸之。诸宫人皆赂画工,多者十万,少者亦不减五万。独王嫱不肯,遂不得见。匈奴入朝,求美人为阏氏。于是上案图以昭君行。及去,召见。貌为后宫第一,善应对,举止闲雅。帝悔之。而名籍已定,帝重信于外国,故不复更人。乃穷案其事,画工皆弃市。籍其家资,皆巨万。画工有杜陵毛延寿,为人形,丑好老少必得其真。……同日弃市。"

⑦塞南:指汉王朝。

⑧毡城:古代匈奴人住毡帐,故云。

⑨咫尺句:汉武帝幼时喜爱姑母之女陈阿娇,曾说:"若得阿娇为妇,当以金屋贮之。"后阿娇立为皇后,失宠,贬居长门宫。曾以黄金百斤请司马相如写《长门赋》,希望武帝读后感悟,再得亲幸。历史记载陈皇后未能再得亲幸。咫(zhǐ)尺,八寸曰咫,咫尺比喻距离很近。长门,汉宫名。

⑩无南北:无论南北。

【今译】

明妃刚刚离别汉宫的时候,
泪水沾湿了美丽面容,鬓发低垂。
她低下头徘徊不定顾影自怜,
失去了往常的鲜丽光辉。
就是这样一副悲伤的模样,
还使得君王迷恋难以控制情感,
回来责怪绘像的画师,
这绝代佳人平生我哪曾得见?

但活生生的风姿意态原本就难以画出,
当时杀死了毛延寿未免太冤。
明妃辞别了汉家,
深深地知道从此再不能返回宫苑,
可怜她一心眷念故国,
把汉宫的衣衫直穿到破烂。
想寄封书信询问塞南的事情,
年年只见鸿雁飞来又飞去,
家人万里以外传递来音讯,
让她好好安住毡城不必相忆。
难道没有听说,
长门宫距天子所居不过咫尺之遥,
阿娇却悲怨地独自幽居,
人生若是失意并不在于是南是北有多少距离!

明妃曲(二首其二)

王安石

【题解】

　　本诗先铺排胡人迎接昭君的盛况,然后写出虽则胡人百般殷勤,昭君却满腹心事,由于两下语言不通,更无一人可以告语,只有借琵琶曲来传达。随行的汉宫侍女因命运相仿,且因同情昭君,也不觉暗自垂泪。"沙上行人"四句为本篇主旨,作者借"行人"的劝慰"汉恩自浅胡自深,人生乐在相知心",表达了他不同凡庸的见解,作者曾为此受到后人的不少攻击。但诗中的重点在于表明,胡恩虽深,却丝毫不能改变昭君对故国始终如一的爱与思念,于是她怀带着一腔爱与幽怨,含恨死于异域。正如杜甫《咏怀古迹》五首其三末二句所云:"千载琵琶作胡语,分明怨恨曲中论。"本诗篇末化用其意,对昭君的悲剧命运深致叹息,余音袅袅,不绝如缕。

【原诗】

明妃初嫁与胡儿,毡车百两皆胡姬①。含情欲说独无处,传与琵琶心自知②。黄金杆拨春风手③,弹看飞鸿劝胡酒④。汉宫侍女暗垂泪,沙上行人却回首。汉恩自浅胡自深,人生乐在相知心。可怜青冢已芜没⑤,尚有哀弦留至今⑥。

注释

①毡车句:《诗·召南·鹊巢》"之子于归,百两御(迎)之",此用其意。毡车,以毛毡作车篷的车。两,同"辆"。

②传与句:《琴操》:"昭君在匈奴,恨帝始不见遇,乃作怨思之歌。"琵琶,本胡乐,推手向前曰琵,却手向后曰琶。

③黄金杆拨:弹奏琵琶的工具。《旧唐书·音乐志》:"旧琵琶皆以木拨弹之,太宗贞观,始有手弹之法。"《礼乐志》:"高丽伎琵琶以蛇皮为槽,厚寸余……象牙为杆拨。"春风手:谓明妃的手能弹奏出美妙乐典。

④弹看飞鸿:嵇康《赠秀才入军》诗有"目送归鸿,手挥五弦"之句,形容闲雅的心境,此处只用其字面。飞鸿,代指所盼之音信。

⑤青冢(zhǒng):即王昭君墓,在今内蒙古自治区呼和浩特市城南二十里。《太平寰宇记》:"其上草色常青,故云青冢。"

⑥尚有句:参见本诗注②。又,《乐府诗集》卷五十九《琴曲歌辞》有四言《昭君怨》一首,题作"汉王嫱"。后人多写有《昭君词》《昭君叹》等。琴曲并有《昭君怨》曲。杜甫《咏怀古迹》五首其三:"画图省识春风面,环珮空归月夜魄。千载琵琶作胡语,分明怨恨曲中论。"

【今译】

明妃刚刚嫁给胡人的时候,
上百辆毡篷马车载着胡女前来相迎。
明妃有满腹心事想要诉说,
苦于言语不通无人可以倾听,
她将一腔幽怨寄托给怀中琵琶,
弹奏心曲中深深的故国爱、乡土情。
她用黄金拨杆弹出美妙乐曲,
一边眼望鸿雁一边劝人把胡酒畅饮。
随行的汉家宫女听了动人曲调,

禁不住悄悄落泪暗自伤情。
沙漠上的行人却回过头来,
把这样两句话语奉敬:
汉家恩情太浅胡人情义很深,
人生最大的快乐莫过两相知心。
可怜青冢早已经荒凉败落,
却还有悲哀的《昭君怨》曲流传至今!

书任村马铺①

王安石

【题解】

　　本诗描写了旅行所经之地沧海桑田的巨大变化,并发出垂老的作者"身独在"的叹息,暗示故人已矣,不但自然界变化无端,人事也已今非昔比,河水却永远向东奔流,由此引出他深沉的历史与人生感慨,且发出悲伤只自知,更无一人与之同感的叹息。诗中纪行、叙事历历如在目前。陈衍评此篇:"并无深意,音节独绝。"

【原诗】

　　儿童系马黄河曲②,近岸河流如可掬③。任村炊米朝食鱼,日暮荥阳驿中宿④。投老经过身独在⑤,当时洲渚今平陆⑥。秋黍冥冥十数家⑦。仰视荒蹊但乔木⑧。冰盘羹美客自知⑨,起看白水还东驰⑩。尔来百日皆少年⑪,归与何人共此悲!

注释

①任村:当为河南荥阳附近某小地名。
②曲:幽深处。
③可掬(jū):谓水清可双手捧取来饮。
④荥(xíng)阳:古县名,今属河南。驿:驿站,此泛指客舍。
⑤投老:临老。
⑥洲渚(zhǔ):水中沙洲。

⑦秫(shú):稷(高粱)之粘者称秫,可以酿酒。黍:黄米。
⑧蹊(xī):小路。但:谓但见,只见。
⑨冰盘:形容洁净晶莹的食器。羹:一本作"鲙"。
⑩白水:此处指黄河。《左传·僖公二四年》:"及河,子犯以璧授公子曰:'……请由此亡。'公子曰:'所不与舅氏同心者,有如白水!'"
⑪尔来:犹言自那时以来,近来。

【今译】

儿童在黄河边隐蔽的地方,
把马匹牢牢地拴定,
靠近河岸的水流是这样清澈,
似乎可以用双手捧来啜饮。
在任村烧饭早晨吃了鲜鱼,
到晚来宿息在荥阳的旅店。
临老时经行此地看不到往昔的故人,
只有我孑然一身还存活世间。
当年的水中沙洲已变作平野,
十几户人家种着密密的庄稼一片。
抬头见从前荒落的小径,
如今高大的乔木参天。
晶莹洁净的盘中盛着羹汤,
美妙的滋味旅客记在心间。
起身看河水依旧一如既往,
奔向东方就不再流回,
近时身边百来人全都还年轻
归去跟谁共同感受这深深的伤悲。

葛蕴作《巫山高》,爱其飘逸,因亦作两篇①

(二首其二)

王安石

【题解】

这首诗使用乐府古题,着力铺陈、咏叹巫山的奇险峻峭,其间融入山鬼及神女故事,并将传说、故事中人物的装束、活动,表现得极其生动、神秘。全篇以文字为诗,脱去羁绊而任意挥洒,写得奇伟瑰丽,光怪陆离,读之令人生出无穷遐想。篇中多佳句妙语,如"山亦起伏为波涛"句,气势不凡,想象特异,堪与杜甫"群山万壑赴荆门"句媲美。又如写巫山神女"以云为衣月为褚,乘光服暗无留阻",亦奇妙之至。全篇受到李白《蜀道难》《梦游天姥吟留别》等诗的影响。

【原诗】

巫山高②,偃薄江水之滔滔③,水于天下实至险,山亦起伏为波涛。其巅冥冥不可见④,崖岸斗绝悲猿猱⑤。赤枫青栎生满谷⑥,山鬼白日樵人遭⑦。窈窕阳台彼神女,朝朝暮暮能云雨⑧。以云为衣月为褚⑨,乘光服暗无留阻⑩。昆仑曾城道可取⑪,方丈蓬莱多仙侣⑫。块独守此嗟何求⑬?况乃低徊梦中语!

注释

①葛蕴:生平未详。曾巩《元丰类稿》有《答葛蕴》诗说:"我初未识子,已知子能文。"又:"得子百篇作,读之为欣忻。大章已逸发,小章更清新。"可知葛是位有一定知名度的诗人。巫山高,汉铙歌名,歌辞原是说江淮水深,无桥可渡。临水远望,不得东归。但后来如南朝齐王融"想象巫山高"、南朝梁范云"巫山高不极",掺杂阳台神女故事,已无远望思归之意。作两篇:原本为"作一篇",据别本改。

②巫山:在四川巫山县东,即巫峡,巴山山脉特起处,有十二峰,山下有神女庙。

③俺(yǎn)薄:犹压迫。汉荀悦《汉纪·昭帝纪》:"……冬则为风霜之所俺薄。"

④巅(diān):山顶。冥冥:幽暗貌。

⑤崖岸:山崖、堤岸。斗绝:陡峭险峻。斗,通"陡"。悲猿猱(náo):郦道元《水经注》引谚云:"巴东三峡巫峡长,猿鸣三声泪沾裳。"又,李白《蜀道难》:"黄鹤之飞尚不得过,猿猱欲度愁攀援。"猱,兽名,猿类,善攀援。

⑥栎(lì):木名,又名栩,俗称作柞,或麻栎,果实叫橡子、橡斗。

⑦山鬼:屈原《九歌·山鬼》描写一位多情的山中女神等待情人不至,因而惆怅幽怨,诗中所写女神即为巫山之神,因其非正神故称"鬼"。遭:犹遇。

⑧窈窕(yǎo tiǎo)二句:宋玉《高唐赋序》说楚顷襄王梦与巫山神女相会,神女临别时云:"妾在巫山之阳,高丘之阻,旦为朝云,暮为行雨,朝朝暮暮,阳台之下。"窈窕:美好貌。《诗·周南·关雎》:"窈窕淑女,君子好逑。"

⑨褚(zhǔ):囊袋。《庄子·至乐》:"褚小者不可以怀大。"

⑩服暗:意谓以黑暗为车乘。服,役马名,古代一车驾四马,居中的两匹称服。《诗·郑风·大叔于田》:"两服上襄,两骖雁行。"

⑪昆仑:昆仑山,古代有不少有关昆仑的神话传说,因将其地当作仙境。曾城:传说中地名。东汉张衡《思玄赋》:"登阆风之曾城兮,构不死而为床。"注引《淮南子》:"昆仑山有曾城九重,高万一千里,上有不死树在其西。"

⑫方丈蓬莱:神话传说中有海上三神山,为蓬莱、方丈、瀛洲。

⑬块独句:宋玉《九辩》:"块独守此无泽兮,仰浮云而永叹。"块,孤独。

【今译】

巫山是多么地高峻,
俯压得长江水白浪滔滔。
天底下水实在最是凶险,
而连绵起伏的巫山也正像滚滚波涛。
山顶幽暗昏黑不能够看清,
有密密的云雾笼罩。
山崖堤岸这样陡峭,
愁坏了善于攀援的猿猱。
山谷里长满红枫青栎,
山中女神樵夫在白天也能遇到。
阳台下美丽妖娆的神女,
朝朝暮暮能化作云雨飘飘。

她身穿云霓制成的衣衫,
把月亮当香囊系在腰上,
不论是乘着光辉还是驾驭黑暗,
她都飘忽来去无所阻挡。
昆仑曾城的道路可以探访,
方丈山蓬莱山多有仙人好作伴侣,
可叹神女到底要寻求什么,
还孤独地守候在这里,
并且低下头来徘徊不定,
喃喃地说些梦中话语。

哭梅圣俞①

王安石

【题解】

　　王安石是大政治家、大经学家,他志在复三代之治,所以注重经术,要"讨论先王之法以措之天下",并说"经术正所以经世务尔"。与此相应,在文学方面他主张文以载道,主张文学为政治服务,他自己早期的诗文就大多是为政治服务的。在这首诗中,他借着对梅尧臣的赞扬,对北宋前期不合"先王之道"的浮靡文风,表示了极大的不满。他热情地赞誉梅尧臣不顾流俗,奋然以复古为革新的文学功绩,并对其坎坷命运寄予同情,且为之发出不平之鸣。诗中又从"圣贤与命相矛盾"和"诗人况又多穷愁"的历史事实,说明梅公的困厄是势所必然,并预言梅公身虽湮没,文学业绩却将永存世间。篇末抒写了对梅公的哀悼之情。全诗议论过多,缺少韵味,文辞多佶屈聱牙,在安石诗中实在不能算是一篇佳作。

【原诗】

　　诗行于世先《春秋》②,国风变衰始《柏舟》③。文辞感激多所忧④,律吕尚可谐鸣球⑤。先王泽竭士已偷⑥,纷纷作者始可羞。其声与节急以浮⑦,真人当天施再流⑧。笃生以公应时求⑨,颂歌文武功业优⑩,

经奇纬丽散九州⑪,众皆少锐老则不⑫,翁独辛苦不能休。惜无采者入名谨⑬,贵人怜公青两眸⑭。吹嘘可使高岑楼⑮,坐令隐约不见收。空能乞钱助馈馏⑯,疑此有物司诸幽⑰。栖栖孔孟葬鲁邹⑱,后始卓荦称轲丘⑲。圣贤与命相矛盾,势欲强达诚无由。诗人况又多穷愁,李杜身不为公侯⑳。公窥穷厄以身投㉑,坎坷坐老当谁尤㉒?吁嗟岂即非善谋㉓?虎豹虽死皮终留。飘然载丧下阴沟㉔,粉书轴幅悬无旒㉕。高堂万里哀白头㉖,东望使我商声讴㉗?

注释

①梅圣俞:梅尧臣(公元1002—1060年)字圣俞,诗文革新的主将之一。详见前梅尧臣诗附小传。

②诗:指《诗经》,是我国古代最早的一本诗歌总集,收集了公元前十一世纪至公元前六世纪共五百多年305首诗,古时称"诗三百",汉时被尊为儒家经典之一。《春秋》:相传为孔子所撰编年体断代史。

③国风句:《诗大序》云:"……风至于王道衰、礼义废、政教失、国异政、家殊俗而变风、变雅作矣……"旧说除《周南》《召南》之外,其余十三国风皆为变风。国风,诗经分风、雅、颂三个部分,国风是十五国风,即各地的民间歌曲,是《诗经》中最具艺术价值的部分。《柏舟》:《诗·邶风》的第一首,即"变风"的第一首,本为一首弃妇诗,《诗小序》云:"《柏舟》言仁而不遇也。卫顷公之时,仁人不遇,小人在侧。"

④文辞句:谓《柏舟》诗句感情激荡,多言忧伤,如"耿耿不寐,如有隐忧";"忧心悄悄,愠于群小";"心之忧矣,如匪澣衣"。感激,感动激发。

⑤律吕:乐律的统称。古人以十二根孔径相同、长短不同的律管确定十二个标准音,依单双次第,分别称为六律六吕,合称律吕。此处指音调韵律。鸣球:玉磬。《书·益稷》:"戛击鸣球。"《疏》:"《释器》云:'球,玉也。'乐器惟磬用玉,故球为玉磬。"

⑥先王:指古代圣君如尧、舜、禹、周文王、周武王等。泽:德泽。偷:浇薄、不厚道。《论语·泰伯》:"故旧不遗,则民不偷。"

⑦浮:指浮薄、浮靡。

⑧真人:谓得道之人。

⑨笃(dǔ)生:谓生而不平凡,犹得天独厚。《诗·大雅·大明》:"长子维行,笃生武王。"

⑩文武:文功和武德。

⑪经奇纬丽:以纺织比喻创作奇丽的诗文。经纬,织物的纵线与横线。九州,

中国古代设置的九个州,后泛指中国。

⑫少锐:少年刚锐。不(fǒu):同"否"。

⑬名逑(qiú):著名的逑人。逑,指逑人,古时掌宣布教化的官。

⑭青两眸:表示重视、垂爱。典出阮籍能为青白眼事,详见前司马光《和邵尧夫安乐窝中职事吟》诗注。

⑮吹嘘:替人宣扬、说好话。高岑(cén)楼:《孟子·告子》下:"不揣其本而齐其末,方寸之木,可使高于岑楼。"岑楼,尖顶高楼。

⑯空能句:梅尧臣仕途坎坷,家境贫困,以至于"妻孥每饥寒,内愧剧剡懑。时赖二三友,乞米慰穷惨"(《正仲见赠依韵和答》)。饙(fēn)馏(liù):饭食。

⑰司:主宰。幽:谓冥冥之中。

⑱栖栖:忙碌不安貌。《论语·宪问》:"微生亩谓孔子曰:'丘何为是栖栖者与?'"鲁:指山东曲阜孔子故乡。邹:县名,属山东省,孟子故乡现改称邹城市。

⑲卓荦(luò):卓绝出众。轲丘:孔子名丘,孟子名轲,西汉武帝时罢黜百家独尊儒术,孔孟并称,为儒家宗师。

⑳李杜句:李白杜甫政治生涯均不如意,故云。

㉑厄(è):困苦。

㉒坐老:犹到老。当谁尤:为"当尤谁"的倒文。尤:归咎,责怪。

㉓吁嗟:叹词,表示忧伤或有所感。谢朓《和王著作八公山诗》:"平生仰令图,吁嗟命不淑。"

㉔阴沟:犹言黄泉。

㉕粉书轴幅:指挽联之类。悬无旒(liū):无悬旒,谓出殡时灵柩前的幡旗简朴无装饰物。旒,旗帜下边悬垂的饰物。

㉖高堂:谓父母,此指梅尧臣的父母。

㉗商声讴(ōu):讴商声,即唱哀歌。商声:即商歌,悲凉低音的歌。

【今译】

《诗经》在世上流传比《春秋》还早,
国风变得衰微第一篇就是《柏舟》。
《柏舟》文辞感发激荡多诉忧愁,
音调韵律和谐还可以配合玉磬演奏。
先代圣君道德的余泽已尽,
读书人的风气已经浇薄不厚,
写诗文的人倒有许许多多,
那些作品却让人感到可羞,

作品音繁节促格调轻浮,
真人在天要把先王大德再度布流。
不同凡响的梅公适应时代需求,
歌颂文德武功业绩堪称至优。
一般人少年时刚毅敢为到老就会改变,
只有梅公辛苦耕耘始终不休。
可惜没有人用他作宣布教化的名官,
贵人对他看重也曾转动青眸,
假如肯替他延誉,
原可使其名声高过尖顶高楼,
却让他白白湮没,
没能够被朝廷收受。
只不过给些钱物帮助他的生活,
我真怀疑有什么主宰在冥冥之中筹谋。
生前忙碌不歇的孔孟,
葬在曲阜邹城冷落备受,
后来才被当作卓绝的宗师,
被儒者并称孟轲孔丘。
看来命运跟圣贤总是作对,
想要努力通达确实没有由头。
况且诗人大多穷愁潦倒,
李白杜甫也没能做到公侯。
梅公明明知道要受穷困,
却甘心为诗文献出了自身。
他仕途坎坷一直到老年,
这到底应当归罪于何人?
但他的命运固然令人叹惋,
难道不正是成就功业的情由!
勇猛的虎豹虽则死去,
美丽的皮毛却在世间长留。
梅公飘然归于黄泉,
没有装饰的幡旗挽联十分简陋。

万里以外的白发双亲为他伤心,
我朝东凝望禁不住唱出悲哀的歌吟。

半山春晚即事①

王安石

【题解】

这首诗脱去常人惜花伤春的窠臼,生动地描绘了暮春时庭园的种种佳景。作者以生花妙笔把春风写得十分多情,它虽然吹落了红花,却酬人清阴以为补偿,使人感到造化的赐与真是用之不尽。陈衍说起二句本于唐人"绿阴清润似花时",但安石的两句含义却深厚得多,感情色彩浓烈得多,韵味也胜过许多。诗中描写了作者生活环境的幽静美丽和退居后的安舒闲逸。末二句则在宁静、喜悦感受的抒写中,又隐约地透露了世罕知音的淡淡哀愁。

【原诗】

春风取花去②,酬我以清阴。翳翳陂路静③,交交园屋深④。床敷每小息⑤,杖屦或寻幽⑥。唯有北山鸟⑦,经过遗好音。

【注释】

①半山:指半山园。王安石于神宗熙宁十年(公元1077年)退居江宁。元丰中营建园宅,称半山园,因其地距白下门与钟山均为七里,正在一半路程中,并自号半山。
②春风:一本作"晚风"。
③翳(yì)翳:深晦不明貌。陂(bēi):池塘。
④交交:犹交加,错杂貌。
⑤床敷:铺设床具。敷:铺陈。
⑥杖屦(jù):扶杖散步。杜甫《祠南夕望》诗:"兴来犹杖屦,目断更云沙。"
⑦北山:即钟山。南朝宋周颙与孔稚圭曾隐居于此,后周颙离山出仕,孔曾作《北山移文》表示讥刺。王安石有《思北山》等诗,寄托真心隐逸的心境。

【今译】

春风虽然把百花取走,

却酬谢人清凉的绿阴。
幽暗的池边小路十分宁静，
草木掩隐的园屋多么深沉。
我时而打开床铺稍事休息，
时而扶着手杖去寻幽探胜。
只看见钟山的小鸟飞来，
经过我这里留下了一串动听的歌声。

定　林①

王安石

【题解】

《漫叟诗话》说："荆公《定林》后诗，精深华妙，非少作之比。"认为这首诗标示了王安石诗艺术上迈向成熟、高超的转折点。诗中描写作者在定林寺游憩时，泉甘野旷、山水幽美使他受伤的身体和心灵得到休息与抚慰，因而真正达到了脱去名缰利锁如脱鞋履的超拔境界，以及与云月为伴自足怡悦的闲适心情，且写出作者出处自如、无所往而不乐的旷达胸襟和对自然美细微深刻的体察、领悟。全诗自然流丽，不以写景为主而是以情带景，突出描写心理感受。陈衍评此诗"颇有王右丞(维)'松风吹解带，山月照弹琴'意境"。

【原诗】

　　漱甘凉病齿②，坐旷息烦襟③。因脱水边屦④，就敷岩上衾。但留云对宿⑤，仍值月相寻⑥。真乐非无寄⑦，悲虫亦好音。⑧

注释

　　①一本作《定林院三首》。定林：寺院名。《建康志》说定林寺有两处，上定林寺在钟山应潮井后，南朝宋武帝元嘉十六年（公元439年）建造。下定林寺在钟山宝公塔西北，元嘉元年（公元424年）置，有王安石读书处。
　　②甘：指甘甜的泉水。
　　③烦襟：烦闷的心怀。王勃《游梵宇三觉寺》诗："遽忻陪妙躅，延赏涤烦襟。"

④因脱句:王充《论衡·非韩》:"夫志洁行显,不徇爵禄,去卿相位若脱蹝(鞋)者……"此处暗用其意。屦(jù),鞋子。

⑤但:只。

⑥值:遇。

⑦真乐句:《列子·仲尼》:"无乐无知,是真乐真知。"晋张湛注:"都无所乐,都无所知,则能乐天下之乐,知天下之知,而我无心(机心)者也。"此处暗用其意。

⑧悲虫:指吟声凄切的秋虫。

【今译】

用甘泉漱口我的病齿感到清凉,
闲坐旷野消尽了烦闷的心情。
在水边自由自在地脱去鞋子,
又随便在山岩上铺被就寝。
只留下逍遥的白云和我相对宿息,
还又遇多情明月将我探访找寻。
真能无时不乐并不是没有寄托,
悲鸣的虫声我听起来如同悦耳的歌吟。

壬辰寒食①

王安石

【题解】

　　本诗作于仁宗皇祐四年(公元1052年),诗人时年三十二岁。安石年轻时便想干出一番惊天动地的大事业,但二十二岁中进士后,十年间辗转于州县,不得一展雄图,不由得生出无限未老先衰、壮志不酬的感慨,此诗便写出他客居南京在寒食节令时的悲凉怀抱。陈衍评"起十字无穷生清新,余衰飒太过",这评论很是精彩。"客思似杨柳,春风千万条"二句,将作者由时序更迭油然生出的客愁乡思形容得生动入妙,仿佛可以看见、可以把握,极清新自然。其它六句的确过于衰飒,"未知轩冕乐,但欲老渔樵"二句字面上似乎表现作者不汲汲于名利的人生态度,却并非由衷之言。

【原诗】

　　客思似杨柳,春风千万条。更倾寒食泪,欲涨冶城潮②。巾发雪争出,镜颜朱早凋。未知轩冕乐③,但欲老渔樵④。

注释

　　①壬辰:宋仁宗皇祐四年,公元 1052 年。寒食,节令名,在清明前一日(一说前二日)。春秋时晋文公烧山逼介之推出山做官,之推坚决不肯,抱木焚死。为纪念他,就于此日禁火,只吃冷食,后相沿成习,称寒食。
　　②冶城:故址在江苏南京市朝天宫附近。相传三国吴(一说春秋吴王夫差)冶铁于此,故名。
　　③轩冕:卿大夫的轩车和冕服,亦谓官位爵禄。
　　④但欲句:意谓志在隐居山林泉泽。

【今译】

　　心中的客愁乡思如像是杨柳,
　　春风吹起就生出千枝万条。
　　寒食佳节我却更加伤心流泪,
　　使冶城水满好似涨潮。
　　白发争着从头巾下钻出,
　　镜中青春的面容早已枯凋。
　　我不懂得官高爵显有什么快乐,
　　只愿终老于江湖打鱼采樵。

送程公辟得谢归姑苏①

王安石

【题解】

　　这首诗为送别程师孟(字公辟)致仕后返回故乡苏州而作。作者以欣喜的笔调,在想象中描绘了主人公归乡后徜徉山水、与友人吟咏唱和的种种生活情景,辞情明朗欢快。

【原诗】

东归行路叹贤哉②,碧落新除宠上才③。白傅林塘传画去④,吴王花鸟入诗来⑤。唱酬自有微之在⑥,谈笑应容逸少陪⑦。除此两翁相见外,不知三径为谁开⑧?

注释

①一本题作《送程公辟还姑苏》。程公辟:(公元1009—1086年)程师孟字,吴(今江苏苏州)人。仁宗景祐元年(公元1034年)进士。历知南康军、楚州、洪州、福州等。官至给事中、判都水监。后出知越州、青州,致仕。谢:谢职。姑苏:原为山名,在江苏吴县西南,山上有姑苏台,相传为吴王阖闾或夫差所筑,又称"胥台"。后来也称吴县治所为姑苏。

②贤哉:《论语·雍也》孔子称赞颜回:"贤哉回也,一箪食,一瓢饮,在陋巷,人不堪其忧,回也不改其乐。贤哉回也!"此处称赞程师孟出处自如,不以为意。

③碧落:天空,此指上天。除:此谓除去官职而拜到天上仙籍。除,除官拜职。

④白傅林塘:白居易任苏州刺史时所辟园林。白居易开成初授同州刺史,不拜,改太子少傅,世称"白傅"。传画去:将绘入图画而广为人知。

⑤吴王句:谓吴地好风光程师孟将摄入诗章。苏州原为春秋吴故都,因说吴王花鸟。

⑥唱酬句:此处将程师孟比作白居易,白居易和元稹(字微之)为莫逆之交,文友诗敌,互相唱和很多,此处微之指程师孟好友元绛。

⑦逸少:王羲之(公元303—361年),字逸少,东晋著名书法家、文学家。此处比喻程师孟友人。原注云:"少保元绛谢事居姑苏,又王中甫善歌词,与相唱酬燕(宴)集。"

⑧除此二句:用西汉蒋诩典。西汉末,王莽专权,兖州刺史蒋诩告病辞归,隐居乡里,于院中开辟三径,唯与求仲、羊仲来往。后常以三径指家园。

【今译】

　　你欣然地走上东归的道路,
　　我赞叹你这贤士出处都一般安详,
　　你不再做世俗的官吏,
　　上天荣宠新选高才的你如神仙模样。
　　你会把白傅开辟的林塘
　　摄入画图传扬开去,
　　吴王故都美丽的花鸟

也将摄进你奇妙的诗章。
有微之样才情的知友与你唱和,
谈笑的友人还有的像逸少般风流倜傥。
除了这两位老友同你来往,
你的庭园不知更能为谁开放?

思王逢原(三首其二)①

王安石

【题解】

　　高才卓荦的诗人王令曾得到安石极度的赞赏,还将妻妹许配给他,并为之延誉。二人结成莫逆之交,所谓"行藏已许终身共",岂料天不从人愿,正当青春华年的王令,来不及充分发挥才情,施展抱负,年仅二十八岁便过早地离开了人间。他逝世的次年秋,即仁宗嘉祐五年(公元1060年),安石写了三首《思王逢原》诗,表达怀念、悼惜之情,这是第二首。首二句作者用想象的诗笔描写千里之外王令的坟墓荒草萋萋的景象,暗示自己并没因时光的流逝而消淡了对友人的深情。颔联写出作者为王令生前不为常人所知,不为当世所用而感到的遗憾,且表明唯有自己才是对方的真正知己。颈联追忆往事,回首两年前在江西与王令一同读书饮酒、畅论古今的欢乐情景,引入庐山、溢水作为参与者,使境界十分壮阔,堪称名句。尾联点明曾日月之几何,往日欢乐永远变为陈迹,作者悲从中来不可断绝。全诗写得一往情深、真挚感人。成语、典故的妙用使诗歌内容更其丰厚。

【原诗】

　　蓬蒿今日想纷披,冢上秋风又一吹②。妙质不为平世得③,微言惟有故人知④。庐山南堕当书案,湓水东来倾酒卮⑤。陈迹可怜随手尽,欲欢无复似当时。

【注释】

　　①王逢原:王令字,详见前王令诗附小传。

②蓬蒿二句:《礼·檀弓》上:"朋友之墓,有宿草(陈根)而不哭焉。"此处反用其意。蓬蒿,野草。纷披:盛貌。冢(zhǒng):坟墓。王令病逝后葬于江苏常州。

③妙质句:安石《思王逢原》第一首尾联云"便恐世间无妙质,鼻端从此罢挥斤",正可作为此句注脚。其用《庄子》典故,《庄子·徐无鬼》:"郢人垩(白土)慢(漫,犹涂)其鼻端,若蝇翼,使匠石斫之;匠石运斤成风,听而斫之,尽垩而鼻不伤。"妙质即指郢人鼻上垩。质:射的、箭靶。

④微言:精微的言论。《汉书·艺文志》:"仲尼没而微言绝。"

⑤庐山二句:嘉祐三年(公元1058年),王安石任江西提点刑狱,王令曾往江西与之相会。溢(pén)水:也称益水,源出江西瑞昌县西清溢山,东流经九江城下,北流入长江。

【今译】
　　想象中你远方的墓地,
　　如今早已长满茂盛的蒿蓬,
　　哀悼你的深情仍如去岁,
　　尽管你孤独的坟茔又一度萧瑟秋风。
　　你美妙非凡的资质没有能够
　　在这太平盛世得到器重,
　　精微博厚的学问
　　也只有我这老友深深地理解和认同。
　　回想起那年雄奇的庐山倾向南方,
　　正对着书案,我们说古论今其乐融融,
　　东来的溢水滔滔奔涌,
　　仿佛流进你我的酒杯之中。
　　可惜美好往事转瞬间竟变为陈迹,
　　一切都随着你的逝去而告终,
　　从此生活里再也没有什么欢乐,
　　能够比得上从前同你相共。

寄阙下诸父兄兼示平甫兄弟①

王安石

【题解】

本诗赞誉在京都做官的叔、伯与弟兄,特别点出弟弟平甫(安国字)、安礼卓荦的文才。诗人欣喜祖业有人承传,并预言他们都将各极其用,大展鸿图。后半篇故作自谦语,说自己喜爱阳羡山水佳胜,且以陶渊明自况淡泊性分。篇末祝愿"一门皆贵仕",叮咛对方勿忘不时前来自己隐居的茅屋探望。安石本以济世为己任,诗中却故作恬退之态,想是心中有许多难言的隐衷。此篇内容与艺术手法皆属平常,实在称不上是什么佳作。

【原诗】

父兄为学众人知,小弟文章亦自奇②。家势到今宜有后③,士才如此岂无时④?久闻阳羡溪山好⑤,颇与渊明性分宜⑥。但愿一门皆贵仕,时将车马过茅茨⑦。

注释

①阙下:京都。诸父兄:指同宗叔、伯、兄、弟。平甫兄弟:指作者弟王安国(字平甫)与王安礼(字和甫)。王安礼,详见前《寄吴氏女子》注⑨。
②小弟句:安石弟安国(公元1028—1074年)"幼敏悟,未尝从学,而文词天成。年十二,出为诗、铭、论、赋数十篇示人,语皆警拔,遂以文章称于世,士大夫交口称之"(《宋史》本传)。《宋史·王安礼传》称安礼其"伟风仪,论议明辨,常以经纶自任"。
③家势:一本作"家世"。
④士才:一本作"人才"。时:谓遇时而用。
⑤阳羡:今江苏宜兴古称阳羡,山水清嘉。
⑥渊明:此处安石借以自喻恬淡。
⑦茅茨:茅屋,谓隐居之所。

【今译】

父兄们的学问众人皆知,

我弟弟的文章也卓越出奇。
家世如今有后人承传,
这样的人才哪能不遇于时!
早就听说阳羡溪山清丽,
很与我渊明般淡泊的生性相宜。
但愿一家人全都做到高官,
时不时乘车马来我隐居的茅屋这里。

歌元丰(五首其五)

王安石

【题解】

神宗元丰初,王安石虽然已经退居江宁多时,却仍关注着朝廷对施行新法的态度,神宗没有因安石辞去相位而废止新法,又适逢连年风调雨顺大获丰收,这使作者十分欣慰和喜悦,于元丰二年(公元1079年)写下一组五首《歌元丰》诗,此是第五首。在前几首中,作者已写足了"水满陂塘谷满箩"、"家家露积如山垅"的丰收年景,以及百姓们"神林处处传箫鼓",共庆丰收的欢乐情状,并在第四首中歌颂了天子继续推行新法的功绩。这第五首便收束到作者作为一个旁观者欣喜的感受。诗中先写作者经行的村庄猪栏鸡舍笼盖在暮霭之中,显示出一派宁静和平的生活气氛。再写木叶摇落,钟山将其清晰的山容呈献在作者面前,句中不用"现南山",而用一"献"字,将无知无觉的钟山点化得极富感情,似乎它也为丰收而欢悦。作者将所见一切景象总束为"丰收处处人家好",且写出自身卸去了官职重担,得以飘然来往于富庶的乡村之间,感到无比的轻松与欣慰。全诗格调明快,寓意深长。

【原诗】

豚栅鸡埘晻霭间①,暮林摇落献南山②。丰年处处人家好,随意飘然得往还。

【注释】

①豚(tún):小猪,或作"㹠"、"豘",此泛指猪。鸡埘(shí):凿墙为鸡窝称埘,《诗·王风·君子于役》:"鸡栖于埘。"此泛指鸡窝。晻(ǎn):昏暗,同"暗"。

②摇落:木叶凋零。宋玉《九辩》:"悲哉秋之为气也,萧瑟兮草木摇落而变衰。"南山:钟山又称北山,此谓南山当指钟山向阳的一面。

【今译】

村落笼盖在沉沉暮霭中,
猪栏鸡舍昏暗而宁静。
深秋时树林里木叶凋尽,
钟山呈献出清晰的身影。
在这丰收的岁月,
每处人家都一样欢乐和平,
自由自在的我能够任意地
飘然来往于乡间路径。

谢安墩(二首其一)①

王安石

【题解】

这首诗以调侃的语气,用对话的方式借"谢公墩"的名目,把跟自己历史地位相仿佛的谢安联系在一起,开一个巧妙的玩笑。在玩笑之中,可以看出王安石不让古人的自负的意气,及其不乏诙谐幽默的性格特点。

【原诗】

我名公字偶相同②,我屋公墩在眼中。公去我来墩属我,不应墩姓尚随公③。

注释

①谢安墩:一本作《谢公墩》。山名,在今江苏江宁县城北。东晋谢安尝居半

山,后王安石亦居此。

②我名句:谢安字安石,故云。

③公去二句:为调侃之语,但亦寓有深意。王安石《谢安》诗云:"谢公才业自超群,误长清淡助世纷。"对谢安颇有微辞,可见王安石是自视功业高过谢安的。

【今译】

我的名与谢公的字偶然相同,
公墩对着我的屋宇正在眼中。
公去我来墩已经属于我,
总不该墩姓还随着谢公。

山　陂

王安石

【题解】

前两句一从听觉一从视觉,描写了山寺晚钟敲响、城内外灯火初上的情景。此情此景本当引发主人公的生活情趣、兴味,后二句却说自己"白发逢春唯有睡",且进一步说"睡闻啼鸟亦生憎"。由此可见诗中表现的不是一种安宁恬静的退闲心境,而隐含着愤懑不平的情绪。

【原诗】

山陂院落今挼钟①,城郭楼台已放灯②。白发逢春唯有睡,睡闻啼鸟亦生憎③!

【注释】

①山陂(bēi):山坡。院落:当指寺院。挼(suī)钟:敲钟。《玉篇·手部》:"挼,击也。"

②城郭:内城曰城,外城称郭。放灯:犹言上灯。

③睡闻:一本作"睡间"。生憎:讨厌、憎恨。生,极、偏。

【今译】

　　山坡的寺院敲响了晚钟,
　　城里城外楼台上点起了明灯。
　　白发的我在这春来时只想睡觉,
　　睡梦中听到鸟啼声也只感到厌憎。

北陂杏花①

王安石

【题解】

　　前两句以生动入神的画笔,描写池边杏花与水中倒影,绘出了"照花前后镜,花面交相映"那种美的意象虚实两个方面的表现,显然受到林逋《山园小梅》"疏影横斜水清浅,暗香浮动月黄昏"诗句的影响。林逋句描绘了疏淡空灵的美,安石句则表现了一种艳丽而又虚静的美,二者有异曲同工之妙。后二句写池畔杏花纵然凋落依然洁净如雪,比起热闹市街"碾成尘"的杏花,清浊高下自有本质差别。陈衍说:"末二句恰是自己身份。"这里寄寓了王安石孤高的个性,以及他被迫退居后无可奈何却不甘屈服的精神状态。全诗写景奇妙,寄意深刻,不愧为传诵名篇。

【原诗】

　　一陂春水绕花身,花影妖娆各占春②。纵被春风吹作雪③,绝胜南陌碾成尘④!

注释

　　①一本题作《北陂水花》。
　　②妖娆(ráo):娇艳妩媚。占:据有。
　　③雪:形容水边凋落的杏花。
　　④南陌:南边大路。

【今译】

　　一池碧绿的春水,

环绕着盛开的杏花,
花和水中倒影一样娇艳妩媚,
各自占领着春天的芳华。
纵使她被春风吹落枝头,
依旧如片片雪花纯净洁白,
绝然胜过在那南边大路上,
被纷纷车马辗作尘埃!

北 山①

王安石

【题解】

　　这首诗描绘了一幅退闲生活小景。前二句围绕着"水",从山上写到平地的河沟池塘,将无边春意都化作盈盈春水这流动的、澄净的美。后二句极写作者闲逸的情致和静谧的心境,但在这闲极静极的生活景象背后,却隐藏着诗人吾道不行的无奈与落寞。叶梦得称此二句用意深刻,当即指此。

【原诗】

　　北山输绿涨横陂②,直堑回塘滟滟时③。细数落花因坐久,缓寻芳草得归迟④。

【注释】

①一本题作《蔷薇四首》。北山:即钟山。
②输绿:谓北山山泉向下灌注。
③直堑(qiàn):直的河沟。回塘:曲折的池塘。滟(yàn)滟:波光。
④细数二句:王维《从岐王过杨氏别业应教》诗云:"兴阑啼鸟散,坐久落花多。"此化用其句。

【今译】

　　北山输送着山泉,

碧绿的泉水涨满了横塘,
笔直的河沟曲折的小池,
闪动着粼粼波光。
我久久闲坐,
细数着残花一片片飘落身旁,
我缓缓地探寻芳草,
很晚很晚才返回田庄。

勘会贺兰溪主[①]

(贺兰溪,洛京地名[②]。陈绎买地筑居[③],于邮中问之[④])

王安石

【题解】

　　这首诗的表现方法很是特别,诗中全用问句,对友人买得洛阳的贺兰溪,隐约地表示了祝贺,字里行间也流露出羡慕之情。纯用寻常口语,写得活泼幽默。陈衍认为这种写法"开诚斋(杨万里)先路"。

【原诗】

　　贺兰溪上几株松,南北东西有几峰?买得住来今几日,寻常谁与坐从容[⑤]?

注释

①勘(kān)会:同"勘当",唐宋公文中的用词,含有议定、审核的意思。此处为戏谑之语。
②洛京:北宋西京洛阳。
③陈绎(公元1021—1088年)字和叔,洛阳(今属河南)人,一说开封人。仁宗景祐中廷试误用韵,被黜。庆历二年(公元1042年)再举,为别试第一。历官西京留守推官、馆阁校勘、集贤院校理等,勘定《前汉书》。神宗朝官至太中大夫、龙图阁待制,后因事遭贬。哲宗立,复太中大夫。
④于邮中问之:即寄书信问之。
⑤谁与坐从容:"与谁从容坐"的倒文。从(cōng)容,安逸舒缓。

【今译】

贺兰溪上到底有几棵青松?
南北东西又有几座山峰?
买得这个好地方至今多少时日?
平常跟谁一起闲坐谈笑从容?

书湖阴先生壁①

王安石

【题解】

　　王安石《题张司业(籍)》诗曰:"看似寻常最奇崛,成如容易却艰辛。"这评语移用于他自己的许多作品,尤其是一些小诗特别惬当,本诗便是一例。前两句描写杨德逢居所的简朴、洁净和美丽,又可见出一位隐者充满情趣的勤劳生活。第三句将镜头拉远,绘出房舍附近一弯绿水环绕田地的乡间风光。第四句本意是说杨家开门可见青山,诗人却化被动为主动,写成多情的山特地推开杨家的门,送来它青青的山色,描写极新奇生动。这后二句是安石诗修辞巧妙有名的例子,两句均用《汉书》典,用事而不使人知觉,如从胸臆间自然流出。如不知为用典,单从字面看也使人感到清新流美,如知其用典,则更能懂得诗人学问的深博、用典的精工。写来从容不迫,举重若轻,令人赞叹不已。

【原诗】

　　茅檐长扫净无苔,花木成畦手自栽②。一水护田将绿绕③,两山排闼送青来④。

注释

①湖阴先生:杨骥,字德逢,号湖阴先生,是王安石退居金陵时的邻居。
②畦(qí):长方形、土埂围着的整齐的田块。
③护田:用《汉书》典。《汉书·西域传》云:"轮台、渠犁皆有田卒数百人,置使者校尉领护。"注云:"统领保护营田之事也。"此处将"一水"比作护田兵将。

④排闼(tà):《汉书·樊哙传》:"高帝尝病,恶见人,卧禁中,诏户者无得入群臣,哙乃排闼直入,大臣随之。"闼,宫中小门,此处泛指门。排,推,推门直入。

【今译】
　　茅檐长扫洁净得不生青苔,
　　花木成畦全都是亲手栽培。
　　一弯碧绿的河水环绕田地,
　　如同护田兵将团团守卫,
　　两座多情的青山,
　　直推开门户送来苍翠。

示公佐①

王安石

【题解】
　　此诗为退闲后所作,前二句写衰老的诗人只是酷爱读书,且喜得到年轻的公佐的启发。后二句写二人议论得十分热烈,因此长夜不眠,连窗外滴上石阶的雨声也只是偶尔听到。但此诗在表面的闲淡、欢快的描写中,仍寄寓无穷感慨,从"生"曰"残生","性"称"伤性"的说法,以及道无所施于天下,而只一味读书、讨论的生活场景本身,便透露出深深的悲哀。

【原诗】
　　残生伤性老耽书②,年少东来复起予③。各据槁梧同不寐④,偶然闻雨落阶除⑤。

注释
　　①公佐:姓江,生平未详。
　　②伤性:谓心性、心灵受到挫伤。耽:沉溺于某种事物。
　　③起予:《论语·八佾》:"子曰:'起予者商也,始可与言诗已矣。'"《疏》:"起,发也。予,我也。商,子夏名。孔子言,能发明我意者,是子夏也。"后指自他

人得到教益。

④槁梧:古琴。《庄子·德充符》:"倚树而吟,据槁梧而瞑。"《释文》:"崔(篆)云:'据琴而睡。'"一说为夹膝几。

⑤阶除:阶沿。

【今译】
　　我只有残余的生命、受伤的心灵,
　　老年人只在书中沉溺,
　　东来的少年公佐,
　　又使我得到深深的启迪。
　　我二人各自凭倚着古琴,
　　通夜不眠谈得十分投契,
　　只在偶然间听到了窗外
　　阶沿上响几声雨滴。

金陵即事①（三首录二）

王安石

其 一

【题解】
　　诗中描绘了诗人退闲时居住环境的宁静美好,一切情景都从屋门内诗人的视野中展开:开门的屋门向着水滨,连接小桥的道路长满青苔,说明门前绝无车马、行人的踪迹。在纷扰的政治生活过后,诗人认真地体验着隐居所特有的一份情趣,句中并没寄寓落寞之慨。那诗人笔下"背人照影"的杨柳风姿绰约,简直就是古典美人的化身,自怜自赏,同时暗自期待着他人的爱赏。真把水边杨柳写得极有灵性。"隔屋吹香并是梅"句,虽只从诗人的嗅觉来写,却能使人想象疏梅成林、盛开怒放的繁丽景象,艺术表现十分含蓄深细。全诗浑然天成,精工而不见雕琢之迹。

【原诗】

　　水际柴门一半开,小桥分路入青苔②。背人照影无穷柳,隔屋吹香并是梅。

注释

　　①一本题作《即事十五首》。
　　②小桥分路:谓小桥将道路分作两截。青苔:一本作"苍苔"。

【今译】

　　我幽居的茅屋,
　　柴门朝着水滨一半打开,
　　小桥将道路分成两段,
　　延伸处但见厚厚的青苔。
　　无数的杨柳背向人悄悄照影,
　　在轻风中舞弄绰约的姿采。
　　疏梅还隔着我的房屋,
　　却把阵阵幽香吹送进来。

其　二

【题解】

　　这是一首怀古诗。金陵系六朝故都,歌舞繁华之地,本诗只是客观地描绘出今昔景物的变化,便表达出对历史兴亡深沉的沧桑之感,尤其对陈朝的亡国寓无限教训意义,却只从虚处传神,让人寻绎无尽。杨万里评安石诗说:"三百篇(诗经)遗味黯然犹存也,近世惟半山老人得之。"即指其诗篇思想深厚,艺术表现深曲,此诗便是一例。唐刘禹锡有《台城》诗云:"台城六代竞豪华,结绮临春事最奢。万户千门成野草,只缘一曲后庭花。"意思相近,含蓄蕴藉则远不如本诗。

【原诗】

　　结绮临春歌舞地①,荒蹊狭巷两三家。东风漫漫吹桃李,非复当时仗外花②。

【注释】

①结绮(qǐ)临春:均为南朝陈殿阁名。《陈书·张贵妃传》载,陈后主至德二年(公元584年),于光昭殿前起"临春"、"结绮"、"望仙"三阁,高数十丈,并数十间。其窗牖、壁带、悬楣、栏槛之类,皆以沉香檀为之,又饰以金石,间以珠翠,外施珠帘,穷极奢华。后主自居临春阁,张贵妃居结绮阁,龚、孔二贵嫔居望仙阁,并复道交相往来。

②东风二句:唐刘禹锡《金陵五题·乌衣巷》诗云:"旧时王谢堂前燕,飞入寻常百姓家。"此翻用其意。仗:指皇帝巡游时的仪仗。

【今译】

那往昔的临春阁结绮阁,
歌舞声不绝多么地奢华,
如今此地只剩有荒僻的小路,
狭窄的里巷中住两三户人家。
东风漫漫又一度吹开了桃李,
再不是当年热闹的仪仗外繁丽的花。

乌　塘①

王安石

【题解】

这首诗咏江西乌塘柘冈春景。首句描写乌塘盈盈春水与堤岸平齐的美好风光。第二句中"各有携"三字,将游人如云,各携食具、酒器嬉游堤上的热闹情景,浓缩、凸现在人们眼前,语言于平易中见凝炼。后二句点出辛夷花盛开如雪的柘冈西边,是诗人最为喜爱的处所。全诗格调轻快,表现了诗人对自然、对生活的热爱。

【原诗】

　　乌塘渺渺绿平堤②,堤上行人各有携。试问春风何处好?辛夷如雪柘冈西③。

【注释】

①乌塘:宋祝穆《方舆胜览》卷二十一:"乌石冈距临川(今属江西)三十里,下有塘,王介甫诗'乌塘渺渺绿平堤……'。"
②渺渺:悠远貌,此指水大而广。绿:一本作"渌"。
③辛夷:香木名,花有紫、白两种,白者称玉兰,亦称望春、迎春。此处指玉兰。柘冈:在江西金谿县西之十里,与临川灵谷山相接,上有王安石读书堂。

【今译】

浩渺的乌塘一望无际,
盈盈绿水与堤岸平齐,
堤上行人手持各类器具,
在这美好时令游乐嬉戏。
若是问我何处春光最好,
就在玉兰开如白雪的柘冈以西。

午 枕①

王安石

【题解】

本篇以极其清美的诗笔描摹了日常生活中一个小小的场景:午梦初醒时的所见、所感、所思。从首句"簟欲流"写竹席花纹清凉如水的语意来看,应是初夏时令。次句绘红花枝影映上帘钩的情景,冠以"日催"二字,与上句相连,显示出午梦的悠长和香甜,同时展现了一幅极富诗美的图像。三、四句写主人公的午梦被"窥人"的小鸟所唤醒,而梦则形容为"悠扬"梦,这梦境的悠远美妙,可让人产生许多遐想。由于醒来时美妙梦境已不复存在,诗人所见唯隔水连绵起伏的山峰,于是触发了婉转的、难以言说的清愁,句中着一"供"字,加深了主观感情的内涵。整首诗诗情空灵飘忽,风格柔婉,富有一种神秘莫测的美的意境,体现了诗人极其细腻的内心感情和超凡入圣的艺术表现力。

【原诗】

午枕花前簟欲流,日催红影上帘钩。窥人鸟唤悠扬梦,隔水山供宛转愁。

注释

① 一本题作《独卧三首》。
② 簟(diàn)：竹席。

【今译】

花前一枕午睡，
竹席清凉如水波欲流，
斜阳已照着花枝，
将婆娑红影映上我的帘钩。
窥视人的小鸟声声啼鸣，
惊起飘忽的梦，它去得悠悠。
只看见水那边青山重重叠叠，
引惹起心头深隐难言的清愁。

钟山即事①

王安石

【题解】

此诗描绘了一幅寂静而富于动态的图画："绕竹流"的无声涧水、"弄春柔"的竹西花草、没有鸟鸣声的钟山，这一切物象无不体现出"静"的特征，却又都是活泼而充满生机的，它们与终日闲坐在茅檐下的欣赏者——诗人安详的外部形象及丰富而恬静的内心世界，取得了和谐的统一。整首诗诗情流丽而舒徐。唯末句反用前人诗句，淡而无味，情韵比原句逊色许多，可以说是一个意欲推陈出新却未能达到成功的例子。

【原诗】

涧水无声绕竹流②，竹西花草弄春柔。茅檐相对坐终日，一鸟不鸣山更幽③。

【注释】

①一本题作《钟山绝句二首》。
②涧:夹在两山间的流水。
③一鸟句:由隋入唐的王绩《入若耶溪》诗云:"蝉噪林愈静,鸟鸣山更幽。"此处反用其意。

【今译】

碧绿的山涧水,
悄然无声地绕竹缓流,
竹林西边的鲜花芳草,
舞弄着春色的温柔。
茅檐下我终日面对钟山闲坐,
山中没有一声鸟鸣更觉清幽。

送和甫至龙安①,微雨,因寄吴氏女子

王安石

【题解】

刘熙载《艺概》评安石文曰:"每言及骨肉之情,酸恻呜咽,语语自肺腑中流出。他文却未能本此意扩而充之。"这段评语大致亦可移用于他的诗歌。这首诗由送别弟弟的种种相似情景,勾起对女儿的深深思念,融情于景,写得真切动人。

【原诗】

荒烟凉雨助人悲,泪染衣襟不自知。除却东风沙际绿,一如看汝过江时②。

【注释】

①和甫:诗人次弟王安礼,详见前《寄吴氏女子》注。龙安:龙安津,在今江苏省江宁县西北二十里。吴氏女子:指诗人长女,嫁吴充子吴安持,详见前《寄吴氏女子》注。
②汝:指长女。

【今译】

　　荒烟冷雨更增加心中悲凄，
　　泪水浸透衣襟我却浑然不知。
　　除却东风已吹绿沙岸边芳草，
　　种种情景宛如当年送你过江之时。

夜　直①

王安石

【题解】

　　《宋史》王安石本传载："神宗在颍邸，(韩)维为记室，每讲说见称，辄曰：'此非维之说，维之友王安石之说也。'及为太子庶子，又荐自代。帝由是想见其人，甫即位，命知江宁府。数月，召为翰林学士兼侍讲。熙宁元年(公元1068年)四月，始造朝，入对……"二年二月，拜参加政事，议行新法。本诗当作于拜参知政事前夕。前二句描写诗人细看炉中香尽，静听更漏声残，勤谨而兴奋的情景，以及微寒的轻风带来春天消息的欣喜心绪，暗示自己将大有用于朝廷。后二句绘出春色撩人，"月移花影上栏杆"的美好夜景，使诗人欲眠不得。这里，在景物的描绘中，融进了诗人对于君臣风云际会，从此将实现宏图大略的极度欢悦，却表现得十分含蓄，富有无限诗情画意，令人回味不已。二语向称名句。

【原诗】

　　金炉香烬漏声残②，翦翦轻风阵阵寒③。春色恼人眠不得④，月移花影上栏杆。

注释

　　①夜直：据沈括《梦溪笔谈》卷二十三载，宋代制度，翰林学士每夜一人轮流在学士院内值班住宿。
　　②金炉句：暗用杜甫《春宿左省》诗"明朝有封事，数问夜如何"句意。烬(jìn)，物体烧残后剩下的部分。漏，古时计时器，壶中盛水或沙，立箭，上有刻度，

据沙或水滴漏的程度计时。

③翦(jiǎn)翦句:唐韩偓《寒食夜》诗"测(恻)测轻寒翦翦风",此化用其句。翦翦,形容风削面。

④春色句:唐罗隐《春日叶秀才曲江》诗"春色恼人遮不得",此化用其句。恼,谓撩拨之意。

【今译】

铜炉中沉香已燃成灰烬,
宫廷里漏声也已滴残,
微寒的轻风阵阵拂面,
却已感觉到春意正酣。
美好的春色撩拨人心,
想要成眠实在很难,
窗外花影摇曳,
跟随月光移上了栏杆。

越人以幕养花,因游其下①
(二首其二)

王安石

【题解】

诗人于仁宗庆历二年(公元1042年)中进士高第,签书淮南判官,调知鄞县(今属浙江),此诗当作于鄞县知县任上。本题共作二首,二首其一云:"幕天无日地无尘,百紫千红占得春。野草自花还自落,落时还有惜花人。"第二首用意与第一首相仿,对幕中鲜花,虽不经风雨但也因此不曾获得真正的生命、真正的欢乐与痛苦表示怜悯。有人说本诗系变法失败后自悲身世之作,时代怕是不确。联系第一首看,不过为青年时即兴随感,信笔写成,并无政治寓意。

【原诗】

尚有残红已可悲,更忧回首只空枝②。莫嗟身世浑无事③,睡过春风作恶时。

注释

①越:指今浙江一带。以幕养花:白居易《买花》诗"上张幄幕庇,旁织笆篱护",犹今之暖房种植花木。

②尚有二句:唐杜秋娘《金缕衣》诗"花开堪折直须折,莫待无花空折枝",此化用其意。

③嗟:此处表示赞叹。身世:指一生。浑:全然。

【今译】

枝头还剩有残存的红萼,
已使人感到十分悲凄;
更令我忧愁的是转瞬间,
残红落尽只留下空枝。
不要自喜一生平安无事,
帷幕中熟睡你躲过了春风作恶的时际。

鄞县西亭①

王安石

【题解】

王安石年轻时知鄞县,曾"起堤堰,决陂塘,为水陆之利;贷谷与民,出息以偿,俾新陈相易,邑人便之"(《宋史》本传)。他"慨然有矫世变俗之志",却辗转州县,未得重用,这首诗就通过诗人出仕与归隐矛盾的揭示,通过末句"乱栽花竹养风烟"的自嘲,表达了政治上不能大展雄图的苦闷心情。

【原诗】

收功无路去无田②,窃食穷城度两年③。更作世间儿女态,乱栽花竹养风烟④!

【注释】

①一本题作《起县舍西亭三首》。鄞(yín)县:今属浙江。西亭:指鄞县官舍中的亭子。

②收功:指为国建立功业。去:离,此指弃官归田。

③窃食:自谦之辞,谓白白窃取禄米而一事无成。

④风烟:景象,风光。唐骆宾王《在江南赠宋五之问》诗:"风烟标迥秀,英灵信多美。"此处犹言"风景"、"景致"。

【今译】

想取得不世功名却没有路途,
要弃官归隐又缺少良田,
惭愧我白白地领着禄米,
在这贫穷的小城过了两年。
如今又学世间儿女的模样,
制造风景乱种些花竹在亭边。

题西太一宫壁二首①

王安石

其 一

【题解】

仁宗景祐三年(公元1036年),十六岁的诗人随其父王益至汴京,曾游西太一宫。次年其父任江宁(今江苏南京)通判,诗人到了江宁,不久,王益去世,葬于江宁,举家居于江宁。至嘉祐六年(公元1061年),安石任知制诰,其母吴氏死于任所,诗人又扶柩归江宁居丧。直至神宗熙宁元年(公元1068年),奉诏入京,重游西太一宫,已过了三十二载,自己已年近半百,家庭多故而功业未成,感慨良深,题了两首六言绝句抒慨。本诗前两句描写西太一宫的夏景,浓密暗绿的柳叶与夕阳返照中的红荷,配成一幅色彩绚丽、对比鲜明的图画。其间再加上密叶丛中的声声蝉鸣,写得声色俱佳,令人神往。"红酣"二字,既以美人醉颜比拟荷花,又展示了落日辉映下的特定景象,还隐隐传达出诗人的陶醉之情。三四句写由眼前水塘风光,引发对江南水乡春色、对亲人的深深怀想。而"白头"对此绿暗红酣的美景,自然会生出岁月蹉跎,物是人非的种种感触,而这一切,却尽在不言之中了,深得含蓄蕴藉之致。

【原诗】

柳叶鸣蜩绿暗,荷花落日红酣②。三十六陂春水④,白头想见江南。

【注释】

①原本题为《六言绝句》二首,据别本改。六言诗始见于东汉末年孔融、曹丕之作,唐时亦有诗人用此体裁,如王维有著名的六言绝句流传。至宋朝,此体颇为流行,王安石此诗,欧阳修、苏轼、黄庭坚等均有和作。西太一宫:在汴京西南八角镇。太一,尊神名。

②柳叶二句:一本作"草色浮云漠漠,树阴落日潭潭"。蜩(tiáo),蝉。酣,浓、盛的意思。

③三十六陂:指西太一宫附近的水塘。苏轼《奉敕祭西太一和韩川韵》四首其四亦云:"陂水初含晓渌,稻花半作秋香。"此处三十六言水塘之多,并非实数。又《续资治通鉴长编》卷二九七载,神宗元丰二年(公元1079年)三月,"引古索河为源,注房家、黄家、孟、王陂及三十六陂高仰处,潴水为塘以备。"则三十六陂为一处蓄水塘。三十六陂,一本作"三十六宫"。春水:一本作"烟水"。

④想见:原本作"相见",据别本改。

【今译】

繁密的柳叶幽深浓绿,
一声声蝉鸣响在那绿叶丛间,
夕阳余辉的映照下,
荷花红得像美人酒醉的容颜。
处处池塘水波清亮,
白头的我不禁怀想江南水乡的春天。

其 二

【题解】

此篇通过对往事的回忆,寄托对逝去的父亲和远离的兄长的思念,并抒写独自重游旧地,昔日欢乐寻觅无处的惆怅、悲凉的心情。言浅而意深,含义无限。陈衍评曰:"绝代销魂,荆公诗当以此二首压卷。东坡见之曰:'此老野狐精也',遂和之。"

【原诗】

三十年前此地,父兄持我东西①。今日重来白首②,欲寻陈迹都迷③。

注释

①三十年二句:参见二首其一【题解】。兄:指诗人的哥哥王安仁。东西:谓由东到西,即指随父来到汴京。
②今日句:此年王安石四十八岁。
③陈迹:指已往的旧事、游踪。

【今译】

三十年前我曾来过此地,
父亲和哥哥带领我到了京邑。
今天重游我已经白头,
想寻找往事踪迹却只有一片迷离。

往富阳新城,李节推先行三日,留风水洞见待①

苏 轼

【作者简介】

苏轼(公元1036—1101年),字子瞻,一字和仲,号东坡居士。眉州眉山(今四川眉山)人。苏洵子。少年时即"奋历有当世志"(《宋史》本传)。十余岁,博通经史。仁宗嘉祐二年(公元1057年)与弟辙中同榜进士,为主考官欧阳修所赏识、推奖。六年,召试秘阁,复殿试,入三等,授大理评事,签书凤翔府。英宗治平二年(公元1065年)除直史馆。次年,父洵逝,护丧归蜀。神宗熙宁二年(公元1069年),服除还朝。因不赞成王安石新法的激烈主张,自感在朝处境艰危,请求外放,先后通判杭州,知密州、徐州。元丰二年(公元1079年)移知湖州。李定、舒亶等人摘取其诗句,四次上章弹劾,诬苏轼"谤讪朝廷",被捕入御史台狱,这便是有名的"乌台诗案"。后被贬为黄州团练副使。哲宗元祐元年(公元1086年),迁中书舍人,翰林学士兼侍读学士、礼部尚书。因反对尽废新法,被"旧党"人物目为"安石第二",又因与洛党程颐等发生矛盾,再度请求外任,历知杭州、颍州、扬州、定州。绍圣元年(公元1094年)哲宗亲政,新党掌权,被贬至惠州(今广东惠阳),四年,再贬儋州(今海南)。徽宗即位(公元1100年),遇赦,提举玉局观。次年,卒于常州,谥文忠。苏轼一生立朝刚正不阿,以国家天下为重,于新旧两党皆无所依违,且"不以一身祸福,易其忧国之心"(陆游语)。在地方官任上,多有德政,受到百姓深深爱戴。他思想博杂,融合了佛、道、儒三家特点圆通灵活地加以运用。既积极从政,始终关心国事,又能超脱于个人的沉浮、得失之外,历尽磨难而不改其乐观精神与旺盛的创作生命。

苏轼是北宋文坛领袖人物,建树了多方面的文学业绩,散文与欧阳修并称"欧苏",是唐宋八大家之一,又是其中最重要韩、柳、欧、苏之一。诗歌与黄庭坚并称"苏黄",开有宋一代诗歌新貌。其诗题材广阔,内容丰富,政治诗、抒情写景诗、咏物诗、哲理诗,"其境界皆开辟古今之所未有,天地万物,嬉笑怒骂,无不鼓舞于笔端"(叶燮《原诗》)。赵翼赞其"天生健笔一支,爽如哀梨,快如并剪,有必达之隐,无难达之情,继李、杜后为一大家"(《瓯北诗话》)。创作个性极其鲜明。其词与辛弃疾并称"苏辛",于传统的婉丽风格外,开创豪放清雄一派,有极高的造诣,为后世所宗。其书法与黄庭坚、米芾、蔡襄并称"四大家",绘画是以文同为首的"文湖州竹派"的重要画家。苏轼在文学艺术各个领域都取得了突出的成绩,在中国文艺史上是极为罕见的。他是北宋文化最高成就的杰出代表。有《东坡全集》《东坡乐府》《东坡易传》

《东坡书传》等。

【题解】

宋朋九万《东坡乌台诗案》载苏轼供词曰:"熙宁六年(公元1073年)正月二十七日游风水洞,有本州推官李佖知轼到来,在彼等候。轼到,乃诗意于壁……"即指本诗。这首诗为感谢李佖而作。全诗四句一换意,先写诗人漫游春山不可无诗,也不可无李佖相伴;再写自己一路追踪对方的情景,并从他人的视角,绘出李佖"清且婉"的少年风采;第三段写自己为山溪所阻,不得夜行,只得留宿的无奈,以及在溪桥见水中梅萼,因而想象是对方系马,使得岩花飘落的生动景象。末段赞扬李佖不顾妻儿怪骂,不但先行三日相待,又陪伴同游逶迟不去的深情厚意,并将世俗为名利奔竞的小人与之对比,更显出李佖珍重友情的可贵品格。全诗流畅自然,感情层层推进,于平易中见波澜。由于诗末"世上小儿夸疾走"句,对以变法作为政治投机的"新进勇锐之士"深寓讽刺,被罗织成为"乌台诗案"谤讪新政的罪证之一。

【原诗】

春山磔磔鸣春禽②,此间不可无我吟。路长漫漫傍江浦③,此间不可无君语。金鲫池边不见君④,追君直过定山村⑤。路人皆言君未远,骑马少年清且婉⑥。风岩水穴旧闻名,只隔山溪夜不行。溪桥晓溜浮梅萼⑦,知君系马岩花落。出城三日尚逶迟⑧,妻孥怪骂归何时⑨?世上小儿夸疾走,如君相待今安有⑩!

注释

①富阳新城:富阳今属浙江,新城系富阳一镇,北宋时为杭州府所属县。李节推:指杭州节度推官李佖。节推:节度推官的简称。风水洞:宋祝穆《方舆胜览》卷一"临安府"载:"风水洞,去钱塘(杭州)旧治五十里,在杨村慈岩院,洞极大,流水不竭,洞顶又有一洞,清风微出,故名。"

②磔(zhé)磔:象声词,此指鸟鸣声。

③漫漫:悠远貌,屈原《离骚》:"路漫漫其修远兮。"傍江浦:由杭州往富阳,沿富春江而行,故云。

④金鲫池:在钱塘江畔开化寺(六和塔即建于此)后,山涧水底有金鲫鱼,故云。《宋诗纪事》卷二十一引苏轼云:"旧读苏子美(舜钦)《六和塔》诗云:'松桥

待金鲫,竟日独迟留。'初不喻此语。后倅钱塘,乃知寺后池中有此鱼,金色也。"金鲫,一作"金鱼"。

⑤定山村:在钱塘县西南四十七里处。

⑥清且婉:形容李佖少年风采,《诗·郑风·野有蔓草》"有美一人,清扬婉兮",此化用其语。清,谓眉清目秀;婉,美好貌。

⑦溜:小股水流,此指溪水。

⑧出城:一作"出行"。逶(wēi)迟:纡回逗留貌。江淹《别赋》:"舟凝滞于水滨,车逶迟于山侧。"逶迟,一作"逶迤"。

⑨妻孥(nú):妻子儿女。何时:一作"何迟"。

⑩世上句:《乌台诗案》载东坡供词云:"其末章不合云'世上小儿夸疾走',以讥世之小人多务急进也。"

【今译】
　　春山里充满小鸟欢鸣的声音,
　　这中间不能没有我的歌曲。
　　沿着江滨的道路悠远漫长,
　　这中间不能没有你和我共语。
　　金鲫池边找不见你的踪影,
　　急忙追赶直奔过定山村边。
　　路人都说你走得还不远:
　　曾见骑马的少年眉清目秀风度翩翩。
　　我老早就听说风水洞景致十分著名,
　　可惜隔一道山溪里夜里不能再向前,
　　早晨溪桥下水流中飘浮着梅花,
　　我想你曾在这儿系马摇落了岩花片片。
　　你出城已经三天还在逗留等待,
　　妻儿责骂你几时才得归来!
　　世上小人争相为名利奔走,
　　如今哪还有人像你这样将我厚爱!

新城道中二首①

苏 轼

其 一

【题解】

神宗熙宁六年(公元1073年)春,诗人在杭州通判任上,奉命出巡本州所属县,这两首诗写于富阳赴新城途中。本诗以明畅欢快的笔调,出色地描写了诗人途中所见的山乡景色与山村生活图画。开头先写知情识趣的东风,特地为诗人吹断积雨声,使他得以顺利出行。次写久雨初晴,山顶白云缭绕如戴絮帽,树头初日光明如挂一面铜锣,这一联形容云、日不仅极生动准确,且带有一种童趣,显示出诗人不失赤子之心的天真烂漫。"野桃"一联,将诗人自在自得的愉快感情移于物象,写得婀娜多姿,向为传诵佳句。尾联展现了一幅山乡人家春耕歇饷、忙中有闲的热闹、欢乐的图景。诗人将普普通通的山村光景,写得极富诗情画意,真是信笔点染,触处生辉,充分表现了他心中盎然的生意,以及高度的艺术锤炼功夫。

【原诗】

东风知我欲山行,吹断檐间积雨声。岭上晴云披絮帽②,树头初日挂铜钲③。野桃含笑竹篱短,溪柳自摇沙水清。西崦人家应最乐④,煮葵烧笋饷春耕⑤。

【注释】

①新城:在杭州西南,宋时为杭州属县,即今浙江富阳县新登镇。参见前诗注①。

②岭上句:杜牧《长安杂题长句》"晴云似絮惹低空",此化用其句,以絮喻云,取其轻软而色白。絮帽,白丝绵制的头巾(便帽)。古人头巾多用白色,如白葛巾、白纶巾、白毡巾等。

③铜钲(zhēng):铜锣,熔铜形如盘,边穿孔,缀于木框,框左右施铜环,系绳悬

项以击之。

④西崦(yān)：西山。

⑤葵：葵菜，即冬葵。一作"芹"。饷(xiǎng)：此指给田间送饭。

【今译】

多情的东风知道我要去往山中，
特地为我把檐间积雨声吹跑。
山顶上白云缭绕，
如同戴了丝绵软帽，
一轮初升的朝阳，
就像圆圆的铜锣挂在树梢。
短短的竹篱边，
半开的野桃花含着微笑，
溪中沙水清亮，
杨柳在溪边自在地轻摇。
西山下那些人家多么快乐，
煮葵菜烧嫩笋给田间春耕的人送去佳肴。

其 二

【题解】

这首诗写出诗人由旅途的曲折漫长，联想到自己的身世、遭际，心情不觉变得沉重起来，当他在溪边放开缰绳细听溪水潺湲时，不由得沉入对人生严肃的思考：因为政见与王安石不同，因为党争激烈，诗人在朝廷感到处境艰危，请求外放，于熙宁四年(公元1071年)来做杭州通判。政治舞台晴雨不定，祸福难测，"散材"一联，既表白了诗人忧谗畏讥的顾虑，又抒发了无以报国，且疲于政治角斗的矛盾而消沉的心情。写到此处笔锋陡转：旅途中的细雨忽地使诗人为茶民将获丰收而油然生出无限的喜悦，他赞美了新城县令、友人晁端友清正的品节，并寓有言外之意，隐约地表示了对大多数官吏的不满。尾联借端说理，借迷失道路的眼前事实，使用孔子问津的典故，写出诗人因国事不可为而想要归隐的念头。这首诗显得沉郁凝重，与前一首的清新活泼大异其趣。

【原诗】

身世悠悠我此行①,溪边委辔听溪声②。散材畏见搜林斧③,疲马思闻卷旌钲④。细雨足时茶户喜,乱山深处长官清⑤。人间歧路知多少⑥?试向桑田问耦耕⑦。

注释

①悠悠:谓飘忽不定。此行:一作"自行"。

②委辔(pèi):放松缰绳,信马缓步。

③散材句:《庄子·山木》:"庄子行于山中,见大木枝叶盛茂,伐木者止其旁而不取也。问其故,曰:'无所可用。'庄子曰:'此木以不材得终其天年。'"此处反用其意。散材,即"散木",指无用之材,《庄子·人间世》:"匠石之齐,至于曲辕,见栎社树,……曰:'已矣,勿言之矣,散木也。以为舟则沉,以为棺椁则速腐,以为器则速毁,以为门户则液樠,以为柱则蠹,是不材之木也,无所可用。'"此处以散材自喻。

④卷旌(jīng)钲:谓鸣金卷旗收兵。钲,古乐器名,亦名丁宁,形似钟而狭长,有长柄,用时口朝上,以槌敲击,行军时用以节止步伐。《诗·小雅·采芑》:"钲以静之,鼓以动之。"

⑤乱山句:赞美新城县令晁端友(字君成,晁补之之父,谓友(《宋史》作"有")为官清正,言外之意谓富州大县往往吏治繁苛。陈衍评"第六句有微词"即此意。

⑥人间句:谓人生道路坎坷。歧路,岔道。

⑦试向句:用孔子典故,《论语·微子》:"长沮、桀溺耦而耕。孔子过之,使子路问津焉。……问于桀溺……曰:'滔滔者,天下皆是也,而谁以易之?且而与其从避人之士也,岂若从避世之士哉?'"此处隐约地透露了诗人对仕途的厌倦和想要归隐的念头。耦(ǒu)耕,两人并耕。

【今译】

我的身世飘忽不定,
就像道路迂回曲折的这番旅行,
在溪边我放松了缰绳,
信马缓步将潺湲的水声聆听。

我这无用的木材
也怕看见刀斧来搜索树林,
倦于征战的老马,
想听到一声讯号收兵鸣金。
细雨绵绵水分充足,
茶山的农户定当为丰收欢庆,
乱山深处穷乡僻壤,
政令简约长官水一般清。
谁知人间到底有多少坎坷的岔道?
我试着向桑田里耕作的人把路途打听。

过江夜行武昌山闻黄州鼓角①

苏 轼

【题解】

神宗元丰七年(公元1084年)三月,诗人由黄州团练副使量移汝州(今河南汝阳),四月离开黄州,五月赴筠州(今江西高安)去与弟辙相见,过长江时作此诗。诗人《武昌山》诗序曾说:"嘉祐中,翰林学士承旨邓公圣求(邓润甫,字温伯,后以字为名,改字圣求)为武昌令,常游寒溪西山,山中人至今能言之。轼谪居黄冈,与武昌相望,亦常往来溪山间。……"从这段话可知诗人对黄州及附近的山川,怀着深厚的感情。这首诗以夜行武昌山闻黄州鼓角发端,借多情的鼓角送诗人南行,表达了诗人对此地的无限留恋。全诗主要从听觉来写,诗人在"江南","又闻出塞曲""半杂江声作悲健",似乎为他倾泻了一腔愤怨不平。政治生活变幻莫测,诗人以记江边枯柳为他年旧相识,以及一旦再贬此地,望黄州鼓角仍吹"出塞曲"来迎候,表现他对身世翻覆难定的隐忧和随境而乐的达观态度。全诗格调于清壮中透露悲凉之意。

【原诗】

清风弄水月衔山②,幽人夜度吴王岘③。黄州鼓角亦多情,送我南来不辞远。江南又闻出塞曲④,半杂江声作悲健。谁言万方声一概⑤?

鼍愤龙愁为余变⑥。我记江边枯柳树，未死相逢真识面。他年一叶泝江来⑦，还吹此曲相迎饯⑧。

注释

①武昌山:指武昌西山,一名樊山,在今湖北鄂城县西北,又名袁山、来山、樊冈、寿昌山。今称雷山。

②月衔山:为"山衔月"的倒文。

③幽人:隐士,诗人自称。吴山岘(xiàn):又称吴王台。顾祖禹《读史方舆纪要》卷七十六《樊山》下云:"在县(武昌县)西三里……南有九曲岭,九曲岭下为吴造岘,亦曰吴王岘。昔孙权于樊口,被风破船,凿樊岭而归。"岘,小而高的山岭。

④出塞曲:原指乐府《横吹曲辞·汉横吹曲》,此处泛指军中乐曲。

⑤万方句:杜甫《秦州杂诗》之四:"万方声一概,吾道竟何之?"一概,一样,一律。

⑥鼍(tuó):动物名,一名鼍龙,又名猪龙婆,或称扬子鳄。体长六尺至丈余,四足,背尾鳞甲。变,指"江声作悲健"。

⑦他年:指日后。一叶:指乘一叶扁舟。泝(sù):也作"溯"、"遡",逆水而上。

⑧迎饯:意即相近。

【今译】

清风戏弄水波,两山衔着明月,
幽居的我渡过了吴玉岘。
黄州鼓角是这样多情,
殷勤地送我南行不辞遥远。
长江南岸又听到"出塞曲",
乐曲半杂涛声悲凉又壮健。
谁说万方的声音全是一样?
水底鱼龙为我愤怒江声都变。
我且记住江边这棵干枯的柳树,
不死如再相逢,仍能彼此辨识颜面。
他年我若又乘一叶扁舟逆水而来,
黄州鼓角呵,请你还吹《出塞曲》迎我相见。

泛 颖①

苏 轼

【题解】

　　哲宗元祐初,司马光执政,苏轼被召入京,官至礼部郎中,翰林学士兼侍读,但因他反对司马光废除一切新法,引起所谓"旧党"人物的不满。他又与程颐等人发生矛盾,只得要求外放,元祐四年(公元1089年)出任杭州知州。六年(公元1091年),又被召为翰林学士承旨,再度遭到程颐党徒的攻击,请求离开朝廷,八月,出知颍州(今安徽阜阳)。诗人来到恩师欧阳修曾任知州及晚年居住的地方,他写下不少怀念欧公的诗词,并时常与欧阳修的两个儿子和其他友人一道饮酒赋诗,本诗就是他与欧阳发兄弟、赵令畤、陈师道同泛颖水(即西湖)时所作。颍州西湖为游览胜地,诗人守此郡政务清简,多优游山水,秦观有赠诗云:"十里荷花菡萏初,吾公身在有西湖。欲将公事湖中了,见说官闲事亦无。"(元陈秀明《东坡诗话录》)这首《泛颖》诗便写出诗人寄情西湖,想在自然风光中超脱官场的扰攘纷争的心情。诗中写他喜爱颍水、十日九临的情形,从吏民口中绘出一个嗜水成癖的亲切的长官形象。诗中描写了颍水上、下流各不相同的特点。"画船俯仰"六句,出色地绘出水由静态变化动态,"乱我须眉",且"散为百东坡"的幻象,以及风忽地静止,顷刻间回复到明镜照一影的原状,写得穷形极相妙趣横生。真是状难状之景如在目前,人所不能形容者,东坡能形容得入神入妙。诗人将这动静相生的情态看作是水在与他嬉戏,由此更想到声色货利眩惑世俗之人,得失即在须臾,亦如玩笑。但他说明,不同的是水不磷不缁,不会使人迷失清高良善的本性,既写出了水的品质,也借以自明淡泊之志。最后以友人们同泛颖水各有所赋,也各有所得总束"泛颖"之举。篇中所发对自然、人生的感悟多发人深省。全诗融叙事、写景、说理为一体,明畅自然,跌宕多致。

【原诗】

　　我性喜临水,得颍意甚奇。到官十日来②,九日水之湄③。吏民笑相语,使君老而痴。使君实不痴,流水有令姿④。绕郡十余里,不驶亦不迟⑤。上流清而直,下流曲而漪⑥。画船俯明镜,笑问汝为谁?忽然生鳞甲⑦,乱我须与眉。散为百东坡,顷刻复在兹。此岂水薄相⑧,与我相娱嬉。声色与臭味⑨,颠倒眩小儿⑩。等是儿戏物⑪,水中少磷缁⑫。赵陈两欧阳⑬,同参天人师⑭。观妙忽有得⑮,共赋泛颍诗。

注释

① 颍(yǐng):指颍州西湖,《清一统志》:"西湖在阜阳县西北三里,长十里,广二里。颍河合诸水汇流处也。"

② 十日:非实数,言其时间短。

③ 水之湄:《诗·秦风·蒹葭》:"所谓伊人,在水之湄。"湄,水草相接处,即指水滨。

④ 令姿:美好的姿态。令,美好。

⑤ 不驶:指水流不急。不迟:指水流亦不过缓。驶,马行迅疾,泛指迅速。

⑥ 漪(yī):微波。

⑦ 鳞甲:形容波浪。

⑧ 薄相:轻薄之相,指捉弄、开玩笑之意。苏轼《赠虔州慈云寺鉴老》诗:"遍界难藏真薄相,一丝不挂且逢场";《次韵黄鲁直赤目》诗:"天公戏人亦薄相,略遣幻翳生明珠。"

⑨ 臭(xiù)味:气味。

⑩ 眩(xuàn):使人眩惑迷乱。

⑪ 等:同。儿戏:一作"儿嬉"。

⑫ 磷(lín)缁(zī):《论语·阳货》:"不曰坚乎?磨而不磷;不曰白乎?涅而不缁。"磷,谓因磨而致薄损。缁,谓因染而变黑。后以磷缁比喻受环境影响而起不良变化。

⑬ 赵:指赵令畤(公元1061—1134年),宋宗室,初字景观,苏轼为改字德麟,自号聊复翁。太祖次子燕王德昭玄孙。元祐六年(公元1091年),签判颍州公事,苏轼为知州,与之友善,且荐其才于朝。轼贬岭外,坐废十年。高宗绍兴初,袭封安定郡王,迁宁远军承宣使,同知行在大宗正事。善文辞,尝以唐元稹《会真记》为题材,作《商调蝶恋花鼓子词》十二首,对后来《西厢记》诸宫调及杂剧均有影响。著有《聊复集》,笔记《侯鲭录》等。陈:指苏门六君子之一陈师道,详见后陈师道诗附小传。两欧阳:指欧阳修之子欧阳发(字伯和)、欧阳棐(字叔弼)。

⑭ 参:参悟。天人:指物我之间、客观与主观之间。

⑮ 观妙:谓观物之妙,即由客观景物悟出自然与人生哲理。

【今译】

　　我的生性喜爱流水，
　　得到颍州西湖实在是意外。
　　到达任所才不过十天，
　　却有九天到颍河之滨来。
　　小吏和百姓互相说笑：
　　这个太守真是老迈而痴呆。
　　其实并不是太守痴呆，
　　要知道流水自有美好的姿态。
　　环绕郡城十多里，
　　水流不急也不慢。
　　上流的水笔直而澄静，
　　下流的水曲折多波澜。
　　我从画船上俯视明镜般的水面，
　　笑问水中身影你到底是哪位？
　　忽然间风过处水面生出麟甲，
　　吹乱了我的胡须和双眉。
　　水中波底分散成一百个东坡，
　　一会儿风平浪静我的身影又在此地，
　　这哪里是水存心将人捉弄，
　　它不过是和我做片刻游戏。
　　我想到声色气味等东西，
　　使世间小儿七颠八倒头昏目眩，
　　跟水同样都是儿戏之物，
　　水却不会让人本性磨损和改变。
　　赵景观、陈履常和两位欧阳子，
　　都是参悟天与人的尊师，
　　由客观事物找到真谛各有所得，
　　共同赋写泛舟颍河的歌诗。

慈湖夹阻风①

苏 轼

【题解】

元祐八年(公元1093年),高太后去世,哲宗亲政,重新起用"新党"。九月,先让苏轼出知定州(今河北定县)。绍圣元年(公元1094年)四月,又将他"落两职,降一官",贬知英州(今广东英德)。赴贬所途中,他写了不少纪游诗,《慈湖夹阻风》五首即作于途中。这是五首中的第三首。全诗描写水村风光与水村生活极其真切。

【原诗】

我行都是退之诗,真有人家水半扉②。千顷桑麻在舡底③,空余石发挂鱼衣④。

注释

①慈湖夹:原本作"慈湖峡",据别本改。慈湖:宋祝穆《方舆胜览》卷十五:"慈湖,在(安徽)当涂北六十五里。《郡志》:晋陶侃与苏峻战于慈湖。苏子瞻慈湖阻风诗……"

②我行二句:元祐八年(公元1093年)苏轼赴定州,途经太行山,风沙很大,未能观赏山景。次年由定州赴岭南,天朗气清,西望太行,草木可数。他不由得想到韩愈从贬所潮州北还,途经衡山,有《谒衡岳庙遂宿岳寺题门楼》诗云:"我来正逢秋雨节,阴气晦昧无清风。潜心默祷若有应,岂非正直能感通。须臾静扫众峰出,仰见突兀撑青空。"苏轼东行途经太行,天气转好,似乎也是吉祥的兆头,他在《临城道中作》诗里写道:"未应愚谷能留柳(宗元),可独衡山解识韩?"当他行至当涂慈湖,所见景象,正如韩愈诗中所写,深有感触,故云"我行都是退之(韩愈字)诗"。真有句,韩愈《宿曾江口》诗:"暮宿投民村,高处水半扉。"

③千顷句:谓水中出产丰富如陆地桑麻。舡(xiāng):船。

④石发:生于水边石上的苔藻。《初学记》二七晋周处《风土记》:"石发,水苔也,青绿色,皆生于石也。"鱼衣:即"渔衣",蓑衣。

【今译】

我一路见到的景象,

都如同退之写过的诗句,
真有人家的门户,
一半儿开在水际。
船底下广阔的千顷湖水,
出产丰盛像桑麻生长在陆地,
但却只能看得见石上青苔,
挂在渔家的蓑衣。

澄迈驿通潮阁①(二首其二)

苏　轼

【题解】

　　哲宗元符三年(公元1100年)五月,诗人受命移廉州(今广西合浦)安置,六月赴廉途中作《澄迈驿通潮阁》诗二首,此为二首其二。诗人自绍圣元年(公元1094年)起,被一贬再贬,在荒远的惠州、儋州度过了六、七年艰难的岁月,以为将贬死于天涯海角,不料却接到诏命北迁,当他离开已经住惯了的海南时,不由得悲喜参半、百感交集,本诗前二句就表达了这种复杂的情绪。后二句是传诵的写景名句。诗人早年所作《题宝鸡县斯飞阁》诗有"野阔牛羊同雁鹜,天长草树接云霄"之句,描绘高远壮阔的景象历历如画,字里行间充满对生活、对自然风光的爱赏。而本诗后二句同样是描写辽远的景象,却使人感到诗人眼中所见千里无物,荒远而凄凉,而"青山一发是中原"句中所含对中原的极度向往以及渴望北归的感情深沉而悲怆。二诗所表现的诗人心境真是天差地别,写景绝妙则异曲而同工,只是本诗气韵更为雄奇,格调沉郁苍凉。

【原诗】

　　余生欲老海南村,帝遣巫阳招我魂②。杳杳天低鹘没处,青山一发是中原③。

【注释】

①澄迈:县名,旧属琼州府,在海南岛北部。《清一统志·琼州府·古迹》:"通潮阁在澄迈县治西。宋苏轼尝憩其上,有诗。其后胡铨和之,李光书楣。"通潮阁,一名通明阁。

②帝遣句:屈原(一作宋玉)《招魂》赋:"帝告巫阳曰:'有人在下,我欲辅之。魂魄离散,汝筮予之。'巫阳乃下招曰:'魂兮归来!'"此借指奉帝命北移。

③杳杳二句:宋胡仔《苕溪渔隐丛话·后集》卷三十:"《澄迈通潮阁》诗云:'杳杳天低鹘没处,青山一发是中原。'《伏波将军庙碑》有云:'南望连山,若有若无,杳杳一发耳。'皆两用之。其语倔奇,盖得意也。"杳(yǎo)杳,深远貌。鹘(gǔ),鸷鸟,能俯击鸠鸽而食之。一说鹘即隼(sǔn),鹞鹰类。鹘没处:一作"鸿没处"。

【今译】

还以为余生要老死在
这荒僻的海南小村,
谁想到天帝竟派遣巫阳,
来招回我的精魂。
视野中遥远而又遥远的地方,
那鹰隼飞没的天边,
青山横亘如一线丝发,
就是我心向神往的中原!

王维吴道子画①

苏 轼

【题解】

仁宗嘉祐六年(公元 1061 年),二十六岁的苏轼任凤翔(今属陕西)府签判,作组诗《凤翔八观》,此诗为八首其三,咏普门寺与开元寺所存吴道子、王维壁画,表现了年轻的苏轼对艺术的真知灼见。汪师韩称其"以史迁合传赞之体作诗,开合离奇,音节疏古"(《苏诗选评笺释》)。开篇六句总评吴、王二人之画,以下分别评论吴画和王画,诗中对吴道子佛像壁画备极称誉,并有生动细致的描绘,赞曰"当其下手风雨快,笔所未到气已吞",也就是做到了苏轼所要求的"求物之妙,如捕风系影",以创作灵感和雄放的笔力驾驭了高超的表现技巧。诗中评论王维墨竹画,不但形容生动简炼,还给予更高的评价,认为王维表现了高洁的人品和画品,且与诗品一致。最后六句总评吴、王之画,认为吴是高明的画工,而王维画则形神兼备,物与神游,"得之于象外","有如仙翩谢笼樊",达到最高的境界,故尔使诗人深深拜服。全诗结构新颖,于整齐中见出变化之妙。方东树《昭昧詹言》评曰:"神品妙品,笔势奇纵;神变气变,浑脱浏亮。一气奔赴中,又顿挫沉郁。所谓'海波翻'、'气已吞'、'一一可寻源'、'仙翩谢笼樊'等语,皆可状此诗。"本篇虽为诗人少作,艺术上却达到纯熟、精粹的高度,是其评画诗的上乘之作。

【原诗】

　　何处访吴画?普门与开元②。开元有东塔,摩诘留手痕。吾观画品中,莫如二子尊。道子实雄放,浩如海波翻。当其下手风雨快,笔所未到气已吞。亭亭双林间③,彩晕扶桑暾④。中有至人谈寂灭⑤,悟者悲涕迷者手自扪。蛮君鬼伯千万万⑥,相排竞进头如鼋⑦。摩诘本诗老⑧,佩芷袭芳荪⑨。今观此壁画,亦若其诗清且敦⑩。祇园弟子尽鹤骨⑪,心如死灰不复温⑫。门前两丛竹,雪节贯霜根⑬。交柯乱叶动无数⑭,一一皆可寻其源。吴生虽妙绝,犹以画工论。摩诘得之于象外⑮,有如仙翩谢笼樊⑯。君观二子皆神俊⑰,又于维也敛衽无间言⑱。

注释

　　①王维:字摩诘,太原人,唐代山水田园诗派领袖诗人,且为南宗水墨画创始人。苏轼《书摩诘蓝田烟雨图》赞曰:"味摩诘之诗,诗中有画;观摩诘之画,画中有诗。"吴道子:唐张彦远《历代名画记》卷九:"吴道玄,阳翟人。……初名道子,玄宗召入禁中,改名道玄。……张怀瓘云:'吴生之画,下笔有神,是张僧繇后身也。'可谓知言。"

　　②普门、开元:凤翔二佛寺名。吴道子在两寺画有佛像,王维在开元寺画有墨竹。

　　③亭亭句:邵博《邵氏闻见后录》卷二十八:"凤翔府开元寺大殿九间,后壁吴道玄画,自佛始生修行说法至灭度(即涅槃,佛教最高境界,实际上即是死去),山林、宫室、人物、禽兽数千万种,极古今天下之妙。如佛灭度,比丘众蹲踊哭泣,皆

若不自胜者。虽飞鸟走兽之属,亦作号顿之状,独菩萨淡然在旁如平时,略无哀戚之容。岂以其能尽死生之致者与？曰'画圣'宜矣。"本诗所记吴道子画即为释迦牟尼佛在天竺(印度)拘尸那城娑罗双树下说法入涅槃时情景。亭亭,高丛貌。双林,指两株娑罗树。

④彩晕:指太阳灿烂的光辉。扶桑:古代神话中树木名,日出之处。《山海经·海外东经》:"汤谷上有扶桑,十日所浴。"暾(tūn):初升的太阳。

⑤至人:至高无上的人,指释迦牟尼佛。寂灭:佛家语,"涅槃"的意译,意谓超脱世间入于不生不灭之境。《无量寿经》上:"诚谛以虚,超出世间,深乐寂灭。"能入寂灭之境,即能熄灭一切烦恼,从而具备一切清净功德。

⑥蛮君句:《释迦谱》载释迦涅槃时,自"一恒河沙菩萨摩诃萨",以至"一亿恒河沙贪色鬼魅,百亿恒河沙天诸婇女,千亿恒河沙诸地鬼王,十万亿恒河沙诸天王及四天王等"纷纷前来听说法。

⑦相排句:形容听众拥挤,争先伸头听法。鼋(yuán),大鳖,背青黄色,头有疙瘩,能伸缩,此处形容信徒众头攒聚、伸长。

⑧诗老:老诗人。原本作"诗伯",一本作"诗老"。

⑨佩芷句:屈原《离骚》"扈江离与辟芷兮,纫秋兰以为佩",此化用其意,比喻王维的人品与诗品清超秀美绝尘。芷,香草名。袭,穿戴。荪(sūn),香草名,即荃。

⑩清且敦:清秀而敦厚。

⑪祇(qí)园:"祇树给孤独园"或"祇园精舍"的简称,相传释迦在此宣扬佛法二十余年,借指佛寺。鹤骨:形容画中人物清瘦绝俗。

⑫心如死灰:《庄子·齐物论》:"形固可使如槁木,而心固可使如死灰乎？"此处指佛门弟子六根清净断绝尘念,内心孤寂。

⑬雪节、霜根:形容竹子内在的清劲品格,不单指其颜色。

⑭交柯:互相交错的枝干。

⑮象外:外部形象之外,指内在的精神实质,脱略形迹的悠远情韵。

⑯有如句:以鸟飞离樊笼比喻王维画突破形似而获得神似。翮(hé):鸟翎的茎,即指鸟。谢,离开。

⑰神俊:精神饱满,气势飞扬。

⑱敛衽(rèn):整理衣襟,表示尊敬。间(jiàn)言:异议。

【今译】

　　到哪儿去寻访吴道子的画？
　　普门和开元两座寺院的墙壁。
　　开元寺有东塔,

留存着王维绘画的手迹。
我看古往今来的画家,
没有谁比得上这两位先生尊贵的品级。
道子的画风实在雄奇奔放,
浩浩荡荡如同海浪翻滚。
当他下笔时灵感像疾风骤雨,
画笔未到处气势已先夺人。
在那高高的两棵娑罗树间,
灿烂的朝阳从扶桑冉冉东升。
画中间有至高无上的佛祖,
在讲说寂灭的教义是超脱死生。
觉悟的信徒全都在悲哀哭泣,
也有人手扪胸膛表示理解不深。
天竺的众多君长和千千万鬼王,
互相拥挤争听佛法,像鼋一样拼命把头伸。
摩诘本是一位可敬的老诗人,
如佩香草诗风秀美芳芬。
现在观看他的壁画,
也像诗品一样朴美清淳。
画中的祇园弟子个个清瘦如仙鹤,
内心枯寂宛若死灰不会再温。
门前的两丛竹子,
霜雪般清劲竹节贯连着竹根。
枝干交错,繁乱的叶子像在摇动,
一一都能找到根源和经脉。
吴先生的画虽然绝妙,
还只能看作杰出的画工技艺超迈。
摩诘得到了物象内在的精神,
就如仙鸟飞离樊笼超脱于形迹以外。
我认为两人的画全都
气势飞扬寓于神采,
对于王维我尤其崇敬

说不出一句异议的话来。

真兴寺阁①

苏　轼

【题解】

此诗为《凤翔八观》八首其六。篇首先以神来之笔极写寺阁的高峻,生动地绘出当诗人登高临远,只看见山川城郭渺渺冥冥,浑然同形;只听得杂沓市声与鸦鹊啼鸣响成一片。诗人又用自问自答的形式,极度夸张的艺术手法,描绘寺阁高到"侧身送落日,引手攀飞星"的程度,表现了一种身临其境却带有幻想色彩的感受。然后引出对历史的回顾,点明建阁之人,以及眼前所见寺阁中留存的王中令威武的画像,正与险峻的寺阁共斗峥嵘,风格协调。篇末六句对建阁人非同寻常的胆气,极表惊叹和赞赏,并特别点明见到寺阁的壮观,即可推知王中令的英勇气概。全诗由阁到人,几度回环描写,跌宕有致,意境极壮阔,语言极雄健,显示了年轻诗人的勃勃英气与豪迈胸襟。

【原诗】

　　山川与城郭,漠漠同一形②。市人与鸦鹊③,浩浩同一声④。此阁几何高?何人之所营?侧身送落日,引手攀飞星⑤。当年王中令,斫木南山颠⑦。写真留阁下⑧,铁面眼有棱⑨。身强八九尺⑩,与阁两峥嵘⑪。古人虽暴恣⑫,作事令世惊⑬。登者尚呀喘⑭,作者何以胜⑮!盍不观此阁⑯,其人勇且英⑰。

注释

①真兴寺阁在凤翔城中,高十余丈,为宋初河阳三城节度使王彦超所建。

②山川二句:杜甫《同诸公登慈恩寺塔》:"俯视但一气,焉能辨皇州?"此化用其意。漠漠:密布、广布貌。陆机《君子有所思行》:"廛里一何盛,街巷纷漠漠。"

③市人句:此指市人的喧闹。

④浩浩:远貌。

⑤侧身二句:李白《蜀道难》"扪参历井仰胁息"、"连峰去天不盈尺"等句形容

蜀山之高险。又，宋阮阅《诗话总龟》前集引《古今诗话》云杨亿儿时尝作《登楼》诗："危楼高百尺，手可摘星辰。不敢高声语，恐惊天上人。"《侯鲭录》《西清诗话》谓此乃李白诗，首二句作"夜宿峰顶寺，举手扪星辰"；《竹坡诗话》亦疑为李白或托名李白作。此处化用以上句意。

⑥王中令：指王彦超，临清（今属山东）人，历仕晋汉周，累官河阳三城节度使，以功加检校太师。北周及宋初曾两任凤翔节度使，宋初加兼中书令，封邠国公。中令，中书令的省称。

⑦斫（zhuó）木：谓砍伐木材建筑寺阁。南山赪（chēng）：谓终南山林木被伐尽，山岭赤裸呈红色。赪，赤色。

⑧写真：画像。

⑨眼有棱（léng）：谓目光炯炯有神。

⑩身强：一作"身长"。

⑪峥嵘（zhēng róng）：高峻，并谓气象超越寻常。

⑫暴恣：暴戾骄纵。

⑬令世惊：一本作"今世惊"。

⑭呀喘：张口喘气。

⑮胜（shēng）：承受，力能担任。

⑯曷（hé）：何，何故。

⑰其人句：李白《送张遥之寿春幕府》诗"张子勇且英"，此用其字面。其人，指王彦超。

【今译】

登阁远眺但见山川和城郭，
渺渺冥冥浑同一体难以辨认。
市人的喧闹与鸦鹊啼鸣，
远远听来合成了一种声音。
这个寺阁到底有多么高峻？
这个寺阁又是谁人经营？
侧着身子可以送走落日，
举起手来就能攀摘飞星。
当年那位姓王的中书令，
曾把终南山的林木砍伐干净。
绘下自己的画像留在阁中，
面色铁黑目光炯炯。

身躯有八九尺高大,
和寺阁一样气度峥嵘。
古代虽有许多人粗暴骄横,
作的事却常让世人惊叹。
登阁的人还紧张得张口喘息,
造阁的人不知何以能够承担!
为何不仔细观看这一寺阁,
就可以知道王中书有多么英勇大胆。

石苍舒醉墨堂①

苏 轼

【题解】

神宗熙宁二年(公元1069年),苏轼在汴京作此诗寄赠友人、书法家石苍舒。此前不久,苏轼守父丧期满由蜀返京,途径长安时,曾与石苍舒会于韩琦家中。诗中先以调侃戏谑的语气,称誉石氏草书的神妙,其间又融入对人生、政治生涯的感慨。诗中说明自己与对方同样是好书成癖,且以《庄子》篇名,表达进行书法创作时所感受到的无上快乐与精神自由。然后点出对方作堂起名"醉墨"深刻、美好的用意。再进一步具体而生动地称赞石氏通过"堆墙败笔如山丘"的苦练,书艺达到至精至粹的程度,以至"兴来一挥百纸尽,骏马倏忽踏九州",获得创作的神功和喜悦。诗中提出了书法艺术崇尚自然的可贵观点:摆脱羁绊,放笔快意,追求创作的最大自由,而这却不是靠一时的灵感,而是经由长期积累、艰苦劳动,终于水到渠成的境界。诗中还说明石氏是自己观点的支持者和自己书法作品的珍爱者。篇末四句借古人赞誉对方,语气于自谦中带有自负。最后反用古人典实作结,与篇首调侃戏谑前后呼应。全诗信笔点染,脱略故常,纵横捭阖,无不如意,多使用书史典故,而无堆砌炫才之弊,但见议论风生之致,是诗人论书法的代表名篇之一。

【原诗】

　　人生识字忧患始,姓名粗记可以休②。何用草书夸神速,开卷惝恍令人愁③。我尝好之每自笑,君有此疾何能瘳④。自言其中有至乐,适意无异逍遥游⑤。近者作堂名"醉墨",如饮美酒销百忧。乃知柳子语不妄,病嗜土炭如珍羞⑥。君于此艺亦云至,堆墙败壁如山丘⑦。兴来一挥百纸尽,骏马倏忽踏九州⑧。我书意造本无法⑨,点画信手烦推求。胡为议论独见假⑩,只字片纸皆藏收?不减钟张君自足⑪,下方罗赵我亦优⑫。不须临池更苦学,完取绢素充衾裯⑬。

注释

　　①石苍舒:字才叔,祥符(今河南开封)人。君瑜子。攻词章,善草隶,曾官高陵县主簿,通判保安军。
　　②姓名句:《史记·项羽本纪》:"项籍(羽)少时,学书不成,去学剑,又不成。项梁怒之。籍曰:'书足以记名姓而已。剑,一人敌,不足学,学万人敌?'"
　　③惝(chǎng)恍:模糊不清,此谓草书龙飞凤舞难以辩认。
　　④何能瘳(chōu):原本作"何年瘳",据别本改。瘳,病愈。
　　⑤至乐、逍遥游:均为《庄子》篇名。
　　⑥乃知二句:柳宗元《报崔黯秀才论为文书》:"凡人好辞工书,皆病癖也。""吾尝见病心腹人,有思啖土炭,嗜盐酸咸者,不得则大戚,……观吾子之意亦已戚矣。"
　　⑦堆墙句:《唐国史补》卷中:"长沙僧怀素好草书,自言得草圣三昧。弃笔堆积,埋于山下,号曰笔冢。"此谓石苍舒勤学苦练。
　　⑧骏马句:形容石氏草书神速,放笔快意,自由无碍。倏(shū)忽,疾速,指极短的时间。九州,指全国各地。
　　⑨我书句:《南史·曹景宗传》:"景宗为人自恃尚胜,每作书字,有不解,不以问人,皆以意造。"此用其语不用其意。
　　⑩胡为:何为、为何。假:宽容。
　　⑪不减句:《法书要录》卷一《晋王右军(羲之)自论书》:"吾书比之钟(繇)张(芝),当抗行,或谓过之。"又,《法帖释文》卷五载唐怀素书:"右军云:'吾真书过钟,而草故不减张。'仆以为真不如钟,草不及张。"此推崇石苍舒书法不减钟、张。苏轼平生最推崇魏人钟繇、晋人王羲之的书法,赞云:"萧散简远,妙在笔画之外。"他认为唐代颜真卿、柳公权虽集古今书法之大成,"极书之变,天下翕然以为宗师",但"钟、王之法益微"。(《书黄子思诗集后》)
　　⑫下方句:《晋书·卫恒传》载卫恒《四体书势》云:"罗景叔(晖)、赵元嗣

(袭)者,与伯英(张芝)并时,见称于西州,而矜巧自与,众颇惑之。故英自称:'上比崔(崔瑗、崔寔)、杜(度)不足,下方罗、赵有余。'"此处借用其语,于自谦中复见自负之意。

⑬不须二句:卫恒《四体书势》云:"弘农张伯英者,因而转精甚巧,凡家之衣帛,必书而后练之。临池学书,池水尽黑。"此反用其意,以作调侃戏谑。完,完好。衾裯(chóu),泛指被子。

【今译】

人生识字就开始有了忧患,
能粗记姓名,便可以从此罢休。
何必要夸示草书写得神速,
开卷见字迹飞动难认,令人生愁。
我本酷爱书法常常自嘲,
你也有这毛病,哪能医治得好。
还说书法创作是至高无上的快乐,
写到得意处,简直像自由自在地漫游。
近来你建造厅堂,命名"醉墨",
一定如同畅饮美酒,消解百忧。
才知道柳先生的话一点儿也不差,
有人生了病受吃土炭,如尝珍羞。
你的书法技艺精粹纯熟,
写坏的毛笔堆积墙边,有如山丘。
兴致来时,一挥毫百张纸都写尽,
宛若骏马,片刻间踏遍九州。
我写字自由创造不遵旧法,
随意点染,不去过分推究。
为什么独有你赞同我的议论,
还把我的只字片纸珍爱地保留?
你的书法造诣不减钟繇张芝,
跟罗晖、赵袭相比,我也还略优。
不必再像张芝那样临池苦学,
还是把完好的丝绢做成被头。

傅尧俞济源草堂①

苏 轼

【题解】

本诗作于神宗熙宁二年（公元1069年），咏傅尧俞家乡居所济源（今属河南）"草堂"。篇中先写诗人与傅氏共有退居田园的高情逸兴，然后描绘傅氏所居面临清清的济水，先世栽种的幼树已长成乔木且美丽如画，而邻里也对傅氏居所的幼竹备加爱护。诗中没有正面赞美傅氏，但从其居所环境的幽雅，可想见其人清雅的情趣，从邻里的态度可推知对傅氏的尊敬和感情。《全宋诗》引元《排韵增广事类氏族大全》卷三，将本篇前四句列为傅尧俞作品。

【原诗】

微官共有田园兴，老罢方寻退隐庐②。栽种成阴十年事，仓皇求买百金无③。先生卜筑临清济④，乔木如今似画图⑤。邻里亦知偏爱竹，春来相与护龙雏⑥。

【注释】

①傅尧俞（公元1024—1091年），字钦之，本郓州须城（今山东东平）人，徙居孟州济源（今属河南）。未冠即举进士。神宗熙宁初知和州、庐州，哲宗朝官至吏部尚书、中书侍郎。谥献简。济源：县名，属河南省。
②老罢：年老罢职。庐：屋。
③求买：指求买房屋、树木。一作"欲买"。百金：原本作"万金"，据别本改。
④卜筑：择地建屋。清济：指济水，源出河南济源王屋山。
⑤乔木：古老高大的树木。《孟子·梁惠王》下："所谓故国者，非谓有乔木之谓也。"因傅氏早已徙居济源，因以乔木代表其故乡并言其居住久长。
⑥龙雏：指竹笋。

【今译】

做小官的都有回归田园的逸兴，
老迈罢职才真地找寻隐居的屋庐。

幼树栽种十年方能够绿叶成荫,
仓促间百两黄金难以买到树木。
傅先生造屋面临着清清济水,
乔木如今已美如画图。
邻里也懂得最爱竹子,
春天共同保护那细小的嫩竹。

越州张中舍寿乐堂①

苏　轼

【题解】

此诗于熙宁四年(公元1071年)在杭州通判任上作。篇首先正咏青山如高人不肯轻易踏入官府,再反说青山与高人有交情,因而"不待招邀满庭户",以点明诗中主人公张君与青山一样清高的秉性,及其所建寿乐堂得青山真趣的美好环境。诗中又以世俗之人枕山造屋,以致背山而不得见山面的愚钝,反衬出张君建堂于面山的荒僻之处,不出门便将青山秀色收揽庭户的慧眼独具。"才多事少"以下八句,用想象的画笔描绘了张君作为山主人,得以饱览自然美景、优游岁月的闲适生活。全诗多用前人成语典故,笔意雄放,活泼多致。以起四句最为奇崛,篇末笔力显得单弱,正如陈衍所评:"公七古多似昌黎(韩愈),而收处常不逮。"

【原诗】

青山偃蹇如高人②,常时不肯入官府③。高人自与山有素④,不待招邀满庭户。卧龙蟠屈半东州,万室鳞鳞枕其股⑤。背之不见与无同,狐裘反衣无乃鲁⑥。张君眼力觑天奥⑦,能遣荆榛化堂宇⑧。持颐宴坐不出门⑨,收揽奇秀得十五⑩。才多事少厌闲寂,卧看云烟变风雨。笋如玉箸椹如簪⑪,强饮且为山作主⑫。不忧儿辈知此乐⑬,但恐造物怪多取⑭。春浓睡足午窗明,想见新茶如泼乳⑮。

注释

①越州:今浙江绍兴,古称越州或会稽。张中舍:似指张伯玉,比苏轼年长十余岁,曾知越州,其《州宅》诗云"我惭白首方怀绶,犹得蓬莱(指蓬莱阁,在绍兴卧龙山下)作主人",可见其知越州时年纪已老大。另,张伯玉与绍兴刁景纯学士有交谊,苏轼称刁为"丈",多有诗歌唱和,并曾同游山水。中舍:宋初,以朝官有出身的人为太子中允,没有出身的为太子中舍。元丰改官制称通直郎。后来传讹称中书舍人为中舍。

②偃蹇(yǎn jiǎn):高耸,引申为高傲。高人:超世俗之人,多指隐士。

③常时句:《后汉书·逸民传》:"庞公居岘山之南,未尝入城府。"此化用其意,指山拟人化。

④素:交情。

⑤卧龙句:宋祝穆《方舆胜览》卷三"浙东路·绍兴府":州宅后枕卧龙(山),面直秦望(山),唐元微之(稹)云:"州宅居山之阳,尝以夸白居易云:'州城萦绕拂云堆,照水稽山满目来。四面常时对屏障,一家终日在楼台……'"此处谓州府民宅枕山而建。卧龙,山名,在浙江绍兴县治后,越大夫文种葬于此处,又名种山。一作重山。蟠(pán)屈:曲折。东州,指浙江。万室鳞鳞,谓民宅相次排列如鱼鳞。鳞鳞,犹言鳞比、鳞次。

⑥狐裘句:《汉书·匡衡传》载,扬兴荐匡衡于史高曰:"夫富贵在身而列士不誉,是有狐白之裘而反衣之也。"此化用其意。无乃,岂不是,表示婉转语气。鲁:鲁钝,愚笨。

⑦觑(qù):意指窥探。天奥:此指自然界的奥秘。

⑧荆榛:灌木丛。

⑨持颐:《庄子·渔父》:"左手据膝,右手持颐以听。"颐,腮,下颔。宴坐:安坐。

⑩十五:十之五。

⑪玉箸(zhù):玉筷。椹(shēn):木上生的菌。晋张华《博物志》卷三"异草木":"江南诸山郡中大树断倒者,经春夏生菌,谓之椹。"庾信《对雨》诗:"湿杨生细椹。"簪(zān):插定发髻或冠的长针。

⑫强(qiǎng)饮:勉力饮酒,此指豪饮。张伯玉善饮善诗,称张百杯、张百篇。

⑬儿辈知此乐:《晋书·王羲之传》:"羲之既去官,与东土士人尽山水之游……谢安尝谓羲之曰:'中年以来,伤于哀乐,与亲友别,辄作数日恶。'羲之曰:'年在桑榆,自然至此。顷正赖丝竹陶写,恒恐儿辈觉,损其欢乐之趣。'"

⑭造物:指造物主,创造万物的主宰者。

⑮泼乳:形容烹茶浓郁如牛奶。泼:烹、煮。

【今译】
　　青山像高人一样清傲，
　　轻易不肯踏进官府。
　　但高人素来和青山结有交情，
　　不用去邀请它自会把山影投满庭户。
　　卧龙山蜿蜒曲折，
　　伸展到浙东一半的州府
　　千万所房屋排列如鱼鳞，
　　枕藉着卧龙山的腿部。
　　背着山不见山景就等于无山，
　　反穿珍贵的狐皮袍岂不是太愚鲁？
　　张君的慧眼能窥见自然奥秘，
　　让生长灌木丛的荒地化作堂屋。
　　以手托腮安坐着不必出门，
　　就收揽了青山奇秀的十分之五。
　　才华高公务少只嫌过于闲寂，
　　卧看云烟怎样地变幻生出风雨。
　　嫩笋如玉筷，香菌像发簪，
　　且做山主人放情畅饮在此中沉迷。
　　并不怕儿孙知道这一番乐趣，
　　只恐造物主怪人把山川灵秀多多攫取。
　　张君深春里浓睡醒来，
　　午间的窗外正一派明丽。
　　想见你悠闲地烹煮新茶，
　　新茶酽如牛奶令人惬意。

和鲜于子骏《郓州新堂月夜》二首①

苏 轼

其 一

【题解】

此诗作于神宗元丰元年(公元1178年),诗人时任徐州知州。诗人自熙宁四年(公元1071年)通判杭州,七年(公元1074年)改知密州,九年(公元1076年)改知河中府,尚未到任又改知徐州。他离开朝廷七、八年之久,辗转州郡,几经调遣,政治上很不如意。本诗通过回忆与友人同游新堂的乐事,对时序更迭,朋友离别,岁月不居,人世无常,发出深沉的感叹。诗中"佳人如桃李,蝴蝶入衫袖"二句,对应鲜于侁原诗"振衣步庭下,颢气入襟袖",赞美友人的清芬气质,比喻优美,极有韵味。

【原诗】

去岁游新堂,春风雪消后。池中半篙水②,池上千尺柳。佳人如桃李③,蝴蝶入衫袖。山川今何许④?疆界已分宿⑤。岁月不可思,驰若舡放溜⑥。繁华真一梦,寂寞两荣朽⑦。惟有当时月,依然照杯酒⑧。应怜船上人,坐稳不知漏。

<mark>注释</mark>

①鲜于侁(shēn)原作题为《新堂夜坐月色皎然由连理亭信步庭中徘徊久之因为五言一首》。苏轼和诗第一首步原韵,第二首不次韵。鲜于子骏(公元1019—1087年),名侁,字子骏,阆州人(今四川阆中)。仁宗景祐五年(公元1038年)进士。历官至右谏议大夫、集贤殿修撰。苏轼好友。郓(yùn)州:今山东郓城。

②篙(gāo):撑船的竿。

③佳人:犹言佳士,指鲜于侁。

④何许:指何处,什么地方。

⑤疆界句：谓郓州与徐州已属不同地区、不同分野。疆界：一本作"疆野"。分宿(xiù)，分野，古天文学说，把十二星辰的位置跟地上的州、国的位置相对应，如以鹑火对应周，鹑尾对应楚等。就天文说，称分星(即分宿)；就地上说，称分野。

⑥舡(xiāng)：船。一本作"船"。驰：一本作"驶"。溜：一本作"流"，按鲜于侁原诗句尾为"溜"，此处作"溜"为是。

⑦寂寞句：谓荣朽同归寂寞。

⑧惟有二句：李白《把酒问月》诗："唯愿当歌对酒时，月光长照金樽里。"此化用其意，谓物是人非。

【今译】

去年一同漫游新堂，
正当春风吹融残雪以后。
池中有半篙深的盈盈碧水，
池上有千尺高的依依绿柳。
你这佳士气质清芬如像桃李，
慕恋的蝴蝶纷纷飞进衫袖。
往日同游的山川今在哪里？
郓州徐州已分属不同的星宿。
美好的岁月难以追思，
它快如飞船跟随着急流。
繁华真的不过是一场短梦，
同样归于寂寞不论是荣宠还是枯朽。
唯有你我当时共对的明月，
依然照着我杯中清酒。
唉，真要怜悯江上行舟的人，
稳坐船中不知船只已经破漏。

其 二

【题解】

这首诗描绘了郓州新堂清美的月夜和堂中主人公——苏轼友人

鲜于侁与水月一样高洁澄净的心灵。诗中以想象之笔描写友人独自赏月,行走时廊虚步响,更显出四周一片寂静的情景。诗中又以世人大多追欢逐乐,反衬友人鲜于侁远离尘嚣,唯对月吟诗的幽雅怀抱,并称赞其诗清新如韦应物。篇末点明诗人与对方各望明月,共怀思念的深挚友情。全诗清丽疏淡,音节爽朗。

【原诗】

明月入华池,反照池上堂。堂上隐几人①,心与水月凉②。风萤已无迹,露草时有光。起观河汉流③,步屧响长廊④。名都信繁会⑤,千指调笙簧⑥。先生病不饮⑦,童子为烧香。独作五字诗⑧,清绝如韦郎⑨。诗成月渐侧,皎皎两相望⑩。

注释

①堂上:一本作"堂中"。隐(yìn)几:倚着几案。《庄子·徐无鬼》:"南伯子綦隐几而坐,仰天而嘘。"

②水月:指水与月。

③河汉流:杜甫《同诸公登慈恩寺塔》诗:"七星在北户,河汉声西流。"河汉,天河、银河。

④步屧(xiè)句:用典。《吴郡志》卷八《古迹》:"响屧廊在灵岩山寺。相传吴王令西施辈步屧(木底鞋),廊虚而响。"

⑤繁会:犹言繁华。

⑥千指:百人千指,此形容人多,非实指。调笙簧:泛指演奏音乐。调,调弄,即演奏。笙,管乐器名,大者十九簧,小者十三簧。簧,乐器中有弹性的薄片,用以振动发声。《诗·小雅·鹿鸣》:"吹笙鼓簧。"

⑦先生句:鲜于侁原诗有"多病谢尊罍"句。

⑧五字诗:即五言诗,指鲜于侁所作新堂月夜诗。

⑨清绝:极其清新,一本作"清卓"。韦郎:指中唐诗人韦应物。白居易《与元九书》:"近岁韦苏州(韦应物曾任苏州刺史,故称),清丽之外,颇近兴讽;其五言诗,又高雅闲淡,自成一家之体。"苏轼推重陶渊明、韦应物、柳宗元诗,其《书黄子思诗集后》云:"苏李之天成,曹刘之自得,陶谢之超然,盖亦至矣。而李太白、杜子美以英玮绝世之姿,凌跨百代,古今诗人尽废;然魏晋以来高风绝尘,亦少衰矣。……独韦应物、柳宗元,发纤秾于简古,寄至味于淡泊,非余子所及也。"

⑩皎皎:光明貌,此指月亮。嵇康《杂诗》:"皎皎亮月,丽于高隅。"

【今译】

　　明月映进了华美的水池，
　　又把清光返照在新堂。
　　堂上凭几闲坐的友人，
　　心境如水月般澄净清凉。
　　秋风中已不见萤火虫飞来飞去，
　　草上的露珠时时闪着微光。
　　起身观看银河缓缓西流，
　　幽寂的长廊里你的步声格外响亮。
　　因为生病不再饮酒，
　　童子为你点燃起沉香。
　　你独自写作五言诗歌，
　　风调极其清新就像韦郎。
　　写成诗歌明月渐渐转侧，
　　分隔的你我同对明月深深怀想。

南　堂①（五首）

苏　轼

其　一

【题解】

　　神宗元丰二年（公元1079年），苏轼被贬为黄州（今湖北黄冈）团练副使，三年（公元1080年）二月抵黄州，起初寓居定惠（一作慧）院，以罪人的身份屏居独处，很是郁闷。不久，他迁居到城南长江边上的临皋亭，并在这里建造了南堂。这组诗作于元丰六年（公元1083年）。这第一首以欣喜的笔调写明南堂独得地理之胜，诗人平生爱水，在南堂可以俯瞰江景，甚至可以"卧看千帆落浅溪"，在贬斥生涯中，这也足以使诗人受伤的、孤寂的心灵得到不小的慰藉了。

【原诗】

　　江上西山半隐堤②,此邦台馆一时西③。南堂独有西南向,卧看千帆落浅溪④。

注释

　　①南堂:在黄州城南一里处,俯临长江,为苏轼所建。参见【题解】。
　　②西山:即樊山,在今湖北武昌西,与赤壁隔江相对,上有苏园,为苏轼贬居黄州时的读书处。
　　③此邦:指黄州。
　　④浅溪:谓浅滩,近岸水浅处。

【今译】

　　江上西山遮掩了一半江堤,
　　此地的亭台楼阁一时间全都朝西,
　　独有南堂建造在西南方向,
　　可以卧看千张风帆在浅滩收起。

其　二

【题解】

　　前二句描写诗人虽已年老,却依旧眼明身健,两鬓青青,见出他身处逆境却能泰然自若的开阔胸襟,以及尽管政治上遭罹严酷的打击,精神则不可屈曲的坚毅性格。后二句展现诗人明窗下写小字,幽室中养丹砂的日常生活场景,由此显示他宁静淡远的心境。苏轼谪居黄州后,常常"焚香默坐,深自省察,则物我相忘,身心皆空,求罪垢所从生而不可得。一念清净,染污自落,表里翛然,无所附丽,私窃乐之"(《黄州安国寺记》)。他专心写小字也好,学道士养丹砂也好,都是为了达到忘世忘物的清虚境界,从而得到心灵的充实和自我愉悦。这境界是诗人从老庄、释道等思想中悟到、求得的。

【原诗】

　　暮年眼力嗟犹在①,多病颠毛却未华②。故作明窗书小字,更开幽室养丹砂③。

注释

①嗟:表示赞叹。

②颠毛:头顶之发。《国语·齐语》:"管子对曰:'……班序颠毛,以为民纪统。'"

③幽室:昏暗的房间。养丹砂:以炉火炼丹砂。置朱砂于炉中炼制,然后服用,为道家法术。苏轼《与王定国书云》:"近有人惠大丹砂少许,光彩甚奇,固不敢服。然其教以养之,观其变化,聊以悦神度日。"

【今译】

我年纪已经老大,
且喜眼力实不比以前稍差,
虽然时常生病,
头顶的毛发却未变花。
特地在明亮处开一小窗,
细写小字在这窗下,
还又打开一个昏暗的房间,
好观看炉火中如何炼制朱砂。

其 三

【题解】

本诗环绕着对雨声引发的不同感受,表现了昔日与现今全然迥别的两种心境:过去每当夜雨时诗人便频移床铺,怕听点点雨声滴上愁心。如今,久已安于逆境的诗人,心境已由愤激不平趋于超脱恬静。尤其是营造了临江的新堂,给他不幸的贬居生活增添了很多乐趣,诗中写出当诗人听到雨滴南堂新瓦的铿锵声,不由得浮想联翩,想象东坞的荷花被雨催开,进而想象已经闻到阵阵荷香。诗人把艰危孤寂的贬斥生活也大大地艺术化了,这里体现了他对人生深深的热爱,以及随缘自适的乐观性情。

【原诗】

他时雨夜困移床①,坐厌愁声点愁肠②。一听南堂新瓦响,似闻东坞小荷香③。

【注释】

①他时:指旧时、昔日。雨夜:一本作"夜雨",一作"雨后"。困:指困扰。
②坐:介词,因,由于。
③坞(wù):四面高中间低的谷地,此处指坞中池塘。

【今译】

从前每当夜雨绵绵,
我总是烦恼着频频移床,
因为厌憎添人愁闷的雨声
滴在我满是客愁的心上。
如今一听雨打南堂新瓦,
似乎已闻到东坞一阵阵荷花幽香。

其 四

【题解】

苏轼在黄州时期,不仅政治上极度失意,物质生活也相当匮乏,在营建南堂之后,他的老友马正卿又为他请得城东过去的营防废地数十亩,诗人亲自开荒、耕作,此地命名东坡,诗人也因之自号东坡居士。后来,他又在东坡修建了"雪堂",往来于临皋南堂与东坡雪堂之间。本诗描写了诗人带领家人辛勤劳作,生活终于无忧,以及南堂可以款待佳客的喜悦心情。

【原诗】

山家为割千房蜜①,稚子新畦五亩蔬②。更有南堂堪着客,不忧门外故人车③。

【注释】

①山家:山居的人家,此诗人自指。房:指蜂房。

②畦(xī):原指田畦,田垅,此处用为动词,指分畦种植。屈原《离骚》:"畦留夷与揭车兮,杂杜蘅与芳芷。"五亩蔬,孟郊《立德新居》诗:"独治五亩蔬。"苏轼《问大冶长老乞桃花茶栽东坡》诗有云:"嗟我五亩园,桑麦苦蒙翳。不令寸地闲,更乞茶子艺。饥寒未知免,已作太饱计。"五亩非实指。

③不忧句:《汉书·陈平传》云,陈平"家乃负郭穷巷,以席为门,然门外多长者车辙"。此处化用其事。

【今译】

　　山居的我割取了众多蜂房的原蜜,
　　幼子新近分畦种植了五亩蔬菜。
　　还有建好的南堂足可以待客,
　　不愁友人的车马停满门外。

其　五

【题解】

　　这首诗描写了诗人扫地焚香、闭门昼眠的情景。诗中所写清凉如水的竹席和轻柔似烟的纱帐,美丽如梦境,也正是宜于做一场好梦的场所,于是诗人沉入深深的睡乡。诗人写出有客到来惊醒他时,他仍逮离惝恍,不知身处何所的情状,十分真切。末句以西窗外碧浪连接远天、浩渺无边的清远壮阔之景作结,衬托了诗人超然尘外的闲静心境。这种心境,并非源于一般士大夫优游卒岁的生活,而来自诗人善处逆境的旷达性情。诗中表现的是一种潇洒清旷的宁静的美。

【原诗】

　　扫地烧香闭阁眠①,簟纹如水帐如烟②。客来梦觉知何处?挂起西窗浪接天。

【注释】

①扫地烧香:参见《南堂》五首其二【题解】所引苏轼《黄州安国寺记》。烧香:

一本作"焚香"。

②簟(diàn):竹席。

【今译】
　　我扫地焚香后关上房门昼眠,
　　竹席清凉似水纱帐轻柔如烟。
　　来客惊醒好梦不知处身何所,
　　挂起西窗但见碧浪连接远天。

游金山寺①

苏　轼

【题解】
　　神宗熙宁二年至四年(公元1069—1071年),苏轼在朝任殿中丞、直史馆、权开封府推官等职。这时期王安石为相,大力推行新法,苏轼与安石政见不合,上书表示反对,引起了新党人物的不满,他还曾横遭诬陷,因此深感在朝廷处境孤危,请求外放,于熙宁四年七月离京,赴杭州通判任。途经镇江时,他游览了金山、焦山等名胜,探访宝觉、圆通二僧,并曾夜宿金山寺,此诗作于十一月初三夜。诗人先以濡染大笔绘出金山寺的山川胜景:来自诗人家乡又奔流入海的千里长江、想象中一丈高的潮头和眼前天寒水退留下的沙痕、中泠泉边随波出没的金山,这一切景象写来历历如见。诗中着重表达了诗人对故乡的深深思念,写他登上山顶去遥望家乡,江南江北众多的青山却遮断了他的望眼,当黄昏来临更感到客愁袭人。写他想要离开时,"山僧苦留看落日",这一转折便引出诗人对江景一连串绝妙的描写。他以"万顷靴文细"来比喻江面微波,以"鱼尾赤"形容半空中的断霞,意象极生动新奇,发前人所未发。后半段又无中生有地描写了二更月落后所见"江心炬火"的幻景,并将此想象为江神对诗人"江山如此不归山"的警示,表明了自己不能归隐的苦衷。整首诗所表现的感情十分错杂,既抒写了诗人对大好江山的热爱,更透露出他对故乡无限的眷恋,又织入由于政治失意倦于游宦,却依然怀抱报国心愿不甘归隐的矛盾心情。全诗写景瑰丽壮阔,抒情深挚细腻,结构完密,转宕多致,不愧是一首名作。江师伟《苏诗选评笺释》卷一评曰:"一往作缥缈之音,觉自来赋金山者,极意着题,正从无得此远韵。"谓本诗不胶着于题咏而多寓感慨。陈衍评曰:"一起高屋建瓴,为蜀人独足夸口处。通篇遂全就望乡归山落想,可作《庄子·秋水篇》读。"

【原诗】

我家江水初发源②,宦游直送江入海③。闻道潮头一丈高,天寒尚有沙痕在。中泠南畔石盘陀④,古来出没随涛波。试登绝顶望乡国⑤,江南江北青山多。羁愁畏晚寻归楫⑥,山僧苦留看落日。微风万顷靴文细,断霞半空鱼尾赤⑦。是时江月初生魄⑧,二更月落无深黑。江心似有炬火明,飞焰照山栖鸟惊。怅然归卧心莫识,非鬼非人竟何物⑨?江山如此不归山⑩,江神见怪警我顽⑪。我谢江神岂得已⑫,有田不归如江水⑬!

【注释】

①金山寺:在今江苏镇江金山上,旧名泽心寺,又名龙游寺、江天寺,俗名金山寺。金山在宋时为屹立江中之岛,后因泥沙淤积,与南岸相连。

②我家句:古人谓长江源出岷山。《尚书·夏书·禹贡》:"岷山导江。"岷山在四川北部,岷江发源于岷山羊膊岭,南流经眉山,至乐山入长江。苏轼为眉山人,故云。

③宦游句:苏轼赴官任途经镇江,故云。长江至镇江以东,江面宽阔,古时与海水相接。彭国光《重建吞海亭碑记》:"金山崛起中流,立江海之间。"宦游,因做官而远游他乡。

④中泠(líng):泉名,在金山西北。石盘陀:指金山。盘陀,石不平貌。原本作"盘陁",据别本改。

⑤乡国:家乡。

⑥羁愁:旅愁。归楫:归船,指返回镇江的船。

⑦鱼尾赤:形容红色的晚霞。《诗·周南·汝坟》:"鲂鱼赪(chēng,赤色)尾。"

⑧初生魄:谓月刚有些微光亮。《礼记·乡饮酒义》:"月之三日而成魄。"魄,指月缺或初生时有圆形轮廓而光线暗淡的部分,旧说每月初三以后,此部分逐渐明亮,谓之成魄。

⑨江心四句:苏轼自注:"是夜所见如此。"王十朋注本卷五引汪革云:"先生集《物类相感志》:"山林薮泽,晦冥之夜,则野火生焉。散布如人秉烛,其色青,异乎人火。"古人称之为"阴火",曹唐《南游》诗:"涨海潮生阴火灭,苍梧风暖瘴云开。"栖乌:原本作"栖鸟",据别本改。

⑩江山如此:谓江山如此美好。归山,谓辞官归隐。

⑪见怪:呈现怪异之象,指江心炬火。见,同"现"。警:警示、谴诫。原本作"惊",据别本改。顽:冥顽、愚顽。

⑫谢:谢罪,道歉。

⑬有田句:谓如有田产必然归隐。黄彻《䂬溪诗话》卷八谓此句"盖与江神指水为盟耳"。《东坡志林·买田求归》:"浮玉老师元公欲为吾买田京口,要与浮玉之田相近者,此意殆不可忘。吾昔有诗云:'江山如此不归山,江神见怪警我顽,我谢江神岂得已,有田不归如江水。'今有田矣不归,无乃食言于神也耶!"如江水,《左传·僖公二十四年》载晋公子重耳对其舅狐偃誓曰:"所不与舅氏同心者,有如白水(谓去而不返)。"《三国志·吴书·吴主传》引魏文帝报孙权书曰:"此言之诚,有如大江。"《晋书·祖逖传》记祖逖北伐,"中流击楫而誓曰:'祖逖不能清中原而复济者,有如大江。'"

【今译】

长江水最初发源在我可爱的家乡,
宦游来到此地直送长江入海。
听说涨潮时潮头竟一丈高,
天已寒冷沙岸还有旧时痕迹存在。
中泠泉南畔的金山巨石突兀,
从古以来随着波涛时没时出。
试着登上顶峰去遥望故乡,
江南江北连绵的青山遮断我望远的双目。
惧怕傍晚的冷寂增添心中客愁,
我寻找着返回镇江的归舟。
山寺僧侣邀我观赏江边落日,
苦苦地将我挽留。
微风吹来,万顷宽的江面
泛起靴文般细碎的波浪,
半空中火红的晚霞,

红得像鲂鱼尾巴一样。
这时候江月刚刚生出光影,
二更天初月落,天空变得黑沉沉的。
江心仿佛有一支火炬放射光亮,
炬火飞照山冈,栖息的鸟鹊都被惊起。
回去就寝还因不能辨识而满心怅惘,
不是鬼不是人那究竟是什么东西?
江心如此壮美我却还不辞官归去,
江神显现怪异对我的愚顽发出警示。
歉疚地向江神说明我身不由己,
如有田产我不肯归隐,就像这江水迅速逝去!

雨中游天竺灵感观音院①

苏 轼

【题解】

此诗作于神宗熙宁五年(公元1072年),诗人时在杭州通判任上。诗人一向关切民生疾苦,对政治弊端常借诗文"托事以讽"。他在杭任职两年多,见到当地百姓一直受着水旱蝗灾的严重侵害,而高高在上的统治者如泥塑木雕的神像一样,受着百姓供养,却对造成夏收时节男废耕女废织的水涝灾情毫不关心,这首诗便借讽刺观音菩萨深刻地讽刺了在其位而不谋其职的官僚们,词情含蓄而强劲。汪师伟《苏诗选评笺释》评曰:"如古谣谚,精悍遒古,刺当事不恤民也。"

【原诗】

蚕欲老,麦半黄,前山后山雨浪浪②。农夫辍耒女废筐③,白衣仙人在高堂④。

注释

①天竺(zhú):杭州山名,有上、中、下三天竺。《咸淳临安志》卷八十载,灵感观音院在上天竺,五代吴越王钱俶所建,初名天竺看经院,至宋始改今名。为水、

旱时祈祷之所。

②前山句:杭州所属各地,山泽各半,连下多日雨便成水灾。浪(láng)浪,形容大雨倾盆。韩愈《别知赋》:"雨浪浪其不止,云浩浩其长浮。"

③辍(chuò)耒(lěi):谓停止农作。辍,止。耒,原指原始的翻土农具,形如木叉,此泛指农具。废筐:谓停止采桑。筐,指采桑的篮子。

④白衣仙人:谓观世音菩萨,借指不顾百姓疾苦高高在上的当权者。

【今译】

夏蚕快要老去,
麦子已经半黄,
前山后山大雨如注溅溅作响。
农夫停止耕作农女无法采桑,
白衣仙人空自坐在高堂。

与毛令方尉游西菩提寺二首①

苏 轼

其 一

【题解】

这两首诗作于杭州通判任上。《於潜县图经》记:"毛君宝同方君武与东坡于熙宁七年(公元1074年)八月二十七日同游西菩山明智院,石刻存焉。"本诗前四句以故作放旷的语调,抒写去国离乡被迫外任的政治失意之慨,同时显示自己不改素志,关切国计民生,不忘讥刺时弊的"顽固"(顽强)精神。诗人赴杭州通判任时,表兄文同曾劝他:"北客若来休问事,西湖虽好莫题诗。"(《送行诗》)以免遭到政敌的攻击、迫害,诗人却"见事有不便于民者不敢言,亦不敢默视也。缘诗人之义,托事以讽,庶几有补于国"(苏辙《东坡先生墓志铭》)。在杭期间,写了不少讥刺时弊的诗章,有些诗词情相当激烈,如《吴中田妇叹》《山村五绝》《和述古冬日牡丹》等。本诗"鱼鸟依然笑我顽"句,看似自嘲,实则自负。诗中又写出不能返回朝廷的苦闷,以及"天教看尽浙西山"这种失意中的意外收获和喜悦,感情是复杂矛盾的。后四句以古人高节赞誉毛、方两位同游者,并写出自己与他们邂逅结伴同游的难得和因此信笔赋诗的豪兴。整首诗如同下一首纪行的引子,内涵却十分丰富。

【原诗】

推挤不去已三年②,鱼鸟依然笑我顽。人未放归江北路③,天教看尽浙西山④。尚书清节衣冠后⑤,处士风流水石间⑥。一笑相逢那易得,数诗狂语不须删⑦。

注释

①毛令:指於潜(今浙江临安)县令毛国华,字君宝。方尉:指於潜县尉方武,字君武。西菩提寺:一作"西菩寺",寺在於潜县西十五里的西菩山上,始建于唐天祐年间,宋时易名为"明智寺"。

②推挤句:《晋书·邓攸传》:"时吴郡阙守,人多欲之,帝以授攸。攸载米之郡,俸禄无所受,唯饮吴水而已。……攸在郡刑政清明,百姓欢悦,为中兴良守。后称疾去职。郡常有送迎钱数百万,攸去郡,不受一钱。百姓数千人留牵攸船,不得进,攸乃小停,夜中发去。吴人歌之曰:'纟任如打五鼓,鸡鸣天欲曙。邓攸拖不留,谢令推不去。'"此化用其事,谓诗人虽受朝廷排挤,却得到百姓爱戴。

③江北路:指返回帝京的道路。

④看尽:一作"尽看"。

⑤尚书句:《三国志·魏书·毛玠传》:"太祖(曹操)为司空丞相,玠尝为东曹掾,与崔琰并典选举。其所举用,皆清正之士,虽于时有盛名而行不由本者,终莫得进。……太祖叹曰:'用人如此,使天下人自治,吾复何为哉!'"魏国初建,毛玠为尚书仆射。此处赞美毛国华为毛玠尚书之后,承其祖上清正遗风。实际上毛国华并非毛玠之后。衣冠,指士大夫。

⑥处士句:用方干事。晚唐诗人方干,字雄飞,新定(今浙江建德)人。举进士不第,隐居会稽(今浙江绍兴)镜湖以终。人称"官无一寸禄,名传千万里"。与姚合、贾岛等诗人酬唱频繁,意气相投。诗风清峭幽迥,吴融《赠方干处士》诗称其"句满天下口,名聒天下耳"。门人私谥玄英先生。此处借方干赞美方武徜徉山水,风流闲雅。

⑦不须删:谓不须增删、修改。

【今译】

推不去挤不走在这里已经三年,

鱼鸟都嘲笑我愚顽过头。
没有放回江北的都城,
老天有意让我把浙西的山水遍游。
毛先生品节清正,
是魏代著名尚书毛玠之后。
方先生宛如唐朝高人方干,
徜徉在水石间多么闲雅风流。
和他们相逢欢笑是这样难得,
趁兴写出狂放诗篇不必把字句细究。

其 二

【题解】

　　这首诗纪游。诗中描绘了西菩提寺内外、前后、上下的自然景观,水清石瘦、白云明月,不一而足。诗中又点出时当秋令,田野中黑黍黄粱、朱柑绿桔,果实累累,色彩斑斓。尾联总束登临游观之乐,且暗寓政治失意之慨。全诗写景如画,对仗工整,只是语言流于滑熟。

【原诗】

　　路转山腰足未移①,水清石瘦便能奇。白云自占东西岭②,明月谁分上下池③?黑黍黄粱初熟时④,朱柑绿桔半甜时。人生此乐须天赋,莫遣儿曹取次知⑤。

注释

①足未移:一作"未足移"。
②白云句:《於潜县图经》:"寺前有东西两山,或有云晦,遥望如岭焉。"
③明月句:《咸淳临安志》:"明智寺中,有清凉池、明月池。"
④初熟后:一本作"初熟候"。
⑤人生二句:用王羲之典故,见前《越州张中舍寿乐堂》诗注。天赋,一本作"天付"。儿曹,儿辈,一本作"儿郎"。取次,随便。

【今译】

　　道路转过半山腰脚步还没移,

已看见水清澈石枯瘦一片奇丽。
白云兀自笼盖了东山西岭,
上下各一轮明月分不清天上池底。
果园中半甜的是红橙绿桔,
田野里初熟了黑米黄米。
人生这种陶情山水的愉悦须老天赐与,
可别让儿辈知觉减损了乐趣。

少年时尝过一村院,见壁上有诗云"夜凉疑有雨,院静似无僧",不知何人作也①。宿黄州禅智寺,寺僧皆不在,夜半雨作,偶记此诗②,故作一绝

苏 轼

【题解】

此诗写作缘由诗题中已写得十分清楚。诗作于神宗元丰三年(公元1080年)初到黄州时,抒发了诗人独宿寺院的心情。从首句"佛灯渐暗饥鼠出"的描写,已可想见寺院的冷落枯寂。夜半山雨忽来,一声声敲响修竹,使贬来荒城的诗人倍感凄凉,因此想起少年时所见诗句,不禁"于我心有戚戚焉"愀然动容,感慨丛生。这感慨绝不仅限于"院静似无僧",而是由于政治上遭到严重打击油然生出的无限孤愤。诗中虽未明言,读者自可领会。东坡诗多直抒胸臆,此篇则深得含蓄之致。

【原诗】

佛灯渐暗饥鼠出,山雨忽来修竹鸣③。知是何人旧诗句,已应知我此时情。

【注释】

①何人作:一本作"何人诗"。
②偶记:一本作"尚记"。
③修竹:长竹。王羲之《兰亭集序》:"此地有崇山峻岭,茂林修竹。"

【今译】

佛灯渐暗,饥鼠出来把食物找寻,
山雨忽来,修竹在风雨中哀鸣。
不知何人旧日题写的诗句,
想是早就领会我此时凄寂的心情。

雪后到乾明寺遂宿

苏 轼

【题解】

  本诗作于元丰四年(公元1081年)。诗人《书雪》诗序中说:"今年黄州,大雪盈尺",此篇写他雪后游乾明寺并在寺中留宿的情景。篇首化用温庭筠及韦庄诗意,以"马亦惊"三字突现雪后山光耀眼的奇异感受,给人强烈的视觉印象。然后写诗人至乾明寺赏雪的快意。第三句绘寺中雪景,写出"忽如一夜春风来,千树万树梨花开"的绚丽风光,而句中着一"误"字,表示对隆冬之季清虚之地的寺院竟然有此美景的惊叹和爱赏。第四句描绘月色与雪光交相辉映,使寺院有如"不夜城"的澄明世界。五六句表白诗人对至洁的白雪的细心呵护,以及雪后初晴,鸟雀欢鸣充满生机的景象带给诗人无限喜悦的心情。由此接入篇末留连不返,寄宿僧榻,且待卧听融雪溜檐泻竹之声的美好情景。全诗辞情明快,反映了虽在贬斥之中、处境艰危,但诗人热爱美好事物、热爱生活的情趣依然并不消减的乐观态度。

【原诗】

  门外山光马亦惊②,阶前屐齿我先行。风花误入长春苑③,云月长临不夜城④。未许牛羊伤至洁⑤,且看鸦雀弄新晴。更须携被留僧榻,且待摧檐泻竹声⑥。

注释

①乾明寺:在今湖北黄冈东。
②门外句:温庭筠《侠客行》:"白马夜频惊,三更灞陵雪。"韦庄《和同年韦学士华下途中见寄》诗:"马惊门外山如活。"此处化用以上句意。
③风花:指雪。岑参《白雪歌送武判官归京》:"忽如一夜春风来,千树万树梨花开。"长春苑:谓皇帝宫苑。尉迟偓《中朝故事》:"长春宫,园林繁茂,花木无所不有,芳菲长如三春节。"此借喻乾明寺。
④不夜城:《齐地记》:"古有日夜出,见于东莱,故莱子立此城,以不夜为名。"故城在今山东文登东北八十五里。此处借喻月色雪光交相辉映的乾明寺。
⑤至洁:指白雪。
⑥摧檐泻竹:谓白雪融化之象。

【今译】

　　门外漫山白雪银光照眼,
　　马儿惊异忽然间换了世界,
　　我连忙乘兴踏雪去游乾明寺,
　　将木屐的齿痕一一印上石阶。
　　隆冬之季东风误吹,
　　寺庙如长春苑梨花开遍,
　　月光与雪色交相辉映,
　　使这不夜城光明总似白天。
　　不能容许牛羊来践踏至洁的银雪,
　　却喜欢喳喳欢鸣弄晴的鸦雀。
　　我还要携着被褥在僧床留宿,
　　好倾听融雪时摧檐泻竹的音乐。

泗州僧伽塔①

苏 轼

【题解】

本诗作于神宗熙宁四年(公元1071年)赴杭州通判途中。全诗就祷风于神灵的事,阐发诗人对神佛原属虚妄的议论,并写出自己超然物外的处世态度。诗中先追忆当年(英宗治平三年,公元1066年)护送父亲灵柩舟行返蜀,经过泗州适遇逆风,为风沙所困的艰难情形,以及"舟人共劝祷灵塔"之后,风头转顺,舟行如飞的状况。但诗人并未因此便迷信神佛的灵验,而提出了"至人无己何厚薄","若使人人祷辄遂,造物应须日千变"的唯物观点。诗的后半转言今情,委婉地表示眼前又为逆风所阻,舟不得行而求神无验,但诗人对此已看得很透,看得很淡。"得行固愿留不恶",不仅指行路而言,主要表达诗人对进退出处的超脱态度。在表明了这种态度以后,诗人便将所叙之事,所发议论,以及内心深藏的苦闷一齐撇开,转而描写登塔眺望,一览淮上云山的开阔景象,以展示其开阔胸襟。纪昀评此诗:"极力作摆脱语,纯涉理路而仍清空如话。"赞其以议论为诗,多寓人生哲理、感慨,却不流于艰涩。又评其结构:"层层波澜,一齐卷尽,只就塔作结,简便之至。"全诗诗意多转折,自然而颇见匠心,同时又可见出诗人品格之清高、襟怀之豁达。的确是一篇佳作。

【原诗】

我昔南行舟系汴②,逆风三日沙吹面。舟人共劝祷灵塔,香火未收旗脚转③。回头顷刻失长桥,却到龟山未朝饭④。至人无心何厚薄⑤,我自怀私欣所便。耕田欲雨刈欲晴,去得顺风来者怨⑥。若使人人祷辄遂,造物应须日千变。今我身世两悠悠,去无所逐来无恋⑦。得行固愿留不恶,每到有求神亦倦。退之旧云三百尺,澄观所营今已换⑧。不嫌俗士污丹梯⑨,一看云山绕淮甸⑩。

注释

①泗(sì)州:州治在今安徽泗县。僧伽塔:古塔名,唐代为纪念僧伽大师而筑,宋初曾修葺,又称"泗州塔"。宋刘攽《中山诗话》:"泗州塔,人传下藏真身,后阁上碑道祇园中塑僧伽像事甚详……塔本喻都料造,极工巧,俗谓塔顶为天门。"僧伽,唐西域高僧,曾在泗州临淮县建造寺院,人称泗州和尚。中宗时迎入长安,景龙四年(公元710年)卒,归葬临淮。

②我昔句:英宗治平三年(公元1066年),苏洵卒于汴京,苏轼护送灵柩舟行返蜀,自汴入淮,曾过泗州僧伽塔。汴,指汴渠,即隋通济渠、唐广济渠的东段。自今河南荥阳北引黄河东南流,经今开封市、札县、睢县等县,复东南经安徽宿县、灵璧县、泗县等及江苏泗洪县,至盱眙县对岸入淮河。自隋至北宋,为中原通往东南沿海地区的主要水运干道。

③舟人二句:梅尧臣《龙女祠祈顺风》诗:"龙母龙相依,风云随所变。舟人请予往,出庙旗脚转。"此化用其意。

④回头二句:梅尧臣《龙女祠祈顺风》诗:"长芦江口发平明,白鹭洲前已朝膳。"此用其意。长桥,桥名。龟山,在泗州城东。

⑤至人:指思想、道德、修养等方面达到最高境界的人。《庄子·逍遥游》:"至人无己。"《荀子·无论》:"故明于无人之分,则可谓至人矣。"此处指僧伽。

⑥耕田二句:宋史绳祖《学齐佔毕》卷二《坡文之妙》条,谓此二句"乃隐括刘禹锡《何卜赋》中语,曰:'同涉于川,其时在风,沿(顺水而上)者之吉,泝(逆水而上)者之凶;同荻于野,其时在泽,伊种(先种后熟的谷类)之利,乃穆(后种先熟的谷类)之厄? 坡以一联十四字包尽刘禹锡四对三十二字之义,盖夺脱换骨之妙也。"陈衍评曰:"中数句从樵风泾翻出,遂成名言。"《后汉书·郑弘传》注引孔灵符《会稽记》:"射的山南有白鹤山,此鹤为仙人取箭。汉太尉郑弘尝采薪,得一遗箭,顷有人觅,弘还之。问何所欲,弘识其神人也,曰:'常患若耶溪载薪为难,愿旦南风,暮北风。'后果然。"因称若耶溪风为郑公风,亦称樵风,并名其地为樵风泾。刈(yì),指收割庄稼。

⑦我今二句:谓进退出处安闲静止,宠辱不惊。我今,一本作"今我"。两,指进与退。悠悠,安闲静止貌。

⑧退之二句:谓唐洛阳名僧澄观所重建之僧伽塔,高达三百尺,现已非旧观。韩愈《送僧澄观》诗:"僧伽后出淮泗上,势到众佛尤恢奇。""清淮无波平如席,栏杆倾抉半天赤。火烧水转扫地空,突兀便高三百尺。""借问经营本何人? 道人澄观名籍籍!"

⑨俗士:诗人自谦尘俗之人,故云。

⑩甸:郊外之地,此处指边岸。

【今译】
　　当年我从汴水泛舟南行,
　　在此地遇到逆风,三天里尘沙扑面。
　　船夫都劝我到灵塔去祈祷,
　　香火未烧完旗角已经顺转。
　　一会儿回望长桥茫远不见,
　　抵达龟山还没到早饭时间。
　　至人僧伽原本无心,哪会分什么厚薄,
　　我怀着私心欣喜风头转向十分利便。
　　耕田想要下雨收割又望晴天,
　　去的得到顺风,来的人必定埋怨。
　　假设每个人祈祷就会灵验,
　　造物主一天里岂不要千化万变。
　　我现在无论遭遇怎样都一样安闲,
　　去既没有追求来也没什么留恋。
　　顺利行舟固合心愿滞留也无不可,
　　每到有所祈求怕是神灵都会烦倦。
　　退之所说澄观重建的三百尺高塔,
　　如今早已不是旧观。
　　神灵不嫌我这尘俗之士玷污佛梯,
　　且登上塔顶眺望重重云山环绕淮岸。

寒食雨两首[①]

苏　轼

其　一

【题解】
　　这两首诗于神宗元丰五年(公元1082年)在黄州时作。诗人于元丰三年(公元1080年)二月来到黄州贬所,至作此诗已过三个寒食,他过着闭门思过、躬耕自给、息交绝游的生活,虽能从老庄、禅佛思想中求得精神上一定程度的解脱,内心苦闷毕竟还会不时给他以冲击。这首诗借寒食前后阴雨连绵、萧瑟如秋的景象,写出他悼惜芳春、悼惜年华似水的心情。诗人对海棠情有独钟,并多次在诗中借以自喻,其《寓居定惠院之东,杂花满山,有海棠一株,土人不知贵也》一诗中说:"陋邦何处得此花,无乃好事移西蜀?"且对自己与花"天涯流落俱可念"的共同命运,发出深深叹息。本诗后段对海棠花谢的叹惋,也正是诗人自身命运的写照。他对横遭苦雨摧折而凋落的海棠,以"何殊病少年,病起头已白"的绝妙比喻,不正是对自己横遭政治迫害、身心受到极大伤害的命运的借喻么?

【原诗】

　　自我来黄州,已过三寒食。年年欲惜春,春去不容惜。今年又苦雨,两月秋萧瑟。卧闻海棠花,泥污胭脂雪①。暗中偷负去,夜半真有力②。何殊病少年③,病起头已白。

【注释】

　　①胭脂雪:杜甫《曲江对雨》诗云"林花着雨胭脂湿",此化用其句,指海棠花瓣。

　　②暗中二句:《庄子·大宗师》:"藏舟于壑,藏山于泽,谓之固矣。然而夜半有力者负之而走,昧者不知也。"此借用其意谓海棠被造物主暗中背去,实指花被雨打落。

　　③何殊:何异。

【今译】

　　自从我来到黄州,
　　已度过三个寒食时际。
　　年年爱惜春光想将它挽留,
　　春天自管自归去不容人惋惜。
　　今年又苦于连连阴雨,
　　绵延两个月气候萧瑟一如秋季。
　　独卧在床听得雨打海棠,
　　胭脂样花瓣像雪片凋落污泥。

造物主把艳丽的海棠偷偷背去，
夜半的雨真有神力。
雨中海棠仿佛一位患病的少年，
病愈时双鬓斑白已然老去。

其 二

【题解】

假如说前一首诗表现贬谪之悲还较含蓄，本篇则是长歌当哭，宣泄了诗人心头无限的积郁。诗中先描写雨势凶猛，长江暴涨，似欲冲入诗人居所。而风雨飘摇之中，诗人的小屋如一叶渔舟，飘荡于水云之间的状况，诚如韩师伟《苏诗选评笺释》卷三说："起四句乃先极荒凉之境，移村落小景以作官舍，情况大可想矣。""空庖煮寒菜，破灶烧湿苇"二句，描写物质生活的极度匮乏与艰难，可以想见诗人在黄州时常迫于饥寒的窘况，读之令人心酸。诗人从前在京师、杭州等地，每逢寒食佳节，曾经有过许多赏心乐事，如今却只有满目萧条、满目凄凉，他不由得悲极而发出"那知是寒食"的设问。寒食、清明又是祭祖、扫墓的日子，看见"乌衔纸"，诗人这才恍悟，当前确实正是寒食节令，这故作回旋的笔墨，让人领会了诗人痛定思痛的心情。诗人以直抒胸臆的手法明言君门九重欲归不能，亲人坟墓远隔万里欲祭不可，于是篇末说是要学阮籍穷途之哭，又反用韩安国典，表示对政治的冷淡和忧谗畏讥的心情。贺裳《载酒园诗话》说诗人"黄州诗尤多不羁"，认为本诗"最为沉痛"。黄州时期，苏轼写了不少旷远清超的诗词，但本诗实在写出了他最为真实、沉痛的内心感情。诗人手书此二诗的真迹至今犹存，也可见其对此二诗的重视。

【原诗】

春江欲入户，雨势来不已①。小屋如渔舟，濛濛水云里。空庖煮寒菜②，破灶烧湿苇。那知是寒食，但见乌衔纸③。君门深九重④，坟墓在万里⑤。也拟哭涂穷⑥，死灰吹不起⑦。

【注释】

①不已:一作"未已"。已,止。

②庖(páo):厨房。寒菜:原特指冬季之菜,此系泛指。

③但见:一本作"但感"。乌衔纸:谓乌鸦衔取坟前烧剩的纸钱。乌:一作"鸟"。

④君门句:宋玉《九辩》:"岂不郁陶而思君兮,君之门以九重。"注曰:"君门深邃,不可至也。"九重,指宫禁,极言其深远。

⑤坟墓句:谓诗人祖坟在四川眉山,距黄州有万里之遥,欲吊不能。

⑥也拟句:用阮籍典。《晋书·阮籍传》载,阮籍"时率意独架,不由径路,车迹所穷,辄恸哭而反"。杜甫《陪章留后侍御宴南楼得风字》诗"此身醒复醉,不拟哭涂穷",此反用其意。

⑦死灰句:《史记·韩长孺列传》:"安国坐法抵罪,蒙(县)狱吏田甲辱安国。安国曰:'死灰独不复然(燃)乎?'田甲曰:'然即溺之。'"此反用其意,且承"乌衔纸"句,切合寒食节令。

【今译】

春江暴涨仿佛要冲进门户,
雨势凶猛袭来似乎没有穷已。
我的小屋宛如一叶渔舟,
笼罩在濛濛水云里。
空空的厨房煮着些寒菜,
潮湿的芦苇燃在破灶底。
哪还知道这一天竟然是寒食,
却看见乌鸦衔来烧剩的纸币。
天子的宫门有九重,深远难以归去,
祖上的坟茔遥隔万里不能吊祭。
我只想学阮籍作穷途痛哭,
心头却似死灰并不想重新燃起。

守 岁

苏 轼

【题解】

　　此诗作于仁宗嘉祐七年(公元 1062 年),其时诗人在凤翔签判任上。原诗题为《岁晚相与馈问,为"馈岁";酒食相邀呼,为"别岁";至除夜,达旦不眠,为"守岁",蜀之风俗如是。余官于岐下,岁暮思归而不可得,故为此三诗以寄子由》,组诗共三首,分别为《馈岁》《别岁》《守岁》,本诗系三首其三。诗人把就要逝去的年岁,比作游向幽壑、势不可当的长蛇,并说守岁正如想要系住它的尾巴,纯属徒劳无功。这譬喻比起惯常所说的光阴似箭、如白驹过隙、如逝水等等要新奇、生动得多了,堪称绝妙。诗中又细致地描述了人们守岁的情景与心情。"明年岂无年,心事恐蹉跎"二句,用虚笔表现了诗人怀亲思弟、想要及早建立功业等心愿和对青春年华的爱惜。篇末显示了诗人与其弟少年刚锐之气。全诗以篇首六句的妙喻醒人耳目,后半篇则意思平常。

【原诗】

　　欲知垂尽岁,有似赴壑蛇①。修鳞半已没②,去意谁能遮。况欲系其尾③,虽勤知奈何。儿童强不睡④,相守夜喧哗。晨鸡且勿唱,更鼓畏添挝⑤。坐久灯烬落⑥,起看北斗斜⑦。明年岂无年?心事恐蹉跎⑧。努力尽今夕,少年犹可夸。

注释

　　①壑(hè):山谷。
　　②修鳞:犹言"长蛇"。
　　③系其尾:语出《晋书》卷三十一《后妃上·惠贾皇后》载后曰:"系狗当系颈,今反系尾,何得不然!"此处指守岁。
　　④强(qiǎng):勉力。
　　⑤挝(zhuā):击,敲打,此处指更鼓声。
　　⑥灯烬(jìn):灯花。烬,物体燃烧后剩下的部分。

⑦北斗斜:谓时已夜半。
⑧蹉(cuō)跎(tuó):失时,失误。

【今译】
　　要知道快要辞别的年岁,
　　有如游向幽壑的长蛇。
　　长长的鳞甲一半已经不见,
　　离去的心意谁能够拦遮!
　　何况想系住它的尾端,
　　虽然勤勉明知是无可奈何。
　　儿童不睡觉努力挣扎,
　　相守在夜间笑语喧哗。
　　晨鸡呵请你不要啼唱,
　　一声声更鼓催促也叫人惧怕。
　　长久夜坐灯花点点坠落,
　　起身看北斗星已经横斜。
　　明年难道再没有年节?
　　只怕心事又会照旧失差。
　　努力爱惜这一个夜晚,
　　少年人意气还可以自夸。

除夜野宿常州城外二首①

苏　轼

其　一

【题解】
　　神宗熙宁六年(公元1073年)十一月,苏轼奉命前往常州、润州(今江苏镇江)等地赈济灾荒,次年五月事毕始返回杭州,此诗作于常州。除夕本当是万民欢庆的佳节,诗人野宿城外时,听到的却是"行歌"和"野哭",由此可知民生维艰惨象,诗人不由得悲从中来。次句从视觉描写了夜已将尽的情景,再写诗人所以彻夜不眠,并非因袭旧俗守岁,实际上是在为民间疾苦忧虑,也因客中孤独,思归心切而愁闷。诗中又以举重若轻的手法,平叙"新沐头轻感发稀"的生活琐事,却深寓老之将至的沉重感慨。篇末以故作宽慰的口吻,表现了唯有残灯相伴的旅况的凄凉。全诗辞情清苦,真挚动人。

【原诗】

行歌野哭两堪悲②,远火低星渐向微。病眼不眠非守岁③,乡音无伴苦思归。重衾脚冷知霜重④,新沐头轻感发稀⑤。多谢残灯不嫌客,孤舟一夜许相依。

注释

①野宿:住宿在郊外。
②行歌:边行走边唱歌,借以抒发感情、表达意愿等。《晏子春秋·杂上十二》:"梁丘据左操瑟,右挈竽,行歌而出。"野哭:哭于郊外。杜甫《白帝城》诗:"野哭千家闻战伐。"
③病眼句:白居易《除夜》诗"病眼少眠非守岁",此化用其句。
④重(chóng)衾:多条被子。
⑤沐(mù):洗发。

【今译】

有人边行走边唱歌,有人在野外啼哭,
两种声音都令我心中伤悲,
远处的灯火夜空的疏星,
渐渐地趋向暗淡低微。
病眼睡不着并非因着守岁,
乡音无人为伴我苦苦地思归。
盖着几条被子双脚依旧冰冷,
知道冬霜重满是寒气,
刚洗过头发觉得轻松,
却感知鬓发又已变稀。
多谢残灯并不将人嫌弃,

孤舟中整夜里许我相伴相依。

其 二

【题解】

本诗抒发除夜感慨。诗人以直抒胸臆的手法,写出被迫离开朝廷南来已整整三年,很怕终身奔走于道途,而不能践偿其政治抱负。当此除旧布新的节令,他并不感到喜悦,却畏惧又添年齿,这种心情是十分凄苦的。诗中又结合节令风俗表示了想要退隐的意愿。"烟花"二句,以自然界万物复苏的繁丽景象,反衬自己的衰病老迈。篇末虽作宽慰之辞,主旋律仍是自伤老大。全诗辞情哀切,令人叹息。

【原诗】

南来三见岁云徂①,直恐终身走道涂。老去怕看新历日,退归拟学旧桃符②。烟花已作青春意③,霜雪偏寻病客须④。但把穷愁博长健,不辞最后饮屠苏⑤。

注释

①南来句:苏轼于熙宁四年(公元1071年)冬到杭州通判任,至作此诗,已度过三个除夕。岁云徂(cú),谓年岁辞去。云,语助词,无义。徂,往。

②桃符:相传东海度朔山有大桃树,其下有神荼、郁垒二神,能食百鬼。故俗于农历元旦,用桃木板画二神于其上,悬于门户,以驱鬼避邪。南朝梁宗懔《荆楚岁时记》:"正月一日,……帖画鸡户上,悬苇索于其上,插桃符其旁,百鬼畏之。"五代后蜀始于桃符板上书写联语,其后改书于纸。王安石《元日》诗:"爆竹声中一岁除,春风送暖入屠苏。千门万户曈曈日,总把新桃换旧符。"

③烟花:泛指春景,李白《黄鹤楼送孟浩然之广陵》诗:"故人西辞黄鹤楼,烟花三月下扬州。"青春,春季。《楚辞·大招》"青春受谢",注:"东方春位,其色青也。"

④霜雪句:诗人自谓须发白如霜雪。

⑤不辞句:古俗,正月初一家人先幼后长依次饮屠苏酒,见《荆楚岁时记》。宋洪迈《容斋续笔》卷二"岁旦饮酒"条云:"今人无日饮屠酥(同苏)酒,自小者起,相传已久,然固有来处。后汉李膺、杜密以党人同系狱,值元旦,于狱中饮酒,曰:'正旦从小起(饮)。'《时镜新书》晋董勋云:"正旦饮酒先从小者,何也? 勋

曰：'俗以小者得岁，故先酒贺之，老者失时，故后饮酒。'"白居易《岁假内命酒》诗云："岁酒先拈辞不得，被君推作少年人。"此句苏轼自谓年老，故云"最后饮屠苏"。屠苏，酒名，也作"酴酥"、"屠酥"。古代风俗于农历正月初一饮屠苏酒。

【今译】
　　来到江南见旧岁三度辞去，
　　真怕终身要奔走在道路。
　　年纪老大怕看新的日历，
　　辞官归乡准备学写旧的桃符。
　　自然景物已表露春天的意味，
　　我这病客的胡须偏被霜雪找寻。
　　纵使穷愁潦倒但愿赢得此身长健，
　　不怕轮到我最后一个把屠苏酒饮。

金山梦中作[①]

苏　轼

【题解】

　　神宗元丰七年（公元1084年）三月，苏轼由黄州团练副使量移汝州，四月离黄州，五月赴筠州（今江西高安）看望弟弟苏辙，二人于七月同至金陵（今江苏南京）。此诗作于八月。在金陵期间，诗人拜访了王安石，二人尽弃前嫌，同游蒋山，诗歌唱和，甚是相得。安石劝诗人买田金陵，诗人也"日以求田为事"，打算卜居金陵一带，而不愿去往距京都很近的汝州。这首诗就是有所感而托之以梦，表现他对江东的向往之情。"卧吹箫管到扬州"的潇洒生活情调，与诗人的迁客身份相距太远，真是梦中幻想。纪昀评此诗"一气浑成，自然神到"。

【原诗】

　　江东贾客木绵裘[②]，会散金山月满楼。夜半潮来风又熟[③]，卧吹箫管到扬州。

> 【注释】

①金山：山名，在今江苏镇江，详见前《游金山寺》注①。

②江东句：《碧溪诗话》卷六："此诗集中题云《梦中作》。盖坡尝衣此，坐客误云：'木棉袄俗。'饮散乃出此诗，且云：'虽欲俗不可得也。'坐客大惭。"当时士大夫以皮裘为常服，故以木棉裘为俗。此句谓自己的衣着如同商人。江东，自汉至隋唐称自安徽、芜湖以下的长江下游南岸地区为江东。宋太宗至道三年(公元997年)以金陵、太平、宁国、广德为江南东路，以今江西全省为江南西路。贾(gǔ)客，商人。木绵，即指棉花。绵，一作"棉"。

③风熟：纪昀曰："今海舶有'风熟'之语，盖风之初作，转移不定，过一日不转，则方向定，谓之'风熟'。"

【今译】

我像江东客商穿着棉袍，
正当金山上月光洒满高楼。
夜半潮水涨风向已定，
卧吹箫管顺流直到扬州。

九月二十日微雪，怀子由弟(二首录一)

苏　轼

【题解】

本诗作于仁宗嘉祐七年(公元1062年)凤翔签判任上。诗人与其弟辙感情至深，自幼同窗共学，嘉祐二年为同榜进士。四年，又一起参加秘阁的制科考试，得到仁宗的激赏。后苏轼任命为大理评事签书凤翔判官，苏辙留京侍奉父亲，六年(公元1061年)十一月，送诗人至郑州，相别于郑州西门外。这是他们兄弟首次远别，当时诗人曾于马上赋诗寄其弟说："亦知人生要有别，但恐岁月去飘忽。寒灯相对记畴昔，夜雨何时听萧瑟。君知此意不可忘，慎勿苦爱高官职。"七年重九寄弟诗又云："忆弟泪如云不散，望乡心与雁南飞"，可见手足情深之至。九月二十日下小雪，诗人又由此兴感，作诗抒怀。诗中描写时方凉秋九月，凤翔已下小雪，如同岁暮。在一片急促的捣衣声中，诗人更感到时日的萧条、寒冷。而官闲昼永，独处深屋，思弟之情只能借酒排遣。因与亲人离别日久,竟使年轻的诗人早生华发。这种种感受写得情深调苦,披露了他寂寞的心境。但尾联忽作转折,诗人因买貂裘而思出塞,显示了报国疆场的愿望。这却并不是偶发奇想,早在诗人的《进策》中,就声明了坚决抵抗敌人侵扰的主张,且提出系统的抗敌方略。凤翔为西北军事重镇,是抗击西夏的前沿阵地。本诗末句"忽思乘传问西琛"句,即借用《左传》典故,表明抗击西夏的决心。他在后来写的《和子由苦寒见寄》一诗中,更直截了当地表示"丈夫重出处,不退要当前……庙谟虽不战,虏意久欺天",并豪壮地宣言:"何时逐汝去,与虏试周旋。"诗人与其弟是手足而兼知友、同志,本诗尾联不仅申诉了自己的抱负,也是对弟弟的激励。全诗思想境界至此得到了进一步升华。

【原诗】

　　岐阳九月天微雪①,已作萧条岁暮心。短日送寒砧杵急②,冷官无事屋庐深③。愁肠别后能消酒,白发秋来已上簪。近买貂裘堪出塞,忽思乘传问西琛④。

【注释】

①岐阳:即指凤翔。
②砧(zhēn)杵(chǔ):捣衣石与捶衣的棒槌。此处指捣衣声。
③冷官:职位不重要、清闲冷落的官。杜甫《醉时歌》有"诸公衮衮登台省,广文先生官独冷"之句,谓郑虔任广文馆博士。旧注说太守陈公弼命苏轼兼府学教授,故用冷官事,误。陈公弼嘉祐八年(公元1063年)方接替宋选任凤翔太守,本诗则作于嘉祐七年。
④忽思句:化用齐桓公伐楚事。《左传·僖公四年》管仲对楚使曰:"尔贡包茅不入(指不纳贡),王祭不共(供),无以缩酒(滲酒),寡人是征(索取)。"此处谓诗人想出使西夏,使其臣服,纳贡于宋王朝。乘(shèng)传,古代驿站用四匹下等马拉的车,此泛指车马。琛(chēn),珍宝,《诗·鲁颂·泮水》:"憬彼淮夷,来献其琛。"

【今译】

　　凤翔九月里就降下小雪,
　　老天爷已作出岁暮萧条的光景。

短短的白昼吹送来阵阵寒气,
急促的捣衣声更令人触景伤情,
做着闲官无事可管,
只觉得屋宇深沉寂静。
离别后慰我愁肠惟有多多饮酒,
秋来发簪上已添白发几茎。
最近买了一件貂皮袍子,
穿上它真可以征战去到边境,
忽而又想乘着车马出使,
问一问西夏为什么不把珍宝奉敬。

暴雨初晴楼上晚景①

苏 轼

【题解】

本诗作于神宗熙宁六年(公元1073年)杭州通判任上。原诗题为《追和子由去岁试举人所寄诗五首》,副标题作《暴雨初晴楼上晚景》,此篇为五首其二。诗中咏赞了洛阳的地势之胜,并以彩笔绘出想象中雨后初晴,嵩山树色苍翠、北邙夕阳殷红的明丽景色。后二句由北邙想到逝去的历史人物,感叹古来风流人物全都归于沉寂,并赞颂而今有富弼这样的名臣,虽已衰病,仍轩昂如青山。全诗给人以壮阔和超越时空的感觉。

【原诗】

洛邑从来天地中②,嵩高苍翠北邙红③。风流耆旧消磨尽④,只有青山对病翁⑤。

【注释】

①此为和韵诗,苏辙原作题为《熙宁壬子(五年)(公元1072年)八月于洛阳妙觉寺考试举人,及还,道出嵩少之间,至许昌,共得大小诗二十六首》,前五首题作《洛阳试院楼上新晴五绝》。五首其二云:"嵩少犹藏薄雾中,前山迤丽夕阳红。

高楼一闭三十日,遥忆岩头种药翁。"

②洛邑句:《史记·周本纪》:"成王在丰,使召公复营洛邑,如武王之意。周公复卜申视,卒营筑,居九鼎焉。曰:'此天下之中,四方入贡道里均。'"此用其字面。洛邑,周朝曾以洛阳为都邑,后世因称洛邑。又,洛阳为北宋西都,故称。

③嵩(sōng)高:中岳嵩山,五岳之一。在河南登封县北。古称外方,又名嵩高,因处四方之中,山形高大,故称。北邙(máng):山名,在今河南洛阳市东北,一作"北芒",即"邙山",亦称芒山、郏山、北山。汉魏以来,王侯公卿贵族的葬地多在此地,后因泛称墓地。

④风流句:谓历史上与当世的风云人物已死,归于沉寂,亦即苏轼后来所写《念奴娇》词所云"浪淘尽、千古风流人物"之意。当时范仲淹、欧阳修等均已去世。耆(qí)老,特指受人尊重的老者。《礼记·檀公》上:"鲁哀公诔孔丘曰:'天不遗耆老,莫相予位焉。'"

⑤病翁:诗人自注:"谓富(弼)公也。"富弼(公元1004—1083年),字彦国,洛阳人,北宋名臣,曾同范仲淹、杜衍等人于仁宗朝推行"庆历新政"。至和二年(公元1055年)拜相,时称贤相。英宗时封郑国公。神宗熙宁二年(公元1069年)再度拜相,因与王安石政见不合,求退,出判亳州,复以抵制青苗法被劾,求归洛阳养病,不久即致仕。

【今译】

洛邑从来就处在天地之中,
嵩山树色苍翠,北邙夕阳殷红。
风云人物都被无情岁月消磨尽,
只有青山对着衰病而顽强的富公。

有美堂暴雨①

苏 轼

【题解】

此诗作于熙宁六年(公元1073年)初秋。整首诗摹写暴雨,先写暴雨未下时忽然雷声震地,堂中游人为四周密布的阴雨所包围。再写风吹暴雨飞江而来的种种情景,气势极其奇伟壮美。诗人以"黑"字形容急风,以"海立"形容山雨欲来之势,给人以惊心动魄而又不失真实的、鲜明强烈的视觉与感觉印象。雨泻水涌,似乎突过江岸,诗人以杯中酒凸出杯面来比喻,即席取譬,精警非凡。诗人又以千杖敲鼓形容雨声,并说雨声是为了唤醒酒醉的李白,让他写出绝妙诗句,这里用古人事又兼以自喻,突出表现了诗人凌云的豪气与不可一世的卓荦才情。全诗以神来之笔一气贯注,状难状之景如在目前,不愧是传诵名篇。

【原诗】

　　游人脚底一声雷②,满座顽云拨不开③。天外黑风吹海立④,浙东飞雨过江来⑤。十分潋滟金樽凸⑥,千杖敲铿羯鼓催⑦。唤起谪仙泉洒面⑧,倒倾鲛室泻琼瑰⑨。

注释

　　①有美堂:在杭州吴山最高处。《庚溪诗话》卷上:"嘉祐初(二年,公元1057年)龙图阁直学士、尚书吏部郎中梅挚公仪,出守杭州,上(仁宗)特制诗以宠赐之,其首章曰:'地有吴山美,东南第一州。'梅既到杭,欲侈上之赐,遂建堂山上,名曰'有美'。欧阳修为记(《有美堂记》)以述之。"
　　②游人句:王文诰注引师民瞻曰:"俗说高雷无雨,故雷自地震,即暴雨也。"
　　③顽云:浓云。陆龟蒙《苦雨诗》:"顽云猛雨更相欺。"
　　④天外句:杜甫《朝献太清宫赋》:"九天之雨下垂,四海之水皆立",此化用其意。
　　⑤浙东:钱塘江以东。浙,指浙江,即钱塘江。杭州在浙江以西,故云。
　　⑥十分句:谓暴雨如泻,钱塘江水势浩大。时诗人在有美堂宴饮,故以杯中斟满酒凸出杯口比喻江水汹涌,似突过江岸。潋(liàn)滟(yàn),水满溢貌。
　　⑦千杖句:形容雨声急骤。谓暴雨猛下,如同羯(jié)鼓被鼓杖赶着打击。唐南卓《羯鼓录》说打羯鼓"尤宜促曲急破,作战杖连碎之声"。宋璟"尤善羯鼓",曾"谓上(玄宗)曰:'头如青山峰,手如白雨点,此即羯鼓之能事也。'"此句反用其喻。千杖,《唐语林》记唐人以打坏鼓杖数目衡量击鼓技艺高下,李龟年答玄宗"臣打五千杖讫",玄宗说:"我打却三竖柜也。"敲铿,敲击。韩愈《城南联句》:"树啄头敲铿。"羯鼓,古羯族(古匈奴别部,晋时入居羯室,今山西左权县境)乐器,形如漆桶,下以小牙床承之,击用二杖,声音急促高烈。
　　⑧唤起句:《旧唐书·李白传》:"玄宗度曲,欲造乐府新词,亟召白,白已卧于酒肆矣。召入,以水洒面,即令秉笔,顷之成十余章,帝颇嘉之。……初,贺知章见白,赏之曰:'此天上谪仙人也。'"此用其典,且以李白自比。

⑨倒倾句:张华《博物志》载,"鲛(qióng)人(人鱼)从水出,寓人家积日,卖绡。将去,从主人索一器,泣而成珠满盘,以与主人。"鲛室,鲛人所居之室,指海。琼瑰(guī),美玉,此处明喻雨,实承上句谓美妙诗文。

【今译】
　　游人脚下忽听一声惊雷,
　　满座都包围在分拨不开的浓云里。
　　天外黑风把海水吹得站立,
　　越过钱塘江飞来了浙东暴雨。
　　江水汹涌溢出了堤岸,
　　仿佛斟满的酒从杯口凸起,
　　雨声激烈,像羯鼓被一千根鼓搥
　　不断急促地敲击。
　　为了唤起谪仙人李白,
　　用水把他的醉脸洒洗,
　　雨势如鲛人所居的海洋倒泻,
　　好让他写出美好动人的诗句。

雪后书北台壁二首①

苏　轼

其　一

【题解】
　　熙宁七年(公元1074年)九月,苏轼以太常博士、直史馆,权知密州(今山东诸城)军事,十一月到任,此诗作于抵达密州不久。诗中描写黄昏到夜间由雨成雪的天气变化,十分真切细腻。颈联"五更晓色来书幌,半夜寒声落画檐",写得最有情味,让人想见夜半雪落画檐,五更雪光照映书窗,清寒而幽雅的景象。尾联切题,描述诗人登上北台望马耳山,犹见其双峰突起正如其名的喜悦心情。全诗笔意轻灵。

【原诗】

　　黄昏犹作雨纤纤②,夜静无风势转严。但觉衾裯如泼水③,不知庭院已堆盐④。五更晓色来书幌⑤,半夜寒声落画檐。试扫北台看马耳⑥,未随埋没有双尖。

注释

　　①北台:台名,在密州北面。
　　②纤纤:细微。
　　③衾裯(chóu):泛指被子。
　　④堆盐:用典。《晋书·列女传》:"王凝之妻谢氏,字道韫,安西将军奕之女也。……俄而雪骤下,(谢)安曰:'何所拟也?'安兄子朗曰:'散盐空中差可拟。'道韫曰:'未若柳絮因风起。'安大悦。"此以盐喻雪。
　　⑤五更句:《梁溪漫志》卷七"东坡雪诗"条谓:"此所谓'五更'者,甲夜至戊夜尔,自昏达旦皆若晓色。"聊备一说。书幌(huǎng),犹言书窗。幌,帷幔,窗帘。
　　⑥马耳:山名,在密州西南五十里,与北台相对。《水经注·潍水》:"潍水又东北,涓水注之,出马耳山,山高百丈,上有二石并举,望齐马耳,故世取名焉。"

【今译】

　　黄昏时还下着霏霏细雨,
　　夜静无风气候变得森严。
　　只觉得被底冰凉如同泼水,
　　不知道庭院白雪已似堆盐。
　　五更时银光照亮了书窗,
　　才悟到半夜是寒雪声声落上画檐。
　　我试扫北台眺望马耳山,
　　欣喜它没被埋没仍露出两个峰尖。

其　二

【题解】

　　本诗承接前一首,描写在北台观赏雪景的情形。先写雪后晴日初升,乌鸦在城头翔舞,道路上融化的雪泥已陷没轮的生动景象。领联为王安石所叹赏,赞其善用事,以道家语写雪天感受。颈联笔意转折,诗人由瑞雪展望来年的丰收,表现了身为父母官对民生的极度关切,真实自然。尾联自伤老病诗才已退,聊以吟诵古人诗篇,一来显示他仕途失意的黯然心情,二则亦为自谦套语。

【原诗】

城头初日始翻鸦,陌上晴泥已没车。冻合玉楼寒起粟,光摇银海眩生花①。遗蝗入地应千足②,宿麦连云有几家③。老病自嗟诗力退④,空吟冰柱忆刘叉⑤。

注释

①冻合二句:谓因寒冷而缩起肩胛,皮肤上起了鸡皮疙瘩,双眼被满处雪光照得眼花。赵令畤《侯鲭录》卷一载王安石论此诗云:"道家以肋肩为玉楼,以目为银海。"有人以为此二句不过咏屋堆雪似玉楼,地似银海耀花人眼,但若如此解说则"冻合"二字无从索解。寒起粟,一作"寒起栗"。眩生花,一作"眼生花"。

②遗蝗句:农家语说蝗虫生子遗而入地,雪深一尺则入地一丈,雪越大则入地愈深,故大雪可避免蝗灾。

③宿麦句:谓雪宜避蝗及小麦生长,为丰年之祥兆。宿麦,隔年才熟的麦。几家,一本作"万家"。

④诗力:一作"诗律"。

⑤刘叉:中唐诗人,河朔(今河北一带)人,曾为韩愈门客。诗风犷放,其《雪车》《冰柱》二诗颇为著名,《冰柱》诗尤为奇谲奔放,寄托深远。

【今译】

　　城头刚刚升起初晴的太阳,
　　已看见翔舞着点点乌鸦,
　　融化的雪泥很深,
　　陷没了车轮道路又湿又滑。
　　冰天雪地里我冻得双肩缩紧,
　　皮肤生出许多鸡皮疙瘩,
　　四处雪光照映,
　　耀得人两眼生花。
　　蝗虫幼子怕会入地千尺,

来年丰收的麦子连接云天该有多少人家?
可叹我又老又病诗才减退,
空自吟诵《冰柱》篇缅怀刘叉。

聚星堂雪① 并序

苏　轼

【题解】

　　哲宗元祐六年(公元1091年)八月,苏轼罢去翰林学士承旨兼侍读,出为颍州知州,本诗作于当年十一月。此诗写作缘起诗序中已说得十分详尽。全诗学习欧阳修《雪》诗,咏雪而不使前人用得俗滥的形容语及代字,脱去故常,以生新的画笔采用白描手法,细腻地摹写飞雪的种种姿态、神韵,并着意写出宾客与诗人由雪引发的豪迈的酒意诗情,以及无限喜悦的心情。诗中又描写了宴会散去、诗人归来后,终夜关注下雪的深浅程度,并写他一清早就出外观赏雪景的情景。尽管只不过是一场小雪,由于旱情稍稍得到缓解,忧国爱民的诗人由衷地感到惊喜。篇末正如陈衍所评:"画龙最后点晴,结不落套",点明本诗的特点是"白战不许持寸铁",照应诗序所定避俗就新的写作方法。全诗句句关合小雪,体物入微,如"映空先集疑有无,作态斜飞正愁绝","模糊桧顶独多时,历乱瓦沟才一瞥"等句,与诗人咏杨花词《水龙吟》中的"似花还似飞花","萦损柔肠,困酣娇眼,欲开还闭"等句,可以说同样达到了物与神游的境界。

【原诗】

　　元祐六年十一月一日,祷雨张龙公②,得小雪,与客会饮聚星堂。忽忆欧阳文忠公作守时,雪中约客赋诗,禁体物语③,于艰难中特出奇丽,尔来四十余年,莫有继者。仆以老门生继公后,虽不足追配先生,而宾客之美,殆不减当时。公之二子又适在郡④,故辄举前令,各赋一篇。

窗前暗响鸣枯叶,龙公试手初行雪。映空先集疑有无,作态斜飞正愁绝。众宾起舞风竹乱⑤,老守先醉霜松折⑥。恨无翠袖点横斜⑦,

只有微灯照明灭。归来尚喜更鼓永⑧,晨起不待铃索掣⑨。未嫌长夜作衣棱⑩,都怕初阳生眼缬⑪。欲浮大白追余赏⑫,幸有回飙惊落屑⑬。模糊桧顶独多时⑭,历乱瓦沟才一瞥⑮。汝南先贤有故事⑯,醉翁诗话谁续说⑰? 当时号令君听取,白战不许持寸铁⑱。

注释

①聚星堂:欧阳修任颍州(今安徽阜阳)知州时所建。

②张龙公:张路斯,颍上人。欧阳修《集古跋尾》卷十《张龙公碑》:"(唐)赵耕撰,云:君讳(名)路斯,颍上百社人也。……景龙中为宣城令……公罢令归,每夕出,自戌至丑归,体常冷且涩。(妻)砥异而询之,公曰:吾龙也。""余(欧阳修自指)尝以事至百社村,过其祠下……岁时祷雨,屡获其应,汝阴人尤以为神也。"初行雪,一作"行初雪"。

③禁体物语:欧阳修于仁宗皇祐二年作《雪》诗,题下有云:"在颍州作,玉、月、梨、梅、练、絮、白、舞、鹅、鹤、银等字皆请勿用。"又,欧阳修《六一诗话》云:"国朝浮图(指僧人),以诗名于世者九人,……当时有进士许洞者,善为词章,俊逸之士也。因会诸诗僧分题,出一纸,约曰:'不得犯此一字。'其字乃山、水、风、云、竹、石、花、草、雪、霜、星、月、禽、鸟之类,于是诸僧皆搁笔。"据此,则此体创自许洞。体物,铺陈描摹事物的形态。

④公之二子:指欧阳棐,字叔弼;欧阳辩,字季默。

⑤风竹乱:形容舞姿。

⑥老守:苏轼时为颍州知州,故自谓老守。霜松折,形容醉态。

⑦恨无句:谓无歌妓在席前侑酒。翠袖,代指佳人,杜甫《佳人》诗:"天寒翠袖薄。"横斜,指梅,林逋《山园小梅诗》:"疏影横斜水清浅。"

⑧更鼓永:指夜深沉。一作"更鼓暗"。

⑨铃索掣:宋制,州府衙门有铃阁,吏人掣铃索以报时。

⑩作衣棱(léng):谓衣服上生出折痕。

⑪眼缬(xié):眼花时所见星星点点。

⑫浮大白:饮大杯酒。刘向《说苑·善说》:"魏文侯与大夫饮酒,使公乘不仁为觞政,曰:'饮不釂者,浮以大白。'"大白,大酒杯。

⑬回飙(biāo):旋风。落屑:指雪。

⑭模糊:指雪。白居易《雪中即事》诗:"连夜江云黄惨淡,平明山雪白模糊。"桧(guì):树名。

⑮历乱:烂漫。梁简文帝《采桑》诗:"细萍重叠长,新花历乱开。"此指雪花。瓦沟:瓦楞之间的泄水沟。白居易《宿东亭晓兴》诗:"雪依瓦沟白。"一瞥(piē):

一注目间,比喻极短促的时间。

⑯汝南句:指诗序中所说欧阳修作《雪》诗禁用体物语事。汝南先贤,指欧阳修,因其曾任颍州知州,晚年复归老于此,故云。颍州为旧汝南之地。

⑰醉翁诗话:指《六一诗话》,欧阳修开创《诗话》这一论诗形式的先例。

⑱白战:徒手战,比喻不加形容、不用"体物语"的白描手法。白战,一作"百战"。

【今译】
　　窗前枯叶萧萧作响,
　　是龙公小试身手降落初雪,
　　它们在空中映隐聚集,似有若无,
　　故作姿态斜斜飘飞令人魂消意绝。
　　宾客欢欣起舞如青竹风中摇曳,
　　我这老迈的太守先醉,仿佛霜松摧折,
　　遗憾席前没有佳人装点梅花,
　　只有微灯照空中小雪忽明忽灭。
　　饮罢归来高兴夜还深沉,
　　清早起身等不及吏人把铃索拉扯。
　　长夜未眠并不怕衣上生褶,
　　倒怕耀人眼花的朝阳映雪。
　　想要豪饮乘兴追赏余景,
　　惊喜旋风还吹落点点未化的雪屑。
　　桧树顶上多时见模糊的白色,
　　瓦沟中雪花烂漫才不过一息。
　　汝南先前的贤士曾经有过旧例,
　　醉翁诗话如今由谁来继续?
　　当时约定的规矩请你听取,
　　徒手战斗不许拿起一寸武器。

江上值雪,效欧阳体,限不以盐、玉、鹤、鹭、絮、蝶、飞舞之类为比,仍不使皓、白、洁、素等字,次子由韵①

苏　轼

【题解】

　　本诗作于仁宗嘉祐四年(公元1059年),跟前一首诗同样以白描手法咏雪。诗中先细致地描绘了诗人江上所见种种景象:江边望去白茫茫无际,青山一夜之间变成了白山;沙岸深雪盈尺而水面却片雪不留;坑谷高陵到处落满白雪。偶尔飘在诗人衣衫的雪花仔细看去是那样巧丽,片片皆似刻镂而成,诗人不禁惊叹造物主神奇地一挥手即白遍九野。诗人继而又从写景转入对雪中人物的描写,他以想象的画笔绘出带酒唱歌的担柴樵子,因见瑞雪而欣喜丰年的天子及朝贺的宰相,以及雪天用功读写的书生、寒夜纺织的贫女、巾帽飘拂如仙的高士、云游的野僧,以及踏雪上朝的官吏,各色人物都以典型的形象与活动呈现于画面,成为诗人所绘雪景最为生动的部分。此中又还表达了他对世间苦乐不均的慨叹和对民生疾苦的关切。诗中最后归结到诗人自身,突出显露他想在雪中射猎的豪放情志,想象中"敲冰煮鹿"的欢乐场面,令人深深感受到少年诗人的英迈之气。全诗多有佳句,如"青山有似少年子,一夕变尽沧浪髭"的绝妙形容,"高人着屐踏冰冽,飘拂巾帽真仙姿"的超逸画笔,都给人以难忘的印象。本诗虽为诗人少作,却已充分表现出他驾驭诗歌语言的非凡才力。

【原诗】

　　缩颈夜眠如冻龟,雪来惟有客先知。江边晓起浩无际,树杪风多寒更吹②。青山有似少年子,一夕变尽沧浪髭③。方知阳气在流水④,沙上盈尺江无澌⑤。随风颠倒纷不择⑥,下满坑谷高陵危⑦。江空野阔落不见,入户但沉轻丝丝。沾裳细看巧刻镂⑧,岂有一一天工为⑨?霍然一麾遍九野⑩,呼此权柄谁执持⑪?世间苦乐知有几,今我幸免沾肤肌。山夫只见压樵担⑫,岂知带酒飘歌儿。天王临轩喜有麦⑬,宰相献寿嘉及时⑭。冻吟书生笔欲折,夜织贫女寒无帷⑮。高人着屐踏冷冽⑯,飘拂巾帽真仙姿。野僧斫路出门去⑰,寒液满鼻清淋漓⑱。洒袍入袖湿靴底,亦有执板趋阶墀⑲。舟中行客何所爱⑳?愿得猎骑当风披。草中咻咻有寒兔㉑,孤隼下击千夫驰㉒。敲冰煮鹿最可乐,我虽不饮强倒卮㉓。楚人自古好弋猎㉔,谁能往者我愿随。纷纭旋转从满面㉕,马上操笔为赋之。

注释

①值:遇。效欧阳体:参见《聚星堂雪》诗序及注③。
②树杪(miǎo):树梢。
③沧浪髭(zī):谓青色胡须。沧浪,水青色。陆机《塘上行》:"发藻玉台下,垂影沧浪泉。"髭,唇上边的胡须。
④阳气:温暖之气。
⑤澌(sī):河上的流冰,此处暗指雪片。
⑥不择:指不择地点。
⑦高陵:高的山丘。危,高。
⑧巧刻镂(lòu):一作"苦刻镂"。刻镂,雕刻。
⑨天工:造物者,犹"天公"。
⑩霍然:迅疾。一麾(huī):一招手。九野:中央与八方,即九天。
⑪吁:叹。
⑫山夫:指山中樵夫。樵担:原本作"樵檐",一本作"樵担"。
⑬天王:指天子。临轩:临窗。
⑭献寿:泛指献酒祝颂。及时:指雪下得及时。
⑮帷:帘幕。
⑯屐(jī):木底鞋,底有二齿,以行泥地。踏冷冽(liè):指踏雪。冽,寒冷。
⑰斫(zhuó)路:开辟道路。
⑱寒液:指雪水。
⑲执板:即上朝时执手板笏(hù),有事则书于上,以备遗忘。阶墀(chí):指朝堂墀,殿上的空地,也指台阶。
⑳舟中行客:诗人自指。
㉑咻(xǔ)咻:呼吸声。
㉒隼(sǔn):猛禽,鹞鹰类。千夫:犹言千人。
㉓强(qiǎng):勉力。倒卮(zhī):表示喝干了杯中酒。卮,酒器,容量四升,此

泛指酒杯。

㉔楚人:泛指南方人。弋(yì):以绳系箭而射。

㉕纷纭旋转:谓雪花飘飞。从,任随。

【今译】
　　夜晚缩起脖子睡觉好似受冻的乌龟,
　　雪片飞来惟有我这行路人最先感知。
　　清晨起看江边白茫茫无际,
　　树梢风大更吹送阵阵寒气。
　　青山有如少年人,
　　一夜间变出白色胡子。
　　才知道阳气是在流水之中,
　　沙岸积雪盈尺,江上不留半丝。
　　江面空阔田野广远雪落下难以看见,
　　吹入门户只觉得轻如绵丝。
　　细看沾上衣裳的雪花雕刻奇巧,
　　难道一片片都是天公着意创思?
　　迅疾地一挥手就飘满九天,
　　惊叹这权柄到底是谁人把持。
　　人世间有苦有乐多有差异,
　　如今我幸免大雪落上皮肤和躯体。
　　只见山中樵夫带雪的柴担更加沉重,
　　谁又懂得他含着酒意唱起山歌的乐趣。
　　天子在窗前为来年小麦丰收欣喜,
　　宰相献酒祝贺瑞雪下得及时。
　　冰天里写作诗文的书生笔都冻得要断,
　　冷夜中纺织的贫女没有帷帘遮护窗子。
　　高士足登木屐踏着寒冷的雪地,
　　雪花飘拂巾帽,真有神仙风姿。
　　野僧扫清道路出门云游,
　　满鼻清清雪水直往下滴。
　　洒上衣袍飘入袖中沾湿靴底,

百官们在雪中拿着手板走上朝堂阶梯。
我这舟中行客喜爱怎样的情景?
但愿得到一匹猎马当风把白雪纷披,
听见寒兔在草中轻轻嘘气,
鹞鹰直下追击,千人跟着奔去。
敲冰煮鹿最最快乐,
我虽不善酒也勉力痛饮无惧。
南方人自古就爱好射猎,
谁能前往我愿追随他去,
任从纷飞的雪片扑满脸面,
我要在马上挥笔写下诗句。

大风留金山两日①

苏 轼

【题解】

神宗元丰二年(公元1079年)诗人赴湖州太守任,四月途经镇江金山,作此诗。前半篇写景,起句突兀,化用佛图澄事,以塔铃自语报告大风消息。接着便以生动的画笔描写疾风吹浪拍打山崖,浪花又从山崖倒射船上轩窗如同飞雨;江中高大的楼船不敢行走,一叶渔舟却任随风浪掀舞无所畏惧等情景,历历如置人眉睫之间。后半篇以调侃的口吻,说自己本不必忙于奔向湖州,蛟龙掀起怒涛未免无事生非。诗人又以童仆、妻儿的态度作为陪衬,突现他自己随缘自适,一任去留的超脱的人生态度。篇末二句为余笔,写同载的友人僧道潜不以风流为意的宁静心境。

【原诗】

塔上一铃独自语②:"明日颠风当断渡③。"朝来白浪打苍崖,倒射轩窗作飞雨。龙骧万斛不敢过④,渔舟一叶从掀舞。细思城市有底忙⑤?却笑蛟龙为谁怒?无事久留童仆怪⑥,此风聊得妻孥许⑦。潜山道人独何事⑧,半夜不眠听粥鼓⑨。

【注释】

①金山:译见前苏轼《游金山寺》诗注①。
②塔上句:《晋书·佛图澄传》:"(石)勒死之年,天静无风,而塔上一铃独鸣。澄谓众曰:'铃音云:国有大丧,不出今年矣。'既而勒果死。"此处化用其事。
③颠风:狂风。杜甫《逼侧行赠毕曜》诗:"晓来急雨春风颠。"
④龙骧(xiāng):晋龙骧将军王濬受命伐吴,造大船,一船可容二千余人,后因以龙骧称大船。万斛(hú):形容船容量极大。古时一斛十斗,南宋末改五斗为一斛。
⑤渔舟:原本作"鱼艇",一本作"渔舟"。
⑥城市:指前往湖州城。底,什么。
⑦怪:责怪。
⑧此风:原本作"有风",一本作"此风"。妻孥(nú):妻子儿女。
⑨潜山道人:即释道潜,本名昙潜,号参寥子,赐号妙总大师。俗姓王,钱塘(今浙江杭州)人。一说姓何,於潜(今浙江临安西南)人。幼即出家为僧,能文章,尤喜为诗。与苏轼、秦观友善,常有唱和。苏轼赴湖州任途中,过高邮时与他相会,并与之同行。
⑩半夜:一本作"夜半"。粥鼓:即粥鱼,僧寺于黎明击木招呼众僧食粥,木像鱼形,故称粥鱼。此处泛指木鱼。

【今译】

塔上的一个铃铛在自言自语:
"明天有狂风不能渡过江南去。"
早晨风吹白浪拍击着青色山崖,
又从山崖倒射船窗化作点点飞雨。
高大宽阔的楼船不敢航行,
一叶小小的渔舟却任随风浪翻舞,
细思量奔往湖州又有何事可忙?
倒暗笑蛟龙掀起怒涛为了什么缘故。
无事久留童仆就会责怪,
这场大风使妻儿同意我在此地暂住。
潜山道人独自在做些什么,
半夜不睡静静地倾听寺中的木鱼梆鼓。

题西林壁①

苏 轼

【题解】

　　这是一首以写景阐明哲理的诗篇。神宗元丰七年(公元1084年),苏轼由黄州团练副使量移汝州(治所在今河南临汝),四月离开黄州贬所,前往筠州(今江西高安)看望弟弟子由,并曾畅游庐山,足迹遍及庐山名胜的十之五六,有诗文记游,"最后与总长老同游西林",作此诗,说:"仆庐山诗尽于此矣。"(《东坡志林》卷一"记庐山游"条)诗人描写了庐山横看、侧观、远近、高低各不相同的特点,并以身在庐山,难以认识庐山真面的现象,阐明要了解事物的全貌、本质,必须入乎其内又出乎其外,才能对事物作总体的宏观把握。而从欣赏自然风景的角度来看,也必须是有了一定的距离感之后,才能真正地抉其精华。本诗还说明了"旁观者清,当局者迷"这样一个浅显的生活道理。由于诗人用以取譬的事物平常而亲切,包蕴的思想理念深刻而浅近,完全摒除了一般说理诗平板枯燥的缺陷,而能够深入人心,成为千古名篇,千古名言。

【原诗】

　　横看成岭侧成峰②,远近高低各不同③。不识庐山真面目,只缘身在此山中④。

注释

　　①西林:寺名,一名乾明寺,位于庐山七岭之西。宋陈舜俞《庐山记》三:"东林之西百余步,至远公塔;塔西百余步至西林乾明寺。"
　　②横看句:冯应榴《苏文公诗合注》卷二十三引姚宽《西溪丛语》卷下云:"南山宣律师《感通录》云:'庐山七岭,共会于东,合而成峰。'因知东坡'横看成岭侧成峰'之句,有自来矣。"
　　③远近句:一本作"远近看山各不同"。各不同,原本作"无一同",一作"无不同",一作"各不同",一本作"总不同"。
　　④缘:因为。

【今译】

　　横看是一片平岭，
　　侧观又成多座尖峰，
　　从远近高低各个角度看山，
　　山的模样总是不同。
　　不能够认识庐山的真实面目，
　　只因为处身在庐山之中。

百步洪① 二首 并序（录一）

苏　轼

【题解】

　　此诗系元丰元年（公元1078年）作于徐州太守任上，是二首中的第一首，赠僧道潜者。诗的前半写景，后半说理。诗人以一支健笔描绘了放舟百步洪种种惊险而鲜见的奇景：长洪跳波、轻舟如梭、水师大叫、野鸭惊飞，轻舟从乱石间一线窄的缝隙中擦过。这一切，如一串电影特写镜头突现在人们眼前。随后四句诗人使用博喻手法，一连以七种妙喻来比方水流湍急、舟行迅疾的情形，发前人所未发，格局开拓，令人耳目一新。诗人继而又描写了舟中人经历险境所产生的惊喜交并的愉悦感。后半篇由百步洪引出对人生哲理的阐发。诗人认为生命固然应顺随自然的运转变化，思想意念却可以超越时空自由驰骋，而不为造物所限。而世事沧桑变幻虽不过一瞬，但如能超脱凡庸，参透名利，就获得如流水一样自如自得的心境，也就获得了彻底的解脱。在这些哲理的阐述中，融会了佛、道思想，显露了诗人能不为外物所役，坦荡豁达的胸怀与超然的品格，给人以启示。且句句与眼前的流水、行舟相关合，非但不使人觉得与前半篇写景脱节，反见其即景兴感思理自然，妙语警世。全诗奇句俊语层见迭出，正如纪昀所评："语皆奇逸，亦有滩起涡旋之势。"

【原诗】

　　王定国访余于彭城②。一日棹小舟③，与颜长道携盼、英、卿三子游泗水④,北上圣女山⑤,南下百步洪,吹笛饮酒,乘月而归。余时以事不得往,夜着羽衣⑥,伫立于黄楼上,相视而笑,以为李太白死,世间无此乐三百余年矣。定国既去,逾月⑦,余复与钱塘参寥师⑧,放舟洪下。追怀曩游⑨,已为陈迹,喟然而叹⑩,故作二诗,一以遗参寥⑪,一以寄定国,且示颜长道、舒尧文,请同赋云⑫。

长洪斗落生跳波⑬,轻舟南下如投梭。水师绝叫凫雁起⑭,乱石一线争磋磨。有如兔走鹰隼落,骏马下注千丈坡。断弦离柱箭脱手,飞电过隙珠翻荷⑮。四山眩转风惊耳,但见流沫生千涡。险中得乐虽一快,何异水伯夸秋河⑯。我生乘化日夜逝⑰,坐觉一念逾新罗⑱。纷纷争夺醉梦里,岂信荆棘生铜驼⑲。觉来俯仰失千劫⑳,回视此水殊委蛇㉑。君看岸边苍石上㉒,古来篙眼如蜂窠㉓。但应心无所住㉔,造物虽驶如吾何㉕。回船上马各归去,多言哓哓师所呵㉖。

注释

①百步洪:在徐州东南二里,悬流湍急,乱石激涛,蔚为壮观。今已不存。
②王定国:名巩,大名莘县人,工诗,与苏轼颇有交谊。彭城:即今江苏徐州。
③棹(zhào):用如动词,划水行舟。陶渊明《归去来兮辞》:"或命巾车,或棹孤舟。"
④颜长道:名复,山东人。盼、英、卿:马盼盼、张英英与某卿卿,均为徐州歌妓。泗(sì)水:即泗河,发源于今山东泗水县陪尾山,因其四源合为一水,故名。流经徐州。
⑤圣女山:当在徐州北。
⑥羽衣:羽毛编织的衣服,取其神仙飞翔之意。
⑦逾(yú):超过。
⑧钱塘参寥师:即僧道潜,参见前《大风留金山二日》诗注⑨。时道潜自余杭至徐州探访诗人。
⑨曩(nǎng)游:从前的游历。曩,往昔,从前。
⑩喟(kuì)然:叹声。《论语·先进》:"夫子喟然叹曰……"
⑪遗(wèi):赠,给予。
⑫舒尧文:舒焕,字尧文,时任徐州教授,曾有和诗。
⑬斗:即"陡",突然。跳(tiào)波:翻腾的波浪。隋薛道衡《入郴江》诗:"跳波鸣石碛,溅沫拥沙洲。"
⑭凫(fú)雁:野鸭。
⑮有如四句:洪迈《容斋随笔·三笔》卷六"韩(愈)苏(轼)文章譬喻"条云:

"韩、苏两公为文章,用譬喻处,重复联贯,至有七八转者。韩公《送石洪序》云:'论人高下,事后当成败,若河决下流东注;若骐马驾轻车就熟路,而王良、造父为之先后也;若烛照数计而龟卜也。'……苏公《百步洪》诗云:'长洪斗落……有如兔走鹰隼落……飞电过隙珠翻荷'之类是也。"

⑯何异句:用《庄子》典。《庄子·秋水》:"秋水时至,百川灌河,泾流之大,两涘渚崖之间,不辨牛马。于是焉,河伯欣然自喜,以为天下之美为尽在己。"何异:一本作"何意"。

⑰乘化:一任命运自然的变化,语出陶渊明《归去来兮辞》:"聊乘化以归尽。"《文选五臣注》:"乘化,谓乘其运会。"日夜逝:指时光如水流逝不息,《论语·子罕》:"子在川上曰:'逝者如斯夫!不舍昼夜!'"

⑱坐觉句:谓一念之间,已越过遥远的新罗国。《景德传灯录》卷二十三:"有僧问(从盛禅师):'如何是觌面事?'师曰:'新罗国去也。'"唐宋时新罗,即今朝鲜的一部分。坐,但,只。

⑲荆棘埋铜驼:《晋书·索靖传》:"靖有先识远量,知天下将乱,指洛阳宫门铜驼,叹曰:'会见汝在荆棘中耳!'"比喻世事沧桑巨变。

⑳劫:佛家语言天地的形成到毁灭谓一劫。《法苑珠林·劫量述意》:"夫劫者,盖是纪时之名,犹年号耳。"

㉑委蛇(tuó):此处谓从容自得的样子。原本作"委佗",一本作"委蛇"。

㉒君看:一作"坐看"。

㉓窠(ké):巢。

㉔但应句:《金刚经》:"应无所住而生其心",此用其意。住,住着,佛家语,执著之意。

㉕造物:指自然。如吾何:一作"如余何"。

㉖譊(náo)譊:争论不休,啰嗦。师,指参寥师。呵(kē):大声喝斥。

【今译】

　　长洪陡然下落,
　　湍急的水流翻腾着涛波,
　　南去的轻舟顺水直下,
　　宛如投出的小小织梭。
　　船夫尖声呼叫,野鸭四散惊飞,
　　一线窄缝中,小舟擦着乱石争先驶过。
　　迅急的水流像是狡兔奔跑,
　　像是鹞鹰从高空直落,

又像骏马腾跃
来自那千丈高坡。
水中小舟像琴弦忽地崩离弦柱
又像羽箭从手中飞快射出,
像电光从缝隙中一闪而过,
又像荷叶上一下翻落的露颗。
四面青山都在旋转令人眼花,
惊风从耳边嗖嗖地掠过,
又见水中飞沫流转,
形成千百个小小漩涡。
得到这种冒险的乐趣固然很有快感,
但也跟河伯自夸秋水差不太多。
我此生命运任随自然流转,
世间万事也如日夜逝去的水波,
却感到意念可以在一瞬间
自由地越过遥远的国度新罗。
人们纷纷你争我夺,
全都在醉中梦里何尝醒过,
哪儿肯相信荆棘丛中
会埋没曾在官门站立的铜驼。
觉悟后俯仰之间已失去太多岁月,
回望百步洪却始终宛曲从容地流着。
请看岸边青苍的岩石,
古来留下的篙眼多如蜂窝,
只要此心不去把外物苦苦追索,
时光流逝洪涛汹涌也对我无可奈何。
我们还是回船上马各自归去,
怕被参寥师斥责人过于啰嗦。

夜泛西湖

苏 轼

【题解】

此诗题共作五首,本篇为五首其四。写于神宗熙宁五年(公元1072年)七月上旬,时诗人在杭州通判任上。前两句描写菰蒲无边、湖水茫茫、荷花夜放、风露含香的湖上风光。第三句写远处寺院灯火渐明的情景,显示了时间的推移,又引发人悠远的想象。末句"更待月黑看湖光"句,陈衍评曰:"未有人说过",它既体现诗人不同凡俗的审美眼光,也写出了"只有西湖似西子,故应宛转为君容"(《次韵答马忠玉》),其美无所不在的多姿多态,以及诗人对西湖的极度喜爱。全诗扣紧"夜泛"的题旨,绘出一幅幅饱含诗意而韵味不同的清丽宁静的西湖图景。

【原诗】

菰蒲无边水茫茫①,荷花夜开风露香。渐见灯明出远寺,更待月黑看湖光②。

注释

①菰(gū):植物名,同"苽",亦名"蒋"。俗称茭白,生于河边、陂泽,可作蔬菜。其实如米,称雕胡米,可作饭。蒲:菖蒲,草名,生于水边。
②月黑:指月落天黑。

【今译】

两岸菰蒲茂密望不到边际,
湖上茫茫绿水荡漾,
荷花在夜晚静静开放,
风露中满含细细幽香。
远处的寺院灯火,
越来越显得明亮,

我还要等待月落天黑,
欣赏这万顷闪耀的湖光。

轼在颍州与赵德麟同治西湖①,未成,改扬州。三月十六日湖成,德麟有诗见怀,次韵

苏 轼

【题解】

本诗作于哲宗元祐七年(公元1092年)扬州知州任上。苏轼一向重视兴修水利,元祐四年(公元1089年)出为杭州知州,他疏浚了被水草淤塞了很大面积的西湖,为此上《乞开杭州西湖状》,对"水浅葑横,如云翳空,倏忽便满,更二十年,无西湖矣"的情形深感忧虑。他说"杭州之有西湖,如人之有眉目","使杭无西湖,如人去其眉目,岂复为人乎?"苏轼强调了西湖淤废对国计民生的种种不利。他亲自领导、参与了疏浚西湖的工程,湖上挖出的淤泥筑成了长堤,上植芙蓉杨柳,又架筑了六桥,使西湖面目一新。元祐六年(公元1091年)诗人调知颍州,又与赵令畤一起疏浚颍州西湖,次年,工程未毕,诗人改知扬州,赵寄来诗歌告知工程已毕,苏轼便以欢欣的心情写此诗作答。诗的开头用道、佛两家思想观点,将杭州西湖与颍州西湖作等量齐观,出语奇崛,将深奥的哲理运于景物,表现了诗人机敏的谈锋与其能够包容万象的开阔胸襟,表现了他对祖国山山水水一视同仁的热爱。诗中追忆了当初治理杭州西湖,把西湖点化为人间仙境、游览胜地的情景。接着又描写了与赵令畤同治颍州西湖,使之一改旧观,工程未毕诗人移知扬州,却一心只系念颍州西湖的情形,以及得知颍州西湖已由友人主持完成的欣喜和向往。篇末四句对扬州水利弛废表示不满。本诗自注云"德麟(赵令畤字)见约来扬寄居,亦有意求杭倅(cuì 副职)",因此说"明年诗客来吊古,伴我霜夜号秋虫",可见扬州百废待兴的状况。全诗多用前人诗句、典故,使语言的涵盖面大大扩展,生动而富有理趣。诗人曾自言其文:"在平地则滔滔汩汩,虽一日千里无难;及其与

山石曲折,随物赋形,不可知也,所可知者,常行于所当行,止于所不可不止。"(《文说》)其诗亦然,笔力纵肆,无施不可,于此篇可见一斑。

【原诗】
　　太山秋毫两无穷②,巨细本出相形中。大千起灭一尘里③,未觉杭颖谁雌雄④。我在钱塘拓湖渌⑤,大堤士女争昌丰⑥。六桥横绝天汉上⑦,北山始与南屏通⑧。忽惊二十五万丈,老葑席卷苍云空⑨。掲来颖尾弄秋色⑩,一水萦带昭灵宫⑪。坐思吴越不可到⑫,借君月斧修朣朦⑬。二十四桥亦何有⑭?换此十顷玻璃风⑮。雷塘水干禾黍满⑯,宝钗耕出余鸾龙⑰。明年诗客来吊古,伴我霜夜号秋虫⑱。

【注释】
　　①赵德麟:名令畤,诗人,词家,苏轼好友,苏知颖州时赵任通判。详见前《泛颖》诗注。
　　②太山(泰山)句:《庄子·齐物论》:"天下莫大于秋毫之末,而太山为小。"秋毫,鸟兽之毛,至秋更生,细而末锐,谓之秋毫,常以之喻事物之微细者。
　　③大千句:《法华经》:"譬如有经卷书写:三大千世界事全在微尘中,时有智人破微尘出此经卷。"并说每一大千世界历劫则碎为一微尘。大千,大千世界,佛教语,谓以须弥山为中心,以铁围山为外郭,是一小世界;一千小世界合起来就是小千世界;一千个小千世界合起来就是中千世界;一千个中千世界合起来就是大千世界,总称三大千世界,指广大无边的世界。一尘,一粒微尘,佛家比喻极小的量。
　　④杭颖:指杭州西湖与颖州西湖。雌雄:喻胜负、高下。
　　⑤我在句:言诗人知杭州时疏浚西湖事,参见【题解】。渌(lù),清澈。
　　⑥大堤句:乐府《大堤曲》:"朝发襄阳城,暮至大堤宿。大堤诸女儿,花艳惊郎目。"《诗·郑风·丰》:"子之丰兮,俟我乎巷兮","子之昌兮,俟我乎堂兮。"大兮大堤,指西湖挖出淤泥所筑之十里长堤,人称"苏公堤"或"苏堤"。昌,健壮美好貌。丰,丰满,漂亮。
　　⑦六桥:指苏轼主持架筑的映波、锁澜、望山、压堤、东浦、跨虹六桥。天汉:天河,此处比喻西湖。
　　⑧北山、南屏:为西湖北与西湖南两座山名。
　　⑨忽惊二句:苏轼《乞开杭州西湖状》云,西湖"自国初以来,稍废不治,水涸草生,渐成葑田。……辄已差官打量湖上葑田,计二十五万余丈。……"诗人疏浚了"如云翳空"的杂草丛生、淤塞过半的西湖,故云。葑(fēng),菰根,即茭白根,

此处泛指水草。

⑩挹(jiē)来：犹尔来。颍尾：指颍州西湖，因其在颍水下游，故云。弄秋色：诗人于元祐六年秋至颍州，故云。

⑪昭灵宫：祀张路斯张龙公的庙。张路斯，参见前《聚星堂雪》注②，神宗熙宁间诏封张路斯为昭灵侯。

⑫坐：因。吴越：指杭州。

⑬借君句：用修月典故借指修治颍州西湖。月斧，段成式《酉阳杂俎》载："太和中郑仁本表弟，……见一人布衣甚洁白，枕一幞物，方眠熟，即呼之。……问其所自。其人笑曰：'君知月乃七宝合成乎？月势如丸，其影日烁其凸处也。常有八千二万户修，予即一数。'因开幞，有斤(斧)凿数事。"朣胧，似明不明貌。潘岳《秋兴赋》："月朣(tóng)胧(lóng)以含光兮"，此以月不明比喻湖水不清澈。

⑭二十四桥：有二说，沈括《梦溪笔谈·补笔谈》卷三云："扬州在唐时最为富盛，……可纪者有二十四桥。"注明"今存"者只有六桥及一处"新桥"。二，《扬州画舫录》卷二十五谓二十四桥"即吴家砖桥，一名红药桥。……《扬州鼓吹词·序》云：'是桥因古之二十四美人吹箫于此，故名。'"杜牧《寄扬州韩绰判官》诗："二十四桥明月夜，玉人何处教吹箫。"

⑮十顷玻璃：指颍州西湖。玻璃：古时指天然水晶石，此处比喻湖水清澈。

⑯雷塘句：意谓隋唐时清澈的雷塘已湮废，变为民田。雷塘，一名雷陂，在今江苏扬州东北江都，隋炀帝生前常携宫人来此游玩。唐高祖武德五年(公元622年)改葬炀帝于雷塘南平冈上。

⑰宝钗句：谓雷塘水枯成田，耕出前朝宫妃残缺的首饰。《拾遗记》云，魏文帝纳薛灵芸时，"外国献火珠龙鸾之钗。"此借指宫妃首饰。

⑱明年二句：参见本诗【题解】。

【今译】

泰山与秋毫全都没有穷尽，
大和小原本出自相比之中。
大千世界生成毁灭不过在一粒微尘里，
杭州颍州两个西湖看不出有什么雌雄。
我在钱塘时开拓西湖使水澄清，
十里长堤游乐的男女争比美好风度与颜容。
六桥横跨湖面如同越过天河，
北山和南屏山这才开始畅通。
人们惊讶二十五万丈宽的葑田，

本像满天乌云,忽地被席卷一空。
前些时在颍州西湖欣赏秋色,
颍水如一条绿带萦绕着昭灵宫。
因为思念杭州却不可能再到,
要借你的月斧使颍州西湖修成清澈面容。
著名的二十四桥我并不羡慕,
平白换走了颍州十顷湖上的渌水清风。
雪塘水已干涸长满了禾黍,
种田人耕出前朝官人发钗上的鸾龙。
明年你这诗客前来扬州凭吊古迹,
将伴我在凉夜里叹息如同秋虫。

舟中夜起

苏 轼

【题解】

　　神宗元丰二年(公元1079年),诗人由徐州知州移为湖州知州,途中作此诗。本诗描写舟中夜起所见情景与所生感慨。首二句写诗人在舟中听风吹菰蒲萧萧作响,以为下起了雨,开门却只见满湖月色,四周一片静寂。"舟人水鸟两同梦"句,既是写实,又化用庄子梦蝶故事,绘出人鸟相忘于江湖、同为一梦的浪漫景象,极富意趣。诗中又突出描写"大鱼惊窜如奔狐"的生动情景,并由此引发"夜深人物不相管,我独形影相嬉娱"的感慨。诗人自熙宁四年(公元1071年)出为地方官,将近十年辗转州郡,年轻时"致君尧舜"的政治理想终成一梦,在夜静更阑、只身独处、沉思冥想的时候,种种感触不禁油然而生。但他生性旷达,又深受老庄思想影响,所以善处逆境。又由于他热爱生活、热爱自然,总能从生活中发现美、感受美。"此生忽忽忧患里,清境过眼能须臾"二句,既有对人生不如意的慨叹,更有对美好事物、景物的珍惜。本诗不仅如陈衍所说写"水宿风景如画",并能将细致幽微处描绘入神,从诗情画意中,还可窥见诗人极其丰富的、矛盾的内心世界。

【原诗】

　　微风萧萧吹菰蒲①,开门看雨月满湖。舟人水鸟两同梦②,大鱼惊窜如奔狐。夜深人物两不管,我独形影相嬉娱③。暗潮生渚吊寒蚓,落月挂柳看悬蛛④。此生忽忽忧患里⑤,清境过眼能须臾⑥。鸡鸣钟动百鸟散,船头击鼓还相呼。

注释

　　①菰蒲:泛指芦苇、水草之类。
　　②舟人句:《庄子·齐物论》:"昔者庄周梦为胡蝶,栩栩然胡蝶也。自喻适志与? 不知周与。俄然觉,则蘧蘧然周也。不知周之梦为胡蝶与? 胡蝶之梦为周也?"此处化用其意。
　　③我独句:李密《陈情表》:"茕茕孑立,形影相吊",此暗用其意,表示孤独。
　　④悬蛛:一作"悬珠"。
　　⑤忽忽:倏忽,形容时间过得很快。
　　⑥清境句:苏轼诗中常发人生苦短、好景不常的感慨,如熙宁十年(公元1077年)所作《东栏梨花》诗云:"惆怅东栏一株雪,人生看得几清明!"须臾(yú),一会儿,片刻。

【今译】

　　微风吹动菰蒲萧萧作响,
　　开门看看可是下雨,却见月色满湖。
　　船夫和水鸟相忘江湖同作一梦,
　　大鱼忽而惊窜如狂奔的野狐。
　　夜深沉人与物自由自在各不相管,
　　只有我形影互娱闲暇而孤独。
　　暗潮升上洲渚逗出了避寒的蚯蚓,
　　落月挂在柳梢看得见悬网的蜘蛛。
　　此生短促匆忙还总是处身忧患,
　　清美的情景能有多少在眼前留驻?
　　听鸡鸣钟响百鸟飞散,
　　船头上水夫击鼓开船在向我招呼。

六月二十七日望湖楼醉书五绝[①](录二)

苏 轼

其 一

【题解】

这一组诗作于熙宁五年(公元1072年)杭州通判任上。诗人热爱杭州这一"山水窟",曾有终老于此的打算。公务之余,他时常徜徉山水,尽享西湖的佳丽风光。本诗从泛舟的诗人的视角,绘出"放生鱼鳖逐人来,无主荷花到处开"的无拘无束的湖上美景,见出大自然的慷慨赐与。后二句描写诗人躺在随波上下的船上,看山忽低忽昂,而随风飘移的轻舟又似与天上明月一同流转的生动情景。全诗语言流丽自然,表现了诗人身心融于自然美的那种潇洒出尘的风致。

【原诗】

放生鱼鳖逐人来[②],无主荷花到处开。水枕能令山俯仰[③],风船解与月徘徊[④]。

【注释】

①望湖楼:五代时吴越王钱俶所建,在杭州西湖边昭庆寺前。又名看经楼、先德楼。

②放生鱼鳖:宋真宗天禧四年(公元1020年),太子太保判杭州王钦若曾奏请以西湖为放生池,禁捕鱼类,为皇上祈福。后沈遘在仁宗朝任知州时,亦曾禁捕西湖鱼鳖。

③水枕句:苏轼《出颍口初见淮山,是日至寿州》诗云:"青山久与船低昂",《李思训画长江绝岛》诗云:"孤山久与船低昂"等,与此句意同。水枕:指铺在船上的枕席。

④风船:原本作"风舡",据别本改。

【今译】

放生的鱼鳖追逐着湖上游人,

不属于任何人的荷花到处开放。
躺在船上的枕席看两岸青山,
可看见青山跟着水波上下忽低忽昂,
随风飘移的轻舟,
又似乎与天上明月一同徘徊浮荡。

其 二

【题解】

本诗抒诗人由于政治上郁郁不得志,且喜来到山水清嘉的杭州担任闲官,正可陶情山水的心怀。诗人进不能立于朝堂之上,退不愿隐于山林之间,得以在杭尽享优游湖山之乐,这使他受伤的心灵得到了极大的抚慰。篇末"故乡无此好湖山"句,写出了诗人对杭州深深的喜爱。他甚至向友人表示过"平生所乐在吴会,老死欲葬杭与苏"的愿望(《喜刘景文至》),可见这感情的真挚深厚。

【原诗】

未成小隐聊中隐①,可得长闲胜暂闲。我本无家更安往②,故乡无此好湖山。

【注释】

①未成句:晋王康琚《反招隐》诗云:"小隐隐陵薮,大隐隐朝市。"白居易《中隐》诗云:"大隐入朝市,小隐入丘樊。……不如作中隐,隐在留司官。"此处化用以上句意。未成小隐,苏轼在赴杭州通判任途中所作《游金山寺》诗曾说:"江山如此不归山,江神见怪警我顽。我谢江神岂得已,有田不归如江水"等句,可作注脚。

②无家:谓不能返回故里而到处游宦,故云"无家"。

【今译】

没能小隐隐居山林,
暂且隐于闲官做个中隐,
这样就可以得到长久的闲暇,

远胜过一时的闲暇清静。
我本无家游宦四方还能去往何处?
故乡没有此地清嘉的湖山美景。

望海楼晚景五绝①(录一)

苏　轼

【题解】

　　这一组诗于熙宁五年(公元1072年)秋在试院作。诗人《答范梦得书》云:"某旬日来,被差本州监试,得闲二十余日,在中和堂望海楼闲坐,渐觉快适,有诗数首寄去,以发一笑。"全诗扣紧"晚景"二字,先写远望所见:层层宝塔耸立青山,苍翠的山林似被隔断。再写身在高处,可听到对岸人家的呼唤声,显示出黄昏的分外寂静。后二句点明时令,并调侃地说"江上晚来秋风急",是为了将悦耳的钟鼓声远送到西兴浦口。全诗格调明快,表露了诗人盎然的生活情趣。

【原诗】

　　青山断处塔层层②,隔岸人家唤欲应。江上晚来秋风急③,为传钟鼓到西兴④。

【注释】

①望海楼:在杭州西湖凤凰山腰,能观钱塘江潮。
②青山句:欧阳修《玉楼春》词"杏花红处青山缺",此用意略近。
③江:指钱塘江。
④西兴:渡口名。在钱塘江南,今杭州对岸,萧山县治之西。本名固陵,相传春秋时越范蠡于此筑城。六朝时为西陵戍,五代吴越改名西兴。

【今译】

　　远处苍翠的山林忽然隔断,
　　显露出高高宝塔一层又一层,
　　黄昏的寂静中似乎可以回答

那对岸人家的呼唤声。
江上晚来秋风紧急,
为把悦耳的钟鼓传送到西兴。

九日黄楼作①

苏 轼

【题解】

熙宁十年(公元 1077 年)四月,苏轼到徐州知州任,七月十七日,黄河在澶州(治所在今河南清丰西)曹村埽决口,淹四十五县,坏田三十万顷。八月二十一日,洪水汇至徐州城下,水深近三丈。苏轼坚决表示要与徐州共存亡,他亲自组织军民抗洪,自己住在城上,"过家不入"。经一个多月的抢险救灾,又开凿清泠口,将积水引入黄河故道,到十月,险情排除。诗人保住了一城生命财产的安全。为了防止水患再度侵袭,诗人请求朝廷同意他增筑徐州城堤,功成,他在东门上建造了一座黄楼。次年,即元丰元年(公元 1078 年)重阳节,诗人宴宾客于黄楼,写下此诗。全诗以大开大合之笔,追述了去年重阳洪水泛滥,诗人和百姓们一道忙于抢险救灾,根本不可能顾及过节之事和洪水退去,黄楼落成的情景,并突出点明历尽艰险后的今年重阳,诗人所感到的有如获得第二次生命般的极度欢欣。后半篇又以生动的画笔描绘了当前重阳日阴晴变化的种种景观,并展示了酒宴上豪英众多,歌舞不辍的热闹场面,且写出诗人殷勤待客的深情厚意。全诗雄健爽朗,跳荡奔放,杂以戏谑、调侃,很能从中看到诗人的真性情。

【原诗】

去年重阳不可说,南城夜半千沤发②。水穿城下作雷鸣,泥满城头飞雨滑。黄花白酒无人问③,日暮归来洗靴袜。岂知还复有今年,把盏对花容一呷④。莫嫌酒薄红粉陋⑤,终胜泥中千柄锸⑥。黄楼新成壁未干,青荷已落霜初杀⑦。朝来白雾细如雨⑧,南山不见千寻刹⑨。楼前便作海茫茫,楼下空闻橹鸦轧⑩。薄寒中人老可畏⑪,热酒浇肠气先压。烟销日出见渔村,远山鳞鳞山齾齾⑫。诗人猛士杂龙虎,楚舞吴歌乱鹅鸭⑭。一杯相属君勿辞，此境何殊泛清霅⑮。

注释

①黄楼：秦观《黄楼赋·引》："太守苏公守彭城之明年（指元丰元年），既治河决之变，民以更生，又因修缮其城，作黄楼于东门之上。以为水受制于土，而土之色黄，故取名焉。"苏轼《答范淳甫》诗："惟有黄楼临泗水"句自注："郡有厅事，俗谓之霸王厅，相传不可坐。仆拆之以盖黄楼。"

②沤（ōu）：水中浮泡。

③黄花：菊花。

④呷（xiā）：吸而饮。

⑤红粉：指宴会上侑酒的歌女。

⑥千柄锸（chā）：一作"事锹锸"。锸，亦作"臿"、"插"，即锹（qiāo）。

⑦青荷：一本作"清河"。霜初杀：霜初降。

⑧细如雨：一本作"如细雨"。

⑨千寻：形容高大，八尺为一寻。刹：佛寺。

⑩楼下句：黄楼临泗水，故云。橹（lǔ）：划船的工具。长大而纵者曰橹。鸦轧：器物相挤擦声，此指舟行摇橹声。

⑪薄寒中（zhòng）人：谓人中寒气。

⑫鳞鳞：明亮貌。齾（yà）齾：齿缺不齐，此处形容山峰参差。

⑬诗人句：苏轼自注："坐客三十余人，多知名之士。"

⑭楚舞吴歌：泛指南方歌舞。

⑮此境：一本作"此景"。清霅（zàn）：一作"苕（tiáo）霅"。霅，霅溪。东苕溪、西苕溪等水在浙江吴兴汇合后，称霅溪，流入太湖。

【今译】

去年重阳的情形简直难以说尽，
南城半夜里忽然洪水大发。
沟涌的怒涛穿过城下如同雷鸣，
城头浸满泥水，飞雨又急又滑。
应节的黄花白酒无人问津，
日暮归来只顾洗净泥湿的鞋袜。
哪还能想到能有今年的欢乐光景，
举酒对花容人饮酒闲暇。
别嫌酒味薄佳人不够漂亮，

总胜过去年湿泥中千人动锸。
黄楼刚刚建好墙壁还没干透,
绿荷已经凋枯,秋霜初下。
清晨时白雾濛濛有如细雨,
抬头望不见南山上的千寻高刹。
楼前白茫茫一片仿佛海洋,
只听得到楼下摇橹声咿咿呀呀。
年老的我觉得受了寒气,
连忙灌热酒暖肚把寒气来压。
不一会烟雾散朝阳升,望见了渔村,
远水波光闪烁,山峰参差高下。
座间的诗人猛士众英杰有龙有虎,
席前的楚舞吴歌乱纷纷如同鹅鸭。
一杯相敬请不要推辞,
此情此境比得上一同泛舟清霅。

孙莘老求墨妙亭诗[①]

苏 轼

【题解】

　　神宗熙宁五年(公元1072年),苏轼的友人孙觉(字莘老)建亭于吴兴(今浙江湖州)府第中,以收藏古碑刻法帖,命名为"墨妙亭",同时向苏轼求诗题咏。时诗人任杭州通判,作此诗并亲手书写以赠孙觉。这是一首以议论为诗的代表作品。前半篇评论了历代书法家的成就与特点,并对杜甫"评书贵瘦硬"的看法表示不予认同。诗人认为"短长肥瘦各有态",主张书法艺术应重视各种不同风格的发扬,表现了他对艺术的真知灼见,以及对艺术广采博收、如百川纳海的阔大胸怀。后半篇对友人的好古博雅极力揄扬,同时点明"墨妙亭"修建的由来与作用,点明友人求诗题咏的主旨。篇末特别发表了人生固然短促,艺术却能永世长存的宝贵见解。陈衍评此诗说"仅有一、二名句",这看法似乎有些褊狭,本诗的精彩处在于深含文化底蕴,于议论风生中发精辟见解,给后人以无穷启示。

【原诗】

　　兰亭茧纸入昭陵②,世间遗迹犹龙腾③。颜公变法出新意④,细筋入骨如秋鹰⑤。徐家父子亦秀绝⑥,字外出力中藏棱。峄山传刻典刑在⑦,千载笔法留阳冰⑧。杜陵评书贵瘦硬⑨,此论未公吾不凭。短长肥瘦各有态,玉环飞燕谁敢憎⑩?吴兴太守真好古,购买断缺挥缣缯⑪。龟趺入坐螭隐壁⑫,空斋昼静闻登登⑬。奇踪散出走吴越⑭,胜事传说夸友朋。书来乞诗要自写,为把栗尾书溪藤⑮。后来视今犹视昔⑯,过眼百世如风灯。他年刘郎忆贺监,还道同时须服膺⑰。

注释

　　①孙莘老:孙觉(公元1028—1090年),字莘老,高邮(今属江苏)人。仁宗皇祐元年(公元1049年)进士。熙宁二年(公元1069年)召知谏院、审官院。忤王安石,出知广德军。四年,徙知湖州。苏轼好友。墨妙亭:参见本诗【题解】。

　　②兰亭句:谓唐太宗最喜爱王羲之的字,以《兰亭集序》真迹作为殉葬品。兰亭,指东晋大书家王羲之《兰亭集序》写本。茧纸,为蚕茧做成、晋代习用的一种纸。昭陵,唐太宗陵墓。

　　③世间遗迹:指王羲之的书法遗迹,如《兰亭集序》拓本。唐太宗曾以兰亭拓本分赐贵族、近臣。龙腾:梁武帝评王羲之字云:"如龙跃天门,虎卧凤阁。"

　　④颜公:颜真卿,唐代大书家。变法:谓变更书法。颜善正、草书,笔力雄浑沉着,为世所宝,称"颜体"。

　　⑤细筋入骨:谓颜公书法笔力雄健。古人论书法,注重"多骨微肉",表现笔力,谓之"筋书"。

　　⑥徐家父子:唐代大书家徐峤之、徐浩父子,浩名尤著。

　　⑦峄(yì)山句:秦始皇二十八年,东巡郡县,曾登峄山刻石纪功,石刻文为李斯所写。峄山,即邹山,在山东邹城市东南。又名邹峄山、邾峄山。典刑:即"典型"。刑,通"型"。

　　⑧阳冰:唐代大书家李阳冰,善小篆,其书专学秦石刻字体。

　　⑨杜陵句:杜甫《李潮八分小篆歌》:"书贵瘦硬方通神。"杜陵,杜甫自称"杜陵野老"。

　　⑩玉环:唐玄宗贵妃杨玉环,体态丰腴。赵飞燕:汉成帝皇后,体纤瘦。

　　⑪断缺:指断碑残石。缣(jiān)缯(zēng):丝帛之类,此处借指钱财。

　　⑫龟趺(fū):龟形的碑座。螭(chī):传说中无角的龙。古代常雕刻其形以为

装饰。

⑬登登:指拓碑的声音。

⑭奇踪句:谓孙觉以拓片遍赠友人。

⑮栗尾:笔名,以鼬(yòu)鼠毛所制成的笔,即所谓"狼毫"。溪藤:纸名,以剡(shàn)溪所产古藤制造而成,称剡纸或剡藤。

⑯后来句:王羲之《兰亭集序》:"后之视今,亦犹今之视昔。"

⑰他年二句:刘禹锡《洛中寺北楼见贺监草书题诗》有"高楼贺监昔曾登,壁上笔踪尤虎腾"句,并说"恨不同时便伏(服)膺(yīng)"。此用其意。刘郎,指唐诗人刘禹锡,他所作两首玄都观诗均自称刘郎。贺监,唐诗人贺知章曾任秘书监,也称贺监。服膺,牢记胸中,衷心信服。《礼·中庸》:"得一善,则拳拳服膺而弗失之矣。"

【今译】

茧纸书写的《兰亭集序》真迹已埋入昭陵,
人间还遗留下王羲之龙腾虎跃的字形。
颜真卿公改变书法创造新意,
字体筋骨强健如秋日雄鹰。
徐峤之父子的书法也极其清秀,
锋芒不露笔势却苍劲雄浑。
峄山上的石刻文垂示了典范,
千载书法传承者是李氏阳冰。
杜甫评论书法特别看重瘦硬,
这样的观点我不能够听凭。
书法无论短长肥瘦各有姿态,
玉环肥飞燕瘦能说哪个不美丽绝伦!
湖州太守真是好古博雅,
不惜花费金钱求购断石残碑刻文。
亭中有龟形碑座,壁上镶嵌着螭龙雕刻,
白昼静书斋空,只听拓碑声响登登。
你把奇妙的拓片赠给友人走遍吴越,
风雅事在朋友间夸奖谈论。
写信来求诗要我亲自书写,
于是我手执狼毫写在了名纸剡藤。

后来人看待今天正像今人回顾往昔,
过眼的百世光景不过是风中之灯。
将来人们也会像当年的刘郎怀念贺监,
遗憾没和我们坐在同时好表示内心崇敬。

待月台①

苏　轼

【题解】

熙宁九年(公元1076年)苏轼于密州任上,作《和文与可洋州园池三十首》,本诗为第十首。熙宁八年苏轼的从表兄兼好友文同(字与可)知洋州(治所在今陕西洋县),曾寄诗人《洋州园池三十首》,诗人一一依题和之。孔子曾说"知(智)者乐(yào)水,仁者乐山"(《论语·雍也》),说明对自然景物的偏爱,有着人格认同的内涵。苏轼不仅爱山爱水,还和李白一样特别喜爱明月,写过许多咏赞明月的诗文、词章。本诗首句把皓洁的明月视为清超绝俗的"高人"——文与可和诗人的同类、知己,即是品格的认同。次句写出娟娟初月和人的亲近,使首句具象化。后二句写出月满即是月缺的前奏,一方面说明"月有阴晴圆缺"的自然常理,并表示怅惋之情,同时也含有"满招损"的政治失意之叹。而这层意思,却只从清丽的画笔下隐隐传出。全诗将咏物、抒情、寄慨融合无间,意味清永。诗中点化前人诗句而浑然无迹。

【原诗】

　　月与高人本有期,挂檐低户映蛾眉②。只从昨夜十分满,渐觉冰轮出海迟③。

注释

　　①待月台:文同原诗云:"城端筑层台,木杪转深路。常此候明月,上到天心去。"
　　②蛾眉:以美人弯眉喻初月。南朝宋鲍照《玩月城西门廨中》诗:"未映东北墀,娟娟似蛾眉。"

③只从二句:唐朱庆余《十六夜月》诗:"昨夜忽已过,冰轮始觉亏。"此化用其意。冰轮,指明月。

【今译】
　　皓洁明媚的月亮,
　　本来和清超的高人素有期约,
　　特地挂上屋檐将清光低映门户
　　就是那蛾眉一样美丽的弯月。
　　只因为昨晚已到十分圆满,
　　清寒的明月今夜出海稍迟,又渐渐损缺。

溪光亭①

苏　轼

【题解】
　　此篇是《和文与可洋州园池三十首》的第十八首。这首诗正如诗中所说:"溪光自古无人画,凭仗新诗与写成",赞美文同将无形、无情的溪光,描绘得灵动而富有情思。

【原诗】
　　决去湖波尚有情②,却随初日动檐楹③。溪光自古无人画,凭仗新诗与写成。

注释
　　①文同《溪光亭》原诗五言四句:"横湖决余波,瀰瀰泻寒溜。日影上高林,清光动窗牖。"
　　②决去:辞别离去。
　　③楹(yíng):厅堂的前柱。

【今译】
　　溪水告别了江湖远离,

依然怀带着一份依恋的感情,
又跟随初升的朝阳,
在屋檐和厅柱间流动波光盈盈。
溪光自古以来无人描画,
凭仗你的新诗将它画成。

筼筜谷①

苏 轼

【题解】

本篇为《和文与可洋州园池三十首》的第二十四首。苏轼《文与可画筼筜谷偃竹记》云:"筼筜谷在洋州,与可尝令予作洋州三十咏,筼筜谷其一也。予诗云:'汉川修竹……'与可是日与其妻游谷中,烧笋晚食,发函得诗,失笑,喷饭满案。"由此诗可知表兄弟之间情谊之深厚,亦可见苏轼"嘻笑怒骂皆成文章"的绝妙才情。而末句"渭滨千亩在胸中"句,不仅就清廉的文同只是食笋而言,也借以赞美文同画竹"必先得成竹于胸中",熟烂于心,所以能绘出竹的气势、神韵。全诗笔调轻快,富有内涵。

【原诗】

汉川修竹贱如蓬②,斤斧何曾赦箨龙③?料得清贫馋太守,渭滨千亩在胸中④。

注释

①文同《筼(yún)筜(dāng)谷》原诗五言四句:"千舆翠羽盖,万锜绿沈枪。定有葛陂种,不知何处藏。"筼筜谷:在洋县城西北十里,文同知洋州时,曾在谷中筑披云亭,经常往游其间。筼筜,一种高大的竹子,皮薄,节长而竿高。汉杨孚《异物志》:"筼筜生水边,长数丈,围一尺六寸,一节相去六七尺,或相去一丈。"

②汉川:指汉水流域,汉水一称汉江,是长江最大的支流,源出陕西宁强县北蟠冢山。

③斤斧句:唐卢仝《寄男抱孙》诗云:"万箨(tuò)抱龙儿,攒迸溢林薮……箨龙正称冤,莫杀入汝口。丁宁嘱付汝,汝活箨龙否?"此处化用其意。斤,斧头。箨

龙,竹笋的异名。

④渭滨千亩:指渭水流域千亩修竹。渭滨:原本作"渭川",一本作"渭滨"。渭,指渭河,黄河主要支流之一,流经陕西省。

【今译】

汉水一带长竹繁茂贱如蓬草,
斧头何曾将鲜嫩的竹笋轻饶?
料想你这个清贫嘴馋的太守,
定把渭滨千亩青竹吞进肚了。

寒芦港①

苏 轼

【题解】

这是《和文与可洋州园池三十首》的第二十五首。诗中想象寒芦港暮春时节柳絮纷飞、芦笋初生的美好景象,并采用设问的方式,表达了诗人自己对江南风物的深深眷爱。

【原诗】

溶溶晴港漾春晖②,芦笋生时柳絮飞③。还有江南风物否?桃花流水鳜鱼肥④。

注释

①文同《寒芦港》原诗五言四句:"落月照冰湖,晓气何太爽。两岸雪烟昏,凫鸥出深港。"

②溶溶:水盛而流动貌。杜牧《阿房宫赋》:"二川溶溶,流入宫墙。"春晖:一作"清晖"。

③芦笋:芦的嫩芽,形似竹笋而小。

④桃花句:唐张致和《渔歌子》词:"西塞山前白鹭飞,桃花流水鳜鱼肥。"此用其意。鳜(zī)鱼,鱼名,即魛鱼,又名鲚鱼、鮤鱼。《山海经·南山经》:"(浮玉之山)苕水出于其阴,北流注于具区,其中多鳜鱼。"注:"鳜鱼狭薄而长,头大者尺余,太湖中今饶之,一名魛鱼。"

【今译】

　　水波盈盈流动的寒芦港，
　　晴日下摇漾着春天的光辉，
　　芦笋初生的时候，
　　柳絮已开始轻轻飘飞。
　　那地方是否有江南美好的风物？
　　桃花红流水碧鮰鱼正肥。

南　园①

苏　轼

【题解】

　　本篇是《和文与可洋州园池三十首》的第二十九首。前两句暗切文同的知州身份，写春天到来他不去栽种、观赏夭桃绿杨，而一心一意努力督促农事，见出他对民生的极度关注。后二句采用联想及比喻等多种修辞手段，画出一幅未来的、诱人的丰收图景。释惠洪《冷斋夜话》卷五评此二句："如《华严经》举因知果，譬如莲花，方其吐华而果具蕊中。"这种表现手法在苏诗中屡屡可见，陈衍就说："后二句，即长江绕郭（知鱼美，好山连竹觉笋香）一联作法"，思维极敏捷，联想极美妙，引人遐思。

【原诗】

　　不种夭桃与绿杨②，使君应欲候农桑③。春畦雨过罗纨腻④，夏垄风来饼饵香⑤。

【注释】

　　①文同《南园》原诗五言四句："农桑乘晓日，凌乱如碧油。紫椹熟未熟，但闻黄栗留。"
　　②夭桃：《诗·周南·桃夭》："桃之夭夭，灼灼其华。"夭，秾盛貌。
　　③使君：汉以后对州郡长官的尊称。候农桑：原本为"作农桑"，一本作"候农桑"。候农桑，指视察农桑之事。候，伺望。

④春畦二句:王十朋注本卷十引赵次公曰:"此格谓之言山不言山,言水不言水之格,最为巧妙。""旧《眉山集》一本云'桑畴'、'麦垄',今云'春畦'、'夏垅'。言'春'则知其为桑,况下又有'罗纨腻'字;言'夏'则知其为麦,况下又有'饼饵香'字乎?……"春畦:原本作"春畤",一本作"春畦"。罗纨(wán),泛指丝绸绢缎。腻,指细腻柔滑。夏垅,原作"麦垅",一本作"夏垅"。饼饵(ěr),饼与饵,泛指饼类食物。《急就篇》二:"饼饵麦饭甘豆羹。"注:"溲面而蒸熟之则为饼,……溲米而蒸熟之则为饵。"

【今译】

不种秾丽的桃花和碧绿的杨柳,
使君你只是全心去视察农桑。
春雨降落在种植桑树的田区,
我仿佛已感觉到丝绸的细腻柔爽,
夏风吹过麦地的土埂,
我似乎就闻着面饼的扑鼻芳香。

东栏梨花①

苏　轼

【题解】

神州熙宁十年(公元 1077 年)四月,苏轼到徐州任,作《和孔密州五绝》组诗,寄给继任密州知州的孔宗翰,孔所作原诗今已不存。本篇是和诗五首其三。前两句描写了梨花盛开、柳絮纷飞的暮春景色,而诗人惆怅落寞的心情即隐然含于句中。后二句仍扣紧"东栏梨花"的题目,化用前人成句,将对于春光短暂的怅惋,深化为对人生如寄的沉重叹息。诗中以"淡白"、"一株雪"状梨花,得摹写物象之妙。全诗正符合苏轼的审美观念,表现为"寄至味于淡薄","癯(瘦)而实腴(肥)"的特点,令人寻绎无尽。洪迈《容斋随笔》卷十五"张文潜(耒)哦苏杜诗"条记张耒:"又好诵东坡《梨花》绝句,所谓'梨花淡白柳深青……'者,每吟一过,必击节赏叹不能已,文潜盖有省于此云。"可见诗中所含深意和深深的艺术感染力。

【原诗】

　　梨花淡白柳深青,柳絮飞时花满城①。惆怅东栏一株雪,人生看得几清明②!

注释

　　①花:指梨花。
　　②惆怅二句:杜牧《初冬夜饮》诗云:"砌下梨花一堆雪,明年谁此凭栏杆?"此化用其意,杜牧诗以梨花喻雪,此以雪拟梨花。

【今译】

　　梨花淡雅洁白,柳叶浓绿成荫,
　　柳絮纷飞时梨花已开满全城。
　　对着东栏白雪般的一株梨花,
　　我油然生出无限惆怅之情,
　　人生是这样地短暂,
　　能够欣赏几个美丽的清明?

司马君实独乐园①

苏 轼

【题解】

　　此诗于神宗熙宁十年(公元1077年)在徐州作。《渑水燕谈》记:"富韩公(琦)熙宁四年以司空归洛,时年六十八。是年,司马端明(光)不拜枢密副使,求判西台,时年五十三。二公安居冲默,不交世务。"司马光在洛阳尊贤坊北国子监旁故营地买田二十亩,筑园名《独乐园》,表示安分而守己,不敢效君子"所乐必与人共之"。他在洛阳绝口不论政事,专心致力于《资治通鉴》的编撰。苏轼此诗首先描写了独乐园的自然环境与园中景物,并设想园主人饮酒下棋的闲适生活。然后委婉地叙述司马光虽云"独乐",而实际上洛阳名士定将聚集在他周围,标榜"独乐",其实内里有许多难言的隐衷,诗人对此表示了深深的理解。诗中又用《庄子·德充符》及老子句意,赞誉司马光才全德充,众望所归,"天下之人冀其复用于朝"(《渑水燕谈录》),他想要逃名避世,怕是难以办到,于理亦不合。篇末几句便以嬉笑戏谑的口吻激励司马光,当以政事为重,不宜一味装聋作哑,表达了对他真实地发表政见以及盼其重新入朝执政的殷切希望。由于本诗观点鲜明,议论直率大胆,在后来的《乌台诗案》中,便成为诗人反对新法的罪证之一。

【原诗】

青山在屋上,流水在屋下。中有五亩园,花竹秀而野。花香袭杖履,竹色侵杯斝。樽酒乐余春,棋局消长夏。洛阳古多士,冠盖倾洛社。虽云与众乐,中有独乐者。才全德不形,所贵知我寡。先生独何事,四海望陶冶。儿童诵君实,走卒知司马。持此欲安归?造物不我舍。名声逐我辈,此病天所赭。抚掌笑先生,年来效喑哑。

注释

①司马君实:司马光字君实,详见前司马光诗附作者小传。独乐园:参见本诗【题解】。独乐,语出《孟子·梁惠王》下:"独乐(yuè)乐,与人乐乐,孰乐?"
②青山二句:司马光《独乐园记》谓园中有见山台,可望见万安、轩辕、太室诸山。又有读书堂,"堂南有屋一区,引水北流贯宇下。"
③五亩园:泛指园林,五亩非实指。
④花竹句:司马光"独乐园"中有"浇花亭"、"种竹斋",故云。
⑤杯斝(jiǎ):即指酒杯,斝,古代铜制酒器,似爵而较大。
⑥尔雅:谓近于雅正。
⑦不出:谓不出仕朝廷。熙宁三年(公元1070年)神宗任司马光为枢密副使,光上疏力辞,请求外任。
⑧冠盖:本指官员,此指名流。洛社:白居易晚年退居洛阳,爱香山之胜,与僧满如等结社于此,号称"洛社",此借指司马光与富弼等人。
⑨才全句:《庄子·德充符》:"哀公曰:'何谓才全?'仲尼曰:'死生存亡,穷达贫富,贤与不肖、毁誉,饥渴寒暑,是事之变,命(自然)之行也;日夜相代乎前,而知不能规(窥)乎其始者也,故不足以滑和(谐和),不可入于灵府(心)。使之和豫(安适),通而不失于兑(悦),使日夜无郤(隙)而与物为春,是接(接触外物)而生时(顺时)于心者也。是之谓才全。''何谓德不形?'曰:'平者,水停之盛也。其可以为法也,内保之而不外荡也。德者,成和之修也。德不形者,物不能离也。'"才全,才智完备。德不形,有最高的道德修养而不外露。
⑩所贵句:《老子》第七十章:"知我者希(稀),则我者贵。是以圣人被褐怀

玉。"此用其意。

⑪先生四句:《涑水燕谈录》:"司马文正公以高才全德,大得中外之望。士大夫识与不识,称之曰君实;下至闾阎畎亩,匹夫匹妇,莫不能道司马公。身退十余年,而天下之人日冀其复用于朝。"苏轼《乌台诗案》自言:"此诗言四海望光执政,陶冶天下,以讥见(现)任执政不得其人";"言儿童走卒皆知其姓字,终当进用……"

⑫不我舍:"不舍我"的倒文。

⑬赭(zhě):指赤褐色衣,古代囚徒穿红衣,因亦称罪人为赭衣。此处谓加罪于身。

⑭喑(yīn)哑:喻沉默不言。

【今译】
　　青山环绕在你的屋上,
　　溪水周流在你的屋基。
　　中间有五亩园林,
　　花竹秀美而充满野意。
　　花香扑上你手杖和鞋履,
　　竹色沉浸到你酒杯里。
　　你畅饮美酒度着余春,
　　悠然的棋局消磨了炎夏。
　　洛阳自古以来多有名士,
　　风俗至今还十分尔雅。
　　先生您闲卧不出,
　　名流却聚集到你的家。
　　古人虽说过和众人听乐更加快乐,
　　而您,却标榜是一个独乐者。
　　您才智完备德不外露,
　　珍视的是极少有人了解我。
　　但又是为了什么您竟使
　　海内的人都盼望您陶冶天下?
　　小孩子知道君实的大名,
　　贩夫走卒也懂得崇敬司马?
　　背负着这样的盛誉您能逃往何处?

造物者最终不会把我们丢下。
近些年声名追逐着我们,
这罪过是老天爷所加。
我倒真要拍手笑您先生,
连年来沉默不言装聋作哑。

饮湖上初晴后雨

苏 轼

【题解】

　　这是一首脍炙人口的杰作,写于熙宁六年(公元1073年)杭州通判任上。诗中描绘了西湖或晴或雨各极其妙的动人景色,并把西湖比作"淡妆浓抹总相宜"的绝代佳人西施。后来西子、西子湖便成为了西湖的别名。这首诗之所以迥出千古,是因为比喻实在奇妙而贴切,有后人不敢复题之誉。宋人武衍赞叹说:"除却淡妆浓抹句,更将何语比西湖!"(《正月二日泛舟湖上》)清查慎行评曰:"多少西湖诗总被二语扫尽,何处着一毫脂粉颜色!"(《初白庵诗评》)后来周济《介存斋论词杂著》以严(浓)妆、淡妆、粗服乱头的美妇人毛嫱、西施辈,来比喻温庭筠、韦庄、李煜词的不同风采,正是由本诗后二句得到启示,成为了著名的评语。

【原诗】

　　水光潋滟晴方好①,山色空濛雨亦奇②。欲把西湖比西子③,淡妆浓抹总相宜。

注释

　　①潋滟(liàn yàn):水光闪动貌。
　　②空濛:形容雨中雾气迷濛。谢朓《观朝雨》:"空濛如薄雾。"
　　③欲把句:苏轼诗中屡屡以西湖比作西子,如《次韵刘景文登介亭》:"西湖真西子,烟树点眉目。"《次前韵答马忠玉》:"只有西湖似西子,故应宛转为君容。"西子,指春秋时越国美女西施。

【今译】
　　水波闪动着金色光芒，
　　晴日的西湖正这样美丽，
　　忽然间细雨霏霏，
　　空灵迷濛的山色清秀出奇。
　　我想把西湖比作绝色的西子，
　　无论淡妆还是浓妆总一样相宜。

月夜与客饮酒杏花下①

苏　轼

【题解】
　　此诗于元丰二年(公元1079年)春在徐州知州任上作。这首诗描绘了春天月夜清美绝俗的景色，以及诗人在杏花下置酒待客的殷切情意，并在"洞箫声断月明中"的良辰美景中，发出惟恐人生好景不常的叹息。全诗表现出一种超越时空的清逸之气，如不食人间烟火人语。诗中不使事用典而自然流美，如"褰衣步月踏花影，炯如流水涵青萍"二句，将月照杏花投影于地的景象，用月华如水，点点花影如水中青萍的另一番美丽景象来比喻，使被喻的主体同比喻的客体，达到了完美无间的和谐统一。《东坡志林·记承天寺夜游》："……庭中如积水空明，水中藻荇交横，盖竹柏影也"，与本诗"褰衣"二句同妙，证明了诗人体物入微、极善比喻的高超技巧。

【原诗】
　　杏花飞帘散余春②，明月入户寻幽人。褰衣步月踏花影③，炯如流水涵青萍④。花间置酒清香发，争挽长条落香雪⑤。山城酒薄不堪饮，劝君且吸杯中月。洞箫声断月明中，惟忧月落酒杯空⑥。明朝卷地春风恶，但见绿叶栖残红。

注释
　　①《东坡志林》卷一"黄州忆王子立"条云："仆在徐州，王子立、子敏(王适、王

遹兄弟)皆馆于官舍,而蜀人张师厚来过,二王方年少,吹洞箫饮酒杏花下。"诗题一本无"酒"字。

②散余春:一作"报余春"。

③搴(qiān)衣:用手提(撩)起长袍。

④炯(jiǒng):光明貌。

⑤香雪:指杏花片。

⑥惟忧句:化用李白《将进酒》"莫使金樽空对月"句意。

【今译】

　　杏花飞扑帘幕散播着最后的春光,
　　明月进入门户寻找我这幽居的人。
　　提起衣袍在月下漫步踏着摇曳花影,
　　月华如水,点点花影有如水中飘浮的青萍。
　　在花下安排酒席杏花清香流溢,
　　客人争攀枝条花片如纷纷香雪,
　　山城酒薄喝起来没有味道,
　　劝各位不如吸取映入杯中的明月。
　　清越的洞箫声在这月明之夜吹断,
　　我只愁明月落下,酒杯空空,
　　明朝可恶的春风卷地刮起,
　　就只见绿叶丛中栖息着点点残红。

书丹元子所示《李太白真》①

苏　轼

【题解】

　　本诗作于哲宗元祐八年(公元1093年),时诗人罢礼部尚书任,以端明殿学士兼翰林侍读学士,充河北西路安抚使兼马步军都总管,知定州(今河北定县)军州事。此年九月高太后死,哲宗亲政,重新起用新党人物,贬斥元祐诸臣,苏轼被命知定州,告别弟辙时诗人曾感伤地说:"今年中山(指古中山国即定州)去,白首归无期。"(《东府雨中别子由》)诗人离京赴任本当上殿面辞,哲宗却拒绝召见。政治生涯中的大起大落、忽起忽落,使苏轼在看到丹元子出示的李白画像时,产生了异代知己的亲切感,因而作此诗赞颂李白,并借以自明心志。诗中赞颂了李白不同凡响的器质、与杜甫的深挚友谊和名垂千古的艺术成就;赞颂了李白不受名利羁绊,"西望太白横峨岷,眼高四海空无人"的傲岸清介、不可一世的精神面貌。更称扬他能慧眼识拔英雄于危难之中,以及视权贵如粪土的高尚品格。诗中李白的形象,也正是苏轼的自我写照。

【原诗】

天人几何同一沤②,谪仙非谪乃其游③。麾斥八极隘九州④。化为两鸟鸣相酬,一鸣一止三千秋⑤。开元有道为少留⑥,縻之不可矧肯求⑦。西望太平横峨岷⑧,眼高四海空无人。大儿汾阳中令君,小儿天台坐忘身⑨。生平不识高将军,手污吾足乃敢嗔⑩。作诗一笑君应闻。

注释

①丹元子:道士姚丹元。叶梦得《避暑录话》卷上,记苏轼"晚因王巩又得姚丹元者,尤奇之,真以为李太白所作,赠诗数十篇。姚本京师富人王氏子,不肖,为父所逐,事建隆观一道士。天资慧,因取道藏遍读,或能成诵,又多得其方术丹药。大抵好大言,……浮沉淮南,屡易姓名……"真:写真,画像。

②天人句:谓自然与人生皆短暂虚无,如一水泡旋生旋灭。《楞严经》:"空生大觉中,如海一沤发。"沤,水泡。

③谪仙:《旧唐书·李白传》:"初,贺知章见白,赏之曰:'此天上谪仙人也。'"

④麾斥句:谓纵游宇宙而以九州为狭小。《庄子·田子方》:"夫至人者,上窥青天,下潜黄泉,挥斥八极,神气不变。"麾斥,即挥斥,放纵,奔放。八极,最边远之处。隘九州,以九州为隘。隘,狭小。

⑤化为二句:韩愈《双鸟诗》:"双鸟海外来,飞飞到中州。一鸟落城市,一鸟巢岩幽。不得相伴鸣,尔来三千秋。""天公怪两鸟,各提一处囚","还当三千秋,更起鸣相酬。"韩愈此诗有指李杜、韩孟、佛老三说,苏轼采取前一说,以两鸟比李杜,并说后世难以为继。

⑥开元:唐玄宗年号,借指玄宗。少,稍。

⑦縻(mí):束缚。矧(shěn):况。

⑧西望句:李白《蜀道难》:"西当太白有鸟道,可以横绝峨眉巅。"太白,太白山,在陕西郿县东南。岷山,在四川松潘县北。峨眉山,在眉山县南。岷山一支脉

与峨眉山相连,故连称峨岷或岷峨。

⑨大儿二句:《后汉书·祢衡传》谓祢衡高傲,目中无人,"常称曰:'大儿孔文举(融),小儿杨祖德(修)。余子碌碌,莫足数也。'"邠阳中令君,郭子仪,曾封汾阳王,任中书令。《李翰林别集传》谓:"白尝有知鉴,客并州,识汾阳王郭子仪于行伍间,为脱其刑责而奖重之。及翰林坐永王之事,汾阳功成,请以官爵赎翰林,上许之,因而免诛。"小儿天台,谓司马子微,李白《大鹏赋序》:"余昔于江陵见天台司马子微。谓余有仙风道骨,可与神游八极之表。"司马子微写过《坐忘论》,讲:"坐忘安心之法,略成七条,以为修道阶次。"(《坐忘论序》)坐忘身,一作"坐忘真"。

⑩平生二句:《新唐书·李白传》:"白尝侍帝,醉,使高力士脱靴,力士素贵,耻之,摘其诗以邀杨贵。帝欲官白,妃辄沮止。……恳求还山,帝赐金放还。"生平,一作"平生",不识,一作"不知"。高将军,高力士,曾任右监门卫将军、骠骑大将军,专擅朝政,"帝或不名而呼将军。"嗔(chēn),怒。一作"瞋"。苏轼所作《李太白碑阴记》云:"士以气为主。方高力士用事,公卿大夫争事之,而太白使脱靴殿上,固已气盖天下矣。使之得志,必不肯附权倖以取容,其肯从君于昏乎?夏侯湛赞东方生云:'开济明豁,包含弘大。陵轹卿相,嘲哂豪杰。笼罩靡前,跆籍贵势。出不休显,贱不忧戚。戏万乘若僚友,视俦列如草芥。雄节迈伦,高气盖世。可谓拔乎其萃,游方之外也。'吾于太白亦云。"此段文字可作本诗注脚。

【今译】

自然和人到底是什么?
不过同是一个水中浮泡虚无暂短,
李谪仙并非天上贬下的仙人,
只不过偶尔游历来到人寰。
奔放的游踪到达最最边远的地方,
九州大地在他看来过于褊狭,
他和杜甫化作两只小鸟,
互相酬唱结成的友谊传为佳话。
自从他们鸣唱停止已过了三千年,
再也没人能有那样美妙的歌喉,
以为开元皇帝是有道明君,
太白才肯在宫廷稍稍逗留,
他不愿受到一点儿束缚笼络,

哪里还会为了名利去乞求？
西望太白山、横飞过峨眉山岷山，
高高的眼界俯看四海目空无人，
大儿是汾阳王中书令郭君，
小儿是天台司马子微，论道坐而忘身。
生平不认识什么尊贵的高将军，
贱手弄脏他的脚，就敢发怒骂人。
如今我写成这首诗暗自一笑，
太白定能听得到我的笑声。

於潜僧绿筠轩①

苏 轼

【题解】

　　此篇作于熙宁六年(公元1073年)杭州通判任上。本诗由於潜僧以绿竹名轩生发,咏赞了喜爱品节清劲的青竹的高人雅士。"无竹令人俗"句,写出物象与人的精神世界至为密切的关系。孔子赞"岁寒,然后知松柏之后凋",王徽之爱竹、陶渊明爱菊、周敦颐爱莲……就都把自然景物当作自我品格的象征或写照。诗人批判了对世俗物欲的贪求,嘲笑了那些想要占尽天上人间一切好事的俗士。议论中阐发了深刻的哲理,表达了诗人自持清操、直道正行的君子之节,给人以启示。

【原诗】

　　可使食无肉,不可使居无竹②。无肉令人瘦,无竹令人俗。人瘦尚可肥,士俗不可医③。旁人笑此言,似高还似痴。若对此君仍大嚼④,世间那有扬州鹤⑤！

注释

　　①於潜僧:名孜,字慧觉,在浙江於潜县南二里的丰国乡寂照寺出家。绿筠轩,在寂照寺内。筠(yún),原指竹外青皮,引申为竹的别称。

②不可句:晋王羲之子王徽之(子猷)生性爱竹。南宋刘义庆《世说新语·任诞》记:"王子猷尝暂寄人空宅住,便令种竹。或问:'暂住何烦尔?'王啸咏良久,直指竹曰:'何可一日无此君!'"一本无"使"字。

③士俗:原本作"俗士",一作"士俗"。

④若对句:曹植《与吴质书》:"过屠门而大嚼,虽不得肉,贵且快意。"此化用其语。若,一作"欲"。此君,指竹。

⑤扬州鹤:《说郛》载南朝梁殷芸《殷芸小说》:"有客相从,各言所志:或愿为扬州刺史,或愿多货财,或愿骑鹤上升。其一人曰:'腰缠十万贯,骑鹤上扬州。'欲兼三者。"

【今译】
　　没有肉吃使人消瘦,
　　居处无竹使人庸俗,
　　人如消瘦还能够养胖,
　　士若庸俗就不可救药。
　　有人听了这话发出哂笑,
　　我说种竹想得清名一面又要大嚼,
　　就正像世人没人能骑鹤飞到扬州,
　　十万钱财又缠系在腰!

陌上花三首　并引(录一)

苏　轼

【题解】

　　本诗作于熙宁六年(公元1073年)杭州通判任上,据诗人序,系改编民歌之作,其间又融入历史兴亡之叹。清王士禛《渔洋诗话》云:"五代时,吴越人物,不及南唐、西蜀之盛,而武肃王(即吴越王钱镠)寄妃书云:'陌上花开,可缓缓归矣。'二语艳称千古。……东坡又演为《陌上花》……晁无咎(补之)亦和八首……二公诗皆绝唱,入乐府,即《小秦王调》也。"本诗为三首其一,含思凄婉,寄意深长。

【原诗】

　　游九仙山①,闻里中儿歌《陌上花》②,吴越王妃每岁春必归临安③,

王以书遗妃曰:"陌上花开,可缓缓归矣。"吴人用其语为歌,含思宛转,听之凄然。而其词鄙野,为易之云④。

陌上花开胡蝶飞,江山犹是昔人非。遗民几度垂垂老⑤,游女长歌缓缓归⑥。

【注释】

①九仙山:苏轼《宿九仙山》诗题下自注:"九仙谓左元放、许迈、王(俭)、谢(安)之流。"九仙山在杭州西,山上无量院相传为葛洪、许迈炼丹处。

②《陌上花》后,一本有"父老云"三字。

③吴越王妃:指五代吴越王钱俶之妃。吴越王,《新五代史·吴越世家》载,宋兴,吴越王钱俶"始倾其国以事贡献。太祖皇帝时,俶尝来朝,厚礼遣还国。……太平兴国(宋太宗年号)三年,诏俶来朝,俶举族归于京师,国除"。

④鄙野:粗鄙俚俗。易:更改。

⑤遗民:亡国之民。垂垂:渐渐。垂垂:一作"年年"。

⑥缓缓归:参见本诗诗序。

【今译】

大路上鲜花开放蝴蝶乱飞,
江山如故往昔的人事早已全非。
遗留在此地的亡国旧民渐渐老去,
却仍听到游女高唱着"缓缓归"。

海 棠

苏 轼

【题解】

这首诗作于神宗元丰七年(公元1084年)春,时诗人在黄州团练副使贬所。元丰三年(公元1080年)苏轼曾作七言古体海棠诗,诗中赞美海棠"嫣然一笑竹篱间,桃李漫山总粗俗",并感叹"陋邦何处得此花,无乃好事移西蜀?"全诗借幽独清高的海棠自喻品格、身世,并有意补杜甫长期留居有"香海棠国"的西蜀却不作海棠诗之缺。元丰七年三月上巳(即作此诗的同时),诗人写有《记游定惠院》文,文中说:

"黄州定惠院东小山上,有海棠一株,特繁茂。每岁盛开,必携酒置客,已五醉其下矣。"可知苏轼爱海棠至深的特殊感情,是和他的乡土之思密不可分的,也正因这一缘故,本篇咏海棠诗写得卓绝千古。诗中前二句绘出芳春月夜海棠盛开、清香流溢的梦一般的美景,营造了一种浓郁的诗的氛围,摄出了春与花之魂,令人心神欲醉。后二句反用《太真外传》故事,以绝世美人比喻海棠,且将明月比做宝烛,为了不使海棠"睡去"而高高燃烧,比喻极奇巧,造语极俊雅,诗人对海棠的无限爱赏即寓于句中。这首诗有着很高的审美价值,所以传诵不衰。

【原诗】

东风袅袅泛崇光①,香雾空濛月转廊。只恐夜深花睡去,故烧高烛照红妆。

【注释】

①东风:原本作"东方",一本作"东风"。袅(niǎo)袅:摇曳不定貌。一作"渺渺"。泛崇光:《楚辞·招魂》:"光风转蕙,泛崇兰些",此用其语。泛:摇动貌。崇光:指在高处的海棠的花光。

②空濛:原本作"霏霏",一本作"空濛"。

③只恐二句:释惠洪《冷斋夜话》卷一指出系用《太真外传》事。《太真外传》曰:"上皇登沉香亭,召太真妃子。妃子时卯醉未醒,命力士从侍儿扶掖而至。妃子醉颜残妆,鬓乱钗横,不能再拜。上皇笑曰:'岂是妃子醉,真海棠睡未足耳。'"此反用其事。花睡去,杨慎《升庵诗话》卷一"月黄昏"条云:"盖昼午后,阴气用事,花房敛藏;夜半时,阳气用事,而花敷蕊散香。凡花皆然……坡诗'只恐夜深花睡去,故烧高烛照红妆。'"白居易《惜牡丹花二首》有云:"明朝风起应吹尽,夜惜衰红把火看。"李商隐《花下醉》有云:"客散酒醒深夜后,更持红烛赏残花。"此二句由以上句意生发,而意境的幽雅清美远出前人诗句之上。故烧高烛,原本为"高烧银烛",据别本改。

【今译】

　　摇曳不定的和煦东风,
　　吹动着高处海棠的花光,
　　迷濛的夜雾中清香流溢,
　　月亮静静地转过回廊。

只怕夜深时花儿会像美人一样睡去，
特地让明月如高烧的银烛把海棠照亮。

赠孙莘老①

苏　轼

【题解】

熙宁五年（公元1072年）诗人在杭州通判任上，作七首绝句赠给孙觉，此是其一。王文诰《乌台诗案》云："熙宁五年十二月作诗，因任杭州通判日，蒙运司差往湖州相度堤堰利害，因与湖州知州相见。轼作诗与孙觉云：'若对青山……。'轼是时约孙觉并坐客，如有言及时事者，罚一大盏。虽不指时事，是亦轼意言时事多不便，更不可说，说亦不尽也。"由此可知苏轼在地方官任上了解新法不便于民、不利于民的流弊，却又不能直言进谏，只好装聋作哑，心中苦闷却是很深的，本诗就写出他对现实政治的不满与失望。

【原诗】

　　嗟予与子久离群，耳冷心灰百不闻。若对青山谈世事，当须举白便浮君②。

注释

①孙莘老：孙觉，字莘老，苏轼知友，时任湖州知州。详见前《孙莘老求墨妙亭诗》注①。
②白：大白，海杯名。浮：罚酒，引申为满饮一大杯。

【今译】

　　叹息我和你长久地索居离群，
　　耳边清静心意灰懒百事不听。
　　若是有人面对青山还谈论世事，
　　举起大杯酒就罚他满饮。

辛丑十一月十九日,既与子由别于郑州西门之外,马上赋诗一篇寄之①

苏 轼

【题解】

仁宗嘉祐六年(公元1061年),苏轼出任签书凤翔府判官,弟苏辙任命为商州推官,但因父亲苏洵在京编修《礼书》,辙又赴外任,便留京侍奉。送轼至郑州西门,兄弟第一次离别,诗人写下此诗。诗中抒写了与亲人远别内心如醉的怅惘之情。"登高回首坡陇隔,但见乌帽出复没"二句,远绍《诗·邶风·燕燕》"之子于归,远送于野,瞻望弗及,泣涕如雨"句意,将临歧相别、回首引望、恋恋不忍远去的心情,描绘得十分真切、工致、历历如画。诗人与弟感情至深,早年曾有夜雨对床之约,相约早共退闲之乐,诗中追忆旧约,感伤眼前离别,并殷勤叮嘱勿忘昔日之言。全诗语意跌宕曲折,笔力老健,虽为诗人少作,已表现出非凡的艺术功力。

【原诗】

不饮胡为醉兀兀②?此心已逐归鞍发。归人犹自念庭闱③,今我何以慰寂寞?登高回首坡陇隔,惟见乌帽出复没④。苦寒念尔衣裘薄,独骑瘦马踏残月。路人行歌居人乐,童仆怪我苦凄恻⑤。亦知人生要有别,但恐岁月去飘忽。寒灯相对记畴昔,夜雨何时听萧瑟?君知此意不可忘,慎勿苦爱高官职⑥。

注释

①辛丑:仁宗嘉祐六年(公元1061年)。郑州西门:一说指汴京西城的新郑门。

②兀(wù)兀:昏沉貌。白居易《对酒》诗:"所以刘阮辈,终年醉兀兀。"

③归人:指苏辙。庭闱:晋束广微(皙)《补亡诗·南陔》:"眷恋庭闱,心不遑

安。"注:"庭闱,亲人所居。"后借指父母。

④惟见二句:陈岩肖《庚溪诗话》卷一引王维《观别者》诗:"车徒望不见,时见起行尘";欧阳詹《初发太原途中寄太原所思》:"高城已不见,况复城中人",以及此二句评曰:"咸纪行人已远而故人不可复见,语虽不同,其惜别之意则同也。"吴师道《吴礼部诗话》说此二句"模写甚工,异时记凌虚台,谓'见山之出于林木之上者,累累然如人之旅行于墙外而见其髻也',盖同一机杼。"惟见,一本作"但见"。

⑤僮仆:一本作"童仆"。悽恻:悲伤。

⑥寒灯四句:苏轼自注:"尝有夜雨对床之言,故云尔。"唐韦应物《示全真元常》诗有:"宁知风雪夜,复此对床眠"句,苏轼兄弟往日同读此诗"恻然感之,乃相约早退为闲居之乐"(苏辙《逍遥堂会宿诗序》)。此意于苏轼兄弟诗中屡屡见之。如苏轼《予以事系御史台狱……遗子由》:"是处青山可埋骨,他年夜雨独伤神";《初秋寄子由》:"雪堂风雨夜,已作对床声";《东府雨中别子由》:"对床定悠悠,夜雨空萧瑟";《满江红》[怀子由作]:"对床夜雨听萧瑟"等。苏辙《逍遥堂会宿》诗云:"逍遥堂后千寻木,长送中宵风雨声。误喜对床寻旧约,不知漂泊在彭城";《舟次磁湖……子瞻以诗见寄,作二篇答之》:"夜深魂梦先飞去,风雨对床闻晓钟";《五月一日同子瞻转对》:"对床贪听连宵雨";《神水馆寄子瞻兄》:"夜雨从来相对眠,兹行万里隔胡天"等。苦爱,过爱。

【今译】

没喝酒为什么醉酒般昏昏沉沉?
我心已跟随他的马走向归程。
返回的兄弟惦念着高堂父母,
有谁能安慰我眼前的寂寞。
登高回望却隔着层层山坡,
只看见他的黑帽子忽高忽低时出时没。
天气严寒我怜念他穿着薄薄衣袍,
骑一匹瘦马在残月下独自归去。
路人边行边歌,居人安坐家中,全都很快乐,
僮仆惊怪我为何悲伤忧戚。
我当然知道人生总会有别离,
怕只怕岁月飞快地飘忽流逝。
记得从前寒灯下读诗的约言,
同听潇潇夜雨不知将在何时?

你懂得此中的用意不可忘却,
千万别过于爱惜高高官职。

和子由渑池怀旧①

苏　轼

【题解】

仁宗嘉祐元年(公元1056年)苏轼兄弟由苏洵带领离蜀赴京应举,途经河南渑池,寄宿于县中僧舍,曾在老僧奉闲壁上题诗。嘉祐六年(公元1061年)十一月,苏轼与弟弟在郑州西门分别后过渑池,和其弟《怀渑池寄子瞻兄》诗作此篇。诗人重游渑池时,老僧奉闲已死,墙垣颓败,旧日题诗亦无处寻觅,诗人有感于世事沧桑、人生的偶然与无定,于是发出深深的慨叹,创造出卓绝千古的"雪泥鸿爪"的奇妙比喻,向被视为苏诗长于譬喻的典范例证。意象极清美,含义极深永。

【原诗】

人生到处知何似?应似飞鸿踏雪泥。泥上偶然留指爪,鸿飞那复计东西。老僧已死成新塔②,坏壁无由见旧题。往日崎岖还记否?路长人困蹇驴嘶③。

注释

①苏辙《怀渑池寄子瞻兄》诗云:"相携话别郑原上,共道长途怕雪泥。归骑还寻大梁陌,行人已渡古崤西。曾为县吏民知否(自注:辙尝为此县簿,未赴而中第),旧宿僧房壁共题(自注:辙昔与子瞻应举,过宿县中寺舍,题其老僧奉闲壁)。遥想独游佳味少,无言骓马但鸣嘶。"渑(miǎn)池:在今河南渑池县西。
②老僧:指奉闲。新塔:僧人死去不用墓葬,火葬后造一小塔藏其骨灰。
③此二句后苏轼自注:"往岁(指嘉祐元年)马死于二陵(即二崤山,东崤和西崤,为陕豫间交通要道之一,在渑池县西。),骑驴至渑池。"蹇(jiǎn)驴:跛足驴,意即指疲驴、病驴。

【今译】

人生所到的踪迹像是什么?

就像飞鸿降落时踏过雪泥。
泥上偶然留下了指爪痕印,
鸿雁飞来飞去哪管东还是西。
老僧奉闲已经死去,刚刚造好新塔,
颓败的墙壁找不到从前题写的诗句。
往日旅途的艰辛你可还记得?
路长人困但听病驴鸣嘶。

捕蝗至浮云岭,山行疲苦,有怀子由弟二首①(录一)

苏 轼

【题解】

此诗作于熙宁七年(公元1074年)秋,时诗人任杭州通判。他在任两年多来,杭州一带的水旱蝗灾一直很严重,蝗虫自西北飞来,声乱浙江之涛,上遮日月,下掩草木,所到之处田地一片荒芜。苏轼在同一年赠给於潜令毛国华的诗中说:"宦游逢此岁年恶,飞蝗来时半天黑。"但当时一些地方官吏,为了取悦朝廷、歌颂新法,竟隐瞒灾情,诗人在本题二首其一中给以辛辣讽刺,同时写出自己积极捕蝗的行动。这第二首诗一方面描绘了渐近重阳的明丽秋光和自己山行疲倦、醉舞村落的情景,同时表现出对政治的失望与厌倦,以及想要弃官归于林下的愿望。其间又夹杂着忆弟思亲的深情。全诗于看似轻松的笔调中见出沉重心境。

【原诗】

霜风渐欲作重阳,熠熠溪边野菊黄②。久废山行疲荦确③,尚能村醉舞淋浪④。独眠林下梦魂好⑤,回首人间忧患长。杀马毁车从此逝⑥,子来何处问行藏⑦?

> 注释

①浮云岭:在杭州西於潜县南二十五里(见《咸淳临安志》)。疲苦:一本作"疲苶"。
②熠(yì)熠:鲜明貌。阮籍《清思赋》:"色熠熠以流烂兮。"
③荦(luò)确:石多貌。韩愈《山石》诗:"山石荦确行径微。"
④淋浪:尽情、畅快。
⑤林下:原本作"床上",一本作"林下"。
⑥杀马句:《后汉书·周燮传》载,冯良三十岁为县尉,奉命去迎接上司,他"耻在厮役,因毁车马,裂衣冠"远遁。此借用其事。
⑦行藏:《论语·述而》:"子谓颜渊曰:用之则行,舍之则藏,惟吾与尔有是夫!"谓出仕即行其所学之道,否则退隐藏道以待时机。后因以行藏指出处或行止。此指行踪。

【今译】

秋风渐凉临近了重阳,
鲜亮的野菊花开溪边一片金黄。
长久不曾登山,多石的小路令人疲惫,
却还能在村中饮酒,尽情地醉舞一场。
独自睡在山林梦魂宁静美好,
回望人世间忧患正长。
我要杀马毁车从此弃官远去,
你若来时可到哪里去将我寻访?

子由将赴南都，与余会宿于逍遥堂，作两绝句，读之殆不可为怀，因和其诗以自解。余观子由自少旷达，天资近道，又得至人养生长年之诀，而余亦窃闻其一二。以为今者宦游相别之日浅，而异时退休相从之日长，既以自解，且以慰子由①（录一）

苏 轼

【题解】

本诗作于熙宁十年（公元1077年）徐州知州任上。苏轼兄弟感情之亲厚，非比寻常。《宋史·苏辙传》说："辙与兄进退出处，无不相同，患难之中，友爱弥笃，少无怨尤，近古罕见。"兄弟二人早年读韦应物诗，相约早退，共享亲居之乐。但进入仕途后，二人天各一方，别多会少，最长的一次分离竟达七年之久。熙宁十年四月，苏辙送苏轼赴徐州太守任，在徐州相聚一百多天。辙将赴南京（今河南商丘）留守签判任，作《逍遥堂会宿》诗两首，抒写了兄弟久别重逢悲喜交集的心情，也流露了彼此政治上郁郁不得志的苦闷不平。苏轼读后不胜感伤，"因和其诗以自解……且以慰子由"。前二句抒写离别之苦，写出眼前风雨萧萧，不是早年所盼望的正可对床夜语共享安乐，而是别期将近助人悲哀，现实与理想的反差太大，不能不令人"断魂"。后二句故作宽解语，意即诗题中所说"今者宦游相别之日浅，而异时退休相从之日长"，但诗语却充满凄恻之情，言外有更深的含义。其时王安石已罢相，执政的新党人物多为政治投机家，争权夺利，排除异己，不择手段，苏轼兄弟的处境十分艰危，祸福难料。诗人因此暗用《后汉书·党锢传》夏馥事，曲折地表达了对时事的不满，并以暂时未遭其事自慰，并安慰弟弟，感情沉郁，读之令人心酸。

【原诗】

别期渐近不堪闻,风雨萧萧已断魂。犹胜相逢不相识,形容变尽语音存②。

注释

①苏辙两绝句见后苏辙诗。天资近道:苏轼同年所作《初别子由》诗有云:"我少知子由,天资和而清,好学老益坚,表里渐融明。"一本题末"子由"后有"云"字。

②犹胜二句:贺知章《回乡偶书》诗:"少小离家老大回,乡音无改鬓毛衰。儿童相见不相识,笑问客从何处来?"此化用其意。又《后汉书·党锢传》云,党锢祸起,宦官诬陷、收捕"党人",党人纷纷逃亡,"党魁"夏馥"剪发变形,隐匿姓名,为冶家佣,亲突烟炭,形貌毁瘁,人无知者。弟静,遇馥不识,闻其言声,乃觉而拜之"。此暗用其事。

【今译】

不忍听离别的日期就要临近,
风雨萧萧更令人黯然伤神。
也还胜过相逢时彼此已不能相识,
模样变尽只有从前的语音犹存。

六年正月二十日复出东门,仍用前韵

苏　轼

【题解】

本诗于神宗元丰六年(公元1083年)在黄州贬所作。元丰四年,苏轼写有《正月二十日往歧亭,郭人潘、古、郭三人送余于女王城东禅庄院》一诗;元丰五年,又作《正月二十日,与潘、郭二生出郊寻春,忽忆去年是日同至女王城作诗,乃和前韵》,本诗仍用前二首诗韵写成。作此诗时苏轼贬来黄州已第四个年头,诗中描写自己"身在淮南尽头村",所居之处惟见乱山野水,俨然已成为林野闲人。他的《南堂》诗有"山家为割千房蜜,稚子新畦五亩蔬"句,说明诗人已薄治田产,所以说"五亩渐成终老计",暗指一谪数年回朝无望,只得终老于斯的莫可奈何。更何况王安石改革官制，罢去三馆，曾直史馆的诗人已失去旧时托身之所，语意十分悲凉，以不怨之怨的笔法表达了内心的幽愤。远离了政治生涯，因此苏轼在诗中说和他亲近的只有水上沙鸥与岸边钓石，足见他早已忘却机心，甘于渔樵。但篇末仍借韩偓诗意，隐约地表示企望被朝廷重新任用的心愿。全诗以温雅含蓄的笔调写政治失意之悲，愈觉感情沉厚。

【原诗】

乱山环合水侵门，身在淮南尽处村。五亩渐成终老计①，九重新扫旧巢痕②。岂惟见惯沙鸥熟，已觉来多钓石温③。长与东风约今日，暗香先返梅花魂④。

注释

①五亩：《孟子·梁惠王上》："五亩之宅，树之以桑，五十者可以衣帛矣。"苏轼《南堂》五首其四云："稚子新畦五亩蔬"，此指苏轼在黄州所垦殖的东坡田地和建造的临皋亭南堂、雪堂等住宅。

②九重句：陆游《施司谏注东坡诗序》："昔祖宗以三馆（弘文、集贤、史馆）养士储将相材，及官制行（指王安石改官制），罢三馆，而东坡盖尝直史馆，然自谪为散官，削去史馆之职久矣，至是史馆亦废，故云'新扫旧巢痕'，其用事之严如此。而'凤巢西隔九重门'则又李义山（商隐）诗也。"李商隐《越燕》二首其二有"安巢复旧痕"之句，为本句所本。苏轼《王中甫哀辞》追叙罢制科取士说："堪笑东坡痴钝老，区区犹记刻舟痕"，意亦近之。九重，指朝廷。

③岂惟二句：陈衍评曰："读五、六二句，觉《旄丘》（《诗·邶风》篇名，旧说诗为黎臣怨卫伯不救而作）之'何多日也，何其久也'，殊少含蓄矣。"沙鸥熟，《列子·黄帝》："海上之人有好鸥鸟者，每旦之海上，从鸥鸟游，鸥鸟之至者百住而不止。其父曰：'吾闻鸥鸟皆从汝游，汝取来，吾玩之。'明日之海上，鸥鸟舞而不下也。"此化用其典，谓甘心退隐忘掉机心。

④长与二句：唐韩偓被排挤出朝廷，作《湖南梅花一冬再发，偶题于花援》诗云："玉为通体依稀见，香号返魂容易回。"结句云："夭桃莫倚东风势，调鼎何曾用不材。"《书·说命》任傅说为相之辞："若作调羹，惟尔盐梅。"调鼎之材喻宰执大臣。苏轼用其意，表示希望朝廷起用。东风，暗指君王。暗香，林逋《山园小梅》诗："疏影横斜水清浅，暗香浮动月黄昏。"后因以"疏影"、"暗香"指梅花。

【今译】

乱山回环在我的住所，
江水侵袭着我的屋门，
长久以来我居住在
淮南尽头荒远的小村。
渐渐置下五亩薄薄的田宅，
终老此地的打算可以完成。
朝廷近来实行新的举措，
扫除了我昔日栖身的窠巢不留旧痕。
水上沙鸥岂止是见惯我的身影，
早就和我相熟亲近十分，
来到江边岁月已多，
垂钓的石台也被我坐温。
我与东风订好了寻春的盟约，
让梅花再度开放返回玉体香魂。

西太一见王荆公旧诗，偶次其韵[①]

苏　轼

【题解】

　　哲宗元祐元年（公元1086年）七月立秋日，苏轼以中书舍人奉敕祭西太一官，见王安石旧题六言诗，因步其韵作二诗，这是其中第二首。苏轼与王安石虽政见不合，却私相倾慕彼此才情与正道直行的政治品质。诗人元丰七年（公元1084年）量移汝州，到金陵（今南京）时，王安石曾野服骑驴迎于江滨，二人同游蒋山，诗歌唱和，也曾纵论时事。安石劝诗人买田卜居，诗人也准备归隐田园，其《次荆公韵》诗云："骑驴渺渺入荒陂，想见先生未病时。劝我试求三亩宅，从公已觉十年迟"，对安石表示了由衷的敬仰。作本诗前三个月王安石病逝。这首诗抒写了对一位杰出政治家身后凄凉的感慨，同时也对其生前的好大喜功，隐约地表示了不满。

【原诗】

　　但有樽中若下②,何须墓上征西③。闻道乌衣巷口,而今烟草萋迷④。

注释

　　①西太一:魏泰《东轩笔录》卷五:"太乙宫旧在京城西苏村,谓之西太一。"王荆公旧诗,指王安石《题西太一宫壁》诗,见前王安石《六言绝句》。

　　②若下:村名,在浙江吴兴,产酒闻名于世,故代指酒。邹阳《酒赋》:"其品类则沙洛绿鄢,程乡若下。"

　　③何须句:曹操《让县自明本志令》:"……后征为都尉,迁典军校尉,意遂更欲为国家讨贼立功,欲望封侯作征西将军,然后题墓道言:'汉故征西将军曹侯之墓',此其志也。"此反用其意。

　　④闻道二句:刘禹锡《金陵五题·乌衣巷》诗:"朱雀桥边野草花,乌衣巷口夕阳斜。旧时王谢堂前燕,飞入寻常百姓家。"此处借用其意,暗指王安石去世以后,旧居荒凉。乌衣巷,在金陵秦淮河南,东晋王导卜居于此,后为王谢(安)家族世居之处。

【今译】

　　只要杯中总有美酒,
　　墓上征西将军的字样又何须追求。
　　听说丞相金陵故居,
　　如今已烟草凄迷令人生愁。

腊日游孤山访惠勤、惠思二僧①

苏　轼

【题解】

　　苏轼《六一泉铭·叙》云:"予昔通守钱塘,见公(欧阳修)于汝阴而南。公曰:'西湖僧惠勤甚文而长于诗,吾昔为《山中乐》三章以赠之。子闲于民事,求人于湖山间而不可得,则往从勤乎?'予到官三日,访勤于孤山之下。"此诗即作于熙宁四年(公元1071年)到杭州通判任不久的腊祭之日。本诗正如汪师伟所评:"结句'清景'二字,一篇之大旨。云雪楼台,远望之景;水清林深,近接之景。未至其居,见盘纡之山路;既造其屋,有坐睡之蒲团。至于仆夫整驾,回望云山,寒日将晡,宛焉入画。'野鹘'句于分明处写出迷离,正与起五句相对照。又以'欢有余'应前'实自娱',语语清景,亦语语自娱。而道人有道之处,已于言外得之。栩栩欲仙,何必涤笔于冰瓯雪碗。"(《苏诗选评笺注》)篇末二句描写捕捉稍纵即逝的创作灵感急如星火、如追逃犯的状态,是千古不朽的确论。

【原诗】

天欲雪,云满湖,楼台明灭山有无②。水清出石鱼可数③,林深无人鸟相呼④。腊日不归对妻孥,名寻道人实自娱。道人之居在何许?宝云山前路盘纡⑤。孤山孤绝谁肯庐⑥?道人有道山不孤。纸窗竹屋深自暖,拥褐坐睡依团蒲⑦。天寒路远愁仆夫⑧,整驾催归及未晡⑨。出山回望云木合⑩,但见野鹘盘浮图⑪。兹游淡泊欢有余⑫,到家恍如梦蘧蘧⑬。作诗火急追亡逋⑭,清景一失后难摹。

注释

①腊日:旧时腊祭之日。汉代以冬至后第三个戌日为腊日。晋宗懔《荆楚岁时记》:"十二月八日为腊日。"《旧唐书·礼仪志》五,唐"以辰日腊"。宋袭用汉腊。姚宽《西溪丛语》卷下云:"国朝用汉腊,盖冬至后第三戌火墓日也,是为腊。"熙宁四年十一月二十八日冬至,第三个戌日则为十二月二十四日。惠勤、惠思两僧,均为余杭人,能诗,苏轼称其"新诗如洗出,不受外垢蒙"。
②楼台句:杜甫《雨》诗:"明灭洲景微,隐见岩姿露";王维《汉江临泛》诗:"江流天地外,山色有无中。"此化用以上句意。
③水清句:柳宗元《至西小丘小石潭记》:"下见小潭,水尤清洌。全石以为底,近岸,卷石底以出……潭中鱼可百许头,皆若空游无所依。"此化用其意。出石,一本作"石出"。
④鸟相呼:一作"鸟自呼"。
⑤宝云山:五代吴越王在西湖北建宝云寺,寺中有宝云庵山。盘纡,曲折盘旋。
⑥孤山孤绝:孤山因一峰独立,旁无他山相联而得名,故云孤绝。庐,谓造屋居住。
⑦褐(hè):粗麻织成的衣服,泛指粗陋简朴的衣服。团蒲,一作"圆蒲"。

⑧愁仆夫:为"仆夫愁"的倒文。
⑨驾:车马。晡(bū):申时,黄昏时。
⑩出山句:王维《终南山》诗:"白云回望合,青霭入看无。"
⑪鹘(gǔ):鸷鸟,鹰类。浮图:佛塔。
⑫淡泊:一本作"淡薄"。
⑬恍如句:用庄子梦蝶典故,详见前。蘧(qú)蘧,梦后惊醒的样子。
⑭作诗句:何文焕《历代诗话考索》云:"齐诸暨令袁毂,自诧'诗有生气,须捉着,不尔便飞去'。此语隽甚!坡仙云:'作诗火急如追逋'似从此脱化。"亡逋(bū),逃亡的人。

【今译】

　　天将下雪,
　　密云满湖,
　　楼台忽隐忽现,
　　山色时见时无。
　　水清石出游鱼可数,
　　林深无人唯听小鸟相呼。
　　腊日不回家去对着妻子儿女,
　　名义上寻访道人,实际是自寻欢愉。
　　道人居住在什么地方?
　　宝云山前道路盘旋纡曲。
　　孤山孤独已极谁肯造屋去住?
　　但道人有道孤山也就不孤。
　　寺中纸窗竹屋深深自是温暖,
　　道人穿粗布衣衫坐卧都靠团蒲。
　　仆夫愁着天寒路远,
　　没到黄昏就备好车马催我走上归途。
　　出山回望云木在迷濛中相合,
　　只见野鹰绕着高高佛塔飞翔旋舞。
　　这次清幽的旅行欢乐有余,
　　到家后仿佛一场梦醒精神恍惚。
　　作诗要立即抓住灵感,
　　就如火速把逃犯追捕,

卷二·腊日游孤山访惠勤、惠思二僧　◇　349

清景一在记忆中丢失,
以后就再难真切描出。

九日,寻臻阇黎,遂泛小舟至勤师院①

苏 轼

【题解】

本诗作于熙宁六年(公元1073年)重阳日。此日诗人寻访南屏山寺高僧臻,然后一同泛舟至孤山宝云寺拜会惠勤,作诗二首,陈衍所选为第二首。前四句描绘了清秀的湖山景色,并写出孤山"山不在高,有仙则名"的一派佳气。同时真切地描写了自己从热闹的笙歌丛里抽身,借云水光洗净世俗尘眼的超然意味。后四句写惠勤相迎正值拒霜、黄菊开放,值此佳日宾主烹茶闲坐的清雅情趣,末句并定下明年再来的后约。全诗写得兴会淋漓、自然清妙。

【原诗】

湖上青山翠作堆,葱葱郁郁气佳哉②。笙歌丛里抽身出,云水光中洗眼来。白足赤髭迎我笑③,拒霜黄菊为谁开④。明年桑苧煎茶处,忆着衰翁首重回⑤。

【注释】

①臻阇(dū)黎:高僧名臻,西湖南屏山寺僧。阇黎,梵语,僧徒之师,亦译为阇梨、阿阇梨、阿遮梨耶,义译为轨范师,谓能纠正弟子品行,为弟子规范。勤师院:指僧惠勤所在的孤山宝云寺。

②葱葱句:汉王充《论衡·吉验》:"王莽时,谒者苏伯阿能望气……及光武(刘秀)到河北,与阿伯见,问曰:'卿前过春陵,何用(以)知其气佳也?'阿伯对曰:'见其郁郁葱葱耳。'"葱葱郁郁,气盛貌,形容草木茂密有青翠或气象旺盛。

③白足赤髭(zī):南朝梁慧皎《高僧传·译经中·佛陀耶舍》:"舍(耶舍)为人赤髭,善解《毗婆沙》,时人号曰赤髭毗婆沙。"又《神异下·释昙始》:"始(昙始)足白于面,虽跣(赤足)涉泥水,未尝沾湿,天下咸称白足和尚。"后以赤髭白足泛指有道行的僧人。唐刘禹锡《送僧无昙南游》诗引:"备将迎者皆赤髭白足之侣。"此处指僧惠勤。赤髭,一作"赤须"。髭:唇上短须。

④拒霜句:杜甫《九日寄岑参》诗:"是节东篱菊,纷披为谁秀?"此用其意。拒霜,木芙蓉花的异名,又名木莲、华木。冬凋夏茂,仲秋开花,耐寒不落,故名。

⑤明年二句:唐孟浩然《过故人庄》:"待到重阳日,还来就菊花",此暗用其意。苏轼自注:"(唐僧)皎然有《九日与陆羽煎茶》诗,羽自号桑苎翁(著有《茶经》),余来年九日,去此久矣。"(按,苏轼于熙宁七年(公元1074年)五月改任密州知州,九月已离杭,故云。)此处以陆羽比惠勤。衰翁,诗人自称。

【今译】
　　湖上秀丽的青山苍翠成堆,
　　郁郁葱葱气象真是佳哉。
　　我从热闹的笙歌丛里抽身出来,
　　到清幽的云水光中洗去俗眼尘埃。
　　白足赤须的高僧笑着相迎,
　　拒霜黄菊为了谁朵朵盛开?
　　明年此际桑苎翁你烹茶的时节,
　　想着衰病的我定然还会再来。

文与可有诗见寄云:"待将一段鹅溪绢,扫取寒梢万尺长。"次韵答之①

苏　轼

【题解】

　　这首诗作于元丰元年(公元1078年)徐州知州任上,文与可原诗已佚,只遗本诗题所录断句。二人唱和诗中还有一段有趣的故事。苏轼《文与可画筼筜谷偃竹记》云:"与可画竹,初不自贵重。四方之人,持缣素(丝绢)而请者,足相蹑于其门。与可厌之,投诸地而骂曰:'吾将以为袜!'士大夫传之,以为口实。及与可自洋州还,而余为徐州。与可以书遗余曰:'近语士大夫:"吾墨竹一派,近在彭城(徐州,指苏轼),可往求之。"袜材当萃于子矣。'书尾复写一诗,其略曰:'拟将一段鹅溪绢,扫取寒梢万尺长。'予谓与可:'竹长万尺,当用绢二百五十匹,知公倦于笔砚,愿得此绢而已!'与可无以答,则曰:'吾言妄矣,世岂有万尺竹哉?'余因而实之,答其诗曰:'世间亦有千寻竹,月落庭空影许长。'与可笑曰:'苏子辩矣,然二百五十匹绢,吾将买田而归老焉!'因以所画《筼筜谷偃竹》遗予曰:'此竹数尺耳,而有万尺之势。'"这段故事写出了苏轼与文同亲厚的情谊和绘画艺术上同样高深的造诣。这首诗则表现了苏轼非凡的艺术想象力,以及翻空出奇的辩才。

【原诗】

为爱鹅溪白茧光,扫残鸡距紫毫芒②。世间那有千寻竹③?月落庭空影许长④!

注释

①待将:苏轼文中作"拟将",参见本诗【题解】。鹅溪绢,产于四川盐亭县鹅溪的绢帛。唐代为贡品,宋人书画尤重之。宋周紫芝《竹坡诗话》:"余尝戏作小诗,用少陵事云:'百尺寒松老干枯,韦郎妙笔古今无。何如莫扫鹅溪绢,留取天吴紫凤图。"黄庭坚《题郑防画夹》诗之二:"欲写李成骤雨,惜无六幅鹅溪。"又称鹅溪白。寒梢,指竹。
②鸡距:笔名,短锋,形如鸡距。白居易《鸡距笔赋》:"故不得兔毫,无以成起草之用;不名鸡距,无以表入木之功。"
③寻:八尺为一寻。
④许:如此。

【今译】

因为喜爱鹅溪绢洁白的丝光,
不知磨损了多少鸡距笔毫芒,
世间哪儿能有万丈青竹,
月落庭空投影才会有如此之长。

次韵子由使契丹至涿州见寄四首①

苏 轼

其 一

【题解】

哲宗元祐四年(公元1089年),苏辙权吏部尚书,出使契丹,行至涿州,写有《神水馆寄子瞻兄四绝》,苏轼也答了四首和作,时出为杭州知州。苏辙诗题下自注"十一月二十六日,是日大风",第一首诗写道:"少年病肺不禁寒,命出中朝敢避难。莫倚皂貂欺朔雪,更催灵火煮铅丹。"苏轼这首和作,先是谦逊地说自己老而痴顽愚钝,不堪奉使。弟弟则是责无旁贷,虽冒严寒,但能观赏异域风光,且能凭吊历史名人的遗迹,亦可谓壮哉此行。全诗笔力劲健,格调高亢,比苏辙原作出色多了。

【原诗】

老人痴钝已逃寒①,子复辞行理亦难②。要到卢龙看古塞③,投文易水吊燕丹④。

【注释】

①老人:诗人自指。
②子复句:苏轼自注:"余昔年辞免使北。"
③卢龙:李广为右北平太守,匈奴号曰飞将军,避不敢入塞。右北平,唐时为北平郡,又名平州,治所在卢龙县。此处借指北方要塞。
④投文句:战国时,燕太子丹曾被作为人质扣留在秦国,受到侮辱,他立誓报仇。卫国人荆轲为燕太子丹宾客,受命至秦刺秦王,不中,被杀。燕太子丹后亦被杀。荆轲自燕出发时,燕太子丹及众宾客送行于易水之滨,歌"风萧萧兮易水寒,壮士一去兮不复还"。西汉时贾谊贬为长沙王太傅,曾投诗汨罗吊屈原,此处合二事用之。

【今译】

　　我年纪老迈痴顽愚钝,
　　可以不必出使去冒风寒,
　　你想要推辞使命,
　　从道理上说怕也困难。
　　这一行能够看到北地雄伟的要塞,
　　路过易水时,可投赠诗文凭吊燕太子丹。

其　二

【题解】

　　苏辙原诗云:"夜雨从来相对眠,兹行万里隔胡天。试依北斗看南斗,始觉吴山在目前。"全诗主要抒写思兄之情。苏轼这首和作先以想象之笔描绘了北地风光,再以兄弟虽相隔遥远仍同戴一天安慰对方并以之自慰。诗中且以苏武事策励弟弟不辱使命,同时感慨北宋朝廷不能收复燕云十六州,不能制服契丹,致使沦陷该地的遗老,因见汉使思故国,却欲归不能而伤心哭泣,表明苏轼一贯反对屈和、主张净扫边尘的正义立场。虽为小诗而作镗鞳之声。

【原诗】

　　胡羊代马得安眠①,穷发之南共一天②。又见子卿持汉节③,遥知遗老泣山前④。

注释

　　①胡羊代马:指北方以羊代马驾车。
　　②穷发之南:指苏辙出使途经之地涿州。穷发,《庄子·逍遥游》:"穷发之北,有冥海者,天池也。"《释文》:"发犹毛也。山以草木为发,穷发言极荒远之地也。"此处以穷发指契丹,涿州在契丹南,故云穷发之南。
　　③子卿:苏武(公元前140—公元前60年),西汉杜陵人,字子卿。武帝天汉元年以中郎将出使匈奴,被留。匈奴单于胁迫其投降,武不屈,被徙至北海,使牧公羊,言公羊产子乃释放。武啮雪食草籽,持汉节牧羊十九年,节旄尽落。昭帝即位,与匈奴和亲,武得归,拜为典属国。宣帝时赐爵关内侯,图形于麒麟阁。此借

苏武事鼓励苏辙不辱使命。节,符节,古代使臣执以示信之物。

④遗老句:五代时石敬瑭割让燕云十六州给契丹,后汉、后周及宋均未能收复,诗人深以为恨,故云。遗老,指契丹治下旧时的汉族人。

【今译】
　　胡羊代马车驾走得缓慢,
　　你正可得到安稳的睡眠,
　　虽然你远到穷发以南,
　　我们依旧共戴同一个青天。
　　又见你像汉朝的苏武持节出使,
　　遥想遗老看到汉使,定会哭泣在山前。

其　三

【题解】
　　苏辙原诗云:"谁将家集过幽都,逢见胡人问大苏。莫把文章动蛮貊,恐妨笑谈卧江湖。"诗中主要描述苏氏父子的作品已流传至契丹;而哥哥的声名尤著。苏轼答诗针对原诗对他的赞誉,故自谦逊,表明自己老迈多病将归隐江湖。同时字里行间对异域已流传他父子三人的作品,也流露出喜悦之情。

【原诗】
　　毡毳年来亦甚都①,时时𫘤舌问三苏②。那知老病浑无用,欲向君王乞镜湖③。

注释

①毡毳(cuì):犹言毡幕、毡帐、毡乡。北方游牧民族多住毡帐,此指契丹。毳,粗糙的毛织物。都,优美貌,此处指有文化。

②时时句,苏轼自注:"余与子由入京时,北使已问所在。后余馆伴,北使屡诵三苏文。"𫘤(jué)舌,《孟子·滕文公》上:"今也南蛮𫘤舌之人,非先王之道。"形容少数民族语言难听难懂。此借指契丹人。三苏,指苏洵、苏轼、苏辙父子三人。

③欲向:原本作"欲问",一本作"欲向"。乞镜湖:贺知章晚年为道士,请求朝廷赐其镜湖为放生池。此借指归隐。

【今译】

　　以毡帐为房的北方,
　　近年来文化也有些发达,
　　满口异族话语的人们,
　　时不时问起三苏一家。
　　哪里知道我已然老病无用,
　　想向朝廷请求归隐从此告假。

其　四

【题解】

　　苏辙原诗云:"虏廷一意向中原,言语绸缪礼亦虔。顾我何功惭陆贾,橐装聊复助归田。"诗中有使命已然完成可以归田之意。苏轼答诗借屈原称美其弟,并以僧虔事赞其器识闳大。后二句意谓随父入京以来,兄弟二人政治上从来共进退,而目前正应是积极用世之时,不当讲到归田云云。兄弟二人情兼师友,所守者惟道义二字,从此诗可见一斑。

【原诗】

　　始忆庚寅降屈原①,旋看蜡凤戏僧虔②。随翁万里心如铁③,此子何劳为买田?

注释

①始忆句:屈原《离骚》:"帝高阳之苗裔兮,朕皇考曰伯庸。摄提贞于孟陬兮,惟庚寅吾以降。"此借以称美苏辙,谓其生于佳时。
②旋看句:用僧虔事。《南史·王昙首传》:"僧虔,金紫光禄大夫僧绰弟也。父昙首,与兄弟集会子孙,任其戏适。……僧虔采蜡珠为凤凰,(伯父)弘称其长者云。"
③随翁句:苏轼自注:"时犹子迟侍行。"心如铁:谓心志坚定如铁。

【今译】

想起你像屈原一样降生在嘉美时日,
又见你如僧虔做成蜡凤器识闳远。
跟随父亲万里入京,用世之心坚定如铁,
如今为什么说是要归隐买田?

送安惇秀才失解西归①

苏 轼

【题解】

此诗约作于熙宁二年至三年(公元 1069—1070 年)之间,时诗人在殿中丞、直史馆,判官告院任。诗为送其乡人科场不得志还乡而作。诗中赞美了安惇的好学,为他眼前的不得志而叹惋。然后以大量篇幅自我抒情,先追忆当年在家乡时好学不倦的情景,似乎入仕后将大有作为于当世,事实却远非如此,诗中"弃去旧学从儿嬉"、"狂谋谬算百不遂,惟有霜鬓来如期"、"十年浪走宁非痴"等句,均深深地流露出仕途不如意的感叹。诗中并以切身体会劝慰对方:得仕未必是好事,塞翁失马,安知非福!结句寓惜别之意。全诗纯由肺腑中出,一片真诚。

【原诗】

旧书不厌百回读,熟读深思子自知。他年名宦恐不免,今日栖迟那可追②。我昔家居断往还,著书不复窥园葵③。褐来东游慕人爵④,弃去旧学从儿嬉⑤。狂谋谬算百不遂⑥,惟有霜鬓来如期⑦。故山松竹皆手种,行且拱矣归何时⑧?万事早知皆有命,十年浪走宁非痴⑨?与君未可较得失,临别惟有长嗟咨。

【注释】

①安惇(公元 1042—1104 年),字处厚,广安军(今四川广安)人。上舍及第,调成都府教授。神宗元丰六年(公元 1083 年)擢监察御史。绍圣初,协助章惇、蔡卞构陷元祐大臣,官至御史中丞,后放归田里。徽宗朝,蔡京为相,复拜工部侍郎、兵部尚书。崇宁初,同知枢密院。《宋史》入《奸臣传》。

②栖迟:淹留,《后汉书·冯衍传》:"久栖迟于小官,不得舒其所怀。"
③著书句:用董仲舒典。《史记·儒林列传》:"董仲舒,广川人也。以治《春秋》,孝景时为博士,下帷讲诵,弟子传以久次相受业,或莫见其面,盖三年董仲舒不观于舍园,其精如此。"不复,一本作"不暇"。
④朅(jiē)来:犹"尔来"。东游,指离开家乡东游京师。
⑤旧学:指传统的儒学。儿嬉,犹"儿戏",此暗指王安石新法。熙宁二年安石为相,实行变法。
⑥狂谋句:苏轼少年时即"奋厉有当世志",其《沁园春》词云:"当时共客长安,似二陆(陆机、陆云兄弟)初来俱少年。"满以为"有笔头千字,胸中万卷;致君尧舜,此事何难。"事实上却与心志大相违背,政治抱负不得施展,反遭排挤、诬陷,故云"百不遂"。
⑦如期:一作"无期"。
⑧行且:将要。拱矣:《左传·僖公三二年》:"尔何知! 中寿,尔墓之木拱矣。"谓死已久矣,墓旁之树已可合抱。此指树已长大。
⑨浪走:犹"漫游"。宁,难道。

【今译】
　　旧书不厌烦读他百遍,
　　熟读还须深思,这道理你早就领会。
　　他年你必定成为有名的官宦,
　　如今的不得意事哪能追回。
　　从前我在家乡时断绝对外交往,
　　写书顾不上看一眼园中黄葵。
　　这些时东游京师羡慕别人入仕,
　　丢掉旧学去跟从政治游戏。
　　早先宏远的抱负计划百不顺遂,
　　惟有霜鬓来得如期。
　　故乡的松柏都是我亲手栽种,
　　树木长得就要合抱,归去又在何时?
　　早知万事皆已命定,
　　十年空自东奔西走岂不太痴?
　　我与你谁得谁失没法计算,
　　临别只有长长叹气。

送子由使契丹

苏 轼

【题解】

本诗作于哲宗元祐四年(公元1089年)杭州知州任上。诗人到任(七月)的第二个月,苏辙作为贺辽国生辰国信使出使契丹。诗中抒写了兄弟远离的惜别之情,并以壮语鼓励弟弟:所以不辞辛劳不畏严寒出使,为的是使异族之邦了解宋朝杰出的人才和高度的文明。诗中又以想象之笔写出弟弟在异国他乡思念京都、思念兄长的情景,且谆谆嘱咐其切勿承认苏氏父子是最佳的人才,因为中原人才济济,不一而足。这首诗饱含着诗人热爱邦家民族、努力维护朝廷声誉的深厚感情。尽管此时他自己已被排挤出朝廷,他的爱国感情却并不因此减少半分。由此可以认识到苏轼博大的胸怀和谦逊的美德。

【原诗】

云海相望寄此身,那因远适更沾巾①。不辞驿骑凌风雪②,要使天骄识凤麟③。沙漠回看清禁月④,湖山应梦武林春⑤。单于若问君家世,莫道中朝第一人!

【注释】

①云海二句:化用杜甫《南征》诗:"偷生长避地,远适更沾襟"句。适,往。
②驿骑:犹言"驿使",传驿的信使。凌,冲冒。
③天骄:汉时,匈奴自称"天之骄子"(《汉书·匈奴传》),后泛指强盛的边地民族。此处指契丹。凤麟:凤凰与麒麟,比喻杰出的、罕见的人才。
④清禁:皇宫。苏辙时任翰林学士,常出入宫禁。
⑤武林:山名,即今杭州西灵隐山,后多用武林指杭州。苏轼时知杭州。
⑥单于二句:《新唐书·李揆传》:"揆美风仪,善奏对,帝(肃宗)叹曰:'卿门第、人物、文学,皆当世第一,信朝廷羽仪乎?'故时称三绝。"德宗时他曾"入蕃会盟使",至蕃地,"酋长曰:'闻唐有第一人李揆,公是否?'揆畏留,因绐之曰:'彼李揆安肯来邪!'"苏氏一门,尤其是苏轼在契丹声名尤著,故化用此典,说明中原人才众多,不止苏氏。单于,匈奴最高首领的称号,此借指辽国国主。

【今译】

　　我寄身此地和你隔着云海遥遥相望,
　　何必因为你要远行又泪湿衣巾。
　　你不辞劳苦充当信使去冒风雪,
　　为的是要让异族认识朝廷杰出的精英。
　　你将在沙漠留恋地回望京都夜月,
　　梦魂定会越过湖山见到杭城春景。
　　辽国国主若是问起你的家世,
　　可别说朝中第一等人物只在苏家门庭。

和子由踏青①

苏　轼

【题解】

　　此诗作于仁宗嘉祐八年(公元1063年),时诗人任凤翔签判。前半篇以轻快的笔调写出人们倾城出郊踏青、歌舞宴游欢乐、热闹的情景,犹如一幅赏春风俗画,充满了对美好春日、美好生活的咏赞。后半篇绘声绘色地描写一个道人遮道聚众,粗声大气地吆喝些吉利话,强使路人买他的符书祈福的生动场景,道人骗得金钱,却不过是沽酒买醉而已,还夸说神符灵验。这戏剧性的人物、戏剧性的场景,为春日郊游增添了几分幽默的色彩,令人难忘。

【原诗】

　　春风陌上惊微尘②,游人初乐岁华新。人闲正好路旁饮,麦短未怕游车轮。城中居人厌城郭③,喧阗晓出空四邻④。歌鼓惊山草木动,箪瓢散野乌鸢驯⑤。何人聚众称道人,遮道卖符色怒嗔⑥?宜蚕使汝蚕如瓮,宜畜使汝羊如麕⑦。路人未必信此语,强为买服禳新春⑧。道人得钱径沽酒,醉倒自谓吾符神⑨。

注释

　　①踏青:春日郊游。

②春风:一本作"东风"。
③城郭:内城为城,外城为郭,此处偏指城市。
④喧阗(tián):喧闹声。
⑤箪(dān)瓢句:杜甫《南邻》诗:"得食阶除鸟雀驯",此化用其意。箪,食器。瓢,饮具。鸢(yuān):鸱鹰。此处泛指鸟类。
⑥遮道:拦路。色怒嗔(chēn):一作"色怒瞋"。嗔,怒。
⑦麏(jūn):獐子。
⑧强(qiǎng):勉强。服:佩带。禳(ráng):原为去邪除恶之祭,此处用为动词,谓去灾求福。
⑨神:灵验。

【今译】
　　轻柔的春风惊起了大路微尘,
　　游人欣喜着岁华又一度更新。
　　人们闲暇正好在路旁饮酒,
　　小麦苗短还不怕辗上车轮。
　　城中居民厌腻了都市繁华,
　　四邻一清早车马喧闹全部出郊踏青。
　　歌鼓震响山林草木摇动,
　　饮食散落郊野鸟儿得食变得温驯。
　　什么人口称道人众人聚集围观,
　　拦路卖符一脸蛮横?
　　说他的符可使你养的茧大如瓦瓮,
　　可使你养的羊个大如麏。
　　路人未必就相信这些话语,
　　勉强买符佩带为的是去灾求福在新春。
　　道人得了钱径直跑去沽酒,
　　醉倒还在说"我的符灵验如神!"

自金山放船至焦山①

苏 轼

【题解】

　　熙宁四年(公元1071年)苏轼赴杭州通判任途中作此诗。这首诗可看作《游金山寺》诗的姊妹篇。篇首极言金山楼观壮伟深沉,钟鼓声响亮清远,以见僧徒之众、香火之盛,并用此对比写出焦山的清静冷落。诗人对那些不愿前往冷寂焦山的同游者,进行了隐约的嘲讽,实际上也就是对名利场中俗子的鄙视。然后他又以自傲的口吻写到诗人以穷薄之命不畏江潭之险,独自遨游,饮酒歌啸的超然之乐。又写到焦山老僧惊见客至,迎笑交谈得知竟是同乡,于是诗人在观赏山水景色之外,得到了他乡遇故人的分外之乐。老僧简朴宁静的生活,引起了诗人对山林的向往。他慨叹自身不能见容于朝廷,刚直的生性也很难适应险恶的官场,因此在篇末表露出想要辞官归隐的意愿。全诗于纪游中多抒感慨,自然流利。

【原诗】

　　金山楼观何耽耽②,撞钟击鼓闻淮南③。焦山何有有修竹,采薪汲水僧两三。云霾浪打人迹绝④,时有沙户祈春蚕⑤。我来金山更留宿,而此不到心怀惭⑥。同游尽返决独往⑦,赋命穷薄轻江潭⑧。清晨无风浪自涌,中流歌啸倚半酣。老僧下山惊客至,迎笑喜作巴人谈⑨。自言久客忘乡井,只有弥勒为同龛⑩。困眠得就纸帐暖⑪,饱食未厌山蔬甘。山林饥饿古亦有,无田不退宁非贪⑫?展禽虽未三见黜⑬,叔夜自知七不堪⑭。行当投劾谢簪组⑮,为我佳处留茅庵。

注释

①焦山:在长江中,因汉末焦先隐居于此,故名,与金山对峙,并称"金、焦"。
②耽(dān)耽:深邃貌。左思《魏都赋》:"翼翼京室,耽耽帝宇。"
③淮南:指扬州。
④云霾(mái):阴云,形容翻卷的浪涛。

⑤沙户:诗人自注:吴人谓水中可田者为沙。
⑥此:指焦山。
⑦尽返:一本作"兴尽"。
⑧赋命:天生的命运。
⑨迎笑句:诗人自注:"焦山长老,中江人也。"中江,四川县名。
⑩弥勒:佛名。弥勒是姓,为慈氏;字阿逸多,义为无胜。同龛(kān):意为同室相伴。龛,盛着佛像或神主的小阁。
⑪纸帐:纸作的帐子。用藤皮茧纸缠于木上,以索缠紧,勒作皱纹,不用糊,以绵拆缝,以稀布为顶,取其透气。唐诗僧齐己《夏日草堂作》诗:"沙泉带草堂,纸帐卷空床。"
⑫无田句:苏轼《游金山寺》诗云:"有田不归如江水",此处进一步加强语气,以表示想要辞官归隐的心愿。
⑬展禽句:春秋时鲁大夫,鲁僖公时人,又字秀。因食邑柳下,谥惠,故称柳下惠。任士师时,三次被免官。此诗人借以自况仕途不得志。黜(chù),废免。
⑭叔夜句:三国时魏人嵇康(字叔夜)反对当时执政的司马师、司马昭等。山涛推荐他做选曹郎,他在给山涛的绝交书里列陈不能出仕的原因有"必不堪者七,甚不可者二"。后以"七不堪"作为才能不称的典故。苏轼反对王安石变法,故用此典,表明不合作态度。
⑮投劾(hé):指自劾。劾,检举过失,古代官员检举某官过失,向上司或朝廷打报告,称"劾状"。凡是被劾或自劾的,视其过失大小,予以不同的处分。谢簪组,辞去官职。谢,辞谢。簪,固冠的签子。组,系印的带子。簪组犹言冠带,指有官职的人。

【今译】
　　金山的寺院楼阁多么壮伟深邃,
　　撞钟击鼓的宏亮声音一直传到淮南。
　　焦山到底有什么?只有茂密长竹,
　　打柴汲水的僧侣不过二三。
　　翻卷的波涛汹涌人迹罕到,
　　时有沙田农户前去祈求春蚕。
　　我来金山还在此地留宿,
　　不去焦山让我心中自惭。
　　同游的人都已返回,我决然独自前往,
　　天生命穷运薄不惧怕险恶的江潭。

清晨无风波浪兀自腾涌,
舟行中流我高歌长啸趁着饮酒半酣。
老僧下山惊异我这远客来到,
笑着迎接知是同乡,欣喜地亲切交谈。
老僧说久客异地已忘怀故里,
终年只是跟弥勒佛相随相伴。
困眠时纸帐中十分温暖,
饱食从来没嫌弃山中菜蔬味道不甘。
居住在山林从古以来就会有饥饿,
未置田产因此不肯退隐岂不太贪?
我虽然没像展禽那样三次被罢,
却如嵇康般自知出仕有七种不堪。
我就要自己请求辞去官职,
请为我在山水佳处留一茅屋且把身安。

病中游祖塔院①

苏 轼

【题解】

　　此诗作于熙宁六年(公元1073年),诗人描写了病中游祖塔院的情景。诗中所写紫李黄瓜的乡村风光,与乌纱白葛道衣装束的诗人,搭配成一幅色彩清丽、情调脱俗的图画。而野寺的幽静清凉正宜于病中的诗人休息,于是诗人由此深深体悟了因病得闲的妙处,并借佛祖故事表明,此心安处是医治一切身体与灵魂创伤的良方。末二句归结到和僧侣自然而亲切的关系,以见诗人自己已经"近道"的内心境界。全诗写景中不但如陈衍所评"有兴味",还蕴含着更深的哲理。

【原诗】

　　紫李黄瓜村路香,乌纱白葛道衣凉②。闭门野寺松阴转,欹枕风轩客梦长。因病得闲殊不恶,安心是药更无方③。道人不惜阶前水④,借与鲍樽自在尝⑤。

【注释】

①祖塔院:即虎跑寺,在杭州虎跑山上。寺内有泉(虎跑泉)自山岩中流出,甘洌胜常。为西湖名胜之一。

②葛(gé):葛布,以葛的纤维织成的布,俗称夏布。道衣,僧道所穿之服,亦指家居穿的道袍。林逋《湖山小隐》诗:"步穿僧径出,肩搭道衣归。"

③攲(qī):斜倚。

④安心句:《景德传灯录》卷三《第二十八祖菩提达摩》记僧神光(慧可)向达摩求法,"光曰:'我心未宁,乞师与安。'师曰:'将心来与汝安。'曰:'觅心了不可得。'师曰:'我与汝安心竟。'"苏轼《次韵韶守狄大夫见赠》二首其一:"有病安心是药方。"

⑤阶前水:指虎跑泉水,味极甘洌。

⑥匏(páo)樽:葫芦作的酒樽,泛指饮器。

【今译】

村路上紫李黄瓜一阵阵芳香,
乌纱帽白夏布道袍十分清凉。
野寺里闭门休息任他松阴转移,
斜靠枕头睡在风凉的窗下午梦正长。
因病得到闲暇确实不错,
安心就是医治一切疾病的良方。
僧人不吝惜阶前甘洌的泉水,
借给我容器让我随意品尝。

惠崇春江晚景①(二首录一)

苏 轼

【题解】

本诗于神宗元丰八年(公元1085年)在汴京作,是为僧惠崇所画的一幅戏鸭图而题。苏轼评论王维时曾说:"观摩诘之画,画中有诗;味摩诘之诗,诗中有画。"(《题蓝田烟雨图》)这评语也正可用于苏轼自己的诗画,他也是一位将诗情和画意结合得很好的人,这首诗文字本身就像是一幅生动的、有声有色的春江图,诗中所写的竹外桃花、春江浮鸭、蒌蒿芦芽、欲上的河豚,无不充满生命的喜悦,无不充满诗人对早春美好风光的礼赞。"春江水暖鸭先知"句,既点明画题,兴象又极为深妙,令人叫绝。这是一首脍炙人口、传诵久远的名作。

【原诗】

竹外桃花三两枝,春江水暖鸭先知。蒌蒿满地芦芽短②,正是河豚欲上时③。

注释

①惠崇:淮南人,一作建阳人,宋初九诗僧之一,能诗善画。《图绘宝鉴》说他"工画鹅、鸭、鹭鸶"。《图画见闻志》说他:"尤工小景,为寒汀远渚、潇洒虚旷之象,人所难到。"王安石《纯甫出释惠崇画要予作诗》推尊道:"画史纷纷何足数,惠崇晚出吾最许。晚景,一本作"晓景"。

②蒌(lóu)蒿句:王士禛《居易录》卷十三:"《尔雅》:购,蔏蒌。郭璞注:蔏蒌,蒌蒿也,生下田,初出可啖,江东用羹鱼。故坡诗云:'蒌蒿满地……河豚欲上时。'七字非泛咏景物,可见坡诗无一字无来历也。"蒌蒿,水草名,也称蔏蒌,白蒿。

③河豚(tún):鱼名,古谓之鲀,又名鲐、鲑。亦称河鲀。

【今译】

竹林外刚开了桃花三两枝,
春江水温暖小鸭最先感知。
遍地长满蒌蒿芦芽还短,
正是河豚将要游上来时。

八月十五日看潮五绝①（录三）

苏 轼

其 一

【题解】

这一组七绝作于熙宁六年（公元1073年），诗人时任杭州通判。宋初潘阆《酒泉子》【忆余杭】词云："长忆观潮，满郭人争江上望。来疑沧海尽成空，万面鼓声中。"由此可知钱塘江潮气势声威之壮。本诗犹如一首序曲，写出江潮将至时，"已作霜风九月寒"的威力，同时表露自己等待月夜时观看夜潮的殷切心情。

【原诗】

定知玉兔十分圆②，已作霜风九月寒。寄语重门休上钥③，夜潮留向月中看。

注释

①看潮：一作"观潮"。
②玉兔：古代传说月中有玉兔捣药，故以玉兔代指月。圆：一作"团"。
③重门：指九重天门。钥：门锁。

【今译】

准知道今晚的月亮十分团圆，
江潮欲来秋风已带着九月的清寒。
寄语九重天门请不要上锁，
我要留住月色把夜潮观看。

其 二

【题解】

这一首借用西晋王濬平吴的故事,将汹涌而至的江潮比作王濬率领战船、万人鼓噪进军使吴人震恐的壮大气势,形容恰如其分,生动而准确。诗中又写潮头竟将越山吞没的情景,可以想见那是一幅如何雄丽的图景。

【原诗】

万人鼓噪慑吴侬,犹似浮江老阿童①。欲识潮头高几许?越山浑在浪花中②。

【注释】

①万人二句:参见本诗【题解】。鼓噪,击鼓呼叫。慑(shè)吴侬,使吴人震慑。慑,恐惧。吴侬,吴语称我为"侬",此处吴侬即指吴人。阿童,晋王濬小名阿童,平蜀以后,他造战船、练水军,顺流东下,一举消灭了东吴。似,一作"是"。

②越山:泛指杭州一带的山。浑,完全。

【今译】

江潮如万军击鼓呼叫,
壮大的声威使吴人震恐惊吓,
就好像当年王濬
率领着水兵顺流东下。
要知道潮头有多么高,
连越山都完全被吞没在浪花。

其 三

【题解】

诗为原五首之五。前两句巧用《庄子》典故,把江神河伯比作泛起微澜的小虫,相形之下,东来的海神涨起江潮则有气吐虹霓之势,正是庄子所说的小大之辨。后二句使用夫差及吴越王典故,以见用事的本地色彩。

【原诗】

江神河伯两醯鸡①,海若东来气吐霓②。安得夫差水犀手,三千强弩射潮低③。

注释

①河伯:传说之河神。《庄子·秋水》:"秋水时至,百川灌河,泾流之大,两涘渚崖之间不辨牛马。于是焉,河伯欣然自喜,以天下之美为尽在己。"《释文》:"河伯姓冯(pīn),名夷,一名冰夷。"醯(xī)鸡:小虫名。《庄子·田子方》:"丘之于道也,其犹醯鸡与!"注:"醯鸡者,瓮中之蠛(mǐn)蠓(měng)(小虫,似蚊蚋,喜乱飞)。"

②海若:《庄子·秋水》:"(河伯)顺流而东行,至于北海,东面而视,不见水端。于是焉河伯始旋其面目,望洋向(海)若而叹曰……"若,海神。

③安得二句:诗人自注:"吴越王尝以弓弩射潮头,与海神战,自尔(从此)水不近城。"又《国语·越语》上载:"今(吴王)夫差衣水犀之甲者,亿有三千。"注:"犀形似象而大,今徼外所送,有山犀、水犀。水犀之皮,有珠甲,山犀则无。"杜牧《润州》诗:"谢朓诗中佳丽地,夫差传里水犀军。"此处以夫差借指五代时吴越王。

【今译】

江神河伯泛起微波
不过是两只小蠓虫而已,
海神挟带潮水汹涌东来
气势真如吞吐虹霓。
哪儿能找到吴王夫差的兵士
个个身穿水犀甲衣?
三千支强劲的弓箭,
定把高高的潮头射低。

东坡一绝

苏 轼

【题解】

本诗作于神宗元丰六年(公元1083年)。苏轼《东坡八首·序》云:"余至黄州二年,日以困匮。故人马正卿哀余乏食,为于郡中请故营地数十亩,使得躬耕其中,地既久荒,为茨棘瓦砾之场,而岁又大旱,垦辟之劳,筋力殆尽。"尽管政治处境险恶,生活条件困苦,苏轼仍能泰然自处,保持对生活的热爱,并敢于向生活挑战,保持其不畏艰难的坚毅精神。这首小诗就以寻常生活小景——月夜里拄杖漫步于山石高低不平的东坡为乐,显示了诗人幽独高洁的心性和履险如夷的人生态度。陈衍评曰:"东坡兴趣佳,不论何题,必有一二佳句,此类是也。"这理解还嫌过于狭窄浅陋,我们所以赞赏此诗并不在于一二佳句,而在于诗中显露出的诗人高尚的精神境界。

【原诗】

雨洗东坡月色清,市人行尽野人行②。莫嫌荦确坡头路③,自爱铿然曳杖声④。

注释

①东坡:参见本诗【题解】,其地在黄州东门外,又效白居易忠州东坡之名,故云东坡,诗人并以之作为自己的别号。

②市人:隐指追名逐利奔走于仕途的人。野人,乡野之人,在野的无官职的居士,苏轼自指。

③荦(luò)确:指险峻不平的山石。

④铿(kēng):象声词,此指手杖敲击山石所发之声。曳,拖。

【今译】

雨水洗净了东坡,
月色更显得清明,

熙熙攘攘的市人全都散去,
我这乡野之人独自出行。
不嫌坡头的石路高低不平,
就爱听手杖敲在上面铿锵的声音。

初到黄州

苏 轼

【题解】

元丰二年(公元1071年)八月,苏轼因"乌台诗案"被捕入狱,经过一百多天的审讯、折磨,其间又得到朝廷内外的多方营救,于同年十二月廿八日被责授检校水部员外郎、黄州团练副使。次年正月出京,二月抵黄州贬所,作此诗。诗中先用自嘲的口吻以双关语说自己为了生计而做官,又因言事和作诗获罪,总之是"为口忙"。早年抱负一无所成,反而变为罪人,不由得自笑"荒唐",在这语句的背后潜藏着的是点点血泪。但诗人生性旷达,贬所水绿山青,物产丰饶,使他产生许多美妙的联想,见出他对生活的无限热爱。苏轼又以调侃的语气说明历代不少诗人曾任水部员外郎,自己列队其间,亦不为不幸。遗憾的是作为闲官他不能为国效力,只是空费俸禄而已。全诗以看似平和的格调,表现出内心深处的兀傲不平。

【原诗】

自笑平生为口忙②,老来事业转荒唐。长江绕郭知鱼美,好竹连山觉笋香③。逐客不妨员外置④,诗人例作水曹郎⑤。只惭无补丝毫事,尚费官家压酒囊⑥。

注释

①黄州:今湖北黄冈。
②为口忙:意含双关,一指为生计而入仕,又指因言事获罪。其挽高太后诗二首其二云:"关雎卷耳平生事,白首累臣正坐诗。"《四月十一日初食荔支》诗云:"我生涉世本为口。"

③长江二句:句法正如其《南园》诗:"春畦雨过罗纨腻,夏垅风来饼饵香",采用举果知因的联想手法。黄州在长江北岸,三面环水,且多竹。

④逐客:诗人为被贬谪的罪人,故自称逐客。员外,定员以外的官员。置,安插。

⑤诗人句:南朝梁何逊、唐张籍、宋孟宾于均曾任水部郎,且都是诗人。

⑥尚费句:苏轼自注:"检校官例折支,多得退酒袋。"宋代官俸一部分用实物来抵数,叫做折支。《宋史·职官志》十一:"凡文武官料钱(俸钱),并支一分见(现)钱,二分折支。"检校官的"折支",多用官府酿酒用剩的酒袋来抵数。

【今译】
　　真要嘲笑自己平生
　　总是为一张嘴不断奔忙,
　　年纪老大事业无成,
　　反作罪人转觉荒唐。
　　长江环绕着黄州城郭,
　　我想到鲜鱼一定味美非常,
　　山连着山都是翠绿修竹,
　　我已觉得嫩嫩的竹笋十分甜香。
　　我这被放逐的人
　　不妨安插在定员外的位置上,
　　历代许多诗人做过水部郎官,
　　我也不过是按照旧例一样。
　　只是惭愧从此对朝廷完全无用,
　　却要空费官府支付压酒的布囊。

正月二十日,往岐亭,郡人潘、古、郭三人送余于女王城东禅庄院①

苏　轼

【题解】
　　本诗作于元丰四年(公元1081年)。苏轼贬至黄州后,过着幽独的几乎是与世隔绝的生活,心境凄凉寂寞,尝尽了世态炎凉、人情冷暖的滋味。但也有不少知友或门生始终与他共进退而无怨无悔。在黄州也结识了一些新朋友,使他受伤的心得到友情的抚慰。追随他二十年的马正卿为他请得东坡之地并帮他垦荒,潘、古、郭三位新友也参预其间。苏轼《东坡八首》其七说:"我穷交旧绝,三子独见存。从我于东坡,劳饷同一飧。"本诗的写作背景诗题中已说得很清楚。诗中描写了乍见的初春种种景象,有声有色,又纯是乡野风光。同时在日常生活情形的叙述中,表现了贬斥生涯里友情带给他的温暖。篇末回忆去年贬来黄州途中"细雨梅花正断魂"的况味,痛定思痛,于平静中透出辛酸。全诗自然天成,正如纪昀所评"其高处在气机生动,才力富健"(《瀛奎律髓刊误》卷十)。

【原诗】

　　十日春寒不出门,不知江柳正摇春。稍闻决决流冰谷②,尽放青青没烧痕③。数亩荒园留我住,半瓶浊酒待君温。去年今日关山路,细雨梅花正断魂④。

【注释】

　　①岐亭:在今湖北麻城西南,苏轼在黄州期间时常往游。潘、古、郭:苏轼黄州新友,其《黄州八首》之七云:"潘子久不调,沽酒江南村。郭生本将种,卖药西市垣。古生亦好事,疑是押牙孙",指潘大临(一说为潘丙,大临之叔)、郭遘、古耕道三人。女王城:《东坡志林》卷四《黄州隋永安郡》条:"今黄州都(东)十五里许有永安城,而俗谓之女王城。"一说为楚王城之讹音。东禅庄院,即定惠院。

　　②稍:犹"渐"。决决,水流貌。

　　③青青:指新生的野草。烧(shào),指野火。

　　④去年二句:暗用杜牧《清明》诗"清明时节雨纷纷,路上行人欲断魂"句意。元丰三年在赴黄州贬所途中,苏轼曾作《梅花》诗二首云:"春来幽谷水潺潺,的皪梅花草棘间。一夜东风吹石裂,半随飞雪度关山";"何人把酒慰深幽,开自无聊落更愁。幸有清溪三百曲,不辞相送到黄州。"

【今译】

　　初春的严寒里,
　　十天来我未曾走出家门,

不知道江边柳丝，
已摇曳着新的青春。
渐渐听到山谷中
流冰融化的声音，
原野上一望无际的新草，
遮没了烧过野火的旧痕。
几亩荒僻的田园留我在这儿居住，
半瓶浑浊的老酒等待友人来温。
去年今日我走在关山道路，
细雨中梅花开放正暗自断魂。

书林逋诗后①

苏　轼

【题解】

此诗作于元丰八年(公元 1085 年)，诗中对宋初山林诗人林逋的人格、诗歌、书法，都给予很高的评价。诗人以赞赏的笔调写江南清丽的山光水色，甚至使浸润其间的"佣奴贩妇"都具有"冰玉"之质，并以之作为衬托，显示林逋的资质气度更是"神清骨冷"、超凡绝俗。然后诗人写到自己对林逋的景仰，并称扬他的诗清而不寒，书法瘦而劲健。诗中又写出诗人最为看重的是林逋蔑视富贵利禄，清高傲世的人格，并认为他的流品足以配水仙王，是神仙一般的人物，只可以寒泉秋菊祭祀，才称其高洁。本篇虽以议论为诗，却多有妙句。

【原诗】

　　吴侬生长湖山曲②，呼吸湖光饮山绿③。不论世外隐君子，佣奴贩妇皆冰玉④。先生可是绝俗人⑤，神清骨冷无由俗。我不识君曾梦见，瞳子瞭然光可烛⑥。遗篇妙字处处有，步绕西湖看不足。诗如东野不言寒⑦，书似西台差少肉⑧。平生高节已难继，将死微言犹可录⑨。自言不作封禅书⑩，更肯悲吟白头曲⑪？我笑吴人不好事，好作祠堂傍修竹。不然配食水仙王⑫，一盏寒泉荐秋菊。

【注释】

①林逋:见前林逋诗附小传。
②吴侬:吴语自称或称人为"侬",此泛指江南人。曲,一作"麓"。
③绿:原本作"渌",一本作"绿"。
④佣奴:一作"佣儿"。
⑤可是:岂是。
⑥瞳子句:皇甫湜《唐故著作佐郎顾况集序》:"湜以童子见君扬州孝感寺,君披黄衫白绢鞈头,眸子瞭然,炯炯清立。"此用其意。瞭然,谓眼珠明亮。
⑦诗如句:苏轼《祭柳子玉文》谓"郊寒岛瘦",因孟郊(字东野)多穷苦之辞,诗风清寒。
⑧西台:指宋书法家李建中,字得中,蜀人,善真行书,曾掌西京(洛阳)留司御史台,故称李西台或李留台。
⑨微言:精微的言论。
⑩自言句:苏轼自注:"逋临终诗云:'茂陵他日求遗稿,犹喜初无封禅书。'"《史记·司马相如列传》:"相如既病免,家居茂陵。天子(武帝)曰:'司马相如病甚,可往从悉取其书,若不然,后失之矣。'使所忠往,而相如已死,家无书。问其妻,对曰:'长卿固未尝有书也。时时著书,人又取去,即空居。长卿未死时,为一卷书,曰有使者来求书,奏之。无他书。'其遗札言封禅事,奏所忠。忠奏其书,天子异之。"
⑪白头曲:葛洪《西京杂记》云:"相如将聘茂陵女为妾,卓文君作《白头吟》以自绝,相如乃止。"此处白头曲借指伤老嗟卑的诗歌。
⑫不然二句:苏轼自注:"湖(西湖)上有水仙王庙。"荐,遇时节供时物而祭。

【今译】

吴人生长在湖山深曲处,
呼吸着湖光饮的是青山翠绿。
不用说超然世外的隐士,
连奴仆女贩都清如冰玉。
林先生并不是隔绝凡尘的人,
天生就神清骨冷资质脱俗。
我不认识林先生却曾经梦见,
目光清炯照人犹如明烛。
遗留的诗篇和墨迹处处都有,
环绕着西湖总也看不足。

诗歌像孟郊但没有寒苦格调，
书法似李建中笔力瘦硬刚拙。
平生高尚的风节无人能继，
临终时精微的言语还值得记录。
自己说没有写过封禅书一类的东西，
难道他还肯把叹老嗟悲的诗句写出？
我笑江南人并不好事，
倒喜欢建造祠堂依傍着修竹。
不然就该让林先生的像配水仙王，
将一盏寒泉一支秋菊向他献上。

予以事系御史台狱，狱吏稍见侵①，自度不能堪，死狱中不得一别子由，故作二诗授狱卒梁成以遗子由

苏　轼

其　一

【题解】

　　熙宁九年（公元1076年）王安石罢相，退居金陵。从此变法派中人物多为政治投机家，结党营私，专力排斥异己，苏轼不幸成为了官僚们倾轧的牺牲品。元丰二年（公元1081年）四月，苏轼由徐州知州调任湖州知州，在《湖州谢表》中有"知其愚不适时，难以追陪新进；察其老不生事，或能牧养小民"等语，引起新党人物的极大不满。苏轼在多年地方官任上，一方面对新法中利民的部分积极推行，对新法流弊则在诗文中"托事以讽"。言官何正臣、李定、舒亶等摘其诗文中的片言只语，四次上章弹劾，给苏轼加上"愚弄朝廷"、"指斥乘舆"、"包藏祸心"等罪名，终于由御史台派人于同年七月二十八，在湖州任所将苏轼抓捕，递解至京师。八月十八日，将其投入御史台狱，这就是有名的"乌台诗案"。苏轼在狱中遭受诟辱折磨，感到难以逃脱一死的厄运，

于是写下这两首痛彻心腑的诗与弟弟诀别。诗中诉说自己因"愚暗"不识时务而获罪,只好用未老的生命去"偿债",这固然是令人痛心的事,而自己死后,家小的负担将加在弟弟头上,心中不忍却又无奈。自己死去虽不足惜,但与弟弟早早退闲对床同听夜雨的旧约终成为泡影,日后每当夜雨时,弟弟将因悼念兄长而独自伤心,今生已矣,只能与弟弟结来世之缘。全诗写得沉痛已极,令人不忍卒读,"是处"二句最为凄恻、精警。

【原诗】

圣主如天万物春②,小臣愚暗自亡身。百年未满先偿债③,十口无归更累人④。是处青山可埋骨⑤,他年夜雨独伤神⑥。与君世世为兄弟,又结来生未了因⑦。

注释

①狱吏:原本作"府吏",一作"狱吏"。
②圣主句:《论语·阳货》:"天何言哉,四时行焉,百物生焉。"此化用其意。
③百年未满:苏轼时年四十四。百年,指人的自然寿命,即一生。先:一作"须"。偿债:指以生命抵罪。
④十口句:苏轼入狱,其家眷由苏辙之婿王适兄弟安置在南都(应天府),由苏辙照管,负债累累。
⑤是处:一作到处。埋骨,原本作"藏骨",一本作"埋骨"。
⑥他年句:参见前《辛丑十一月十九日,既与子由别于郑州西门之外……》诗注,及本诗"题解"。他年,一本作"他时"。
⑦又结:一作"更结"。来生,一作"人间"。

【今译】

圣明的君主有如上天,
光辉照耀万物焕发青春,
小臣我愚昧不明事理,
自己毁灭了自己的一生。
没有能够活到自然的天寿,
先要用半老的生命把孽债还清,
叹息十口家小失去归宿,

从此就要带累亲人。
处处青山自可以埋葬我的尸骨,
日后每逢夜雨你却要独自伤神。
与你相约世世永做兄弟,
再结未了的缘分在来生。

其 二

【题解】

诗中描写了御史台狱阴气森然的景象,月夜风动檐铃引起的不是宁静、愉悦的感觉,反倒是"梦绕云山心似鹿,魂惊汤火命如鸡"——向往自由不可得而死亡就在须臾之间的恐惧之情。这两句写得惊心动魄,只有一个无辜而遭陷害沦于绝境,濒于死亡的人,才可能体验到。只有才华绝世的苏轼才能如此简炼、深切地表达出来。诗中又抒写了对妻子儿女留恋与惭愧交并的复杂感情。篇末写出因闻江浙百姓为自己祈祷,盼望死后里葬彼地的心愿。全诗以凄苦的笔调写出一个正直敢言深受百姓爱戴的官员横遭迫害的绝望心情,千载以下仍能引起人们对他深深的同情。

【原诗】

柏台霜气夜凄凄①,风动琅珰月向低②。梦绕云山心似鹿,魂惊汤火命如鸡③。眼中犀角真吾子④,身后牛衣愧老妻⑤。百岁神游定何处⑥?桐乡知葬浙江西⑦。

注释

①柏台:即御史台。汉御史府中列植柏树,常有野鸟数千栖宿其上,后因称御史台为柏台或称乌台。此处指御史台狱。霜气:一作"霜叶"。
②风动:一作"风撼"。琅(láng)珰:金属或玉器相碰击的声音,此处指檐铃,杜甫《大云寺赞公房》诗:"夜深殿突兀,风动金琅珰。"
③梦魂二句:苏轼在狱中多次被提审、逼供、诟辱、拷打,尤其是九月十四日李定提审他,"诟辱通宵不忍闻"。在初入狱时,狱卒就曾问他"五代有无誓书铁券",即祖上有无功勋可使子孙犯了死罪而能得到赦免的特权证明。至写此诗

时,苏轼自分必死,故有此二句。惊,原本作"飞",一本作"惊"。

④犀角:额角骨,谓天庭饱满。《战国策·中山》:"若乃其眉目准频权衡,犀角偃月,彼乃帝王之后,非诸侯之姬也。"苏轼《将至筠先寄迟适远三犹子》诗:"未见丰盈犀角儿,先逢玉雪王郎子(指苏辙婿王子立)。"

⑤身后句《汉书·王章传》:"初,章为诸生学长安,独与妻居,章疾病,无被,卧牛衣中。……后章仕宦历位,及为京兆,欲上封事,妻又止之,曰:'人当知足,独不念牛衣中泣涕时耶?'"后王章不听,上书弹劾外戚权臣王凤得祸,下狱死。此用其事表明对朝廷的忠直,并表示对妻子的歉疚心情。牛衣,给牛御寒的蓑衣。

⑥百岁:指死后。

⑦桐乡句:苏轼自注:"狱中闻杭、湖间民为余作解厄道场累月,故有此句。"此句用朱邑事,西汉朱邑在桐乡(今安徽舒城)做官时为百姓做了许多好事,死后葬于桐乡,当地人为之建祠奉祀。苏轼任杭州通判三年,甚有德政,受到百姓深深爱戴,故以朱邑自比。

【今译】

御史台霜气森然,
夜晚更显得万分凄寂,
秋风吹檐铃叮当乱响,
天上明月一点一点地转低。
心神惶惑如同囚系的麋鹿,
梦魂萦绕着山林那自由天地,
又像就要被宰割的小鸡,
想到烈火烧着沸水,不由得魂惊魄悸。
思念我天庭饱满可爱的儿子,
却因忠直获罪愧向患难与共的老妻。
要知死后的神魂游往何处?
会如朱邑葬于桐乡,埋骨在浙江之西。

东坡摘句图(十条)

苏 轼

一

《龟山》云:身行万里半天下,僧卧一庵初白头。

【注释】
原诗如下:"我生飘荡去何求,再过龟山岁五周。身行万里半天下,僧卧一庵初白头。地隔中原劳北望,潮连沧海欲东游。元嘉旧事无人记,故垒摧颓今在不(否)?"龟山,山名,在泗州境内(今安徽盱眙县)。苏轼自注:"(南朝)宋文帝遣将拒魏太武,筑城北山。"

【今译】
我已飘荡万里走遍半个天下,
僧人却始终静卧此寺初生白发。

二

《赠东林总长老》云:溪声便是广长舌,山色岂非清静身?

【注释】
原诗如下:"溪声便是广长舌,山色岂非清静身?夜来八万四千偈,他日如何举似人!"东林,寺名,故址在今江西庐山,晋江州刺史桓伊为释慧远所建。广长舌,佛教谓佛有三十二相,第二十七相为广长舌相,言舌叶广而长。《法华经》六"如来神力品":"现大神力,出广长舌,上至梵世。"后用为能言善辩之喻。

【今译】
溪水潺潺就是神佛能言善辩的舌相,
苍翠山色难道不是清虚宁静的佛身?

三

《甘露寺》云:江山岂不好?独游情易阑。

> **注释**

　　原诗如下:"江山岂不好?独游情易阑。但有相携人,何必素所欢。我欲访甘露,当途无闲官。二子旧不识,欣然肯联鞍。古郡山为城,层梯转朱栏。楼台断崖上,地窄天水宽。一览吞数州,山长江漫漫。却望大阳寺,惟见烟中竿。狠石卧庭下,穿隆如伏骹。缅怀卧龙公,挟策事琱钻。一谈收狮子,再说走老瞒。名高有余想,事往无留观。萧翁古铁镬,相对空团团。坡陁受百斛,积雨生微澜。泗水逸周鼎,渭城辞汉盘。山川失故态,怪此能独完。僧繇六化人,霓衣挂冰纨。隐见十二叠,观者疑夸谩。破板陆生画,青猊戏盘跚。上有二天人,挥手如翔鸾。笔墨虽欲尽,典刑垂不刊。赫赫赞皇公,英姿凛以寒。古柏亲手种,挺然谁敢干。枝撑云峰裂,根入石窟蟠。剥草得断碑,斩崖出金棺。瘗藏岂不牢,见伏理可叹。四雄皆龙虎,遗迹俨未刊。方其盛壮时,争夺肯少安?废兴属造物,迁逝谁控搏?况彼妄庸子,而欲事所难。古今共一轨,后世徒辛酸。聊兴广武叹,不待雍门弹。"甘露寺,在今江苏镇江北固山上,传为三国东吴甘露年间(公元 265 年)始建。唐乾符间(公元 875—879 年),庙毁。宋大中祥符间(公元 1008—1012 年)移建于北固山上。

【今译】

　　江山胜景难道不美?
　　独自漫游情兴容易衰减。

四

　　《和子由论书》云:吾虽不善书,晓书莫如我。又:端庄杂流丽,刚健含婀娜。

> **注释**

　　原诗如下:"吾虽不善书,晓书莫如我。苟能通其意,常谓不学可。貌妍容有矉,璧美何妨椭。端庄杂流丽,刚健含婀娜。好之每自讥,不谓子亦颇。书成辄弃去,谬被旁人裹。皆云本阔落,结束入细么。子诗亦见推,语重未敢荷。迩来又学射,力薄愁官笴。好多竟无成,不精安用夥。何当尽屏去,万事付懒惰。吾闻古书法,守骏莫如跛。世俗笔苦骄,众中强鬼骎。钟张忽已远,此语与时左。"吾虽,原本作"我衰",据别本改。婀(ē)娜(nuó):柔美貌。

【今译】

　　我虽然并不专擅书法,

懂书法却没人比得上我。
书法应在端庄中兼有流丽，
刚健的骨力下透露出柔和。

五

《试院煎茶》云：蟹眼已过鱼眼生，飕飕欲作松风鸣。

【注释】

原试如下："蟹眼已过鱼眼生，飕飕欲作松风鸣。蒙茸出磨细珠落，眩转绕瓯飞雪轻。银瓶泻汤夸第二，未识古人煎水意。君不见，昔时李生好客手自煎，贵从活火发清泉。又不见，今时潞公煎茶学西蜀，定州花瓷琢红玉。我今贫病常苦饥，分无玉盌捧蛾眉。且学公家作茗饮，搏炉石铫行相随。不用撑肠拄腹文字五千卷，但愿一瓯常及睡足日高时。"试院，指杭州府试院。蟹眼，形容水初沸时泛起的小水泡。泡渐大为鱼眼。

【今译】

蟹眼样的小水泡渐变作鱼眼大，
煎的茶飕飕作响如闻松风欲鸣。

六

《伯时所画王摩诘》云：前身陶彭泽，后身韦苏州。

【注释】

诗题应作《次韵鲁直书伯时所画王摩诘》。原诗如下："前身陶彭泽，后身韦苏州。欲觅王右丞，还向五字求。诗人与画手，兰菊方春秋。又恐两皆是，分身来入流。"伯时，李公麟，字伯时，号龙眠居士（一作龙眠山人）。舒城（今属安徽）人，元祐进士。著名画家，擅画山水、佛道像，山水似李思训，佛像近吴道子，尤精鞍马，又是鉴赏家和收藏家。王摩诘，唐诗人王维字摩诘，山水田园诗派领袖，又是南宗水墨画的创始人。陶彭泽，东晋诗人陶渊明曾任彭泽令，故称。韦苏州，唐诗人韦应物曾任苏州刺史，故称。苏轼极其敬仰推尊此二位诗人，故以之称誉王维。

【今译】

你上辈子就是诗风淡雅的陶渊明，

你下辈子变作诗风简远的韦应物。

七

《戏子由》云：读书万卷不读律，致君尧舜知无术。

注释

原诗如下："宛丘先生长如丘，宛丘学舍小如舟。常时低头诵经史，忽然欠伸屋打头。斜风吹帷雨注面，先生不愧旁人羞。任从饱死笑方朔，肯为雨立求秦优？眼前勃磎何足道，处置六凿顶天游。读书万卷不读律，致君尧舜知无术。劝农冠盖闹如云，送老齑盐甘似蜜。门前万事不挂眼，头虽长低气不屈。余杭别驾无功劳，画堂五丈容旗旄。重楼跨空雨声远，屋多人少风骚骚。平生所惭今不耻，坐对疲氓更鞭棰。道逢阳虎呼与言，心知其非口唯诺。居高志下真何益，气节消缩今无几。文章小技安足程，先生别驾旧齐名。如今衰老俱无用，付与时人分重轻。"所摘二句讥刺当时朝廷重法轻儒。律、法律、法令，此具体指王安石新法。致君句，杜甫《奉赠韦左丞丈二十二韵》："致君尧舜上，再使风俗淳。"苏轼《沁园春》词："当时共客长安，似二陆初来俱少年，有笔头千字，胸中万卷；致君尧舜，此事何难。"尧舜，上古两位圣君。术，指治术。

【今译】

虽然读书万卷却不读法家的律令。
辅佐君王成为尧舜自知没有法术。

八

《送李公择》云：嗟余寡兄弟，四海一子由。

注释

原诗如下："嗟余寡兄弟，四海一子由。故人虽云多，出处不我谋。弓车无停招，逝去势莫留。仅存今几人？各在天一陬。有如长庚月，到晓烂不收。宜我与夫子，相好手足侔。比年两见之，宾主更献酬。乐哉十日饮，衎衎和不流。论事到深夜，僵仆铃与驺。颇尝见使君，有客如此不？欲别不忍言，惨惨集百忧。念我野夫兄，知名三十秋。已得其为人，不待风马牛。他年林下见，倾盖如白头。"李公择，李常（公元1027—1090年），字公择，建昌（今江西永修）人。与苏轼交谊最厚，政治立场一致。王安石尝引为三司条例检详官，辞不就。曾上十余疏反对新法。

【今译】

叹息我家兄弟实在太少,
四海之内只有一个子由。

九

《睡起》云:一枕清风直万钱,无人肯买北窗眠。

注释

原诗如下:"一枕清风值万钱,无人肯买北窗眠。开心暖胃门冬饮,知是东坡手自煎。"诗题别本作《睡起闻米元章冒热到东园送麦门冬饮子》。直,同"值"。北窗眠,用陶渊明事。陶渊明《与子俨等疏》云:"尝言五六月中北窗下卧,遇凉风暂至,自谓是羲皇上人。"

【今译】

清风中一枕短梦真值万钱,
如今却无人肯买北窗下眠。

十

《寄题吴州新开古东池》云:自言官长如灵运,能使江山似永嘉。

注释

原诗如下:"百亩清池傍郭斜,居人行乐路人夸。自言官长如灵运,能使江山似永嘉。纵饮座中遗白帢,幽寻尽处见桃花。不堪山鸟号归去,长遣王孙苦忆家。"诗题别本作《寄题兴州晁太守新开古东池》。吴州,当指吴兴,即今浙江湖州。灵运,南朝刘宋诗人谢灵运,曾为永嘉(今属浙江温州)太守,"郡有名山水,灵运素所爱好。……遂肆意游遨,遍历诸县,动逾旬朔。……所至辄为诗咏以致其意。"(《南史·谢灵运传》)此处以吴兴太守比喻喜凿山浚湖、遨游山水的诗人谢灵运,赞其有德政而风雅。又,晋王羲之亦曾任永嘉太守。

【今译】

自己说做官长像南朝的谢灵运,

能使江山如永嘉一样清雅秀丽。

与兄子瞻会宿二首①

苏　辙

其　一

【作者简介】

　　苏辙（公元1039—1112年），字子由，一字同叔，晚号颍滨遗老，眉州眉山（今属四川）人。与父洵、兄轼同以文学知名。仁宗嘉祐二年（公元1057年）进士。六年，又举才识兼茂明于体用科，因乞侍父未仕。英宗朝为大名府留守推官。神宗朝因与王安石政见不合，由朝廷出为河南推官、齐州掌书记等职。元丰二年（公元1079年）兄轼被罪，辙亦坐贬监筠州盐酒税。哲宗元祐间累官至尚书右丞、大中大夫守门下侍郎。绍圣初以元祐党人落职。出知汝州、袁州等，后责授化州别驾，雷州安置。徽宗朝屡退屡进。政和二年（公元1112年）以大中大夫致仕。其散文成就最高，与父、兄同列唐宋古文八大家，亦善诗赋，诗追步其兄，艺术造诣则远逊其兄。有《栾城集》。

【题解】

　　《宋史·苏辙传》云："辙与兄进退出处，无不相同，患难之中，友爱弥笃，少无怨尤，近古罕见。"仁宗嘉祐六年（公元1061年）苏辙兄弟入仕途，第一次分手时，轼赠诗有云："亦知人生要有别，但恐岁月去飘忽。寒灯相对记畴昔，夜雨何时听萧瑟？君知此意不可忘，慎勿苦爱高官职。"苏轼兄弟早年共读韦应物诗，恻然有感，相约早退，共享亲居之乐。但进入仕途后，二人天各一方，别多会少，最长的一次分离竟达七年。神宗熙宁十年（公元1077年）四月，苏辙送兄赴徐州太守任，在徐州相聚一百多天。此二诗作于七月。诗中抒写了兄弟二人久别重逢悲喜交集的心情，也流露出政治上不得志的郁闷和不平。这第一首即景抒情。在古木幽森的逍遥堂里兄弟共宿，只听得半夜传来萧萧风雨之声，它引起二人悲欢离合的无限感慨。从前他们相约早退林下，对床卧听夜雨,眼前似乎践偿了前约,在风雨声中共宿,实际上却只不过是"误喜",或是短暂的欢喜罢了。自熙宁四年以后苏轼兄弟因与王安石政见不合相继被迫外任,二人辗转州郡,早年"致君尧舜"的壮志一无所成,四处游宦,岁月蹉跎。这长年的别离并非是"苦爱高官职",而是政治失意,身不由己。今天兄弟会宿一堂,恍惚中暂时忘记了是漂泊他乡。诗中的"不知"二字与"误喜"一样,是自嘲,更是悲叹。这首诗以故作轻松的笔调,抒发了极其悲凉的感情。

【原诗】

　　逍遥堂后千寻木②,长送中宵风雨声。误喜对床寻旧约,不知漂泊在彭城③。

【注释】

　　①诗题别本一作"逍遥堂会宿二首并引"。其引曰:"辙幼从子瞻读书,未尝一日相舍。既壮,将宦游四方,读韦苏州诗至'安知风雨夜,复此对床眠',恻然感之,乃相约早退,为闲居之乐。故子瞻始为凤翔幕府,留诗为别曰:'夜雨何时听萧瑟?'其后子瞻通守余杭,复移守胶西,而辙滞留于淮阳、济南,不见者七年。熙宁十年二月,始复会于澶濮之间,相从来徐,留百余日。时宿于逍遥堂,追感前约,为二小诗记之。"
　　②千寻:原本作"千章",据别本改。一寻为八尺,千寻形容树木高大。
　　③误喜二句:参见本诗【题解】与注①。彭城,即今江苏徐州。

【今译】

　　逍遥堂后千丈高的幽森古木,
　　半夜里远方送来萧萧的风雨声。
　　误以为实现了对床共听夜雨的盟约而高兴,
　　暂时忘怀了眼前不过是漂泊在彭城。

其　二

【题解】

　　这是一首抒别情诗。诗人只从兄长苏轼这一方来刻画,想象自己离去后,逍遥堂秋来夜凉如水,心情与环境同样凄冷的兄长,为了驱散离愁,将像山简那样喝得酩酊大醉,独自在北窗下困卧不起。而窗外风雨吹打松竹,发出一片凄切的秋声。这跟兄弟对床夜话,是两幅截然不同的生活图画,回应二人的前约,越发显示了别离的愁苦。这首诗不写自己的别恨,而从对方来写,感情的层次表现得更深。本诗和前首写得真挚、质朴,情调凄楚,有极强的艺术感力,致使苏轼"读之殆不可为怀"。

【原诗】

秋来官阁凉如水①,客去山公醉似泥②。困卧北窗呼不起③,风吹松竹雨凄凄。

注释

①官阁:一本作"东阁"。

②客去:原本作"别后",据别本改。山公醉似泥,化用山简事,《晋书·山简传》载,山简为襄阳太守时,"每出嬉游,多之(习家)池上,置酒辄醉,名之曰高阳池。时有儿童歌曰:'山公出何许,往至高阳池。日夕倒载归,酩酊无所知。'"李白《襄阳歌》:"旁人借问笑何事?笑杀山公醉似泥。"

③北窗:原本作"纸窗",据别本改。

【今译】

秋天官舍里夜凉似水,
我离去后你将像山公烂醉如泥。
困卧在北窗喊也喊不醒,
只听得窗外风吹松竹寒雨凄凄。

古诗二首上苏子瞻

黄庭坚

其 一

【作者简介】

　　黄庭坚(公元1045—1105年),字鲁直,自号山谷道人,又号涪翁,洪州分宁(今江西修水)人。英宗治平四年(公元1067年)进士,历任北京(今河北大名)国子监教授、吉州太和县知县等。哲宗元祐间召为校书郎,迁著作佐郎、集贤校理、起居舍人、秘书丞。绍圣二年(公元1095年),以元祐党人贬涪州别驾、黔州安置。元丰三年(公元1100年),徽宗即位,召还。旋遭赵挺之排挤,以文字罪除名,编管宜州(今属广西),死于贬所。黄庭坚为"苏门四学士"之首,以诗歌负盛名,与苏轼并称"苏黄",开一代诗风,为"江西诗派"宗师,又是著名书法家。作诗取法杜甫,在杜诗及前代诸家的艺术形式、格律句法上下功夫,刻意求新,讲究使事用典,"无一字无来历",提出"夺胎换骨"、"点铁成金"之法,强调作诗要以学问、胸次为根本,强调化用前人成句,但讲求师其意而不师其句,力求洗削凡俗,创意出奇,造语尚奇尚硬。刘克庄《江西诗派》文中称其"会萃百家句律之长,穷究历代体制之变,搜猎奇书,穿穴异闻,作为古律,自成一家"。其诗注重诗法,着意炼字炼句,多用虚字,风格瘦硬生新。他所开创的"江西诗派"成为宋代最强有力、对后世影响极其深远的诗派。有《豫章先生文集》《山谷琴趣外篇》等。

【题解】

　　神宗元丰元年(公元1078年),任北京国子监教授的诗人,倾慕时任徐州知州的苏轼,写了一封信并此二首诗寄给他。第一首以托物寄兴的手法,将苏轼比作"托根桃李场"(官场)的江梅,由于他孤傲高洁,终为权臣——桃李所忌,空自在冰雪中散放清香。而梅原本是调鼎之物,暗指苏轼本应作宰辅大臣,但却蹉跎岁月,老而无成。诗中又说梅味酸,亦即生性耿介,不如桃李甘甜,讨好于人,所以遭到弃掷。虽则如此,梅只要保住自己的本根——志行高洁的本性,一时被弃掷亦应无伤。全诗充满对苏轼的景仰、赞美,并为他横遭新党排挤,连年辗转远郡的遭遇,表示愤懑不平和深深的叹息。

【原诗】

　　江梅有佳实,托根桃李场①。桃李终不言②,朝露借恩光③。孤芳忌皎洁,冰雪空自香。古来和鼎实,此物升庙廊④。岁月坐成晚⑤,烟雨青已黄⑥。得升桃李盘,以远初见尝⑦。终然不可口,掷置官道旁⑧。但使本根在,弃捐果何伤?

注释

①桃李:暗指以王安石为首的新党权臣。
②桃李终不言:《史记·李广李将军列传》引谚曰:"桃李不言,下自成蹊。"此处只用上半句字面,非用原意。
③朝露恩光:比喻天子的恩泽。
④古来二句:《尚书·说命》下:"若作和羹,尔惟盐梅。"盐、梅均是调味品,意谓商王武丁立傅说为相,欲其治理国家,如调鼎中之味,使之协调。后因以盐梅和鼎(和羹、调鼎)为宰相职责的喻称。庙廊,指朝廷。
⑤坐:徒自,空自。
⑥烟雨句:比喻苏轼年已老大。
⑦得升二句:以梅实与桃李实同盘,比喻苏轼与以王安石为首的新党同在朝中,因政见不同而被疏远。以远初见尝,为"初见尝以远"的倒文。
⑧终然二句:以梅味太酸不为人所喜爱,比喻苏轼不肯阿附新党,多次向朝廷上书表示反对意见,终被排挤出朝。

【今译】

　　江梅有美好的果实,
　　托根在桃李丛生的林场。
　　桃李始终不肯说它的好话,
　　它只是凭借朝露的恩光生长。
　　桃李妒忌它高洁又孤芳自赏,
　　在冰雪中它徒然散放清香。

自古以来调鼎和羹要靠盐梅,
梅实本应进入高高的朝堂。
可惜岁月空晚,
烟雨中青梅已经变黄。
梅子曾跟桃、李同置盘中,
初一品尝就被远放。
因为它实在不甘甜可口,
终于扔在了官道边旁。
但是只要它的本根安然无恙,
果实纵被弃掷,也没多大损伤!

其 二

【题解】

　　这首诗和前一首相同,纯用比体。诗中以幽谷深涧的青松风闻十里,比喻苏轼大材而不得其用,沉沦下僚,但却声名远播,受到追随者的拥戴。诗中又说菟丝可与青松长久相依,以此表白要与苏轼订立终身之盟的心愿,并说明自己虽为"小草"却有"远志",与对方同气相求,材虽大小不同,却同其志在"医国"的抱负。苏轼读了这两首诗,依韵写了和作,并在复信中赞扬黄庭坚"超逸绝尘,独立万物之表",称其"古风二首,托物引类,真得古诗人之风"。从此,两位大文学家相互推许,终身相重,成为文学史上的佳话。

【原诗】

　　青松出涧壑①,十里闻风声。上有百尺丝②,下有千岁苓③。自性得久要,为人制颓龄④。小草有远志⑤,相依在平生。医和不并世⑥,深根且固蒂。人言可医国⑦,何用太早计?小大材则殊,气味固相似⑧。

注释

　　①青松句:晋左思《咏史》诗八首其二云:"郁郁涧底松,离离山上苗。以彼径寸茎,荫此百尺条。世胄蹑高位,英俊沉下僚。"此化用其意。
　　②丝:指菟(tù)丝,又名女萝,攀援植物,可入药。此处用以自比。惠洪《石门

文字禅》云:"'君为女萝草,妾作菟丝花。'此李白作,寄情于君臣朋友之际,必托二物以比况,汉苏(武)李(陵)以来作者多如此。"

③苓:茯苓,生在树根上的菌类植物,可入药。此处比喻苏轼门下贤士。

④自性二句:谓茯苓本性为青松旧友,能为人祛老延年。久要(yāo),旧约,旧交。语出《论语·宪问》:"久要不忘平生之言。"制颓龄,陶渊明《九日闲居》诗:"酒能祛百虑,菊为制颓龄。"颓龄,老年,衰暮之年。

⑤小草句:《本草纲目》:"远志,叶名小草。"此处借指菟丝。

⑥医知:春秋时秦国的名医,此借指能荐用贤士的人。并世,同时生存在世上。

⑦医国:《国语·晋语》:"上医医国,其次救人。"

⑧小大二句:意谓自己与苏轼材虽小大有殊,但品格情调却很相似。气味相似,即《易·乾卦》所说"同声相应,同气相求"之意。苏轼答书谓庭坚:"超逸绝尘,独立万物之表。驭风骑气,以与造物者游,非独今世之君子所不能用,虽如轼之放浪自弃与世疏阔者,亦莫得而友也。……轼方以此求友于足下而惧其不可得,岂意得此于足下乎!"可见二人是怎样地气味相投了。

【今译】
　　你如青松,虽然生长在深涧幽谷,
　　十里外却听得见劲风吹动的涛声。
　　树干上有缠绕百尺的女萝,
　　根部生长着千年的老茯苓。
　　茯苓本性与青松原是旧友,
　　能为人们祛老延龄。
　　我虽是小草却有远志,
　　愿跟青松相依此生。
　　不得与名医和氏同时存于世间,
　　且修养本身让自己蒂固根深。
　　人们说最上等的医生是医治国家,
　　又何必过早忧虑还要等待时辰。
　　小草和青松才能大小相差很远,
　　相似的是彼此的情调品性。

醇道得蛤蜊,复索舜泉,舜泉已酌尽,官酝不堪,不敢送①

黄庭坚

【题解】

　　这首玩笑之作用典恰如其分,与诗题紧扣,诗作于元丰元年(公元1078年),诗人时年三十三,已可初步见出其写作特点。

【原诗】

　　青州从事难再得②,墙底数樽犹未眠。商略督邮风味恶③,不堪持到蛤蜊前④。

注释

　　①醇道:当系诗人亲友,姓氏生平未详。舜泉,酒名,疑指惠(一作慧)泉酒。无锡惠山一名历山,俗称舜山,第一峰白石坞下有惠泉,以泉水酿酒,颇清洌,称惠泉酒。官酝,指官府所酿之酒。酝,犹"酿"。不堪,指酒味不好。
　　②青州从事:指美酒。《世说新语·术解》:"桓(温)公有主簿,善别酒,有酒辄令先尝。好者谓青州从事,恶者谓平原督邮。青州有齐郡,平原有鬲县。从事言到脐(齐),督邮言在鬲上住。"因好酒下脐,恶酒凝膈。从事,美官;督邮,贱职,故以为比。
　　③眠:谓醉眠。
　　④商略:本意为商量,此处有征询对方之意。督邮,指劣酒,即诗题中所言"官酝",详见本诗注②。
　　⑤不堪句:意含双关,一指不堪馈赠,又指劣酒不配蛤蜊美味。

【今译】

　　有青州从事美称的惠泉酒难以再得,
　　墙底下喝上几大杯也不会醉眠。
　　思量官酿酒似督邮风味太差,
　　真不敢送到你鲜美的蛤蜊跟前。

王稚川既得官都下,有所盼未归。予戏作林夫人《欸乃歌》二章与之。《竹枝歌》本出三巴,其流在湖湘耳。欸乃,湖南歌也①

黄庭坚

其 一

【题解】

此二诗作于元丰二年(公元1079年)。诗歌写作缘由诗题中已明白交代。此篇是戏代王稚川(名铉)夫人林氏以民歌体抒写她由冬历春至夏,对丈夫的思念和盼望。风格清新、爽朗、明快。

【原诗】

花上盈盈人不归②,枣下纂纂实已垂③。腊雪在时听马嘶④,长安城中花片飞。

注释

①诗题别本一作《欸乃歌二章戏王稚川》。王稚川:王闳(hóng),字稚川,寓家鼎州(今湖南常德)。神宗元丰初调官至京师,与山谷过从甚密,并相互诗歌唱酬。得官,一本作"待官"。欸乃(ǎi nǎi)歌,湖南流行的船歌。欸乃,行船摇橹声。竹枝歌,乐府名,唐刘禹锡据四川民歌创之,形式为七言绝句,多咏男女恋情及山川风俗。三巴,四川巴郡、巴东、巴西合称三巴,此处泛指四川。欸乃,湖南歌也。王闳《书旅邸壁》诗云:"雁外无书为客久,蛮边有梦到家多。画堂玉佩萦云响,不及桃源(今湖南常德)欸乃歌。"

②盈盈:美好貌,充盈貌。

③枣下句:潘岳《笙赋》:"咏园桃之夭夭,歌枣下之纂(zuǎn)纂。"注云:"古《咄喑歌》曰:'枣下何攒攒,荣华各有时。……攒,聚貌。纂与攒,古字通。"

④腊雪句:谓离别时情景。

【今译】

　　枝上开满花朵远人还没回归，
　　又盼到枣树垂下果实累累。
　　腊月雪天里听得马鸣你离我而去，
　　如今长安城中怕已花片纷飞。

其 二

【题解】

　　山谷《次韵王稚川客舍二首》原注云稚川"寓家鼎州，亲年九十余矣……"这一首代林夫人抒写富贵功名的不足恃，以及家中老母日日倚门盼其归来的情景。末句以乌鸦尚知反哺，反衬老母望儿不见归来的失望心情。民歌风味不如前一首浓郁。

【原诗】

　　从师学道鱼千里，盖世成功黍一炊①。日日倚门人不见，看尽林鸟反哺儿②。

注释

　　①盖世句：唐沈既济《枕中记》载：卢生于邯郸客店中遇道者吕翁。生自叹穷困，翁乃授之枕，使入梦。生梦中历尽富贵荣华。及醒，主人炊黄粱尚未熟。后因以喻富贵终归虚幻。此用其典。
　　②反哺：乌雏长成，衔食哺母鸟。《初学记》三十晋成公绥《鸟赋》："雏既壮而能飞兮，乃衔食而反哺。"后常用以比喻子女报答亲恩。

【今译】

　　你跟老师学道像远游千里的鱼
　　成就了盖世功名不过是一梦黄粱。
　　老母天天倚门不见你归来，
　　看尽林中反哺小鸦不由得心伤。

宿旧彭泽怀陶令

黄庭坚

【题解】

　　元丰二年(公元1079年),诗人宿于彭泽(今属江西),追忆缅怀曾在此地担任过县令的陶渊明,遂作此诗。全诗主要从陶渊明的名和字寻绎深意,先说渊明则水清无鱼,因而以一世之豪沉沦于县令这样卑微的官职。诗中又说刘汉制作的礼乐至晋代已丧失殆尽有如死灰,而陶渊明晚岁以字"元亮"行于世,素志在于以恢复天下为己任,并暗含对诸葛亮的企慕与效法。可惜当世没有刘备那样善用贤才的人,致使他未能实现平生心愿,却在江湖中消磨了岁月,只留诗歌于后世。篇末写出自己对陶渊明的无限钦仰和以诗文凭吊、招魂的用意。全诗正如陈衍所评:"古人命名,未尝非用意有在,但专就名字上着笔,终近小巧,而铸词有极工处。"

【原诗】

　　潜鱼愿深渺,渊明无由逃①。彭泽当此时,沉冥一世豪②。司马寒如灰,礼乐卯金刀③。岁晚以字行④,更始号元亮⑤。凄其望诸葛⑥,肮脏犹汉相⑦。时无益州牧⑧,指挥用诸将。平生本朝心⑨,岁月阅江浪。空余诗语工,落笔九天上⑩。向来非无人,此友独可尚⑪。属予刚制酒⑫,无用酌杯盎⑬。欲招千岁魂,斯文或宜当⑭。

注释

　　①渊明句:用"水清无鱼"之意。《大戴礼·子张问入官》:"水至清则无鱼,人至察则无徒。"谓水太清则鱼不能藏身,人过于苛察,则不能容于众。

　　②沉冥:泯灭无迹。一世豪,陶渊明原有用世之心,志大才高,却被埋没于微官,其《感士不遇赋序》云:"自真风告逝,大伪斯兴,闾阎懈廉退之节,市朝驱易进之心。怀正志道之士,或潜玉于当年;洁己清操之人,或没世以徒勤。"赋云:"虽怀琼而握兰,徒芳洁而谁亮!"

　　③司马二句:为倒装句,按诗意本当为"礼乐卯金刀,司马寒如灰",意谓汉高

祖刘邦命萧何制礼作乐,至司马氏掌天下的晋代,尤其至陶渊明生活的东晋末世,礼乐废丧,已如死灰难以复燃。卯金刀,为"刘"字。

④以字行:陶渊明,字元亮。一说名潜字渊明。

⑤更始:重新开始,《庄子·盗跖》:"与天下更始,罢兵休卒。"此指重新恢复礼乐。

⑥凄其句:南朝宋谢灵运《初发石首城》诗:"怀贤亦凄其",此化用其意。凄其,寒凉。其,词尾。此形容情绪凄怆。诸葛,指三国时蜀汉宰相诸葛亮。

⑦肮(kǎng)脏:刚直倔强貌。犹,如同。汉相,即指诸葛亮。

⑧益州牧:指刘备(公元162—223年),字玄德,河北涿县人。东汉末,先后任安喜尉、高唐令等。后为徐州牧。得诸葛亮辅佐,联合孙权,大败曹操于赤壁。因取荆州,并得刘璋益州(今大多属四川)及汉中。后称帝,建立蜀汉政权。牧,指太守。刘备善用贤士良将。

⑨本朝心:指匡扶晋室之心。

⑩落笔句:化用杜甫《寄李十二白二十韵》"笔落惊风雨"句意。九天,极言其高。《孙子·形》:"善攻者,动于九天之上。"

⑪向来二句:《孟子·万章》下:"以友天下之善士为未足,又尚论古之人,颂其诗,读其书,不知其人可乎?是以论其世,是尚友也。"此化用其意。尚友,上与古人为友。尚,通"上"。

⑫属:适值,恰好。制酒,止酒,戒酒。

⑬无用:无以。酌,斟酒,此指以酒祭献。杯盎(àng),泛指酒器。盎,一种大腹敛口之盆。

⑭斯文:此文,即指此诗。

【今译】
　　潜伏的鱼希望藏身在幽渺的地方,
　　渊水澄明鱼儿无处可逃。
　　彭泽县曾经在古时,
　　埋没了陶渊明这盖世英豪。
　　汉室刘姓制作礼乐,
　　到司马氏手中已衰微非常。
　　中年以后陶渊明只用字号,
　　要重振朝纲字号唤作元亮。
　　凄怆地缅怀汉相诸葛,
　　刚直倔强的个性也和他相仿。

可惜当世没有益州太守刘备,
能够任用贤才指挥良将,
致使渊明平生徒存安邦定国的心愿,
却只好把岁月消磨在江湖之上。
空留下精工的诗篇,
好像从九天落笔美妙非常。
从古到今不是没有可敬的人,
独有渊明最值得交友、景仰。
不巧正遇我刚刚戒酒,
因此不能斟杯酒向他献上。
想要招回他千年以前的灵魂,
或许这首诗倒还适宜、妥当。

秋思和子由

黄庭坚

【题解】

此诗作于元丰四年(公元1081年),诗人时任吉州太和县(今江西泰和)令。苏辙于元丰二年(公元1079年)因其兄轼以作诗"谤讪朝廷"的罪名被捕下狱,上书请求以自己的官职为兄赎罪,不准,牵连被贬监筠州(治所在今江西高安),与山谷相距不远。当秋景萧疏之际,山谷凄然感兴,写此诗寄苏辙。诗中从色彩与声音两方面描绘了晚秋风光,表示岁云暮矣的时序之慨,并写出自己和对方经历了宦海浮沉,参透人生,看淡功名,想要归隐云山的志向,且强调此志的坚定不可动摇。诗中多化用前人诗句而浑然无斧凿痕迹。风格清峭遒劲。

【原诗】

黄落山川知晚秋,小虫催女献功裘①。老松阅世卧云壑②,挽着沧江无万牛③。

【注释】

①小虫句:《诗·唐风·蟋蟀》:"蟋蟀在堂,岁聿其逝。"此用其意。小虫,指促织,蟋蟀的别名。晋崔豹《古今注》"鱼虫":"促织,一名投机,谓其声如急织也。"古谚有"蟋蟀鸣,懒妇惊"之语,因蟋蟀鸣时,女子当缝制寒衣。

②老松:诗人自比。卧云壑,表示辞官隐居,唐于鹄《过凌霄洞天谒张先生祠》:"乃知轩冕徒,宁此云壑眠。"云壑,云气覆盖的山谷,此泛指隐居的山林。

③挽着句:杜甫《古柏行》:"孔明庙前有老柏,柯如青铜根如石。……大厦如倾要梁栋,万牛回首丘山重。……志士幽人莫怨嗟,古来材大难为用。"此处暗用其意,并以自己如老松重如丘山,只有挽纤的万牛才能拉动,表示归卧云山意志的坚定。

【今译】

黄叶落满山川知道秋光已晚,
蟋蟀声催促女子缝制御冬的衣裘。
我如老松看尽世间沧桑,
惟愿安卧云山把清闲享受,
意志坚定像老松,
想用江上纤绳挽动,哪儿有一万头牛!

送王郎①

黄庭坚

【题解】

本诗作于元丰七年(公元1084年),时诗人已由知太和县调监德州德平镇(今山东德平)。诗为送别妹婿而写。前半篇用鲍照《拟行路难》十八首其一的格式,一连铺排六个长句,一气贯注地倾吐了对妹夫的惜别之情,字里行间又充满对他科场失意的同情与劝慰之意,辞采富丽,大笔如椽。然后忽地"转折如龙虎,扫弃一切,独提精要之语"(方东树《昭昧詹言》卷十二),点出"江山千里俱头白,骨肉十年终眼青"的"龙睛",说明彼此遭逢虽有五十步与百步之别,失时、失意,漂泊羁旅的感受则无二致,且说明两人以骨肉之情加上知己之交,更觉情亲。二句虽化用杜诗,却仍给人创意出奇之感,语言极精炼,内涵极深厚。诗中又回忆了与王郎共聚论学的乐趣,并赞美对方学问渊深。且劝其用心学道而不为空巧之文,语意恳挚,笔力雄健。篇末四句转用杜甫《同谷七歌》句法,称扬王郎家人,以激励王郎更专精于学问。

【原诗】

　　酌君以蒲城桑落之酒②,泛君以湘累秋菊之英③。赠君以黟川点漆之墨④,送君以阳关堕泪之声⑤。酒浇胸次之磊块⑥,菊制短世之颓龄⑦。墨以传万古文章之印⑧,歌以写一家骨肉之情。江山千里俱头白,骨肉十年终眼青⑨。连床夜语鸡戒晓⑩,书囊无底谈未了⑪。有功翰墨乃如此,何恨远别音书少。炊沙作糜终不饱⑫,镂冰文章费工巧⑬。要须心地收汗马⑭,孔孟行世日杲杲⑮。有弟有弟力持家⑯,妇能养姑供珍鲑⑰。儿大诗书女丝麻,公但读书煮春茶⑱。

注释

　　①王郎:黄庭坚《送王郎》前一首《留王郎》诗原注:"王纯亮字世弼,山谷之妹婿。"

　　②酌君六句:南朝宋鲍照《拟行路难》十八首其一云:"奉君金卮之美酒,瑇瑁玉匣之雕琴,七彩芙蓉之羽帐,九华蒲萄之锦衾。……愿君裁悲且减思,听我抵节《行路》吟。"欧阳修《奉送原甫侍读出守永嘉》诗云:"酌君以荆州鱼枕之蕉,赠君以宣城鼠须之管。酒如长虹饮沧海,笔若骏马驰平坂。"此处用其句法。蒲城,县名,属陕西省。桑落,酒名。《水经注》四《河水》:"民有姓刘名堕者,宿擅工酿,采挹河流,酝成芳酎。悬食同枯枝之年,排于桑落之辰,故酒得其名矣。"杜甫《九日杨奉先会白水崔明府》诗:"坐开桑落酒,来把菊花枝。"

　　③泛君句:谓以菊花浸酒。湘累,指屈原。《汉书·扬雄传》载其《反离骚》云:"因江潭而洼记兮,欲吊楚之湘累。"注:"李奇曰:'诸不以罪死曰累,荀息、仇牧皆是也。屈原赴湘死,故曰湘累也。'"秋菊之落英,屈原《离骚》:"朝饮木兰之坠露兮,夕餐秋菊之落英。"英,花瓣。

　　④黟(yī)川:指黟县(今属安徽),即徽州,以产墨著名。点漆之墨,形容上等墨黑亮如漆。

　　⑤阳关堕泪之声:指催人泪下的离歌。王维《送元二使安西》诗:"渭城朝雨浥轻尘,客舍青青柳色新。劝君更尽一杯酒,西出阳关无故人。"又称阳关曲,此诗被谱成曲,经常在送别场合演唱。此处泛指离歌。

⑥胸次:一本作"胸中"。磊块,郁积于心中的不平之气。块,原本作"傀",据别本改。

⑦菊制句:见前黄庭坚《古诗二首上苏子瞻》其二注④。

⑧万古文章之印:指古今作家有所会心的相同感受。万古,一本作"千古"。

⑨江山二句:杜甫《秦州见敕目薛三璩授司议郎、毕四曜除监察,与二子有故,远喜迁官,兼述索居凡三十韵》诗:"别来头并白,相见眼终青。"此化用其句。千里,一本作"万里"。眼青,用阮籍典,正眼相看,表示对人重视。

⑩鸡戒晓:鸡警晓,鸡鸣声报告天晓。

⑪书囊无底:赞誉对方学富五车。

⑫炊沙作糜:《楞严经》:"若不断淫,修禅定者,如蒸沙石欲成其饭,经百千劫,只名热沙。何以故?此非饭本,沙石故。"唐顾况《行路难》诗:"君不见担雪塞井徒用力,炊沙作饭岂堪吃?"喻徒劳无功。炊,原本作炒,据别本改。糜,粥。

⑬镂冰:汉桓宽《盐铁论·殊路》:"故内无其质而外学其文,虽有贤师良友,若画脂镂冰,费日损功。"

⑭要须句:黄庭坚《答王雱书》:"想以道义乱纷华之兵,……要须心地收汗马之功,读书乃有味。"此同其意,谓应收敛心神,潜身道义,战胜浮华。要须,一本作"须要"。汗马,指战功。

⑮孔孟:指孔孟的儒家大道。杲(gāo)杲:日出光明貌。

⑯有弟以下四句:杜甫《乾元中寓居同谷县作歌七首》其一云:"有客有客字子美,白头乱发垂过耳。"其三云:"有弟有弟在远方,三人各瘦何人强?"此用其句法。

⑰妇:指王郎妇,即山谷妹。养:奉养。姑:指婆婆。珍鲑(xié):珍羞美味。鲑,鱼菜的总称。

⑱诗书:一本作"诗礼"。丝麻:一本作"桑麻"。

【今译】

　　给你斟上蒲城的桑落美酒,
　　酒中把几片屈原餐用的秋菊加进。
　　赠与你黟县黑亮如漆的好墨,
　　送别你唱着催人泪下的阳关歌吟。
　　酒用来浇你胸中的积郁不平,
　　菊用来使短暂的生命永葆年轻。
　　墨为了传写千古文章相同的感应,
　　歌为了抒发一家兄弟的亲情。

你我漂泊千里江山都已白头,
成为骨肉十年以来相重知心。
我们连床夜话直到晨鸡报晓,
你如书囊没底论学无休无了,
翰墨的功底如此之深,
又何用感叹远别后音书会少。
拿沙石做饭终归不可能吃饱,
镂冰般浮华的文章枉费工巧。
必须收敛心神不求功利,
才能真正发扬光大孔孟儒道。
你有弟弟会独力持家,
妻子能用美味佳肴把婆婆侍奉好。
儿子读诗书女儿绩丝麻,
你只消专心读书煎煮春茶。

次韵刘景文登邺王台见思①(五首录一)

黄庭坚

【题解】

本诗为五首之五,作于元丰七年(公元 1084 年)。首二句化用汉李延年《李夫人歌》以"倾城倾国"咏赞美人的千古名句,来咏赞少年时即诗才出色的佳士刘景文,语言极其活泼,给人以翻新出奇的突出、鲜明的印象,使人历久难忘。诗中又以辛劳而失意的"荡子妇",来比喻刘景文仕途的不得志,并代他写出世罕知音之苦。篇末以泛于江湖的范蠡比喻刘景文,暗中赞誉其淡泊功名的恬静心境。全诗写得极有韵味。

【原诗】

公诗如美色,未嫁已倾城②。嫁作荡子妇③,寒机泣到明。绿琴蛛网遍,弦绝不成声④。想见鸱夷子⑤,江湖万里情。

【注释】

①刘景文:刘季孙(公元1033—1092年),字景文,祥符(今河南开封)人。仁宗嘉祐间,以左班殿直监饶州酒务,摄州学事。哲宗元祐中以左藏库副使为两浙兵马都监。因苏轼荐知隰州,仕至文思副史。好古博雅,淹通书史,善诗文,与苏轼交谊最深。刘季孙《登邺王台见思五首》今已不存。邺(yè),古都邑名,在相州邺县(今属河南)。建安十八年(公元213年),曹操为魏王,定都于此。曹操曾在邺城内作铜雀台、金虎台、冰井台等。邺王台即指此。

②公诗二句:李延年《李夫人歌》:"北方有佳人,绝世而独立。一顾倾人城,再顾倾人国。宁不知倾城与倾国,佳人难再得。"此化用其句。

③嫁作句:《古诗十九首·青青河畔草》:"……今为荡子妇。荡子行不归,空床难独守。"荡子,流荡不归的男子。

④绿琴二句:《吕氏春秋·本味》记俞伯牙善鼓琴,钟子期善听琴,子期死,伯牙破琴绝弦,终身不复鼓琴。此化用其典,表示世罕知音。绿琴,绿绮琴的简称,司马相如有琴名绿绮,后用为琴的通称。

⑤鸱(chī)夷子:即鸱夷子皮,指春秋越国大夫范蠡。蠡既佐越王勾践灭吴,知勾践为人不可以共安乐,因浮海出齐,游于五湖,变姓名,自谓鸱夷子皮(见《史记·越王勾践世家》)。

【今译】

你的诗如像是绝代佳人,
待字闺中就已倾国倾城。
可惜嫁给流荡不归的男子,
寒夜里独自纺织哭到天明。
你那绿绮琴上结满蛛网,
琴弦断绝弹不成声。
想见你像古时淡泊功名的范蠡,
万里江湖寄托恬静的感情。

次韵吴宣义三径怀友①

黄庭坚

【题解】

此诗作于元丰七年(公元1084年),是一首怀友诗。时诗人监德州德平镇(在今山东德州市东),怀念任宣义郎的吴姓友人,步其诗作原韵而作。诗中化用了孟浩然诗句、古诗十九首句、《庄子》句意,又用鸿雁传书事,曲折委婉地抒写了对朋友天各一方音讯难通,岁月催人老去,以及生命短暂的种种伤感,格调颇为沉郁。

【原诗】

佳眠未知晓,屋角闻晴哢②。万事颇忘怀,犹牵故人梦。采兰秋蓬深③,汲井短绠冻④。起看冥飞鸿,乃见天宇空⑤。甚念故人寒,谁省机与综⑥?在者天一方⑦,日月老宾送⑧。往者不可言⑨,古柏守翁仲⑩。

注释

①吴宣义:作者的吴姓友人任宣义郎,生平未详。宣义,宣义郎,宋文臣寄禄官名,元丰三元(公元1080年)置,相当于旧寄禄官光禄、卫尉寺丞、将作监丞。三径,西汉末,王莽专权,兖州刺史蒋诩告病辞官,隐居乡里,于院中辟三径,惟与求仲、羊仲来往,事见晋赵岐《三辅决录·逃名》。后常以三径指家园。陶渊明《归去来辞》:"三径就荒,松菊犹存。"

②佳眠二句:孟浩然《春晓》诗:"春眠不觉晓,处处闻啼鸟。夜来风雨声,花落知多少!"此化用其句意。哢(lòng),鸟鸣声。

③采兰句:《古诗十九首·涉江采芙蓉》:"涉江采芙蓉,兰泽多芳草。采之欲遗谁?所思在远道。"此化用其意。

④汲(jí)井句:《庄子·至乐》:"昔者管子有言……褚小者不可以怀大,绠短者不可以汲深。"此化用其意,表示想写相思给对方而力不能及。绠(gěng),汲水器上的绳索。

⑤起看二句:意谓天空渺冥不见可以传递书信的鸿雁。雁足传书事见《汉书·苏武传》。

⑥谁省句:谓无人为织寒衣。机,指织机。综,丝缕经线与纬线交织曰综。

⑦在者:指活着的人。

⑧日月老宾送:为"日月送宾老"的倒文。宾,客。

⑨往者:指死去的人。

⑩翁仲:传说为秦时巨人名,后指铜像或墓道石像。此指墓前石人。

【今译】

睡得沉酣不知天色已明,

晴日里听屋角鸟鸣声声。
人间万事我差不多都已忘怀,
梦魂却还萦系着远方故人。
想采摘兰草赠你,可叹秋蓬太深,
就像引取井水却用冻硬的短绳。
起身仰望苍空传信的飞鸿,
却只见天宇空旷深沉。
我非常挂念老朋友是否寒冷,
不知有没有人为你将寒衣织成。
活着的朋友天各一方不能相见,
日月催老我们这异乡之人。
死去的人已不可言说,
古柏丛里站着翁仲高大的石身。

寄黄几复①

黄庭坚

【题解】

　　这是诗人的七律名篇,作于元丰八年(公元1085年)。首二句巧妙地使用了《左传·僖公四年》的典故,以及雁至衡阳不再南飞的故事,写出诗人与故友相隔遥远音书难寄的惆怅,语言跳脱而辞义清晰。三四句以往昔彼此年少、相聚时和煦温馨的情景,与别后长年失意、流荡江湖、孤寂凄凉的苦况作一鲜明对照,以寻常语句组成非同寻常的图像,可谓戛戛独造。后二联以想象的诗笔描绘了黄几复清廉贫穷的生活和虽有高才却沉沦下僚的情形,以及对方虽则白头,却仍在蛮风瘴雨、夜猿哀啼声中勤学不已的动人情景。其间深寓诗人对友人的赞美,并为之发不平之鸣。同时亦寄托自身的失意之慨。全诗格高调新,感情深挚动人,耐人吟味。

【原诗】

　　我居北海君南海②,寄雁传书谢不能③。桃李春风一杯酒④,江湖夜雨十年灯。持家但有四立壁⑤,治病不祈三折肱⑥。想得读书头已白,隔溪猿哭瘴溪藤⑦。

注释

①黄几复:黄介,名几复,系诗人同乡,年轻时即相与往来。熙宁九年(公元1076年),二人同科出身。写此诗时,黄几复知四会(今广东肇庆)。

②我居句:诗人自注:"几复在广州四会,予在德州德平镇,皆海滨也。"《左传·僖公四年》:"君处北海,寡人处南海,惟是风马牛不相及也。"此化用其句。

③寄雁句:湖南衡阳有回雁峰,传说雁飞至此不再往南,四会在衡山之南,故云。谢,辞谢。

④桃李句:指熙宁九年(公元1076年)诗人与黄介同科出身,少年得志,相聚欢乐。暗用杜甫《春日忆李白》"渭北春天树,江东日暮云。何时一杯酒,重与细论文"诗意。

⑤持家句:谓家徒四壁,一贫如洗。《史记·司马相如列传》:"文君夜奔相如,相如驰归成都,家徒四壁立。"

⑥治病句:《左传·定公十三年》:"三折肱,知为良医。"此处称道黄几复有治世高才,不待阅历丰富已有良好政绩,不图虚名而办事求实。

⑦想得二句:暗用李贺《南园》诗"文章何处哭秋风"意。瘴溪,旧传岭南一带多瘴疠之气,故云。

【今译】

我住北海你住在辽远的南海,
想托鸿雁传信,雁儿却辞谢不能。
当初在桃李花开的春日,
我们共同畅饮欢聚京城,
离别后十年来飘零江湖,
夜雨中各自独对一盏寒灯。
你持家清廉生活贫苦家徒四壁,
理政才高却不求良医的虚名。
想见你头发斑白仍勤读不已,
隔溪听哀猿啼哭在瘴气弥漫的溪藤。

送舅氏野夫之宣城①二首

黄庭坚

其 一

【题解】

　　本诗作于元丰八年(公元1085年)，为送舅氏李莘任宣城太守而赋。宣城系舟车繁会的名城，自古多贤才、名士，不少著名文人如江淹、谢朓、颜真卿、杜牧、晏殊、余靖等，均曾在此地做官。本诗赞美了宣城物产的丰饶、景色的清嘉，并特别将土产的紫毫笔冠以"风流"的名号，暗指历代文人曾用此写下名诗佳篇，流传不朽。诗中又以调侃的口吻，说诗人舅氏往任太守，如以牛刀割鸡，一则叹其大材小用，一则赞其理政游刃有余。全诗多用借语、典故，显示其"无一字无来处"的特点。

【原诗】

　　藉甚宣城郡②，风流数贡毛③。霜林收鸭脚，春网荐琴高④。共理须良守⑤，今年辍省曹⑥。平生割鸡手⑦，聊试发硎刀⑧。

注释

　　①舅氏野夫：《山谷集》题下注"李莘"。李曾官屯田郎中、知宣州，其余未详。宣城，今属安徽。
　　②藉甚：谓声名甚大。《汉书·陆贾传》："贾以此游公卿间，名声藉甚。"藉，同"籍"。
　　③贡毛：指紫毫笔。宋祝穆《方舆胜览》卷十五《宁国府·宣城》："土产紫毫，白居易诗《起居郎侍御史》：'尔知紫毫不易致，每岁宣城进(贡)笔时。紫毫之价如金贵……'"因紫毫笔为贡品，故称贡毛。
　　④霜林：一本作"林霜"。鸭脚，木名，即银杏，以树叶似鸭脚而名。
　　⑤荐：献。琴高：《搜神记》及刘向《列仙传》谓琴高为战国赵人，能鼓琴，为宋康王舍人，学修炼长生之术，游于冀州涿城之间。后入涿水中取龙子，与弟子期某

日返。至时,高果乘赤鲤而出,留一月余,复入水去。此借指鲤鱼。

⑥共理句:陈衍谓此句用汉诏中语。理,指治理政事。辍(chuò):中止。省曹,谓京官。省,官署名,指京师官署,如尚书、中书、门下各官署皆设于禁中,因称省。曹,古时分职治事的官署或部门。

⑦割鸡手:《论语·阳货》:"(孔)子之武城,闻弦歌之声。夫子莞尔而笑曰:'割鸡焉用牛刀?'"此化用其意,比喻大材小用,沉沦下僚。

⑧聊试句:谓施展才能。发硎(xíng)刀:《庄子·养生主》:"今臣之刀十九年矣,所解数千牛矣,而刀刃若新发于硎。"硎,磨刀石。

【今译】

宣城郡多么负有盛名,
第一风流要数进贡的紫毫笔。
秋霜下林中鸭脚形的银杏叶落满,
春日里丝网将献出名唤琴高的鲤鱼。
共同治理政事须是贤良太守,
今年你不再做京都的官吏。
平生材大用小一向以牛刀割鸡,
这一次且再试一试你新磨的刀具。

其 二

【题解】

这首诗咏赞宣城山明水秀的佳丽风光,并以想象之笔写出舅父到任后受到民众拥戴、歌舞欢欣的景象,以及百姓富足、政事简易清明的情形。且以曾在此地做官的谢朓来比喻舅父的文采风流,还特别用王羲之故事点明其淡泊心境。全诗笔法简炼,内涵丰富,虽未全脱送人上任的陈套,但因诗中多写入当地名胜、人物,使人感到平易亲切。同时引起人对于遥远历史的追思遐想。

【原诗】

试说宣城郡,停杯且细听。晚楼明宛水①,春骑簇昭亭②。穋秠丰圩户③,桁杨卧讼庭④。谢公歌舞处⑤,时对换鹅经⑥。

注释

①明宛水:为"宛水明"的倒文。宛水,指宛溪,源出安徽宣城县东南的峄山,东北流为九曲河,折而西,绕城东,叫宛溪。

②骑(jì):一人一马曰骑,此指州太守部属。簇(cù):犹言"簇拥",众人护卫或围着。昭亭:祝穆《方舆胜览》卷十六"宁国府·宣城"载,宣城北有昭亭山,昭亭当筑于山上。

③穄(bà)稏(yà):稻名。唐韦庄《稻田》诗:"绿波春浪满前陂,极目连云穄稏肥。"丰圩(yú)户,使圩户丰足。圩户,指佃种圩田的农户,江淮多洼地,田边筑堤防水,称圩田。

④桁(háng)杨句:谓律令简易不用刑法而政事清明。桁杨,加在犯人颈上或脚上的大型刑具。《庄子·在宥》:"今世殊死者相枕也,桁杨者相推也,刑戮者相望也。""疏":"桁杨者械也,夹脚及颈,皆名桁杨。"讼(xòng)庭,诉讼案件的地方,犹今之法庭。

⑤谢公:指谢朓(公元464—499年),南朝齐陈郡阳夏人,字玄晖,与谢灵运同族,称小谢。曾任宣城太守,世称谢宣城。善草隶,工五言诗,为"永明体"主要诗人,以山水诗最为著称。宣城北二里有谢公亭。此处借喻山谷舅氏李莘,谓其文采风流可比谢朓。

⑥换鹅经:即指老子《道德经》。《晋书·王羲之传》载,王羲之好鹅,山阴有一道士养好鹅。羲之往观,求购甚切,道士云:"为写《道德经》,当举群相赠耳。"羲之欣然写毕,笼鹅而归。

【今译】

我试着说一说宣城郡,
请你暂且停杯细听。
黄昏中一弯明净的宛溪环绕楼阁,
春日里部将簇拥着你宴饮在昭亭。
水稻茁壮,圩田的农家生活富裕,
刑具闲卧法庭,你理政简易清明。
你将追踪风流太守谢朓欢歌妙舞,
还不时吟诵王羲之用来换鹅的《道德经》。

次韵子瞻武昌西山①

黄庭坚

【题解】

哲宗元祐元年,苏轼作《武昌西山》诗,序云:"嘉祐中,翰林学士丞旨邓公圣求为武昌令,常游寒溪西山,山中人至今能言之。轼谪居黄冈,与武昌相望,亦常往来溪山间。元祐元年十一月二十九日,考试馆职,与圣求会宿玉堂,偶话旧事。圣求尝作《元次山浯尊铭》刻之岩石,因为此诗,请圣求同赋,当以遗邑人,使刻之铭侧。"此诗一写出,和诗者三十余,山谷此诗亦作于元祐元年,为和诗中之杰出者。唐代诗人元结年轻时有安邦济世之志,安史乱中,他曾避乱入湖北大冶猗玕洞,此处距武昌甚近。本诗前四句呼应苏轼诗序中提到的《浯尊铭》,用想象之笔勾勒出元结当年隐于江南时,以石为尊,以花鸟为友的生活情景,且点明其胸中大志,借以比喻苏轼。然后转入正题,描写苏轼贬居黄州从政无路却不忘国事,又能旷达闲静追步前贤寄情山水,以江作尊,招饮嘉客的洒落情怀。且为其文章光照今古、却老于渔樵之间的不幸命运深致叹息。诗中将邓圣求作铭刻石的事一笔带过,后半篇仍以苏轼为主,将他比作贬居长沙的贾谊,又写出其归朝后仍忧国不辍的可贵品质,以及身在廊庙之上心在江湖之间的深刻的内心矛盾。而在这矛盾后面,实则隐伏着微妙难言的政治背景。全诗虽系和作,却不为浮泛之语,通过山谷细致的描写,将我们带入苏轼内心世界的深处。

【原诗】

漫郎江南栖隐处②,古木参天应手栽。石砌为尊酌花鸟③,自许作鼎调盐梅④。平生四海苏太史⑤,酒浇不下胸崔嵬⑥。黄州副使坐闲散,谏疏无路通银台⑦。鹦鹉洲前弄明月⑧,江妃起舞袜生埃⑨。次山醉魂招仿佛⑩,步入寒溪金碧堆⑪。洗湔尘痕饮嘉客⑫,笑倚武昌江作罍⑬。谁知文章照今古,野老争席渔争隈⑭。邓公勒铭留刻画⑮,刳剔银钩洗绿苔⑯。琢磨十年烟雨晦⑰,模索一读心眼开。谪去长沙忧鹏入⑱,归来杞国痛天摧⑲。玉堂却对邓公直⑳,北门唤仗听风雷㉑。山川悠远莫浪许,富贵峥嵘今鼎来㉒。万壑松声如在耳,意不及此文生哀㉓。

注释

①武昌西山:因在武昌西,故名,又名樊山。

②漫郎:指元结。《新唐书·元结传》载元结《自释》文曰:"河南,元氏望也。结,元子名也。次山,结字也。世业载国史,世系在家谍。少居商余山,著《元子》十篇,故以元子为称。天下兵兴,逃乱入猗玗洞,始称猗玗子。后家瀼滨,乃自称浪士。及有官,人以为浪者亦漫为官乎,呼为漫郎……"后称漫叟、漫翁。栖隐,一本作"酒隐"。

③石坳(āo)为尊:元结《㝫(wā)樽》诗:"巉巉小山石,数峰对㝫亭,㝫石堪为樽,状类不可名。"又《㝫樽铭》:"道州(今湖南道县)城东有左湖,湖东二十步有小石山,山巅有㝫石可以为樽。"㝫樽,即"洼樽"。唐开元中湖州别驾李适之登岘山(在今湖北襄阳),以山上有石窦如酒尊,可注斗酒,因建亭名曰"洼尊"。大历中颜真卿为郡守,曾登亭与僚友宴集,有《登岘山观李左相石尊联句》:"李公登饮处,因石为洼尊。"坳,低凹的地方。按,元结为道州刺史时曾作《石鱼湖上醉歌》诗有"山为樽,水为沼"句。其《石鱼湖上作》诗序云:"漼泉南上有独石在水中,状如游鱼,鱼凹处,修之可以赐(贮存)酒。"苏轼《武昌西山》诗说"浪翁醉处今尚在,石臼抔饮无樽罍",当指元结隐于湖北大冶时事。《大明一统志》卷五十九"武昌府""流寓"条云:"元结,唐瑞昌人,避乱寓武昌樊山(即西山),自称漫士,又呼漫郎。有子二,长叔闲呼为直者,次叔静呼为正者。优游山间,以耕钓为业,尝作诗云:'将牛何处去?耕彼西山阳。'……"

④调鼎盐梅:见前黄庭坚《古诗二首上苏子瞻》其一注④。

⑤四海句:《晋书·习凿齿传》载:"……时有桑门释道安,俊辩有高才,自北至荆州,与凿齿初相见。道安曰:'弥天释道安。'凿齿曰:'四海习凿齿。'时人以为佳对。"此用其语。四海,暗含四海漂流而扬名天下之意。苏太史,苏轼曾直史馆,故称"太史"。

⑥酒浇句:《世说新语·任诞》:"阮籍胸中垒块,故须酒浇之。"此化用其意。崔嵬,犹言"垒块",胸中郁积不平。

⑦谏疏:上给朝廷的谏诤之书。银台,宋门下省置银台司,掌国家奏状案牍。以司署设在银台门(宫门名)内,故名。此泛指朝廷。

⑧鹦鹉洲:洲名,在湖北汉阳西南江中。东汉末,黄祖为江夏太守,祖长子射,大会宾客,有人献鹦鹉,祢衡作赋,洲因以为名。后祢衡为黄祖所杀,葬于鹦鹉洲。

崔颢《黄鹤楼》诗:"晴川历历汉阳树,芳草萋萋鹦鹉洲。"

⑨江妃句:曹植《洛神赋》谓洛水女神宓妃"凌波微步,罗袜生尘。"此化用其语。江妃,指江水中仙女。《列仙传》:"江妃二女游于江滨,逢郑交甫,遂解佩与之。交甫受佩而去,数十步,怀中无佩,女亦不见。"

⑩次山:元结字。

⑪金碧堆:指云山深处。

⑫洗湔(jiān):洗涤。

⑬武昌:指武昌西山。江作罍(léi),苏轼《武昌西山》诗云"春江渌涨蒲萄醅",系化用李白《襄阳歌》"遥看汉水鸭头绿,恰似蒲萄初酦醅"句,以江水为酒池。罍,古代盛酒器。

⑭野老争席:王维《积雨辋川庄作诗》:"野老与人争席罢,海鸥何事更相疑?"此用其意。野老,乡野之人。争席,争持客席的座次。渔争隈(wēi):与野老争席意同,谓与渔夫争地盘。《淮南子·览冥》:"田者不侵畔,渔者不争隈。""注":"隈,曲深处",指山水弯曲处。苏轼《答李端叔书》:"扁舟草屦,放浪山水间,与渔樵杂处,往往为醉人所推骂。"

⑮邓公句:言邓圣求作《次元次山浯樽铭》刻石事。邓公,邓润甫,字圣求,哲宗绍圣时,官至尚书左丞。

⑯刳(kū)剔:剖挖。银钩:状书法笔势之遒劲。《晋书·索靖传》:"盖草书之为状也,婉若银钩,漂若惊鸾。"

⑰琢磨句:谓刻石为铭十年来为烟雨所剥蚀。

⑱谪去句:汉贾谊少年高才,屡上疏欲改革政事,为元老重臣所忌,贬为长沙王太傅,作《鵩鸟赋》并序,序云:"谊为长沙王傅,三年,有鵩鸟飞入谊舍,止于坐隅,鵩似鸮,不祥鸟也。谊既以谪居长沙,长沙卑湿,谊自伤悼,以为寿不得长,乃为赋以自广。"此处借贾谊贬长沙,比喻苏轼谪于黄州。

⑲归来:指元丰八年(公元1085年)苏轼被召还朝任礼部郎中,迁起居舍人,元祐元年(公元1086年)入侍延和殿,三月除中书舍人,八月擢为翰林学士知制诰等事实。杞(qǐ)国痛天摧:化用杞人忧天事,《列子·天瑞》:"杞国有人,忧天地崩坠,身亡(无)所寄,废寝食者。"此借指苏轼忧虑国事。一说"痛天摧"指神宗去世。

⑳玉堂:即翰林院。直,值班。

㉑北门:唐时翰林院在银台之北,翰林学士常从皇宫北门出入,故称北门学士,此处即指北宫门。

㉒富贵句:参见本诗注⑲。峥嵘,超越寻常。鼎来,方来,正来。

㉓意不句:谓苏轼意不在个人富贵利禄而志在国家天下,但元祐初司马光执政,全部废除新法,苏轼不同意这种偏激做法却回天无力,政治斗争形势非常复

杂,故曰"文生哀"。此句或指苏轼因还朝为官不能再悠闲地漫游山水故尔"文生哀"。苏轼原诗有"山人帐空猿鹤怨,江湖水生鸿雁来。请公作诗寄父老,往和万壑松风哀"之句。其《西山诗和者三十余人再用前韵为谢》诗又有"欲收暮景返田里,远溯江水穷离堆。还朝岂独羞老病,自叹才尽倾空罍"等句,据此,即以后一种解释更为妥当。

【今译】
　　号称漫郎的元结江南隐居的地方,
　　参天古木应是他当年亲手自栽。
　　以石凹作樽请花鸟饮酒,
　　自许是治理天下的宰相之材。
　　平生八方漂流名扬四海的苏太史,
　　多少酒也浇不下胸中郁结的磊块。
　　贬作闲散的黄州团练副使,
　　心系国事谏书却递送不到官中省台。
　　只好在鹦鹉洲前观赏明月,
　　看江妃起舞罗袜生出尘埃。
　　恍惚间似乎招来了元次山的醉魂,
　　一同步入寒溪金碧绘成的山水。
　　苏公洗净次山用过的洼樽来分酌嘉客,
　　笑倚武昌西山把长江当成硕大酒罍。
　　谁知苏公的文章光照今古,
　　却长年和农父渔夫争夺席位。
　　邓公写成洼樽铭刻上山石,
　　镌刻的字迹遒丽如银钩尽洗青苔。
　　雕琢刻画十年来烟雨将它弄得灰暗,
　　好好摸索得到旧迹,一读就心眼皆开。
　　像忠贞的贾谊谪往长沙忧虑鵩鸟入户,
　　苏公也被长久贬居在偏远的湖北。
　　还朝后依然如杞人忧国无济于事,
　　为天子圣驾崩摧痛哭伤悲。
　　翰林院正好和邓公一同值夜,

北门外拄着手杖共听疾风惊雷。

山川已很悠远,请不要空自许身,

超越寻常的富贵如今刚刚到来。

千山万壑雄奇的松涛声仿佛响在耳边,

不能再漫游江湖,诗文中透出悲哀。

子瞻诗句妙一世,乃云效庭坚体,盖退之戏效孟郊、樊宗师之比,以文滑稽耳。恐后生不解,故次韵道之。子瞻《送杨孟容》诗云:"我家峨眉阴,与子同一邦。"即此韵①

黄庭坚

【题解】

曹丕在《典论·论文》中说"文人相轻,自古而然",本诗却完全推翻了这种论点。诗题中即写出苏、黄二人互相推许、互相学习的高尚品格,以及他们深厚的友情。山谷终身师事苏轼,而苏轼则不但对后辈不遗余力地奖拔,还谦逊地学习弟子的长处,昭示了大文豪容山纳海的广阔胸襟。山谷这首诗以自谦的口吻称扬苏轼诗歌泱泱大国的风范,以及雄伟磅礴的气势。诗中以赤壁和玉堂(翰林院)分别代表苏轼不同的政治遭遇、生活环境和艺术成就,并赞其诗标格独树。诗中又用"点铁成金"的手段,化用杜甫及韩愈诗句,来譬喻苏诗力拔山兮气盖世的笔力。诗中一再地自谦浅陋,称扬苏轼折节下交。篇末还写到愿与苏门结为儿女亲家的心愿。全诗比喻绝妙,用典精切,且充分显示了两位大诗人极度谦逊的作风。《邵氏闻见后录》云:"赵肯堂亲见鲁直晚年悬东坡像于室,每早衣冠荐香,肃揖甚敬。或以同时声名相上下为问,则离席惊避曰:'庭坚望东坡门弟子耳,安敢失其序哉!'"观本诗则此说诚非谬传,足可增文坛佳话。

【原诗】

我诗如曹邻,浅陋不成邦②。公如大国楚,吞五湖三江③。赤壁风月笛④，玉堂云雾窗⑤。句法提一律，坚城受我降⑥。枯松倒涧壑，波涛所舂撞。万牛挽不前，公乃独力扛⑦。诸人方嗢噱⑧，渠非晁张双⑨。袒怀相识察⑩，床下拜老庞⑪。小儿未可知⑫，客或许敦厖⑬。诚堪阿巽婿⑭，买红缠酒缸⑮。

注释

①元祐二年（公元1087年）苏轼作《送杨孟容》诗，自言效黄庭坚体，其诗云："我家峨眉阴，与子同一邦。相望六十里，共饮玻璃江。江山不违人，遍满千家窗。但苦窗中人，寸心不自降。子归治小国，洪钟噎微撞。我留待玉座，弱步敲丰扛。后生多高才，名与黄童双。不肯入州府，故人余老庞。殷勤与问讯，爱惜双眉庞。何以慰我归，寒醅发春缸。"山谷步此诗韵作和诗，亦当在元祐二年。编为元祐元年，误。一本诗题无"子瞻《送杨孟容》诗……"一段文字。唐诗人韩愈（字退之）有《答孟郊》《酬樊宗师》等诗，分别模拟孟、樊二人的艺术风格。滑（gǔ）稽，犹言"开玩笑"、"逗乐"。

②我诗二句：《左传·襄公二十九年》载吴公子季札至鲁国观乐，"使工为之歌《周南》《召南》，曰：'美哉，始基之矣，犹未也……'为之歌《邶》《鄘》《卫》，曰：'美哉，渊乎！……'为之歌《唐》，曰'思深哉！……'为之歌《陈》，曰'国无主，其能久乎！'自《郐》以下，无讥焉。"《诗经》十五国风，《陈》以下尚有《郐风》《曹风》，吴季札不再给予评论是因其国小而轻视。山谷此以小国比喻自己诗歌的浅陋。

③吞五湖三江：王勃《滕王阁序》"襟三江而带五湖"，此化用其语。

④赤壁风月笛：谓苏轼贬居黄州五年，政治失意而寄情山水多次畅游赤壁，写下许多优美的诗、文、词、赋。其《前赤壁赋》云："壬戌之秋，七月既望，苏子与客泛舟游于赤壁之下。清风徐来，水波不兴。……少焉，月出于东山之上……扣舷而歌之……客有吹洞箫者，倚歌而和之……"其《李委吹笛》诗并引，引曰："元丰五年（公元1082年）十二月十九日，东坡生日也。置酒赤壁矶下。……酒酣，笛声起于江上。客有郭、石二生，颇知音，谓坡曰，笛声有新意，非俗士也。使人问之，则进士李委，闻坡生日，作新曲曰《鹤南飞》以献……嘹然有穿云裂石之声，坐客皆引满醉倒……"

⑤玉堂句：谓苏轼元祐初任翰林院学士，翰院如神仙府第。玉堂，唐宋以后，称翰林院为玉堂。宋苏易简为学士，太宗以红罗飞白书"玉堂之署"以赐。

⑥句法二句：谓苏轼自成一家诗律，如筑起坚固之城接受山谷投降。

⑦枯松四句：杜甫《古柏行》："大厦如倾要梁栋，万牛回首丘山重。"韩愈《病中赠张十八诗》："龙文百斛鼎，笔力可独扛。"此点化其意比喻坡诗笔力之雄伟。

⑧嗤(chī)点:讥笑点画。
⑨渠:第三人称"他"。非晁张双,谓不足附于苏门与晁补之、张耒等并列称四学士。
⑩袒怀句:谓彼此真诚知契。袒怀,一本作"但怀"。
⑪床下句:《襄阳记》云:"庞德,襄阳人。孔明(诸葛亮)每至其家,独拜于床下。"此处借以指苏轼折节纳交并器重自己。老庞,庞德公,东汉末年人,因年长,人称庞公,有令名。居襄阳岘山之南,未尝入城府,为司马徽、诸葛亮、徐庶等人所尊事。荆州刺史刘表数次延请,不赴,携子登鹿门山采药不返。
⑫小儿:指山谷儿子黄相,时约三、四岁。
⑬许:称许。敦庞:敦厚笃实。王充《论衡·自纪》:"没华虚之文,存敦庞之朴。"
⑭阿巽:苏轼子苏迈的女儿。
⑮买红:买喜事用的红色丝织物。

【今译】
　　我的诗有如曹国邻国,
　　浅陋狭窄不成家邦。
　　君诗好比泱泱楚国地域广阔,
　　可以涵容五湖三江。
　　你政治失意谪居黄州漫游赤壁,
　　清风明月和悠扬笛声下,你写出许多诗章;
　　而今荣耀地置身在翰林院,
　　仿佛神仙府第云雾缭绕书窗。
　　你作诗句法格律自成一体,
　　如筑坚固城池招我纳降。
　　笔势像枯松倒挂悬崖山涧,
　　波涛时时刻刻冲刷激撞。
　　一万头牛也不能将它拉动,
　　你却独自鼎力去扛。
　　众人正在那儿讥笑指划,
　　说我不配跟晁、张排列一行。
　　只不过我们袒诚地互相知契,
　　我就像诸葛亮拜倒在庞德公床。

我儿子有没有出息还无法预知,
客人中时有人夸他忠厚淳良。
假使他可以做阿巽的夫婿,
我会高兴地买回红罗缠上酒缸。

题郑防画夹五首(录一)①

黄庭坚

【题解】

这组诗作于元祐二年(公元1087年),此年山谷写了大量的题画诗。本篇题画僧惠崇的山水画。首二句写明惠崇所画是烟雨归雁图,绘画是如此生动,以致使诗人如置身潇湘、洞庭之中,由此引出呼唤扁舟从此归去的心愿。第四句忽作一突然转折,朋友在一旁提醒诗人:眼前山水只不过是图画? 这其实是诗人故弄玄虚的一笔,用此"活法"突出表现画面的生动和引发观者无限的遐想,又使句律变化跌宕,产生强烈的效果。

【原诗】

惠崇烟雨归雁②,坐我潇湘洞庭③。欲唤扁舟归去,故人言是丹青④。

【注释】

①郑防:当为与黄庭坚同时代的藏画者,生平未详。画夹,画册之类。
②惠崇:见前苏轼《惠崇春江晚景》诗注①。
③坐:致。潇湘,潇水和湘水,在湖南境内,北流入洞庭湖。
④丹青:图画。

【今译】

惠崇的画中烟雨迷茫归雁斜飞,
使我如同真正置身在洞庭潇湘。
想呼唤扁舟就此返回故里,

老朋友提醒我眼前山水是在画上。

题伯时画严子陵钓滩①

黄庭坚

【题解】

本诗于元祐三年(公元1088年)作于礼部试院,为李公麟所画严子陵钓滩而题。但全诗并不以题画为主,却是以议论为主。前二句颂扬严光并不因为与刘秀系少年之交就出山做高官,而始终隐居保持自己高尚的名节,这种蔑视富贵利禄的精神品格是值得崇敬的。后二句借画面上严光垂钓进一步引发感慨,谓正由于东汉多名节之士,而严光绍其始,致使汉家天下如九鼎之固。诗中以一钓丝之轻而系国家九鼎之重,对比鲜明,意象新奇,深含言外之意。王安石推行新法,许多政治投机家趋炎附势,营私结党,诛除异己,致使政局扰攘,山谷借严光事予以讽喻。

【原诗】

平生久要刘文叔②,不肯为渠作三公③。能令汉家重九鼎④,桐江波上一丝风⑤。

注释

①李伯时,宋时画家李公麟,字伯时,安徽舒州人。详见前苏轼《伯时所画王摩诘》摘句注。严子陵钓滩,《太平寰宇记》:"严子陵钓台(亦称钓滩)在(浙江桐庐)县南大江侧。"严子陵,严光,字子陵,东汉初会稽余姚人,曾是汉光武帝刘秀的同学,光武即位后,严光变姓名隐遁。刘秀派人觅访,征召到京,授谏议大夫,不受,退隐于富春山。事见《后汉书·隐逸传》。

②平生久要:语出《论语·宪问》:"久要不忘平生之言。"久要,旧约,旧交。刘秀,字文叔。

③渠:他。三公,东汉时以太尉、司徒、司空合称三公,为共同负责军政的最高长官,此泛指高官。

④九鼎:相传夏禹铸九鼎,《史记·武帝记》:"禹收九牧之金,铸九鼎,象九州。"为古代象征国家政权的传国之宝。后用以比喻分量之重,《史记·平原君

传》:"毛(遂)先生一至楚,而使赵重于九鼎大吕。"
⑤桐江:即富春江。一丝,指鱼竿上的钓线。

【今译】
　　平生和刘文叔虽然是旧交,
　　也不肯为了他就去作三公。
　　能使汉家天下有九鼎之重,
　　全仗桐江垂钓的亮节高风!

题伯时画松下渊明①

黄庭坚

【题解】
　　本诗与前首同作于礼部试院。诗中追述了晋宋之际政权交替的乱世背景,以及陶渊明隐居不仕和他对高僧慧远、刘遗民的赞许与若即若离的微妙关系。诗中又称扬渊明崇尚自然,独得自然幽秘的乐趣和他不预尘事的清高态度。全诗平实疏淡。"松风自度曲,我琴不须弹"之句,又入深深禅意。

【原诗】
　　南渡诚草草,长沙慰艰难②。终风霾八表,夜半失前山③。远公香火社,遗民文字禅④。虽非老翁事,幽尚亦可观⑤。松风自度曲,我琴不须弹⑥。客来欲开说,觞至不得言⑦。

注释
　　①渊明:东晋大诗人陶潜,字渊明。
　　②南渡二句:谓晋元帝南渡长江,建立偏安政权。晋成帝封渊明曾祖陶侃长沙郡公,慰其勤王功业。西晋政治腐败,皇族间争夺政权,终于引发"八王之乱"。匈奴贵族刘渊趁机起兵,攻破洛阳,俘去晋怀帝,后又攻占长安,俘去晋愍帝。皇族司马睿南渡,出镇建康(今江苏南京),后建立东晋政权,称晋元帝。成帝时,苏峻起兵反晋,攻入建康,为陶侃所讨平,以功封长沙郡公。草草,匆促。
　　③终风二句:谓东晋末年政局混乱黑暗,终于失去大好河山。东晋将领刘裕

曾击败桓玄,灭南燕,收巴蜀,灭后秦,建立赫赫功业,并于元熙二年(公元420年)代晋称帝,国号宋。终风,《诗·邶风·终风》:"终风且霾(mái)。"注:"终日风为终风。霾,土雨也。"八表,八方之外。八方指东、南、西、北、东南、东北、西南、西北。夜半句,《庄子·大宗师》:"藏山于泽,谓之固矣,然而夜半有力者负之而走,昧者不知也。"此比喻失去江山。夜半,一本作"半夜"。

④远公二句:东晋末高僧慧远建白莲社。《高僧传》载,刘遗民随慧远游,慧远建社,令遗民作记,以表明宗旨。远公,对僧慧远的尊称。香火社,佛教徒的结社,因以香烟灯烛供佛,故名。此处指慧远与慧永、刘遗民、雷次宗等十八人结于庐山东林寺的白莲社,同修净土之法,因称白莲社。遗民,刘遗民,彭城(今江苏徐州)人,遁迹匡山(即庐山),与周续之、陶渊明合称"浔阳三隐",见《陶渊明集》梁萧统《陶渊明传》。

⑤虽非二句:据《庐阜杂记》载:"(慧)远法师结白莲社,以书招渊明。……遂造焉。因勉令入社,陶攒眉而去。"陶虽不入社,却往来其间,因诸人志尚幽远,值得赞许。

⑥松风二句:《晋书·陶渊明传》载,陶"性不解音,而畜素琴一张,弦徽不具,每朋酒之会,则抚而和之,曰:'但识琴中趣,何劳弦上声!'"此化用其意。自度曲,自己创作的曲调。

⑦觞(shāng):盛有酒的杯,此指酒。

【今译】

南渡建立东晋政权实在很是仓促,
封陶侃长沙郡公抚慰他勤王的艰难。
如终日劲风吹尘土飞满天地,
改朝换代像半夜失去了前山。
慧远公与同仁结成白莲社,
刘遗民作记留下共同的誓言。
这些事渊明老翁虽然不去参预,
那志尚幽远的做法他也称赞。
风吹松动就是自己创作的音乐,
他虽有鸣琴却不必去弹。
客人到门刚想说说尘世事务,
酒端上来也就不便开谈。

次韵子瞻以红带寄王宣义①

黄庭坚

【题解】

苏轼原诗题云:"庆源宣义王文以累举得官为洪雅主簿,雅州户椽,遇吏民如家人,人人安乐之。既谢事,居眉之青神瑞草桥,放怀自得,有书来求红带,既以遗之,且作诗为戏。请黄鲁直、秦少游各为赋一首,为老人光华。"原诗与这首和作均作于元祐三年(公元1088年)。本诗描写了王庆源持官的清正廉洁、人格修养的高尚、生性的疏阔狂傲和外貌的雄奇,从各方面显示其不宜混迹官场的特性,并写他辞归后尽管生活清贫,却能安享萧然林下的悠静之乐。篇中只以一二句点出苏轼赠红衣带事,篇末即围绕衣带阐发议论。诗中多用事用典,含义曲折深厚,章法错综变化,颇见艺术功力。

【原诗】

参军但有四立壁②,初无临江千木奴③。白头不是折腰具④,桐帽棕鞋称老夫。沧江鸥鹭野心性⑤,阴壑虎豹雄牙须⑥。鹔鹴作裘初服在⑦,猩血染带邻翁无⑧。昨来杜鹃劝归去⑨,更待把酒听提壶⑩。当今人材不乏使,天上二老须人扶⑪。儿无饱饭尚勤书,妇无复裈且著襦⑫。社瓮可漉溪可渔⑬,更问黄鸡肥与癯⑭。林间醉着人伐木,犹梦官下闻追呼⑮。万钉围腰莫爱渠⑯,富贵安能润黄垆⑰。

注释

①诗题一作《次韵子瞻以红带寄眉山王宣义》。庆源王宣义,苏轼妻叔王淮,字庆源,眉山青神人,曾任宣义郎,故称。

②参军:录事参军,掌管各曹文书、纠察府事的属官,王淮曾任雅州户曹参军。四立壁,见前山谷《寄黄几复》诗注。

③千木奴:用李衡事,《三国志·吴志·嗣主传》"孙休"注引《襄阳记》说,丹阳太守李衡于宅边种桔千株,临死谓其子曰:"汝母恶我治家,故穷如是。然吾州里有千头木奴(指桔树),不责汝衣食,岁上一匹绢,亦可足用矣。"

④白头句:暗用陶渊明不为五斗米折腰事。苏轼子苏过《王元直墓碑》载,王

庆源"以论事不合,取长官怒,阳以罪去,谋于公,公笑曰:'古人不肯束带见督邮,彼何人哉!'庆源服其语,即谢病去。"苏轼原诗赞王庆源云:"青衫半作霜叶枯,遇民如儿吏如奴。吏民莫作官长看,我是识字耕田夫。妻啼儿号刺史怒,时有野人来挽须。拂衣自注下下老,芋魁饭豆吾岂无!"由此可知其人格之高尚。

⑤沧江句:暗用《列子·黄帝篇》鸥鹭忘机的典故。

⑥阴壑句:形容王庆源雄奇不凡的长相和威仪。

⑦鹔(sù)鹴(shuāng)句:《西京杂记》云司马相如归成都"居贫愁懑,以所著鹔鹴裘就市人阳昌贳酒与文君为欢"。屈原《离骚》:"退将复修吾初服",此处化用以上句意暗示王庆源退隐后高深的道德修养。鹔鹴,水鸟,雁的一种,羽毛可制为裘。也作"鹔鹴"。

⑧猩血染带:指苏轼所赠红带系猩猩血染制而成,色泽鲜丽。

⑨杜鹃劝归:据说杜鹃啼声如人言"不如归去"。

⑩更待:一本作"更得"。提壶,鸟名,鸣声如"提壶芦"。

⑪天上二老:指文彦博、吕公著,二人均以年高而任宰相。

⑫妇无句:暗用韩伯事。《晋书·韩伯传》:"家贫窭,伯年数岁,至大寒,母方为作襦(rú 短袄),令伯捉熨斗,而谓之曰:'且著襦,寻当作复裤(kūn 可絮棉花的夹裤)。'伯曰:'不复须(复裤)。'母问其故。对曰:'火在斗中,而柄尚热,今既著襦,下亦当暖。'"

⑬社:村社,古代风俗,春秋社日祭祀土地神。漉(lù):指滤酒。

⑭更问句:化用李白《南陵别儿童》诗"黄鸡啄黍秋正肥"句。臞(qú),瘦。

⑮追呼:指胥吏到门号叫催租。

⑯万钉围腰:指达官贵人的万钉宝带。万钉,古人在腰带钉上玉片,万钉指玉片之多。

⑰富贵句:化用《列子·杨朱篇》"余名岂足润枯骨"句。黄垆(lú),《淮南子·览冥》:"考其功烈,上际九天,下契黄垆。""注":"黄泉下垆土也。"垆,黑刚土。

【今译】

　　王参军一贫如洗家徒四壁,
　　没像李衡临江种下千头木奴。
　　霜雪般的头颅不是为了向人折腰,
　　戴着桐木帽足登棕榈鞋自称是老夫。
　　如沧江鸥鹭生性疏野没有机心,
　　像幽谷的虎豹牙须雄健威武。
　　鹔鹴毛作袍子退隐后穿起百姓衣服,

猩猩血染成的红带为邻翁所无。
昨日杜鹃声声劝人归去,
归来后还等着把酒再听提壶。
当今人材济济并不缺乏,
朝廷中文、吕二老须人挽扶。
儿子吃不饱饭仍然勤苦读书,
妻子穿着短袄就不求棉裤。
村社瓮中酒可喝,溪中鱼可捕,
何必更追问黄鸡肥瘦与否?
醉倒林间听人伐木丁丁,
还梦见官府逼人催租呼号到户。
万钉宝带的高官也不要爱它,
富贵哪能滋润泉下的硬土。

题竹石牧牛并引

黄庭坚

【题解】

　　本诗作于元祐三年(公元1088年),前半篇描写了画幅中怪石嶙峋、绿竹相倚,小小牧童骑着老牛的种种物象,气韵幽古,神态生动。后半篇以想象的诗笔使画面更加活泼,并借以阐发议论,写出诗人对竹石的爱护,以及怕牛相斗破坏美好自然的心情,暗暗隐射对朝中党派之争的讽喻和厌憎。魏庆之《诗人玉屑》卷八"陵阳论山谷"条云:"一日,因坐客论鲁直诗体致新巧,自作格辙,次客举鲁直……'石吾甚爱之……牛斗残我竹。'如此体制甚新。公(韩驹)徐曰:'独漉水中泥,水浊不见月。不见月尚可,水深行人没。'盖是李白《独漉篇》也。"但山谷虽师其句法,却不师其句意,而能自出新意,自寓深意,可算变故为新的范例。

【原诗】

　　子瞻画丛竹怪石,伯时增前坡牧儿骑牛,甚有意态,戏咏①。野次小峥嵘②,幽篁相倚绿③。阿童三尺棰④,御此老觳觫⑤。石吾甚爱之,勿遣牛砺角⑥,牛砺角尚可,牛斗残我竹。

注释

①伯时:画家李公麟,详见前苏轼《伯时所画王摩诘》摘句注。
②野次:野外。小峥嵘:形容怪石如小山嶙峋特立。峥嵘,高峻貌。
③幽篁(huáng):幽深的竹林、竹丛。屈原《九歌·山鬼》:"余处幽篁兮终不见天。"
④棰(chuí):鞭。
⑤觳(hú)觫(sù):《孟子·梁惠王》:"王曰:舍之,吾不忍其觳觫,若无罪而就死地。"本形容牛恐惧颤抖的样子,此借指牛。
⑥砺(lì):磨。

【今译】

野外怪石如小山嶙峋特立,
幽深的竹丛相倚一片碧绿。
阿童举起三尺长的鞭子,
驾的牛颤颤巍巍拖着老迈的步履。
怪石我非常地爱护,
不要让牛在石上把角磨砺。
牛磨角石头还受损不多,
牛如相斗就会把绿竹毁去。

送少章从翰林苏公余杭①

黄庭坚

【题解】

元祐四年(公元1089年),苏轼不能见容于朝,请求外任,出知杭州,秦观弟觏(gòu)随苏赴杭,山谷作此诗送别。前半篇以迂回之笔先赞秦观,再及其弟,语意深曲。后半篇即事抒感,代秦觏写出从师学道之乐,并慰其乡关、父母之思。

【原诗】

东南淮海惟扬州②,国士无双秦少游③。欲攀天关守九虎④,但有笔力回万牛⑤。文学纵横乃如此,故应当家有季子⑥。时来谁能力作难,鸿雁行飞入道山⑦。斑衣儿啼真自乐⑧,从师学道也不恶。但使新年胜故年⑨,即如常在郎罢前⑩。

注释

①少章:秦觏,字少章,高邮(今属江苏)人,观弟。哲宗元祐六年(公元1091年)进士,调仁和主簿。翰林苏公,苏轼于元祐元年为翰林学士,四年,外任杭州知州。余杭,即指杭州。

②淮海:指江苏北部一带。惟扬州:宋置淮南路,治扬州,熙宁中分淮南为东西两路,东路仍治扬州。

③国士无双:国中独一无二的人才。《史记·淮阴侯传》:"诸将易得耳,至如(韩)信者,国士无双。"秦少游,秦观,字少游,详见后秦观诗附小传。

④欲攀句:谓秦观拟作武将(因其为将门之后)。天关:指宫廷。唐皎然《览史》诗:"嘉谋匡帝道,高步游天关。"守九虎,指作大将。九虎,原指王莽的九个将军,《汉书·王莽传》:"(王莽)拜将军九人,皆以虎为号,号曰'九虎'。"后用以喻强悍之军。

⑤回万牛:化用杜甫《古柏行》诗句,见前《子瞻诗句妙一世……即此韵》注⑦。

⑥季子:少子,指秦观弟觏。

⑦道山:《后汉书·窦融传附窦章》:"是时学者称东观为老氏臧室,道家蓬莱山。"后以道山借喻人文荟萃之地,犹言儒林、文苑。

⑧斑衣儿啼:用老莱子事。相传老莱子着彩衣为儿戏以娱亲,后因以斑衣为老养父母的典故。斑衣,彩衣。

⑨新年胜故年:谓学问有长进。

⑩郎罢:闽人称父为郎罢,唐顾况《囝》诗:"囝别郎罢,心摧血下。"注:"闽俗呼子为囝,父为郎罢。"

【今译】

淮海东南繁华名城唯有扬州,
国中独一无二的人才要数秦少游。
他本想在朝廷作将,掌管强悍军队,
却只有雄健笔力胜过万牛。

以文学纵横一时竟然如此,
主持家政自当依仗小弟弟。
时运来时谁又能从中刁难,
你如鸿雁随行列飞进文苑。
身穿彩衣学小儿啼哭娱亲真是快乐,
跟从老师学道也很不错。
只要新年的长进胜过旧年,
就好像常受教益在父亲跟前。

梦李白诵竹枝词三叠

黄庭坚

【题解】

此诗作于哲宗绍圣二年(公元1095年)。本年山谷以元祐党人贬涪州别驾,黔州(今四川彭水)安置,诗写于赴贬所途中。诗题中山谷故弄虚玄,谓此三首系李白自诵其作,实际上则是借李白之名抒发自身的迁谪之苦、朝廷之思。情调清新哀怨颇类民歌。山谷为大手笔,艰深、浅易无所不能,本篇正如陈衍所评:"音节极佳,先生所谓可以弦歌者。"

【原诗】

予既作《竹枝词》,夜宿歌罗驿,梦李白相见于山间,曰:"予往谪夜郎,于此闻杜鹃,作《竹枝词》三迭,世传之不?"予细忆集中无有,请三诵,乃得之①。一声望帝花片飞②,万里明妃雪打围③。马上胡儿那解听④?琵琶应道不如归⑤!

注释

①《竹枝词》:指山谷在其诗跋中所说绍圣二年"自荆州上峡,入黔中,备尝山川险阻"所作两首《竹枝词》,曰"撑崖拄谷蝮蛇愁……关门关外莫言远"云云。歌罗驿:《宋史·地理志》云施州清江有歌罗砦(寨),驿亦当在此,在今湖北恩施县西南。予往谪夜郎:唐肃宗乾元元年(公元758年)李白因曾入永王李璘幕府,以

附逆罪流放夜郎(今贵州桐梓县)。迭:同"叠"。不:同"否"。

②望帝:相传为周代蜀国国君,号曰望帝,失国,死后魂魄化作杜鹃,鸣声哀切,有杜鹃啼血之说。此处即指杜鹃。花片飞,杜鹃鸣于暮春、故云。

③明妃:王昭君,详见前王安石《明妃曲》注①。雪打围,在雪中围猎。

④那解听:意含双关,一指听杜鹃,一指下句中的琵琶。

⑤琵琶句:以明妃自况,化用杜甫《咏怀古迹》诗五首其三"画图省识春风面,环佩空归月夜魂。千载琵琶作胡语,分明怨恨曲中论"句意,谓琵琶奏出乡关、故国之思,如杜鹃啼曰"不如归去"。

【今译】

听一声杜鹃但见花片纷飞,
明妃雪中围猎远离故国万里。
马上胡儿哪会懂得杜鹃哀鸣的深意,
琵琶怕是一声声奏着不如归去。

题苏若兰回文锦诗图①

黄庭坚

【题解】

这首诗咏晋窦滔妻苏蕙事,并借此对聪颖而不幸的女性表示同情,只是艺术手法和用意都不见新奇。第二句反用巫山神女事,对负心男子进行讽喻,陈衍评曰"又弄小巧"。总的说来此诗较为平庸,绝不能算是一首佳作。

【原诗】

千诗织就回文锦,如此阳台莫雨何②?亦有英灵苏蕙手③,只无悔过窦连波④。

注释

①苏若兰回文锦诗:《晋书·窦滔妻苏氏传》云:"窦滔妻,始平人也,名蕙,字若兰,善属文。滔,苻坚时为秦州刺史,被徙流沙,苏氏思之,织锦字回文旋玑图诗以赠滔。宛转循环以读之,词甚凄惋,凡八百四十字,文多不录。"

②如此句:宋玉《高唐赋序》云楚顷襄王梦与巫山神女相会,神女告曰:"妾在巫山之阳,高丘之阻,旦为朝云,暮为行雨,朝朝暮暮,阳台之下。"后因以云雨比喻男女欢会。此反用其意,谓夫妇不能欢会。

③英灵:指杰出的人才。

④只无句:民间传说窦滔预备娶妾,妻苏氏因寄锦字回文诗,故云。连波,应为窦滔字,史书不见。

【今译】

千字诗织成回文锦,

即便这样用心也无奈阳台没雨何。

世上只有杰出才女苏蕙灵巧的手,

却没有悔过的丈夫窦连波。

病起荆江亭即事十首①(录二)

黄庭坚

其 一

【题解】

元符三年(公元1100年)徽宗即位,山谷被召还朝,十一月离开戎州贬所,次年(建中靖国元年)到达江陵(今属湖北),在此养病待命,写下这一组诗,这是十首中的第一首。前两句以东汉马援自比年既老而志不衰,表示作为文坛老将,尚能为国效力。同时说明自己正在病中,因其中年后颇信佛法,故自况病中的维摩诘。后二句以生动的画笔描绘眼前荒野景物,点化唐人陈咏"隔岸水牛浮鼻渡"的成句,推陈出新,兴会淋漓。

【原诗】

翰墨场中老伏波②,菩提坊里病维摩③。近人积水无鸥鹭,时有归牛浮鼻过④。

【注释】

①荆江亭:亭名,在荆南沙市(今湖北江陵)。

②翰墨场:犹文坛。韦应物《送冯著受李广州署为录事》诗:"名在翰墨场。"老伏波,指东汉伏波将军马援。《后汉书·马援传》载,刘尚击五溪蛮,马援时已六十二岁,自请出征,"据鞍顾盼,以示可用。"又曾说:"丈夫为志,穷当益坚,老当益壮。"此处用以自况。

③菩提坊:相传为释伽牟尼成佛之处。《大方广佛华严经》:"佛在菩提道场,始成正觉。"维摩,维摩诘,佛经中的人物名,与释伽同时代,曾向佛弟子舍利弗、弥勒、文殊、师利等讲说大乘教义。《维摩诘所说经》:"毗耶离城中有长者,名维摩诘,其以方便,现身有病。"此处诗人自况,因其信佛。

④时有句:孙光宪《北梦琐言》卷七云:"唐前朝进士陈咏……其诗卷首有一对语云:隔岸水牛浮鼻渡,傍溪沙鸟点头行。"此化用其句。

【今译】

　　我是文坛人老志不老的伏波,
　　又做了菩提坊中的病维摩。
　　近人积水处看不到鸥鸟白鹭,
　　时时见晚归的牛浮起鼻头渡过。

其　二

【题解】

　　这首诗仿效杜甫的《存殁口号》的做法①,怀念诗人一个活着一个死去的知友陈师道与秦观,诗中不但表达了对二人生死不渝的深挚友情,并写出二人各自不同的性格特点、创作状态,且对他们各自不幸的遭遇寄予深沉的哀叹。

【原诗】

　　闭门觅字陈无己②,对客挥毫秦少游③。正字不知温饱未④?西风吹泪古藤州⑤。

注释

①杜甫《存殁口号》二首其二:"郑公(虔)粉绘随长夜,曹霸丹青已白头。天下何曾有山水,人间不解重骅骝。"第一、三句怀已故的郑虔,二、四句怀存世的曹霸。

②闭门句:《宋人轶事汇编》引《文献通考》云:"世言陈无己每登览得句,即急归卧一榻,以被蒙首,恶闻人声,谓之'吟榻'。家人知,即猫犬皆逐去,婴儿稚子抱寄邻家。徐待诗成,乃敢复常。"故云。陈无己,陈师道字无己,详见后陈师道诗附小传。

③对客句:山谷《送少章从翰林苏公余杭》诗曾说秦观:"欲攀天关守九虎,但有笔力回万牛。文学纵横乃如此……"《诗话总龟》记"少游尝以真书题邢惇夫扇",又王世贞《弇州山人四部稿》载,山谷中兴颂碑后诗跋尾云:"惜不得秦少游妙墨劙之崖石。"秦观工词善诗,能书法,此句赞其文思敏捷,生性豪迈。

④正字:建中靖国元年(公元1101年),陈师道被召为秘书省正字,官卑职小,生活贫苦。

⑤西风句:元符三年(公元1100年)徽宗即位,贬于雷州(广东海康)的秦观受命为宣德郎,七月动身,八月行至藤州(今广西藤县),在光华亭去世。吹泪,一作挥泪。

【今译】

我思念关起门来寻觅诗句的陈无己,
对着宾客豪迈挥笔的秦少游。
无己做秘书省正字不知可能温饱?
西风将我哀悼少游的泪水吹到古藤州。

次韵中玉水仙花二首①

黄庭坚

其 一

【题解】

此二诗建中靖国元年(公元1101年)作于江陵,系和韵诗,马中玉原诗已佚。本篇首句就水仙的名实着笔,咏赞它生长的奇特。"水沉为香玉为肌"一句,以生新而贴切的词语,突出显示了水仙超凡绝俗的内在特质和清高的流品。后二句赞美水仙的幽香胜过酴醾,可与寒梅比并,只是缺少寒梅瘦硬的疏枝而较为柔弱。全诗摹写物象可谓曲尽其妙。

【原诗】

借水开花自一奇,水沉为香玉为肌②。暗香已压酴醾倒③,只比寒梅无好枝④。

【注释】

①中玉:马瑊(jiān)字中玉,时知荆州。山谷《次韵马荆州》诗云:"谁谓石渠刘校尉,来依绛帐马荆州。"

②水沉:沉水香,一种名贵香料。

③暗香:幽香。酴(tú)醾(mí):开在春末夏初,蔷薇科落叶灌木,花白而香。苏轼《杜沂游武昌以酴醾花菩萨泉见饷》二首其一云:"酴醾不争春,寂寞开最晚。……不妆艳已绝,无风香自远。"

④只比句:水仙与梅花均开放于冬季,山谷《王充道送水仙花五十枝……》诗云:"山矾是弟梅是兄",但梅枝瘦硬,傲霜斗雪,水仙开在室内,枝茎柔弱,故云。

【今译】

借水开花称得上十分奇异,
沉水香是她的骨骼白玉为肤肌。
清香压倒芬芳幽远的酴醾,
和寒梅相比她只缺少瘦硬的花枝。

其 二

【题解】

张邦基《墨庄漫录》云:"山谷在荆州时,邻居一女子,闲静妍美,绰有态度,年方笄也。山谷殊叹惜之。其家盖闾阎细民,未几嫁同里,而夫亦庸俗贫下,非其偶也。山谷因和马瑊中玉《水仙花》诗云云,盖有感而作。"山谷或许是有见于佳人下嫁里巷庸人生出感慨而作此诗,但寓意远不止于此:诗人满腹经纶,负绝世才华,非但仕途不达,反迁谪川蜀累年,因此借水仙流落荒远的荆州自况身世,写出才士与佳人同样的不遇之恨。正如陈衍所评:"末二句实有所指,况以水仙花,恰称穷巷幽姿身份。"全诗咏物而不凝滞于物,言近旨远,情味无穷。

【原诗】

　　淤泥解作白莲藕①,粪壤能开黄玉花②。可惜国香天不管③,随缘流落小民家④。

【注释】

　　①淤泥句:《维摩诘经》:"譬如高原陆地,不生莲华(花);卑湿淤泥,乃生此华。"

　　②粪壤:粪土,指秽土、脏土。黄玉花,指水仙,瓣白如玉,蕊黄似金。

　　③国香:《左传·宣公三年》:"以兰有国香,人服媚如是。"唐李濬《松窗杂录》载李正封有咏牡丹花诗:"天香夜染衣,国色朝酣酒。"后亦用以咏它花,如白居易《山石榴花十二韵》诗:"此时逢国色,何处觅天香。"此处咏水仙。

　　④随缘句:山谷自注:时闻民间事如此,参见本诗【题解】。

【今译】

　　淤泥里可以生长雪白的莲藕,
　　粪土中竟能开出玉瓣黄蕊的水仙花。
　　可惜这名花国色老天并不照管,
　　让她任随命运流落在小民之家。

王充道送水仙花五十枝,欣然会心,为之作咏①

黄庭坚

【题解】

　　本诗作于建中靖国元年(公元1101年)冬在荆南沙市(今湖北江

陵东)养病待朝命时,此年山谷写了六首咏水仙诗。篇首二句以曹植《洛神赋》中的凌波仙子比喻水仙轻盈幽美的姿态和月下倩影,极其精切奇妙。南宋末周密、张炎等人所作咏水仙词几乎都用洛神事,并屡屡化用山谷诗句,可见其诗影响之深远。三四句说是令人断肠的精魂化作水仙,为着给诗人寄托深深的愁思,可谓神来之笔,意味悠远。篇末忽作转宕,将名花与思虑一齐撇开,而展示门外"大江横"的景象,使意境由幽深细微顿转为开阔爽朗。陈长方《步里客谈》云:"古人作诗,断句旁入他意,最为警策。如老杜云'鸡虫得失无了时,注目寒江倚仙阁'是也。黄鲁直作水仙花诗,亦用此体。"这一转折不仅给人另一种壮美的感受,也蕴含着诗人对世界、对人生深层的哲学观照。

【原诗】

凌波仙子生尘袜,水上轻盈步微月[2]。是谁招此断肠魂,种作寒花寄愁绝[3]。含香体素欲倾城[4],山矾是弟梅是兄[5]。坐对真成被花恼[6],出门一笑大江横[7]。

注释

①王充道:人名,生平未详。

②凌波二句:曹植《洛神赋》形容洛水女神体态轻盈云:"凌波微步,罗袜生尘。"此处比喻水仙的轻盈柔美。

③寒花:秋冬开的花,如菊、梅等,此指水仙。

④体素:陶渊明《答庞参军》诗:"君爱其体素。"此形容水仙雅洁。倾城,汉李延年歌:"北方有佳人,绝世而独立,一顾倾人城,再顾倾人国。"此形容水仙之美。

⑤山矾(fán):花名,即玚(yáng)花,又称玉蕊花。山谷《戏咏高节亭边山矾花序》:"江湖南野中,有一小白花,木高数尺,春开极香,野人谓之郑花。王荆公(安石)尝欲作诗而陋其名,予请名曰山矾。野人采郑花叶以染黄,不借矾而成色,故名山矾。"

⑥坐对句:杜甫《江上独步寻花》诗:"江上被花恼不彻,无处告诉只颠狂。"此化用其句。

⑦出门句:语本阮籍《咏怀》诗:"门外大江横。"司空图《二十四诗品》:"如有佳句,大江前横。"大江,指长江。沙市在长沙左岸,故云"大江横"。

【今译】

她像凌波仙子罗袜生尘,

幽微月色下在水上步履轻盈。
是谁招来这令人断肠的精魂，
化作寒花只为寄托我深深愁情。
她素洁的身体满含清香，美丽倾城，
山矾是弟弟早梅是她的兄长。
终日坐对名花心绪被她恼乱，
撇开一切出门大笑，眼前横着宽阔长江。

戏赠米元章二首①

黄庭坚

其 一

【题解】

　　二诗作于建中靖国元年(公元1101年)。这首诗前二句用调侃的笔调对与自己同时代的大书法家兼画家米芾,全身心投入艺术——"麝煤鼠尾过年年"勤苦的创作生涯予以称颂。米芾好古博雅,收藏颇富,自己创作的书画又多,因此后二句玩笑地说,夜晚沧江上出现白虹贯月的奇异现象,一定是米家的书画船行驶着,精诚感动上天的缘故。诙谐的字句中,处处充满了诗人对米芾的欣赏和高度评价。

【原诗】

　　万里风帆水接天②,麝煤鼠尾过年年③。沧江静夜虹贯月④,定是米家书画船。

注释

①米元章:北宋书法家兼画家米芾(fú)字元章,详见后米芾诗附小传。
②水接天:一本作"水着天"。
③麝(shè)煤:制墨原料,因以为墨的别名。唐韩偓《横塘》诗:"蜀纸麝煤添笔媚。"鼠尾,以栗鼠尾毛制成的笔。
④虹贯月:化用白虹贯日的典故,《史记·邹阳传》:"昔者荆轲慕燕之义,白

虹贯日",谓精诚感动上天。

【今译】

　　风帆航行万里江水远接高天,
　　麝煤鼠尾伴着你度过年复一年。
　　沧江上静夜里忽见白虹贯月,
　　定是米家的书画船感动了上天。

其　二

【题解】

　　这首诗赞扬米芾的儿子友仁(字元晖)能继父业,书画传其家学,笔力雄健而自成一体,却先从爱惜其古印章说起,虽为短诗,章法、笔意曲折,有出奇制胜之妙。

【原诗】

　　我有元晖古印章①,印刓不忍与诸郎②。虎儿笔力能扛鼎③,教字元晖继阿章④。

注释

　　①元晖:米芾之子友仁(公元1085—1165年),字元晖,一字尹仁,自称懒拙老人。官至兵部侍郎、敷文阁直学士。书画承其家学而自具风格,世称小米。所作清秀脱俗,自成一家,因称其所绘山水为"米家山"。传世者有《潇湘奇观》《云山得意》等图。
　　②印刓(wán):指雕刻的印章。刓,雕刻。诸郎,指诗人的子侄。
　　③虎儿:指米友仁。扛鼎,举鼎。《史记·项羽本纪》:"力能扛鼎,才气过人。"后以形容力大。
　　④阿章:指米芾元章。

【今译】

　　我有元晖赠送的一枚古代印章,
　　舍不得把这精美的雕刻展示给儿郎。

他真是将门虎子笔下千钧力,
元晖书法有真传继承了你阿章。

雨中登岳阳楼望君山二首①

黄庭坚

其 一

【题解】

山谷绍圣二年(公元1095年)以修《神宗实录》不实的罪名被贬涪州别驾,黔州安置,元符元年(公元1098年)徙戎州(治所在今四川宜宾)。至元符三年(公元1100年)哲宗死,方得放还,改签宁国军节度判官。徽宗建中靖国元年(公元1101年)改知舒州(治所在今安徽安庄),因病辞命,乞知太平州(治所在今安徽当涂),至崇宁元年(公元1102年)由沙市东行,经岳阳楼,作此二诗。贬居川蜀六年是山谷平生最为艰苦的一段生活历程,尽管他能以豁达的胸襟面对厄运,在"万里黔中一线天,屋居终日似乘船"的生活环境中,还唱出"莫哭老翁气犹岸,君看,几人黄菊上华颠"(《定风波》词)的豪迈曲调,内心深处毕竟是愤激难平的。本诗前二句化用柳宗元诗意及班超典故,显示诗人终于挣脱苦难、九死一生的庆幸,后二句写出渐近江南喜悦又深含苦涩的心情,情意恳挚,不求语工而自然精工。

【原诗】

投荒万死鬓毛斑①,生出瞿塘滟滪关②。未到江南先一笑,岳阳楼上对君山③。

注释

①投荒句:柳宗元《别舍弟宗一》诗"万死投荒十二年",此用其意。

②生入句:《汉书·班超传》载班超长年在西域,晚岁请求内调,云:"臣不敢望到酒泉郡,但愿生入玉门关。"此化用其典。瞿塘,在今四川奉节,长江三峡之一,有瞿塘关。滟(yàn)滪(yù),滟滪堆,瞿塘峡口的巨石,水涨时沉于江中,船行

者难以辨识,往往触礁。古歌云:"滟滪大如马,瞿塘不可下。"

③岳阳楼:原为湖南岳阳县西门的城楼,隔着洞庭湖水,与君山遥遥相望。君山,在湖南洞庭湖中,又名洞庭山、湘山。因其为湘君所游处,故称君山。

【今译】

　　我被流放到荒远的地方,
　　鬓发都已变白历尽万险千难,
　　今天居然能够活着走出了
　　艰险的瞿塘峡滟滪关。
　　没有去往江南故地先自一笑,
　　在岳阳楼上欣喜地观赏君山。

其　二

【题解】

　　本诗从"满川风雨独凭栏"的诗人形象,可以看到他在风雨变幻、阴晴难测的政治环境中坚强、兀傲的态度。诗中写到烟雨中的君山美如湘夫人的青螺发髻,于是化用刘禹锡诗句,表达对"银山堆里看青山"的另一番景致的向往。全诗风调清新明快,写景中透露了诗人对美好前途的展望。

【原诗】

　　满川风雨独凭栏①,绾结湘娥十二鬟②。可惜不当湖水面,银山堆里看青山③。

注释

　　①满川风雨:苏舜钦《淮中晚泊犊头》诗"满川风雨看潮生",此化用其语。
　　②绾(wǎn)结句:谓君山状如湘娥挽结的十二个发髻。相传舜之二妃溺死于湘江,为湘水女神,号湘夫人(即湘娥),住在君山。《山海经》卷五《中山经》:"洞庭之山……帝之二女居之。"任渊注:"按君山状如十二螺髻。"
　　③银山句:刘禹锡《望洞庭》诗:"遥望洞庭山水翠,白银盘里一青螺。"此化用其句。银山,比喻白浪。

【今译】

满江凄迷风雨我独自凭倚栏杆,
遥望君山如湘夫人挽成的十二个发鬟。
可惜没在湖面上泛舟,
不能从银山堆里观赏青山。

题胡逸老致虚庵①

黄庭坚

【题解】

本诗作于徽宗崇宁元年(公元1102年)。首二句化用《汉书·韦贤传》句意,点出胡逸老藏书之丰,并赞美他以万卷书留给子孙,可使之成材,以见其贤德与教子有方。三四句称道主人公能救贫济困,预言此仁爱之心必能使其门庭有佳子弟。五六句为写景名句,诗人将胡逸老临山傍水的书斋,点化为有声有色的生动图画,使人有极其真切鲜明的感受。篇末写主人公心灵的虚静闲雅,正从所处环境和生活情趣中得到印证。

【原诗】

藏书万卷可教子,遗金满籯常作灾②。能与贫人共年谷,必有明月生蚌胎③。山随宴坐画图出④,水作夜窗风雨来。观水观山皆得妙,更将何物污灵台⑤!

注释

①胡逸老:生平不详。致虚庵,当为其书斋名。
②藏书二句:《汉书·韦贤传》:"遗(wèi)子黄金满籯(yíng),不如一经。"此化用其意。籯,筐笼一类的盛物竹器。
③明月句:谓子弟中有杰出者。《三国志·魏书·荀彧传》裴松之注云:"孔融与(韦)康父(韦)端书曰:'前日元将(康字)来,渊才亮茂,雅度弘毅,伟世之器也。昨日仲将(韦诞字)又来,懿性贞实,文敏笃诚,保家之主也。不意双珠,近出老蚌,甚珍贵之。'后遂以双珠比喻兄弟并美。明月,明月珠,宝珠。
④宴坐:闲坐。

⑤灵台:指心。《庄子·庚桑楚》:"不可内(纳)于灵台。""释文":"郭(象)云:心也。谓心有灵智能任持也。"

【今译】
　　藏书万卷可以教子孙成材,
　　给后代金钱满筐往往招致祸灾。
　　胡先生能拿出谷物救济贫苦人,
　　门中必有佳弟子如明珠孕于蚌胎。
　　当你闲坐时山景将如图画映出,
　　夜晚,书窗外水波会化作风雨吹来。
　　看山看水总能得到它的妙谛,
　　你虚静的心灵又如何能惹上尘埃!

武昌松风阁①

黄庭坚

【题解】
　　崇宁元年(公元1102年),山谷在太平州(治所在今安徽当涂)才做了九天知州,就被贬管勾洪州(今江西南昌)玉隆观,本诗写于九月途经武昌时。吴汝纶《点评黄山谷诗集》云:"吾尝论山谷七古,当推《松风阁》为第一,气骨高邈,杳然难攀。"这首诗确实堪称纪游与抒情相结合的"柏梁体"名作。山谷在刚刚"生出瞿塘滟滪关"不久,再度落入贬谪的苦难,似乎受着命运恶意的播弄。但他却能以超脱荣辱生死的淡泊心境来对待厄运,并保持乐观向上的精神,本诗即是山谷道德修养高达炉火纯青的一种表征。武昌松风阁是山谷所命名,此诗即从阁、松、风三层先作描写:诗中以"箕斗插屋椽"的奇观来突现阁的高峻,写到幸存的参天古松,再依次写出风吹松动,涛声有如女娲鼓瑟,而山水清音荡涤诗人胸襟,使人尘虑全消的种种情景。之后,又转入夜雨景象的生动描写:夜雨洗净山川,使诗人与二三贫士沉浸于更增光辉的自然美的融融之乐,而世道的艰险似乎已不复存在。接着,诗人又将笔锋一转,跌入现实,抒发对老师东坡的缅怀和对即将到来的知友张耒的盼望,且自明心志。"钓台惊涛可昼眠"一句,是对迫害诗人的政敌有力的反击,突出体现了诗人履险如夷的坚毅精神。篇末二句再作转折,表达企望摆脱现实,偕友隐于江湖的心愿。全诗意境高远阔大,笔力沉雄老健,奇思妙想脱弃凡近,章法跌宕,格高韵胜。虽受韩愈《山石》诗影响,艺术成就则在韩诗之上。山谷自己亦颇重此诗,以行书体亲书此诗,写在砑花的布纹纸上,现墨迹尚存,笔力劲峭,气势雄浑,与本诗风格颇类。

【原诗】

依山筑阁见平川,夜阑箕斗插屋椽②。我来名之意适然③。老松魁梧数百年,斧斤所赦今参天④。风鸣娲皇五十弦⑤,洗耳不须菩萨泉⑥。嘉二三子甚好贤⑦,力贫买酒醉此筵⑧。夜雨鸣廊到晓悬,相看不归卧僧毡。泉枯石燥复潺湲⑨,山川光辉为我妍。野僧早饥不能馆⑩,晓见寒溪有炊烟⑪。东坡道人已沉泉⑫,张侯何时到眼前⑬?钓台惊涛可昼眠⑭,怡亭看篆蛟龙缠⑮。安得此身脱拘挛,舟载诸友长周旋⑯!

【注释】

①武昌:今湖北鄂城。松风阁,在城西樊山(又名西山)上。宋祝穆《方舆胜览》卷二十八:"松风阁,在西山寺,黄鲁直命名,诗:'依山筑阁见平川……'。"
②箕:二十八宿之一,苍龙七宿的最后一宿,有星四颗。斗,北斗七星。
③名之:指给阁取名"松风"。
④斧斤:斧头。斤,斧。
⑤风鸣句:谓松风有如仙瑟。娲(wā)皇,即女娲氏,神话传说中人类的始祖,是伏羲氏之妹(一说为其妻)。传说伏羲曾作五十弦瑟,因归之娲皇。
⑥洗耳句:苏轼《听瑟》诗:"归家且觅千斛水,净洗从前筝笛耳。"此化用其句意。菩萨泉:《名胜志》:"西山有泉,曰菩萨水,晋时书'滴滴泉'三字,刻于崖顶。"
⑦嘉:赞许。二三子:诸位,几个人。语出《论语·阳货》:"子曰:'二三子,偃(子游)之言是也。'"好贤,谓好客。
⑧力贫:竭贫家之财力。
⑨潺(chán)湲(yuán):水徐流貌。
⑩馆(zhān):稠粥,此处用作动词,谓煮粥。
⑪寒溪:武昌西山附近的溪水名。

⑫东坡句:苏轼贬谪黄州时,曾多次往来于武昌溪山间,留有许多诗文。建中靖国元年(公元1101年)自海南放归,七月,病逝于常州。沉泉,去世。

⑬张侯:指张耒(字文潜),苏门四学士之一,详见后张耒诗附小传。张耒因"闻苏轼讣,为举哀行服"(《宋史·张耒传》),被责授房州别驾(治所在今湖北房县),黄州安置。山谷作此诗时,张还未到湖北。侯,古时士大夫之间的尊称,犹言君。

⑭钓台:《方舆胜览》卷二十八:"钓台,在北门外大江中。《郡志》:'孙权常整陈于钓台。'"

⑮怡亭:在今鄂城小北门外江边观音崖上,宋时崖在水中,为一小岛,其上有唐代李阳冰的篆书《怡亭铭》。欧阳修《集古录·跋》:"怡亭铭,李阳冰篆,裴虬撰,铭在武昌江水中,有小岛,亭在其上,铭刻于岛石。"蛟龙缠,形容篆字盘曲如蛟龙。杜甫《观薛稷少保书画壁》:"郁郁三大字,蛟龙岌相缠。"

⑯安得二句:韩愈《山石》诗云:"当流赤足踏涧石,水声激激风生衣。人生如此自可乐,岂必局束为人靰?嗟哉吾党二三子,安得至老不更归!"此化用其意。拘挛(luán),束缚,指世事牵缠。周旋,任渊注:"魏晋间多以交游为周旋。"

【今译】

筑成的高阁依傍着西山,
倚阁遥望可以看到一片平川,
夜色深沉,天边的箕宿和北斗,
仿佛插进了高高的屋椽。
我来到此地为阁取名叫做"松风",
心中很觉得意欣然。
魁梧的老松已经有好几百年,
伐木人的斧子饶过它,如今直参云天。
风吹松动涛声美妙悠远,
如同女娲弹奏起五十根琴弦。
我心境宁静,聆听自然的乐音,
不需要洗耳的菩萨清泉。
我赞许各位这样地好客礼贤,
虽然贫穷却拿出所有的金钱,
买来酒食让我尽情醉饮筵间。
夜晚听廊中雨声不断,

到早晨雨滴依旧还在回旋。
大家相看决定不返回住所,
为观赏雨景暂时歇宿在寺院。
原先泉水干涸山石焦枯,
如今重又听到泉水淙淙溪水潺湲。
雨洗山川,山川更加明净,
似乎为了我特地展示她的秀妍。
村野的僧人因为天旱没有收成,
甚至不能煮粥来把饥腹充填,
雨过后早晨见寒溪那边,
升起一缕缕袅袅炊烟。
东坡道人已经长眠在九泉,
张耒先生何时能来到眼前?
钓台四周拍击着惊涛骇浪,
白日里我却正好在这儿安眠。
怎样才能彻底摆脱世事的牵缠,
让我和朋友们泛舟漫游在山川之间!

次韵文潜①

黄庭坚

【题解】

　　这是一首和作,张耒原诗已佚。此诗写作背景与前一首相同,写作时间是崇宁元年(公元1102年)冬。张耒于哲宗绍圣四年(公元1097年)因坐元祐党籍,贬监黄州酒税。徽宗建中靖国元年(公元1101年)曾初召还朝任太常少卿等职。崇宁元年(公元1102年)蔡京当国,党议再起,张再度被贬为房州别驾,黄州安置。此年冬,张耒来到黄州,山谷自武昌过江与之相见,互相唱和,留下此篇。诗中先从武昌游历和追寻历史旧迹写起,抒发登临怀古之情,并隐含对其师苏轼的忆念。然后转入正题,写到与张耒相见虽均在患难之中,彼此却从友谊的安慰中得到温暖和鼓励。接着,自然而然地折向对共同的良师益友的追怀,对"三豪"为新党迫害终至于死,使文坛蒙受巨大损失的可悲现实而愤激,发出"天生大材竟何用,只与千古拜图像"的痛心疾首的呼号。后半篇赞扬张耒人病文不病,历险心胆犹壮的高尚人格,且暗以自喻,并对朝廷只知倾轧、打击异己,却置民生疾苦于不顾的现状,深表关切并深深叹息。末四句照应篇中,再度对东坡遗迹犹存人不存深表痛悼之情,且昭示自己与张耒心地之清白与罹祸之无辜和自恃高节无所畏惧的精神,其中又深寓累遭不幸的沉痛感情。全诗虽时有典故佛语,却不以数典使事为能事,而能浑融点化,增强语言的力度与厚度。虽多发议论,但言出深衷且多用未经人道语,自觉真挚动人。

【原诗】

武昌赤壁吊周郎②,寒溪西山寻漫浪③。忽闻天上故人来,呼舡凌江不待饷④。我瞻高明少吐气⑤,君亦欢喜失微恙⑥。年来鬼祟覆三豪⑦,词林根柢颇摇荡⑧。天生大材竟何用?只与千古拜图像⑨。张侯文章殊不病,历险心胆元自壮⑩。汀州鸿雁未安集⑪,风雪牖户当塞向⑫。有人出手办兹事⑬,政可隐几穷诸妄⑭。经行东坡眠食地⑮,拂拭宝墨生楚怆⑯。水清石见君所知⑰,此是吾家秘密藏⑱。

注释

①文潜:张耒,字文潜,详见后张耒诗附小传。

②武昌赤壁:赤壁之说不一,实际上三国时周瑜击败曹操大军的赤壁是在湖北蒲圻县西、长江南岸。朱彧《萍洲可谈》卷二载黄州"州治之西,距江名赤鼻矶。俗呼鼻为弼,后人往往以此为赤壁。……东坡词有'人道是周郎赤壁'之句,指赤鼻矶也。坡非不知自有赤壁,故言'人道是'者,以明俗记尔"。此沿用其意并寓吊东坡之意。周郎,周瑜年二十四为中郎将,吴中皆呼为周郎(见《三国志·吴志·周瑜传》)。

③漫浪:指唐诗人元结。元结始称猗犴子,又称浪士,又称漫郎。寒溪、西山皆为元结避乱时经常游历之处。

④舡(xiāng),船。凌江,渡江。饷,同"晌",片刻。

⑤高明:对人的敬称。少:稍。

⑥恙(yàng):疾病。

⑦年来句:指秦观、苏轼、陈师道相继去世。鬼祟(suì),鬼魅作祟,带给人的灾祸,暗指新党迫害。三豪,指苏、秦、陈三人。

⑧词林:犹言文坛。根柢(dǐ),草木的根,引申为事业的基础。
⑨天生二句:化用杜甫《古柏行》"古来材大难为用"及《梦李白》诗二首其二"千秋万岁名,寂寞身后事"等句意。
⑩历险:指张耒两度贬来黄州。
⑪汀洲句:《诗·小雅》有《鸿雁篇》,《毛诗序》云:"万民离散,不安其居。"
⑫风雪句:《诗·豳风·七月》"塞向墐户",谓堵塞向北的窗户(向),用泥涂抹门窗使不通风,以御寒过冬。牖(yǒu),窗户。
⑬有人句:谓朝廷当照料百姓生活。出手,《传灯录》:"与和尚共出只手。"
⑭政:同"正"。隐(yìn)几,《庄子·徐无鬼》:"南伯子綦隐几而坐,仰天而嘘。"隐几,倚着几案。穷,尽。诸妄,语出《圆觉经》:"于诸妄心,亦不息灭。"此为断绝妄念。
⑮东坡眠食地:东坡被贬黄州团练副使,在黄生活近五年,并常游武昌西山、寒溪等地。此指其生活及漫游过的地方。
⑯宝墨:指东坡留下的墨迹、石印。楚怆:悲怆、凄怆。
⑰水清石见:古乐府《艳歌行》:"水清石自见。"此谓心地清白,终有昭明之时。
⑱秘密藏:《圆觉经》有"为诸菩萨开秘密藏"语。《涅槃经》有"愚人不解,谓之秘密"语,此用其字面。

【今译】
　　在东坡曾经畅游的武昌赤壁,
　　我凭吊周瑜这盖世名将,
　　踏遍寒溪、西山,我寻找着
　　号称漫郎的元结走过的地方。
　　忽然听得老友从天而降的喜讯,
　　我迫不及待地呼唤船只渡过大江。
　　见到你立刻稍吐胸中闷气,
　　你也高兴得拔去了病殃。
　　年来鬼魅作祟带来一连串灾祸,
　　竟有三位豪士相继归入泉壤。
　　天生大材在这世上究竟有什么用?
　　只留下图像千载以下让人瞻仰。
　　张先生你虽然生病文章却很豪健,

卷二·次韵文潜　443

历尽了艰险心胆依旧雄壮。
唉,百姓如汀洲鸿雁还没能安栖,
风雪中御冬的门窗不知是否堵上?
朝廷当然会有人出手料理这些事,
我们正可以凭几而坐扫除一切妄想。
经行东坡曾长久生活的黄州,
拂试他留下的墨迹不由得十分悲怆!
你知道总有一天水清石见心迹昭明,
高洁的操守是我们秘密的宝藏。

鄂州南楼书事四首① (录一)

黄庭坚

【题解】

崇宁元年(公元1102年)山谷被罢官后流寓鄂州(武昌),等待命运的安排,本诗作于次年六月。政治失意的诗人登上鄂州南楼,置身于山光水色、荷香、风月的清凉国之中,洗去了一切凡思俗虑,忘怀了所有的烦恼困厄,整个心灵也被净化得如周围环境一样晶莹剔透。诗人将登楼时视觉的、嗅觉的、听觉的种种感受,用"一味凉"的感觉来概括,真是新奇精警,既切合南楼纳凉的题旨,又抒写了诗人为禅理所浸润,心灵极度虚静的境界,使人玩绎无穷。陈衍说:"山谷七言绝句皆学杜,少学龙标(王昌龄)、供奉(李白)者,有之,《岳阳楼》《鄂州南楼》近之矣。"本诗有"清水出芙蓉,天然去雕饰"之妙,音节爽朗,情韵悠远。

【原诗】

四顾山光接水光,凭栏十里芰荷香②。清风明月无人管③,并作南楼一味凉。

【注释】

①鄂州南楼:在湖北鄂城县南黄鹄山顶,临长江,接东湖,亦名"玩月楼"。

《世说新语·容止》:"庾太尉(亮)在武昌,秋夜气佳景清,使吏殷浩、王胡之徒登南楼赏月,谈咏竟夕。"后因称南楼为"庾公楼",省称"庾楼"。

②芰(jì)荷香:唐罗隐《宿荆州江陵驿》:"风动芰荷香四散,月明楼阁影相侵。"芰荷,指菱叶与荷叶,此偏指荷。

③清风句:苏轼《前赤壁赋》:"且夫天地之间,物各有主,苟非吾之所有,虽一毫而莫取。惟江上之清风与山间之明月,耳得之而为声,目遇之而成色,取之无禁,用之不竭,是造物者之无尽藏也,而吾与子之所共适。"此化用其意。

④一味凉:意含双关,一指感觉之清凉,一指心境之清凉。佛家常以清凉指摆脱七情六欲、凡思俗念而达到的无烦恼境界。《大云经》:"有三昧,名曰清凉,能断离爱憎故。"

【今译】
　　我登上南楼纵目四望,
　　苍翠的山光连接着碧绿的水光,
　　凭倚栏杆见十里荷塘,
　　传过来一阵阵幽雅芳香。
　　清风明月没有人拘管,
　　让我这闲散的人尽情来享,
　　眼前景色连同我的心,
　　共化作南楼夜晚无限清凉。

寄贺方回①

黄庭坚

【题解】

　　本诗崇宁二年(公元1103年)作于鄂州。胡仔《苕溪渔隐丛话》前集卷五十"秦少游"条引惠洪《冷斋夜话》云:"秦少游在处州,梦中作长短句《好事近》曰:'山路花添雨……醉卧古藤阴下,杳(当为"了")不知南北。'后南迁久之,北归,逗留于藤州,遂终于瘴江之上光华亭,时方醉起,以玉盂汲泉欲饮,笑视之而化。"本诗前两句即结合以上事实,用凄婉的诗笔,对挚友的辞世表示了深深的痛惜之情。后二句赞扬新知贺铸词章之美,与上文联系,又隐约地写出才华绝世的少游已永离人世,唯贺铸足以继之,字里行间不胜存殁之慨,且表白了三人友情之深与命运之相仿佛。次年,山谷即被贬往宜州,道过衡阳时,览少游《千秋岁》墨迹,追和其词,发出更加深沉的感慨。本诗语简意繁,情韵兼胜。

【原诗】

少游醉卧古藤下②,谁与愁眉唱一杯③?解作江南断肠句,只今唯有贺方回④。

【注释】

①贺方回:北宋著名词人贺铸,字方回,详见后贺铸诗附小传。
②少游句:参见本诗【题解】。又,山谷《千秋岁》词序云:"少游得谪,尝梦中作词云:'醉卧古藤阴下,了不知南北。'竟以元符庚辰(公元1100年)死于藤州光华亭上。……"
③谁与句:一指少游再不能写出令人悲愁的好词,一指谁能作词哀悼少游。唱一杯,晏殊《浣溪沙》词"一曲新词酒一杯",此翻用其意。
④解作二句:贺铸名作《青玉案》词下片云:"碧云冉冉蘅皋暮,彩笔新题断肠句。试问闲愁都几许?一川烟草,满城风絮,梅子黄时雨。"此词当时极负盛名,贺铸因此得到"贺梅子"的雅号。吴曾《能改斋漫录》卷十六:"贺方回为《青玉案》词,山谷尤爱之,故作小诗以纪其事。"

【今译】

少游醉卧古藤阴下,
永远在那儿长寐,
有谁能再在尊前唱一曲新词,
解开我结攒的愁眉?
懂得写出江南风物、令人断肠的佳句,
如今只有你贺氏方回。

书摩崖碑后①

黄庭坚

【题解】

宋叶梦得《石林诗话》说杜甫"《北征》《述怀》诸篇,穷极笔力,如太史公纪传,此古今绝唱也"。山谷此诗是学杜的力作,亦以史笔作诗,内容广阔,议论风发,感慨深沉。崇宁三年(公元1104年),山谷被新党诬以"幸灾谤国"的罪名,除名羁管宜州(治所在今广西宜州)。此年春天,他途经祁县(今湖南祁阳),读到了县西南五里刻于浯溪上的《中兴颂》碑,写下这首名篇。全诗以主要篇幅评论了唐代安史之乱前后的政事,对玄宗晚年昏聩拒谏,宠幸野心家安禄山,终于导致安史之乱,大唐王朝从此一蹶不振,玄宗本人也落入被猜忌而幽囚的悲剧命运等一系列史实,深致谴责与感慨。诗中对肃宗私自登基的行为,对他懦弱的性格,内受制于张后,外受制于李辅国,不能恪尽人子之道,致使玄宗晚年极度孤凄悲凉等情况,山谷都予以褒贬,同时也指出玄宗系肇祸之端,亦咎由自取。对玄宗既有严厉的批评复寄予深深的同情。两京收复后,虽然号曰"中兴",大唐盛世却一去不返,于是篇末又写到诗人面对碑刻,心潮起伏难平的情状。山谷"寂然凝虑,思接千载"(刘勰《文心雕龙·神思》),他所以慨古,主旨实在于伤今,当时的大宋已近末世,徽宗昏淫无道远在玄宗之上,朝政黑暗,党争不已,而金人的威胁也比安史之乱危险得多。山谷忧深思远,是希望朝廷能以古为鉴,以免"后人哀之而不鉴之,亦使后人而复哀后人也"(杜牧《阿房宫赋》)。用心可谓良苦。诗中"安知忠臣痛至骨,世上但赏琼琚词"二句,是篇中精策,不单是山谷对元结、杜甫忠贞爱国的赞美和对后人不能深解其诗的感叹,同时,也是借他人酒杯,浇自家之块磊,是诗人复杂而痛苦的内心世界的剖露,含义极其深永。全诗结构谨严,叙事、抒情、寄慨三者,既分合有序又觉融会无间,笔力苍劲,气势雄阔,音节高朗,格调沉郁,不愧为传诵名作。

【原诗】

春风吹船著浯溪②,扶藜上读《中兴碑》③。平生半世看墨本④,摩挲石刻鬓成丝。明皇不作苞桑计,颠倒四海由禄儿⑤。九庙不守乘舆西,万官已作鸟择栖⑥。抚军监国太子事,何乃趣取大物为⑦?事有至难天幸耳⑧,上皇局蹐还京师⑨。内间张后色可否⑩?外间李父颐指挥⑪。南内凄凉几苟活⑫,高将军去事尤危⑬。臣结舂陵二三策⑭,臣甫杜鹃再拜诗⑮。安知忠臣痛至骨,世上但赏琼琚词⑯。同来野僧六七辈,亦有文士相追随⑰。断崖苍藓对立久,冻雨为洗前朝悲⑱。

注释

①摩崖碑:在山崖峭壁上,磨平石面,刻上碑文或题字,此指湖南祁阳县西南五里浯(wú)溪上的《大唐中兴颂》碑文,唐元结文,大书法家颜真卿书写。内容描写肃宗平定安史之乱,使唐室"中兴"的事。

②浯溪:唐元结《浯溪铭序》:"浯溪在湘水之南,北汇于湘。爱其胜异,遂家溪畔。溪,世无名称者也,为自爱之故,命曰'浯溪'。"

③藜:指藜杖。《中兴碑》,即指《大唐中兴碑》。

④墨本:指从原石上摹拓下来或刻印的《中兴碑》文。

⑤明皇二句:谓唐明皇(玄宗李隆基)不作固本之计,致使安禄山起兵反叛,天下大乱。唐玄宗早年励精图治,用贤纳谏,开元之治成为唐代鼎盛时期。晚年昏聩腐朽,不听有识大臣劝谏,将军事大权交给野心家胡人安禄山之手。天宝十四载(公元755年)安禄山起兵,至代宗广德元年(公元763年)史朝义兵败自杀,天下大乱历时八年,生产遭受严重破坏,并形成藩镇割据的局面,唐王朝从此江河日下。苞桑,《易·否卦·上九》:'其亡,其亡,系于苞桑。"疏:"苞,本也。"意指将东西系于桑树之根就牢固。苞桑计,即根本大计。禄儿,安禄山,平卢、范阳、河东三镇节度使,玄宗宠妃杨玉环认他为义子,故称禄儿。

⑥九庙二句:谓祖宗的太庙都失守了。天宝十五载(公元756年),潼关失守,玄宗从延秋门出逃,往蜀中避乱。大官纷纷投靠新主子,如哥舒翰、陈希烈等先后投降安禄山。一说官员们追随太子李亨到灵武(今属宁夏)。九庙,指祭祀玄宗九位祖宗的太庙九室,其中祖庙五,亲庙四。乘舆,皇帝乘坐的车子,犹言銮驾、圣驾,代指皇帝。

⑦抚军二句:指玄宗逃往西蜀,留太子李亨讨贼,李亨在朔方招募士兵,天宝十五载(公元756年)七月,未经玄宗同意,即在灵武登皇帝位,是为肃宗,尊称玄宗为"上皇天帝"。抚军监国,《左传·闵公二年》:"(太子)君行则守,有守则从。从曰抚军,守曰监国。"趣(cù),同"促",匆忙,急忙。大物,指国家天下。《庄子·

天下》:"天下,大物也。"

⑧事有至难:《大唐中兴颂》有"事有至难,宗庙再安"之句。

⑨局(jú)蹐(jí):《诗·小雅·正月》:"谓天盖高,不敢不局;谓地盖厚,不敢不蹐。"《释文》:"局本又作跼。"局,曲身,弯腰。蹐,小步行路,形容行动小心戒惧之貌。

⑩内间句:谓肃宗内受制于张后。张后,肃宗为太子时充良娣。乾元中立为皇后,与李辅国勾结弄权,迁上皇于西内,肃宗不敢谒西宫。代宗立,群臣请废为庶人。

⑪外间句:谓肃宗大权旁落,外受制于宦官李辅国。李父,指李辅国,本名静忠。初侍玄宗,后侍皇太子李亨。玄宗奔蜀,辅国劝太子即位于灵武。肃宗还京,擅权用事。至德二年(公元758年)封郕(chéng)国公。代宗立,尊为尚父,进司空,封博陆郡王。益跋扈,代宗遣侠客夜刺杀之。颐(yí),指挥,用面颊表情示意,使人奔走于前,指有权势者气焰之盛。《汉书·贾谊传》:"今陛下力制天下,颐指如意。"

⑫南内句:玄宗自蜀还京,初居兴庆宫,即"南内"。张后离间玄宗、肃宗父子关系,又"与李辅国相助,多以私谒桡权……又与辅国谋徙上皇西内……(肃宗)内制于后,卒不敢谒西宫"(《新唐书·后妃下》"张皇后")。

⑬高将军句:玄宗心腹宦官高力士,曾任骠骑大将军,封渤海郡公。玄宗被幽禁后,高力士为李辅国诬谄,流放巫州(今四川巫山),玄宗处境更其孤危。

⑭臣结句:唐诗人元结代宗广德元年(公元763年)任道州(今湖南道县)刺史,目睹民生疾苦,写下著名的《舂陵行》,揭露官府的横征暴敛,并两次上表,为民请命。

⑮臣甫句:杜甫《杜鹃行》云:"君不见昔日蜀天子,化为杜鹃似老乌……虽同君臣有旧体,骨肉满眼身羁孤。"对玄宗被幽囚的凄凉晚景表示哀伤。

⑯琼琚(jū):华美的佩玉,比喻为华美的诗文。韩愈《祭柳子厚文》:"玉佩琼琚,大放厥辞。"

⑰同来二句:黄䇠《山谷先生年谱》载:"先生有真迹石刻,题云:崇宁三年己卯风雨中来泊浯溪,进士陶豫、李格,僧伯新、道遵同至中兴崖下。明日,居士蒋大年、石君豫、太医成权及其侄逸、僧守能、志观、德清、义明、崇广俱来……"

⑱涷(dōng)雨:暴雨。屈原《九歌·大司命》:"使涷雨兮洒尘。"

【今译】

春风吹送我的船到达浯溪边岸,
手扶藜杖攀上山崖细读中兴碑刻字。
一生中半世里只看过碑文拓本,

今日亲手抚摸石刻已经两鬓成丝。
明皇不作安邦固本的长远大计，
宠幸禄山招致兵祸四海动荡不已。
宗庙不守天子车驾直奔向西，
百官如翻巢鸦雀重找新的栖身之地。
统领军队守卫国家原是太子本分，
何必要匆忙地夺取天下自称皇帝？
削平祸乱再兴国家本是极其艰难，
幸亏有老天保佑恢复了太平之世。
明皇作为太上皇回到京都，
小心谨慎行动受到种种牵制。
内里要看张后眼色是否准许，
外面李辅国气势嚣张令人畏惧。
上皇幽居在南内的兴庆宫，
几乎是苟且偷生孤独悲凄，
高力士将军被诬远谪，
上皇迁往西内，情势更加危急。
臣子元结在春陵写下同情民生的诗句，
又为民请命上书献计。
杜甫再三写出杜鹃诗篇，
深深哀伤上皇的不幸遭遇，
有谁能理解忠臣念君忧国的彻骨悲痛，
世人只懂得欣赏他们优美的文辞。
同来浯溪的有山野中六七个僧人，
也有几位文士与我相随。
我面对断崖苔藓默默地久立，
天上降下暴雨正为着洗去前朝的伤悲。

郭明甫作西斋于颖尾，请予赋诗二首①（录一）

黄庭坚

【题解】

此诗作于神宗熙宁四年（公元1071年），时山谷任汝州叶县（今属河南）县尉，诗为友人所筑新居而赋。首句说明自己家贫以官为业的不得已，以引入下句对友人隐居不仕肃然起敬的感情。以下三联纯用想象的诗笔，描绘了郭氏富有书卷气息和园林逸趣的闲居生活，并写出自己对颖水西斋——亦即友人的思念、向往之情，以及友人礼贤好客的儒雅风度。同时想象他日相见从容、饮酒畅谈之时，西斋"女郎台下水如天"的澄明、空阔的景象。全诗一气旋折，层层递进，转宕多致，舒卷自如，手法颇类杜甫《诸将》诗。

【原诗】

食贫自以官为业②，闻说西斋意凛然③。万卷藏书宜子弟，十年种木长风烟④。未尝终日不思颖，想见先生多好贤。安得雍容一樽酒⑤，女郎台下水如天⑥。

注释

①郭明甫：山谷友人，生平未详。颖尾，指颖水下游。《左传·昭十二年》："次于颖尾。"注："颖水之尾在下蔡西。"下蔡，地名，在今安徽寿县。
②食贫：谓家境贫寒，《诗·卫风·氓》"三岁食贫"。
③凛然：态度严肃，令人敬畏的样子。
④十年种木：《管子·权修》："十年之计，莫如树木。"风烟，指自然美景。
⑤雍容：从容不迫。
⑥女郎台：当为西斋一台名。

【今译】

我家境贫寒只得把做官当成生计，

听到你新筑幽居的西斋真是敬佩万千。
你家藏万卷诗书宜于将学问传给子孙,
栽种林木成为美景需待十年。
我没有一天不思念颍水的友人,
想见先生从来是特别好贤。
几时才能与你从容地对饮,
观赏女郎台下水色如天。

山谷摘句图(十四条)

黄庭坚

一

落木千山天远大,澄江一道月分明。《登快阁》

注释

　　原诗如下:"痴儿子却公家事,快阁东西倚晚晴。落木千山天远大,澄江一道月分明。朱弦已为佳人绝,青眼聊因美酒横。万里归船弄长笛,此心吾与白鸥盟。"快阁,《清一统志·吉安府》二载,快阁"在太和县(江西)治东澄江(赣江)之上,以江山广远、景物清华得名"。

【今译】

千山木叶凋落天宇高远广大,
满江澄净碧水月影格外分明。

二

平生几两屐,身后五车书。《咏猩猩毛笔》

注释

　　原诗如下:"爱酒醉魂在,能言机事疏。平生几两屐,身后五车书。物色看王会,勋劳在石渠。拔毛能济世,端为谢杨朱。"诗题一本作《和答钱穆父咏猩猩毛笔》。猩猩毛笔,以猩猩毛制成的笔。平生句,用东晋阮孚典故。《世说新语·雅量》:"阮遥集(孚)好屐(jī),并恒自经营……或有诣阮,见自吹火烛屐,因叹曰:'未知一生当着几两(双)屐。'"屐,木底鞋,此借指笔帽。五车书,《庄子·天下》:"惠施多方,其书五车。"后谓读书、著述之多。

【今译】
你一生能带几个笔帽?
身后却留下五车著述。

三

有子才如不羁马,知公心是后凋松。《和高仲本喜相见》

注释

原诗如下:"雨昏南浦曾相对,雪满荆州喜再逢。有子才如不羁马,知君心是后凋松。闲寻书册应多味,老傍人门似更慵。何日晴轩观笔砚?一樽相属要从容。"高仲本,生平未详,徽宗朝曾任万州(今四川万县)太守。不羁马,比喻才气纵横。《史记·邹阳列传》载其《狱中上书》:"使不羁之士,与牛骥同皂。""索隐":"言骏(良马)足不可羁绊,以比喻逸才之人。"司马迁《报任少卿书》:"仆少负不羁之材。"羁,马笼头。后凋松,《论语·子罕》:"岁寒,然后知松柏之后凋。"

【今译】
你儿子才气纵横如不受拘系的骏马,
我知道你心志坚毅似不凋的青松。

四

行要争光日月,诗须皆可弦歌。《再赠子勉》

注释

原诗如下:"行要争光日月,诗须皆可弦歌。著鞭莫落人后,百年风转蓬科。"诗题一本作《再用前韵赠子勉四首》。子勉,高荷,字子勉,江陵(今属湖北)人,"江西诗派"诗人之一。争光日月,《史记·屈原贾生列传》:"其(指屈原)志洁,故其称物芳。其行廉,故死而不容自疏。……推此志也,虽与日月争光可也。"诗须句,《礼·乐记》:"正六律,和五声,弦歌《诗·颂》。""疏":"谓以琴瑟之弦,歌此《诗·颂》也。"此化用其意。

【今译】

　　道德行为要与日月争光，
　　所作诗篇都能配乐歌唱。

五

　　饱吃惠州饭，细和渊明诗。《跋子瞻和陶诗》

【注释】

　　原诗如下："子瞻谪岭南，时宰欲杀之。饱吃惠州饭，细和渊明诗。彭泽千载人，东坡百世士。出处虽不同，风味乃相似。"哲宗绍圣元年（公元1094年），苏轼被一贬再贬为宁远军节度副使，惠州（今广东惠阳）安置，在惠州期间写了大量和陶诗，表示对陶渊明的追慕。

【今译】

　　好好饱餐惠州粗粝的饭食，
　　细细追和渊明精美的诗篇。

六

　　公如端为苦笋归，明日青衫诚可脱。《次韵子瞻春菜》

【注释】

　　原诗如下："北方春蔬嚼冰雪，妍暖思采南山蕨。韭苗水饼姑置之，苦菜黄鸡羹糁滑。蓴丝色紫菰首白，蒌蒿芽甜蔊头辣。生菹入汤翻手成，芼以姜橙夸缕抹。惊雷菌子出万钉，白鹅截掌鳖解甲。琅玕森深未飘箨，软炊香秔煨短苗。万钱自是宰相事，一饭且从吾党说。公如端为苦笋归，明日青衫诚可脱。"公如二句，暗用晋张翰事。《晋书·张翰传》："翰因见秋风起，乃思吴中菰菜、蓴羹、鲈鱼脍，曰：'人生贵得适志，何能羁宦数千里以要名爵乎！'遂命驾而归。"端，犹言端的，确实，当真。青衫，下级官吏的服色。

【今译】
　　先生如确实为爱苦笋回归乡里，
　　明朝当真可以将青色官服脱去。

七

　　春去不窥园，黄鹂颇三请。《晚春》

注释

　　诗题应作《次韵张询斋中晚春》。原诗如下："学古编简残，怀人江湖永。非无车马客，心远境亦静。挽蔬夜雨畦，煮茗寒泉井。春去不窥园，黄鹂颇三请。立朝无物望，补外傥天幸。想乘沧浪船，溼发晞翠岭。"不窥园，用西汉董仲舒典。详见前苏轼《送安惇秀才失解西归》诗注。三请，《晋书》卷三十二列传二"后妃"下"明穆庾皇后"："……咸和元年，有司奏请追赠后父及夫人毋丘氏，后陈让不许，三请不从。"又《晋书》卷一百二十八载记第二十八"慕容超"："司徒慕容惠曰：'……但自古乞援，不遣大臣则不致重兵，是以赵隶三请，楚师不出，平原（君）一使，援至从成。'"三，多次，非实指。

【今译】
　　春风将尽我没去观赏园林美景，
　　黄鹂多次殷勤邀请婉转地啼鸣。

八

　　水远山长双属玉，身闲心苦一春锄。《池日风雨留三日》

注释

　　原诗如下："孤城三日风吹雨，小市人家只菜蔬。水远山长双属玉，身闲心苦一春锄。翁从旁舍来收网，我适临渊不羡鱼。俯仰之间已陈迹，暮窗归了读残书。"池口，镇名，在安徽贵池县西北五里黄龙矶上。属玉，水鸟名，司马相如《上林赋》："鸿鹔鹄鸰，驾鹅属玉。""注"引郭璞："属玉似鸭而大，长颈赤目，紫绀色。"春锄，鸟名，即白鹭。《尔雅·释鸟》："鹭，春鉏。"注："白鹭也。"也作"春锄"。唐皮日休《夏首病愈因招鲁望》诗："一声拔谷（布谷）桑拓晚，数点春锄烟雨微。"

【今译】

　　看水远山长像一对属玉鸟，
　　我身闲心苦似优雅的白鹭。

九

　　夜听疏疏还密密，晓看整整复斜斜。风回共作婆娑舞，天巧能开顷刻花。《咏雪》

注释

　　诗题应作《咏雪奉呈广平公》。原诗如下："连空春雪明如洗，忽忆江清水见沙。夜听疏疏还密密，晓看整整复斜斜。风回共作婆娑舞，天巧能开顷刻花。正使尽情寒至骨，不妨桃李用年华。"回，旋转。婆娑(suō)，形容舞姿优美。天巧，原本作"天教"，据别本改。花，形容雪片。

【今译】

　　夜晚听落雪从疏疏又变成密密，
　　早晨看整整的一行行忽然斜飞。
　　风儿回旋，它们在空中婆娑起舞，
　　天工精巧，顷刻间就让白花芳菲。

十

　　人间风日不到处，天上玉堂森宝书。《双井茶送子瞻》

注释

　　原诗如下："人间风日不到处，天上玉堂森宝书。想见东坡旧居士，挥毫百斛泻明珠。我家江南摘云腴，落硙霏霏雪不如。为君唤起黄州梦，独载扁舟向五湖。"
　　双井，井名，在洪州分宁县(山谷家乡)，所产茶亦名双井。宋初茶以两浙所产日注为第一，自仁宗景祐以后，双井渐盛，出于日注之上。玉堂，指翰林院。森，众盛貌。宝书，泛指珍贵的书籍。

【今译】

　　在那人间的风吹不到

日晒不着的清静幽深之地,
翰林院宛如天上仙境,
排列着许许多多珍贵书籍。

十一

管城子无食肉相,孔方兄有绝交书。《戏呈孔毅父》

注释

原诗如下:"管城子无食肉相,孔方兄有绝交书。文章功用不经世,何异丝窠缀露珠。校书著作频诏除,犹能上车问何如。忽忆僧床同野饭,梦随秋雁到东湖。"孔毅父,孔平仲字毅父,临江新淦(今江西新干)人,与兄文仲、弟武仲俱以文名,合称"清江三孔",与山谷有交谊。管城子,指毛笔。韩愈《毛颖传》云:"秦皇帝使蒙恬赐之汤沐,而封诸管城,号管城子。"此处借指弄笔的文人。食肉相,《后汉书·班超传》载,看相人谓班超"燕颔虎颈,飞而食肉,此万里侯相也"。孔方兄,钱的别称。铜钱中有方孔,故称。《晋书·鲁褒传》载其《钱神论》曰:"亲之如兄,字曰'孔方'。"亦称孔兄、方兄。

【今译】

管城子生来没有食肉的面相,
孔方兄的绝交书倒常常寄上。

十二

未生白发犹堪酒,垂上青云却佐州。《次王定国扬州见寄》

注释

诗题应作《次韵王定国扬州见寄》。原诗如下:"清洛思君昼夜流,北归何日片帆收。未生白发犹堪酒,垂上青云却佐州。飞雪堆盘鲙鱼腹,明珠论斗煮鸡头。平生行乐自不恶,岂有竹西歌吹愁。"王定国,王巩,字定国,大名莘县(今属山东)人,宰相王旦之子。神宗朝官至太常博士,坐与苏轼往来,谪监宾州盐酒税。哲宗初,为宗正寺丞,后通判扬州。哲宗末,编管全州。垂,将。上青云,喻仕途得意,连登高位。孔稚圭《北山移文》:"干青云而直上。"佐州,佐理州郡之事,指任扬州通判。

【今译】

你未生白发还能禁受消愁的清酒，
可惜将要青云直上却来佐理郡州。

十三

张侯哦诗松韵寒，六月火云蒸肉山。《戏和文潜》

注释

诗题应作《戏和文潜谢穆父松扇》。原诗如下："猩毛束笔鱼网纸，松树织扇清相似。动摇怀袖风雨来，想见僧前落松子。张侯哦诗松韵寒，六月火云蒸肉山。持赠小君聊一笑，不须射雉鷇黄间。"文潜，张耒字文潜，详见后张耒诗附小传。侯，对人尊称。哦诗，吟诗。肉山，戏谓人躯体肥大。

【今译】

张君诗如松风之韵风调清寒，
身躯肥六月火云蒸烤着肉山。

十四

人间化鹤三千岁，海上看羊十九年。《观翰林公出游》

注释

诗题应作《次韵宋懋宗三月十四日到西池都人盛观翰林公出游》。原诗如下："金狨系马晓莺边，不比春江上水船。人语车声喧法曲，花光楼影倒晴天。人间化鹤三千岁，海上看羊十九年。还作遨头惊俗眼，风流文物属苏仙。"翰林公，指苏轼。人间句：用丁令威事，《搜神后记》汉辽东人丁令威在灵虚山学道成仙，后化鹤归来，落城门华表柱上。有少年欲射之，鹤乃飞鸣作人言："有鸟有鸟丁令威，去家千年今始归。城郭如故人民非，何不学仙冢累累。"后常用以比喻人世的变迁。此处比喻神、哲两朝新旧党交替执政。海上句，用苏武事，苏武出使匈奴，不降，放至北海牧羊，十九年后始归汉。此处借喻苏轼自神宗四年（公元1071年）被新党排挤出朝，辗转州县至哲宗元祐元年（公元1086年）方被召还朝任中书舍人，改翰林学士。外放十六年之久。

【今译】

丁令威化鹤归来人间已越过三千载,

先生如苏武海上牧羊苦度了十九年。

妾薄命二首①

陈师道

【作者简介】

陈师道(公元1053—1102年),字履常,一字无己,号后山居士。彭城(今江苏徐州)人。早年师从曾巩,颇受器重。王安石以经义之学取士,师道不以为然,故不应试。元祐二年(公元1087年),苏轼荐其文行,起为徐州州学教授,又为太学博士。四年,苏轼出任杭州太守,路过南京(今河南商丘),陈师道前往送行,以擅离职守被劾去职。不久复为颍州教授。绍圣元年(公元1094年),被目为苏轼余党,罢职。元符三年(公元1100年),任秘书省正字,次年病逝。师道为苏门六君子之一,工诗善文,诗歌成就远在散文之上。自言"于诗初无诗法",后"一见黄豫章(庭坚),尽焚其稿而学焉"(《答秦觏书》),二人互相推重,"江西诗派"将黄庭坚、陈师道、陈与义列为"三宗"。师道终身服膺杜甫,五七言律诗的成功之作笔力逼近老杜。但其诗作境界不够阔大,多抒写个人生活与情怀,尤多啼饥号寒之作,颇类孟郊。作诗以苦吟著名,无戏谑之作。他不赞成山谷诗"过于出奇",主张自然,其诗亦屡有以浅俗之语写真挚之情者。有《后山集》《后山丛谈》《后山诗话》等。

其 一

【题解】

《宋史·陈师道传》说师道:"少而好学苦志,年十六,早以文谒曾巩,巩一见奇之,许其以文著,时人未之知也,留受业。熙宁中,王氏(安石)经学盛行,师道心非其说,遂绝意进取。巩典五朝史事,得自择其属,朝廷以(师道)白衣难之。"《诗林广记》载:"谢叠山(枋得)云:元丰间，曾巩修史，荐后山有道德，有史才，乞自布衣召入史馆，命未下而曾去。后山感其知己，不愿出他人门下，故作《妾薄命》。"宋史本传又记载师道任颍州通判时，苏轼为太守，欲置为门下弟子，"而师道赋诗有'向来一瓣香，敬为曾南丰'之语。"又载其"初，游京师逾年，未尝一至贵人之门"，章惇为执政大臣，两度欲荐师道，终不往。足见他是一位耿介自守之士。古人云"士为知己者死"，师道一生敬奉曾巩，深感其知遇之恩，至死不渝，其情可佩可感。《妾薄命》二首借男女之情抒师生之谊，字字血泪，动人至深。第一首抒写了元丰六年（公元1083年）曾巩死后，诗人伤心欲绝的心情。全诗假托侍妾之口，婉转地写出主人——曾巩对他特殊的恩遇和他原拟终生侍奉"主人"，却不料对方早早去世，而变故只在须臾的惨痛事实，且表明诗人绝不再事他人的忠贞心志。篇末四句呼天抢地，倾泻了诗人的极度悲伤，令人有"愁自肺腑出，出辄愁肺腑"的痛切感受。诗中多化用前人诗句、典故，而高古自然，如同己出，纯以真情取胜。

【原诗】

主家十二楼②，一身当三千③。古来妾薄命，事主不尽年。起舞为主寿，相送南阳阡④。忍著主衣裳，为人作春妍⑤？有声当彻天，有泪当彻泉⑥。死者恐无知⑦，妾身长自怜⑧。

注释

①妾薄命：乐府杂曲歌辞名。曹植、梁简文帝、李白等均有以《妾薄命》为题的乐府诗，表达生离死别、远聘晚嫁、失宠遭遗弃等感慨。诗人自注：为曾南丰作。曾南丰，曾巩（公元1019—1083年），字子固，建昌军南丰（今属江西）人，因称南丰先生。唐宋散文八大家之一。少时为欧阳修所识拔。仁宗嘉祐二年（公元1057年）进士。曾任馆阁校理、集贤校理，知齐、襄、洪、福等州。神宗元丰三年（公元1080年），判三班院。四年，迁史馆修撰，典修五朝国史，未及属稿，擢中书舍人。后病卒于江宁。唐张籍有《节妇吟》，为谢绝平卢节度使李师道之聘而作，诗云："君知妾有夫，赠妾双明珠。感君缠绵意，系在红罗襦。妾家高楼连苑起，良人执戟明光里。知君用心如日月，事夫誓拟同生死。还君明珠双泪垂，恨不相逢未嫁时。"陈师道《妾薄命》二首效其手法。

②十二楼：鲍照《代陈思王京洛篇》："凤楼十二重，四户入绮窗。"谓楼之高华。

③妾身句:白居易《长恨歌》:"后宫佳丽三千人,三千宠爱在一身。"此用其意。

④起舞二句:刘禹锡《代靖安佳人怨》诗云:"晓来行歌里门外,昨夜华堂歌舞人。"此化用其意,谓乐往哀来,生死骤变。南阳阡,汉代原涉为其父在南阳(今属河南)置墓,称南阳阡,后泛指墓地。

⑤忍着二句:白居易代张愔爱妾盼盼所作《燕子楼》诗:"钿晕罗衫色似烟,几回欲着即潸然。自从不舞霓裳曲,叠在空箱十一年。"此化用其意,表示自守节操,不事他人。忍,怎忍。作春妍,意谓以姿色技艺博取他人欢笑。

⑥泉:指黄泉、九泉。

⑦死者句:《孔子家语》:"子贡问孔子曰:'死者有知乎?将无知乎?'"此化用其语。

⑧妾身句:李白《去妇辞》:"孤妾长自怜。"此用其语。

【今译】

　　主人家华美的高楼有十二重,
　　我身上集中了他对众多姬妾的爱恋。
　　从古以来妾妇大都薄命,
　　侍奉主人不能到达自己的终年。
　　不久前还翩翩起舞为他祝寿,
　　送他去向墓地却只在转瞬之间。
　　我怎么忍心穿着主人给我的衣裳,
　　去博取他人欢乐做出美丽笑颜!
　　我哭他的悲声响彻云天,
　　我哭他的泪水洒入黄泉。
　　死去的主人恐怕一无所知,
　　孤独的我却只能长年自我哀怜。

其　二

【题解】

　　本诗仍以侍妾口吻先用比兴手法,借墓地的荒凉景象写出主人死去后,自己的孤寂与悲痛,以及不能与之生死相共的深恨和今后余生的难捱,感情表达比前首更其激烈。"死者如有知,杀身以相从"二句,以金石之声说出诗人坚贞的志节,透露了他对曾巩至上至深的崇敬与爱。篇末发华屋山丘之慨,以景结情,余意不尽。南宋末,文天祥被执北去,和王清惠《满江红》词,特别在题下说明:"以庶几后山(师道)《妾薄命》之意",并在词中表明坚决不事异族和为国捐躯的英雄志节,可见此二诗影响之深。

【原诗】

　　落叶风不起①,山空花自红。捐世不待老②,惠妾无其终。一死尚可忍,百岁何当穷③!天地岂不宽?妾身自不容④。死者如有知,杀身以相从。向来歌舞地,夜雨鸣寒蛩⑤。

注释

　　①落叶:喻人长逝。潘岳《悼亡诗》:"落叶委埏侧,枯荄带坟隅。"
　　②捐世:离弃人世。
　　③百岁:一生。穷,尽。
　　④天地二句:岑参《西蜀旅舍春叹寄朝中故人呈狄评事》诗:"四海犹未安,一身无所适。自从兵戈动,遂觉天地窄。"此化用其语。
　　⑤蛩(qióng):蟋蟀。

【今译】

　　主人像凋落的枯叶风吹不起,
　　我如空山中的鲜花徒自艳红。
　　他离开人间不等到年老,
　　对我的恩惠有始无终。
　　残酷的死亡还可以忍受,
　　难捱的余生将苦痛无穷。
　　谁说天地不够宽广?
　　我却没有一个角落能把身容。
　　死去的主人假如有知有觉,
　　我真想就此杀身与他相从。
　　可叹往昔歌舞欢乐的场所,
　　而今只听到夜雨中悲鸣着寒虫。

赠二苏公

陈师道

【题解】

本诗赠给苏轼、苏辙兄弟二人。篇首罗列了蜀中丰富的物产,指出尤其珍贵的是历代产生的众多的历史名人。然后写到苏门父子为独具慧眼的欧阳修所赏识、推奖的事实。中间描述了儒学的兴盛与衰败,并主要攻击了以王安石为首的新经学及其褊狭文学主张的弊端。用语相当激烈,近乎于骂。最后归结到对二苏重振纪纲与文风的殷切期望。对苏氏兄弟极颂扬之能事,表现了诗人对他们的高度崇敬。全篇以文字为诗,以议论为诗,风格逼近韩愈,艺术上显得较为枯索。

【原诗】

岷峨之山中巴江①,桂椒柟栌枫柞樟②。青金黄玉丹砂良③,兽皮鸟羽不足当④。异人间出骇四方⑤,严王陈李司马扬⑥。一翁二季相对望⑦,奇宝横道骥服箱⑧。谁其识者有欧阳⑨,大科异等固其常⑩,小却盛之白玉堂⑪,典谟雅颂用所长⑫。度越周汉登虞唐,千载之下有素王⑬。平陈郑毛视荒荒⑭,后生不作诸老亡⑮。文体变化未可量,万口一律如吃羌⑯。妖狐幻人大陆梁⑰,虎豹却走逢牛羊⑱。上帝惠顾被不祥⑲,天门夜下龙虎章⑳。前驱吴回后炎皇㉑,绛旂丹毂朱冠裳㉒。从以甲冑万鬼行㉓,乘风纵燎无留藏㉔。天高地下日月光,授公以柄扶病伤㉕。士如稻苗待公秧㉖,临流不渡公为航㉗。如大医王治膏肓㉘,外证已解中尚强㉙。探囊一试黄昏汤㉚,一洗十年新学肠㉛。老生塞口不敢尝㉜,向来狂杀今尚狂,请公别试囊中方㉝。

【注释】

①岷(mín)峨:岷山与峨眉山。岷山在四川松潘县北,绵延四川甘肃两省边境。峨眉山在四川峨眉县西南,山势雄伟,有山峰相对如蛾眉,故名。中巴江:中江与巴江,均为流经四川的江水。一说中江为四川沱江,巴江即嘉陵江。

②桂:木名。椒:花椒树。柟(nán):木名,同"楠"。栌(lú):木名,一名黄栌。

枫:木名。柞(zuò):木名,木质坚韧,可为凿柄,俗名凿子木。樟:木名,有浓烈香气,欲称香樟木。

③青金:即铅。《说文》:"铅,青金也。"丹砂:朱砂。

④不足当:意谓无足论。

⑤异人:谓突出的人才。间(jiàn):更迭、相继。

⑥严:指严君平,名遵,西汉蜀郡人。卜筮于成都,日得百钱,足以自养,即闭肆下帘读《老子》,终身不仕。扬雄少时曾从其游学。王:指西汉辞赋家王褒,字子渊。西汉蜀资中人,宣帝时征入都,与张子侨等并待诏,擢为谏大夫。著有《圣主得贤臣颂》《洞箫赋》等。陈:指初唐诗人陈子昂,字伯玉,四川射洪人。以崇尚汉魏风骨的复古主张为文学革新手段,革六朝浮靡之习,开一代诗风。李:指唐代大诗人李白,字太白,蜀绵州彰明县(今四川江油)人。司马:指西汉著名辞赋家司马相如,字长卿,成都人。武帝时,因献赋被任命为郎。曾通使邛、筰有功。著有《子虚》《上林》《大人》等赋。扬:指西汉著名辞赋家扬雄,字子云,成都人。少好学,长于辞赋,多仿效司马相如。成帝时曾献《甘泉》《河东》《羽猎》《长杨》四赋,拜为郎。

⑦一翁二季:指苏洵、苏轼与苏辙父子三人。

⑧奇宝横道:比喻未为人所认识其价值。骥(jì)服(fú)箱:谓以千里马负车箱(驾车),比喻大材不得其用。

⑨谁其句:谓怀卓荦才具的苏门父子三人均为欧阳修所识拔。仁宗嘉祐间,苏洵携二子轼、辙至京师,欧阳修得其文二十二篇,极其赞赏,荐于宰相韩琦,授秘书省校书郎。苏轼兄弟中同榜进士,欧阳修为主考官,得其奖拔。

⑩大科句:贤良方正能言极谏科等科由皇帝诏试才识优异士人,称制科。制科试策论,限字数,要求严格,中式后待遇优厚,苏轼苏辙均由此科入仕,故士大夫以此为荣,称之为"大科"。

⑪小者句:谓苏轼兄弟哲宗元祐初均为翰林学士。白玉堂,又称玉堂,指翰林院。

⑫典谟:原指《尚书》中的《尧典·大禹谟》,此处借指典范的文章及制订典章制度。雅颂:原指《诗经》中的《雅》《颂》,此处借指雅正的诗歌。

⑬度越二句:谓二苏运用孔子创立的儒家学说可使朝政超过周、汉达到古圣帝尧舜之治。唐虞,古史言陶唐氏(尧)与有虞氏(舜)皆以揖让有天下,以唐虞时为太平盛世。素王,汉王充《论衡·定贤》:"孔子不王,素王之业在《春秋》。"后来儒家专以素王称孔子。

⑭平陈:平,指平当,字子思,西汉平陵人,对《尚书》《禹贡》深有研究,哀帝时任宰相。陈,指陈翁生,汉梁人,工《尚书》研究,官信都太傅。郑:指东汉经学家郑玄,字康成,遍注五经,今存《毛诗笺》《周礼》《仪礼》《礼记》注等。毛:指大毛

公鲁人毛亨、小毛公赵人毛苌,均为汉初传授《诗经》的学者。视荒荒:意谓正宗儒学后继乏人,前途黯淡。荒荒,黯淡无际貌。

⑮后生:指年轻的儒学继承者。诸老:指老一辈的儒学家。

⑯万口句:谓众人应和王安石所创之新学,还自以为新奇。苏轼《答张文潜书》云:"文字之衰,未有如今日者也,其源实出于王氏(指安石)。王氏之文未必不善也,而患在好使人同己。自孔子不能使人同,颜渊之仁,子路之勇,不能以相移。而王氏欲以其学问天下。地之美者,同于生物而不同于所生。唯荒瘠斥卤之地,弥望皆黄茅白苇,此则王氏之同也。"这段文字可作此句注脚。如吃羌,一本作"可吃羌"。吃羌,谓吃"羌煮",指吃稀奇食物。羌煮,古代西北少数民族的一种杂煮肉食,后传入内地。

⑰大:别本作"犬"。陆梁:跳跃貌。张衡《西京赋》:"怪兽陆梁,大雀踆踆。"

⑱虎豹:比喻反对新法的元老重臣。却走:退避。

⑲祓(fú):古代除灾祈福的仪式。此指祛除。

⑳天门:犹言天宫,借指朝廷。龙虎章:比喻严明威武的诏令。

㉑吴回:吴回氏,又名祝融,相传帝喾时继其兄重黎居火正,后世因称为火神。炎皇:即炎帝,传说中的古帝,姜姓,因以火德王,故称炎帝。此处亦借喻火。

㉒绛旆:红旗。丹毂(gǔ):朱轮。

㉓万鬼行:比喻新党投机分子四散逃亡。

㉔纵燎:犹言纵火焚烧。

㉕柄:指权柄、文柄。

㉖秧:用为动词,指插秧。

㉗为航:谓指点航向。

㉘膏肓(huāng):古代医学称心脏下部为膏,隔膜为肓。病入膏肓谓极其严重难以医治的疾病。

㉙外证:谓外部、表面的症状。中尚强:谓内里的病症还很顽固。

㉚黄昏汤:即"黄龙汤",指陈粪。《北齐书·何士开传》:"又有一士人,曾参士开,值疾。医人云:'王伤寒极重,进药无效,应服黄龙汤。'士开有难色。"

㉛十年:王安石自神宗熙宁二年(公元1069年)主持变法,至哲宗元祐元年(公元1086年)二苏重新入朝,历时十七年,十年举其成数。新学:指王安石新法及新经学。

㉜老生:师道自指。

㉝囊中方:指医治狂傲的药方。

【今译】

奇峻雄秀的岷山与峨眉山,

水流清澈的中江和巴江,
生长着多少树木,有桂、椒、柟、栌,
枫树柞木和香樟,
又有上等的青金、黄玉、朱砂,
各类兽皮鸟羽更不足以谈讲。
更其珍贵是蜀中历代不断产生
奇异的人物惊骇了四方,
其中有严君平、王褒、司马相如
扬雄、李白与陈子昂。
又有一位苏姓老翁
和他的两个子弟相对凝望,
却仿佛珍奇的宝贝横置路边,
千里马竟然背负着车厢,
谁是赏识奖拔他们的人?
就是慧眼独具的欧阳。
兄弟二人得中大科异等原本寻常,
退一步也应放置在朝中的翰林玉堂。
制订典章写作雅正的诗文,
充分运用他们的特长。
能使朝政超越周汉达到上古的虞唐,
唯有那孔子,千载以下还被称作素王。
平、陈、郑、毛等大儒经学家,
眼望着前途黯淡荒凉,
年轻人不继承传统,老儒早已死亡。
文体的变化真令人难以思量,
万人一调还以为吃了羌人稀奇的食粮。
妖狐幻化成人的模样,
大肆跳跃极其猖狂,
连豪雄的虎豹也退却躲避,
就如软弱的牛羊。
上帝终于惠顾来袚除不祥,
天宫夜晚发下威武严明的诏章。

前头驱遣着火神后面紧跟火王,
打红旗驾朱轮车,穿戴红色冠冕和衣裳。
全副武装的甲兵浩浩荡荡,
使千万个妖魔鬼怪奔散逃亡。
乘着长风燃起熊熊烈火,
把鬼怪烧得无处躲藏。
从此高高的云天厚厚的地表,
重新又见到日月的光芒,
权柄交给了二位苏公,
让你们为读书人救病扶伤。
读书人就像快要干枯的稻苗,
等待着二公立刻去插秧,
读书人守候在河边不敢摆渡,
期盼着你们前去引导航向。
二公又如高明的国医手,
能医治人病入膏肓,
但是,外有的症状虽已缓解,
内中的病症还很顽强。
请探囊试一试黄龙之汤,
好清洗十年来新学充灌的肺肠。
老生我却闭口不敢把黄龙汤尝,
我向来狂傲如今还一样张狂,
请二公另为我试一种医治狂症的妙方。

九日寄秦觏[①]

陈师道

【题解】

  哲宗元祐二年(公元 1087 年),师道因苏轼、傅尧俞、孙觉等举荐,由布衣召为徐州教授。此诗于任上寄给旅居京师的友人、秦观之弟秦觏。师道家境贫寒,熙宁中因反对王安石以经学取士,绝意仕进。元丰间曾巩奉诏修史,荐入史馆,终因布衣未果,生活一直非常困窘。元祐初,司马光执政,师道被荐为徐州州学教授,结束了长期飘泊无依的岁月,心中很觉欣慰。本诗前六句描写了重阳佳节雨后初晴的明丽景色和回首往事痛定思痛,心有余哀的状况,以及登高临远,面对良辰美景,念己怀友百感交集的种种复杂情绪。末二句化用孟嘉落帽事劝勉秦觏创作优秀诗篇,寓有对其文才的赞美和对其前程远大的祝愿。这首诗绘眼前景,抒心中情,朴素真切,与题目紧密结合,篇末用典寓意深刻。

【原诗】

疾风回雨水明霞,沙步丛祠欲暮鸦②。九日清樽欺白发,十年为客负黄花③。登高怀远心如在,向老逢辰意有加④。淮海少年天下士⑤,可能无地落乌纱⑥?

【注释】

①秦觏(gòu):字少章,秦观弟。详见前黄庭坚《送少章从翰林苏公余杭》诗注①。觏,原本误作"观"。

②沙步:沙滩边船舶停靠处或渡口。丛祠:乡野林间的神祠。

③黄花:菊花。

④辰:指良辰,重阳节。

⑤淮海句:黄庭坚曾赞"东南淮海惟扬州,国士无双秦少游"(《送少章从翰林苏公余杭》)。此借以赞秦觏。

⑥可能句:用孟嘉落帽事。《晋书·孟嘉传》载其"后为征西桓温参军,温甚重之。九月九日,温宴龙山,僚佐毕集。时僚佐并著戎服,有风至,吹嘉帽堕落,嘉不之觉。嘉良久如厕,温令取(帽)还之,命孙盛作文嘲嘉,著嘉坐处。嘉还见,即答之,其文甚美,四座嗟叹",后因成为九月九日重阳登高的典故。乌纱,乌纱帽,隋唐贵者多戴乌纱帽,后流行于民间,贵贱皆用。

【今译】

急风吹断了雨丝,
澄净的水中辉映着明丽彩霞,
乡野林间荒凉的祠庙,
昏黄暮色里栖息着归鸦。

九月九的清酒,白发的我已不能畅饮,
十年来飘荡的生涯辜负了观赏菊花。
登高怀远心神如在你身边,
垂老之年逢此佳节百感交加。
你这淮海少年天下闻名的佳士,
难道诗篇和前程不会比肩孟嘉?

绝句四首(录一)

陈师道

【题解】

　　此诗为四首其四约作于哲宗元符二年(公元1099年),时师道困居徐州,生活极其贫困。其时苏轼远谪海南,山谷斥在戎州,其他好友亦各居一方相见无因。他过着"五千插架未为贫"的苦读岁月,此诗写他由读书的深切感受,引发了对人生、友情的哲理化的认识。所抒慨叹源于生活,发自内心,启人深思。宋吴曾认为"此无己得意诗也"(《宋诗纪事》引《复斋漫录》)。师道《寄黄充》诗云:"俗子推不去,可人费招呼。世事每如此,我生亦何娱。"意思相近情韵却远逊此篇。

【原诗】

　　书当快意读易尽,客有可人期不来①。世事相违每如此②,好怀百岁几回开?

【注释】

　　①可人:使人满意的人。《礼·杂记下》:"管仲遇盗,取二人焉,上以为公臣。曰:'其所以游辟也,可人也。'"此处指称心的好友。
　　②相违:彼此违背。陶渊明《归去来兮辞》:"世与我而相违。"

【今译】

　　书读到畅快处却偏容易读尽,
　　知心的好朋友总是期盼不来。

世间事物每每与我心意相背,
开怀的时刻一生中能有几回?

谢赵使君送乌薪[1]

陈师道

【题解】

诗中描写在冬末天寒欲雪、僻巷无人的寂静中,急促的叩门声惊动了鸡犬,原来是赵使君派人送来取暖的木炭。诗人叹息富贵者不知寒冷,而本州太守把温暖送到各家各户的仁爱行为,则更显得高尚,令人感动。诗末自比袁安,以示高节,并表达对命运相同的贫苦人的关怀。全诗文字简括生动,虽颂扬州郡长官,却无一谀辞,只是平叙事实,可信可感。

【原诗】

欲落未落雪迫人[2],将尽不尽冬压春。风枝冰瓦有去鸟,远坊穷巷无来人[3]。忽闻叩门声遽速[4],惊鸡透篱犬升屋。使君传教赐薪炭,妓围那解思寒谷[5]?老身曲直不足言[6],冷窗冻壁作春温。定知和气家家到[7],不独先生雪塞门[8]。

注释

[1]诗题一本作《谢赵使君》。使君,对州郡长官的称呼。乌薪,木炭。
[2]雪迫人:原本作"雪近人",一本作"雪迫人"。
[3]坊:城市中街市里巷的通称。穷巷,深巷。
[4]遽(jù)速:急促。
[5]妓围:唐时诸王生活荒淫豪奢,冬天要官妓密围于坐侧,以挡寒气,称妓围。见五代王仁裕《开元天宝遗事》。此处指达官贵人。寒谷,深山溪谷,为日光所不及,故称寒谷。此处借指贫寒人家。
[6]老身:诗人自指。曲直,谓原先冻得蜷曲的身体因木炭的温暖而舒展。言,原本作"云",一本作"言"。
[7]和气:阳和之气,指知州对百姓的关切,如春天的温暖。
[8]先生:诗人自指。雪塞门,用袁安事。《后汉书·袁安传》:"袁安,字邵公,

汝南汝阳人也。"李贤注引《汝南先贤传》:"时大雪积地丈余,洛阳令自出案行,见人家皆除雪出,有乞食者至袁安门,无有行路。谓安已死,令人除雪入户,见安僵卧。问何以不出,安曰:'大雪人皆饿,不宜干人。'令以为贤,举为孝廉也。"

【今译】
　　雪欲下未下寒气逼人,
　　冬将尽不尽挡住了新春。
　　风吹枝头结冰的屋瓦上小鸟飞去,
　　偏僻街市的深巷没有前来的人。
　　忽然听到急促的敲门声,
　　惊飞的鸡穿过篱笆,狗向屋内狂奔,
　　原来是使君派人送来木炭,
　　让我们抵御这冬日的寒冷。
　　有群妓围坐挡风的达官贵人,
　　哪能想到贫苦人家的寒冷,
　　我这垂老的人有了木炭,
　　蜷曲的身子立时舒展得充分。
　　寒冷的窗扉冰冻的墙壁,
　　顷刻间变得像春天一样温润。
　　我知道使君一定把阳和之气,
　　送到了千万百姓的家门,
　　因为大雪封门的
　　不单是我这像袁安一样贫穷的人。

放歌行二首①

陈师道

其 一

【题解】
　　此二诗借失宠宫女的口吻,抒写自己耿介有节,不肯依附权贵,以致仕途失意,沦落不偶的愤慨之情。《宋史》本传说师道"高介有节"。傅尧俞想结识他,先询问秦观,秦观说:"是(此)人非持刺字、俯颜色、伺候乎公卿之门者,殆难(招)致也。"傅立即表示,不敢望师道拜见,而要自己亲自去拜见师道,还怕被他拒绝,请秦观为之绍介。"知其贫,怀金欲为馈(赠),比至,听其议论,益敬畏不敢出(金)。"章惇在枢府,荐于朝,亦托秦观延请,师道婉谢。"及惇为相,又致意焉,终不往。"为秘书省正字时,参预郊祀,天寒无棉衣,师道妻从赵挺之家借得,师道素鄙赵之为人,得知棉衣借自赵家,"不肯服,遂以寒疾死",终年才四十九。由以上种种事实,可知师道独拔流俗的高洁品格,且因之困顿终生,虽自甘如此,内心深处总难免有所愆怨。这首诗以比兴手法,写一位幽闭深宫的美丽女子,自怜、自惜、自珍的复杂心情,她想大胆地卷起帘子,博得君王一顾,又怕君王并不懂得赏识,而招致更深的苦痛。诗人借此抒发国士难被知遇,而侥幸者常得眷顾的不平之情,且表达了虽遭冷遇,终不肯自丧清操的心志。

【原诗】
　　春风永巷闭娉婷②,长使青楼误得名③。不惜卷帘通一顾④,怕君着眼未分明⑤。

【注释】
　　①放歌行:乐府古题,《瑟调曲》之一。晋傅玄、南朝鲍照、唐王昌龄等均曾用此题作诗。
　　②永巷:皇宫中嫔妃住地,即后宫。《南史·后妃传》下《论》:"永巷贫空,有同素室。"娉(pīng)婷:姿态美好,此指美貌女子。
　　③青楼句:指青楼女子,即娼女。
　　④通:表达。
　　⑤怕君:暗用唐杜荀鹤《春宫怨》诗"承恩不在貌,教妾若为容"句意。

【今译】
　　芳春时节深宫中幽闭着美貌宫妃,
　　狐媚的青楼女却侥幸得到君王爱怜。
　　有心不惜一切开帘博取君王看顾,

又怕他并不能真正赏识我的深情和美妍。

其 二

【题解】

　　这首诗仍以失意宫女自诉的方式,抒写一位自矜自重的美人的迟暮之叹,并以自身遭遇告诫别人,不要自恃倾国之貌而不肯随俗,要注意打扮合宜,以图得到君王的眷顾。全诗以比兴手法"明独居自爱之志,不似随时者工于早计,品甚超,词甚激,正是好高志古、不浪结纳者口吻"(潘德舆语)。诗歌表达了一个自守高节、不遇于时、困顿以终的寒士的不平之鸣,令人慨叹。

【原诗】

　　当年不嫁惜娉婷,抹白施朱作后生①。说与旁人须早计,随时梳洗莫倾城②。

注释

　　①抹白施朱:涂脂抹粉。后生,年轻人。
　　②莫倾城:谓不要依仗自己倾国倾城的美貌。倾城,指绝世美丽的姿容,语出李延年歌,见前黄庭坚《次韵刘景文登邺台见思》诗注。

【今译】

　　当年不肯轻易出嫁,
　　对自己美丽的容颜珍重十分,
　　如今虚度青春年纪老大,
　　却涂脂抹粉学做年轻人。
　　我要告诉别人痛苦的经历,
　　劝人早早地安排好终身:
　　应当跟随时俗的好尚梳洗打扮,
　　不要高傲地自恃美貌耽搁了青春。

九日无酒书呈漕使韩伯修大夫①

陈师道

【题解】

　　这首诗以辛酸的笔调描写诗人老大伤悲、壮心成灰的落寞情怀，以及他贫寒到骨的窘迫生活，重阳佳节无酒可饮，空羡他人酒车。"黄花也似相欺得，坐对空樽不肯开"二句最为痛切，无知无感的草木竟也如此势利，世态的炎凉、人情的冷暖，更是了然可知。

【原诗】

　　老大悲伤节物催②，酒肠枯涸壮心灰③。惭无白水真人分④，难致青州从事来⑤。倦笔懒从都市出⑥，醉眸刚为曲车回⑦。黄花也似相欺得，坐对空樽不肯开。

注释

　　①漕使：转运使，官名，宋初设随军转运使、水陆计度转运使，供办军需。太宗以后，转运使渐成各路长官，经管一路全部或部分财赋，监察各州官吏，并以官吏违法、民生疾苦情况上报朝廷。韩伯修，韩晋卿，字伯修，安丘（今属山东）人，以明经中第。历知同州、寿州，有政声。元祐间曾任大理卿，持平考核，无所上下，士大夫间推其忠厚。
　　②节物：应时节的景物。
　　③枯涸(hé)：干枯。
　　④白水真人：谓神仙。屈原《离骚》："朝吾将济于白水兮，登阆风而绁马。""注"：《淮南子》言：白水出昆仑之山，饮之不死。"
　　⑤致：原本作"置"，据别本改。青州从事：美酒。《世说新语·术解》："桓（温）公有主簿，善别酒，有酒辄令先尝。好者谓青州从事，恶者谓平原督邮。青州有齐郡，平原有鬲县。从事言到脐（齐），督邮言在鬲上住。"因好酒下脐，恶酒凝膈。从事，美官；督邮，贱职，故以为比。
　　⑥倦笔：诗人自指。
　　⑦曲车：酒车。杜甫《饮中八仙歌》："汝阳三斗始朝天，道逢曲车口流涎。"

【今译】

　　年纪老大哀伤应时的景物将光阴相催,
　　酒肠干枯壮心也已成灰。
　　惭愧自己没有神仙中人的缘分,
　　眼前又难以得到人间美酒的滋味。
　　慵倦的我懒得走出都市,
　　见旁人醉眼惺忪刚从酒车边回。
　　菊花也好像单单将我欺凌,
　　对坐着她不肯开放,因为看见我的空杯。

赠欧阳叔弼①

陈师道

【题解】

　　诗中赞扬欧阳棐多才多艺,虽为高门大族却礼节宽厚,喜客好士,故自己能托之于门下。诗中又赞扬了欧阳修虽去世久远,豪迈雄健的家风犹存,故其子仍传承先人之风好古博雅、诗酒风流。诗中间又抒写诗人自己郁郁不得志和未能报效朝廷的遗憾。后四句学习杜诗句法,却浅陋无味。纵观全诗,敷衍成章,略少情韵,实不能算得佳作。

【原诗】

　　早知汝颍多能事②,晚以诗书托下僚③。大府礼容宽懒慢④,故家文物尚嫖姚⑤。只将忧患供谈笑,敢望功名答圣朝⑥。岁历四三仍此地⑦,家余五一见今朝⑧。

注释

　　①诗题一本作《赠欧阳叔弼学士》。欧阳叔弼,欧阳修第三子,名棐,字叔弼,家住颍州(今安徽阜阳)。
　　②汝颍:借指欧阳棐。
　　③晚:晚岁。托下僚,犹言托于门下为门生。
　　④大府:丞相府,欧阳修曾任枢密副使、参加政事,故称。亦指高级官府。礼

容,礼节法度。《史记·孔子世家》:"孔子为儿嬉戏,常陈俎豆,设礼容。"懒慢,懒惰散漫,诗人自谓生性如此。

⑤文物:具有历史、艺术价值的古代遗物,此指欧阳修遗留的文学作品及图书金石等。嫖(piào)姚,劲疾貌。

⑥只将二句:杜甫《野望》诗:"唯将迟暮供多病,未有涓埃答圣朝。"此化用其意。

⑦岁历四三:指欧阳修去世已久。苏轼《木兰花令》:"佳人犹唱醉翁词,四十三年如电抹。"此用其语。

⑧五一:欧阳修晚年自号六一居士,作《六一居士传》云:"吾家藏书一万卷,集录三代以来金石遗文一千卷,有琴一张,有棋一局,而常置酒一壶,……以吾一翁,老于五物间,是岂不为'六一'乎?"此处谓欧阳修虽死,其子亦游于五物间,故云。

【今译】

早先就听说颍州的欧阳氏多才多艺,
晚岁幸运地以诗书自托于门庭。
虽为高门望族,礼节法度却很宽松,
竟肯容纳我疏懒散漫的生性。
你祖上流传下来的文物,
依旧是那样地雄迈清劲。
我经历过的种种忧患,
只能作为谈资让人当笑话听听,
哪儿还敢期望给朝廷效力,
博取不朽的功名!
四十三年逝去,你仍居住此地,
欧阳公著名的五个一还流传至今。

即　事①

陈师道

【题解】

这首诗描写诗人年老无成,想要归隐山林以避世人,去与麋鹿同群的心意。多事的鸟语却故意啾啾唧唧向他报告阴晴,使他不能超然于人间生活之外。全诗语言虽平易,情感却有做作之嫌,未能得自然天成之妙。

【原诗】

老觉山林可避人,正须麋鹿与同群②。却嫌鸟语犹多事,强管阴晴报客闻③。

注释

①即事:原指眼前的事物,陶渊明《癸卯岁始怀古田舍》诗:"虽未量岁功,即事多所欣。"后多用为诗题,如言即景、即事等。

②老觉二句:《论语·微子》《长沮桀溺耦而耕章》:"夫子怃然曰:'鸟兽不可与同群,吾非斯人之徒与而谁与!'"此处反用其意。

③管阴晴:据说鹁(bó)鸠(jiū)可以报告阴晴。陆佃《埤雅·释鸟·鹁鸠》:"鹁鸠,灰色无绣顶,阴则屏逐其妇,晴则呼之。语曰:'天将雨,鸠逐妇者也。'"

【今译】

老大无成只觉隐居山林可避世人,
正需要麋鹿与我结伴同行。
却嫌鹁鸠多事不住地啼鸣,
非要强管阴晴报告给我听。

绝 句

陈师道

【题解】

本篇描写诗人以毕生精力投入诗歌创作的勤苦,以及晚年"心存力已疲"的苦恼。后二句表示自己的诗歌已落尽华彩,奋力追求清新自然的艺术境界,化用杜甫诗句,只是稍稍变化其意,也是所谓"夺胎换骨"手法。

【原诗】

此生精力尽于诗,末岁心存力已疲①。不共卢王争出手,却思陶谢与同时②。

【注释】

①末岁:指晚年。

②不共二句:杜甫《戏为六绝句》其二云:"王杨卢骆当时体,轻薄为文哂未休。尔曹身与名俱灭,不废江河万古流。"其三云:"纵使卢王操翰墨,劣于汉魏近风骚。龙文虎脊皆君驭,历块过都见尔曹。"赞扬了四人的文学成就,肯定了他们在文学史上的地位。卢,卢照邻(公元650?—689?年),长于七言歌行,辞采瑰丽。王,王勃(公元650—676年),长于近体诗,诗风清刚高华。杜甫《解闷十二首》其七云:"熟知二谢(谢灵运,谢朓)将能事,颇学阴(铿)何(逊)苦用心。"此处翻用以上句意。陶,陶渊明。谢,指谢朓(公元464—499年),南朝诗人,诗风清新秀发。

【今译】

我这一生精力在诗歌创作中耗尽,
晚年壮心犹存,已觉力衰神疲。
不想跟辞采富丽的卢王争什么高下,
倒盼望和诗风清新的陶谢同在一起。

答晁以道①

陈师道

【题解】

诗人自元祐二年(公元1087年)首次担任官职,十余年辗转于东南州县,其间又曾因母丧家居六年,家道贫寒,尝尽了生活的艰辛。元符三年(公元1100年),被召为秘书省正字,在京都与故友晁说之(字以道)相遇,诗中便描述了自己的宦情之苦,以及与友人相见的惊喜,并回顾多年来彼此音讯难通的怅恨。诗人说自己"冷眼尚堪看细字",可见精神还很健旺,但句中特别用"冷眼"二字,显出他对政局变化未定的旁观态度,用意颇深。尾联化用范睢的典故,以及杜甫在成都接受严武接济的典实,仍发出生活困苦的呼号,令人唏嘘。全诗语言平易,对仗工整,无生涩之弊,陈衍评曰:"此学杜有得之作。"

【原诗】

转走东南复帝城,故人相见眼偏明。十年作吏仍糊口②,两地为邻阙寄声③。冷眼尚堪看细字,白头宁复要时名?孰知范叔寒如此,未觉严公有故情④。

注释

①晁以道:晁说之(公元1059—1129年),字以道,一字伯以,济州钜野(今山东,巨野)人。因慕司马光为人,自号景迂生。神宗元丰五年(公元1082年)进士。历官兖州司法参军、宿州教授等职。钦宗时曾任中书舍人,南宋高宗时曾任侍读学士。

②十年作吏:元祐二年(公元1087年)因苏轼等荐,任徐州教授,五年,任颍州教授。绍圣元年(公元1094年)坐苏轼余党,谪监海陵酒税。二年,调彭泽令,以母丧未行,家居六年。至元符三年(公元1100年)召为秘书省正字,任官职实不足十年,十年举整数。糊(hú)口:指生活贫苦,以粥为食。《左传·隐公十一年》:"寡人有弟,不能和协,而使糊其口于四方。"

③阙:同"缺"。

④孰知二句:战国范雎事魏中大夫须贾,为贾毁谤,笞辱几死。逃至秦国,更名张禄,仕秦为相。后须贾出使入秦,范雎故着破衣往见。须贾怜其寒,取一绨袍为赠。杜甫流落至成都,受到东川剑南节度使严武接济,并入其幕府。此处化用以上典故、史实,自叙贫寒和无人助援。范叔,指范雎。严公,严武封郑国公,因称严公。

【今译】

我长期流转在东南各地,
今天才又重新返回京城,
惊喜地与老朋友相见,
我觉得双眼格外分明。
十年来做的是下级官吏,
生活依旧困苦艰辛,
你我分隔在遥远的两地,

很少能彼此互通音信。
我用一对冷眼观察世事,
目力还健小字也能看清,
早已经两鬓斑白,
难道还希求什么当世功名?
有谁知道我像范睢一样清寒,
却不像老杜得到严公救助的深情。

别黄徐州①

陈师道

【题解】

元符三年(公元1100年),徽宗即位,暂由太后向氏听政,宽赦旧党人物,苏、黄皆得内迁。七月,陈师道被除为棣州教授,其年秋离徐赴任,途中又改任秘书省正字。此诗当系元符三年离开徐州时所作。诗中叙述了诗人早年为曾巩所推重,后又为苏轼等人所举荐,"虚声满天下",却始终沉沦下僚的生活境遇。目前离徐应诏,壮心犹在。回顾多年以来,不管自己仕途遭遇如何,徐州知州黄某总是青眼相加,诗人的感激之情真是刻骨铭心。于是在此分手之际,写出伤怀洒泪的别离之情。

【原诗】

姓名曾落荐书中②,刻画无盐自不工③。一日虚声满天下,十年从事得途穷④。白头未觉功名晚,青眼常蒙今昔同⑤。衰疾又为今日别,数行老泪洒西风。

【注释】

①黄徐州:徐州知州黄某,生平未详。
②姓名句:神宗元丰四年(公元1081年),曾巩主修五朝国史,准其自选属员,曾巩荐陈师道,因师道乃一布衣,未准。哲宗元祐二年,苏轼等人荐师道,奏状有云:"伏见徐州布衣陈师道,文词高古,度越流辈,安贫守道,若将终身。苟非其人,

义不往见。过壮未仕,实为遗才。欲望圣慈,特赐录用,以奖士类。"(《东坡奏议卷三》)晁补之荐陈师道状云:"伏见徐州陈师道,年三十五,孝弟忠信闻于乡闾。文知圣人之意,文有作者之风。怀其所能,耻自售,恬淡寡欲,不干有司。亲随京师,身给劳事,蛙生其釜,慍不见色。方朝廷振起滞才,风劝多士。谓如师道一介,亦当襃采不遗。"(《鸡肋集》卷三五)

③刻画句:《晋书·周顗传》:"庾亮谓顗曰:'诸人咸以君方乐广。'顗曰:'何乃刻画无盐,唐突西施也。'"自谦不如乐广,别人过誉,犹如刻画无盐丑女,而赞以西施的美貌,未免唐突西施。此师道借以自喻,谓诗名满天下而名不副实。无盐,齐宣王后。战国时无盐邑有女钟离春,貌极丑,四十未嫁,自谒齐宣王,陈四殆之义,宣王纳为后。后人因用作丑女的通称。

④一日二句:师道《寄曹州晁大夫》诗云"虚名不救肌肠厄,晚岁仍遭末疾缠",意颇近之。上句参见本诗注②。师道元祐二年始入仕任徐州教授,后移颍州教授。哲宗绍圣元年(公元1094年),苏轼、庭坚等遭贬逐,师道亦被罢职。他生计无着,携家投靠任澶州知州的岳父郭概。途中母亲去世,师道虽又接到彭泽令的任命,却因母丧未赴任。回徐州葬母后,往依改任曹州知州的岳父。四年(公元1097年),岳父去世,师道仍回徐州,生活极其贫困,有时竟至断炊。途穷:用阮籍典,《晋书·阮籍传》载其"率意独驾不由路径,车迹所穷,辄痛哭而返"。此处指以上所述师道的种种生活艰辛。

⑤青眼句:宋陈应行《吟窗杂录》卷三四录宋范讽《题张氏园亭》断句云:"惟有南山与君眼,相逢不改旧时情。"此化用其意。青眼,用阮籍典,谓对人重视。

【今译】
　　我的姓名被幸运地写进过
　　贤士们向朝廷举荐的奏书里,
　　人们称道我擅长诗文,
　　就像画出丑女却以西施来比拟。
　　曾在一日之内我的虚名传遍天下,
　　奔走十年仕途,生活却困顿无计。
　　如今虽已白头,求取功名也还不晚,
　　感谢你无论何时总对我关心重视。
　　衰病的我今天又要和你离别,
　　几行伤怀的老泪在西风中点点滴滴。

赠寇国宝三首①(录一)

陈师道

【题解】

寇国宝是陈师道的同乡和学生,师道屡与之诗歌唱和。本诗赞扬寇氏自少便能继承祖业,且为自己能得如此佳士作门生,感到十分欣喜。后二句称道寇氏才思敏捷,极有灵心慧性,"世间快马不须鞭"的比喻,自然贴切而奇妙。

【原诗】

承家从昔如君少②,得士于今孰我先?口拟说诗心已解,世间快马不须鞭。

【注释】

①寇国宝:字荆山,徐州人,绍圣四年举进士。尝从陈师道学,能诗。仕为吴县主簿。

②承家:继承家业。《易·师》:"开国承家,小人勿用。"

【今译】

你年纪很轻就就继承家业,
得到这样的佳士有谁比我占先?
口里正想说诗,你心中早已领悟,
如同世间快马不需要加鞭。

舟中二首(录一)

陈师道

【题解】

此诗作于哲宗绍圣元年(公元1094年)。元祐八年(公元1093

年)九月,高太后病逝,哲宗亲政,新党投机分子章惇、曾布、蔡京等先后被起用为执政大臣,他们以打击政敌为能事。次年,苏轼、黄庭坚等人纷纷被远贬,师道也被罢去颍州教授之职。在离颍返徐途中,师道感慨时事作《舟中》二首。本篇前四句以恶风卷起激浪、黄流湍急的江上行舟险境,暗喻政治局势的险恶和世路的艰难,隐含忧时伤世之慨。后四句描写旅况的凄寂、一生的失意,以及无限的去国还乡之情,深深透露了志士末路的悲辛。全诗笔力苍劲,格调沉郁,表现出后山诗的老境美。

【原诗】

　　恶风横江江卷浪,黄流湍猛风用壮①。疾如万骑千里来,气压三江五湖上②。岸上空荒火夜明③,舟中坐起待残更。少年行路今头白,不尽还家去国情。

【注释】

　　①湍(tuān):水势急速。风用壮,"用风壮"的倒文。用,以,因。
　　②三江:说法很多,《水经注》以岷江、松江、浙江为三江;《书·禹贡》释文引《吴地志》以松江、娄江、东江为三江;《汉书·地理志》以北江、中江、南江为三江。五湖,说法不一,如《国语·越下》以太湖为五湖;《水经注》以太湖及附近四湖为五湖;《史记·河渠书》"索隐"以具区(太湖)、洮滆(长荡湖)、彭蠡(彭泽)、青草、洞庭为五湖。此处三江五湖系泛指。
　　③火:指磷火。

【今译】

　　恶风横扫着江面,
　　江中卷起一重重激浪,
　　黄色的水流多么湍急,
　　因为疾风正凶猛猖狂。
　　恶风像万马从千里外奔腾而来,
　　气势压在了三江五湖之上。
　　江岸空寂而荒凉,暗夜里,
　　唯见点点磷火闪闪发光,

不眠的我从船中坐起,
等待着更漏残尽天色明亮。
少年时走上世路,
历尽艰辛如今已两鬓如霜,
此刻,我心中怀着无限远离京都,
失意返乡的感慨和思量。

东山谒外大父墓①

陈师道

【题解】

这首诗为师道在河南杞县东山吊谒外祖父庞籍墓时所作。诗中描写了外祖坟墓地势的雄伟、林木的森然,以比况、衬托庞籍孤直的品节。庞籍仁宗朝曾拜相,功勋卓著,故师道颂扬云"一代功名托至公"。篇末二句以凄婉的笔触描写诗人少年时外祖对他的抚爱与期望,而自己已届暮年却一事无成,只能"垂泪向东风",其间包含多少对外祖的追怀,以及多少愧疚与愤激不平之情,并以少总多,余意无穷。纪昀评此诗"一气浑成,后山最深厚之作。"元方回认为"丛篁侵道更须东"句,比"小人之党尚在",聊备一说。

【原诗】

土山宛转屈苍龙,下有槃槃盖世翁②。万木刺天元自直,丛篁侵道更须东③。百年富贵今谁见?一代功名托至公④。少日拊头期类我⑤,暮年垂泪向西风⑥。

注释

①东山:指雍丘(今河南杞县)东山。外大父,外祖父。师道外祖父庞籍(公元988—1063年),字醇之。单州成武(今属山东)人。大中祥符年间进士。明道间,擢殿中侍御史,会刘太后卒,遗诏欲使杨太妃同议军国事,遂谏请罢垂帘仪制,又建议博采公论,用人勿悉出于执政。西夏攻宋,数任边帅。知延州时,用部将狄青等击退西夏兵。仁宗庆历四年(公元1044年),召升枢密副使,旋拜参知政事、

枢密使。并省官属,裁减冗兵,减少财政支出。皇祐三年(公元1051年)拜同平章事,力主狄青击侬智高。后出知郓、并等州。以太子太保致仕,封颍国公。死葬雍丘东山。

②槃(pán)槃:大貌。《世说新语·赏誉下》:"谚曰:'扬州独步王文度。'"注引南朝宋檀道鸾《续晋阳秋》:"时人为一代盛誉者语曰:'大才槃槃谢安家,江东独步王文度(坦之)……。'"此指才大。盖世翁,谓庞籍功高盖世,参见本诗注①。

③筼:竹。

④至公:极公正。语出《吕氏春秋·去私》:"舜有子九人,不与其子而授禹,至公也。"

⑤少日句:《后汉书·吴祐传》:"(吴)恢乃止,托其首曰:'吴氏世不乏季子矣。'"期类我:扬雄《法言·学行》:"螟蛉之子殪而逢蜾蠃,祝之曰:'类我,类我,久则肖之矣。'"此用其典。

⑥暮年句:王安石《谢公墩》诗:"暮年垂泪对桓伊",此化用其意。

【今译】

土山像苍龙般宛转盘屈,
下面埋葬着才能高超功劳盖世的老翁。
四周万木攒聚,笔直地刺向蓝天,
一丛丛青竹侵占道路又延伸向东。
他终生富贵如今有谁曾见?
获得绝代功名全仗着秉正持公。
少小时他亲切地拍着我的头,
期望我能像他那样为国立功,
可叹一事无成的我当此暮年,
只有在他坟前洒泪向着西风。

次韵晁无咎冬夜见寄①

陈师道

【题解】

这是一首次韵诗,原诗已佚。诗人以凄楚的笔调抒发他做官隐居两无成而困顿至老的悲苦心情,衬以寒冷冬夜的背景,愈加令人为之心酸。诗中以晁无斁"意气尚青春"与自己日薄西山的老境相对比,叹老嗟卑的用意更深一层。

【原诗】

寒窗冷砚欲生尘②,短枕长衾却自亲。老子形骸从薄暮③,先生意气尚青春。覆杯不待回丹颊④,危坐犹能作直身⑤。城郭山林两无得⑥,暮年当复几沾巾?

注释

①晁无斁(yì):生平未详,曾任曹州学官,师道与之多有唱和。疑为晁补之族人,年辈应较少。

②冷砚:原本作"冷夜",据别本改。

③老子句:李密《陈情表》:"但以(祖母)刘日薄西山,气息奄奄;人命危浅,朝不虑夕……"此处自指老迈。从,任随。薄暮,即"日薄西山"之意。

④覆杯:倒置酒杯,表示不再饮。回丹颊,指面带酒色而发红。

⑤危坐:端坐。古人两膝着地而坐,危坐即正身而跪。后来则以两股着椅正坐为危坐。

⑥城郭:指出仕为官。山林,指隐居。

【今译】

　　寒冷的冬窗下,
　　石砚久久不用积满了埃尘,
　　倚着短枕,簇拥长被,
　　令人感到分外情亲。
　　老子的躯壳任随它日薄西山,
　　先生你意气风发还正当青春。
　　我早早地倒放杯子
　　并不等到脸上布满酒晕,
　　端坐的时候却还能够
　　挺直我病弱的上身。
　　做官于城市隐居山林都无所得,
　　暮年的我该有多少次泪湿衣襟!

和范教授同游桓山[①]

陈师道

【题解】

本诗描写与友人同游桓山,彼此亲密无间的情谊和欢乐。"破屋传杯积水边"一句,最为传神地写出诗人触处生春的野兴逸致,也显示了他虽处贫贱却不以为忧而寄情山林的仁者品格。"洗壁"二句表现了诗人登高能赋的卓越才情。全诗平淡自然。令人感到不足的是篇末二句纯为敷衍之词,语意诗情均不见佳。

【原诗】

送客寻山已自仙,行谈坐笑复忘年。平郊走马斜阳里,破屋传杯积水边[②]。洗壁留名题岁月[③],登高著句记山川[④]。风流幕下诸公子,缩手吟边更觉贤[⑤]。

注释

①范教授:生平未详,教授,指州学教授。桓山,在江苏铜山县东北二十七里,亦名雎(tuī)山,山下有桓雎墓。苏轼有《游桓山记》并刻石。

②传杯:谓宴饮中传递酒杯劝酒。杜甫《九日》诗之二:"旧日重阳日,传杯不放杯。"仇兆鳌注引王嗣奭《杜臆》:"'传杯不放杯',见古人只用一杯,诸客传饮。"

③留名题岁月:一本作"题名留岁月。"

④登高著句:犹言"登高必赋"或"登高能赋",古代指大夫必须具备的九种才能之一。谓登高见广,能赋诗述其感受。《韩诗外传》卷七:"孔子游于景山之上……孔子曰:'君子登高必赋。'"《汉书·艺文志》:"传曰:不歌而诵谓之赋,登高能赋可以为大夫。"著句,指作诗。

⑤缩手:不下手。韩愈《祭柳子厚文》:"巧匠旁观,缩手袖间。"吟边,指作诗事。

【今译】

送别宾客去寻访山林已如神仙,

同行共坐笑谈欢欣更是忘了流年。
平广郊野中缓缓走马在金色斜阳里,
破屋中传杯劝酒就在这积水边。
洗净墙壁留下姓名题上岁月,
登高赋诗描绘美好的山川。
幕府中各位风流佳公子,
做诗时不来参加,更觉他们品格谦谦。

春怀示邻里①

陈师道

【题解】

本诗于元符三年(公元1100年)在徐州所写,是一首学杜的力作,抒发诗人闲居贫苦,由春景引发的深深感怀。首联极言春雨连绵的萧瑟景象与所居之处的破败冷落。颔联表达虽欲出门寻春又觉心灰意懒的萧然情怀,显示诗人生活的不得意。颈联从小处着墨,描绘了眼前热闹的春景,并暗寓自身不得其时之慨。尾联切题,对辜负邻居的相邀表示歉意,且写出尚愿前往赴约共赏最后春光之意。此诗工丽精巧,方回赞曰:"淡中藏美丽,虚处着工夫,力能排天斡地。"(《瀛奎律髓汇评》卷十)前二句评论允当,末句则嫌过于溢美。

【原诗】

断墙著雨蜗成字②,老屋无僧燕作家③。剩欲出门追语笑④,却嫌归鬓逐尘沙。风翻蛛网开三面⑤,雷动蜂窠趁两衙⑥。屡失南邻春事约,只今容有未开花⑦。

【注释】

①邻里:指诗人的同乡和学生寇国宝。
②蜗成字:蜗牛行动的痕迹比为篆书,蜗牛有"篆愁君"的称号。
③僧:作者自指,自嘲之语。
④剩欲:颇想,很想。剩,多。

⑤网开三面:《吕氏春秋》:"汤见祝网者,置四面,其祝曰:从天坠者,从地出者,从四方来者,皆离(同'罹',遭)吾网。汤曰:嘻,尽之矣,非桀,其孰为此也?汤收其三面,置其一面。"意谓商汤时法令尚宽,此借用其典。

⑥趁:趋,随。两衙,宋陆佃《埤雅·释虫》:"蜂有两衙应朝",谓蜂群有早晚两次聚巢簇拥蜂王的习性。蜂衙,众蜂簇拥蜂王,如朝拜屏卫,称作蜂衙。

⑦容有:当有。

【今译】

　　破败的墙壁被雨水打湿,
　　蜗牛留下篆字样的印迹密密麻麻。
　　古旧的老屋里没有僧人,
　　燕子把此地当作自由的家。
　　我很想出门寻春去追逐欢笑,
　　又怕归来时双鬓落满尘沙。
　　大风中蜘蛛被吹开了三面,
　　春雷动蜜蜂赶赴两次上衙。
　　多少次辜负了邻居邀我赏春的期约,
　　如今也许还会有未开的鲜花。

和寇十一晚登白门①

陈师道

【题解】

　　元符三年(公元1100年)哲宗死,徽宗即位,大赦天下,被远贬的元祐旧臣如苏轼等,皆被召北归。诗人登徐州白门城楼,心旷神怡,写下这首辞情明快的佳作。前半篇扣紧"晚登"二字,写出登楼所见壮阔河山,以及心情轻快,游兴正浓的情景。"小市"二句工巧而自然,情味悠长。诗人于贫苦中忽有此欢悦心境,都因政局改观带给人无限希望,五、六句即说明苏、黄等师友北迁,是诗人关切、系念,为之欣喜的事。但句中"孤臣白发"等字样,又蕴含着无限酸楚之情,辞意凄婉,发人深思。篇末抒写诗人自己出仕与归隐错综复杂的心境,并暗寓即将会见故友的喜悦之情。本诗内涵丰厚,语工而意新,也是一首学杜名篇。

【原诗】

重楼杰观屹相望②,表里山河自一方③。小市张灯归意动,轻衫当户晚风长。孤臣白首逢新政④,游子青春见故乡⑤。富贵本非吾辈事,江湖安得便相忘⑥!

注释

①寇十一:寇国宝,字荆山,徐州人,从陈师道学。哲宗绍圣四年(公元1097年)进士,授吴县(今属江苏苏州)主簿。寇所作原诗已佚。白门,徐州城门名。

②观:楼观。屹(yì),高耸貌。

③表里山河:谓有山河屏障,自守无虞。《左传·僖公二八年》:"子犯曰:'战也,战而捷,必得诸侯;若其不捷,表里山河,必无害也。'"注:"晋国外河而内山。"

④新政:指徽宗初即位,赦元祐旧臣内迁以示宽大。

⑤游子句:杜甫《闻官军收河南河北》诗:"青春作伴好还乡。"此化用其句。游子,指苏轼、黄庭坚等人。

⑥江湖相忘:《庄子·天运》:"泉涸,鱼相与处于陆,相呴以湿,相濡以沫,不若相忘于江湖。"此处指江湖隐居生活。

【今译】

重重高阁与楼观相对耸立,
山环水绕的徐州自来雄镇一方。
直待到小市张起明亮灯火,
我这才萌生了归去的愿望。
身穿薄薄衣衫站立在当门,
晚风吹来只觉得分外悠长。
远放的孤忠旧臣白了头发,
幸喜看到如今新的政令更张,
贬在天涯的游子趁着春光,
正好返回久别的故乡。
富贵本不是我们享有的事情,
但又怎能在隐居生活中把师友淡忘!

谢赵生惠芍药三绝句(录一)

陈师道

【题解】

本诗借描写芍药花风神独绝而得春光最晚,寄寓了诗人才华卓荦而仕途失意的孤愤之情。诗中又借咏芍药花眼空无物的清高品格,比喻诗人恃才傲世的精神面貌。全诗构思奇特,意象新颖,深得杜诗神髓,于瘦硬劲健的语句中,含醇厚深长的韵味。

【原诗】

九十风光次第分②,天怜独得殿残春③。一枝剩欲簪双髻④,未有人间第一人。

注释

①赵生:当系师道乡人,生平未详。惠,惠赠。
②九十:指春季九十天。次第分;谓各种花依次开放。
③殿残春:陶榖《清异录》:"唐末文人有谓芍药为婪尾春者。婪尾酒乃最后之杯,芍药殿春,亦得是名。"殿,行军的尾部,此处用如动词。
④簪(zān):戴,插。髻(jì):挽发而结之于顶。

【今译】

九十天好风光里百花依次开放,
苍天爱怜芍药让她独占晚春。
这枝风神超群的芍药真想插在谁的发髻,
世间却没有配得上戴她的绝代佳人。

和李使君九日登戏马台①

陈师道

【题解】

　　这是一首应节唱酬之作。全诗以充满自豪的口吻,写出诗人与李使君登高能赋的敏捷诗才。诗中虽用孟嘉落帽旧典,却只从虚处着笔,给人以变故为新的感觉。而"中年怀抱更登台"句,用一"更"字,见出诗人壮心不已的怀抱与飒爽风采。陈衍评曰"三、四句,加'堪'字,'更'字便不陈旧。"这也正是明胡应麟所说,"师道得杜骨…多用杜虚字"(《诗薮》外编卷五)的特点。"江山信美因人胜"系全诗警句,是为历史作出的结论,也是为当前实际所作的富于哲理的评判,其间既有对李使君的褒美,更有自我寄托之意,再有下句节令美景作为映衬,愈显出诗人胸怀的壮健和高度的自信。篇末用二谢典故,应照篇首,切合诗题,并再度表示对李使君诗才的赞誉。全诗风格明快,音调铿锵,一扫诗人平素诗中的清寒郁气,令人精神为之一爽。

【原诗】

　　登高能赋属吾侪②,不用传杯击钵催③。九日风光堪落帽④,中年怀抱更登台。江山信美因人胜⑤,萸菊逢辰满意开⑥。二谢风流今复见⑦,千年留句待君来⑧。

注释

　　①李使君:指徐州知州李某。九日,阴历九月初九重阳节。戏马台,台名,项羽所筑,高八丈,广数百步,在今江苏铜山县南(属徐州)。
　　②登高能赋:见前《和范教授同游桓山》诗注④。吾侪(chái),我辈。
　　③传杯:见前《和范教授同游桓山》诗注②。
　　④九日句:用晋孟嘉典故,见前陈师道《九日寄秦觏》诗注。
　　⑤信:诚、真。胜:佳。
　　⑥萸(yú):茱(zhū)萸,植物名,生于川谷,其味香烈,古代风俗,阴历九月九日重阳节佩戴茱萸,以祛邪避灾。
　　⑦二谢:东晋安帝义熙十二年(公元416年),刘裕北征,至彭城(今江苏徐

州),九月九日会将佐群僚于戏马台,赋诗为乐,当时著名诗人谢瞻和谢灵运曾各写诗一首。二谢即指谢瞻、谢灵运,此处借指诗人与李使君。

⑧君:一本作"公"。

【今译】

登高必能赋诗只有我辈,
用不着传杯递酒敲击铜钵相催。
九月九风光多么晴和佳丽,
真可以学学古人落帽作文的风采,
虽然已是中年,我心怀依旧壮健,
今日又欢欣地登上高台。
美好江山成为名胜,
自古到今总因有了杰出人才,
满眼茱萸黄菊,
一到时令开放得十分可爱。
二谢的流风余韵如今重又再现,
千年下好诗句留待你写将出来。

次韵夏日

陈师道

【题解】

此诗作于哲宗绍圣四年(公元1097年),时诗人闲居徐州。首句先写环境的幽雅,次句切"夏日",写闲静的生活与心境使炎夏变得清凉。三、四句描述自己学问之勤且深,同时委婉地透露仕宦不得意,只好长久过着隐居生活的无奈。五、六句写诗人游于诗艺和学术之乐。篇末二句诗意转宕,谓须眉虽白,犹"解醉佳人锦瑟旁"。全诗于恬静端庄中忽归之于艳丽,使人有耳目一新之感,亦见出诗人并非只是一位迂腐老儒的精神面貌。

【原诗】

　　江上双峰一草堂①,门闲心静自清凉。诗书发冢功名薄,麋鹿同群岁月长②。句里江山随指顾③,舌端幽渺致张皇④。莫欺九尺须眉白⑤,解醉佳人锦瑟旁。

注释

　　①草堂:旧时文人避世隐居,多名其所居为草堂,此泛指简陋的居所。
　　②诗书二句:杜甫《秋兴》八首其三:"匡衡抗疏功名薄,刘向传经心事违。"此化用其意。诗书发冢(zhǒng),谓以诗书作为家业。发家,发展家业。麋鹿同群,谓过着隐居山林的生活。
　　③句:指诗歌。指顾,手指目视。《汉书·律历志》:"指顾取象,然后阴阳万物靡不条鬯该成。"
　　④幽渺致张皇:韩愈《进学解》:"抵排异端,攘斥佛老,补苴罅漏,张皇幽渺。"幽渺,指深奥隐微的道理。张皇,张大,引申为阐发。
　　⑤九尺须眉:指男子,古时尺小。杜甫《洗兵马》诗:"张公一生湖海客,身长九尺须眉苍。"

【今译】

　　江上两座青青的山峰,
　　那儿有我幽居的简陋草房,
　　门前没有车马心境平和宁静,
　　在这炎夏里也自然觉得异常清凉。
　　以诗书作为家业未能得到功名,
　　和麋鹿同住山林岁月已很漫长。
　　在诗句里我任情地指点江山,
　　深奥幽微的道理我阐发得十分精良,
　　不要欺我已是须眉皓白的男儿,
　　我还有豪兴醉倒在美人锦瑟之旁。

寄晁无致

陈师道

【题解】

绍圣元年(公元 1094 年)至四年(公元 1097 年),诗人寄食于丈人曹州(今山东菏泽)太守郭概家时,晁无致为州教官,二人交往频繁,唱和颇多。这首诗描绘了初春景象和思念晁无致的深情,以及自己年既老而生活热情不衰的情状。诗中回忆了与对方登临谈笑之乐,并化用《庄子·逍遥游》典故及欧阳修诗意,表示对晁氏诗才的高度赞扬。

【原诗】

稍听春鸟语叮咛①,又见官池出断冰②。雪后踏青谁与共?花间著语老犹能③。笑谈莫倦寻常听④,山院终同一再登。今日已知他日恨,抢榆况得及飞腾⑤!

注释

①叮咛:犹言"殷勤"。
②官池:指曹州知州府中之池。
③莫倦:犹"不倦"。寻常听,指平常的话题。
④今日句:《庄子·逍遥游》:"鹏之徙于南冥也,水击三千里,抟扶摇而上者九万里……蜩(tiáo 蝉)与学鸠(小灰雀)笑之曰:'我决而起飞,抢(qiāng)榆枋,时则不至,而控于地而已矣;奚以之九万里而南为?'"欧阳修《赠王介甫》诗:"老去自怜心尚在,后来谁与子争先?"此处化用以上句意,谓晁氏文学成就定当大大超过自己。以大鹏比喻晁氏而自喻为抢(突过)榆枋的小鸟。他日,指将来。况,疑问代词,怎么。

【今译】

刚听到春鸟殷勤地切切私语,
又看见片片流冰浮在官府池塘水面。
雪后初晴,和谁一道去郊外踏青!
我虽已老去,仍能在花前吟咏诗篇。

你我在一起谈笑,
无论怎样平常的话题从不感到烦倦,
一同去登山临水,
在寂静的山中寺院再三地流连。
今日我已能预知将来的遗憾,
我这低飞的小鸟,哪能比得上你鹏飞九天!

春 兴

陈师道

【题解】

这首诗抒写由春光引发的情兴。首二句写东风虽欲肆虐,却已自然地含着暖意,似贬而实褒,又写出野水涨溢,流经沙岸便自成浅滩,眼前景象充满生气,充满春的律动。后二句不说诗人因见细草碧绿欲卧,因见繁花满枝欲赏,却化被动的景物为主动,说"细草无端留客卧,繁枝有意待人看",赋平常景象以深永的情味。陈衍说"此学杜而却似荆公(王安石)之学杜者",正点明此诗于寻常处见奇峭,于平易中见功力的特色。

【原诗】

东风作恶不成寒①,野水穿沙自作滩②。细草无端留客卧③,繁枝有意待人看。

【注释】

①作恶:闹事。
②野水:野外的水流。
③无端:无缘无故,没来由。

【今译】

尽管东风一味顽皮闹事,
却怎么也吹不成清寒,

野外春水涨满,
流经沙岸自然成了浅滩。
嫩绿的芳草没来由地留我躺卧,
枝头有意开遍繁花等人观看。

泗州东城晚望①

秦　观

【作者简介】

秦观(公元1049—1100年),字少游,一字太虚,号淮海居士,扬州高邮(今江苏高邮)人。神宗元丰八年(公元1085年)进士,授蔡州教授。哲宗元祐六年(公元1091年)任秘书省正字兼国史院编修官。绍圣元年(公元1094年)坐元祐党籍,出为杭州通判,途中被贬处州监盐酒税,三年,削秩徙郴州。四年,编管横州。元符元年(公元1098年),除名,移广东雷州。三年,放还,至广西藤州卒。秦观青年时即从苏轼游,为苏门四学士之一。工诗文,尤善词章,精工婉丽,为一大家。其诗亦多清婉秀丽之作。有《淮海集》。

【题解】

本诗先绘出"晚望"中一弯白水环绕孤城、朦朦胧胧的俯瞰图,再从听觉描写水中船上的人语声,从"夕霏"中远远飘来的情景,而普普通通的生活图景,因这夕霏的笼罩,便有了一种迥立世外的超尘拔俗之感,意境极其清远。后二句描写林梢青如画的一抹,点出"应是淮流转处山",仍扣紧"晚望"题旨,绘景缥缈宛如仙境,深具画意和画外的诗意。全诗见出作者清婉的风格,表现出其纯诗人的不凡气质。

【原诗】

渺渺孤城白水环②,舳舻人语夕霏间③。林梢一抹青如画,应是淮流转处山。

注释

①泗(sì)州:《元和郡县志》载,唐开元年间,泗州城自宿迁县移治临淮(今江苏盱眙东北)。《太平寰宇记》云,泗州南至淮水一里,与盱眙分界。清康熙年间,州城陷入洪泽湖。

②渺渺:远貌。

③舳(zhú)舻(lú):舳,船后舵;舻,船头,泛指船只。霏(fēi),云气。

【今译】

远望中一弯白水环绕着孤城,
船上人语声传自缥缈的云雾间。
树林梢头横一抹青色淡美如画,
那该是淮水转折处的远山。

春日五首(录一)

秦 观

【题解】

这是《春日五首》之二,这首诗描绘了春日雨后初晴的景色。首句以轻灵的笔意写夜晚的雷雨,次句写朝阳在雨湿的碧瓦间浮动、闪耀的明丽景象。三四句将带雨的芍药与横卧的蔷薇,写得像娇柔多情的美人那样楚楚可怜。全诗风格纤秀婉丽如其基本词风。元好问《论诗绝句》讥评三四句云:"拈出退之(韩愈)《山石》句,始知渠(他)是女郎诗。"这样的比较十分不伦,而评语及评态极其偏颇,正如陈衍反评:"诗者,劳人思妇公共之言,岂能有雅颂而无国风,绝不许女郎作诗耶!"此论委实高明。艺术殿堂千门万户,绝不能赞同某一种风格而排斥其他,王国维《人间词话》说得好:"境界有大小,不以是分优劣。'细雨鱼儿出,微风燕子斜',何遽不若'落日照大旗,马鸣风萧萧';'宝帘闲挂小银钩',何遽不若'雾失楼台,月迷津渡'也。"

【原诗】

一夕轻雷落万丝①,霁光浮瓦碧参差②。有情芍药含春泪,无力蔷薇卧晓枝③。

【注释】

①万丝:指雨。
②霁(jì)光:初晴的阳光。
③晓枝:一本作"晚枝"。

【今译】

　　一晚上响着轻轻的雷声,
　　落下了千万丝细雨。
　　初晴的阳光浮动在高高低低的屋瓦,
　　屋瓦更加明亮碧绿。
　　宛如饱含多情的春泪,
　　芍药花沾带着点点雨滴,
　　横卧在清晨枝头的蔷薇,
　　又是那样地娇柔无力。

秋日三首(录一)

秦　观

【题解】

　　这是《秋日三首》之二。篇中描绘了诗人碾碎茶饼烹煮、盛以花瓷杯饮之,以及饮茶后呼儿习诵《楚辞》,清雅而充满文化气息的日常生活情景。茶饼用圆月来形容,令人想见其清美。而呼儿习诵的不是通常的经传之属,却偏偏是《楚辞》,似乎就隐微地寄寓了诗人内心深处的愤世嫉俗之情。后二句通过风寂庭静无落叶,唯见"青虫相对吐秋丝"的细腻描写,显示了诗人"静故了群动"的恬淡心境,以及在这恬淡后面深藏着的无所事事的淡淡悲愁。诗风婉曲清丽。

【原诗】

　　月团新碾瀹花瓷①,饮罢呼儿课《楚辞》②。风定小轩无落叶③,青虫相对吐秋丝。

注释

①月团:茶名,此形容茶饼。卢仝《走笔谢孟谏议新茶》诗:"开缄宛见谏议面,手阅月团三百片。"瀹(yuè):烹,煮。
②课:讲习,学习。楚辞:骚体类文章(赋),创自屈原。后宋玉、景差诸赋,因与屈赋同具楚地方言声韵、风土色彩,故名"楚辞"。
③轩:堂之前沿,外周以栏,此泛指庭院。

【今译】

碾碎圆月样新的茶饼,
烹煮了用花瓷杯盛起,
饮过清茶呼唤我的小儿。
把《楚辞》好好诵习。
风已停,小院多么寂静,
不再见一片落叶坠地,
只看到树上的青虫,
相对着吐出秋丝细细。

春日偶题呈钱尚书①

秦 观

【题解】

哲宗元祐二年(公元1087年),秦观以荐应贤良方正能言极谏科试,未第。五年(公元1090年),召为秘书省校对黄本书籍。《王直方诗话》云:"少游为黄本校勘,甚贫。钱穆父(名勰,字穆父)为户书(户部尚书),皆居东华门之堆垛场,少游春日作诗遗穆父云云(指此诗),穆父以米二石送之。"秦观《观辱户部钱尚书和诗饷禄米再成二章上谢》诗,有云"本欲先生一解颐,顿烦分米慰长饥"。本诗首二句描写诗人漂泊京师,沉沦下僚、困顿失意的精神面貌。三四句化用杜诗,写出诗人穷苦已极的生活状况,句中浸透的彻骨酸辛,令人读之不禁悲叹。

【原诗】

　　三年京国鬓如丝②,又见新花发故枝。日典春衣非为酒,举家食粥已多时③。

注释

　　①诗题一本作《春日偶题呈上尚书丈丈》。钱尚书:指钱勰(公元1034—1097年),字穆父,钱塘(今浙江杭州)人,吴越王钱俶曾孙。哲宗元祐时曾任户部尚书。哲宗亲政后,任翰林学士兼侍读,因章惇排诋,罢知池州。善诗,与苏轼交谊颇深。

　　②京国:京都。

　　③日典二句:杜甫《曲江》二首其二:"朝回日日典春衣,每日江头尽醉归。"此处化用其句。

【今译】

　　京城漂泊三年我两鬓如丝,
　　却又一度见新花开放在旧枝。
　　天天典卖春衣并不是为了买酒,
　　全家人吃粥已有多时。

再遣朝华①

秦　观

【题解】

《宋诗纪事》卷二十六引《墨庄漫录》:"少游侍儿朝华,姓边氏,京师人。元祐癸酉(八年,1093)岁,少游纳之,尝为'天风吹月入栏杆'之诗,时朝华年十九也。后三年,少游欲修真断世缘,遂遣归父母家,资以金帛而嫁之。朝华临别,泣不已,少游作诗云云。(秦观《遣朝华》诗云:月露茫茫晓柝悲,玉人挥手断肠时。不须重向灯前泣,百岁终当一别离。)既去二十余日,使其父来云:'不愿嫁,却乞归。'少游怜而复取归。明年,少游出倅钱塘,至淮上,因与道友论议,叹光景之遄。归谓朝华曰:'汝不去,吾不得修真矣。'亟使人走京师,呼其父来,遣朝华随去,复作诗云云(指此诗)。时绍圣元年(公元 1094 年),少游尝手书记此事。"本诗写生别永诀之情,虽忍心遣去爱妾,临别的悲苦之意,仍借景抒发。篇末"夕阳孤塔自崔嵬",正是迥立的诗人孤独形象的写照。

【原诗】

玉人前去却重来②,此处分携更不回③。肠断龟山离别处④,夕阳孤塔自崔嵬⑤。

【注释】

①参见本诗【题解】。
②玉人:美人,指朝华。
③分携:离别,意同"分首"、"分袂"、"分襟"。
④龟山:在江苏盱眙县。相传禹治淮,获水神无支祁,锁之龟山之足,即此。
⑤崔嵬(wéi):高耸貌。《诗·小雅·谷风》:"习习谷风,维山崔嵬。"

【今译】

美人前些时离去却又重来,
此地分手不可能再度返回。
龟山离别处深深地悲哀,
唯见孤塔在夕阳中独自崔嵬。

赠女冠畅师①

秦 观

【题解】

《宋诗纪事》卷二十六引《桐江诗话》:"畅姓,唯汝南有之。其族尤奉道,男女为黄冠者十之八九。时有女冠畅道姑,姿色妍丽,神仙中人也,少游挑之不得,作诗云云。"本诗以清丽的语言描绘了畅道姑动人的美貌、窈窕的体态,并特别勾勒其道姑装束,突出她超然尘外的神仙风姿。诗中并写出畅道姑不为凡间的热闹所扰的宁静心境,且暗示其凛然不可侵犯的冰霜之操。篇末以"落红满地乳鸦啼"这样暄妍的暮春景色作为衬托,更显出与春色一样艳美的畅道姑一心向道、毫无尘缘俗念的人格力量之坚毅。同时句中又深含诗人婉惜其青春虚度之意。

【原诗】

瞳人剪水腰如束②,一幅乌纱裹寒玉③。超然自有姑射姿④,回首粉黛皆尘俗⑤。雾阁云窗人莫窥,门前车马任东西⑥。礼罢晓坛春日静⑦,落红满地乳鸦啼。

注释

①女冠:女道士。师,对和尚、道士的尊称。

②瞳人剪水:形容眼波清亮生动,李贺《唐儿歌》:"一双瞳人剪秋水。"

③乌纱:指道姑黑色的头巾。寒玉,形容道姑清美的容颜。

④姑射姿:《庄子·逍遥游》:"藐姑射之山,有神人居焉,肌肤若冰雪,绰约若处子。"

⑤回首句:白居易《长恨歌》:"回头一笑百媚生,六宫粉黛无颜色",苏轼《寓居定惠院之东,杂花满山,有海棠一株,土人不知贵也》诗:"嫣然一笑竹篱间,桃李漫山总粗俗",此处化用以上句意。粉黛,妇女所用化妆品,代指美女。

⑥雾阁二句:韩愈《华山女》写一道姑借讲经炫耀姿色,与豪家少年以至宫庭的暧昧关系云:"玉皇颔首许归去,乘龙驾鹤来青冥。豪家少年岂知道,来绕百匝脚不停。云窗雾阁事恍惚,重重翠幔深金屏。仙梯难攀俗缘重,浪凭青鸟通丁宁。"此处反用其意。

⑦坛:祭祷的场所。

【今译】

你明亮动人的眼睛如剪秋水,
小小一束是你纤细的腰肢,
一方乌黑的纱巾裹住你
冷玉般清俊的面庞和身体。
你有着超然世外的神仙风姿,

一回头凡间美女都显得平庸俗气。
你所在的窗阁云雾缥缈,
没有人能够窥见你的踪迹,
任随门前车水马龙东来西往,
繁闹的景象不会扰乱你心境的清虚。
在道坛你作完早晨的祭祷仪式,
春日是这样暄妍、深沉、静寂,
凋零的红花片片撒落在地,
初生小鸦正一声声鸣啼。

留别江子之①

晁冲之

【作者简介】

晁冲之,生卒年不详,字叔用,一作用道,济州钜野(今山东巨野)人。说之、补之从弟,未中第,曾受学于陈师道。哲宗绍圣党祸起,说之、补之俱罹党籍。冲之独隐居具茨山(在今河南禹县)下,世称具茨先生。官终承务郎。擅诗名,为"江西诗派"诗人之一。有《晁具茨先生诗集》。

【题解】

本诗当作于绍圣间诗人离开京都去隐居具茨山时。冲之与江端友(字子我)、端本(字子之)兄弟交谊颇深,集中多有寄赠唱和之作。冲之早岁应科举不第,曾授承务郎,长期留连于汴都,其《都下追感往昔因成》诗云:"少年使酒走京华",又云:"坐客半惊随逝水,主人星散落天涯",后二句即指绍圣间新党执政人物专以打击"元祐党"人为务,诗人的兄弟、朋辈多遭远贬,他本人虽独得幸免于难,亦不免触目惊心,于是下定决心退隐山林。这首留别江端本的诗便写出了他对政治的失望,以及甘心隐于江湖的意志。但对"平日甚豪今潦倒,少年最乐晚崎岖"的命运,仍不自禁地表露了无可奈何的心情,同时诗中也充满了对京城与友人的眷念之意。刘克庄《后村诗话》评冲之诗"见其意度宏阔,气力宽余,一洗诗人穷饿醉辛之态"。本诗虽系极度失意时所作,仍可想见其超迈豪放之态。

【原诗】

尽室飘零去上都②,试于溱洧卜幽居③。不从刺史求彭泽④,敢向君王乞镜湖⑤。平日甚豪今潦倒,少年最乐晚崎岖⑥。故人鼎贵甘相绝⑦,别后君须寄一书。

【注释】

①江子之:江端本,字子之,开封(今属河南)人。端友弟。早年不赴科举。徽宗初,特补河南府助教。宣和二年(公元1120年),通判温州。南宋高宗绍兴元年(公元1131年),主管临安洞霄宫。冲之与端本兄弟友善,赠诗有云:"江郎淮海秀,经术古同师。温润无前辈,清新有近诗。"(《赠江子我子之》)

②去:离开。上都,指北宋京都汴京。

③溱(zhēn):水名,源出河南密县东北,东南会洧(wěi)水。洧,洧河,即今双洎河,发源于河南登封县东阳城山,东流至新郑县,会溱水为双洎河,入于贾鲁河。卜幽居,用占卜选择隐居之地,此处泛指选择幽居之地。

④不从句:东晋诗人陶渊明曾为彭泽(故城在今江西湖口县东)县令,后弃官归隐,此用其事,表示不愿作官。

⑤敢向句:用唐贺知章事,贺知章晚乞为道士归隐故乡(浙江绍兴),上书求镜湖(又称鉴湖)作放生池,诏许之。此以贺知章自比。

⑥崎岖:犹言"坎坷",谓命运不济。

⑦鼎贵:方当显贵。通指显赫贵盛。

【今译】

全家人离开京都出外飘零,
寻找幽栖场所试着去到溱洧流域。
我不希罕让刺史给我做彭泽县令,
却斗胆向君王请求在江湖隐居。
平日我多么豪迈,如今潦倒失意,
少年时最为快乐,老来世路崎岖。
故人显赫贵盛,我甘心同他们绝交,
离别后你千万要将音书寄与。

戏留次褒三十三弟颂之①

晁冲之

【题解】

细玩诗意,当为诗人在京师挽留即将南游金陵(今江苏南京)的友人而作。首句以想象之笔,描绘江南春泥未干,句中含"雨"字,次句写汴河也将水流潺湲,亦含"雨"字,应寒食前后时令景象。后二句切题,点出"戏留"之意。

【原诗】

白下春泥尚未干②,汴流更待小潺湲③。不知汝定成行不,寒食今无数日间。

【注释】

①次褒、颂之:姓氏生平未详。

②白下:指南京。东晋咸和三年(公元328年)陶侃讨苏峻,筑白石垒,后因以为城。故城在今南京市北。唐武德九年(公元626年)更金陵为白下,移治白下故城,故南京亦称白下。

③汴流:指汴河,流经北宋都城汴京。潺(chán)湲(yuán),水流貌,此暗指雨落水涨。

【今译】

白下城的春泥还没有干,
汴河正等待雨落细流潺湲。
不知你是否能够走得成,
距离寒食佳节还只有几天。

夜 行

晁冲之

【题解】

　　本诗抒写夜行所感、所见。篇首透露了诗人疏于功名的淡泊心志,"独骑"句化用杜甫诗句而能自出新意。三四句写孤村彻夜灯火通明,"知有人家夜读书",一方面表示了诗人的赞叹之意,也见出其夜行之久且长。诗风清朗清淡,无一毫雕凿痕迹。

【原诗】

　　老去功名意转疏①,独骑瘦马取长途②。孤村到晓犹灯火,知有人家夜读书。

注释

　　①疏:疏淡、疏懒。
　　②独骑句:杜甫诗:"古来存老马,不必取长途。"此处化用其意。

【今译】

　　老来我的功名心变得十分淡薄,
　　独骑瘦马为的是跋涉长途。
　　见孤村到黎明还亮着灯光,
　　知道有人整夜在勤苦读书。

赠文潜甥杨克一学文与可画竹求诗①

晁补之

【作者简介】

　　晁补之(公元1053—1110年),字无咎,号济北,晚号归来子。济州钜野(今山东巨野)人。十七岁随父至杭州,苏轼嘉许其文,由此知名。神宗元丰二年（公元1079年）进士。历官澶州司户参军、国子监教授、太学正等。为苏门四学士之一。绍圣元年（公元1094年），坐党籍累贬监信州酒税。徽宗朝曾官著作佐郎、礼部郎中，出知河中府。后党论复起，还家，葺归来园，号归来子。大观末起知达州，改泗州，卒于任。善文工词，苏轼称其"为文无所不能，博辩俊伟，绝人远甚"（《晁君臣诗集引》）。诗以古体为主，长于乐府。有《鸡肋集》。

【题解】

这是一首鼓励后生学画的议论诗。诗中先化用苏轼句意，赞美文与可画竹，"必先得成竹于胸中"，对客观物象烂熟于心，故画竹能得心应手，如神来之笔。诗人称道张耒外甥随文与可学画，已得其神髓。诗中并以治国之道说明学文学画在于总体修养，又如射箭之术在于技巧的纯熟。篇末褒扬克一之舅张耒妙于文理，可作师表。全诗议论风发，文气豪纵。

【原诗】

与可画竹时，胸中有成竹②。经营似春雨，滋长地中绿。兴来雷出土，万箨起崖谷③。君今似与可，神会久已熟。吾观古管葛④，王霸在心曲⑤。遭时见毫发⑥，便可惊世俗。文章亦技尔，讵可枝叶续⑦？穿杨有先中⑧，未发猿拥木⑨。词林君张舅⑩，此理妙观烛⑪。君从问轮扁⑫，何用知圣读⑬。

注释

①文潜：张耒字文潜，详见后张耒诗所附小传。文与可，文同，字与可，画家兼诗人，详见后文同诗所附作者小传。

②与可二句：苏轼《文与可画筼筜谷偃竹记》："故画竹必先得成竹于胸中，执笔熟视，乃见其所欲画者，急起从之，振笔直遂，以追其所见，如兔起鹘落，少纵则逝矣。与可之教予如此。"

③箨（tuò）：竹皮、笋壳，此处代指竹。

④管：春秋时齐相管仲，助齐桓公成就霸业。葛：指三国时蜀汉丞相诸葛亮，佐刘备建立蜀汉。

⑤王霸：此处指成就王霸之业的谋略。心曲：内心深处。

⑥见：同"现"。毫发：比喻细微，一点点。

⑦讵(jù)可句:苏轼《文与可画筼筜偃竹记》:"竹之始生,一寸之萌耳,而节叶具焉;自蜩腹蛇蚹,以至于剑拔十寻者,生而有之也。今画者乃节节而为之,叶叶而累之,岂复有竹乎? 故画竹必先……"此化用其意。讵:何,岂。

⑧穿杨:谓善射者能穿杨柳之叶。《战国策·西周》:"楚有养由基者,善射,去柳叶者百步而射之,百发百中。"此处比喻作文、绘画技巧熟练。

⑨猿拥木:南朝梁何逊《七召》:"雁闻弦而跕堕,猿抱木而啾唧。"

⑩张舅:指诗人词家张耒。

⑪观烛:犹言"观照",佛教指静观世界,以智慧而照见事理。烛,洞悉。

⑫轮扁:古代斫轮的名匠,名扁。《庄子·天道》:"桓公读书于堂上,轮扁斫轮于堂下。"后用作名匠高手的代称。此处指文与可、张耒。

⑬圣读:犹言圣人之书。

【今译】

　　与可画竹的时候,
　　竹的形神在他胸中已有了全部。
　　他进行描画就像温润的春雨,
　　使地下笋苗得以滋长成熟,
　　兴会淋漓时有如春雷动土,
　　千万竿绿竹立即长起在山林崖谷。
　　你如今仿佛与可一样,
　　对画竹心领神会技艺纯熟。
　　我看古代的贤相管仲、诸葛
　　成就王霸大业的谋略早在内心深处。
　　遇到时机只要稍稍显露,
　　就可以震惊世俗。
　　作文章也是一种技艺,
　　就像画竹哪能一枝一叶地描出。
　　射箭能百步穿杨总有先中的目标,
　　没射出便让猿猴惊骇得紧抱大树。
　　词林杰出的人是你舅舅张君,
　　作文的妙理他洞悉如照物明烛。
　　你只要去好好请教那些高手,
　　又何必要把圣贤书诵读。

题庐山①

晁补之

【题解】

这首题庐山的诗可以说是不题之题,因庐山胜景佳绝,使诗人发出"不知何处合题诗"的赞叹,取得了"此时无声胜有声"的效果。诗人似乎特别欣赏前两句,在《由开先万杉栖贤罗汉入城南康守云惜君未至紫霄峰也因以此答》诗中又一次使用,只是将"五百僧房缀蜜脾"句变化为"五百伽蓝似蜜脾"。但此二句其实并不见佳,比起黄庭坚《题落星寺》四首其三"蜂房各自开户牖,处处煮茶藤一枝"二句的悠远情韵,要逊色多了。

【原诗】

南康南麓江州北②,五百僧房缀蜜脾③。尽是庐山佳绝处,不知何处合题诗。

【注释】

①庐山:在江西九江市南,北靠长江,东南傍鄱阳湖。古称南障山。相传秦末有匡俗兄弟七人庐居于此,因而得名。一说以庐江而名。也称匡山、庐阜,总名匡庐。

②南康:府名,宋太宗太平兴国六年(公元981年)以江西星子县为南康军治。江州:宋以江西浔阳(今九江)为江州。

③五百僧房:非实指,形容其多,如杜牧《江南春》:"南朝四百八十寺。"蜜脾:蜜蜂以蜜蜡造成连片的窠房,即蜂房。

【今译】

  山脚以南是南康府,
  江州邻接着山的北边,
  五百座僧人的住房,
  犹如蜂窠连成一片。

庐山风光处处都佳胜到极点,
真不知该把诗句题写在哪边?

遇赦北归①

晁补之

【题解】

　　哲宗绍圣初,诗人坐党籍累遭贬斥,元符二年(公元1099年)九月,远谪信州(今江西上饶)监酒税。次年正月,哲宗死,徽宗即位,诗人遇赦。建中靖国元年(公元1101年),被召为著作佐郎,本诗当作于此年。全诗围绕着"自是人心随境别"这样深切的人生体验,抒写他遇赦北归途中,经行被贬来的险山急水时与当年大不相同的欣喜心情。而对天子的感恩,则通过所听橹声、所见帆色无非欢悦的感受表达出来。全诗以真情实感取胜。

【原诗】

　　山犹故险水犹奔,无复前年溅泪痕。自是人心随境别②,橹声帆色尽君恩。

【注释】

　　①遇赦北归:参见本诗【题解】。
　　②境:指境遇、遭际。

【今译】

　　山还是像往昔那样高峻奇险,
　　水还是像往昔那样湍急奔腾,
　　我却不再跟前行南来时那样
　　悲伤得衣襟溅满泪痕。
　　我真切地体会到随着境遇不同,
　　人的心情自有天壤之分,
　　眼前欢乐的橹声、明朗的帆色,

全都浸润着君王的厚恩。

贵溪在信州城南，其水西流七百里入江①

晁补之

【题解】

绍圣元年(公元1094年)，哲宗亲政，新党人物重又登台，苏轼及其门人故旧均遭迫害远谪，补之先被出知齐州(今山东济南)，次年贬应天府(今河南商丘)，接着又贬亳州(今属安徽)通判。元符二年(公元1099年)九月，远谪信州。本诗写出诗人见到贵溪因千山万壑的障隔，遂向西流的奇异景象，于是借景寄意，表达他被远放的哀怨和对京都无限眷怀的感情，格调清婉隽永。苏轼《和陶诗二十首》有句赞补之云："高才固难及，雅志或类己"，陈衍则评曰："晁、张（耒）得苏之隽爽，而不得其雄骏"，更符合实际情况。

【原诗】

玉山东去不通州②，万壑千岩隘上游③。应会逐臣西望意④，故教溪水只西流。

注释

①贵溪：信江的一段，由信州(今山西上饶)城南西流七百里入赣江。

②玉山：即怀玉山，在江西玉山县北。相传夜间山上有异光，又其高势连接北斗，故又名辉山、玉斗山。当吴楚闽越之交，与仙霞、黟山二山脉相连接，山中之水，西出者入江，东出者入浙，为浙江、江西二省的分水岭。

③隘：阻遏。

④西望：指西望北宋都城汴京，汴京在信州西北方。

【今译】

高峻的玉山东西，

不能通往邻近的郡州，
千岩万壑如连绵屏障，
阻断了贵溪的上游。
它怕是懂得我西望都城的殷切情意，
因此只让溪水向西奔流。

图书在版编目(CIP)数据

宋诗精华录全译/陈衍选编;沙灵娜,陈振寰译注. —贵阳:贵州人民出版社,2008.12(2017.2重印)

(中国历代名著全译丛书)

ISBN 978-7-221-08393-7

Ⅰ.宋… Ⅱ.①陈…②沙…③陈… Ⅲ.古典诗歌-译文-中国-宋代 Ⅳ.I222.744

中国版本图书馆 CIP 数据核字(2008)第 180203 号

书　　名	宋诗精华录全译
著　　者	陈衍　选编
译　　注	沙灵娜、陈振寰
责任编辑	黄涤明、孟筑敏
装帧设计	余强
出版发行	贵州人民出版社
地　　址	贵阳市中华北路 289 号
印　　刷	三河市明华印务有限公司
版　　次	2009 年 3 月第 1 版
印　　次	2017 年 2 月第 2 次印刷
开　　本	787×1092mm　1/16
字　　数	1005 千字
印　　张	68.25
定　　价	168.00 元(上、下)

《宋诗精华录》卷一按语

陈　衍

案：此录亦略如唐诗，分初、盛、中、晚。吾乡严沧浪高典籍之说，无可非议者也。天道无数十年不变，凡事随之。盛极而衰，衰极而渐盛，往往然也。今略区元丰、元祐以前为初宋；由二元尽北宋为盛宋，王、苏、黄、陈、秦、晁、张具在焉，唐之李、杜、岑、高、龙标、右丞也；南渡茶山、简斋、尤、萧、范、陆、杨为中宋，唐之韩、柳、元、白也；四灵以后为晚宋，谢皋羽、郑所南辈，则如唐之有韩偓、司空图焉。

此卷系初宋，西昆诸人，可比王、杨、卢、骆；苏、梅、欧阳，可方陈、杜、沈、宋。宋何以甚异于唐哉？

附 录

《宋诗精华录》序

陈 衍

孟轲氏有言曰:"由汤至于武丁,贤圣之君六七作。"又曰:"武丁朝诸侯,有天下,犹运之掌也。"《诗·车攻》小序云:宣王能"内修政事,外攘夷狄,复文武之境土。修车马,备器械,复会诸侯于东都"。此言殷、周二代之中兴也。其事虽大,可以喻小。诗文之中兴,何莫不然?

清袁简斋,文人之善谑而甚辩者也。有数人论诗,分茅设蕝,争唐宋之正闰,质于简斋。简斋笑曰:"吾惜李唐之功德,不逮姬周,国祚仅三百年耳!不然,赵宋时代,犹是唐也。"由斯以谈,唐诸大家,譬如殷之伊尹、仲虺、伊陟、巫咸,周之周公、太公、召公、散宜生、南宫适;宋诸大家,譬如殷之甘盘、傅说,周之方叔、召虎、仲山甫、尹吉甫矣。

然吾之选宋诗,抑有说焉,《虞书》曰:"诗言志,歌永言,声依永,律和声;八音克谐,无相夺伦。"伦,理也。孟子所谓:"始条理","终条理也。"《虞书》又曰:"戛击鸣球、搏拊、琴瑟,以咏","下管鼗鼓,合止柷敔,笙镛以间。"故《礼》曰:"歌者在上,匏竹在下,贵人声也。"《诗》曰:"鼗鼓渊渊,嘒嘒管声。既和且平,依我磬声。"盖声音之道,由细而大,戛击鸣球,所以作止乐。总言之也,合止柷敔,所以合乐止乐。终言之也,土木与石皆声音之细者,若琴瑟、下管、鼗鼓、笙镛,则丝竹金革,悠扬、铿锵、鞺鞳,皆声音之由细而渐大也。《关雎》之诗曰:"琴瑟友之"、"钟鼓乐之"。《鹿鸣》之诗曰:"鼓瑟吹笙","吹笙鼓簧",又曰"鼓瑟鼓琴",无用柷敔者,而合乐则不废柷敔。故长篇诗歌,悠扬、铿锵、鞺鞳者固多,而不无沈郁顿挫处,则土木之音也。然如近贤之祧唐宗宋,祈向徐仲车、薛浪语诸家,在八音率多土木,甚且有土木而无丝竹金革,焉得命为"律和声,八音克谐"哉!故本鄙见以录宋诗,窃谓宋诗精华,乃在此而不在彼也。

丁丑初夏,石遗老人书。

句①

惠　洪

天地一东篱②，万古一重九③。

注释

①这两句诗摘自《潜上人求题菊山》。全诗如下："具郎号菊山,秀色已衰朽。潜郎号菊山,清香满襟袖。天地一东篱,万古一重九。绝爱陶渊明,揽之不盈手。后人不识秋,多向篱边守。灿灿万黄金,把玩岂长久？西风容易老,回首已如帚。因潜忆具郎,有泪如苦酒。"

②东篱：陶渊明《饮酒之五》："采菊东篱下,悠然见南山。"

③重九：农历九月九日为重阳节,陶渊明《九日闲居》诗序："余闲居爱重九之名,秋菊盈园。"

【今译】

天地之间只有一个东篱，
千年万代都是同一重九。

和吴山泉万竹亭①

僧道璨

【作者简介】
　　僧道璨（生卒年不详），俗姓陶，号无文。南昌（今江西南昌）人。南宋末叶为江西饶州荐福寺僧人。善诗文，前人评为"格调清迥，直入陈黄之室"。有《柳塘外集》。

【题解】
　　这是一首咏竹诗。作者咏竹重在竹的精神和自己与竹在精神上的沟通，而对竹的形貌全然略过，甚至全诗无一"竹"字。

【原诗】
　　风流不减晋诸贤②，冰雪精神已凛然③。岁晚莫教枝叶盛，听他明月下青天④。

注释
　　①吴山泉：道璨好友，曾任饶州知府。
　　②晋诸贤：指竹林七贤（嵇康、阮籍、山涛、向秀、王戎、刘伶、阮咸）。
　　③凛然：正气逼人、不可侵犯的样子。
　　④听：任、任凭。

【今译】
　　你的神采风度不减于竹林七贤，
　　仅是那斗霜傲雪的精神已正气凛然。
　　年末时请别让枝叶过于繁盛，
　　任凭天上明月穿过竹枝把清光洒向人间。

六①

花枝重少人甘老②,燕子空忙春自闲。

【注释】

①这两句诗摘自《晚步归西崦》。全诗如下:"屋除有路入深壑,曳履翛然独往还。布谷风光寒日近,摘茶时节乱山间。花枝重少人甘老,燕子空忙春自闲。归晚断桥逢野水,更能揎手弄潺湲。"

②花枝重少:意思是指花渐渐地凋零了。

【今译】

枝头上的花越来越少,
人怎能不承认老去?
燕子空自奔忙,
春天却总是那样悠闲。

七

临事无疑知道力,读书有味觉身闲①。

【注释】

①这两句诗摘自《二十日偶书二首》之二。原诗如下:"此生早衰坐世故,末路易归惊险艰。临事无疑知道力,读书有味觉身闲。解医忧患臂三折,难隐文章豹一斑。永愧皖山赤头璨,不令姓氏落人间。"

【今译】

遇事没有疑惑方知道力深浅,
读书品出滋味自觉身心悠闲。

【注释】

①这两句诗摘自《清明前一日闻杜宇示清道芬》。原诗如下:"篱外花如海,开轩小寝惊。最先闻杜宇,更觉近清明。云怒必为雨,风和拗得晴。阿芬甘劣我,笑里恰诗成。"

【今译】

特别是先听到了杜鹃的鸣叫,
越发地感到清明临近。

四

天下至穷处,风烟触地愁①。

【注释】

①这两句诗摘自《早登澄迈西四十里宿临皋亭补东坡遗》。原诗如下:"天下至穷处,风烟触地愁。村器闻捉拗,岸汁忽西流。鸟道通儋耳,鲸波隔万州。趁鸡行落月,凄断在蛮讴。"

【今译】

这里是天下最贫苦的所在,
连清风烟岚触及此地也要发愁。

五

岳色堕马首,岚光忽满襟①。

【注释】

①这两句诗摘自《次韵衡山道中》。原诗如下:"岳色坠马首,岚光忽满襟。眼寒知意适,句苦觉愁侵。沃野献新绿,残晴酿晚阴。天涯惊去雁,料理欲归心。"

【今译】

山色堕落在坐骑的前面,
烟岚的光彩一下子便涨满襟怀。

句(七条)

惠 洪

一

夜色已可掬,林光翻欲流。一钩窥隙月,数叶搅眠秋①。

【注释】

①这四句诗摘自《秋夕示超然》。全诗如下:"夜色已可掬,林光翻欲流。一钩窥隙月,数叶搅眠秋。清境扶归梦,残釭(原误作缸)替客愁。搜诗时画席,忽觉此生浮。"

【今译】

夜色已然能捧在双手,
林里清光仿佛即将溢流。
一弯明月在云隙中窥视着人间,
几片落叶搅动了秋眠人的乡愁。

二

今夕亦常夕,人偏故国思①。

【注释】

①这两句诗摘自《除夕和津汝楫》。原诗如下:"今夕亦常夕,人偏故国思。不堪搓冻耳,听诵未归诗。家室喧哗后,深崖雨雪时。炉香待清旦,此意有谁知?"

【今译】

今晚本是个平常的夜晚,
不知何故偏偏想起了故乡。

三

最先闻杜宇,更觉近清明①。

④夙习二句:谓世俗之情未能尽除,故为你的到来而从禅定中走出。夙习,旧习,指世俗的习性。深定,深入于禅定状态;佛家跌座静思,心向空明,称为入定。

⑤南归二句:谓南逐归来,除了一张打坐的蒲团便别无他物,也不想追求他物了。南归,自南方归来。芦圌(tuán),蒲团。僧人打坐时的坐席。

⑥直室:指坐禅的屋室。直,通"值"。仄磬:斜侧逼仄的石磬。磬,片石制成的打击乐器,直尺状,一长臂一短臂成直角形,各成一音,悬挂于磬架上,因臂有长短,两端重量不同,而成倾斜状态。

⑦行当二句:谓将改正错误,重新皈依佛祖。皈(guī),归依。

⑧蝇头:小字;以蝇头形容字的大小。

【今译】
　　那天你陪着贫僧登上了芙蓉峰,
　　至今想象中仍能见到绿林里入云的小径。
　　清风吹送着我们的欢声笑语,
　　音声撒落,显得群山更加寂静。
　　你随意地便吟成了一幅有声的图画,
　　画出了当时欢笑中的意兴。
　　可叹我旧的习惯还没有祛除,
　　为了你从深深的禅定中甦醒。
　　就好比蜜饯的白芽姜,
　　辣在心中岂能尽改本性?
　　从海南归来我还有什么?
　　除了背在身上的蒲团一柄。
　　所幸旧居还孤悬在水边,
　　打坐的茅屋像倾斜的石磬。
　　我行将洗刷掉往日的过恶,
　　重新皈依佛祖了结在人间的使命。
　　每想到临别时你的嘱咐,
　　就好像皎洁的月光冲破了昏暝。
　　我用蝇头小楷抄写了你的诗句,
　　每当思念你时便拿出来吟诵。

次韵天锡提举[①]

惠　洪

【题解】

　　惠洪遇赦自南海北归后,友人邹天锡邀他游衡山芙蓉峰,有诗相赠。其后,惠洪步天锡原韵和了这首诗。诗分三个部分。前六句记游:追记游山情景,侧重写当时愉悦的心境,而不在写景。"天风吹笑语,响落千山静"二句很有意境。中十句述志:写自己虽出家为僧,但尘缘难净故难免遭遇磨难,现在要洗清过恶、皈依佛祖了。其实"蜜渍白芽姜,辣在那改性",真性情的改变是极困难的。以惠洪那样的心赏山间有声之画境和难忘挚友的深情,便知此僧毕竟是个"浪子和尚耳"(《能改斋漫录》记王荆公女评惠洪语)。"蜜姜芽"的比喻贴切之极,令人拍案叫绝。最后四句抒情:写自己对友情的珍视,天锡临别叮嘱竟如皎月破瞑,天锡赠诗竟以蝇头小楷恭录,时时取咏,真不亚于佛祖经典,此僧之重情、之尘心可见。

【原诗】

　　携僧登芙蓉[②],想见绿云径。天风吹笑语,响落千岩静。戏为有声画[③],画此笑时兴。夙习嗟未除,为君起深定[④]。蜜渍白芽姜,辣在那改性。南归亦何有?自负芦圌柄[⑤]。旧居悬水旁,直室如仄磬[⑥]。行当洗过恶,佛祖重皈命[⑦]。念君别时语,皎月破昏瞑。蝇头录君诗[⑧],有怀时一咏。

注释

　　①次韵:按原诗的韵字和韵字次序和诗,也叫"步韵"。天锡:邹天锡。北宋末人,曾为《楞严经》作注。提举:官名,主管某方面专门事务的职官。
　　②芙蓉:衡山芙蓉峰。《水经注·湘水》:"湘水又北迳衡山县东,山在西南,有三峰,一名紫盖,一名容峰。容峰最为竦杰,自远望之,苍苍隐天,故罗含云:'望若阵云,非清霁素朝,不见其峰。'"(王国维校本)
　　③有声画:指邹天锡之诗。

进进退退非常从容随意。
岸边那许多群聚观潮的人,
却吓得丧魂落魄把头缩起。
我身居偏远很少跟人来往,
安闲地在院中看麻雀嬉戏。
正感到困倦失手掉了团扇,
便听到敲门剥啄不知是谁?
打开门来猛然见到了你,
只觉你身躯瘦削、神采奕奕。
站在门前便互慰久别之苦,
对坐几前更把思念之情宣叙。
是谁啊,手执着袈裟,
来温暖我这只孤鹤被剪去翅羽?
你远道前来实在令人感念,
真比大山还重啊,你这番心意!
愈是心地至诚愈显得朴素无华,
一谈论起世事便露出棱角禅机。
你为我驻留了三天三夜,
很使我觉得缓解了孤独的苦寂。
忽然间你又要离我归去
破旧的衣襟牵留哪禁得起!
想象中仿佛见你跨过千座山峰,
狭窄的山路像被遗弃的绳索般盘屈。
你来寻访我当然是一番美意,
让我为你题诗也合情合理。
只是我因为多说话而遭祸,
正用沉默作为良药医治自己。
我将把心声寄托给灵石山神,
他将会替我写诗给你。
你将感到鸣玉轩边奔腾的流水
正使夜的山谷惊悸!

注释

①上人:对僧人的尊称。灵石:灵石山。在今福建福清县西南四十余里。鸣玉轩:惠洪斋名。会:恰值。断作语:停止写作、议论。本诗说:"而余病多语,方以默为药。"复决堤:又冲破堤防——打破沉默的誓言。

②不数:无数、数不清。

③闻余二句:指惠洪刺配朱崖事。惠洪无罪而刺配岭南,僧瑜惊恐而削瘦。悸,心慌。枯削,枯黄削瘦。

④安知二句:朱崖(珠崖)在今海南省东北部,从内地去珠崖需经雷州半岛跨海,而海南四面环海,如巨城,宋负罪臣民(如苏轼),常发配海南。故惠洪故作谑语说去海南如进城。

⑤譬如四句:谓自己罪遣海南不过像人弄潮,上下进退自如。旁观者以为惊险万分,弄潮人却自得其乐。复却,反复、进退。却,退。

⑥轻纨:团扇。

⑦剥啄:扣门声。

⑧关:门栓、门。

⑨矍铄(jué shuò):形容老年人精神健旺。

⑩契阔:久别相思之情怀。

⑪谁持二句:谓是谁来慰藉、救助受伤害、无依靠者呢。稻田衣,袈裟的别称。王维《六祖能禅师碑铭》:"悉守罝网,袭稻田之衣。"剪翎鹤,被剪去翅羽,无法高飞远骛的仙鹤。

⑫悃愊(kǔn bì):至诚。无华:朴素。

⑬语论句:谈起时事、世情则棱角毕现。

⑭裓(gé):长衣的下襟。"捉裓"表示挽留。

⑮细路句:曲折的小路(羊肠小路)就像丢弃在山间的绳子一样。

⑯跳波:奔腾的流水。

【今译】

你离开我已经很久很久,
问候的信件都难以数计,
听说我被流放到边远的南疆,
你忧虑心惊竟一天天枯瘦下去。
哪知道跨越大海,
来来往往像进城般地容易。
就比如船民弄潮,

颇有梁国狄公的神气。
你全副武装、佩着箭囊
来谒见丞相裴度;
表明你永远是一个忠诚的战士,
为国效力的心始终如一!

瑜上人自灵石来,求鸣玉轩诗。会予断作语,复决堤,作一首①

惠 洪

【题解】

　　这首诗作于刺配海南以后。惠洪的老友瑜上人不远千里,从灵石来看望他,临别请他题诗留念。于是他借题发挥,在充分倾诉了对瑜上人友情的感激的同时,发泄了自己对不公正待遇的不满,表示自己绝不会被远放海南吓倒。诗中写弄潮儿与旁观者对待潮水的不同心态、写瑜上人到来时的情景和将别时自己的心理活动,都十分生动、真切。结尾一段说自己断作语的缘由和请灵石山代题诗句,表面平静豁达而内心激愤之情,真似"跳波惊夜壑"一般。

【原诗】

　　道人去我久,书问且不数②。闻余窜南荒,惊悸日枯削③。安知跨大海,往反如入郭④。譬如人弄潮,复却甚自若。旁多聚观者,缩头胆为落⑤。僻居少过从,闲庭堕斗雀。手倦失轻纨⑥,扣门谁剥啄⑦?开关忽见之⑧,但觉瘦矍铄⑨。立谈慰良苦,兀坐叙契阔⑩。谁持稻田衣,包此剪翎鹤⑪?远来殊可念,此意重山岳!悃愊见无华⑫,语论出棱角⑬。为余三日留,颇觉解寂寞。忽然欲归去,破𬘫不容捉⑭。想见历千峰,细路如遗索⑮。相寻固自佳,乞诗亦不恶。而余病多语,方以默为药。寄声灵石山,诗当替余作。便觉鸣玉轩,跳波惊夜壑⑯!

毁人物功绩的一件大事。李商隐曾写长诗《韩碑》,宋人诗文也多次提及此事,对李愬颇有批评。本诗作者则为李愬申辩,认为他还是一心为公,尊重裴度的,并非有意争功。

【今译】
　　淮阴侯韩信当年
　　谦敬地把李左车当作老师,
　　他那种宽宏的气概
　　岂止能压倒气量狭小的项羽?
　　你俘获了叛将李祐
　　不肯把他处死,
　　因此了解了叛贼内情,
　　把吴元济玩弄在手心里。
　　羊祜公施行德政、教育,
　　使蛮悍的军民受到感化;
　　他搁置起战鼓不进行南征,
　　的确让东吴丧失了警惕。
　　当你将深沉勇猛的气质深敛,
　　隐身在一般将领中间时,
　　便已经暗中发笑:
　　吴元济的头颅即将失去。
　　你不顾他人视为儿戏,
　　趁大雪率领部队百里奔袭;
　　深夜里突破城池,
　　把蔡州收进袖底。
　　两夜晚军行军宿,
　　远方的敌人竟然毫未觉察;
　　跟当年西平王奔袭朱泚,
　　完全是同样的谋计。
　　看你身穿锦袍、腰系玉带,
　　俨然继承了父亲的遗风;
　　修长的宝剑拄立在身边,

羊祜筹划灭吴;泰始五年(公元269年),以尚书左仆射都督荆州诸军事,出镇襄阳,十年间,开屯田、储军粮,为一举灭吴作充分的准备,平时则与吴和平共处,各守其界,麻痹了吴国,他生前虽未能实现灭吴计划,但后来灭吴的基础确是他打下的。行悍夫,使蛮悍的武夫、顽民被调动了起来。卧鼓,息兵。古人作战以旗鼓为指令,鼓平卧而不敲击,等于说停止打仗。良,诚然、的确。骄吴,使吴骄,骄则放松警惕。

⑤公方二句:谓李愬表面上显示懦弱,实际上已经暗中掌握了吴元济的命运。公,指李愬。沈鸷,沈同沉,深沉勇猛。《新唐书·李愬传》:"愬沈鸷,务推诚待士,故能张其卑弱而用之。"底,通"里"。无头颅,谓"无头脑",同时也有"头颅将无"的意思。

⑥雪中二句:概括雪夜袭蔡州事。据《新唐书·李愬传》,元和十一年十月己卯,师夜起,李愬率中军三千,李祐以突将三千为先锋,出文城栅,只下令曰:"引而东。"行六十里袭取张柴。会天大雪,寒风裂肤,"马皆缩慄,士抱戈冻死于道十一二。"待离张柴而东,吏请所向,李愬乃告:"入蔡州取吴元济!"监军使者大哭,以为中李祐计策,但又不敢不从。行七十里,夜半至城下,城旁皆鹅鸭池,李愬命击之以乱军声。李祐率先登城,"众从之,杀门者,发关,留持柝传夜自如。黎明,雪止,愬入驻元济外宅,蔡吏惊曰:'城陷矣!'元济尚不信"。藏袖里,形容取蔡州如探囊取物,手到擒来。

⑦远人:远方的敌人,指距李愬文城栅营地一百三十里的蔡州吴元济等。信宿:连宿两夜。《诗》毛传:"再宿曰信;宿,犹处也。"一夜宿文城栅,二夜宿蔡州。

⑧西平:指李愬父李晟。晟为唐代名将,因战功封西平郡王。朱泚(cǐ):唐幽州昌平(今属北京)人,初为幽州节度使部将,后任卢龙节度使。建中三年(公元782年)因弟朱滔叛唐免职,留居长安。次年泾原兵在京师哗变,德宗出奔奉天,他被立为帝,国号秦,后改汉。兴元元年(公元784年)被李晟击败,率残卒西奔,为部众所杀。

⑨仍:继承、沿续。拄颐长剑:剑尖着地柄达下颔的长剑。《战国策·齐策》:"大冠若箕,修剑拄颐。"大梁公:初唐名臣狄仁杰(公元607—700年)封梁国公。高宗、武后两朝,狄仁杰屡任要职,他不畏权势,正言直谏,荐举贤良,政治上、军事上多有建树。

⑩君看二句:谓李愬敬事裴度、一心为国,此情天地可鉴。鞬櫜(jiàn gāo),弓箭袋。《新唐书·李愬传》:"乃屯兵鞠场以俟裴度,至,愬以櫜鞬见,度将避之,愬曰:'此方废上下分久矣,请因示之。'度乃以宰相礼受愬谒,蔡人耸观。"按,平定淮西叛乱,宰相裴度运筹帷幄,李愬破蔡擒吴,各有奇功。韩愈撰《平淮西碑》突出叙述了裴度的决策指挥,李愬有所不平,其妻为唐安公主之女,出入禁中"因诉碑文不实,诏令磨愈文",令段文昌重新撰文勒石。这件事便成了历史上如何评

智勇双全、一心为国的将领出现,以抗御外敌。惠洪此诗正反映了民众的这种愿望。这首诗直接关涉到李愬画像的句子只有"锦袍"两句,其余篇幅都是对人物的品评,它运用历史比较的方法,每涉及诗主的一个重大举措,便拿历史上一位英雄人物的行动与之类比,极其有力地烘托起诗主的高大形象。全诗叙中夹议,议中抒情,雄健凝重,有很强的史论气,无怪陈衍称赞它能"抵段文昌一篇碑文,不啻过之"。

【原诗】

淮阴北面师广武,其气岂止吞项羽②?君得李祐不肯诛,便知元济在掌股③。羊公德化行悍夫,卧鼓不战良骄吴④。公方沈鸷诸将底,又笑元济无头颅⑤。雪中行师等儿戏,夜取蔡州藏袖里⑥。远人信宿犹未知⑦,大类西平击朱泚⑧。锦袍玉带仍父风,拄颐长剑大梁公⑨。君看鞬櫜见丞相,此意与天相始终⑩。

【注释】

①李愬(公元773—821年):字元直,唐洮州临潭(今属甘肃)人。唐名将李晟之子。宪宗元和十一年(公元816年)任唐、随、邓节度使,率兵讨伐吴元济叛军。他爱护士卒,优待降敌,深得人心。十二年冬,雪夜袭蔡州,生擒吴元济,平定了淮西之乱,进授山南东道节度使,封凉国公。

②淮阴二句:谓韩信师事赵国谋士李左车,他的气度何止压倒项羽。淮阴,汉淮阴侯韩信(?—公元前196年);初属项羽,后归刘邦,佐刘邦破赵、齐,灭项羽,为建汉武将中第一功臣。先封齐王,改封楚王,降为淮阴侯,终于被诬谋反,死在刘邦、吕后刀下。北面,面北,表示自居下位。广武,赵国谋士广武君李左车。汉派韩信攻赵,李左车建议出奇兵断汉粮道,不被赵王采纳,终被韩信所败。韩信俘李左车,师事之,李屡献奇计,助韩灭燕、齐。吞,等于说"压倒","盖过"。

③君得二句:谓李愬擒获吴元济大将李祐而不杀,因而得知吴军虚实,把吴元济掌握在自己的手心。李祐,吴元济部下,被擒后,感于李愬善待之恩,献袭蔡州计策,并亲率士卒登城。不敢,不肯,不愿。元济,吴元济(公元783—817年),唐淮西节度使吴少阳子,元和九年(公元814年),吴少阳死,吴元济欲继立,朝廷不准,于是叛乱,纵兵焚掠舞阳、叶县,威胁洛阳。宰相裴度亲率李愬等讨伐,吴兵败被擒,斩首长安。在掌股,玩弄于股掌之上。

④羊公二句:谓羊祜以德政感化悍民武夫,不用武力而使吴国麻痹。羊公,羊祜(公元221—278年),字叔子。晋泰山南城(今山东费县)人。司马炎代魏,与

【今译】

好鸟从来不曾鸣唱恶俗的音调,
白云也懂得展露奇妙的身姿。

三①

稚子相呼入林去,应知病果落莓苔。

注释

①这两句诗摘自《秋日西湖》三首之三。原诗全文如下:"西风夜半卷庭槐,卧听邻翁晓园开。稚子相呼入林去,应知病果落莓苔。"

【今译】

小孩子相呼着跑进树林去,
他们一定知道病果坠落在长满莓苔的地上。

题李愬画像①

惠　洪

【作者简介】

　　惠洪(公元1071—1128年),又名德洪,自号觉范。俗姓喻(一说姓彭)。筠州新昌(今江西宜丰)人。十四岁父母双亡,哲宗元祐四年(公元1089年)试经于汴京天王寺,得度出家。政和元年(公元1111年),因他人牵连,刺配朱崖(今广东崖县西北),三年释还;后又被诬入狱,再释,往湘中。善画梅竹,能文,七古雄健清新,又能作婉约小词。陈衍赞之"何止为宋僧之冠,直宋人所希有也"。有《石门文字禅》《冷斋夜话》《林间录》等传世。

【题解】

　　这首题画诗是歌颂唐代平定淮西叛乱的名将李愬的,同时也有着深刻的现实意义。宋朝从一立国便重文轻武,边防松弛,造成西夏、辽、金、元相继侵扰,外患贯穿始终的情势。北宋民众盼望有李愬式的一齐曲折地伸向远方。
老弟啊,不要说
自己没有作诗的天赋;
细嫩的草、幽香的花,
都需要你的歌唱。

句(三条)

僧道潜

一①

风蝉故故频移树②,山月时时自近人。

【注释】

①这两句诗摘自《夏日龙井书事》四首之二。原诗全文如下:"雨过千岩爽气新,孤怀日夜与谁邻?风蝉故故频移树,山月时时自近人。礼乐汝其攻我短,形骸吾已付天真。露华渐冷飞蚊息,窗里吟灯亦可亲。"

②故故:特意地、故意地。

【今译】

　　风中的寒蝉故意地
　　频频更换着树木,
　　山里的明月时时地
　　自动地靠近行人。

二

好鸟未尝吟俗韵,白云还解弄奇姿①。

【注释】

①这两句诗摘自《夏日龙井书事》四首之四。原诗全文如下:"揭来人外慰栖迟,谷远山长万事遗。好鸟未尝吟俗韵,白云还解弄奇姿。藤花冉冉青当户,竹色娟娟碧过篱。不羡故人探禹穴,短桡孤榜逐涟漪。"

③不待:等不及。商量:酝酿、准备。

【今译】

急雨一下子袭来,
仿佛要催促春花快开;
集芳堂的阶台下面,
霎时出现锦绣千堆。
红得放纵、紫得颠狂,
一股脑地争芳斗艳,
全不能细细准备,慢慢开放,
简直像迫不及待。

其 二

【题解】

跟前一首相反,这首诗总的气氛是宁静、和谐的:凌晨的春空夜雾笼罩,桃溪、柳陌、细草、幽花在静谧的朦胧中,显得特别富有诗意。

【原诗】

蔼蔼春空宿雾披①,桃溪柳陌共逶迤②。阿戎莫道无才思③,细草幽花总要诗。

注释

①蔼蔼:朦胧、昏暗,因而显得十分寂静的样子。宿雾:夜雾。
②桃溪:桃花夹岸的溪流。柳陌:阡陌上柳树成行。陌,田间小路。逶迤:形容道路、河流等曲折延续的样子。
③阿戎:犹言"老弟"。

【今译】

夜雾还没有散去,
春空依旧迷迷茫茫;
桃溪伴着柳陌,

②断：止、停。

【今译】
　　烦人的雨至夜未晴，
　　使江面晦暗朦胧；
　　天井里梧桐树叶翻动，
　　送来阵阵秋风。
　　夜深了，我独立楼头，
　　直到寒风止息；
　　在浮云轻薄的天边，
　　露出了明月的光影。

维王府园与王元规承事同赋二首

僧道潜

其 一

【题解】
　　此诗写维王府花园里繁花如锦的景色。他不是静态地描写，而是动态地写春雨催花，突然之间浪红狂紫争荣的景象。这样一来，给人的印象更多的是香的热闹、色的喧嚣，使你无暇细细地观赏、品味，反倒不觉其美了。这或许正是从佛家的视角看尘世吧？

【原诗】
　　一霎催花骤雨来，集芳堂下锦千堆①。浪红狂紫浑争发②，不待商量细细开③。

【注释】
　　①锦：如锦绣般的春花。
　　②浪红狂紫：形容花开得繁盛至极，毫无节制。浪，放纵。浑，一股脑地，全部地。

②蒲:苇类。猎猎:风吹蒲叶声。
③不自由:不由自主。
④藕花:荷花。汀洲:水中平地。

【今译】
　　轻柔的风抚弄着,
　　蒲苇哗哗作响;
　　蜻蜓想落定在苇叶,
　　却身不由己地摇晃。
　　五月里我漫步在
　　临平山下的小路边,
　　数不尽的红荷绿盖,
　　使汀洲满溢着清香。

江上秋夜

僧道潜

【题解】
　　这又是一首写景诗。短短四句诗刻画出了秋日苍江从暮雨到夜晴的大自然变化过程。诗有一条井然有序的明线:至晚未晴的腻雨——翻动井梧的秋风——夜静更深的风止——破云而出的明月;它还有一条暗线,那就是诗主的心情变化:从听雨的腻烦,到风起的激动,到深夜的难眠,到云破月出的豁然开朗。景与情的结合应该说是很好的。

【原诗】
　　雨暗苍江晚未晴,井梧翻叶动秋声①。楼头夜半风吹断②,月在浮云浅处明。

【注释】
　　①井梧:庭院中的梧桐树。井,天井。

【注释】

①款语:亲切的话语。

②百舌:学名乌鸫;善鸣,鸣声多变化。黄鹂:亦称黄莺、仓鹒;鸣声婉转。用事:当权;当令、当时。这里两意兼而有之。

【今译】

高山上有一只鸟儿,
谁也不知道它的来历。
春风中飞进门庭,
亲切地低声细语。
灵巧的百舌、妩媚的黄莺,
如今正红得发紫,
你的声音虽好,
又有谁会听取?

临平道中①

僧道潜

【题解】

这是一首颇有画意的写景诗,为苏轼所叹赏。诗写临平道中行路时所感所见,信笔拈取,似无序而实有序——先因见蒲苇摇动而感到有风吹来,复注意到在风中欲立不稳的蜻蜓,然后交待时、地、状态,最后推出风蒲、蜻蜓所在的湖塘全景。动静相倚、巨细相间,确是一幅很好的五月蜓荷图。

【原诗】

风蒲猎猎弄轻柔②,欲立蜻蜓不自由③。五月临平山下路,藕花无数满汀州④。

【注释】

①临平:地名,在今杭州市东北。

【注释】

①这两句诗摘自《送琴师毛敏仲北行》。原诗如下:"西塞山前日落处,北关门外雨来天。南人堕泪北人笑,臣甫低头拜杜鹃。"

②南人:宋遗民。北人:蒙元人。

③臣甫句:杜甫《杜鹃》:"杜鹃暮春至,哀哀叫其间。我见常再拜,重是古帝魂。"

【今译】

江南百姓落泪,南下北人欢笑,
像杜甫一样,我只能低头默拜先帝的精魂。

绝 句

僧道潜

【作者简介】

僧道潜(公元1043年—?),本名昙潜,号参寥。俗姓何。杭州於潜(今浙江临安西)人。自幼出家,受业于治平寺。道潜熟读经典,能诗文,与苏轼、秦观友善。苏轼被贬惠州,道潜有诗,被指为讥刺当局,勒令还俗。徽宗即位,诏令恢复僧职,赐号妙总大师。宋吴可评其诗"风流酝藉,诸诗僧皆不及"。有《参寥子集》。

【题解】

这是一首政治讽刺诗。借写高岩野鸟虽鸣声亲切,但不能为当令的百舌、黄鹂之类所容,更不能为听惯百舌、黄鹂灵巧鸣声的赏鸟者聆听,来讥讽当权者和他们身边用事的佞臣。

【原诗】

高岩有鸟不知名,款语春风入户庭①。百舌黄鹂方用事②,汝音虽好复谁听?

其 二

【题解】
　　其二是原第九首,写元军进入宫苑后的一个场面。作者仅仅通过亲见的一件极微末的小事:元人环立在阑干周围,附庸风雅,像啼鸦般指指点点,把冷艳、清高的红梅误认作妖娆俗媚的杏花,便把江山的易主、元人的粗野、亡国的悲痛全部定格在其中了。所谓其言极简,其旨深微!

【原诗】
　　南苑西宫棘露牙①,万年枝上乱啼鸦②。北人环立阑干曲,手指红梅作杏花。

【注释】
　　①棘露牙:荆棘长出新芽。荆棘生芽可见园林无人管理,现出荒芜景象。
　　②万年枝:冬青别名。宫中多植冬青,取其四季长青之意。

【今译】
　　临安旧宫中荆棘都生出了新芽,
　　冬青树枝上乱叫着一群乌鸦。
　　北方人围绕着曲折的栏干站定,
　　手指着红梅说:快看这娇艳的杏花!

句①

汪元量

南人堕泪北人笑②,臣甫低头拜杜鹃③。

【题解】

　　《醉歌》共十首,杂写德祐二年(公元 1276 年)元军进军临安,宋廷不战而降的史实。陈衍所选为第五、第九两首。其一为原第五首,记谢太后签署降表事。德祐二年正月十八日,元军进驻杭州皋亭山,帝㬎不足五周岁,祖母谢道清临朝称制。六十九岁的她昏庸怯懦,在投降派权臣的操纵下奉表、玺请降。元丞相伯颜不满降表仍称宋朝名号,命重写。二十四日晨宋使献上了有谢后签名的正式降书。这首小诗在记实——二十三日夜宋宫的混乱、彻夜不眠、在权臣操纵下签署降书——中隐含着诗人亡国的悲痛和对谢后、侍臣的不满,笔法精炼,叙事清晰,表情含蓄。

【原诗】

　　乱点连声杀六更①,荧荧庭燎待天明②。侍臣已写归降表,臣妾佥名谢道清③。

注释

　　①杀:停住。六更:旧制夜分五更,每更有更夫击钟或敲梆鼓报时。宋初有民谣谓"寒在五更头",宫中以为不吉,乃于五更止后加打六更(程大昌《演繁露》)。又谓"宫中于四更末即转六更","终宋之世无五更"(《新义录》)。
　　②荧荧:火光微弱的样子。庭燎:《周礼·秋官》:"凡邦之大事,共坟烛、庭燎。"门外立大烛,称坟烛;庭中燃火炬,称庭燎。以荧荧形容大烛、火炬,一方面是写实:天快亮了,烛火将要燃尽了;一方面则是象征:宋王朝像烛燎一样,马上要熄灭了。
　　③臣妾:谢道清向元人称"臣妾",亡国之君、自卑之态已尽在不言之中。佥:通"签"。

【今译】

　　梆鼓乱敲已经打住了六更,
　　宫院里烛燎渐熄,等待着天明。
　　大臣已经写好了投降的文书,
　　太后签上了名字:臣妾谢道清。

【注释】

①这两句诗摘自《宋诗纪事》卷八十七转引《诗话隽永》。

②南渡衣冠:西晋末,五胡乱华,怀、愍二帝被虏,元帝继位于建康,中原世族及士大夫多弃家南奔。"衣冠"即指士大夫及贵族子弟。这里喻靖康事变后渡江南下的北方士大夫。王导:东晋元帝时宰相。《世说新语·言语》:"过江诸人,每至美日,辄相邀新亭,藉卉饮宴。周侯中坐而叹曰:'风景不殊,正自有山河之异。'皆相视流泪。惟王丞相愀然变色曰:'当共戮力王室,克复神州,何至作楚囚相对!'"

③刘琨:晋并州刺史,诗人,字越石。晋室南迁,琨留守敌后,曾对温峤说:"今晋祚虽衰,天命未改。吾欲立功于河北,使卿延誉于江南,子其行乎?"他在并州招抚流亡,与刘聪、石勒对抗,直到被害。

【今译】

南渡的士大夫里,
少有王导那样一心克复神州的志士;
北边传来的消息,
欠缺刘琨那样坚持敌后抗战的事迹。

醉 歌（录二）

汪元量

其 一

【作者简介】

汪元量(公元1241—1317年?),字大有,号水云,钱塘(今浙江杭州)人。善弹琴。度宗时,任宫廷乐师,奉侍谢太后、王昭仪。元军陷临安,与三宫同时被虏北去,留居燕京十二年。曾谒见被囚的文天祥,为之操琴,天祥倚歌和之。后求为道士,南归钱塘。元量存诗四百多首,多写"亡国之戚,去国之苦","亦宋亡之诗史"(李珏《湖山类稿跋》)。

还记得比肩接踵挥汗如下雨。
李、王子孙南渡至今才几年?
四处飘零竟与流民共一伍。
我要用和血的泪水祭奠河山,
去浇灌家乡东山的一捧黄土!

句(二条)

李清照

一①

南来尚怯吴江冷②,北狩应悲易水寒③。

注释

①这两句诗摘自《宋诗纪事》卷八十七转引宋胡宗汲《诗话隽永》。

②南来:指清照渡江南下,同时也是指所有弃家南奔的北方士民。吴江:吴淞江;此处则泛指江南,乃至整个南方。

③北狩:隐指被虏北去的徽钦二帝及所有宫人及臣民。曹校本《宋诗精华录》作"北去"无据。易水寒:用荆轲典,强调"一去不还"之意。

【今译】

渡江南下的人们,
至今仍觉得吴江清冷;
被俘北去的君臣,
当为一去不返而伤悲。

二①

南渡衣冠少王导②,北来消息欠刘琨③。

也许我能获取狗马的鲜血,
跟金人签订永久友好的约盟。"

胡先生清高的品德他人做到难,
跟韩公志同道合心志两相安。
他像韩信已受到汉王解衣衣之的温暖,
即使在诀别时也不唱"风萧萧兮易水寒"!
天空阴云不散,大地水湿不干,
暴雨势头不减,狂风急速回旋。
车轮辚辚急转,烈马嘶鸣震天。
天论壮士与懦夫,人人感动泪满面。
我一个里巷寡妇懂什么?
竟敢沥血投书把中枢大臣来冒犯。
只担心胡房从来品性似虎狼,
防备好意外情况有何妨?
听说过去诸侯会盟楚人外衣里面穿铠甲,
不久前吐蕃伏兵杀唐使,兵临城下在平凉。
葵丘、践土古代会盟旧址还没荒废,
万不可看轻说客书生的作用不加理会。
倚立马前袁学士万言捷报挥手成,
崤函关内鸡鸣客救出孟尝天尚黑。
能工巧匠怎会把樗木栎材轻抛弃?
先民说有时候砍柴人的指点很有益。
我并非想乞求隋珠、和氏璧,
只请您带回家乡的新消息。
灵光宝殿即使仍在恐怕也荒芜,
杂草丛中殿前翁仲如今可站立?
齐鲁百姓如今是否仍在种桑麻?
似听说战败宋将依然守城抗强敌?
我的家世世代代生长在齐鲁,
家族中名人高官无其数。
想当年稷门之下畅谈时,

何必要把汤里的肉省下给'母亲'?
他立即便可以加满车油启程!
谈判中土地不是我所吝惜的,
金玉丝绸跟尘土没有什么不同。
谁可以完成这个重大的使命?
携带的礼赞丰厚而言辞特别谦诚。"
两府首脑齐声答应道:"嘛!
臣子们的情况都在您掌握之中。
满朝文武才德第一的人,
当数吏部侍郎韩肖胄先生。
他作为百里挑一的人才,
有足以为万人师表的德行。
在嘉祐和建中靖国时代,
他父、祖执政有极高的声名。
汉代匈奴王敬畏威严的王商,
唐朝回纥王对郭子仪崇敬。
他祖父早已吓破了夷狄的胆魄,
最适宜派他去完成这个使命。"
韩先生又是作揖又是磕头,
在朝堂白玉阶下接受了命令。
他说:"小臣岂敢回避困难?
何况眼前是何等紧急的光景!
家里人的安危岂值得去顾虑?
妻子儿女也不必向他们辞行。
我愿能承奉天地的神力,
我愿能秉持国家的威风;
立即携带着紫泥缄封的国书,
径直地奔赴金国的都城。
金王一定会磕头到地,
王子也必定会来接迎。
皇上您正依仗着诚信使天下臣服,
不知好歹的书生切不要请命出征。

外郎,其前辈虽不算显贵,但母亲王氏一族却家世显赫。宋庄绰《鸡肋篇》说:"岐国公王珪,元丰中为宰相。父准、祖贽、曾祖景图皆登进士第。汉国公准子四房、孙婿九人……皆登科。"清照之母即为王准的孙女。比数,言极多。

⑥⑨ 当时二句:喻指李家居山东时,亲朋会聚,论政谈文的盛况。稷下:稷,齐的城门,一说为山名。《史记·孟子荀卿列传》:"自驺衍与齐之稷下先生:淳于髡、慎到、环渊、接子、田骈、驺奭之徒,各著书言治乱之事,以干世主,岂可胜道哉!"《索隐》:"谓齐之学士,集于稷门之下也。"挥汗成雨,《战国策·齐策》:"临菑(春秋战国时齐国首都)之途,车毂击,人肩摩,连衽成帷,举袂成幕,挥汗成雨,家敦而富,志高而扬。"

⑦⑩ 流人:流民、流浪者。

⑦① 洒:有祭奠之意。东山:在泰山脚下,为春秋鲁国最重要的山,《孟子·尽心》:"孔子登东山而小鲁,登太山而小天下。"

【今译】

高宗绍兴三年五月,签枢密院韩先生、试工部尚书胡先生出使金国,任务是了解徽、钦二帝的现况。我李易安的前辈都是韩先生家的门生,如今家道衰微,后代子孙贫穷微贱,怎敢去给二位送行;我自己贫病交加,所幸头脑还是很清醒的。看到这样重大的消息,不能忍住话不说,就作了古体和律体诗各一篇,来表达我微末的心意,等待有关方面采纳,如此等等。

绍兴三年夏六月,
皇上登基时日已经很长;
徽钦二帝正凝望着南天的白云,
当今皇上也惦记着北巡的老王。
我仿佛听到皇上这样说道:
"两府的首脑跟大臣们,
难道就没有一个才德出众的人物?
难道咱们碰上了阳九厄运?
既不要他做窦宪到燕然山刻石记功,
也不要他做种柳金城的桓温。
莫非就没有颍考叔式的纯孝臣子,
能够理解我内心思亲的悲痛?

“伏精骑数万于坛西，游骑贯穿唐军，出入无禁。唐骑入虏军，悉为所擒，瑊等皆不知。入幕，易礼服。虏伐鼓三声，大噪而至”，杀唐副使，擒部众千余人，浑瑊偶得马骑，矢过背而未伤，勉强逃归。当日，德宗临朝依然祝贺和戎成功，指责柳浑、李晟要加强戒备的告诫是“书生不知边计”，当晚边报：“虏劫盟者，兵临近镇。”乃大惊，欲出走，群臣力谏乃止。乘城，登城、兵临城下。

(57)葵丘句：谓历史上会盟的经验教训历历在目，不容忽视。葵丘、践土均为地名，在今河南省，为春秋时代重要的会盟场所。僖公九年（公元前651年），齐桓公会诸侯于葵丘，二十七年（公元前633年），晋文公会诸侯于践土。非荒城，意指两地今日尚存，经验不应淡忘。

(58)勿轻句：参见注(56)、(59)、(60)。谈士，说客、清谈之士。

(59)露布句：强调文士的作用。《世说新语·文学》记：桓温北征，袁虎随从。桓命袁倚马前作露布，“手不辍笔，俄得七纸，殊可观”。露布，报捷的文书、告示。

(60)崤函句：《史记·孟尝君传》载：孟尝君使秦，秦王欲扣留之。孟尝变姓名夜逃至函谷关。关法，鸡鸣开关。孟尝门客有能学鸡鸣者，一鸣而群鸡呼应遂得出关。崤，崤山。函，函谷关。

(61)巧匠句：谓即使是无用之树，巧匠也不会派不上用场。樗（chū），木名，俗称臭椿。《庄子·逍遥游》：“吾有大树，人谓之樗，其大本拥肿而不中绳墨，其小枝卷曲而不中规矩。立之涂，匠者不顾。”栎（lì），木名。《庄子·人间世》：“匠石之齐见栎社树，不顾而去，弟子问之，曰：‘……是不材之木也，无所可用。’”

(62)刍荛（chú ráo）句：《诗·板》：“先民有言，询于刍荛。”郑笺：“言有疑事当与薪采者谋之。”刍荛，割草打柴的人。

(63)隋珠、和璧：《淮南子·览冥训》：“譬如隋侯之珠，和氏之璧，得之者富，失之者贫。”隋珠，汉东方诸侯有隋侯，见大蛇伤断，以药敷治，后蛇报之以明月珠，世称“隋侯珠”。和璧，楚人和氏于楚山中得玉璞，先后献楚厉王、武王，玉匠不识，被砍去左右足；后再献楚文王，乃使人剖璞得美玉，世称和氏璧。见《韩非子·和氏》。

(64)灵光：殿名，汉景帝子鲁恭王刘馀建。汉室中衰，西京未央、建章宫中殿阁多毁坏，而鲁灵光殿完好无损。清照齐鲁人，故问及灵光殿。萧萧：衰败的样子。

(65)翁仲：宫殿、帝陵前的石人。始于魏。《宋书·五行志》：“魏明帝景初元年，发铜铸为巨人二，号曰翁仲，置之司马门外。”

(66)遗氓：遗民。《汉书·地理志》：“鲁地地狭，民众颇有桑麻之业，亡林泽之余。”

(67)败将：指原北宋残留在北方的部队。《云麓漫钞》作“残虏”。如闻：若闻，仿佛听说。

(68)嫠家二句：李清照的父亲李格非熙宁九年（公元1076年）进士，官至礼部员

㊴黄龙城:又称黄龙府,金人称济州,在今吉林省农安县。这里当代指金国都城。岳飞曾有"直抵黄龙府,与诸君痛饮尔"之语。

㊵稽颡(qǐ sǎng):跪拜以额触地。

㊶侍子:汉代域外诸部族,如匈奴等与汉交好,均派王子、王弟入侍,称"侍子"、"侍弟",实同人质。

㊷恃信:依赖诚实、凭借信用。谓宋金两国互相信赖,不需要使者的说项。

㊸请缨:请命出战。《汉书·终军传》:"南越与汉和亲,乃遣军使南越,说其王,欲令入朝,比内诸侯。军自请愿受长缨,必羁南越王而致之阙下。军遂往说越王,越王听许,请举国内属。"缨,绳索。

㊹或取二句:谓与金人歃血为盟,永结友好。天日盟,君主之间的盟约,郑重的、不可改变的相互关系。

㊺清德:纯正的操守、清高的品德。

㊻谋同德协:谓胡与韩志同道合,想法一致,操守同一。

㊼脱衣句:谓胡深得宋王室的信任与重用。《史记·淮阴侯列传》载,项羽派人劝说韩信背汉。韩信说,我在项王部下时官不过郎中,言不听、计不从。投汉王后,"予我数万众,解衣衣我,推食食我,言听计用,故吾得以至于此……信之不祥,虽死不易"。

㊽离歌句:谓视死如归。荆轲离燕赴秦刺秦王前与太子丹等易水相别,唱:"风萧萧兮易水寒,壮士一去兮不复还!"

㊾皇天:天。后土:地。

㊿车声句:用杜甫《兵车行》句意写送行场面:"车辚辚,马萧萧,行人弓箭各在腰。耶娘妻子走相送,尘埃不见咸阳桥。"辚辚,车走声。萧萧,马鸣声。

51闾阎(lú yán):里巷的大门。借指里巷、平民居住地。嫠(lí)妇:寡妇。

52沥血:滴血。特指泪中带血以示急切。记室:官名,汉代已设,魏晋承之,掌书记。这里指韩、胡以及决定此次行动的当权者。

53夷虏:对异族统治者的蔑称。《资治通鉴·唐纪四十八》:"柳浑曰:'戎狄豺狼也,非盟誓可结。'"

54不虞预备:预备不虞,事先防备意外情况。庸何伤:有什么妨碍;庸,加强反诘语气。

55衷甲句:谓需防范金人在会谈时动武,袭击使臣。《左传·襄公二十七年》载:晋、楚、宋、曹、许、陈、蔡等国将盟于宋西门之外,"楚人衷甲",欲于会盟中袭晋。衷甲,在外衣里面穿了铠甲。幕,军幕、营垒。

56乘城句:意近衷甲句。《资治通鉴·唐纪四十八》记:德宗贞元三年(公元787年)五月,侍中浑瑊往平凉城与吐蕃相尚结赞会盟。行前李晟提出须严加防备,张延赏极力反对,德宗听信张说,切戒"以推诚待虏"。结果在会盟时尚结赞之也。"

㉔币厚句:执厚礼而言辞反而谦逊。

㉕四岳:《尚书·尧典》注:"四岳,即上羲、和之四子,分掌四岳之诸侯。"这里指掌权大臣。佥:皆。俞:应答辞,近似"是!""行!"。

㉖中朝句:《新唐书·李揆传》载,德宗欲以李揆为入蕃会盟使,揆辞老,恐死于路,不能达命。卢杞素恶李揆,力荐非揆不可。至蕃,酋长曰:"闻唐有第一人李揆,公是否?"揆畏留,因绐之:"彼李揆,安肯来邪?"《刘宾客嘉话录》详记其事,谓:"揆门户第一、文学第一、官职第一。"后苏轼有诗《送子由使契丹》:"单于若问君家世,莫道中朝第一人。"

㉗春官:按《周礼》"春官宗伯",职当后世礼部,韩肖胄时任吏部侍郎,清照当为泛指。昌黎:韩愈,昌黎人,世称"韩昌黎"。清照以"昌黎"指称韩氏。

㉘百夫特:百人中最突出者。语出《诗·黄鸟》:"维此奄息,百夫之特。"

㉙嘉祐:宋仁宗年号(公元1056—1063年)。建中:建中靖国。宋徽宗年号(公元1101年)。韩琦嘉祐时为相,韩忠彦建中靖国时为相。

㉚皋夔:皋陶与夔。皆舜时贤臣。

㉛匈奴句:王商为汉成帝时丞相,长八尺余,体雄健,有威重。河平四年,匈奴单于来朝,商坐未央宫廷中,单于拜见,商离席与之言,单于仰视商貌,大畏之。事见《汉书·王商传》。

㉜吐蕃句:郭子仪为唐代名将,破安史之乱有大功。代宗时,仆固怀恩叛,纠合回纥、吐蕃入攻。郭子仪自率骑兵两千入敌阵,回纥怪问,报曰:"郭令公。"回纥大惊。又以数十骑往见回纥酋长,回纥舍兵下马拜曰:"果吾父也!"此句"吐蕃"当作"回纥"。吐蕃,西藏、藏族;回纥,维吾尔。详《新唐书·郭子仪传》。

㉝夷狄句:朱熹《兰朝名臣言行录》载:"戎狄尤畏公(指韩琦)名。凡使契丹及来使者,必问:'韩侍中安否?今何在?'"夷狄,泛指少数民族,东夷、北狄。

㉞将命句:公宜将命。将命,犹"领命"。

㉟拜手、稽首:行礼。跪拜时两手拱合,俯首至手称"拜手";俯首至地并稍留,称稽首。

㊱玉墀(chí):玉阶,殿前台阶。

㊲家人二句:谓不必与家人商量、辞别,即可出行。《宋史·韩肖胄传》:"肖胄慨然受命。时金酋粘罕专执政,方恃兵强,持和战离合之策,行人皆危之。肖胄入奏曰:'大臣各循己见,致和战未有定论。然和乃权时之宜,他日国家安强,军声大振,誓当雪此仇耻。今臣等行,或半年不返命,必复有谋,宜速进兵,不可因臣等在彼而缓之也。'将行,母又语之曰:'汝家世受国恩,当受命即行,勿以我老为念。'帝称为贤母,封荣国夫人。"

㊳紫泥诏:用紫色封泥封口的诏书,犹今日的"国书"。

⑪六月:据诗序及《建炎以来系年要录》当作"五月"。

⑫凝旒句:表面意思是"凝视着南飞的云",实际有两重含义。"旒"是皇帝冠冕上的珠帘状饰物,头动则旒摇,凝视则不摇;故"凝旒"可解为"凝视"、"专注",同时宋人以之指称皇帝。望南云,可解为关注南方,主语是高宗;同时"南云"又有思念故乡之义,见陆机《思亲赋》,则"望南云"的主语是被房拘北方的徽、钦二帝。因此这句诗既是说"高宗全力关注着南方(即国内)",又是说"徽、钦盼望着南归"。

⑬垂衣句:这句诗也有两层意思,一是说"太平日久想要北巡(有'北伐'意)",一是"太平时代想到了被扣留在北方的二帝"。垂衣,《易·系辞》:"黄帝、尧、舜垂衣裳而天下治。""垂衣而治"即"无为而治",即太平治世。狩:冬猎。《孟子·告子》:"天子适诸侯曰巡狩。""北狩"既可解为"北巡",主语是高宗,也可解为"北狩者",委婉地指称被房北去的徽、钦二帝。

⑭岳牧:州府的长官。岳,四岳,尧时分掌四方诸侯,见后注。牧,十二州的首长。群后,群臣;后,官长。

⑮贤宁句:难道没有贤如半千者?半千,唐人员半千。据本传,半千原名余庆,幼孤,通经史,房玄龄异之;及长,事王义方,义方谓:"五百年生一贤者,子宜当之。"因改名半千。

⑯阳九:厄运。《汉书·匈奴传》:"今天下遭阳九之厄,比年饥馑,西北边尤甚。"

⑰勿勒二句:谓既不要北伐克敌,刻石燕然山,也不要种柳金城,见失地而落泪。燕然铭,后汉窦宪在稽落山大败北单于,登燕然山刻石纪功,并命班固作铭。金城柳,晋桓温北征,经金城,见昔日为琅琊内史时所种柳粗已十围,慨叹:"树犹如此,人何以堪!"感伤南渡之久。

⑱纯孝臣:指像颖考叔那样能把孝心推及他人的臣子。详注⑳。

⑲霜露悲:感季节变换而产生的思亲之悲。《礼记·祭义》:"霜露既降,君子履之,必有凄怆之心,非其寒之谓也。"

⑳羹舍肉:《左传·隐公元年》:"颖考叔为颖谷封人……公赐之食,食舍肉。公问之,对曰:'小人有母,皆尝小人之食矣,未尝君之羹,请以遗之。'"于是郑庄公感悟,在颖考叔的建议下,掘地及泉,与母亲隧而相见,母子合好如初。"君子曰:颖考叔,纯孝也,爱其母,施及庄公。诗曰:'孝子不匮,永锡尔类。'其是之谓乎?"

㉑车载脂:谓车轴上好脂膏以利速行。《左传·襄公三十一年》:"中车脂辖。"载脂,谓以脂润车。

㉒土地二句:谓为了达到接回二帝、获取和约的目的,土地玉帛在所不惜。

㉓将命:传达意见。《论语·宪问》"童子将命"注:"将命者传宾主之语出入

岳佥曰"俞㉕！臣下帝所知。中朝第一人㉖，春官有昌黎㉗。身为百夫特㉘，行足万人师。嘉祐与建中㉙，为政有皋夔㉚。匈奴畏王商㉛，吐蕃尊子仪㉜。夷狄已破胆㉝，将命公所宜㉞。"公拜手稽首㉟，受命白玉墀㊱。曰"臣敢辞难？此亦何等时！家人安足谋？妻子不必辞㊲。愿奉天地灵，愿奉宗庙威；径持紫泥诏㊳，直入黄龙城㊴。单于定稽颡㊵，侍子当来迎㊶。仁君方恃信㊷，狂生休请缨㊸。或取犬马血，与结天日盟㊹。"胡公清德人所难㊺，谋同德协心志安㊻。脱衣已被汉恩暖㊼，离歌不道易水寒㊽。皇天久阴后土湿㊾，雨势未回风势急。车声辚辚马萧萧㊿，壮士懦夫俱感泣。闾阎嫠妇亦何知(51)？沥血投书干记室(52)。夷虏从来性虎狼(53)，不虞预备庸何伤(54)？衷甲昔时闻楚幕(55)，乘城前日记平凉(56)。葵丘践土非荒城(57)，勿轻谈士弃儒生(58)。露布词成马犹倚(59)，峭函关出鸡未鸣(60)。巧匠何曾弃樗栎(61)？刍荛之言或有益(62)。不乞隋珠与和璧(63)，只乞乡关新信息。灵光虽在应萧萧(64)，草中翁仲今何若(65)？遗氓岂尚种桑麻(66)？败将如闻保城郭(67)？嫠家父祖生齐鲁，位下名高人比数(68)。当时稷下纵谈时，犹记人挥汗成雨(69)。子孙南渡今几年？漂零遂与流人伍(70)。欲将血泪寄山河，去洒东山一抔土(71)！

注释

①枢密韩公：韩肖胄，时任吏部侍郎，绍兴三年（公元1133年）五月丁卯，以端明殿学士、同签枢密院事充大金军前奉表通问使。枢密院，宋代主管边防及军事机密的最高机构，与主管政务的中书省并称"二府"。尚书胡公：胡松年，时任给事中，以试工部尚书充副使。这里所谓"签"、"试"都是临时性的加封，并非实官。

②绍兴：高宗年号。癸丑为绍兴三年。

③使虏：出使金国。虏，对异族的蔑称。《宋诗精华录》此句作"两公使金"。

④通两宫：了解徽、钦二帝的情况。

⑤韩公：指韩肖胄之上代。韩曾祖琦、祖忠彦均曾为宰相，清照父、祖曾得其引荐，故称"出其门下"。

⑥沦替：衰败。

⑦望车尘：谓亲往送行。

⑧神明：心智、思维。自"有易安室者"至"神明未衰落"，《精华录》简化作"易安父祖出韩公门下"。

⑨大号令：重大的举措，指任命韩、胡为公使事。

⑩区区之意：心意。《精华录》无此句。

与序不合。且此古诗分为两首,则第一首词意未完,有头无尾。第二首开首即云'谋同德协',突如其来。"他的意见是对的。中华本分法还需商榷,此不赘述。我们下面注译此诗,将不按陈衍《宋诗精华录》分为两首的办法行事,并恢复原序,必要处加以说明。

绍兴三年六月,以尚书礼部侍郎韩肖胄为正使、试工部尚书胡松年为副使出使金国。高宗遣使使金,不过是屈己求和,韩、胡奉命行事,也不可能有越权斥敌的举动。但在临行辞陛时,韩肖胄曾说:"和议乃权时宜以济艰难,他日国步安强,军声大振,理当别图。今臣等已行,愿毋先渝约。或半年不复命,必别有谋,宜速进兵,不可因臣等在彼间而缓之也。"态度还是很坚定的。李清照家乡沦陷,饱受流离之苦,一直盼望着恢复中原国土。她借着韩、胡使金的机会,写这样一首诗,就是为了表达自己对故土的怀念之情和对恢复中原的渴望,希望它能起一点激励当权者振奋起来的作用。这首古诗长八十句,四百六十八字,语言质古,气脉贯通,雄宏悲壮,绝无弱女子势态。这首诗五言部分写使金的缘起、高宗的指示、有司的举荐韩、胡和韩肖胄的受命及辞廷时的对答;七言部分前八句承续五言写胡松年的"谋同德协"以及概括想象中的壮行场面,而主体部分则是写清照的嘱咐与愿望:她请韩、胡认清敌人本性,预防不测事件;说自己"不乞隋珠与和璧,只乞乡关新信息"。只希望了解家乡目前的消息,盼望家乡父老还能够生存下去。她最后慷慨高呼:"欲将血泪寄山河,去洒东山一抔土,"悲烈之情,感人肺腑!

【原诗】

绍兴癸丑五月②,枢密韩公、工部尚书胡公使虏③,通两宫也④。有易安室者,父祖皆出韩公门下⑤,今家世沦替⑥,子姓寒微,不敢望公之车尘⑦;又贫病,但神明未衰落⑧。见此大号令⑨,不能忘言,作古、律诗各一章,以寄区区之意⑩,以待采诗者云。

三年夏六月⑪,天子视朝久。凝旒望南云⑫,垂衣思北狩⑬。如闻帝若曰:"岳牧与群后⑭,贤宁无半千⑮,运已遇阳九⑯?勿勒燕然铭,勿种金城柳⑰。岂无纯孝臣⑱,识此霜露悲⑲?何必羹舍肉⑳?便可车载脂㉑。土地非所惜,玉帛如尘泥㉒。谁当可将命㉓?币厚辞益卑㉔。"四

【今译】

君王在城上竖起了投降的旗帜,
我深居在后宫岂能得知?
十四万大军同时解除了武装,
竟没有一个表现出舍身报国的男子气!

上枢密韩公、工部尚书胡公①

李清照

【作者简介】

　　李清照(公元1084—1155年?),自号易安居士。济南章丘(今山东章丘明水)人。出身官宦人家,受到过良好的教育,"自少年便有诗名,才力华赡,逼近前辈"(《碧鸡漫志》)。十八岁嫁赵明诚。靖康二年初,赵明诚母病故建康,明诚独往奔丧。四月汴京破,二帝被虏,清照自明诚家乡青州携金石书画南奔寻夫。建炎三年(公元1129年)八月赵明诚病故,清照遣人将书册行李送洪州明诚妹夫处,欲往投奔。十一月金人破洪州,清照财物尽失。绍兴二年(公元1132年)定居杭州,从此过着无夫、无子、无产、无业孤苦凄凉的生活,直到逝世。李清照是中国诗史上成就最高的女词人和词论家,她的诗、文亦佳,并通金石书画。原有诗文集,已佚,后人辑有《李清照集》《漱玉词》。

【题解】

　　《上枢密韩公、工部尚书胡公》诗作于高宗绍兴三年(公元1133年),清照时年五十。此诗初见于《云麓漫钞》,题《上枢密韩公诗》,序言有"作古、律诗各一章,以寄区区之意"句。《宋诗纪事》据《云麓漫钞》收此诗,改题《上枢密韩公、工部尚书胡公》,改序言"作古律诗各一章"为"作诗各一章",只收古诗部分,且将原古诗前五言四十六句与后七言三十句各自独立为两首,以与序言应和。其后《癸巳类稿》《宋诗精华录》等皆依《宋诗纪事》改序、改诗;中华书局《李清照集》则保留原序,将诗分为五、七言两部分,并将七律一首直接七古之后。王仲闻《李清照集校注》指出:"如依《宋诗纪事》等则共为古、律诗三首,

失去了泥土,
靠苍天的润泽生存。

口占答宋太祖①

徐　氏

【作者简介】

徐氏(陈衍误为"费氏"),史称花蕊夫人。传蜀郡青城(今四川灌县)人。以才貌奉侍后蜀主孟昶(公元919—965年),国亡被虏入宋。宋太祖闻其诗名,召见命赋诗,深得叹赏。又前蜀国君王建也有宠妃徐氏姊妹,妹淑妃亦称花蕊夫人,善文辞,随建子王衍降后唐,第二年(公元926年)被杀。有《花蕊夫人宫词》存世。《全唐诗》合二人为一人,然而既赋诗答宋太祖,显然不是前蜀花蕊夫人。

按,徐氏为五代人,宋初即亡,其诗即使选入宋诗精华,也应放置卷一,陈衍选诗一仍封建时代选本传统,置妇女、僧道于最后,故徐氏、李清照等皆入卷四。

【题解】

此诗表达了一个后宫弱女子对误国君臣的责斥和对国家破亡的哀痛,感情激越而不失女性的气质。据宋吴曾《能改斋漫录》记:"前蜀王衍降后唐,王承旨作诗云:'蜀朝昏主出降时,衔璧牵羊倒系旗。二十万人齐拱手,更无一个是男儿。'"《五代史·孟昶传》及《宋史·太祖本纪》均不见宋太祖召花蕊夫人作诗事,此诗不排除为他人修改王承旨诗而托名花蕊夫人者,无论如何,此诗比较深刻地反映了国家破亡后民众的愤怒情绪,它的批判精神和语言技巧也都胜过王诗,为世人所传诵是可以理解的。

【原诗】

君王城上竖降旗,妾在深宫那得知?十四万人齐解甲,更无一个是男儿!

画 兰①

郑思肖

【作者简介】

郑思肖(公元1241—1318年),原名某,宋亡后改名"思肖","肖"隐为"赵"字,字所南,一字忆翁。元军南进时,曾向朝廷献抗敌之策;宋亡,隐居于吴下,寄食于报国寺,坐必南向,闻北语即掩耳走。擅画墨兰,宋亡后,所画兰根不着土,以示亡国失土之意。有《心史》《所南翁一百二十图诗集》《郑所南先生文集》传世。

【题解】

这是一首题画诗。歌颂了兰草清高的本性,寄托自己坚贞的民族气节。以兰草喻君子,古已有之,这首诗的特点在后二句。暗示国已破亡,有天无土,表现了对元人统治的反抗。

【原诗】

纯是君子,绝无小人。空山之中,以天为春①。

注释

①以天为春:话很隐曲,《说文》:"春,推也。从草从日,春时生也。屯声。""屯"实是春的本字。《说文》:"屯,难也。象草木之初生屯然而难。从中贯一;一,地也"。《说文》释屯为难虽牵强,但释"屯"形为"从中(即草)贯一;一,地也。"则是很对的。草木依土地而出生正是"春"的本义所在。郑思肖认为,大宋灭亡后,洁净的土地已不复存在,素洁的兰草只能深居空山,依天而生了。所以这里的"春"是"生存"的意思。

【今译】

兰花是纯粹的君子,
绝没有一个小人。
它只生活在空山里面,

③幽致:幽静雅致。
④伤廉:损害廉洁。《孟子·离娄下》:"可以取,可以无取,取伤廉。"陆机《文赋》:"苟伤廉而衍义,亦虽爱而必捐。"

【今译】
若怕妨碍清风吹进,
嘱咐您千万别放下窗帘。
这地方处处适合避暑,
可有人偏爱趋炎。
千顷澄湖倒映着竹影青碧,
万树苍松清风吹抚着亭檐。
这里面有无尽的清幽雅致,
尽情地享用吧,
绝不会伤害你的清廉!

句①

真山民

归心千古终难白②,啼血万山都是红③。

注释

①这两句诗摘自《杜鹃花得红字》。原诗为:"愁锁巴云往事空,只将遗恨寄芳丛。归心千古终难白,啼血万山都是红。枝带翠烟深夜月,魂飞锦水归东风。至今染出怀乡恨,长挂行人望眼中。"
②白:诉说、表白。
③啼血:传说杜鹃花的红色是蜀帝杜宇所化杜鹃鸟啼血染成的。

【今译】
想要返回故国的心,
千年万载终难表露;
杜宇悲啼的泪血,
染红了万山杜鹃花。

宋皇特使手捧香案洒扫陵墓。

山亭避暑

真山民

【作者简介】

真山民,名字、生平皆不详,自呼为"山民"。《宋诗纪事》谓:"或云名桂芳,括苍(今浙江丽水)人,宋末进士。李生乔叹以为不愧乃祖文忠西山(宋理学家、诗文家真德秀,号西山,谥文忠),以是知其姓真。痛值乱亡,深自湮没……好题咏,因流传人间。张伯子谓为宋末一陶元亮(陶潜)云。有《山民集》。"诗多探幽赏胜之作,也有一些悼念故国的沉痛凄怆的作品。

【题解】

这是一首以写景暗含讥刺的作品。首联突兀而出,说要让清风拂面就不要垂下帘子,遮遮掩掩。有帘自然非室即"亭",求风自然为了"避暑",既扣住了诗题,又总让人感到有题外之意。颔联更是如此。"地宜避暑",扣题;"人要趋炎",却不能不使读者觉得是在刺人,刺那些趋炎附势、臣事元朝的汉人。颈联写景:竹水松风,隐士所居。尾联即景抒怀,说大自然之幽致自可尽情享受,绝不会伤害廉洁的品节。反过来说,不甘寂寞、趋炎附势,就必定要寡廉鲜耻了。结合作者不事蒙元,隐姓埋名,自甘做一介山民的行止,诗的深意自不难得知。

【原诗】

怕碍清风入,丁宁莫下帘①。地皆宜避暑,人自要趋炎②。竹色水千顷,松声风四檐。此中有幽致③,多取未伤廉④。

注释

①丁宁:嘱咐。

②人自句:表面上说,人却要到南方炎热的地方来,实际上是嘲骂一般趋炎附势、依附蒙元的人。

【今译】
　　昭陵随葬的兰亭玉匣,
　　流失到海角天涯;
　　玄帝陵前龙骨散落,
　　夕阳中飞落几多乌鸦。
　　水流到兰亭山前,
　　声调也转成呜咽;
　　不知道兰亭真迹,
　　如今流落到谁家?

其　三

【题解】
　　"其三"是原第四首。写自己在掩埋了宋帝后遗骨后,面对凄清冷落的情景,追忆起当年寒食扫墓盛况,不由得悲从中来。最后一句也可以说是在悲忆的同时还暗含着一丝对宋室重兴的期望。

【原诗】
　　珠凫玉雁又成埃①,斑竹临江首重回②。犹忆年时寒食祭,天家一骑捧香来③。

注释
　　①珠凫句:谓帝墓被掘尸骨、陪葬尽成尘埃。珠凫玉雁,概指陪葬品,陪葬品化尘埃,尸骨自难幸免。凫,野鸭。
　　②斑竹句:谓自己临陵哭祭并回首往事。斑竹临江,用舜帝二妃娥皇、女英哭祭舜帝,泪洒竹枝,化为斑竹的故事。
　　③天家:指皇帝。

【今译】
　　陪葬的珠玉都化成了尘土,
　　回首往事我到江边泪滴斑竹。
　　忆当年寒食祭奠仍浮现眼前,

③年年句:设想宋帝亡灵在地下的哀痛之情。杜宇,古蜀帝,精魂化为杜鹃鸟,详前。冬青,常绿灌木,作者在宋帝后遗骨墓旁所种。

【今译】

　　一捧捧净土筑起了舜帝的珠丘,
　　一双玉匣把佛国的经典永远存留。
　　只有春风能理解我这番心意,
　　一年年杜鹃飞来泣血在冬青梢头。

其 二

【题解】

　　"其二"是原第三首。写宋遗民对宋帝的怀念,诗以随葬昭陵的兰亭真迹比喻宋帝遗骨,说帝墓被掘后,遗民们以极其痛惜的心情,挂念遗骨的下落,他们不知道遗骨已被作者和同志们妥善地安葬新址了。"真帖落谁家"一句虽以问句出之,实际上则暗示了真帖——遗骨的犹在世间。

【原诗】

　　昭陵玉匣走天涯①,金粟堆前几莫鸦②。水到兰亭转呜咽③,不知真帖落谁家?

注释

　　①昭陵句:以随葬昭陵的《兰亭集序》的遗失暗指宋帝后遗骨的失落。昭陵,唐太宗陵名。唐太宗深爱王羲之《兰亭集序》书法,生前曾命褚遂良、冯承素等摹拓多本而命以真迹盛在玉匣中陪葬昭陵。据传后人发掘昭陵,却不见随葬的玉匣和《兰亭集序》真迹。走天涯,表示不知去处。
　　②金粟堆:原指唐玄宗坐落在陕西浦城东北金粟山的陵墓,这里实指南宋帝陵。莫:"暮"的本字。莫鸦集于墓前,暗示宋帝遗骨散落。
　　③水到句:暗示宋帝后遗骨埋葬在兰亭山下,同时照应昭陵兰亭真迹失落事。

梦中作四首(录三首)

林景熙

其 一

【题解】

　　元世祖至元十五年(公元1278年)即宋帝昺祥兴元年,元江南释教总统杨琏真伽盗掘会稽宋帝后陵寝,窃取珍宝,"至断残肢体,攫珠襦玉匣,焚其骴,弃骨草莽间"(罗有开《唐义士传》)。林景熙与山阴人唐珏等秘密收拾遗骨,安葬在兰亭山南,植冬青其上以为标记。这四首诗就是为这件事而写作的。为了不使元人识破受到残害,故意题为《梦中作》,诗的词句也尽可能曲折隐约,但只要了解了诗作的背景,读者是不难看到作者眷恋故国、亡君的民族感情和对元统治者切齿痛恨之情的。

　　陈衍择选的三首是原诗的第二、三、四首,原第一首是总述,记帝陵被掘和自己与同志者收拾遗骨的情形。诗文是:"珠亡忽震蛟龙睡,轩敝宁忘犬马情。亲拾寒琼出幽草,四山风雨鬼神惊。"第二首(本集"其一")在记述自己如何虔诚、恭敬地安葬遗骨的同时,设想亡宋帝后九泉之下的哀痛之情。

【原诗】

　　一抔自筑珠丘土①,双匣犹传竺国经②。独有春风知此意,年年杜宇泣冬青③。

【注释】

　　①一抔句:说自己和同志收拾宋帝后遗骨,建为灵丘。晋王嘉《拾遗记》:"舜葬苍梧之野,有鸟如雀……衔青砂珠,积成垄阜,名曰'珠丘'。"这里把宋帝遗骨墓比作舜之珠丘,深含哀敬;把自己和同志比作鸟雀,又满含虔诚。一抔,一捧。

　　②双匣句:记述敛宋帝后遗骨入双匣(棺)中。竺国经,来自印度(古译"天竺")的佛经,隐指帝后遗骨。以佛经代指,亦表虔诚珍重。

他面对蜀帝的精魂一拜再拜,
泪水像泉水般喷涌。
龟堂老人陆游的诗
像军中旗鼓般雄壮,
刚劲的气势往往能
跟杜甫的诗作比并。
西到梁州,衣轻裘、骑骏马,
遍游名园,观赏成都的春花;
南去福建,用冰清雪洁的茶具,
尝遍建溪的名茶。
太平时日他尊奉王命
几乎走了大半个中国;
年老却回到镜湖湖湾,
整天只跟沙鸥作伴、谈话。
他的诗是那样笔酣墨畅,
没有辜负一杯杯好酒;
只遗憾酒杯终究不是,
侵略者首领的人头。
床头上孤悬的宝剑,
空发出求战的呼声;
你却眼睁睁地看着,
中原落入敌人的魔手!
远望天边,青山像一丝白发,
愁云弥漫,何时才能消散?
更何况战争的烈火,
已经烧遍江东岭南。
陆家的儿孙们,
倒是看到了九州一统;
然而在举行家祭的时候,
又该怎样告慰自己的祖先!

⑤冰瓯句:概括陆游在东南一带的仕宦经历,以在宁德、福州任上为代表。绍兴二十八年,陆游出任宁德主簿,一年后调任福州决曹,孝宗时他再度去福建,任提举常平茶盐公事。冰瓯雪碗,指精美的茶具;瓯,瓦盎;建溪,水名,闽江北源,以产茶闻名。这里代指福建地区。

⑥承平二句:说陆游仕宦半生,走遍半个中国,最后落得归隐故山,与鸥鹭为盟的下场。承平,太平时期;这里实际上是委婉的讽讥,整个南宋,特别是陆游生活的时代,内忧外患始终未断,北方国土沦陷敌手,哪有"承平"可言! 麾节,旌麾、符节,为使臣、大吏的信物,这里等于说外派为官。镜曲,镜湖隐曲处;镜湖在今浙江绍兴市南,陆游家乡即在镜湖附近。盟鸥沙,与沙鸥结盟,指隐居,参见前注。陆游一生曾多次被免职还乡,淳熙十六年以后的二十年,几乎完全隐居在山阴农村。他有大量诗作写他的隐居、务农生活,也多次提到与鸥鹭为盟的典故。

⑦诗墨二句:说陆游饮酒赋诗以抒山河残缺之恨,把未见祖国统一、强虏尽除看作终生憾事。诗墨淋漓,形容写诗时笔墨酣畅,喷涌而出的样子。饮月氏(ròu zhī)首,用月氏王的头骨做酒杯而痛饮胜利酒。《汉书·匈奴传》:呼韩邪单于"以老上单于所破月氏王头为饮器者共饮血盟"。这里以月氏代指金国首领。陆游七十岁说:"僵卧孤村不自哀,尚思为国戍轮台。夜阑卧听风吹雨,铁马冰河入梦来。"(《十一月四日风雨大作》)八十岁又说:"不如为国戍万里,大寒破肉风卷沙。誓捐一死报天子,兜鍪如箕铠如水。"(《壮士吟》)本联反映的正是陆游这种始终如一的复土心怀。

⑧床头二句:直承上两句,说陆游空有献身报国之心,但不为当政者所用,只能坐看中原沦丧。床头句,活用陆游《三月十七日夜醉中作》句:"逆胡未灭心未平,孤剑床头铿有声。"

⑨青山句:谓山河惨淡,国运堪忧。青山一发,活用苏轼《澄迈驿通潮阁》:"杳杳天低鹘没处,青山一发是中原"句法,意思则大为不同,苏轼表达的是对遥远故乡的切念,陆游则表达的是对国家命运的忧虑。

⑩干戈句:谓金元灭亡南宋的战火正向东南延伸。干戈,战争。

⑪来孙二句:陆游死前绝笔《示儿》诗曾说:"死去元知万事空,但悲不见九州同,王师北定中原日,家祭无忘告乃翁。"这里说:陆氏儿孙终于看到了九州一统,但统一九州的不是大宋而是蒙元,家祭时你们怎样对先祖的英灵诉说呢! 这里的"来孙"显然指的已是整个汉民族了! 这样的诗句岂能不使所有有血性的汉族儿女惭愧、愤怒,以至奋起! 来孙,玄孙的儿子,这里泛指陆游入元的后代。

【今译】

　　天宝年间的诗人杜甫,
　　诗歌记述了乱世的历程;

遗民诗人,感情上自然是深相沟通的。林景熙展读陆游诗集,深恨奸臣误国,民族沦亡,陆游复土壮志不酬,悲愤难抑而有此诗。这首诗把陆游比作杜甫,以诗史称颂陆诗,将陆游的一生和他的代表作品高度概括地凝缩在十六句七言诗中,意深而辞婉,深情而悲壮,尤其是结尾两句,深含着亡国的痛与愤,读来令人落泪。

【原诗】

天宝诗人诗有史,杜鹃再拜泪如水②。龟堂一老旗鼓雄,劲气往往摩其垒③。轻裘骏马成都花④,冰瓯雪碗建溪茶⑤。承平麾节半海宇,归来镜曲盟鸥沙⑥。诗墨淋漓不负酒,但恨未饮月氏首⑦。床头孤剑空有声,坐看中原落人手⑧。青山一发愁蒙蒙⑨,干戈况满天南东⑩。来孙却见九州同,家祭如何告乃翁⑪!

注释

①陆放翁:陆游;陆游自号"放翁"。详前小传。

②天宝二句:概括杜甫的爱国精神。天宝诗人,指杜甫。天宝,唐玄宗年号(公元742—755年),其间发生了安史之乱,而杜甫的创作高潮恰在其时,深刻地反映了动乱时代的社会现实。诗有史,有了诗写的历史。唐孟棨《本事诗》:"杜逢禄山之难,流离陇蜀,毕陈于诗,推见至隐,殆无遗事,故当时号为诗史。"杜鹃再拜,传杜鹃鸟为周末蜀帝杜宇精魂所化,蜀人每闻杜鹃啼鸣,即下拜,以示对故国之思。杜甫《杜鹃》:"杜鹃暮春至,哀哀叫其间。我见常再拜,重是古帝魂。"杜甫礼拜杜鹃,也表达了对爱国惠民的君主的敬重。封建时代,爱国与忠君是统一的,杜甫说自己对君主的忠心犹如"葵藿倾太阳"(《赴奉先咏怀》),陆游也说:"一片丹心报天子。"(《金错刀行》)他们的心性是完全一致的。

③龟堂二句:说陆游的人品、诗歌足以与杜甫匹配。龟堂,指陆游;陆在山阴老家建书室名龟堂。旗鼓雄,形容陆诗气魄豪壮,如军中旗鼓。劲气,刚健雄劲之气。摩其垒,触摩杜甫的营垒。

④轻裘句:概括陆游青壮年的仕宦、军旅生活。西至梁蜀,南至福建,下文"半海宇"承此。轻裘骏马,概括陆游在梁州的军旅生活。陆游终生不忘梁州短短的军旅生活,一再写诗追忆,如《岁暮风雨》:"念昔少年时,从戎何壮哉!独骑洮河马,涉渭夜衔枚。"又如《书愤》:"早岁那知世事艰,中原北望气如山。楼船夜雪瓜洲渡,铁马秋风大散关。"成都花,概括离梁州后在成都、崇庆等地的生活;成都古称锦城,繁花如锦,陆游公余常遍游名园赏花,写了很多诗篇。

怅恨。

【原诗】

一剑挂寒壁,艰危气不衰。鬓痕朝镜觉②,书味夜灯知。梦断潮生枕③,愁新雁入诗。思君心欲折④,又负菊花期⑤。

【注释】

①陈景贤:作者友人,生平未详。
②鬓痕句:李白《将进酒》诗:"君不见、高堂明镜悲白发,朝如青丝暮成雪。"此化用其意。
③梦断句:唐卢纶《晚次鄂州》诗:"估客昼眠知浪静,舟人夜语觉潮生。"此处化用后句句意。梦断,梦醒。
④心欲折:犹言心碎、肠断。
⑤菊花期:指观赏秋菊、共同宴饮的期约。期,约。

【今译】

一把宝剑悬挂在寒舍的墙壁,
时势艰危,我的志气却毫不衰败。
朝来揽镜自照,
惊叹双鬓变得斑白,
勤勉读书直至深夜,
唯有伴我的青灯能将此中深意解开。
梦醒后,枕上听得潮水渐涨,
秋雁啼鸣,催我把新愁写进诗来。
思念你令我心碎肠断,
可叹又一度辜负了共赏黄菊花开。

题陆放翁诗卷后①

林景熙

【题解】

陆游是南宋最有影响的爱国诗人,林景熙是入元后隐居不仕的宋

【原诗】

偶伴孤云宿岭东,四山欲雪地炉红。何人一纸防秋疏②,却与山窗障北风③。

注释

①故朝:前朝,指南宋。封事:秘密的奏章。古代百官上书奏机密事,为防泄露,用皂囊封缄呈进,故称封事,也称封章。

②防秋:古代北方每至入秋,边塞经常发生战争,届时边军特加意警卫,称为防秋。《旧唐书·陆贽传》:"又以河陇陷蕃已来,西北边常以重兵守备,谓之防秋。"疏:原意为条陈,后专称书面向皇帝陈述政见为上疏,即奏章。

③北风:暗喻元人。

【今译】

偶尔与孤云相伴,
寄宿在山岭以东,
四面群峰阴云沉沉就要下雪,
屋内地炉中融暖的炭火正红。
是什么人写的如何加强边防、
秘密的奏疏一封?
如今却在这偏僻山村
糊在窗上抵挡着北风。

答陈景贤①

林景熙

【题解】

诗人写自己"一剑挂寒壁,艰危气不衰"的凛凛风节,暗示不忘雪国耻、复国仇的坚决意志。诗中又写出他晓来揽镜、觉白发丛生的迟暮之叹。"书味夜灯知"句,一则写其勤勉,一则表明难以排遣亡国深愁,只有沉浸于读书生涯的无奈情景。后四句抒写听晚潮生、秋雁鸣而引发的对友人的相思,以及相思而不得相见,"又负菊花期"的绵绵

山窗新糊,有故朝封事稿①,阅之有感

林景熙

【作者简介】

　　林景熙(公元1242—1310年),熙一作曦。字德阳,号霁山。温州平阳(今属浙江)人。度宗咸淳七年(公元1271年)进士,授泉州教授。曾任礼部架阁,转从政郎。端宗景炎三年(公元1278年)十二月,元僧杨琏真伽发会稽(今浙江绍兴)南宋帝后陵,"至断残肢体,攫珠襦玉匣,焚其骼(指尸体),弃骨草莽间"(罗有开《唐义士传》),唐珏与林景熙拾高宗孝宗遗骨安葬于兰亭,植冬青于其上,林还写了《冬青树引》以纪其事。宋亡不仕,往来吴越间,从事著作,教授生徒,名重一时。论诗主张"诗文归一"、"根于性情"。其为人尚气节,诗多悲悼故国沦亡之作,多抒忠愤、哀时事,风格苍凉沉郁。有《霁山集》。

【题解】

　　本诗为宋亡后隐居时作。宋亡后诗人漫游于吴越,当他冬日偶尔寄宿在一山庄小屋时,见窗上新糊的纸,竟然是南宋未亡时某官员上给皇帝的奏章,内容是建议加强边防抗击敌人。诗人不由得悲愤交加,百感齐涌。上给皇帝的秘密奏章,被用在偏僻的山村糊窗,可见当时的君主是怎样地昏聩无能不纳忠言,其失败灭亡的必然性也就可想而知了。假如这一"封事"被采纳并坚决执行,或许大宋天下还不至于拱手奉敌吧,这是使诗人悲愤的最主要原因。如今国已亡,而这"一纸防秋疏"被贴在山窗上,还坚强地抵御着强疾的北风(隐指元人),又可见汉民族毕竟是不可屈服的。此诗借景抒怀,沉郁悲凉,十分感人。元章祖程《霁山集》注云:"此诗工在'防秋疏'、'障北风'六字间,非情思精巧,道不到也。然感慨之意,又自见于言外。"陈衍评曰:"前清潘伯寅尚书,见卖饼家以宋版书残叶(页)包饼,为之流涕,遇此不更当痛哭乎!"本诗正是短歌当哭,发人深省。

【今译】

想借山阳笛来哭悼亡友,
吹笛的邻人也早已不存。

三①

天阴月不死,江晚汐徐生②。

注释

①此二句出自《寒食姑苏道中》。原诗如下:"频年感烟草,荒冢几人耕?吴楚逢寒食,山村见独行。天阴月不死,江晚汐徐生。到海征帆影,悠悠识此情。"
②汐(xī):晚潮。

【今译】

天气虽然阴沉,明月并没有死去,
晚来江上潮水又渐渐上升。

四①

可与语人少,不成眠夜多。

注释

①此二句出自《无题》。原诗如下:"天风下黄叶,山树挂绿蓑。世情逐流水,东去无回波。可与语人少,不成眠夜多。湿云粘短发,漂泊奈愁何。"

【今译】

可以跟人讲的话很少很少,
不能成眠的夜晚太多太多。

吹打着帝后的墓陵，
园庭池台早已失去主人，
无情绿草又一度自成芳春。
城里有谁哭得最为伤心？
听说是女道士中旧日的官人。

句（四条）

谢 翱

一①

锡声归后夜②，琴意满诸峰。

注释

①此二句出自《悼南上人》。原诗如下："翻经卷未终，闻打寂时钟。尽说他身在，唯应国外逢。锡声归后夜，琴意满诸峰。忆昨夜惮处，湖云起白龙。"

②锡：僧用锡杖的省称。僧所持禅杖杖头有一铁卷，中段用木，下安铁纂，振时作声。梵名隙弃罗，取锡锡作声为义。

【今译】

他那锡杖的敲击声已归入寂静暗夜，
弹奏鸣琴的余韵还缭绕着群峰。

二①

欲哭山阳笛②，邻人亦不存。

注释

①此二句出自《哭所知》。原诗如下："总戎临百粤，花鸟瘴江村。落日失沧海，寒风上蓟门。雨青余化碧，林黑见归魂。欲哭山阳笛，邻人亦不存。"

②山阳笛：魏晋之间向秀与嵇康、吕安友善。嵇、吕为司马昭杀害，向秀经其山阳（今属河南）旧居，闻邻人笛声，感怀亡友，作《思旧赋》。后因以"山阳笛"为怀念故友之典。北朝庾信《伤王司徒褒》诗："唯有山阳笛，悽余《思旧》篇。"

【今译】

故宫复道垂杨下，
荒草莽莽左右相交，
杭州城再也没有什么树
可以生长美丽的凌霄。
野猿携带子孙移来此地居住，
踏翻了所有花枝上翡翠的香巢。

其 二

【题解】

南宋亡国后，不少官人自尽，与国家共存亡；也有不少被俘往元大都；另有一些被元统治者强迫嫁给了手工业工匠；也有一些做了女道士或尼姑。此诗前二句描写南宋帝后陵园的寂寞，失去故主的园林里，无知的芳草不懂世事已改，又一度装点了新春。诗人悲慨人不能如草木之无情，做了女道士的宋旧官人却非但不能抛却尘念，反而更因深怀故国而哀伤地哭泣。这首诗反映了旧时代命运最为悲惨的官女，对自己故国的深深眷恋，这份感情是极其珍贵的，它代表了汉民族不可屈辱的气节和高尚美好的情操。

【原诗】

隔江风雨动诸陵，无主园池草自春②。闻说就中谁最泣？女冠犹有旧宫人③。

注释

①陵：陵寝、陵墓。
②无主句：杜甫《蜀相》诗"映阶碧草自春色"，此化用其意。
③就中二句：白居易《琵琶行》："座中泣下谁最多，江州司马青衫湿。"此处化用其意。女冠，女道士。

【今译】

隔着钱塘江的凄风苦雨，

重过二首

谢 翱

其 一

【题解】

　　此二首诗是诗人重过杭州时所作。前二句极言南宋都城草木莽莽的荒凉景象，表达"国破山河在，城春草木深"的感触。第二句进一步描写野猿竟然携子在故都居住，可以想见城池街道惨遭破坏、冷落已极的情状，令人有恍若隔世之慨。末句翻用杜甫《秋兴》八首其八怀念故国盛世的"香稻啄余鹦鹉粒，碧梧栖老凤凰枝"句意，说野猿引子"覆尽花枝翡翠巢"，将故国都城践踏殆尽，实际上暗喻元人的破坏、踩躏，言在此而意存彼，令人寻绎、感叹不已。全诗辞情凄惋，真所谓"亡国之音哀以思"。其间寄寓的对敌人的仇恨与蔑视，委折而深刻，爱国感情的表达不以剑拔弩张的方式直露无遗，而以婉约出之，尤觉感人肺腑。

【原诗】

　　复道垂杨草欲交①，武林无树着凌霄②。野猿引子移来住③，覆尽花枝翡翠巢④。

注释

　　①复道：楼阁间有上下两重通道而架空者称复道，俗称天桥。《史记·秦始皇本纪》二十六年："自雍门以东至泾、渭，殿屋复道周阁相属。"此指南宋故宫复道。
　　②武林：山名，即今杭州灵隐山，后多以武林指杭州。凌霄：花名，也叫紫葳。白居易《凌霄花》诗："有木名凌霄，擢秀非孤标。"
　　③野猿：暗喻元人。
　　④花枝翡翠巢：隐指南宋帝后所居宫殿，亦可解为一切美好事物。翡翠，鸟名。

烟雾,万年枝上悲风生"之句,而本诗末句联系元僧横行肆虐的事实,辞情更觉悲愤凄伤。陈衍说末句隐指元僧杨琏真伽发掘南宋帝后陵墓事,怕是根据不足。有人说可能暗喻少帝赵昺与全太后北上后被迫为僧尼事,亦似嫌穿凿。

【原诗】
　　紫云楼阁宴流霞①,今日凄凉佛子家②。残照下山花雾散,万年枝上挂袈裟③。

注释

　　①紫云楼:唐长安楼阁名,在风景名胜区曲江畔。此借指南宋故宫楼阁。流霞:一种仙酒,泛指美酒。
　　②佛子:受戒的佛教徒,又为菩萨的通称。
　　③万年枝:树名,即冬青树。谢朓《直中书省》诗:"风动万年枝,日华承露掌。"袈(jiā)裟(shā):梵语,谓僧衣。本名"迦沙曳",简称迦沙。晋葛洪作《字苑》改从衣作袈裟。

【今译】
　　昔日故宫楼阁歌舞正酣,
　　宴会上君臣们醉饮流霞。
　　如今只剩下一片凄凉冷落,
　　殿堂已变作僧侣的家。
　　就像一轮残阳沉下山冈,
　　花光雾气全都消散融化。
　　代表太平盛世的万年枝上,
　　元僧的袈裟在高高悬挂。

又《史记·宋微子世家》记箕子朝周,过故殷墟,感宫室毁坏,生禾黍,心伤之,因作《麦秀》之诗歌之,曰:"麦秀渐渐兮,禾黍油油。"此处化用两诗之意。守阍(hūn),守门,此指守南宋故宫门。

②落花三句:唐李益《隋宫燕》诗云"燕语如伤旧国春,宫花一落旋成尘。自从一闭风光后,几度飞来不见人";崔橹《华清宫》四首其二:"……珠帘一闭朝元阁,不见人归见燕归。"此处化用以上诗意。朝元阁,唐长安骊山上行宫阁名,此借指南宋故宫。鹦鹉言,古代后宫多蓄养鹦鹉,唐朱庆余《宫词》云:"含情欲说宫中事,鹦鹉前头不敢言。"

【今译】
　　故国宫廷遍地是野生的禾黍,
　　还有谁人来守卫宫门?
　　阶前殿上满是飘落的花片,
　　冷寂荒凉的情景令人伤心断魂。
　　又一度飞来了旧时曾在
　　宫殿栖息过的小燕,
　　如今却再也听不到
　　檐前鹦鹉频频学着人言。

其　二

【题解】
　　元兵侵入江南后,杭州的宫殿及其它城市的行宫、王府多被占作寺院,为元僧所居。林景熙《故宫》诗"王气消南渡,僧坊聚北宗",汪元量《孤山和李鹤田》诗"林西楼观青红湿,又逊僧官燕梵王",其《洞仙歌》词序云"毗陵(今江苏常州)赵府兵后,僧多占作佛屋",都反映了这一可悲现实。谢翱来到杭州,见昔日歌舞升平的故宫楼阁一派冷落凄清,变作了元僧的寺院,不由得悲从中来,他感慨故国繁华正如眼前"残照下山花雾散",一切美好事物均已不复存在。宋徽宗雅爱文艺,曾以"万年枝上太平雀"为题,命画院诸生作画。本诗末句说代表太平盛世的"万年枝"如今却挂着袈裟,也即表达出江山已非我有的深沉哀痛。汪元量《兵后登大内芙蓉阁宫人梳洗处》诗有"江山咫尺生

【今译】
  闺中孤独的我,放一只玻璃盆,
  盛上水可以看见沉落的月亮。
  在水中看月又还能够看日,
  似乎就从盆底升起了明月和太阳。
  我深爱这水中的日月,
  像清清溪流倾泻到我胸怀。
  我疑心双手捧起的水,
  中间包涵了他渡过的济水、江淮。
  相思苦泪落入水里的日月倒影,
  却只照见了我斜坠的发钗。

过杭州故宫二首

谢　翱

其　一

【题解】
  本诗抒写亡国之哀。诗中融合了《诗·王风·黍离》《史记·宋微子世家》所记箕子《麦秀歌》及唐李益《隋宫燕》、崔橹《华清宫》诗,或伤悼故国败亡或感慨今昔盛衰等篇章的句意,含蓄地表达了诗人经行杭州,见到南宋故宫一片冷寂荒凉所产生的沉痛感情。诗中纯借物象抒慨,于虚处传神、空中传情,更见其沉郁悲凉之致。

【原诗】
  禾黍何人为守阍①?落花台殿黯销魂。朝元阁下归来燕,不见前头鹦鹉言②。

【注释】
  ①禾黍句:《诗·王风》有《黍离》篇,诗序谓西周亡后,周大夫过镐京,见故宗庙宫室尽为禾黍,彷徨不忍去,乃作此诗。后黍离被用为感慨亡国触景生情之词。

夕阳下菊花点点飘零,
在这凄寒的秋天我泪下沾衣。
我发誓绝不染黑我白了的头发,
纵然有良药也完全没有意义!

其 二

【题解】

　　孟郊《杂怨》诗三首其三云:"贫女镜不明,寒花日少容……浪水不可照,狂夫不可从。浪水多散影,狂夫多异纵。持此一生薄,空成万恨浓。"本诗翻用其意,以闺怨诗的形式,寄托他对文天祥的景仰、关爱与思念。诗中借一女子在玻璃盆中贮水看日月出没,来比喻诗人对文天祥的无限崇敬,以及苦思苦想却不见所思之人,而只能画饼充饥,借水盆中日月之影自我慰藉的情状。诗人曾入文天祥幕府协同其抗元,受其爱国思想濡染极深,故诗中以水中日月倾泻入怀来形容。文天祥于端宗景炎三年(公元 1278 年)被俘,次年押往燕京,曾渡长江、淮河、济水北上,"疑此一掬水,中涵济与淮"二句,即是对其行程的推想,又隐含对其思念的痴情。末二句写痴望而终无所见的悲苦。全诗辞情委折,格调高古凄怆。元任士林评其诗"其称小,其指大,其辞隐,其义显,有风人之余……"于此篇可见一斑。

【原诗】

　　闺中玻璃盆①,贮水看落月②。看月复看日,日月从此出。爱此日与月,倾写入妾怀③。疑此一掬水④,中涵济与淮⑤。泪落水中影,见妾头上钗。

注释

①玻璃盆:即水晶盆。
②落月:此指落月的倒影。
③写:通泻。
④一掬(jū):一捧。掬,《小尔雅·广量》:"一手之盛谓之溢,两手谓之掬。"
⑤中涵句:参见本诗〔题解〕。济,济水,在今山东境内。淮,淮河。

【原诗】

　　落叶昔日雨,地上仅可数。今雨落叶处,可数还在树。不愁绕树飞,愁有空枝垂②。天涯风雨心③,杂佩光陆离④。感此毕宇宙⑤,涕零无所之⑥。寒花飘夕晖⑦,美人啼秋衣。不染根与发,良药空尔为。

注释

　　①效孟郊体:指仿效孟郊诗的风格、艺术表现手法,非指某类具体的作品。
　　②不愁二句:曹操《短歌行》"月明星稀,乌鹊南飞。绕树三匝,何枝可依"几句,比喻时局动荡,民众离散,不得安居。此处变化其意。
　　③天涯风雨心:暗喻亡国之痛。
　　④杂佩句:比喻洁身自好与自我品德修养。屈原《离骚》:"高余冠之岌岌兮,长余佩之陆离。芳与泽其杂糅兮,唯昭质其犹未亏……佩缤纷其繁饰兮,芳菲菲其弥章(彰)。民生各有所乐兮,余独好修以为常。虽体解吾犹未变兮,岂余心之可惩。"此处暗用其意。杂佩,古代玉佩,用各种饰玉构成。《诗·郑风·女曰鸡鸣》:"知子之来之,杂佩以赠之。"《传》:"杂佩者,珩、璜、琚、瑀、冲牙之类。"陆离,形容光彩斑斓绚丽。
　　⑤毕宇宙:整个宇宙。毕,全。
　　⑥无所之:无处可去、无路可走。
　　⑦寒花:指秋冬开的花,如梅、菊,此处指菊花。

【今译】

　　从前雨滴树叶飘落在地,
　　不过零散的几片清晰可数。
　　如今暴雨打落叶满地,
　　可数的只有几片残留在树。
　　乌鹊不愁环绕绿树来回翻飞,
　　愁的是树上只剩下空枝低垂。
　　遍天涯到处是凄风苦雨,
　　令我悲哀伤痛不已。
　　但我依旧身佩美好玉饰,
　　让玉佩发出的光辉绚烂多丽。
　　我却不能不感慨整个宇宙这样广阔,
　　不能不哀泣自身竟无所归依。

效孟郊体二首[①]

谢 翱

其 一

【作者简介】

　　谢翱(áo)(公元1249—1295年),字皋羽,一字皋父,号晞发子。福州长溪(今福建霞浦)人。后迁居浦城(今属福建)。度宗朝,试进士不第。恭帝时,元兵南侵,尽捐家财,招募乡兵,投文天祥幕下,为咨议参军。宋亡不仕,漫游于两浙,组织诗社"月泉吟社"、"汐社",与郑思肖、邓牧等遗老过从、唱和。《登西台恸哭记》文悼念文天祥,悲歌慷慨,最负盛名。诗多抒写亡国幽愤,讴歌忠贞大节。风格高古幽峭,沉郁苍凉,近体诗多学孟郊、贾岛,古体受楚辞及李贺影响较深。其诗于宋元之际颇负盛誉,元任士林《谢处士传》谓其"既客浦汭,往来桐庐,人翕然从翱学"。明杨慎称其为"宋末诗人之冠"(《丹铅总录》卷二十一);《四库全书总目》云:"南宋之末,文体卑弱,独翱诗文桀骜有奇气。"有《晞发集》。

【题解】

　　这首诗先借秋雨中木叶尽凋徒剩空枝,致使乌鹊失却栖宿荫蔽之所的情景,表达亡国后诗人托身无地的深沉悲哀。诗中又以"天涯风雨"暗喻故国沦亡、惨遭敌骑的践踏、蹂躏。但尽管局势如此艰危,诗人依旧"杂佩光陆离",也即用屈原《离骚》之意,比喻洁身自好、敬修自己的品行道德。然而,亡国的悲痛毕竟是无可告慰的,诗人不能不为宇宙之大而竟无容身之所涕泗滂沱。当此寒花在夕晖中飘落的秋天,他禁不住因为哀亡国而泪满衣衫。篇末"不染根与发,良药空尔为"二句,譬喻诗人自守节操、永不移易的坚定意志。全诗借乌鹊与美人托喻,言近而旨远,抒写了国破家亡的深哀巨痛,且于凄怆悲凉的情调中,又透露出刚烈之气。

此暗用其意。寒蛩,秋天的蟋蟀。

③少年句:汉乐府《长歌行》:"少壮不努力,老大徒伤悲。"此化用其意,表达有志难展的苦闷。

④吾道句:即吾道不行之意。逶(wēi)迟,曲折宛转貌。

⑤剑心:原本作"初心",据别本改。

⑥闻鸡:《晋书·祖逖传》载:"(逖)与司空刘琨,俱为司州主簿,情好绸缪,共被同寝。中夜闻荒鸡鸣,蹴琨觉曰:'此非恶声也。'因起舞。"后以闻鸡起舞比喻志士奋发之情。坐欲驰:《庄子·人间世》:"夫且不止,是之谓坐驰。"成玄英疏:"谓形坐而心驰,"谓身不动而心驰骛于外。后用以表示内心向往。

【今译】

淡淡云雾笼罩着落满枫叶的道路,
正是细雨濛濛蓼花开放的秋令。
江岸一半是栖宿的鸿雁,
犹如绘出的宁静图景,
寒冷的蟋蟀在四壁鸣叫,
一声声像凄惋的诗句哀吟。
少年时我胸怀宏图大志,
如今已经老大,白白虚掷了光阴,
我一向以行道作为自己的责任,
践尝抱负的路途却曲折无尽。
但我始终还保持着
报效国家的一片雄心,
听到荒鸡啼叫,虽然坐在屋内,
心神早已奔赴辽远的边境。

【今译】

远处寺庙传来悠悠的晨钟,
疏窗下熏炉中香烟一缕缕升腾。
秋江上一片风吹叶落的飒飒声,
朦胧曙色还带着三分浅浅月痕。
飞倦的白鹤在黄叶上缓步行走,
一只清猿痴痴地坐在白云山头。
道人我起身来闲无一事,
双手抱膝细细地吟诵回文。

夜 坐

文天祥

【题解】

本篇亦系罢官闲居时作。诗人以疏淡的诗笔谱写了由淡烟细雨、枫叶蓼花、半江宿雁、四壁寒蛩交织成的、充满了诗情画意的秋天夜曲,音调清婉凄楚。诗人由时序更迭的景物变化,引发了岁云暮矣,吾道不行的深沉感慨,他惋惜着白白虚掷的光阴,怅恨空负才具而报国无门。其时正当国家危急存亡之秋。因此诗人在尾联借祖逖、刘琨闻鸡起舞事,表明他不甘闲居林下,报国的拳拳之心跃跃欲试的情状,凌云壮志上干九天。全诗前半绘景如画,后半抒情真挚感人,转折跌宕,章法井然。

【原诗】

淡烟枫叶路,细雨蓼花时①。宿雁半江画,寒蛩四壁诗②。少年成老大③,吾道付逶迟④。终有剑心在⑤,闻鸡坐欲驰⑥。

【注释】

①蓼(liǎo):植物名,品类甚多,有水蓼、马蓼、辣蓼等。草本,叶味辛香,花淡红色或白色。

②寒蛩(qióng)句:欧阳修《秋声赋》:"但闻四壁虫声唧唧,如助予之叹息。"

【题解】

  本诗为天祥前期作品,度宗咸淳六年(公元1270年),诗人因忤贾似道罢官,次年于家乡庐陵南北里的文山营建宅第,意欲寄情山水,此篇即作于闲居期间。前四句描写寺庙远远传来的钟声叮咚,疏窗下宝炉熏香的氤氲芬芳和江上的一片秋声及朦胧曙光中残留的淡淡月色,这声、气、光、影织成了一幅秋日清晓疏淡而缥缈的画幅,环境的淡静则显示诗人远离污浊官场、喧嚣尘世之后的淡静心境。五六句"倦鹤行黄叶,痴猿坐白云"并非眼前实景的白描,而系虚构之笔。陈衍评此二句"即为自己写照",真可谓一语中的,能深切领会诗人的良苦用心。此时的诗人既倦于仕宦如鸟倦飞而知还,又苦于像最善攀援跳跃的猿猱痴坐于白云之间,而无从施展其才能,心中自有诸多的矛盾、无奈与苦闷。感情尽寓于所绘物象之中。篇末二句以道人自称,传达出诗人对世务的厌弃,并极言其抱膝看回文诗的安宁闲逸。全诗写景极有层次和立体感,使人如临其境。所寓感慨似淡而实浓,蕴藉有致,不失为一首可读的佳作。

【原诗】

  远寺鸣金铎①,疏窗试宝熏②。秋声江一片③,曙影月三分④。倦鹤行黄叶,痴猿坐白云⑤。道人无一事⑥,抱膝看回文⑦。

注释

  ①金铎(duó):古乐器,形如大铃,宣教政令时,用以警众者。文事用木铎,金铃木舌;武事用金铎,金铃铁舌。《周礼·地官·鼓人》:"以金铎通鼓。"注:"铎,大铃也,振之以通鼓。"此处借指金钟,寺院早晚均鸣钟。
  ②疏窗:格子稀疏的窗户。宝熏:熏香炉的美称。
  ③秋声:指秋天的风声、落叶声、虫鸣声等。
  ④曙影:清晓时曙光朦胧,故称。
  ⑤白云:暗指隐居之处。陶宏景《诏问山中何所有》诗:"山中何所有?岭上多白云。只可自怡悦,不堪持赠君。"
  ⑥道人:诗人自称。诗人在《赠适庵丹士》诗中说:"本是儒家子,学为方外事。此身恨鬼短,有意求蝉蜕。"
  ⑦回文:诗词字句回旋往返,都能成义可诵的叫回文。南朝梁刘勰《文心雕龙·明诗》说为道原所创,已失传。今传最早者是南朝宋苏伯玉妻《盘中诗》。

爽气秀韵疾速地逼近窗几。
平生听说过九华山的盛名,
一见就知果真是它无疑。
并不是我具有非凡目力,
能够窥测大自然的奥秘,
我正觉得一路经行的群山,
矮小无奇如同粮米堆聚。
好山如同佳士有高情远韵,
不光将江州孟嘉来作比拟。
只因为佳胜的九华没有入仕捷径,
它冷落寂寞如同道边苦李。
但它真可以是我长久的忘年之交,
我将持藜杖登青鞋与它始终相倚。

晓　起

二首其二

文天祥

【作者简介】

　　文天祥(公元1236—1282年),初名云孙,字天祥,后更名天祥,字宗瑞,又字履善,号文山。吉州庐陵(今江西吉安)人。理宗宝祐四年(公元1256年)进士第一。累官至尚书左司郎官。后忤贾似道,遂致仕。度宗朝,起为湖南提刑,改知赣州。恭帝德祐元年(公元1275年)元兵南侵,组织义军勤王。次年,临安被围,奉使军前,被拘,变姓名逃归,拜右丞相。益王立,进左丞相,都督江西。卫王立(公元1278年),加封少保、信国公,进屯潮阳。旋兵败被俘,囚于燕京四年,不屈,就义于柴市。善诗文及词。其诗以临安沦亡为界分前后两期。前期多咏物应酬之作。后期大量诗歌反映其强烈的爱国感情和大节不亏的崇高品德,沉郁悲壮,多有穿云裂竹之声。有《文山全集》。

士庶归降者,日以千计,哀抚纳之,甚得人心。还镇病卒。谥元穆。事见《晋书·褚裒列传》。

⑤亹(wěi)亹:行进的状态。宋玉《九辩》:"时亹亹而过中兮。"

⑥云泉肺肠:谓长久浸润于云石林泉之中,对山水有特殊的爱好和鉴赏力。厌饫(yù):本指饮食饱足,此处指厌足。

⑦聊复尔:姑且如此。《世说新语·任诞》:"阮仲容(咸)步兵居道南,诸阮居道北;北阮富,南阮贫。七月七日,北阮盛晒衣,皆纱罗锦绮。仲容以竿挂大布犊鼻裈于中庭。人或怪之,答曰:'未能免俗,聊复尔耳。'"

⑧駸駸(qīn):疾速。南朝梁简文帝《如影》诗:"朝光照皎皎,夕漏转駸駸。"

⑨天奥:谓大自然的奥秘。

⑩聚米:米堆,形容矮小。唐杨炯《少室山少姨庙碑》:"北临恒、碣,犹如聚米;南望荆、衡,才同覆篑。"

⑪江州孟夫子:即指东晋孟嘉,参见本诗注④。

⑫直缘句:翻用终南捷径典故。唐卢藏用举进士,居终南山中,至中宗朝以高士名得官,累居要职,人称"随驾隐士"。有道士司马承祯尝召至阙下,将还山,藏用指终南曰:"此中大有嘉处。"承祯徐曰:"以仆视之,仕官之捷径耳。"见唐刘肃《大唐新语·隐逸》。

⑬落莫:同"落寞"。苦李:《世说新语·雅量》载,晋王戎尝于群儿嬉戏于道侧,见李树多实,群儿竞往捡取。戎独不动。人问其故,戎曰:"树在道边而多子,此必苦李。"取之果然。后因以苦李自比才拙。此处借喻九华非"仕官之捷径",不为俗人所取,也即"才拙"。

⑭大是:犹言真是,实在是。忘年耐久交:犹李白《月下独酌》诗中所云,要与月和影"永结无情(忘情)游,相期邈云汉"之意。

⑮藜杖句:杜甫《奉先刘少府新画山水障歌》:"若耶溪,云门寺,吾独胡为在泥滓?青鞋布袜从此始。"此处暗用其意。藜杖青鞋,山野之人所用、所服。

【今译】

我卷起帷帘坐对江南的群山,
一片苍青飞快地掠过眼底。
我沉溺山水云泉的心肠,
寻常景色早已感到厌腻,
为了表示欣赏姑且让
脸上挂着悠然的神气。
忽然间,四五座淡远的奇峰,

【题解】

序中写诗人行船江上,见江南群山环抱,中有"数峰奇爽特异,一见即知其为九华",询问船夫果然不错,于是诗人用东晋褚裒于稠人广众中,慧眼独识孟嘉的典故作譬,证明自己的眼力。诗中先写群山送青入眼,惯于优游云泉的诗人视若等闲的情形,再写"奇峰远淡忽四五,爽秀骎骎逼窗几"的奇异景观,前后对比鲜明,突出显示了久负盛名的九华山,当真名实相符,令诗人兴奋、激动不已。诗人将好山比作有高情雅韵的佳士,使山人格化,使之有了鲜活的生命。诗中又化用唐卢藏用以隐居终南山沽名钓誉、进入仕途的故事,说明佳山九华非凡俗之人的入仕捷径,因此如"道边苦李"般孤独落寞,但诗人却心想同它结为长久的忘年交,退居山中与之相伴始终。全诗大笔挥洒,气象闳阔,格调清雄,读之令人忘俗。

【原诗】

卷帘对坐江南山,掠眼送青来亹亹⑤。云泉肺肠久厌饫⑥,挂颊悠然聊复尔⑦。奇峰远淡忽四五,爽秀骎骎逼窗几⑧。平生九华盛名下,一见定知真是矣。非关目力睹天奥⑨,正觉群山如聚米⑩。好山如人有高韵,不独江州孟夫子⑪。直缘佳处无仕径⑫,落莫道边同苦李⑬。大是忘年耐久交⑭,藜杖青鞋结终始⑮。

注释

①九华:山名,在今安徽青阳县西南。山有九峰,原名九子山,李白游江汉,见九峰如莲华(花),名"九华"。

②大云仓:地名,具体地址不详。

③篙人:撑篙之人,即指船夫。

④因知句:用东晋褚(zhǔ)裒(póu)事。《晋书·桓温传》附"孟嘉传"载:"孟嘉字万年,江夏鄳人,吴司空宗曾孙也。嘉少知名,太尉庾亮领江州,辟部庐陵从事。……褚裒时为豫章太守,正旦朝亮。裒有器识,亮大会州府人士,嘉坐次甚远。裒问亮:'闻江州有孟嘉,其人何在?'亮曰:'在坐,卿但自觅。'裒历观,指嘉谓亮曰:'此君小异,将无是乎?'亮欣然而笑,喜得嘉,奇为裒所得,乃益器焉。"褚季野,褚裒字季野,少有简贵之风。桓彝目之曰:季野有皮里春秋。谢安称其"虽不言,而四时之气备矣"。郗鉴辟为参军。苏峻平,封都乡亭侯。康帝时授都督,出镇京口。石虎死,上表请伐之,除征讨大都督。率众三万径进彭城,河朔

【原诗】

荆江江口望漫漫,一白无边夕照寒②。只是青云浮水上,教人错认作山看。

注释

①荆江:长江自今湖北枝江到湖南岳阳城陵矶段的别称,长四百二十公里,河道蜿蜒曲折,有"九曲回肠"之称。君山:在今湖南洞庭湖中,又名湘山。《水经注·湘水》:"(洞庭)湖中有君山……是山湘君之所游处,故曰君山矣。"

②一白:指江水。

【今译】

我在荆江江口远望漫漫长江,
夕照下无边的白水透出清寒。
君山原不过是青云浮在水上,
缥缥缈缈叫人们错当山来看。

望九华①

程 俱

〔船发大云仓五十里许,②顾江南众山中,有数峰奇爽特异,一见即知其为九华,问篙人果然③,因知褚季野于广坐中识孟万年④,正应如此,作诗一首。〕

【作者简介】

程俱(公元1078—1144年),字致道。衢州开化(今属浙江)人。以外祖邓润甫荫入仕。徽宗宣和三年(公元1121年),赐上舍出身。高宗朝,擢中书舍人兼侍讲。后除徽猷阁待制。秦桧荐领史事,坚辞不就。立朝直言敢谏。与贺铸、叶梦得友善。为文典雅闳奥。有《北山小集》。

【原诗】

　　螺蠃衔虫入破窗①,枕书一垛竹方床②。家童偶见草头字,误认离骚是药方③。

【注释】

　①螺蠃(guǒ luǒ):虫名,一种青黑色细腰蜂。又名蒲卢,为寄生蜂的一种。
　②垛(duò):一堆。垛,成堆的东西。
　③家童二句:屈原《离骚》中多用草名,多草头字,故云。

【今译】

　　细腰蜂口衔小虫飞进我的破窗,
　　读书倦怠我枕书小憩在竹床。
　　家童偶见翻开的书页多草头字,
　　竟然误把《离骚》当成了药方。

荆江口望见君山①

郑　震

【作者简介】

　　郑震,生卒年不详。后更名起,号菊山,福州连江(今属福建)人。南宋著名画家郑思肖之父。曾为安定和靖书院堂长。有《倦游稿》《清隽集》。

【题解】

　　本诗描写在荆江口望君山的情景。先写夕照下江中白水无边无际,再写君山系青云浮在水面的迷离景象,得出"教人错认作山看"的结论。诗人将君山描画得缥缥缈缈、神秘奇异,使人联想到屈原《九歌》中有关湘君、湘夫人生离死别、美丽而凄哀的神话故事。陈衍云:"君山实非山,乃一方式平岛,绝无峰峦,故四面望之,皆如一玉界尺横在水面,此诗颇得真相。"此段话虽不错,但说得太实则毫无诗意可言,实有胶柱鼓瑟之嫌。

⑧瑞露：酒名。苏轼《地黄》诗："融为寒食饧，咽作瑞露珍。"宋李厚注："《纂异记》载田璆、邓韶逢二书生，谓曰：'我有瑞露之酒，酿于百花之中。'与田、邓饮，其味甘香也。"此处泛指美酒佳酿。西事：用典，《南史·乐蔼传》载："永明八年，荆州刺史巴东王子响称兵反，及败，焚烧府舍，官曹文书一时荡尽。齐武帝见蔼，问以西事，蔼占对详敏，帝悦，用为荆州中从事，敕付以修复府州事。"此处借乐蔼喻丁少卿，推奖其才能，预祝其建功。

⑨元戎：主帅。《周书·齐炀王（宇文）宪传》载其与高湝书："吾以不武，任总元戎，受命安边，路指幽冀。"此处指丁少卿。指画：指点规划。

【今译】
滨海收兵主帅军帐中闲暇无事，
又移战船浩浩荡荡去往涪江的港湾。
三边形势全仗险要蜀地的屏障，
四面境域一半是陡峭的群山。
听说从前魏将曾打算侵入剑阁，
如今汉家兵帅想一举收复函关。
细细地斟着美酒议定西蜀政事，
想必就在总帅您的指点规划之间。

夏日偶书

乐雷发

【题解】

本诗先描写夏日闲居读书倦怠午间小憩的生活小景，"蝶蠃衔虫入破窗"句点明时令，且反映诗人的清贫。而从"枕书一垛竹方床"句，则可知诗人好学不倦的情景。后二句写家童因见《离骚》中多草头字，竟误认为是药方。从字面看，似为闲暇之笔，实则透露了诗人一片丹心思报国，却被迫退居林下的内心幽愤，借读《离骚》抒发一二。讽喻之意委婉而深长。

整军移镇四川,预示其将再建新功。三、四句写蜀中形势之险和作为国之屏障的重要性,言简意赅,对仗工整,语言雄迈。陈衍评曰:"第三句能道出南宋偏安全局关系,非有吾乡吴玠、吴璘,力保秦蜀,安得南渡百余年之中国乎?"所言甚是。正因西蜀关乎国家安危,更显出朝廷派丁氏镇蜀是对他的高度信任,为以下设想其马到成功埋下伏笔。五、六句借三国魏将侵蜀败绩和刘邦发兵攻取了函谷关的史实,表明西蜀的不可凌犯,而对宋廷(汉)北伐必胜充满信心。七、八句点明题旨,对丁少卿治理好西蜀寄与厚望。全诗辞情昂扬,风格雄俊,洋溢着高涨的爱国激情。

【原诗】

琼海收兵玉帐闲②,又移斋舰泝涪湾③。三边形势全凭蜀④,四路封疆半是山⑤。魏将旧闻侵剑阁⑥,汉兵今欲卷函关⑦。细倾瑞露论西事⑧,想在元戎指画间⑨。

注释

①丁少卿:丁黼(fǔ),生卒年不详。字文伯,又字少卿,石埭(今属安徽)人。孝宗淳熙间进士,历官至成都制置使。为政宽大,蜀人德之。理宗嘉熙中,元兵攻成都,率兵夜出城南迎战,至石笋街力战死。事闻,诏立庙祀之。桂,泛指今广西。

②琼海:泛指岭南滨海地区。琼,修饰"海",言其美。玉帐:征战时主将所居的军帐。李白《司马将军歌》:"身居玉帐临河魁,紫髯若戟冠崔嵬。"

③斋舰:宋时较大的舰船多以"斋"为名,比之于居室,因称斋舰。泝(sù):逆水而上,也作"溯"、"遡"。涪(fú):指涪江,在四川省,也称内水。

④三边:汉代幽、并、凉三州均在边疆,故称三边,后泛指边疆。

⑤封疆:疆界。此指今四川境域。

⑥魏将句:三国时魏将钟会试图通过剑阁入蜀,被蜀将姜维打败。剑阁,栈道名,在今四川剑阁县东北大剑山和小剑山之间,相传为诸葛亮所修筑,是川陕间的主要通道,军事戍守要地。

⑦汉兵句:用典。刘项相争时,刘邦曾带兵先发夺取函谷关,成功地阻止了项羽的进军,为后来统一天下建立汉朝奠定基础。此处借喻宋廷北伐中原以收复三京。此句《雪矶丛稿》注云:"时会有三京之役。"函关,即函谷关,秦关,在今河南灵宝县南,是秦的东关。东自崤山,西至潼津,深险如函,通名函谷。汉武帝移函谷关至河南新安东北,去秦关三百里。此指秦关,并借指中原一带。

【原诗】

　　坐卧芙蓉花上头,青香长绕饮中浮①。金风玉露玻璃月②,并作诗人富贵秋。

注释

　　①饮中:犹言杯中、酒中。
　　②金风玉露:秋风白露。晋李密《淮阳感秋》诗:"金风飔初节,玉露凋晚林。"玻璃月:形容明月的晶莹剔透。玻璃,古代指天然水晶石一类,有各种颜色,非后世人工所造的玻璃。

【今译】

　　荡舟湖面坐卧都在芙蓉花上,
　　杯中酒长久浮泛着荷叶的清香。
　　金风玉露和玻璃般晶莹的明月,
　　这一切我当作是诗人富贵的秋光。

送丁少卿自桂帅移镇西蜀①

乐雷发

【作者简介】

　　乐雷发,生卒年不详。字声远,号雪矶先生。道州宁远(今属湖南)人。累举不第。理宗宝祐元年(公元1253年),门人姚勉状元及第,上疏请以科第让雷发。召雷发面试,赐特科第一,授馆职。以数议时政不用,告归乡里,隐于雪矶,因以为号。平生以气节自励。《四库全书总目》谓其诗"风骨颇遒,调亦浏亮"。有《雪矶丛稿》。

【题解】

　　此诗与毛珝《甲午江行》作于同时。理宗端平元年(公元1234年),宋与蒙古合盟灭金。理宗又采纳了赵范等人乘时北伐中原收复三京的建议。诗人送丁黼从广西调任成都制置使,写下本诗以壮行色。首句描写滨海一带太平无事,暗含对丁氏业绩的赞誉。次句叙其

⑤潇湘:指"潇湘片景"楼。

【今译】
　　有这一座新楼心满意足,
　　胸次悠然将世间万种思虑淡忘。
　　你开拓了清风明月新的美景,
　　压倒了幽人所居水云弥漫的地方。
　　四面原野留住芳菲春色,
　　夕照中千山显得格外明亮。
　　眼前有看不完的种种美景,
　　不知到哪儿去辨认新楼"潇湘"!

湖上早秋偶兴

汪　莘

【作者简介】
　　汪莘(公元1155—1227年),字叔耕,号柳堂。徽州休宁(今属安徽)人。文才卓荦而不屑于习举子业,隐居黄山。宁宗嘉定间诏求直言,以布衣应诏,论朝廷弊政,未用。徐谊帅江东,闻其履行高洁,欲以遗逸荐之,不果。晚年筑室柳溪之上,围以方渠,自号方壶居士。有《方壶存稿》。

【题解】
　　此篇描写诗人早秋游湖的感兴。诗人"坐卧芙蓉花上头",杯中酒泛着荷叶的芬芳,连同"金风玉露玻璃月"的美好夜色,诗人得到了大自然赐与的最为宝贵的财富。诗人的"富贵秋",远远超出于所谓富贵之人的华堂琼筵、声色犬马之上,而是一种对良辰好景高度的审美享受。陈衍评曰:"玻璃月三字凑得好。秋上加以富贵,富贵上又加诗人,读之但觉其奇而确。此十四字可以千古矣。"陈氏对本诗的理解还觉太浅。

夏曼卿作新楼,扁曰:"潇湘片景",来求拙画且索诗①

戴昺

【作者简介】

戴昺(bǐng)(公元1200年—?),字景明,号东野。天台人(今属浙江)。戴复古之从孙。宁宗嘉定十二年(公元1219年)进士,授赣州法曹参军。理宗宝祐中(公元1253—1258年)曾为池州幕僚。工诗,《四库全书总目》称其诗"皆清婉可诵,亦颇具石屏家风"有《东野农歌集》等。

【题解】

贺裳《皱水轩词筌》引姚铉语云:"赋水不当仅言水,而言水之前后左右也。"本诗即遵循这种迂回写法,只在首句点出题中"作新楼"事,而中间四句从楼高下远近的种种景色着墨,描尽了风、月、水、云、四野春色、千峰夕照,所绘物象又总与新楼相关联。篇末以反语指出"何处认潇湘!"则"潇湘片景"处于众美之中,已如画龙点睛,突现眼前了。全诗绘景如画,笔致清丽潇洒。

【原诗】

有此一楼足,悠然万虑忘②。拓开风月地③,压断水云乡④。四野留春色,千峰明夕阳。眼前无限景,何处认潇湘⑤!

【注释】

①夏曼卿:作者友人,生平未详。扁:用如动词,意为题匾额。
②万虑:指人间的一切思虑。
③风月:清风明月,指美好的景色。
④水云乡:水云弥漫的地方,多指隐者居游之地。苏轼《和章七出守湖州》诗之一:"方丈先生出渺茫,高情犹爱水云乡。"

中行去国,作诗送之,忤宰相,出知潮州、漳州。久之,提举崇禧观。与乡里耆艾七人为"真率会"。以诗文见知于杨万里。有《巽斋小集》。

【题解】

这首诗抒写送别友人归去,企望登上千尺楼,以望见远归峨眉山的友人而不得的深情。陈衍说此篇"用东坡'那有千寻竹'之意,翻'绝顶望乡国'之案"。见出诗人的一片痴情。

【原诗】

万水朝东弱水西②,先生归去老峨眉③。人间那得楼千尺?望得峨眉山见时④。

注释

① 刘帅:刘光祖。读画斋《南宋群贤小集》本《巽斋小集》本题下注:"后溪先生也。"后溪,刘光祖号。简州阳安(今四川简阳)人,官至显谟阁直学士。
② 弱水:《山海经·西山经》:"北五十里曰劳山…弱水出焉,而西流注于洛。"
③ 峨眉:山名,在四川境内,此泛指蜀中。
④ 人间二句:苏轼《游金山寺》诗"试登绝顶望乡国,江南江北青山多";又苏轼《文与可画筼筜偃竹记》记文与可语:"世岂有万尺竹哉?"此处化用以上句意。

【今译】

一万条河都朝东流去,
独有弱水流向西边,
先生这一次返回故里,
到蜀中去颐养天年。
人间哪里有千尺高楼,
能让我望得见你所在的峨眉山间?

及将劳动成果售与富贵女子时,又被故意挑三拣四的难堪情景。字面虽不着感叹文字,却字字是对纺织女的同情和对富贵女子的讥刺。陈衍评曰:"此视谢叠山(枋得)《蚕妇吟》,又深一层矣。"谢诗云:"子规啼彻四更时,起视蚕稠怕叶稀。不信楼头杨柳月,玉人歌舞未曾归。"此诗不仅揭出"遍身绮罗者,非是养蚕人"(宋张俞《蚕妇》诗)的不公平的生活现象,并对骄矜恣纵的"绮罗人"表示了深深的痛恨。

【原诗】

机声伊轧到天明②,万缕千丝织得成。售与绮罗人不顾③,看纱嫌重绢嫌轻④。

注释

①机女:指纺织女。

②伊轧:象声词,此指织机声。

③绮(qǐ)罗人:指穿着绮罗的人,多指贵妇、美人。绮罗,泛指华贵的丝织品或丝绸衣服。

④纱:绢之轻细者。绢:平纹的生丝织物,似缣而疏,挺括滑爽。

【今译】

纺织机咿咿呀呀响到天明,
千丝万缕才把纱绢织成。
卖给穿绸着缎的贵妇人,她不屑一顾,
看纱嫌太重看绢又嫌太轻。

送刘帅归蜀①

危 稹

【作者简介】

危稹(zhěn),生卒年不详。本名科,字逢吉,自号巽斋,又号骊塘。抚州临川(今属江西)人。孝宗淳熙十四年(公元1187年)进士,孝宗为其更名稹。历官至著作郎。宁宗嘉定(公元1208—1217年)中,柴

【注释】

①芙蓉城:四川成都的别称。五代后蜀孟昶于宫苑城上,尽种芙蓉,花开如锦,因有锦城之称,又名芙蓉城。芙蓉,荷花的别名。

②蔫(niān):花叶萎缩。

③著:附着。

④春风:原指女子年轻美丽的容颜。杜甫《咏怀古迹》五首其三:"画图省识春风面。"此处借喻年青的面貌。

【今译】

我在芙蓉城边观赏芙蓉,
盛开时淡雅洁白花蔫时转为深红。
雨后新晴的景色令我陶然而醉,
意味更甚于美酒的神工,
暂且让我老去的面颜,
焕发了青春的笑容。
少年人白皙的面貌又怎能长好,
花落又花开却年年不知老。
老来也会有少年心志勃发时,
对酒不饮就把美景辜负了。

机女叹①

叶 茵

【作者简介】

叶茵,生卒年不详,字景文。笠泽(今上海松江)人。不慕荣利,萧闲自放,名其所居曰"顺适堂",取杜甫"洗然顺所适"句意。与徐玑、林洪相唱和,为江湖间诗人。风格闲雅清矫,与宋初山林诗人魏野、林逋相近。有《顺适堂吟稿》。

【题解】

本诗描写纺织女一夜到天明,千丝万缕织成绸缎的辛勤劳动,以

【今译】

  竹叶变黄低低地下垂,
  上天的雨露不肯公平地分配。
  去学陈皇后用黄金买赋,
  我将感到十分羞愧。
  假如有缘,总会有被爱的时日,
  我可不能让容貌变得比去年憔悴。

观芙蓉有感

岳 珂

【作者简介】

  岳珂(公元1183—1240年),字肃之,号亦斋,又号倦翁。相州汤阴(今属河南)人。岳飞之孙,岳霖之子。宁宗嘉定间,出守嘉兴。历官至户部侍郎,淮东总领制置使,宝谟阁学记。所著《桯史》《愧剡录》《金陀粹编》《续编》可补史书之缺。诗歌"遇物感形,因时言志,不责以浮靡,惟取其自然"(《玉楮集》自序)。有《玉楮集》《棠湖诗稿》。

【题解】

  诗中先写芙蓉将谢时颜色转为深红的情景,时当雨后初晴的艳阳天,年老的诗人为景色所动,似乎唤回了久已失去的青春。诗人对人生留不住少年时光,花落又花开却年年不知老的现象深深了悟,却仍发出"老来会有少年时"的积极宣告,昭示了诗人对生活的热爱及其永葆青春的心灵。末句"对酒不饮将何为"是行乐须及时的滥调,但无妨整首诗风调的清新。

【原诗】

  芙蓉城边观芙蓉①,开时淡白蔫深红②。新晴著人过于酒③,聊与老面回春风④。少年白面岂长好?花落花开不知老。老来会有少年时,对酒不饮将何为?

②戍:驻守边防。关西:指函谷关以西之地,此泛指边塞。
③只应:祈望之词。

【今译】
　　丈夫戍守在关西我住在关东,
　　一东一西相隔遥远如何与他相从?
　　但愿秋夜里两处做同样的梦,
　　梦中也许在关头得以暂时相逢。

和宫怨

罗公升

【题解】
　　前二句描写宫人不得宠爱、却羞于买赋邀宠的自尊自爱的心境。后二句宽慰自己要保持容颜的姣好,以等待"承恩日"。全诗以不怨之怨的手法,深刻地传达了失宠宫人青春虚掷的幽怨。此诗或有托意,但难以指实。

【原诗】
　　竹叶垂黄雨露偏①,羞缘买赋费金钱②。有缘会有承恩日③,莫遣蛾眉减去年④。

注释
①雨露:义含双关,一指自然界的雨露,兼指天子恩泽。
②买赋:用汉武帝陈皇后事。司马相如《长门赋序》:"孝武皇帝陈皇后,时未得幸,颇妒。别在长门宫,愁闷悲思。闻蜀郡成都司马相如,天下工为文。奉黄金百斤,为相如、文君取酒,因于解悲愁之辞。而相如为文以悟主上,陈皇后复得幸。"李白《白头吟》:"闻道阿娇失恩宠,千金买赋要君王。"据史传记载,陈皇后贬居长门宫后,未再得亲幸。
③承恩:得到天子恩宠。
④蛾眉:美人修眉如蚕蛾触角,故称。《诗·卫风·硕人》:"螓首蛾眉。"此处借指姣好的容颜。

洗雪靖康之难的旧仇。
江边防御金人残留的营垒,
只因为别国协助才真正废旧,
朝廷诸位文武重臣,
白白辜负了百年来失国的深忧。
边塞寒冷,战马全都披上了铁甲,
江波空阔,待发的战船一多半已筑起高楼,
此一去收复了中原故地,
不知能消减几分沉重的忧愁!

戍 妇①

罗公升

【作者简介】

　　罗公升,生卒年不详,字时翁。永丰(今属江西)人,以军功授本邑尉。伯父开礼,从文天祥勤王,兵败被执,不食死。宋亡,曾北游图恢复大计,不果。有《沧州先生集》。

【题解】

　　这首思妇诗以凄惋的笔触,描绘了思妇与征夫一东一西、远隔天涯相从无由的苦痛,以及在苦痛之中生出想在秋宵里与丈夫同梦,梦见"关头得暂逢"的心愿。这心愿本身是那么小、那么可怜,但在思妇看来已经十分奢侈。由此我们可以体会思妇的相思之深与现实生活的极端残酷。语简而意永,耐人寻味。

【原诗】

　　夫戍关西妾在东②,东西何处望相从?只应两处秋宵梦③,万一关头得暂逢。

注释

①戍(shù)妇:征人妻。

【题解】

理宗端平元年(公元1234年)春正月,宋将孟珙会同蒙古兵攻入蔡州(今属河南),金主完颜守绪自缢,金国灭亡。宋以陈、蔡西北地分属蒙古。赵范、赵葵欲乘时抚定中原,建守河、据关、收复三京之议。六月,诏出师收复三京(汴京、洛阳、南京〔河南商丘〕)本诗即写于上述历史背景下。诗中写浩浩长江洗不尽百年国耻的高涨的民族情绪,金国虽亡,却是借助蒙古兵力,诗人对朝廷的懦弱无能深表遗憾。这与杜甫对凭借回纥兵力收复两京所表示的遗憾和对日后将遗患无穷的忧国之心如出一辙。但是,收复中原的举动毕竟是令人鼓舞的,五、六句即以奋激昂扬的笔调描绘了宋军全副武装、战船待发的雄壮气派。篇末激励将士洗雪失土百年的深仇大恨。全诗如黄钟大吕震撼人心,陈衍评曰:"不图晚宋有此壮怀之作。"

【原诗】

百川无敌大江流,不与人间洗旧仇②。残垒自缘他国废③,诸公空负百年忧④。边寒战马全装铁⑤,波阔征船半起楼⑥。一举尽收关洛旧⑦,不知消得几分愁?

注释

①参见本诗〔题解〕。甲午:理宗端平元年(公元1234年),岁在甲午。
②旧仇:指靖康乱后北宋覆亡,徽、钦二帝被俘往金国,南宋小朝廷偏安江左,金人长期占领淮南以北大片中原故土等。
③残垒:残败的营垒。缘:因。他国:指蒙古。
④诸公:指南宋朝廷文武大臣,实则兼指历朝南宋君主。
⑤装铁:谓战马披上铁甲。
⑥征船半起楼:指有叠层的战船,《史记·平准书》:"是时,越欲与汉用船战逐,乃大修昆明池,列观环之,治楼船,高十余丈,旗帜加其上,甚壮。"
⑦关洛:关中、洛阳,此泛指中原。

【今译】

百川怎能比得上浩浩长江
一泻千里奔腾涌流,
但满江碧水却不为人间

【题解】

　　王安石《半山春即事》云："春风取花去,酬我以清阴。翳翳陂路静,交交园屋深。床敷每小息,杖屦或幽寻……"本诗的立意与兴感与上举诗句颇相类似。诗中以轻快的笔调描写了晚春时节"红紫飘零草不芳",而扶疏绿叶独得诗人爱赏的情景,传达出诗人不同流俗的审美取向,以及珍惜大自然一切赐与的宽阔胸襟。

【原诗】

　　红紫飘零草不芳①,始宜携杖向池塘。看花应不如看叶,绿影扶疏意味长②。

【注释】

　　①红紫:指百花。
　　②绿影:犹言绿叶。扶疏:繁茂纷披貌。陶渊明《读山海经》诗:"孟夏草木长,绕屋树扶疏。"

【今译】

　　红红紫紫的花已经凋谢,
　　春草也不再吐露芬芳,
　　这样的时刻才最最适宜
　　携着手杖漫步在小池塘。
　　看花我觉得真不如看叶,
　　绿叶繁茂纷披意味多么深长。

甲午江行①

毛 珝

【作者简介】

　　毛珝(xǔ),生卒年不详,字元白,号吾竹,三衢(今浙江衢州)人。有诗名于理宗端平间(公元1234—1236年)。有《吾竹小稿》。

而你,是否体悟了水月消长的道理?

十①

无诗传与鸡林去②,有赋羞令狗监知③。

:::注释
①此二句出自《旅思》,原诗如下:"索米长安鬓易丝,向来书剑亦奚为?无诗传与鸡林去,有赋羞令狗监知。两戒山河饶虎落,五湖烟水欠鸥夷。喜无光范三书草,此段差强韩退之。"

②鸡林:古国名,即新罗。唐龙朔三年置新罗为鸡林州,以新罗王法敏为大都督。刘禹锡《送源中丞充新罗王册立使》诗:"官带霜威辞凤阙,口传天语到鸡林。"

③有赋句:翻用司马相如典故。《史记·司马相如列传》:"蜀人杨得意为狗监,侍上(汉武帝)。上读《子虚赋》而善之,曰:'朕独不得与此人同时哉!'得意曰:'臣邑人司马相如自言为此赋。'上惊,乃召问相如……赋(《上林赋》)奏,天子以为郎。"后曾为中郎将、孝文园令。狗监,汉代掌握皇帝猎犬的官。
:::

【今译】
　　没有什么出色的诗歌,
　　可以流传到遥远的新罗国界,
　　写出了绝妙好赋,
　　羞于被掌管猎犬的官员推荐。

看 叶

罗与之

【作者简介】
　　罗与之,生卒年不详。字与甫,一字北涯。螺川(今属江西)人。理宗端平间(公元1234—1236年)屡试不第,遂归隐。晚年潜心于性命之学。有《雪坡小稿》。

八①

麦秋天气半明暗②,蚕月人家忌往来③。

注释

①此二句出自《宿芙蓉驿》,原诗如下:"凤皇山下芙蓉驿,零落残碑半蚀苔。黄鸟有时穿户过,青山无数折溪回。麦秋天气半明暗,蚕月人家忌往来。俯仰十年如昔耳,旧题剥落已尘埃。"

②麦秋:指农历四月,为麦收季节。《礼·月令》"孟夏之月":"靡草死,麦秋至。"汉蔡邕《月令章句》:"百谷以其初生为春,熟为秋,故麦以孟夏为秋。"

③蚕月:忙于蚕事之月,夏历三月。《诗·豳风·七月》:"蚕月条桑,取彼斧斨。"忌往来,范成大《晚春田园杂兴》诗之六:"三旬蚕忌闭门中,邻曲都无步往踪。"养蚕时节有种种忌讳,故闭门不与邻里交往。

【今译】

麦收时节天气半明半暗,
蚕事之月人们忌讳往来。

九①

翁之乐者山林也②,客亦知夫水月乎③?

注释

①此二句出自《水月园送王侍郎》。原诗如下:"送别孤山步绕湖,栏杆尽处倚孤蒲。翁之乐者山林也,客亦知夫水月乎?万事不如归自好,百年聊与醉为徒。藕花初醒莼丝老,唤住罾船鲙腹腴。"

②翁之句:欧阳修《醉翁亭记》:"醉翁之意不在酒,在乎山水之间也。山水之乐,得之心而寓之酒也。"此用其意。

③客亦句:苏轼《前赤壁赋》:"客亦知夫水与月乎?逝者如斯,而未尝往也;盈虚者如彼,而卒莫消长也。盖将自其变者而观之,则天地曾不能以一瞬;自其不变者而观之,则物与我皆无尽也,而又何羡乎!"此用其意。

【今译】

老夫之乐,乐在闲逸地遨游山林,

出山的水流中都是落花。

六①

先后笋争滕薛长②，东西鸥背晋齐盟③。

注释

①此二句出自《春日杂兴》九首其八。原诗如下："冲雨冲泥处处行，物情殊不可诗情。牡丹又是一年过，春事略无三日晴。先后笋争滕薛长，东西鸥背晋齐盟。山居寂寞谁堪共？杞蕻菊苗俱可耕。"

②争滕薛长：用典。《左传·隐公十一年》："滕侯、薛侯来朝，争长。"后即用为争长之义。

③晋齐盟：春秋时齐晋为两大国，时而结盟，时而背盟，齐在东，晋在西，此处借喻鸥鸟之间时离时合的关系。

【今译】

先抽的笋与后出的笋比赛着生长，
东边的鸥西边的鸥背弃了友好约盟。

七①

雌霓横溪遮雨断，雄风吹雾作尘飞②。

注释

①此二句出自《夏日简王尉》。原诗如下："松萝为屋芰荷衣，只与凫鸥共钓矶。雌霓横溪遮雨断，雄风吹雾作尘飞。山林谁可闲来往，世俗难论真是非。颇喜雪舟王逸少，夜凉吾欲叩斋扉。"

②雌霓二句：化自苏轼《儋耳》诗："垂天雌霓云端下，快意雄风海上来。"雌霓，副虹。张衡《七辩》："建彩虹之长旒，系雌霓而为旗。"雄风，强劲之风。宋玉《风赋》："清清泠泠，愈病折酲，发明耳目，宁体便人，此所谓大王之雄风也。"

【今译】

彩虹横在溪上遮断了丝雨，
强风吹散云雾作尘埃纷飞。

山,南祁连包括昆仑山、阿尔金山及今之祁连山(在甘肃南部)。此处泛指边塞。冢(zhǒng):坟墓。

【今译】

古来做到大将的人今在何处？
死葬祁连山下坟墓已无踪影。

四①

左花右竹自昭穆②,春鹤秋猿相友朋③。

注释

①此二句出自《感怀》十首其八。原诗如下:"拄上风烟更一层,瘦藤对倚玉峻嶒。左花右竹自昭穆,春鹤秋猿相友朋。五亩园为终老计,半间云住在家僧。蹲鸱生妳菰如臂,莫道山翁百不能。"

②昭穆:古代宗法制度,宗庙或墓地的辈次排列,以始祖居中,二世、四世、六世,位于始祖的左方,称昭;三世、五世、七世位于右方,称穆;用来分别宗族内部的长幼、亲疏和远近。后来泛指家族的辈份。

【今译】

左花右竹当成我同宗的兄弟,
春鹤秋猿是与我相伴的友朋。

五①

勒将春去许多雨②,流出山来都是花。

注释

①此二句出自《春日杂兴》九首其六。原诗云:"高下云藏野老家,纵横水漱竹篱斜。勒将春去许多雨,流出山来都是花。白首风烟三径草,清时鼓吹一池蛙。身闲不耐闲双手,洗甑炊香夜作茶。"

②勒:强制。

【今译】

多少风雨强迫春天归去,

③九职:九种职务。《周礼·天官·大宰》:"以九职任万民:一曰三农,生九谷;二曰园圃,毓草木;三曰虞衡,作山泽之材;四曰薮牧,养蕃鸟兽;五曰百工,饬化八材;六曰商贾,阜通货贿;七曰嫔妇,化治丝枲;八曰臣妾,聚敛疏材;九曰闲民,无常职,转移执事。"

【今译】
　　一生将要过尽只剩有稀疏短鬓,
　　世间九种职务我是个自在闲民。

二①

偶种竹成俱偃强,旋移花活尚神通②。

注释
　　①此二句出自《次韵郑总干》二首其二。原诗如下:"过从一笑酒瓶空,不是樵翁即钓翁。偶种竹成俱偃强,旋移花活尚神通。前身已化归辽鹤,醉帖犹传戏海鸿。新贵少年吾自老,世间白发几曾公。"
　　②神通:佛教谓佛菩萨具备的各种神秘莫测的能力。后也指神奇的本领。

【今译】
　　偶尔种植青竹长成后枝枝偃强,
　　顷刻移得花活我还能显示神通。

三①

生为柱国身何在②?死葬祁连冢亦平③。

注释
　　①此二句出自《感怀》十首其六。原诗如下:"非干宠辱不能惊,一付之天莫我樱。举世忙时赢得懒,是人爱处放教轻。生为柱国身何在?死葬祁连冢亦平。千古在前儿戏耳,且容高枕听秋声。"
　　②柱国:官名。战国楚制,立覆军杀将战功的,官为上柱国。唐宋以上柱国为武官勋级中的最高级,柱国次之。
　　③祁连:山名。又名白山、雪山。古祁连山有南北之分,北祁连即今新疆天

渔船竹篙拍击着水面,
波浪如雪花般飞起,
鸬鹚深深地没入水底,
肥肥的鱼儿正游荡在春日小溪。
鱼儿见到鸬鹚就拨剌地跳跃,
争着向四下里逃避,
鸬鹚像千里马追赶着逃亡者,
比鹞鹰还更勇健迅疾。
搜寻到水流深处再见不到一条鱼,
心志高傲的鸬鹚还有没用完的勇气。
十只一群五只一伙
它们在夕阳下乖乖站立,
渔夫呼唤到哪只的名字,
它才快步走向前去。
把捕到的鱼吐进竹篮,
衔在口中绝不吞进肚里,
多么令人惊叹!
渔夫你实在太稀奇,
边塞上的将帅指挥调遣部下,
怎能得心应手有令必行如你。

句(十条)

方 岳

一①

百年双短鬓②,九职一闲民③。

注释

①此二句出自《唐律》十首其十。原诗如下:"吾亦爱吾贫,樵山采堕薪。百年双短鬓,九职一闲民。秋蔓茶僧老,春泓酒母淳。两生谁可致?此外不关身。"
②百年:指一生。

类⑦,馀勇未厌心突兀⑧。十十五五斜阳边,听呼名字方趋前。吐鱼筠篮不下咽⑨,手捽琐碎劳尔还⑩。呜呼⑪!奇哉子渔子,塞上将军那得尔⑫!

注释

①烟霏:云雾迷濛。

②鸬鹚(lú cí):水鸟名,一名鹢(yì),又名乌鬼,俗称水老鸦。形似鸦而大,毛黑,颔下有小喉囊,嘴长,上嘴末端稍曲。栖息水滨,善潜水捕食鱼类。渔人常饲养之以捕鱼。簇(cù)立:聚集站立。

③湘竿:指竹篙或竹做的船桨。湘,指湘竹,斑竹,产于今湖南、广西,竹上有细斑,此处泛指竹。雪花:形容浪花。

④春溪肥:谓春天溪中鱼肥。

⑤银刀:指鱼。苏轼《赠孙莘老七绝》:"今日骆驼桥下泊,恣看修网出银刀。"拨剌(là):象声词,此谓鱼跳水声。杜甫《漫成》诗:"沙头宿鹭联拳静,船尾跳鱼拨剌鸣。"三窟(kū):三个洞穴。《战国策·齐策》四载,冯谖对孟尝君言:"狡兔有三窟,仅得免其死耳。"谓狡兔遇敌,可以辗转逃避。后比喻人有多种避祸方法。此处借指鱼四方逃窜。

⑥乌兔:指千里马乌骓(zhuī)、赤兔。乌骓为项羽坐骑,赤兔为吕布所乘马。追亡:用典,秦末,楚汉相争,韩信弃秦归汉,未被重用而逃,汉相萧何亲自将韩追回。亡,逃。鹘(hú):鹰类鸷鸟。

⑦薮(sǒu):大泽,此泛指水流。噍(jiào)类:活人。《汉书·高帝纪》上:"(项羽)尝攻襄城,襄城无噍类,所过无不残灭。"注:"如淳曰:'噍音祚笑反,无复有活尚噍食者也。青州俗呼无孑遗者为无噍类。'"此指无活鱼。噍,嚼。

⑧突兀:高貌。

⑨筠篮:竹篮。

⑩捽(zuó):揪住。琐碎:指小鱼。劳:慰。尔:你,指鸬鹚。

⑪呜呼:叹词。

⑫尔:如此。

【今译】

清晓,缕缕阳光从树林漏出,
云雾迷蒙,空气中满含温意,
鸬鹚整齐地聚立在岸边,
这美好春日正沙净水碧。

被紧紧锁闭在官院后房。
只有飘落的花瓣官家不管,
任凭它自由自在地飞出宫墙。

观　渔

方 岳

【作者简介】

方岳(公元1199—1262年)字巨山,号秋崖。祁门(今属安徽)人。理宗绍定五年(公元1232年)进士。授淮东安抚司干官。淳祐中,以工部侍郎充任赵葵淮南幕中参议官,移知南康军。因得罪贾似道,移治邵武军。后知袁州,又忤权奸丁大全,被劾罢官。工四六骈体,亦善诗词。洪焱祖《秋崖先生传》称其"诗文四六,不用古律,以意为之,语或天出"。《四库全书总目》谓其可与刘克庄相伯仲。有《秋崖集》。

【题解】

诗中先描绘林间朝日初升,溪上云雾迷蒙的清晓景色,以及沙岸上等待渔船出发时,如军队赴敌般整肃的行列。"春沙碧"三字既点时令,又写出水乡的春光之美。然后,诗人以生花妙笔绘出鸬鹚深入溪水捕鱼的勇猛和鱼儿欲逃无路的种种生动情景。后半篇描写了鸬鹚对渔夫的唯命是听与可贵的"牺牲精神":将将大鱼吐向竹篮,而只食取渔夫给予的小鱼。诗人旁观了以上这番捕鱼景象,不由得心生感慨,感慨"塞上将军"指挥部伍,远不如渔夫指挥鸬鹚,"将士"乐为之死地从容闲雅。讽喻之意十分深长。方岳所处时代已是南宋末世,君王昏庸,百官文恬武嬉,守边将帅多为无能之辈,元兵不断入侵,步步深入,南宋朝廷全无防御之力。诗人心忧国事,因借此小题目寄慨。全诗语言极流美自然,使事用典贴切有味。

【原诗】

　　林光漏日烟霏湿①,鸬鹚簇立春沙碧②。湘竿击水雪花飞③,鸬鹚没入春溪肥④。银刀拨剌争三窟⑤,乌兔追亡健于鹘⑥。搜渊剔薮无噍

宫 词

武 衍

【作者简介】

武衍,生卒年不详,字朝宗,所居有亭池竹木之胜,命曰"适安",因自号适安。汴(今河南开封)人。工诗,理宗时有诗名。方千里称其绝句"摹写景物,吟咏情致,多有可笔于丹青者,惜不遇(东)坡之品题"(《适安藏拙余稿卷首》)。有《适安藏拙余稿》。

【题解】

武衍有《宫思》诗云"当时十五正娇妍,选入宫中二十年。谁料只今三十五,舞鞾未踏玉阶前",以直叙其事的"赋法",表示了他对被幽闭后宫、白白葬送了青春和幸福的宫女的深深同情,隐约地写出对宫娥制度的残酷性的批评。本诗则另是一副笔墨,诗中描写了宫中富丽而死寂的春光。"惟有落红官不禁,尽教飞舞出宫墙"两句,以落花的自由反衬宫中女子牢狱般的生活状况,见出宫中人薄命有如落红,自由则还不如远甚,不着一字而尽得风流,可谓深得讽喻之致。

【原诗】

梨花风动玉兰香,春色沉沉锁建章①。惟有落红官不禁,尽教飞舞出宫墙。

注释

①沉沉:深貌。建章:汉宫名,汉武帝太初元年(公元前104年)造,位于未央宫西。故址在今陕西长安县西。此处借指南宋宫廷。

【今译】

轻风吹动盛开的梨花,
玉兰播散着幽雅芳香,
一片浓深的春色,

咏赞梅花"冰姿琼骨"的高洁与生长环境的幽雅。后二句诗意忽作转折,化用了周敦颐《爱莲说》句意,揭示出世人其实更爱"花之富贵者也"的牡丹的真正心理,亦即揭示了人们趋奔名利的庸俗世态。全诗一正说一反言,收到令人感觉意外、细想又未尝不在情理之中的效果,寓庄于谐、笑中含哭。讽世蕴藉而又犀利。

【原诗】

冰姿琼骨净无瑕,竹外溪边处士家[2]。若使牡丹开得早,有谁风雪看梅花[3]?

【注释】

①萧冰崖:作者友人,生平未详。

②冰姿二句:宋初诗人林逋隐居西湖孤山,种梅养鹤,其《山园小梅》诗二首最为著名,诗中有云"疏影横斜水清浅,暗香浮动月黄昏";"雪后园林才半树,水边篱落忽横枝"。苏轼《和秦太虚梅花》诗云:"江头千树春欲闹,竹外一枝斜更好。"此化用以上句意。冰姿琼骨,犹言"冰肌玉骨",《庄子·逍遥游》:"邈姑射之山,有神人居焉,肌肤若冰雪,绰约如处子。"处士,即指隐居不仕的林逋。

③若使二句:周敦颐《爱莲说》云:"水陆草木之花,可爱者甚蕃。晋陶渊明独爱菊;自李唐来,世人甚爱牡丹;予独爱莲……予谓菊,花之隐逸者也;牡丹,花之富贵者也;莲,花之君子者也。噫!菊之爱,陶后鲜有闻;莲之爱,同予者何人?牡丹之爱,宜乎众矣!"此处化用其意。

【今译】

冰雪是她的芳姿,白玉是她的秀骨,
梅花高洁澄净没有一点儿疵瑕,
她生长在青竹外、山溪边,
在那西湖隐士林先生家。
但是,假若让牡丹也早早开放,
有谁还会风雪之中去观赏梅花?

【注释】

①京口:三国吴时称京城,后迁都建业(南京),改称京口镇,地在今江苏镇江。
②仍:跟随。
③斗:古代酒器。
④一帆句:李白《黄鹤楼送孟浩然之广陵》诗:"孤帆远影碧空尽,惟见长江天际流。"此处化用其意。九天,极言其高。
⑤世尘:指尘世俗念。黄鹄(hú):天鹅。
⑥胜:美。吾衰矣:《论语·述而》:"子曰:'甚矣吾衰矣……'
⑦李谪仙:指唐代大诗人李白。李白《对酒忆贺监诗序》:"太子宾客贺公(知章)于长安紫极宫一见余,呼余为谪仙人,因解金龟换酒为乐。"

【今译】

良辰美景总是跟随我们,
大家举杯畅饮在大江边。
小小江阁将万里江景纳入视野,
一点航帆犹如来自高高的云天。
尘世俗念远抛在翱翔的黄鹄之外,
豪迈诗兴勃发在白鸥盘旋的眼前。
风景佳美可叹我已经衰老,
久久地把谪仙李白追怀想念。

次萧冰崖梅花韵①

赵希槔

【作者简介】

赵希槔,生卒年不详,字谊父,汴(今河南开封)人,太祖九世孙。理宗宝庆(公元1225—1227年)间以诗著名。与菏泽李莘相唱和,李甚推许之。擅长七言绝句。有《抱拙小稿》。

【题解】

此诗前二句化用林逋《山园小梅》及苏轼《和秦太虚梅花》诗意,

山鸟互相呼唤着友伴,
青山显得格外宁静。
野鸡伏在卵上一动不动,
如同养丹修炼的道人。
水鸭栖宿在芦苇丛中,
仿佛僧侣坐禅已经入定。
人生何必要学骨姿清瘦的神仙,
我漫步自乐正像散淡的仙圣。
四周岑寂无人我独自吟成溪山谣,
青山能远远相和,溪流能细细倾听。

京口江阁和友人韵①

陈鉴之

【作者简介】

陈鉴之,生卒年不详,字刚父,初名璟。闽县(今属福建)人。孝宗淳熙七年(公元1247年)进士。嘉定时以诗著称。有《东斋小集》。

【题解】

本诗描写诗人与朋辈在京口江阁登高临远,饮酒赋诗的情景。"小阁纳万里,一帆来九天"一联,既展示了一幅高远壮阔的江上图画,也展示了诗人胸襟的豁朗,由此接入"世尘黄鹄外,诗兴白鸥前"两句遗世忘俗、诗情豪迈的抒发。而以黄鹄、白鸥作为抒情的媒介,使抽象的情志具象化、动态化,很富有韵味。"地胜吾衰矣"句感慨江山胜景长在而自身年纪老大,自是俗滥之语。但末句"长怀李谪仙",又见出诗人对"文章千古事"的认同和对诗歌创作成就的追索,使全诗格调不陷于衰飒。

【原诗】

良辰仍我辈②,斗酒大江边③。小阁纳万里,一帆来九天④。世尘黄鹄外⑤,诗兴白鸥前。地胜吾衰矣⑥,长怀李谪仙⑦。

【原诗】

　　溪上行吟山里应①,山边闲步溪间影。每因人语识山声②,却向溪光见人性③。溪流自漱溪不喧④,山鸟相呼山愈静⑤。野鸡伏卵似养丹⑥,睡鸭依芦如入定⑦。人生何必学臞仙⑧,吾行自乐疑散圣⑨。无人独赋溪山谣,山能远和溪能听⑩。

注释

①行吟:漫步歌吟。楚辞《渔父》:"屈原既放,游于江潭,行吟泽畔。"
②山声:指山中的回声。
③却向句:常建《题破山寺后禅院》诗:"山光悦鸟性,潭影空人心。"此处化用其意。
④溪流句:王维《青溪》诗"我心素已闲,清川淡如此",此处化用其意。漱(shù),洗涤。《礼·内则》:"冠带垢,和灰请漱;衣裳垢,和灰请澣。"
⑤山鸟句:王籍《入若耶溪》诗:"蝉噪林愈静,鸟鸣山更幽。"此用其意。
⑥伏卵:鸟类伏卵而生幼鸟。养丹:道家炼丹养气的修炼方法。
⑦入定:佛教用语。僧人静坐敛心,不起杂念,使心定于一处,叫入定。
⑧臞(qú)仙:骨姿清瘦的仙人。苏轼《与李鬳方叔相知久矣……作诗送之》:"归家但操凌云赋,我相夫子非癯仙。"臞,同"癯"。
⑨散圣:犹言"散仙",道教称未授职务的仙人为散仙,也用以比喻放旷不羁的人。白居易《雪夜小饮赠梦得》诗:"久将时背成遗老,多被人呼作散仙。"
⑩和(hè):应和。

【今译】

　　我在溪上一边漫游一边吟诗,
　　青山应和着我的歌吟,
　　悠闲地走在山边小路,
　　溪水里倒映着我的身影。
　　每当听到山中传来的语音,
　　我知道那是我自己歌吟的回声,
　　而这清澄淡泊的溪光,
　　照见了我淡泊清澄的心境。
　　清溪悄悄地不断清洗水流,
　　不发出一点喧闹的轰鸣,

> 注释

①此二句出自《四和》。原诗云:"朱门画鼓舞宫靴,应笑狂歌似采和。露坐一生无步障,春游是处有行窝。绍兴谠议谁当续,元祐全人本不多。办取九年同面壁,未应末后话头蹉。"

②步障:用以遮蔽风尘或障蔽内外的屏幕。《世说新语·汰侈》:"君夫(王恺)作紫丝布步障,碧锦裹四十里,石崇作锦步障五十里以敌之。"

③行窝:宋邵雍自名其居曰安乐窝,出则乘小车,一人挽之,惟意所适。好事者别作屋如雍所居,以候其至,名曰行窝。后泛称小住或待客的别舍。刘克庄《病起》诗云:"纵使大寒并大暑,小车时出至行窝。"

【今译】

一生在野外闲坐不曾有过帷幕,
春游所到之处都是迎我小住的房屋。

溪上谣

林希逸

【作者简介】

林希逸,生卒年不详,字肃翁,号竹溪,又号鬳(yàn)斋。福清(今属福建人)。理学家,善画能书,工诗。理宗端平二年(公元1235年)进士。历官翰林权直兼崇政殿说书、直秘阁、司农少卿、中书舍人。有《易讲》《春秋正附篇》《老庄列三子口义》《考工记解》《竹溪集》等。

【题解】

本诗化用唐王维、常建及王籍诗意,描写自己在溪上山边闲步行吟自我怡悦的情景。诗人不仅将青山、溪流当作自己的友伴、知音,更将它们作为自我心灵的外化,他绘出自然景观的淡泊宁静,也即写出了自己淡泊宁静的心性。全诗表现出一种对人生、佛道深深了悟的禅悦境界。在诗歌格式上,深受初唐张若虚《春江花月夜》的影响,有一种回环复沓的韵律美。刘克庄评其诗:"槁干中含华滋,萧散中藏严密,窘狭中见纤余",意颇赏之。

写出贴字羊欣唯有作他的奴婢。

五①

邻人欺不在,稍觉北枝伤②。

【注释】

①此二句出自《乍归》九首其四。原诗云:"绝爱墙阴桔,花开满院香。邻人欺不在,稍觉北枝伤。"
②北枝:指不向阳的枝条。

【今译】

邻人欺负我不在家中,
向北的桔枝已稍有损伤。

六①

病觉风光于我薄②,老知书册误人多③。

【注释】

①此二句出自《再和》。原诗云:"少小从军事袴鞯,只今庙算主通和。寇来复去兔三窟,民散未收蜂一窝。病觉风光于我薄,老知书册误人多。罪言著就深藏所,自哭狂生壮志蹉。"
②风光:指自然景物。
③书册误人多:杜甫《奉赠韦左丞丈二十二韵》:"纨袴不饿死,儒冠多误身。"此化用以上句意。

【今译】

身体衰病觉得好风景待我太薄,
年纪老迈感到书册贻误我过多。

七①

露坐一生无步障②,春游是处有行窝③。

归隐。

【今译】

　　分别后你可曾去过宰相的府第？
　　近来你有没有请求辞官回乡里？

三①

几时供帐都门外②，真写先生作画图。

> 注释

　　①此二句亦出自《呈袁秘监》，参见前注。
　　②供帐：供设帷帐，此指在京城郊外设帐饯行。

【今译】

　　什么时候你在京都城外设帐饯别，
　　我要为先生描成一幅画图。

四①

撰出骚词奴宋玉②，写成贴字婢羊欣③。

> 注释

　　①此二句出自《挽柯东海》。原诗云："不持寸铁霸斯文。畴昔曾将胆许君。撰出骚词奴宋玉，写成贴字婢羊欣。丧无归费人争赗，诗有高名卤亦闻。昨览埋铭增感怆，累累旧友去为坟。"
　　②骚词：指辞赋，屈原《离骚》创辞赋形式，故称骚词。奴宋玉，以宋玉为奴仆，意谓比宋玉高明。宋玉，战国时楚国人，为屈原弟子，著名辞赋家，有《九辩》《风赋》《神女赋》等。
　　③婢羊欣：以羊欣为奴婢，亦谓比羊欣高明。羊欣，晋宋间著名书法家，书学王献之（王羲之子），尤工隶书。贴字，原本作"贴子"，据别本改。

【今译】

　　写出辞赋宋玉只配作他的仆人，

句（七条）

刘克庄

一

松气满山凉似雨,海声中夜近如雷①。

【注释】

①此二句出自《蒜岭夜行》。原诗云："岭头无复一人来,渔店收灯户不开。松气满山凉似雨,海声中夜近如雷。拟披醉发横箫去,只寄乡书与剑回。他日有人传肘后,尚堪收拾作诗材。"

【今译】

满山苍翠松林的森然气象,
使人感到雨意的清凉,
远处海里翻腾的波涛声,
仿佛近旁雷霆发出轰响。

二①

别后曾过东阁否②？新来亦乞鉴湖无③？

【注释】

①此二句出自《呈袁秘监》。原诗云："近日颇闻有峻除,人传君相重师儒。细旃坐稳方轮讲,群玉峰高未要扶。别后曾过东阁否？新来亦乞鉴湖无？几时供帐都门外,真写先生作画图。"

②东阁:《汉书·公孙弘传》："时上方兴功业,娄（古"屡"字）举贤良。弘……数年至宰相封侯,于是起客馆,开东阁以延贤人,与参谋议。"注："阁者,小门也,东向开之,避当庭门而引宾客,以别于掾史官属也。"李商隐《九日》诗："郎君官贵施行与,东阁无因再得开。"

③新来:近来。乞鉴湖:用唐诗人贺知章事,贺知章年老上书乞为道士归故乡会稽（今浙江绍兴）,乞鉴湖作放生池。玄宗诏赐镜湖（即鉴湖）。此处指辞官

猪狗都不去吞食舒亶这类小人的唾沫,
他们哪儿配给别人的诗去作解译。

其 三

【题解】

原九首之七。前二句说前人写咏梅诗常有因一联半首出众而广受赞誉的,比如王曾、陈与义等皆是。后二句则以自嘲口吻,说不是咏梅使人穷愁潦倒,而是自己没有诗才。这显然是反话,讥讽世俗不能理解梅花的真品格,因而不能赏鉴直言梅格的诗作。

【原诗】

一联半首致魁台①,前有沂公后简斋②。自是君诗无警策③,梅花穷煞几人来!

【注释】

①魁台:魁首、高位;谓地位尊显,众人瞩目。
②沂公:王曾。王曾字孝先,益都(在今山东)人,仁宗朝拜右仆射兼门下侍郎、平章事,集贤殿大学士,封沂国公。据《历代吟谱》载,王曾以《早梅》诗投吕文穆,有"雪中未问和羹事,且向百花头上开"句,吕公曰:"此生次第,安排作状元、宰相矣。"简斋:陈与义,号简斋。其咏水墨梅诗深得徽宗叹赏,参见本书陈与义小传。
③君诗:实指己诗。警策:指句意深妙,足以警醒世人的诗意。

【今译】

因为一联半首而登上显位的大有人在,
前有沂公王曾后有陈氏简斋。
只怪你的诗没有警世的妙句,
梅花能使几个人潦倒愁衰!

《落梅》诗，本无政治寓意，却被言官李知孝、梁成大罗织诬陷，险遭不测的冤枉。诗人在《题杨补之墨梅》诗序中说："予少时有《落梅》诗，为李定、舒亶辈笺注，几陷罪罟。"本诗将阿谀权臣而构陷他的人比作陷害苏轼，酿成"乌台诗案"的小人，对他们表示了极度的轻蔑，同时也对宋代文字狱表现了极大的愤慨。

【原诗】

区区毛郑号精专①，未必风人意果然②。犬彘不吞舒亶唾③，岂堪与世作诗笺？④

注释

①区区：小小。毛：《诗》（即《诗经》）为毛公所传，故称毛诗。《汉书·艺文志》有《毛诗》二十九卷，《毛诗故训传》三十卷，但称毛公，不著其名。郑玄《诗谱》始称大毛公、小毛公。据三国吴陆机《毛诗草木虫鱼疏》，谓大毛公为毛亨，汉鲁国人；小毛公为毛苌，汉赵国人。今所传者，即《汉志》之《故训传》。《四库提要》定为毛亨撰。自东汉郑玄作笺，齐、鲁、韩三家之《诗》遂废，独存毛诗。郑：指东汉郑玄（公元127—200年），字康成，东汉高密人。著名经学家，曾注《毛诗》。玄注诸经皆称注，独注《诗》称笺。

②风人：古有采诗官，采四方风俗以观民风，故谓所采诗为风，采诗者为风人。后亦称诗人为风人。此处指《诗经》作者。

③犬彘（zhì 至）句：丁传靖《宋人轶事汇编》引《闻见近录》云："王和甫尝言苏子瞻在黄州，上数欲用之，王禹玉辄曰：'轼诗有"世间惟有蛰龙知"之句，陛下飞龙在天，乃不敬，反欲求蛰龙乎'……及退，子厚（章惇）诘之曰：'相公乃欲覆人家族耶？'禹玉曰：'闻舒亶言尔。'子厚曰：'舒亶之唾亦可食乎？'"此处化用其意，以陷害诗人的李知孝等比作不齿于人类、陷害苏轼的李定、舒亶等。犬彘，狗和猪。舒亶（公元1041—1103年），字信道，明州慈溪（今浙江宁波西北）人。权监察御史里行时，与李定同劾苏轼以诗文讥讪新法，酿成宋代著名的文字狱"乌台诗案"，为士林所不耻。此处借指李知孝、梁成大辈。

④作诗笺：即指摘取诗句罗织罪名、陷害善类事。

【今译】

小小的毛公郑玄号称专精于《诗》学，
他们注释说明的未必是作者的原意。

【原诗】

梦得因桃数左迁①,长源为柳忤当权②。幸然不识桃并柳,却被梅花累十年③。

注释

①梦得句:唐代诗人刘禹锡(公元772—842年),字梦得,洛阳人。顺宗时为王叔文政治革新派的重要成员。革新失败,顺宗被迫退位,宪宗即位。王叔文被赐死。刘禹锡被贬连州刺史,中途再贬朗州司马。九年后,与柳宗元等奉召回京,次年三月,写了《元和十年自朗州召至京,戏赠看花诸君子》诗云"玄都观里桃千树,尽是刘郎去后栽",得罪执政,被外放为连州刺史,历夔州、和州刺史,至敬宗宝历二年(公元825年),始奉召回洛阳。文宗大和二年(公元829年),一回到长安,即写了《再游玄都观绝句》云:"百亩庭中半是苔,桃花净尽菜花开。种桃道士归何处?前度刘郎今又来!"引起权贵不悦,又被放外任。左迁,古人贵右贱左,贬职称左迁。

②长源句:唐代李泌,字长源。《旧唐书·李泌传》载:"杨国忠忌其才辩,奏泌尝为《感遇》诗,讽刺时政,诏于蕲春郡安置。乃潜遁名山,以习隐自适。"《新唐书·李泌传》亦云,李泌:"尝赋诗讥杨国忠、安禄山等,国忠疾之,诏斥置蕲春郡。"宋尤袤《全唐诗话》卷二"李泌"条云:"《邺侯(李泌封邺县侯)家传》云:'泌赋诗讥杨国忠曰:"青青东门柳,岁晏复憔悴。"'忤(wǔ),牴触,不顺从,此指得罪。当权,当权者,指杨国忠。

③却被句:参见本诗〔题解〕。

【今译】

刘梦得因为桃花几次被斥贬,
李长源由于杨柳得罪了权奸。
幸亏我跟桃、柳还不相识,
却被梅花连累放废了十年。

其 二

【题解】

原九首之二。前二句对《诗经》的毛传和郑笺提出质疑,认为他们以意逆志,未必真正懂得诗人作品的原意。后二句即阐明诗人自己赋

⑥樊迟:春秋时鲁国人(公元前 515 年—?),名须,字子迟。孔子弟子。《论语·子路》:"樊迟请学稼,子曰:'吾不如老农。'请学为圃,曰:'吾不如老圃。'"

【今译】
  把屋边没用的土地稍加整治,
  装点成好风光我要自娱自戏。
  我爱敬古梅就像爱敬年老的士人,
  护理新笋如同护理初生的小孩子。
  花棵易买我姑且添些价钱,
  亭台难筑要把地基打得结实。
  年纪老大孔门四科已没处去用,
  还是赶快锄我园圃学学樊迟。

病后访梅九绝(录三首)

刘克庄

其 一

【题解】
  嘉定十七年(公元 1224 年),宁宗死,权相史弥远矫诏立赵昀为帝,改封皇子赵竑为济王。理宗宝庆元年(公元 1225 年),湖州人潘壬等谋立竑,竑度潘壬等不足成事,遂遣人士告朝廷,并率兵讨平之。事闻,史弥远即遣人至湖州逼竑缢死。时真德秀、魏了翁、洪咨夔等皆上言辩其冤枉。史弥远的爪牙即罗织罪名,陷害善类。言官李知孝、梁成大摘取刘克庄《落梅》诗:"东风谬掌花权柄,却忌孤高不主张"等句,诬为"讪谤",押归听审,幸而经郑清之力救免于治罪,克庄却因此被罢官放废十年。刘克庄《贺新郎》〔宋庵访梅〕词中云:"老子平生无他过,为梅花受取风流罪",即指此事。本诗列举唐代因桃、因柳得罪而被贬谪的刘禹锡、李泌的史实,并以自嘲的口吻写道"幸然不识桃并柳,却被梅花累十年"的冤案的由来和事情本身的荒谬绝伦,语气和缓而感情沉郁。

当我只是垂着短发的儿童时,
如今年纪老大还没建树功名,
两鬓却已变得疏疏稀稀。
纸帐中对一盏昏昏铁灯,
在这严寒的风雪夜里,
梦中我还在吟诵着
少年时代读过的书籍。

为 圃①

刘克庄

【题解】

　　这首诗描写闲居生活中治理园圃的情形。诗人因赋《落梅》诗而得罪,却始终爱梅、咏梅不辍。本诗"爱敬古梅如宿士"句,借对梅花的钦敬与喜爱,显示了诗人自己品格的孤傲高洁。诗中感叹"老矣四科无入处,旋锄小圃学樊迟",正与辛弃疾《鹧鸪天》所感叹的"却将万字平戎策,换得东家种树书"同出一机杼,都是被投闲置散、报国无门的愤慨之语。只是辛词更觉悲凉,本诗则以不怨之怨、不怒之怒的和婉语气来表达。

【原诗】

　　屋边废地稍平治,装点风光要自怡②。爱敬古梅如宿士③,护持新笋似婴儿。花窠易买姑添价④,亭子难营且筑基。老矣四科无入处⑤,旋锄小圃学樊迟⑥。

注释

①为圃(pǔ):此指经营种植果木瓜菜的园地。
②风光:风景。
③宿士:年老之士。
④窠(kē):植物一株谓之一窠。窠,通"棵"。
⑤四科:德行、言语、政事、文学为孔门四科。见《论语·先进》。

梦中相见梦境又模糊迷离，
每当看到你墙壁上的题诗，
总能安慰我对你深深的思忆。
不论是驿站还是佛寺，
有山水的地方就有你题留的诗句。

记 梦

刘克庄

【题解】

　　刘克庄生长在一个有教养的官宦之家，祖父、叔祖时称二刘，"号隆(兴)乾(道)第一流人"。父弥正，官至吏部侍郎，为官清正，有直声，叔父弥邵也是著名学者。父辈自然教育他奉儒守官，不坠素业，希望他大有作为，本诗借记梦追忆少年时父兄对他的谆谆教诲，令人痛心的是由于诗人生性耿介，屡屡得罪权贵而"老不成名"。诗中记录了风雪之夜的梦中"犹诵少时书"的一个镜头，就把他对父兄的追念之情和自身的不遇之慨表露无遗。平易中体现了苍凉的格调。

【原诗】

　　父兄诲我髧髦初①，老不成名鬓发疏。纸帐铁檠风雪夜②，梦中犹诵少时书。

【注释】

　　①诲(huì)：教导。《诗·大雅·抑》："诲尔谆谆，听我藐藐。"髧(dàn)髦(máo)：童发。曾巩《代皇子延安郡王谢表》："欲善在身，忘髧髦之至弱；知书可学，慕占毕之相从。"
　　②纸帐：纸作的帐子。用藤皮茧纸缠于木上，以索缠紧，勒作皱纹，不用糊，以线拆缝，以稀布为顶，取其透气。帐子常画梅花蝴蝶等为饰。檠(qíng)：灯架，借指灯。庾信《对烛赋》："莲帐寒檠窗拂曙。"

【今译】

　　父兄对我谆谆教诲，

【今译】

  西风微微有秋日凉意,
  我出郊漫游得以自娱。
  碧空晴朗山峰全貌显现,
  树身半枯已经渐渐老去。
  转过树林亭台才在眼前出现,
  江水涨岸前行的道路迷离。
  桥柱倒不妨被水冲断,
  正好呼唤小舟渡过岸去。

见方云台题壁[①]

刘克庄

【题解】

  诗人与方信孺既是同乡,又是志同道合的知友。这首诗抒写了对方信孺梦绕魂萦的深切思念和见对方题壁诗感到的心灵慰藉。无论佛寺驿亭,"有山水处有君诗"二句,还表现了对友人文采风流的高度赞扬。

【原诗】

  寄书迢递梦参差[②],每见留题慰所思。不论驿亭僧寺里,有山水处有君诗[③]。

【注释】

  ①方云台:指方信孺,曾被罢职主管云台观,故称方云台。

  ②迢递:谓道路遥远。参差:犹言"依稀","仿佛"。白居易《长恨歌》:"中有一人字太真,雪肤花貌参差是。"

  ③不论二句:白居易《与元九书》云:"自长安抵江西,三四千里,凡乡村、佛寺、逆旅、行舟之中,往往有题仆诗者。"此处化用其意。

【今译】

  寄给你书信道路实在遥远,

会让道士毁弃炼丹炉灶走向皇宫。
天子诏书能吸引羡慕爵禄的人,
使原先隐居的草堂变空。
自古难道没有屡招不出的真正高士?
也曾出现周颙这样的人隐居有始无终。
我要劝谏志同道合的各位友人,
下山出仕千万慎重,不要过于匆匆。

郊 行

刘克庄

【题解】

本篇描写秋日郊游自娱的情景。诗中先绘碧空无云,"山晴全体出"的远景,再写"树老半身枯"的近景,均体现了秋光、秋意。诗中又描写转过树林才现亭台的曲折景致和秋水涨满,疑无前路的迷离之象。诗至此处似已写尽,末二句却峰回路转,别出心裁,说是桥缆不妨断绝,可呼小舟摆渡,言外之意则正可借此领略一种平常难以领略的情味与乐趣。全诗语言明净自然,辞意转折多致,令人心旷神怡。

【原诗】

薄有西风意①,郊行得自娱,山晴全体出②,树老半身枯。林转亭方见③,江浸路欲无。何妨桥缆断④,小艇故堪呼⑤。

【注释】

①薄:微。西风意:即指秋意。
②全体:指全貌。
③见:同"现"。
④桥缆:本指系船的粗绳或铁索,此处借指桥柱。
⑤小艇:小舟。艇,轻便小船。

道合的人千万要慎之又慎,不可做南朝周颙那样的假隐士,为人所讥笑,而应保全自己的节操。诗中的一番劝诤,实际上都是愤激之语,主要表现他对朝廷不恤国难、不能真正用贤的深深不满。全诗颇多议论,却也不乏蕴藉之致。

【原诗】

满身秋月满襟风,敢叹栖迟一壑中②。除目解令丹灶坏③,诏书能使草堂空④。岂无高士招难出?曾有先贤隐不终⑤。说与同袍二三子⑥,下山未可太匆匆。

注释

①同志:同一志向的人。《周礼·大司徒》:"五曰联朋友"注:"同志曰友。"
②栖迟一壑:《汉书·叙传》上:"栖迟于一丘,则天下不易其乐。"栖迟,游息,居住。一壑,与"一丘"义同。
③除目句:姚合《武功县中作》:"一日看除目,终年损道心。"此化用其意。除目,指朝廷任免名单。丹灶,道士炼丹的炉灶。
④诏书句:南朝齐孔稚圭《北山移文》讽刺先隐后仕的周颙云:"世有周子,隽俗之士……偶吹草堂,滥巾北岳……虽假容于山皋,乃缨情于好爵。其始至也,将欲排巢父,拉许由,傲百氏,蔑王侯……及其鸣驺入谷,鹤书(征召的诏书)赴陇,形驰魄散,志变神动,尔乃眉轩席次,袂耸筵上,焚芰制而裂荷衣,抗尘容而走俗状……昔闻投簪逸海岸,今见解兰缚尘缨。于是南岳献嘲,北垄腾笑,列壑争讥,攒峰竦诮……"此处化用其意,讽刺弃隐居奔利禄的人。草堂,周颙在钟山(即北山)隐居时所建房舍,后借指隐居之所。
⑤曾有句:即指周颙先隐后仕,参见注④。
⑥同袍:《诗·秦风·无衣》:"岂曰无衣,与子同袍。"此指志同道合的人。二三子:诸位,几个人。《论语·阳货》:"子曰:'二三子,偃(子游)之言是也。'"

【今译】

我披一身秋月光华,
满衣襟都是秋夜清风,
全然不敢叹息自己
长年闲居在山林之中。
朝廷任命官吏的文书,

陵尉醉,呵止广。广骑曰:'故李将军。'尉曰:'今将军尚不得夜行,何乃故也!'止广宿亭下。"前驱,前导,也指导引的人。

⑤子元兄弟:三国魏大将军司马懿长子司马师(公元207—255年),字子元,次子司马昭(公元211—265年),字子上。司马懿死后,司马师继任魏大将军,专国政。魏帝曹芳嘉平六年,司马师废曹芳,立高贵乡公曹髦。次年病死,由弟昭执政。昭子炎废魏,建立晋王朝。

⑥嵇康(公元223—262年),字叔夜,三国魏谯郡人。为魏宗室婿,仕魏为中散大夫。司马氏掌权,山涛为选曹郎,举康自代,康作《与山巨源(涛字)绝交书》拒绝。景元中遭钟会诬陷,为司马昭所杀。处世疏:谓个性倔强,不能随世俯仰。

【今译】

青年时一心要指点江山收复失土,
晚年放归田里像囚犯般受到拘束。
血气衰残都不敢高声说话,
手腕力弱只能写写小楷书。
座间倒还有老兵可以陪我共饮,
路遇喝醉的亭尉赶快躲避前导的兵夫。
司马师兄弟原本又算得了什么?
诚然是嵇康处理世事过于粗疏。

示同志①

刘克庄

【题解】

诗人一生三次被罢官,前后屏居乡里二十余年,"忧时原是诗人职"(《有感》)的刘克庄自有满腔幽怨不平之气。他时常感叹着"乾坤如许大,无地着孤臣"(《离郡》五首其三);"自古英才多顿挫,只今世运尚艰难"(《道中读孚若题壁有感》)。但终其一生,多是主降派权臣当国,他命途多舛,也就势在必然了。在本诗中他故意说自己不敢叹息隐居于山林,"满身秋月满襟风"这胸中廓然无一物、孤傲高洁的形象,正是诗人不愿与污浊官场同流的表征。诗人感慨自古以来名缰利锁不知诱惑、羁绊了多少"山中高士"热衷于奔赴朝廷征召。他劝志同

少 日

刘克庄

【题解】

诗人早岁以恢复神州为己任,宁宗嘉定十一年(公元 1218 年)曾入江淮制置使李珏幕府,参加了抗御金人入侵的战事,其《满江红》〔夜雨凉甚,忽动从戎之兴〕回忆道:"金甲琱戈,记当日辕门初立。磨盾鼻、一挥千纸,龙蛇犹湿。铁马晓嘶营壁冷,楼船夜渡风涛急……"本诗"少日关河要指呼"句,就是指上面描述的这种爱国志士的气概和对立功疆场的渴望。但事与愿违,诗人一生屡仕屡罢,不能展其凤抱与才具,本诗二、三、四句,即写出英雄老去,神衰气弱,无复当年豪勇的可悲现状。后四句连用谢奕、李广、嵇康等人的典实,并以之自喻,表现了诗人被放废田里、虚度岁月的极大愤慨。尤其是以嵇康自比,强烈地反映了对统治者的不满。全诗用典虽多,却熨贴自然,加强了语言的涵容量与表达感情的深度。

【原诗】

　　少日关河要指呼①,晚归田里似囚拘②。气衰不敢高声语,腕弱才能小楷书。座有老兵持共饮③,路逢醉尉避前驱④。子元兄弟何为者⑤?自是嵇康处世疏⑥。

注释

①关河:山河。指呼:指挥,使唤。

②囚拘:像犯人一样受拘束。贾谊《鵩鸟赋》:"愚士系俗,僴若囚拘。"

③座有句:用东晋谢奕典。《晋书·谢奕列传》载奕"与桓温善,温辟为安西司马,犹推布衣好。在温座,岸帻笑咏,无异常日。桓温曰:'我方外司马。'奕每因酒,无复朝廷礼,尝逼温饮,温走入南康主门避之。主曰:'君若无狂司马,我何由得相见!'奕遂携酒就听事,引温一兵帅共饮,曰:'失一老兵,得一老兵,亦何所怪。'温不之责。"

④路逢句:化用李广事。《史记·李将军列传》:"顷之,家居数岁,广家与故颍阴侯孙屏野居蓝田南山中射猎。尝夜从一骑出,从人田间饮。还至霸陵亭,霸

七月九日

刘克庄

【题解】

诗中借一位打柴归来的樵子,描述"溪谷响如雷"的情景,暗示山中正下急雨。时当七月九日的盛夏,诗人感叹山中雨不肯过来,因它怕到喧嚣的城市中去。雨尚且如此厌弃城市,诗人的憎恶之情更不待言。由这件生活小事可知诗人对村野生活的热爱。全诗语言幽默诙谐。

【原诗】

樵子俄从间路回①,因言溪谷响如雷②。分明雨怕城中去,只隔前峰不过来。

【注释】

①俄:顷刻,此指方才。间(jiàn)路:小道,此指山中小路。间路,一本作"问路"。

②响如雷:暗指山雨如注、溪流湍急。

【今译】

樵夫刚刚从小路返回,
说道山谷溪流急如响雷。
分明是山中雨怕到喧闹的城里去,
只隔一座前峰硬不肯过来。

燕

刘克庄

【题解】

诗人亲切地对燕子细语叮咛,说自己的寻常百姓家正是燕子任意去留的自由天地,劝它不要飞入豪贵之门,因为那里宴饮歌舞方酣,如雷的羯鼓会将它打出来。诗歌写得极富人情味,且对醉生梦死、冷酷无情的豪贵者寓有深刻的讽刺。

【原诗】

野老柴门日日开①,且无栏槛碍飞回。劝君莫入珠帘去②,羯鼓如雷打出来③。

【注释】

①野老:田野老人。南朝梁丘迟《旦发渔浦潭》诗:"村童忽相聚,野老时一望。"杜甫《哀江头》诗:"少陵野老吞声哭,春日潜行曲江曲。"此处诗人自指。一本作"野客"。

②珠帘:借指富贵之家。一本作"深帘"。

③羯(jié)鼓:古羯族乐器,形如漆桶,下以小牙床承之。击用二杖,声音急促高烈。

【今译】

我这乡下老人的柴门天天都敞开,
四周也没有栏杆妨碍你飞回来。
劝你千万不要飞进富贵人家的门户,
雷霆般震响的羯鼓会把你打出来。

③老儒:诗人自称。衣露肘:杜甫《述怀》诗:"麻鞋见天子,衣袖露两肘。"此用其语。

【今译】
　　妻子正烧煮粱米,
　　使女在用长针缝着细丝,
　　她们是忙着做迎春彩胜?
　　还是做冬至酥点?我全然不知。
　　我这老儒衣袖已破露着双肘,
　　窗下挑灯自管自整理一年所写的诗。

其　四

【题解】
　　这是原第九首。诗人《岁晚书事》十首其八说:"主公晚节治家宽,婢惯奴骄号令难",这首诗正好做了注脚。诗人写自己天天抄书抄到黄昏,"丫头婢子"却悠闲自在得很,忙着调弄脂粉来装扮自己,而"不管先生砚水浑"。从这一幅生活图景,可以看出诗人的幽居生活充满情趣,主仆之间亲密而随便,有一种和乐的氛围。

【原诗】
　　日日抄书懒出门,小窗弄笔到黄昏。丫头婢子忙匀粉①,不管先生砚水浑。

注释
　　①丫头、婢子:同义,均指使女。匀粉:将脂调匀。

【今译】
　　我天天只是抄书懒得出门,
　　小窗下弄笔直到黄昏。
　　丫头使女忙着调匀脂粉,
　　全不管先生我的砚中水已浑。

人载酒来。

【注释】

①侬:吴语,第一人称。
②聱(áo)牙:语言晦涩。韩愈《进学解》:"周诰殷盘,诘屈聱牙。"

【今译】

踏破我家门前小路盖满的青苔,
钓上的两条鱼去换一只鸡回来。
幸亏我不认得诘屈聱牙的文字,
省得自命风雅的闲人提着酒前来。

其 三

【题解】

这是原第五首。本诗展示了一幅日常生活小景:妻子正煮秫米,婢女做着针线,而她们到底在忙些什么。丫头是在做迎春用的彩胜？妻子是在准备冬至日用的酥点心？诗人却全然不知,他只在窗下忙着整理一年的诗稿。从诗人"老儒衣露肘"的自画像,可以见出他生活的清贫。

【原诗】

细君炊秫婢秫丝①,彩胜酥花总不知②。窗下老儒衣露肘③,挑灯自拣一年诗。

【注释】

①细君:古时诸侯的妻称小君,也称细君。后为妻的通称。《汉书·东方朔》:"归遗细君,又何仁也！"婢(bì):使女,女仆。秫(shú):粱米、粟米之粘者。秫(shù)丝:指用长针缝制丝制品。秫,通"鈢",长针。用长针缝纫,谓针线粗疏。

②彩胜:古代立春日用有色绢、纸剪成的小幡或其他饰物,叫彩胜,插于发上或系在花枝,表示迎春,并互相馈赠。酥花:指冬至日所食酥点心。陆游《冬至》诗:"探春漫道江梅早,盘里酥花也斗开。"酥,通"酥"。

句写自己眼睛有疾看不清人,但隔着林子远远地却见到了梅花,这里具有深刻的政治原因,诗人赋《落梅》诗为人罗织,诬以"讪谤"的罪名放废十年。此后他还写过许多与梅花有关的诗,梅花,几乎可以看作是诗人命运的象征,所以本诗篇末特别写到梅花的触目。在表面的闲静之中,仍寓孤愤难平的心情。

【原诗】

荒苔野蔓上篱笆①,客至多疑不在家。病眼看人殊草草②,隔林迢递见梅花③。

【注释】

①蔓:蔓生植物的枝茎,木本曰藤,草本曰蔓。
②殊:非常。草草:苟简。
③迢递:遥远。

【今译】

荒苔野蔓爬上寂寞的篱笆,
客人到来多半以为我并不在家。
病眼看人实在是模模糊糊,
隔着树林却远远地见到了梅花。

其 二

【题解】

首二句描写诗人踏破自家门口小径盖满的青苔,将钓来的双鱼去换回只鸡的情景,一来见出其自甘寂寞,少所交游,二来点明垂钓江上,以自家所获换回所需物品的生活,极其简朴而可以自足、可以自喜的心境。后二句表现了对乡里自命风雅的"闲人"来谈诗论文的厌烦,显示诗人孤傲不驯的个性。

【原诗】

踏破侬家一径苔①,双鱼去换只鸡回。幸然不识聱牙字②,省得闲

注释

①一生句:《宋史》方信孺传称:"信孺性豪爽,挥金如粪土,所至宾客,满其后车。"故云。畜(chù),积贮。《穀梁传·庄公二十八年》:"国无九年之畜曰不足,无六年之畜曰急。"

②花木皆僚友:元结《丐论》:"古人乡无君子,则与云山为友;里无君子,则与松竹为友";杜甫《岳麓山道林二寺行》"山鸟山花共友于";辛弃疾《鹧鸪天》词〔博山寺作〕:"一松一竹真朋友,山鸟山花好弟兄。"此处化用以上句意。

③事权:作事的权宜或权能。

④京洛:本指洛阳,因东周、东汉曾建都于此,故称京洛。此借指南宋都城临安(今杭州)。金谷:地名,也称金谷涧,在洛阳城西北。晋太康中石崇筑园于此,即世传之金谷园。石崇常在此园大宴宾客。南朝梁何逊《车中见新林分别甚盛》诗:"金谷宾游盛,青门冠盖多。"此处借指临安名园或豪贵之家。

【今译】

一生本没有积蓄买田的钱,
无心求取华屋,你建筑新宅事出偶然。
宾客上门多遇僧人在座,
你垂钓归时只许白鹤随船。
一行行花木都当作同僚、好友,
主管湖山就是你天生的职权。
京都贵人宴饮在金谷名园,
哪儿能懂得世上有幽寂的林泉?

岁晚书事十首(录四)①

刘克庄

其 一

【题解】

这组《岁晚书事》十首,当系晚年闲居时所作。第一首先描写诗人住宅冷寂荒凉的情景,显示其与世疏隔、闭门自守的生活情景。后二自石湖归苕溪》诗注①。

⑤雁荡:山名,在浙江境内,风景奇峭,详见前赵师秀《雁荡宝冠寺》诗注①。

⑥鼎沸:本形容水势汹涌,如鼎中沸腾的开水,也用以形容形势纷乱动荡。此用后义。

【今译】
　　宅第刚刚落成,借来图纸观看,
　　倒要哂笑你这书生眼光太浅。
　　占地半亩却多一半是水,
　　楼阁没有一面不在山前。
　　荷花满池犹如走上美丽的苕溪路,
　　怪石嶙峋好像置身在雁荡山间。
　　怕只怕而今中原正纷乱多事,
　　上天还不能允许你安居新宅长享清闲。

其　二

【题解】
　　首二句说明友人生性的豪爽与对身外之物的轻视,却因偶然的机缘(即指罢官)筑了新宅,并不是刻意求之。继而描写他多与僧人过从交往,垂钓归船惟许白鹤相随的情形,以证其心境的淡静和品格的清高。"按行花木皆僚友,主掌湖山即事权"一联,写得最有情味,赞誉友人待花木如僚友,爱护有加和以掌管湖山作为事功的幽人之志。篇末指出"京洛贵人"是惟知爱好奢华热闹、全然不懂林泉之趣的俗物,以与友人的高情雅怀作强烈对照。

【原诗】
　　一生不畜买田钱①,华屋何心亦偶然。客至多逢僧在坐,钓归惟许鹤随船。按行花木皆僚友②,主掌湖山即事权③。京洛贵人金谷里④,安知世上有林泉!

方寺丞新第二首[1]

刘克庄

其 一

【题解】

前六句咏方信孺新建宅第,宅第傍水环山,原是清绝之境,诗人却故意说"书生眼力悭",怪其不结庐于市而结庐于野,似贬而实褒,暗示宅主人远离名利场的超然胸襟。诗中又赞美了荷深石怪的宅边好景。末二句辞意顿转"只恐中原方鼎沸,天心未遣主人闲",写出宅第虽美,方今敌尘未扫、国难未靖之际,主人还须为国效力,而不能安心过隐逸生活。这里,借着对友人的策励,显示了诗人本人志不忘报国的拳拳之心。

【原诗】

宅成天下借图看,始笑书生眼力悭[2]。地占百弓多是水[3],楼无一面不当山。荷深似入苕溪路[4],石怪疑行雁荡间[5]。只恐中原方鼎沸[6],天心未遣主人闲。

注释

①方寺丞:当指作者同乡方信孺(公元1177—1222年),字孚若。因使金不屈,名满天下。曾被降职奉祠。曾官宝谟寺丞。《宋史》本传谓信孺既龃龉(与上司不合,不得志)归,营居室岩窦,自放于诗酒。刘克庄为其撰墓志铭,有云:"克庄少时少亲公,晚受公荐。公退居,克庄亦奉祠,相从于荒原断涧之滨。"寺丞,官名,宋太常寺、光禄寺、大理寺、司农寺等寺丞的通称。一般寺观的寺丞为祠禄官。

②悭(qiān):缺少。

③弓:旧时丈量地亩的工具和计算单位,五尺为一弓,即一步,三百六十弓为一里,二百四十方弓为一亩。唐陆龟蒙《送小鸡山樵人序》:"自冢至麓,凡二百弓。"

④苕(tiáo)溪:水名,一名苕水,在今浙江境内,风光佳胜。详见前姜夔《除夜

再赠钱道人①

刘克庄

【题解】

　　钱道人给诗人仔细看相,诗人却说自知"骨法枯闲"而相貌清寒。诗人一生累次被罢,仕途很不得意,于是用"文人固穷"的古理自嘲,并历数前代诗人自杜甫排起,直白地道出"几个吟人作大官"的可悲事实。因为诗人多数清高自赏,不善趋炎附势、曲己取容,困顿穷愁也就在所难免了。此篇不但自鸣不平,也为千古诗人鸣不平,同时表现了诗人倔强的个性。全诗语言虽平易,涵义却深永。

【原诗】

　　拙貌惭君子细看②,镜中我自觉神寒。直从杜甫编排起,几个吟人作大官③!

【注释】

①钱道人:名号、生平未详。
②拙:自我谦称。子细:即仔细。
③吟人:诗人。

【今译】

　　惭愧你把我的相貌仔细观看,
　　揽镜自照时我只觉得心神都寒。
　　就从杜甫开始编排一下次序吧,
　　有几个诗人做过大官!

出 郭①

刘克庄

【题解】

　　前两句描写了"雨余秋更清"的野外明净景色,以及由此引发的浓厚的郊游兴致。诗人因赋《落梅》诗被免官闲废十年,所以后二句说"老大怕它人检点",怕人又借端造出是非,于是只好"隔溪隔柳看芙蓉",一腔野兴至此已减去大半。诗人就是这样借观赏雨后秋色的日常生活小事,抒发了胸中的怫郁不平之气和痛定思痛的孤愤心情。言近而旨远,辞情起伏跌宕,蕴藉有味。

【原诗】

　　江边一雨洗秋容②,北郭东郊野意浓。老大怕它人检点③,隔溪隔柳看芙蓉。

【注释】

　　①出郭:即出郊。古时内城称城,外城称郭。
　　②江边句:柳永《八声甘州》词:"对潇潇暮洒江天,一番洗清秋";万俟咏《长相思》词:"雨余秋更清",此化用以上句意。
　　③检点:查点,整饬,此处意为寻是生非。

【今译】

　　江边一阵急雨,
　　洗出了明净的秋容,
　　无论北郊还是东城外,
　　吸引人游玩的野兴正浓。
　　年纪老大只怕旁人寻是生非,
　　我且隔溪隔柳远远地观赏芙蓉。

归至武阳渡作①

刘克庄

【题解】

本诗当系吉州(今江西吉水)通判任上所作。诗中先描写"夹岸盲风扫楝花"的春末夏初的的迷乱景象,再化用唐欧阳詹《初发太原寄太原所思》诗"高城已不见,况复城中人"句意,怨云层遮住了高城,使近乡情更切的舟中诗人望不见自己的家。于是后二句以戏谑的口吻调侃云层,请它"遮时留取城西塔",好让自己辨认到家的标识。全诗笔意轻松,调子明快。

【原诗】

夹岸盲风扫楝花②,高城已近被云遮③。遮时留取城西塔,篷底归人要认家④!

【注释】

①武阳渡:在今江西南昌东南西洛水入武阳水之口。
②盲风:疾风。楝(liàn):木名。宋罗愿《尔雅翼·释木》楝:"楝木高丈余,叶密如槐而尖,三四月开花,红紫色,芳香满庭,其实如小铃,至熟则黄,俗谓之苦楝子,亦曰金铃子。"
③高城句:化用唐欧阳詹诗意,参见本诗〔题解〕。
④篷:船篷。杜牧《独酌》诗:"何如钓船雨,篷底睡秋江。"

【今译】

疾风乱扫两岸飘落的楝花,
高城已近却被云片遮一层轻纱。
云片呵,你千万别遮掩城西石塔,
船篷下的归人我要辨认自己的家!

王谢的游踪千年后依然存留。
古老的高塔不知什么朝代建造?
暮色中悲笳仿佛诉说着昔人的忧愁。
壮丽的故国山河只在这栏杆以北,
多少次我来到这里都害怕登上高楼。

西 山

刘克庄

【题解】

前二句想象山顶隐士餐灵芝、种白术,与麋鹿为群、超尘拔俗的清幽生活。后二句以奇异的画笔,描绘了山顶茶烟起处,山下看来如白云飘忽的景观,使人有山上山下万里仙凡相隔的感觉,表现了诗人对隐逸生活的极度企慕。其实,诗人真正看到的只是山上白云,诗中描写的种种图景均由此而生发,将因果倒置,语言处理十分绝妙。

【原诗】

绝顶遥知有隐君①,餐芝种术鹿为群②。多应午灶茶烟起,山下看来是白云③。

注释

①绝顶:指山顶。隐君:犹言隐士。
②芝:指灵芝,菌类植物,古以芝为瑞草,故称灵芝。术:白术,药草。
③山下句:暗用南朝梁陶宏景《诏问山中何所有》诗意,见前刘克庄《北山作》注④。

【今译】

遥知山顶上住着隐君,
吃的是灵芝种的是白术,与麋鹿为群。
多半中午时山顶升起了缕缕茶烟,
山下看来是一朵朵飘忽的白云。

禁哀从中来。"西风古意满原头"句，就抒发了斯人已逝的历史悠远之慨，与西风萧瑟的凄凉之感。"满原头"的"西风古意"正是诗人这种复杂情感的外化。"高塔不知何代作？暮笳似说昔人愁"一联，借眼前所见与耳中所闻，进一步渲染历史兴亡之慨，却纯由虚处传神，富于远韵。诗人追念的孙、刘、王、谢等历史人物，都是不甘偏安一隅、志在恢复神州的英雄，却也暗示如今已不再有这样的人物，于是，篇末点明叹古伤今的主旨，抒发了诗人满腔的爱国之情、忧国之思，隐约地对不图收复中原失土，只一味偏安江左的统治者，表示了极大的不满，使全诗境界进一步得到升华。

【原诗】

　　断镞遗枪不可求②，西风古意满原头。孙刘数子如春梦③，王谢千年有旧游④。高塔不知何代作？暮笳似说昔人愁⑤。神州只在阑干北⑥，几度来时怕上楼。

【注释】

①冶城：故址在今南京市朝天宫附近。相传三国吴（一说春秋吴王夫差）冶铁于此，故名。晋谢安曾居此，尝与王羲之登冶城，悠然遐想，有高世之志。唐宋时尚有遗迹，称"谢公墩"。王安石罢相后在此居住。
②镞（zú）：箭头。
③孙刘句：辛弃疾《南乡子》〔登京口北固亭有怀〕词："天下英雄谁敌手？曹（操）刘（备）。生子当如孙仲谋（孙权字）！"又《满江红》〔江行和杨济翁韵〕："吴楚地，东南坼。英雄事，曹刘敌。被西风吹尽，了无陈迹。"又《永遇乐》〔京口北固亭怀古〕句："千古江山，英雄无觅，孙仲谋处。"此化用以上句意。
④王谢：指东晋王导、谢安，兼指王羲之。旧游：指旧游之处，即冶城。
⑤笳（jiā）：胡笳，古管乐器。汉时流行于西域一带少数民族间。
⑥神州句：南宋与金国以淮河为界，淮北均为金人占领，故云。神州，指祖国山河。

【今译】

　　断了的箭头遗留的刀枪已无处寻求，
　　萧瑟西风和凄凉古意笼盖原头。
　　孙刘称雄的事短似一场春梦，

《酬高使君(适)相赠》诗云"故人供禄米,邻舍与园蔬";《重简王明府》诗云"行李须相问,穷愁岂有宽?君听鸿雁声,恐致稻粱难";《客夜》诗云"计拙无衣食,途穷仗友生";《狂夫》诗云:"厚禄故人书断绝,恒饥稚子色凄凉"……此处以杜甫自况。

⑥君看二句:苏轼《满江红》〔寄鄂州朱使君寿昌〕词云:"江表传,君休读,狂处士,真堪惜。空洲对鹦鹉,苇花萧瑟。不独笑书生争底事,曹公(操)黄祖俱飘忽。愿使君还赋谪仙诗,追黄鹤。"此处化用其意表示对功名的蔑视和对文学事业的追求。江表英雄传,三国江左史乘《江表传》多记三国东吴诸英雄事,此书已佚,散见于《三国志》裴松之注。孤山一卷诗,指北宋初不屑仕进隐于西湖孤山、种梅养鹤的诗人林逋,留下不少出色作品,详见前林逋诗附作者小传。

【今译】

研读《易经》参悟佛理,
这些事我都感到十分新奇,
我看重闲居生活的高情远意,
只遗憾挂冠辞官已经太迟。
我比种植兰蕙的屈原还更清高,
贫困就像唐人杜甫向人乞讨粮米时。
家中由于买琴,旧债上又添新债,
因为养了仙鹤,厨房减去了早晨的炊烟。
你看轰轰烈烈的江表英雄传,
哪儿比得上孤山林逋一卷清逸的诗篇?

冶 城①

刘克庄

【题解】

这是一首怀古诗。诗人登上南京朝天宫附近的冶城城楼,却只见城楼而不见当年冶炼铸造的兵器,连"断镞遗枪"亦无处寻求,想到此处曾是兵家重地,也是历代战事的必争之所,如今却只有一片岑寂,与此地有关的不论是英雄人物孙权、刘备,还是著名将相王导、谢安,名士王羲之,均已烟消云散,只留下历史遗迹供后人观览、凭吊,诗人不

答友生①

刘克庄

【题解】

此诗系罢官闲居时所作。诗人描述自己读《易》参禅深有所悟、得其所哉,只恨离开官场太迟。又以屈原种植兰蕙自况清高的自我道德修养,显示"其志洁,故其称物芳"的不凡品格,且以杜甫自比生活的贫寒。"家为买琴添旧债,厨因养鹤减晨炊"一联清新有趣,主要表现诗人志趣的清雅,同时进一步显示家境的困窘,以及不以困窘为意的超脱胸襟。篇末二句忽作转宕,拈出三国的《江表英雄传》与林逋孤山一卷诗作对比,化用苏轼《满江红》〔寄鄂州朱使君寿昌〕词意,表现了对功名的蔑视和对个人品格修养、文学成就的高度重视。全诗在闲淡野逸的词句后面,充溢着对自己不公平遭遇的愤激情绪,以及对现实政治的深深失望。

【原诗】

读《易》参禅事事奇②,高情已恨挂冠迟③。清于楚客滋兰日④,贫似唐人乞米时⑤。家为买琴添旧债,厨因养鹤减晨炊。君看江表英雄传,何似孤山一卷诗⑥?

注释

①友生:友人。生,助词,无义。《诗·小雅·棠棣》:"虽有兄弟,不如友生。"

②易:古代卜筮之书。有《连山》《归藏》《周易》三种,合称三《易》。今仅存《周易》,即六经之一《易经》。

③高情:清高的情志。挂冠:弃官而去。《后汉书·逢萌传》:"时王莽杀其子宇,萌谓友人曰:'三纲绝矣,不去,祸将及人。'即解冠挂东都城门,归将家属浮海,客于辽东。"后因称辞官为挂冠。

④楚客:指战国时楚国大诗人屈原。滋兰:屈原《离骚》:"余既滋兰之九畹兮,又树蕙之百亩。畦留夷与揭车兮,杂杜蘅与芳芷。"表示自我道德修养与培植人才。

⑤贫似句:唐代大诗人杜甫安史乱后避乱蜀中,衣食不足,常求助于人。如

朋友们忙着收拾他的残稿,
新寡的妻子能诵读装殓的礼仪。
我掩泪交给遗下的孤儿
一些借来的书籍。

其 二

【题解】

　　这首诗叙述了薛子舒病危时让人磨墨给父兄留下诀别遗书,又恐怕亲人读后伤心,以及希望老师为他题写墓志铭的种种情事,诗人称赞他以诗著称于世,且描绘了与他一同游山的秋夜梦境,以表示对他的情谊和无尽的追念,全诗于平淡中见悲戚。

【原诗】

　　忍死教磨墨,留书诀父兄①。读来堪下泪,寄去怕伤情②。墓要师为志③,诗于世有名。夜阑秋枕上,犹梦共山行。

注释

　　①诀:诀别,永别。
　　②怕伤情:谓怕父兄伤情。
　　③志:指墓志铭。

【今译】

　　忍住临终的苦痛他叫人磨墨,
　　好留下诀别的遗书给兄长、父亲。
　　悲哀的辞句读来真让人落泪,
　　寄出去又怕父兄过于伤情。
　　谆谆嘱咐要老师题写墓志,
　　他的诗歌早就在当世著名。
　　秋夜深沉,在孤枕上,
　　我还梦见同他愉快地在山中旅行。

为名利奔波的世人向往来临微乎其微。

哭薛子舒二首①

刘克庄

其 一

【题解】

这首诗哀悼友人突然病故,并描写举世又惊又疑,朋友们连忙一同收拾其残稿,以及与逝者妻子一起料理后事等情形和诗人借来书籍交给遗孤更悲友人贫苦的感情。全诗叙事清晰,艺术上则平平无足道。

【原诗】

医自金坛至②,犹言疾可为。濒危人未信③,闻死世皆疑。友共收残稿④,妻能读殓仪⑤。借来书册子⑥,掩泪付孤儿。

注释

①薛子舒:作者友人或是学生,名号、生平未详。
②金坛:道教供奉神仙的坛。南朝梁范云《答句曲陶先生》诗:"石户栖千秘,金坛谒九仙。"此处称美医生为神医。
③濒(bīn)危:临危。
④友共:原本作"交共"。一本作"友共",据改。
⑤殓(liàn)仪:给死者穿着入棺的仪式。
⑥书册子:书籍。子为衬字,无义。

【今译】

医生打从神坛降临,
还说疾病可以治愈。
到了病危人们还不能相信,
听说故去举世又惊又疑。

夜过瑞香庵作①

刘克庄

【题解】

前四句化用贾岛《访隐者不遇》诗"松下问童子,言师采药去。只在此山中,云深不知处"句意,贾诗简炼而此诗前半叙事较为详繁,情韵则逊于贾岛原诗后半。"山空闻瀑泻,林黑见萤飞"二句写景出色,扣紧"夜过"二字,林黑无月,故只能听见瀑布流泻喧响却无法看清,一片漆黑中偶见流萤飞过,因而格外分明,一从听觉刻画,一由视觉描绘,一写大景,一写小景,真切而细腻。篇末点明诗人独爱此孤寂清绝之境,并与世人作一对照,更显示其超逸的情趣。

【原诗】

夜深扪绝顶②,童子旋开扉③。问客来何暮,云僧去未归。山空闻瀑泻,林黑见萤飞。此境惟予爱,他人到想稀④。

注释

①瑞香庵:寺庙名,未详具体地点。
②扪(mén):抚摸,此处意谓攀援。绝顶,指山顶,山的最高处。
③扉:门扉。
④他人:指为名利奔波劳碌的世人。到想:到临、向往。

【今译】

夜已深沉才爬上山顶,
童子很快为我打开了寺院门扉。
询问我何故来得太晚,
说是僧人外出尚未回归。
深山空寂只听到瀑布倾泻渲响,
林黑无月不时见流萤闪闪低飞。
独有我喜爱这幽静清绝的意境,

事不甚闻",却能从文字背后体味到诗人的无奈与内心的愤激不平。全诗在故作野逸的风调中含沉郁之思。

【原诗】

　　骨法枯闲甚②,惟堪作隐君。山行忘路脉,野坐认天文③。字瘦偏题石,诗寒半说云④。近来仍喜聩⑤,闲事不曾闻⑥。

注释

　　①北山:即钟山,又名紫金山,在今江苏南京市东。三国吴孙权避祖讳,更名蒋山,又名金陵山、北山。南朝齐代时周颙和孔稚圭等曾隐居此山。后周颙应诏出任海盐县令,期满进京,再过钟山,孔稚圭撰《北山移文》讽刺周颙违背前约,热衷利禄。此处未详是否即指钟山,还是借指诗人故乡的北山岩。

　　②骨法:旧时谓人的骨相。宋玉《神女赋》:"骨法多奇,应君之相。"《史记·淮阴侯列传》:"贵贱在于骨法,忧喜在于容色。"

　　③野坐:坐于旷野。天文:日月星辰等天体在宇宙间分布运行等现象。古人把风、云、雨、露、霜、雪等地文现象也列入天文范围。

　　④诗寒:指诗风清寒不华丽。半说云:南朝梁陶宏景《诏问山中何所有》诗:"山中何所有?岭上多白云。只可自怡悦,不堪持赠君。"后因以白云多处指隐者所居。此处联系"惟堪作隐君"句,故云。

　　⑤聩(kuì):原指生而耳聋,《国语·晋》四"聋聩不可使听。"注:"生而聋曰聩。"后指一般耳聋。

　　⑥闲事:实际指世事。

【今译】

　　我的骨相天生枯瘦闲逸,
　　不宜做官只能去做隐君。
　　在山中任情漫游我忘了路径,
　　闲坐旷野我仰头观测天文。
　　字体瘦硬偏要题在石上,
　　我诗风清寒,一半描写山中白云。
　　近来仍因为耳聋感到欣喜,
　　世上闲事一概不曾听闻。

卖鱼得酒又得钱,
渔翁归来倒在地上醉眠。
小儿子哼哼唧唧要吃饭。
白鸥飞去的芦花丛笼罩着暮烟。

北山作[①]

刘克庄

【作者简介】

　　刘克庄(公元1187—1269年),初名灼,后更名克庄,字潜夫,号后村。莆田(今福建青田)人。师事真德秀。宁宗嘉定二年(公元1209年)以荫补将仕郎。十七年(公元1224年)知建阳县。因咏《落梅》诗,得罪权贵,闲废十年。后通判吉州。理宗端平二年(公元1235年),随真德秀入朝。淳祐初特赐同进士出身。景定元年(公元1260年)授兵部侍郎兼中书舍人。因弹劾权相史嵩之,被再度免官。三年,授权工部尚书,升兼侍读。五年,因眼疾离朝。度宗咸淳四年(公元1268年)特授龙图阁直学士。早年与四灵派翁卷、赵师秀等交往,诗学晚唐,刻琢精丽。又与江湖派戴复古、敖陶孙等交往,诗曾被刊入《江湖诗集》。后不满于四灵的"寒俭刻削",又厌弃江湖派的肤浅浮滥,遂力求独辟蹊径,推崇陆游、杨万里等人,以诗讴歌现实。他一生"前后立四朝",却多数时间被废或外放,反因此扩大了视野,较深入地体察了社会生活,对南宋后期内忧外患认识尤深,写下许多忧国伤时之作。其所著《后村诗话》论诗多有见地。又善文及词,词学辛弃疾,也有较高成就。有《后村大全集》。

【题解】

　　此诗当系罢官后作。诗人由隐者所居的北山,联想到自身被废免的遭遇,首二句便以"此天亡我,非战之罪也"(项羽语)自我解嘲,说自己骨相枯闲,不宜做官而只能隐居。三至六句描述诗人在山中任情漫游,观测风云变幻、在山石题字、作诗寒逸多写云月等状况,似乎证明他已不再关心现实社会的种种。但是,篇末虽自述"近来仍喜瞶,闲

分题得渔村晚照①

徐 照

【题解】

诗人以平实的诗笔勾勒了一幅渔村生活图景。诗中的人物,"得鱼绕溪卖"、"归来醉倒地上眠"的渔翁,"唤鸡犬"、"收敛蓑衣屋头晒"的渔妇,"啾啾问煮米"的小儿,三人的行动各各与其身份、家庭地位相符。末句"白鸥飞去芦花烟"寻找栖宿地,点明"晚照"。此诗描写还算生动,但因不是绘眼中实景,而是朋友们分题赋诗、向壁虚构,凭间接印象敷衍成篇,带有文字游戏的味道,所以无论如何称不上是杰作佳篇。

【原诗】

渔师得鱼绕溪卖②,小船横系柴门外。出门老妪唤鸡犬③,收敛蓑衣屋头晒。卖鱼得酒又得钱,归来醉倒地上眠。小儿啾啾问煮米④,白鸥飞去芦花烟。

【注释】

①分题:旧时诗人聚会分探题目而赋诗,叫分题,也叫探题。严羽《沧浪诗话》"诗体":"有分题。"自注:"古人分题,或各赋一物,如云送某人分题得某物也。或曰探题。"

②渔师:犹渔夫、渔父、渔翁。

③老妪(yù):老妇人,此指渔妇。

④啾(jiū)啾:象声词,此处指小儿哼哼唧唧。

【今译】

渔翁捕得鲜鱼绕着溪岸叫卖,
小船横系在自家的柴门外。
渔妇出门去呼唤鸡犬,
收拾蓑衣放在屋角晾晒。

如今来到此地却不见莫愁。
我所以只看重石城的水,
因为它曾泛过莫愁小舟。

柳叶词

徐 照

【题解】

这首诗描绘了清池边在风中舞弄姿色的嫩柳,以及同样稚嫩、未解离恨的美丽少女,将新柳"折向堂前学画眉"的举动。语句清新巧丽,传达了对青春的赞颂与咏叹。

【原诗】

嫩叶吹风不自持①,浅黄微绿映清池②。玉人未识分离恨③,折向堂前学画眉。

注释

①不自持:不能控制感情,为之动容。

②浅黄微绿:形容新柳之色。姜夔《淡黄柳》词:"看尽鹅黄嫩绿,都是江南旧相识。"鹅黄,即浅黄。

③玉人:美人。分离恨:古代有折柳赠别的风习,因柳谐"留"音,表示留恋之意,袅袅柳条亦可象征依依别情,故"柳"总与离别相关。

【今译】

嫩柳禁不住春风撩拨,
将浅黄微绿的姿色映入清清池水。
年轻的美人还不懂离愁别恨。
折下新枝向堂前学画柳眉。

莫愁曲①

徐 照

【作者简介】

徐照(？—公元1211年)，字道晖，一字灵晖，自号山民。永嘉(今浙江温州)人。布衣终身，生活贫困潦倒，且早逝。赵师秀《哀山民》有云："诗人例穷苦，穷死更怜君。君如三秋草，不见一日好。"又云："君诗如贾岛，劲笔斡天巧。昔为人所称，今为人所宝。"诗宗姚合、贾岛，刻意苦吟。于"永嘉四灵"中最先提出反对江西派而重晚唐的主张。诗多写隐居生活及往来酬酢，诗风清奇僻苦。有《芳兰轩集》《芳兰轩诗集》。

【题解】

《旧唐书·音乐志》二："《莫愁乐》，出于《石城乐》。石城(今湖北钟祥)有女子名莫愁，善歌谣……故歌云：'莫愁在何处？莫愁石城西。艇子打两桨，催送莫愁女。'"本诗即就以上传说与歌谣抒发思古幽情。诗人来到石城，不见莫愁女，而只见"曾泛莫愁舟"的石城水，因此特别说明"只重石城水"的缘由，表现了对古人的追慕与凭吊。全诗风格亦似民歌，平易而单纯。

【原诗】

莫愁石城住，今来无莫愁。只重石城水，曾泛莫愁舟②。

注释

①莫愁：参见本诗〔题解〕。
②曾泛句：参见本诗〔题解〕。又北宋周邦彦《西河》〔金陵怀古〕词有"断崖树，犹倒倚，莫愁艇子曾系"，但周误将石头城当作了石城。

【今译】

莫愁女在石城住，

④世虑:指尘世名利等欲念的思虑。
⑤昨日句:为"曾知昨日到门外"的倒文。
⑥鹤步:形容清瘦轻捷如鹤的步态。青莎(suā):青草。莎,草名。

【今译】
　　近来你参悟禅理境界如何?
　　冷月悬在高空,月影映入水波。
　　你身体强健倒由于吃饭极少,
　　诗歌清奇都因为饮茶很多。
　　你住在喧闹的尘世,
　　内心远静也像是幽居峰壑,
　　夜里你不会被世俗的恶梦惊扰,
　　你早已将一切欲念摆脱。
　　知道你昨天曾经来到我门外,
　　而我,跟随你轻捷的鹤步踏着青莎。

句(一条)

徐　玑

水清知酒好,山瘦识民贫①。

注释

①此二句出自《黄碧》,原诗云:"黄碧平沙岸,陂塘柳色春。水清知酒好,山瘦识民贫。鸡犬田家静,桑麻岁事新。相逢行路客,半是永嘉人。"

【今译】
　　池水澄净,知道酿出的酒味道甘美,
　　山峰瘦削,明白当地百姓生活清贫。

春到湘江流水清深。
一介小官的我希望朝廷能够重用，
远宦他乡更加牵动我的愁心。
可以欣喜的是同舟一位旅伴，
清瘦脱俗也爱把诗章诵吟。

赠徐照

徐　玑

【题解】

　　这首诗把徐照描写成一位参悟禅理、远离世情、绝少人间烟火气的高士兼诗人，并衬之以"月冷高空影在波"的清冷夜色，更显得所咏之人神清骨冷、洗削凡庸。篇中"身健却缘餐饭少,诗清都为饮茶多"一联颇为生新，只是带有浓厚的僧气。篇末写徐照昨日曾经来到门外，因而诗人追踪蹑迹，跟"随鹤步踏青莎"的情景，乍看疑为写实，细读则知不过是幻觉或是梦境，给人留下一种飘忽之感，也显示了诗人对徐照深挚的情谊。全诗极清逸、极澄净。

【原诗】

　　近参圆觉境如何①？月冷高空影在波。身健却缘餐饭少②,诗清都为饮茶多。尘居亦似山中静③,夜梦俱无世虑魔④。昨日曾知到门外⑤,因随鹤步踏青莎⑥。

【注释】

　　①圆觉：指圆觉经,佛经名,全名《大方广圆觉修多罗了义经》。一卷。唐罽宾僧佛陀多罗译,有宗密《略疏》。记释迦应文殊、普贤等十二大士问因地修证之法门,一一对答。以世间种种幻化,生于觉心,幻尽觉圆,心通法遍,故名圆觉。此泛指佛经。

　　②缘：因为。

　　③尘居句：陶渊明《饮酒》二十其五："结庐在人境,而无车马喧。问君何能尔？心远地自偏。"此处化用其意。

泊舟呈灵晖①

徐 玑

【作者简介】

徐玑(公元1162—1214年),字文渊,一字致中,号灵渊。永嘉(今浙江温州)人,一说为晋江(今属福建)人。历官建安主簿、永州司理、龙溪丞、武当令,改长泰令,未至官而卒。"永嘉四灵"之一,诗宗姚合、贾岛。题材窄,诗境浅,亦间有清新可读之篇。有《二薇亭诗》。

【题解】

这首诗是寄赠诗友徐照的。诗人描写了泊舟湘江的情景,其中"月在楚天碧,春来湘水深"一联,清远秀丽,字凝语炼,且富有地方色彩,堪称佳句。诗人远在楚地为小吏,当此泊舟沉思之际,不由得抒发了满腔羁思宦愁,以及希望仕途通达的心愿。篇末写旅中孤寂,同舟人竟有好诗者,给与诗人些许安慰和喜悦,但仍使人有故作风雅之感。

【原诗】

泊舟风又起,系缆野桐林。月在楚天碧②,春来湘水深。官贫思近阙③,地远动愁心。所喜同舟者,清羸亦好吟④。

注释

①灵晖:徐照号。
②楚地:湖南一带为古楚地,故云。
③阙(què):指皇帝所居,借指京城、朝廷。
④羸(léi):瘦弱。

【今译】

泊舟靠岸大风又起,
把缆绳系在野桐树林。
月在南天分外澄碧,

【注释】

①此二句出自《冬日过道上人旧房》,原诗云:"已知超众相,假质任成灰。房是他僧住,门无旧客来。冰干半池水,花落一根梅。犹自疑行脚,何年见却回。"

【今译】

冰干化成了半池水,
花落只剩下一根梅。

二①

数僧归似客,一佛坏成泥②。

【注释】

①此二句出自《信州草衣寺》,原诗云:"檐多山鸟啼,山外玉为溪。林树若又长,塔峰应更低。数僧归似客,一佛坏成泥。宴坐当时事,廊碑具刻题。"
②一佛:指泥塑的佛像。

【今译】

几个僧人归来如像外客,
一座佛像已经毁败成泥。

三①

寒潭盛塔影,古木带厨烟②。

【注释】

①此二句出自《能仁寺》,原诗云:"芙蓉峰入天,寺与此峰连。得见是冬月,要来从昔年。寒潭盛塔影,古木带厨烟。偶值高僧出,禅林坐默然。"
②厨烟:即指炊烟。

【今译】

清寒的潭水盛着塔影,
古老的树木缭绕炊烟。

乡村四月

翁 卷

【题解】

　　这是一幅乡村四月的风景画与风情画。前二句描绘绿树白水环绕的村景,"绿遍"点明时令,是从视觉来写;"子规声"亦点明时令,则是从听觉来写;"雨如烟"也正是春末夏初的景象,细雨霏微,缥缈如烟,用字极精当。后二句写乡村的繁忙:"才了蚕桑又插田,"同时又预示了未来的丰收年景。全诗节奏明快,音调爽朗。

【原诗】

　　绿遍山原白满川,子规声里雨如烟①。乡村四月闲人少,才了蚕桑又插田②。

注释

①子规:即杜鹃,鸣于春末。
②插田:指插秧。

【今译】

　　绿树盖遍山原白水灌满河川,
　　杜鹃声里细雨缥缈如烟。
　　乡村四月很少有闲人,
　　才忙完蚕桑又忙着插田。

句(三条)

翁 卷

一

　　冰干半池水,花落一根梅①。

【今译】

本来已贫穷彻骨,
谁想到又早早地丧身!
分明是上天旨意,
偏偏要折磨苦吟的诗人。
晴日里花光明妍一片,
近旁有黄莺在婉啭啼鸣。
有谁怜念他那三尺遗像,
还带着清逸瘦硬的精神?

山 雨

翁 卷

【题解】

诗人以白描手法先描绘山雨未来时"满林星月白"的清丽夜色,以及"亦无云气亦无雷"的宁静现象,为山雨欲来埋下伏笔。然后笔锋突转。以"平明忽见溪流急",点出"他山落雨来"的现状。短短四句起伏跌宕、曲折有味,以明净的诗笔绘夏日山雨,观察细微,意境清逸。

【原诗】

一夜满林星月白,亦无云气亦无雷。平明忽见溪流急①,知是他山落雨来。

注释

①平明:黎明,清晨。

【今译】

整夜林中满是星月一片银白,
既没有雷鸣也没有云雾徘徊。
黎明时忽然看见溪流湍急,
知是别处山峰落下雨来。

长年寡居备尝生活艰辛。
持家没有一点资财,
教成儿子做了诗人。
远方宾客送信,
新坟正好与佛寺毗邻。
秋日厅堂悬挂着遗像,
像生前一样清瘦而精神。

哭徐山民①

翁　卷

【题解】

　　本诗哀悼"四灵"之一徐照,为他"穷侵骨"且又"早丧身"的不幸命运极度痛心,因而直斥上天有意折磨"苦吟人"。诗中点出徐照逝世正当花光明妍、莺声婉啭的芳菲时节,以此反衬痛失诗友的哀情,对照极其鲜明,感情更觉悲伤。篇末以"犹带瘦精神"的徐照遗像,突出表现他内在的气质与诗歌风格,并进一步为他无人怜惜的不公平遭遇深致哀叹。作诗感情真挚深沉,似为千古以来的薄命诗人同声一哭。

【原诗】

　　已是穷侵骨,何期早丧身!分明上天意,磨折苦吟人②。花色连晴昼,莺声在近邻。谁怜三尺像,犹带瘦精神③!

注释

　　①徐山民:徐照,字道晖,自号山民,又改字灵晖,"永嘉四灵"之一,详见后徐照诗附作者小传。
　　②苦吟人:指诗人。"永嘉四灵"宗师唐代诗人姚合、贾岛,姚、贾以苦吟称著,四灵亦尚苦吟。苦吟,谓反复吟诵,雕琢诗句。
　　③犹带句:陈衍评曰:"瘦而有精神,推许得体。"瘦精神,谓徐照精神气质清瘦峭拔,兼指其诗风清瘦野逸。

高高山崖上一半是唐人刻碑。
香草在秋冬的寒冷中绿得使人惊心。
清猿凄哀的夜啼声更增添伤悲。
山水间多是避世的隐者,
在那儿与你相伴的又能够有谁?

陈西老母氏挽词①

翁 卷

【题解】

　　这首挽诗以朴素简洁的笔墨,叙述了陈西老母亲"孀居备苦辛"、"成家无别物"的生活景况,但"有子作诗人"一句逆挽,使人了解"备苦辛"的结果是令人欣慰的,何况"八十余年寿"、"新坟得佛邻",这一切都是对陈母的报偿。篇末抒凭吊之意,诗人见遗像而想其生前模样,一番深情厚意,尽在不言之中。

【原诗】

　　八十余年寿,孀居备苦辛②。成家无别物③,有子作诗人。远客移书吊④,新坟得佛邻⑤。秋堂挂遗像⑥,癯若在时身⑦。

【注释】

①陈西:诗人友人,生平未详。
②孀(shuāng)居:寡居。
③成家:持家、兴家。
④移书:移送文书,此指送信。
⑤佛:指庙宇。
⑥秋堂:秋日的厅堂,常以指书生攻读课业之所。唐王建《送司空神童》诗:"秋堂白发先生别,古巷青襟旧伴归。"
⑦癯(qú):瘦。

【今译】

　　您享受了八十多岁的高龄,

和神话色彩的环境。又特别以哀猿夜啼渲染其地的荒远凄清。篇末点出该地不是热闹的做官场所,而宜于隐者幽居。为诗友难遇知己表示感慨。此诗虽是寄给作官为宦的朋友的,却充满野逸之气和凄凉之慨。

【原诗】

闻说居官处,千峰近九疑②。合流皆楚水③,高石半唐碑④。香草寒犹绿⑤,清猿夜更悲⑥。其中多隐者,君去得逢谁⑦?

注释

①永州:地名,汉置零陵郡,隋开皇九年改为永州,即今湖南零陵。徐三,指"永嘉四灵"之一徐玑,因其排行第三,故称徐三。详见后徐玑诗附作者小传。掾(yuàn)曹:犹言"掾史",分曹治事的属吏。徐玑任永州司理参军,主管狱讼之事。

②千峰句:永州境内有永山、西山、九疑山、小石山、香零山、石角山、洞庭山、石燕等。《方舆胜览》卷二十五"永州",引柳宗元《新堂记》"永州实九疑之麓"云云。九疑,山名,《史记·五帝纪·舜》:"(舜)葬于江南九疑。"《水经注·湘水》:"蟠基苍梧之野,峰秀数郡之间,罗岩九举,各导一溪;岫壑负阻,异岭同势;游者疑焉,故曰九疑山。"也作"九嶷"。

③合流句:永州多水,有愚溪、高溪、黄溪、南池、潇水、湘水,其中如愚溪、浯溪流入潇水,又潇水源出九疑山,至永州与湘水合。永州为古楚地,故称"楚水"。

④高石句:永州南百里丹崖有唐元结为唐节、自称丹崖翁者作宅刻铭;浯溪有元结所作《大唐中兴颂》,颜真卿大书刻于溪崖之上。另永州境内一些堂馆亭榭亦多有唐人刻铭。

⑤香草:永州盛产香草,如香茅,芳香可传数里,又有零香等。

⑥清猿句:屈原《九歌·山鬼》:"雷填填兮雨冥冥,猿啾啾兮狖(yòu 长尾猿)夜鸣。"《水经注·江水》引谚曰:"长江三峡巫峡长,猿啼三声泪沾裳。"此化用以上句意。

⑦去:指往。

【今译】

听说你做官的地方,
千座山靠近九疑神秘深邃。
四面环绕合流的都是楚水,

不为无见。

【原诗】

　　黄梅时节家家雨,青草池塘处处蛙。有约不来过夜半,闲敲棋子落灯花①。

【注释】

　　①钱钟书《宋诗选》云:陈与义《夜雨》诗"棋局可观浮世理,灯花应为好诗开",就显得拉扯做作,没有这样干净完整。

【今译】

　　黄梅时节家家雨声淅沥,
　　青草池塘处处蛙鸣喧天。
　　与友人约好相见时刻,
　　却过了半夜还不见人面。
　　寂寥的我独自敲着棋子,
　　如豆青灯落下了灯花点点。

寄永州徐三掾曹①

翁　卷

【作者简介】

　　翁卷,字终古,一字灵舒。生卒年不详。永嘉(今浙江温州)人。布衣终身,在"永嘉四灵"中年齿最长。诗学姚合、贾岛,以苦吟著称,诗风清寒瘦逸。刘克庄称其"非止擅唐风,尤于选体工。有时千载事,只在一联中"(《赠翁卷》)。然古体诗多拟古,近体则更多佳篇警句。有《西岩集》。

【题解】

　　这首诗是寄给在永州(今湖南零陵)作司理参军的徐玑的。诗人以想象的画笔,描绘了诗友徐玑居官所在地山环水绕、富于文化气息

【原诗】

　　数日秋风欺病夫①,尽吹黄叶下庭芜②。林疏放得遥山出,又被云遮一半无。

注释

　　①数日句:王安石《葛溪驿》诗"病身最觉秋风早",此化用其意。病夫,诗人自指。

　　②庭芜:庭院中丛生的草。南朝宋颜延之《秋胡》诗:"寝兴日已寒,白露生庭芜。"白居易《春日闲居》诗:"是时三月半,花落庭芜绿。"

【今译】

　　几天来秋风劲疾,
　　有意将病中的我欺负,
　　黄叶片片吹落,
　　洒上满是枯草的庭除。
　　木叶渐渐稀疏,
　　才将远山的倩影放出,
　　又被飞来的轻云遮蔽,
　　一半如有一半似无。

约　客

赵师秀

【题解】

　　诗中先描写室外环境:黄梅时节雨声不绝,青草池塘蛙鸣喧闹,以此反衬室内主人公等待友人赴约不至的寂寞冷落。时过夜半,百无聊赖的诗人"闲敲棋子"来消磨时光、排解忧闷。篇末的"落灯花"三字,固然显示了敲棋子的力度,更表现诗人长久望友的深情和内心的烦躁不宁,而这种"多情却被无情恼"的懊恨,并无一字正面说出,而是曲折委婉地在所绘场景里隐匿着,使人寻绎不尽。魏庆之《诗人玉屑》引《柳溪诗话》评此篇"意虽腐而语新",意思虽平常,诗情则清新澄净,

【注释】

①薛氏瓜庐：诗人同乡薛师石，薛弼曾孙，字景石，号瓜庐。卓荦有大志。工小楷，籀篆斯隶，深造其极。尤工诗。隐居不仕，筑室会昌湖上，名其室曰"瓜庐"。诗集名《瓜庐集》。

②封侯二句：用邵平事。《史记·萧相国世家》记汉初邵平，秦时曾为东陵侯，秦亡不仕，隐居长安青门外种瓜。封侯念，又兼用班超事。《后汉书·班超传》记班超"尝辍业投笔叹曰：'大丈夫无他志略，犹当效傅介子、张骞立功异域，以取封侯……'"

③野水二句：魏庆之《诗人玉屑》引黄升语云化用姚合诗句，详见本诗〔题解〕。

④学圃句：《论语·子路》："樊迟请学稼，子曰'吾不如老农'；请学圃，曰：'吾不如老圃。'"圃，种菜，此指薛氏隐居种瓜。

【今译】

你完全没有博取封侯的心愿，
悠然自得远离那世事纷纭。
只知道理会种植瓜果，
时间也还常常被读书剖分。
原野上流水广阔更多于田地，
苍翠春山一半都缭绕着轻云。
我此生已白白老去，
要学种瓜怎能比得上您薛君。

数 日

赵师秀

【题解】

诗中描写黄叶飘零、秋日萧条，病中的诗人在远眺中刚刚看到疏林外的遥山，倏忽间却被"云遮一半无"，这景物迅疾的变幻，似乎并没有使诗人感觉失望，反而让他悟到了禅理，进而能超越于有无得失之外，以宁静的心境对待。全诗笔意轻灵，格调清远，捕捉稍纵即逝的画境诗情极其出色。

山上。

②不可云:不可言说,意谓极甚。
③夜分:夜半。
④荡阴:指山顶之湖。

【今译】
　　我向石栏杆边站立,
　　感到无法形容的透骨清寒。
　　流来桥下的潺潺清水,
　　一半是那洞穴中飘浮的云团。
　　想在此地逗留,可惜已逢岁暮,
　　吟咏诗篇不知不觉过了夜半。
　　湖泊正在雁荡山顶峰,
　　却连一声雁鸣也不曾进入耳畔。

薛氏瓜庐①

赵师秀

【题解】
　　本篇咏赞诗人隐居不仕的同乡薛师石。前四句写他超然于名利、世事之外的高情远意,写他亲自种植而不废读书的儒雅志趣。五六句"野水多于地,春山半是云",描绘了薛氏所居环境的清幽,充满野趣,以此衬托其闲云野鹤般的性情,比所本姚合"驿路多连水,州城半是云"(《送宋慎言》)二句意象更美、内涵更深。篇末写诗人自己为世务所缨,年纪老大,不能效薛氏之闲逸,字句间流露不胜钦羡之情。诗中用了不少典故及前人诗文,却点化自然,无斧凿痕,而有青蓝、冰水之妙。五六句特别为历代评论家所推赏。

【原诗】
　　不作封侯念,悠然远世纷②。惟应种瓜事,犹被读书分。野水多于地,春山半是云③。吾生嫌已老,学圃未如君④。

坠落的松枝加厚了茅屋的草顶。

雁荡宝冠寺[1]

赵师秀

【作者简介】

赵师秀(？—公元1219年),字紫芝,号灵秀,又号天乐。永嘉(今浙江温州)人。宋太祖八世孙。光宗绍熙元年(公元1190年)进士。曾官上元主簿、高安推官。为"永嘉四灵"之一。诗学姚合、贾岛,尊姚、贾为"二妙",尝编选二人诗名《二妙集》。诗尚白描,反对江西派"资书以为诗"。诗多野逸清瘦,长于五律,为"四灵"中较有成就的诗人,重视锤炼字句,时有警策,但通篇俱佳的作品不多。有《清苑斋集》。

【题解】

首二句先写诗人游览雁荡宝冠寺,感到清寒透骨的情景。三四句"流来桥下水,半是洞中云",陈衍评曰"在四灵中,最为掉臂游行之句",也即最精彩的佳句。此二句富于幻想色彩,但合卷思之,又觉奇而入理。浮云本是水气所凝,流动飘荡复原成水,亦在情理之中,诗人将这种自然现象艺术化了,且使之带有缥缈仙气,很好地渲染了山寺远出尘外的氛围。后四句写诗人对此地的留连,以及原本顾名思义当有雁鸣,却时过夜半也不曾听得一声的意外状况。全诗风格清奇秀逸。

【原诗】

行向石栏立,清寒不可云[2]。流来桥下水,半是洞中云。欲住逢年尽,因吟过夜分[3]。荡阴当绝顶[4],一雁未曾闻。

注释

[1] 雁荡:山名,分南、北雁荡,南雁荡在今浙江平阳县西南。北雁荡在乐清县东。绝顶有湖,水常不涸,春归之雁常留宿其间,故名雁荡。宝冠寺:在北雁荡

【今译】

　　父亲骑牛,毛驴驮着小儿,
　　松间路互相扶持追随着一群孩子。
　　毛驴遇到小桥迟迟不前,儿子回望父亲,
　　父亲在牛背上推敲诗句浑然不知。

句(三条)

严　粲

一①

　　习气馀诗句②,枯禅堕佛机③。

【注释】

　　①这两句诗摘自《元上人见访》。原诗如下:"昔子青青佩,重逢怪衲衣。樊笼留不住,云水静相依。习气馀诗句,枯禅堕佛机。东湖自尘外,还带夕阳归。"
　　②习气:佛教语,指烦恼的残余部分。枯禅:枯坐参禅。
　　③堕:沉浸入。佛机:佛教的机理。

【今译】

　　诗句中虽还残余着烦恼的痕迹,
　　枯坐参禅却使人沉浸入佛家的机理。

二

　　迸笋补篱竹,落松添屋茅①。

【注释】

　　①这两句诗摘自《茅屋》。原诗如下:"村居远城市,独木渡塘坳。迸笋补篱竹,落松添屋茅。童归携酒榼,客至得盐包。随分山中好,低檐燕有巢。"

【今译】

　　迸发的新笋填补了竹篱的缝隙,

飒飒声总疑是夜雨茫茫,
幽暗的河滨风高力大,
晚潮渐渐向岸边上涨。
家乡远隔大江,南北归途多么遥远,
此刻我频频极目满心惆怅。

骑牛图

严　粲

【作者简介】

　　严粲,生卒年不详,字明卿,一字坦叔。邵武(今属福建)人。曾官清湘令。精毛诗,尝自注《诗》,名曰《严氏诗缉》,朱熹《诗集传》,多采其说。有《华谷集》。

【题解】

　　诗中描绘父亲骑牛、儿子跨驴,群童相随,走在松间小路,跨驴的儿子遇到小桥胆怯迟疑不敢前行,回顾父亲,父亲却在牛背上推敲诗句浑然无知觉的情景。画面生动有趣,摹父子二人精神状态逼真如见。语言平易而饶有情致。

【原诗】

　　乃翁骑牛驴驮儿[1],松间提挈群童随[2]。驴逢短桥儿回顾,牛背推敲了不知[3]。

注释

　　[1]乃翁:原为父自称,此处泛指父亲。驮(tuó):以畜负载。
　　[2]提挈(qiè):扶持,汲引。
　　[3]推敲:指推敲诗句。相传唐代诗人贾岛,骑驴赋诗,吟得"鸟宿池边树,僧敲月下门"之句,初拟用"推"字,又思改为"敲"字,在驴上引手作推敲之势,不觉冲撞京兆尹韩愈。愈询其故,岛具言所以,韩立马良久思之,谓岛曰:"敲字佳矣。"遂并驾共论诗道。后因谓对诗文词赋的字句反复斟酌为推敲。

疑雨,暗浦风多欲上潮"二句,以细腻工致的笔墨绘出一幅秋日黄昏的凄凉图景,诗人的凄凉感受即寓于其中。篇末进一步抒发故乡山遥水远、欲归不能的惆怅。陈衍评曰:"沧浪(即指严羽)有《诗话》,论诗甚高,以禅为喻,而所造不过如此。专宗王孟者,囿于思想短于才力也。即如此首三四,'鸦外'、'雁边',意分一近一远,终嫌'雨'、'鸟'无大界限。"批评此诗格局不够开张,含蕴不够深厚,是有道理的。

【原诗】

平芜古堞暮萧条②,归思凭高黯未消③。京口寒烟鸦外灭④,历阳秋色雁边遥⑤。清江木落长疑雨,暗浦风多欲上潮。惆怅此时频极目,江南江北路迢迢。

【注释】

①上官伟长:上官良史字伟长,号阆风山人。邵武(今属福建),系诗人同乡好友。芜城:扬州的别称。西汉时吴王濞都此,筑广陵城,南朝宋竟陵王刘诞据广陵反,兵败死,城邑荒凉,鲍照作《芜城赋》讽之,因名芜城。
②堞(dié):城上如齿状的矮墙。
③黯:谓黯然伤神。
④京口:城名。三国吴时称为京城。东汉建安十四年(公元209年),孙权将首府自吴(苏州)迁到此地。建安十六年迁建业(今南京),改称京口镇。
⑤历阳:县名。秦置县,属九江郡,县南有历水,故名。项羽封范增为历阳侯,即此。今属安徽。

【今译】

草木苍莽的平野上,古老城墙
黄昏时分外冷落凄凉,
凭倚高楼向远处眺望,
难消思归愁绪我黯然神伤。
京口一缕缕清寒的炊烟,
跟随归巢的鸦雀时消时长,
历阳的无边秋色看不分明,
隐约中雁鸣声遥远而悠长。
清冷的江上木叶飘落,

无穷"的效果,富有远韵。

【原诗】

独寻青莲宇②,行过白沙滩。一径入松雪,数峰生暮寒③。山僧喜客至,林阁供人看。吟罢拂衣去,钟声云外残。

注释

①益上人:生平未详。上人,对和尚的敬称。兰若(rě):指寺院,梵语"阿兰若"的省称,意为寂静、无苦恼烦乱之处。杜甫《大觉高僧兰若》诗:"巫山不见庐山远,松林兰若秋风晚。"

②青莲宇:指寺院。青色莲花瓣长而广,青白分明,故佛书多以为眼目之喻,也借指僧、寺等。

③数峰句:祖咏《终南望余雪》诗:"终南阴岭秀,积雪浮云端。林表明霁色,城中增暮寒。"此化用其意。

【今译】

我独自去寻访山中佛寺,
走过铺满白沙的河滩。
一条小路伸向积雪的松林,
几座寂静的山峰暮色中渐增清寒。
山僧喜欢我这俗客的到来,
打开寺阁让我随意观看。
吟咏过诗句我拂衣离去,
只听到云外传来晚钟声残。

和上官伟长芜城晚眺①

严 羽

【题解】

本篇为和乡人上官良史所作,上官原诗已佚。诗人以登上扬州城楼所见秋光作为背景,抒写了他远客异地的思乡愁情。"清江木落常

⑥三千首:范成大诗今存一千九百余首。三千言其多,非实指。

【今译】
今代评论诗文是是非非众说纷纭,
像牙、夔那样的知音能有几个?
真是从白居易《长庆集》编成之日,
便要数到先生晚年的诗歌。
您的诗技巧娴熟音律和谐,有如万马齐鸣,
又如孤峰隐隐突起,独树一面旗帜。
深知您长篇短章总有三千首,
收拾手下余诗就可做我的老师。

访益上人兰若①

严 羽

【作者简介】
　　严羽(？—公元1264年),字丹丘,一字仪卿,自号沧浪逋客。邵武(今属福建)人。终身未仕,以诗称誉于时。与同宗严仁、严参齐名,号"三严",又与严肃、严参等八人,号为"九严"。所著诗歌理论《沧浪诗话》主张"不涉理路,不落言诠",以禅喻诗,认为作诗"惟在妙悟"。主张"以汉魏晋盛唐为师","以盛唐为法",对后世诗评影响深远。创作成就远逊于理论贡献。《四库全书总目》评其诗"志在天宝以前,而格实不能超大历之上","止能摹王、孟之余响,不能追李杜之巨观也"。有《沧浪集》。

【题解】
　　此篇描写诗人独自寻访山僧,沿途所见清冷孤寂而又雅洁绝尘的景色。"一径入松雪"句既点明时令,且表现了深深的画意,引人遐思。诗中又描写了山僧待客的热情,见出诗人与山僧之间有所默契的情缘,以及诗人对山寺幽静生活的企慕。篇末写诗人吟罢歌离开山寺,云外回荡的晚钟依稀入耳,使全诗收到了严羽所主张的"言有尽而意

上闽帅范石湖五首①（录一）

敖陶孙

【题解】

本诗先对当代论文众说纷纭莫衷一是，却并没有几个真正的"知音者"表示感叹。然后突出颂扬范成大晚年的诗歌，将他作为中唐白居易的直接继承人。范成大晚年使金时所写七十二首绝句，是极有价值的爱国诗篇；此外，他的田园诗在前代田园诗的基础上有更大的拓展和创新，有独特的艺术造诣。所以诗人称赞他娴于律令，且在诗坛上别树一帜。陈衍评其"比拟恰当"。篇末说范成大"收拾诗师即我余"，不是诗人故作姿态的自谦，而是真心的赞举。此诗议论精当，风格爽利。

【原诗】

今代论文更是非，赏音谁复得牙夔②？真从长庆成编日③，便到先生晚岁诗。万马萧萧闲律令④，孤峰隐隐出旌旗⑤。了知长短三千首⑥，收拾馀师即我师。

注释

①闽帅范石湖：范成大（公元1126—1193年），南宋四大家之一，自号石湖居士。淳熙十五年（公元1188年）起为福州知州，故称"闽帅"。详见前范成大诗附作者小传。

②牙：伯牙，春秋时人，传说以精于琴艺著名。《荀子·劝学篇》："伯牙鼓琴而六马仰秣。"夔(kuí)：相传舜时乐官。《礼记·乐记》："昔者舜作五弦之琴，以歌《南风》。夔始制乐，以赏诸侯。"郑玄注："夔，舜时典乐者也。"常与伯牙并称。汉扬雄《甘泉赋》："阴阳清浊穆羽相和兮，若夔牙之调琴。"《晋书·庾怿传》："管弦繁奏，夔牙先聆其音。"

③长庆成编：中唐诗人白居易自编诗集名《长庆集》，此代指白居易。

④万马句：谓范成大娴于律令，音韵和谐如万马萧萧。萧萧，象声词，此像马鸣声。闲，熟练，通"娴"。律令，原指法令，此指作诗的法则、格律、音韵等。

⑤孤峰句：谓范成大于诗坛孤峰突起，一帜独树。

以一死捐⑧。是中有真意⑨,靖节差独贤⑩。

注释

　　①东坡羹:指苏轼所烹调的一种菜羹。苏轼《东坡羹颂》引:"东坡羹,盖东坡居士所煮菜羹也。不用鱼肉五味,有自然之甘。其法以菘若蔓菁、芦菔荠,皆揉洗数过,去辛苦汁,以生油少许涂釜缘及瓷碗下菜汤中,入生米为糁。"
　　②曲蘖(niè):即麴(gū)蘖,指酒。《世说新语·任诞》:"鸿胪卿孔群好饮酒……尝书与旧亲:'今年田得七百斛秫米,不了麴蘖事。'"
　　③不然:不以为然,不认可。
　　④大千:大千世界的省称,佛家称广大无边的世界为大千世界,此处指世上之人。
　　⑤长短篇:指以文字议论、评说。
　　⑥天送句:指天然得佳句。
　　⑦旋闻二句:谓仔细品味很不受用。
　　⑧少陵二句:参见本诗〔题解〕。
　　⑨是中句:陶渊明《饮酒》诗二十其五:"此中有真意,欲辩已忘言。"此用其句。是中,此中。
　　⑩靖节句:为"独贤靖节差"的倒文。东晋大诗人陶渊明(公元365—427年),卒后友朋私谥"靖节先生"。差,差错。

【今译】

　　评诗主张平淡,
　　这种话我不以为然。
　　世上人有舌头自能品味,
　　哪用得着写许多短论长篇!
　　有人说上天送来天然佳句,
　　端端正正就落在我面前。
　　一会儿只听得口中咕噜作响,
　　肚肠内更是翻腾如煎。
　　杜少陵沉浸于追求妙句,
　　为此不惜把生命弃捐。
　　这种做法自有真正的道理和涵义,
　　只崇尚陶渊明平易诗风过于片面。

汲取池塘清水亲自灌洒。
举杯祝君隐居的庭园筑成,
请再静听风摇翠竹清音飒飒。
像神仙一样醉眠直待到煮烂石根,
以此品评身名之外的超逸精神。

四月二十三日始设酒禁,试东坡羹一杯①,其味甚真,觉曲蘖中殊无寸功也②,食已得三诗(录一)

敖陶孙

三首其二

【题解】

诗人因禁酒,试尝东坡菜羹,食毕作三诗,第一首中有"吟量东坡羹,尚恨滋味薄"之句,本诗就以上两句的意思,由饮食体悟到作诗之道,认为"评诗要平淡"之论过于偏颇。"大千自有舌,何用长短篇"句,即苏轼发挥欧阳修语所云:"文章如精金美玉,市有定价,非人所能以口舌定贵贱也"(《答谢民师书》)之意。诗中对杜甫"为人性癖耽佳句,语不惊人死不休"(《江上值水如海势聊短述》),作诗精益求精、深刻的锤炼功夫表示肯定,认为不能一味地崇尚陶渊明真率自然的诗格,而为粗率简陋的时风文过饰非。全诗反映了诗人对创作的正确见地,陈衍评曰:"此诗当即矫正严沧浪论诗之弊。"因为严羽主张诗道如禅道,"惟在妙悟"。

【原诗】

评诗要平淡,此语吾不然③。大千自有舌④,何用长短篇⑤。谓是天送句⑥,端正落我前。旋闻口吻鸣,颇益心肠煎⑦。少陵耽句佳,欲

②渭川句:《史记·货殖列传》:"渭川千亩竹,比其人皆与千户侯等。"相传约公元前六七世纪古印度北部迦毗罗卫国净饭王太子,姓乔答摩,名悉达多,创立佛教,被尊称为释迦牟尼。他在王舍城宣讲佛法时,皈依佛教的迦兰陀长者,献出竹园,为释迦牟尼(即如来)说法之所,故称此竹园为渭川竹林的鼻祖。慈云,佛家称佛以慈悲为怀,如大云之覆盖世界、众生。南朝梁简文帝《大法颂》:"慈如吐泽,法雨垂凉。"唐太宗《三藏圣教序》:"引慈云于西极,注法雨于东陲。"鼻祖,始祖,古人认为胎儿成形先生鼻,故称。

③千埒(liè):犹言千亩。埒,指有界限的矮墙、堤防、田垅等,此指垅。

④日报句:唐段成式《酉阳杂俎》续集卷十"支植"下:"童子寺竹,卫公(指唐武宗时宰相李德裕)言北都(指今山西太原)惟童子寺有竹一窠,才长数尺。相传其寺纲维(主持和尚),每日报竹平安。"

⑤意匠经营:杜甫《丹青引》:"诏谓将军拂素绢,意匠惨淡经营中。"盘马:韩愈《雉带箭》诗:"将军欲以巧伏人,盘马弯弓惜不发。"此化用以上句意。

⑥别裁句:即诗题所云:"竹间新辟一地,可坐十客。"斗地,形容其地大而方正。规摩,切磋揣摩,此处犹言规划。

⑦播酒:此为偏义复词,指酒,即浇水。寿:向人进酒以示祝福。三径:西汉末,王莽专权,兖州刺史蒋诩告病辞官,隐居乡里,于院中辟三径,唯与求仲、羊仲来往。事见晋赵岐《三辅决录·逃名》。后常以三径指家园或隐居之所。陶渊明《归去来兮辞》:"三径就荒,松菊犹存。"

⑧煮得石根烂:汉刘向《列仙传·白石生》:"白石生,中黄文人弟子,彭祖时已二千余岁,……尝煮白石为粮。"又郦道元《水经注·沔水》:"水中有孤石,挺出其下,澄潭时见有此石根,如竹根而黄色……"王安石《竹里》诗:"竹里编茅倚石根,竹茎疏处见前村。"此处融合以上传说、诗文等句意,一谓有如神仙,一谓时间之久,且与"竹"相关。

⑨次:排比。平章:品评。

【今译】

竹君得到姓氏起源于什么时代?
渭川竹林的始祖是普渡众生的如来。
主人你好事种植了上千亩青竹,
一天里几次报告翠竹平安备加关爱。
平生好山且又好画,
惨淡经营旋马弯弓笔不轻下。
竹间又开辟大片土地仔细规划,

其间不妨自在地系拴我的马。
席上吃的小菜有竹笋清爽适口,
毛皮样密密竹叶给人阴凉翠色如洒。
风摇青竹真是悦耳动听的自然之曲,
梦幻中我仿佛听阵阵风前捣茶的白声。
万株清艳的荷花开满池塘,
我这野老得此美地甘愿抛弃浮世虚名。

竹间新辟一地,可坐十客,用前韵刻竹上①

敖陶孙

【题解】

本诗组织了一系列历史、传说,从有关"竹君"姓氏的起源及其宗教意义说起,再将笔锋转向"竹主人"陈元仰,描写他种竹、爱竹、好山好画的清高风雅,再归结到诗题所言"竹间新辟一地,可容十客"的事实。诗人祝福主人为自己经营了逃名隐居的美好场所,并以富于浪漫色彩的笔触,写出当清风吹来,翠竹摇曳、敲击的乐音,使人产生飘然高举、羽化登仙的感觉,于是沉醉其中只愿长醉不愿醒,达到了身与名俱忘的最高境界。陈衍评曰:"以上三诗,笔致潇洒,真是诗人之诗。"

【原诗】

竹君得姓起何代①?渭川鼻祖慈云来②。主人好事富千塂③,日报平安知几回④。平生好山仍好画,意匠经营学盘马⑤。别裁斗地规摩围⑥,自汲清池行播洒。一杯寿君三径成⑦,请君静听风来声。醉眠煮得石根烂⑧,以次平章身与名⑨。

注释

①竹君句:相传殷末孤竹君子伯夷、叔齐让国,周时隐于首阳山,后子孙以竹为姓。

【原诗】

热中襶袡令我汗②,日暮佳人期不来③。陈郎揖人不下榻④,青山白云唤得回。手开十亩萧郎画⑤,个里何妨系我马⑥?食单得凉清可啜⑦,毳褐分阴翠如洒⑧。摇金戛玉真天成⑨,梦捣风前茶臼声⑩。一川窈窕荷万柄⑪,野翁得此甘辞名⑫。

注释

①用韵:指用前诗《洗竹简诸公同赋》韵。陈元仰,作者友人,生平未详。
②襶(dài)袡(nài):即"袡襶",避暑遮阳斗笠。
③日暮句:江淹《休上人怨别》诗:"日暮碧云合,佳人殊未来。"此用其意。佳人,即佳士,指友人。
④陈郎句:化用陈蕃典故。《后汉书·徐稚传》:"徐稚字孺子,豫章南昌人也。……时陈蕃为太守……蕃在郡不接宾客,惟稚来特设一榻,去则悬之。"唐王勃《滕王阁序》:"徐孺下陈蕃之榻。"不下榻,谓主人礼待自己却不必下榻,而是以竹林待客。
⑤十亩萧郎画:唐代画家萧悦曾画竹赠与白居易,白诗《画竹歌》云:"萧郎笔下独逼真,丹青以来惟一人。"又苏轼《孤山二咏》之二《竹阁》:"两丛恰似萧郎笔,十亩空怀渭上村。"萧郎,原指梁武帝萧衍,后诗人多用以自指或指有才华的人。
⑥个里:此中,指竹林。
⑦食单:开列食品的单子,此指席间菜肴。凉:指竹笋之类清爽可口的菜蔬。啜(chuò):尝,饮。
⑧毳(cuì)褐:毛织物制成的衣物,此处比喻茂密的青竹枝叶。
⑨摇金戛(jiá)玉:形容音调的铿锵清脆,此处形容风摇翠竹声悦耳动听。
⑩捣茶臼:宋时饮茶先将茶叶放入臼中捣碎,再制成茶饼。饮时有煮和泡两种方式。
⑪窈(yǎo)窕(tiǎo):美好貌。
⑫野翁:诗人自指。

【今译】

炎夏中戴上斗笠仍是淋漓大汗,
期待友人未来直等到黄昏日暗。
陈郎礼待宾客用不着陈蕃之榻,
可以呼唤青山白云来与人相伴。
十亩竹林如同展开一幅萧悦竹画,

我脱去头巾解开衣带坐在竹下,
安排美酒席地畅饮就在今天。
远处平野的树林云雾朦朦,
就像眼前打开了美丽画卷。
向西凝望,群山的姿态,
有如万马奔腾回旋。
我心中洋溢的诗情,
飞落到江上点点的帆影前。
孤村里这可爱的房屋,
建造在潇洒的竹林边。
谈笑间涉及古往今来的奇事,
风敲翠竹的雅音以前却不曾听见。
在带着霜粉的青竹上刻上名姓,
悠闲的我随意一笑价值万钱。

用韵谢竹主人陈元仰[①]

敖陶孙

【题解】

　　本诗先写夏日炎炎,诗人等待朋友赴约不至,而只与"竹主人"单独相对,诗人化用与"竹主人"同姓的陈蕃典故,突出表现陈元仰以竹林待客的高雅情致和以青山白云为友的洒落襟怀。诗人盛赞竹林之美,将它比作"十亩萧郎画",使我们想见其清幽雅丽。"个里何妨系我马"句,则以诗人无拘无束的情态,衬托了"竹主人"的雅好宾客,以及宾主亲密无间的友谊。七、八句叙小宴竹林的简况:吃的是竹笋、荫蔽的是竹叶,何其清凉又何其清雅!诗人又将风摇翠竹的自然之音写得十分华美,且以之比拟"梦捣风前茶臼声",使风竹声带有了一种梦幻式的朦胧美,引人遐想。篇末用满池红荷点缀大片竹林,突现环境之幽美,诗人表明自己若是此地主人,甘愿丢弃浮世虚名、终老此间的心志。本诗题为谢竹主人,却能免去一般俗套,不赞主人功德而盛赞其地之美,以此作为谢词,颇觉清新别致。

以及平林远霭的如画景色。有如万马奔腾的群山和江上点点帆影,引发他心中无限的诗意。客居中的诗人不由得产生了一种"吾爱吾庐"的愉悦之情,因为他所在的屋庐正对着潇洒的竹林。诗人认为古往今来"百年奇事"不过是供酒席间谈笑而已,以其悠闲之身坐听风竹萧萧则更有价值。全诗反映了诗人洒脱不羁的个性和淡泊名利的清高品格。诗中写景句子清远灵动,富有韵致。

【原诗】

舍东修竹密如栉②,一日洗净清风来。脱巾解带坐寒碧③,置觞露饮始此回④。平林远霭开图画,西望群山如过马⑤。诗翁意落帆影外,孤村结庐对潇洒⑥。百年奇事笑谭成⑦,向来无此苍龙声⑧。闲身一笑直钱万,剜粉劖青留姓名⑨。

注释

①洗竹:指芟除芜杂的竹枝。陆佃《埤雅·释草》:"今人穿沐丛竹,芟其繁乱,不使分其势,然后枝干茂擢,俗谓之洗。洗竹第如洗花例,非用水也。"简:信,这里是以诗代信。

②栉(zhì):梳篦的总称。

③寒碧:指青竹。陆游《新竹》诗:"插棘编篱谨扶持,养成寒碧映涟漪。"

④觞(shāng):盛有酒的杯。露饮:露天饮宴。

⑤西望句:杜甫《咏怀古迹》五首其三:"群山万壑赴荆门。"辛弃疾《沁园春》词:"万马回旋,众出欲东。"此化用其意。

⑥潇洒:清高脱俗,此指竹林。

⑦谭:同"谈"。

⑧苍龙:本指苍劲的松柏,此处借指翠竹。苏轼《西湖寿星院此君轩》:"卧听谡谡碎龙鳞,俯看苍苍玉立身。"

⑨剜(wān)粉劖(chán)青:指刻削青竹。粉,竹皮霜粉。

【今译】

高高的青竹像梳齿一样繁密,
生长在我居住的房屋东面,
一天将它们丛杂的繁枝芟尽,
清爽的风飘荡在竹林间。

③草市:城外的市集。
④估客:商人。倡楼:即娼楼。倡,同"娼"。
⑤江夏:今湖北武昌。
⑥棹(zhào)歌:船歌。徜(cháng)徉(yáng):徘徊,此处意为"留连"。
⑦古井句:唐孟郊《列女操》:"妾心古井水,波澜誓不起。"后用古井无波比喻人心寂然不动,如井已枯竭,不再起波澜。澹,动荡。

【今译】
　　黄鹄山前一场雨刚刚下过,
　　城南的市集上人们其乐如何?
　　载着千金的客商在娼楼纵情醉饮,
　　牛背上牧童悠闲地吹一笛短歌。
　　江夏水涨却不能扬帆归去,
　　武昌鱼美价钱实在不多。
　　我也想唱着船歌留连江上,
　　我的心已像枯井吹不起一点水波。

洗竹简诸公同赋①

敖陶孙

【作者简介】
　　敖陶孙(公元1154—1227年),字器之,号臞翁,一作臞庵。福清(今属福建)人。光宗绍熙(公元1190—1194年)末太学生。因作诗同情赵汝愚、讥讽韩侂胄,触怒得罪,亡命江湖。宁宗庆元五年(公元1199年)进士,曾官海门主簿、漳州教授等,终温陵通判。"江湖派"诗人之一,与刘克庄交谊深厚。刘克庄谓其"诸文皆有骨气,可行世传远,而天下独诵其诗(《臞翁敖先生墓志铭》)"。诗尤以古体为佳,风格雄浑恣肆,多有忧国伤时之作。亦擅评诗,所著《臞翁诗评》时有精当评语。有《臞翁诗集》。

【题解】
　　这首诗描写清理竹丛之后,诗人与友人在林中畅饮的轻快心情,

喜雨呈吴察按[①]

刘 过

【作者简介】

刘过(公元1154—1206年),字改之,自号龙洲道人。吉州泰和(今江西泰和)人。长于庐陵(今江西吉安),故亦称庐陵人。少负不羁之才,以功业自许,博学经史百家之书,通晓古今治乱之略,力主抗金,光宗朝曾上书朝廷提出恢复中原的方略,不用。屡试不第,流荡江湖。以词著名,曾为辛弃疾座上客。所为词多伤时哀世,悲壮激烈,亦多豪壮遒劲之作。有《龙洲集》。

【题解】

前四句以轻松的笔调描写了雨后城南市集的欢乐景象。"千金估客倡楼醉,一笛牧童牛背歌"二句,陈衍评曰:"能作平等观,自是聪明人语。"这看法似乎太浅,诗人的用意还在于显示估客倡楼买醉,乐则乐矣,却粗鄙庸俗;牧童牛背吹笛,何其悠然自得,富于诗美!后者明显优于前者。诗人"棹歌亦欲徜徉去"的想法,即由牧童短笛引发。后四句虽叙述雨后水涨正好行船而欲归无计的窘况,却不带哀伤情绪,相反,还表达留连在此鱼米之乡亦自不恶的愉快心情。篇末说明诗人所以一任去留,总在于不为外物所动的淡泊宁静的心境。全诗语言流美,自然清新。

【原诗】

黄鹄山前雨乍过[②],城南草市乐如何[③]?千金估客倡楼醉[④],一笛牧童牛背歌。江夏水生归未得[⑤],武昌鱼美价无多。棹歌亦欲徜徉去[⑥],古井而今澹不波[⑦]。

【注释】

①吴察按:名号生平未详。察按,御史台官名。
②黄鹄(jú)山:《龙洲集》作"黄鹤山",即今武汉蛇山。

【注释】

①此二句出自《酬画上人石湖春望》。原诗云:"荡荡春风草木香,茫茫泽国水云长。莺来占柳为歌院,蝶去寻花作醉乡。闲与物情聊品第,老于文字懒循行。望中别有关情处,几度朝阳又夕阳。"

【今译】

  黄莺来占据杨柳作为歌院,
  蝴蝶去找寻花丛当成醉乡。

二

  猫来戏捉穿花蝶,雀下偷衔卷叶虫①。

【注释】

①此二句出自《小亭》。原诗云:"小亭终日对幽丛,兀坐无言似定中。苍藓静连湘竹紫,绿阴深映蜀葵红。猫来戏捉穿花蝶,雀下偷衔卷叶虫。斜照尚多高柳少,明年更欲种梧桐。"

【今译】

  猫跑来戏捉穿花的蝴蝶,
  雀飞下偷衔卷叶的小虫。

三

  群雁横空成一字,孤萤度水似双星①。

【注释】

①此二句出自《同邓孤舟、林片月二友晓吟》。原诗云:"君非爱此数峰青,肯恋扁舟入蓼汀?群雁横空成一字,孤萤度水似双星。"双星,形容萤火虫飞渡水面时连同倒影的两个发光点。

【今译】

  群雁横飞碧空排成"一"字模样,
  孤萤渡过水面有如闪亮的两颗星星。

江 上

葛天民

【题解】

全诗以连天芳草、漫漫丝雨、茫茫野水、纷纷飞花、濛濛飘絮,织成一幅迷离而又开阔的江上暮春图画,传达出诗人浓重的惜春情绪。这幅图画中得其所哉的白鸥,是诗人刻意抹上的一笔闲暇的亮色,使全诗免去了一般此类内容诗歌的感伤情调,而显得自然、轻快。

【原诗】

连天芳草雨漫漫,赢得鸥边野水宽①。花欲尽时风扑起,柳绵无力护春寒②。

注释

①鸥边:犹言白鸥那里。野水:此指郊野的江水。
②柳绵:柳絮。

【今译】

芳草连接远天,丝雨漫漫无边,
白鸥得到了江水茫茫的广阔空间。
花将尽时花片随风飞起,
柳絮绵软,无力遮护微寒的春天。

句(三条)

葛天民

一

莺来占柳为歌院,蝶去寻花作醉乡①。

迎 燕

葛天民

【题解】

诗人描写他在将近暮春三月时,特地卷上帷帘,以迎接新燕入室筑巢的情形。"帘"冠以"旧"字,显示其家境的贫寒。"翅湿沾微雨,泥香带落花"二句,摹写物态逼真而生动,且充溢着诗人对燕子的爱赏之情。篇末写其将燕子当作朋友"相伴过年华",见出生活状况的幽独孤寂。陈衍评曰:"对燕谈家常,贫家况味。"细读全诗,在亲切细腻感情的抒写中,的确可以体察品味到一种不可言说的凄凉感觉。

【原诗】

咫尺春三月①,寻常百姓家②。为迎新燕入,不下旧帘遮。翅湿沾微雨,泥香带落花。巢成雏长大,相伴过年华。

【注释】

①咫(zhǐ)尺:八寸曰咫。咫只比喻距离很近。《左传·僖公九年》:"天威不违颜咫尺。"

②寻常句:唐刘禹锡《金陵五题·乌衣巷》诗:"旧时王谢堂前燕,飞入寻常百姓家。"此用其字面。

【今译】

暮春三月就要临近,
将来到我这平常百姓的家。
为了迎接新燕入室,
我不放下旧帘遮拦它。
小燕双翅沾带着微雨,
衔来的湿泥和着片片落花。
新巢筑成幼燕也渐渐长大,
和我相伴度过孤寂年华。

仲 春

葛天民

【作者简介】

葛天民,生卒年不详,字无怀,越州山阴(今浙江绍兴)人,徙台州黄岩(今属浙江)。初为僧,名义铦(xiān),号补翁。后还俗,居西湖上,所交皆知名之士。与杨万里、姜夔、叶绍翁等友善,诗文唱和。陈起评其诗"风骨泠然,新警而有闲雅之度,江湖间杰构也。"(《两宋名贤小传》)有《无怀小集》。

【题解】

这首诗抒写仲春感怀,表达寒雨中的惜花之心,以及虽然病后不能对花饮酒,多情的春色却慷慨地"到贫家"的喜悦情绪。语意平淡而含蓄。

【原诗】

落梅如雪雨如麻,最怕春寒是杏花。病后不能涓滴饮[1],可怜芳信到贫家[2]。

注释

[1] 涓(juān)滴:点滴。
[2] 芳信:春天的消息。

【今译】

落梅宛如雪片,丝雨绵密如麻,
最怕料峭春寒会欺凌杏花。
病后一滴酒也不能饮,
可爱的芳春消息来到我这贫苦人家。

九日呈真直院①

叶绍翁

【题解】

本诗抒写重阳佳节"独在异乡为异客"的浓重的思乡愁情。"借人篱落种黄花"句,翻用王子猷爱竹、即令暂居一地也要种竹的典故,表现诗人高标独立的精神世界,且与节令关合,而又隐约地透露了客中的凄凉况味,是全诗的点睛之笔。

【原诗】

秋风吹客客思家,破帽从渠自在斜②。肠断故山归未得③,借人篱落种黄花④。

【注释】

①真直院:指真德秀(公元1178—1235年),理学家,诗文家。曾官直学士院,省称直院。详见前戴复古《湖南见真师》〔题解〕与注①。
②破帽:暗用孟嘉典故,详见前。
③故山:即故乡。
④借人句:化用王子猷爱竹典故,见前文同《此君庵》诗注①。篱落,即篱笆。

【今译】

秋风吹动我的衣衫我思念老家,
重阳佳节任随它头上破帽歪斜。
想家伤心断肠却不能归去,
栽种应时菊花的篱笆是向人暂借。

不开,于是设想主人是怕游者的"屐齿"印上园中苍苔,这一体贴入微的设想,就把园主人的淡泊世事和诗人惜花惜春的心境都包蕴其中了。"小叩柴扉"的动作,表现出诗人高深的修养、优雅的风度。诗人乘兴而来,却不能进入园中,本当败兴而归,然而,诗人却由眼中一枝出墙的红杏,想象"春色满园关不住"的生意盎然的繁丽景象。他以少总多地由一枝红杏感受了无边春色,领略了审美的愉悦,同时也带给人深刻的哲理的启迪。因而,此诗后二句成为传诵千古的名句。钱钟书先生说此诗:"其实脱胎于陆游《马上作》:'平桥小陌雨初收,淡日穿云翠霭浮。杨柳不遮春色断,一枝红杏出墙头。'"(《宋诗选》)但立意的新警、含蕴的深刻与诗美的凸现,远胜于陆游诗。

【原诗】

应怜屐齿印苍苔②,小叩柴扉久不开。春色满园关不住,一枝红杏出墙来③。

【注释】

①钱钟书先生《宋诗选》说《南宋群贤小集》第十册载另一位"江湖派"诗人张良臣有《偶题》诗云:"谁家池馆静萧萧,斜倚朱门不敢敲。一段好春藏不住,粉墙斜露杏花梢。"不值:不遇,此指不遇园主人。

②屐齿:一种鞋底有钉的木底鞋。

③春色二句:钱钟书先生《宋诗选》说这种景色,唐人也曾描写。例如温庭筠《杏花》:"杳杳艳歌春日午,出墙何处隔朱门";吴融《途中见杏花》:"一枝红杏出墙头,墙外行人最独愁";又《杏花》:"独照影时临水畔,最含情处出墙头。"

【今译】

主人爱惜园林怕鞋印踏上青苔,
我轻叩柴门久久都不曾打开。
满园繁丽的春色又怎能关住,
一枝盛开的红杏伸到墙外来。

【今译】

　　你像灵运有游山的癖好，
　　平生不知穿坏了多少双木底鞋。
　　任随旁人将他呼作山贼，
　　这位内史的风流韵致有谁理解！
　　他足力疲倦在西窗下稍稍休息，
　　梦中写出的池塘春草诗真是妙绝。
　　如今他的木屐已朽，诗歌却流传不朽，
　　五言诗高明句法能够追步的有谁？
　　他游遍了天台山雅兴未尽，
　　又到天竺山前倾听潺潺流水。
　　像秦人称帝鲁仲连看成羞耻，
　　灵运不愿在新朝出仕，
　　宁愿放情山水任兴遨游，
　　在处处苍苔留下屐齿。
　　乙庵你是他的第几代子孙？
　　登山时还能辨认祖先屐齿印痕。
　　抚摸着长满青苔的山岩久久凝坐，
　　就想从此终老在这山岩之根。
　　我劝你还是暂且归去，
　　学学你远祖建立功勋。
　　远祖到底是何许人？
　　他曾走出东山大济苍生遍施甘霖。
　　乙庵一时没有省悟却来问我：
　　莫不是当年淝水大捷折断屐齿的那人？

游园不值[①]

叶绍翁

【题解】

　　本诗是脍炙人口的名篇。首二句写诗人游园不遇主人，门久叩而水。"宋万俟咏《春草碧》词云:"池塘梦生,谢公后还能继否?"

⑧天台:山名,在今浙江天台县北,仙霞岭山脉的东支。

⑨天竺山:山峰名,在今杭州市灵隐山飞来峰之南。

⑩秦人句:《宋书》谢灵运本传云:"为临川内史……在郡游放,不异永嘉,为有司所纠。司徒遣使随州从事郑望生收灵运,灵运执郑望生,兴兵叛逸,遂有逆志,为诗曰:'韩亡子房奋,秦帝鲁连耻。本自江海人,忠义感君子。'追讨禽(擒)之,送廷尉治罪……"流放广州。后"诏于广州行弃市刑。临死作诗曰:'龚胜无余生,李业有终尽。嵇公理既迫,霍生命亦殒……送心自觉前,期痛久已忍。恨我君子志,不获岩上泯。诗所称龚胜、李业,犹前子房、鲁连之意也。"意谓灵运原为东晋大臣之后,不愿屈事新朝刘宋。《战国策·赵策三》"鲁仲连义不帝秦"记,秦围赵都邯郸,魏王派兵救赵,畏秦而兵不进。魏王又派客将军辛垣衍见平原君劝赵尊秦为帝。齐国高士鲁仲连适游赵,闻之,往见平原君请求"为君(辛垣衍)责而归之"。仲连对辛说:"彼秦者,弃礼义而上首功之国也,权使其士,虏使其民。彼则肆然而为帝,过而遂正天于下,则连有赴东海而死矣,吾不忍为之民也。"仲连对辛责之以大义、晓之以大义,终于使辛拜服而离去,"秦将闻之,为却军五十里。适会魏公子无忌夺晋鄙军以救赵击秦。秦军引而去。"平原君欲封仲连,又欲赠千金,均被鲁仲连拒绝。鲁连,鲁仲连的省称。此处借喻谢灵运不肯屈事刘宋。

⑪乙庵:当为谢行之别号。渠,他,此指谢灵运。

⑫吾侬:第一人称。

⑬遥遥祖:远祖。

⑭曾出句:谓谢安曾隐居会稽东山,"征西大将军桓温请为司马,将发新亭,朝士咸送,中丞高崧戏之曰:'卿累违朝,高卧东山,诸人每相与言,安石(谢安字)不肯出,将如苍生何?'"谢安入仕,抑制了桓温欲篡晋室的野心。苻秦大举入侵,谢安指挥淝水之战,大捷,保卫了国家,因而诗人说他"作霖雨"。霖雨,犹甘霖,《尚书·说命》上:"若岁大旱,用汝作霖雨。"传:"霖以救旱。"因以喻恩泽、恩德。

⑮折屐翁:指谢安。《晋书》谢安本传记:"时苻坚(前秦国君)强盛,疆场多虞,诸将败退相继。安遣弟石及兄子玄等应机征讨,所在克捷。……坚后率众,号百万,次于淮肥,京师震恐。加安征讨大都督。玄入问计,安夷然无惧色,答曰:'已别有旨。'既而寂然。玄不敢复言,乃令张玄重请。安遂命驾出山墅,亲朋毕集,方与玄围棋赌别墅。安常棋劣于玄,是日玄惧,便为敌手而又不胜。安顾谓其甥羊昙曰:'以墅乞汝。'安遂游涉,至夜乃还,指授将帅,各当其任。玄等既破坚,有驿书至,安方对客围棋,看书既竟,便摄放床上,了无喜色,棋如故。客问之,徐答云:'小儿辈遂已破贼。'既罢,还户限,心喜甚,不觉屐齿之折。"

莫是当年折屐翁⑮?

注释

①谢屐(jī)亭:当系后人为纪念谢灵运所筑,汲古阁本《清逸小集》题下注:"亭在天竺。""天竺"即杭州灵隐山南之天竺山。谢屐,指谢灵运所造木屐,专为登山用。《宋书·谢灵运传》云:灵运"登蹑常著木屐,上山则去前齿,下山去其后齿"。后世称"谢公屐",李白《梦游天姥吟留别》:"脚著谢公屐,身登青云梯。"谢行之:号乙庵,生平不详。

②君家灵运:因谢行之与谢灵运同姓,故称。灵运,南朝刘宋诗人谢灵运(公元385—433年),陈郡阳夏(今河南太康)人,移籍会稽(今浙江绍兴)。谢玄孙。袭封康乐公,因称谢康乐。东晋时官至相国从事中郎。入宋,降爵康乐侯,迁太子左卫率。自以才能宜参权要,未被重用,常怀愤怨。少帝时,贬为永嘉太守。曾辞官归家,后又出任秘书监、侍中、临川内史。后以谋反罪被杀。工书画、通史学、精佛。尤以诗著名,开山水诗一派,对后世影响深远。有山癖:谢灵运放情山水,特好遨游。《宋书》本传云:"……出为永嘉太守,郡有名山水,灵运素所爱好,出守既不得志,遂肆意游遨,遍历诸县,动逾旬朔……""灵运既东还,与族弟惠连、东海何长瑜、颍川荀雍、泰山羊璿之,以文章赏会,共为山泽之游。""灵运因父祖之资,生业甚厚。奴僮既众,义故门生数百,凿山浚湖,功役无已。寻山陟岭,必造幽峻,岩障千重,莫不备尽。"

③平生句:用阮孚典故。《世说新语·雅量》:"祖士少好财,阮遥集(孚)好屐,并恒自经营。……或有诣阮,见自吹火蜡屐,因叹曰:'未知平生当着几量屐。'神色闲畅……"此借用其典谓灵运好游山,且好着屐。緉(liǎng),与"量"通,亦作"两",即"双"。

④从人句:《宋书》本传云,灵运"尝自始宁南山伐木开迳,直至临海,从者数百人。临海太守王琇惊骇,谓为山贼,徐知是灵运,乃安"。从,任随。渠,第三人称。

⑤内史风流:灵运尝为临川(今属江西)内史,"在郡游放,不异永嘉"。

⑥梦赋句:钟嵘《诗品》中引《谢氏家录》:"康乐每对惠连,辄得佳语,后在永嘉西堂,思诗竟日不就,寤寐间,忽见惠连,即成'池塘生春草'。"池塘生春草诗,指谢灵运《登池上楼》诗,中有名句"池塘生春草,园柳变鸣禽"。

⑦五字句:《宋书》谢灵运本传称其"少好学,博览群书,文章之美,江左莫逮"。魏晋以来崇尚清谈,东晋此风尤烈,因而玄言诗大盛,淡乎寡味。谢灵运仕宦不得意,每每寄情山水而发为吟咏,大量创作山水诗,促使玄言诗向山水诗转变,他所开创的山水诗派对后世影响极其深远。《南史·颜延之传》引鲍照语云:"谢五言诗如初发芙蓉,自然可爱。"钟嵘《诗品》引汤惠休语云:"谢诗如芙蓉出

登谢屐亭赠谢行之

叶绍翁

【作者简介】

叶绍翁,生卒年不详,约生活于宁宗、理宗朝。字嗣宗,号靖逸。祖籍建安(今福建建瓯),本姓李,后为龙泉(今属浙江)叶氏嗣,遂改姓叶。长期隐居于钱塘西湖之滨,与真德秀、葛天民等友善,互相酬唱,为"江湖派"诗人之一。其诗长于七绝,写景篇章最为出色。所著《四朝闻见录》,杂叙高宗、孝宗、光宗、宁宗四朝佚事,可补史传之缺。有《靖逸小集》。

【题解】

本诗就"谢屐亭"名称的来由生发,综叙了与谢行之同姓的古人、著名诗人谢灵运一生的行止和文学成就。诗人还以绚烂之笔,特别赋予谢灵运流连山水、蔑视权贵的高尚品质,其中寄寓着诗人自己的理想。后半篇由谢灵运直接转到谢行之,将他作为谢灵运的后裔,写出他抚祖先之迹意欲归老此间的山林之志。然后笔锋一转,忽又拈出另一谢姓之人——曾经隐居东山尔后大济苍生的谢灵运曾祖谢安,以劝勉友人且等功成尔后归隐,再通过友人的答语,将诗歌中心仍归结到有关"屐"的典故上。全诗多用历史掌故,句意又多与"谢屐"关合,用事虽繁,读来却无板滞、堆砌之弊,清新爽利,转折多致。陈衍评曰:"晚宋诗人,工古体者不多,此篇其最清脆者",的是确论。

【原诗】

君家灵运有山癖②,平生费却几緉屐③?从人唤渠作山贼④,内史风流定谁识⑤?西窗小憩足力疲,梦赋池塘春草诗⑥。只今屐朽诗不朽,五字句法谁人追⑦?天台览遍兴未已⑧,天竺山前听流水⑨。秦人称帝鲁连耻⑩,宁向苍苔留屐齿。乙庵是渠几世孙⑪?登山认得屐齿痕。摩挲苔石坐良久,便欲老此岩之根。吾侬劝渠且归去⑫,请君更学遥遥祖⑬。遥遥之祖定阿谁?曾出东山作霖雨⑭。乙庵未省却问侬,州),公寻以小红赠之。其夕,大雪过垂虹,赋诗曰……"所赋即本篇。姜夔最擅音律,他有十七首词标有旁谱(绝大多数为其自己创制),是宋代留存至今唯一的词乐资料,具有极其重要的价值。他在范成大处极受款待,创制了两首得意之词,又得到一位堪称知音的小红。诗中描写小红低唱着诗人音律谐婉美妙的新曲,诗人则吹箫相和,大雪之中有此温馨情事,欢愉之意不觉流露于笔端。诗人载着歌声的扁舟在大雪中渡过垂虹桥,可算得人、景双绝,人是风流的才子佳人,景是白雪纷飞、超尘拔俗的清幽夜景。不知不觉中"过尽松陵路",船后唯余浩淼烟波与隐隐长桥。景尽而情不尽,言尽而意不尽,极有韵致。

【原诗】

　　自作新词韵最娇,小红低唱我吹箫②。曲终过尽松陵路③,回首烟波十四桥④。

【注释】

①垂虹:桥名,详见前姜夔《除夜自石湖归苕溪》诗注③。
②自作二句:参见本诗〔题解〕。韵最娇,指音律谐婉、优美动听。
③松陵:吴江的别名。
④十四桥:指垂虹桥,或言所经桥梁之多,十四非实指。

【今译】

　　我自己创制的新词
《暗香》《疏影》音韵最优美谐调,
小红低声缓缓地歌唱,
我细细相和吹着玉箫。
一曲终了已走过吴江道路,
船后只留下浩浩烟波隐隐长桥。

②诸老:指岳飞、张浚、刘光世。岳飞(公元1103—1142年),字鹏举,相州汤阴人。南宋四大名将之一,抗金英雄。详见前岳飞诗附小传。张浚(公元1086—1154年),字伯英,成纪(今甘肃天水)人。南宋四大名将之一。曾积极抗金,战功卓著。后阿附高宗、秦桧旨意,力赞和议,请纳兵权,拜枢密使,曾参与谋害岳飞。晚年封清河郡王。死后追封循王。刘光世(公元1089—1142年),字平叔,保安军(今陕西志丹)人。以父荫补官。徽宗宣和三年(公元1121年),从其父镇压方腊起义,为鄜延路兵马钤辖。高宗即位,迁行在都巡检使。建炎三年(公元1129年)春,金军逼扬州,以江淮制置使领兵迎击,未战即溃。扬州陷,高宗仓促渡江。为江东宣抚使,屯江州,日置酒高会。金人自黄州渡江三日,尚不知。……因其与时浮沉,不为秦桧所忌,官至少师,荣宠以终其身。

③崔嵬:指高山,即乌石山。

④刘郎二句:参见本诗〔题解〕。刘郎,指刘光世。因唐刘禹锡两首玄都观诗皆自称刘郎,后世遂以之自称或称他人。

【今译】

岳飞、张浚等著名人物早已谢世,
实在令人极度悲哀,
还留有各自的姓名,
镇守着这高高山崖。
刘光世先生是不是疏于文墨,
书写名姓竟让侍女替代。
到如今带着脂粉气的字迹,
还污染了点点绿苔。

过垂虹①

姜 夔

【题解】

此诗作于光宗绍熙二年(公元1191年)除夕。元陆友《砚北杂志》记:"小红,顺阳公(范成大)青衣(侍女)也,有色艺。顺阳公之请老(退休),姜尧章诣(拜访)之。一日,授简征新声,姜尧章制《暗香》《疏影》二曲,公使二妓肄习之,音节清婉。姜尧章归吴兴(今浙江湖

【注释】

①平甫:张鉴字平甫,南宋名将之孙,张镃之弟。生平未详。《康熙太平府志》云:"张鉴淳熙间为州推官。"诗人挚友。
②便:有利、适宜。
③乞我:请求让我。

【今译】

年纪老大无心听取急管繁弦,
身体衰病饮酒也多有不便。
人生难得凉爽惬意的秋前细雨,
请让我就在空堂中自在闲眠。

登乌石寺①

姜 夔

【题解】

本诗作于宁宗开禧二年(公元1206年),一本作《题严州乌石寺》。罗大经《鹤林玉露》云:"严州(今浙江桐庐)乌石寺,在高山之上,有岳武穆飞、张循王俊、刘太尉光世题名。刘不能书,令侍儿意真代书,姜尧章诗云云。"姜夔南游浙东,过桐庐,追怀历史人物不论贤与不肖皆归于泉壤,空留石上姓名让后人凭吊,不由得兴感而发为喟叹。后二句以戏谑的语气嘲笑不肯抗金、一味逃跑却能全身免祸、一生荣宠的刘光世竟让侍儿代书姓名,贻笑后世。"几点胭脂"四字可使人想象当时场景。全诗笔意清畅而寄情沉郁,婉而多讽。

【原诗】

诸老凋零极可哀②,尚留名字压崔嵬③。刘郎可是疏文墨,几点胭脂污绿苔④。

【注释】

①乌石寺:浙江桐庐有乌石山,寺在山上。

【今译】

　　荷叶在风中飘动,
　　扇得湖边浦上一派清凉,
　　青青的芦苇姿态悠闲,
　　萧萧作响唱出秋夜的悲伤。
　　我平生最能体会流荡江湖的况味,
　　听见秋声不由得深深思忆故乡。

平甫见招不欲往①二首其一

姜　夔

【题解】

　　周密《齐东野语》卷十《姜尧章自叙》云:"……四海之内,知己者不为少矣,而未有能振之于窭困无聊之地者。旧所依倚,惟有张兄平甫(名鉴,字平甫),其人甚贤,情甚骨肉。而某亦竭诚尽力,忧乐同念……"由此段文字可知二人交情非同寻常。夏承焘《姜白石词编年笺校·行实考·系年》载,诗人于光宗绍熙四年(公元1193年)客居绍兴,开始与张鉴交往,至宁宗嘉泰二年(公元1202年)张鉴卒,前后十载。此诗作于庆元年间依张鉴居杭州时,为婉谢张鉴招饮而写。诗人虽与张鉴"情甚骨肉",张鉴曾想出钱为他捐官,又想赠其无锡良田,均被诗人辞却。可见他绝不同于一般的清客文人而自具铮铮傲骨。因此这首诗以一种平交王侯的态度,声明自己不欲赴会的原因,以及自甘寂寞、自得其乐的心境。

【原诗】

　　老去无心听管弦,病来杯酒不相便②。人生难得秋前雨,乞我虚堂自在眠③。

江涵远天,水中闪几点星光,
沙岸旁白鹭静静地睡眠。
我这行客凝望着苏台绿柳,
吊古伤今心中惆怅无限,
遥想眼前千万缕柳条,
曾为吴王拂扫过飘落的花片。

湖上寓居杂咏

姜　夔

【题解】

此组诗为诗人宁宗庆元年间(公元 1195—1200 年)寓居杭州西湖孤山、西泠时所作。共十四首,这篇为第一首。诗人"少小知名翰墨场",却"十年心事总凄凉"(《除夜自石湖归苕溪》十首其九),飘荡江湖,流落他乡,尝尽羁旅况味,本诗即抒发感秋愁绪与思归心意。前二句从视觉、听觉印象,描绘了一幅荷叶生凉、芦声凄切的萧瑟图画,所取意象幽冷孤峻,标示了诗人品格的清高。而这幅声色凄凉的秋天景象,最易引发诗人的感伤,"平生最识江湖味"句,即以极平淡的语言抒写了沉郁浓至的感情。篇末写思归心意总束全篇,一腔幽怨,尽在不言之中。深得象外之致。

【原诗】

　　荷叶披披一浦凉①,青芦奕奕夜吟商②。平生最识江湖味,听得秋声忆故乡。

注释

　　①披披:飘动貌。

　　②奕奕:姿态悠闲。商:五音(宫、商、角、徵、羽)之一。旧说以五声分配四时,秋天为商声。《礼记·月令》载,孟秋、仲秋、季秋之月,"其音商"。欧阳修《秋声赋》:"天生于物,春生秋实。故其在乐也,商声主西方之音(西方是秋天的方位),夷则为七月之律。商,伤也,物既老而悲伤。"

姑苏怀古①

姜　夔

【题解】

此诗作于孝宗淳熙十四年(公元1187年)。前二句写景,"江涵星影鹭眠沙"句,绘出江涵远天的空阔之象,而倒映的点点星影连同闪闪波光,以及眠沙的白鹭,构成了一幅静中微动的绝妙画幅。后二句点明怀古主旨,诗人思接千载,却拈出"苏台柳"作为历史的见证,想象其"曾与吴王扫落花",诗人对历史兴亡的浩叹借景言之,纯于虚处传神,使人寻绎无尽,深得清空之致。诗人《点绛唇》词有云:"今何许?凭栏怀古,残柳参差舞。"陈廷焯评曰:"无穷哀感,都在虚处,令读者吊古伤今,不能自止,洵推绝调。"(《白雨斋词话》)此诗表现手法与《点绛唇》略同,而内涵更深刻,情味更含蕴,确是怀古佳篇。罗大经《鹤林玉露》云:"姜尧章学诗于萧千岩(德藻),琢句精工,有姑苏怀古诗云云。杨诚斋(万里)喜诵之……谓其冢嗣伯子曰:'吾与汝勿如姜尧章也。'"

【原诗】

　　夜暗归云绕柁牙②,江涵星影鹭眠沙。行人怅望苏台柳③,曾与吴王扫落花。

注释

　　①姑苏:山名,在江苏吴县西南,或作"姑胥",又作"姑余"。山上有姑苏台,相传为吴王夫差所筑,又称胥台,亦借指苏州。
　　②柁(duò)牙:指柁板。柁,即舵,控制船舰等行驶方向的装置。
　　③苏台:即指姑苏台。

【今译】

　　夜色幽暗,飞归的云
　　低低地缭绕着柁板船舷,

人飘零湖海的孤独感。次句描绘云雾缭绕的群山,意象幽美而缥缈。后二句写春寒中静夜里扁舟独归时,诗人孤高自赏,索寞冷寂的心境,情融景中,余韵无穷。全篇清幽峭拔,充满诗情画意。

【原诗】

笠泽茫茫雁影微②,玉峰重叠护云衣。长桥寂寞春寒夜③,只有诗人一舸归④。

【注释】

①石湖:湖名,在江苏苏州西南,界吴县吴江间,风景优胜。西南通太湖,为范成大晚年居地,随地势高下,面湖筑亭榭,孝宗书"石湖"二字以赐,范成大因以为号,称石湖居士。苕(tiáo)溪:水名,一名苕水。有二源,出浙江天目山之南者为东苕,出天目山之北者为西溪,两溪合流,由小梅、大浅两湖口入太湖。相传此水夹岸多苕花,秋时飘散水上如飞雪,故名。此指湖州。
②笠泽:水名,即松江(今吴淞江),其江之源连接太湖。
③长桥:即指垂虹桥。在江苏吴江县东,本名利往桥,桥有七十二洞,宋仁宗庆历八年(公元1048年)建,俗名长桥。因上有垂虹亭,故名垂虹桥。
④舸(gě):船。

【今译】

松江一片苍苍茫茫,
隐约中雁影缥缈幽微。
岸边一重重玉色山峰,
有层层轻云遮护包围。
长桥寂寞的春寒之夜,
只有我诗人的扁舟独自返回。

我,我之意亦适然感乎是物是事,触先焉,感随焉,而是诗出焉,我何与哉?天也。"以上两段话可作此句注脚。

⑧先生句:欧阳修《赠王介甫》诗称赞王安石的文学成就云:"翰林(指李白)风月三千首,吏部(指韩愈)文章二百年";刘克庄《后村诗话》曰:"放翁,学力也,似杜甫;诚斋,天分也,似李白。"此处即以李白比况杨万里。

⑨回施句:杜甫《春日忆李白》诗:"渭北春天树,江东日暮云。何时一樽酒,重与细论文?"渭北是当时杜甫所在地,江东是李白所在地。此句赞杨万里诗歌成就已超越李白。施,给予。

【今译】
　　你是文坛上技艺超群的老将,
　　一笔真能扫尽万马千军。
　　花月年年都被你摄入诗中,
　　得不到休闲与安宁,
　　处处山川就怕遇见你:
　　你太善抉发它的奥秘和灵性。
　　你作诗如同箭必定要射中目标,
　　又如风吹水动自然形成波纹。
　　先生你只能写作三千首诗,
　　余下的才力还要回赠江东李白君。

除夜自石湖归苕溪①十首其七

姜　夔

【题解】
　　组诗《除夜自石湖归苕溪》十首,代表了姜夔七言绝句的最高成就。光宗绍熙二年(公元1191年)冬,诗人往访幽居石湖的范成大,受到热情款待,创制了《暗香》《疏影》两首被后人誉为千古绝唱的咏梅词。范成大激赏诗人的出众才华,且将侍婢小红赠与。诗人《过垂虹》诗云:"自作新词韵最娇,小红低唱我吹箫"的情景,成为文坛一段佳话,此组诗十绝句作于同时。这第七首描写诗人夜渡太湖的情景。首句描写夜色中苍茫的笠泽和依稀的雁影,这雁影隐含比意,显示了诗

【原诗】

翰墨场中老斫轮②,真能一笔扫千军③。年年花月无闲日④,处处山川怕见君⑤。箭在的中非尔力⑥,风行水上自成文⑦。先生只可三千首⑧,回施江东日暮云。⑨

注释

①朝天续集:孝宗淳熙十六年(公元1189年),光宗即位,杨万里被召为秘书监。年末,金遣使前来贺正旦,奉命借焕章阁学士为接伴使。绍熙元年(公元1190年),由于杨前几年曾因上疏责洪迈等事触怒孝宗被外放,此年,将要进《孝宗圣政》,杨为进奉官,孝宗念及旧恶不悦,又出杨为江东转运副使。杨将在京仕宦期间所写诗歌编为《续朝天集》。诚斋,杨万里字廷秀,号诚斋。详见前杨万里诗附小传。

②翰墨句:黄庭坚《病起荆江即事》诗:"翰墨场中老伏波",此化用其句。老斫轮,《庄子·天道》:"轮扁曰:'臣也,以臣之事观之。斫轮,徐则甘而不固,疾则苦而不入。不疾不徐,得之于手而应于心,口不能言,有数存焉于其间。臣不能以喻臣之子,臣之子亦不能受之于臣,是以行年七十而老斫轮。'"后因称技艺精熟为老斫轮手。斫轮,用斧头削木做车轮。

③一笔扫千军:杜甫《醉歌行》"词源倒流三峡水,笔阵独扫千人军",此用其句。

④年年句:杨万里多写景诗,自云:"春花秋月冬冰雪,不听陈言只听天(自然)"(《读张文潜诗》),"山思江情不负伊,雨姿晴态总成奇。闭门觅句非诗法,只有征行自有诗"(《下横山滩头望金华山》)。韩愈《赠贾岛》诗:"孟郊死葬北邙山,从此风云得暂闲。天恐文章浑断绝,更生贾岛著人间。"此句袭用其意。

⑤处处句:参见本诗〔题解〕。杨万里《荆溪集自序》云:"每过午,吏散庭空,即携一便面(遮面之扇),步后园,登古城,采撷杞菊,攀翻花竹,万象毕来,献予诗材,盖麾之不去,前者未雠,而后者已迫,涣然未觉作诗之难也。"此段话可作本句诠释。

⑥箭在句:《孟子·万章下》:"由射于百步之外也,其至,尔力也;其中,非尔力也。"此用其语。

⑦风行句:《周易·涣》:"风行水上,涣。"苏洵《仲兄字文甫说》:"且兄尝见夫水之与风乎?……故曰:'风行水上,涣。'此亦天下之至文也。然而此二物者,岂有求乎文哉?无意于相求,不期而相遭,而文生焉。是其为文也,非水之文也,非风之文也;二物者非能为文,而不能不为文也。物之相使而文出于其间也,故此天下之至文也。"杨万里《致徐达书》:"我初无意于作是诗,而是物是事适然触乎

送《朝天续集》归诚斋,时在金陵①

姜夔

【作者简介】

姜夔(约公元1155—1221年),字尧章,号白石道人。饶州鄱阳(今江西波阳)人。终身布衣,浪迹江湖,除卖字外,大都依靠他人周济生活。他精音律,多才艺,怀抱用世之志而困踬场屋。庆元三年(公元1197年)曾进《大乐议》《琴瑟考古图》于朝,后又上《圣宋铙歌鼓吹曲》,均未被重视。常以诗文游于名人巨公之门,与萧德藻、杨万里、范成大、张镃、张鉴、辛弃疾等结交。但孤高自许,狷介自律,范成大称其"翰墨人品,皆似晋宋之雅士"(周密《齐东野语》)。工诗、词、骈文,善书法。诗初学黄庭坚,中年摆脱江西诗派的束缚,转而取法晚唐陆龟蒙、皮日休,琢句精妙,意境幽隽,七绝尤佳。杨万里赞曰:"有裁云缝月之妙思,敲金戛玉之奇声。"所著《白石道人诗说》,论诗多有见地。词作成就尤著,创清刚一派,影响及于近代。有《白石道人诗集》《白石道人歌曲》《诗说》等。

【题解】

此篇评论杨万里诗歌的高度成就,作于光宗绍熙二年(公元1191年)初夏。杨万里在当时诗坛能突破江西诗派的桎梏,自出机杼,创造了独具风格圆活自然的"诚斋体"。他主张师法自然,感物而作,最擅长描写自然景物,善以灵动的手法、浅近活泼的语言,描摹出自然景物霎那间最为生动的姿态和动静变化,真正达到:"偷窥造化工"(《观化》)的妙境。本诗高度评价了杨万里作为诗坛老将笔扫千军、独领风骚的状况。"年年花月无闲日,处处山川怕见君"二句,以类似戏谑的语言,深刻地揭示了杨万里善于抉发自然之秘的创作特点。"箭在的中"二句则说明诚斋诗非强力所为,而是由于诗人胸襟透脱,以"活法"作诗,融贯了主体的心智性灵,从而达到自然天成的神功。篇末以诚斋比附李白,且寄寓自己的敬仰与倾慕之情。全诗笔力遒劲,议论风发,理义明晰,是一首论诗佳作。

【今译】

　　向苍天请求给我饮酒的海量,
　　再倒翻大海洗去诗人的困穷。

三

　　春水渡旁渡,夕阳山外山①。

注释

　　①此二句摘自《世事》诗。原诗云:"世事直如梦,人生不肯闲。利名双轮毂,今古一凭栏。春水渡旁渡,夕阳山外山。吟边思小范,共把此诗看。"

【今译】

　　春水涨时渡口旁还有渡口。
　　夕阳照处青山外仍是青山。

四

　　湘江一点不容俗,岳麓四时皆是秋①。

注释

　　①此二句摘自《长沙呈赵东岩运使并简幕中杨唯叔通判诸丈》诗。原诗云:"日暮远途行未休,白头又作长沙游。湘江一点不容俗,岳麓四时皆是秋。香草汀洲付骚客,红莲幕府聚名流。吟边万象写不得,上有风流赵倚楼。"岳麓,山名,一称麓山,在今湖南长沙市郊,湘江西岸,因当衡山之足,故以麓名。

【今译】

　　湘江一点也不能容忍俗客,
　　岳麓四季都像是清凉高秋。

【今译】

　　一岩高高端坐压抑了千山万峰，
　　三两个亭台正在佳美的景色中。
　　江水忽然涨满只为连夜落雨，
　　松声如涛全因半天吹下高风。
　　忧念时局多故我头发变白，
　　独自漫步林泉直到夕阳绯红。
　　我这在野之人想要倾吐忧国心志，
　　谁能为我唤起久已长眠的赞皇公？

句（四条）

戴复古

一

　　水阔终非海，楼高不到天①。

注释

　　①此二句摘自《秋怀》诗。原诗云："红叶无人扫，黄花独自妍。听谈天下事，愁到酒樽前。水阔终非海，楼高不到天。昔人已怀古，况复后千年。"

【今译】

　　河水再宽阔终究不是汪洋大海，
　　楼阁再高耸总归高不到碧云天。

二

　　问天求酒量，翻海洗诗穷①。

注释

　　①此二句摘自《书事》诗。原诗云："喜作羊城客，忘为鹤发翁。问天求酒量，翻海洗诗穷。已过西南道，适遭东北风。扁舟载明月，枉作卖油公。"

情顿生波澜、激荡难平的状态,意新语工,耐人寻味。后半篇描写诗人因思国是日非、时局艰危而忧愁白头,心潮起伏,久久徘徊的情景,并直接地道出时无知己,难以诉说自己的忧国之志,而想唤醒异代知己、谋国忠臣李德裕,事实上却绝无可能的怅惘。全诗爱国感情充沛,而语意含蕴。陈衍评曰:"异乎书生大言,若陈同甫(亮)、刘改之(过)一流人。"

【原诗】

　　一岩端坐挹千峰②,三两亭台胜概中③。江水骤生连夜雨,松声吹下半天风。因思世故吾头白④,独步林皋夕照红⑤。欲吐草茅忧国志⑥,谁能唤起赞皇公⑦?

注释

　　①袁州化成岩:宋祝穆《方舆胜览》卷十九"袁州"记:"龙成岩,在州西五里,唐李卫公(德裕)尝读书于此,后因为祠。顶有浮图,其西建妙峰亭,盖登临胜处。"诗题所云"化成岩"当即"龙成岩"。李卫公:唐李德裕(公元787—849年),字文饶,赵郡人。父李吉甫为相,以荫补校书郎,历仕宪、穆、敬、文、武诸朝。文宗大和九年(公元835年)四月,贬为袁州长史。武宗时,自淮南节度使入相,执政六年,《旧唐书》本传称其"决策论兵,举无遗悔,以身扞难,功流社稷",力主削弱藩镇。会昌四年(公元844年),以功进封卫国公。后牛党得势,为牛党所构陷、迫害,宣宗大中元年(公元847年)贬潮州司马,次年贬潮州司户,又贬崖州司户,死于贬所。

　　②挹(yì):同"抑"。

　　③两三亭台:参见本诗注①,袁州还有介亭、红阴亭、宜春台等。胜概,犹言"胜景",美丽的景色。

　　④世故:世间的一切事物,特指变故。嵇康《与山巨源绝交书》:"机务缠其心,世故繁其虑。"

　　⑤林皋:山林皋壤,《庄子·知北游》:"山林与?皋壤与?"皋,湖沼,水旁地。

　　⑥草茅:谓在野未出仕的人。《仪礼·士相见》:"在野则曰草茅之臣。"

　　⑦赞皇公:唐文宗大和七年(公元833年),李德裕"以本官平章事,进封赞皇伯,食邑七百户"(《旧唐书》本传)。

【原诗】

　　冷澹篇章遇赏难①,杜陵清瘦孟郊寒②。黄金作纸珠排字③,未必时人不喜看。

注释

　　①冷澹篇章:指不媚俗讨好、迎合时尚的作品。
　　②杜陵清瘦:杜甫诗多忧国伤时及感慨身世之作,多悲愁穷苦之辞,又好用俗字入诗,宋初西昆派代表诗人杨亿曾讥笑他为"村夫子",杜诗风格沉郁顿挫,综上所述,故称杜诗"清瘦"。杜陵,指杜甫,因其居于长安附近的杜陵,自称"杜陵布衣"。孟郊瘦,中唐诗人孟郊多穷苦之辞,以苦吟著名,诗风清峭瘦硬,故苏轼《祭柳子玉文》有"元轻白俗,郊寒岛瘦"之语。
　　③黄金句:指迎合时尚的堆金砌玉的富贵诗。

【今译】

　　我飘零忧国的愁苦篇章,
　　要想被人赏识实在很难,
　　当年诗风清瘦的杜甫不遇知音,
　　好作苦吟孟郊被人称"寒"。
　　黄金作纸珍珠排字的富贵诗,
　　时人恐怕未必就不喜欢。

袁州化成岩李卫公谪居之地①

戴复古

【题解】

　　唐李德裕历仕宪、穆、敬、文、武诸朝,两度为相,平生力主抵御外侮、削平藩镇势力,器识高远,政绩卓著。但因与牛僧孺李宗闵为首的牛党斗争激烈,史称"牛李党争",屡遭牛党构陷、打击,屡被贬斥。文宗大和九年(公元835年)四月,曾被贬为袁州(今江西宜春)长史。戴复古来到李德裕贬谪之地,慨古伤今,写下此诗。诗中先描写袁州化成(当为龙成)岩四周的山水胜景,境界开阔,气势恢宏。"江水骤生连夜雨,松声吹下半天风"二句,不但写景跌宕有致,也暗喻诗人感尽神州③?

【注释】
①江阴:地名,今属江苏。浮远堂:在江阴君山上,北临长江,取名自苏轼"江远欲浮天"句意。
②横冈:长坡,指君山。瞰(kàn):俯视。
③最苦二句:辛弃疾《菩萨蛮》词:"西北望长安,可怜无数山",此翻用其意。宋金以淮河为界,淮北为金人所占,故云"淮南极目尽神州"。神州,古称中国为神州,此指故国山河。

【今译】
　　长坡上我俯视大江滔滔奔流,
　　浮远堂前万里江水正如我无尽忧愁。
　　最苦是没有青山遮住望远的双眼,
　　淮南极目向北全都是故国旧州!

戏题诗稿

戴复古

【题解】
　　戴复古多忧时伤世、愤世嫉俗与批判现实之作,主张"陶写性情",反对"留连光景",认为"锦囊言语虽奇绝,不是人间有用诗"(《论诗十绝句》其五),并说"吾宗有东野(孟郊),诗律颇留心。不学晚唐体,曾闻大雅音。霜空孤鹤唳,云洞老龙吟……"(《侄孙昺以东野农歌一编来,细读足以起予……》)他作诗师法杜甫、白居易、孟郊及陆游等,且能广泛吸取营养而兼备众体。这首戏题诗稿的小诗,表明了诗人在创作上不肯媚俗讨好,宁愿受到冷遇的坚决态度,并写出他对杜甫、孟郊诗的激赏,且对他们不遇于时发出深深慨叹。诗人还以戏谑的口吻,讽刺了世人喜欢"黄金作纸珠排字"的庸俗风习。当时人王埜为诗人作品所写序言中说他:"长篇短章,隐然有江湖廊庙之忧,虽诋时忌、忤达官,弗顾也。"这段话可以作为我们理解此诗的正确诠释。

⑦一贤:指真德秀。一路,指湖南。
⑧其如:犹言"岂奈"、"无奈"。四海:犹言国家天下。原作"四路",一作"四海"。

【今译】
你走进仕途虽因文章被选中,
尤其精于治理世务的政事科。
以你的作为就像古代的伊尹吕尚,
即使不遇于时也类似孔丘孟轲。
长沙地方狭窄你儒者的衣袍多么宽大,
明月池水干涸你的德政却如春水般多。
老天爷以你这一位贤人偏私一方,
又把国家天下如之奈何?

江阴浮远堂①

戴复古

【题解】

诗人虽然穷愁潦倒、奔走四方,直到晚年还为衣食忧愁,却始终关心时局,怀抱着炽热的爱国感情,尽管自叹"闭门生涯薄",却总是"忧时念虑长"(《代书寄韩履善右司赵庶可寺簿》)。中原不复、南北分裂的怅恨,是他诗歌中经常抒写的,在《盱眙北望》诗里他说:"难禁满目中原泪,莫上都梁第一山。"在《频酌淮河水》诗里他说:"莫向北岸汲,中有英雄泪。"本篇原是登临之作,却饱和着深厚的故国之思、爱国之情。当诗人登上浮远堂俯瞰,见大江涌流一泻万里,不禁牵动他如长江滔滔不尽的家国深愁。"最苦无山遮望眼,淮南极目尽神州"二句,写出对长期沦于敌手的故国山河的无限眷念,以及对朝廷不思恢复的极度怨望。全诗气魄雄健,感情极沉郁。

【原诗】

横冈下瞰大江流②,浮远堂前万里愁。最苦无山遮望眼,淮南极目廷。四方人士诵其文,想见其风采。及宦游所至,惠政深洽,不愧其言。"但终宁宗朝,他未能在朝担任重要官职。嘉定十五年(公元1222年),"以宝谟阁待制、湖南安抚使知潭州(今湖南长沙)。以'廉仁公勤'四字励僚属,以周敦颐、胡安国、朱熹、张栻学术源流勉其士。罢榷酤,除斛面米,申免和籴,以甦其民……惠政毕举"(《宋史》本传)。戴复古此诗写于真德秀知潭州期间。诗人对真德秀的文学才华、政治才具和出色政绩竭力揄扬,认为他可与古贤相伊尹、吕尚比美。真德秀又是一位大儒家,因而诗人说"使其不遇亦丘轲",认为他的思想、道德风范足以垂示后世。长沙古来是偏远之处,常系谪臣所居,诗人认为真德秀坐镇长沙固是一方之幸,但以其才能器识,本该立于朝堂辅佐君王、经邦济世。诗中为他不被重用而致慨,语气虽委婉,对朝廷不知用贤的责难,却是显而易见的。全诗赞誉真德秀而不失实,颇具史料价值。

【原诗】

　　致身虽自文章选,经世尤高政事科②。以若所为即伊吕③,使其不遇亦丘轲④。长沙地窄儒衣阔⑤,明月池干春水多⑥。天以一贤私一路⑦,其如四海九州何⑧?

注释

　　①真师:真德秀(公元1178—1235年),字景元,更为景希,号西山,世称西山先生。建州浦城(今属福建)人。宁宗庆元五年(公元1199年)进士。开禧元年(公元1205年)中博学宏词科。历官江东转运使、泉州、潭州、福州知州。所至多有德政。理宗端平元年(公元1234年)入为翰林学士,次年拜参知政事。于时政多所建言。卒谥"文忠"。师,对人的尊称。

　　②致身二句:参见本诗〔题解〕与注①。致身,献身出仕。经世,治理世事。政事科,为孔子教习弟子四门学科之一。

　　③若:第二人称,你。伊吕,尹伊和吕尚,伊尹佐商汤,吕尚佐周武王,为古代贤相的典范人物,常并称以颂扬人的地位和功业。

　　④丘轲:孔丘和孟轲,生前均不得行其道,后被奉为儒学两大宗师。真德秀是大儒学家,庆元党禁后,程朱理学得以复盛,多出于他的力量。

　　⑤儒衣阔:古代儒生所着为宽袍大袖。

　　⑥明月池:在临沅(今湖南桃源)县西。

桐叶④,长歌醉菊花。归心徒自苦,犹在楚天涯⑤。

注释

①渝江:即渝水,在今江西新余境。绿阴亭:在新余,始建于唐,见《石屏诗集》诗题。九日:农历九月九日重阳节。燕:同"宴"。

②孟嘉:东晋时人,其重阳节龙山落帽事被历代诗人咏重阳用为典故,详见前。

③要人二句:杜甫《九日》诗:"去年登高郧县北,今日重在涪江滨。苦遭白发不相放,羞见黄花无数新。"此翻用后二句意。乌纱,即乌纱帽,古时官员所戴,后流行于民间,贵贱皆服。李白《答友人赠乌纱帽》诗:"领得乌纱帽,全胜白接䍦。"

④寄兴:寄托情兴。题桐叶:用典。唐孟棨《本事诗》:"顾况在洛乘门,与三诗友游于苑中,坐流水上,得大梧叶,上题诗曰:'一入深宫里,年年不见春。聊题一片叶,寄与有情人。'况明日于上游,亦题叶上,放于波中,诗曰:'花落深宫莺亦悲,上阳宫女断肠时。帝城不禁东流水,叶上题诗欲寄谁。'……"

⑤楚天涯:即指渝州。楚,泛指南方。天涯,极言其遥远。

【今译】

重阳佳节在江亭上,
有谁怜念我这垂老的孟嘉。
特意叫人看一看满头白发,
不必戴好帽子整理乌纱。
桐叶题诗寄托这秋日情兴,
长歌醉饮赏观应时的菊花。
思归的心愿使我空自愁苦,
可叹至今还独自远在南国天涯。

湖南见真师①

戴复古

【题解】

《宋史》真德秀传称:"德秀长身广额,容貌如玉,望之者无不以公辅期之。立朝不满十年,奏疏无虑数十万言,皆切当世要务,直声震朝学术文章注重师法传授,凡一脉相沿,信守家法的称为家数。

④瘦因句:贾岛、姚合作诗重视锻炼字句,以"苦吟"出名,此言赵氏作诗勤苦,字句锻炼功夫深。

⑤宦情痴:谓赵氏天性纯朴、正直,不谙官场世故。

⑥藏春圃:当为园林景观名称,其地未详。

【今译】

　　呜呼哀哉赵君紫芝,
　　生命竟然就这样终止。
　　他有东晋人物般高洁的流品,
　　师承晚唐名手的家法来作诗。
　　瘦损总因着构思吟咏用功太苦,
　　不得志全为不懂做官技巧正直朴实。
　　我苦苦追忆着和他同在藏春圃,
　　花丛边细细谈诗论文的美好往事。

渝江绿阴亭九日燕集①

戴复古

【题解】

　　诗人一生湖海飘零,长年辗转于水陆舟车,尝尽羁旅行役的痛苦。他时常慨叹着"浮世百年梦,他乡几度秋"(《秋夜旅中》),由于"行藏两无策"(《无策》),以至"客游儿废学,身拙妇持家"(《春日怀家》)。他不断抒写着"归兴随流水,伤心对落花"的客思乡愁。这首诗写他重阳节"独在异乡为异客",自伤老大和思念家乡的苦情。诗中翻用孟嘉落帽典故和杜甫《九日》诗意,写出老大无成的感伤,并写出宴集时他虽能应景应节"寄兴题桐叶,长歌醉菊花",但毕竟强歌无欢,最后仍如银瓶乍破水浆迸一样,迸出对流落天涯还家无期的现状的一腔幽闷,使全诗的感情在篇末达到高潮。

【原诗】

　　九日江亭上,谁怜老孟嘉②。要人看白发,不用整乌纱③。寄兴题

【今译】

　　房屋东西全都是林园花圃,
　　任随你手持藜杖漫步悠闲无比。
　　细雨清寒,花朵渐渐消瘦,
　　春色浓重,柳丝垂一片碧绿。
　　亭台池馆时常挽留佳客,
　　敞开的窗户总是依傍小溪。
　　我再三抚摸雪白的墙壁,
　　哪儿写得出好诗能往上题?

哭赵紫芝[①]

戴复古

【题解】

　　此诗为悼念"永嘉四灵"之一赵师秀而作。首二句哀其死亡,三、四句赞美其清雅的人品,说明其诗歌创作的渊源。五、六句赞其作诗的勤苦,点明其诗"苦吟"的特征,并对他刚直正派不善逢迎而辗转州县的命运表示慨叹。一个"痴"字,包含了诗人对其人品的深深敬重,以及对现实政治贤愚不分的极大不满。末二句追忆二人交谊,写出对过去美好时光的无限眷恋。全诗语简意永,以真挚朴素取胜。

【原诗】

　　呜呼赵紫芝!其命止于斯。东晋时人物[②],晚唐家数诗[③]。瘦因吟思苦[④],穷为宦情痴[⑤]。忆在藏春坞[⑥],花边细话时。

注释

　　①赵紫芝:赵师秀(?—公元1219年),字紫芝,号灵秀,详见后赵师秀诗附小传。
　　②东晋句:东晋时崇老庄、尚清谈,名士多襟怀洒落,超然尘外。此处赞美赵氏流品高洁。
　　③晚唐句:赵师秀诗学晚唐姚合、贾岛,尊姚、贾为"二妙",故云。家数,古代

【今译】

为什么单单把涧泉当作名号?
取它的意义清而又清。
你隐居林泉任情遨游山水,
将众多名公巨卿看如婴儿般轻。
你把握当前时光对景豪饮,
写的诗有流传后世的英名。
眼前黄花烂漫秋意正浓,
我向东遥望,思忆有渊明高节的韩君。

题张佥判园林①

戴复古

【题解】

这首题咏园林的诗立意较为平常,只有"雨寒花蕊瘦,春重柳丝低"二句,描写春日雨后绿肥红瘦的景象清新生动。春着一"重"字,能使人想见春光的浓郁,富于质感。其它诗句未见出色。

【原诗】

园圃屋东西②,从君一杖藜③。雨寒花蕊瘦,春重柳丝低。亭馆常留客,轩窗总傍溪④。摩挲雪色壁⑤,要得好诗题?

注释

①赵佥(qiān)判:生平未详。佥判,官名,宋各州府的幕僚,全称为签书判官厅公事。其职务为协理郡政,总管文牍。由京官担任的称签判,非京官选任的称判官。佥:通"签"。
②园圃:种植瓜果蔬菜的场地。
③从:任、随。一杖藜:即一藜杖。
④轩窗:窗户。孟浩然《同王九题就师山房》诗:"轩窗避炎暑,翰墨动新文。"
⑤摩挲:抚摸。雪色壁:形容墙壁洁白如雪。苏轼《郭祥正家,醉画竹石壁。郭作诗为谢,且遗二古铜剑》诗:"森然欲作不可回,吐向君家雪色壁。"

节,出仕不久即归,隐居二十年。这首诗围绕韩㴋的名号,突出描写他放情山水、蔑视富贵的绝俗品节和不同凡响的诗才,说明其名号与人格表里一致、名实相副。用笔颇为别致有趣。篇末借眼前菊花起兴,将对方比作东晋大诗人陶渊明,隐含对韩㴋精神品质和文学才华的高度赞扬,并遥寄作者对他的钦慕与思念之情。其实,韩㴋的归隐,根本原因在于对黑暗政治的不满。戴复古后来所作《哭涧泉韩仲止二首》,一方面赞美他"雅志不同俗,休官二十年。隐居溪上宅,清酌涧中泉";赞美他"忍贫长傲世,风节似君稀",同时又说他"慷慨伤时事,凄凉绝笔篇。三篇遗稿在,当并世书传",且注明韩"闻时事惊心得疾而死",由此更可知韩㴋品格的可贵。

【原诗】

何以涧泉号②?取其清又清。天游一丘壑③,孩视几公卿④。杯举即时酒,诗留后世名⑤。黄花秋意足,东望忆渊明⑥。

注释

①韩仲止:韩㴋(sī思)(公元1159—1224年)字仲止,号涧泉。韩元吉子。世居开封雍丘(今河南杞县),南渡后其父流寓信州上饶(今属江西),因称上饶人。有高节,从仕不久即归,隐居二十年。诗与赵蕃(号章泉),时称"二泉"。有《涧泉日记》《涧泉集》传世。

②何以句:参见本诗〔题解〕。

③天游句:《汉书·叙传》上:"渔钓于一壑,则万物不奸其志;栖迟于一丘,则天下不易其乐。"《世说新语·品藻》:"明帝问谢鲲:'君自谓何如庾亮?'答曰:'端委庙堂,使百官准则,臣不如亮;一丘一壑,自谓过之。'"此指隐居林泉、放情山水。天游,谓放任自然。《庄子·外物》:"胸有重阆,心有天游。室无空虚,则妇姑勃谿;心无天游,则六凿相攘。"郭象注:"游,不系也。"成玄英疏:"虚空,故自然之道游其中。"

④孩视:当作婴儿看待,表示居高临下的态度。

⑤杯举二句:《晋书·张翰传》:"使我有身后名,不如即时一杯酒",此化用其意。

⑥渊明:东晋大诗人陶渊明,因不愿与统治者同流合污,弃官归隐。其《饮酒》诗二十首其五"采菊东篱下,悠然见南山"为千古名句,后遂有"陶渊明独爱菊"(宋周颐敦《爱莲说》)之说。此处用以比喻韩㴋。

【注释】

①次韵:和人的诗并依原诗用韵的次序,叫次韵,始于唐元稹、白居易。谢敬之:生平未详。南康县:今属江西省。刘清老:生平未详。

②李愿盘:韩愈《送李愿归盘谷序》:"太行之阳有盘谷。盘谷之间,泉甘而土肥,草木丛茂,居民鲜少。……或曰:'是谷也,宅幽而势阻,隐者之所盘旋。'友人李愿居之。"愿之言曰:"人之称大丈夫者,我知之矣!利泽施于人,名声昭于时,坐于庙朝,进退百官而佐天子出令;其在外,则树旗旄,罗弓矢,武夫前呵,从者塞途……大丈夫之遇知于天子,用力于当世者之为也。吾非恶此而逃之,是有命焉,不可幸而致也。穷居而野处,升高而望远,坐茂树以终日,濯清泉以自洁。采于山,美可茹,钓于水,鲜可食;起居无时,惟适之安……车服不维,刀锯不加,理乱不知,黜陟不闻。大丈夫不遇于时者之所为也,我则行之。"此借其事暗示刘清老为不得志而隐居。

③卜筑:择地建屋。世情:世态人情。

④疥(jiè)壁:谓壁上所题书画如疥癣。段成式《酉阳杂俎》十二"语资":"大历末,禅师玄览住荆州陟岯寺,……张璪常画古松于斋壁,符载赞之,卫象诗之,亦一时三绝。(玄)览悉加垩(盖以白灰)焉。人问其故,曰:'无事疥吾壁也。'"此处自谦,谓题诗弄脏了主人的墙壁。

【今译】

刘先生隐居的地方,
真像李愿的盘谷一样幽僻。
千万棵苍松冬春不老,
无数竿翠竹炎夏发森森寒气。
选择的住处远离纷纭的世态人情,
连我这过客登临时也放宽忧虑。
题成诗句虽然弄脏了你的墙壁,
聊把这次游赏观览粗略来记。

寄韩仲止①

戴复古

【题解】

南宋爱国名臣、著名文学家韩元吉之子韩淲字仲止,号涧泉,有高

⑥虞舜:古帝名。姚姓,有虞氏,名重华。相传其父顽母嚚,弟象傲。由四岳举荐于尧,尧命摄政三十年,除四凶,举八元八恺,天下大治,继尧位,都于蒲阪,在位四十八年,南巡,死于苍梧之野。

⑦遗(wèi):赠。好音:指《南风歌》。

【今译】
　　老天爷对我白皙面颜感到生气,
　　将我的面色晒得铁一样深。
　　老天爷能使我的脸变黑,
　　却怎能变黑我纯净的心?
　　我的心高洁如同冰雪,
　　可以抵挡暑气的侵凌。
　　我推开北窗下纳凉的枕头,
　　一心要弹奏南风之歌的鸣琴。
　　我欢呼千古圣帝虞舜,
　　留给我兼济天下的德音。

次韵谢敬之题南康县刘清老园①

戴复古

【题解】
　　诗篇以唐代李愿隐居的盘谷,称美刘清老的隐居之地,其中暗示"刘子"所以隐居,必有许多不得已的政治原因。诗人描写了该地松竹繁茂,春夏咸宜的清幽环境,说明幽居者固然超乎世外,连登临的过客诗人自己也为之澄怀息虑、忧烦顿消。篇末自谦地讲明作诗之由。此诗虽然还算清新可读,但在石屏集中,却远非上品。

【原诗】
　　刘子隐居地,真如李愿盘②。万松春不老,多竹夏生寒。卜筑世情远③,登临客虑宽。题诗疥君壁④,聊以记游观。

大热五首（录一首）

戴复古

五首其五

【题解】

本篇借骄阳将诗人面颜晒黑的事实，昭示他刚直的为人之道。"天能黑我面，岂能黑我心"，正是他庄严的宣告。诗人还表现他有着冰雪之节，可"不受暑气侵"，并化用陶渊明北窗下卧以纳凉和虞舜作南风之歌的典故，表示他不愿独善其身，而愿兼济天下的可贵精神。陈衍评曰："倔强可喜，所谓'天生黑于予，澡豆（洗涤用品）其如予何'也"，看法尚嫌表面。全诗笔力劲健，风格豪迈，言事小而见意远。

【原诗】

天嗔吾面白①，晒作铁色深。天能黑我面，岂能黑我心②？我心有冰雪③，不受暑气侵。推去北窗枕④，思鼓南风琴⑤。千古叫虞舜⑥，遗我以好音⑦。

注释

①嗔(chēn)：怒、生气。
②天能句：沈括《梦溪笔谈》云："公（王安石）面黧黑，门人以问医，医曰：'此垢污，非疾也。'进澡豆，令公颒(huì)面（洗脸）。公曰：'天生黑于予，澡豆其如予何！'"此翻用其典。
③冰雪：形容高洁的胸次、品节。
④北窗枕：陶渊明《与子俨等疏》："常言五六月中，北窗下卧，遇凉风暂至，自谓是羲皇上人。"后常借以指隐居林下的生活。
⑤南风琴：《孔子家语》云："昔者舜弹五弦之琴，造南风之诗。"《史记·乐书》云："舜弹五弦之琴，造南风之诗，而天下治。南风之诗者，生长之音也。舜乐好之，乐与天地同意，得万国之欢心，故天下治也。"诗云："南风之薰兮，可以解吾民之愠兮。南风之时兮，可以阜吾民之财兮。"

味。题目截取诗句命名,立意鲜明,不失为一种创新。

【原诗】

半夜群动息②,五更百梦残。天鸡啼一声③,万枕不遑安④。一日一百刻,能得几刻闲?当其闲睡时,作梦更多端。穷者梦富贵⑤,达者梦神仙。梦中亦役役,人生良鲜欢⑥!

注释

①役役:劳作不息貌。《庄子·齐物论》:"终身役役,而不见其成功。"又:"众人役役,圣人愚芚。"
②群动:各种动物。陶渊明《饮酒》二十其七:"日入群动息"。
③天鸡:神话中天上的鸡。《初学记》三十郭璞《玄中记》:"桃都山有大树曰桃都,枝相去三千里,上有天鸡。日出照木,天鸡即鸣,天下鸡皆鸣。"
④不遑(huáng):来不及、没有闲暇。
⑤穷:与"达"相对,指不得志。
⑥良:很。鲜(xiǎn):寡,少。《诗·大雅·荡》:"靡不有初,鲜克有终。"

【今译】

半夜里各种动物都已休息,
五更天百样的梦境凋残。
天鸡一声啼唱,
千万个枕头上的人再不能心安。
一天总有一百个时刻,
闲适安宁能够有多少时间?
好容易有空可以闲睡,
做起梦来更是花样万千。
不得志的梦见得到富贵,
得志的梦见变成了神仙。
梦中也这样劳苦不休,
人生真个是少有欢乐安闲!

卷 四

梦中亦役役[①]

戴复古

【作者简介】

　　戴复古(公元1167年—?),字式之,居南塘石屏山,因自号石屏。天台黄岩(今属浙江)人。尝登林景思、陆游之门,终身布衣。长期浪迹江湖,足迹遍及闽瓯、吴越、襄汉、淮南等地。卒于理宗朝,年八十余。毕生致力于诗歌创作,生前以诗负盛名达五十年,为"江湖派"代表诗人,成就远出同派诗人。作诗反复雕琢苦吟,主张妙悟自然,转益多师。诗学唐人,推崇陈子昂、杜甫、贾岛。生性耿介,不逢迎权贵。诗歌内容不限于纪游、吟咏自然风光,多有指摘时事、抒发爱国感情之作。各类体裁均有佳篇。方回称其诗"清健轻快,自成一家"(《跋戴石屏诗》)。亦长于词,追步苏、辛,风格多豪迈疏放。有《石屏集》《石屏词》。

【题解】

　　诗人站在哲学的高山上,以一种悲天悯人的心情俯视世间,对世间各色人等因追名逐利白昼固不得闲,夜晚安歇后梦魂也无法安宁的状态,发出深沉的慨叹,揭示了"人之所欲无穷,而物之可以足吾欲者有限"(苏轼《超然台记》),由于"梦中亦役役",导致"人生良鲜欢"的可悲结局。全诗表现了诗人对人生清醒的认识,虽多议论却耐人体稻粱未饱且纷纷,鸿鹄低徊鸡鹜群。万里归心闽峤月,十年旅梦瘴溪云。邻谙好事频赊酒,家不全贫肯卖文?未用天涯叹离索,一樽满意说桑枌。

②谙:熟知、惯于。好事:善事。

【今译】
邻里习惯做好事,
不断赊酒给我;
自家不穷到极点,
岂肯出卖文章?

四①

云容山意商量雪②,柳眼桃腮领略春③。

注释

①这两句诗摘自《知稼翁集钞·乙亥岁除渔梁村》。全诗如下:
年来似觉道途熟,老去空更岁月频。爆竹一声乡梦破,残灯永夜客愁新。云容山意商量雪,柳眼桃腮领略春。想得在家小儿女,地炉相对说行人。
②商量雪:准备下雪。
③柳眼桃腮:形容早春初生的柳叶和盛开的桃花。原作"柳眼梅花"。李清照《蝶恋花》:"暖日晴风初破冻,柳眼梅腮,已觉春心动。"领略:欣赏,体会。

【今译】
看那云笼山头的情状,
天似乎是要下雪;
想故乡已是柳绿桃红,
领略着春意融融。

万事萦心空岁月,一分春色已尘埃。帘间雨脚何时断?陌上遨头几日来?寒束幽花如有待,风延啼鸟苦相催。明年此会各南北,趁取官闲共酒杯。

②幽花:幽暗深曲处的花。

③延:请。

【今译】

春寒约束着幽深处的花儿
迟迟不开仿佛有所期待,
春风却早邀请来了小鸟
不停地叫着苦苦地相催。

二①

还乡且尽田家乐,举世谁非市道交②?

注释

①这两句诗摘自《知稼翁集钞·题白沙铺》。原诗如下:

负郭可无三顷秫,盖头幸有两间茅。还乡且尽田家乐,举世谁非市道交?村酒一杯浇磊块,山程数驿更硗磝。羸骖莫怪归鞭急,心在轻红荔子梢。

②市道交:势利之交。《史记·廉颇列传》:"廉颇之免长平归也,失势之时,故客尽去。及复用为将,客又复至。廉颇曰:'客退矣!'客曰:'吁!君何见之晚也?夫天下以市道交,君有势,我则从君;君无势则去。此固其理也,有何怨乎?'"

【今译】

姑且回到家乡去享受田家的快乐吧,
整个世上哪里不是势利的交情呢!

三①

邻谙好事频赊酒②,家不全贫肯卖文?

注释

①这两句诗摘自《知稼翁集钞·西园招陈彦昭同饮》。原诗如下:

尼,阻拦、阻止。资,供。宋永,作者好友,集中多有唱和。噱(xué),笑。旧盟,旧友、老朋友。玩,捉弄。

②绮罗:多指美女、贵妇,亦指富贵人家。游春时节,仕女如云,故有"访绮罗"之说。

③残杯冷炙:残酒剩菜,指寄食于富贵人家。杜甫《奉赠韦左丞丈二十二韵》:"朝扣富儿门,暮随肥马尘。残杯与冷炙,到处潜悲辛。"

④乱絮句:谓春天一天天过去了,有惜春之意。

⑤作意:犹"刻意"、"着意",打定主意、有意识地。营春事:这里指准备春游之事。

【今译】

没法子再去西郊欣赏仕女,
只能任凭美景飞逝而去。
我何曾想到过攀附权贵?
只对絮尽花残感到惋惜。
世上人都在忙碌地奔走,
有几位能痛饮高歌跟我一起?
我本不想推辞带头准备这场春游,
怎奈来了这一场狂风急雨。

句(四条)

黄公度

【说明】

下列四条摘句,原误入《剑南摘句图》。

一①

寒束幽花如有待②,风延啼鸟苦相催③。

注释

①这两句诗摘自《知稼翁集钞·正月晦日寄宋永兄》。原诗如下:

西郊步武地,春将老矣,不能一往
朝吉妷。今日为遨头,涩雨大作,非惟
人心难并止或尼之。枕上得小诗,
资宋永兄一噱。因呈昔游兄弟,
速寻旧盟,勿为天公所玩①

黄公度

【题解】

此诗《宋诗精华录》误编入陆游诗。

这首诗写友人们相约郊游赏春,因突来急雨而不得不放弃原计划;在遗憾之中,多少带着些对友人的调侃,又多少流露了自己寂寞无聊的心绪。诗的首联与尾联互相呼应,说大家特意寻春,却因急风狂雨而不得不作罢,任凭佳景飞逝,自然难免遗憾。颔联说自己本不想跻身富贵群中,游春之意全因惜春而发。颈联说举世皆忙我独闲,谁能共我醉酒高歌?流露出寂寞无群的感慨。

【原诗】

无复西郊访绮罗②,任教佳景去如梭。残杯冷炙何曾梦③?乱絮飞花积渐多④。举世尽从忙里过,几人能共醉时歌?不辞作意营春事⑤,急雨狂风可奈何?

注释

①诗题等于诗的小序,大意是:西郊近在咫尺,而且春光将尽,却不能去一访吉妷。今天被推为游春头领,又恰遇急雨,人的意愿岂能阻止大雨,春游只好作罢。卧于枕上写了这首诗以博宋永兄一笑,并请昔日同游兄弟,另找朋友,不要被老天捉弄。步武,极言路程很近;六尺为步,半步为武。朝,访、见。吉妷,不详其人,或为女性;妷,同"姪",即"侄"。遨头,宋时成都习俗,正月至四月浣花,太守出游,仕女纵观,称太守为"遨头",后亦指游春的带头人。涩雨,急雨。作,兴起。

十分严谨的。这正是黄诗的特点。

【原诗】
　　花枝已尽莺将老,桑叶渐稀蚕欲眠。半湿半晴梅雨道,乍寒乍暖麦秋天。村垆沽酒谁能择？邮壁题诗尽偶然①。方寸怡怡无一事②,粗裘粝食地行仙③。

注释

　　①邮壁:驿站的墙壁。邮,驿站。
　　②方寸:心。怡怡:平和喜悦的状态。
　　③粗裘粝食:简单的衣食。裘,皮衣;这里泛指衣服。粝(lì),粗米。地行仙:原是佛典中记载的长寿佛,后指人间安乐长寿的人。

【今译】
　　枝头的花已经开败,
　　黄莺将要老去;
　　桑树上叶子渐渐稀疏,
　　蚕儿就要休眠。
　　梅雨季节
　　道路总是忽干忽湿,
　　麦秋时候
　　天气常常乍暖乍寒。
　　在村店里打酒,
　　谁还能挑三捡四？
　　往驿站墙上题诗,
　　思路全凭偶然。
　　只要心境怡然,
　　全没有尘俗杂事;
　　即使天天粗衣淡饭,
　　也像是人间的神仙。

④将:持。
⑤排比:一排排比肩而立。
⑥追陪:追和奉陪。
⑦颓:衰败、消逝。

【今译】
　　要洗尽积压在胸中的
　　千万石尘灰。
　　不要再迟疑,
　　快快举起你的酒杯!
　　发了狂的柳絮,
　　已然把春天带走了,
　　盛开的荷花刺破水面,
　　排列成行行队队。
　　衙门事随它去拖沓,
　　反正已懒得处理;
　　虽然我不善于作诗,
　　仍得要勉强追和奉陪。
　　人生短暂,
　　须趁清闲健康时行乐;
　　自古至今再健美的人,
　　也免不了化作土灰。

道间即事

黄公度

【题解】
　　此诗表达的思想是:自然界和社会中的一切事物、一切变化都不是个人所能左右的,既如此,最好的应付办法还是安于贫贱,但求怡然。诗的写法正如题目所说的"道间即事",仿佛一路行来,随见随述,全无拘束;直至尾联,才彻悟于理。其实全诗的遣词、结构、格律都是直到天的尽头一片枯黄。
雨似乎渐渐地晴了,
能听到山鸟的欢叫;
天气却渐渐地寒冷,
天井中梧桐叶落沙沙响。
大丈夫感慨悲怆,
关切的只是国家大事;
岂能学那楚国的宋玉,
只为儿女的愁情哀伤!

暮春宴东园,方良翰喜有诗,入夏追和①

黄公度

【题解】

　　这首追和诗表达的是一种因时序的变化而引发的对于人生短暂、乐事无多的感慨,以及对宦游生活的厌倦情绪。这类主题文人诗中常有,唯颔联写柳絮将春、荷花刺水,情态生动,动词运用较好。颈联两句变换句法以就格律,足证"格律森严"之说确然。

【原诗】

　　要洗襟怀万斛埃②,一尊相属莫迟回③。颠狂柳絮将春去④,排比荷花刺水开⑤。懒矣宦情甘冗长,拙于句法强追陪⑥。人生行乐须闲健,千古朱颜同一颓⑦。

注释

①方良翰喜:方喜,字良翰,莆田(今属福建)人,官至广州通判。追和:事后和作的诗称"追和"。
②万斛埃:极言胸中郁积的愤怨苦闷之多。十斗为一斛。
③属:斟酒;引申为劝酒。迟回:迟疑、犹豫。

【题解】

　　这是黄公度最著名的一首律诗。"悲秋"是千古诗人共同关注的主题,写出新意颇不容易。此诗前三联造境,后一联出旨。前三联中首联写晚风中诗人高斋凝望,交待了悲秋的主角和主角的环境,颔颈两联写所望见的情景:别帆、旷野、秋雨、寒桐——这都是古人悲秋诗中常见的形象。然而诗主并非因此而悲伤,尾联"丈夫感慨关时事"一句说明诗主所悲的乃是国势凋零,如临寒风!这才是此诗所以感人的关键。可惜全诗写法比较平直,缺少独特的形象,无怪乎翁方纲批评它"只是形,不是神耳"(《石州诗话》)。

【原诗】

　　万里西风入晚扉,高斋怅望独移时①。迢迢别浦帆双去②,漠漠平芜天四垂③。雨意欲晴山鸟乐,寒声初到井梧知④。丈夫感慨关时事,不学楚人儿女悲⑤!

注释

①移时:时间变易着,指过了很长的时间。
②别浦:支流流入大江大河的地方。常为送别之处。杜甫《奉送卿二翁统节度铺军还江陵》:"嘹唳吟笳发,萧条别浦清。"
③平芜:草原。四垂:四边、四境。
④井梧:庭院中的梧桐。
⑤楚人:指宋玉。宋玉《九辩》首开悲秋的主题:"悲哉!秋之为气也。萧瑟兮,草木摇落而变衰。憭栗兮,若在远行。登山临水兮,送将归。"

【今译】

　　西风从万里外袭来,
　　黄昏时分吹进了门窗;
　　伫立在高高的楼头,
　　我独自一人久久地怅望。
　　离乡的帆船成对地
　　从河浦向遥远的地方驶去,
　　广漠无边的草原

九①

楼船夜雪瓜洲渡②,匹马秋风大散关③。

注释

①这两句诗摘自《书愤》。原诗如下:

早岁那知世事艰?中原北望气如山。楼船夜雪瓜洲渡,铁马秋风大散关③。塞上长城空自许,镜中衰鬓已先斑。出师一表真名世,千载谁堪伯仲间。

②楼船:大型战船。瓜洲渡:渡口名。在今江苏镇江对岸长江边。隆兴二年陆游曾任镇江通判。

③铁马:陈衍摘句作"匹马",误。大散关:关隘名。在今陕西宝鸡西南,为宋金交界线上的重要关口。乾道八年,陆游在南郑王炎幕中时,曾往大散关巡视。

陈衍于此联后有按语:"楼船"一联,惟《瓯北诗话》引之,选宋诗者,皆未之及,异矣。

【今译】

我乘坐着战船
在夜雪中守卫在瓜洲渡口,
率领着骑兵们
在秋风里巡视着大散关。

悲 秋

黄公度

【作者简介】

黄公度(公元1109—1156年),字师宪,号知稼翁。兴化军莆田(今福建莆田)人。高宗绍兴八年(公元1138年)进士。官秘书省正字。因"书讥时政",罢为提举台州崇道观。绍兴二十六年(公元1156年)起用,为考功员外郎,不久病死。黄公度诗"格律森严,兴寄深远"(陈俊卿《知稼翁集序》),有一定影响。今存诗二百余首,有《知稼翁集》十一卷。

【今译】
　　冰冷的烟云低垂到水边,
　　把梅花冻得展不开花瓣;
　　初升的太阳烘晒着南窗,
　　融化了砚里凝冻的墨汁。

七①

山重水复疑无路,柳暗花明又一村。

注释

①这两句诗摘自《游山西村》原诗如下:
　　莫笑农家腊酒浑,丰年留客足鸡豚。山重水复疑无路,柳暗花明又一村。箫鼓追随春社近,衣冠简朴古风存。从今若许闲乘月,拄杖无时夜叩门。

【今译】
　　一重重山一弯弯水,
　　让人疑惑没有了通路;
　　浓绿的柳明丽的花,
　　眼前又出现一座山村。

八①

郊原远带新晴色,人语中含乐岁声。

注释

①这两句诗摘自《送客至江上》。原诗如下:
　　多事经旬不出城,今朝送客此闲行。郊原远带新晴色,人语中含乐岁声。天际敛云山尽出,江流收涨水初平。故国社友应惆怅,五岁无端弃耦耕。

【今译】
　　远方的郊野显现着初晴的金色,
　　人们的话里流露出丰收的希望。

【注释】

①这两句诗摘自《秋雨北榭作》。原诗如下：

秋风吹雨到江濆,小阁疏帘晓色分。津吏报添(一作"增")三尺水,山僧归入万重云。飘零露井无桐叶,断续烟汀有雁群。了却文书早寻睡,檐声偏爱枕间闻。

②津吏:古代管理渡口、桥梁的官吏。

【今译】

津吏报告说河水又涨了三尺,
老僧回山寺已隐入万重白云。

五①

傍水无家无好竹,卷帘是处是青山②。

【注释】

①这两句诗摘自《故山》。原诗如下：

功名莫苦怨天悭,一棹归来到死闲。傍水无家无好竹,卷帘是处是青山。满篮箭茁瑶簪白,压担棱梅鹤顶殷。野兴尽时尤可乐,小江烟雨趁潮还。(自注:镜湖。)

②是处:犹"到处"、"处处"。

【今译】

水边人家家家都有好竹,
卷帘四望处处尽是青山。

六①

冻云傍水封梅萼,嫩日烘窗释砚冰。

【注释】

①这两句诗摘自《冬晚山房书事》其二。原诗如下：

屏迹山村病日增,乌皮几稳得闲凭。冻云傍水封梅萼,嫩日烘窗释砚冰。岁尽光阴饶衮衮,身闲醉梦且腾腾。蛮童采药归来晚,客至从嗔唤不应。

二①

号野百虫如自诉②,辞柯万叶竟安归③?

【注释】

①这两句诗摘自《秋雨初晴有感》。原诗如下:

炎曦赫赫尚余威,冷雨萧萧故解围。号野百虫如自诉,辞柯万叶竟安归?苊羹菰菜珍无价,上钩鲂鱼健欲飞。散吏何功沾一饱,高眠仍听捣秋衣。

②号野:在野外号叫。

③辞柯:离开树枝。柯,草木的枝干。

【今译】

在野外号叫的各种秋虫,
似乎在哀哀地诉苦;
离开了树枝的万片枯叶
哪里是它们的归处?

三①

鱼市人家满斜日,菊花天气近新霜。

【注释】

①这两句诗摘自《九月三日泛舟湖中作》。原诗如下:

儿童随笑放翁狂,又向湖边上野航。鱼市人家满斜日,菊花天气近新霜。重重红树秋山晚,猎猎青帘社酒香。邻曲莫辞同一醉,十年客里过重阳。(自注:予自庚寅至辛丑,始见九日于故山。)

【今译】

落日余晖遍照着打鱼的人家,
菊花开放时节寒霜就要降下。

四①

津吏报添三尺水②,山僧归入万重云。

【注释】

①元:原,本来。
②九州同:收复北方,统一全国。
③无:勿。乃翁:你们的父亲。乃,第二人称代词。

【今译】

我知道人生一死万事皆空,
只伤心不能见到全国一统。
大宋军队收复中原的那一天,
家祭时别忘记告诉你父亲的亡灵。

剑南摘句图(九条)

陆 游

陈衍案语:剑南最工七言律、七言绝句,略分三种:雄健者不空,隽异者不涩,新颖者不纤。古体诗次之。五言律又次之。七言律断句美不胜收,略摘如左。

一①

正欲清言闻客至②,偶思小饮报花开。

【注释】

①这两句诗摘自《幽居书事·其一》。原诗如下:
莫叹人间苦不谐,清时有味是归来。已因积毁成高卧,更借阳狂护散才。正欲清言闻客至,偶思小饮报花开。纷纷争夺成何事?白骨生苔但可哀。
②清言:犹清谈,聊天。

【今译】

正打算找人聊天便听说客人来到,
偶然想喝它几盏就报道新花已开。

【注释】
　　①负鼓:背着鼓。作场:拉场子演出。
　　②蔡中郎:蔡邕。蔡邕为东汉末著名文学家、书法家;字伯喈,陈留圉(今河南杞县)人;官至左中郎将,后被王允下狱,死在狱中。据《南词叙录》,宋剧有《赵贞女蔡二郎》,"以蔡二郎为蔡邕,殆由二郎即仲郎,仲郎附会为中郎耳。"或因蔡邕曾被迫在董卓手下为官,民众恨董而连累及蔡。著名的南戏《琵琶记》(元高则诚)就是在民间说唱的基础上写成的。

【今译】
　　夕阳斜照在赵家庄前的古柳上,
　　背着鼓的盲艺人正在拉场子说唱。
　　身死后别人说是说非谁能管得了?
　　满村人都在听唱不义的蔡中郎。

示　儿

陆　游

【题解】
　　此诗作于宁宗嘉定二年(公元1209年)十二月底(农历),是陆游临终前的绝笔诗,是他的政治遗嘱。这首平实如话的诗,艺术上并没有什么特色,然而却是陆游九千多首诗中最脍炙人口的一首。为什么?因为诗的灵魂是真情,而它正是一个将死者用全部心血浇铸成的真情之作:陆游一生关注着、期盼着民族的复兴和失地的恢复,他十百次地在诗中呼吁着"北定中原","这首悲壮的绝句最后一次把(以)将断的气息又来说未完的心事和无穷的希望"(钱钟书)。它不只是陆游个人的心声,也是南宋爱国志士共同的心声,故而有如此强大的震撼力!

【原诗】
　　死去元知万事空①,但悲不见九州同②。王师北定中原日,家祭无忘告乃翁③。

一定会被讥为"陈惊坐";
写不出赵嘏"倚楼"的好句,
真叫我万分羞惭。
病马沾光主人,
喂食了十年料豆;
心里却羡慕鸥鸟,
能翱翔在万里江天。
虽然接受了封赏,
总想有一天能披着轻裘离去;
经过华山三峰的时候,
定要一处处仔细赏玩。

小舟游近村,舍舟步归

陆 游

【题解】

此诗作于宁宗庆元元年十月。原作四首,陈衍择选其四。诗写陆游从邻村徒步回家途中,遇到了一位说鼓书的盲艺人演唱蔡邕的故事,蔡邕本是个秉性纯孝的文学家,死后却被人歪曲为一个背亲抛妻的不义之人。由是陆游发出了"死后是非谁管得"的感慨。这首诗前二句叙事,后二句评说,其中第三句感慨中隐含了故事的旨要,第四句陈述中反映了故事的影响。语言平实练要,"死后是非谁管得"一语给人留下了极深的印象,成为至今传诵的成语。从这首诗我们还可以看到南宋中叶说书艺术的发展情况(演员、演唱方式、普及情况、内容、社会效果),是研究戏曲史的宝贵资料。

【原诗】

斜阳古柳赵家庄,负鼓盲翁正作场[1]。死后是非谁管得?满村听说蔡中郎[2]。

惭赵倚楼④。栈豆十年沾病马⑤,烟波万里着浮鸥⑥。就封他日轻裘去⑦,应过三峰处处留⑧。

注释

①渭南:县名,在今陕西渭河平原东部,秦岭北麓。赵嘏(jiǎ):晚唐诗人,唐武宗会昌二年进士,宣宗大中年间官至渭南尉,死后人称赵渭南,有《渭南集》。

②君恩句:这是委婉地表示不满。明明是皇帝赐封的有名无实的爵位,却要说是自己请封渭南,而蒙皇上恩准。渭川,渭河、渭河平原。

③陈惊坐:这句是说自己不愿冒"渭南"虚名,惹人耻笑。《汉书·陈遵传》:陈遵容貌伟丽、能文善书,所到之处,人人招请,"唯恐在后。时列侯有与遵同姓字者,每至人门,曰陈孟公(陈遵字孟公),坐中莫不震动。即至而非。因号其人曰陈惊坐云。"

④赵倚楼:赵嘏有诗句:"长笛一声人倚楼。"(《长安晚秋》)杜牧特别欣赏,吟叹不止,后人遂称赵嘏为"赵倚楼"。

⑤栈豆句:谓我像一匹病马一样靠着主人赏赐的几把豆料活了十年。陆游从七十五岁起不再申请祠禄,诏准致仕(退休),给以半俸(《五月七日拜致仕口号》:"坐糜半俸犹多愧,月费公朝二万钱。")至写此诗时正好十年。栈豆,马房的豆料,也比喻才智短浅者所顾及的小利,典出《三国志·曹爽传·裴松之注》。陆游曾有"病马凄凉依栈豆"诗句(《六十吟》),可见他早已不满于干领俸禄而不能有所作为的状况。

⑥烟波句:谓要像鸥鸟一样自由地飞翔在万里海空。烟波,江水,有隐居之意。浮鸥,鸥鸟,也用来比喻飘忽不定,到处云游。

⑦就封句:谓虽然接受了封赏,内心里总想着有一天将弃封而去,做一个自由民。轻裘,用《论语·公冶长》:"颜渊、季路侍,子曰:'盍各言尔志?'子路曰:'愿车马衣轻裘与朋友共敝之而无憾。'"

⑧三峰:华山有三峰,司空图隐于此,古人曾以为"三峰泉石之美冠关中"。华山在渭水流域,故陆游以三峰泛指天下名山美景。

【今译】

　　我在这个世间活得太久,
　　　对浮游官场早已经疲倦;
　　偏偏皇上降恩赐予,
　　　我曾请求过的秋的渭川。
　　担着"渭南"的虚名,

我早年丧父,
遇事偏偏感慨难禁;
想续补亡父的残诗,
提起笔来已然涕泪纵横。

恩封渭南伯,唐诗人赵嘏为渭南尉,当时谓之赵渭南,后来将以予为陆渭南乎?戏作长句[①]

陆　游

【题解】

此诗作于宁宗嘉定元年(公元1208年),陆游八十四岁。大约在宁宗开禧二年,陆游被封为"渭南县开国伯",这完全是个虚有其名的封号,渭南早不属于南宋,不但没有所谓"渭南国",没有实际的食邑、辖地,连印也是陆游自己刻的(他有诗题为《蒙恩封渭南县伯因刻渭南伯印》,诗中说:"渭南且作诗人伴,敢望移封向酒泉。"诗后即注:"唐诗人赵嘏为渭南尉,时谓之赵渭南")。宁宗嘉泰四年(公元1204年)陆游被任宝谟阁待制,虽是空衔,还可以支取半俸。嘉定元年二月,身为渭南伯的陆游反而连半俸也被夺除了。陆游为此写了《半俸自戊辰二月置不复言作绝句》二首,说自己"何功月费水衡钱"、"日锄幽圃君无笑"——本来就不想空领"君恩",而且向来是自食其力的。就在同时,陆游写了这首戏作,可见这是一首深含愤懑和讥讽的诗。首联说自己早已倦游人间,没想到到晚年皇上反恩赐给渭南伯封号。全然是一副无所谓的口吻。颔联说虚名无用,只能惹人耻笑,倒希望诗能比得过赵嘏。颈尾两联表示决心摒弃那菲薄的半俸,去过真正自由自在的隐居生活。这首诗多用典故,委婉而坚定,可谓深得"怨而不怒"的三昧。

【原诗】

老向人间久倦游,君恩乞与渭川秋[②]。虚名定作陈惊坐[③],好句真

注释

①先少师:指陆游父陆宰。陆宰字元钧,官至吏部尚书、直秘阁、侍讲学士,赠少师。陆宰于高宗绍兴十八年去世,陆游时年二十三岁。晁以道:晁说之字。说之济州巨野(今属山东)人,因慕司马光为人,自号"景迂生"(司马光自号"迂叟");元祐初任兖州司法参军,官并不大,而徽宗时却被划入党籍(元祐旧党);高宗立,召为侍读,建炎三年卒。"奴爱才"二句:陆宰诗,注解见后。足之:补足成完整的诗篇。

②仕不二句:晁说之一生仕途三起三落,始终不得志,曾长时间家居,又景慕司马光为人,自号景迁生。陆佃、陆宰父子也都曾因新旧党争而深受其害;陆宰于建炎初便被迫退职回到山阴老家,以藏书、著书为乐,当时不过四十出头,故可以说"仕不"二句中也有着陆游父祖的影子。

③奴爱才句:唐玄宗时萧颖士高才博学,名倾天下,乐闻人善,以推引后进为己任,有奴仆奉事颖士十年,颖士待之严苛,常受箠楚,有人劝其去,仆答:"非不能去,爱其才耳!"

④婢知诗句:传东汉经学大师郑玄(字康成)家中奴婢皆知诗文。有婢因小过被罚跪于庭中,一婢见而问云:"胡为乎泥中?"(《诗·邶风·式微》)答:"逢彼之怒。"(《诗·邶风·柏舟》)

⑤早孤句:陆游二十三岁时陆宰去世,本不能算"早孤"(幼而无父曰孤),这里是满怀思父之情的说法。

【今译】

当差赶不上好时候,
就果断地退隐躬耕;
关起门来读书修养,
仰慕司马光自称景迁生。
听到远方有出色的人物
便一心向往;
发现了奇特的著作,
年纪虽老依然眼亮心明。
你有如渊博的萧颖士,
奴仆都爱你多才不忍离去;
你又像经学大师郑玄,
连婢女也能读懂诗经。

②方:方法、办法。

【今译】
听说梅花已经在晨风中开放,
堆遍了四周山头像雪花一样。
有什么办法变成千亿个身躯?
一树梅前有一个放翁在欣赏。

先少师宣和初有赠晁公以道诗云:"奴爱才如萧颖士,婢知诗似郑康成",公大爱赏。今逸全篇,偶读晁公文集,泣而足之①

陆 游

【题解】
　　此诗作于宋宁宗嘉泰元年春。据诗序(长题),是因偶读晁说之文集,见晁对陆宰于宣和年间赠晁之诗大为爱赏,而原诗已逸,因而触发自己对亡父的思念,于是在陆宰逸存的两句诗的基础上续补成此篇的。此诗表面上是赞颂晁说之的,特别是前三联,用陆宰语气,说晁如何仕不逢时,闭门读书,学识渊博,重视人才。而实际上这也正是陆宰的遭遇和品性,不妨说是陆游对父亲的纪念和颂扬。尤其是尾联,更直接表达了对亡父的思念之情,可见前文也不仅是续补陆宰逸诗而已。正是这种贯串始终的个人情感,使这首续补之作结构完整,原存句与续补句浑然一体,全无缝缀痕迹。

【原诗】
　　仕不逢时勇退耕,闭门自号景迂生②。远闻佳士辄心许,老见异书犹眼明。奴爱才如萧颖士③,婢知诗似郑康成④。早孤遇事偏多感⑤,欲续残章涕已倾。

【今译】

　　瓜地里真心种瓜的
　　能够有几个邵平？
　　如今的镜湖里
　　又添了一位玄英。
　　今年秋天雨水少，
　　湖面变得更狭窄，
　　可笑的是连鸥鸟
　　也已没兴趣跟人结盟。

梅花绝句

陆　游

【题解】

　　此诗作于宁宗嘉泰二年（公元 1202 年），原作共六首，这是其中第三首。陆游时年七十八岁。历来文人好咏梅，宋人尤甚。这可能跟宋统治者提倡享乐主义，达官贵人竞相沉醉于声色犬马，于是清高的文人便以寒梅自况，以标榜凌霜傲雪的精神有关吧？陆游一生写过的以梅为题的诗就有一百多首，可见他对梅花的偏爱。这首绝句特点和重点都在后二句，陈衍已经指出，这二句化自柳宗元的诗："海畔尖山似剑铓，秋来处处割愁肠。若为化得身千亿，散上峰头望故乡。"（《与浩初上人同看山寄京华亲故》）然而柳宗元表达的是乡思的急切和凄苦，陆游表达的则是爱梅的热切和欣然。无怪乎陈衍大呼："柳州之化身何其苦，此老之化身何其乐！"

【原诗】

　　闻道梅花坼晓风①，雪堆遍满四山中。何方可化身千亿②？一树梅前一放翁。

注释

　　①坼（chè）：开裂，开放。

沈园当年的嫩柳
都老得飞不出柳绵。
我知道自己岁月无多,
即将化作会稽山下的泥土;
但依然会来这里寻踪洒泪,
——只要我还活一天!

湖水愈缩,戏作

陆 游

【题解】

此诗作于庆元五年十一月。这年五月七日诏准陆游致仕,他正式退休了。退休后的陆游生活苦了些,心境却很恬静,对政坛的斗争和政治人物的本性也看得更清楚了。这首诗题为"湖水愈缩,戏作",这湖水自然不单纯地只指天然的湖水,而是隐士寄身的所在,如今真假隐士太多了,赖以依托的湖面,不缩也会显得狭窄,何况愈缩?难怪烟波变窄,连鸥鹭也不再相信有真心的盟友了。

【原诗】

瓜垄从来几邵平①?镜湖复有一玄英②。今秋雨少烟波窄③,堪笑沙鸥也败盟④。

注释

①邵平:一作"召平"。《史记·萧相国世家》:"召平者,故秦东陵侯。秦破,为布衣,贫,种瓜于长安城东。瓜美,故世俗谓之'东陵瓜',从召平以为名也。"

②镜湖:又名鉴湖、长湖、庆湖,在今浙江绍兴会稽山北麓。南宋初因长期围垦,已大部分变为耕地。玄英:唐诗人方干,私谥"玄英先生"。方干字飞雄,桐庐人,大中中举进士,隐居镜湖。

③败盟:失去了结盟的兴致。鸥盟,比喻退隐。源出《列子·黄帝》,谓海上有人与鸥鸟游,其父令其取玩,鸥鸟于是舞而不下。真隐士不可有机心、欲心,否则鸥鸟便不愿与他结盟了。

如今已不可能找到。
最让人伤心的是，
木桥下春波依旧清碧；
就是它吧，四十年前
曾把伊人的倩影映照。

其 二

【题解】

《沈园》其二侧重表白自己对爱情坚贞不移的心迹，手法依然是从眼前的情景切入：如果说前首的切入点是桥下的春水，那么这首的切入点便是水边垂死的柳树。陆游说：你离开人世已经四十多年，连当年你我曾经折枝的柳树也已经老得不再扬花了。然而，尽管我行将化作稽山下的泥土，依然要来凭吊我们当年的踪迹，为那被撕裂的爱而遗恨无穷。陈衍曾评论说："无此绝等伤心之事，亦无此绝等伤心之诗。就百年论，谁愿有此事？就千秋论，不可无此诗。"诗的灵魂是真情，无真情之诗技巧再高也是难以动人的。陆游此诗的动人处正在于真情。公元1206年八十二岁的陆游依然在梦中重游沈园，为"只见梅花不见人"而伤心落泪，此情可谓专一矣！

【原诗】

梦断香销四十年①，沈园柳老不吹绵。此身行作稽山土②，犹吊遗踪一泫然③！

【注释】

①梦断香销：指伊人已逝，香销玉陨，好梦难续。
②行作：将要成为。稽山：绍兴会稽山。
③泫然：伤心以至于流泪的样子。

【今译】

梦碎了，人去了，
到今天已经四十多年；

这些年的翻云覆雨,
已使我除尽了一切妄想;
还不如回转身来,
向佛龛燃一炷高香。

沈园二首

陆 游

其 一

【题解】

　　庆元五年春天,陆游再次来到沈园,七十五岁的陆游又一次回忆起当年遇到唐氏的情景,激情难遏,写下了这两首让有情人为之落泪的绝句。其一抓住了记忆中四十五年沈园桥上的一个镜头,将深深的爱与憾灌注其间:斜阳照在城头,传来声声号角,唐婉仿佛正站在桥头临水理妆。这场景倏然即逝,沈园已非旧日的亭台了,桥上照影的人早已逝去了,一池春波只能勾起多情人的伤心而已!

【原诗】

　　城上斜阳画角哀①,沈园非复旧池台。伤心桥下春波绿,曾是惊鸿照影来②。

注释

　　①画角:一种吹奏的管乐器,多用于军中,音调高亢悲凉。
　　②惊鸿:指美丽的女子。曹植《洛神赋》形容洛水女神"翩若惊鸿,婉若游龙"。

【今译】

一抹夕阳掠过城楼,
传来声声悲凉的号角;
沈家园里旧日的池台,

谁说断肠④？坏壁醉题尘漠漠⑤,断云幽梦事茫茫⑥。年来妄念消除尽,回向禅龛一炷香⑦。

> **注释**
> 　　①禹迹寺:在绍兴东南会稽山大禹陵侧。传说绍兴年间大禹陵侧一夕光焰闪烁,掘地得古珪璧,以为禹迹。小阕:一首小词,即《钗头凤》。"小阕"一本作"小词一阕"。"园已易主"一本作"园已三易主"。
> 　　②槲(hú):落叶乔木。
> 　　③河阳愁鬓:指斑白的鬓发。又称"潘鬓"。晋潘岳曾作河阳(今河南孟县)令,他的《秋兴赋》中有"斑鬓彯以承弁兮,素发飐以垂领"句,后人因称斑白的鬓发为"潘鬓"。潘岳最著名的作品是《悼亡》三首,深情怀念死去的妻子,陆游用潘鬓典本意在此。
> 　　④泉路:黄泉之路。人已死去,葬于九泉之下;"泉路"犹如说通往阴间的道路。
> 　　⑤漠漠:密布的样子。
> 　　⑥断云幽梦:指往日的欢爱。用楚襄王梦遇巫山神女的故事。
> 　　⑦神龛(kān):佛龛。一本作"蒲龛",指和尚打坐的蒲团和佛龛。炷:点火烧香。

【今译】
　　枫叶开始镀上了红色,
　　槲树叶已经枯黄;
　　我这两鬓斑白的老人,
　　真怕见那初降的寒霜。
　　还是那片林子,
　　还是那座亭子,
　　空使人回首往事;
　　黄泉路隔,靠谁去转诉,
　　我对你无尽的衷肠?
　　破旧的墙壁上尘灰布满,
　　往日醉题的词句还在;
　　当年的恩爱却早成梦幻,
　　空叫人心意迷茫。

退进了天险剑门。

禹迹寺南有沈氏小园,四十年前尝题小阕壁间,偶复一到,而园已易主,刻小阕于石,读之怅然①

陆 游

【题解】

此诗作于光宗绍熙三年(公元1192年)深秋,陆游时年六十八岁。"壮气横九州"的陆游,同时又是一个痴于儿女情的男子。千百年来,他痛惜失土难复的"死去元知万事空,但悲不见九州同",跟他悲念爱妻唐氏的"伤心桥下春波绿,曾是惊鸿照影来"几乎同样脍炙人口,更有不少人最初是从那首《钗头凤》的"错,错,错","莫,莫,莫"知道陆游这个名字的。陆游大约二十岁的时候娶了表妹唐婉(名字未必可靠)为妻,夫妻感情甚笃。可惜母亲唐氏很不喜欢这位本家的侄女,力逼陆游休妻另娶。封建压力使陆游忍痛与结婚一年多的唐氏离异,另娶了王氏女子;唐婉也另嫁了赵士程。绍兴二十五年,三十一岁的陆游春游绍兴禹迹寺,在寺南的沈园不期遇到了唐婉,感伤难抑,写了《钗头凤》词题于壁上,不久,唐婉病逝。三十七年以后,陆游再游沈园,园已易主,而题词则被刻于石上,睹词思人,黯然神伤,写下了这首七律。全诗充满着空寂悲戚的感情:首联因景入情,黄叶新霜,倍添凄凉;颔颈两联写睹物思人,林亭依旧,幽明路隔;题词尚在,往事如烟;尾联归结到如今的心境和处境,既然感情与事业都已失败,只有遁迹世外以寻求宁静了。陈衍评论这首诗和下面的《沈园二首》时说:"古今断肠之作,无如此前后三首者。"值得注意的是尾联出句"年来妄念消除尽",唐氏早已做古人,这"妄念"当然不是指个人感情而言的,故而使陆游肠断的恐怕更多还是功业的无成!

【原诗】

枫叶初丹槲叶黄②,河阳愁鬓怯新霜③。林亭感旧空回首,泉路凭酒,而诗人面对难消的国耻更需借酒浇洗,如今未战而被迫后撤,尤得以酒解忧,故而"衣上征尘杂酒痕"。眼前的剑门关不是个平常的地方,李白《蜀道难》说:"剑门峥嵘而崔嵬,一夫当关,万夫莫开。"杜甫《剑门》诗说:"惟天有设险,剑阁天下壮。连山抱西南,石角皆北向!"他们都曾踏剑门而出川,他们都是伟大的爱国诗人,如今自己在细雨中退入剑门,还是个诗人吗?样子也许是像:李白酒醉游华阴骑的是驴,杜甫自称"骑驴三十载",更无论孟浩然骑驴寻梅,孟郊、贾岛骑驴苦吟……而自己恰恰在细雨中骑驴退入剑门。可实质呢?内涵呢?这结论便只有留给后人,留给历史了。这首诗是十分具体形象的而又是十分朦胧含蓄的,所以才深深地感动了读者,成为陆游最脍炙人口的名篇之一。陈衍说:"剑南七绝,宋人中最占上峰,此首又具最上峰者,直摩唐贤之垒。"或不为过誉。

【原诗】
　　衣上征尘杂酒痕②,远游无处不消魂③!此身合是诗人未④?细雨骑驴入剑门。

【注释】
　　①剑门:地名。在今四川剑阁县东北大小剑山之间,其间有三十里栈道,奇险无比,古时为川陕之间主要通道之一。
　　②征尘:旅途的灰尘。
　　③消魂:魂灵离散。通作"销魂"。
　　④合是……未:算得上是……否?

【今译】
　　衣服上沾满了长途跋涉的灰尘,
　　加杂着销愁的酒痕,
　　多年来四处浪游,
　　哪里没有事叫人动魄惊魂!
　　我如今这副模样
　　该像是一个诗人了吧?
　　在绵绵的细雨当中骑着毛驴,

载:沈约作《郊居赋》,读草稿给王筠听,每到关键处,筠皆击节赞赏,沈约说:"知音者希,真赏殆绝。"(希,通稀;殆绝,几乎没有了)。

【今译】
　　当年浩瀚的沙漠,
　　把冀州南北两分;
　　每当那个人走后,
　　就只剩下劣马一群。
　　您把国家科考的"状元",
　　竟给了一个"疯汉";
　　还说天下的英雄,
　　只有我这个"刘使君"。
　　后来人谁能够理解
　　您这位真正的长者?
　　在洪水四处奔流的时候,
　　有才者必定无地容身!
　　我自愧已然衰朽迟钝,
　　辜负了您真心的赏识,
　　幸好还虚有诗名,
　　在四海之内传闻。

剑门道中遇微雨[①]

陆　游

【题解】
　　此诗作于孝宗乾道八年(公元1172年)冬。陆游离开南郑赴成都安抚司参议官任,途经剑门关,遇雨有感而作。离开南郑到成都,等于退出前线回后方,对于"平生铁石心,忘家思报国"(《太息》)的陆游来说,心中的滋味自然是辛酸的。他远游万里,从钱塘江畔来到梁州前线,奔走于连云栈道之间,衣上沾满征尘自不待言。远游处处使人魂销魄动,而酒最能让人振奋,使人忘忧,陆游是好酒的,作为诗人他好

【原诗】

冀北当年浩莫分,斯人一顾每空群②。国家科第与风汉③,天下英雄惟使君④。后进何人知大老⑤?横流无地寄斯文⑥。自怜衰钝辜真赏⑦,犹窃虚名海内闻。

注释

①陈阜卿:陈之茂,字阜卿,无锡人,绍兴二年进士,因廷对时忤逆权相,被黜,同榜张九成力荐,高宗亲赐同进士出身。孝宗初,官至吏部侍郎。秦丞相孙:秦桧孙秦埙(xūn);考试前,因秦桧关系已任右文殿修撰。首送:以榜首(第一名)保送参加殿试。擢:选拔。显黜:公然地被罢免。陷:一本作"蹈"。偶秦公薨:秦桧绍兴二十五年二月死,年六十六,死前还想杀一批忠正主战的名臣(如李光、胡铨、张浚等)。薨(hōng),死;因秦桧曾为丞相,死后又赠位申王,依例不称"死"而用"薨"的字。

②冀北二句:用伯乐相马典故。韩愈《送温处士赴河阳军序》:"伯乐一过冀北之野,而马群遂空。夫冀北马多天下,伯乐虽善知马,安能空其群邪?解之者曰:吾所谓空,非无马也,无良马也。伯乐知马,遇其良,辄取之。群无留良焉。苟无良,虽谓无马,不为虚语矣!"冀北,冀州北部,相当今内蒙一带。浩莫,浩瀚的沙漠。

③国家句:谓陈之茂把科举的状元给了陆游这样好直言论议的"疯子"。典出《玉泉子》:"刘蕡,相国杨公嗣复之门生也,对策以直言忤对,中官尤所嫉忌。中尉仇士良谓杨公曰:'奈何以国家科第放此风汉及第耶!'"科第,科举考试。风汉,即疯汉。

④天下句:谓陈之茂慧眼识才,擢举陆游为第一名,就像曹操赞扬刘备一样。《三国志·蜀书·先主传》:"是时曹公从容谓先主曰:'今天下英雄,唯使君与操耳。本初(袁绍)之徒,不足数也!'"陆游用此典不单赞扬了陈的慧眼,也等于说陈与陆同为"天下英雄"。

⑤后进句:谓后来的达官名士谁能懂得陈之茂这样的秉公识才者的可贵。大老,对才高德重的人的尊称。《孟子·离娄》:"二老(伯夷、吕尚)者,天下之大老也。"

⑥横流句:谓坏人当道,有才德之人无地容身。横流,泛滥的洪水。这里指秦桧之流掌握国家命运所造成的动荡不安的局势。无地寄斯文,活用《论语·子罕》典:"子畏(拘囚)于匡(地名),曰:'文王既没,文不在兹乎?天之将丧斯文也……'"这里"斯文"本是"这种文化"的意思,后人以"斯文"指读书人、有才之人。

⑦辜:辜负。真赏:真心而实事求是的赞赏。《南史·王昙首传附王筠传》

陈阜卿先生为两浙转运司考试官，时秦丞相孙以右文殿修撰来就试，直欲首送；阜卿得予文卷，擢置第一，秦氏大怒。予明年既显黜，先生亦几陷危机，偶秦公薨，遂已。予晚岁料理故书，得先生手帖，追感平昔，作长句以识其事，不知衰涕之集也①

陆　游

【题解】

　　此诗作于庆元五年七月，是为了纪念陈之茂而作的。写作的背景和诗的主题，诗序已经说得很清楚了：高宗绍兴二十三年（公元1153年），已经二十九岁的陆游去临安考试，陈之茂以两浙转运使担任主考，通过了这次考试，第二年便可参以参加殿试。当时，丞相秦桧的孙子秦埙本已官居敷文阁待制，为了得个好出身，也来应考，而且想拿第一名。陈之茂看了陆游的文章，深感才华出众，他不为秦桧势力所屈，拔擢陆游为第一名，秦桧大怒。第二年殿试时硬把陆游黜落，陈之茂也几乎丢官。幸亏第二年秦桧死了，才侥幸得免。四十五年以后，七十五岁的陆游整理旧日书信，找到了陈先生的亲笔信，感慨万端，追怀往事，对陈之茂不畏权势，唯才是举的真英雄本色深为感佩，不由得老泪纵横，于是写了这首七言律诗。此诗几乎通篇用典，但却不使人感到迂曲、晦涩，只感到更为加深加厚了表达知遇之恩与身世之慨的力度。尾联在自谦之中流露出相当的自负，但又实事求是，证明了识才者的慧眼，以慰英灵，陈衍评说：“读末句，真感慨由衷之言矣！”确乎如此。

【注释】

①老子:泛称老人,也可自称。领:领略、感受。物华:美好的景物。杜甫《曲江陪郑南史饮》:"自知白发非春事,且尽芳尊恋物华。"白发犹恋物华之意正与"老子犹能领物华"同。

②浅碧二句:倒装句,正装当作:细倾家酿浅碧酒,初试手栽小红花。细倾,浅斟慢酌。初试,初赏。

③野人:农民。输肝肺:推心置腹。

④俗语句:谓谁会把农家的家常话放在心中、挂在嘴上,故而也不必细述了。

⑤省事:明白事理。同时"省事"又有少找麻烦、少做些无谓之事的意思。陆游这里兼有二意。

⑥勾回蚁战:把派去打仗的蚁群调回来。蚁战,又称蚁阵。放蜂衙:解散蜂群。群蜂早晚聚集在蜂王周围,如同衙门里的官吏拥簇着主官一般,故称蜂衙。

【今译】

不知不觉间,
春风已经吹遍了天涯;
年纪虽已老去,
依然能感受物华。
细细地品尝着
家酿的浅绿色的薄酒;
欣喜地观赏着
手栽的淡红色的盆花。
质朴的农人
跟他们容易推心置腹,
俗语村言
谁能把它记挂在心下。
我真希望世上人们
都能少管闲事多明事理;
何必要勾心斗角,
且收回蚁阵解散蜂衙。

(无)立锥之地。"

【今译】
　　我承认自己是真的慵懒，
　　身外事物跟我毫不相关。
　　花如果会笑反觉得多事，
　　石头不能说话最叫人喜欢。
　　擦亮窗子凭靠着简陋的书案，
　　高扎乌巾漫步在竹林多么悠闲。
　　还有几年好活自有老天爷管，
　　即便没有立锥之地也穷得有限。

睡起至园中

陆　游

【题解】
　　此诗作于庆元二年十二月底，江南春早，除夕未至，已然吹起了春风。前几天还说"过得一日过一日，人间万事不须谋"(《醉中信笔》)的放翁忽然间添了生气，他心领好春光，细倾浅碧酒，初试手栽花，又跟农人推心置腹地聊了起来，农人是纯朴善良的，跟他们可以无所不谈而不顾忌有什么违碍言语被密报上去。诗的主旨在结尾两句，他要世上人都能领悟：应该共同来欣赏这大好春光，而不要蜂聚蚁斗，自寻烦恼。有此一联，便不禁使人感到陆游所说的吹遍大地的春风恐怕不单是自然现象，至于具体指的是什么就不便猜想了。

【原诗】
　　春风忽已遍天涯，老子犹能领物华[①]。浅碧细倾家酿酒，小红初试手栽花[②]。野人易与输肝肺[③]，俗语谁能挂齿牙[④]。更欲世间同省事[⑤]，勾回蚁战放蜂衙[⑥]。

红蜻蜓立在花心,
颇显得弱不禁风。
江南一带的近况,
诸君可曾知道?
家家户户的团扇上,
都画着散淡的陆放翁。

闲居自述

陆 游

【题解】

　　此诗作于庆元二年秋。写自己闲居的生活和心理状态。比起前面两首,这首诗流露出了更多的对现状的不满,虽然是正话反说,明眼人是一看便知的——若非关心世事,何必声称"纷纷外物岂关身"?更何用告诫"花如解笑还多事,石不能言最可人"?宁宗庆元之初,统治集团内部斗争尖锐,赵汝愚、韩侂胄之争迅速地发展成为一场厮杀。先是韩派监察御史胡弦上书说赵"倡引徒众,谋为不轨"。赵被贬永州,被迫自杀。接着胡又指控支持赵的朱熹等"伪学猖獗,图谋不轨",宁宗下诏"伪学之党,勿除在内差遣"。这都是在陆游写这首诗前后发生的事,而这些人又多半都跟陆游有过交往,甚而过从甚密。这种背景使我们足以看出陆游自称慵懒、不涉外物的用意。"花如解笑"一联极富于哲理性,形象鲜明,给人留下极深的印象。

【原诗】

　　自许山翁懒是真,纷纷外物岂关身。花如解笑还多事,石不能言最可人。净扫明窗凭素几,闲穿密竹岸乌巾①。残年自有青天管,便是无锥也未贫②。

注释

　　①岸乌巾:把黑头巾扎得高高的。岸,高耸。乌巾高耸是一种高士的形象。
　　②无锥:穷得无尺寸之地。《汉书·食货志》:"富者田连仟佰(阡陌),贫者亡

【原诗】

　　露箬霜筠织短篷②,飘然来往淡烟中。偶经菱市寻溪友③,却拣蘋汀下钓筒④。白菡萏香初过雨⑤,红蜻蜓弱不禁风。吴中近事君知否?团扇家家画放翁。

注释

　　①夜分:半夜。范至能:范成大字。李知几:李石字。尤延之:尤袤字。三人都是陆游的好朋友。范、尤是南宋著名诗人,参阅本卷有关作者小传;李石,资州(今四川资阳)人,公元1108年生,曾任太学博士,为人刚直,不阿附权贵,陆游在成都时与之交往密切。江湖之乐:隐居的快乐。

　　②露箬句:谓乘着雪白的竹子编织的小船。箬,笋皮,也指一种细竹。筠,竹子的青皮,也指竹子。露、霜,形容白色,也可以实指经霜带露。短篷,短小的船篷,实指小船。

　　③菱市:卖水产品的小市场。曹松:"菱市晓喧深浦人。"(《别湖上主人》)溪友:溪游垂钓的朋友,也指渔人。杜甫:"溪友得钱留白鱼。"

　　④蘋汀:长满蘋草的水边。蘋,多年生草本植物,长在浅水中,夏秋开小白花。汀,水中或水边的平地。《楚辞·湘夫人》:"鸟萃兮蘋中,罾何为兮木上?"罾为捕鱼网,本应在蘋水之中。钓筒:捕鱼工具。唐陆龟蒙《渔具诗序》说:"矢鱼之具莫不穷极其趣……缗而竿者总谓之筌,筌之流曰筒、曰车……"从其《钓筒》一诗的描述看,钓筒是截竹为筒制成的,中有饵,放置水中,鱼入筒,不能退出,因而被捕。

　　⑤菡萏(hàn dàn):荷花。

【今译】

　　用带着霜露的青竹,
　　织成细巧的船篷;
　　轻快地来往在
　　淡淡的烟岚中。
　　偶尔会驶过菱市,
　　寻几位打渔的朋友;
　　拣一处浅水岸边,
　　在蘋草中放下钓筒。
　　刚下过一场暖雨,
　　白莲花花香四溢;

处处叫着青蛙。
当鲜嫩的竹鞭长长,
伸过头批春笋时;
木兰树的枝头上,
还挂着第一批白花。
使我悲伤的只是,
年纪衰老旧朋友一个个故去;
午睡醒来以后
谁跟我共喝一瓯清茶?

六月二十四日夜分,梦范至能、李知几、尤延之同集江亭,诸公请予赋诗记江湖之乐。诗成而觉,忘数字而已[①]

陆 游

【题解】

此诗作于庆元二年六月,据诗小序说是梦中偶得,醒后追记。写的是自己隐居山阴的快乐。首联显然脱胎于张志和《渔歌子》,扣"江湖之乐"字面;颔联说如何任性自适,颈联写居室的环境,凡此似乎都是所有隐者可以共有的。及至尾联才归结到自身,说吴中人视我为仙人,画入团扇中。整首诗清灵、精细,有一种超然、飘逸的情调,但细读起来,总还觉得隐含着一股无可奈何的孤寂气氛。须知陆游写此诗时,长于自己的李石,小于自己的范、尤都已作古人,而他自己也早已年过古稀了。古稀之人于梦中对已逝的好友夸说自己闲居无聊的生活,真所谓强作逍遥,凄然欢笑啊!实在说,这首诗艺术上并不突出,在陆游诗中也只能划入中等。陈衍评语说:"宋人诗如有神助者四首:永叔(欧阳修)、君谟(蔡襄)、子瞻(苏轼)及翁。皆梦中作。鬼神及梦,皆吾所不信,举之者,以四诗之高妙,为四君平生所未曾有,读之辄令人神往不置也。"此类评语实属言过其实。

幽居初夏①

陆 游

【题解】

此诗作于宁宗庆元二年初夏,原作四首,陈衍择选其中第一首。这首诗主要描述自己宁静而寂寞的幽居生活,前三联写环境——湖山胜处、槐柳成荫、鹭蛙戏水、竹木成林,可谓清幽之至,美不胜收。然而年事已老、旧交尽去,没有可以共话的人——尾联写的正是这种寂寞的心境,也是诗的主旨所在。

【原诗】

湖山胜处放翁家,槐柳阴中野径斜。水满有时观下鹭,草深无处不鸣蛙。箨龙已过头番笋②,木笔犹开第一花③。叹息老来交旧尽,睡余谁共午瓯茶④?

注释

①幽居:隐居、孤居。
②箨(tuò)龙:竹笋的外皮称箨;春笋熟期,于笋壳间抽发嫩枝,有节无叶,伸展如龙,故称。番:量词;批。
③木笔:学名辛夷,通称玉兰。
④瓯:瓦制茶具,状如饭盅。

【今译】

湖山佳美的地方,
有陆放翁的家;
横斜的小路伸展,
在青槐绿柳阴下。
湖水满涨的时节,
常见白鹭飞临;
茅草纵深的地方,

春晚怀山南①

陆 游

【题解】

　　此诗作于宁宗庆元元年(公元1195年)春。这本是四首一组的组诗,陈衍只选了第一首。在南郑王炎幕府过准军事生活,是陆游一生中最觉振奋的一幕。步入老年愈深,对壮年的这段生活就愈觉留恋。这首诗就流露了这种"廉颇老矣,无能为也矣"的追怀和感叹。他是乾道八年三月十七日到达南郑的,那是二十四年前的晚春,所以他说:"二十四年成昨梦,每逢春晚即凄然。"

【原诗】

　　梨花堆雪柳吹绵②,常记梁州古驿前③。二十四年成昨梦,每逢春晚即凄然。

【注释】

　　①山南:指今陕西秦岭以南地区,本诗实指汉中一带。
　　②梨花句:晚春景象,扣题中"春晚"。
　　③梁州古驿:代指南郑军旅生活。在南郑时,作为参谋人员陆游常到各地视察,留宿驿站。梁州,今陕南、川北一带。

【今译】

　　梨花飘落像成堆的白雪,
　　柳花飞舞像风吹着绵团;
　　这让我时时记起当年
　　在梁州军幕的古驿站前。
　　二十四年过去了,
　　就像是昨天的梦;
　　然而每逢晚春季节,
　　我依然感到心境凄然。

【原诗】

美睡宜人胜按摩,江南十月气犹和。重帘不卷留香久,古砚微凹聚墨多。月上忽看梅影出,风高时送雁声过。一杯太淡君休笑,牛背吾方扣角歌②。

【注释】

①婆娑:盘旋、绯徊。长句:五言称短句,七言称长句。
②扣角歌:《古谣谚》引《三齐记》逸文:"齐桓公夜出迎客。宁戚疾击其牛角,高歌曰:'南山粲,白石烂,生不遭尧与舜禅。短布单衣适至骭,从昏饭牛薄夜半,长夜曼曼何时旦。'桓公乃造与语,说之,遂以为大夫。"宁戚,春秋卫国人,客居齐国。骭(gàn),小腿。薄,迫近。曼曼,通漫漫。说,悦。

【今译】

美美地睡上一觉,
远胜过按摩;
江南的十月,
天气还是那样晴和。
厚厚的帘子不卷起,
薰香气味留得长久;
古老的砚台微微凹陷,
聚起的墨汁更多。
月亮渐渐升起,
忽然梅枝的影投射在窗上;
渐紧的冬风送来鸣叫声,
是大雁在天边飞过。
你不要笑我
竟喝得下这样淡的一杯甜酒;
没见我正在牛背上,
敲着牛角唱歌!

②三巴：今四川嘉陵江以东地区古称"三巴"，包括巴郡、巴东、巴西。这里泛指今四川一带。

③衰迟：衰老迟顿。

【今译】

虽然都说三巴太远了，

难道竟寄不来一封书信？

一定是我年老迟顿容易忘事，

不是老朋友没把我记挂在心。

书室明暖，终日婆娑其间，倦则扶杖至小园。戏作长句①

陆　游

【题解】

此诗作于绍熙五年十月。绍熙五年是个多事之年：五年正月孝宗病重，光宗不闻不问；六月孝宗去世，掌权大臣与太皇太后共谋罢了光宗帝位，传位给太子赵扩（宁宗）。在这场宫廷政变中起了关键作用的赵汝愚、韩侂胄，立即又展开了权力之争。七月政变时，陆游正闲居山阴，并未参与其事，但由于他与赵、韩双方都有某种人事关系，必须要避免卷入斗争漩涡，而避免陷入的最好办法就是用行动和作品向人们宣示自己的超然物外。我想这首诗就是为此而作的。《长句》共两首，陈衍择选"其二"。在"其一"中一开篇便说："放翁老手竟超然，俗子何由与作缘。"结尾又道："吾爱吾庐得安卧，笑人思颍忆平泉。"而这"其二"，就更为超然恬适了：垂帘美睡、听雁赏梅、写字喝酒、扣角高歌。看起来多么逍遥自在，真没有半点入世之心啊！其实陆游内心深处是不甘寂寞的，所以他《梦范参政》、唱《三峡歌》《望永思陵》，《十一月五日夜半偶作》还说："寂寞已甘千古笑，驰驱犹望两河平。"陆游毕竟是陆游，即便在这首表白淡泊的诗里，仍免不了隐约地透露出自己对政治的关心，否则何必突然地来一句"扣角歌"呢？

【今译】

你生长在古代最广阔的荆州,
豪气过人还觉得天空太狭小。
你连庞德公都不放在眼里,
岂肯去依附木偶般的刘表!
胸中潜伏着深渊中的蛟龙,
笔底下倾泻出六月的冰雹。
你时常大叫着扯掉黑头巾,
不怕酒杯宽如海仰首干掉!
不嫌我七十老翁衰病将死,
相见时依然把我当作知交。
封万户侯肯定是极困难的,
因为李广没生在楚汉之交!

久不得张汉州书①

陆 游

【题解】

　　这是一首怀友诗,作于绍熙五年春天。陆游于幽居之中忽然想到了自己南郑幕中的密友,三巴虽远,岂能一纸书信也寄不到?心中难免产生某种不祥之感,字面上却只说:一定是有信而自己年老衰迟而忘记了。看似平淡而饱含深情。宋人五言绝句很少佳作,陆游也很少写五绝,这首小诗却很有些特色。

【原诗】

　　尽道三巴远②,那无一纸书?衰迟自难记③,不是故人疏。

注释

　　①张汉州:张缜,字季长,江源人。曾与陆游同在南郑王炎幕中,过从最密,道义相投。张缜去世后,陆游曾多次写诗哭之。有诗云:"一恸寝门生意尽,从今无复季长书。"张缜曾知汉州,故陆诗称他"张汉州"。

同时,陆游有一首诗《纪梦》说:"梦不出心境,旷然成远游……战血磨长剑,尘痕洗故裘。那知觉来处,身卧五湖舟。"这种梦中犹怀磨剑志,觉来却卧五湖舟的感慨跟本诗所歌唱的精神是很一致的。

陆游惋惜刘过生不逢时,故不能建功立业,若生楚汉间,封侯有何难!这也未尝不是自叹啊!不久前他还痛愤地说过:"积愤有时歌易水,孤忠无路笑昭陵"(《遣怀》)呢!

【原诗】

君居古荆州②,醉胆天宇小③。尚不拜庞公,况肯依刘表④!胸中九渊蛟龙蟠⑤,笔底六月冰雹寒⑥。有时大叫脱乌帻⑦,不怕酒杯如海宽!放翁七十病欲死,相逢尚能刮眼看。李广不生楚汉间,封侯万户宜其难⑧!

注释

①刘改之:南宋诗人刘过字。刘过博学多才,通古今治乱之略。他非常关心抗敌复土事业,常跟朋友讨论边庭战守形势,向当政陈说复土方略。然而屡试不第,落拓终生。

②君居句:刘过原籍太和(今江西泰和),长在庐陵(今江西吉安),古属九州之荆州。

③醉胆:酒醉后的胆量,形容豪气过人。

④尚不二句:连庞德公都不放在眼里,岂肯依附刘表。这是说刘过性格孤傲,不依附权贵。庞公,东汉庞德公,襄阳人,躬耕于襄阳岘山之南,刘表闻其贤,礼聘其出山,庞坚拒,隐居鹿门山,采药以终。刘表,字景升,东汉末任荆州刺史,刘备曾依附过他。《后汉书·刘表传论》说:"刘表道不相越,而欲卧收天运,拟踪三分,其犹木偶之于人也。"按,孝、光两朝曾居相位的周必大是刘过的同乡,闻其名,欲请他作门客,刘拒不从。陆游或指此事。

⑤九渊蛟蟠:深渊中蛰伏着的蛟龙。九渊,深渊。蟠,盘曲、蛰伏。《庄子·列御寇》:"夫千金之珠,必在九重之渊,而骊龙颔下。"

⑥笔底句:形容刘过的诗词风格峻拔,语言清利,如同六月盛暑中突降的冰雹一般。

⑦乌帻:一种黑色的头巾。

⑧李广二句:谓飞将军李广虽然才勇过人,功绩卓著,但没有在楚汉相争的、重用人才的时代,因而终生不得封侯。

④行僧:云游的僧人。认楼钟:辨别钟楼的钟声,以寻找寺院。
⑤个中:这其中。
⑥十手句:谓诗作众多,十只手抄写犹恐不及。

【今译】
　　秋天的傍晚心中涌起
　　酒一般浓烈的闲愁；
　　试探着找一个高处,
　　倚着枯黄的毛竹赏秋。
　　一朵朵浓云归去了,
　　不时地带来几点冷雨；
　　一树树红叶飘尽了,
　　又添了一座光秃的山头。
　　沙岸边雁叫着飞起,
　　惊动了客船中的旅人；
　　行脚僧细心辨认着,
　　烟云那边鸣钟的寺楼。
　　这如画的景境激发起
　　源源不尽的诗思,
　　即使抄写完这么多诗句,
　　也需要有十只妙手!

赠刘改之秀才①

陆　游

【题解】
　　此诗作于绍熙四年春天。刘改之(过)才华过人而终生落魄,关注国事而以布衣终老。他生性狂放,傲视万物,痛饮豪歌,不羁礼法,是一位很奇特的诗人。爱国诗人陆游、辛弃疾、陈亮都与他友善,也都写诗颂扬过他的作品和人格。陆游此诗在歌诵刘过的狂豪性格,叹息刘过的怀才不遇的同时,也寄托着个人的感慨与愤懑。几乎在写此诗的

③登楼:魏王粲有《登楼赋》说:"虽信美而非吾土兮,曾何足以少留。遭纷浊而迁逝兮,漫逾纪以迄今。情眷眷而怀归兮,孰忧思之可任。"因而诗中每言登楼之怯,大多含有忧国思乡之叹。

【今译】
　　沧波无边无际,
　　望东南难平思乡遗恨;
　　枯草铺地连天,
　　看塞北怎忘失地深愁。
　　三十年间,
　　四处奔波行程万里;
　　不论南来北去,
　　都害怕登上高楼。

晚　眺

陆　游

【题解】
　　此诗作于绍熙三年秋。陆游闲居山阴,秋夕登高远望,见云归、木落,听雁鸣、钟声,不觉诗思奔涌,而成此篇。颔联两句写秋景,很有画意。

【原诗】
　　秋晚闲愁抵酒浓,试寻高处倚枯筇①。云归时带雨数点,木落又添山一峰②。鸣雁沙边惊客艓③,行僧烟际认楼钟④。个中诗思来无尽⑤,十手传抄畏不供⑥。

注释
　　①枯筇:枯竹。
　　②木落:树叶飘落。
　　③客艓:客船。

贬斥,直至罢职还乡,世上风波险恶,使他觉得蜀山栈道反而是通途了。感慨之深,跃然纸上。

【原诗】

忆昔西行万里余,长亭夜夜梦归吴。如今历尽风波恶,飞栈连云是坦途。②

【注释】

①梁益:梁州、益州,指今陕南川中一带,参阅前注。
②飞栈:悬在空中的栈道。栈道是古代西南地区用岩壁凿孔、插木架桥的方式穿行于丛山峻岭之间的道路。

【今译】

想起从前西行万里到蜀川,
驿站中夜夜梦想重回江南。
到如今历尽世间险风恶浪,
反觉得连天的栈道真平坦!

其 二

【题解】

这是原三首之三。第一句写溯江入川,背井离乡之恨,第二句写梁州戍边,望关中陷于敌手之愁,三、四句总括,说三十年南北奔波,所感不外乡愁、国恨而已,因而已不敢登楼望远了。

【原诗】

沧波极目江乡恨①,衰草连天塞路愁②。三十年间行万里,不论南北怯登楼③。

【注释】

①沧波:指长江浩瀚。恨,憾。
②衰草连天:象征敌占区一片萧条衰落。塞路:边塞的道路。

注释

①钓矶:钓台。水边突出的石头称"矶"。钓鱼常被作为隐者的行为。
②修容:美好的容颜。
③典春衣:典当春衣,为了换酒来喝。
④无:通"勿",不要。
⑤愁城:指愁苦的心境。

【今译】

新近买了座园子靠近钓鱼台,
立刻盖起茅屋,把柴门装起来。
夜雨过后,山露出了美丽的容貌,
和风吹拂,飞花更加柔媚作态。
这世事变得只能让我的老眼惊诧,
酒伴们又一再相约把春衣典卖。
你不要笑我竟会这样狂歌烂醉,
忧愁像十丈高城总得要把它冲开!

秋晚思梁益旧游(二首)①

陆　游

其　一

【题解】

《秋晚思梁益旧游》一组三首作于光宗绍熙二年九月初,陆游闲居山阴的时候。陈衍选录了其中二、三两首。陆游四十六岁入川,五十四岁出川,在蜀中度过了将近八年,这是他人生和创作中至关重要的八年,给他留下了永生难忘的印迹。在他回到江南以后,曾一而再地追忆那段生活经历,这组诗就是其中之一。"其一"是原三首之二。陆游追忆当年西行万里到川中的时候,总是梦想着返回江南,也就是想回到朝中,为国家尽更大的力(他在不久前写的《秋思》中还说:"慨然此夕江湖梦,犹绕天山古战场。"),然而,当他回来以后,却屡屡遭诬陷

我年纪老大难以到达;
风清月朗的大好时光,
公事又多得没完没了。
怎样才能一车接一车,
满载郫县的佳酿;
挥舞金鞭,
再到浣花溪游上一遭。

山　园

陆　游

【题解】

　　此诗作于光宗绍熙二年(公元 1191 年)春,陆游闲居山阴农村。淳熙十六年,孝宗让位给太子赵淳,是为光宗。光宗即位之初,陆游多次上书直陈政见,盼望他能中兴衰宋。这年冬天,陆游受命修高宗实录,不久即被罢官。其后二十年,陆游几乎全在山阴故里闲居。在罢官幽居的第一年里,陆游的心情是颇为郁闷的。因为他由对光宗充满希望一下子跌到失望的谷底。他悲叹:"世事真难料,吾痴只自嘲。"(《自嘲解嘲》)"读书三万卷,仕宦皆束阁。学剑四十年,虏血未染锷。"(《醉歌》)如今只能"东归已卖腰间剑"(《即事》),"先洗功名万里心"(《醉中浩歌》)了。然而他在闲游醉酒之时,心中并不能忘却国事,雨中病卧,想到"两京宫阙委胡尘";有人从蔡州来,他"感怅弥日",说:"和亲自古非长策,谁与朝家共此忧。"理解他这种矛盾的心理,就能理解这首七律尾联所说的"狂吟烂醉君无笑,十丈愁城要解围"了。

【原诗】

　　买得新园近钓矶①,旋营茅栋设柴扉。山经宿雨修容出②,花倚和风作态飞。世事只成惊老眼,酒徒频约典春衣③。狂吟烂醉君无笑④,十丈愁城要解围⑤。

熙十三年七月到严州,至十四年十月,前后十五个月。郡酿不佳:严州多甜酒,酒质较山阴黄酒(绍酒)差甚,陆游《秋怀》说:"最怕甜酒倾稀饧。"都下:指临安。时至:经常送来。寓公:闲居异乡的官僚、财主。惘惘:失意的样子。

②桐君句:谓自己被迫隐居严州已经两年了。桐君,传说中的古代隐者,曾做黄帝的药师,采药于桐庐东山;又传说为古代仙人。放隐,自放归隐、被逐隐居。这里"桐君放隐"实指自己被派遣到严州形同放逐隐居,以免发表不合时宜的政见。"放隐",一本作"故隐"。

③赵璧:和氏璧。春秋时楚人卞和得璞玉,先后献给厉王、武王,被玉工视为顽石,卞和因此先后被斩去左右足;又献给文王,才破璞得玉,成为国宝。赵惠文王时,得和氏璧,秦昭王闻之,愿以十五城交换。赵王知其诈,又畏秦强,不敢不给。后蔺相如奉璧入秦,面斥秦王,完璧归赵,成为历史上一段有名的故事。

④借荆州:据《三国志·蜀书·先主传》,荆州刺史刘表卒,子琮代立,后荆州部众共推刘备为领袖。这就是故事中所谓"刘备借荆州,有借无还"的缘起。《先主传》又载,刘备得益州后,孙权"使使报欲得荆州。先主言:'须得凉州,当以荆州相与。'权忿之,乃遣吕蒙袭夺长沙、零陵、桂阳三郡。"这才是借荆州的本事。但借者不是刘备,而是孙权。

⑤风月句:谓季节好的时候公事又太多,走不开。《秋怀》诗说:"讼氓满庭闹如市,吏牍围坐高于城。"可作"事不休"注解。

⑥郫酿(pì niàng):郫筒酒。传晋山涛为郫令,用竹筒酿酒,香闻百步,称"郫筒酒"。

⑦金鞭句:谓能到风景名胜之地尽兴玩赏。金鞭,骑骏马,指豪华地、尽兴地出游。浣花,浣花溪。浣花溪在四川成都西郊,一名濯锦江,又名百花潭;这里泛指风景佳丽之地。

【今译】
　　我被放逐到这里已经两年,
　　就像桐君隐居在桐庐采药;
　　静寂的小院暗暗的孤灯,
　　每夜都忍着愁苦的煎熬。
　　这地方要想找名酒喝,
　　比求取和氏璧还困难;
　　想借本少见的书来读,
　　简直就像孙权想把荆州借到。
　　溪山景色绝佳的地方,

脱掉凡骨变成神仙?
这本是世人的妄想,
我真觉得你们可怜。
假如有什么好办法
为你换掉凡俗的骨肉。
最好来阅读
朱夫子的新篇。

到严十五晦朔,郡酿不佳,求于都下,既不时至;欲借书读之,而寓公多秘不肯出。无以度日,殊惘惘也①

陆　游

【题解】

此诗作于淳熙十四年初冬,陆游到严州已十五个月。一年半前,陆游到临安陛辞时,孝宗对他说:"严陵山水胜处,职事之暇可以赋咏自适。"然而严陵山水虽不逊于山阴,但公事繁多、生活沉闷,爱女闰娘又于八月夭折,因而心情十分郁闷。这首诗就反映了他这种无聊、忧郁、思乡的心情。在写这首诗的同时,他还写过一首《述怀》,其中有这样的句子:"尺寸虽无补县官,此心炯炯实如丹。羯胡未灭敢爱死,尊酒在前终鲜欢。"可见他的郁闷实在还有报国无门、功业难就的苦恼融注其中呢!

【原诗】

　　桐君放隐两经秋②,小院孤灯夜夜愁。名酒过于求赵璧③,异书浑似借荆州④。溪山胜处身难到,风月佳时事不休⑤。安得连车载郫酿⑥,金鞭重作浣花游⑦。

【注释】

　　①严:严州,治所在今浙江建德,辖建德、桐庐、淳安一带。十五晦朔:陆游淳

趁着醉意来寻嗅紫笑花的香气。
请别说闲散的人没有事情可做吧，
每到春天也会像蜜蜂忙着采蜜。

寄题朱元晦武夷精舍（录一首）①

陆　游

【题解】

《寄题朱元晦武夷精舍》共五首，陈衍选录的是其中第二首。这组诗是淳熙十年秋陆游闲居山阴故乡时的作品。有人认为陆游的这组诗隐含着对朱熹退居武夷精舍的批评，我倒觉得并无此意。陆游批评的是妄想避世成仙的凡人，而朱熹结庐武夷是不得已的，他始终坚持宣传自己的思想，并未忘记世事苍生。

【原诗】

　　蝉蜕岩间果是无②？世人妄想可怜渠。有方为子换凡骨③，来读晦庵新著书。

【注释】

①朱元晦：即朱熹。元晦为朱熹字，详前作者小传。武夷精舍：朱熹在武夷山所建读书授徒处所，详见《淳熙甲辰仲春精舍闲居》注①。
②蝉蜕句：福建武夷山是道教名山之一，自古传说有神仙武夷君降此，故名武夷。《列仙传》又说篯铿二子长曰武，次曰夷，在此成仙，故名。山岩壁上有船棺，尸骨不朽，本是古少数民族悬棺葬遗存，世人不知，以为神灵蝉蜕后（死后神去尸留如蝉蜕皮）的遗骸，故有种种传说。朱熹已知其理，说："武夷之名，著自汉世，祀以干鱼，不知果何神？山有枯木查插石罅间，以度舟船棺柩之属。柩中遗骸，外列陶器，尚皆未坏。颇疑前世道阻未通，川壅未决时蛮俗所居，而汉祀者，即其君长。盖亦避世之士，为众所臣服，而传以为神仙也。"（《武夷山序》）
③方：办法。换凡骨：换掉普通人的心胸思路。凡骨，世俗人的骨肉。

【今译】

　　果真能够在山岩间

注释

①张功父:南宋诗人张镃字功父(甫)。
②梅花二句:这里诗人自比高洁的梅花,将官场得意的新贵们比作桃李。他说自己甘愿退避,给新贵们让路。高楼一笛风,笛曲有《梅花落》(郭茂倩《乐府诗集·横吹曲辞·梅花落》题解);唐赵嘏《长安晚秋》"长笛一声人倚楼"。

【今译】

寒食清明才刚过去几天?
春就匆匆地离开了西园。
梅花是自愿地让路给新桃嫩李,
并不为高楼吹来笛曲令人心寒。

闻傅氏庄紫笑花开,急棹小舟观之①

陆 游

【题解】

陆游临安朝觐后,即归山阴老家。赴严州任之前,闲居无事,又恰逢春日,便四出郊游,"一百五日春郊行,三十六溪春水生"(《春游绝句》)。这首小诗便反映了他这种像蜜蜂一样,抓紧时间游览山阴名胜的情景,从一个侧面表达了他对家乡的热爱。

【原诗】

日长无奈清愁处②,醉里来寻紫笑香。漫道闲人无一事,逢春也似蜜蜂忙。

注释

①傅氏庄:在山阴,今遗址不详。紫笑花:紫色的含笑花。含笑为木兰科常绿灌木,初夏开花,有黄、紫两色,味同香蕉,开花时半开半敛,如含笑美人,故名。棹:作动词,摇橹。
②无奈:没法驱遣。清愁:凄凉的愁绪。

【今译】

漫漫长日没处消散那淡淡的愁绪,

④矮纸:古人写字用较窄的卷子,相对于书卷开幅要小一些,称矮纸。斜行:草书不如楷书之工整。闲作草:东汉张芝善为草书,必从容乃书之,对人说"匆匆不暇草书"。故陆游说有闲暇乃作草书。

⑤细乳:古人饮茶,先研茶饼为粉末再煎沏,细末浮于水面,称乳花或细乳。分茶:宋人饮茶时的一种带有竞赛性的游戏,饮茶人在煎沏茶粉时运用某种手法,使乳花出现各种图案,以相娱乐。

⑥素衣句:谓不要为可能被临安官场恶习所沾染而担心。陆机《为顾彦先赠妇》:"京洛多风尘,素衣化为缁。"以素衣代表洁士,以风尘代表官场的市俗恶习。

【今译】

这些年世间的人情味薄得像纱,
是谁让我骑上官马作客京华?
小楼中整个晚上听着潇潇春雨,
深巷里明天清晨当有人叫卖杏花。
闲暇中展开短纸写上几行草字,
晴窗下细研茶粉试着煎沏新茶。
不要担心灰尘玷污我的素衣,
清明时分还来得及回到老家。

饮张功父园戏题扇上①

陆 游

【题解】

此诗与前首为同时作品。陆游到临安觐见孝宗时,游张镃花园,见梅花残谢,桃李含苞,心有所动,而写了这首托花述志的诗。他说高洁的梅花是自觉地为新桃李让路的,跟楼头吹起笛曲《梅花落》无关。这使我们想起了刘禹锡的《游玄都观》诗,虽然陆比刘显得清高洒脱一些,少了许多火气。但对新贵们的不满与讥讽则是一样的。

【原诗】

寒食清明数日中,西园春事又匆匆。梅花自避新桃李,不为高楼一笛风②。

曲曲折折的流水，
饱含着中正平和之气；
平平展展的远山
犹如宽厚长者在面前。
更使我高兴的是，
机巧的心思不再存在，
沙滩边的鸥鸟鹭鹚，
也亲热地飞来相伴。

临安春雨初霁①

陆　游

【题解】

　　此诗作于淳熙十三年(公元1186年)。陆游在山阴赋闲了五年以后被起用为严州知府，赴任前，到临安觐见孝宗，在驿舍写了这首诗。这首诗因颔联"小楼一夜听春雨，深巷明朝卖杏花"二句而名噪千古。它们可能是受了陈与义《怀天经智老因访之》："客子光阴诗卷里，杏花消息雨声中"的启发而写的，这一点前人早已指出过。这首诗反映了人过知天命之年的陆游对于官场生活的既厌倦又无可无不可的态度。颔颈两联以闲适的态度描写了士大夫的生活趣味，这也许正是获得后世读书人叹赏的原因。

【原诗】

　　世味年来薄似纱②，谁令骑马客京华③？小楼一夜听春雨，深巷明朝卖杏花。矮纸斜行闲作草④，晴窗细乳戏分茶⑤。素衣莫起风尘叹⑥犹及清明可到家。

注释

①临安：南宋首都，今浙江杭州。霁：雨停。
②世味：世情。
③骑马：隐指做官。

"中原未复泪横臆,故里欲归身属官。"本诗中那种冲淡的气息荡然无存。

【原诗】

层台缥缈压城闉②,倚杖来观浩荡春③。放尽樽前千里目,洗空衣上十年尘④。萦回水抱中和气⑤,平远山如酝藉人⑥。更喜机心无复在,沙边鸥鹭亦相亲⑦。

注释

①拟岘(xiàn)台:在今江西临川东南抚河(古称汝水)旁,唐裴度镇抚时依州城东隅建台,取其山溪之形似岘山,名曰拟岘台。
②缥缈(piāo miǎo):隐隐约约、若有若无的样子,形容楼台高耸而神秘。城闉(yīn),城墙、城门;城门外层的曲城或叫闉。
③浩荡春:等于说"无边春色"。浩荡,广阔无边的样子。
④十年尘:陆游四十六岁入川,至写此诗时整整十年,始终飘泊异乡。
⑤萦回:曲折的样子。中和气:中正平和之气。儒家提倡中庸,喜怒哀乐都应有所节制,为人处事都应进退适度,天地万物应各得其所,使达于和谐平正之境,谓之中和。
⑥平远山:广阔原野上远处隐约可见的、没有奇峭突兀之势的山脉。酝藉人:宽厚而有涵养的人。
⑦鸥鹭亲:《列子·黄帝篇》载,海上有好鸥者,每日鸥鸟与之游。告其父,其父命取来玩赏。次日至海上,鸥鸟舞而不下。鸥鹭相亲,说明没有机心,没有加害于人的心。

【今译】

多层的高台雄据在城头,
云雾缭绕若隐若现;
倚着藤杖登楼观望,
在这浩渺无边的春天。
举起酒杯纵目遥望,
千里山河尽收眼底;
十年奔波衣上沾满的旅尘,
顿时被眼前的美景洗完。

南送雁归。

注释

①熏笼:冬天放置香木炭火以取暖的炉子叫熏炉,外加笼子罩住的熏炉叫熏笼。

②秦关汉苑:秦关一般指函谷关,汉苑一般指上林苑。这里则代指北宋宫苑;泛指沦陷的北方国土。

【今译】

梅花已经凋谢,
酒喝得日渐稀少;
熏笼里的香火已然熄灭,
换穿起夹衫单袍。
故国的宫苑和关隘,
依旧没有收复的消息;
我又一次在江南
目送归雁飞过云霄。

登拟岘台①

陆 游

【题解】

这首诗跟前一首《闻雁》几乎是在同时写就的,心境却大为不同。但求恬适与难忘忧国本来就是陆游思想的两个方面,面对着绝佳的风景,对宁静恬淡的田园生活的向往占据了主导地位,于是乎感到水抱中和之气,山如淡泊之人,十年宦海的尘灰仿佛一下子被洗个干净,人世的机心不复存在,完全投入了纯洁的大自然的怀中。陆游很喜爱拟岘台的风景,曾称垂虹亭与拟岘台为"二绝"(《拟岘台观雪》),一年之中五次登临赋诗,每次登临,情感均有所不同:四月雨后登临,说"我欲凭陵万里风",颇有志得之态;六月登临,就颇为低沉了:"憔悴思吴客,凄凉拟岘台";待到秋末再登,忧国与思乡的感情已交织在一起,唱出:

行捕鱼。恨渠生来不读书,江山如此一句无。我亦衰迟惭笔力,共对江山三叹息。

【今译】
打鱼人在江边盖起了茅草屋,
门对着青山景色赛过画图。
江面上烟岚淡淡细雨疏疏,
老渔翁劈波斩浪驾着船儿把鱼捕。
他只恨自己生来没有读过书,
江山这样秀丽却一句唱不出。
我也衰老迟顿诗笔羞惭,
而对着大好山河叹息再三。

闻　雁

陆　游

【题解】
　　此诗作于淳熙七年(公元1180年)正月十五日前后,陆游在抚州任提举江南西路常平茶盐公事。淳熙五年春陆游奉诏出川,秋天到达临安,孝宗召见后,并未了遂他"我亦思报国,梦绕古战场(《鹅湖夜坐书怀》)的心愿,而是派他去提举福建常平茶盐公事。淳熙六年秋,孝宗再诏他回临安,半路又改派至抚州。在这奔走不停的两年中,他曾多次梦到梁州幕府的生活,一听到大雁的叫声,他就会想到沦陷的土地和从军的日子。这首《闻雁》虽只是四句的短诗,写得又绝不像一年前《冬夜闻雁有感》那样外露("大呼拔帜思野战,杀气当年赤浮面……夜闻雁声起太息,来时应过桑干碛"),但基本感情是一致的:又是一年过去了,秦关汉苑依旧在异族掌内,而自己只能目送江南旅雁北归。

【原诗】
　　过尽梅花把酒稀,熏笼香冷换春衣①。秦关汉苑无消息②,又在江离。"峒獠(dòng liáo):古人称居住在西南山区的少数民族。
　　⑥欸乃:船橹声。吴舟:前往吴地(陆游家乡江浙一带)的船只。

【今译】

　　我曾走遍梁州,
　　久居益州;
　　今年又横渡泸水,
　　到泸州漫游。
　　一重重山一弯弯水,
　　争着呈现在眼前;
　　风萧萧雨霖霖,
　　纵横地乱扑入江楼。
　　乡人说着奇特的语言,
　　路遇的尽是峒男獠女;
　　吴地的船顺江东下,
　　咿呀的桨声为船歌伴奏。
　　或许天涯海角早已住惯,
　　回乡的心已逐渐倦怠;
　　登高四望反觉茫然,
　　油然升起了一股离愁。

渔　翁

陆　游

【题解】

　　此诗作于沿江东归的船中,大约在今重庆至涪陵之间江上。这首七言古诗写江景之美角度新颖:他不直接写山画水,而是遗憾生活于美景之中的渔翁不懂得欣赏、赞美那胜过图画的江山。

【原诗】

　　江头渔家结茅庐,青山当门画不如。江烟淡淡雨疏疏,老翁破浪

南定楼遇急雨[1]

陆 游

【题解】

淳熙五年(公元1178年)春,孝宗召陆游"晋京面对",二月中陆游携眷离开成都,沿岷江南下到了泸州,登岸游南定楼时遇到一场暴雨,心有所感,写成此诗。陆游的入蜀本非自愿,其间曾赴南郑军幕,有了一线立功报国的机会,转眼又成泡影。岁月蹉跎,一晃七年,几乎已在"天涯住稳"了,突然又应诏东归。这真像乍风乍雨,怎不令他感慨万分! 此诗首联概括行程,颔联写眼前风雨,颈联写沿江闻见,尾联因景及情,写思归而又恋蜀的矛盾情绪及对前途莫测的茫然心境。此诗起伏跌宕,气势较大,深得陈衍叹赏,评说:"雄浑处岂亚杜陵? 许丁卯之'山雨欲来',对此能无大小巫之别!"比肩杜甫,有偏爱之嫌,颔联与许浑的"溪云初起日沉阁,山雨欲来风满楼"相比,意境不同,各有特色,也不必以"大小巫"相褒贬。

【原诗】

行遍梁州到益州[2],今年又作度泸游[3]。江山重复争供眼[4],风雨纵横乱入楼。人语朱离逢峒獠[5],棹歌欸乃下吴舟[6]。天涯住稳归心懒,登览茫然却欲愁。

注释

①南定楼:在泸州州治(今四川泸州)内,为宋泸州郡守晁公武所建,取名自诸葛亮《出师表》。

②梁州:地区名,辖境相当今天陕西秦岭以南至四川北部与陕西交界各县,州治南郑(今汉中)。益州:古地区名;宋太宗改蜀郡、成都府为益州,辖今成都平原各县。

③度泸:诸葛亮《出师表》:"五月渡泸,深入不毛。"泸指泸水,指今川西雅砻江下游及其汇入金沙江后至泸州一段江水。

④江山重复:等于说"山重水复",形容江水曲折穿行于群山之间。

⑤朱离:指古代西南部民族的音乐和语言。《后汉语·南蛮传》:"语言侏

注释

①淋漓:尽性、酣畅的样子。榼(kē):酒器。

②遒(qiú):强劲。

③星主酒:有星星主管饮酒。《后汉书·孔融传》李贤注引孔融与曹操书:"天垂酒星之耀。"酒星,指酒旗三星。《晋书·天文志》:"轩辕右角南三星曰酒旗。"今属狮子座。

④地埋忧:仲长统《见志诗》:"百虑何为?至要在我。寄愁天上,埋忧地下。"

⑤生希二句:谓活着虽然希望能成为李广式的英雄,但那是毫无可能的,故而只盼着死后能像刘伶那样成为饮酒的名人。名飞将,《史记·李将军列传》:"广居右北平,匈奴闻之,号曰'汉之飞将军',避之数岁,不敢入右北平。"刘伶,晋文学家,竹林七贤之一,生平嗜酒,曾著《酒德颂》,传说因饮酒过量醉死。赠醉侯,唐皮日休《夏景冲澹偶然作》:"他时谒帝言何事?请赠刘伶作醉侯。"

⑥戏语二句:作者自注:退之诗云:"越女一笑三年留。"陆游说:韩退之因越女一笑而滞留三年,如今我已滞留成都六年,莫非是越女一笑再笑了吗?

【今译】

在江楼宴饮,
痛痛快快喝上一百碗;
挥笔书写诗句,
点灯时分豪气依然不减。
只听说天上有星星,
主持人间的酒宴;
难道会有什么地方,
将人世的忧愁埋掩?
活着谁不希望像李广,
被人称作飞将军;
但刘伶死后被赠为醉侯,
在我看来更值得欣羡。
开玩笑地对美人们说:
请频频地对我微笑吧,
我滞留在成都,
至今已整整六年!

想做英雄我未免太老；
效冯谖弹铗唱"食无鱼"吧，
即使能得富贵也太迟了。
我只打算活着时追随李广，
到南山里去打猎；
死去时挖掘墓穴，
学要离靠近故乡山河。
且举杯对着南楼的明月，
喝它个酩酊大醉；
恐怕是过于悲观了吗，
像这样地感慨长歌！

江楼醉中作

陆　游

【题解】

　　此诗作于淳熙四年（公元1177年）冬，陆游时在成都闲居。官已被罢而家仍未归，只能以赋诗醉酒来填补心中的不平。短短三个月里，他三登江楼，大醉赋诗，发泄心中的愤懑，他说："世言九州外，复有大九州，此言果不虚，仅可容吾愁！"（《江楼吹笛饮酒大醉中作》）愁什么呢？"腐儒忧国意，此际入搔头。"（《江楼》）他真想一醉解千愁："一饮五百年，一醉三千秋。"明乎此，《江楼醉中作》就很容易理解了。这首诗是以表面的"燕饮颓放"，发泄对眼前报国无门、功业无望、乡国无归的现实处境的悲愤心情。

【原诗】

　　淋漓百榼宴江楼[1]，秉烛挥毫气尚遒[2]。天上但闻星主酒[3]，人间宁有地埋忧[4]？生希李广名飞将，死慕刘伶赠醉侯[5]。戏语佳人频一笑，锦城已是六年留[6]。

【注释】

①黄鹄二句:一飞冲天的黄鹄犹不免为饥饿而哀鸣,自笑我一个普通的人又想要干什么呢?能不为衣食考虑吗?黄鹄,朱骏声《说文通训定声》:"似鹤,色苍黄,亦有白者,其翔极高,一名天鹅。"因《楚辞·惜誓》有:"黄鹄之一举兮,知山川之纡曲;再举兮,睹天地之圆方"之说,黄鹄遂成为神鸟,成为志节高远者的象征。陆游此句活用杜甫诗意:杜诗《同诸公登慈恩寺塔》说:"黄鹄去不息,哀鸣何所投?君看随阳雁,各有稻粱谋。"以黄鹄自喻慨叹黄鹄高飞远举而无处投依;而追随暖日,南北不定的大雁们,则各为温饱而勾心斗角。

②闭门句:谓自己也曾想韬光隐晦,待时而出,可惜英雄老矣,即使有了机遇,也无力奋飞了。闭门种菜既是陆游生活的实际,也是用典:《三国志·蜀书·先主传》:"留关羽守下邳而身还小沛。"裴松之注引胡冲《吴历》:"曹公数遣亲近密觇诸将,有宾客酒食者,辄因事害之。备时闭门,将人种芜菁,曹公使人窥门。既去,备谓张飞、关羽曰:'吾岂种菜者乎?曹公必有疑意,不可复留。'其夜开后栅,与飞等轻骑俱去。"

③弹铗句:谓若学冯谖弹铗以引人注意,则自己年过半百,现在再做也太迟了,何时才能得到富贵!冯谖,齐人,寄食孟尝君门下,初孟尝君未予重视,于是他三次弹铗歌唱,引起孟尝君关注,终于得到重用,做出很大的贡献。三次弹铗,第一次唱的是:"长铗归来乎,食无鱼。"因此陆游说:"弹铗思鱼。"

④李广入山:李广为汉文帝、景帝、武帝时名将,战功卓著,匈奴人称之为飞将军,然终不得封侯。武帝时,广出雁门击匈奴,兵败被俘,夺骑逃归,反被黜为平民,居蓝田南山中射猎。后匈奴又入侵,杀辽西太守,汉乃复用李广。详见《史记·李将军列传》。陆游用李广故事,说明他深怀着有才不遇的感慨。

⑤穿冢:挖掘墓穴。要离:春秋吴人,是古代著名的忠义节烈之士。曾为吴公子光(即后来的吴王阖闾)行刺公子庆忌,庆忌受重伤未死,嘉赏其忠义,放他还吴;要离至江陵,自刎而死。陆游家乡山阴古属吴越之地,故说"穿冢近要离"。

⑥南楼月:唐曹唐诗:"月满前山风不动,更邀诗客醉南楼。"(据《佩文韵府》,《全唐诗》未收)

【今译】

天鹅一边飞一边悲鸣,
它也免不了会饥饿;
自笑我这样一个平凡的人,
不顾温饱还想做什么?
学刘备闭门种菜吗?

【今译】

　　一丝丝鲜红的花柄，
　　在春风中温柔地摇着海棠；
　　它不像清淡的梅花，
　　只能牵动游子的愁肠。
　　我常常害怕深夜寒凉，
　　花儿无聊、寂寞；
　　特铺下锦席点起银烛，
　　把凉州曲对它歌唱。

月下醉题

陆　游

【题解】

　　此诗作于淳熙三年夏末，陆游时在成都。他本已得到了知嘉州的任命，尚未赴任，却被言官认定为"燕饮颓放"的"放翁"，不宜主持一州之政。正式罢免令虽然还要到九月才传到成都，但实际上已被黜官。因此他五六月中所作的诗多次出现"免官"、"新闲"字样。他一方面感到"免官初觉此身轻"，可以圆还乡之梦，不必"虚死蜀山中"，是件大好事，另一方面又深憾年华空度、壮志不酬，一再说"丈夫身在要有立"、"位卑未敢忘忧国"、"大义未敢忘君臣"。这种矛盾的心理，也正是本诗的基调。这首诗表面上说的是自己年事已高，即使曾有英雄、富贵的念头，如今也不可能实现了，既然人总要衣食，还是先顾眼前生活，不要过多感慨吧。实际上从所用的典故，就可以感到陆游的不甘寂寞。此诗多用故典，感情起伏震荡，慷慨与辛酸交织，是颇有些特色的。

【原诗】

　　黄鹄飞鸣未免饥，此身自笑欲何之①？闭门种菜英雄老②，弹铗思鱼富贵迟③。生拟入山随李广④，死当穿冢近要离⑤。一樽强醉南楼月⑥，感慨长吟恐过悲。

啼叫着的黄莺敢于落定；
只有摩诃池涨满春水，
依旧是那般澄净。
池边的老住户，
还能述说孟昶的故事；
他特意种下百千株海棠，
像用织锦环裹着宫城。

其 六

【题解】

其六为原十首之八。此首先写海棠的性情，貌似柔弱，实较梅花乐观；又说自己是海棠的知音，恐怕夜深花寂寞，燃烛奏壮曲来陪伴它。陆游特地选用"凉州曲"不能说是毫无用意的，因为古来凉州词多写边陲、征战之事，而这正是诗人心神向往，时刻萦怀的。

【原诗】

丝丝红萼弄春柔①，不似疏梅只惯愁②。常恐夜寒花索寞，锦茵银烛按凉州③。

注释

①丝丝句：谓一朵朵垂丝海棠在春风中轻柔地摆动。萼，本指花托部分，这里与"红"连用，且用"丝丝"形容，所指当非一般花托，而是全花，并且不是一般的花，而是海棠中的名品"垂丝海棠"，每一朵垂丝海棠都有长长的萼柄，故能随风摇动。弄春柔，在春风中弄柔。弄，舞弄、显露。

②疏梅惯愁：梁简文帝《梅花赋》："春风吹梅畏落尽，贱妾为此敛娥眉。花色持相比，恒愁恐失时。"

③常恐二句：套用苏轼《海棠》句法句意："只恐夜深花睡去，故烧高烛照红妆。"索寞，寂寞无聊。锦茵，织锦的席子、漂亮的座席。按，按曲、演奏。凉州，唐曲。原为凉州一带民间歌曲，天宝间改编为琵琶曲。唐人以凉州曲填词，词多写西北边陲风光及战争景况。

净扫地面放置了酒樽；
喝得烂醉归来时，
已是半夜时分。
斜靠着枕头，
想要睡去又还强忍；
卧帐里仿佛看到
盘旋曲折的海棠花云。

其　五

【题解】

其五写摩诃池畔海棠林繁花似锦的景色。

【原诗】

宣华无树著啼莺①，惟有摩诃春水生②。故老能言当日事③，直将宫锦裹宫城④。

注释

①宣华：煊花；形容繁花如火。煊，暖。

②摩诃：摩诃池。参见《宴西楼》注⑥。

③当日事：当指后蜀孟昶与花蕊夫人事。五代后蜀主孟昶纳徐匡璋女为贵妃，号花蕊夫人（见《辍耕录》）；孟昶与花蕊夫人曾夜纳凉摩诃池上（见苏轼《洞仙歌·序》）。孟昶生活奢糜而爱好文艺，后兵败降宋，封秦国公。

④直将句：未知出典，或者是陆游的设想。陆游另有《驿舍见故屏风画海棠有感》有句"成都二月海棠开，锦绣裹城迷巷陌"，也就是"直将宫锦裹宫城"的意思。宫锦，宫中特制的锦缎，当指海棠林。宫城指后蜀主孟昶的宫苑。成都又名锦城、锦里、锦官城，因城有治锦官所而得名，江亦名锦江，传以锦江之水濯锦，至为鲜明，故成都织锦名闻天下。成都盛产海棠花，闻名天下。这里故意曲解锦城之名，以突出对海棠的歌咏。

【今译】

枝头繁花如火，没有一棵树

【原诗】

翩翩马上帽檐斜①,尽日寻春不到家。偏爱张园好风景②,半天高柳卧溪花。

【注释】

①翩翩:欣喜自得的样子。
②张园:成都园林之一,今遗址不详。

【今译】

斜戴着帽子我喜气洋洋骑着马,
整日寻访海棠,顾不得回家。
我特别喜欢张园里的动人景色:
高柳遮天,护卫着横卧溪边的海棠花。

其 四

【题解】

其四写爱花之情:花阴置酒,夜分方归,欹枕思花,梦中见之。

【原诗】

花阴扫地置清尊①,烂锦归时夜已分②。欲睡未成欹倦枕③,轮囷帐底见红云④。

【注释】

①扫地:打扫地面,有表示恭敬之意。《孔子家语》"使弟子扫地,将以享祭"。清尊:酒器,也指酒。
②夜分:夜半。
③欹倦枕:倦欹枕。因疲倦而斜倚着枕头。
④轮囷句:见帐底红云盘曲。轮囷,盘曲的样子。红云,指海棠花盛开一片。

【今译】

在海棠树阴下,

早晨露水才干头顶着太阳。
骑马飞奔着赶到碧鸡坊去,
市上人都把我叫作海棠狂。

其 二

【题解】

　　这首着重刻画诗人对海棠花的珍爱与呵护,其中透露出以花比人,但恨世上惜才者稀的憾意。

【原诗】

　　为爱名花抵死狂①,只愁风日损红芳②。绿章夜奏通明殿③,乞借春阴护海棠④!

【注释】

　　①抵死狂:狂得不要命。抵死,冒死。
　　②芳:花。
　　③绿章:又称"青词",为道士祭天神时所写的表文,用朱砂笔写在青藤纸上。通明殿:传说中玉帝的宫殿。
　　④春阴:春天花木的荫翳。杜甫《假山》:"慈竹春阴覆。"

【今译】

　　为爱护名花我舍命地狂,
　　只发愁刚风烈日把红花损伤。
　　写一道绿章向玉帝启奏,
　　请求他借花木浓荫遮护海棠!

其 三

【题解】

　　其三与其一近似,也是首联写遍访寻花,次联择写一园。"半天高柳卧溪花"画意盎然,且呼应前首"乞借春阴护海棠"之意。

花时遍游诸家园六首

陆 游

其 一

【题解】

　　这组七言绝句原共十首,作于淳熙三年(公元1176年)春天,陆游时任四川制置使司参议官,住在成都。在这座号称锦城的大都会里,"似闲有俸钱,似仕无簿书"的陆游索性遍游名园看海棠,让自然的美景来陶醉自己,暂时忘却家国之慨。然而在赏花的喜悦当中,我们也能不时听到名花无主,知音难求的叹息声(如其二:"只愁风日损红芳"。其七自注:"小东门外有千叶朱砂海棠一株,奇丽绝代,在荒圃中,人罕见者。"其八:"常恐夜寒花索寞。"其十:"眼看燕脂吹作雪,不须零落始愁人。"正像他在一首《游东郭赵氏园》中说的:"老翁故不痴,借花发吾诗。"并非单纯写花而已。

　　其一带有总起的性质,首联写遍访,次联写一园;首句扣紧"花时遍游"四字。

【原诗】

　　看花南陌复东阡①,晓露初干日正妍。走马碧鸡坊里去②,市人唤作海棠颠。

注释

　　①南陌东阡:泛指各条道路。阡、陌,田间小路,东西曰陌,南北曰阡。也借指田野、郊野。通行说法均以陆游此句为指田野例,但诗题既说"遍游诸家园",解"阡陌"为田野就未必恰当了。
　　②碧鸡坊:成都街巷名,唐女诗人薛涛曾居此,当地海棠特别出色。陆游另有诗说:"碧鸡坊里海棠时,弥月兼旬醉不知。"(《病中久止酒有怀成都海棠之盛》)

【今译】

　　为看海棠我走遍南街北巷,

而过,竟然成了久居之客。因循,随意、轻率、怠惰。陆游本是因为主张抗金,不合当权者口味而被一迁再迁,赶到川蜀的,这里却用"因循"二字,自省不能抗命、轻率入川,自然是一种委婉的牢骚。陈衍说:"因循两字,误事不少,然不因循而徒劳无功者众矣。"道着了一个方面。

④容易:指事物(包括时光、节候)发展变化得特别快。

⑤珠帘:缀着珍珠的帘幕,一本作珠褠(gōu),绣着珠饰的单衣,代指歌舞女子。

⑥摩诃池:杜甫《晚秋陪严郑公摩诃池泛舟》郑注:"摩诃池即汙池,在锦城西。"又鲁注:"池在使府内,萧摩诃(隋将军)所开,因是得名。"(《分门集注杜工部诗》)

【今译】
　　西楼上前人的遗迹
　　依然是那样地豪雄,
　　锦锈般华美的笙箫
　　声声缭绕在空中。
　　当时远行万里并未认真考虑,
　　谁知竟成了久客;
　　一年年飘忽而去,
　　如今楼头又刮起了秋风。
　　烛光低照着珍珠帘幕,
　　显得特别华美;
　　酒后慢慢泛出醉晕,
　　舞女的双颊更加润红。
　　迎着秋风转回驿舍,
　　归路越发地可爱;
　　隋将军的摩诃池上,
　　明月正挂在高空。

我环绕庭院数着竹子,
发现了不少根新笋;
解下衣带量了量松树,
树干比原来又粗了几分。
只有墙壁上面,
原来题写的诗句仍在;
略有些残损的墨迹,
蒙着一层暗淡的灰尘。

宴西楼①

陆 游

【题解】

此诗作于淳熙元年六月。陆游自蜀州赴成都公干,其间宴饮于西楼,在锦绣笙箫声中他深憾久客川中,一事无成,感慨丛生而有此诗。正像他在一首《汉宫春》词中说的:"闻歌感旧,尚时时流涕尊前。君记取,封侯事在,功名不信由天。"此诗颔联两句"语轻而感深"(清吴焯《批校剑南诗稿》),是全诗神旨所在。

【原诗】

　　西楼遗迹尚豪雄,锦绣笙箫在半空②。万里因循成久客③,一年容易又秋风④。烛光低映珠帘丽⑤,酒晕徐添玉颊红。归路迎凉更堪爱,摩诃池上月方中⑥。

注释

①西楼:成都府治西侧有筹边楼,唐李德裕建,曾与熟悉边事者在此共议抗御吐蕃等族侵扰事。与府治东侧之锦官楼,俗有东西楼之称。又《蜀中名胜记》谓"转运司园亦称西园,园中有西楼"。

②锦绣笙箫:自然流畅、华美动人的音乐。杜甫《题终明府水楼》:"绝壁过云开锦绣,疏松隔水奏笙篁。"

③万里句:谓只因为考虑不周、任性随意而万里迢迢来到川中,结果五年一晃

荒"(《金错刀行》)的呼声。他绝不会甘心于"似闲有俸钱,似仕无簿书;似长免事任,似属非走趋"的无聊生活。因而他此时在诗中表现出的心情是那样的抑郁,便很可以理解了。

【原诗】

闲坊古驿掩朱扉②,又憩空堂绽客衣③。九万里中鲲自化,一千年外鹤仍归④。绕庭数竹饶新笋⑤,解带量松长旧围。惟有壁间诗句在,暗尘残墨两依依⑥。

【注释】

①驿舍:古代供往来官吏、信使暂住的地方。

②闲坊:僻静的街道。扉:门。

③绽客衣:解开旅途中所穿的蒙尘的外衣。绽:开裂。这里作解开。

④九万二句:谓无论世界有多少变异,鲲依然会化为鹏鸟,乘风直上九万里,飞往南冥;而仙人丁令威,依然会在千年之后化鹤归来。这里诗人并未明说鲲、鹤的所指,有人说鲲指官运亨通者,鹤为作者自喻,仅供参考。鲲(kūn),传说中的巨鱼。《庄子·逍遥游》:"北冥有鱼,其名曰鲲。鲲之大,不知其几千里也。化而为鸟,其名为鹏……海运将徙于南冥……抟扶摇(拍击着暴风)而上者九万里。"鹤归,《搜神后记》:"丁令威本辽东人,学道于灵虚山,后化鹤归辽,集城门华表柱。时有少年举弓欲射之,鹤乃飞,徘徊空中而言曰:'有鸟有鸟丁令威,去家千年今始归。城郭如故人民非,何不学仙冢垒垒。'遂高上冲天。"

⑤饶:添加了一些。

⑥依依:不忍分离的样子。

【今译】

　　僻静的街道旁,
　　古老的驿站闭着红门;
　　我又在空房中暂歇,
　　解开沾满旅尘的衣襟。
　　一飞冲天九万里,
　　鲲鱼犹自变化为鹏鸟;
　　离家学道一千年,
　　神鹤依然要返回家门。

③食肉糜:《晋书·惠帝纪》:"及天下荒乱,百姓饿死,帝曰:'何不食肉糜?'"肉糜,肉粥。

【今译】

半辈子飘流他乡,
真厌恶这世上岔路太多;
手扶着马鞍,
一天天把还乡的日子数着。
真辛苦你啊,
在树上反复叮嘱:"不如归去";
仿佛是劝告灾民:
"为什么不煮肉粥来喝!"

寓驿舍〔予三至成都,皆馆于是〕①

陆 游

【题解】

此诗作于淳熙元年(公元1174年)六月,陆游时任蜀州通判,驻崇庆(今重庆市)。陆游乾道八年初到南郑王炎幕府,本想为恢复大业做一番贡献,然而几个月后,随着王炎奉诏去临安(明升枢密使,实际架空了兵权),风发的意气便黯然消沉了。八年十月陆调任成都府路安抚司参议官,到成都不久,又出任蜀州通判代理知州事,到了崇庆;其间还代理了嘉州(今乐山)知州八九个月。这些职务都是忙闲随己,无大作为的。在蜀州期间,他曾三赴成都公干,住在同一驿舍。见驿中除竹树略添了身围,其余一如既往,不禁感慨顿生。我们已无法知道那壁间蒙尘的诗句是哪一首,但我们知道陆游在蜀州、嘉州期间写过许多首怀念南郑军中生活,渴望收复关中失地的诗歌,一再发出:"有时登高望鄠杜,悲歌仰天泪如雨;头颅自揣已可知,一死犹思报名主"(《闻虏乱有感》)。"幽人枕宝剑,殷殷夜有声。……不然愤狂虏,慨然思远征。"(《宝剑吟》)"上马击狂胡,下马草军书。二十抱此志,五十犹癯儒。"(《观大散关图有感》)"丈夫五十功未立,提刀独立顾八原野尽头正吆喝着两头黄牛犊。
田耙得匀细融融的泥水灌满田间,
春雨在田间划出细痕,秧苗正绿。
绿苗分秧的时候景色特别好看,
何况太平时候没派下苛税杂捐。
西屋买花喜洋洋地操办婚礼,
东邻办酒热闹地庆贺生男。
谁说农家不懂得时髦?
小姑娘画眉跟城里人一般。
一双白嫩的巧手谁能分别?
净村空巷相邀着看抽蚕茧。
农家呵、农家,真真快乐,
绝不像市井朝堂你争我夺。
半生宦游我得到了多少好处?
我已经离家三年,丢掉春耕的欢乐!

闻杜鹃戏作

陆 游

【题解】

这也是赴南郑途中的作品。此诗用戏谑的口吻,表达了羁旅思乡的情怀。诗中巧妙地把听杜鹃和食肉糜两个典故合在一起,让读者哭笑不得,真可谓含泪的微笑。

【原诗】

半世羁游厌路歧[1],凭鞍日日数归期。劳君树上叮咛语[2],似劝饥人食肉糜[3]。

注释

①羁游:客游他乡。
②劳君句:传杜鹃为古蜀帝杜宇精魂所化,叫声似"不如归去"。

岳池农家①

陆 游

【题解】

　　此诗作于前往南郑的途中。过梁山,西渡渠江就到了岳池。岳池位于四川盆地东缘,自古农业发达;尤其是战乱尚未涉及,相对于陆游入蜀前沿途所见,这里几乎就是天堂了。在这首诗中,他画出了一幅桃花源式的农村风俗画:风和日丽、男耕女织、黄犊绿秧、差科未起、西舍成婚、东邻生子,一派和乐景象。这种对农村的理想化的描写,当然是由于作者只是匆匆一瞥,并未深入观察;但同时也反映了作者久浸官场,久虑时局,突然发现这样一片净土后那种难抑的欣喜心情。所以诗的结尾他又发出了不如归田的呼声。

【原诗】

　　春深农家耕未足,原头叱叱两黄犊②。泥融无块水初浑,雨细有痕秧正绿。绿秧分时风日美③,时平未有差科起④。买花西舍喜成婚,持酒东邻贺生子。谁言农家不入时?小姑画得城中眉。一双素手无人识,空村相唤看缫丝⑤。农家农家乐复乐,不比市朝争夺恶。宦游所得真几何?我已三年废东作⑥。

注释

①岳池:地名,在今四川岳池县东北。
②叱叱(chì):驱使牲口的喝呼声。犊:小牛。
③分时:分秧插田的时候。
④差科:差役与赋税。
⑤缫(sāo)丝:把蚕茧泡在热水里抽取蚕丝。
⑥东作:春耕。陆游乾道六年入蜀,至此已整整离乡三年。

【今译】

　　春深了,农家的耕作还没结束,

注释

①蟠龙：地名。在四川梁山县东二十余里。

②纷：飘落。珠缨：珍珠串成的彩带。

③因物赋形：依靠（凭借）某种外物而赋予（形成）特定的形体。

④退之二句：韩愈说"物不平则鸣"，说明他论事太刻板，见解太褊狭。退之，韩愈字。韩愈《送孟东野序》："大凡物不得其平则鸣。草木之无声，风挠之鸣；水之无声，风荡之鸣。其跃也，或激之……人之于言亦然，有不得已者而后言，其歌也有思，其哭也有怀。凡出乎口而为声者，其皆有弗平者乎！"陆游说他的见解"隘"，并不是真的反对他提出的"物不平则鸣"的观点，更不是反对他在文章中举出的历代的精英是有弗平且善鸣者。他只是从另一个角度提出问题，或者说是从更强调客观条件的角度提出问题，说他们像瀑布一样，形势使他们处高而趋下，造成一种强大的潜力（意气或感激），欲止不能，因而成就功名。这种观点的形成当然是跟陆游的功业思想及当时的处境分不开的。

⑤邂逅：不期而遇。

【今译】

远远望去像珍珠彩带纷然飘落，
靠近观看犹如滚动着雷霆。
人们说这是水有意使出奇招，
目的是让旅行者大吃一惊。
"让人们吃惊对我有什么好处？"
可见这一定不是水的本性。
"那么水又为什么变成瀑布？"
"是假借外物而赋予了特形。
水从高处顺势奔流而下，
哪里是甘心跟山岩竞争！"
韩退之也是一个褊狭的人，
非要说万物不平就要出声。
古往今来多才通达的人士，
初始时也希望平凡地度过一生。
他们是心有所感而情绪激动，
遇到适当的机会成就了功名。

旅愁使我平添了白发；
船过黄州，
风帆浴着冰冷的日光。
请看当年三国鏖战的赤壁，
如今早已成为陈迹，
男儿不再能建功立业，
何必再学习孙权的榜样。

蟠龙瀑布①

陆 游

【题解】

　　孝宗乾道七年，陆游由夔州通判调任四川宣抚使司干办公事兼检法官，驻地在临近前线的南郑(今陕西汉中)。对陆游这无疑是一个建功立业的好机会，他是很兴奋的。八年初他离开夔州北上，在经过梁山(今四川梁平)时，写了这首即景抒怀的五言古诗。这首诗题为"蟠龙瀑布"，实际上具体描写瀑布形态、气势的只是开头两句，从第三句起，笔锋便转向议论。陆游说：瀑布的形成乃是水处高而趋下的结果，并非有意要使人惊奇，更非有意与石争险。由此，联系到人事，说古来有成就的"贤达士"(思想家、哲学家、文学家、史学家等)，他们本来也是乐于过宁静平和的常人生活的，是生活现实使他们心存感激(有所感而情绪激动)，无法抑止，才外现于文字或言行的。陈衍评此诗说："言凡物之出色，皆遭遇而已。此正告怀才不遇者，内重自然外轻也。"成就有赖于内在潜力与客观机遇的契合，所谓"可遇而不可强求"，当然更不可恃才傲物、怨天尤人。

【原诗】

　　远望纷珠缨②，近观转雷霆。人言水出奇，意使行人惊。人惊我何得？定非水之情。水亦有何情？因物以赋形③。处高势趋下，岂乐与石争？退之亦隘人，强言不平鸣④。古来贤达士，初亦愿躬耕。意气或感激，邂逅成功名⑤。

尾联借古讽今，批判南宋朝廷的不思恢复，叹息英雄已无用武之地。

【原诗】

　　局促常悲类楚囚②，迁流还叹学齐优③。江声不尽英雄恨④，天意无私草木秋⑤。万里羁愁添白发，一帆寒日过黄州。君看赤壁终陈迹，生子何须似仲谋⑥。

注释

　　①黄州：地名。在今湖北武汉市东，长江北岸，东坡赤壁在此。
　　②局促：受约束而不得舒展。楚囚：《左传·成公九年》："晋侯观于军府，见钟仪。问之曰：'南冠而絷者，谁也？'有司对曰：'郑人所献楚囚也。'"此典后人多用来指处于困境而不忘故国的人，这里与"局促"并提，则主要用"南冠被絷"之义。"被絷"则失去自由，"南冠"表示陆游心系江南故乡。
　　③迁流：迁徙、流放，指被远遣到巴蜀任职。齐优：齐国的优伶。《史记·乐书》："仲尼不能与齐优遂容于鲁。"后借指一般优伶。优伶须曲意承欢，讨好于人，陆游正用此意。
　　④江声句：苏轼《念奴娇·赤壁怀古》："大江东去，流淘尽，千古风流人物。"
　　⑤天意无私：大自然无所偏爱。无私，无私情，无偏向。
　　⑥生子句：《三国志·吴书·吴主传》："曹公望权军，叹其齐肃，乃退。"裴松之注引《吴历》："公见舟船器仗军伍整肃，喟然叹曰：'生子当如孙仲谋，刘景升儿子若豚犬耳。'"这里反其意而用之，说既然南宋朝廷不思北伐，生子如孙仲谋又有何用！仲谋，三国吴主孙权字。

【今译】

　　我常常为自己的身不由己悲伤，
　　就好像楚钟仪被囚禁一样；
　　又叹息自己被贬谪放逐，
　　还要学齐国倡优讨好尊上。
　　大江奔流，
　　流不尽英雄的遗恨；
　　天意无私，
　　寒秋草木依旧枯黄。
　　万里远行，

此凋朱颜"(李白《蜀道难》),"一人荷戟,万夫趑趄,形胜之地,匪亲弗居"(张载《剑阁铭》)。故而陆游有此形容。唐柳宗元远谪柳州,有诗说"一身去国六千里,万死投荒十二年"(《别舍弟宗一》),陆游的处境正相类似。

④有时:犹时时。乞火:借火种。

⑤丛祠句:巴渝地区民众崇信鬼神,多祠庙。乡野间遍布的小型祠庙称丛祠;祈风多是船民的举动,祈求顺风,以利行船。

⑥戍堞:戍楼的城垛。

【今译】
　　半辈子飘泊在外面,
　　就像是风中的孤蓬;
　　今年被远派到巴蜀,
　　至今仿佛还在梦中——
　　仿佛已亲身游历了九死一生的险地,
　　蜀道盘曲在千峰百嶂当中。
　　时不时有邻船过来讨火种,
　　到处的山祠野庙都在祈风……
　　傍晚时分潮水涌来,
　　船停泊在淮南江岸;
　　乌鸦在空空戍楼的墙垛上,
　　正向着落日啼鸣。

黄　州①

陆　游

【题解】

　　此诗作于赴夔州通判任所途中。黄州位于长江中游险要之地,汉末三国争雄,传赤壁之战即在黄州城外赤鼻矶(实当在武昌西赤矶山),苏轼曾因此写下千古名词《念奴娇·赤壁怀古》。陆游远赴巴东,舟行到此,怎能不感慨系之。此诗吊古讽今,伤时势,叹飘泊,感情沉重而激越。首联自叹"残年走巴蜀,辛苦为斗米"(《投梁参政》),真如楚囚、齐优一般;颔颈两联因黄州大江形势而吊古伤今,抒发感慨;

我斜靠着枕头到天明,心中悲伤。
睡梦里仿佛驾着小船在天边游荡。
来到那红荷绿叶梅树成林的家乡山下,
停靠在白塔红楼的大禹庙旁。

晚　泊

陆　游

【题解】

　　此诗作于孝宗乾道六年夏,陆游赴夔州通判任途中。自乾道二年被罢职回山阴故里,到这时陆游已闲居近四年。他虽然自称"身闲心太平"(《卜算子》),但实际上是"慷慨心犹壮",深憾"蹉跎鬓已秋"(《闻雨》),很想有些作为的,他曾说:"但忧死无闻,功不挂青史。"(《投梁参政》)因此,这次入川,尽管有飘泊之感,而巴东依然出现在梦中。此诗首联正表现了这种矛盾的心情。颔颈两联承接首联对句,概括梦中入蜀途中的经历。尾联回到现实,扣住诗题,同时含蓄地点出往日(北宋)中原腹地——淮南一带早已成为边防前线。这也进一步道出了爱国诗人陆游不能"从今心太平"(《长相思》)的原因。

【原诗】

　　半世无归似转蓬①,今年作梦到巴东②。身游万死一生地③,路入千峰百嶂中。邻舫有时来乞火④,丛祠无处不祈风⑤。晚潮又泊淮南岸,落日啼鸦戍堞空⑥。

注释

　　①半世句:乾道六年陆游四十六岁,故说"半世"(半辈子)。至于"半世无归"云云则是夸张。陆游三十四岁出任福州宁德县主簿才正式离家步入官场,至四十六岁不过十二个年头,其间免职还乡近五年,实际在外仅七八年而已。转蓬:随风飘荡的蓬草。多形容游子飘泊无依。

　　②巴东:郡名,包括今重庆奉节、巫山等县。

　　③万死一生地:古来以巴蜀为险要之地,所谓"蜀道之难难于上青天,使人听

语,谓调谐呼吸像龟一样。据说乌龟可以不饮不食长生不死。默数:暗自计数。

⑩敛版句:谓恭谨小心地侍奉年轻的上司。敛版,古代官员朝会时手执手版,端持近身以示恭敬叫敛版。低心:委屈心意,牵就俯顺。

⑪儒冠句:谓自己不因为是个无法通达的读书人而感到遗憾。活用杜甫《奉赠韦左丞丈二十二韵》:"纨袴不饿死,儒冠多误身。"

⑫刀笔句:谓使我感到痛心的是自己竟然做了一个仰人鼻息的刀笔小吏。刀笔,刀笔吏;衙门里办理文书的小吏。陆游此前任通判,并非文案小吏,这里是极言地位不高,不能实现自己的政治理想。

⑬欹枕:斜靠着枕头,不能安睡的样子。

⑭梦里句:谓梦想着归隐后驾扁舟五湖的情景。《吴越春秋》载:范蠡助越王勾践灭吴后坚辞封赏,"乘扁舟出三江,入五洲,人莫知其所适"。后成为功成归隐的典故,范蠡也成为知识分子最高的理想人物。

⑮蕖(qú):"芙蕖"的省称,即荷花。芰(jì):"芰荷"的省称,即荷叶。梅山:指陆游家乡的山,如会稽山,山上开满了梅花。

⑯禹庙:夏禹陵。宋太祖乾德中立禹庙于会稽山。

【今译】

春分的夜晚春水漫生,
陆某头一次去往临川城。
水深桥断过不了抚河,
暂住城外听得见号声。
三月三这天天气真清爽,
临川道上一片动人的春光。
细柔的女手摘着嫩绿的桑叶,
静静的旅店外粉红色桐花怒放。
我平生害怕旅行像害怕老虎,
闭门独居不游名城与大府。
身子瘦如仙鹤因为长挨饿,
乌龟般自数呼吸默然独处。
现在想起来真是自笑又自怜,
竟然要恭谨违心地伺候小青年。
读诗书本来是自误,我并不悔恨,
最痛心做个刀笔吏,违背了宿愿。

准备(归装渐理),反认为能摆脱仰人鼻息、无所作为的处境,未尝不是一种解脱。这首古诗便典型地反映了他这种压抑经年,终得解脱的情绪。诗的前八句写初到临川所见的动人春色。其中前四句写夜到临川,春水陡涨,断桥难渡。临川之行似乎并不顺利,为后四句作势;后四句笔锋一转,推出天朗气清、蚕女采桑、桐花盛开的大好春景,临川之行看来又是很值得的。中间八句追忆出仕以来兢兢业业、下心俯首、违心事人、碌碌无为的官场生活,深感自怜自笑。最后四句表达了自己归隐的心愿,对终能返回故乡感到欣慰。这首诗多处直用、化用杜甫诗句,盐水相溶,了无痕迹;他如韵脚的变换、色彩的运用都能出神入化,显示陆游诗歌技巧至此已臻于纯熟了。

【原诗】

　　二月六夜春水生②,陆子初有临川行。溪深桥断不得渡,城近卧闻吹角声。三月三日天气新③,临川道中愁杀人④。纤纤女手桑叶绿⑤,漠漠客舍桐花春⑥。平生怕路如怕虎,幽居不省游城府⑦。鹤躯苦瘦坐长饥⑧,龟息无声惟默数⑨。如今自怜还自笑,敛版低心事年少⑩。儒冠未恨终自误⑪,刀笔最惊非素料⑫。五更敧枕一凄然⑬,梦里扁舟水接天⑭。红蘗绿荽梅山下⑮,白塔朱楼禹庙边⑯。

注释

①上巳:节日名。古时以农历三月上旬的巳日为"上巳",官民在河的上流洗濯以袚除灾垢;魏晋后,确定为三月三日。临川:地名,今属江西。

②二月句:杜甫《春水生》:"二月六夜春水生,门前小滩浑欲平。"这里用杜甫成句,并非确指某月某日如何。二月六日一般在春分前后。

③三月句:杜甫《丽人行》:"三月三日天气新,长安水边多丽人。"这里用杜甫成句。

④愁杀人:谓春的美景使多情的人感伤。白居易《亚枝花诗》:"小郵花木似平阳,愁杀多情骢马郎。"

⑤纤纤:形容小巧白嫩的手。

⑥漠漠:寂静无声。桐花春:桐树花盛开。

⑦幽居:不仕独居、隐居。省:明白,懂得。

⑧鹤躯:身躯似鹤;形容极为削瘦。坐:因为。

⑨龟息句:谓像乌龟一样默然静处,只是暗自计算着自己的呼吸。龟息,道教

大海。陆游此句正用苏轼诗意。郡丞：州郡佐官，陆游所任通判，位当知府助手，故称。

②洪州：宋隆兴府隋称洪州，州治南昌。又看：第二次看。据此，诗当作于乾道三年春。上元：节日名，旧历正月十五日，民俗赏灯，又称灯节。

③寻尺：犹说"长短"。八尺为寻。

④就斗升：犹说"找口饭吃"。

⑤饱谙：深知。箝纸尾：控制住纸和笔，谓作为主官的僚属只能按主官意志办事，而不能任意批写案卷轻置可否。典出韩愈《蓝田县丞厅壁记》："丞位高而逼，例以嫌不可否事。文书行，吏抱成案诣丞，卷其前，钳以左手，右手摘纸尾，雁鹜行以进；平立，睨丞曰：'当署。'丞涉笔占位，署惟谨。"

⑥摸床棱：谓处事取模棱两可的态度。典出《新唐书·苏味道传》："味道练台阁故事，善占奏。然其为相，特具位，未尝有所发明，脂韦自营而已。常谓人曰：'决事不欲明白，误则有悔，模棱持两端可也。'故世号'模棱手'。"

⑦笑指句：意谓要隐居深山。原注："庐山僧近寄藤杖，甚奇。"

【今译】

　　我这头发花白稀疏的老郡丞，
　　在洪州已看过两次上元花灯。
　　我羞于对是非曲直说长论短，
　　宁愿为微薄的俸米走西奔东。
　　我熟知属吏们控制纸笔的手法，
　　朋友来时，苦苦劝告要处事模棱。
　　你知道吗？还乡的行李我已经整理好了，
　　正含笑指点着那根庐山深涧中的古藤。

上巳临川道中①

陆　游

【题解】

　　乾道三年二月，陆游被免去隆兴府通判职务，离开南昌回返故乡山阴。三月三日他到达临川，访友途中作了这首七言古诗。对陆游来说，因支持抗敌而被罢官，固然使他十分悲痛、愤慨，但由于早有心理

沉重的船桨声中,
常夹杂着旅雁的悲啼。
暮色降临时,
船驶进了淮南路地界;
遥望远处的红树青山,
不由得诗情从心中涌起。

自咏示客

陆 游

【题解】

　　此诗作于孝宗乾道三年春,陆游隆兴府通判任上(有人说是陆游五十五岁提举江南路常平茶盐公事任上所作,恐非。此诗收入《剑南诗稿》卷一,当为入川以前作品)。当时陆游年仅四十出头,"衰发萧萧"云云不过是诗人们常用的夸张手法而已。陆游因张浚罢职牵连,由镇江调往江西,思想极为苦闷。要抗敌复土却成了罪人,心情岂能顺畅! 这首诗正反映了他的这种愤懑难平的情绪。尤其颔颈两联,于辛辣之中含着几多辛酸的泪水,读来动人心弦,难怪刘克庄说"古人好对偶被放翁用尽"(《后村诗话》)。尾联两句,流露了隐居归田的意愿。岂料"归装"却成了谶语,是年二月,当权者便以"交结台谏,鼓唱是非,力说张浚用兵"为由,罢了他的官,他真的收拾行装从南昌返乡了。

【原诗】

　　衰发萧萧老郡丞①,洪州又看上元灯②。羞将枉直分寻尺③,宁走东西就斗升④。吏进饱谙箝纸尾⑤,客来苦劝摸床棱⑥。归装渐理君知否? 笑指庐山古涧藤⑦。

【注释】

　　①衰发:稀疏的头发。萧萧:头发花白稀疏的样子。苏轼《次韵韶守狄大夫见赠二首》:"华发萧萧老遂良,一身萍挂海中央。"以褚遂良自比,叹似浮萍飘泊

【原诗】

吾道非邪来旷野②,江涛如此去何之③?起随乌鹊初翻后④,宿及牛羊欲下时⑤。风力渐添帆力健,橹声常杂雁声悲。晚来又入淮南路⑥,红树青山合有诗。

注释

①望江:县名,在今安徽西南部,长江北岸。

②吾道非邪:《史记·孔子世家》:孔子困于陈蔡之间,绝粮,从者病,子路、子贡等皆有愠心,孔子"乃召子路而问曰:诗云'匪兕匪虎,率彼旷野'。吾道非邪?吾何为于此?"

③江涛句:暗用《论语·微子》意:"(桀溺)曰:'滔滔者天下皆是也,而谁以(与)易之?且而与其从避人之士也,岂若从避世之士哉?'……夫子怃然曰:'鸟兽不可与同群……天下有道,丘不与易也。'"这里"江涛如此"犹"滔滔者天下皆是也","去何之"就是"天下(若)有道,丘不与易也";而下文"起随乌鹊"、"宿及牛羊"……也就暗含着"鸟兽不可与同群"而却必须与之同群的意思。

④起随句:暗用曹操《短歌行》典:"月明星稀,乌鹊南飞。绕树三匝,何枝可依?"翻,飞舞。谓每天随乌鹊初翻即起,仿佛无枝可依。

⑤宿及句:化用《诗·王风·君子于役》典:"日之夕矣,牛羊下来。"谓此行犹如赶赴劳役,傍晚牛羊归圈时才得歇宿。

⑥淮南路:指今安徽凤阳、和县以西至湖北黄陂以东地区。宋淮南路辖境东至黄海,后分东西两路,这里说的淮南路实指淮南西路。

【今译】

难道我的主张错了吗?
竟被放逐到旷野之地。
大江浪涛起伏,
我究竟该走向哪里?
随着无依的乌鹊初翻翅膀,
天不亮就起床赶路;
晚上放牧的牛羊要进圈时,
才得以停船休息。
江风越刮越大,
吹得船帆鼓涨着;

【注释】

①东阳:地名。在今浙江省中部,位于钱塘江支流金华江上游。
②欹:歪斜。这里作使动词。乌帽:平民的帽子。
③知人:使人知;让人了解;赏识。著句:着力于文辞。

【今译】

山风吹歪了寒酸的帽子,
送来微微的寒气。
山雨沾湿了轻薄的衣衫,
留下点点的水迹。
小吏要想让人了解自己
必须着力于文辞,
我先安排好笔砚
面对溪流、群山练一练笔。

望江道中①

陆 游

【题解】

　　此诗作于孝宗乾道元年秋,陆游自镇江溯江往隆兴(今江西南昌)途中。此前,主战派中坚张浚被罢官,不久病逝,陆游极其苦闷;接着陆游被调往隆兴,离开了镇江通判这个江防要职,更增加了他的悲愤。赴任途中,他写了好几首诗表达这种苦闷心情,《望江道中》就是其中之一。这首诗借景抒情,倾诉内心的痛苦。开篇即两用与孔子有关之典,悲叹抗敌救国之道不能实现,前途将何以去从!颔联活用《短歌行》《君子于役》二典写旅途之艰辛,内心之孤愤,把首联抒发的情绪推衍了一步。颈尾两联转入眼前实景的描绘,但显然仍带着首颔两联的情绪,使自然就我:颈联以劲健的风帆、悲咽的橹雁造成强烈的悲怆氛围;乃至尾联,随着眼前大江晚照下红树青山的壮美景色的展现,诗人心境渐趋平静,结束了这首诗。

住在这深山野寺,
四月里才听见黄莺的叫声。
近来我听说皇上下诏,
要广泛采纳臣下的意见;
从这点就能预料,
我有望太太平平地度过余生。
圣明的君主登基之初,
便不忘记改革时政;
地位卑微的一介书生,
我只有感激得涕泪纵横。

东阳道中①

陆 游

【题解】

高宗绍兴三十一年初,陆游由福州决曹调到临安任敕令所删定官。他从近海舟行北上,经温州、东阳往临安,这首诗就是在途经东阳时作的。这首记行诗并未写道中景色,只是委婉地抒发了身为下级官吏的艰难和感慨。陆游在《除删定官谢丞相启》中说自己"独学寡闻,倦游不遂……与世寡谐,在乡间则里胥亭长之所叱呵,仕州县则书佐铃下之所蹈藉。"此次得以被荐为京官,虽然地位不高,工作也主要是编纂已公布的法令,但仍使他有了接近中央,有望升迁的机会,所以一则十分高兴,一则战战兢兢。诗中风欹乌帽,雨点春衫的寒吏形象和为了锻炼文辞去描绘溪山的心理描写,都相当典型地反映了他这种亦喜亦惧的心情。

【原诗】

风欹乌帽送轻寒②,雨点春衫作碎斑。小吏知人当著句③,先安笔砚对溪山。

不知道您答不答应这请求?
请托付春风带来您的回音。

新夏感事

陆 游

【题解】

此诗作于孝宗即位之初,陆游当时闲居山阴故里。借住在云门寺中,清方东树《昭昧詹言》说此诗:"前半新夏,后半感事。情真语朴,意境绝佳。"可谓得其旨要。

【原诗】

百花过尽绿阴成,漠漠炉香睡晚晴①。病起兼旬疏把酒②,山深四月始闻莺。近传下诏通言路③,已卜余年见太平④。圣主不忘初政美⑤,小儒唯有涕纵横。

注释

①漠漠:寂静地。

②兼旬:二十天。十日一旬。

③近传句:孝宗隆兴元年秋七月"乙巳,以旱蝗、星变,诏侍从、台谏、两省官条上时政阙失"(《宋史·孝宗本纪》)。"近传下诏通言路"可能指此。

④卜:预测。

⑤初政:即位之初的政治举措。

【今译】

百花都已经凋谢了,
代替的是绿荫浓浓;
晴和的黄昏我安然入梦,
熏炉缭绕的香烟悄然无声。
大病初愈难得喝一口酒,
算起来已有二十多天了;

开头说你工作得确实辛苦,
结尾对我的妻儿表示慰问。
中间鼓励我要努力仕途,
言词语意都特别地诚恳。
书法有如枯瘦坚韧的老竹,
墨色雅淡,行款疏朗有神。
你的诗像商周古鼎的篆文,
让人爱不释手,又无法摹临。
快读一遍已使人心清意爽,
犹如梳掉头垢,爬搔过全身。
细细品读,那情味更加深长,
就像烘烤油壶,让脂膏润滑车轮。
我边走边吟,坐也读,卧也看,
忘记了吃饭,一直读到黄昏。
我想象着,当您书写的时候,
大自然全都听凭您的调运;
也知道您题写诗句的地方,
古井中苔藻茁茂,碧水粼粼。
在您空闲时估计常有来客,
需安置风炉,煎茶招待贵宾。
倘若没有客人来拜访您时,
井边静坐,也可以调养身心,
古井的得名本于茶圣陆羽,
自然而然会由井想到其人。
没料到您居然会想到了我,
如此深情,真叫我愧谢万分。
什么时候能够追随在您身边,
把荒疏了的旧学爬梳理顺。
训释古籍须讲究声韵形体,
明辨鲁鱼,把疑误字句判分。
我将时时地汲取陆子井水,
沏好带露的春芽奉献给您。

注释

①曾学士:曾几。参见本书卷三作者介绍。宛陵先生:北宋诗人梅尧臣。梅,宣城人,宣城汉代称宛陵,故世称梅为宛陵先生。参见本书卷二作者介绍。比得书:近来得到您的信;比,近时。广教僧舍:广教寺。陆子泉:一名陆羽茶泉、陆文学井,参见曾几《茶山》注①。奉怀:抒发怀抱。

②屈蟠:盘屈,曲曲折折;指封泥的印文而言。

③开缄(jiān):启封。缄,信的封口。矮纸:短纸;相对于"卷子"来说,信纸经常是较短的。

④卵肤:蛋皮。

⑤逮:及。孥(nú):儿女。

⑥勤渠:殷勤真切,劳勉至深。渠,深。

⑦瘠竹:枯瘦而劲韧的竹子。

⑧爬梳:搔背耙和通发梳;又指抓搔梳理。

⑨炙毂(zhì gǔ):一本作"炙𫐓";是车轮轴。"𫐓"是车上盛油膏的器具,𫐓被烘热后流出脂油,用来润滑车轴。

⑩日晡:黄昏时分。

⑪绿井:有清澈碧水的井。石发:藻类或水边苔藓、蕨类植物。

⑫濯缨:洗系冠帽的丝带,表示避世隐居或清高自守。《楚辞·渔父》:"沧浪之水清兮,可以濯我缨。"缨,丝制的帽带子。

⑬季疵:陆羽字。《新唐书·陆羽传》:"陆羽字鸿渐,一名疾,字季疵。"

⑭归学句:谓复习自己已经荒废了的知识。

⑮辨鲁鱼:辨别讹误的字。晋葛洪《抱朴子·遐览》:"谚曰:'书三写,鱼成鲁……。'"又徐陵《玉台新咏·序》:"高楼红粉,仍定鲁鱼之文……"。

⑯露芽:带露的春芽,指嫩茶而言。瓢盂:泛指饮茶器皿。瓢指壶类,盂指杯类。宋赵彦卫《云麓漫钞》引《诗名物解》:"瓢亦名壶。"此"壶"虽为"胡卢"的合音,后人则以之为壶形酒具、茶具的名称。

【今译】

　　中午庭院里飞下一只喜鹊,
　　门外传进来远方的来信。
　　封泥上印着屈折的红印文,
　　印函两端用黄蜡封得紧紧。
　　开启信函展开了不长的信笺,
　　信笺像蛋壳一样光滑细匀。

1202年),七十八岁的陆游受命主持修撰孝、光二朝实录,三年书成,请致仕。陆游是南宋最重要的诗人,也是中国诗史上最重要的爱国诗人之一。他勤于创作,存世诗九千余首;由于学识渊博、经历丰富、思想开阔、师法众长,其诗题材广泛,风格"豪荡丰腴"(方回语),自成一家。陆游的词、文创作也有很突出的成绩,为后人留下了丰富的文学遗产。有《剑南诗稿》《渭南文集》《老学庵笔记》《放翁逸稿》《南唐书》等传世。

【题解】

　　这首五言古诗是陆游早期的作品,诗是寄奉给他早年最为崇慕的老师曾几的,是对曾几来信的回复。诗中具述自己收信的情况,先用鹊报喜讯而得书表示收信的欣愉;然后细述来函的封笺、纸墨、内容、书法;再后陈述自己如何细读玩味,废寝忘食;更由曾几信中所提到的寓所有陆羽泉,联想曾几煎茶品茗,清雅种种;而在品茶之闲,居然能想到自己,深感荣幸;进而表示希望能有机会再从曾几求学问道等等。此诗以诗为文,条理分明,文辞淡雅,感情深沉而含蓄,体现了年青的陆游对诗歌语言纯熟的驾驭能力。题称"学宛陵先生体",翻阅梅尧臣《宛陵集》,略读梅氏以诗代简的《永叔寄澄心堂纸二幅》(七古)、《代书寄欧阳永叔四十韵》(五古)等作品,就不难发现陆游对梅氏早期诗体的神髓确能牢牢把握。

【原诗】

　　庭中下午鹊,门外传远书。小印红屈蟠②,两端黄蜡涂。开缄展矮纸③,滑细疑卵肤④。首言劳良苦,后问逮妻孥⑤。中间勉以仕,语意极勤渠⑥。字如老瘠竹⑦,墨淡行疏疏。诗如古鼎篆,可爱不可摹。快读醒人意,垢痒逢爬梳⑧。细读味益长,炙毂出膏腴⑨。行吟坐卧看,废食至日晡⑩。想见落笔时,万象听指呼。亦知题诗处,绿井石发粗⑪。公闲计有客,煎茶置风炉。倘公无客时,濯缨亦足娱⑫。井名本季疵⑬,思人理岂无?居然及贱子,愧谢恩意殊。几时得从公,归学锄荒芜⑭。古文讲声形,误字辨鲁鱼⑮。时时酌井泉,露芽奉瓢盂⑯。不知公许否?因风报何如。

③木鱼闭口:木鱼是佛教的法器,诵经时击打以调音节;木鱼的口照理都是张开的,这里故意说"木鱼闭口",表示连木鱼也要忍饥挨饿等待德璘化缘归来。

【今译】
　　七百僧众夜忍饥,
　　木鱼闭嘴等你归。
　　你归大家空欢喜,
　　只有诚斋两首诗。

寄酬曾学士。学宛陵先生体。比得书云:所寓广教僧舍有陆子泉,每对之,辄奉怀①

陆　游

【作者简介】
　　陆游(公元1125—1210年),字务观,自号放翁。越州山阴(今浙江绍兴)人。祖父陆佃官至尚书右丞,父陆宰官至吏部尚书。徽宗宣和七年(公元1125年),陆游生在淮河船上,第二年即发生了靖康之变,北宋灭亡,陆宰携家南迁,颠沛流离,陆游雏幼便尝到了国亡家破的苦难,少年时就播下了爱国主义的种子。陆游十二岁能诗文,后又学兵书、剑法;十八岁从曾几学诗。高宗绍兴二十三年(公元1153年)两浙科考第一,名列秦桧之孙前;次年礼部试,再列榜首,为秦桧黜落。秦桧死,陆游乃得起用。孝宗隆兴元年(公元1163年)任陆游为枢密院编修兼圣政所检讨,赐进士出身。二年调镇江府通判。张浚符离兵败,主和派掌政,陆游被罢官。乾道五年(公元1169年)起用为夔州通判,六年十月到任。陆游在蜀前后九年,淳熙五年(公元1178年)东归,其间曾入王炎幕府,知嘉州、荣州,任成都府参议官兼四川制置使司参议官,并两度免职。东归后先后提举福建及江南西路常平茶盐公事,又因开仓赈灾被罢官。到淳熙十三年,复起知严州军州事。光宗即位,除朝议大夫、礼部郎中,未及一年,罢官返故里。嘉泰二年(公元

②回望句:杨万里在此诗之前有《兰溪解舟》四首,其一说:"两岸千千万万峰,看来冷白复寒红。人言雪岭非银岭,三日晴光晒不融。"这里所说回望雪山已远即指兰溪雪岭。

③急湍(tuān):非常急速的流水。

【今译】
  顺水船正巧遇到逆水船,
  落日的余光留恋着沙滩。
  雁行飞过惊起滩头的野鸭,
  我跟船工都仰头观看。
  回头望雪山离我们已然很远,
  为什么船篷下傍晚寒意依然?
  今天且不说明天路途艰难,
  不过是乱石堆中急流盘旋。

送乡僧德璘监寺缘化结夏归天童山①

杨万里

【题解】
  这首几乎是善意的玩笑的小诗,透露了普通僧众生活的艰辛,玩笑只能是苦笑了。

【原诗】
  七百支郎夜忍饥②,木鱼闭口等君归③。还山大众空欢喜,只有诚斋两首诗。

【注释】
①监寺:佛教僧职,又称监院、院主,总管一寺事务。缘化:化缘。佛教语,谓劝化有缘俗众,使行财物布施。结夏:佛教僧尼自四月十五日起静居寺院九十天,不出门行动,称"结夏",又称"结制"。天童山:在浙江鄞县东十里,山有天童寺,又名弘法寺。

②支郎:本指三国高僧支谦或晋高僧支遁,唐以后泛指僧人。

到底有什么冤仇?
碰到一起就互不相让
整天吵闹个不休!
如果让那位渔翁
头上不戴斗笠,
只披着一件蓑衣
便是只猿猴。

暮泊鼠山,闻明朝有石塘之险①

杨万里

【题解】

　　这首诗作于淳熙十一年仲冬,杨万里丁母忧服满,奉诏回临安途中。诗人乘船顺流而下,暮泊鼠山,听同时泊停的上水船说前方即到石塘险滩。诗人以极平静的心情对待这一情报,依然赏夕阳镀红的沙滩、看雁行惊起的鸭阵、望来路巍峨的雪山。因为久经江湖的他,深知前路多艰,焦虑无益,何况石塘不过是"万石堆心一急湍"而已。这本是一首记实写景的诗,细读又总使人感到别有寓意——杨万里为人梗率,一贯直言抗上,仕途本多阻险,即使他不是有意识地以诗明志,也是一种潜意识在创作中的反映。此诗艺术上很见功力,例如颔颈两联纯熟如脱口而出的流水对,无一字不合律又无一丝斧凿痕,再如活用形容词"涩"为动词,形容阳光缓缓掠过沙滩的景象,使景含人情,都是很有水平的。

【原诗】

　　下水船逢上水船,夕阳仍更涩沙滩。雁来野鸭却惊起,我与舟人俱仰看。回望雪边山已远②,如何篷底暮犹寒?今朝莫说明朝路,万石堆心一急湍③。

【注释】

　　①鼠山、石塘:地名,当在富春江上。

信号。

【今译】

　　清晨青翠的烟岚，
　　使人看不清远山；
　　小风阵阵吹来，
　　透入单薄的衣衫。
　　桃花专爱作使者，
　　报告春寒将尽；
　　只怕桃花自己，
　　也会感受到春寒。

题钟家村石崖①

杨万里

【题解】

　　这是一首偶有所感，信笔书之的小诗。杨万里不但以快镜头捕捉住稍纵即逝的所见，而且用速记法留住了自己有所见后的第一印象。"若教渔父头无笠，只着蓑衣便是猿"，怕只有当时才有此想吧？此类作品巧则巧矣，缺点是不大像诗。

【原诗】

　　水与高崖有底冤②？相逢不得镇相喧③！若教渔父头无笠，只着蓑衣便是猿。

【注释】

①钟家村：在英州（今广东英德）境内。
②底：什么。
③镇：镇日，整天。喧：喧呼吵闹。

【今译】

　　这条水跟高高的崖岸

每天吃的是秋菊嚼的是春冰。
西昌主簿的住处就像是禅屋,
没一样多余的东西只有翠竹。
他三个月不曾领过俸钱,
竹阴过了午还没做早饭。
大儿子怒喊,小儿子饿哭,
老爸正对着竹子吟诗篇。
诗人跟竹子一样削瘦,
诗句跟竹子一样清秀。
故乡的山峦遍生着翠竹,
带月的梢,披风的叶最使人满足。
我劝你不要总想着旧日的隐士,
姑且就把西昌作为最好的居处。

二月一日晓渡太和江(三首其二)

杨万里

【题解】

　　此诗当是淳熙七年杨万里赴提举广东常平茶盐任,自家乡吉水溯赣江而上,经过太和时所作。诗紧扣"早春(二月一日)晓渡",写朦胧于晓雾中的远山,初放于春寒中的桃花和不畏衣单而望山赏花的游子。诗中透露出了一种人与自然相互谐和、相互关切的温暖的情怀。

【原诗】

　　晓翠妨人看远山①,小风偏入客衣单。桃花爱做春寒信②,只恐桃花也自寒。

注释

　　①晓翠:清晨山野间青翠的烟岚、雾气。
　　②春寒信:春寒将尽的信号。二月一日为孟春之尾,仲春之始,乍暖还寒。古人认为每一节气必有应时花卉作为物候,传递节令的信息。桃花为仲春将至的

题太和主簿赵昌父思隐堂①

杨万里

【题解】

这首七言古诗刻画了一位清廉自守、形同隐士的地方官吏形象。诗人并没有用什么赞誉之辞,而赞誉之情溢于言表。

【原诗】

西昌主簿如禅僧,日餐秋菊嚼春冰②。西昌府舍如佛屋,一物也无唯有竹③。俸钱三月不曾支,竹阴过午未晨炊。大儿叫怒小儿啼,乃翁对竹方哦诗④。诗人与竹一样瘦,诗句与竹一样秀。故山苍玉捶绿云⑤,月梢风叶最关身⑥。劝渠未要思旧隐⑦,且与西昌作好春⑧。

注释

①太和:地名。在今江西泰和县西,三国时本称西昌县。主簿:官名,典理州县文书。赵昌父,诗人赵蕃字昌父,"在太和,便座有斋,榜曰思隐。盖当筮仕之初,已有山林之思。在官清苦,唯以赋咏自娱,于是受知于吉之乡先生杨公万里,赠诗"(刘漫塘《志墓》。转引自《宋诗纪事》)。

②日餐句:极言其清高廉洁。《楚辞·离骚》:"朝饮木兰之坠露兮,夕餐秋菊之落英。"

③唯有竹:苏轼《于潜僧绿筠轩》:"可使食无肉,不可使居无竹。无肉令人瘦,无竹令人俗。"

④乃翁:他们的父亲。哦:吟。

⑤故山句:谓家乡的山野竹林繁茂、绿叶如云。故山,故乡。苍玉,碧峰。黄庭坚诗:"桂岭环城如雁荡,平地苍玉忽嵯峨。"(《过桂州》)捶,通"垂";一本作"摇"。绿云,绿叶。鲍照《代陈思王京洛篇》:"垂彩绿云中。"

⑥关身:与个人生活相关。

⑦与:以。西昌:一本作"西窗"。好春:美好的春天,最好的环境。

【今译】

西昌主簿像一位坐禅的高僧,

【今译】
　　山野间一条小溪奔来
　　一刻也不停,
　　谁知道它到底为什么
　　这样急匆匆?
　　"并没有一个人
　　把它来催促,
　　它自己喜欢抢先,
　　要听落涧的叮咚。"

明发房溪(二首其二)

杨万里

【题解】
　　作于广东任上。写穿行林间时,松梢霜化成的水珠滴到轿顶上的清越音韵,表现了诗人对大自然的热爱和对山林生活的向往。

【原诗】
　　青天白日十分晴,轿上萧萧忽雨声。却是松梢霜水落,雨声那得此声清!

【今译】
　　青青的天,朗朗的日,万里晴空,
　　官轿顶上忽然传来萧萧的雨声。
　　原来是松树梢头霜化后的水滴落,
　　雨声哪能有这声音清灵。

【原诗】

天齐浪自说浯溪①,峡与天齐真个齐。未必峡山高尔许②,看来只恐似天低。

【注释】

①天齐句:前人凭空说浯溪高与天齐。浪自:枉自、空自;浪,随便地、无根据地。浯溪:湘江支流,源于祁阳松山;唐元结居溪畔,为之命名浯溪。
②尔许:这么多。

【今译】

"人说浯溪与天齐,
空口白说没根据;
我说峡山高入天,
峡山真的与天齐。"
"峡山未必这样高,
看来只怕是天低。"

过五里径①

杨万里

【题解】

作于广东任上。以拟人化手法写奔泻的溪流,饶有趣味。

【原诗】

野水奔来不小停②,知渠何事大忙生③?也无一个人催促,自爱争先落涧声。

【注释】

①五里径:地名。今址不详。
②小:稍。
③大:太。

的峡山,拜谒峡山寺,写了五首民歌风格的竹枝词。陈衍所选是其中第四、五两首。其一(第四首)写峡山滩多石险,行船艰危,但有事的人仍需冒险过峡。"若怨峡险,不过由君",人事不也如此吗?有所追求、有所企待就难免冒险,若只愿平安过他一生,何必冒险过峡?诗人由过峡山而悟到的道理,是有普遍意义的。

【原诗】

一滩过了一滩奔,一石横来一石蹲。若怨古来天设险,峡山不过也由君。

【注释】

①峡山寺:寺名,在峡山上。广东北江有中宿、香炉、贞阳三峡,中宿峡又称峡山、清远峡,今亦称飞来峡,在清远市北。竹枝词:乐府曲名,唐刘禹锡据巴渝民歌改制,形式近于七言绝句,语言通俗、活泼。

【今译】

一座险滩才过,
一滩奔向眼前;
一块磐石横岸,
一石蹲在船边。
若要埋怨老天,
干嘛设下险路;
千条道路由你,
何必要过峡山!

其 二

【题解】

《竹枝词》其二是原第五首。这首说峡山的高耸入云。作者另有《入峡歌》,说峡山之高:"仰见千丈翠玉削。"是用写实手法。而这里却用写意手法说:或许不是山太高而是天太低,读来别有情趣。

【注释】

①淡晴:微晴,雨过方晴犹有雾气。
②过雨:阵雨,过云雨。
③只欠句:谓只欠海棠。苏轼《寓居室惠院之东,杂花满山,有海棠一株》:"朱唇得酒晕生脸,翠袖卷纱红映肉。"

【今译】

绕过竹边的台榭,
走过水边的茅亭;
我只想独自漫步,
不需要仆役随行。
天气刚刚转暖,
柳条依然柔嫩无力;
晴日带着雾气,
远望花影朦胧。
一阵细雨洒过,
来自幽深的小径;
无数新生的小鸟,
发出欢乐的叫声。
眼前缺少的只是
翠纱红肉的海棠;
寒食已过两度了,
我都未见你的倩影。

峡山寺竹枝词五首(选二)①

杨万里

其 一

【题解】

淳熙八年,任职广东的杨万里自广州溯北江北上韶州。舟过清远

【今译】

想故乡的海棠花
今天该开了吧,
我梦见自己
走进了江西老家的锦绣花丛。
唯独人渐老去,
万物都欣欣向荣;
春社刚刚过去,
燕子又飞回去年旧巢中。
浓淡的云朵在高空飘过,
天色忽而白忽而青;
成团的柳絮来来去去,
待要坠地又飞向了半空。
无奈这明媚的春光,
不能够化为美食;
只好派遣诗句,
把她召唤到翠玉杯中。

其 二

【题解】

《怀故园海棠》其二如写实又似述梦:诗人独自一人漫步在竹边台榭、水边亭阁,只见柳条柔媚,花影朦胧;一番春雨过后,新禽欢鸣……所欠的只有故园的海棠,已两年不见她的倩影。如果说前首的写法是先怀故园海棠,后写眼前的晴春,这首则是先写眼前(梦中的故园?)的晴春,再抒对故园海棠的怀念。

【原诗】

竹边台榭水边亭,不要人随只独行。乍暖柳条无气力,淡晴花影不分明①。一番过雨来幽径②,无数新禽有喜声。只欠翠纱红映肉③,两年寒食负先生。

春晴怀故园海棠二首

杨万里

其 一

【题解】

　　杨万里在两诗之后自注:"予去年正月离家之官,盖两年不见海棠矣。"则这两首咏海棠诗当作于淳熙八年暮春。诗以怀海棠为题,表达了对故乡的思恋,表达了远宦岭南的孤寂心情和对无所作为、枉度光阴的叹息。《怀故园海棠》其一,首联扣题,"怀故园海棠"直说梦归故园,见海棠盛开,足见怀念之深;颔、颈两联扣题中"春晴"写眼前暮春景色,融入了客居孤独、时光虚度的慨叹;尾联总抒惜春之情,交代作诗的缘由。

【原诗】

　　故园今日海棠开,梦入江西锦绣堆①。万物皆春人独老②,一年过社燕方回③。似青如白天浓淡④,欲堕还飞絮往来。无那风光餐不得⑤,遣诗招入翠琼杯⑥。

注释

　　①江西锦绣堆:指故园盛开的海棠。杨万里是江西吉水人。以锦绣形容盛开的鲜花如杜甫《泛江》:"日晚烟花乱,风生锦绣香。"
　　②人独老:杜甫《冬至》:"江上形容吾独老,天涯风俗自相亲。"
　　③一年句:谓每年春社过后,燕子才飞回前一年所住过的旧巢。虽然如此,较之羁旅之人有家难归,已经好多了。杜甫《燕子来舟中作》:"旧入故园曾识主,如今社日远看人。"社,社日。社日是祭社神(土地神)的日子;每年有春、秋二社,春社在立春后第五个戊日。
　　④似青句:谓天空不时有薄云或浓云飘过,云薄则天青,云浓则天白。
　　⑤无那:无奈。
　　⑥翠琼杯:精美的酒杯。翠,翡翠。琼,红玉。

听人说前面的峰峦更加好看,
姑且把赞美的诗句留下,
待吟唱给前面的山。

舟过谢潭(三首之三)①

杨万里

【题解】

　　此诗是杨万里赴提举广东常平茶盐任途中写的,诗写夕阳映照下的远山,特别是写在十分悠闲的心态下发现的暮山之美。斜阳拈出了好山万皱的说法非常生动。凡有坐看远山落日经验的人,都会有斜阳把山间千沟万壑一一映出的印象,但未必能像杨万里那样生动地形诸文字,动词"拈"字,用得尤为活泼。

【原诗】

　　碧酒时倾一两杯,船门才闭又还开②。好山万皱无人见,都被斜阳拈出来③。

【注释】

①谢潭:地名,在广东河源附近。
②船门句:船门才闭又开,表示两岸景点众多,乘船人不断出舱观看风景。
③拈(niān):用两三个手指捏东西。

【今译】

　　时不时把美酒斟上一两杯,
　　刚关上舱门忍不住又去打开。
　　远山千万道漂亮的皱折从没人发现,
　　一时间都被夕阳拈了出来。

只可叹你们为人为诗太执着,
没看到诗人到老运不通。
多谢来书劝导,我早知道,
实在想移封酒泉,宴游了此生。

舟过黄田谒龙母护应庙[①]

杨万里

【题解】

淳熙六年(公元1179年),杨万里出任提举广东常平茶盐,(后改除广东提点刑狱),至九年七月丁母忧去任,前后在广东呆了三年。这首诗就是七年春自故乡赴广东任途中写的。诗题"谒龙母护应庙",实际上只写了舟行粤东丛山群溪间的风景,未及谒庙一字。开头两句写船在溪流中曲曲折折行进,远山忽隐忽现、溪流乍浅乍深,很得岭南山水神髓。

【原诗】

远山相别忽相寻,水到黄田渐欲深[②]。见说前头山更好,且留好句未须吟。

【注释】

①黄田:地名,在广东河源县(今为县级市)东北九十里黄田水水边。龙母护应庙:黄田墟附近的一座小庙。龙母,龙王后妃,广东人信奉她,祭祀求雨。

②渐欲深:说"渐欲",可见并未深,只有似乎将深的趋势,这正是岭南溪流常见的情况。

【今译】

远远的山峰渐渐离去,
忽而又来到眼前;
浅浅的溪流渐有深意,
原来船到了黄田。

世风看,就知道他是深有感触,有谓而言的。诗特别采用进退格,这"进退"二字也大有深意。而从诗技来说,进退格限制较大而诗人属对自然、应付裕如,足见功力不凡。

【原诗】

尤萧范陆四诗翁②,此后谁当第一功?新拜南湖为上将③,更牵白石作先锋④。可怜公等俱痴绝⑤,不见词人到老穷。谢遣管城侬已晓⑥,酒泉端欲乞移封⑦。

【注释】

①进退格:也称"进退韵",是律诗用韵的一种格式。一首诗采用两个相近的韵部来押韵,隔句递换用韵,一进一退。例如本诗翁、功、锋、穷、封为韵,除首句属东韵可另计外,功、穷属东韵,锋、封属冬韵,一进一退。张功父:南京诗人张镃(zī 公元1153—1211年)字功父,一作功甫。姜尧章:南宋重要词人姜夔(kuí 约公元1155—约1221年)字尧章。

②尤萧范陆:南宋诗人尤袤、萧德藻、范成大、陆游。生平见本书有关作者小传。

③南湖:张镃曾筑室于临安南湖,人称张南湖,诗集亦称《南湖集》。

④白石:姜夔号白石道人。

⑤痴绝:执着而不合流俗。

⑥谢遣管城:犹谓"感谢你们来信(著文)"。遣管城,犹"遣信"。管城,指毛笔,代指信、文。韩愈有《毛颖传》,称毛笔为毛颖,说它"封诸管城,号管城子"。后人遂称毛笔为管城或管城子。侬:我。晓:一作"晚",则此句应解作"想放弃写作已为时太晚了"。

⑦酒泉句:谓自己实在想放弃事业与创作,完全寄情于宴饮游乐,来度此余生了。杜甫《饮中八仙歌》:"汝阳(汝阳王李琎)三斗始朝天,道逢麴车口流涎,恨不移封向酒泉。"

【今译】

尤萧范陆四位大诗翁,
不知道今后诗坛谁能位居第一名?
况还有新任诗中上将张功父,
更加上白石道人诗先锋。

【今译】

自打回乡我已经
五次见到春的颜容;
充满生机的春色常使
病卧家中的老汉怔忡。
春从高柳飘下,
先把低垂的枝条涂绿;
她又攀上小桃,
再把高昂的梢头染红。
卷起亭馆的竹帘,
放进红彤彤的暖日;
柱杖漫步在溪山,
沐着缓缓的春风。
进入新的一年,
春雨下得很是充足;
看来去年的丰收,
还算不得特好的年景。

进退格寄张功父、姜尧章[①]

杨万里

【题解】

　　这首七律表达了两层意思:一方面是对当时诗坛的总结、诗人的评骘;一方面是对当时社会现实——轻真情、拒直言,以至"词人到老穷"的批判。在评骘诗人时,杨万里是既公允又谦虚的。尤萧范陆,去萧增杨,就是世所公认的中兴四大诗人;姜诗虽难与四大家并论,但其词——广义的诗,则足以与范陆比肩而在尤杨之上。至于张功父,虽在文学史上地位不高,但当时人对他的评价很高,元代诗论家方回称他"豪才类放翁",可见杨万里把他跟姜夔并提并非应酬之语。至于"不见词人到老穷"之类的牢骚,虽是古人"君子固穷"、"终不可用,退而论书策"之类老生常谈的改版,但结合着杨氏的为人和南宋的时势、

早 春①

杨万里

【题解】

　　光宗绍熙五年(公元 1194 年),杨万里"乞祠,除秘阁修撰,提举万寿宫,自是不复出矣"。这叫做自动退休。宁宗继位,虽多次召用,给了多种闲职虚衔,但他始终未出(开禧元年赴京也只是点个卯)。这首诗首句说"还家五度见春容",当作于宁宗庆元五年(公元 1199 年)春。杨万里退休是自愿的,他早就认为国事不可为,不如归田养性;但又是被迫的,因为他"刚褊敢言,屡忤上意",实在不能有所作为了。因此,在这首歌咏早春的诗里,虽然总的情调是乐观而平和的,但仍然可以使人感觉到作者的心并没有彻底地静下来,他之长被春容所恼,正因为终究还在关注着时世的变化,不能完全地甘心于无为!这种处静难静的心态终于要了他的命:"家人知其忧国也,凡邸吏之报时政者皆不以告。忽族子自外至,遽言侂胄用兵事,万里恸哭失声,亟呼纸书……笔落而逝。"(《宋史·杨万里传》)此诗融情于景,对自然变化观察极为细腻,三四两句尤为清新。

【原诗】

　　还家五度见春容,长被春容恼病翁。高柳下来垂处绿,小桃上去末梢红②。卷帘亭馆酣酣日③,放杖溪山款款风④。更入新年足新雨,去年未当好时丰。

注释

　　①早春:《诚斋集》作《南溪早春》。
　　②高柳二句:主语是"春",春之于柳先下临柳梢,故垂处先绿;春之于桃先上至枝头,故末梢先红。
　　③酣酣日:暖而红的日头。酣酣,醉熏熏地。
　　④款款(kuǎn):从容徐缓的样子。

怎知是天意还是意外的事?
我平生最爱诵读李白的诗篇,
百遍读不熟觉得自己太痴顽。
如今困卧船中每天读一首,
读完全卷总应能回还。

八月十三日望月①

杨万里

【题解】

　　这是一首写夜月的小品,特色在于设想的奇特和写法的活泛:写月的极其明亮,先深化其背景,说是"鸦青幕挂一团冰",再突出其灵动,说"元不粘天独自行"。语言也极为通俗,有稚子之气,这都是典型的诚斋风格。

【原诗】

　　才近中秋月已清,鸦青幕挂一团冰②。忽然觉得今宵月,元不粘天独自行。

【注释】

①诗题《四部丛刊》本《诚斋集》作《八月十二日夜诚斋望月》。
②鸦青:深蓝近黑的颜色。

【今译】

　　才近中秋,月亮已这样清明,
　　犹如青黑色的天幕上挂着一团冰。
　　我忽然觉得今晚的明月,
　　本来就没有粘着天空,自在地飞行。

不称意,明朝散发弄扁舟"!这也正是"为人刚而褊",忧国爱民,一向敢于抗言忤上,"报国无路,惟有孤愤"(万里遗言)的杨万里的精神。明乎此,诗题"排闷"就容易理解了。

【原诗】

江流一直还一曲,淮山一起还一伏。江流不肯放人行,淮山只管留人宿。老夫一出缘秋凉,半涂秋热难禁当①。却借楼船顺流下,逆风五日殊未央②。老夫平生行此世,不自为政听天地③,只今未肯放归程,安知天意非奇事④?平生爱诵谪仙诗,百诵不熟良独痴⑤。舟中一日诵一首,诵得遍时应得归。

【注释】

①禁当:忍受。
②未央:未竟、未止。
③为政:作主。
④只今二句:表面是说到现在阻于风浪不能返回金陵,怎知是天意而不是出于意外的情况呢?实际的含意则是:到现在还不放我归田,安知是皇上的意思还是出于什么特殊情况呢?奇事,特殊情况,意外之事。
⑤良独痴:实在是太傻了。

【今译】

　　大江的水流,一下笔直一下曲,
　　两淮的山,一峰高耸一峰低。
　　淮山只想留住我,
　　江水不肯放我去。
　　老汉来到池州趁秋凉,
　　谁料到半路秋热实难当。
　　借只大船顺流下,
　　顶头风五天不收场。
　　老汉我这辈子为人处世,
　　听命于天地不自以为是。
　　到现在风浪不肯放我回,

北风再作两日吼,
浩荡江水必枯竭;
老天需引东海水,
倒灌江中相连接。
早知今日被风阻,
不如改作陆路行;
一次错算了风向,
耽误了十倍航程。
如今即使豁出去,
便误上十倍航程;
却又有什么良策,
更能跟波涛抗争?
但愿水到峨眉山下无去处,
终能不忘折返东海归路。
我将住金陵,
江水归向东;
只怕岁时已入冬,
从此再无顺帆风。

舟中排闷

杨万里

【题解】

　　这首诗是紧接前首《池口阻风》而作的,心境则较为平和:五日逆风,被谐谑地说成"江流不肯放人行,淮山只管留人宿",而不再作吹翻江练、江竭海续、归期难料之想。我们在前首的题解中曾对诗人何以面对狂风心情如此激动作过提问,但无以作答。在这首诗中,诗人说:"老夫平生行此世,不自为政听天地。只今未肯放归程,安知天意非奇事。"表明了自己急于归田的心意;接着又说自己"平生爱诵谪仙诗……诵得遍时应得归"。谪仙的精神最突出的就是对自由的渴望和对现实的批判,"安能摧眉折腰事权贵,使我不得开心颜"!"人生在世至"。

②江练:如练(白绸)的长江。语本谢朓诗:"澄江静如练。"(《晚登三山还望京邑》)

③"都上西"和下文的只恐"无南风"种种说法都是就长江走势和池口位置而言的。长江总的流势是上西下东,故说"倒流都上西";但池口一带,江作西南至东北走向(自今江西九江至今江苏南京),北风大作时,船由池口往南京(金陵)则成顶风状态,若有西南风,方为顺风顺水。

④逾:超过。滟滪(yàn yù):长江中的险滩,俗称燕窝石,巨石突出江心,在今四川奉节县东五里瞿塘峡口。峨眉:山名;在今四川峨眉县西南。

⑤一帆:一帆之风,一次行船的风向。十程:十倍的日程。

⑥判却:豁出,拼上。住:助词,作却的补语。

⑦阳侯:波涛之神。

⑧下梢句:谓结果不至于忘记了返回大海的路吧?下梢,宋元语意为"结局"。

【今译】

　　北风刮了五昼夜,
　　狂吹着白绸般的大江,
　　吹翻了一江秋水,
　　把江底翻到了江面上。
　　巨浪奔涌
　　一下子跃入了天空,
　　浪花如雪
　　像被粉碎的银山飞扬。
　　五天五夜呵,
　　狂风半刻没有停歇;
　　风赶江神逆流而上,
　　滔滔江水向西奔泻。
　　算流程,
　　江水一日两千里,
　　西流五日到如今,
　　早已越过滟滪堆,
　　来到峨眉山下歇。

池口移舟入江,再泊十里头、潘家湾,阻风不止①

杨万里

【题解】

九月九日游齐山寺后,杨万里自池口入江,舟行返金陵,途中遇大风,两次停泊,无法前进,浮想联翩,固有此诗。这首十八句的古体诗,六换其韵,先以夸张的手法写眼前实景,再想象江水因风而倒流的景况,最后设想自己将因风浪而难以返归金陵。此诗以奇崛的想象描绘长江的狂风巨浪,读来使人有心悬景中之感。"江底吹翻作江面,大波一跳入天半"、"长江倒流都上西"、"更吹两日江必竭,却将海水来相接"等语,真可谓前无古人。陈衍说:"写逆风全就江水西流着想,惊人语,乃未经人道矣!"杨万里居江东转运副使不久,即因"朝议欲行铁钱于江南诸郡,万里疏其不便,不奉诏,忤宰相意,改知赣州,不赴"。"提举万寿宫,自是不复出矣"。杨万里的不满当政者,立意归田里是由来已久的了,这使我们想到,这次江行遇风竟给诗人留下如此深刻的印象,被他描写得这样惊心动魄,是不是别有深涵呢?可惜已无法确知了。

【原诗】

北风五日吹江练②,江底吹翻作江面。大波一跳入天半,粉碎银山成雪片。五日五更无停时,长江倒流都上西③。计程一日二千里,今逾滟滪到峨眉④。更吹两日江必竭,却将海水来相接。老夫早知当陆行,错料一帆超十程⑤。如今判却十程住⑥,何策更与阳侯争⑦?水到峨眉无去处,下梢不到忘归路⑧。我到金陵水自东,只恐从此无南风。

【注释】

①池口:为秋浦河汇入长江的河口,有镇,为贵池四大镇之一。再泊:两次停泊。十里头、潘家湾:地名,池口附近码头。阻风不止:险风不停,一作"阻风不

庭。"秋浦河源于九华山,在贵池入长江。李白曾有《秋浦歌》十七首。

③风月句:谓美好的风光不足以偿还古今诗人为之畅饮、吟咏的债务。风月,清风朗月;实泛指自然美景。

④江山句:谓古往今来多少志士、诗人面对这美好的山河总难免有家国盛衰、身世荣辱的感慨。管,制约着、操纵着。

⑤谪仙二句:谓齐山寺所在地曾是李白狂饮颠吟,杜牧倡情冶思的处所。谪仙,李白;颠吟,狂吟诗句。小杜,杜牧;与老杜——杜甫对称;倡情冶思,纵情游乐、任性艳思。寺、楼之说不可落实,只是虚拟的说法。南宋《方舆胜览》及后人纪池州名胜著作中都不载"颠吟寺"、"冶思楼"之类,故所谓宋人为纪念李杜建寺、建楼之说都是没有确切根据的。

⑥浑不识:一概不知,全不了解。

【今译】
　　我来到池州秋浦,
　　正赶上晚秋;
　　梦中早已向往,
　　如今仿佛重游。
　　清风朗月偿不完
　　千载诗人无尽的诗情酒债;
　　江山胜景激发出
　　古今志士多少国恨家愁。
　　这里是谪仙李白
　　狂饮欢歌的寺院;
　　这里是樊川杜牧
　　纵情游乐的馆楼。
　　可叹向州民询问
　　都不知谁是李杜,
　　齐山却依然跟李杜当时一样,
　　默默地俯看着江流。

【注释】

①沈子寿:杨万里同时代的诗人,名沈瀛,字子寿,号竹斋,归安(今浙江吴兴)人;绍兴三十年进士,历任江州知州,江东安抚司参议等,有《竹斋词》传世。《旁观录》:书名,今佚。

②丁宁:叮咛,反复嘱咐、提醒。

【今译】

碰到诗人沈竹斋,
千万不要口乱开。
被他写进《旁观录》,
四马岂能拉得回。

宿池州齐山寺,即杜牧之九日登高处①

杨万里

【题解】

此诗为光宗绍熙间杨万里任江东转运副使时出访池州的作品。唐代大诗人李白、杜牧都曾到过池州,有作品传世,杨万里心向往之已久,如今得访此地,自然是很兴奋的。然而询问池州民众,毫不知李杜为何人,又不免发出人生几何,盛名无用的感慨。

【原诗】

我来秋浦正逢秋②,梦里重来似旧游。风月不供诗酒债③,江山长管古今愁④。谪仙狂饮颠吟寺,小杜倡情冶思楼⑤。问着州民浑不识⑥,齐山依旧俯寒流。

【注释】

①池州:州名,唐始置,辖贵池、青阳等六县,州治贵池(今属安徽)。齐山寺:贵池南三里有齐山,唐诗人杜牧为池州刺史时曾登齐山赋诗(《九日齐山登高》),后世于其登高处建寺。杜牧之:杜牧字。九日:九月九日,重阳节。

②秋浦:河名,又为池州别称。《方舆胜览》说:"隋废南陵置秋浦县,唐置池州。"又说:秋浦在府城西南八十里,长八十余里,阔三十里,四时景物宛如潇湘洞

【原诗】

　　吴中好处是苏州,却为王程得胜游②。半世三江五湖棹③,十年四泊百花洲。岸旁杨柳都相识,眼底云山苦见留。莫怨孤舟无定处,此身自是一孤舟。

注释

①平江:府名:治所在今江苏苏州市。百花洲:苏州附近江中沙洲名。
②王程:为王命而奔走在路上。胜游:快意的游览。
③三江五湖:江河湖泊的泛称,犹如说"五湖四海"、"四面八方"之类。

【今译】

　　江南一带最美的地方是苏州,
　　为王事奔走我却得以纵情遨游。
　　半生中三江五湖都乘船走遍,
　　十年里四次停泊在这百花洲。
　　我跟岸边的杨柳都互相熟识了,
　　眼前的云山执着地把我挽留。
　　不要责怪这孤舟漂泊不定吧,
　　我自己本来就是一只孤舟。

题沈子寿《旁观录》①

杨万里

【题解】

　　这首小诗诙谐、通俗有如白话,而格律谨严,是诚斋风格的体现。沈子寿《旁观录》今佚,从其词,可知沈氏为人冷峻而诙谐,词多参破人生之语,故杨万里说:不要被他写到自己的作品中去。

【原诗】

　　逢著诗人沈竹斋,丁宁有口不须开②。被渠谱入《旁观录》,四马如何挽得回!

其 二

【题解】
　　这首诗描写船民辛苦单调的生活:人与鸡犬共居船中,终生如此;孩童难耐生活的寂寞无聊,只好自编渔具,学着打渔。作者虽无一句评论,而同情之心充满字里行间。

【原诗】
　　鸡犬渔翁共一船,生涯都在箬篷间①。小儿不耐初长日②,自织筠篮胜打闲③。

注释
①箬(ruò)篷:用箬叶与竹枝编制的船篷。箬,箬竹。
②初长日:入春以后,白天渐长,称初长日。
③筠篮:竹篮。盛鱼的器皿。

【今译】
　　鸡狗跟渔翁同住在一条船上,
　　一辈子都在船篷里消耗时光。
　　小孩子熬不住无聊的长日,
　　为打发闲暇自编着盛鱼的竹筐。

泊平江百花洲①

杨万里

【题解】
　　此诗作于绍熙元年赶建康江东转运副使任途经苏州时。诗人从自己为王事奔波而四过百花州,生发出身似孤舟,飘泊难定的感慨。虽是感慨身世之作,总的情调却不显得低沉。

晓过丹阳县二首①

杨万里

其 一

【题解】

这两首诗题为《晓过丹阳县》，写的却只是作者眼中所见的船家生活。其一写江风从如钱的破船窗吹进船舱，又吹起舱帘而去。俗话说："针尖大的窟窿斗大的风"。诗人或别有寄喻，不可妄测，至少可以说明船民每日行船于风浪中的辛苦。这首诗用摄影的方法写亲身所历之事，正是典型的诚斋诗风。

【原诗】

风从船里出船前，涨起帘帏紫拂开②。点检风来无处觅③，破窗一隙小于钱。

【注释】

①丹阳县：在今江苏省，位居镇江、常州之间。
②涨起句：谓风吹起紫色舱帘飘扬在舱前，睡卧舱中的诗人望不见天空。
③点捡：查看。

【今译】

风从舱里直吹到船前，
吹涨起紫色帘幕飘拂遮天。
仔细检查找不到风的来处，
原来是窗有破洞小得像铜钱。

只剩下沙鸥和白鹭不受金人管束，
北去南来自由自在地飞驰。

其 四

【题解】

　　这首诗写沦陷区民众对南使的诉苦，他们不堪忍受异族的压迫，渴望重归故国怀抱，重与离散的亲人团聚。然而南宋当权者不思恢复，自由、回归之论便只能成为"空谈"。这首诗看似绝望后的超淡，实质上内含怒火，甚至使我们仿佛听到了煽动反抗的声音——归鸿不能语，却有实际行动："一年一度到江南"。陈衍所谓"何以人不如鸿乎？"是否也含有这层意思呢？

【原诗】

　　中原父老莫空谈，逢着王人诉不堪。却是归鸿不能语，一年一度到江南。

【今译】

　　沦陷异邦的中原父老，
　　不要空谈对故国的思念；
　　遇到了南来的使者，
　　也无需倾诉无边的苦难。
　　请看那些南飞的大雁，
　　默默无语，只是挥舞双翅；
　　一年一度，
　　从淮北飞到江南。

年)。

②赵张:南宋初期抗金名相赵鼎(字元镇,山西闻喜人。公元1085—1147年)、张浚(字德远,四川绵竹人。公元1097—1164年)。上述六人,除张浚晚节不忠,投靠秦桧,曾参与陷害岳飞父子外,刘、岳、韩、赵、张五人均遭秦桧陷害或排挤。

③咫尺:形容距离极小。咫(zhǐ),周尺八寸。

【今译】
　　刘岳张韩宣扬了大宋的国威,
　　赵鼎张浚构建了皇朝的基业。
　　近在眼前的淮河竟成南北的分界,
　　使父老在秋风中洒泪的究竟是谁?

其　三

【题解】
　　这道诗就眼前两岸舟船背道而驰,同是汉民却不能、不敢往来的事实深致感慨。诗人以鸥鹭的自在飞翔,反喻民众的不自由和国土沦丧带给汉族人民的苦难,非常警人。

【原诗】
　　两岸舟船各背驰,波痕交涉亦难为①。只余鸥鹭无拘管②,北去南来自在飞。

注释
　　①波痕句:谓淮河既成界河,中流线南北即使是水波痕的交接关涉也成为不可能的了。
　　②拘管:拘束、管制。

【今译】
　　淮河两岸的舟船只能背道行驶,
　　即使是中流的波浪也难以交织。

【原诗】

船离洪泽岸头沙①,人到淮河意不佳。何必桑干方是远②? 中流以北即天涯③!

注释

①洪泽:湖名;在今江苏、安徽两省交界处,连通淮河。
②桑干:河名,永定河上游,源于今山西省北部管涔山,流经河北省北部入永定河(现在先流入官厅水库)。北宋前,桑干河曾是宋金界河。
③中流句:"隆兴和议"以淮河中流为宋金分界,河心以北即属异邦,故慨叹中流以北便是天涯。

【今译】

官船驶离了洪泽湖岸边的沙滩,
人一到了淮河心绪就郁闷忧烦。
何必要到桑干河上才觉得遥远?
天尽头就在这淮河的中间!

其 二

【题解】

这道诗一二句概要地陈述了南宋初期的抗金历史;三四句提出了一个尖锐的问题:造成今天淮河为界,万民痛哭的现实的责任在谁? 委婉地斥责了南宋朝廷和秦桧之流掌权的投降派。

【原诗】

刘岳张韩宣国威①,赵张二将筑皇基②。长淮咫尺分南北③,泪湿秋风欲怨谁?

注释

①刘岳张韩:南宋初期抗金名将刘锜(字信叔,甘肃静宁人。公元1098—1162年)、岳飞(字鹏举,河南汤阴人。公元1103—1142年)、张浚(字伯英,甘肃秦安人。公元1086—1154年)、韩世忠(字良臣,陕西延安人。公元1089—1151

月来时。

注释

①晚风句:谓晚风吹浪涛,使人们不能以水为镜,临水照影。鉴,镜、照镜。清漪,清澈的水面。漪(yī),水波摇动的样子。

【今译】

晚风虽然张狂,
不许人们照影在清江;
却无奈重重帘幕垂地,
把它来阻挡。
既然旷野开阔,
没有山峦遮蔽落日;
西窗将沐浴着红霞,
直到明月东上。

初入淮河四绝句

杨万里

其 一

【题解】

　　杨万里绍熙元年伴送金国贺正旦使北返来到了淮河。靖康乱前,淮河本为宋朝腹地,如今却已成为宋金界河,怎能不令爱国诗人愤懑、惆怅,顿生难名之痛?《初入淮河四绝句》就是这种情绪的反映。四首诗以沉痛感喟为感情的主线,前两首侧重抒情,后两首侧重记实;总的写法是托情于景,怨而不怒。之所以如此,是与当时的形势(去靖康之变已六十年,宋金对峙局面已成定势,难以改变)和自己的处境(身为接伴使)分不开的。四绝句其一写初入淮河的感想与心境,三四两句含蓄地指出了国土沦丧的事实,吐露了深沉的痛憾。"意不佳"一句可以说是四首诗感情的纲领。

诗以豪横的晚风作为描写对象，说它做寒做冷，仗势欺人。但人们可以设置重帘遮挡它的淫威；同时风无久盛，月上之时，风也将暂止。显然，诗是有所寄托的。考虑到当时宋王朝的处境和杨万里北行的任务与心情，这肆虐的冷风当指的是金国。《晚风》其一以冷峻、讥讽的态度指斥晚风的豪横。

【原诗】

晚日暄温稍霁威①，晚风豪横大相欺。做寒做冷何须怒，明早一霜谁不知！

【注释】

①暄温：炎热的温度，热度。稍：渐渐。霁威：收敛威怒。

【今译】

傍晚的太阳热度消减，
渐渐收敛起他的威风；
晚风乘机耍蛮使横，
把万物大肆欺凌，
晚风呵，你何必横眉怒目
做寒做冷，
谁不知道你只能使大地
明早添上一抹霜凌！

其 二

【题解】

《晚风》其二以讥刺与乐观的语气指出了晚风肆虐的局限和终必消亡。红日、明月的象征意义也是显而易见的。

【原诗】

晚风不许鉴清漪①，却许重帘到地垂。平野无山遮落日，西窗红到山元不知。起来灵台在何许④? 回首惠山亦何处⑤? 人生万事不可期⑥,怏然却向常州去⑦。

注释

①范参政、尤侍郎:范成大和尤袤,范成大曾任参知政事,尤袤曾任礼部侍郎,故称。参见本书二人小传。

②石湖老:范成大晚年退居吴郡(今苏州)石湖,号石湖居士。

③锡山:无锡别称。尤梁溪:尤袤;尤时居无锡梁溪。梁溪,水名,源出无锡惠山。

④灵台:苏州灵岩山。

⑤惠山:山名,在无锡城西。

⑥期:事先测定或预料到。

⑦怏(yāng)然:怅然不悦的样子。

【今译】

本想到达苏州时去拜会石湖老,
岂料船到苏州起锚却太早。
又想船过锡山去见尤梁溪,
睡梦之间船过无锡全不知。
起身望,不见灵岩在哪厢?
回头寻,不知惠山在何方?
人生万事难预期,
满怀惆怅却向常州去。

晚风二首

杨万里

其 一

【题解】

《晚风》二首也是绍熙元年初在伴送金国贺正旦使途中所作的。

是诚斋抓住了,写出了而已。

【原诗】
　　不但先生倦不苏②,仆夫也自要人扶。青松数了还重数,只是从前八九株。

> 注释

①竹阴:当作"松阴"。《宋诗钞》《诚斋集》及《日钞宋本》皆作"松阴"。
②苏;通"甦",醒。

【今译】
　　不但先生困倦醒不得,
　　连仆夫也要别人扶着。
　　青松数过又重数一遍,
　　总是开头那八九棵。

五更过无锡县寄怀范参政、尤侍郎①

杨万里

【题解】
　　光宗绍熙元年(公元1190年)初,杨万里"借焕章阁学士为接伴金国贺正旦使",自临安船行北上,途经苏州、无锡,住常州。伴金使北返。他本想在苏州访范成大,无锡见尤袤,都因日程安排问题,身不由己,未能实现。他深感遗憾,慨叹"人生万事不可期",写了这首七古寄寓自己的心怀。其实,作为抗金派却要去亲自迎送金使,也是"不可期"之一,怎能不使他怅然。此诗短短八句,三次换韵;有过程、有因果、有感怀。结构清晰;诗的语言平实素洁,在表面的淡泊中深含着对不能与同志之友相会的遗憾之情,很能动人。

【原诗】
　　苏州欲见石湖老②,到得苏州发更早。锡山欲见尤梁溪③,过却锡

其 二

【题解】

《春草》之二侧重写春草嫩绿的色泽,诗人用人化自然的手法,说春草事先把柳丝的金翠都夺去了。

【原诗】

年年春色属垂杨,金捻千丝翠万行。今岁草芽先得计①,搀他浓翠夺他黄②。

注释

①得计:谋划得当。
②搀:抢夺。

【今译】

年年春天的色彩
都要属垂杨最明靓,
千万条金丝捻就的柳线
依偎着翡翠雕成的树行。
一定是今年的草芽
先做了周密的谋划,
抢先夺去了杨柳
那宜人的浓翠和嫩黄。

竹阴小憩①

杨万里

【题解】

这首小诗写诗人(酒后?)倦怠已极的情态十分传神。"青松数了还重数,只是从前八九株",凡困极或醉极之人,怕都有过这种情况,只

擦拭得多么干净的一面玉镜呵,
镜上镜里有着两个青天。
只可惜池中没有多深的水,
容不下自由来去的钓鱼船。
今年的夏天并不是不热呵,
可每来到池边便觉得身心爽然。

春草二首

杨万里

其 一

【题解】

　　春草二首用精巧的笔墨描绘春风吹又生的春草,第一首摄取的画面是如茵的草地上落满飞花。

【原诗】

　　天欲游人不踏尘,一年一换翠茸茵①。东风犹自嫌萧索②,更遣飞花绣好春。

【注释】

①茸茵:像柔软的兽毛似的草垫子。
②萧索:萧条、冷落。

【今译】

老天爷为让游人不踏到灰尘,
每年都换一张翠绿的细毛毡。
东风还嫌那毛茸茸的绿毡冷清,
更洒下飞花,织成一幅秀丽的春毯。

昨夜春寒料峭,
正使得落花满地;
今晨细雨绵绵,
又能让积水映天。
赏观零落的桃李海棠,
全凭我昏花的老眼;
下一个清明寒食,
又要等待整整一年;
年纪老大不打算雕琢新句,
为报答春景姑且凑成这篇。

池 亭

杨万里

【题解】

这是一首因景抒怀的五律。首颔两联写小池、孤亭景色,颈尾两联表归田避世的意愿,其间以"可惜无多水"过渡,极为自然。颔颈两联全用流水对法,一气呵成,可见作者功力。

【原诗】

小沼才阶下①,孤亭恰水边。揩磨一玉镜,上下两青天,可惜无多水,难堪著钓船②。今年非不暑,每到每醒然③。

注释

①才:刚好。
②著钓船:象征隐士生活。
③醒然:清新、爽快的状态。

【今译】

一汪池水刚好荡漾在台阶下面,
孤单的一座小亭恰恰立在池边。

寒食雨作

杨万里

【题解】

这又是一篇"万象毕来献予诗材"的作品。虽然内容没有多少新意,但对仗"工而自然"(陈衍),起句扣题亦有意趣(双燕冲帘,因有雨;报禁烟,扣寒食节)。

【原诗】

双燕冲帘报禁烟①,唤惊昼梦耸诗肩②。晚寒政与花为地③,晓雨能令水作天④。桃李海棠聊病眼⑤,清明寒食又来年⑥。老来不办雕新句⑦,报答风光且一篇。

注释

①冲帘:飞进窗户。韦庄:"萤影冲帘落。"禁烟:旧俗清明前一二日为寒食节,禁烟火,吃冷食。相传因晋介之推助文公返国,后隐于绵山,文公烧山逼其出,介之推抱树而死。后人悼之,遂于介之推死日不举火。

②耸诗肩:表示苦吟。苏轼《是日宿水陆寺寄北山清顺僧》:"遥想后身穷贾岛,夜寒应耸作诗肩。"

③晚寒句:谓春寒使落花满地。政,正。

④晓雨句:谓晓雨使地面积水,天倒影水中。梁元帝《临秋赋》:"云出山而相似,水含天而难别。"

⑤聊:依、赖。病眼:老眼昏花。

⑥又来年:据《宋诗钞》(涵芬楼影印本)。陈衍本原作"又今年"。

⑦办:打算。雕:推敲。

【今译】

一对燕子急匆匆飞进窗来,
说寒食节到了严禁火烟;
把我从午梦中惊醒,
苦苦地搜索起诗篇。

新 柳

杨万里

【题解】

　　杨万里《荆溪诗序》说自己忽然悟到要到大自然中去发现诗材以后,"万象毕来献予诗材","涣然未觉作诗之难也"。这首《新柳》正表现了这种挖掘大自然的奇趣而入之于诗的创作方法。诚斋写柳条之长,说不单是它自己生长的结果,而且是水中柳影吸引它跟自己相接的结果,这就颇有些儿童的稚趣了。虽然不免有故意去做,所谓"求奇、求趣"的痕迹,但正如陈衍所说:"用心而不吃力",这也就不容易了。

【原诗】

　　柳条百尺拂银塘,且莫深青只浅黄。未必柳条能蘸水,水中柳影引他长。

【今译】

　　细嫩的柳条百尺长,
　　轻轻抚弄着银色的池塘;
　　你且不要染成深青,
　　但愿永远保持淡淡的鹅黄。
　　未必是柳条长得太快,
　　一下子便蘸到了池水;
　　恐怕是水中柳条的影子,
　　招引着催促着它生长。

彻夜的烛烟,
把舱顶都熏得黑透。

过招贤渡

杨万里

【题解】

　　这组诗写于赶常州任所途中,原有序:"余昔岁归舟经此,水涸舟胶,旅情甚恶。"因此,这个有着动人名称的渡口便给诗人留下了很不好的印象,就像那不懂得招贤用能的时代一样;"说着招贤梦亦愁",不会仅仅说的是渡口吧? 三四两句对渡头边险滩下浪花的描绘颇为传神。

【原诗】

　　归舟曾被此滩留,说著招贤梦亦愁。五月飞雪人不信,一来滩下看涛头。

【今译】

　　想当年回家的船
　　曾经被这个险滩阻留,
　　到如今说着"招贤"二字
　　连梦中也感到忧愁。
　　若要说五月里飞雪
　　人们一定不相信,
　　请你到招贤渡来
　　看看滩下如雪的涛头。

丁酉四月一日之官毗陵,舟行阻风,宿稠陂江口(二首其一)①

杨万里

【题解】

淳熙初,杨万里受命出知漳州,旋改知常州,这首诗是在赶常州任途中所作。此前,杨万里屡次作诗表述自己隐退的念头(如《听雨》《题钓台》等),因为他深感朝政腐败,积重难返,而"万里为人刚而褊(急躁)"(本传),屡抗疏,孝宗虽爱其才,终不能重用。此次外遣,就含有疏远之意。因此,杨万里诗中说:"谁宿此船愁似我",就不仅是旅途辛苦的反映了。这首诗写他心情本极烦乱,更被两岸虫声扰得不能入睡,不断把烛驱虫、举酒驱愁,以致烛烟熏黑船篷之状,非常生动真实。

【原诗】

　　虫声两岸不堪闻,把烛销愁且一尊。谁宿此船愁似我?船篷犹带烛烟痕。

【注释】

　　①丁酉:干支纪年;孝宗淳熙四年(公元1177年)。毗陵:常州。稠陂(chóu bēi)江:水名,一作"稠陂江","周陂江"。稠陂江口在自杭至常途中,今址不详。

【今译】

　　百种虫儿在两岸聒噪,
　　真叫我难以忍受;
　　且点起灯烛斟满酒杯,
　　暂时排解忧愁。
　　住在这条船里的人,
　　谁像我这样烦闷?

听 雨

杨万里

【题解】

　　这首诗表达了诚斋避世退隐的愿望。杨万里丁父忧自临安返吉水，溯富春江西上，途中曾夜宿严陵，听雨打船篷，思隐者严光，彻夜不眠；如今又闻雨打茅檐，梦中仿佛又回到了严陵山下，于是心潮澎湃而成此绝。

【原诗】

　　归舟昔岁宿严陵①，雨打疏篷听到明。昨夜茅檐疏雨作②，梦中唤作打篷声。

注释

　　①严陵：严陵濑。在今浙江桐庐县西严山下，严山一名富春山，东汉隐士严光曾隐居于此，严光名子陵，因名严山、严陵濑；今尚有严子陵钓台遗迹。严光为汉光武帝刘秀同学，才学出众，刘秀称帝，欲请严光协助治天下，坚拒，耕隐于富春山。

　　②作：兴起。

【今译】

　　当年送我回乡的船儿，
　　曾经夜泊在严陵，
　　思念隐者我彻夜不眠，
　　听疏雨敲打着船篷。
　　昨夜茅屋檐头，
　　又传来疏落的秋雨；
　　睡梦中仿佛又听到，
　　严陵下雨打船篷一声声。

有 叹

杨万里

【题解】

　　这首小诗大约是诗人因见鹭鸶白头,顿生联想而吟成的,正是诚斋因物寄情的"活法"体现。杨万里每饭不忘国事,焉能不愁？或有人劝他:愁多头易白。诗人说:这愁是无法化解的,正像鹭鸶的白头与生俱来一样。

【原诗】

　　老来无面见毛锥①,犹把闲愁付小诗。君道愁多头易白,鹭鸶从小鬂成丝②。

【注释】

①毛锥:毛笔。人老头白如毛笔一般。
②鹭鸶:水鸟名,俗称白鹭。

【今译】

　　年纪渐渐老了,本来没脸
　　再跟白头的毛笔相伴;
　　却仍然时时提笔,
　　把闲愁交付给诗篇。
　　你劝我少管国事,说:
　　忧愁多了容易白头;
　　请看那水边的白鹭,
　　从小鬂角雪白像素丝一般。

短暂地停留
总强过匆匆地别去,
如果要离去
为什么不常常再来?
我知道你看重功名,
而我却决心隐居避世;
只遗憾年老以后
谁跟你共同归养蒿莱!

夏夜追凉

杨万里

【题解】

"夏夜追凉"的诗题本已说清了此诗的内容,然而诗人结句的"时有微凉不是风"却引人进一步思考:"不是风",是什么?是立于月明、竹林之中的人的心的顿悟和超脱。心静了,暑热也就无风而自退。

【原诗】

夜热依然午热同,开门小立月明中。竹深树密虫鸣处,时有微凉不是风。

【今译】

夏夜依然闷热,
有如中午一般;
大开屋门寻凉,
暂立在月光中间。
修竹幽深绿树浓密,
虫儿在林中低语;
时时有微微的凉意,
并不是清风拂面。

送周仲觉访来又别①

杨万里

【题解】

居丧期间又在病中,能有可以倾心交谈的朋友来访,真人生一大快事。然而渠故功名我自岩壑,不可强人同己;朋友总要离去,随之而来的又是寂寞,而且是更为难熬的、打破了宁静的寂寞。所谓"小留差胜匆匆别,欲去何如莫莫来"。杨万里此诗把这种心情刻画得十分真实动人。

【原诗】

酒边诗里久尘埃,见子令人病眼开。无夕不谈谈不睡,看薪成火火成灰。小留差胜匆匆别,欲去何如莫莫来②?渠故功名我岩壑③,老身谁子共归哉④!

注释

①周仲觉:作者友人,多有唱和;生平不详。
②莫莫(mò mò):密密、常常。
③功名:指看重建功立业。岩壑:指希望隐居避世。
④老身:犹"身老"。谁子:犹谁、谁与。

【今译】

很久没有饮酒作诗了,
酒盏诗笺已落尘埃;
见到你像服了剂良药,
使我这病人神清眼开。
咱们俩没一晚不长谈,
谈起来就不想睡觉;
眼看着木柴化为炉火,
炉火又化成了柴灰。

④陬(zōu):山脚。
⑤憩(qì):休息。
⑥君侯:对列侯、地方高级官吏的称呼。
⑦掉:摇。
⑧机心句:谓自己早已没有暗算别人的心(指不欺压百姓,能爱护百姓),但却得不到理解。《列子·黄帝篇》:"海上之人有好沤(鸥)鸟者,每旦之海上,从沤鸟游,沤鸟之至者百住(数)而不止。其父曰:'吾闻沤鸟皆从汝游,汝取来,吾玩之。'明日之海上,沤鸟舞而不下也。"
⑨谁与游:与谁游。疑问句代词宾语前置。

【今译】

　　天色已晚很想回家,
　　主人却苦苦地挽留。
　　我并不是不能喝酒,
　　年老体弱实在不胜杯筹。
　　人家的心意又不能违拗,
　　本想离去暂且稍作逗留。
　　我喝醉了他自当停止劝酒,
　　能这样即使醉了何足发愁。
　　回家的路上我神智昏昏,
　　眼看红日已落在西岭山后。
　　竹林里见有一处人家,
　　想休息片刻姑且上前探候。
　　有位老者很高兴我来他家,
　　口口声声地呼唤我"君侯"。
　　告诉他:"我不是什么大官",
　　老人家俯身微笑还不停摇头。
　　尽管自己的机心早已清净,
　　仍然有不敢落下来的海鸥。
　　连质朴的老农也见外于我,
　　我老了还能跟什么人同游?

次日醉归①

杨万里

【题解】

这首寓情于事的记事诗记了一日之内接连发生的两件事,写了两类人和自己与这两种人的关系,表达了因此而生的感慨。前八句写与诗人同为仕宦场中人的主人苦留畅饮,表面上十分热情,而诗人跟他实际上是很有隔膜的。其后八句写醉归路上遇到的农父,诗人很想与之亲近、攀谈,农父却视之为君侯、异类。结尾四句,表露了诗人深切的感慨,自己想远离宦海,重归民间,但从仕的经历又使自己与民众产生了隔阂。宦海中人与人无论表面上如何,实质上是相互戒备、隔膜的;而要想真被百姓所认同、所接受又远非易事。"田父亦外我,我老谁与游"的(亦外我一个"亦"字表明不止田父外我,"主人"实际上也是外我的)孤独感,对于杨万里这样出身平民,终生关心人民,想复归民间的诗人是极其深刻、深切而痛苦的。

【原诗】

日晚颇欲归,主人苦见留。我非不能饮,老病怯觥筹②。人意不可违,欲去且复休。我醉彼自止,醉亦何足愁。归路意昏昏③,落日在岭陬④。竹里有人家,欲憩聊一投⑤。有叟喜我至,呼我为君侯⑥。告以我非是,俯笑仍掉头⑦。机心久已尽,犹有不下鸥⑧。田父亦外我,我老谁与游⑨?

【注释】

①次日:指乾道四年(公元1168年)正月初八日。正月初七(八日)诗人与族叔杨昌英一道外出拜访乡中亲朋,暮宿人家,次日晨欲归,主人挽留,饮酒至醉。当时杨万里丁父忧在吉水家中。

②老病:虚称。当时杨万里仅四十二岁。觥筹:(gōng chóu):酒器和筹码。觥,盛酒器,附小勺可舀酒;筹,酒筹,饮酒时助兴行令劝酒用的筹码。

③意:神智。

品。诗作于乾道二年,杨万里丁父忧守丧在家的时候。是时杨万里崇敬的主战派名将张浚已死,孝宗一战失利便尽销恢复的勇气,割地赔款,叔尊金主,整个国家犹如江南初夏之沉闷腻湿,诗人闲居无聊,"默阅世变,中有感伤"(叶寘《爱日斋丛钞》),于是用这种极委婉的方式表达了自己的无奈、无聊、不能有所为,因而绝无情思的苦闷心情。这首诗炼字极讲究(留酸、分绿、闲看、捉柳花)而又似漫不经意;诗人情绪十分苦闷,表露在字面的却又极婉转,甚至颇为轻松。凡此都不能不使人叹服诗人的功力。

【原诗】

梅子留酸软齿牙①,芭蕉分绿与窗纱②。日长睡起无情思③,闲看儿童捉柳花④。

【注释】

①留酸:食梅后残余在口的酸味;用"留"字使梅子带上了人性,特显活灵。软:使软。齿牙:门齿称齿,白齿称牙。

②分绿:形容透过窗纱看芭蕉的感觉。

③思:音sì,心绪。

④闲看句:化用白居易诗句:"谁能更学孩童戏,寻逐春风捉柳花。"(《前日别柳枝绝句梦得继和又复戏答》)但用"闲看"二字,自己无聊的情绪和对儿童无忧无虑的羡慕心情便跃然纸上。

【今译】

醒酒梅留下酸味,
弄软了我的牙;
芭蕉分了些新绿,
给那半旧的窗纱。
难熬的漫漫长日呵,
午睡醒来无情无绪;
百无聊赖地看着孩子们,
捕捉飘舞的柳花。

彦通叔祖约游云水寺二首(录一)①

杨万里

【题解】

　　这首诗写人行走在山间小路上的见闻和心情,真切而平实。"有路如无","隔雨送钟声"非身临其境者不能道。陈衍评:"山行真有此情。"

【原诗】

　　竹深草长绿冥冥②,有路如无又断行。风亦恐吾愁路远,殷勤隔雨送钟声。

注释

　　①云水寺:今址不详。
　　②冥冥:昏暗幽深的样子。

【今译】

　　竹林深、杂草长,
　　眼前只有昏暗的绿幕;
　　走几步、停几步,
　　似乎有路又像没有路。
　　风儿也怕我担心前程还远,
　　隔着烟雨关切地送来山寺的钟鼓。

闲居初夏午睡起二绝句(录一首)

杨万里

【题解】

　　这首曾被《千家诗》选录的七绝,几乎是杨万里最脍炙人口的作阻挡着客人的到来。
想不出任何主意,
消磨这漫长的日子,
姑且绕着栏杆
走它一百个来回。

其 二

【题解】

　　第二首侧重写思归的情怀:但愿春天去得慢,因为春天去了,我却回乡无日,而那乘风西飞的杨花,又使人乡思绵绵。如果说上一首刻画人的心理特觉真切,则这首揭示人的感情尤为深入。而语言又都是比较浅易平实的,这正是诚斋体的长处。

【原诗】

　　不关老去愿春迟①,只恨春归我未归。最是杨花欺客子,向人一一作西飞②。

【注释】

　　①关:涉及。
　　②向人句:杨万里家在吉水,地处临安以西,杨花西飞更使他加重思乡之情,故云。

【今译】

　　并非因为我年岁渐老
　　才希望春天慢些离去,
　　使我深深遗憾的是
　　春天归去我却依然客居。
　　特别是那些轻薄的杨花
　　最能欺侮飘流异乡的人,
　　竟然当着我的面
　　一团团向家乡那边飞去。

是你自己远离避世的道路；
能盼来广厦万间当然不错，
可我们怎能够久等？
我苦苦搜寻恰切的颂辞，
却终难如意；
我真比不上燕子麻雀，
只管祝贺新楼落成。

都下无忧馆小楼春尽旅怀二首①

杨万里

其 一

【题解】

　　这两首诗都是写羁旅思乡的，而各有侧重。第一首侧重写旅居的寂寞，独居都下，眼有病不能看书，路泥泞只好谢客，如何打发长日？只能日绕栏杆百回了。百无聊赖，情景如在眼前。

【原诗】

　　病眼逢书不敢开，春泥谢客亦无来。更无短计消长日②，且绕栏杆一百回。

注释

　　①都下：临安(今杭州)，为南宋首都。孝宗乾道三年，杨万里因张浚荐，从零陵到临安，任府学教授。无忧馆：杨万里斋名。
　　②短计：不高明的办法，暂时的打算。

【今译】

　　患病的双眼，
　　看到书便不敢睁开，
　　泥泞的春路，

【原诗】

清庙欹斜一笑扶②,归来四壁亦元无③。可怜拙计输余子④,住破僧房始结庐。三径非遥人自远⑤,万间不恶我何须⑥?冥搜善颂终难好⑦,贺厦真成燕不如⑧。

注释

①澹庵胡侍郎:南宋著名忠义之臣,胡铨(公元1102—1180年),字邦衡,号澹庵。参见本书王庭珪《送胡邦衡新州贬所》注①。胡铨于隆兴二年曾权兵部侍郎,故杨万里以胡侍郎称之。

②清庙欹斜:比喻国家处于危机之中。清庙,太庙,代指国家。

③归来:指远放岭南终得返京。四壁亦元无:谓依旧家徒四壁,一无所有。

④拙计:拙于谋划,没有办法。输余子:供养孩子们。输,献纳、供应。余子,众子,嫡长子以外的孩子。

⑤三经:指归隐者的家园。陶潜《归园田居》:"三径就荒,松竹犹存。"

⑥万间句:谓等不了有人建成广厦万间,得以栖身。杜甫《茅屋为秋风所破歌》:"安得广厦千万间,大庇天下寒士俱欢颜。"须,等待。

⑦冥搜:尽力寻找。善颂:最有份量的颂辞。善颂本指"善于颂扬",特别是"能寓劝于颂";《礼记·檀弓》:"晋献文子成室,晋大夫发焉。"张老曰:'美哉轮焉,美哉奂焉。歌于斯,哭于斯,聚国族于斯。'……君子谓之善颂。"

⑧燕不如:祝贺新厦落成称燕贺,《淮南子·说林训》:"大厦成而燕雀相贺",因新厦落成而燕雀有屋可寄居,故相庆贺;这里诗人自谦,说自己的祝贺还不如燕雀。

【今译】

当大厦将要倾斜的时候,
你轻松地把它扶正;
但当你历尽磨难归来,
却依然四壁空空。
使人叹息的是你,
竟无法养活孩子;
直将寄居的寺庙住破,
才想到为自己盖几间草棚。
隐居的路径并不遥远,

诗人痛惜，故有遣闷之作。

【原诗】
　　村落寻花挏地无①，有花亦自只愁予②。不如卧听春山雨，一阵繁声一阵疏。

注释
　　①挏地无：把地面细寻一遍，到处皆无。挏(luō)，抚摸，这里形容搜寻的仔细。一本作"特地无"。
　　②愁予：使我愁。

【今译】
　　往村中寻找春花，
　　四处都不见一朵；
　　即使有残花挂枝，
　　也只能使我愁绪更多。
　　还不如独卧斋中，
　　听那春山里的腻雨；
　　一阵繁密急促，
　　又一阵稀稀落落。

贺澹庵先生胡侍郎新居落成二首(录一)①

杨万里

【题解】
　　这是一首祝贺胡诠新居落成的诗，对胡诠一心为国，两袖清风的高尚品德发出了由衷的赞颂。原诗共两首，陈衍所选为第一首。

贴切。

④雕朽:拙劣而难以润饰。用《论语》"朽木不可雕也"意。

⑤斫泥:《庄子·徐无鬼》说:楚人在鼻头上涂了一块薄如蝇翅的白泥,让一位姓石的木匠抡斧砍削,白泥一挥而尽,鼻头丝毫无损。后来"运斤成风"便成为技艺纯熟得无与伦比的典故。

⑥恰恰句:杜甫《江畔独步寻花》:"自在娇莺恰恰啼。"恰恰,和谐婉转。

【今译】

  新笋破土而出,
    使堂前路面变了模样;
  蔬菜舒展开嫩叶,
    安睡在雨后的田畦上。
  晴和的江面,
    波光不停地闪动;
  远望天边的丛林,
    列成平齐的树行。
  我的诗句有如朽木,
    难以润饰成佳作;
  你的诗构思精妙,
    技法纯熟像斫泥的楚匠。
  它们是这般情深意厚,
    报道着春天逝去的消息;
  就像那自由自在的黄莺,
    音调和谐地歌唱。

三月三日雨作遣闷绝句(录一首)

杨万里

【题解】

  这组《遣闷》共三首,这是其中第二首。杨万里时在零陵。湘南、桂北的春天,十日九阴雨,湿闷烦心;晚春时分,雨打花残,尤使敏感的

⑤一犁句:谓农夫从事耕作可以解除饥馁。一犁,每一犁锄。五秉,一秉十六斛,五秉八十斛。《论语·雍也》:"冉子与之粟五秉。"后借指赈穷济困的粮食。

⑥百箔句:谓农夫养蚕织布可以解决穿衣问题。箔,蚕箔;养蚕用的竹筛、竹席。百箔,指蚕箔众多。三眠,指得以收获茧丝。蚕自幼虫至吐丝需经三次休眠。

【今译】
  没有银钱哪里买得起好酒,
  浑身病痛,岂敢把骏马来骑?
  做梦也梦不到去郊游赏花,
  顷刻间春天就在雨里离去。
  犁田耙地关系着粮食丰歉,
  喂养蚕儿守候着收茧制衣。
  只有我们读书人最没用处,
  一年到头只会在纸上耕地。

其 三①

【题解】
  这首诗着力刻画晚春景色,同时扣住诗题,对张材的原诗给以赞誉。首颔两联绘晚春之景,首联从近处细处着眼,颔联从远处大处着眼,炼字精纯,描写生动;颈尾两联赞誉张材原诗,同时给全组和诗一个小结。

【原诗】
  笋改斋前路②,蔬眠雨后畦③。晴江明处动,远树看来齐。我语真雕朽④,君诗妙斫泥⑤。殷勤报春去,恰恰一莺啼⑥。

【注释】
  ①其三,原五首之五。
  ②笋改句:雨后竹笋随处破土而出,屋前的道路完全变了样,故说"改……路"。
  ③蔬眠句:菜叶经雨,多平伏于菜畦地面,犹如伏地而睡,用"眠"字形容十分

【今译】

　　我真想对东风诉说呵：
　　请别再吹得柳絮乱飞。
　　我的行止正飘移不定，
　　本来就魂牵梦绕，
　　见堕絮岂不更想回归？
　　繁花如火，
　　香气已熏得人睁不开眼；
　　春山如画，
　　翠色更浓得要染透衣服。
　　只遗憾春天就要逝了，
　　这样的景色也看不到几回！

其 二①

【题解】

　　这首诗在惜春的同时，着重感叹作为一介书生的贫苦处境，寄托了不遇之憾。首联说自己贫病交加；颔联写无暇赏春而春已将逝；颈尾两联以农夫与书生对比，他们都无暇赏春，然而农夫尚能耕田养蚕，有利民生，书生却只会笔耕纸田，"无补"于国计民生——这当然是反语、愤语。

【原诗】

　　贫难聘欢伯②，病敢跨连钱③？梦岂花边到，春俄雨里迁④。一犁关五秉⑤，百箔候三眠⑥。只有书生拙，穷年垦纸田。

【注释】

　　①其二，原五首之四。
　　②聘欢伯：买酒。聘，邀请；欢伯，酒。参见《题湘中馆》注④。
　　③敢：岂敢。连钱：指马。岑参《走马川行》："马毛带雪汗气蒸，五花连钱旋作冰。"
　　④俄：旋即；顷刻。迁：移去。

【今译】
　　庭苑中的花早已落尽，
　　路边的花仍然在盛开；
　　各各争芳斗艳，
　　花色红红白白。
　　不要问我清晨赶路，
　　有什么奇特的感受；
　　四面八方野花的香气
　　正扑面袭来。

和仲良春晚即事五首(录三)

杨万里

其 一①

【题解】
　　这首诗写惜春之情，同时抒发了羁旅思归之念。诗用首联见意的写法，一二句即如诗之尾联，把惜春之情合盘托出；颔联则因飞絮而联想自身的飘泊无定，顿生乡思；颈联才以重彩绘出晚春景色，花香熏眼，山色染衣，极夸张而又不觉得失实；尾联则直承颈联发出感慨："只嫌"二句表达了"夕阳无限好，只是近黄昏"的深深憾意。

【原诗】
　　欲与东风说，休吹堕絮飞。吾行正无定，魂梦岂忘归？花暖能醺眼，山浓欲染衣。只嫌春已老②，此景也应稀。

注释
　　①仲良：作者同僚，零陵司法参军张材字。即事：就眼前的景物事件写诗抒情称"即事"。其一：实为五首中的第三首。
　　②嫌：怨怪。

仿佛是嘲笑我们
酒量实在太小太小。
只要把这叫声
当作青蛙叫就好,
何必作非分之想,
以为像衙役们鸣锣开道。
还记提那年
一起登上万石亭,
倚着栏杆垂着手,
望着那千竿翠竹青似冰。
如今我们真的来到,
这青寒的竹林里;
如果不开怀痛饮,
竹先生将要大不高兴。

过百家渡四绝句(录一)①

杨万里

【题解】

　　此诗作于零陵。纯写路行所见,白白红红的野花送来扑鼻的香味,使人感受到一股清新之气。这种取材生活,随感而发的自然诗风是诚斋体的本色。

【原诗】

　　园花落尽路花开,白白红红各自媒②。莫问早行奇绝处,四面八方野香来。

注释

①百家渡:在零陵县西湘江边。
②各自媒:野花竞相炫耀,向钟爱者、赏识者自作推荐。

更作鼓吹想③。尚忆同登万石亭④,倚栏垂手望寒青⑤。只今真到寒青里,吾人不饮竹不喜。

注释

①癸未上元:宋孝宗隆兴元年(公元1163年)正月十五日。阴历正月十五日为上元节,亦称灯节,民俗于该日张灯、聚饮。永州:地区名,治所在今湖南零陵,辖湘南桂北数县地。赵敦礼竹亭:私家园林,未详。

②悭:欠缺。

③只作二句:谓只当作蛙声即好,何必有非分之想,既已远放僻地为官,还能飞黄腾达吗?《南齐书·孔稚珪传》:"稚珪风韵清疏,好文咏、饮酒七八斗。……不乐世务,居宅盛营山水,凭机独酌,傍无杂事。门庭之内,草莱不剪,中有蛙鸣。或问之曰:'欲为陈蕃乎?'稚珪笑曰:'我以此当两部鼓吹,何必期效仲举!'"可见稚珪虽不乐世务,实未忘情官场。后黄庭坚诗说:"传呼鼓吹拥部曲,何如春雨一池蛙。"(《薄薄酒》)一反孔稚珪想法,认为蛙声胜过官府仪仗。杨氏诗句正由黄诗化来。今按,黄、杨虽说蛙声自佳,但既想到鼓吹,可见对于官场仍未能完全忘情。

④万石亭:永州名胜,在零陵城北。据柳宗元记,清河崔公莅永州于怪石丛中立亭,柳为之命名为"万石亭",同时取"万石"(万石公)、"万寿"之意。见《方舆胜览·永州》。

⑤寒青:令人望之生寒的青碧色;特指竹林。按万石亭周围多竹,建亭之初"伐竹披奥,欹侧以入"。

【今译】

上元夜我们聚会在这座茅亭,
茅亭俯瞰着万竿翠竹;
初升的月儿还不够明亮,
比不过亭中燃着的蜡烛。
主人热情地劝酒,
酒令儿无尽无穷;
喝得我神思恍惚,
堕落到醉乡当中。
忽听到草丛里传来,
三三两两的蛙叫;

群山倒影江中,
似乎想渡水前来。
南方语言嘈杂难解,
把鱼儿叫做㜸隅;
耳边欸乃声声,
听楚地渔歌特觉悲哀。
寒气早早袭来,
应当是闰月的缘故;
诗句脱口而出,
竟不需要推敲剪裁。
乡愁萦绕,
正感到难以排遣;
幸好有美酒在手,
能把愁怀解开。

癸未上元后,永州夜饮赵敦礼竹亭,闻蛙醉吟[①]

杨万里

【题解】

　　这是一首记事诗,记上元灯节之夜与永州同僚夜饮的情景。一二句交代夜饮的地点、时间,三四句交代主人殷勤使我入醉;五句以后便是"闻蛙醉吟"了,在这些似乎带着醉意的诗句里,隐约地吐露了作者对眼前僻处零陵,难有作为的处境的无奈和不满。这首诗句法自然,平仄随意、用韵错综,似不经意而实多锤炼,与诗的内容配合得很好。表明了作者作诗的技巧是很高明的。

【原诗】

　　茅亭夜集俯万竹,初月未光让高烛。主人酒令来无穷,恍然堕我醉乡中。草间蛙声忽三两,似笑吾人悭酒量[②]。只作蛙听故自佳,何须孝宗朝,累官太常博士、太子侍读、秘书少监。光宗朝任秘书监,江东转运副使。杨万里主张抗金,任零陵丞时,抗金名将张浚谪居永州,勉以"正心诚意",因名己室为诚斋,师事张浚。韩侂胄专权,拒不为韩写"南园记",退职家居十四载,忧愤而卒。杨万里与尤袤、范成大、陆游并称中兴四大诗人,据沈德潜《说诗晬语》,杨有诗二万余首,今存仅四千余首。其《荆溪集》自序说,学诗自江西诗派始,后学王安石七绝,又转学晚唐,后"忽若有悟",乃求之自然,"步后园,登古城",采撷杞菊,攀翻花竹,万象毕来,献予诗材",自此作诗转易。他强调师法自然,从现实生活中求诗材,讲求奇趣与活法,终于形成独特的风格,被称为"诚斋体",影响很大。有《诚斋集》(包括《江湖集》《荆溪集》《西归集》等十种诗集和各体文章)。

【题解】

这是杨万里早期作品,作于参加湖南漕试(由湖南转运使主持的考试)后返乡途中。诗以非常精练的语言写湘楚景物、风土和个人的感受,表露了诗人有很高的诗才,"惟其有才,自不觉费"(陈衍语)。

【原诗】

江欲浮秋去,山能渡水来。䱷隅蛮语杂①,欸乃楚声哀②。寒早当缘闰③,诗成未费才。愁边正无奈,欢伯一相开④。

注释

①䱷隅(jū yú):鱼。古代西南民族称鱼为䱷隅。蛮:古称南方民族为"蛮"。
②欸乃:南方船歌。《方舆胜览·永州》:"举棹则有些声,歌则有欸乃声。"唐元结为道州刺史曾作《欸乃曲》五首令舟子歌之。
③缘闰:因为有闰月。有闰月则节气前移。
④欢伯:酒的别名。汉焦赣《易林》:"酒为欢伯,除忧来乐。"一相开:犹"来相开"。开,开解、排遣。

【今译】

江水被映得彩色斑斓,
　仿佛要飘着秋天离去;

⑦万事句:万事不如荔枝成熟重要。苏轼《四月十一日初食荔枝》说:"我生涉事本为口,一官久已轻莼鲈。人间何者非梦幻,南来万里真良图。"此处隐含此意。

⑧使轺:使者所乘的车。嗟:表示惋惜的感叹声。

⑨俊躔:通"踆躔(dūn chán)",指运行的轨道。唐卢肇《海潮赋后序》:"虽迷放属之源,终识踆躔之教。"

【今译】

我们即将相隔千里,
连发情的马牛都不能相逢;
回想在湖湘共事时,
我们就已是老翁。
关系亲密得随意地
呼唤儿女们来见面;
彼此情深意厚,
跟亲兄弟没什么不同。
我们将思念久长,
年年相望窗前盛开的梅花;
什么都比不上鲜红的荔枝,
任何公务都别看得太重。
我真想派车子追随你,
可叹已经来不及;
可惜你身不由己,
只能按既定的道路运行。

题湘中馆二首(录一首)

杨万里

【作者简介】

杨万里(公元1124—1206年),字廷秀,自号诚斋,吉州吉水(今江西吉水)人。高宗绍兴二十四年(公元1154年)进士,任永州零陵丞。

这一生除了儿孙
还有谁更加亲近?
我辈哪能像鲁仲连
一句话解除国家纷乱,
只希望能按正道行事,
就这样也需历尽艰辛。

送卢郎中国华赴闽宪①

陈傅良

【题解】

这是一首送别诗,表达了诗人与朋友之间深厚的友情。诗歌忆往思来,劝慰并致,用典婉曲而准确,表现出很深厚的写作能力。

【原诗】

相望千里马牛风②,联事湖湘各已翁③。造次便呼儿女见④,绸缪略与弟兄同⑤。百年又是梅花发⑥,万事何如荔枝红⑦?欲附使轺嗟不及⑧,却怜身在俊臞中⑨。

注释

①闽宪:福建路提点刑狱的省称。宋称提点刑狱为宪。

②马牛风:意思是相隔天南地北彼此互相毫不相干了,联系不上了。《左传·僖公四年》:"楚子使与师言曰:'君处北海,寡人处南海,唯是风马牛不相及也。'"

③联事句:谓在湖湘共事时已是老翁,如今又远别千里,恐无相见之日了。联事,同事、同僚。湖湘,宋之荆湖南路(今湖南洞庭、湘江流域)。陈傅良曾任提举湖南常平茶盐转运判官。

④造次:随便。

⑤绸缪(chóu móu):情意深厚,意近"缠绵"。《李陵答苏武诗》:"独有盈尊酒,与子结绸缪。"

⑥百年句:谓长期地、永远地互相思念。卢仝《有所思》:"相思一夜梅花发,忽到窗前疑是君。"百年,终生、久长。

太锐,论太险,迹太露",而又太为世间荣辱得失动心。可谓深知陈亮要害。这首诗是用诗的语言劝陈亮收敛锋芒,广交朋友,争取发挥更大的作用。

【原诗】

古来材大难为用②,纳纳乾坤着几人③?但把鸡豚燕同社④,莫将鹅鸭恼比邻⑤。世非文字将安托?身与儿孙竟孰亲?一语解纷吾岂敢⑥,只应行道亦酸辛。

【注释】

①陈同甫:陈亮字。陈亮(公元1143—1194年)为南宋著名爱国词人、哲学家,与辛弃疾为至友。

②古来句:杜甫《古柏行》:"志士幽人莫怨嗟,古来材大难为用。"

③纳纳句:整个宇宙能够容纳得下几个大才的人。杜甫《野望》:"纳纳乾坤大,行行郡国遥。"纳纳,包容的样子。

④但把句:只用酒肉招待同志。韩愈《南溪始泛》:"愿为同社人,鸡豚宴春秋。"燕,通宴。同社,志趣相投的人结成社团称同社。韩愈诗本指同乡而言。

⑤莫将句:杜甫《将赴成都寄严郑公》:"休怪儿童延俗客,不将鹅鸭恼比邻。"

⑥一语解纷:用鲁仲连典:秦围赵之邯郸,魏王使辛垣衍入邯郸说赵王尊秦为帝,齐高士鲁仲连适游赵,责退辛。秦闻之,却军五十里。赵平原君欲封鲁仲连,鲁仲连说:"所贵于天下之士者,为人排患、释难、解纷乱而无所取也!"

【今译】

自古以来才华出众的人
难于得到当权者的重用,
包容万物的宇宙
真能容纳得下几个伟人?
只需整备酒肉
招待好同心的社友,
且不要因鹅斗鸭鸣
得罪了近邻。
这世上除了文字
我辈还能寄情何物?

之恨。

⑥腹非句:谓满腹牢骚只能使路边的青蛙发怒而已。这里是活用《尹文子·大道上》的典故:"越王勾践谋报吴,欲人之勇,路逢怒蛙而轼之。比及数年,民无长幼,临敌虽汤火不避。"勾践拜揖怒蛙是为了雪洗国耻,收复失地。如今宋朝没有勾践式的领袖,作为臣民,空抱复土之志,心中批评当政者又有何用?不过像路边青蛙一样,白白气涨肚子罢了。

【今译】

风雨摇落了春花,
能够减轻我的愁闷吗?
满腹难解的烦愁,
又岂是因为落花?
既然还可以沿着曲折的流水,
漂放酒杯取乐,
又何须占卜吉凶,
像鵩鸟入室的贾长沙?
没有人对面交谈,
鸟儿更觉得快乐;
为解我生活的穷困,
蒌蒿竹笋长得特大。
且别说关河破败
带给人无限的遗恨,
若只是心中愤懑,
空激怒道旁的青蛙!

寄陈同甫①

陈傅良

【题解】

这是一篇劝慰陈亮的诗。史称陈亮才气超迈、直言无讳,因而名重当时却难以为用,且数获罪几死。朱熹曾复信给他说:"才太高,气

不妨随心所欲地
快乐地生活,
反正我无官无职
好似齐国的蚯蛙。

其 二

【题解】

《招蕃叟》其二,一方面是劝慰陈武,同时自我宽慰;另一方面则进一步表达了对韩侂胄等排斥异己,贻误国家的愤怒和对复土事业的关切。结尾两句,用语激愤,颇有煽动性。

【原诗】

落花风雨奈愁何?愁亦不应缘落花。尚可流觞追曲水①,底须占鵩似长沙②。无人晤语鸟乌乐③,为我食贫蒌笋佳④。休说关河无限恨⑤,腹非空怒道旁蛙⑥。

注释

①流觞追曲水:古代习俗,夏历三月上巳日,在水边聚饮,以祓除不祥。后人又发展为在环曲的水流边宴集,在水的上游放置酒杯,酒杯顺流漂下,杯停于面前者取饮。晋王羲之《兰亭集序》:"又有清流激湍,映带左右,引以为流觞曲水。列坐其次,虽无丝竹管弦之盛,一觞一咏,亦足以畅叙幽情。"

②底须句:何必学贾谊,看到鵩鸟飞来就自以为要有祸事呢?底须,何须。占鵩,以鵩占吉凶。汉贾谊《鵩鸟赋》序:"谊为长沙王傅,三年,有鵩鸟飞入谊舍,止于坐隅。鵩似鸮,不祥鸟也。谊既以谪居长沙,长沙卑湿,谊自伤悼,以为寿不得长。乃为赋以自广(宽解)。"《巴蜀异物志》说鵩鸟似鸡,体有文色,不能远飞。长沙,指贾谊;贾曾为长沙王太傅,世称贾长沙。

③无人句:没人理睬,鸟儿更感到自由快乐。典出《左传·襄公十八年》:"齐师夜遁。师旷告晋侯曰:'鸟乌之声乐,齐师其遁?'"师旷目盲,但他从鸟的欢快叫声推测到齐军的夜逃,因为没有人干扰,鸟才会快乐地啼鸣。周邦彦《满庭芳》:"人静乌鸢自乐",是本句的直接出处。晤语,面对面地交谈。

④食贫:过贫困的生活。蒌(lóu)笋:蒌蒿、竹笋。

⑤关河句:一语双关,既指与兄弟远隔关河之恨,又指沦陷关山不能恢复

尾联表示无官一身轻,正可逍遥自在。

【原诗】

　　细看物理愁如海②,遥想朋从眼欲花③。逆水鱼儿冲断岸④,贪泥燕子堕危沙⑤。百年乔木参天上,一昔平芜着处佳⑥。行乐不妨随邂逅⑦,我无官守似蚳蛙⑧。

注释

　　①前韵:指此前所作《春晚一首约同志泛舟》诗韵。蕃叟:陈傅良族弟陈武字。
　　②物理:事理。
　　③朋从:朋辈、同志者。
　　④断岸:江河边的绝壁。
　　⑤泥:燕子衔来筑巢的泥。危沙:高耸的沙岸或沙丘。
　　⑥一昔:一如既往。平芜:草木丛生的平旷原野。着处:处处。
　　⑦随邂逅:随心所欲。邂逅,不期而遇。
　　⑧蚳蛙(chí wā)古姓。战国时齐人有蚳蛙。《孟子·公孙丑下》:"蚳蛙谏于王而不用。""吾闻之也,有官守者,不得其职则去;有言责者,不得其言则去。我无官守,自无言责也。岂不绰绰然有余裕哉!"

【今译】

　　要是仔细推敲事理,
　　你就会生出海样大的愁愤;
　　一想到远方朋友的遭遇,
　　由不得眼冒金花。
　　那一群逆水的鱼儿,
　　往绝壁上横冲直撞;
　　贪心不足的衔泥燕子,
　　堕落在高高的沙丘下。
　　百年的大树,
　　依然顶天立地;
　　广阔的草原,
　　四处依旧如画。

往来客人大半是韦带素袍。
从打中举我就想要退隐,
谁又能够理解我的怀抱?
现在反思已经嫌太晚,
我的退隐为什么不更早!
陶渊明的生活多么让人钦羡,
值得尊敬的还有商山四皓。
深潭里常有蛟龙潜伏,
大山中埋藏着珍宝。
光彩夺目的暮春堂,
三个大字铭刻在云天浩浩。
光耀回转以南极作为边际,
镇抚的伟力足以达到天涯海角。
为什么,为什么竟然在这里,
白天黑夜地害怕自身难保?
鬼神是不论人情世故的,
必定能有呵护忠直的法宝!

用前韵招蕃叟弟二首①

陈傅良

其 一

【题解】

　　这两首诗也是陈傅良罢官退居时的作品。当时,以韩侂胄为首,斥理学为伪学,朱熹、赵汝愚、陈傅良等五十九人为逆党,有人甚至上书乞斩朱熹。"士之绳趋尺步,稍以儒名者,无所容其身。"曾从游者或"更名他师,过门不入"。面对这种情况,陈傅良的愤懑可想而知。这两首诗就是抒发这种悲愤、不平心情的。二首其一以抒愤为主,首联总括,说自己因事理的背谬和朋从的遭际而苦痛;颔联隐指逆理贪心的韩侂胄之流必定失败;颈联以参天乔木比喻朱熹等,预言前途宽广;

⑦中榜:参加科举考试中第。退思:退而思过、反躬自省。语出《左传·宣公十二年》:"林父之事君也,进则尽忠,退思补过,社稷之卫也。"后退思又有"归隐之心"的意思。

⑧其:加强语气。深抱:内心、深心。

⑨彭泽令:指陶渊明。

⑩仰止:敬慕。"止"为语助词。商山皓:秦末东园公、用里先生、绮里季、夏黄公隐于商山(在今陕西商县南),年皆八十余,世称商山四皓。

⑪维渊句:谓贤才隐居,不为世所用。《后汉书·马融传》:"聘畎亩之群雅,宗重渊之潜龙。"李贤注:"潜龙,喻贤人之隐也。"维,句首语气词。

⑫维岳句:与上句意近。骆宾王《奏姚州露布》:"崇峦切汉,若登藏宝之山;绝壑凭霄,似瞰封泥之谷。"藏宝,语出《后汉书·周黄徐姜申屠传序》:"然用舍之端,君子之所以存其诚也。故意其行也,则濡足蒙垢,出身以效时;及其止也,则穷栖茹菽,藏宝以迷国。"

⑬煌煌二句:穹昊,苍穹、天宇。

⑭昭回句:谓光辉遍及寰宇。昭回,星辰光耀运转天宇;后借指日、月。际南极,以南极为边际。南极,地球的南端,极言边远。

⑮镇抚句:谓威力达及四海。镇抚,镇慑安抚。东岛,泛指东海的岛屿,极言边远。

⑯胡然:何故如此。乃:尚且。

⑰世情:世俗之情。陶潜:"林园无世情。"(《还江陵》)

⑱呵护:保佑。

【今译】

　　只要是酒便胜过水,
　　只要是花便胜过草。
　　小廊曲折地通向幽静的地方,
　　竹竿做成的椽子也很好。
　　止斋虽只有十几间房,
　　已经足够我安然地养老。
　　屋檐低矮,正可以远离风露,
　　院落狭窄,更方便处处清扫。
　　溪流虽浅,足够浮放酒盏,
　　屏风短小,糊满了旧诗稿。
　　著书只用心于《太玄》《周易》,

江瑞安)人。孝宗乾道间登进士甲科。光宗时除起居舍人,兼权中书舍人。宁宗即位兼侍读、直学士院。因上疏留朱熹,得罪韩侂胄,罢官退居。嘉泰二年(公元1202年)复官,起知泉州,辞。授集英殿修撰,进宝谟阁待制,终于家。谥文节。陈傅良"自三代、秦、汉以下靡不研究",有《诗解诂》《周礼说》《春秋后传》《左氏章指》等行于世,是宋代著名学者,陈傅良不以诗名,其诗前人评为淳古、苍劲,有书卷气。有《止斋集》。

【题解】

陈傅良因疏留朱熹,得罪权臣、御史中丞论其"言不顾行",削秩罢官。他杜门退居,自题室名为"止斋",取"知所当止"之义。《礼记·大学》:"大学之道……在止于至善。知止而后有定,定而后能静。"朱熹注:"止者,所当止之地,即至善之所在也。"这首古诗就是在止斋即将建成时写的。诗中表露了作者悔不及早抽身引退的感慨。结尾两句明确表达了对世情的否定与批判。

【原诗】

但酒胜如水①,但花胜如草。小廊曲通幽,竹椽亦良好。止斋十数间,足以便衰老②。檐低远风露,地窄易泛扫③。浅溪浮薄觞④,短屏糊旧稿。著书仅玄易⑤,过客多韦缟⑥。于中榜退思⑦,谁其谅深抱⑧?吾思亦已晚,吾退盍更早。怀哉彭泽令⑨,仰止商山皓⑩。维渊有潜龙⑪,维岳有藏宝⑫。煌煌暮春堂,三字落穹昊⑬。昭回际南极⑭,镇抚及东岛⑮。胡然乃在斯⑯,夙夜惧不保。鬼神无世情⑰,呵护必有道⑱。

注释

①但:只要、只需、只求。
②便:便利、方便、利于。
③泛:反覆。
④浅溪句:谓溪虽浅足以浮觞。古俗三月上巳日在水渠旁聚会,于上游置酒杯,任其顺流而下,杯停在谁面前即可取饮。家酿酒清,故称清觞。
⑤玄、易:《太玄经》(汉扬雄撰)、《易经》。
⑥韦缟:韦带缟素,指贫寒的读书人。

三

稚子推窗窥过雁,数峰乘隙入西窗①。

注释

①《后林诗话》引句。原诗已佚。"西窗"一作"西轩"。

【今译】

小孩子推开窗子,
偷看天边尽过的雁行,
几座青峰乘机
穿过缝隙进入了西窗。

四

秋阳直为田家计,饶得渔村一抹红①。

注释

①《后村诗话》引句,原诗已佚。

【今译】

初秋的骄阳躲向西山,
她本只是替种田人打算;
却给宁静的渔村,
凭添了一抹红颜。

止斋曲廊初成

陈傅良

【作者简介】

陈傅良(公元1137—1203年),字君举,号止斋。温州瑞安(今浙

句(四条)

萧德藻

一①

乾坤生长我,贫病怨尤谁②?

【注释】

①《后林诗话》引句,原作已佚。
②尤:责怪。

【今译】

是天地使我出生,使我成长,
贫穷多病又能埋怨谁,责怪谁?

二①

秋浩荡中遥指点②,一螺许是定王城③。

【注释】

①《后林诗话》引句,小字注题曰"渡湘"。原作已佚。
②秋浩荡:广阔无边的秋色。
③一螺:一座山峰。皮日休《缥缈峰》:"似将青螺髻,撒在明月中。"定王城:湖南长沙东有定王台,为汉长沙定王所筑;定王登台以遥望生母。定王城当指此。

【今译】

遥遥地指点着——
在浩渺无边的秋气里,
那座螺髻般的孤峰,
或许是定王望母的高台。

鬻,只能浪荡人间;颔联由远及近,从三年客居夜郎到眼前泛舟洞庭,为"浪荡游"作了注解。颈联以后才由抒情入绘景,仍是从大处落墨,写极目所见之飞鹭、远山,气势特觉宏大。然而终是舟中所见,还不足以化解长期浪荡江湖的压抑,于是更寻奇绝之境,健步登上了岳阳楼。煞句见题,戛然而止。杨万里称此诗"绝似晚唐人"笔意。陈衍则具体指出"作者手笔直兼长吉(李贺)、东野(孟郊)、阆仙(贾岛)而有之",可见诗人功力。

【原诗】

不作苍茫去①,真成浪荡游。三年夜郎客②,一柁洞庭秋③。得句鹭飞处,看山天尽头。犹嫌未奇绝,更上岳阳楼!

【注释】

①苍茫:指青天。《庄子·逍遥游》谓大鹏徙于南冥,抟扶摇而上九万里,背负青天,无可阻挡。

②夜郎:古地名。夜郎本为古少数民族政权,居今云贵川交界地带;汉武帝后置夜郎县,历朝时设时废;西晋始置夜郎郡,郡治在今贵州正安县西北。此处夜郎不一定是实指。唐王昌龄贬官龙标尉(龙标在今湖南黔阳县),李白有诗说:"我寄愁心与明月,随君直到夜郎西。"(《闻王昌龄左迁龙标遥有此寄》)后李白因永王事获罪,长流夜郎,杜甫又有《梦李白》二首。其二说:"冠盖满京华,斯人独憔悴。"王、李以后,客游夜郎已带有失志远放的普遍意义。

③柁:义同舵,指船。

【今译】

我不能学鹏鸟飞向苍茫天宇,
却真的四处游荡天涯浪迹。
客居夜郎整整三年了,
到今秋才驾一叶扁舟来到洞庭湖里。
诗的灵感被云中的飞鹭激活,
极目远眺,青山一抹隐现天际。
我仍觉得这景色不够雄奇绝妙,
弃舟登岸向岳阳楼头奔去!

情,前人评价虽然不一,然字斟句酌而不露凿痕,艺术技巧是很高明的。

【原诗】

竹根蟋蟀太多事,唤得秋来篱落间。又过暑天如许久,未偿诗债若为颜②。肝肠与世若相反,岩壑嗔人不早还③。八月放船飞样去,芦花丛外数青山。

【注释】

①傅惟肖:字应求,曾任清江知县。
②若为颜:何以为颜,难为情。
③岩壑:山峦溪谷,借指隐者的居处。岑参《下外江舟中怀终南旧居》:"岩壑归去来,公卿是何物?"嗔:责怪。

【今译】

竹篱根下蟋蟀太多事了,
竟把秋天唤到了庭院里。
暑热天气已过了这么久,
诗债未还叫我过意不去。
我的心志苦于跟世人相反,
总觉得山林怪我不早些归依。
真希望就在这八月放船如飞,
到芦花丛外细数那青峰翠岭。

登岳阳楼

萧德藻

【题解】

这首五律写过洞庭湖,登岳阳楼的所见所感,寄寓身世之慨。唐宋诗人以登岳阳楼为题材的诗很多,其中不乏影响深远的名作,萧氏此诗则别出心裁,不落窠套。诗起句便发感慨,叹息自己不能高飞远

【原诗】

百千年藓著枯树,三两点春供老枝①。绝壁笛声那得到?只愁斜日冻蜂知②。

注释

①春:这里指梅花。南朝陆凯《赠范晔》:"折梅逢驿使,寄与陇头人。江南无所有,聊赠一枝春。"供:献给。

②绝壁二句:谓古梅生于绝壁之上难得知音叹赏,而蜂蝶闻香而至又使它烦愁。梅尧臣《梅花》:"艳薄自将同鹄羽,粉寒曾不逐蜂须。……楚客且休吹玉笛,清香飘尽更应无。"笛曲有《梅花引》《梅花落》。冻蜂,早春寒气中的蜜蜂。

【今译】

千百年的苔鲜附着在
苍老的树干上,
三朵两朵玉白的春梅
点缀在铁样的枝旁。
生长在悬崖绝壁,
笛声哪能传到那里?
只怕寒蜂得知嗡嗡飞来,
暮色中空使人烦闷惆怅。

次韵傅惟肖①

萧德藻

【题解】

这首和友人诗表达了诗人厌恶世俗生活,渴望归隐山林的思想。首颔两联扣紧"次韵",说时间匆匆而过,转眼已是清秋,而自己还未偿诗债,甚感惭愧。其中流露着深深的寂寞空虚的情绪。颈尾两联则直白地坦露胸怀,说自己秉性与世俗相反,却又不得不久久混迹人间,深感痛苦,但愿能即刻放船归去,退隐山林。此诗以轻松笔调写苦涩心

【原诗】

湘妃危立冻蛟脊①,海月冷挂珊瑚枝②。丑怪惊人能妩媚③,断魂只有晓寒知④。

注释

①湘妃:湘水女神。传舜之二妃娥皇、女英寻夫死于江湘之间,成为湘水之神。危立:挺然直立。冻蛟:僵卧的蛟龙。《楚辞·湘君》:"驾飞龙兮北征。"《湘夫人》:"蛟何为兮水裔。"

②海月:一种白色的海贝。珊瑚:海中腔肠动物珊瑚虫,其石灰质骨骼相互粘连,死后积成枝状体;其中部分品种质地坚实而色彩绚丽的,被视为珍宝。

③丑怪句:与梅尧臣《东溪》:"老树着花无丑枝。"意近而写法不同。

④断魂:使人销魂。林逋《山园小梅》:"霜禽欲下先偷眼,粉蝶如知合断魂。"

【今译】

仿佛湘水女神端庄地
直立在蛟龙的背脊,
仿佛南海月贝静寞地
悬挂在珊瑚的寒枝。
不要惊叹半枯的古枝丑怪
何以竟能这样地妩媚,
可惜她销魂动魄的神韵
只有春晨的寒气得知。

其 二

【题解】

其二咏黄昏时所见古梅的形神,写法与前首同中有异。同在结构——先肖形后抒情;异在以赋法肖形,更富画意:千年苔藓附着于苍枯的枝干,愈发显得梅树之古,而两三点如玉的花朵星缀枝间,更加妩媚动人。可惜生在绝壁之下,难得有人吹笛激赏,只有几只蜜蜂飞来打破宁静的氛围。跟前首一样,诗人仍然寄托着知音难觅的感慨。

其 二

淡淡的山峦朝雾横披在山头,
烟水茫茫远处一抹沙洲。
怎样才能披起绿蓑衣、戴上青箬笠,
以船为家在这烟水中往来浮游!

古梅二首

萧德藻

【作者简介】

萧德藻(生卒年不详),字东夫,自号千岩老人(居士)。福建闽清人。高宗绍兴间进士,曾任乌程令,后退居乌程屏山。其诗在南宋时与尤袤等宋中兴四家齐名,杨万里说:"诗人若范致能(成大)之清新,尤梁溪(袤)之平淡,陆放翁(游)之敷腴,萧千岩之工致,皆余所畏也。"姜夔赞其"高古",刘克庄谓其"机杼与诚斋同而思加苦",方回评"其诗苦硬顿挫而极其工"。

其 一

【题解】

这两首诗,第一首咏晓时之古梅,第二首咏昏时之古梅,借物寓情,寄托着诗人的心态。第一首,前两句肖形,用比喻的手法把古梅奇绝的造型展现在读者面前:玉洁的梅朵凝着在古梅蟠屈的枝头,猛然看去仿佛湘妃危立在蛟龙的脊背上,又仿佛海月贝悬挂在珊瑚枝头。后两句议论兼抒情,诗人感叹:惊人的丑怪(枝)和动人的妩媚(花)竟然能如此和谐地统一在古梅身上!可惜这种奇异的景象只出现在料峭的春晓,难得有几个知音啊。这里显然寄寓着诗人的感慨,他或许从古梅身上看到了禀性倔傲而才德过人的寒士影像,或者干脆是以古梅自喻吧。

都表达了对淡泊隐逸生活的向往。宋人绝句,六言的很少,能像尤诗这样情景交融,画意盎然的更少,值得肯定。

其 一

【原诗】
　　万里江天杳霭②,一村烟树微茫。只欠孤篷听雨,恍如身在潇湘③。

其 二

　　淡淡晓山横雾,茫茫远水平沙。安得绿蓑青笠④,往来泛宅浮家⑤。

注释

　　①米元晖:米友仁(公元1074—1153年)字。米友仁为宋代著名画家,高宗时官至兵部侍郎、敷文阁学士。其父米芾为宋四大家之一,书、画俱达到宋代最高水平。米氏父子画江南山水,创米点皴法,在中国画史上有很突出的地位。潇湘图:又称"潇湘白云图",为米友仁代表作。今故宫博物院收藏有米友仁"潇湘奇观图",画京口一带云山,纸本,横286厘米,纵19.7厘米,浓淡墨,似与本诗所题之画类同。
　　②杳霭:深远无边的样子。
　　③潇湘:湘江别称,古人常以为仙境的代称。
　　④绿蓑草笠:张志和《渔歌子》:"青箬笠,绿蓑衣,斜风细雨不须归。"
　　⑤泛宅浮家:谓以船为家浮游水上。

【今译】

其 一

　　江天万里深远无边,
　　烟绕树丛一座渔村隐约在其间。
　　欠缺的只是不能够坐上孤舟倾听雨声,
　　望着这幅画仿佛身躯已在潇湘水边。

顾北。

⑧山南东道：宋襄阳府（襄阳、谷城、宜城、南漳）属京西路，唐代称山南东道。

【今译】

  方才还手执书袋，
  在西厢奉侍圣上；
  忽然便受命外派，
  去守卫重镇襄阳。
  谁说你只是一个
  风流倜傥的贵公子；
  分明像自甘辛苦的
  班超一样。
  一下笔便万言千页，
  文词滔滔不绝；
  兵书烂熟在心，
  胸中有十万兵将。
  从今后君王放宽心怀，
  不需为防备北敌而烦虑；
  山南东道坚不可摧，
  像筑起了长城一样。

题米元晖潇湘图二首①

尤 袤

【题解】

  这两首题画诗的内容、思想密切相关，不宜分别评注。两诗的结构相同，都是首联写景，尾联抒情。写景，第一首从图中之水入手，江天无际，隐约可见一村烟树；第二首从图中之山入手，晓山横雾，远处烟水迷濛，沙岸平齐。米家父子以江南山水入画，创"浓淡横点皴"法（画史称为"米点皴"）状烟雨江南风光，对后代文人画产生了巨大影响。尤袤此诗写景部分，可以说抓准了米家山水的精髓。抒情，两首

(今属江苏)人。高宗绍兴十八年(公元1148年)进士。孝宗时官至吏部尚书兼太子侍讲。光宗时授礼部尚书兼侍讲。诗与杨万里、范成大、陆游齐名,世称"中兴四诗人"。方回跋尤袤诗说:"宋中兴以来,言诗必尤、杨、范、陆,诚斋时出奇峭,放翁善为悲壮,公与石湖冠冕佩玉,度骚婉雅。"惜其作品多散佚,清人辑有《梁溪遗稿》。

【题解】

　　这是一首为友人赴任壮行的诗。对贵戚公子吴琚能够受命出守襄阳给以赞扬和鼓励。虽为应酬之作,难免有溢美虚夸之词,但关键处还是很有分寸的(如颔联"谁谓风流贵公子,甘为辛苦一书生"便是鼓励中含有批评,陈衍赞其"三四下语有分寸")。从总的精神可以看出作者守土抗金的立场是十分坚定的。

【原诗】

　　方持紫橐待西清②,忽领雄藩向外行③。谁谓风流贵公子,甘为辛苦一书生④。词源笔下三千牍⑤,武库胸中十万兵⑥。从此君王宽北顾⑦,山南东道得长城⑧。

【注释】

　　①待制:官名,为中央文职大臣的加衔。吴琚,高宗宪圣吴皇后弟吴益之子,官至少师,曾出使金国,"金人嘉其信义"。
　　②持紫橐:指侍从之臣;侍从臣子执橐袋,盛书及纸笔,以备皇帝顾问。典出《汉书·赵充国传》:"持橐簪笔,事孝武皇帝数十年。"紫橐,华贵的橐袋。西清:本指西厢静处,引申指帝王宫内游宴之处,后特指内廷书房。
　　③雄藩:地位重要、实力雄厚的藩镇。向外行:指到边境去。外相对于宫廷、畿辅地区而言。
　　④一书生:陈子昂诗:"宁知班定远(班超,封定远侯),犹是一书生。"(《和陆明府赠将军重出塞》)
　　⑤词源:滔滔不绝的文词。三千牍:极言篇幅之长。典出《汉书·东方朔传》:"东方朔补上书,凡用三千奏牍,读之二月乃尽。"
　　⑥武库:称誉人的学识渊博。《晋书·杜预传》:"号曰杜武库,言其无所不有也。"
　　⑦宽北顾:舒缓了紧张地防备北方入侵的心。宽,放松、缓解、松弛。北顾,

"羊"羔酒。《后汉书·刘玄传》:"其所受官爵者,皆群小贾竖;或有膳夫庖人。长安为之语曰:'灶下养,中郎将;烂羊胃,骑都尉;烂羊头,关内侯。'"烂头,烂羊头。侯关内,任关内侯,封侯于关内。

⑨何必句:谓既有好酒喝就不要学唐汝阳王李琎了。杜甫《饮中八仙歌》:"汝阳三斗始朝天,道逢麴车口流涎,恨不移封向酒泉。"酒泉,地名,在今甘肃省西部。

【今译】

雪还有没落下,
厨间已杀好了鸡鸭;
冒着迷濛的大雪,
你把美酒送到了我家。
我哪有闲情准备好,
在销金帐内浅斟低唱;
姑且拿过药玉大杯,
把羊羔酒满满斟下。
免得在醉梦之中,
让羊儿踏破菜园;
饭桌上摆列起鱼肉,
顾不得富家儿惊诧。
自知是烂羊头,
只配封侯在关内;
何必学贪杯的李琎,
要求改封以酒泉为家。

送吴待制守襄阳①

[待制名环,吴琚之弟,高宗吴后之侄]

尤 袤

【作者简介】

尤袤(公元1124—1194年),字延之,自号遂初居士。常州无锡

腊旦大雪,运使何同叔送羊羔酒,拙诗为谢①

周必大

【题解】

周必大多酬答、次韵之作,且好用典,此诗即属此类之典型作品。

【原诗】

未雪冰厨已击鲜②,雪中从事到君前③。浅斟未办销金帐④,快泻聊凭药玉船⑤。醉梦免教园踏菜⑥,富儿休诧馔罗膻⑦。烂头自合侯关内⑧,何必移封向酒泉⑨。

注释

①腊旦:腊日早晨。古俗农历十二月初八为腊祭之日,称腊日。运使:转运使的简称。何同叔:何异字,光宗时任湖南转运判官。羊羔酒:美酒名,产于山西。

②冰厨:本指夏季供应、准备饮食的处所,这里用指厨房。击鲜:宰杀活的牧畜禽鱼。

③从事:"青州从事"省说,指美酒,曲出《世说新语·求解》。

④浅斟句:谓无暇仔细品尝所送美酒。《资治通鉴长编》:"宋陶毂为学士,得党太尉家姬。遇雪,陶取雪水烹茶,谓姬曰:'党家有此风味否?'对曰:'彼粗人,安有此?但能于销金帐中浅斟低唱,饮羊羔儿酒耳。'"办,置备。销金帐,嵌金线的精美帷幔。

⑤快泻句:谓取大杯痛饮。王安石诗:"小鬟折花叩船舷,玉盏泻酒酬金钱。"泻,倾倒。药玉船,用药玉制成的酒杯。石料经药煮炼后色泽光润,称药玉。

⑥醉梦句:谓有幸得以改善生活。《绀珠集》引三国魏邯郸淳《笑林》:"有人常食蔬茹,忽食羊肉,梦五藏神曰:'羊踏破菜园!'"后遂用"踏菜园"(谓肉撑破惯常吃菜的肚皮)形容长期吃素的清苦的生活。

⑦富儿句:谓生活好的人不要奇怪我何以吃起大鱼大肉,因为有了好酒。韩愈诗:"长安众富儿,盘馔罗羶荤。"馔,饭菜。罗,列、摆设。膻,腥膻;指鱼肉。

⑧烂头句:谓自己能力低下只能做个滥竽充数的官。这是玩笑话,为了扣合

过邬子湖①

周必大

【题解】

　　这首写景诗纯粹是要借题发挥。舟行邬子湖,水平如镜,蜿蜒自在地前行,原是令人心旷神怡的事,诗人却忽然说到"从来仕路风波恶",如今这份平安倒是江神的恩赐了。周必大历仕四朝,仕途有惊无险,大体尚称顺利,尤其在孝宗一朝,他一路升迁,直到身挂相印。预拟传位密诏,可算是深得宠信的了。然而身在政治漩涡中心,如临渊履冰,不能不时刻小心谨慎,读《周必大传》便知。写此诗时,因必大已居六部之首,尚未参知政事,舟行平湖,忽发"仕路风波恶"的联想,是可以理解的。

【原诗】

　　万顷湖光似镜平,蜿蜒得得导舟行②。从来仕路风波恶,却是江神不世情③。

注释

①邬子湖:湖名。今址不详。一说即邬子港,在馀干县西北。
②得得:任情自得的样子。
③不世:罕有的、非凡的。

【今译】

　　宽阔的湖面像镜子一样平整,
　　能任情自在地导引船儿曲折前行。
　　在当差的路上从来是风急波险,
　　江神却恩义非凡给了我这样的平静。

【原诗】

　　　　绿槐夹道集昏鸦②，敕赐传宣坐赐茶③。归到玉堂清不寐④，月钩初照紫薇花⑤。

注释

　　①《宋史·周必大传》："一日，(孝宗)诏同王之奇、陈良翰对选德殿。袖出手诏，举唐太宗、魏征问对。以在位久，功未有成，治效优劣，苦不自觉，命必大等极陈当否。"必大退而条陈，提出军队和地方的主要领导不要频繁更换的重要意见，"上言其善，为革二弊"。周必大时权礼部侍郎，兼直学士院，同修国史、实录。入直，到学士院值班。选德殿，宋宫中殿名。赐茶，"赐坐密谈"的含蓄说法。

　　②绿槐句：这句写召入的时间，同时简叙入宫时途中所见。昏鸦，黄昏归巢的乌鸦。

　　③敕赐句：概述召见密谈的经过，含蓄指出气氛和谐、内容机密。敕赐，皇帝宣召。

　　④归到句：写回学士院的时间，同时也暗示了召见的时间。紫薇花，又叫百日红，落叶小乔木，夏季开花。月钩初照，当是初夏月初之上半夜。有人说"中书令（即宰相）为紫微令……周必大时为宰相，故用紫薇花写景，妙语双关"，此语不当。一则周必大当时尚未任参知政事或丞相；再则以紫薇省称中书省，中书令称紫微令乃是唐代说法，且时间不长。

【今译】

　　浓绿的槐荫夹护着宫道
　　树上落满归巢的乌鸦，
　　天子下令让使臣传旨
　　宣召我入宫赐坐侍茶。
　　回到学士院我头脑清醒
　　久久地不能够入睡，
　　只见窗前弯弯的新月
　　刚好照亮那丛紫薇花。

唉声叹气争着来吟诵诗篇?
昭君在世便有琵琶哀曲传唱,
她去世后人们又对着青冢哭喊。
假使昭君真的老死在后宫,
又岂能把名字记载在史传?
她短时间忍受了远嫁的遗憾,
却能使自己的芳名万古留传。
由此我不禁感慨当时的史事,
谁贤谁奸全在手掌翻覆之间。
坚守儒道的萧太傅被逼死,
忠心正直的京房被处斩。
除了史臣的一张纸记载其事,
此外还有谁记录咏叹?
鸣琴在案哪位肯为他们弹奏?
二墓尚存有谁会留宿在坟边?
重视美色却不看重道德品质,
我姑且用这件事把世俗批判!

入直召对选德殿,赐茶而退①

周必大

【题解】

这首诗作于孝宗乾道七年(公元 1171 年)七月四日,用极隐曲、极概括的笔墨记自己被皇帝召见咨以大事的情景和当时的心境。短短四句,有进退的时间、应对的气氛和召见后的心境,虽无一字涉及召对的内容,但由昏召夜退、宣坐赐茶、归堂不寐(尤其是"清"不寐——清醒,冷静)的含蓄精炼的陈述,不言而知必是机要大事,而且君臣默契,取得了一致的意见。此类诗极易写得枯燥、浅薄,而周诗却极有分寸,显示出政治家的风度。

⑤袪(qū)服句：谓皇宫里到处都是撩起衣裳在后宫间奔走的女子。袪服，撩起衣服；古人衣长，快走须撩衣，撩衣又有表示敬谨之意。这里代指宫中女子们。列屋，众屋，一般居室。

⑥有如二句：即使汉家公主，也会为和亲而辱嫁异族。穹(qióng)庐：毡帐篷，类似今天的"蒙古包"。

⑦嫔嫱(pín qiáng)：官中女官名。

⑧獯鬻(xūn yù)：匈奴的另一种音译。

⑨生传句：石崇《王明君辞·序》："昔公主嫁乌孙，令琵琶马上作乐，以慰其道路之思。其送明君，亦必尔也。其造新曲，多哀怨之声。"后代遂有昭君出塞，马上弹奏琵琶曲的传说。

⑩青冢：昭君墓。在今内蒙古自治区呼和浩特市南。传说塞外草白，独青冢草青。杜甫《咏怀古迹·其三》："群山万壑赴荆门，生长明妃尚有村。一去紫台连朔漠，独留青冢向黄昏。画图省识春风面，环珮空归月夜魂。千载琵琶作胡语，分明怨恨曲中论。"

⑪简牍：书册、历史。

⑫剩馥：余香。

⑬萧傅：汉宣帝时太子太傅萧望之。元帝时受宦官弘恭、石显诬害而被迫自杀。

⑭京房：元帝时博士，因上书劾奏石显等专权，出为魏郡太守，不久被诬谋逆，弃市。

⑮操：持；琴曲亦称"操"。

【今译】

昭君的容颜好像鲜花一般，
远行万里嫁到鸡鹿塞外边。
从古到今人们都怪罪那位画工，
说他画美为丑混乱了君王的视线。
谁懂得汉家天子的威仪？
撩着衣襟的宫女满宫满苑。
况且即使亲如公主，
也会屈尊嫁往毡帐为了和番。
何况昭君不过是低微的嫔嫱，
未必配得上当匈奴的王眷。
真不知舞文弄墨的文人为了什么，

害死,除史官给以记载外却无旁人关注,由此而得出世人"重色不重德"的结论。周必大在此诗后自注:"古今赋昭君曲,虽大贤所不免,仆矫其说,无乃过乎?"他对昭君和亲的分析及对后世诗人关注昭君事的评论虽未必完全正确,但他既敢于借古讽今,针砭时弊,又能对历史事件提出有理有据的独特见解;且语言朴直,以事论理,观点鲜明,在历代咏昭君诗中是独具特色,值得重视的。

【原诗】

　　昭君颜如花②,万里度鸡漉③。古今罪画乎,妍丑乱群目④。谁知汉天子?袨服自列屋⑤。有如公主亲,尚许穹庐辱⑥。况乃嫔嫱微⑦,未得当獯鬻⑧。奈何弄文士,太息争度曲?生传琵琶声⑨,死对青冢哭⑩。向令老后宫,安得载简牍⑪?一时抱微恨,千古留剩馥⑫。因嗟当时事,贤佞手反覆。守道萧傅死⑬,效忠京房戮⑭。史臣一张纸,此外谁复录?有琴何人操⑮?有冢何人宿?重色不重德,聊以砭时俗。

【注释】

　　①己丑:指孝宗乾道五年(公元1169年)。《汉元帝纪》:指《汉书·元帝纪》。乐天体:白居易字乐天,其新乐府诗记事讽喻,语言浅易,被称为乐天体。

　　②昭君句:王安石《明妃曲》:"颜色如花命如叶。"昭君,名王嫱,字昭君(晋朝,避司马昭讳,改称明君、明妃),南郡秭归(今湖北兴山县)人;汉元帝时被选入宫;竟宁元年(公元前33年)匈奴单于呼韩邪入朝求和亲。她自请嫁匈奴单于;呼韩邪死后,又从胡俗嫁呼韩邪子,对汉匈关系的和好起了一定作用。

　　③鸡漉:地名,即鸡鹿塞。在今内蒙古自治区磴口西北,是通往匈奴首府的必经之地。

　　④古今二句:王嫱和亲事,《汉书·元帝纪》仅记:"诏曰:……赐单于待诏掖庭王嫱为阏氏。"一语。《后汉书·南匈奴传》则略详其事,记述了王嫱的籍贯、入选汉宫久不得见御、呼韩邪求和亲,王嫱请行、元帝召见惊其绝色然已无可奈何等。晋葛洪《西京杂记》(伪托为汉刘歆撰)乃敷衍成王嫱入宫后不肯贿赂画工,因而不得召见,后诏嫁单于,元帝见而悔之,尽杀画工,其中有杜陵人毛延寿等等。文人诗最早歌咏昭君故事的是晋石崇,其《王明君辞》尚无画工事,唐人以后乃有此说。王安石《明妃曲》说:"……尚得君王不自持。归来却怪丹青手,入眼平生未曾有。意态由来画不成,当时枉杀毛延寿。"周必大"古今罪画手"句意由此而来。妍,美。

只记得多少次系缆停船,
多少次解缆前行。
严寒的天气虽然有太阳,
云朵依然像凝冻;
宽阔的江面即使没有风,
浪头自然会涌生。
一座座家乡的远山,
仿佛总在眼前隐现;
一声声凄凉的雁叫,
更让我黯然伤情。
船老大忽然捕到了,
一条从南边游来的鲤鱼;
我让他们赶快烹杀,
或许有兄弟的信藏在鱼腹中。

己丑二月七日雨中读
《汉元帝纪》,效乐天体[①]

周必大

【题解】

　　这是一首借古讽今的讽喻诗。诗人抓住《汉元帝纪》中两件事——王昭君远嫁匈奴和萧望之、京房遭诬被害(萧被迫自杀、京被杀),加以对比、评论,以之针砭时人之"重色不重德",同时也隐晦地讽谏了当朝天子。诗从昭君和亲之事引发。昭君之事为历代诗人所关注,大多批判毛延寿的贪鄙阴险,批评汉元帝之昏庸寡恩,同情王昭君之美人薄命。王安石写《明妃曲》,选取了新的视角。在批评元帝的同时,突出了昭君的爱国怀乡感情,读来使人耳目一新。本诗则更出新意,认为昭君以一嫔嫱地位,能以公主身份嫁给匈奴单于,"一时抱微恨,千古留剩馥",安知非福?"向令老后宫,安得载简牍?"接着周必大便提出:同是元帝时人,守道之臣萧望之、忠直之臣京房都被奸佞吉州庐陵(今江西吉安)人。高宗绍兴二十一年(公元1151年)进士。高宗朝官至监察御史,孝宗淳熙间以吏部尚书除参知政事、枢密使,淳熙十四年(公元1187年)拜右丞相,十五年封济国公,十六年拜左丞相,封许国公。光宗绍熙二年(公元1191年)以观文殿大学士出判潭州。宁宗庆元元年(公元1195年)以少傅致仕。卒谥文忠。周必大工于文词,诗初学黄庭坚,后学白居易、杜甫;与陆游、范成大、杨万里等大诗人交谊颇深,时有唱和。陈衍评:"益公诗善次韵,喜用典,盖达官之好吟咏者。"有《周益国文忠公集》及《二老堂诗话》传世。

【题解】

这是一首旅中思亲的诗作。作于绍兴二十三年。首颔两联侧重写"行舟",而思乡、忆弟之情萦回其中;颈尾两联侧重写"忆弟",而又与舟行紧扣,显示出作者诗技精熟。尤其颈尾两联巧用寒雁、南鲤关合思亲盼信心情之迫切,用心可谓良苦。

【原诗】

　　一挂吴帆不计程②,几回系缆几回行。天寒有日云犹冻,江阔无风浪自生。数点家山常在眼,一声寒雁正关情③。长年忽得南来鲤④,恐有音书作急烹⑤。

注释

①永和:古镇名,在今江西吉安。
②吴帆:驶往吴地的船。
③寒雁:古人以雁行喻兄弟,又有鱼雁传书之说。
④长(zhǎng)年:船工。头领,亦指船工。宋戴埴《鼠璞·篙师》:"海壖呼篙师为长年……盖推一船之最尊者言之。"
⑤恐有句:用鱼雁传书典故。《乐府·饮马长城窟行》:"客从远方来,遗我双鲤鱼。呼儿烹鲤鱼,中有尺素书。"

【今译】

　　自从挂起船帆驶往吴地,
　　便无法计算里程;

②毵毵(lán sān):毛羽散乱下垂的样子。
③金鸡:指大藏岩下的石洞,名金鸡洞,传说有金鸡鸣于洞中。

【今译】
　　溪到四弯岸上对峙着两座石岩,
　　岩壁上野花滴着露水像羽毛般披拂散乱。
　　远古金鸡叫过就再没人看见他了,
　　只见到空山洒满月光碧水漾满深潭。

其　五

【题解】
　　其五是原第十曲,写九曲溪最后一曲的景色。船至九曲,豁然开朗,眼前一片平川,桑麻雨露,犹如世外桃源。行尽曲折路,"人间别有无",这正是朱熹特别钟情九曲溪而要详加描述的意旨所在。

【原诗】
　　九曲将穷眼豁然,桑麻雨露见平川。渔郎更觅桃源路,除是人间别有天!

【今译】
　　第九道弯将要走完眼前豁然开朗,
　　雨露润滋的桑麻田出现在平原上。
　　捕鱼人无需苦苦寻求通往桃源的道路,
　　除非在九曲溪外人间别有天堂。

行舟忆永和兄弟①

周必大

【作者简介】
　　周必大(公元1126—1204年),字子充,一字洪道,自号平原老叟。

峰名联想到三峡巫山神女的传说,说神女插花临水为谁打扮？但笔锋一转,又说自己早已被眼前的美景所吸引,不作楚王的阳台梦了,使景色人化,又与人情合一,很富情趣。

【原诗】

　　二曲亭亭玉女峰,插花临水为谁容？道人不作阳台梦①,兴入前山翠几重②。

【注释】

　　①道人:有道术的人,这里是自称。阳台梦:宋玉《高唐神女赋》说楚襄王登巫山阳台而梦与神女欢爱,后成典故。
　　②翠:这里指青翠的山峦。

【今译】

　　第二道弯边亭亭玉立着玉女峰,
　　她照水插花在为谁美容？
　　有道的人不会作虚幻的阳台梦,
　　兴趣早已移入眼前那一重重的翠峰。

其　四

【题解】

　　其四是原第五曲,写九曲溪第四曲大藏岩一带的风光。溪岸两峰对峙,岩花垂露,很有气势;然而岩下金鸡洞的传说却使退隐武夷山的诗人顿生空寂之感。

【原诗】

　　四曲东西两石岩①,岩花垂露碧㲱毵②。金鸡叫罢无人见③,月满空山水满潭。

【注释】

　　①两石岩:指夹峙于溪四曲两岸的大藏岩和仙钓台。

山下寒冽的九曲溪曲曲澄清。
要想了解其中神奇绝妙之处,
请你静下心来听唱船歌三两声。

其 二

【题解】

其二是原第二曲,写九曲溪第一曲晴川一带的风光。第一联说幔亭峰如神笔,晴川河如玉砚,山峰倒映水中如笔蘸墨,写得意趣盎然。第二联引用故典,突出幔亭乃至整个武夷山的神秘色彩,落实"武夷山上有仙灵"一语。

【原诗】

一曲溪边上钓船,幔亭峰影蘸晴川①。虹桥一断无消息②,万壑千岩锁翠烟。

注释

①幔亭峰:武夷山众峰之一,又名铁佛嶂。传说秦始皇二年八月十五日武夷君曾置酒席,建幔亭、彩屋,设宝座,施红云紫霞,招待乡人。幔亭,带幔帐的亭子。

②虹桥:陆鸿渐《武夷山记》说,武夷君曾设虹桥通往山下接乡人上山。

【今译】

在头道弯边登上了钓鱼船,
幔亭峰的倒影像大笔饱蘸着晴川。
虹断便失去了武夷君的消息,
万壑千岩从此被锁进青翠的云烟。

其 三

【题解】

其三是原第三曲,写九曲溪第二曲玉女峰一带的风光。诗人先由

淳熙甲辰仲春精舍闲居,戏作《武夷棹歌》十首呈诸同游,相与一笑(录五)①

朱 熹

其 一

【题解】

朱熹热爱大自然,尤爱家乡附近武夷山景色。宋孝宗淳熙十一年(公元1184年),他在武夷山隐屏峰下筑武夷精舍,生活、讲学于此。武夷山有九曲溪,源于三保山,曲折回环,在星村附近汇入崇阳溪,盘山而行十五里,为武夷风景最精美处。朱熹爱其佳美,作了十首棹歌赞美它。这十首棹歌诗笔如画,饱含真情,是最早歌唱武夷景的佳作,至今为人传诵。

"其一"是总述,是下面九首分述溪流九曲风光的引子。这个引子指出了武夷之美一在于山灵,二在于水清;武夷山云绕奇峰,犹如仙人所居之境,武夷水清澄寒碧,仿佛流水泻玉。诗人因此发为棹歌,引导世人认识武夷山的奇绝。

【原诗】

武夷山上有仙灵,山下寒流曲曲清。欲识个中奇绝处②,棹歌闲听两三声。

【注释】

①淳熙甲辰:孝宗淳熙十一年,公元1184年。精舍:武夷精舍。棹(zhào)歌:船歌。船桨称棹,划桨而歌称棹歌。

②个中:其中。

【今译】

武夷山上有神灵,

久病的人畏惧春寒
翻找着旧日的寒衣。
若不是因为时代清明
还值得人眷恋,
久已知道世上多歧路
不如早一天归去。

其 三

【题解】

第三首说后半夜听见子规哀号从梦中惊醒。回想梦中情景,仿佛已经回到了家乡,正赶牛越过山坡呢。

【原诗】

空山后夜子规号①,斗转星移月尚高②。梦里不知归未得③,已驱黄犊过寒皋④。

注释

①号(háo):大声哀叫。
②斗:北斗星。斗转说明时间推移,月尚高,一本作"月上高"。
③归未得:一本作"身是客"。
④寒皋:贫瘠的山坡;也可以认为是"自家牧场"的谦称。皋,水边高地。

【今译】

寂静的山中后半夜
传来杜鹃鸟的哀号,
北斗暗转,众星西移
月亮正升得高高。
睡梦当中完全忘记
家乡回不了,
仿佛驱赶着小黄牛
已越过水边的山包。

【今译】

　　寂静的山中入夜时
　　传来杜鹃鸟的啼鸣,
　　我默默地面对琴书
　　各种忧虑一扫而空。
　　杜鸣的叫声使我觉得
　　身体与精神都超脱了尘世,
　　一点也没有体味到
　　什么是令人断肠的音声。

其　二

【题解】

　　第二首写子夜不眠又听到子规的叫声,不由得引发了怀乡之情,客居而久病已使人感到孤苦,何况世多歧路,无由实现自己的理想,何不断然归去呢!

【原诗】

　　空山中夜子规啼,病怯余寒觅故衣①。不为明时堪眷恋②,久知歧路不如归③。

【注释】

　　①怯:畏惧。余寒:残余的寒气,一般指冬末春初的气候;结合下句看这里显然影射着政治气候。故衣:旧衣;这里也有影射义,指未入仕时的服饰,初服。
　　②明时:政治清明的时代。这里显然是明谀实贬。
　　③歧路:岔路。《列子·说符》:"大道以多歧亡羊。"不如归:不如归田、退隐。陶潜《归去来兮辞》:"归去来兮,田园将芜胡不归,既以心为形役,奚惆怅而独悲?悟已往之不谏,知来者之可追。"这里化用其意。

【今译】

　　寂静的山中半夜里
　　传来杜鹃鸟的悲啼,

崇寿客舍夜闻子规得三绝句,写呈平父兄,烦为转寄彦集兄及两县间诸亲友[①]

朱 熹

其 一

【题解】

　　这是一组客中咏怀诗,表达了诗人不满现实,厌倦宦游生活,渴望还乡归田的心情。三诗都以子规啼鸣起兴,子规即杜鹃,传说为蜀帝杜宇精魄所化,鸣声凄苦,古人常以之寄寓悲痛、哀思之情。李白《蜀道难》有"又闻子规啼夜月,愁空山。蜀道之难,难于上青天","锦城虽云乐,不如早还家"之语。朱熹夜闻子规啼鸣而"不如还家"的念头是很容易理解的。

　　这三首诗主题同一,而内容、感情相互承续,逐步深入。第一首写初夜乍闻子规叫声,只觉得空山更加清幽,使人百虑俱销,仿佛进入超越形神拘束的无差别境界,竟然忽略了杜鹃啼声中悲苦的成分。"形神两超越"正是诗人所追求的理想境界,因而可以说这首诗既是组诗的开端,又是组诗的结束——如果不是"归未得",不就可以"百虑清"而"两超越"了吗?

【原诗】

　　空山初夜子规鸣,静对琴书百虑清。唤得形神两超越,不知底是断肠声[②]!

注释

①崇寿:地名,在今江西、福建交界处。平父、彦集:朱熹友人。平父为项安世字,时官秘书正字;彦集为刘子翚同族兄弟。
②底是:什么是。

【原诗】

德义风流夙所钦②,别离三载更关心。偶扶藜杖出寒谷,又枉篮舆度远岑③。旧学商量加邃密④,新知培养转深沉。却愁说到无言处,不信人间有古今⑤。

注释

①鹅湖寺:在江西铅山县北鹅湖山上,旧名仁寿院,朱熹、吕祖谦、陆九龄、陆九渊均曾在此讲学,后人建为"四贤堂"。陆子寿:陆九龄(公元1132—1180年)字。陆九龄,抚州金溪(今属江西)人,陆九渊兄,兄弟均为著名理学家。

②风流:风操、品格。

③偶扶二句:写朱陆之间的来往。藜杖,用藜的老茎做的手杖。寒谷,荒脊的山谷,朱熹对自己居处的谦称;有"出于幽谷"之意。篮舆,一种两人肩抬的登山坐乘,俗称"滑竿"。岑,小而高的山。

④旧学:从前所学的。商量:研究讨论。邃(suì)密:精深、细密。

⑤却愁二句:只怕说到会心处,不信人间还有古与今的严格界限。按,这是朱熹对陆九龄和自己委婉的赞许。《汉书·楚元王传赞》说:"自孔子后,缀文之士众矣,唯孟轲、孙(荀)况、董仲舒、司马迁、刘向、扬雄,此数公者,皆博物洽闻,通达古今,其言有补于世。《传》曰:'圣人不出,其闻必有命世者焉。'"韩愈也说过:"尝读古人书,谓言古犹今。"只有大智者,能"通达古今","谓古犹今",论事无古无今。朱熹自视极高,以能"有补于世",是"命世者"自居,故说"不信人间有古今"这类话。

【今译】

你的道德人品向来为我所敬仰,
别离三年更时时把你放在心上。
我偶尔扶着藜杖出寒舍去看望你,
便劳你枉驾乘肩舆越过远山来回访。
研讨过去所学使它们更加地细密,
培养新的知识越发地深入精当。
只怕讨论到无需言语的地步,
不相信人间的真理还分今来古往。

【原诗】

　　昨夜江边春水生①,蒙冲巨舰一毛轻②。向来枉费推移力③,此日中流自在行④。

注释

　　①昨夜句:昨夜长江春水猛涨。长江的水源于众多的支流,而支流的水涨又由于春雨的降落,这都象征着各种知识、修养的积累汇聚;同时春涨的形成和到来又是有条件的、突发的,这就像知识由汇聚到形成破译难题的力量要有一种像春天般的启示力量。

　　②蒙冲:大型战舰,亦作艨艟。

　　③枉费:白费。推移力:推船使移的蛮力。这里所谓推移力就是在知识修养积累不足,同时又没有外在的启发足以使知识修养凝聚为足以破译难题密码的力量时所耗费的无功之力。

　　④中流:江心。

【今译】

　　昨晚大江边上
　　春潮陡然形成;
　　托起巨大的战舰
　　仿佛像一片羽毛般轻松。
　　往常白白费了
　　推船移舰的蛮力气,
　　今天船儿在中流
　　自由自在地航行。

鹅湖寺和陆子寿①

朱　熹

【题解】

　　这是一首写友情的诗,语言浅白直露,却把朱陆之间道义相许、情趣相投、学知相商的君子之交表现得恰如其分,令人敬羡。

【原诗】

　　半亩方塘一鉴开①,天光云影共徘徊②。问渠那得清如许③?为有源头活水来。

注释

　　①半亩方塘:在福建尤溪城南郑义斋馆舍内,又称"半亩塘"。朱熹父朱松与郑义斋友善,有《蝶恋花·醉宿郑氏别墅》词云:"清晓方塘开一镜。落絮飞花,肯向春风定。"鉴:镜;形容半亩塘之清澈。
　　②天光句:谓云天倒影在塘中不停地变化,突出塘之清澈、活动。
　　③渠:他;指半亩塘。那得:哪能、怎会。如许:像这样。

【今译】

　　半亩方塘像镜子一样,
　　在人们的面前打开;
　　蓝天白云的倒影,
　　在池塘中自由徘徊。
　　如果你问他:
　　为什么会这般清澈?
　　他一定这样回答——
　　因为不停地有活水
　　从源头流来。

其　二

【题解】

　　这首诗以满溢的春水能够轻松地托起巨舰,使它得以自由航行,比喻人们只有(只要)具备了广博的知识基础、文化修养,同时又能够用一种正确的理论把它们汇聚起来,形成一股巨大的力量,才能够轻松地解决艰难的问题。比如写作,在知识积累不足而灵感又没有在足够的知识基础上形成时,无论怎样冥思苦想也会枉费推移之力,而一旦知识的积累达到了质变点,灵感突然而至,举如椽大笔,便会变得无比轻松了。

各个都是行家。
童孙年纪太小,
不懂耕田纺纱;
躲在桑树阴里,
学种冬瓜西瓜。

观书有感二首

朱 熹

【作者简介】

朱熹(公元1130—1200年),字元晦,一字仲晦,号晦庵、晦翁。祖籍徽州婺源(今江西婺源),生于南剑州尤溪(今福建尤溪),迁居建阳(今福建建阳)考亭。高宗绍兴十八年(公元1148年)进士。历仕高、孝、光、宁四朝,官至崇政殿说书,焕章阁待制、侍讲。因得罪韩侂胄而落职,请致仕。卒谥"文"。理宗朝,赠太师,封信国公,改徽国公。朱熹是著名的思想家、哲学家,是北宋以来理学思想的集大成者,是孔、孟以后封建社会影响最大的思想家。朱熹自称"仆不能诗",然其诗尚称雍容自然,说理诗尤能寓理于物,不生硬呆滞。朱熹著作丰富,有《四书章句集注》《易本义》《诗集传》《梦辞集注》《朱文公文集》《朱子语类》等。其《朱文公文集》有"诗钞"的部分。

其 一

【题解】

《观书有感二首》是朱熹影响最大的说理诗。"其一"以池塘的清澈有赖于源头活水,比喻思想的清纯、活跃有赖于不断注入有根据的,同时又有新意的理论和知识(朱熹特别强调"源头",这源头当然指的是经过他发展了的儒家正统思想)。朱熹以生动的、人人能够眼见心领的形象,无比简洁地说清抽象的道理,实为难能可贵。

【今译】
  吹吹打打，从东边来了一彪人马，
  直惹得满街巷吵吵嚷嚷；
  行春的车马像一溜黄烟，
  闹哄哄穿过村旁。
  要系牛千万别妨碍门前的通路，
  改拴到大门西侧的石滚子上。

夏日田园杂兴十二绝（录一绝）

范成大

【题解】
  前已指出，《夏日田园杂兴十二绝》本是《四时田园杂兴六十首》的一部分，陈衍将它另立标题，与《四时田园杂兴》并立显然是错误的。
  这首《昼出耘田》是《夏日田园杂兴》的第七首。写夏日农忙季节农民的生活：男人昼出耘田，女人夜晚绩麻，即使是小孩子也在桑树阴下学习种瓜。

【原诗】
  昼出耘田夜绩麻①，村庄儿女各当家②。童孙未解供耕织③，也傍桑阴学种瓜。

【注释】
  ①耘田：田间除草、松土。绩麻：搓麻绳。
  ②当家：当行，内行。
  ③供：满足某种需求。童孙：孙子辈的儿童们。

【今译】
  白天出去耘田，
  夜晚在家理麻。
  村里男耕女织，

【注释】

①社下句:旧俗立春后第五个戊日为社日,称春社,农家祭社神以祈丰年。江南社日常聚会、歌舞、扮演、饮酒,故而也是成年农人得以休闲、娱乐的日子。社下,指社祭所在地;烧钱、擂鼓均写祭祀活动情况。
②日斜句:唐王驾《社日诗》:"桑柘影斜春社散,家家扶得醉人归。"
③狼藉:纵横散乱的样子。
④斗草:古代儿童游戏,又叫斗百草。儿童们各寻多种花草,互相比较,以品种多而好者为胜。

【今译】

土谷神祠外烧钱祭社鼓声如雷,
太阳落山时家家把酒醉的老人搀扶回。
村路上青枝、野花纵横遍地,
一定是儿孙们斗百草兴尽方归。

其 二

【题解】

这是《春日田园杂兴十二绝》之六,写官府的"行春"活动和村民的反映。前两句写行春队伍"骑吹东来","车马如烟",十分铺张;后两句则隐含地表示,行春并不能给农民带来实际的好处,因此,农民的反映只是小心地拴好牛,别妨碍了行春队伍的行进而遭到责骂。

【原诗】

骑吹东来里巷喧,行春车马闹如烟①。系牛莫碍门前路,移系门西碌碡边②。

【注释】

①行春:古代地方官于春耕时节到农村巡视劝耕,称为"行春"。闹如烟:谓急行喧呼而去。用"闹"与"烟"来形容劝农活动,可见诗人对这类形式主义的活动取贬斥态度。
②碌碡(liù zhóu):一种农具。石制,圆柱形,用来轧辗谷物、平整场地。

四时田园杂兴六十首(录二首)

范成大

其 一

【题解】

　　《四时田园杂兴》是范成大晚年退居家乡石湖时的作品,前有引言说:"淳熙丙午(孝宗淳熙十三年,公元1186年),沉疴少纾,复至石湖归隐。野外即事,辄书一绝;终岁得六十篇,号《四时田园杂兴》。"可知是丙午一年中所作。六十首诗共分春日、晚春、夏日、秋日、冬日五个部分,各十二首,均为七绝,集中表现了当时苏州地区农村的生活面貌,钱钟书称之为"中国古代田园诗的集大成"。说它仿佛把《七月》(《诗经》)、《怀古田舍》(陶潜)、《田家词》(元稹)这三条线索打成一个总结,使脱离现实的田园诗"有了泥土和血汗的气息"。据华岩统计,"在这组诗中,出现的各类人物多达三十人次,描写到农舍建筑及生活用具四十六件,谷物菜蔬等植物四十余种,家畜飞禽及田间小动物三十多种,耕耘、打稻、催租、祭扫等农事及社会活动七十余项,反映社会生活面十分广阔。"被誉为"十二世纪中国江南农村生活的风俗画"很是恰当。限于陈衍的眼光和标准,六十首田园杂兴他只选了三首,许多更为精彩的未能入选,而且把《夏日田园杂兴十二绝》独立成题与《四时田园杂兴六十首》并列,亦属失当。

　　《社下烧钱》一首原为《春日田园杂兴十二绝》之五,写春社时成年人与儿童不同的生活趣味,活泼生动,很有乡土气。

【原诗】

　　社下烧钱鼓似雷①,日斜扶得醉翁回②。青枝满地花狼藉③,知是儿孙斗草来④。

动⑥,小舟无伴柳丝垂。

注释

①追随:追寻赶趁。
②各自私:这里是说燕子、黄莺不管人的心情而只顾自家欢乐。
③不供诗:不能提供诗的题材,不能激发诗情。
④吾衰久矣:《论语·述而》:"甚矣吾衰也!久矣吾不复梦见周公!"这里说"吾衰久矣",委婉地表示了对当今久无周公这样的明主圣人的慨叹。蓬鬓:鬓发蓬乱,是失志、失宠之态。鲍照《拟行路难》:"形容憔悴非昔悦,蓬鬓衰颜不复妆。"
⑤归去来兮:陶潜有《归去来兮辞》表达弃官归田的心态。
⑥篱东:隐指隐居之地。陶潜《饮酒》:"采菊东篱下,悠然见南山。"春涨动:春水开始增涨。春季涨水叫春涨。

【今译】

荒芜的园子冷落凄清,
我懒得去寻游观赏;
燕子翻飞黄莺欢叫,
全不管别人心情怎样。
白天愈来愈长,
正好在窗下多睡一会儿;
酒樽前花儿已经凋谢,
激不起诗的联想。
我久已老迈(梦不见周公),
只落得两鬓蓬乱;
弃官回乡吧,
跟一竿钓丝相傍。
可以想见竹篱东面,
春水已经涨满;
柳丝低垂的岸边,
小船儿正孤单地摇晃。

⑨武昌鱼句:自嘲不该宦游不返,不要因为武昌鱼好吃就忘了家乡的鲈鱼。三国时孙权欲从建业(今南京)迁都武昌,江南百姓唱歌谣说:"宁饮建业水,不食武昌鱼。"这里反用其意。

【今译】
　　是谁在中秋的夜晚吹奏着玉笛?
　　黄鹤飞回时不会认不得旧游之地。
　　汉阳花树依然多情地横布在长江北岸,
　　江水默默地环拥在南楼楼底。
　　夜已深街市仍旧灯火通明照亮天空,
　　舳船罗列,月光摇曳在旗帜的倒影里。
　　真好笑呵,我这鲈鱼乡里的钓鱼翁,
　　竟然因为武昌鱼好吃,就滞留在此地!

春　晚

范成大

【题解】
　　此诗作于淳熙六年春。淳熙五年六月,范成大参知政事仅两个月,便因与孝宗政见不合而落职,回到故乡吴县。这首诗颈联所谓"吾衰久矣双蓬鬓,归去来兮一钓丝",反映的就是既然难遇明主,退隐才是正路的思想。其余各联首领两联说荒园萧瑟、花鸟不通人情,自己也毫无情绪,典型地表现了刚刚从政治核心隐退时难免出现的苦闷消极情绪。转念一想,退隐方是上策(颈联),于是尾联提出:料想春水已涨,小船正停在岸边等待我驾舟泛游呢!全诗写心理活动,写思想情绪的变化,真实而深入;且全用形象的语言,显得含蓄而能尽意,表现了作者很强的艺术功力。

【原诗】
　　荒园萧瑟懒追随①,舞燕啼莺各自私②。窗下日长多得睡,樽前花老不供诗③。吾衰久矣双蓬鬓④,归去来兮一钓丝⑤。想见篱东春涨

鄂州南楼①

范成大

【题解】

　　此诗作于孝宗淳熙四年(公元1177年)中秋。当时范成大自蜀东还,过鄂州。中秋之夜与当地守官宴集南楼。顺江东望,顿生思乡归田之念,因作此诗并《水调歌头》词。此诗前三联写中秋之夜所见南楼及江、城形胜;尾联抒发思乡归隐之情。此诗多用典故,化而不露,气势亦较为道壮。

【原诗】

　　谁将玉笛弄中秋②?黄鹤飞来识旧游③。汉树有情横北渚④,蜀江无语抱南楼⑤。烛天灯火三更市⑥,摇月旌旗万里舟⑦。却笑鲈乡垂钓手⑧,武昌鱼好便淹留⑨。

注释

　　①鄂州:今湖北武昌。南楼:在武昌黄鹤山上。
　　②谁将句:暗用李白"黄鹤楼中吹玉笛"(《与史郎中钦听黄鹤楼上吹笛》)句意。将,持。弄中秋,在中秋之夜吹奏。
　　③黄鹤句:南楼在黄鹤山上,附近有黄鹤楼,古有仙人乘鹤飞去的故事。唐崔颢《黄鹤楼》诗:"昔人已乘黄鹤去,此地空余黄鹤楼。黄鹤一去不复返,白云千载空悠悠。"这里反用其意,说仙人乘鹤归来,仍能识别旧游之地。按,东晋征西将军庾亮曾游武昌南楼,南楼因此而闻名。庾亮所游虽未必即范成大所游者,但这里显然有牵合二事之意。诗人自比庾亮,有转世重归之感。
　　④汉树句:活用崔颢《黄鹤楼》:"晴川历历汉阳树,芳草萋萋鹦鹉洲。"
　　⑤蜀江:即长江。长江自蜀穿三峡至鄂州,故称蜀江。范成大自蜀沿江东下至鄂州,说"蜀江无语抱南楼"更觉亲切。抱:环绕。
　　⑥烛天灯火:灯火照天。烛,照亮。
　　⑦摇月旌旗:船上旗帜的倒影披拂仿佛在摇动着江中的月影。
　　⑧鲈乡:指吴郡一带。暗用晋张翰在洛阳思念家乡吴中之鲈鱼脍、莼菜羹而命驾南归的典故,表现思乡之情。垂钓手:隐士。

望乡台①

范成大

【题解】

此诗亦为赴川途中所作,表达了诗人深切的思乡之情。全诗虽只四句,写得却很萦曲动人:第一句写景,概括自桂入蜀一路之艰辛,同时突出眼前一峰孤峙,扣住诗题;第二句承上启下,由景入情;第三句写蜀川广平,似是实录眼前所见,实际上却给末句倾诉乡思做好了铺垫。这首诗还好在语言平易,不温不火,充分显示了作者的艺术功力。

【原诗】

千山已尽一峰孤,立马行人莫疾驱。从此蜀川平似掌②,更无高处望东吴③。

注释

①望乡台:山名,当在成都附近,具体所指说法不一,或说在广元县南,或说在华阳县北。诗人只取登台望乡之义,未必一定实有所据。
②蜀川:指四川盆地。川,平原。
③东吴:指江南苏州、无锡一带。范成大家在吴县。

【今译】

千山已然走尽,一峰独立在面前,
远行的人停下马儿且不要加鞭驱赶。
从此往前,蜀州广平得就像手心一样,
再没有高地能让我把故乡东吴望见。

石级以外。

④举头句:抬头可以握到云朵。《三秦记》:"孤云两角,去天一握。"一握,一把;极言距离之近。

⑤微生:卑微的生命。千金之子:富贵人家子弟。《史记·袁盎晁错列传》:"千金之子坐不垂堂。"

⑥几:希求。万石君:汉代石奋,以谦恭谨慎保持禄位,与四子俱官到二千石,世称"万石君"。

⑦早晚句:谓终究要退隐归田,在北窗下的梦中重游这险恶之地。北窗寻梦用陶潜事,陶潜《与子俨等疏》:"常言五六月中,北窗下卧,遇凉风暂至,自谓是羲皇上人。"

⑧故应句:谓应及早还乡,愉快地回首往事。榆枌,枌榆的倒文,代指故乡。刘邦家丰邑枌榆乡,起兵时曾祈福于枌榆社中。

【今译】
　　登上钻天岭我已然魂飞魄散,
　　来到判命坡前更加胆战心寒。
　　石阶损毁,
　　侧脚行进犹有三分悬在路外,
　　抬头一望,
　　人离云朵大约只有一拳。
　　我自知出身微贱,
　　不能跟富贵人家子弟相比,
　　但也还企望能有后福,
　　像汉代的万石君一般。
　　早晚要闲卧北窗下
　　在梦中重历险境,
　　本来就应当愉快地
　　在故乡安度晚年。

别无良策,
只能辞官回乡去犁锄。
在禅定当中,
我早已做到心安神静,
于温饱之外,
何必还要高飞远骛?
如果能得到,
一座小山一汪溪水,
催人还乡的曲调,
变得模模糊糊。

判命坡[①]

范成大

【题解】

此诗作于淳熙二年。范成大自桂林迁四川制置使,入蜀途中经归州判命坡,有感作此。离桂前,他已有诗表示归田意愿(见前首),此番入蜀,"备尝艰厄"(《吴船录》),更加坚定了归田的决心。此诗首领两联写景,极写判命坡一带山高路险,令人惊心动魄;颈尾两联因景抒怀,说经险不死,当有后福,但望能实现回乡终老的心愿。诗写景抒情连结自然,领联描绘生动,很见功力。

【原诗】

钻天岭上已飞魂[②],判命坡前更骇闻。侧足三分垂坏磴[③],举头一握到孤云[④]。微生敢列千金子[⑤]?后福犹几万石君[⑥]。早晚北窗寻噩梦[⑦],故应含笑老榆枌[⑧]。

注释

① 判命坡:山名,在归州(今湖北秭归)东部。
② 钻天岭:山名,一名钻天三里,在归州东。
③ 侧足句:谓山路崩坏只能侧着脚行进。三分垂坏磴,脚三分之一在崩坏的

【原诗】

浮生四十九俱非①,楼上行藏与愿违②。纵有百年今过半,别无三策但当归③。定中久已安心竟④,饱外何须食肉飞⑤?若使一丘并一壑⑥,还乡曲调尽依稀⑦。

注释

①浮生句:谓浮生若梦,回想四十九年都无可肯定。《淮南子·原道训》:"凡人中寿七十岁,然而趋舍指凑,日以月悔也,以至于死。故蘧伯玉年五十而有四十九年非。"伯玉,卫大夫,以今年所行为是,则还顾知去年所行为非,岁岁悔之,以至于死。浮生,短暂的人生。

②楼上句:谓本有远大志向但事实却难如愿。楼上行藏,以居于楼上为行动的准绳。楼上,用《三国志·陈登传》典:"刘备与许汜共论天下人,许认为陈登无礼,许往访,陈无客主之意,久不相与语,自上大床卧,使客卧下床。"刘备听后说:"君有国士之名,今天下大乱,帝主失所,望君忧国忘家,有救世之意,而君求田问舍,言无可采,是元龙所讳也。何缘当与君语?若小人,欲卧百尺楼上,卧君于此,何但上下床之间邪?"行藏,出仕和退隐;引申指行动准则、进退标准。

③三策:经世良谋。董仲舒以贤良对天人三策深得汉武帝赏识,后遂以"三策"为良谋代称。这里则指灵活处世、钻营取巧的手段。

④定:入定。佛家称坐禅时进入寂静状态为入定。竟:尽。

⑤食肉飞:像鹰一样吃饱后高飞远鸷。典出《三国志·吕布传》,吕布让陈登为他向曹操求为徐州牧,陈登还转,告曹操的话:待吕布"譬如养鹰,饥则为用,饱则扬去"。

⑥一丘一壑:指一块可以安身养命的地方。《汉书·叙传》引班嗣论严光语,谓其"清虚淡泊,归之自然","渔钓于一壑,则万物不奸其志;栖迟于一丘,则天下不易其乐"。

⑦依稀:模模糊糊。

【今译】

转眼四十九年过去,
回想全无是处,
志向高远,
实际却是背道驰逐。
生命纵有百年,
如今也已经过去一半,

【今译】

曾立志报国却毫无结果,
白白地加鞭争先;
老天爷只教我东奔西走,
多认识些汉家的河山。
酒席边南方女子跳起舞来,
帽边的花朵忽低忽昂;
睡梦里还听到凄厉的胡笳声,
大雪直没到马鞍鞯。
到头来即使想补偿误失,
怎奈身心都已经衰老;
大半生追着浮萍断草,
只觉得心绪茫然。
明天一早我将再次呈递
辞职归田的报告,
沿岷江直奔万里外的东吴
——乘上返乡的航船。

乙未元日用前韵书怀,今年五十矣

范成大

【题解】

此诗作于孝宗淳熙二年(公元 1175 年)元日。前一天(淳熙元年除夕),范成大作七律《甲午除夜犹在桂林,念致一弟使虏,今夕当宿燕山会同馆,兄弟南北万里,感怅成诗》,这首诗即依该诗韵字作成。这是一首遣怀诗,抒发了壮志难酬,不如归隐的情绪。首联感慨行年五十而壮志不酬;颔联叹生性梗直,不善处世,不如归隐,颈联说自己既然久已心安,于温饱之外尚复何求呢?反话正说,实际上是心未能安,尚希有所作为;尾联承续颈联,说若能得一丘一壑归隐,又何必为听到还乡曲调而感伤呢?还是反话正说。此诗感情的表达虽略失于浅熟,然语言清新流利很具宋诗本色。

隐归田的决心；虽然已接到改派四川的任命，自己却已准备再请退职，且计划好乘船返回万里外的故乡了。

【原诗】

许国无功浪着鞭②，天教饱识汉山川。酒边蛮舞花低帽③，梦里胡笳雪没鞯④。收拾桑榆身老矣⑤，追随萍梗意茫然⑥。明朝重上归田奏⑦，更放岷江万里船⑧。

注释

①季友直：画工名。一本作李友直。冰天、桂海：二图名。语出江淹《袁太尉淑从驾》："文轸薄桂海，声教烛冰天。"诗中桂海、冰天泛指南疆、北域。这里则指静江府与全国。静江府治桂林，桂林地近南海，多桂树，世称桂海。佛子岩：桂林山岩名，在城西，即今中隐山，有上中下三洞。

②许国：以身许国，献身国家。柳宗元《冉溪》："许国不复为身谋。"无功，没有成效。浪：徒然。着鞭：加鞭，争光。《晋书·刘琨传》："琨少负志气……与范阳祖逖为友，闻逖被用，与亲故书曰：'吾枕戈待旦，志枭逆虏，常恐祖生先吾着鞭。'其意气相期如此。"

③酒边句：谓身在静江，每日饮酒观舞，表面上一派和平富足景象。蛮舞，南方舞蹈。花低帽，花在帽上低昂起伏。舞者帽簪鲜花，花随舞者起伏而不坠落。写实的同时又暗用唐玄宗时汝阳王琎戴砑帽打曲，玄宗亲摘红槿花置其帽上，曲终而花不落典，以示舞者技艺高超。

④梦里句：与上句对比而言，谓国土半壁依然沦陷，自己梦中都在忆念着出使金国，在雪中行进而听到胡笳悲鸣时的情形。胡笳，北地军中吹奏乐器。鞯（jiān），马鞍下的垫子。

⑤收拾句：谓既然许国无功，如今已是暮年，正该好好总结教训，归田安度晚年了。收拾桑榆，谓暮年之时总结得失。《后汉书·冯异传》："失之东隅，收之桑榆。"《太平御览》引《淮南子》："日西垂，景在树端，谓之桑榆。"桑榆指日暮之时，引申指人的晚年。

⑥追随句：谓宦游四方，像追逐着浮萍、草梗在水上飘流，使人心绪茫然。萍，浮萍；梗，断草。

⑦归田奏：申请退职返乡的奏章。

⑧更放句：谓已准备好自成都返吴县的船，准备放舟返乡了。按，写此诗时，成大已接到四川制置使（治所在今成都，地处岷江沿岸）的任命，因而作放船沿岷江返还万里外的故乡的设想。杜甫《绝句》"窗含西岭千秋雪，门泊东吴万里船"。

②柳塘:两岸植柳树的护城河。抱城回:环抱着城墙。回,回环。
③剩放:盛放,多多地放。
④官军:宋军。

【今译】

　　燕山玉石做的桥栏仿佛用白雪堆成,
　　柳荫下面,护城河南北两面环绕着燕京。
　　西山呵,多多地放水到龙津桥下来吧,
　　留在那里等待大宋北伐军的战马来饮用。

画工季友直为余作冰天、桂海二图,冰天画使北虏渡黄河时,桂海画游佛子岩道中也。戏题①

范成大

【题解】

　　这首诗作于孝宗淳熙元年(公元1174年),范成大时任静江知府、广西经略安抚使。诗人借题画工为他所画的"冰天"、"桂海"二图,表达自己壮志难酬的感慨。范成大是个锐意复土的爱国诗人,乾道六年出使金国,大张了民族正气,"冰天"一图画的就是这次出使,北渡黄河的情形。回朝后受命中书舍人,本想有所作为,然而大权把持在奸佞苟安之徒手中,岂能容得范成大等爱国志士久立朝中?未足二年,范成大即外遣广西。"桂海"一图便以描绘范成大游佛子岩事概括他被排出政治中心后的闲散生活。这两幅图画可以说最典型地反映了范成大的两种处境、两种心情。这首律诗首联因两图所表现的意境兴发出感慨,说自己立志报国却劳而无功,只不过南奔北驰饱览了汉家山河而已。颔联扣住二图所绘内容,概括使金、守桂截然不同的两种生活场景,进一步加强了首联"许国无功"感慨的力度。颈联继首颔二联进一步发抒愤懑,说自己虽欲总结成败、补偿得失,但已垂垂老矣。一想到此生萍梗飘泊,许国无功,不觉心绪茫然。尾联则表达了自己退

【今译】
　　春风从沙滩边际吹过，
　　使景色焕然一新；
　　随心所欲地闲逛，
　　不想又来到您的园林。
　　年年我都要到这里游赏，
　　处处梅花都是我的故人。
　　官阶升降不妨碍诗歌创作，
　　气候冷暖都照样大醉熏熏。
　　成天在城里骑马上朝，
　　哪懂得这样的快乐；
　　任礼帽斜戴在头上，
　　任尘土沾满长襟。

龙津桥

范成大

【题解】
　　此诗题下原有自注："在燕山宜阳门外，以玉石为之，引西山水灌其下。"宜阳门为金中都内城之南门，此处讳言金都，以"燕山"代称之。西山即今北京之西山。这首诗是诗人出使金国时写的。诗的前二句以赞惋参半的复杂心情，描绘了龙津桥的壮观和险要，后二句则明白地表达了收复失地的决心和信心。

【原诗】
　　燕石扶栏玉雪堆①，柳塘南北抱城回②。西山剩放龙津水③，留待官军饮马来④。

注释
　　①燕石：房山汉白玉石。《山海经·北山经》："北百二十里曰燕山，多婴石。"郭璞注："言石似玉，有符彩婴带，所谓燕石者。"玉雪堆：像用似玉的白雪堆成。

近夜潮水涌生；
急促的鼓点催着船，
在镜子般江面争行；
为什么今年春天
水涨得这么小呢？
记得去春的潮水
曾经跟画桥齐平。

与正夫、朋元游陈侍御园①

范成大

【题解】

此诗是范成大自徽州司户参军调杭州任京官后的作品,大约作于乾道二年(公元1166年)春。陈侍御园是杭州一座有名的园林,十二年前范成大杭州赴试,就曾游此园并有诗。其后每到杭州都要到此一游,所以诗中说"年年我是重来客,处处梅皆旧时花"。颈尾两联表达了一种暂时摆脱官场约束的兴奋心情。

【原诗】

沙际春风转物华②,意行聊复到君家③。年年我是重来客④,处处梅皆旧时花。官减不妨诗事业,地寒犹办醉生涯。城中马上那知此,尘满长裾席帽斜⑤。

注释

①正夫:刘孝韪字,累官直秘阁,提举两浙常平。朋元:陈朋元;曾任溧阳县令。陈侍御园:杭州私家园林,今址不详。
②转物华:使景色变换。"转"一本作"卷"。
③意行:随心所欲地前行。
④"重":一作"曾"。
⑤裾(jū):衣服的前后襟。席帽:宋代侍从官出行时所戴的一种帽子。用藤席作内胎,外裹丝罗。

晚 潮

范成大

【作者简介】

范成大(公元1126—1193年),字致能,号石湖居士。平江吴县(今江苏苏州)人。高宗绍兴二十四年(公元1154年)进士,历任知处州、起居舍人兼侍讲、资政殿大学士、中书舍人、知静江府兼广西安抚使、知成都府兼四川制置使、权礼部尚书,直至参知政事。乾道六年(公元1170年)他以资政殿大学士出使金国,坚贞不屈,几被杀害,终于不辱使命。他晚年退隐故乡石湖。其间虽两次被起用,实际并未任事,精力主要放在诗文创作中了。范成大是南宋最重要的诗人之一,与陆游、尤袤、杨万里并称中兴四大家,今存诗作近两千首。他的诗初学江西派,亦学中晚唐,中晚年主要受苏轼影响。范诗题材较广,风格多样,能自成一家。有《石湖居士诗集》。

【题解】

春风吹雨,江潮猛涨,在急促的鼓声中,弄潮船只飞快行进;诗人却还嫌船速太慢,问道:为什么今年潮水没有去年大呢?这首小诗颇能使人萌发奋进的激情。

【原诗】

东风吹雨晚潮生,叠鼓催船镜里行①。底事今年春涨小②?去年曾与画桥平。

【注释】

①叠鼓:急速不断的鼓声。
②底事:何事,何故。春涨:江河入春涨水。

【今译】

东风吹来春雨,

兼道或指兼两州军政首脑,如南宋初之刘光世辈行迹略近,但不能确定。

②刘侯:对刘氏的尊称。地方军政大吏,犹如古之诸侯,故称。

③唐石:山名,在福建建阳县西北。

④潭溪:水名,今名不详,当在唐石山中。

⑤著鞭:犹加鞭。走:奔跑。大梁:开封别称;开封为北宋首府,现为金人占据;走大梁等于说北伐。

⑥醢(hǎi):剁为肉酱。彭越:汉初名将,佐刘邦建汉,封梁王。刘邦、吕后诛杀韩信,彭越有拥兵自立之意,不从刘邦调遣。刘邦使人诱捕之,废为庶人。后听吕后言,诛越三族。这里以彭越代指拥兵独立的地方势力或起义军。

⑦耙(bā):腌肉。这里做动词。德光:契丹人名,耶律德光。《新五代史·四夷附录一》:辽太宗耶律德光"卒于杀胡林。契丹破其腹,去其肠胃,实之以盐,载而北,晋人谓之'帝耙'焉"。耙德光,意思是消灭异族侵略者头领。

【今译】

　　刘将军爱好打猎,
　　亲自驰骋在猎场。
　　指挥着一对猎犬,
　　就像是指挥奴仆一样。
　　早晨冲向唐石山,
　　纷乱的云烟迎面扑来;
　　晚上住在潭溪边,
　　听着流水的声响。
　　打猎怎比得上
　　快马加鞭奔向故都开封;
　　我将也跟你一道
　　飞向沦陷的北方。
　　今年猎捕叛国贼,
　　把彭越剁成肉泥;
　　明年猎杀胡虏,
　　用盐腌渍了耶律德光!

好鸟的啼叫不妨碍睡眠。
世情酸苦街门无妨常掩,
竹席方便正好打发时间。
睡梦当中频频得到佳句,
醒来提笔却又全部忘完。

刘兼道猎①

刘子翚

【作者简介】
　　刘子翚(公元1101—1147年),字彦冲,号病翁。建州崇安(今福建崇安)人。其父刘韐(gé)在汴京沦陷时出使金营,拒降殉国。刘子翚南宋初曾任兴化军通判,不久辞官在武夷山的屏山讲学,人称"屏山先生"。朱熹是他的学生。刘子翚是一位富有诗人气的道学家,有不少关心时事、深含爱国之情的诗作(如《汴京杂诗》二十首)。有《屏山集》。

【题解】
　　这首诗以称赞刘氏善于行猎引首,激励他把勇武用在抗金复土和平定内乱的功业上去。诗的前四句写行猎,后四句写平乱、复土,并表示愿与他并肩战斗。上下四句气势贯通,衔接自然,充满爱国激情,表现了复土的渴望。

【原诗】
　　刘侯好猎亲驰逐②,指呼双犬如奴仆。朝冲唐石乱云来③,暮听潭溪流水宿④。何如著鞭走大梁⑤?我亦与子同翱翔。今年猎叛醢彭越⑥,明年猎胡靶德光⑦。

【注释】
　　①刘兼道(?):所指不详。或以为北宋初荣州刺史刘兼(刘兼道猎即刘兼猎于道),但与诗的内容难以协调(刘氏长安人,荣州在四川,唐石云云亦无着落)。

依次追究恐怕要牵连到你们。

醉　眠

唐　庚

【题解】

　　这首诗写于诗人被贬惠州之际。无端而至的党祸和随之而至的岭外清寂的生活,使他深谙世味的酸苦,于是想在醉眠中得到解脱。然而梦中虽时得佳句,似乎进入了理想的清净圣地,但醒来却依然是浑噩的社会,梦中的佳句一句也记不得了。从诗中我们可以体会到诗人那种似醉实醒,似超脱实痛苦,似恬然实寂寞的心态。"山静似太古,日长如小年"两句,以虚比实,却能使人顿生同感,手法可称高妙。

【原诗】

　　山静似太古①,日长如小年②。余花犹可醉③,好鸟不妨眠。世味门常掩④,时光簟已便⑤。梦中频得句,拈笔又忘筌⑥。

【注释】

　　①太古:远古。太古时期,天地初成,万物未生,故一片静寂。
　　②小年:犹今云小一年,将近一年。
　　③余花:犹残花。春将尽,故说"余花"。
　　④世味句:谓世态炎凉,自己贬居岭南后,门庭冷落。"门常掩",既是少客的结果,也是谢客的表示。
　　⑤时光句:谓竹席清爽,正可安卧而打发时光。簟(diàn),竹席。
　　⑥拈(niǎn):以指执物。忘筌:忘记了。《庄子·外物》:"筌者所以在鱼,得鱼而忘筌;……言者所以在意,得意而忘言。"这里字面用"忘筌"实意是"忘言"。

【今译】

　　山野寂静得像太古时代,
　　白昼长得有如过了一年。
　　残余的春花仍让人陶醉,

张求难道是深知孔道的人吗?
议论起道理来绝不苟且求同。
我宁愿跟张求做个朋友,
用他的精神振奋我衰老的心胸!

白 鹭

唐 庚

【题解】

　　这是一首抒愤诗。诗人以尖刻的语气发泄心中对当权者株连异类的愤慨。此诗作于唐庚因张商英罢相而被株连贬往惠州的途中。张商英本属变法新党,但因与蔡京言论不合,蔡京便指责他曾写过《嘉禾颂》称颂司马光,将他列入元祐党籍,作为旧党分子一并斥逐。这首诗假托劝告门前白鹭,让它们不要有知有闻,以免受到清党的株连。写法新颖,极具讽刺力量。故陈衍评说:"末句可入《世说新语》。"

【原诗】

　　说与门前白鹭群①,也知从此断知闻②。诸君有意除钩党③,甲乙推求恐到君④。

注释

　　①白鹭:一种水鸟。白鹭群飞时有一定次序,因而人们用"鹭序"来比喻朝官的班次,作者这里正用这层意思。
　　②断知闻:指不关心时事政治,诸事不闻不问。
　　③诸君:暗指蔡京等当权派。钩党:相牵引成朋党。
　　④甲乙推求:依次推究求索。

【今译】

　　我说给你们听啊,门前的白鹭群呵,
　　你们也该懂得从此不问不闻。
　　那些先生们一心一意要铲除朋党,

⑨饿理句:谓一副苦相,眼看将没有饭吃。饿理,挨饿的纹理;古人相法,以为人脸颊部皱纹斜展至嘴边则将挨饿。

⑩强项:脖子强硬,不服软。《后汉书·董宣传》:洛阳令董宣执法严正,忤光武帝姐,光武命其叩头谢罪,董宣"终不肯俯。主曰:'……今为天子,威不能行一令乎?'帝笑曰:'天子不与白衣同。'因勅强项令出。赐钱三十万,宣悉以班诸吏。由是搏击豪强,莫不震慄。"后人遂以"强项"指刚直不阿之人。

⑪炙手:烫手。指官高权大的人。杜甫《丽人行》:"炙手可热势绝伦,慎莫近前丞相嗔!"

⑫士节二句:谓读书人人格沦丧,以巴结权贵为荣。舐痔(shì zhì),舔痔疮。《庄子·列御寇》:"秦王有病召医,破痈溃痤者得车一乘,舐痔者得车五乘,所治愈下,得车愈多。"这里说,无耻士子,不但舐痔,而且还认为痔甜而不作呕,可见品格之低下。

⑬求岂二句:谓张求并非通晓儒学的人,然而他的言行无可非议者。知道,懂儒道,通礼法。议论,世人的评议。苟,苟且。

⑭激:激发、振奋。衰朽:指年迈体弱的人,即诗人自己。

【今译】
　　张求是一位退役的老兵,
　　破米斗般的军帽戴在头顶,
　　他在益昌市上算卦糊口,
　　把喝酒看得比性命还重。
　　他好骑马,爱管闲事,
　　挣点钱全散给了贫苦的弟兄。
　　他说话一句也不弄虚作假,
　　心里面自有是非的准绳。
　　鸡肋般的胸膛不怕挨人拳打,
　　从不懂怕谁人耍横逞凶。
　　正因此他愈发地穷困潦倒,
　　饿纹长长几乎伸进口中。
　　只要没死他决不会低下头颅,
　　哪有空闲顾及到权贵王公。
　　读书人的节守早就沦丧了,
　　舐痔疮不呕吐还说甜味真浓。

举京畿常平。商英罢相,唐受牵连贬惠州安置。遇赦还,提举上清太平宫。归蜀,卒于道中。唐庚与苏轼同乡,有小东坡之称。其为文长于论议;诗刻意锤炼,工于属对,尚能关涉时事。有《唐庚集》《唐子西文录》。

【题解】

　　这首诗刻画了一个出身低微、落魄潦倒而富于侠义精神的老兵形象。他帽如破斗,胸如鸡肋,靠卖卜糊口,却不说假说,仗义济贫,强项做人,不向权贵低头。诗人拿他来跟世上那般"舐痔甜不呕"的无耻文人对比,更加突出了老兵精神的富有。他说:我宁愿与他交友,使自己在衰暮之年精神得以振奋起来! 此诗语言通俗但又带有宋诗凝涩的韵味,跟所刻画的形象十分协调。

【原诗】

　　张求一老兵,著帽如破斗。卖卜益昌市②,性命寄杯酒③。骑马好事人④,金钱投瓮牖⑤。一语不假借⑥,意自有臧否⑦。鸡肋巧安拳,未省怕嗔殴⑧。坐此益寒酸,饿理将入口⑨。未死且强项⑩,那暇顾炙手⑪! 士节久凋丧,舐痔甜不呕⑫。求岂知道者? 议论无所苟⑬。吾宁从之游,聊以激衰朽⑭。

注释

　　①张求:人名。一位老兵。
　　②益昌:宋代县名,故治在今四川广元西南。市:集市。
　　③性命句:谓轻生死而好豪饮,把生命寄寓于杯酒之中。
　　④骑马句:好骑马、事人。事人,助人。
　　⑤投瓮牖:赠穷人。瓮牖,指穷苦人家;穷人以破瓮口为窗,夏可通风,冬则堵塞。贾谊《过秦论》:"陈涉瓮牖绳枢之子,氓隶之人。"牖,窗。
　　⑥假借:宽容、虚假。
　　⑦意自句:谓心中对人有公正的评价,是好是坏,绝不含糊。意,心意,思想。臧否(zāng pǐ),好坏。
　　⑧鸡肋二句:谓体虽瘦弱而绝不怕强者攻击。鸡肋安拳,活用《晋书》典,《刘伶传》:"尝醉与俗人相忤,其人攘袂奋拳而往。伶徐曰:'鸡肋不足以安尊拳。'其人笑而止。"鸡肋,鸡胸,极言人体瘦弱,肋骨嶙峋。嗔殴,责骂殴打。

远胜过那般名园白白地闭门紧锁,
做官的园主到老都不来一趟。

其 二

【题解】

　　这首诗说我虽然老弱,不能久于人世,但仍扶病移花,以期留芳于后人,表现了诗人希望能于国于民有所贡献的思想。

【原诗】

　　苍头为我劚西山①,扶病移花强自宽②。纵不为花长作主③,何妨留与后人看。

【注释】

　　①苍头:家奴。汉代奴仆以苍青色头巾包头,故名"苍头"。劚(zhú):大锄,引申为掘。
　　②扶病:抱病,强撑病体。移花:移栽花木。
　　③纵不句:谓不能长生,永远做花的主人。

【今译】

　　家仆替我开垦西山,
　　抱病栽花宽慰我孤寂的心田。
　　纵使我不能永远做花的主人,
　　何妨留给后人赏玩。

张　求①

唐　庚

【作者简介】

　　唐庚(公元1071—1121年),字子西。眉州丹棱(今四川丹棱)人。哲宗绍圣间(公元1094—1097年)进士。张商英赏其才,荐于朝廷,提也需让身心宽舒来面对美丽的河山。
新改装的船篷舷窗高如屋宇,
群山各呈幽姿我住在它们中间。

双溪种花二首①

王 炎

其 一

【作者简介】

　　王炎(公元1138—1218年),字晦叔,号双溪。新安婺源(今江西婺源)人。孝宗乾道五年进士。初为临湘令,庆元中除著作佐郎,出守湖州。官至中奉大夫。平生与朱熹友善。有《双溪集》。

【题解】

　　绝句用对比的手法写去职者的清雅闲逸(每日扶杖赏野花)和居官者的凡俗忙碌(家有名园无暇顾),从而表现了诗人对官场生活的厌倦和对归田闲居的热爱。

【原诗】

　　双溪渐有杂花开,每日扶筇到一回②。胜似名园空锁闭,主人至老不归来。

注释

　　①双溪:地名,在婺源。《宋诗钞·双溪诗钞·小传》:"所居武水之曲双溪合流,因以为号矣。"
　　②筇(qióng):竹杖。

【今译】

　　双溪不断地有各种野花开放,
　　我每天拄着竹杖前去观赏。

余泛舟不能具舫,创为隆篷加牖户焉

叶 适

【作者简介】

叶适(公元1150—1223年),字正则,世称水心先生。温州永嘉(今浙江温州)人。孝宗淳熙五年(公元1178年)进士,历仕孝、光、宁三朝,官至吏部侍郎兼直学士院。他一生主张抗金,曾以宝谟阁侍制主持建康府兼沿江制置使,抗击金兵。他是南宋著名的哲学家,与朱熹、陆九渊鼎立而三。他重视文章的教化作用和独创性,散文雄强厚朴,名重当时。他的诗作题材较广,时人称其"艳而不腻,淡而不枯"。有《水心诗钞》。

【题解】

这首诗不能算是叶适的代表作,但创意颇新。诗以泛舟为例,说船虽只是匆匆旅途中的临时居所,人也应尽可能使其宽敞舒适,让自己得以充分领略山水佳趣。从而表达了一种要努力改变环境,创造出使身心得以宽舒的条件,而不要委曲顺应,使环境左右自己的思想。

【原诗】

虽然一桨匆匆去,也要身宽对好山。新拗篷窗高似屋[2],诸峰献状住中间[3]。

注释

①具舫:置备大船。舫,原指较大的船。《战国策·楚策》:"舫船载卒,一舫载五十人,与三月之粮。"隆篷加牖户:提高船篷再加上窗、门。隆篷,使篷隆起。
②拗:校正;引申指改装。
③献状:表现它们的形态。

【今译】

虽然船桨一划就匆匆地离去,

绝 句

吕希哲

【作者简介】

吕希哲(约公元1050—1130年),字原明。寿州(今安徽寿县)人。荫父吕公著职入官,为崇政殿说书。徽宗朝,直秘阁,知曹州。因入党藉而夺职。

【题解】

《紫微诗话》说:"公谪居历阳(今安徽和县),闭门却扫,不交人物,有绝句云……"可知此诗是吕希哲因党争被夺职后所作,表现了一种与世无争,但求闲逸的思想,而字里行间似乎隐含着一股不平的怨气。

【原诗】

老读文书兴易阑①,须知养病不如闲。竹床瓦枕虚堂上②,卧看江南雨后山。

注释

①阑:尽。
②瓦枕:陶瓷制作的凉枕。虚堂:高堂。

【今译】

年纪老了,读文件兴味容易索然,
要知道最好的养病方法便是悠闲。
高堂上安放好竹床凉枕,
躺卧着观赏江南雨后的青山。

人语伴着鸡鸣,
传自远处的小山丘。

绝 句

石 悆

【作者简介】

石悆(音 mào。生卒年不详),字敏若,芜湖(今属安徽)人。元符三年(公元1100年)进士,宣和初曾任密州教授。诗尚清新,有《橘林集》。

【题解】

这是一首咏杨花的诗。作者以杨花自比,感慨身世之飘零。诗的构思别致,语言平易活泼,很有些民歌色彩。

【原诗】

来时万缕弄轻黄①,去日飞毬满路旁②。我比杨花更飘荡,杨花只是一春忙。

注释

①轻黄:淡黄、鹅黄,常指杨柳初发的颜色。欧阳修:"寒蝉落尽柳条衰……谁见轻黄弄色时。"(《过中渡》)

②飞毬:飞舞的絮团。

【今译】

杨柳呵,我来时,
你舞弄着万缕嫩黄的柔条,
归去时,
团团轻絮满路边飞飘,
我比那杨花更加飘荡,
杨花只奔忙一春便了。

韩碑千年依然被称道，
哪知世上有个段文昌！

题阊门外小寺壁①

寇国宝

【作者简介】

寇国宝（生卒年不详），字荆山，徐州（今属江苏）人。哲宗绍圣四年（公元1097年）进士，为吴县主簿。曾从陈师道学诗，颇受其赞赏。

【题解】

这首小诗写江南水村秋景极富画意，同时又将一股游子淡淡的乡愁不经意地溶入景中，给秋景更加上一层动人的色彩。《石林诗话》对此诗十分称赏，说作者"从苏、黄门庭中来，固自不同"。

【原诗】

黄叶西陂水漫流，篷篨风急滞扁舟。夕阳暝色来千里，人语鸡声共一丘。

注释

①阊（chāng）门：吴县（今江苏苏州）西门。
②陂（bēi）：池塘。漫：水大四溢。
③篷篨（qú chú）：用苇或竹编的粗席。

【今译】

黄叶飘满了西塘，
塘水四下漫流；
劲急的秋风吹着苇篷，
客船被迫滞留。
夕阳西下，
茫茫暮色从千里外袭来；

赐进士出身。南渡后官至太常少卿。

【题解】

　　这是一首咏史诗。借咏韩碑立而复毁的故事，影射时事，表达对宋代蔡京之流权奸的不满。据陈岩肖《庚溪诗话》，苏轼曾奉命撰《上清储祥宫碑》，党禁兴，碑被毁，命蔡京别为之。"正如唐时仆（铲倒）韩退之《平淮西碑》，命段文昌改作"，江端友因作此诗讥之。

【原诗】

　　淮西功业冠吾唐②，吏部文章日月光③。千载断碑人脍炙④，不知世有段文昌⑤。

注释

　　①韩碑：指唐韩愈所撰《平淮西碑》。唐代宗宝应元年（公元762年）任李忠臣为淮西十一州节度使，其后李希烈、陈仙奇、吴少诚、吴少阳、吴元济先后割据淮西五十五年。宪宗元和九年（公元814年）吴元济叛，屠舞阳，掠鲁山、襄城。宪宗以裴度为宰相，坚决讨叛。因诸参讨军队互相观望，夸胜掩败，战争持续数年。元和十二年，裴度自请督师，唐、隋、邓三州节度史李愬以吴降将为前部，雪夜袭蔡州，擒吴元济，淮西遂平。淮西平后，韩愈奉诏撰碑纪功，文中充分肯定和宣扬了裴度的功绩。因李愬之妻为唐安公主之女，对碑文不满，入宫告诉，宪宗遂命磨去碑文，由段文昌重撰。韩碑虽被磨去，但后人爱重韩文，敬重裴度，对磨毁韩碑多持反对态度，李商隐有名诗《韩碑》影响深远，宋陈珦更磨去段文，仍立韩碑。

　　②淮西：唐代地区名，全称淮南西道，大历以后治所在蔡州（今河南汝南县）。吾唐：我们大唐。这是以淮人口气说话。

　　③吏部：指韩愈。韩愈曾任吏部侍郎。

　　④断碑：指韩碑。李商隐诗有"长绳百尺拽碑倒"的句子；罗隐《说石烈士》文又说李愬部将石忠孝曾欲推倒韩碑，故这里夸张地称之为"断碑"。人脍炙：脍炙人口。

　　⑤段文昌：宪宗时任翰林学士，《平淮西碑》文的重撰者。

【今译】

　　平淮西的功业冠大唐，
　　韩愈文章跟日月同光。

兴初,除给事中。秦桧当权,"纲卧家二十年,绝不与通问"。绍兴二十七年(公元1157年)参知政事。张纲为人正直,为文雄健,诗尚雅丽,有《华阳集》。

【题解】

　　这是一首写景兼抒怀的短诗。张纲身居乱世,而"身荷三朝宠眷"(《辞荣里居》),又不愿与秦桧之流合污,内心必定很苦闷。他时时想找到一个真正清静的处所,得以超脱尘世,直至行年八十"兴来尚欲寻幽去,收拾残春杖履中"(同上引)。这首小诗便反映了他的这种对恬静生活的追求:他切盼能"结庐溪北",不愿与一切"俗驾"往来。结句很能反映他的刚直性格。

【原诗】

　　山似围屏六曲开②,小溪如带傍山来。结庐溪北对山住,俗驾何妨且勒回③。

注释

　　①李道士:不详。
　　②六曲:形容曲折之多。
　　③俗驾:世俗人的车驾。

【今译】

　　山像六曲的围屏一样渐渐地展开,
　　小溪像一条玉带沿着山脚流来。
　　在溪北盖一座草屋面对着山峦居住,
　　世俗的车驾请您不妨暂时勒马返回。

韩　碑①

江端友

【作者简介】

　　江端友(生卒年不详),字子我。陈留(今河南开封)人。靖康初八年,在枢密院编修任上,反对与金议和,上书乞斩秦桧,被除名编管昭州,因迫于公论,改监广州盐仓。秦桧病死,乃量移衡州。孝宗朝任秘书少监等职,曾亲率士兵抗敌。淳熙七年(公元1180年)以资政殿大学士致仕。新州:今广东新兴。绍兴十二年胡诠自威武军判官再被除名,编管新州。

②囊封:密奏;以囊袋密封着的机密奏章。九重关:尊称皇帝宫廷。

③清都:神话中天帝住所,尊指宫廷。虎豹闲:虎豹守门。传说清都九门,由虎豹守卫,这里暗指秦桧之流。闲,门闲,木栏之类,引申为把守。

④百辟:百官。奏牍:奏章。

⑤愧朝班:为列位于朝班而惭愧。朝班,大臣上朝时依官位依次排列称朝班。

⑥瘴海:岭南古称瘴疠之地,多传染病,疫气如海,故称瘴海。

⑦公议:公众对事件、人物的评论、评价;这里指公众对胡诠被贬作出公正的、历史性的评论。

⑧汉廷:实指宋朝廷。行:行将,即将。贾生:汉代政治家、文学家贾谊。汉文帝曾贬贾谊为长沙王太傅,三年后召还。

【今译】
　　你密封的奏折刚一送呈到天子面前,
　　那一天宫廷警卫如虎豹,严把重关。
　　读罢奏章,百官个个脸色大变,
　　有几人因为空列朝班而感到羞惭?
　　你的美名高悬在北斗星辰之上,
　　身躯却被抛置到南海瘴气之间。
　　我坚信不必等到历史作出评判,
　　汉天子就将把忠直的贾谊召还。

次韵李道士观南山①(三首录一)

张　纲

【作者简介】
　　张纲(公元1083—1166年),字彦正(政),晚号华阳老人。润州丹阳(今江苏丹阳一说金坛)人。政和四年(公元1114年)上舍及第。靖康元年(公元1126年)为两浙提点刑狱,闻二帝被虏,去官。高宗绍神志超迈只能独自遨游。

送胡邦衡之新州贬所①

王庭珪

【作者简介】

　　王庭珪(公元1079—1171年),字民瞻,自号卢溪真逸。安福(今属江西)人。政和进士,授茶陵丞。因与长官不合,去职,隐居卢溪五十年。高宗绍兴十二年(公元1142年)因作诗送胡铨谪辰州,年近八十始得放归。孝宗欲任以国子监主簿,以年老请退。杨万里曾从之学,赞"其诗自少陵出……大要主于雄刚浑大"(《卢溪先生文集序》)。有《卢溪集》。

【题解】

　　王庭珪《送胡邦衡》诗共两首,忠愤悲壮,正义凛然,是王诗的代表作。这里选的是第一首。据岳珂《桯史》:"胡忠简铨既以乞斩秦桧掇新州之祸,直声振天壤,一时士大夫畏罪箝舌,莫敢与立谈,独王卢溪(庭珪)诗而送之……于是有以闻于朝者。桧益怒,坐以谤讪,流夜郎,时年七十。"可知作者若非极有胆量、极富正义感者,是写不出这样的作品的。这首诗首颔两联写胡铨斥秦奏折上呈后宫廷内外极度震动的情景,颈联写胡铨名高北斗而身堕南州,以鲜明的态度颂扬了胡铨,批判了朝廷及权奸对他的迫害。尾联预告胡铨必将在强大的舆论支持下复出。

【原诗】

　　囊封初上九重关②,是日清都虎豹闲③。百辟动容观奏牍④,几人回首愧朝班⑤?名高北斗星辰上,身堕南州瘴海间⑥。不待他年公议出⑦,汉廷行召贾生还⑧。

注释

　　①胡邦衡:胡铨(公元1102—1180年),字邦衡。庐陵(江西吉安)人。绍兴

【原诗】

　　昔年携客寄僧龛②,败屋疏篱一草庵。白首重来看修竹,连山楼观亦眈眈③。

【注释】

　　①焦山:山名,一名浮玉山,在江苏镇江市长江中,与金山对峙,汉处士焦先曾隐居于此,因而得名。吸江亭:在焦山西北,为焦山风景荟萃处,遗址今建为吸江楼。
　　②昔年句:苏轼《自金山放船至焦山》:"同游尽返决独往,赋命穷薄轻江潭。清晨无风浪自涌,中流歌啸倚半酣。老僧下山惊客至,迎笑喜作巴人谈。"僧龛(kān),简陋的僧舍。小室称龛。
　　③白首二句:参见前引苏诗:"焦山何有有修竹"、"金山楼观何眈眈"。眈眈,宫室、楼宇深邃的样子。张衡《西京赋》:"大夏(厦)眈眈。"

【今译】

　　想当年带着客人寄住在简陋的僧院,
　　焦山上只有屋破篱疏的一座草庵。
　　老来时再到这里想探望清幽的竹林,
　　只见连山的楼堂已胜过当日金山。

句

孙　觌

【原句】

　　句好无强对,神超有独邀①。

【注释】

　　①这两句诗摘自《题谷隐》,原诗作:"碧瘦峨千叠,清深涨一篙。红轻花似肉,绿细柳如绦。句好无强对,神超有独邀。苇间青箬笠,仿佛见秦逃。"强对,有力的对手。苏轼《和苏州太守》"安排诗律追强对"。独邀,独游。

【今译】

　　诗句优美没有强劲对手,

里说毕星朝北极,意思是:边事已经平息,远夷入贡,臣服于宋王朝。

③骁骑:勇武的骑兵。西凉:西域国名,十六国之一,公元 400 年汉李皓建于今敦煌一带。这里是泛指西北地区少数民族政权。

【今译】

 毕星朝觐北极星的景象
 已在天空显现,
 仿佛听说西凉国已经被
 我朝骑兵席卷。

焦山吸江亭①

孙 觌

【作者简介】

孙觌(音 dí。公元 1081—1169 年),字仲益,因曾提举鸿庆宫,自号鸿庆居士。常州晋陵(今江苏武进)人。徽宗大观三年(公元 1109 年)进士。政和四年(公元 1114 年)为秘书省校书郎。钦宗朝官权直学士院。金兵破汴京,曾草降表,为人鄙视。高宗朝任临安知府,又因盗用官钱而除名,编管象州,绍兴二十九年(公元 1159 年)致仕。诗多酬答之作。有《鸿庆居士集》。

【题解】

这是一首借对比焦山今昔变化寄寓沧桑之慨的短诗。诗似是托假苏轼语气写作的。神宗元丰初,苏轼赴杭州通判任过镇江,曾自金山放船至焦山,寄宿焦山寺,有诗云:"金山楼观何眈眈,撞钟击鼓闻淮南。焦山何有有修竹,采薪汲水僧两三……行当投劾谢簪组,我为佳处留茅庵。"颇有留隐焦山之意。徽宗建中靖国元年(公元 1101 年),苏轼自放逐地儋州北归,再至金山,已经心力交瘁,不久即死在常州。孙觌幼年曾有幸见过苏轼,对苏轼十分尊崇,或许这就是他写此诗的原因之一吧?昔年唯有草庵修竹的焦山,如今也如金山一样楼宇连檐,再没有清静的处所可以避世隐居了。

蝴蝶欣赏吗?从中我们又一次看到饶节的落发未必真的是心已如枯井,万事不关心了,其中恐怕有不得已处。有人论此诗认为是对世人"不屑一顾"野菜花的"微讽",我们不敢苟同。

【原诗】
　　月落庵前梦未回,松间无限鸟声催。莫言春色无人赏,野菜花开蝶也来。

【今译】
　　月亮已在庙前隐去
　　人还在睡梦当中;
　　松林里众鸟鼓噪
　　一定要催人快醒。
　　不要说深山里没有谁
　　懂得欣赏春色,
　　看,溪边的野菜花刚一开放
　　蝴蝶便飞进了花丛。

句[1]

饶　节

【原句】
　　已见毕星朝北极[2],似闻骁骑卷西凉[3]。

注释

　　[1]这两句诗出自《次韵彭圣从秋兴》。原诗如下:"淡云疏雨承秋早,白露清风引夜长。已见毕星朝北极,似闻骁骑卷西凉。只鸡还我田家味,小胯须君官焙香。千古步兵今远矣,属谁长啸作鸾凰。"
　　[2]毕星:二十八宿中的毕宿,今属金牛星座。《史记·天官书》:"毕曰罕车,为边兵,主弋猎。其大星旁小星为附耳。附耳摇动,有谗臣在侧。"《正义》:"星明大,天下安,远夷入贡,失色,边乱。毕动,兵起。"北极:北极星,象征中央政府。这

只有一对对蝴蝶飞去飞来。
蜜蜂两腿粘满了花粉,粗得像蚕茧,
想必是山前的花已经盛开。

眠 石

饶 节

【题解】

　　此诗极力创造一个"与世不相关"的"静"界:在无情的草木之间,挽石为枕,落叶为席,连梦魂都不涉人间一事。然而,说无关倒使人反而感到未必无关,不然何必想到梦中如何呢?看来此老禅心并未通彻。

【原诗】

　　静中与世不相关,草木无情亦自闲。挽石枕头眠落叶,更无魂梦到人间。

【今译】

　　寂静中跟世事已经毫无关连,
　　跟无情的草木作伴更觉得悠闲。
　　搬一块石头当枕睡在落叶上面,
　　即便是做梦也从不梦到人间。

晚 起

饶 节

【题解】

　　从前两首诗我们看到倚松老人的凡心并未销尽,这首《晚起》又是很好的证据。春花将尽先生还在寺中安睡,早已听到无数春鸟在松林中鼓噪,大好的春色怎能使人毫无所动呢?即使溪边的野菜花不也有一埂安可障?去年已大潦,十户九凋丧。幸赖官廪实,嚣嚣命所仰。官廪今已空,农事未敢望。理水竟无术,祈祷俟灵贶。退寸复进尺,潮势颇难量。彼苍罪斯民,杀戮不以杖。令人思禹功,巍巍百王上。"

②彼苍:上天、上帝。

【今译】
老天爷惩罚他的百姓,
残杀他们无需用刑杖。

偶 成

饶 节

【作者简介】
饶节(生卒年不详),字德操,自号倚松老人。临川(今属江西)人。曾布为相,饶节曾投之为门客,后因见解不合,离去,落发为僧,法名如璧。晚年主持襄阳天宁寺。饶节诗多为落发后所作,陆游称其诗为"近时僧中之冠"。属江西诗派。有《倚松老人集》。

【题解】
陈衍说:饶节"诗多禅语,非浅尝者比"。禅家诗多以寻常形象、通俗语言说禅宗哲理,这首诗也当作如是观。松下柴门紧闭,绿苔生阶,该是长久无人进出,极静的了,门中之人的心更该如枯木古井一般了。然而有蝴蝶双双飞来,虽然无声,已属不静;更有饱含了花蜜的蜜蜂从山前花丛中飞至,嗡嗡不停,更为喧噪。门中之人在此春景中真能静寂么?如何才能真的不为蜂蝶所动呢?这就是禅意之所在。

【原诗】
松下柴门闭绿苔,只有蝴蝶双飞来。蜜蜂两股大如茧,应是前山花已开。

【今译】
松树下柴门紧闭长满了绿苔,

句①（二条）

郭祥正

一

四时之景皆可观，六月来游肤发寒。有时下瞰北山雨②，只道林林银竹竿③。

【注释】

①这四句诗摘自《宣州双溪阁夜宴呈太守余光禄》。原诗如下："陵阳三峰压千里，百尺危楼势相倚。海波不动蛟龙盘，叠玉无尘雪霜洗。溪光冷泔山光润，地接金陵古名郡。青猿啸断四五声，白鸟归飞两三阵。四时之景皆可观，六月来游肤发寒。有时下瞰北山雨，只道林林银竹竿。贤哉光禄余太守，昨引佳宾列樽酒。朝饮三百杯，暮吟三百首。不为阴惨严刑诛，长吐阳春活残朽。御史曾书治绩碑，州人尽祝灵椿寿。沉沉罗幕更漏稀，灯如撒星公醉归。丝簧前引后鼓鼙，珠履交错行迟迟。丈夫得意不为乐，借问百年能几时？"

②瞰(kàn)：从高处往下看。

③林林：一作"森森"，一丛丛的。银竹竿：形容雨大，雨丝如竹竿一般。

【今译】

四时的风景都很值得观赏，
六月里来游依然全身凉爽。
有时向下遥望北山的大雨，
就像是一丛丛银竹竿一样。

二①

彼苍罪斯民②，杀戮不以杖。

【注释】

①这两句摘自《川涨》。原诗如下："朱夏久不雨，川原倏然涨。三潮渺相连，狂风蹴高浪。蛟龙递出没，鱼鳖随浩荡。群山悄低徊，阡陌失背向。嗟嗟圩田中，

分明是天神借助于人力呵,
并不是只靠人的智谋,
黄河归还旧道,万众欣喜齐赞颂:
"若不是苏公,我们的身家性命怎能保留!"

苏公来察勘基址,垒起了巨石,
屋宇建成便命名为黄楼。
黄楼不止能够疏镇河流,
壮观的气势也足以镇慑东路郡州。
多重楼檐斜飞,能勾挂住闪电,
晶莹明净的密瓦,盘卧着龙虬。
苏公每有空闲,常登楼宴会宾客,
酒酣耳热时,蓬勃的诗情便横溢金秋。

我面对着汉唐的遗迹沉思默想,
那群恃险抗上的逆臣到底何求?
谁让他们以身试法,让颈血溅满刑具,
千年万代给淮北山河带来忧愁。
大宋朝圣明的天子依仗着仁义,
平定天下人,使中原大地战争永止休。
朝廷的地位崇高,郡县谦恭敬业,
徐州的黎民百姓长远快乐又悠游。
长远地快乐又悠游,
追随着徐州苏太守,
唯愿欣赏歌女在宴会上欢舞,
不愿意黄河咆哮大水到黄楼。

楼设宴,"坐客三十余人,皆知名之士",苏轼有《九日黄楼作》诗曰:"去年重阳不可说,南城夜半千沤发。水穿城下作雷鸣,泥满城头飞雨滑。黄花白酒无人问,日暮归来洗靴袜。岂知还复有今年,把盏对花容一呷。莫嫌酒薄红粉陋,终胜泥中千柄插。"可作此联及结尾一联的注解。

⑳沉思四句:作者在这里总结与徐州(彭城)有关的历史经验教训,表达反对地方割据,维护集权统一的思想,从而从政治上表彰了苏轼为天子分忧,与万民同乐的正确态度。徐州为政治经济重镇,自古为兵家必争之地,地方势力擅权割据屡见史载,故诗人有此评说。逆节,违抗中央命令;节,原指节旄,是中央派出的使臣的信物,引申指对地方官的任命,故有"逆节"等于"抗命"。怙险,依恃险要的地势。砧斧,杀头的刑具。

㉑圣祖四句:这四句以歌颂本朝(宋)天下一统,政治清明,百姓安乐的方式,从另一面表达了维护统一、反对割据的思想,从政治上表彰苏轼。圣祖,一般指开国的君主,这里当指宋太祖赵匡胤。神宗,当朝皇帝赵顼。尊崇,庄严伟大。肃,谦恭敬业。彭门子弟,彭城百姓;传说彭祖封于彭,彭城世家皆其后代,故称彭地居民为彭门子弟。

㉒五马:指郡守、知州。汉制,太守车驾五马。《陌上桑》:"使君从南来,五马立踟蹰。"

【今译】
  你没有看见彭城门上的黄楼吧,
  楼角高昂超过山丘。
  云雾从楼间生腾遮没了柱础,
  日月自楼旁升降正齐着镰钩。
  黄河自西而来犹如惊马般奔流,
  顷刻间十丈高的河水平了城头。
  浑浊的波涛横冲直撞像愤怒的鲸鱼在跳跃,
  高高的城垛几乎就像酒杯水盂在水面飘浮。
  老百姓哭着喊着
  ——因为怕变成水底的鱼鳖,
  苏刺史奔走忙碌
  ——他要尽忠职守为国分忧。
  打树桩、夯堤土,
  不分白天黑夜地苦干,

休。朝廷尊崇郡县肃,彭门子弟长欢游㉑。长欢游,随五马㉒,但看红袖舞华筵,不愿黄河到楼下。

注释

①徐州:州名,地当今江苏省西北部,黄河故道横穿市境。黄楼:在旧徐州城东门上,苏轼所建。苏子瞻:苏轼,字子瞻。

②彭门:彭城之门。徐州古称彭城。

③突兀:高耸。

④云生句:形容楼之高,谓云雾从楼脚生起,人们经常看不见柱子的基础。

⑤日升句:形容楼之高,谓日月升降时高度恰与楼窗平齐。当,相当、恰值。

⑥骇:马受惊。

⑦浑涛二句:形容水淹徐州的情景——水平徐州城垣,深浊的波涛如怒鲸跳跃。舂撞,冲撞;舂,通"冲",撞击。危堞(dié),高耸的城堞;堞,城墙上锯齿状的防箭垛。仅,几乎。杯盂浮,浮在水面上的酒杯、水盂。

⑧嚣嚣:惊恐喧闹的样子。坐:因。

⑨刺史句:谓危难中苏轼克尽职守,挺身而出。刺史,唐代州郡长官;宋之知州大体等于唐之刺史。分天子忧,《汉书·循吏传》记,汉宣帝曾谓:能与我共使民众安其田里而无叹息愁恨之心者,唯二千石乎? 后世遂以"分忧"代称州郡长官。这句诗由此而来。

⑩植材句:谓不分昼夜地加固提防。植材,打桩。筑土,夯土修坝。"夜连昼"一作"夜运昼"。

⑪神物句:极言抗灾的不易,谓能战胜洪水乃是神明借助人力所为,单靠人的谋划是不能成功的。

⑫匪:通"非"。全吾州:使吾州保全。

⑬相基:相看地形,选定基址。

⑭以黄名楼:命名楼为"黄楼"。按五行生克的理论,土能克水,土色黄,故黄楼有镇水之义。下句"黄楼不独排河流"即由此而来。

⑮排河流:疏通黄河水流。排,疏通;《孟子·滕文公》:"禹疏九河……排淮泗而注之江。"河,黄河。

⑯壮观句:谓楼之壮观足以镇慑、折服东路各郡县。弹压,制服、镇慑。诸侯,这里指郡县。《汉书·王嘉传》:"今之郡守重于古诸侯。"

⑰掣惊电:牵制住闪电,勾挂住闪电。

⑱蟠苍虬:像苍龙盘伏。蟠,盘曲而伏卧。虬(qiú),无角龙。二十八宿东方为苍龙七宿,黄楼在徐州东门上,故以"蟠苍虬"极言其高。

⑲乘闲二句:黄楼建好的次年〔元丰元年(公元1078年)〕重九日,苏轼在黄

徐州黄楼歌寄苏子瞻[①]

郭祥正

【题解】

宋神宗熙宁十年(公元1077年)五月,苏轼到徐州(九年十二月移知徐州)任所,七月十七日黄河在澶州曹村(今河南清丰附近)段大决口,北流断绝(黄河旧道东北流,在今天津南境入渤海),河道南移,四十五州县被淹。八月十一日水至徐州,苏轼亲率军民修城挡水,极大地减轻了水灾的损失,使民众发出"非公何以全吾州"的赞叹。十月五日水退,苏轼以防水剩余物资在徐州东门之上修了一座黄楼,既为纪念此次抗灾的胜利,也是城防和观察水情的需要。郭祥正此诗就是因此而发的。他借描写黄楼修建的经过和它壮观的气势,歌颂了苏轼的政绩和他与民众忧乐与共的精神。诗先用四句诗概说黄楼高耸入云的气势作为引首,接着笔锋一转,以极简洁的笔法叙述了大水袭来,苏轼率军民战胜洪水的经过和水后黄楼的修建及修楼的意义。然后再次描绘黄楼的雄伟,叙写楼成后苏轼与民同乐的情景。最后推出诗的主题:"但看红袖舞华筵,不愿黄河到城下。"——但愿永享太平、永无灾变!其间述古征今,微言大义,使诗的内涵更加丰富。此诗结构讲究,语言酣畅,把叙事与抒情、写人与写景、纪实与纪史很好地融合在一起,确乎是宋诗此类题材中难得的佳作。

【原诗】

君不见彭门之黄楼[②],楼角突兀凌山丘[③]。云生露暗失柱础[④],日升月落当帘钩[⑤]。黄河西来骇奔流[⑥],顷刻十丈平城头。浑涛春撞怒鲸跃,危堞仅若杯盂浮[⑦]。斯民嚣嚣坐恐化鱼鳖[⑧],刺史当分天子忧[⑨]。植材筑土夜连昼[⑩],神物借力非人谋[⑪]。河还故道万家喜,"匪公何以全吾州"[⑫]!公来相基叠巨石[⑬],屋成因以"黄"名楼[⑭]。黄楼不独排河流[⑮],壮观弹压东诸侯[⑯]。重檐斜飞掣惊电[⑰],密瓦莹净蟠苍虬[⑱]。乘闲往往宴宾客,酒酣诗兴横霜秋[⑲]。沉思汉唐视陈迹,逆节怙险终何求?谁令颈血溅砧斧,千载付与山河愁[⑳]。圣祖神宗仗仁义,中原一洗兵甲发展,说:晚坐庭树之下,设酒独酌,凉风扑怀而佳友不至,不觉思绪蹁跹。五六句设想佳友远隔重城,也无人作伴。七八句说仰观白云,云在天上疾飞,俯踏月光,月光洒满庭阶。谁观?谁踏?是己也是友,两地共望云中明月,共踏满阶银光而不能成眠呵!最后两句以颂勉之词作结,这实在是一种无可奈何:既然你那么看重当官而远行,那就希望你政绩突出,得到民众的拥戴吧!

【原诗】

晚坐庭树下,凉飔经我怀①。亦有尊中物,佳人殊未来②。佳人隔重城③,谁复为之侪④?瞻云云行天,步月月满阶。想闻诵声作,奔腾泻江淮⑤。

【注释】

①飔(sī):凉风。
②佳人:指好友。殊:犹、尚。
③重城:泛指城市;这里当指多座城市。
④侪(chái):辈、类;这里是同类、同志的意思。
⑤想闻二句:谓想象中似闻歌诵之声在你做官的江淮一带震响,你一定会有突出的政绩,被百姓所称颂、所拥戴。诵声,特指民众谣谚之声、赞颂之声。

【今译】

傍晚我坐在庭院的树下,
凉风一阵阵吹透襟怀。
面前早摆好满樽美酒,
好朋友却始终没有到来。
好朋友远隔着一座座城市,
谁是他的同志能将我替代?
仰头看云,云飘飞在天宇,
低头踏月,月光洒满阶台。
思念之间似乎听到颂歌响起,
歌声像清波一样倾泻在江淮。

草虽未曾全绿,花已随风飘落,这无疑是"桃无十日花"的注释。"霁景"两句须从正反两面读:阴云幸而飘散,霁景殊觉可乐,可见阴多晴少。人生也是一样,所以结尾两句说:姑且痛饮百斛,醉倒在落花旁边。以"不负花上春"吧!这首诗所隐约表现的政治寓意似乎较之前首多一些,特别是"霁景"二句,这也是我们之所以认为"深有寓意"说"有些道理"的缘由。

【原诗】
　　江草绿未齐,林花飞已乱①。霁景殊可乐②,阴云幸飘散。且置百斛酒,醉倒落花畔。

【注释】
　　①江草二句:李白《春日独酌》:"白日照绿草,落花散且飞。"绿未齐,还没有全部转绿。
　　②霁:雨过天晴。

【今译】
　　江边的草还没有全部变绿,
　　林中的落花已然随风乱飞。
　　晴朗的景色特别让人兴奋——
　　庆幸久雨过后阴云刚刚消退。
　　让我们置备一百斛美酒吧,
　　在落花旁边喝个酩酊大醉!

怀　友

郭祥正

【题解】
　　郭祥正有《怀友二首》,这里选的是第二首。第一首侧重写自己"对樽酌,而无良友偕",因而深感幽独。第二首则设想友人必是和自己一样地幽独,从而更加深了怀友之情。诗前四句直承第一首而有所

【题解】

郭祥正《春日独酌》共五言十首,这是第一首。这首诗写的是春日对花独饮所生的感慨。前四句写景,后四句感怀。这首诗显然深受李白诗的影响。李白《对酒》说:"劝君莫拒杯,春风笑人来。桃花如旧识,倾花向我开。"当是"桃花不解饮,向我如情亲"所本;而李白《月下独酌》之三:"三月咸阳城,千花昼如锦。谁能春独愁,对此径须饮。穷通与修短,造化夙所禀。一樽齐生死,万事固难审。"又显然为此诗后四句所遵仿。有名的《月下独酌》之一:"花间一壶酒,独酌无相亲。……暂伴月将影,行乐须及春。"也有郭祥正此诗的影子。虽然如此,郭诗并非简单地模仿。特别是前四句刻画人和人所会见的花的情与态,生动活泼,很有新意。郭祥正曾因有条件地支持新政受到过左右两面的夹攻,有人认为《春日独酌》二首是因此而发,深有寓意,或许有些道理,但并不明显,姑备一说。

【原诗】

桃花不解饮,向我如情亲。迎风更低昂,狂杀对酒人。桃无十日花,人无百岁身。竟须醒复醉,不负花上春。

【今译】

桃花虽然不懂得喝酒,
对我却像亲人般有情。
迎着春风她上下摇摆,
让对酒的我万分激动。
桃花盛开不过十来天,
人生在世也没有百年生命。
我必须酒才醒又再醉去,
才不至于辜负了春花的多情。

其 二

【题解】

这首诗可以说是上一首后四句的敷演——短暂的春天转眼过半,

③龙钟:老态。老迫身:老境已临身边。
④欲浮句:谓欲避世隐居。孔子曰:"道不行,乘桴浮于海。"
⑤风浪句:谓时势、世事险恶,前景未可预知。杜甫:"水深风浪阔,无使蛟龙得。"(《梦李白》)津,渡口。

【今译】
　　拂晓的雪山像银制的屏风,
　　溪边的梅花在玉镜里展现着春的笑容。
　　东风刚刚带来春天的消息,
　　万物便都振作起精神欣欣向荣。
　　而我却贫穷枯寂地游荡在世间,
　　青春早已消逝,一派老态龙钟。
　　我真想乘一叶扁舟浮游沧海而去,
　　可风浪是这样强大,
　　却看不到渡口的踪影。

春日独酌十首(录二)

郭祥正

其 一

【作者简介】
　　郭祥正(公元1035—1113年),字功父(甫),自号醉吟居士、谢公山人、漳南浪士。当涂(今属安徽)人。皇祐间进士,授德化县尉。熙宁六年(公元1073年)为太子中舍,后弃官归隐当涂姑孰之青山。元丰后复出,哲宗元祐四年(公元1089年)致仕。郭好李白诗,集中多有追和李白之作,其古体俊逸似李白,梅尧臣曾赞叹:"真太白后身也。"陈衍也说:"功父气味才力,时近太白。"虽未免过誉,但说郭祥正是个有才气的诗人则是不错的。有《青山集》。

傍晚我们凭着阑干眺望,
见江北一片残烟衰草,
使我心中涌起无限感伤。
刚烈的西风吹起江心的碧浪,
依然发出当年祖逖击楫的声响。

春 近

王 铚

【作者简介】

　　王铚(生卒年不详),字性之。颍州汝阴(今安徽阜阳)人,绍兴初任右承事郎、枢密院编修、右宣议郎等,因指出徽宗陵名不当忤逆了秦桧,被贬。晚年避居剡中,人称雪溪先生。王铚出身世家,藏书丰富。他是南宋著名的史学家、文学家,著述颇丰,可惜多半亡佚。有诗集《雪溪集》存世。

【题解】

　　这是一首咏怀诗。因景抒情,用强烈对比的手法,写出自己内心的苦闷,颇有感人的力量。首颔两联写景,清晨的雪山如银屏般矗立,早春的梅花映着清溪盛开,万物在春风吹拂下都振作起精神来了。颈尾两联抒怀,诗人笔锋陡转,写自己生活的落拓、心境的枯寂,跟前面春的景色形成了强烈的反差;而自己即使避世隐居,前途仍未可卜。感慨之深,可以想见。

【原诗】

　　山雪银屏晓,溪梅玉镜春①。东风露消息,万物有精神。索莫贫游世②,龙钟老迫身③。欲浮沧海去④,风浪阔无津⑤。

注释

①玉镜:溪水清澈如玉镜。
②索莫:枯寂、无生气的样子。

可惜只能在忧愁中把花草赏观。
千万不要把落花扫来喂马,
撩人的美色依旧能使人陶然。

题多景楼①

王 琮

【作者简介】

王琮(生卒年不详),字宗玉(一作中玉)。抚苍(今浙江丽水)人。徽宗初登进士第,宣和中任大宗正丞,靖康初除左司郎中。南渡后,官至龙图阁直学士。有《雅林小稿》。

【题解】

多景楼建于北宋初期,景色壮美,苏轼等即曾有词称颂。王琮生当两宋之交,历仕徽、钦、高三朝,眼见故国沦亡,心中自有无限痛楚。如今登多景楼北望故土,见一片"残烟衰草",自然感慨万端。风吹江浪,"犹作当年击楫声"之语充分显示了诗人心系北伐的爱国心情。这首诗即景生情,寓激昂于平静之中,忧时怀古浑然一体,是一首好诗。

【原诗】

秋满阑干晚共凭,残烟衰草最关情②。西风吹起江心浪,犹作当时击楫声③。

【注释】

①多景楼:在今江苏镇江北固山甘露寺内,建于北宋初,楼名取自唐李德裕诗句:"多景悬窗牖"(《题临江亭》)。
②最关情:最关于痛痒,最使人关心、动心。
③击楫:用晋祖逖北伐,中流击楫而誓曰:"逖不能清中原而复济者,有如大江。"(《晋书·祖逖传》)典故。楫,船桨。

【今译】

秋色笼罩着大江南北,

尽管老气缠身却没有屈服于命运。
为了不拖欠一年年欠下的心债，
只好用淡泊的诗篇送走这一春！

避地伤春①

葛立方

【作者简介】

葛立方（生卒年不详），字常之，号归愚居士。江阴（今属江苏）人。绍兴八年（公元1138年）进士，历任秘书省正字、中书舍人、吏部侍郎等。著有诗论《韵语阳秋》。其诗今存约二百首，不乏伤时悲苦之作。

【题解】

正如诗题所示，这是一首感时伤春的作品，虽然写得比较抽象，似乎只是一般地感叹春天的逝去，表达了一种对春天深深眷恋的情绪，但联系南宋初期的时事和葛立方的许多感慨时事的作品看，这种惜春之情自然是跟对大宋国的衰落密不可分的。

【原诗】

一年春事又阑珊②，可惜芳菲愁里看③。慎勿扫花供喂马，恼人秀色自堪餐④。

注释

①避地：避乱的处所。
②阑珊：将尽。李煜"帘外雨潺潺，春意阑珊"（《浪淘沙》）。
③芳菲：花草。
④恼人：引逗人、撩拨人。秀色堪餐：形容美色诱人，仿佛可供食用，可以饱人。

【今译】

今年的春天匆匆地又将过完，

冥冥寒食雨①

刘一止

【题解】
　　这是一首客中抒怀的诗。寒食时节冷雨霏霏,孤独的旅人向谁倾吐思绪?绵绵春雨使山溪满溢,乱泉争流,犹如旅人的客愁;冷雨压得花枝低垂,向人依拢,正像孤独的旅人期望着亲人的慰藉。然而国难身危,年岁渐老,自己虽不服老,但只能为生存奔走劳碌,不能有所作为,只好用清诗送春,用无用的诗句来抵偿报国的许诺("债")了。这无疑又是一首寄意深远、感慨良深的诗。

【原诗】
　　冥冥寒食雨,客意向谁亲?泉乱如争壑②,花寒欲傍人。生涯长刺促③,老气尚轮囷④。不负年年债,清诗断送春⑤。

【注释】
　　①冥冥:阴云密布、天色昏暗的样子,形容阴雨不止。寒食:清明前一或二日,古俗寒食日不生火,冷食。
　　②争壑:争抢沟壑,争夺通道。
　　③刺促:忙碌急迫,劳碌而无休止的样子。
　　④轮囷:老树根盘曲延伸的样子。《史记·鲁仲连邹阳传》:"蟠木根柢,轮囷离诡。"此处形容不服老的状态。
　　⑤清诗:清新的诗、淡泊的诗。断送:度过时光。

【今译】
　　寒食时节阴雨绵绵没有停顿,
　　客游能向谁倾诉满怀的悲辛?
　　凌乱的山泉好像在争夺着生路,
　　花儿仿佛畏惧春寒想依向行人。
　　这一生总是无休无止地忙忙碌碌,

拱州道中①

刘一止

【题解】

　　折柳枝以表示惜别之情是自古传留的习俗,诗人在客游之中,见嫩柳初生,由黄渐绿,思乡恋亲之情油然而生。然而手攀柳枝,却不忍折断,因为想到它也是一条生命,也应当有自己的生存权利,怎么能在它生意盎然,正要萌芽吐叶的时候去折断它,强迫它跟母体分离,强令它失去生机呢?古来无数送别、惜别诗写到杨柳,唯有刘一止此诗另发奇想,别有新意。

【原诗】

　　柳条明媚欲变色,便想春思浩无涯②。行人手挽不忍断③,云此生意方萌芽④。

注释

　　①拱州:地名,在今河南睢县境。
　　②便:立即。春思:由春天的到来而生发的情怀、思绪。多指乡土之思、亲人之思。
　　③行人:旅行的人、背井离乡的人。刘一止家在江南而此上汴京,行进在拱州路上,此处"行人",当为自称。
　　④生意:生机、生命力。

【今译】

　　明媚的柳条正由鹅黄变成淡绿,
　　使我立时生发浩渺乡思无边无际。
　　浪游的人手把柳条想折又不忍折,
　　说它才刚刚萌芽正充满了生机。

【题解】

  这首诗从书斋中常备的器物琴与棋入手,表面状物,实则抒怀——琴之弦直、棋之盘方,正如诗人所崇尚之品格,故而他爱棋不为争得失,爱琴也不为赏宫商。然而,方直之人,难为俗世所容,只能为世所疏,万事不遂。但自己宁愿独守小斋,与琴棋为伴;至于国家兴亡,既然不在其位,也就难谋其政了。此诗在表面的平静下,深寓感慨,确乎"寄意深远"。

【原诗】

  怜琴为弦直,爱棋因局方①。未用较失得②,那能记宫商③?我老世愈疏,一拙万事妨④。虽此二物随,不系有兴亡⑤。

注释

  ①局:棋盘。
  ②未用句:指棋而言。较失得,较量胜负。
  ③那能句:指琴而言。宫商,五声音阶之头两阶,也泛指音阶、弦律、音乐。
  ④一拙句:谓既然自己不尚工巧,守拙志不移,自然事事不顺、处处受阻了。陶潜《归园田居》说:"少无适俗韵,性本爱丘山。误落尘网中,一去三十年。……开荒南亩际,守拙归园田。"可作此句的旁注。拙,指正直无欺,凭良心办事。
  ⑤虽此二句:谓方直之人本当成为国家栋梁,身系国家之安危,然而自己虽始终坚守方直,却与国家安危没有关系了。言外之意,自然是指被当朝小人所排挤,而无能为力了。系,联系、关联、相关。

【今译】

  我爱琴,因为它的弦那样刚直,
  我爱棋,因为它的盘那样方正;
  我并不用棋来较量得失,
  又岂能牢记琴弦的音声?
  年纪愈老,我愈与世疏远,
  始终拙直,自然诸事难通。
  虽然琴和棋始终伴随在我身边,
  却对国家兴亡不再有任何作用。

渊荐,再入画院为待诏,授成忠郎。李唐善画人物、山水,笔意不凡,为南宋四大家之首,深得高宗器重,曾题其《长夏江寺卷》:"李唐可比唐李思训。"

【题解】

　　此诗是李唐题画之作。李唐南渡,初到临安时,不为人知,卖画为生,心中自然郁闷不平。这首题画诗就十分清楚地反映了一位造诣很高而不媚流俗,因而难以为世俗认同的艺术家的愤懑情绪。诗语言平直而极有启发性,意义已远超过题画本身了。

【原诗】

　　云里烟村雨里滩,看之容易作之难。早知不入时人眼,多买燕脂画牡丹。

【今译】

　　烟云弥漫的山衬托着雨中的荒滩,
　　看起来一挥而就,画起来其实很难。
　　早知道这类作品不合时人的口味,
　　倒不如多买些胭脂来画应时的牡丹。

小斋即事(二首录一)

刘一止

【作者简介】

　　刘一止(公元1078—1160年),字行简,号苕溪。湖州归安(今浙江吴兴)人。宣和三年(公元1121年)进士。高宗绍兴初,除秘书省校书郎,迁监察御史。因忤逆秦桧被黜,桧死复官,以敷文阁直学士致仕。为人博学多才;其诗为吕本中、陈与义所叹赏,韩元吉称其诗"寄意深远,自成一家"。

【题解】

这是一首民歌风格的记游小诗,虽无深意,而遣词设譬尚不落俗套,代表了作者诗作清新自然的一面。

【原诗】

麹尘裙与草争绿②,象鼻筒胜琼作杯③。可惜小舟横两桨,无人催送莫愁来④。

注释

①南湖:在临川城西南二里,又名南塘。

②麹尘裙:黄绿色裙子。麹尘,酒曲上泛的浮沫,色嫩黄,后用指新柳的颜色。麹(qū),同"曲",酒曲。

③象鼻筒:用毛竹筒制做的酒具,粗直如象鼻,故称。琼:赤玉,亦泛指美玉。

④可惜二句:谓可惜船无驾者,没人把心爱的人送来。南朝民歌《西曲歌·莫愁乐》:"莫愁在何处?莫愁古城西。艇子打两桨,催送莫愁来。""艇子打两桨"描写船速行状,本诗反用其意说"横两桨",是船停无人的样子。莫愁,《唐书·乐志》:"石城有女子名莫愁,善歌谣。"这里泛指歌女或心上人。

【今译】

姑娘们鹅黄的裙子和春草争比嫩绿,
后生们的竹酒筒胜过美玉杯。
可惜小船白白地横着两只桨,
没有人急催着把莫愁姑娘送回。

题 画

李 唐

【作者简介】

李唐(约公元1050—1130年),字晞古(一作希古),河阳三城(今河南孟县)人。画家。北宋末,以"竹锁桥边卖酒家"一画饮誉当时而补入画院,为待诏。靖康难后,南渡临安,初流落街头,后得太尉邵宏发的闲逸情致,然而那种"好水好山看不足"的眷恋祖国山河的情感,恰正是他爱国精神的基础。

【原诗】

经年尘土满征衣,特特寻芳上翠微②。好水好山看不足③,马蹄催趁月明归。

注释

①池州:今安徽贵池。翠微亭:在贵池县南齐山山顶。唐杜牧为池州刺史时建亭于齐山,有诗说:"江涵秋影雁初飞,与客携壶上翠微。"(《九日齐山登高》)翠微亭得名于此。翠微,山气青翠,借指山。
②特特:特意地。欧阳修诗有"为爱斜阳好,回舟特特过"句,"特特"用法同此。或以为"特特"为马蹄声,宋人虽有此用法,但意思与尾句重复,仍以解为"特意"更佳。寻芳:探寻胜景。
③不足:不够。
④催趁:催赶着。趁,追逐。

【今译】

连年拼杀征衣上落满了战尘,
特意登上翠微亭把美景探寻。
多好的山和水让人留连忘返,
战马却追逐着明月返回中军。

夏日游南湖①

谢 逸

【作者简介】

谢逸(音 kē。公元?—1116年),字幼槃,号竹友。临州(今属江西)人,布衣终身。与兄谢逸并以写诗著名,被列入江西诗派。诗今存二百余首,或清逸,或古涩,风格多样。

我真希望自己能在雨后重来观赏,
把一生的烦恼燥热全洗净冲绝!

句①(一条)

楼　钥

几日惜春留不住,小鬟为我拾杨花②。

注释

①这两句诗摘自《杨花》四首之四。原诗如下:"野芳庭草是生涯,老去只宜闲在家。几日惜春留不住,小鬟为我拾杨花。"
②小鬟:婢女。

【今译】

多少日子挽留春天留它不住,
只好叫丫环替我去捡拾杨花。

池州翠微亭①

岳　飞

【作者简介】

岳飞(公元1103—1142年),字鹏举,相州汤阴(今河南汤阴)人。初为佃农,徽宗宣和四年(公元1122年)投军,英勇善战,屡建奇功。高宗朝官至太尉,加少保,河南河北诸路招讨使。因反对和议,坚持抗金,为秦桧等忌恨,以"莫须有"罪名下狱杀害。孝宗朝追谥武穆,宁宗朝追封鄂王。岳飞文学上也很有成绩,以《满江红》(怒发冲冠)词震撼千古。诗今存十余首,多气格高昂之作。

【题解】

这首小诗并不是岳飞的代表作,所表现的只是他在戎马生涯中偶

⑮喷击句：描写瀑布凌空飞溅的样子。
⑯烦恼热：使人烦恼的燥热，指生活中种种烦恼不快。

【今译】
　　我曾经北上太行东到禹穴，
　　雁荡山里的景色最为奇绝。
　　一条大龙湫天下绝无仅有，
　　万口一词大家都赞颂不歇。
　　走着走着进入了两山之间，
　　踏碎苔藓大地仿佛就要开裂。
　　山已走尽路已中断脚力已经耗完，
　　才看见一条银河从两山间下泻。
　　或聚或散大家安然闲坐看得没够，
　　诗人们搜索枯肠把妙语挖掘。
　　谢灵运未到此地遗恨千年，
　　李白杜甫若能再生将长歌不歇。
　　我游览石门洞时盛赞已到了绝美之境，
　　不相信大龙湫真比石门更加卓越。
　　来到这里才知道气象真不相同，
　　插天的石屏如鬼神所设使人惊绝！
　　飞泉简直是从天边流过来的，
　　来处越高它的响声就越发激烈。
　　如果蜀汉的三峡倒挂在天边奔流，
　　到这里谁能评定它跟龙湫的优劣？
　　只可惜雁荡山的佳趣本应当择要细品，
　　一天内游尽，难免会神衰力竭。
　　神龙抱珠高眠叫她她不醒，
　　自愧我的笔太迟钝比不上闪电快捷。
　　那飞瀑高而曲、深而清、急旋而又和缓，
　　不像浓雾，不像云烟，也不像飞雪。
　　我听说暴雨过后天晴时分，
　　它将奔腾咆哮，夹着清风向空中喷泻！

见银河落双阙。矩罗宴坐看不厌③,骚人弄词困搜抉④。谢公千载有遗恨⑤,李杜复生吟不彻⑥。我游石门称胜地,未信此湫真卓越。一来气象大不侔⑦,石屏倚天惊鬼设,飞泉直自天际来,来处益高声益烈。汉地倒泻三峡流,到此谁能定优劣⑧。雁山佳趣须要领⑨,一日尽游神恶褎⑩。骊龙高卧唤不应⑪,自愧笔端无电掣⑫。轮囷潇索湍不怒⑬,非雾非烟亦非雪。我闻冻雨初霁时⑭,喷击生风散空阔⑮。更期雨后再来看,净洗一生烦恼热⑯。

注释

①太行:山脉名,在今河北、山西两省交界。禹穴:浙江绍兴会稽山,传有夏禹墓穴。李白《越中秋怀》:"何必探禹穴,誓将归蓬丘。"又,会稽宛委山亦称禹穴,相传大禹曾在此地得到黄帝所藏的书而复藏之。李白《送二季之江东》:"禹穴藏书地,匡山种杏田。"

②派:水的支流。"一派"犹"一水"。

③矩罗:或聚或散。围成方阵称矩坐,列成一排而坐或散坐称列坐。宴坐:安坐、闲坐。

④搜抉(jué):搜寻挖掘。

⑤谢公:谢灵运。谢为南朝宋最著名的诗人,其山水诗影响巨大。谢曾任永嘉太守,永嘉山水佳处游赏殆遍,但也有足迹未到的,龙湫为其中一处。宋王十朋说:"谢公好山水,得郡古东瓯。造物惜佳境,雅志多不酬。松萝蔽雁荡,烟雾迷龙湫。行田径白石,不到仙山头……""千古遗恨"指此。

⑥李杜:李白、杜甫。彻:通透、到底、尽。

⑦侔:齐等、等同。

⑧汉地二句:谓即使把蜀汉之地挂起来使三峡倒流,拿到这里来跟大龙湫相比,也难定谁胜过谁。

⑨须要领:谓必须抓住最重要、最关键处仔细品味。

⑩神恶褎:精神疲惫,精力难以集中。恶褎,憔悴、轻慢。

⑪骊龙句:谓找不到灵感,犹如得不到照亮夜空的明珠,使自己豁然开朗。骊龙,传说中颔下有夜明珠的黑龙。五代谭用之《赠索处士》诗:"玄豹夜寒和雾隐,骊龙春暖抱珠眠。"

⑫自愧句:谓自己思维不够敏捷,下笔不快。电掣,闪电,形容极端快捷。

⑬轮囷句:形容远观瀑布的形态,高大而曲折、深而清、湍急而不剑拨弩张。轮囷,高大屈曲的样子。潇索,水深清的样子。湍,水势急而旋转的状态。

⑭冻雨:暴雨。冻通涷。霁:雨晴。

霜雪女神一冬天舍不得撒下的雪花，
殊不知原来聚集在这山的角落中。
听说一条神龙就卧在这飞瀑上面，
把珍宝库的美玉全部打碎撒在半空。
一个心中早已清除了尘俗杂念的人，
到这里将更加感到心胸特别宽宏。
天上的风为我吹来山间的云雾，
春天的水汩汩泻入诗人的心胸。
谪仙李白曾来到这里写下名句，
奇人刘晨又为我开启通向天台山的路径。
我惭愧自己的笔没有挽住奔牛的力量，
酒醉中涂满岩壁的诗句，
有谁来为我订正？
有人说大龙湫的景色更加奇绝，
它深藏在雁荡高处的彩云堆中。
我正想拄着筇竹杖前去寻访，
不知道比起石门洞谁更优胜！

大龙湫

楼 钥

【题解】

　　这首诗紧接前一首，写游览大龙湫的所见所思。如果说前一首着重于写景——从各个角度，用各种比喻写石门飞瀑的形与神，然后引入对自然胜景的感叹，则这一首的笔墨更多地落在对自然胜景的感慨赞叹，对大龙湫形神的描绘反倒放在陪衬的地位，使同是写浙南瀑布的诗作，读来不觉得雷同。这也算是诗人技法高明之处吧。

【原诗】

　　北上太行东禹穴[①]，雁荡山中最奇绝。龙湫一派天下无[②]，万众赞扬同一舌。行行路入两山间，踏碎苔痕地将折。山穷路断脚力尽，始如同天门排云而开。清都,传为天帝所居宫阙。虎豹,指形似虎豹的云团。阊阖(chāng hé),传说中的天门。

③失喜:喜极不能自制。

④玉虹:洁白的虹霓,形容瀑布。

⑤一冬二句:整个冬天未落下的雪仿佛都聚积到这里了,形容瀑布。青女,传说中的霜雪之神。靳(jìn),吝惜。隈,角落,隐曲的地方。

⑥宝藏句:把珍宝库中的美玉都打碎了撒在这里,形容瀑布。宝藏(zàng),宫中储藏珍宝财物的库房。琼瑰,似玉的美石;分开来说,则赤玉称琼,美石称瑰。

⑦心崔嵬:心胸开阔。崔嵬本形容山高。

⑧噀(xùn):喷。

⑨骚人:诗人。

⑩谪仙:李白。贺知章见李白诗文,赞其为"谪仙人也",后遂称李白为谪仙。李白有《寻高凤石门山中元丹丘》诗,其中说:"溪深古雪在,石断寒泉流。"

⑪刘郎:刘晨。传说汉永平年间刘晨、阮肇入天台山采药,遇二仙女,迎归留宿。后求去,至家,子孙已七世。

⑫谁为裁:谁替我修改。裁,剪裁、修正。

⑬龙湫:温州乐清县境内雁荡山有龙湫,亦称大龙湫,瀑布四面悬空,飞流直下,极为壮观,为雁荡第一奇景。

⑭佳山:武英殿聚珍本作"雁山",即雁荡山之省略。

⑮方:将。筇(qióng),竹杖。

【今译】

　　驾一条小船,
　　不足百里就可以回到府城,
　　河水劈断青山,
　　两崖左右对耸。
　　天宫里的云虎霞豹忽然隐去,
　　但只见云雾散处两扇天门开通。
　　转过峰头,令人喜出望外——
　　出现了一条巨大的飞瀑,
　　水声犹如春雷,
　　千山万谷回应!
　　我手捋胡须纵目九霄云外,
　　从天外飞来了千丈玉虹。

暴怒的雨势一点也不稍息。
我们却正放声高歌,
并不因雨势而收敛豪气。
只遗憾酒已经被喝得精光,
没有谁顾及湿透了的裳衣。

石门洞①

楼　钥

【题解】

　　这是一首记游诗。首四句写石门山的地理位置和石门的气势;次八句写石门飞瀑,包括其形神似及关于它的传说;再八句抒发面对胜景所生之感慨,自愧心胸、气魄、笔力皆不如古人,不能穷尽石门奇景的美妙;最后四句由石门推至龙湫,说龙湫更加奇绝,心向往之。此诗语言流畅,写瀑布一节很有气势。

【原诗】

　　扁舟百里连城回,青山中断立两崖。清都虎豹隐不见,但见阊阖排云开②。峰回失喜大飞瀑③,声震万壑惊春雷。掀髯目及九霄外,玉虹千丈飞空来④。一冬青女靳天雪,不知聚此山之隈⑤。传闻神龙卧其上,宝藏击碎真琼瑰⑥。胸中先自无尘埃,到此更觉心崔嵬⑦。天风为我嘤空翠⑧,春水泻入骚人怀⑨。谪仙曾来写胜句⑩,刘郎又为开天台⑪。我惭笔无挽牛力,醉墨满壁谁为裁⑫?或言龙湫更奇绝⑬,佳山高处深云埋⑭。我方携筇往寻访⑮,未知比此何如哉!

【注释】

　　①石门洞:石门山、石门洞各地多有,仅浙江省境内著名的就有永嘉、嵊县、青田等处。楼钥曾知温州,温州晋称永嘉,城北有石门山,谢灵运曾游,并有诗诵歌;又有白石洞,洞有飞泉跌落岩腰碧涧中,相传为道家十二真人所治之地。故此诗当指温州之永嘉石门山及白石洞而言。
　　②清都二句:形容遥看石门山的印象,说山口的云气忽然散去,只见两峰相夹

坐了许久客人才到齐。
起身穿越布满奇石的山,
无数的长松一棵棵卓然挺立。
梅雨季节空气竟这样清润,
山间云雾可随手摘取。
古藤看起来已有几百年,
枝干蔓延把两山连起。
据说每当春末的时候,
藤花红紫更加光彩奕奕。
真怀疑是条潜伏的老龙,
夜间隐伏白天刚刚飞起。
俯下身子去观赏岁寒泉,
泉水冷得冻牙,使人不敢吮吸。
互相扶持着下到神龙潭,
真想把尘世的羁绊全部卸去。
岩洞中有神兽居住,
下瞰深潭心里很有些畏惧。
鱼儿在明镜般的水中遨游,
大风都掀不起浪涛些许。
溪水夹带着青苔流去,
润湿了万顷平原与低地。
细密的山雨忽而飘来,
仆人催归,走得像鸟飞般着急。
我们野游的兴致还没尽,
太阳西斜,时间已不富裕。
踏着泥泞飞快地登上湖船,
大雨突降,飞速地向我们奔袭。
旋风夹着急落的雨点,
回旋飞溅使人惊惧。
船到湖心越发地颠簸不定,
狭小的船篷当不了斗笠。
停下船来久久地等待雨过,

⑤灵石山:不详,或指杭州灵隐山东南之灵鹫峰。
⑥介:间隔着,一棵棵地、挺直地。
⑦梅天:春末夏初梅子黄时江南多雨,称梅雨季节。梅季,梅天。
⑧空翠句:山中云气伸手可抚。空翠,山中的云雾、水气。挹(yì),牵引。
⑨见说:据说。
⑩花紫:紫花。红熠熠(yì):红光闪耀。武英殿聚珍本作"光熠熠"。
⑪直疑二句:古藤盘屈使人误以为是夜伏昼出的老龙。潜虬(qiú),潜伏的虬龙;龙无角为虬。蛰,隐伏。
⑫岁寒泉:不详。
⑬相将:互相牵扶。上:疑当作"下"。龙泓:有神龙潜伏的深潭。天竺山有龙泓洞,据说渊下有神龙潜伏。杜甫《石门宴集》:"泓下亦龙吟。"
⑭尘鞅:世俗事务的束缚。白居易《登香炉峰顶》:"纷吾何屑屑,未能脱尘鞅。"羁絷(jī zhí):羁绊、束缚。拴马腿的绳子称"絷"。《庄子·马蹄》:"连之经羁絷。"
⑮岌岌(jí):危急的样子。这里意思是感到危险。
⑯巨浪句:谓风浪极小,再大的浪也不到三级。宋孙觌《崇仁县诗》:"遗民到今传旧邑,击水华鲸浪三级。"
⑰寒苔二句:"水载寒苔去,润万顷原隰。"溪水夹带着寒苔流去,渐汇成河,润泽着万顷平原、低地。寒苔,湿冷的苔藓。原,广平之地,隰(xí),低湿之地。
⑱归仆:想速归的仆从。
⑲野兴二句:谓游兴尚浓而天时已晚。野兴,郊游的兴致。已,止。昃,日偏西。
⑳冲泥二句:踏着淤泥冲上湖船,大雨已然劈头落下。冲泥,不顾泥泞向前猛跑。遽,突然地、急速地。
㉑飘风二句:狂风夹着急雨四面袭来。飘风,旋风。将,夹持。点,指雨点。
㉒荡兀:颠簸、震荡。
㉓短篷:狭窄的船篷。笠:雨帽。
㉔少:稍。戢(jí):止息。
㉕豪习:豪迈的习性。
㉖但耻句:只怕酒不够喝。罍(léi),酒器。罄,空、尽。

【今译】
　　乘坐肩舆我绕着湖边走去,
　　夜间的露水依然润湿。
　　直捷地来到了山脚下面,

求仲抑招游山归途遇雨[1]

楼 钥

【题解】

　　这是一首记游诗。此诗写法上近似韩愈的《山石》，依时间、旅途的自然顺序一路写去。诗从入山写起，在梅雨季节少有的晴天里，众人集合游山，见万松挺立，古藤盘绕，红花生辉；他们玩寒泉，临深渊，山雨忽至而游兴不减；最后冒雨登舟，饮酒高歌，不问裳履皆湿。此诗写山间景色相当逼真，写游者的情态也很生动(如冒雨登船，啸歌)；韵取入声，又多用连仄句法，读来如扣木击石，与山游的气氛十分协调，说明作者的文字功夫还是很深的。

【原诗】

　　竹舆绕湖滨[2]，宿露尚厌浥[3]。径到玉岑下[4]，坐久客始集。起穿灵石山[5]，万松介而立[6]。梅天气清润[7]，空翠行可挹[8]。古藤几百年，枝蔓两山及。见说暮春时[9]，花紫红熠熠[10]。直疑老潜虬，初起夜来蛰[11]。俯玩岁寒泉[12]，齿冷不敢吸。相将上龙泓[13]，尘鞅谢羁馽[14]。洞有灵兽居，临深心岌岌[15]。鱼游明镜中，巨浪无三级[16]。寒苔载水去，万顷润原隰[17]。蒙蒙山雨来，归仆鸟飞急[18]。野兴殊未已，日昃不暇给[19]。冲泥上湖船，雨阵遽奔袭[20]。飘风将急点，回旋惊四入[21]。中流益荡兀[22]，短篷不当笠[23]。停篙亦久之，怒势不少戢[24]。我徒方啸歌，弗为改豪习[25]。但耻瓶罍罄[26]，莫问衣裳湿。

注释

　　[1]求仲抑：作者友人，生平不详。
　　[2]竹舆：人力乘具，犹今之"滑竿"。以两竹竿穿一竹椅，游者坐椅上，前后各一人肩抬行进，可乘以登山。湖：指西湖。
　　[3]宿露：过夜的露水。厌浥：(yì)：湿漉漉的样子。《诗·行露》："厌浥行露。"
　　[4]径：直捷地。玉岑：山的美称。

⑧神交句:谓精神的默契无可名状。神交,精神的交接,心意的投合。穷,穷尽、极致。杳冥,可以指浩杳无际的苍天,也可以指神秘莫测的境界。

⑨郊寒句:孟郊仿佛凛然地对面而立。郊寒,指孟郊。苏轼《祭柳子玉文》说"郊寒岛瘦",以"寒"字概括孟郊诗多穷愁怨苦之辞和追求憔悴枯槁之美的特殊风格,因设譬形象而精炼,为后人所接受,多以"郊寒"、"寒郊"概括指孟郊及其诗作。凛如,严肃地、令人敬畏地。对,站在面前。

⑩作诗句:形容孟郊作诗冥思苦想,务去陈言,极为艰苦。李白曾有诗调侃杜甫作诗之苦说:"饭颗山前逢杜甫,头着笠子日亭午。借问因何太瘦生,只为当时作诗苦。"此用其意。

【今译】
　　住在前面溪边的是什么人?
　　深夜里用琴声倾吐着心声。
　　高远的天空充满肃杀的秋气,
　　西斜的明月伴着疏疏落落的星星。
　　风吹过橡树林更使人感到凄凉。
　　激越的泉声犹如玉佩响叮冬,
　　弹琴的人一定是一位高手,
　　竟能让孟郊如此凝神倾听。
　　穿戴好衣冠并不是为了上朝,
　　漫漫长夜甘愿伫立在空庭。
　　龙眠居士发挥他的奇思妙想,
　　精神上跟古人神秘地沟通。
　　他根本没有见过弹琴的人,
　　却画出了琴韵以外的种种音声。
　　我仿佛觉得孟郊正凛然立在对面,
　　好像看见了他因苦吟而瘦削的身影。
　　真遗憾不能追随在他左右,
　　我手抚画卷,空含着无限的深情。

是谓语无泛设。"

然后推论弹琴者一定是位高手,故而能令孟郊倾倒。继而写画家能心领孟郊诗意,手法高妙,虽未见弹琴之人,却能体会并画出琴外之音。最后写自己读孟郊诗的感受:如对苦吟之"寒郊",恨不能与之共时同游。仰慕之情,溢于言表。这首诗虽无深刻的内涵,却也反映了作者很强的文字修养和概括能力。

【原诗】

谁欤住前溪?夜深以琴鸣。天高豪气肃②,月斜映疏星③。橡林助萧瑟④,泉声激琮琤⑤。弹者人定佳,能使东野听。束带不立朝,遥夜甘空庭⑥。龙眠发妙思⑦,神交穷杳冥⑧。不见弹琴人,画出琴外声。郊寒凛如对⑨,作诗太瘦生⑩。恨不从之游,抚卷空含情。

【注释】

①孟东野听琴图:作者李公麟,画今已佚。孟东野,唐诗人孟郊,字东野。孟郊有《听琴》诗,诗曰:"飒飒微雨收,翻翻橡叶鸣。月沈乱峰西,寥落三四星。前溪忽调琴,隔林寒琤琤。闻弹正弄声,不敢枕上听。回烛整头簪,漱泉立中庭。定步屐齿深,貌禅目冥冥。微风吹衣襟,亦认宫徵声。学道三十年,未免忧死生。闻弹一夜中,会尽天地情。"次其韵:依孟郊诗原韵和诗。

②豪气肃:武英殿本作"颢气肃"。颢气,清新盛大之气,多指秋天清爽的大气。肃,庄严,肃杀,形容秋气。

③月斜句:隐括孟郊诗句:"月沈乱峰西,寥落三四星。"

④橡林句:谓风吹橡树林发出的声音,使琴声倍觉萧瑟。是孟郊"翻翻橡叶鸣"句意的发挥。萧瑟,冷落凄清,多形容秋风吹过枯林的声音。

⑤泉声句:谓琴声如泉水急流,琮琤振响。隐括孟郊诗意:"前溪忽调琴,隔林寒琤琤。"琮琤,环珮碰撞的声音,常用来形容溪水声。

⑥束带二句:谓孟郊穿戴整齐,并不是为了上朝,而是为了肃立庭中听琴。隐括孟郊诗:"闻弹正弄声,不敢枕上听。回烛整头簪,漱泉立中庭"等句大意。束带,束好腰带,指穿戴整齐。立朝,立于朝房,犹今之上班。遥夜,长夜。甘空庭,自觉自愿地站在空荡荡的庭院中。

⑦龙眠:北宋画家李公麟(公元1049—1106年)号。公麟,字伯时,号龙眠居士,安徽舒城人,为北宋文人画代表作家,鞍马、佛像、人物、山水各科皆精。传世有《五马图》《临韦偃放牧图》。

云门寺,吾独胡为在泥滓? 青鞋布袜从此始!"张公,张公洞;善权,善卷洞,都是宜兴著名的风景点。

【今译】
  垂垂老虽我已经六十岁整,
  却又要拖家带口登船远行。
  在阳羡暂住了三月只是作客,
  早想要返回玉溪手头却一文不名。
  游山观水把寝食都忘掉了,
  安然入睡任凭它风声雨声。
  从今后在我这个平民的梦里,
  不是到了张公岩就是游善卷洞。

题孟东野听琴图因次其韵[①]

楼 钥

【作者简介】
  楼钥(公元1137—1213年),字大防,自号攻媿主人。鄞县(今浙江宁波)人。孝宗隆兴元年进士。乾道五年(公元1169年)跟随汪大猷使金,著《北行日录》记录途中见闻,对于中原百姓的饥苦有真切的反映。光宗朝任起居郎兼中书舍人。宁宗朝因与韩侂胄政见不合告老。韩被诛,出任翰林学士。嘉定元年(公元1208年)知枢密院,二年参知政事,五年以资政殿大学士致仕。楼钥居官持正,立言坦明,学识渊博,为文长于书札奏启。其诗多应酬、题咏之作;部分记行写景诗劲健古崛,有唐人风韵。

【题解】
  这是一首题画诗。由于这幅画应该是以唐孟郊《听琴》诗为内容并题写该诗于画上的,因而可以说这首诗同时是和孟郊《听琴》诗的,故曰"因次其韵"。楼钥此诗全由孟郊诗发挥,先是努力体会孟郊写《听琴》诗的诱因、情境、心态、感想,正如陈衍所谓:"全从东野落想,已经无所疑惑了；
看看我这六十岁的老头子，
胡子都白了却依然疑虑重重！

发宜兴

曾　几

【题解】

绍兴十二年(公元 1142 年)，曾几曾客居宜兴(今江苏宜兴)三个月，曾有买田长住之想(《宜兴邵智卿天远堂》："问君许作邻翁否？阳羡溪边即买田。")，但终于还是重返茶山。这首诗写的是即将离去前对宜兴的眷恋和对身世及时势的感慨。首联说年已垂老而飘泊不定；颔联说在宜兴只能暂时客居，但返回旧居，依然度日艰难；颈联说国势虽风雨飘摇，但自己只好不去理会，且寄情山水之中；尾联扣题，表示眷恋宜兴风景，将时时再现于梦中。

【原诗】

老境垂垂六十年①，又将家上铁头船②。客留阳羡只三月③，归去玉溪无一钱④。观水观山都废食⑤，听风听雨不妨眠⑥。从今布袜青鞋梦，不到张公即善权⑦。

注释

①垂垂：将近、渐近。
②将：携持。铁头船：远行江船；木船而船头包以铁。
③阳羡：宜兴古称。宜兴今属江苏省，在太湖边，山水秀丽。
④玉溪：信江(在今江西省，流入鄱阳湖)中段别称玉溪；上饶在玉溪江边，曾几侨居于此。
⑤都：总、全部。废食：废寝忘食。
⑥听风句：谓任凭它风雨连宵，也不会改变自己归隐之意。这里"风雨"实喻指国家危难的形势。
⑦从今二句：谓从今以后自己在隐居生活中会时刻怀念着宜兴山水名胜。布袜青鞋指平民的生活、隐士的生活。杜甫《奉先刘少府新画山水障歌》："若耶溪、

明朝过,看取霜髯六十翁。"

【原诗】

　　禅榻萧然丈室空②,薰销火冷闭门中③。光阴大似烛见跋④,问学只如船逆风⑤。一岁临分惊老大⑥,五更相守笑儿童⑦。休言四十明朝过,看取霜髯六十翁。

注释

①壬戌岁除:高宗绍兴十二年(公元1142年)除夕。
②禅榻句:谓茶山寺主持已去(逝?)。禅榻:禅床,僧侣参禅打坐的座具。萧然:空寂的样子。丈室:方丈的居室。
③薰销:薰炉残损。
④烛见跋:蜡烛已烧到残根。跋,蜡燃尽后残余的部分。《礼·曲礼》:"烛不见跋。"孔颖达疏引《小尔雅》:"跋,本也。"(本,根)
⑤问学句:谓学问如逆风行船,行进极难,而不进则退。
⑥一岁临分:指除夕时候。除夕为旧年新年之分界线。
⑦五更句:谓可笑儿童不知年光逝去不能复生,还兴高采烈地守岁到五更天明呢。

【今译】

　　参禅的坐榻寂冷,
　　主持的居室已然空空;
　　香薰残旧烛火也熄灭了,
　　放在紧闭着的居室当中。
　　光阴就像是即将燃尽的蜡烛,
　　已然看得见残根;
　　学问只如逆水行船,
　　艰难地顶着西风。
　　又是一年将尽的时分,
　　才惊讶地发现竟这把年纪;
　　可笑孩子们还那样兴奋,
　　守岁直守到五更。
　　别说什么明早就过四十岁,

【注释】

①茶山:山名,在江西上饶县北。唐陆鸿渐曾居此山,环居种茶,自号茶山御史,山因而得名。有陆羽泉,号称天下第四泉;又有寺,曾几侨居于此。
②元:原。
③残僧:剩余的和尚。曾几此句极言山穷寺破僧人多云游四方,不愿意住在这里。
④败屋:破旧的房屋。
⑤木上座:茶山寺住持僧人。上座,梵文 Sthavira 的意译,指有德行的高僧或寺庙的住持。

【今译】

看似有病,其实我原本没病。
正求清闲,恰好便得到了清闲。
这座庙,只剩下六七个和尚,
破旧房屋还空着两三间。
荒郊野外,哪里有柴米供应?
城中闹市,早已中断了往还。
同行的还有个高僧木上座,
他将要跟我一起长住在茶山。

壬戌岁除作,明朝六十岁矣①

曾 几

【题解】

这首诗是曾几将届花甲时的自寿诗,当时他已在茶山寺住了多时。较之初到茶山,心态更多了一层悲凉,因此诗中流露着比较明显的岁不我予,前途茫然的情绪——虽然他并未屈服。"休言四十明朝过"一语,陈衍评说:"第七句不可解",我们认为并不难解。孔子说:"三十而立,四十而不惑,五十而知天命,六十而耳顺……"(《论语·为政》)人到四十当已无惑,可应付自如,所以《礼记》说:"四十曰强,而仕。"郭祥正《将归行》:"男儿四十无所成,可怜鬓发霜华生。"而曾几年届六十,既不能无惑,又"无所成",故深为感叹地说:"休言四十

【注释】

①相从:犹"相访",拜访。从,往就。不期:犹"未期",没有约好。期,约定。

②剡中:剡溪一带。剡,剡溪,曹娥江的上游,在今浙江嵊县境内。当时,戴逵居剡溪,王徽之居山阴(今浙江绍兴),自山阴沿曹娥江上溯,即可达戴逵住所。

③奇:奇景之省略。

【今译】

驾着小船去拜访,
事先并没有约定。
一路上只见剡溪蒙着银白的雪,
跟银白的月光交相辉映。
如果不是王徽之兴尽而返——
掉转船头归去,
后人哪有机会——从画里,
欣赏到山阴一带这一段奇景!

茶 山①

曾 几

【题解】

绍兴八年(公元1138年)曾几与兄曾开同被秦桧贬斥,其后长期受到压制,直到十八年后秦桧病死,曾几才得复官。其间他曾侨居上饶茶山寺七年之久,这首诗就是他初到茶山时写的,反映了诗人失意愤懑的心情和寂寞清苦的生活。五律首联内直外婉地发泄了被迫去职的愤懑,颔颈两联简炼生动地描绘了处境的清苦,尾联则以泰然的口吻表示自己宁愿住茶山,受此清苦,也绝不委屈求荣。

【原诗】

似病元非病②,求闲方得闲。残僧六七辈③,败屋两三间④。野外无供给,城中断往还。同行木上座⑤,相与住茶山。

【注释】

①三衢:山名,亦县名。浙江衢县有三衢山,衢县也因而别名三衢。
②梅子句:谓梅子黄时浙西本当阴雨不绝,此时却天天晴朗,心情自然轻松。按,江淮一带,初夏为雨季,时正值梅子黄时,故俗称梅雨季节,宋赵师秀有"黄梅时节家家雨"(《有约》)之句。
③泛尽:谓泛舟游玩已尽兴。
④黄鹂:鸟名,俗称黄莺或黄鸟。

【今译】

正当梅雨季节难得天天放晴,
已乘船游尽小溪我漫步在山中。
归路上绿阴依然像来时一样浓郁,
只是增添了四五声黄莺的啼鸣。

题访戴图

曾 几

【题解】

这首诗一名《题徐明叔访戴图》。徐明叔名徐兢,是徽宗时的画家,《访戴图》画的是晋王徽之雪夜拜戴逵的故事,他未见戴即归,人问之,他说:"吾本乘兴而行,兴尽而返,何必见戴?"徽之访戴是名士风度的典型体现,历来多有歌咏,曾几却能别出新意,提出"不因兴尽回船去,那得山阴一段奇?"若不是他兴尽而返,给文坛留下这一段佳话,后人哪能从画家的笔下欣赏到"剡中雪月并明"这段美妙的奇景呢?由此可见曾几作诗细心之处。

【原诗】

小艇相从本不期①,剡中雪月并明时②。不因兴尽回船去,那得山阴一段奇③。

三衢道中

曾 几

【作者简介】

曾几(公元 1084—1166 年),字吉甫,祖籍赣州(今江西赣县),徙居河南县(在今河南洛阳)。曾居上饶茶山寺七年,自号茶山居士。徽宗时,赐上舍出身,入秘书为校书郎。靖康初,提举淮南东路茶盐公事。高宗立,改提举荆湖北路、广南西路,徙江南西路、两浙西路提点刑狱。与兄曾开因反对和议,被秦桧罢黜。因悚天下议,除曾几广南西路转运副使,徙荆湖南路,后主管崇道观,寓茶山寺。桧死,复起,提点两浙东路。后入朝为秘书少监,擢尚书礼部侍郎。绍兴末,除敷文阁待制。孝宗朝,以左通奉大夫致仕。曾几为人刚毅质直,为官清正,三仕岭南而家无南物。曾几诗以杜甫、黄庭坚为宗,又受韩驹、吕本中影响,注重炼字,部分诗作清峻灵活,很受时人推崇。曾几之所以在南宋诗人中影响很大还因为陆游是其弟子,对他十分崇敬。赵庚夫有诗云:"咄咄逼人门弟子,剑南已见一灯传。"(《读曾文清公文集》)很能代表宋以来文人意见。

【题解】

这是一首纪行诗,写作者往返于浙西山区时路上之闻见与感受;字里行间洋溢着一股轻松欣喜的情调。此诗虽仅四句,却颇见匠心,不单构思精巧:写归时情景却带出去时,写山区初夏而兼顾暮春情景。写山行又顺及舟游小溪,使诗的涵容力倍增。而且炼字炼句相当老到:梅子黄、浓阴绿、小溪流、黄鹂鸣,有色有声;以绿阴之"不减"与"添得"之鹂声对照,把季节与心情的变化溶注其中。无怪前人给予它很高的评价。

【原诗】

梅子黄时日日晴②,小溪泛尽却山行③。绿阴不减来时路,添得黄鹂四五声④。

【原诗】

今年二月冻初融②,睡起苕溪绿向东③。客子光阴诗卷里,杏花消息雨声中④。西庵禅伯还多病⑤,北栅儒先只固穷⑥。忽忆轻舟寻二子,纶巾鹤氅试春风⑦。

注释

①天经:人名,姓叶,名懋。智老:僧人,法名大圆洪智。两人都是陈与义的朋友。陈与义另有《与智老天经夜坐》诗说:"残年不复徙他乡,长与两禅同夜釭。坐到更深都寂寂,雪花无数落天窗。"可见三人思想接近,友情很深。

②冻:指冰。

③苕溪:水名,源于浙江天目山,流经余杭、杭州、湖州等地入太湖。

④杏花句:谓春天将在雨声中逝去。杏花消息指春的消息。唐张继《上清词》:"春风不肯停仙驭,却向蓬莱看杏花。"

⑤西庵禅伯:指大圆洪智。西庵,指洪智所居寺庙。禅伯,老僧,精通佛学的人。

⑥北栅儒先:指叶懋。北栅,叶所居地,在乌镇。儒先,儒生;先,先生。固穷:安于贫贱。《论语·卫灵公》:"君子固穷,小人穷斯滥矣。"

⑦纶巾鹤氅:高士的装束。纶巾,用青丝带做的头巾。鹤氅,用鸟羽制成的外衣。

【今译】

今年二月河水刚刚解冻,
一觉醒来,苕溪已泛着绿波奔流向东。
客居他乡的人,只能在诗卷中消磨时日,
春天伴随着杏花悄悄出现在风雨声中。
西边庙里的长老体弱多病,
北面栏门中的儒者安于贫穷。
我忽然想念他们,
想驾一条小船去寻访,
穿戴起高士的衣冠,
试一试和煦的春风。

⑤正要句:谓正希望能平定战乱,争得和平。活用杜甫《洗兵马》句意:"安得壮士挽天河,净洗甲兵长不用。"

【今译】
  山里人年老体弱虽已不能耕种,
  却打开屋窗端坐着观察阴晴。
  乌云从山前的大江直通到后岭,
  万条沟谷千片树林送来了雨声。
  海一般的雨水把竹枝压下去,
  它又抬起头来,
  狂风吹来乌云将山角全遮没,
  转瞬又现光明。
  让雨再大些罢,
  我不怕屋子漏得没有干处,
  正希望上帝派群龙,
  洗净这世上的战争!

怀天经智老因访①

陈与义

【题解】
  这首诗作于高宗绍兴六年(公元1136年)二月。绍兴五年(公元1135年)六月,陈与义借病请退,被授以提举江州太平观,住进了青镇(今属浙江桐乡)的僧舍。恰好他的两位老朋友叶天经和僧洪智都住在不远的乌镇(今属浙江湖州),与青镇之间仅隔一条苕溪。于是想前往访问,写了这首诗。这首诗在表达了陈与义与叶、智二人之间清如茶水的君子交情的同时,寄寓了自己对客寄他乡,哀病闲居,无所作为的现状不满的情绪。此诗语似平实而炼字极精,尤其颔联两句:"客子光阴诗卷里,杏花消息雨声中",淡淡哀怨溶于字间,如盐入水。无怪乎胡仔称其"平淡有功",而且深得宋高宗的赏识(见朱熹《朱子语类》)。

观 雨

陈与义

【题解】

这是陈与义代表作之一,作于建炎四年(公元 1130 年)夏天,寄居邵阳贞牟山时。这首诗借着写坐观山雨来寄寓自己对动荡不定的形势的关心和对和平的期盼。建炎三年末,金兵破临安,高宗逃往温州、台州沿海一带;四年二月,金兵又自江西入湖南,陷潭州,屠城而去,南宋形势十分危急。然而,在此期间,宋将岳飞、韩世忠、向子谆等在抗击金人的战斗中又屡有建树,使人们并未完全丧失胜利的希望。这也就是陈与义诗中形象地描述的:"海压竹枝低复举,风吹山角晦还明"的形势——尽管千林送雨,乌云压城,宋军就像暴雨中的竹枝,仍在抵抗,低而复举;而局势就像乌云中的山角,仍因有风吹过,晦而还明。最后一联,诗人改用杜甫诗句,表明坚定的决心:只要能够尽快地平定敌虏,恢复失地,宁愿付出更大的牺牲。这首诗气势雄浑,寄托深沉,神气完足,是一篇好诗。

【原诗】

山客龙钟不解耕①,开轩危坐看阴晴②。前江后岭通云气,万壑千林送雨声。海压竹枝低复举③,风吹山角晦还明。不嫌屋漏无干处④,正要群龙洗甲兵⑤。

【注释】

①山客:住在山里的人,陈与义自称。龙钟:年老体弱的样子。不解耕:不懂耕种,不事耕种。

②开轩句:谓虽不能耕种仍十分关心天气变化。轩,有窗的小屋;陈与义借周氏山居,开壁为窗,题名"远轩"。危坐,端正地坐着,表示认真。

③海:指雨,谓暴雨排空而至,如海浪一般。

④屋漏无干处:用杜甫句:"床前屋漏无干处,雨脚如麻未断绝。"(《茅屋为秋风所破歌》)

五七言形式,极好地配合了内容的表达,表明诗人极强的驾驭诗体的能力。

【原诗】

春禽劝我归①,主人留我住。一笑谢主人,我自无归处②。拟借溪边三亩春③,结茅依树不依邻④。伐薪正可烦名士⑤,分米何须待故人?

注释

①春禽:指布谷鸟之类。布谷叫声如"不如归去",故说"劝我归"。
②无归处,一本作"归无处"。
③三亩春:意思是"一小块地","三亩"言其不大;因正值春天,又夸美主人盛情如春之温暖,故不称"地"而称"春"。
④结茅:筑室。说"结茅"(编结茅草为屋),表示是临时的、暂住的。结茅,通称"结草",《后汉书·李恂传》:"潜居山泽,结草为庐。"不依邻:谓远离村落、人家。
⑤伐薪:《汉书·朱买臣传》载:买臣家贫,好读书而不置产业,伐薪山中,卖以维生,常边担薪边读书。后为会稽太守。
⑥分米句:谓不需老友分赠禄米解困救饥。秦观为秘书省校勘时,甚贫,户部尚书钱勰以禄米二石赠之,秦以诗谢,云:"顿烦分米慰长饥。"

【今译】

布谷鸟一声声地劝我还乡,
主人却殷勤地留我住一场。
惨然一笑,答谢贤主人,
我想回也没有去处——家乡已然沦丧!
我打算暂借山溪旁边的三亩草地,
远离村镇盖一幢草屋在树丛里。
正可以学习名士自己砍柴烧火,
自耕自食,不需要老朋友分一份禄米。

【原诗】

春风漠漠野人居②,若使能诗我不如③。数株苍桧遮官道,一树桃花映草庐。

注释

①杉木铺:地名,在衡阳至邵阳途中,具体处所不详。野人:农民。《孟子·滕文公》:"无君子莫治野人,无野人莫养君子。"

②漠漠:密布状。陆机《君子有所思行》:"廛里一何盛,街巷纷漠漠。"又有"寂静"义,这里兼有二义。

③若使句:谓如果农民有了文化,我们这类人就大大比不上他们了,因为他们的生活是那样地朴实、恬静,令人欣羡。

【今译】

密集的农家静静地沐浴着春风,
如果他们会作诗将比我远胜。
几株绿油油的桧柏遮住了大路,
一树艳丽的桃花把草屋照映。

谢主人

陈与义

【题解】

这首诗作于建炎四年(公元1130年)暮春,陈与义初到邵阳,寄居在妻族周静之家。陈与义飘泊天涯,不能不寄人篱下(所谓"我自无归处"),但又希望能不给主人带来太多的麻烦,以多少冲淡些寄居的苦闷。这首诗就是为此而发的。诗八句,明显分为两个部分。前四句五言,说虽然布谷声声催促游子"不如归去",但我已无家可归,只能领你的盛情,暂时借住了。"春禽劝我归"表达了诗人迫切希望家山恢复,重返故乡的心情,而"我自无归处"则道出了无家可归的现实。极平常的句子,却浸含着多少辛酸的泪水!后四句七言,说明自己的要求;只需借居溪边,依树结茅,自耕自薪,尽量少麻烦主人。两个部分,分用

折一枝插在瓶里
整夜跟它相对能忘却春寒。

除夜不寐,饮酒一杯,明日示大光

陈与义

【题解】

　　这首诗是写完上一首后,意犹未尽,夜不能寐而写成的。前首诗中流露的惆怅感伤情绪,在这首诗中便明白地披示了出来——诗人的愁绪完全是因为北国沦陷,乡山阻隔,每逢佳节,百忧攒心之故。他要借酒浇愁,以酒催眠,但又怕明天醒来,梅花已被晓风吹残了。

【原诗】

　　万里乡山路不通,年年佳节百忧中。催成客睡须春酒,老却梅花是晓风。

【今译】

　　故乡的河山远隔万里道路不通,
　　每年到佳节时候就越发忧虑重重。
　　为催游子入睡只好靠这杯春酒,
　　凋残了梅花的却是清晨的风。

将至杉木铺望野人居[①]

陈与义

【题解】

　　这首诗作于自衡阳向邵阳进发的路上。诗人在奔走中看到路边桃花掩映的农舍,艳羡之情油然而生,于是吟出了这四句诗,表达了自己对和平、宁静生活的渴望。苍桧遮道,尘嚣必少;桃花映庐,世外之征,都表现了作者的理想和追求。

除夜次大光韵,大光是夕婚①

陈与义

【题解】

　　这首诗作于建炎三年(公元1129年)除夕。陈与义当年初冬由岳阳到潭州(治所在今湖南长沙),住了一个多月以后又南下,经衡州(治所在今湖南衡阳)到达邵州(治所在今湖南邵阳)。三年岁末,他在衡州遇到了老朋友席大光(《别大光》)说:"恍然衡山前,相遇各白发。岁穷窗欲霰,人老情难竭。"除夕日,大光完婚,他们饮酒唱和,陈与义写了这首诗,若是平常岁月,除夕赋诗应当是喜气洋洋的,何况又值朋友的婚礼!然而这首诗却明显地流露了一种岁月催人老,前途渺茫难知的情调。这当然是混乱的现实和流离的生活在诗人心中的反响。

【原诗】

　　一杯节酒莫留残②,坐看新年上鬓端③。只恐梅花明日老,夜瓶相对不知寒④。

【注释】

　　①大光:姓席,名益,绍兴三年(公元1133年)参知政事。大光为陈与义老友,在汴京时过从较密。
　　②莫留残:不要留下一部分。
　　③坐看句:谓眼看着又长了一岁,鬓角又增添了白发。
　　④只恐二句:谓只怕梅花明日凋谢,故而折枝插瓶,对瓶观赏,使它不受寒气的侵袭。怜花实是自怜,所畏的岂止是自然界的寒气而已!老,凋残。

【今译】

　　这杯节日的酒一定要喝干,
　　眼看着新的一年已经攀上了鬓边。
　　我只怕明天梅花将要凋谢,

我接连醉了三天,
谁料到春雨过后
鲜花竟红遍满园。
可惜没有人
能画出我惆怅的影象,
在亭角寻觅诗句
却只有清风把两袖涨满。

其 二

【题解】

《寻诗》其二说的是别笑我好酒贪杯,只有酒能使我酣睡而暂忘痛苦。一旦清醒,月光下峥嵘的乔木又会引发起我的故国、身世之悲了。

【原诗】

爱把山瓢莫笑侬①,愁时引睡有奇功②。醒来推户寻诗去,乔木峥嵘明月中。

【注释】

①把,持。山瓢:葫芦瓢做成的酒具。
②引睡:犹催眠。
③乔木峥嵘:高大的树木。这里似乎暗指宋王朝不知爱惜、擢用真才,使自己闲置。《孟子·梁惠王》:"所谓故国者,非谓有乔木之谓也,有世臣之谓也。王无亲臣矣,昔者所进,今日不知其亡也。"

【今译】

请不要嘲笑我好酒贪杯,
苦恼中只有它能催我入睡。
醒来时推门走去寻觅诗句,
伴着明月在高耸的大树间徘徊。

脂湿。"

【今译】
　　二月里巴陵天天刮着冷风,
　　春寒无尽无休使我虚弱、苦痛。
　　海棠却不吝惜艳如胭脂的花朵,
　　傲然挺立在蒙蒙冷雨当中。

寻诗两绝句

陈与义

其　一

【题解】
　　这两首诗跟前一首诗是同时的作品,表现的依然是那种寄人篱下,满怀惆怅,而又无可奈何的愁绪。较之前首,则更侧重表现的是对无所作为的苦恼和无奈。其一,说自己借酒浇愁愁不去,园花无情依旧红,有谁能理解苦寻诗句以寄托愁思的诗人呢?

【原诗】
　　楚酒困人三日醉①,园花经雨百般红。无人画出陈居士②,亭角寻诗满袖风③。

注释
　　①楚酒:楚地产的酒。唐皇甫冉《送从弟豫贬远州》:"忧来沽楚酒,玄鬓莫凝霜。"困人:使人倦怠。
　　②陈居士:陈与义自称。古有德才而不仕者称居士。
　　③亭角句:谓苦寻诗句却无所获。觅得佳句便写下来放在衣袖中,既然"满袖风",自然没有诗句了。

【今译】
　　楚酒使人倦怠

【今译】

  岳阳楼壮观的气势天下流传，
  楼的北面长江大堤绵延不断。
  草木相连一直伸向南部边境，
  长江洞庭各逞异态在楼栏的前面。
  天下万事堪忧使我愁白了双鬓，
  怎奈小臣无能为力，我被贬谪至今已经五年。
  待要题写诗文凭吊往古的贤士，
  面对着狂风巨浪我心头只觉得茫然。

春 寒

陈与义

【题解】

  这首诗作于高宗建炎三年（公元1129年）初，陈与义避乱岳阳之时。他客居异乡，寄人篱下，又遇上料峭春寒，心中无限酸辛。猛然间他看到蒙蒙冷雨当中，一树海棠傲然独放，不觉怦然心动，重又鼓起了奋斗的勇气。这首短诗以极其鲜明的形象深入揭示了诗人的心理活动，语精境深，确为佳作。

【原诗】

  二月巴陵日日风，春寒未了怯园公②。海棠不惜胭脂色③，独立蒙蒙细雨中。

注释

  ①二月句：既是写实，又有象征时势之意。巴陵，古郡名，郡治岳阳。
  ②未了：未尽，无尽。怯园公：使园公怯。陈与义自注："借居小园，遂自号园公。"按，陈与义避难岳阳，因原住处火灾，借郡守王撝后园君子亭暂住。怯，虚弱——此处包括生理和心理两方面而言，身体既因饱经风寒而虚弱，心理也因国难当头而苦恼。
  ③胭脂色：形容雨中的海棠花如润湿的胭脂，杜甫《曲江对雨》："林花着雨胭

再登岳阳楼感赋诗①

陈与义

【题解】

　　这首诗作于高宗建炎二年(公元1128年)诗人避乱南迁途中。由于诗人前此已有《登岳阳楼》二首,故题《再登岳阳楼感赋》(一作《雨中登岳阳楼感慨赋诗》)。此诗因岳阳楼壮观的形势,引入国家兴衰、个人流离之感,苍凉悲壮,颇有老杜气概。这是一首拗体七律,诗中多用拗句,多次使用连平连仄脚,多次失黏失对,造成一种郁戾奇崛的气势,成功地配合了内容的表达。宋刘辰翁赞其"以简洁扫繁缛,以雄浑代尖巧";陈衍则认为五六句"学杜而得其骨"。此诗首颔两联写岳阳楼形势和登楼所见壮观景色;颈尾两联因景抒怀,寄寓家国身世之慨,分野清晰而又紧密相连,结构上也很成功。

【原诗】

　　岳阳壮观天下传,楼阴背日堤绵绵②。草木相连南服内③,江湖异态阑干前④。乾坤万事集双鬓,臣子一谪今五年⑤。欲题文字吊古昔⑥,风壮浪涌心茫然。

注释

　　①岳阳楼:楼名,在今湖南岳阳城西,背江面湖(洞庭湖)。
　　②楼阴句:岳阳楼的北面千里江堤绵延不绝。楼阴,楼背面;背日,指北面。
　　③南服:犹南疆。周代称王畿以外之地为"服",意指臣服之地;南服指南方边远之地,但仍在王朝管辖范围之内的。
　　④江湖句:凭栏四望,长江、洞庭形态各异。陈衍所谓"江水浊黄,湖水清碧……七字写尽"。
　　⑤臣子句:与义宣和六年被谪监陈留酒税,至建炎二年,前后五年,故云。
　　⑥吊古昔:往古诗人被谪、放至湖湘一带的何止一二人,如屈原、贾谊,皆忠贞而被逐。诗人此句正因此而发。

绘出了一幅乱世荒山的典型环境,揭示了诗人心绪的不宁。颔联扣题,点出这是客中过清明,而且是在丧乱之中,即使想要陶醉于暖风春花之中也是不能的。颈联进一步写明自己的处境和心情:临近暮年而被迫隐退,但大志未泯,仍希望有所作为。最后说流亡之中没有、也不需要任何游乐,只能以诗句来打发日子。

【原诗】

雨晴闲步涧边沙,行入荒林闻乱鸦。寒食清明惊客意①,暖风迟日醉梨花②。书生投老王官谷③,壮士偷生漂母家④。不用秋千与蹴鞠⑤,只将诗句答年华。

【注释】

①惊客意:使客居之人心惊。意,心。

②迟日:春天,词出《诗经·豳风·七月》"春日迟迟"。迟迟,日长而暖。醉梨花:因满眼梨花而陶然欲醉。

③王官谷:地名,在今山西省虞乡县南中条山中。唐司空图有祖田在那里,后来司空图便隐居于此,筑亭观、素室,把唐代建国以来的节士文人的图像挂在室中。

④壮士句:用韩信的故事,表示失意时自己暂时寄居在别人家。据《史记·淮阴侯列传》,韩信贫困时曾受漂母赐食数十日,对漂母说:"吾必有以重报母。"漂母说:"大丈夫不能自食,吾哀王孙而进食,岂望报乎!"

⑤不用句:以秋千、蹴鞠(cù jū)代表游乐。蹴鞠,踢球。

【今译】

春雨初晴我踏着细沙信步走在涧边,
不知不觉走进了荒林只听得鸦声杂乱。
寒食清明时节避难异乡的我心神不宁,
哪里还能为春风中盛开的梨花陶然。
一介书生到老来,只能隐居在王官谷,
壮士为了活命,也只好到漂母家讨饭。
逃难当中用不着打秋千踢足球,
只能用诗句回答岁月的轮换。

【注释】

①试院:古代考试场所。宋代"凡学皆隶国子监(太学)"(《宋史·选举志》),以三舍(外舍、内舍、上舍)法考试生员,"试上舍,如省试法"。"上舍上等,取旨授官"(《选举志》)。故宋代的试院通常即指太学而言。

②平安字:通报平安的书信;通常指家信。

③愁边句:谓在忧思当中年华逝去。岁华,岁月、年华。

④淡淡句:春花本当繁茂艳丽,这里却用淡淡形容满枝春花,是移情于景:诗人情绪暗淡,花自然也难得繁艳了。

⑤投老:垂老、临老。当时陈与义年仅34岁。

⑥十年事:陈与义24岁以太学上舍第三名授开德府教授,至宣和六年,出仕整整十年。

⑦倚杖句:表面上显得百无聊赖,暗中表示对故乡亲人的思念。梁元帝《栖乌诗》:"风多前鸟驶,云暗后群迷。路远声难彻,飞斜行未齐。应从故乡返,几过入兰闺。借问倡楼妾,何如荡子啼?"栖鸦,归巢的乌鸦。

【今译】

　　仔细地阅读着一封封家信,
　　在忧思当中又熬过了这一年。
　　稀疏的冷雨洒落在窗帘外,
　　淡淡的杂花缀满了枝叶间。
　　人快老了,写诗反成了嗜好,
　　春将去了,却常常梦见家园。
　　一想到这十年便茫然若失,
　　斜靠着竹杖把归巢的乌鸦数点。

清　明

陈与义

【题解】

　　这首诗是建炎二年(公元1128年)春,陈与义避乱南逃,至房州遇金兵,奔入南山时所作,反映了诗人惊魂乍定,前途未料的心情。这是一首七言律诗,首联说春雨初晴,漫步涧边,直入荒林,耳边寒鸦乱鸣,池边的柳树曾经过几次衰枯复生?
人生短暂只能及时行乐而已,
写诗作文只因为精力还有余剩。
难得相逢让我们举起这杯酒,
或许将来会被写进《五君咏》。
我们约定下一次踏月前来,
夜半在烟波画艇中长歌不停。

试院书怀①

陈与义

【题解】

　　这是一首思乡诗,当作于宣和六年(公元1124年)春太学博士任上。陈与义宣和二年因母病徙居汝州(今河南临汝),随即丁忧守丧,到四年七月,以太学博士应召,匆匆进京,他的亲眷、兄弟还留居汝州。他的被召入京,是因为汝州知州葛胜仲通过王黼把他的《墨梅》诗呈给了徽宗,徽宗极为赏识,亟命召对。而当时权臣蔡京、郑居中、王黼等相继执政,互相倾轧,无论卷入谁的势力范围中去都很危险。陈与义因王黼之荐而得召对,心中自感忐忑,他曾在《中牟道中》说:"如何得与凉风约,不共尘沙一并来。"表现了这种不安的心情。《集葆真池上》说:"微波喜摇人,小立待其定。"也反映了这种不安而观望的心理。这首诗中那种茫然不安的心理,也是在这种背景下产生的。诗的首联写一年多来自己全然是在乡愁缠绕中挨过的;颔联以环境衬托心情,冷雨稀疏如泪,杂花淡淡无欢;颈联以人渐老而恋家的诗反而一发难止,春已尽而思亲的梦却做个不停来突出乡思之深重;尾联总结自己从仕十年的经历,身不由己,事业无成,感到茫然,于是思亲之念更为深切。此诗深情委曲,真挚动人,是他前期较好的作品。

【原诗】

　　细读平安字②,愁边失岁华③。疏疏一帘雨,淡淡满枝花④。投老诗成癖⑤,经春梦到家。茫然十年事⑥,倚杖数栖鸦⑦。

⑫千丈镜:指幽深澄明的池水。

⑬微波句:谓照影时清风吹起微澜,人影摇摆不定,只得暂立池边,等待风平浪静。

⑭梁王:战国魏国君主惠王。惠王三十一年(公元前339年),迁都大梁(今河南开封),故人称惠王为梁惠王、梁王。何许:何处。

⑮柳色句:以柳色无数次盛衰隐指岁月流逝。

⑯人生句:杨恽《报孙会宗书》:"人生行乐耳,须(待)富贵何时?"

⑰诗律句:谓诗歌创作不过是行乐之余的事。诗律,诗的格律,诗歌创作。剩,余。

⑱邂逅:偶然相逢,难得相遇。

⑲五君咏:南朝宋颜延之诗,咏竹林七贤中的嵇康、向秀、刘伶、阮籍、阮咸五人。这里陈与义以五君比同游葆真池的五人,以高士自许,谓将来会有人作诗咏之。

⑳啸烟艇:长啸(吟诗)于烟波画艇之中。烟艇,如烟的波涛中的小船。

【今译】

　　清冷的池水不受暑气的侵凌,
　　探幽访胜使我消除了病痛。
　　没想到在长安大路的近旁,
　　竟然有满池的荷花玉立亭亭。
　　既只有自己的身躯可以任性懒散,
　　便无妨一起欢游尽兴纵情。
　　看鱼在水底游玩觉得分外凉爽,
　　听鸟在林中啼叫反觉得更加幽静。
　　谈兴未尽已到了中午时分,
　　烈日当空树影儿亭亭正正。
　　只有送爽的清风不辜负游客,
　　它的情意比送人百金还重。
　　我姑且将那乱蓬蓬的两鬓,
　　朝向那深深的池水来照影。
　　荡漾的水波喜欢摇晃人影,
　　我需略站片刻等待它平静。
　　建池的梁王如今他在哪里?

释说这里是用孔子"待水波定,不闻挐音,而后敢乘"(《庄子·渔父》)的典故,表示诗人要待政治风波停息方敢用世之意。"梁王"以后写因游池而生发的感想——梁王何在,人生无常,不如饮酒赋诗,他年或可被视为清高隐士;最后以相约重游结束全篇。

【原诗】

　　清池不受暑②,幽讨起予病③。长安车辙边,有此荷万柄④。是身惟可懒⑤,共寄无尽兴⑥。鱼游水底凉,鸟语林间静⑦。谈余日亭午⑧,树影一时正⑨。清风不负客,意重百金赠⑩。聊将两鬓蓬⑪,起照千丈镜⑫。微波喜摇人,小立待其定⑬。梁王今何许⑭?柳色几衰盛⑮?人生行乐耳⑯,诗律已其剩⑰。邂逅一尊酒⑱,他年《五君咏》⑲。重期踏月来,夜半啸烟艇⑳。

注释

①葆真池:池水名,在宋汴京(今河南开封市)重华葆真宫中,相传为战国梁惠王所建。以"绿阴生昼静"赋诗:古人联袂唱和,有选定若干字或一句诗文为韵,各拈一字,分别就一定主题作诗者;陈与义等五人,集会葆真池上,以韦应物《游开元精舍》中的一句诗为韵字,分别拈取一字为韵作诗,陈与义所拈为第五字"静",所赋即此诗。

②清池句:化用杜甫《宴历下亭》:"修竹不受暑"句法。不受暑,不受到暑气的困扰。

③幽讨:讨幽,寻访幽胜之境。起予病:使我的疾病得以痊愈。病,这里指中暑、畏暑之类。

④长安二句:谓没想到就在长安大道旁竟有生满荷花的池塘。车辙,代指大路、闹市区。荷万柄,代称池塘。

⑤是身句:惟此身可懒。可懒,犹可以自由把握。懒,懒散涣漫。

⑥寄:托。兴:兴致、游兴。

⑦鸟语一本作"鸟宿"。

⑧谈余:谈语未尽,交谈多时。余,长久、未尽。亭午:正午。

⑨树影句:活用刘禹锡《池亭》"日午树影正"句。

⑩清风二句:谓清风不辜负游赏的客人,它的情意比人在危难中赠送百金还重。"意重"句,反用李白《古风》:"意轻千金赠。"

⑪两鬓蓬:杂乱如蓬草的两鬓,代指因暑热而倦怠的面容。

·秦始皇本纪》:"皇帝并宇,兼听万事。"

④欹卧:侧身躺着。一本作"欹枕",意同。欹,侧斜。棂:窗格子。

【今译】

  回想起来不久以前
  才看着落梅染白了庭院;
  转眼之间桃树枝头
  已经是青叶斑斑。
  多少烦心事堆在身旁
  使人愁白了双鬓,
  却只能斜卧在竹床上
  把窗格子数了一遍又一遍。

夏日集葆真池上,以"绿阴生昼静"赋诗得"静"字①

陈与义

【题解】

  这首诗作于徽宗宣和五年(公元1123年)夏,是陈与义五言古诗的代表作品。洪迈《容斋随笔》说:"(与义)尝以夏日偕五同舍集葆真池上避暑,取'绿阴生昼静'分韵赋诗,陈得'静'字,其词曰……诗成出示,坐上皆诧为擅场。朱新仲时亲见之,云:京师无人不传写也。"可见当时影响之大。此诗虽是应景唱和之作,但状物写景清新雅丽,又能结合故实,有所托寄,语言也颇有六朝、唐人风韵,确是一首较好的写景诗。这首诗大体可分为三个层次:起句至"共寄无尽兴"写集游葆真池的缘由——暑热难熬,唯游赏清池可以祛病,而汴京长安大道闹市之旁恰有此清凉之地,岂能不乘兴而往!"鱼游"至"小立待其定"具体描绘夏日亭午的池景——鱼藏池底,鸟鸣林间,树影、清风、池波,一切都给人一种清幽宁静的快意;"微波喜摇人,小立待其定"二句虽嫌小巧,但很真切。《诗说隽永》认为这两句"盖有深意寓也。"后人解

【注释】

①红绿扶春:谓春神仿佛是被枝头的红花绿叶搀扶出来的。王安石《欲归》:"绿梢还幽草,红应动故林。"

【今译】

天刚黎明庭树间就有鸟儿在欢快地歌唱,
红花绿叶把春神搀扶到远处的林梢上。
忽然感到优美的诗意从我的眼底浮起,
待到推敲字句时那意境却消散得精光。

其 二

【题解】

这首诗跟前首不同,它不是正面抒写春光的明丽带给诗人的感受,春在这首诗里只是一种衬托。寒梅刚刚落尽,桃枝已吐叶芽,春天似乎一闪而过。逝者如斯而有志无成,于是顿生感慨:人间万事如流水,双鬓向人无再春;可叹自己只能欹卧竹林,无聊地数着窗棂而已!其实宣和五年正是陈与义被徽宗所赏识,破格擢用的时候,就其个人仕途来说,本不必为光阴倏去而叹息;但就整个时势论,那正是靖康之变的前夜,奸臣当权国情堪忧,作为一位太学博士,陈与义无丝毫影响于国事,只能卧数窗棂,愁白双鬓而已。

【原诗】

忆看梅雪缟中庭①,转眼桃梢无数青②。万事一身双鬓发③,竹床欹卧数窗棂④。

【注释】

①梅雪:梅花飘落如雪,状初春景象。缟中庭:使庭院变得素白。缟,白绢、白色。

②转眼句:谓春将尽。桃树先开花后生新叶;枝头青芽无数,说明花已凋谢。

③万事句:谓万事萦怀使双鬓愁白。苏轼诗:"万事悠悠付杯酒,流年冉冉入双髭。""万事"通常又指国家之事,《礼记》:"百官得其宜,万事得其理。"又《史记

【今译】

想回故乡的打算又成为虚空,
恨别鸟惊心的感觉到处相同。
四壁间孤身一人,做不完的客梦,
百种忧烦染白了双鬓,何况又吹起春风!
梅花的素洁不是人间所能有的,
太阳的颜色那有愁人醉脸般红?
姑且搁置他事高声吟诵吧,
这一生还能用得几个诗筒?

春日二首

陈与义

其 一

【题解】

春日诗作于宣和五年(公元1123年),是陈与义前期的代表作之一,状物写情清奇纤细,语言明净而富于情趣,陈衍评其"已开诚斋(杨万里)先路"是不错的。《春日》其一写生机勃勃的春天的到来,激发了诗人的创作冲动,而要把这种冲动形诸文字时,又不知从何说起。古今诗人常有近似的体会,如苏轼说:"作诗火急追亡逋,清景一失后难摹。"朱继芳说:"乘兴一长吟,回头已忘句。"吕居仁说:"忽见云天有新语,不知风雨对残书。"意趣大致相同。此诗前二句写春天景色,首句状动物("禽"而且"鸣")却用极平静的存在句(庭树有鸣禽),次句写静物(江绿之色,远方之林)又用极生动的陈述句("扶春"),充分显示出他精细的炼句功夫。

【原诗】

朝来庭树有鸣禽,红绿扶春上远林①。忽有好诗生眼底,安排句法已难寻。

我愿与你共同跟鸥鸟为邻。
得到三间瓦房十分容易,
我住在西头,把你安置在东屋里。
留下中间的一间屋子,
你我学老莱子共做游戏;
世界上还有什么样的快乐,
能够跟这来相比?
我听说你的病痛已经治好,
回来吧,回来吧,不要久留。
援叔像阮籍不是俗流,
请告诉他我的意思,望能同游。

次韵乐文卿北园

陈与义

【题解】

这是一首羁旅思乡的诗。陈衍特别欣赏颈联两句"梅花不是人间白,日色争如酒面红",说"濡染大笔,百读不厌"。这两句诗确实形象鲜明、笔法新颖、属对工巧,集中表达了诗人的节守和旅愁。

【原诗】

故园归计堕虚空,啼鸟惊心处处同[①]。四壁一身长客梦,百忧双鬓更春风。梅花不是人间白,日色争如酒面红[②]?且复高吟置余事,此生能费几诗筒[③]?

注释

①啼鸟惊心:杜甫《春望》:"感时花溅泪,恨别鸟惊心。"
②争如:怎比、怎像。
③诗筒:装诗的竹筒。白居易《秋寄微之十二韵》:"忙多对酒樽,兴少阅诗筒。"自注:"此在杭州,两浙唱和诗赠答,于筒中递来往。"

篷伞。《傅芳略记》:"韩愈刺潮州,署中出张皂盖,归而喜曰:此物能与日轮争功。"(转引自《佩文韵府》)黄埃,黄尘,指尘世。

⑥何如句:何如父子皆寄情山水之间。陆机《七徵》:"弃时俗而不徇,甘渔钓于一壑。"渔钓于一壑,等于说归隐山林。

⑦庞家活计:指归隐。东汉襄阳人庞德公躬耕于襄阳岘山,其侄庞统与诸葛亮齐名,称"凤雏",德公拒绝刘表礼请,隐于鹿门山,采药以终。

⑧阿奴:尊长对卑幼者的昵称,兄称弟、父称子、祖称孙均可;亦可夫妻相称。这里是兄称弟。碌碌:平庸的样子。

⑨白鸥之盟:指归隐。古时海上有好鸥鸟者,每日与鸥鸟游,鸥鸟至者以百数。后遂以"鸥盟","白鸥盟"指退隐江湖。

⑩老莱戏:指孝敬父母、亲子之乐。春秋末年楚国隐士老莱子,居于蒙山之阳,自耕自织,孝敬父母,年七十,犹穿五彩衣作婴儿戏,以娱乐父母。

⑪问梦句:谓病已痊愈。问梦膏肓,《左传·成公十年》载:晋景公病,梦中见两童子谈话,一个说:那个医生是良医,怎么逃?另一个说:藏到肓上膏下,他能把咱们怎么样?于是人们称病重为"病入膏肓","问梦膏肓"则意为问病情如何。膏,心脏以下;肓(huāng),横膈膜。瘳(chōu),病愈。

⑫竹林步兵:晋竹林七贤中的阮籍。阮籍曾任步兵校尉,也称阮步兵。这里指陈援。

【今译】

韩愈想把穷送走,
穷鬼却驱赶不去;
白居易要等待富贵,
青春已去富贵等待不来。
正需要在青山绿水间,
消闲我们的晚年;
何必要在尘世中苦斗,
为了争一顶黑色伞盖?
怎比得上父子们
结伴地隐居在山林,
庞德公一家的生活
实在是深得我心。
况且老弟实在不是平庸之辈,

【今译】

　　自从我读了西湖处士的咏梅诗，
　　便年年到水边欣赏梅花清幽的身姿。
　　如今晴窗上映出了墨梅横斜的疏影，
　　竟远远胜过她静立在前村雪夜那时。

寄若拙弟兼呈二十家叔①

陈与义

【题解】

　　这是一封家书式的诗篇，主题是劝告自己的弟弟从仕禄的奔波中挣脱出来去过隐居生活，诗中流露出作者对当时官场争斗的由衷的厌恶和对简朴和乐的隐士生活的强烈向往。此诗用典自然、贴切，语言、韵律也很活泼。

【原诗】

　　退之送穷穷不去②，乐天待富富不来③。政须青山映白发④，顾著皂盖争黄埃⑤？何如父子共一壑⑥？庞家活计良不恶⑦。阿奴况自不碌碌⑧，白鸥之盟可同诺⑨。三间瓦屋亦易求，著子东头我西头。中间共作老莱戏⑩，世上乐复有此不？问梦膏肓应已瘳⑪，归来归来无久留。竹林步兵非俗流⑫，为道此意思同游。

注释

　　①若拙弟、二十家叔：元刻本注："若拙名与能，第二十九，盖先生亲弟。二十叔名援，字惠珍。"

　　②退之送穷：韩愈字退之，有《送穷文》，说他择吉日良辰祭送"穷鬼"，穷鬼有五，曰智穷、学穷、文穷、命穷、交穷，"凡此五鬼，为吾五患"，"蝇营狗苟，驱去复还"。

　　③乐天待富：白居易字乐天，其《浩歌行》说："朱颜日渐不如故，青史功名在何处？欲留年少待富贵，富贵不来年少去。"

　　④政须句：正需要在青山绿水间颐养天年。

　　⑤顾著句：反而为了仕禄而争竞于尘世。顾，反。皂盖，古代官员所用的黑色

③意:内在的精神。

④方九皋:春秋时相马名家。相马名手伯乐把他推荐给秦穆公,穆公派他寻找良马。三个月后,报告穆公得到了一匹黄色雌性良马。穆公派人取回,却是一匹黑色的公马。穆公责备伯乐荐人不当,伯乐说:竟然到了这样奇妙的地步了吗!他是"得其精而忘其粗,在其内而忘其外",是真正懂得马的本质的人呵!

【今译】
 你犹如含章殿屋檐下美丽的宫女,
 创造出这神奇尤物的竟是一支兔毫。
 他只求神完气足不在乎色彩的同异,
 这画家的前身必当是相马的方九皋。

其 四

【题解】
 这是组诗的第五首。这首诗写的是把这幅墨梅张挂在晴窗上时所显现的奇妙的艺术效果。开头两句说自从读了林逋的诗便深深地爱上了梅花,年年要到水边看她幽雅的芳姿。三四句笔锋一转,说如今欣赏挂在窗前的墨梅,发现那横斜的疏影竟比林逋诗中所写的雪夜寒梅更胜许多。拿脍炙人口的林逋诗作为参照物,使画梅的清新脱俗的品性更加突出了。

【原诗】
 自读西湖处士诗①,年年临水看幽姿。晴窗画出横斜影②,绝胜前村夜雪时③。

注释

①西湖处士诗:指林逋《梅花二首》,见本书卷一,又名《山园小梅》。

②横斜影:指梅花。"影"暗示是墨梅。林逋诗有"疏影横斜水清浅"句(《梅花二首》其一)。

③前村夜雪:暗用林逋"雪后园林才半树,水边篱落忽横枝"(《梅花二首》其二)句意,又合用《其一》"暗香浮动月黄昏"意,指黄昏篱落边雪中的梅花。

【今译】
　　多明媚呵
　　你这江南如玉的美人；
　　自从跟你分别
　　春天已经几度来临。
　　如今在洛京重逢
　　你还是那样漂亮；
　　遗憾的只是：
　　尘埃染黑了你素白衣襟。

其　三

【题解】
　　这是原组诗的第四首。这首诗侧重对画家遗貌取神、巧夺天工的高超写意技法的歌颂，表现出了诗人对中国文人画精髓的深刻领会。首句以含章檐下美丽的宫女比喻画中的梅花，突出了画梅的生机勃勃；第二句说这样出神入化的杰作原来出自画家的笔下；第三四句抓住墨梅与真梅的意合而色异，突出了画家唯求神似的艺术思想，就像方九皋相马，只重视宝马的本质特点一样，画家也真正善于抓住梅花的精髓。

【原诗】
　　含章檐下春风面[1]，造化功成秋兔毫[2]。意足不求颜色似[3]，前身相马方九皋[4]。

注释
　　[1]含章：汉代长安宫殿名。春风面：美丽的面庞，指宫女嫔妃。有人认为此句暗用南朝宋寿阳公主故事。《太平御览》引《宋书》："武帝女寿阳公主人日卧于含章檐下，梅花落公主额上，成五出之花，拂之不去。""春风面"指寿阳公主，说画中之梅有如飘落在寿阳公主面上，拂之不去的神奇的梅花。
　　[2]造化：大自然、上天。造化功，等于说大自然的创造、上帝的化育。秋兔毫：指毛笔。秋天的兔毛细软柔韧，可用来制笔。

倒黑白之事。

⑤桃李句：古人常以花木比喻人的品格，梅花淡雅而耐寒，与松、竹并称"岁寒三友"，象征有节操者；桃花李花浓艳而畏寒，春暖而盛开，象征趋炎附势者。故诗人以梅为主人，桃李为奴仆。

【今译】
　　画笔再巧妙也改变不了
　　无盐女丑陋的容貌，
　　这画中花儿的
　　风韵却更加清逸美好。
　　纵然画家把素白的梅花点染成墨色，
　　浓桃艳李依然只能在她的面前拜倒。

其　二

【题解】
　　这是组诗中的第三首。这首诗把梅花比作江南的美女，是自己心中的偶像，分别多年，粲然的倩影仍时在眼前。如今面对画幅，有如与她重逢，她风采依旧，遗憾的只是昔日素白的衣裙被远行的征尘所污染。本诗既写出了自己对画家的写实、传神能力的叹赏，又扣紧了墨梅的"墨"字。

【原诗】
　　粲粲江南万玉妃①，别来几度见春归。相逢京洛浑依旧，唯恨缁尘染素衣②。

注释
　　①粲粲：鲜明美好的样子。万玉妃：无数洁白如玉的女子，形容素洁的梅花。唐韩愈《辛卯年雪》诗以白云、玉女形容雪花，说："白霓先启途，从以万玉妃。"苏轼用来形容梅花，说"玉妃谪堕烟雨村"（《梅》）。这里化用其意。
　　②相逢二句：化用晋陆机《为顾彦先赠妇诗》"京洛多风尘，素衣化为缁"句意。浑，全。恨，憾。缁尘，黑色的尘埃、灰土。

其 一

【题解】

《和张矩臣水墨梅五绝》一组五首作于政和八年（公元1118年），是陈与义前期诗的代表作。张矩臣所题水墨梅花图为衡山花光寺住持超然和尚（人称花光仁老）所绘。超然的墨梅风姿卓然，为世所重，黄庭坚、秦观等都曾有诗赞赏。陈与义这组绝句，用多种比喻，从多种角度赞颂了超然墨梅的超凡脱俗，对文人水墨画的独特韵味，从美学角度作了阐释；同时也通过对墨梅的品赏寄托了自己孤傲的品格和对世俗的批判。由于这组诗格调高远、兴寄深微，得到了宋徽宗的赏识，召对擢用，陈与义短时内便由太学博士升至符宝郎。《宋诗精华录》选录了五首中一、三、四、五四首。

第一首用桃李花反衬梅花，说因为梅格高迈，远在艳俗的桃李之上，即使把白梅画为墨色，仍不减梅之清姝风韵。如果它天质丑陋，再巧的画工也是无法使它变为美丽的，就像巧匠无法去除无盐女的丑一样。"从教"句活用《怀沙》句意，将论画与论世融合起来，使诗的寓意深入了一层。

【原诗】

巧画无盐丑不除②，此花风韵更清姝③。从教变白能为黑④，桃李依然是仆奴⑤。

【注释】

①张矩臣：一本作"张规臣"。规臣（字元东）、矩臣（字元方），都是与义的表兄。水墨梅：以浓淡墨所画的写意梅花图，不敷粉彩。

②无盐：战国齐女钟离春的别称。钟离春家住无盐（今山东东平），后人取地名称之。无盐容貌丑陋而德行过人，齐宣王立她为王后；这里只取她貌丑这一点发论。

③清姝：清逸秀美。

④从教：即使能够、任凭能使。变白能为黑：表面是说画家可将白梅画为墨色，暗中化用屈原《怀沙》"变白而为黑兮，倒上以为下"句意，喻指人世常有的颠

卷 三

和张矩臣水墨梅五绝[①]（录四）

陈与义

【作者简介】

陈与义（公元1090—1138年），字去非，号简斋，洛阳（今河南洛阳）人。他幼而能文，徽宗政和三年（公元1113年）及第，授开德府教授。宣和间累迁至符宝郎。受王黼罢相之累，谪监陈留酒税。靖康之变，携家南奔，经两湖两广转闽、浙，抵高宗行在所，除兵部员外郎。绍兴间（公元1131—1162年）历官中书舍人，吏部、礼部侍郎，翰林学士知制诰等。绍兴七年参知政事，八年三月引疾乞退，十一月卒于乌墩僧舍。

陈与义为宋代重要诗人。其诗以南渡为界，呈前后两期，前期诗明快清新，但题材较窄，后期题材渐阔而呈浑厚雄激之势，不少作品深寄家国之慨，对南宋诗坛影响重大。陈与义诗曾受黄庭坚、陈师道较深影响，后期则追摹杜甫，形成雄浑的风格。元代方回把他作为江西诗派"三宗"之一。刘克庄说：元祐以后，陈与义诗之品格，"独在诸家之上"（《后村诗话》）。有《简斋集》。

【原诗】
　　张六庄死矣,十一月十三日夜四更时,积用素服②,望其所居哭之。哭且为诗,明旦涕泣以书③,使孤甥老老致于柩前④。呜呼哀哉⑤!欲视目已瞑⑥,欲语口已噤⑦。欲动肉已寒,欲书手已硬。惟有心上热,惟存心中悲。此热须臾间,此悲无休时。所悲孤儿寒⑧,所悲孤儿饥。苦苦复苦苦,此悲遂入土⑨。

注释

①张六:张庄排行第六,故称张六,生平未详。
②用:因此。
③明旦:明朝。
④老老:敬老。《礼·大学》:"上老老而民兴孝,上长长而民兴弟。"柩(jiù):已装尸体的棺材。
⑤呜呼哀哉:《左传·哀公十六年》:"呜呼哀哉,尼父!无自律。"后祭文中常用以表哀叹。
⑥瞑(míng):闭目。
⑦噤(jìn):闭口。
⑧孤儿:即指序中所说的"孤甥"。
⑨入土:谓含悲而死,将悲带入地下。

【今译】
　　想再看一眼双目却已紧闭,
　　想再说句话却不能再张开口。
　　想转动身子身躯已经冰冷,
　　想写点什么却已僵硬了双手。
　　只有心头还充满一腔热情,
　　只有心头留存许多悲愁。
　　这热情只能保持最后的一霎,
　　这悲苦却正是无尽无休。
　　悲哀遗下的孤儿会受寒冷,
　　悲哀遗下的孤儿会把饥饿来受。
　　苦啊苦啊,真是极度悲苦,
　　这悲苦会随人带进坟头。

【题解】

　　这首诗以浅易的语言抒写了诗人对黄庭坚的深挚友情。诗中"一见故人心眼明"句,不但传达了诗人对友人深深的倾慕、爱赏,还隐含着对友人不同凡俗的丰采、气韵的赞誉,语简而意永。后二句抒写别后不知友人处所,因而梦绕魂萦的思念。全篇诗意浓郁,颇有古风。

【原诗】

　　不见故人弥有情[②],一见故人心眼明。忘却问君船住处,夜来清梦绕西城。

【注释】

　　①黄鲁直:黄庭坚字鲁直,详见前黄庭坚诗附小传。
　　②弥:终、极。

【今译】

　　看不见老朋友,心里却总怀着深情,
　　一见到老朋友,顿时感觉眼亮心明。
　　临别忘记询问你将泊船何处,
　　昨夜晚我的梦魂萦绕着西城。

哭张六[①] 并序

徐　积

【题解】

　　张六(名庄)大概是隐于市的居士之流,刘攽有《张六至》诗云:"君居众人里,有如珠玉然。世疑假浑沌,我识真神仙。独抱潇洒意,不为势利牵。少留衡门下,谈笑忘吾年。"徐积此诗为悼辞,诗中描写了张六死而有憾,遗下孤苦的外甥无人照管却撒手而去的悲痛。全诗虽代死者哭诉,也表现了诗人对死者的真挚情谊。全诗艺术上不见出色,却能以长歌当哭的真情打动人心。

鹘,一称隼,猛禽类。

③陈迹:指苏轼登临作赋的遗踪。

④经营二顷:《史记·苏秦列传》:"使吾有洛阳负郭田二顷,吾岂能佩六国相印乎?"此化用其意,表达归田心愿。

⑤少:稍。

⑥百日句:参见本诗【题解】。

⑦空余句:相传李白登黄鹤楼,见崔颢所题《黄鹤楼》诗,曰:"眼前有景道不得,崔颢题诗在上头。"(《唐才子传》卷一)此处化用其意,暗寓自负才情之意。

【今译】

　　我缓步寻找翠竹,
　　在江岸的白沙上漫游,
　　又挽住古藤梢梢,
　　登到了赤壁矶最高头。
　　哪儿还有高悬的鸟巢栖息着飞鹘?
　　也没有苏公遗迹,只看见点点轻鸥。
　　我将经营二顷田地准备着归老,
　　却仍眷恋此地山川而稍作逗留。
　　我这百日太守有什么值得称道,
　　空留下诗句题在江楼。

赠黄鲁直①

徐 积

【作者简介】

　　徐积(公元1028—1103年),字仲车,楚州山阳(今江苏淮安)人。早年曾从胡瑗学。英宗治平二年(公元1065年)进士。神宗数召对,以耳聩不能出仕。哲宗元祐初,以荐为楚州教授。徽宗崇宁二年除监西京嵩山中岳庙。以孝行著称于时。苏轼称其"古之独行也,于陵仲子不能过,然其诗文则怪而放,如玉川子(卢仝)。"与苏轼及苏门四学士均有诗歌往还。有《节孝集》。

湖上新近又遇辞官归隐者的扁舟。
唯有我这一介书生最安然无事,
不妨携带书卷就向西漫游。

登赤壁矶①

韩 驹

【题解】

张邦基《墨庄漫录》云:"靖康初,韩子苍知黄州,颇访东坡遗迹。尝登赤壁,而赋所谓栖鹘之危巢者不复存矣,悼怅作诗而归。""作诗",即指此篇。东坡谪黄州,曾作前后《赤壁赋》传诵天下。韩驹于靖康初知黄州,不过三个月,便再一次因尝从学苏氏罢官,提举江州太平观。当他临别黄州前,登上赤壁矶,惆怅地看到苏赋中所言"栖鹘之危巢"已不可复见,连先师登临的遗迹亦荡然无存,不由得缅怀先师而发无尽世事沧桑之慨。诗中还表明自己有心归隐,但眷恋黄州山川风物,不免为之稍作逗留。又感叹自身才情远逊于先师苏氏,"百日使君何足道",然江楼上题写的诗句或者还有可能留存下去,失意中也还不乏一丝慰藉。全篇于平淡中含沉郁情思,颇耐吟味。

【原诗】

缓寻翠竹白沙游,更挽藤梢上上头。岂有危巢与栖鹘②,亦无陈迹但飞鸥③。经营二顷将归老④,眷恋群山为少留⑤。百日使君何足道⑥,空余诗句在江楼⑦。

注释

①赤壁矶(jī):其地说法不一,三国东吴周瑜击败曹操大军的赤壁在湖北蒲圻县西北、长江南岸。朱彧《萍洲可谈》卷二载黄州"州治之西,距江名赤鼻矶。俗呼鼻为弼,后人往往以此为赤壁。……"此即指黄州赤壁。

②危巢与栖鹘(hú):苏轼《后赤壁赋》:"予乃摄衣而上,履巉岩,披蒙茸,踞虎豹,登虬龙;攀栖鹘之危巢,俯冯夷之幽宫。……"又《东坡志林·赤壁洞穴》:"断崖壁立,江水深碧,二鹘巢其上。"危巢,谓鹘筑巢于高高的悬崖,故云。危,高。

势艰危,刚正之士动辄得咎,有识者则纷纷遁于江海,诗人自己虽忧国事却无可奈何,只有携书西游而已。全诗用典颇多,因辞意较为隐晦,不能弄清楚究竟针对什么具体事实而发,只能得其概要之旨。

【原诗】

　　当年贤路杂薰莸②,叹息诸公善自谋③。今日在前皆鼎镬④,后来知我独春秋⑤。海边已击师襄磬⑥,湖上新逢范蠡舟⑦。惟有书生更无事⑧,不妨携册便西湖⑨。

【注释】

　　①泰州:州名,宋时属扬州府,今江苏泰州。使君:谓知州。陈莹中:生平未详。
　　②薰莸(yóu):《左传·僖公四年》:"一薰一莸,十年尚犹有臭。""注":"薰,香草;莸,臭草。"后常用以喻善人与恶人不可同处。
　　③诸公:指在上位的执政大臣。
　　④鼎镬(huò):原指古代酷刑,用鼎镬烹人,此指贤者动辄得咎。鼎、镬均为烹饪器,镬似鼎而无足。
　　⑤春秋:古籍名,为编年体史书,相传孔子据鲁史修订而成。所记起鲁隐公元年,迄鲁哀公十四年西狩获麟,凡十二公,二百四十二年。叙事简略,以用字为褒贬。此泛指史书。
　　⑥海边句:《论语·微子》:"大师挚适齐、亚饭干适楚……鼓方叔入于河……少师阳、击磬襄入于海",谓乐官多离鲁而远遁,借指有识之士远离朝廷。
　　⑦范蠡:春秋时越国大夫,助勾践灭吴,知勾践只可共患难不可同欢乐,遂携西施隐于江湖。此借指有识之士。
　　⑧书生:诗人自指。
　　⑨册:书册。便西游:一本作"更西游"。

【今译】

　　当年朝廷用人有善有恶混杂香臭,
　　叹息执政大臣只为私利筹谋。
　　如今面前排列的全是杀人刑具,
　　将来的史书会记下我对国事的忧愁。
　　有识之士像乐官师襄一样远遁入海,

⑤大梁:战国魏都,即北宋都城汴京。
⑥绢素:指画幅。
⑦湖南万古愁:指与湖南山水有关的历史悲剧故事、传说。如:传说舜帝南巡,死于九疑山,其二夫人娥皇、女英追之不及,投湘水而死,成为湘水女神。自屈原《九歌》以来,诗人多咏唱湘君湘夫人夫妇间不能会合的长愁永恨;又,屈原流放,悲楚国将亡,自投汨罗而死;贾谊被谪长沙,皆为文人咏叹的题材。
⑧画往:指友人携画离去。
⑨京尘红:陆机《为顾彦先赠妇》诗:"京洛多风尘,素衣化为缁。"此化用其意。

【今译】

老朋友来自奇险的天柱峰,
手中提携着石廪和祝融。
两山巉岩起伏绵延几百里,
他怎么能轻易放在行囊之中?
山下的潇湘清水流泻,
平沙侧岸秋风里摇曳着丹枫。
渔舟已静静地泊宿在水滨,
暮色里,客帆争行抢着顺风。
我正骑马在大梁城中,
疑怪种种物象跟平常大不相同。
老朋友告诉我这是画卷,
粉墨精妙全仗着良工。
清绝的湖南山水图扫除了万古忧愁,
我顿时感到开阔了心胸。
诗成画去我不由得默然惆怅,
老眼更厌倦京都尘土蓬蓬。

上泰州使君陈莹中①

韩 驹

【题解】

这首诗抒写政治感慨。诗中写朝廷不辨贤否,以致鱼龙混杂、局

题湖南清绝图

韩 驹

【题解】

　　这是一首题画诗。友人从湖南带来一幅山水图,诗人用化虚为实的手法故神其事,说是友人手提奇峰前来。诗人依次描绘了山峦的巉岩绵延,山下清泻的潇湘,平沙侧岸秋风中摇曳的丹枫,以及江上日暮时泊宿的渔舟、争行的客帆。层次分明,历历在目,似是眼前景色。然后诗人故作顿宕,以"怪此物象不与常时同"提起,揭出种种物象"乃绢素"的事实,使人惊叹画工的精良、画幅的清绝。篇末四句抒发观画感受。诗人真切地写出开阔的山水画卷,尽扫万古以来有关湖南山水的悲剧色彩,使他胸臆豁然开朗的情状。同时又写出,当诗成画去之后,更引发他对真实山水清景的无限向往和对官场、尘俗的深深厌弃。本诗正如周必大所评"淡泊而有思致,奇丽而不雕刻"(《书陵阳集后》),敖陶孙评其诗"如梨园按乐,排比得伦"(《诗评》),全篇风格颇近苏轼同类诗章。

【原诗】

　　故人来从天柱峰①,手提石廪与祝融②。两山坡陀几百里③,安得置之行李中？下有潇湘水清泻,平沙侧岸摇丹枫。渔舟已入浦溆宿④,客帆日暮犹争风。我方骑马大梁下⑤,怪此物象不与常时同。故人谓我乃绢素⑥,粉精墨妙烦良工。都将湖南万古愁⑦,与我顷刻开心胸。诗成画往默惆怅⑧,老眼复厌京尘红⑨。

【注释】

①天柱峰:湖南境内衡山五大山峰之一。此借指衡山。
②石廪(lǐn)、祝融:衡山为五岳之一的南岳,有七十二峰,以祝融、紫盖、云密、石廪、天柱五峰为最大。
③坡陀(tuó):不平坦,同"陂陀"。
④浦溆(xù):水滨。

知涿州。江西诗派成员之一。刘克庄《后村诗话》云:"子勉亲见山谷(黄庭坚),经指授,记览多……"方回《瀛奎律髓》云:"山谷自戎州归,荷以五言律三十韵赘见,山谷赏之。"黄,指黄庭坚,详见前黄庭坚诗附小传。庭坚于徽宗初被赦,自戎州还,曾在荆州流寓,故云荆州高与黄。

⑨琅(láng)琅:清朗、响亮的声音,此指读书声。

⑩后生句:《论语·子罕》:"后生可畏,焉知来者之不如今也。"畏,谓敬畏佩服。

⑪禅:佛家语,梵语"禅那"的省称,意译"思维修",静思之意。此指佛教。

⑫悟:指悟禅,参悟禅理。参:犹言参详,参酌审详。诸方:此以各种教义喻各名家诗。

⑬法眼:佛教有"五眼"之说,慧眼法眼都能洞见实相,仅次于佛眼。《无量寿经》下:"法眼观察,究竟诸道。"借指卓越精深的眼力。

【今译】

你急促地敲响我的门户,
好似啄木鸟频频啄木,
穿着一色深青的衣衫,
戴的帽子有如方屋。
我以为是一般儒生将你请入,
坐稳了你才慢慢说明出自王族。
平常的年轻人哪有这样的气韵,
你胸中学问想来一定不俗。
你早就欣赏荆州诗人高荷、黄庭坚,
诵读两位先生的诗句声音琅琅。
后生好学果然令人敬畏,
我素常懒于论诗,因而你了解不详。
初学诗应当像学禅理,
没参悟时先将各位名家细细思量。
一旦参悟就有卓越精深的眼力,
信手写出的辞句都会是绝妙文章。

史,擢权直学士院。钦宗靖康元年(公元1126年),由知应天府移知黄州。寻又因苏氏门生提举江州太平观。高宗即位,知江州。早年,苏辙称其诗如储光羲,由此得名。吕本中将其列入江西诗派,《宋诗钞·陵阳诗钞》言其诗:"密票以幽,意味老淡,直欲别作一家。紫微(吕本中)引之入江西派,驹不乐也。"有《陵阳先生诗》。

【题解】

本篇主要论学诗。前半篇描绘了一位渴求学问前来请教的、好学的年轻儒生,并写出他不凡的气度与胸襟。后半篇以切身体会教导这位年轻人,"学诗当如初学禅",这是诗人诗学主张的核心,这一"学然后悟"的主张为后来严羽《沧浪诗话》的理论导夫先路。诗人还主张转益多师广泛学习,待体悟、消化变成了自己的东西,自然就能"信手拈来皆成章"。这些看法均为经验之谈,可以算得上真知灼见。

【原诗】

昔君叩门如啄木②,深衣青纯帽方屋③。谓是诸生延入门④,坐定徐言出公族⑤。尔曹气味那有此⑥,要是胸中期不俗⑦。荆州早识高与黄⑧,诵二子句声琅琅⑨。后生好学果可畏⑩,仆常倦谈殊未详。学诗当如初学禅⑪,未悟且遍参诸方⑫。一朝悟罢正法眼⑬,信手拈出皆成章。

注释

①赵伯鱼:生平未详,诗中谓其"出公族",想系宗室子弟。
②叩门句:将急促的叩门声形容为啄木鸟啄木之声。
③深衣青纯:即着青衫,古时学子所穿之服。帽:用如动词,谓戴……帽。方屋,指古代儒者所戴软帽,形制似方山冠。李白《嘲鲁儒》诗:"足著远游履,首戴方山巾。"
④诸生:此泛指一般儒生。延:请。
⑤公族:与"公姓"同义,统治家族的子弟,指公子。此指赵宋宗室子弟。
⑥尔曹:犹言汝辈、尔辈,多用于长辈称后辈,此指一般后生。
⑦期:必定。
⑧荆州句:为"早识荆州高与黄"之倒文。高,指高荷,字子勉,荆南江陵(今属湖北)人,自号还还先生。元祐间为太学生,曾入陕西转运使张永锡幕。晚年

【原诗】

才出尘来尚未知②,渐攀藤竹渐临危。伏流似是龙藏处③,古树应无春到时④。谁把石崖齐铲削⑤,直教云气当帘帷。良工画得犹宜秘,莫与凡夫肉眼窥⑥。

注释

①灵源洞:福建晋江县南四十里有灵源山,其山蜿蜒数十里,高出东南诸山。灵源洞当在山上。

②尘:人间,与仙境相对。

③伏流:指山涧。

④古树句:形容山树古老幽深。

⑤铲(chǎn):通"铲"、"刬"。

⑥凡夫肉眼:唐玄奘译《赞弥勒四礼文》:"凡夫肉眼未曾识,为现千尺一金躯。"肉眼,佛家指人间肉身之眼。

【今译】

才走出尘世还不知通往仙洞的路,
攀附着藤竹渐渐登上艰险的山巅。
山中深涧似是游龙藏身的地方,
古树浓密幽暗,春天恐怕从不来到此间。
是谁把山崖刻削得这样齐整,
缭绕的云雾简直可以当成帷帘。
良工能绘出这仙境还应保守秘密,
千万别让肉眼凡胎的俗人窥见。

赠赵伯鱼①

韩　驹

【作者简介】

韩驹(公元1080—1135年),字子苍,蜀仙井监(今四川仁寿)人。早年从苏辙学。徽宗政和初以献赋召试舍人院,赐进士出身,除秘书省正字,旋因曾从苏氏学贬官。后又召为著作郎,迁中书舍人兼修国

【注释】

①昌龄:诗人之友,据孔平仲诗《梦锡、杨节之、孙昌龄见过小饮》:"昌龄出相家,谦谨乃绳枢。"知其姓孙,出身官宦,为人谦谨,余未详。

②万:万事。

③促席:古人席地而坐,座位靠近叫促席。左思《蜀都赋》:"合樽促席,引满相罚。"唐张铣注:"酒将阑,故合并其樽,促近其席。"此指饮酒至酣畅时。

【今译】

大醉酩酊昏昏沉沉我万事不知,
黄昏时宴饮酣畅归去却已夜深。
明天只听见家人叙述,
昨夜我回到家白雪落满了全身。

灵源洞①

李 觏

【作者简介】

李觏(gòu)(公元1009—1059年),字泰伯,建昌军南城(今属江西)人,曾举茂才异等,不第。创建盱(xū)江书院,教授生徒,学者称盱江先生。仁宗皇祐初,由范仲淹等荐,试太学助教,后为直讲。后曾任海门主簿、太学说书。今传《盱江集》。

【题解】

释文莹《湘山野录》云,蔡襄守福建时,诗人曾"自建昌携文迓之"。诗人曾在席上作《望海亭》诗:"七闽山水掌中窥"云云。这首诗也应是诗人游历福建时所作。本诗前半描写灵源洞左近山势的险峻和山涧的幽深。全篇只有"古树应无春到时"句较为佳胜,把深山幽秘处终古如一的神奇面貌,突现在人们眼前,令人触发对茫远历史的沉思冥想。五、六句描绘灵源洞口云气缭绕的景象,引出篇末对此神仙境地感受的抒发。

乱如云。诸生弦诵何妨静③,满席图书不废勤。向晚欠伸徐出户,落花帘外自纷纷。

注释

①梦锡:姓氏与生平未详,平仲有诗称梦锡节推,其官职为节度推官。
②可诧君:可使君诧。诧,惊异。
③弦诵:《墨子》曰:"儒者诵诗三百、弦诗三百",古代学校授诗,以琴瑟配乐歌咏为弦歌,不配乐只朗诗为诵,合称弦诵,此处泛指朗读诗书。

【今译】

　　我是百忙之中的一个闲人,
　　更有高眠可使你诧异吃惊。
　　春光侵入四肢我慵倦如醉,
　　胜过频频将美酒畅饮,
　　风儿吹醒我孤独的午梦,
　　梦境飘忽纷乱有如流云。
　　学生的读书声不妨碍环境幽静,
　　图书满席表明我不忘辛勤。
　　黄昏时打着呵欠缓步出门,
　　见帘外红花自管自飞落纷纷。

集于昌龄之舍①

孙平仲

【题解】

　　本诗记述在友人家宴饮欢洽、大醉而归的情景。内容、艺术表现手法都很平常,在平仲集中算不得上乘之作。

【原诗】

　　一醉昏昏万不知②,黄昏促席夜深归③。明朝唯见家人说,昨夜归时雪满衣。

【原诗】
　　东武名园数贺家②,更于高处望春华③。深红浅白知多少,直到南山尽是花。

【注释】
　　①贺园:贺家园,在山东密州境内。
　　②东武:县名,汉置,即今山东诸城县治。
　　③春华:春天的花。华,同"花"。

【今译】
　　东武有名的园林首推贺家,
　　更登上高亭眺望春日繁花。
　　满眼深红浅白不知有多少,
　　一直到南山全都开遍鲜花。

昼眠呈梦锡①

孙平仲

【题解】
　　诗人集中有多首"呈梦锡"诗,亦有记同游、酬答与赠别诗,足见二人交情深厚。本诗首二句描写诗人忙里偷闲、一枕昼眠的情形。三四句造境生新,"春入四肢浓似酒"句,活画出由和暖天气引惹的慵倦情思,以及春光的令人陶然欲醉。"风吹孤梦乱如云"句,形容午梦乍觉,梦中情景纷乱飘忽无由整理的状态,极其真切和出色。五六句与首句关合,表示诗人并非一味疏懒,昼眠之后仍在执教,学生的读书声、满案堆积的图书,证明了这一点。篇末表现诗人的惜春情意。全诗并无深意,不过是偶然兴到之作,记录了日常生活小景,但仍感清畅自然,颇具情味。

【原诗】
　　百忙之际一闲身,更有高眠可诧君②。春入四肢浓似酒,风吹孤梦

⑦失之:谓受排挤不得志者。合:定当之意。南翔:泛指振翼高飞。
　　⑧长揖(yī):本指相见时拱手自上至极下以为礼,此指拜别。尘埃:指名利场、仕途。
　　⑨同老句:《庄子·逍遥游》借用大鹏和小鸠、大椿和朝菌的比喻,说明任何事物都不能超越自己本性和客观环境,主张各任其性,放弃一切大小、荣辱、死生、寿夭的差别观念,便能逍遥自由,无往而不适。后用以指自由自在,无拘无束的游玩。此指抛开名利得失、不受外物拘束,自由自在地生活,亦即辞官归隐。

【今译】

　　放任纵容恶鸟鸱枭,
　　去啄伤高贵的凤凰,
　　天心竟然想这样做,
　　叫人难以审察端详。
　　你只凭仗斩马孤剑,
　　想把奸佞之徒一扫而光,
　　全不畏惧太行山路险风寒,
　　会把自己的车轮毁伤。
　　得势小人尽管折腰权贵,
　　也不过落个小官下场,
　　你虽然暂时失势垂下羽翼,
　　总有一天能展翅高翔。
　　倒不如永远辞别污浊的仕途,
　　我们一同逍遥物外终老他方。

登贺园高亭①

孙平仲

【题解】

　　本诗于熙宁间作于密州,其时诗人任教职。全诗扣紧登高二字,描写了眺望之处,满眼"深红浅白","直到南山尽是花"的春日繁丽景象。诗语不假雕饰,笔端自然地流出一派明艳春光,陈衍评曰:"使人神往。"

尾联表示欲携友人离开龌龊的仕途,同去作逍遥之游,显示对政治深深的失望。全诗充满凛然正气,读之令人意气风发。诗中多融入典故与史实,却无堆砌之弊,且用得很惬当,使诗句的内涵更为深厚。与友人共同的政治品格、政治立场,使诗人写来字字出于肺腑,笔酣墨饱,十分具有感染力,可以称得上是一首佳作。

【原诗】

　　解纵枭鸱啄凤凰②,天心似此亦难详③。但知斩马凭孤剑④,岂为摧车避太行⑤。得者折腰犹下列⑥,失之垂翅合南翔⑦。不如长揖尘埃去⑧,同老逍遥物外乡⑨。

注释

①经父:平仲大哥文仲(公元1038—1088年),字经父,仁宗嘉祐六年(公元1061年)进士。曾任台州推官。神宗熙宁初,以范镇荐应制举,对策力言王安石新法不便,罢归故官。后曾为国子直讲,出通判保德军。哲宗元祐初,召为秘书省校书郎,三年,同知贡举,有寒疾而昼夜不废职,事毕还家而卒。士大夫哭之皆失声。苏轼祔其柩曰:"世方嘉软熟而恶峥嵘,求劲直如吾经父者,今无有矣?"(《宋史》本传)后以元祐党人追贬梅州别驾。元符末,复其官。张绩:一本作"张缋",文仲兄弟友人,生平事迹不详。

②解纵句:《庄子·秋水》:"惠子相梁,庄子往见之。或谓惠子曰:'庄子来,欲代子相。'于是惠子恐,搜于国中,三日三夜。庄子往见之,曰:'南方有鸟,其名为鹓雏(即凤凰),子知之乎?夫鹓雏,发于南海而飞于北海,非梧桐不止,非练食不食,非醴泉不饮。于是鸱得腐鼠,鹓雏过之,仰而视之曰:"吓!"今子欲以子之梁国吓我耶?'"此处化用其典,以清高的凤凰喻张绩,以枭(xiāo)鸱(chī)喻奸邪恶人。又,贾谊《吊屈原赋》:"鸾凤伏窜兮鸱枭翱翔",此处兼用其意。枭鸱,即鸱枭,鸱为猛禽,传说枭食其母,古人以为皆恶鸟,以喻奸邪恶人。

③天心:明指天理,暗指天子之心。详:审察。

④斩马孤剑:尚方剑,皇帝用的剑。《汉书·宋云传》:"臣愿赐尚方斩马剑,断佞臣一人以厉其余。""注":"尚方,少府之属官也,作供御器物,故有斩马剑,剑利可以斩马也。"

⑤摧车避太行:曹操《苦寒行》:"北上太行山,艰哉何巍巍!羊肠坂诘屈,车轮为之摧。"此处比喻世路艰险。摧,折,毁坏。

⑥得者:得势之人。折腰:反用陶渊明"不为五斗米折腰"典故。下列:指官居下位。

⑤梦初回:梦初醒。

⑥不才:没有才能。《左传·成公三年》:"臣不才,不胜其任。"后常用作自谦之词。

【今译】
　　新做的红漆门
　　朝着水面敞开,
　　虽然靠近大路,
　　却少有车马少有尘埃。
　　久久埋藏的自然美景,
　　遇到知音才真正启开,
　　西轩地势高朗,
　　把远近青山都放入座来。
　　树影转过屋檐,我的棋局未散,
　　荷香枕边飘荡,午梦刚刚醒来。
　　晚年对什么事都很疏懒,
　　幸而得一闲官奉养我这不才。

和经父寄张绩①

孙平仲

【题解】
　　此篇和大哥文仲(字经父)寄张绩,文仲原诗已佚,平仲集中存有三首同题的和作。诗应作于神宗熙宁间(公元1068—1077年)。孔氏兄弟与苏轼兄弟友善,政治观点也很接近,他们都曾因反对王安石新法遭贬,后又都被列入元祐党籍。张绩也应是同一流人物。本诗首联对朝廷黑白倒置,贤愚不分,致使张绩这样的正直之士遭到排挤迫害,表示了极大的义愤,诗人将矛盾直指当今天子,显现出大无畏的刚毅精神。颔联赞扬张绩不畏艰险、敢于斗争、敢于坚持真理的凛然品节。颈联转而以居高临下的态度,俯视那班攀附权贵的谄媚小人,对他们给以蔑视,并预言他们不过列于下位,而刚正之士则终将振翼奋飞。

对您们的思念就一一涌到心底,
屈指细算哪天是归去的日期。
昨日又举酒宴集,
连天的北风阵阵吹起。
饮过酒却都默默无语,
举目遥望亲人远隔几千里。

西 轩①

孙平仲

【题解】

　　本诗抒写闲适生活的情趣。诗人在临水处新筑一轩,并说"虽临行路少尘埃",大有陶渊明"结庐在人境,而无车马喧。问君何能尔?心远地自偏"(《饮酒》诗二十首)之意,词情蕴藉。颔联颇含哲理,上句"久藏胜景因人发",意谓天下好景虽多,见俗子则藏之,遇雅士而发之,同时,惟有心境淡泊的雅士,也才能真正欣赏美景,二者是相辅相成的。下句"尽放青山入坐来",一则绘出西轩临水涵山的开阔之象,同时象征诗人胸襟的豁达。颈联具体描述闲散生活的内容,情与景会,写得如梦似幻、如诗似画,闲逸已极,清雅已极。尾联则显得过于拙直,略少情韵,似与全篇不称。

【原诗】

　　新作朱门向水开②,虽临行路少尘埃③。久藏胜景因人发④,尽放青山入坐来。树影转檐棋未散,荷香飘枕梦初回⑤。晚年事事皆疏懒,赖得闲官养不才⑥。

注释

①轩:指以敞朗为特点的建筑物,如亭、阁、棚之类,此处当指阁。
②朱门:红漆门。
③虽临句:参见本篇[题解]。
④胜景:指自然美景。

⑥伎俩:此指小孩子的长进。
⑦婆婆:祖母。辇下:天子辇毂近旁,指京都。
⑧大婆:即太婆,曾祖母。
⑨奶奶:指母亲。
⑩尔:如此。亦可解为语尾助词,无义。
⑪屈指:谓指日可待。
⑫开炉:犹言"开樽",指宴饮。
⑬阑:尽。萧条;指情意索然、情景寂寞。
⑭数千里:指数千里以外的故乡。

【今译】
　　自从爹爹来到密州,
　　两年里生下两个儿子。
　　牙儿容颜秀雅性情敦厚,
　　郑郑已长出小小牙齿。
　　可惜爷爷还没有见到,
　　见到了想来一定欢喜。
　　广孙我书读得很多,
　　每次写字都是满满两张纸。
　　三三精气神十足,
　　大安走路已靠自己。
　　爷爷跟三个大孙虽是老相识,
　　他们眼下的长进可不比往昔。
　　何时才能跟你们团聚?
　　我要率领弟弟列队行跪拜之礼。
　　奶奶去到了京华,
　　爷爷仍留在省里。
　　太婆年高八十有五,
　　饮食睡眠不知近来怎地?
　　爹爹和妈妈,
　　没有一天不把您们惦记。
　　每当好的时节,
　　或是饮食有什么美味,

东路转运判官等。哲宗绍圣中削校理、知衡州,又责惠州别驾,英州安置。徽宗立,复朝散大夫,召为户部、金部郎中,出提举永兴路刑狱。崇宁元年(公元1102年)坐元祐党籍落职,管勾衮州景灵宫。《宋史》本传称其"长史学,工文词"。与兄文仲、武仲俱有文名,并称"清江三孔"。与苏轼兄弟友善,屡有唱和。有《续世说》《孔氏谈苑》《珩璜新论》等。诗文集已佚,诗为后人刊入《清江三孔集》。

【题解】

这是一篇以诗代简的作品。全诗以诗人长子广孙的口吻,详细地向爷爷报告诗人来密州后又生两个儿子:小弟弟牙儿和郑郑各自的性格特点、生长情况。其次又报告了广孙自己努力读书、写字,以及爷爷见过的大弟三三、二弟大安的状况。诗中问候了爷爷、奶奶和曾祖母,写出全家对老人的惦记与思念,以及盼望团聚的心愿。篇末四句以北地严寒的景象,衬托亲人不在此,饮宴无欢乐的深厚的骨肉之情。整首诗以儿童语气描述,显得格外浑朴自然。

【原诗】

爹爹来密州②,再岁得两子。牙儿秀且厚③,郑郑已生齿。翁翁尚未见,既见想欢喜④。广孙读书多,写字辄两纸⑤。三三足精神,大安能步履。翁翁虽旧识,伎俩非昔比⑥。何时得团聚,尽使罗拜跪。婆婆到辇下⑦,翁翁在省里。大婆八十五⑧,寝膳近何似?爹爹与奶奶⑨,无日不思尔⑩。每到时节佳,或对饮食美。一一俱上心,归期当屈指⑪。昨日又开炉⑫,连天北风起。饮阑却萧条⑬,举目数千里⑭。

注释

①翁翁:祖父。

②爹爹句:诗人时在密州(今山东诸城)任教职,其《常山四诗》序云:"熙宁六年(公元1073年)之仲冬,太守以旱有事于常山。平仲职在学校,不预祭祀。太守以常山密之望,而太守出城为非常,故帅以往。……"

③秀:美好,此指面貌。厚:温厚、淳厚。

④想欢喜:一本作"相欢喜"。

⑤辄(zhé):每,总是。

穿青衫的我像身背弓箭频把躬鞠。
只求老天爷让万里天空晴明,
扫去阴云止住风雨。
原以为求告的言辞发出就有响应,
谁知神灵根本不听我的祷语。
门前白浪滔滔如一座座银山,
江上狂风大吼好似老虎发怒。
船只呆滞船橹发僵不能启航,
只得淹留此地依傍着洲渚。
见可爱的白鸥轻盈翻飞,
可爱的芳草摇摆翔舞。
三江五湖我都已走遍,
应当风平浪静时总跟人意愿相忤。
上水欢呼高歌,下水的人却正在忧愁,
北船被牵系南船飞速去往远处。
南行的船啊,你不要过于骄傲,
世间万事忽低忽昂有如汲水的桔槔。
我要卖掉佩剑去买祭祀的牲牢,
再把肉食进献神庙清扫。
黄金的壶和杯斟满了美酒香膏,
神灵一高兴就会借给南风高高。
那时我将扬帆拍手嘲笑你们:
不知被逆风吹到哪儿的江岸?
在荒寂的沙洲且听风声怒号。

代小子广孙寄翁翁①

孙平仲

【作者简介】

孙平仲,字仪甫,一作毅父,武仲之弟。临江新喻(今江西新余)人。英宗治平二年(公元1065年)进士。曾任秘书丞、集贤校理、江南槔⑪。我当卖剑买牲牢⑫,再扫灵宇陈肩尻⑬。黄金壶樽沃香醪⑭,神喜借以南风高。扬帆拍手笑尔曹⑮,不知流落何江皋⑯,荒洲寂寥听怒号。

注释

①瓜步:镇名,在江苏六合县东南,南临大江。水际谓之步,相传吴人卖瓜于江畔,因以为名。南北朝时为兵家必争之地。北魏拓跋焘(太武帝)南征刘宋,兵至瓜步,即此。其西有瓜步山,亦名桃叶山。

②圣母:古代对女神、女巫之称。此处指江神。

③青衫:原本作"青山",据别本改。青衫,下级官员的服色。负弩(nǔ):原指身背弓矢,此处形容弯腰。

④戢(jí):止息。

⑤银山:喻波浪白而高大如山。唐张继《九日巴丘杨公台上宴集》诗:"万叠银山寒浪起,一行斜字早鸿来。"

⑥橹(lǔ):划船的工具,长大而纵者曰橹。

⑦栖迟:淹留。

⑧颠顿:颠沛困顿,此处形容摇摆不定。

⑨合:应当。平夷:复义偏词,此处指"平"。龃(jǔ)龉(yǔ):牙齿参差不齐,比喻抵触、不合。

⑩萦绊:谓阻风系舟不能前行。

⑪万事句:用《庄子》典故。《庄子·天运》:"且子独不见夫桔槔(gāo)者乎?引之则俯,舍之则仰。"桔槔,井上汲水的工具。

⑫我当句:活用"卖剑买牛"事。《汉书·龚遂传》:"遂见齐俗奢侈,好末技,不田作,乃躬率以俭约,劝民务农桑。……民有带持刀剑者,使卖剑买牛,卖刀买犊。"牲牢,供祭祀用的牲畜。《诗·小雅·瓠叶》"序":"上弃礼而不能行,虽有牲牢饔饩,不肯用也。""笺":"牛、羊、豕(猪)为牲,系养者为牢。"

⑬灵宇:谓神灵所居之所,即神庙。陈:犹言"陈献"。肩:动物的腿根部。《仪礼·少牢馈食礼》:"祭物有肩、臂、臑之分。"尻(kāo):臀部、脊骨末端,此亦指祭品。

⑭沃(wò):浇、灌。香醪(láo):美酒。

⑮尔曹:犹言汝辈、你们。《后汉书·赵憙传》:"尔曹若健,远相避也。"

⑯江皋(gāo):江岸。皋,岸,水旁地。

【今译】

昨天烧香敬谒神仙,

酒醉饭饱一定耳目昏昏,
轻软的衣被会使筋骨萎缩。
我就不去追求生活的舒适,
远行千里只求取些少的俸禄。
早晨,我跟随麋鹿在山林驰骋,
夜晚,伴着鸿雁在沙岸息宿。
户枢总是转动才会持久,
金矿要经过锻冶方能成熟。
我歌此曲聊以自娱,
不学杨朱作歧途之哭。

瓜步阻风①

孙武仲

【题解】

本诗记述诗人行船北上时,被风阻在瓜步的所见、所感。诗人以一种颇近戏谑的语气,来描写这件旅途中不顺心的事,先说求神不应验,再写江上白浪滔天、狂风怒吼,只得傍岸泊船的情形。在艰难险阻的展示中,诗人忽用闲眼之笔,绘出白鸥轻飞、芳草翔舞的如画景象,使人洞察到诗人履险如夷的豪迈胸襟和他善于发现、欣赏美好事物的灵性。诗人又调侃轻快得意的南去的行船,并在想象中写出求神应验后,南船将不知流落何处而为自己所笑的情景,表现了诗人顽童般的天真烂漫。其间对所谓"神灵"也表示了怀疑和嘲弄。陈衍特别欣赏此诗第二句"青衫鞠躬如负弩",认为很有意趣。

【原诗】

昨日焚香谒圣母②,青衫鞠躬如负弩③。但乞天开万里明,扫去浮云戢风雨④。谓宜言发即响报,岂知神不听我语。门前白浪如银山⑤,江上狂风如虎怒。船痴橹硬不能拔⑥,未免栖迟傍洲渚⑦。轻盈但爱白鸥飞,颠顿可怜芳草舞⑧。三江五湖历已尽,势合平夷反龃龉⑨。上水歌呼下水愁,北船萦绊南船去⑩。寄言南船莫雄豪,万事低昂如桔门轴不会被蛀蚀,比喻经常运动可以不受外物如风霜雨露的侵害。此用其意。

⑱杨朱哭:《荀子·王霸》:"杨朱哭衢途曰:'此夫过举跬步而觉跌千里者夫!'哀哭之。"谓在十字路口错走半步,到觉悟后就已经差之千里了,杨朱为此而哭泣。后常引作典故,用来表达对世道崎岖,担心误入歧途的感伤忧虑。

【今译】
　　夹带着霜雪的北风多么寒冷,
　　我的车轿却像温热的小屋。
　　白昼的阳光照暖了郊野平原,
　　我的马飞快地奔驰在路。
　　两匹马皆得其用,
　　如同两只天鹅轻疾迅速。
　　马儿骄傲我懒怠扬鞭,
　　轿子狭窄我厌烦受到拘束。
　　怎样才能救治这些毛病?
　　奔跑驰逐不是有我自己的双足?
　　有两只皮靴帮忙,
　　跟随我的还有一根筇竹。
　　我像鸟一样轻快地登上高冈,
　　走出平陆迈着威武的脚步。
　　在低垂的枝头攀折花朵,
　　临水照影在山涧深谷。
　　路上遇见田里劳作的农夫,
　　就向他们询问应时的耕作和畜牧。
　　北地的口音声声入耳,
　　方言俗语一会儿装了满腹。
　　走啊走啊到了前面山丘,
　　我的汗已是小雨如注。
　　芳草可以当我的地毯,
　　就地闲眠用不着被褥。
　　人生切忌过于安乐,
　　终年居住在华丽房屋。

但诗中所表现的诗人的人格力量,却值得人深深崇敬与珍视。

【原诗】

　　严风驾雪霜,吾轿颇温燠①。白日暖郊原②,吾马快驰逐。二者皆得用,翩如两黄鹄③。马骄倦提策④,轿狭厌挛束⑤。何以救斯弊?奔驰有吾足。副之两革靴⑥,随以一筇竹⑦。凫趋上高冈⑧,虎步出平陆⑨。折花得低枝,照影临深谷。道逢田间叟,时访以耕牧。北音稍入耳,俚语俄满腹⑩。行行及前堆⑪,小汗已霡霂⑫。芳草可为茵,吾眠不须褥。人生忌太佚⑭,终岁居华屋。醉饱耳目昏,软暖筋骸缩。今吾异于此,千里干微禄⑮。朝随麇獐骋⑯,夜侣鸿雁宿。户枢劳乃久⑰,金矿锻方熟。聊歌以自娱,不作杨朱哭⑱。

注释

①温燠(yù):温暖。燠,热,暖。《诗·唐风·无衣》:"不如子之衣,安且燠兮。"

②暖:使暖。

③翩(piān):轻捷貌,犹翩翩。黄鹄(hú):鸟名,天鹅。《汉书·昭帝纪》始元元年:"黄鹄下建章宫太液池中。"注:"黄鹄,大鸟也,一举千里者,非白鹄也。……"或谓形如鹤,色苍黄。

④策:马鞭。

⑤挛束:犹挛拘,拘束。

⑥副:佐,辅助。革靴:皮靴。

⑦筇(qióng)竹:指筇竹所作手杖。

⑧凫(fú)趋:凫趋雀跃原谓欢欣鼓舞,此指脚步轻快。

⑨虎步:形容步态威武。

⑩俚(lǐ)语:方言俗语。俄:一会儿。

⑪堆:小山丘。

⑫霡(mài)霂:小雨。《诗·小雅·信南山》:"益之以霡霂。"左思《吴都赋》:"流汗霡霂而中逵泥泞。"

⑬茵(yīn):坐褥。

⑭佚(yì):安乐,通"逸"。

⑮干:求。微禄:指小官。

⑯麇(jūn):兽名,同"麕",鹿属。獐:兽名,鹿属。

⑰户枢(shū)句:《吕氏春秋·尽数》:"流水不腐,户枢不蠹。"谓经常转动的

【注释】

①久长驿:驿站名,其地不详。
②便(pián):安适。《墨子·天志》中:"百姓皆得暖衣饱食,便宁无忧。"
③美:指美食、美味。蚕上簇(cù):蚕将吐丝作茧,由曲簿移于蚕簇上。簇,承蚕作茧的工具,以苇草或竹等扎成。
④煌煌:光辉貌。《诗·陈风·东门之杨》:"昏以为期,明星煌煌。"
⑤须臾(yú):片刻。霏霏(fēi):纷飞貌。《诗·小雅·采薇》:"今我来思,雨雪霏霏。"

【今译】

空寂幽深的厅堂闪着灯烛,
奴仆们熟睡的鼾声震动房屋。
豆子肥硕细草柔软,
马儿也感到安适满足,
嚼食美味的沙沙声,
有如蚕儿作茧移上蚕簇。
老天爷的事儿从来不可测量,
初更时皎月东升星星明亮。
顷刻间忽变作霏霏丝雨,
客中不眠的我唯觉暗夜漫长。

舍轿马而步

孙武仲

【题解】

全诗叙述日常生活中的一件小事:诗人因不愿受车马的拘束,于是着靴持杖出入高下,寻访山水胜景,而深得其乐。同时,他还不时与田间农夫谈论耕牧之事,表示对农务的极度关切。而对初至北方担任官职的诗人来说,方言俚语在他听来是那样新鲜,因此他特别记录了这一感受。后半篇由"舍轿马而步"生出议论,总结了人生须劳不能佚,应俭不应奢的至理,且以此自勉、自慰。虽嫌议论过多有伤诗美,

我又一度辜负了
去往故园观赏菊花的约期,
只觉得秋风劲吹,
鬓上的白色丝缕又添几许。

久长驿书事①

孙武仲

【作者简介】
　　孔武仲(公元1041—1097年),字常父,临江新喻(今江西新余)人。仁宗嘉祐八年(公元1063年)进士。曾任国子直讲、集贤校理、国子司业等职。尝建议恢复诗赋取士,攻击王安石专用经义。官至礼部侍郎,以宝文阁待制知洪州,徙宣州。绍圣四年(公元1097年),坐元祐党夺职,拘管洪州玉隆观、池州居住。与兄文仲、弟平仲俱有文名,并称"三孔"。黄庭坚有"二苏联璧,三孔分鼎"之誉。有后人所辑兄弟合集《清江三孔集》。

【题解】
　　本诗描写夜宿驿站的感受。前半篇描绘了夜深时唯闻奴仆鼾声震屋,夹杂着屋外马嚼豆草的声音,引起诗人对豆肥草软的丰收景象的美好想象。诗中以"蚕上簇"来比喻马食香美豆草的沙沙声,可谓绝妙而纯系乡村风味。后半篇由月明星灿忽变作霏霏丝雨的自然现象,体悟到"天事由来不可量"的道理。篇末抒发客居不眠、长夜漫漫的淡淡愁思。全诗即景即兴而作,不假藻饰、不事雕琢,一片天籁。

【原诗】
　　空堂深深闪灯烛,群奴鼾眠声动屋。豆肥草软马亦便②,嚼美只如蚕上簇③。天事由来不可量,初更月出星煌煌④。须臾变作霏霏雨⑤,客枕不眠知夜长。

【原诗】

经雨清蝉得意鸣,征尘断处见归程②。病来把酒不知厌③,梦后倚楼无限情④。鸦带斜阳投古刹⑤,草将野色入荒城⑥。故园又负黄华约⑦,但觉秋风鬓上生⑧。

注释

①快哉亭:亭名,在江苏铜山县东南,俗称拐角楼,本唐薛能阳春亭故址,宋李邦直改建,苏轼任徐州知州时题名"快哉"。
②征尘:原指旅途上的风尘,此处泛指行人、车马扬起的路尘。
③病来句:杜甫《登高》诗:"万里悲秋常作客,百年多病独登台。艰难苦恨繁霜鬓,潦倒新停浊酒杯",此翻用其意。
④梦:指归梦。
⑤鸦带句:唐温庭筠《春日野行》诗:"鸦背夕阳多",《开圣寺》诗:"出寺马嘶秋色里,向陵鸦乱夕阳中",此处融化其意。刹,寺庙。
⑥草将句:白居易《赋得古原草送别》诗:"远芳侵古道,晴翠接荒城",此翻用其意。将,携带。野色,指荒野之色。
⑦黄华:黄花,菊花。
⑧秋风鬓上生:意含双关,一实写秋景;一比喻病弱衰老,霜发早生,苏轼《纵笔》诗:"白头萧散满霜风",此暗用其意。

【今译】

刚刚经过一场秋雨,
清蝉鸣唱得多么得意!
行人车马不再扬起尘埃,
见回乡的道路遥远而又清晰。
生病以来我频频饮酒,
不顾身躯也不知烦腻,
返回故里的短梦惊醒
我含着无限乡情把高楼独倚。
乌鸦带一抹金色斜阳,
急急地飞归古庙的栖息地,
无边枯草携一派衰飒秋色,
直延伸到荒凉的城区。

明朝我的扁舟就要远行向西。
回首少年时的种种乐事,
就像黄粱一梦不留踪迹,
离开了朋友我独自索居,
十年来潦倒不堪百不如意。
满目野生的兔葵燕麦,
摇荡在这和美的春日里,
我却如蝉腹龟肠忍受着饥饿,
吃饱的只是不平之气。
云路深渺我不愿去攀登,
还是带着长铗返回我的故居,
将来你乘着驷马高车
来到我耕作的田地,
你会看到,耕田的是老夫,
锄地的是我那老妻。

病后登快哉亭[①]

贺 铸

【题解】

　　本诗于神宗元丰八年(公元1085年)八月在徐州宝丰监任上作。诗人自元丰五年(公元1082年)到徐州任职,多次登快哉亭赋诗,本篇写得最富情韵。诗人从雨后初晴清蝉鸣声得意的听觉印象起兴,引发出登高眺望,见征尘渐少、归路遥远的愁绪。三、四句点题,抒写诗人病中频频把酒,梦后独自倚楼而难以排解的无限乡情。五、六句描绘眼前所见黄昏景色,上句写投归古刹的乌鸦带一抹金色斜阳,动中见静,小处见大,十分富于画意,并暗寓鸟倦飞而知还,诗人自身却无所归依的悲哀之感。下句化用白居易诗句,写出连天秋草所牵惹的凄凉况味,接入篇末对故园的深深思念,以及年光虚掷、容鬓衰残的身世慨叹。全诗自然动人,陈衍评曰:"眼前语,说来皆见心思",恰切地点明了本诗特点。

吾遂西。回首邯郸迹如扫③,离索十年成潦倒④。兔葵燕麦春自妍⑤,蝉腹龟肠气方饱⑥。云逵窅窅谢攀跻⑦,长铗与人还故栖⑧。异时结驷来南亩⑨,耕者老夫锄者妻。

注释

①田昼:原本误印作"田画"。田昼,字君承,信都(今河北冀县)人,田况之侄。以荫为校书郎,调磁州录事参军,知西河县。徽宗朝召为大宗正丞,后提举江西常平,改知淮阳军。以气节与邹浩齐名。

②犯寒:冒寒。相过:相访。

③回首句:谓少年时京都的快意生活一去不复。贺铸《六州歌头》词云:"少年侠气,交结五都雄……推翘勇,矜豪纵,轻盖拥,联飞鞚,斗城东。……闲呼鹰嗾犬,白羽摘雕弓,狡兔俄空,乐匆匆。似黄粱梦……"与此句涵义同。邯郸迹,犹言"黄粱梦",唐沈既济《枕中记》言,有卢生在邯郸旅店中,遇道者吕翁,翁以枕授生,生睡入梦,历数十年富贵荣华。及醒,店主人炊黄粱未熟。卢生由此深悟浮华之虚妄。

④离索:离群索居,谓离朋友而散居。

⑤兔葵句:唐刘禹锡《再游玄都观诗引》:"重游兹观,荡然无复一树,唯兔葵燕麦动摇于春风耳。"此化用其意,形容景物凄凉。兔葵,植物名,《尔雅·释草》作"莵葵",似葵而小。燕麦,植物名,初为野生,燕雀所食,故名。

⑥蝉腹龟肠:谓肠微腹小,比喻逼于饥饿。《南齐书·王僧虔传》檀珪书:"九流绳平,自不宜独苦一物,蝉腹龟肠,为日已久。"气,指气恼、气愤、不平之气。

⑦云逵(kuí):云路,指富贵利达之路。窅(yào)窅:犹"冥冥",潜藏隐晦貌。谢:辞谢、拒绝。攀跻(jī):犹攀登。跻,升,登。

⑧长铗(jiá)句:用冯谖典故。《战国策·齐策》四:"居有顷,(冯谖)倚柱弹其剑,歌曰:'长铗归来乎!食无鱼。'"此用其意表示不得意而思归故里。铗,剑把。故栖,犹言故居、故乡。

⑨结驷(sì):用四马并辔驾一车,表示达官身份。南亩:《诗·豳风·七月》:"馌彼南亩。"由于南亩向阳,利于农作物生长,古人田土多向南开辟。后泛称农田为南亩。此指诗人故乡田园。

【今译】

君家居住的陋巷有一尺污泥,
但我的车有轮子马儿有四蹄。
冒着寒风踏雨去将你拜访,

留别田昼①

贺 铸

【作者简介】

贺铸(公元1052—1125年),字方回,号庆湖遗老、北宗狂客。卫州(今河南汲县)人,以唐贺知章为远祖,因自称越人。宋太祖贺后族孙,娶宗室之女。为人豪侠尚气,喜论当世事。初为武职,不如意,后转文职。哲宗元祐七年(公元1092年)以李清臣、苏轼等荐,监鄂州宝泉监。后曾通判泗州、太平州。徽宗大观九年(公元1109年)以承议郎致仕,卜居苏南。又以荐复起,管勾杭州洞霄宫。宣和元年(公元1119年)再致仕。诗、文、词皆善,尤以词的成就最高,为北宋一大名家,其词刚柔兼备,风格多样。诗亦为时人所重,自编《庆湖遗老诗集》前后集,今有前集传世。

【题解】

原诗题下有诗人自注,云:"田字承君,始名至明,字君义,元丰初滏(tú)阳(今河北磁县)同官也。辛未(哲宗元祐六年,1091年)二月,邂逅于高邮,因赋此以赠别。"《宋史》本传称贺铸"喜谈当世事,可否不少假借,虽贵要权倾一时,小不中意,极口诋之无遗辞,人以为近侠。"这种放达无所顾忌的性情,使他在仕途中很难如意,他的《六州歌头》词,对"辞丹凤,明月共,漾孤篷。官冗从,怀倥偬,落尘笼,簿书丛。鹍弁如云众,供粗用,忽奇功"的下级官吏生涯,表示了极大的愤懑不平的情绪。这首留别田昼的诗歌,也以稍稍婉转的口气,传达了诗人对"离索十年成潦倒"的现状的深深不满和他想要归耕南亩的心愿。其间又融合了与故友相见复相别的留恋之情,以及对友人前途的祝福。全诗长歌当哭,尽吐心中不平。陈衍评本诗"用笔清刚,不似填词家语"。

【原诗】

君家陋巷一尺泥,吾车有轮马有蹄。犯寒踏雨重相过②,明日扁舟有《道乡集》。

【题解】

徽宗崇宁元年(公元1102年),诗人因忤时相蔡京,以宝文阁待制出知江宁府,改杭、越二州。又因重论罢刘后事,责贬衡州别驾,永州安置。后半年,除名停勒,窜昭州(今广西平乐),此诗作于贬窜途中。诗人正道直行,忠勇敢言,却屡遭贬斥,虽然他以"作自我作,止自我止。莫被旁人,推倒扶起"(《戏作》)来自我调侃,但贬往岭南的蛮荒之地,满眼赤土石山,使他不由得联想到仕途之险恶,正与之相像,遂咏成此篇。

【原诗】

赤路如龙蛇,不知几千丈①。出没山水间,一下复一上。伊予独何为②,与之同俯仰。

注释

①赤路二句:广西多赤土,道路蜿蜒曲折,故云。
②伊予:即"予",我。伊,语助词,无义。

【今译】

赤色的道路如像龙蛇,
蜿蜒曲折不知有几千丈。
出没在山水之间,
一会儿向下一会儿又朝上。
我到底是为了什么,
跟这险恶的道路时俯时仰?

秋色满江南。

【注释】

①垂虹亭：在江苏吴江县垂虹桥（俗名长桥）上，桥形环若半月，长若垂虹，桥因亭名。为宋仁宗庆历八年（公元1048年）吴江县令李问所建。宋代诗、词人多所吟咏，如王安石《裴如晦宰吴江》诗："他时散发处，最爱垂虹亭。"苏轼自杭移知密州，曾在此亭与张先等饮酒赋诗词。

②洞庭：指太湖，《文选》李善注："太湖在秫陵东，湖中有包山，山中有石室，俗谓洞庭。"

③金破柑：原本作"霜破柑"，据别本改。

④寄桑苎（zhù）：一本作"吟景物"。桑苎，指种植桑树与苎麻，也指种植桑麻的人，此处指家乡故友。

【今译】

太湖中一叶秋帆
如一片碧空中游移的白云，
雪色鲈鱼真像琢玉做成，
鲜艳的柑桔是点点黄金。
这优美的景物引发我情兴，
正好寄新诗给家乡的故人，
垂虹亭上无边无际的秋光，
笼盖了东南所有的城镇。

咏　路

邹　浩

【作者简介】

邹浩（公元1060—1111年），字志完，自号道乡，常州晋陵（今江苏常州）人。神宗元丰五年（公元1082年）进士。哲宗元祐中曾任太常博士。元符元年（公元1098年）除右正言，因忤章惇，除名停勒，羁管新州。徽宗朝官至中书舍人、吏部、兵部侍郎，又因忤执政者出为州府官，又贬衡州别驾，永州安置，至除名停勒，窜昭州。大观间复龙图阁。

【今译】
　　老竹皮一片片纷纷剥落,
　　启开一根根新的青竹,
　　竹上霜粉鲜亮照人,
　　清新的芳香四面散布。
　　我像王子猷一样平生最爱竹子,
　　常在此君庵中默坐对竹,
　　就好像与知心好友相会,
　　胜见世上无数的俗子凡夫。

垂虹亭①

米　芾

【作者简介】
　　米芾(fú)(公元1051—1107年),字元章,号襄阳漫士、鹿门居士、海狱外史等。因曾官礼部员外郎,世称米南宫。原籍太原,徙居襄阳、丹徒。著名书画家,书法与苏轼、黄庭坚、蔡襄并称四大家。官终知淮阳军。有《山林集》,已佚,后人辑有《宝晋英光集》《宝晋山林集拾遗》。

【题解】
　　本诗绘垂虹秋色。先从亭上所见起咏,诗人将摄入眼底的湖上一叶秋帆,比作飘浮太空的一片白云,显示了太湖"涵虚浑太清"、水天一色的浩渺秋景。然后目光由远及近,移到筵席上的鲈鱼和柑桔,虽以金、玉形容,却不觉其俗,但觉其用字精确,色泽鲜丽如画,突出了江南优美的物产。诗人由此好景生发要寄新诗给家乡故友的情兴,过渡自然而然。篇末以景结,由垂虹秋色扩展到"满江南",点染出秋色的无边无际,使人感到诗意荡漾。

【原诗】
　　断云一叶洞庭帆②,玉破鲈鱼金破柑③。好作新诗寄桑苎④,垂虹

以便清晰地观赏名画,
我留住佳客靠近窗户,
细细品尝江南的好茶。
闲居林野的情味渐浓,
对公事的兴趣越来越差,
就仿佛当年未入仕途时,
在自己故乡的老家。

此君庵①

文 同

【题解】

神宗熙宁末,文同由知兴元府移知洋州(今陕西洋县),曾作《守居园池杂题》三十首,第三十首咏《此君庵》云:"丛筠裹环檐,净影碧如水。谁识爱君心,过桥先到此。"可以见出诗人对这一景点的特殊赏爱。诗人是以画竹享有盛名的画家,他对翠竹君子之节的体认,正是对自我人格的标示。本诗不仅描绘了新竹的清姿秀韵和芬芳,更把竹当作诗人的知友,把竹当作远胜"无限寻常人"的君子,其间又化用王子猷爱竹的典故,意蕴深永。

【原诗】

斑斑堕箨开新筠②,粉光璀璨香氤氲③。我常爱君此默坐④,胜见无限寻常人。

注释

①此君庵:文同任洋州知州时州府园庭内景点之一。庵名取自王子猷爱竹典故。《世说新语·任诞》:"王子猷尝暂寄人空宅住,便令种竹。或问:'暂住何烦尔?'王啸咏良久,直指竹曰:'何可一日无此君!'"
②斑斑:形容繁密、众多。箨(tuò):坚硬的竹皮。筠(yún):泛指竹。
③璀(cuǐ)璨(càn):鲜明貌。氤氲(yīn):盛貌。
④我常句:化用王子猷典故,参见本诗注①。

府衙庭园清幽的环境,以及诗人政事简约的做官之道,并特别选取了雨后双禽栖竹,秋深一蝶寻花的小小镜头,显示诗人摹写物象的极其细致,因而陈衍评曰:"'占'字、'寻'字下得切。"后半篇承上,展现了诗人清雅的生活情趣,又与诗人的画家身份密切相关。篇末流露出对仕官的厌倦和对往昔村居生活的向往,全篇诗情与画意如水乳交融,自然流丽。

【原诗】

　　小庭幽圃绝清佳,爱此常教放吏衙②。雨后双禽来占竹③,秋深一蝶下寻花。唤人扫壁开吴画④,留客临轩试越茶⑤。野兴渐多公事少⑥,宛如当日在山家⑦。

【注释】

　　①北斋:指诗人兴元府(治所在今陕西汉中)衙内的书斋、居室。
　　②衙:吏员参见本官,称"衙",旧时属吏一日早晚两次至上司衙门参见长官,禀奏公事,叫"衙参",省称"衙"。
　　③占(zhān):指卜居,原谓以占卜选择居住之地,此处谓择居。
　　④吴画:原指唐代大画家吴道子的画,此处泛指名画。
　　⑤越茶:江浙一带盛产名茶,故称。此处泛指名茶。
　　⑥野兴:闲居之兴。
　　⑦山家:指诗人故乡。

【今译】

　　官府小庭僻静的园圃,
　　景色十分幽雅清嘉,
　　为了能尽情赏爱这儿的景色,
　　我常常免去属吏的早晚参衙。
　　雨霁后看一对可爱的小鸟
　　选择翠竹作栖息的家,
　　深秋时分还见一只多情蝴蝶,
　　飞下来殷勤地寻找鲜花。
　　吩咐人扫去壁上灰尘,

⑤答飒(sà):不振作貌,以喻不得志。《南史·郑鲜之传》:"范泰尝众中让消鲜之曰:'卿与(傅)亮、(谢)晦,俱从圣主有功关、洛,卿乃居僚首,今日答飒,去人辽远,何不肖之甚。'"

⑥卢胡:即"胡卢",胡卢提,俗语,糊里糊涂。此处是指装作糊涂。

⑦绵竹:县名,属四川省,此处泛指四川。

⑧惟是句:扬雄(公元前53—公元前18年),西汉蜀郡成都人。字子云,少好学,长于辞赋,多仿效司马相如。成帝时以大司马王音荐,献《甘泉》《河东》《羽猎》《长杨》四赋,拜为郎。王莽时为大夫,校书天禄阁。以事被株连,投阁自杀,几死。其《法言·吾子》有云"少而好赋","壮夫不为"。因扬雄曾屈身事王莽,为后世所讥,故此句谓其"失壮夫"。壮夫,壮年的人,壮士,此用后意。

【今译】
　　陶渊明不愿忍受屈辱,
　　长歌"归去来兮"返回乡里,
　　先生你政见不合弃官曲水,
　　也算陶氏弟子高洁无比。
　　你本不用靠一个小小官职
　　五斗禄米来维持生计,
　　何况你两位佳公子,
　　英俊聪慧如同千里驹。
　　你懒得常要回答俗人
　　自己为什么这样不得意,
　　你厌烦听到政事纷乱,
　　且装糊涂不去答理。
　　蜀地自古以来多出贤人,
　　只有扬雄不是好汉令人叹息。

北斋雨后①

文　同

【题解】
　　本诗系熙宁七年(公元1074年)作于兴元知府任上。诗中描写了

寄宇文公南自文州曲水令弃官①

文 同

【作者简介】

文同(公元1018—1079年),字与可,号笑笑先生,人称石室先生,梓州永泰(今四川盐亭东)人。仁宗皇祐元年(公元1049年)进士。曾任邛州军事判官、静难军节度判官。嘉祐四年(公元1059年)召试馆职,六年,出判邛州。英宗朝曾知普州。神宗熙宁三年(公元1070年)召知太常礼院。因议新法不合,出知陵州,历知兴元府、洋州、湖州。工诗,尤以画墨竹著名,画家称作文湖州竹派。系苏轼表兄,二人友谊深厚。有《丹渊集》。

【题解】

宇文之邵(字公南)神宗初因与时政意见不合,遂弃官归乡,此诗赞颂他刚正不阿的品节,将他比作陶渊明一流人物,并归美其乡风。

【原诗】

彭泽长谣便归去②,君辞曲水亦其徒。一官何藉五斗米③?二子况皆千里驹④。懒对俗人常答飒⑤,厌闻时事且卢胡⑥。从来绵竹多贤者⑦,惟是扬雄失壮夫。

注释

①宇文公南:宇文之邵(公元1029—1082年),字公南,汉州绵竹(今属四川)人。举进士,为文曲水令。神宗即位,上疏论时政,不报,遂以太子中允致仕,时年未满四十。学者称止止先生。退居十五年,卒。

②彭泽句:谓陶渊明为彭泽令,不为五斗米折腰向乡里小儿,辞官归去,写有《归去来兮辞》。长谣,指陶长歌而归。

③一官句:为"何藉一官五斗米"的倒文。五斗米,参见注②,极言其俸禄之微少。

④千里驹:能日行千里的良马,用以比喻英俊有为的青少年。楚辞《卜居》:"宁昂昂若千里之驹乎?"

句（二条）

张　耒

一

东风不惜残桃李，吹作春愁处处飞。《雨后》

【注释】

诗题应作《雨后游朱园》。原诗如下："绿叶阴阴护翠枝，晚花虽小亦应稀。东风不惜残桃李，吹作春愁处处飞。"

【今译】

东风不怜惜枝头上残存的桃李，
吹落片片如吹春愁处处纷飞。

二

贫无隙地栽桃李，日日门前自买花。《杂诗》

【注释】

这两句诗出自《杂诗》二首其二。原诗如下："病腹难禁七碗茶，小窗睡起日西斜。贫无隙地栽桃李，日日门前自买花。"

隙地：空地、闲地。《左传·哀公十二年》："宋郑之间有隙地焉。"注："隙地，闲田。"

【今译】

家贫没有空地来栽种桃李，
天天在门前买上几枝鲜花。

其 二

【题解】

　　本诗为三首其三。前两句缅怀诗人往昔在金陵的漫游,并对北归后辗转于州县小官,又被无端卷入党争漩涡,寄无限感慨,化用陆机《为顾彦先赠妇》诗意,抒写了政治生涯的失意与失望之情。后二句承前,追想当年卧听细雨打上芰荷、扁舟荡入湖中、充满诗情画意的美妙时光,留给人最值得记忆、怀恋的一幕,引人遐思。周邦彦《苏幕遮》词"故乡遥,何日去?家住吴门,久作长安旅,五月渔郎相忆否?小楫轻舟,梦入芙蓉浦"等句,与此诗意境颇相类似,未知可是受到此诗影响。

【原诗】

　　曾作金陵烂漫游①,北归尘土变衣裘②。芰荷声里孤舟雨③,卧入江南第一州④。

注释

　　①烂漫:放浪。

　　②北归句:陆机《为顾彦先赠妇》诗:"京洛多风尘,素衣化为缁。"此化用其意,暗示官场之污浊。

　　③芰(jì)荷:指菱叶与荷叶。屈原《离骚》:"制芰荷以为衣兮,集芙蓉以为裳。"此处偏指荷叶。

　　④江南第一州:南朝谢朓《入朝曲》:"江南佳丽地,金陵帝王州",故称。

【今译】

　　我曾经在金陵纵情地漫游,
　　北来后尘埃中衣袍变得陈旧。
　　难忘当年在雨滴荷叶的清脆声里,
　　我卧在孤舟荡进江南第一名州。

怆,令人寻绎无尽。

【原诗】

　　璧月琼枝不复论①,秦淮半已掠荒榛②。青溪天水相澄映,便是临春阁上魂③。

注释

　　①璧月琼枝:《南史·张贵妃列传》载:"后主每引宾客,对贵妃等游宴,则使诸贵人及女学士与狎客共赋新诗,互相赠答。采其尤艳丽者,以为曲调,被以新声。……其曲有《玉树后庭花》,其略云:'璧月夜夜满,琼树朝朝新。'大抵所归,皆美张贵妃、孔贵嫔之容色。"
　　②秦淮:秦淮河,有二源,东源出句容县华山,南流;南源出溧水县东庐山,北流。二源会合于方山,西经金陵城中,北入长江,历代为著名的游览之地。掠荒榛:谓被荒榛所侵占。榛,灌木丛。
　　③青溪二句:隋文帝开皇九年(公元589年),大将韩擒虎与贺若弼统率军队伐陈,次年正月,隋军攻入金陵。陈后主与张贵妃、孔贵嫔投宫内景阳井,隋军出之,将张贵妃(丽华)斩之于青溪中桥。临春阁上魂,指张贵妃之魂。至德二年(公元584年),陈后主"于光昭殿前起临春、结绮、望仙三阁,高数十丈,并数中间。其窗牖、壁带、悬楣之类,皆以沈檀香为之,又饰以金玉,间以珠翠,外施珠帘。内有宝床宝帐,其服玩之属,瑰丽皆近古未有。……后主自居临春阁,张贵妃居结绮阁,龚、孔二贵嫔居望仙阁,并复道交相往来"。此处临春阁借指张贵妃居所。

【今译】

　　歌舞璧玉琼枝曲调的
　　欢乐生活再不必提起,
　　往昔繁丽的秦淮河岸,
　　一半已被荒芜的草木遮蔽。
　　青溪水与蓝天互相辉映,
　　一样都空明澄碧,
　　那儿有当年临春阁上
　　张丽华的灵魂来回游历。

限的想象。

【原诗】

喧喧野县自笙歌①,风卷高云天似波。谁谓楼前明月好? 月明多处客愁多②。

【注释】

①喧喧:形容混杂的声音。
②月明句:苏轼《水调歌头》中秋词:"不应有恨,何时偏向别时圆?"此化用其意。

【今译】

山野小县上元佳节
亦自有热闹的笙歌,
风儿吹卷碧空云片,
层层波浪涌起在天河。
谁说今夜晚楼前明月正好?
却不知月光皎洁时,我心中客愁更多。

怀金陵三首(录二)①

张 耒

其 一

【题解】

金陵(今江苏南京)为六朝故都,本诗为三首其二,由想象秦淮河岸目前的荒落景象,引出诗人对陈朝兴亡之事的咏叹。诗中对陈后主不修政事,纵情声色,致使国亡家灭,张贵妃被杀,酿成自身悲剧结局的史实深表感慨。后二句化用杜甫《哀江头》:"明眸皓齿今何在? 血污游魂归不得……清渭东流剑阁深,却住彼此无消息"等句意,而又都于虚处传神,融情入景,既总结了历史教训,又抒写了诗人的深沉叹云:"谁道闲情抛掷久?每到春来,惆怅还依旧。……河畔青芜堤上柳,为问春愁,何事年年有?"晏几道《临江仙》词云:"去年春恨却来时,落花人独立,微雨燕双飞";赵令畤《蝶恋花》词云:"新酒又添残酒困,今春不减前春恨",本篇合用以上句意,表现随春而至的一种无可名状的愁绪,并借烟雨凄迷的春景,渲染得同样凄迷。但诗中所表达的,却不是上举词章中的那种春花春月、相思离别的愁情,而是今昔盛衰的身世之慨。组诗五首其一云:"阊阖楼南粉署西(指京都馆阁),旧时种柳长应齐。如今冷落穷山县,卧听春风百鸟啼",可以为诗人本篇所抒写的"愁意绪"作一注脚。全诗风调凄婉。

【原诗】
　　东风吹雨夜侵阶,楼角长烟晓未开②。何事旧时愁意绪,一番春至一番来③?

【注释】
　　①上元:农历正月十五元宵节。
　　②长烟:指浓密的云烟、雾霭。
　　③一番:犹言"一度"。

【今译】
　　东风吹雨,夜晚浸透了石阶,
　　楼角浓密的云烟清晨还未散开。
　　为什么往昔的那种忧愁意绪,
　　随着一度新春便一度重来?

其 二

【题解】
　　此诗为五首其五以山野小县上元佳节亦自听到笙歌欢乐的情形作为背景,抒写虽有天高云卷、明月皎洁的良辰美景,却越发难以驱遣愁闷的心态。"月明多处客愁多"一句,正是诗人对生活刻骨的感受,自然而痛切,其间的内涵深永无尽,因为说得极其抽象,反能引发人无

②秋兴:因秋日而感怀。
③缉(qì):聚集。缊(yùn)袍:以乱麻衬于其中的袍子。古贫者无力具丝絮,仅能以麻著于衣内。
④落馀句:杜甫《冬深》诗:"花叶惟天意,江溪共石根。早霞随类影,寒水各依痕。"此化用其意。
⑤村旗:指村中酒店之酒招。浊醪(láo):浊酒。
⑥老:张耒元丰元年任寿安县尉,年仅二十五,称"老"表示不得志。
⑦风骚:俊俏、秀丽。

【今译】
　　一路西行,由秋天引发的感怀,
　　越来越觉得凄凉萧条,
　　昨夜新霜初下,
　　沾湿了我粗陋的缊袍。
　　菊花早就开过,
　　连枝头残蕊也已尽凋,
　　寒水低落的河岸,
　　旧时的一线水痕高高。
　　大路旁官家种植的大树,
　　秋风中只有黄叶萧萧,
　　每到一个村庄见酒旗斜挂,
　　总有浊酒把我心中的愁烦来浇。
　　老来西入洛阳做一介小官,
　　幸而听说那儿的山水十分俊俏。

自上元后闲作五首(录二)①

张　耒

其　一

【题解】
　　本篇为五首其二,此诗抒写伤春意绪。南唐冯延已《鹊踏枝》词

【今译】

　　流落在江湖四度看见芳春,
　　天子厚恩如今又赐我华贵的朱轮。
　　几年来和鱼鸟真相投合,
　　今日一别江山从此就变作故人。
　　碧空已瞻仰到新的日月,
　　又喜故乡的亲友都还健康得很。
　　此生免去了嘲笑
　　我是粗鄙的北方人,
　　我不惧怕北风凛冽,
　　也不畏避京城的扑扑风尘。

赴官寿安泛汴①

张　耒

【题解】

　　神宗元丰元年(公元 1078 年),诗人由临淮(今安徽泗县)主簿改任河南府寿安县尉,此诗作于赴任途中。诗人二十岁中进士,可谓少年得志,但仕宦却并不如意,这首诗就以沿途所见萧瑟秋景,衬托出诗人长年沉沦下僚的忧悒心境。同时又还透露了虽则"萧萧官树皆黄叶"令人感伤,但毕竟"处处村旗有浊醪",尚可安慰羁旅怀抱。篇末切题,一则对前程表示不满,一则洛中山川使人向往,终究还可庆幸。全诗写景如画,抒情自然,诗意浓郁。

【原诗】

　　西来秋兴日萧条②,昨夜新霜缉缊袍③。开遍菊花残蕊尽,落馀寒水旧痕高④。萧萧官树皆黄叶,处处村旗有浊醪⑤。老补一官西入洛⑥,幸闻山水颇风骚⑦。

注释

　　①寿安:属河南府(洛阳)。汴:指汴河。

发安化回望黄州山①

张　耒

【题解】

哲宗绍圣四年(公元1097年),诗人坐元祐党籍,贬监黄州酒税。徽宗建中靖国元年(公元1101年),召为太常太卿。此诗作于返京途中。诗中抒写了贬斥江湖的失意之慨和天恩浩荡重又被召还京的欣慰心情。诗中又说明几年来虽跟鱼鸟相得,此一别再不能与江山为友,但朝廷颁示新政,逐臣被召,交亲可见,毕竟是极大的喜讯。篇末含蓄地透露了贬谪的酸辛和甘于北冒风霜为国效力的心愿。全诗温厚自然,含思深婉。

【原诗】

流落江湖四见春,天恩复与两朱轮②。几年鱼鸟真相得③,从此江山是故人。碧落已瞻新日月④,故园好在旧交亲⑤。此生可免嘲伧父⑥,莫避北风京洛尘⑦。

注释

①安化:驿名,当离黄州(今湖北黄冈)不远。一说指长沙郡之安化县,恐未当。
②朱轮:古代高官所乘之车,用朱江漆轮,故名。此处代指较高的官职。
③相得:互相投合。
④碧落:天空。白居易《长恨歌》"上穷碧落下黄泉"。新日月:指新天子徽宗即位,又指其解除党禁,施行新政。
⑤好在:问候用语,即无恙。杜甫《送蔡希鲁都尉还陇右因寄高三十五书记》:"因君问消息,好在阮元瑜。"
⑥伧(chéng)父:鄙贱之夫。南北朝时,南人讥骂北人的话。《世说新语·雅量》:"吏云:昨有一伧父来寄亭中。"注引《晋阳秋》曰:"吴人以中州人为伧。"《晋书》载陆机兄弟曾讥左思为伧父。
⑦莫避句:陆机《为顾彦先赠妇》诗云:"京洛多风尘,素衣化为缁(黑色)。"此处翻用其意。京洛,晋都城洛阳,此处借指北宋都城汴京。

【原诗】

已逢妩媚散花峡①,不怕艰危道士矶②。啼鸟似逢人劝酒,好山如为我开眉③。风标公子鹭得意④,跋扈将军风敛威⑤。到舍将何作归遗⑥?江山收得一囊诗。

注释

①散花峡:地名,具体不详。

②道士矶(jī):地名,具体不详。矶,水边石滩或突出的大石,此指后者。

③好山句:活用《西京杂记》:"文君姣好,眉色如望远山"典故,谓山容清朗如美人黛眉。

④风标公子:杜牧《晚晴赋》:"白鹭潜来兮,邈风标之公子。"后遂以"风标公子"为鹭的别名。风标,风度,仪态。

⑤跋(bá)扈(hù)将军:《后汉书·梁冀传》:"帝少而聪慧,知冀骄横,尝朝群臣,目冀曰:'此跋扈将军也。'"因以戏称暴风。唐冯贽《南部烟花记·跋扈将军》:"隋炀帝泛舟,忽阴风繁紧,叹曰:'此风可谓跋扈将军。'"

⑥归(kuì)遗(wèi):同"馈遗",赠送财物。《汉书·东方朔传》:"复赐酒一石,肉百斤,归遗细君。"

【今译】

一路上已欣赏了妩媚多姿的散花峡,
并不惧怕陡峭艰危的道士矶。
小鸟不住欢快啼鸣,
如像有人频频劝酒满含醉意,
好山特地为了我
把黛色秀眉舒展开去。
看风度翩翩的佳公子
那白鹭多么地闲雅得意,
跋扈将军风伯
一时把他的威武收起。
到家我用什么当作馈赠的礼品?
大好江山里我写出了一囊诗句。

枕、瓷枕之类,中空,故云"虚枕"。

⑤久判(pān):久已不顾。杜甫《曲江值雨》诗:"纵饮久判人共弃,懒朝真与世相违。"判,不顾,豁出去。

【今译】

　　乡村长长的夏日,
　　风光分外清幽明丽,
　　檐牙上鸟巢中,
　　新生的燕雀已长成羽翼。
　　蝴蝶在正午静寂的花枝,
　　展示、晾晒她那彩色粉衣,
　　蜘蛛在晴爽屋角的网上
　　悄悄地编织新的丝缕。
　　夜晚,疏落的窗帘还邀来月影,
　　中空的枕头把潺潺溪流容纳进去。
　　我早就不管它两鬓白如霜雪,
　　真想打鱼采樵度过我此生的剩余。

二十三日即事

张　耒

【题解】

　　这是一首纪游诗。诗人以欣喜的笔调,描写他一路所见丰富多彩的景致:有风光妩媚的散花峡,也有陡峭艰危的道士矶,他兴致勃勃,履险如夷,只一味欣赏造化的神奇。中间两联最有情韵,诗人写啼鸟声声如人劝酒似痴似醉,而好山则仿佛专门为他展示自己美人修眉般的山容,白鹭风度翩翩,风伯也不再作威,一切都令人心旷神怡。诗人又将以什么来回答家人和大自然慷慨的赐与呢?唯有把山川胜景写进诗中了。这样,诗人便将作此诗的因和果,向读者和盘托出。全诗风格轻快,意象新丽,不求工致而自然工致。

一介官职我看得轻如尘埃,
又何能以此论什么成败之计。
居住草堂善饮的隐者,
虎溪开士一样德高的僧侣,
我告诉这两位山中主人,
请为我留下日后归来的三亩园地。

夏日三首(录一)

张　耒

【题解】

此诗为三首其一,当系闲居乡里时所作。前二联描写村庄长夏风日清明的景致,诗人以工致的笔墨细腻地画出檐牙燕雀长大、蝴蝶展开彩色粉衣歇息在正午花枝、蜘蛛在屋角静静织网的种种生动景象,使人感到诗人眼中的夏日是这样明丽、安闲、宁静、和谐。第三联描写观夜月映帘、听枕上溪声的情景,又展示了与日间迥然不同的清美之声,总透露诗人宁静和平的心境和幽雅的生活情趣。"邀月影"的"邀"字和"纳溪声"的"纳"字,这两个动词的巧妙运用,化被动物象为主动,极灵动有致。篇末表达了诗人倦于仕宦、想要终老山林泉泽的心愿,抒情与写景取得和谐的一致。

【原诗】

长夏村墟风日清①,檐牙燕雀已生成②。蝶衣晒粉花枝午③,蛛网添丝屋角晴。落落疏帘邀月影,嘈嘈虚枕纳溪声④。久判两鬓如霜雪⑤,直欲樵渔过此生。

【注释】

①村墟(xū):原指乡村集市,此指村庄。一本"村墟"作"江村"。
②檐牙:檐际翘出如牙的一种建筑装饰。
③蝶衣:谓蝶翅如衣。
④嘈嘈句:为"虚枕纳嘈嘈溪声"的倒文。嘈嘈,喧声,此指流水声。虚枕,竹

注释

①执袂(mèi):表示留恋、惜别。袂,衣袖。
②此事:指归山之事。久置:原本作"从置",据别本改。宁:岂。置:弃废。
③下:指山下。白玉髓:即玉膏,道家谓服之可成仙。《山海经·西山经》:"丹水出焉……其中多白玉,是有玉膏。其原沸沸扬扬,黄帝是食是飨。"郭璞注引《河图玉版》:"少室山,其上有白玉膏,一服即仙矣。"
④劚(zhú):同"斸",掘取。龙蛇窟:指山深处。
⑤耽:喜爱、沉浸于。
⑥朝市:朝堂与街市,泛指名利场。
⑦等:等同于。尘垢:尘埃,极言其轻微不足道。
⑧草堂醉老子:泛指山中隐士之善饮者。草堂,旧时文人避世隐居,多名其所居为草堂。南齐周颙隐居钟山时,仿蜀草堂寺筑室,名为草堂。后如杜甫的浣花草堂、白居易庐山草堂皆是。此泛指隐者居所。
⑨虎溪大开士:原指晋名释慧远,传说慧远居庐山东林寺,送客不过山下虎溪,一日与陶潜、道士陆静修共话,不觉逾溪,虎辄骤鸣,三人大笑相别。此处借指山中僧侣。开士,菩萨的异名,以能自开觉,又可开他人生信心,故称开士。后来作为对僧人的敬称。

【今译】

青山仿佛正直的君子,
他喜欢我没有俗媚之姿。
两相逢开颜一笑,
就有彼此论交的深情厚意。
今晨我决然别他而去,
山容惨暗如执我衣袖不忍分离。
我对青山说请不必将我苦苦挽留,
我哪会对归山的事长久置之不理!
道路边见一位头发乌黑的老翁,
山下定有长生不死的白玉仙浆。
从龙蛇居住的深山掘出,
自能使我饱食一世身体康强。
我平生沉浸于清幽孤独,
就像世人安于置身在名利场。

中国历代名著全译丛书

宋诗精华录全译

（修订版）

陈衍 选编 沙灵娜 陈振寰 译注

下

贵州出版集团
贵州人民出版社

出 山

张 耒

【作者简介】

张耒(公元1054—1114年),字文潜,人称宛丘先生,祖籍亳州谯县(今安徽亳州),生长于楚州淮阴(今江苏淮阴西南)。《宋史》本传说他十三岁能文,十七岁作《函关赋》传于众口。游学陈州受学官苏辙爱重,并从苏轼学,为苏门四学士之一。熙宁六年(公元1073年)进士。元祐中擢起居舍人,绍圣初以直龙图阁知润州。坐党籍徙宣州,贬监黄州酒税。徽宗即位,起通判黄州,召为太常少卿,出知颖州、汝州。崇宁初党论复起,贬房州别驾,黄州安置。晚年居陈州。工诗文,苏轼尝赞其文"汪洋冲淡,有一唱三叹之声"(《答张文潜书》)。最擅古体及乐府,多反映民生疾苦,写景述怀亦多有佳作。诗风平淡自然。有《柯山集》。

【题解】

这首诗当为诗人出仕时所作。前四句说明诗人有与青山一样的君子之性,以及与青山相互敬爱、论交的情谊。南宋辛弃疾《贺新郎》词中名句:"我见青山多妩媚,料青山见我应如是,情与貌,略相似",似由这几句生发、变化而来。诗中又描绘了诗人离山而去,青山惨然不乐意欲相留的深情,以及诗人表白自己不会在官场久留,终会返回山中的心意。全诗前半篇较有情味,后半议论过多,略欠余韵。

【原诗】

青山如君子,悦我非姿媚。相逢一开颜,便有论交意。今晨决然去,惨若执我袂①。谓山无见留,此事宁久置②?道边青发翁,下有白玉髓③。刷之龙蛇窟④,自足饱吾世。平生耽幽独⑤,乃若忘朝市⑥。一官等尘垢⑦,安得败成计。草堂醉老子⑧,虎溪大开士⑨。寄语二主人,为留三亩地。